成語熟語詞典

劉葉秋　苑育新　許振生 編

臺灣商務印書館發行

序　例

　　成語熟語詞典以修訂本辭源原有的成語熟語條目為基礎，根據辭源組多年積累的資料卡片，並參考各種新舊辭書編成，共收成語、熟語七千五百餘條。新增條目，幾乎是辭源原有條目的一半，其中以俗諺的條目為多。

　　什麼叫作成語，目前大家還缺乏完全一致的概念，故編書亦去取有異，原則不同。照我們的理解，所謂成語、熟語，指習用的古語、俗諺、格言、歇後語以及各方面能獨立表意的詞組、短句，其特點大都是約定俗成，結構固定，文字不能改動；意義亦往往不限於字面，而多引申、比喻、借代、誇張、形容等等用法。至於古今口頭常說的俗語，如"順水推舟"也可以說"順水推船"之類，應屬例外，又當別論。這部詞典所以把成語、熟語並列作為書名，就是因為熟語一詞，所包較廣，而書中所收詞目，並不限於一般成語的緣故。

　　成語與典故，成語和俗語、俚諺，很難有嚴格的界限。成語有的出自寓言，如"守株待兔"、"揠苗助長"等等，有的關乎史事，如"負荊請罪"、"聞雞起舞"等等；俱經後人取事鍊詞，概括為四個字的成語。其采自傳說或壓縮名句者，如"人面桃花"、"滿城風雨"、"山窮水盡"、"柳暗花明"之類，為例亦多。至於俗諺，起源更早。如"匹夫無罪，懷璧其罪"，就是左傳桓公十年所引周時的俗諺，有總結經驗教訓的意義。此外如"虎入羊群"、"虎頭蛇尾"、"瓦罐終須井上破"之類的俗語，在戲曲小說中也經常見到。故本書收詞取證，自先秦兩漢各種古籍到清末民初通俗小說中所見，均加采擇。

　　常見的成語，多為四字。亦有被簡括成兩字、三字者。本書所收詞目，四字至十四字者，俱經選錄。由於這些成語、熟語產生於不同的時代，結構不一，長短有異，源流演變，情況複雜；解說就得針對特點，各適其宜，不能拘於一種形式。如"不一而足"、"談何容易"之類的成語，須要說明原義和後來用法的不同。如"虎視眈眈"、"一往情深"之類,語詞與內容關係密切,須要兼顧文字訓詁,說明"眈眈"與"一往"的含義,不能只講成語大意,而忽略字面。"佳兵不祥"一條,吸收前人研究成果,采錄王念孫的考證,也是希望從文字訓詁方面,讓讀者更清楚地理解成語內容的意思。

至於本源在先,而詞語後出的條目,為數甚多。辨析源流,補充書證,是我們致力的一個主要方面。如"合浦珠還"一條,修訂本辭源第一分冊,只有故事出處後漢書孟嘗傳,並無連用"合浦珠還"四字的書證。本書增引宋人程俱的詩,雖未必為最早的書證,卻使此條事文皆備,比較完整了。另外,收入本書的辭源舊有條目,也大部分經過修改解說,補充或撤換了書證。無書證的後起義或現代用法,一般都在詞條之末附帶提及。

宋元以來的俗語、俚諺,多為白話,難再解說。如"人心不足蛇吞象"之類,只能從語詞的比喻方式、褒貶之異和感情色彩以及用法等等多方面考慮,變換方式,以發揮其需要闡明的內涵。

近年各地印行的成語詞典,真如雨後春筍,而後出者往往以多為勝,所收詞語,不免失之於濫。如把"昂首挺胸"、"闊步前進"之類的四字詞組大量列入,以增加數目,就很不恰當。其實要想發掘成語詞目,古書中還有很豐富的材料。如"一分為二",現在常說,或以為今語,實已早見於宋人著作。"恃德者昌,恃力者亡",語出史記商君傳,常為後人引用,現在許多成語詞典,均無此條。成語熟語詞典增加這類新條,表示了我們的努力方向。依辭源引證之例,凡列詞目,均有書證,不見於書面的成語、熟語,一律不收,仍舊保留辭源原來的特點。以常見為主,強調實用,是我們的一貫主張。但限於水平和見聞,疏舛必多,希望讀者和專家批評指正,以便作必要的修訂,進一步提高質量。這裏就本書的體例,再作一些簡單的說明如下:

(1)詞條包括釋義和書證兩部分。涉及史實、典故的條目,一般采用敘述體,注明出處,列舉用此成語的書證。

(2)條目中字詞,需要講解的,隨文疏釋。

(3)內容相同而詞目文字小異的條目,一般只在一條下加解說,列書證,其他條目則注明"見'某某'條",以免重複。如"下坂丸"一條下注"見'下坂走丸'"。

(4)內容近似的條目,處理同上。

　（5）內容有關的條目，可以互相補充參考的，注明"參見'某某'條"。

　（6）有的條目，在解釋和書證之後，注明"參閱某書"，為讀者提供參考資料。

　（7）有的詞條，為了顯示源流演變、詞義異同，所舉書證，不限於一個。

　（8）所列書證，都詳注書名、篇目或卷次。引用先秦子史和後出的史書、總集、字書、韻書、類書等以外的其他著作，還加注時代和作者姓名。惟古典小說中的水滸、三國演義、西遊記、紅樓夢四部書，不標時代作者。

　（9）引用古籍，一般據通行本。如二十四史用中華書局校點本、商務印書館百衲本、十三經用注疏本，其他四部書用四部叢刊本，筆記雜著用叢書集成本等。

　（10）詞頭單字，仍照辭源例用部首排列。同部首的字，按筆畫數多少為序，少的在前，多的在後。詞目排列，亦以字數少者列前，多者排後。同一詞頭，字數也一樣的條目，即以第二字的筆畫多少來分先後。筆畫數相同的，以第二字的起筆筆形、一丨丿為序。

　（11）本書編有三種索引：漢語拼音索引、四角號碼索引，供查詞頭單字之用；詞目筆畫索引，供查詞目之用。只要掌握一種檢字法，就能查到要找的詞目。

　（12）本書多徵引古籍，故仍照辭源之例，用繁體字排印。

一九九一年十二月

目　　錄

序例……………………………………………………………… 1—3

詞目總目………………………………………………………… 2—44

詞典正文………………………………………………………… 1—515

四角號碼索引…………………………………………………… 517—528

漢語拼音索引…………………………………………………… 529—537

詞 目 總 目

筆畫排列説明

　　1. 筆畫排列按詞目第一個字的筆畫多少爲序,筆畫少的在前,筆畫多的在後。

　　2. 如詞目第一個字的筆畫相同,則按起筆筆形丶一丨丿爲序,依次排列。如起筆筆形相同,則看第二筆。以此類推。

　　3. 丶一丨丿以外的筆形作如下處理:

　　　　㇇丶作〔一〕

　　　　乚丁乀作〔丨〕

　　　　乚　作〔丿〕

　　　　㇏　作〔丶〕

　　　　丿(短撇)和丶對稱或並列的作〔丶〕。

一 畫			
	一日萬幾　2	一行作吏　4	一刻千金　5
	一以貫之　2	一言九鼎　4	一事不知　5
	一手一足　2	一言半辭　4	一事無成　5
一串珠　1	一手遮天　2	一言華衮　4	一枕黃粱　5
一了百當　1	一毛不拔　2	一言爲定　4	一呼百諾　5
一刀兩段　1	一片冰心　2	一言難盡　4	一牀兩好　5
一刀兩斷　1	一片宮商　2	一步一鬼　4	一知半解　5
一之爲甚　1	一分爲二　2	一見如故　4	一物不知　5
一之謂甚　1	一去不返　3	一見如舊　4	一往情深　5
一干一方　1	一世之雄　3	一串驪珠　4	一狐之白　5
一寸丹心　1	一世龍門　3	一吟一詠　4	一狐之腋　5
一口兩匙　1	一民同俗　3	一成一旅　4	一軌同風　6
一文不值　1	一目十行　3	一成不變　4	一柱擎天　6
一心一意　1	一目之羅　3	一身一計　4	一相情願　6
一五一十　1	一丘之墅　3	一身二任　4	一面之交　6
一木難支　1	一丘之貉　3	一身兩役　4	一面之辭　6
一日九遷　1	一仍舊貫　3	一身是膽　4	一飛沖天　6
一日之長　2	一字一珠　3	一佛出世　5	一家一計　6
一日之長　2	一字千金　3	一波三折　5	一家之學　6
一日之雅　2	一字褒貶　3	一定不易　5	一索得男　6
一日三秋　2	一衣帶水　3	一官半職　5	一時半刻　6
一日千里　2	一年半載　4	一卒之令　5	一笑千金　6

一笑置之	6	一網打盡	9	一客不犯二主	12	**二　畫**
一脈相傳	6	一麾出守	9	一客不煩二主	12	
一息尚存	6	一髮千鈞	10	一客不煩兩家	12	二三君子 32
一倡三歎	6	一模一樣	10	一卽一，二卽二	12	二心兩意 32
一視同仁	7	一瞑不視	10	一馬不被兩鞍	13	二分明月 32
一張一弛	7	一噴一醒	10	一動不如一靜	13	二缶鍾惑 32
一敗塗地	7	一暴十寒	10	一傳十，十傳百	13	二惠競爽 32
一唱三歎	7	一漿十餅	10	一遭生，兩遭熟	13	二滿三平 32
一國三公	7	一箭雙鵰	10	一榜盡賜及第	13	二桃殺三士 32
一貧如洗	7	一德一心	10	一蟹不如一蟹	13	十日飮 78
一得之愚	7	一龍一蛇	10	一寸山河一寸金	13	十十五五 78
一寒如此	7	一龍一豬	10	一寸光陰一寸金	13	十中八九 79
一瓶一鉢	7	一諾千金	10	一口吸盡西江水	13	十目十手 79
一勞永逸	7	一樹百穫	10	一失足成千古恨	13	十生九死 79
一琴一鶴	7	一鬨之市	10	一年之計在於春	13	十羊九牧 79
一壺千金	7	一簧牙齒	10	一夜夫妻百夜恩	13	十死一生 79
一場春夢	7	一錢不直	10	一將功成萬骨枯	13	十年窗下 79
一朝一夕	7	一錢不值	11	一朝天子一朝臣	13	十年讀書 79
一朝之忿	7	一龜一鶴	11	一人拚死，		十行俱下 79
一朝之患	7	一舉千里	11	千人莫當	13	十步芳草 79
一樓兩雄	8	一舉成名	11	一人拚命，		十步茂草 79
一揮而成	8	一舉兩得	11	萬夫難當	14	十步香草 79
一揮而就	8	一謙四益	11	一人傳虛，		十里長亭 79
一階半級	8	一點靈犀	11	萬人傳實	14	十室九空 79
一階半職	8	一瀉千里	11	一夫當關，		十面埋伏 79
一陽來復	8	一竅不通	11	萬夫莫開	14	十風五雨 79
一傅眾咻	8	一擲千金	11	一犬吠形，		十部從事 79
一絲不掛	8	一擲百萬	11	百犬吠聲	14	十寒衆楚 79
一絲半粟	8	一擲乾坤	11	一日爲師，		十圍五攻 80
一意孤行	8	一薰一蕕	11	終身爲父	14	十鼠同穴 80
一落千丈	8	一簧兩舌	11	一言易失，		十鼠爭穴 80
一葉兩豆	8	一簞一瓢	11	駟馬難追	14	十親九故 80
一葉知秋	8	一觴一詠	11	一言既出，		十盪十決 80
一葉蔽目	8	一嚬一笑	11	駟馬難追	14	十八重地獄 80
一鼓作氣	8	一虁已足	11	一佛出世，		十八般武藝 80
一路福星	8	一籌莫展	12	二佛生天	14	十八層地獄 80
一飯千金	9	一饋十起	12	一則以喜，		十指有長短 80
一飲一啄	9	一顧傾城	12	一則以懼	14	十日一水，
一資半級	9	一鱗一爪	12	一部十七史從		五日一石 80
一齊衆楚	9	一鱗片甲	12	何説起	14	十年樹木，
一誤再誤	9	一鱗半甲	12	一字入公門，		百年樹人 80
一塵不到	9	一棒一條痕	12	九牛拔不出	14	丁一卯二 15
一塵不染	9	一不做，二不休	12	一年被蛇咬，		丁一確二 15
一臺二妙	9	一代不如一代	12	三年怕草索	14	丁公鑿井 15
一團和氣	9	一而二，二而一	12	一朝權在手，		丁娘十索 15
一鳴驚人	9	一牀錦被遮蓋	12	便把令來行	15	丁是丁，卯是卯 15

丁字不圓，
　八字不正 15
七上八下 15
七上八落 15
七尺之軀 15
七手八脚 15
七步成詩 15
七青八黃 15
七郎八當 15
七零八落 15
七嘴八舌 15
七縱七禽 16
七顛八倒 16
七寶樓臺 16
刁天決地 68
刁天厥地 68
刁鑽古怪 68
了身達命 31
刀山劍樹 68
刀林劍樹 68
刀耕火種 68
刀耕火耨 68
刀頭燕尾 68
刀樹劍山 68
力不從心 74
力爭上游 74
力挽狂瀾 74
力透紙背 74
力敵勢均 74
力盡筋疲 74
卜晝卜夜 87
八百孤寒 60
八門五花 60
八面見光 60
八面玲瓏 60
八面威風 61
八字沒一撇 61
八仙過海，
　各顯神通 61
人一己百 35
人人自危 36
人亡物在 36
人亡政息 36
人才難得 36
人山人海 36
人心如面 36

人心惟危 36
人云亦云 36
人中獅子 36
人中騏驥 36
人生如寄 36
人生朝露 36
人死留名 36
人存政舉 36
人多口雜 36
人自爲戰 36
人言可畏 36
人言籍籍 37
人定勝天 37
人取我與 37
人事代謝 37
人非木石 37
人命危淺 37
人命關天 37
人神共憤 37
人面桃花 37
人面獸心 37
人浮於食 37
人情世故 37
人強馬壯 37
人莫余毒 37
人琴俱亡 37
人衆勝天 37
人棄我取 37
人傑地靈 38
人給家足 38
人微言輕 38
人微權輕 38
人盡可夫 38
人窮智短 38
人頭畜鳴 38
人不可貌相 38
人生面不熟 38
人是地行仙 38
人不知，鬼不覺 38
人心不足蛇吞象 38
人生七十古來稀 38
人生何處不相逢 38
人各有能有不能 38
人怕出名豬怕壯 39
人皆可以爲堯舜 39
人逢好事精神爽 39

人莫知其子之惡 39
人心似鐵，官
　法如爐 39
人平不語，
　水平不流 39
人而無信，
　不知其可 39
人同此心，
　心同此理 39
人非堯舜，
　誰能盡善 39
人間私語，
　天聞若雷 39
人過留名，
　雁過留聲 39
人爲刀俎，
　我爲魚肉 39
人無遠慮，
　必有近憂 39
人無千日好，
　花無百日紅 39
人無害虎心，
　虎有傷人意 39
人不可貌相，
　海水不可斗量 39
入口無臟 58
入木三分 58
入不敷出 58
入主出奴 58
入門問諱 58
入室弟子 58
入室昇堂 58
入室操戈 58
入國問俗 58
入幕之賓 58
九牛一毛 30
九牛二虎 31
九死一生 31
九原可作 31
九鼎大呂 31
九霄雲外 31

三　畫

亡羊補牢 35
亡國大夫 35
亡國之音 35

亡戟得矛 35
三字獄 16
三十六計 16
三人成虎 16
三三五五 16
三三兩兩 16
三千珠履 16
三心二意 16
三日新婦 16
三日僕射 16
三分鼎足 16
三平二滿 16
三令五申 17
三言兩句 17
三言兩語 17
三更半夜 17
三豕涉河 17
三長兩短 17
三姑六婆 17
三貞九烈 17
三浴三熏 17
三茶六禮 17
三紙無驢 17
三教九流 17
三推六問 17
三從四德 17
三陽交泰 18
三陽開泰 18
三喻五復 18
三番五次 18
三番兩次 18
三無坐處 18
三復白圭 18
三媒六證 18
三魂七魄 18
三熏三浴 18
三綱五常 18
三頭二面 18
三頭六臂 18
三顧茅廬 18
三顧草廬 18
三釁三浴 19
三寸不爛之舌 19
三十六策走上策 19
三十六計，走爲
　上計 19

三十六着,走爲上着	19	寸絲不挂	150	大醇小疵	123	口似懸河	91
三日打魚,兩日曬網	19	寸絲半粟	150	大模大樣	123	口如懸河	91
三日打魚,兩日曬網	19	寸陰尺璧	150	大璞不完	123	口吻生花	91
三綹梳頭,兩截穿衣	19	寸陰若歲	150	大器小用	123	口角春風	91
三十年河東,三十年河西	19	寸晷風簷	150	大器晚成	123	口含天憲	91
三寸氣在千般用,一旦無常萬事休	19	寸鐵殺人	150	大聲疾呼	124	口沸目赤	91
干名采譽	167	才子佳人	208	大謬不然	124	口尚乳臭	91
干城之將	167	才氣過人	208	大驚小怪	124	口若懸河	92
干卿何事	167	才疏志大	208	大旱望雲霓	124	口是心非	92
干雲蔽日	167	才疏學淺	208	大事不糊塗	124	口誅筆伐	92
干隔澇漢子	167	才疎意廣	208	大開方便之門	124	口蜜腹劍	92
下坂丸	19	才貌雙全	208	大人不責小人過	124	口說無憑	92
下比有餘	19	大刀闊斧	121	大水沖了龍王廟	124	口碑載道	92
下坂走丸	19	大才晚成	121	大事化小,小事化無	124	口講指畫	92
下車泣罪	19	大才槃槃	121	兀兀禿禿	55	口燥脣乾	92
下氣怡色	20	大方之家	121	己飢己溺	165	口惠而實不至	92
下氣怡聲	20	大巧若拙	121	己所不欲,勿施於人	165	口甜如蜜鉢,心苦似黃蘗	92
下筆成章	20	大失所望	121	弓影杯蛇	172	川淳嶽峙	161
下喬入幽	20	大而無當	121	尸位素餐	156	山光水色	159
工力悉敵	162	大同小異	121	尸居餘氣	157	山秀水明	159
土木形骸	112	大言不慚	122	尸居龍見	157	山長水遠	159
土牛木馬	112	大材小用	122	尸祿素餐	157	山長水闊	159
土扶成牆	113	大杖則走	122	尸橫遍野	157	山明水秀	159
土長根生	113	大吹大擂	122	子子孫孫	137	山肴野蔌	159
土崩瓦解	113	大含細入	122	子曰詩云	137	山肴野蔬	159
土階茅屋	113	大法小廉	122	子午卯酉	137	山珍海味	159
土飯塵羹	113	大放厥辭	122	子虛烏有	137	山珍海錯	160
土龍芻狗	113	大呼小叫	122	上下其手	20	山南海北	160
土壤細流	113	大逆無道	122	上方不足	20	山峙淵渟	160
士飽馬騰	118	大相逕庭	122	上行下效	20	山重水複	160
士可殺不可辱	118	大海撈針	122	上知下愚	20	山高水低	160
士爲知己者用	118	大庭廣眾	122	上漏下溼	20	山高水長	160
士爲知己者死	118	大書特書	122	上樹拔梯	20	山崩地陷	160
寸木岑樓	149	大馬金刀	122	上梁不正下梁歪	20	山崩地裂	160
寸田尺宅	149	大莫與京	123	上天無路,入地無門	20	山崩鐘應	160
寸步不離	149	大寒索裘	123	上有天堂,下有蘇杭	20	山棲谷飲	160
寸步難行	150	大喜過望	123	口中蚤蝨	91	山盟海誓	160
寸步難移	150	大惑不解	123	口中雌黃	91	山窮水盡	160
寸男尺女	150	大發雷霆	123	口耳之學	91	山頹木壞	160
寸草不留	150	大智如愚	123	口血未乾	91	山雞舞鏡	160
寸草春暉	150	大智若愚	123			山雨欲來風滿樓	160
		大義滅親	123			山河易改,本性難移	160
		大慈大悲	123			山陰道上,應接	
		大輅椎輪	123				
		大腹便便	123				
		大煞風景	123				

不暇	161	千金之子	82	斗酒隻雞	240	戶樞不蠹	206
小才大用	154	千金市骨	82	斗粟尺布	240	戶辯家説	206
小已得失	154	千金弊帚	82	斗筲之人	240	心口如一	182
小心謹慎	154	千軍萬馬	82	斗筲之材	240	心心相印	182
小心翼翼	154	千秋萬歲	82	斗筲之輩	240	心心念念	182
小本經紀	154	千紅萬紫	82	斗轉星移	240	心不兩用	182
小往大來	154	千紅萬綠	82	斗轉參橫	240	心不在焉	182
小姑獨處	154	千差萬別	82	六尺之孤	61	心手相應	182
小家碧玉	154	千倉萬箱	82	六月飛霜	61	心平氣和	182
小時了了	154	千載一時	82	六馬仰秣	61	心去難留	183
小眼薄皮	154	千載一遇	82	六根清淨	61	心灰意懶	183
小國寡民	154	千載一會	82	六通四辟	61	心回意轉	183
小鳥依人	154	千載壹合	82	之乎者也	29	心血來潮	183
小廉曲謹	154	千歲一時	83	之死靡它	30	心如刀割	183
小隙沉舟	154	千端萬緒	83	文人相輕	238	心如刀絞	183
小器易盈	154	千緒萬端	83	文不加點	238	心如死灰	183
小題大做	154	千慮一失	83	文以載道	239	心如懸旌	183
小懲大誡	155	千慮一得	83	文江學海	239	心如鐵石	183
小巫見大巫	155	千篇一律	83	文如其人	239	心怡氣和	183
小不忍則亂大		千嬌百媚	83	文君新寡	239	心拙口夯	183
謀	155	千嬌百態	83	文房四士	239	心到神知	183
乞兒乘車	31	千頭萬緒	83	文房四寶	239	心直口快	183
乞漿得酒	31	千錘百鍊	83	文武雙全	239	心服口服	183
千了百當	80	千轉萬變	83	文恬武嬉	239	心花怒放	183
千了萬當	80	千巖萬壑	83	文風不動	239	心和氣平	183
千刀萬剁	80	千變萬化	83	文從字順	239	心神不寧	183
千人所指	80	千聞不如一見	83	文過飾非	239	心神恍惚	184
千山萬水	80	千里之行,始於		文無加點	239	心若死灰	184
千千萬萬	80	足下	83	文經武緯	239	心急如火	184
千方百計	80	夕陽無限好	119	文質彬彬	239	心急如焚	184
千叮萬囑	81	凡夫肉眼	66	文韜武略	239	心悦誠服	184
千回百轉	81	久安長治	29	方寸已亂	242	心高氣傲	184
千辛萬苦	81	久仰山斗	29	方以類聚	243	心虔志誠	184
千言萬語	81	久病成醫	29	方外之人	243	心堅石穿	184
千村萬落	81	久假不歸	29	方外司馬	243	心術不正	184
千里一曲	81	久旱逢甘雨	29	方底圓蓋	243	心勞日拙	184
千里移檄	81	久聞大名,如雷		方枘圓鑿	243	心閑手敏	184
千里猶面	81	貫耳	29	方便之門	243	心無二用	184
千里蓴羹	81	女中堯舜	132	方桃譬李	243	心慌意亂	184
千里鵝毛	81	女生外嚮	132	方領矩步	243	心慈面軟	184
千佛名經	81	女大十八變	132	方興未艾	243	心煩意亂	184
千兵萬馬	81			方頭不劣	243	心照神交	184
千門萬戶	81	**四　畫**		方頭不律	243	心亂如麻	184
千呼萬喚	82			方鑿圓枘	243	心腹之交	184
千金一笑	82	斗方名士	240	戶告人曉	206	心腹之疾	184
千金一擲	82	斗酒百篇	240	戶樞不朽	206	心腹之患	185

心猿意馬	185	天衣無縫	125	天魔外道	128	五色無主	33
心滿意足	185	天吳紫鳳	125	天下本無事	128	五行並下	33
心滿願足	185	天作之合	125	天上石麒麟	128	五行俱下	33
心寬體胖	185	天官賜福	125	天不奪人願	128	五言長城	33
心廣體胖	185	天空海闊	125	天字第一號	128	五言金城	33
心領神會	185	天長地久	125	天高皇帝遠	128	五步成詩	33
心緒如麻	185	天花亂墜	125	天無絕人之路	128	五角六張	34
心醉魂迷	185	天南地北	125	天下老鴰一般		五花八門	34
心慕手追	185	天香國色	125	黑	128	五風十雨	34
心蕩神迷	185	天香國豔	125	天坍自有長莢		五雀六燕	34
心膽俱裂	185	天保九如	126	子	128	五湖四海	34
心懷叵測	185	天高地厚	126	天下興亡,匹夫		五經掃地	34
心懷鬼胎	185	天高聽卑	126	有責	129	五體投地	34
心曠神怡	185	天真爛熳	126	天網恢恢,疏而		五十步笑百步	34
心癢難撓	185	天馬行空	126	不漏	129	五百年前是一家	34
心驚肉跳	185	天荒地老	126	天下無難事,只怕		木已成舟	264
心驚肉戰	186	天造地設	126	有心人	129	木本水原	264
心驚膽戰	186	天倫之愛	126	天無三日晴,地		木雕泥塑	264
心驚膽顫	186	天倫之樂	126	無三尺平	129	比比皆是	284
心去意難留	186	天涯比鄰	126	天有不測風雲,		比肩而立	284
心有餘而力不		天涯地角	126	人有旦夕禍		比肩隨踵	284
足	186	天涯芳草	126	福	129	比肩繼踵	285
心有靈犀一點		天涯海角	127	天有不測風雲,		比肩疊跡	285
通	186	天旋日轉	127	人有旦時禍		比物連類	285
心病還從心上		天旋地轉	127	福	129	比屋可封	285
醫	186	天曹地府	127	夫人裙帶	129	比翼連理	285
心病還須心上		天授地設	127	夫子自道	129	瓦釜雷鳴	326
醫	186	天崩地坼	127	夫妻反目	129	瓦解冰泮	326
火上澆油	304	天崩地陷	127	夫倡婦隨	129	瓦解冰銷	326
火耕水耨	304	天從人願	127	夫唱婦隨	129	匹夫之勇	78
火耕流種	304	天道不容	127	井井有條	32	匹夫匹婦	78
火種刀耕	304	天道好還	127	井中視星	33	匹馬隻輪	78
火燒眉毛	304	天開地辟	127	井底之蛙	33	匹馬單槍	78
火耨刀耕	304	天開圖畫	127	井水不犯河水	33	匹夫無罪,懷璧	
火樹琪花	304	天無二日	127	元方季方	55	其罪	78
火樹銀花	304	天與人歸	127	元元本本	55	太平無象	129
天人際	124	天經地義	127	元龍高臥	55	太丘道廣	129
天人之際	124	天誘其衷	127	无妄之災	244	太倉稊米	129
天下一家	124	天奪之魄	127	五方雜厝	33	太歲頭上動土	129
天下太平	124	天凝地閉	128	五尺之童	33	太公釣魚	
天下第一	124	天緣輻輳	128	五日京兆	33	願者上鈎	130
天下爲公	124	天翻地覆	128	五月披裘	33	犬牙相制	318
天下爲家	124	天羅地網	128	五月飛霜	33	犬牙相錯	318
天下無雙	125	天寶當年	128	五世同堂	33	犬馬之勞	318
天女散花	125	天壤王郎	128	五世其昌	33	不一而足	20
天之驕子	125	天懸地隔	128	五光十色	33	不二法門	21

不入時宜	21	不速之客	24	不如意事常八九	27	尺短寸長	157
不三不四	21	不逞之徒	24	不到黃河心不死	27	尺幅千里	157
不文不武	21	不時之需	24	不是冤家不聚頭	27	尺蠖求伸	157
不亢不卑	21	不修邊幅	24	不看僧面看佛面	27	尺有所短,寸有	
不日不月	21	不倫不類	24	不患寡而患不均	27	所長	157
不今不古	21	不脛而走	24	不管三七二十一	27	巴三覽四	165
不分皂白	21	不偏不倚	24	不入虎穴,焉得		巴山夜雨	165
不主故常	21	不愀不保	24	虎子	27	巴巴結結	165
不平則鳴	21	不得要領	24	不可無一,不可		巴高望上	165
不可一世	21	不寒而栗	24	有二	27	巴蛇吞象	165
不可收拾	21	不期而會	24	不因一事,不長		孔武有力	137
不可思議	21	不欺暗室	24	一智	27	孔孟之道	137
不可救藥	21	不間不界	24	不塞不流,不止		孔思周情	137
不古不今	21	不違農時	24	不行	27	孔席墨突	137
不生不死	21	不稂不莠	24	不聽好人言,必有		孔席不暖,墨突	
不安於室	21	不勝其煩	24	恓惶淚	27	不黔	137
不亦樂乎	21	不絕若綫	25	不是東風壓了西		少不更事	155
不夷不惠	22	不落窠臼	25	風,就是西風壓		少安毋躁	155
不共戴天	22	不遠千里	25	了東風	27	少安無躁	155
不在話下	22	不虞之譽	25	尤雲殢雨	156	少成若性	155
不存不濟	22	不經之談	25	牙牙學語	315	少年老成	155
不劣方頭	22	不寧唯是	25	牙角口吻	315	少年氣盛	155
不因人熱	22	不實不盡	25	予取予求	31	少見多怪	155
不合時宜	22	不舞之鶴	25	引人入勝	172	少壯不努力,	
不合時務	22	不蔓不枝	25	引以爲戒	172	老大徒傷悲	155
不名一錢	22	不遺餘力	25	引而不發	172	止戈爲武	278
不伏燒埋	22	不辨菽麥	25	引虎自衛	172	止於至善	278
不如歸去	22	不謀而同	25	引咎自責	172	止談風月	278
不忮不求	22	不謀而合	25	引風吹火	172	止暴禁非	279
不言而喻	22	不學無術	25	引鬼上門	172	日下無雙	245
不求甚解	23	不翼而飛	25	引狼入室	172	日上三竿	245
不求聞達	23	不豐不殺	25	引商刻羽	173	日久年深	245
不攻自破	23	不識一丁	25	引領而望	173	日不移晷	245
不近人情	23	不識大體	25	引經據古	173	日不暇及	245
不直一錢	23	不識時務	26	引經據典	173	日不暇給	245
不拘小節	23	不癡不聾	26	引頸受戮	173	日中必彗	245
不知甘苦	23	不櫛進士	26	引錐刺股	173	日中則昃	245
不知所措	23	不驚寵辱	26	引類呼朋	173	日中則移	245
不知弸董	23	不以人廢言	26	引繩排根	173	日月入懷	245
不衫不履	23	不喫烟火食	26	弔民伐罪	173	日月交食	245
不郎不秀	23	不可同日而語	26	弔死問生	173	日月合璧	245
不爲已甚	23	不打不成相識	26	弔死問疾	173	日月如梭	246
不食之地	23	不怕官,只怕管	26	弔拷絣扒	173	日月參辰	246
不即不離	23	不當家花拉的	26	尺二秀才	157	日月跳丸	246
不約而同	23	不當家花花的	26	尺寸千里	157	日升月恆	246
不恥下問	23	不如意事十八九	26	尺布斗粟	157	日出三竿	246

日長一線	246	以火應火	40	君子之腹	43	分庭致禮	69

日長一線	246	以火應火	40	君子之腹	43	分庭致禮	69
日東月西	246	以心傳心	40	以小人之腹，度		分財異居	69
日居月諸	246	以水投水	40	君子之心	43	分崩離析	69
日削月朘	246	以水濟水	40	以小人之慮，度		分釵斷帶	69
日省月試	246	以水應水	40	君子之心	43	分路揚鑣	69
日省月課	246	以手加額	40	水火不容	287	公才公望	61
日食萬錢	246	以升量石	41	水火無交	287	公子王孫	61
日高三丈	246	以古非今	41	水火無情	287	公私兩利	61
日朘月削	246	以石投水	41	水木清華	287	公私兩便	61
日就月將	246	以石投卵	41	水中捉月	287	公私兩濟	61
日無眼暈	247	以白爲黑	41	水中撈月	287	公報私仇	61
日復一日	247	以冰致蠅	41	水月觀音	287	公聽並觀	61
日新月異	247	以夷伐夷	41	水石清華	288	牛刀割雞	315
日試萬言	247	以刑去刑	41	水米無交	288	牛不出頭	315
日暮途窮	247	以血洗血	41	水色山光	288	牛衣對泣	315
日暮途遠	247	以身試法	41	水底撈月	288	牛角掛書	315
日暮道遠	247	以佚代勞	41	水泄不通	288	牛鬼蛇神	315
日暮路遠	247	以佚待勞	41	水性楊花	288	牛溲馬勃	315
日銷月鑠	247	以卵投石	41	水長船高	288	牛鼎烹雞	315
日積月累	247	以往鑒來	41	水到渠成	288	牛頭馬面	316
日薄西山	247	以直報怨	41	水乳交融	288	牛蹄中魚	316
日轉千堦	247	以毒攻毒	41	水送山迎	288	牛驥同牢	316
日轉千街	247	以退爲進	41	水深火熱	288	牛驥同皁	316
日久見人心	247	以珠彈雀	41	水清無魚	288	手不停毫	206
日出而作，日入		以蚓投魚	41	水淨鵝飛	288	手不停揮	206
而息	247	以規爲瑱	42	水陸畢陳	288	手不停筆	207
日計不足，月計		以訛傳訛	42	水晶燈籠	289	手不輟卷	207
有餘	247	以殺去殺	42	水落石出	289	手不釋卷	207
日計不足，歲計		以逸待勞	42	水滴石穿	289	手不釋書	207
有餘	247	以湯止沸	42	水盡鵝飛	289	手忙脚亂	207
日間不作虧心事，		以湯沃沸	42	水磨工夫	289	手足之情	207
半夜敲門不吃		以湯沃雪	42	水懦民翫	289	手足重繭	207
驚	248	以意逆志	42	水可載舟，亦可		手足胼胝	207
中流底柱	28	以義割恩	42	覆舟	289	手足異處	207
中流砥柱	28	以勤補拙	42	凶終隙末	66	手足無措	207
中流擊楫	28	以碬投卵	42	今月古月	40	手到拈來	207
內省不疚	59	以管窺天	42	今是昨非	40	手到病除	207
內重外輕	59	以貌取人	42	今愁古恨	40	手到拿來	207
內視反聽	59	以鄰爲壑	42	今朝有酒今朝醉	40	手胼足胝	207
內聖外王	59	以暴易暴	42	分甘共苦	68	手揮目送	207
內憂外患	59	以膠投漆	42	分別部居	68	手零脚碎	207
以一奉百	40	以戰去戰	42	分我杯羹	68	手無寸鐵	208
以一持萬	40	以辭害意	42	分茅胙土	68	手舞足蹈	208
以一警百	40	以火救火，以水		分香賣履	68	手無縛雞之力	208
以人廢言	40	救水	43	分庭伉禮	69	毛羽零落	285
以文會友	40	以小人之心，度		分庭抗禮	69	毛骨悚然	285

毛遂自薦	285	允文允武	55	人	168	正大光明	279
夭桃穠李	130			玉石不分	322	正中下懷	279
升山採珠	84	**五　畫**		玉石俱焚	322	正本清源	279
升高自下	84	半斤八兩	84	玉石俱碎	322	正本澄源	279
升堂入室	84	半夜三更	84	玉折蘭摧	323	正言厲色	279
升堂見母	84	半面之舊	84	玉匣珠襦	323	正理平治	279
升堂拜母	84	半信半疑	84	玉卮無當	323	正顏厲色	279
丹書鐵券	29	半途而廢	84	玉昆金友	323	正襟危坐	279
丹書鐵契	29	半個前程	84	玉食錦衣	323	去天尺五	89
月下老人	257	半部論語	84	玉砌雕闌	323	去末歸本	89
月下花前	257	半推半就	84	玉液瓊漿	323	去邪歸正	89
月夕花朝	257	半間不界	84	玉粒桂薪	323	去泰去甚	89
月白風清	257	半間半界	84	玉堂金馬	323	去僞存真	89
月地雲階	257	半塗而廢	84	玉葉金枝	323	巨鼇戴山	163
月盈則食	258	半路出家	85	玉質金相	323	可心如意	93
月缺花殘	258	半路修行	85	玉潔冰清	323	可著頭做帽子	93
月黑風高	258	半壁江山	85	玉體金漿	323	可與共患難,而	
月裏姮娥	258	半籌不納	85	玉不琢,不成器	323	不可共處樂	93
月裏嫦娥	258	半夜敲門不吃驚	85	未了公案	264	甘心情願	327
月圓花好	258	穴居野處	359	未卜先知	264	甘雨隨車	327
月暈而風	258	它它藉藉	140	未可厚非	264	甘拜下風	327
月露風雲	258	立功贖罪	362	未老先衰	264	世外桃源	27
仁人君子	40	立地成佛	362	未雨綢繆	264	世掌絲綸	28
仁至義盡	40	立地書廚	362	未能免俗	264	世上無難事,只	
仁漿義粟	40	立竿見影	362	末大不掉	264	怕有心人	28
仁者見仁,知者		主敬存誠	29	末學膚受	264	古井無波	92
見知	40	玄之又玄	322	巧不可階	162	古色古香	92
片文隻字	314	玄酒瓠脯	322	巧立名目	162	古肥今瘠	92
片甲不回	314	平心而論	167	巧立名色	162	古往今來	92
片言折獄	314	平心定氣	167	巧舌如簧	162	古貌古心	92
片言隻字	314	平心易氣	167	巧言令色	162	古調不彈	93
片紙隻字	314	平心靜氣	167	巧言如簧	162	古調獨彈	93
片詞隻句	314	平分春色	167	巧言似簧	162	本末倒置	264
卬首信眉	87	平地波瀾	167	巧言偏辭	162	本來面目	265
反水不收	90	平地青雲	168	巧取豪敓	162	打牙打令	208
反本修邇	90	平地風波	168	巧取豪奪	162	打牙犯嘴	208
反老還童	90	平步青雲	168	巧偷豪奪	163	打成一片	208
反求諸己	90	平治天下	168	巧發奇中	163	打抱不平	208
反來覆去	90	平流緩進	168	巧語花言	163	打退堂鼓	208
反面無情	90	平起平坐	168	巧奪天工	163	打風打雨	208
反屑相稽	90	平鋪直敍	168	巧詐不如拙誠	163	打家劫舍	208
反眼不識	90	平頭整臉	168	巧婦難爲無米		打恭作揖	209
反裘員芻	90	平地一聲雷	168	之炊	163	打破沙鍋	209
反裘員薪	90	平原十日飲	168	功敗垂成	74	打草蛇驚	209
反經合義	90	平生不作皺眉事,		功虧一簣	74	打草驚蛇	209
反經行權	90	天下應無切齒		正人君子	279	打躬作揖	209

打情罵俏	209	民脂民膏	286	史不絕書	93	出頭露面	67
打情罵趣	209	民殷財阜	286	兄肥弟瘦	55	出醜揚疾	67
打得火熱	209	民富國強	286	叱咤風雲	93	出類拔萃	67
打散堂鼓	209	民窮財盡	286	囚首喪面	110	出師未捷身先死	67
打鳳撈龍	209	民以食爲天	286	四大皆空	109	出言不當，駟馬	
打蛇打七寸	209	加人一等	74	四方八面	109	不追	67
打鴨驚鴛鴦	209	加官進祿	74	四不拗六	109	令不虛行	43
打破天窗說亮		加冠於屨	74	四分五剖	109	令行禁止	43
話	209	加膝墜泉	75	四分五裂	109	生世不諧	328
打破沙鍋璺到		加膝墜淵	75	四亭八當	109	生生世世	328
底	209	北門鎖鑰	77	四郊多壘	109	生老病死	328
打開板壁講亮		北道主人	77	四面受敵	109	生死存亡	328
話	209	北轅適楚	77	四面楚歌	109	生死肉骨	328
夯雀先飛	130	只敬衣衫不敬人	93	四海承風	109	生吞活剝	328
左支右絀	163	只許州官放火，		四海一家	109	生寄死歸	328
左右兩難	163	不許百姓點燈	93	四海爲家	109	生殺予奪	328
左右逢原	163	目不交睫	342	四馬攢蹄	110	生張熟魏	328
左右開弓	163	目不邪視	342	四時八節	110	生棟覆屋	328
左右爲難	163	目不見睫	342	四時氣備	110	生榮死哀	328
左宜右有	164	目不窺園	342	四通八達	110	生龍活虎	329
左宜右宜	164	目不轉睛	342	四通五達	110	生靈塗炭	329
左思右想	164	目不識丁	343	四清六活	110	生米做成熟飯	329
左提右挈	164	目中無人	343	四境盈壘	110	失之交臂	130
左道旁門	164	目牛無全	343	四戰之地	110	失支脫節	130
左輔右弼	164	目光如炬	343	四海之內皆兄		失張失志	130
左圖右史	164	目空一切	343	弟	110	失道寡助	130
左縈右拂	164	目使頤令	343	四體不勤，五穀		失魂喪魄	130
左顧右眄	164	目送手揮	343	不分	110	失驚打怪	130
左顧右盼	164	目迷五色	343	出一頭地	66	失之東隅，收之	
石火電光	351	目指氣使	343	出人意表	66	桑榆	130
石沉大海	351	目挑心招	343	出人頭地	66	失之毫釐，差之	
石破天驚	351	目食耳視	343	出口入耳	66	千里	130
布衣之交	165	目宛心與	343	出口成章	66	失馬未爲憂，得	
布衣韋帶	165	目無全牛	343	出水芙蓉	66	馬未爲喜	130
布衣蔬食	165	目睜口呆	344	出手得盧	66	禾黍故宮	356
布衣黔首	165	目擊道存	344	出生入死	66	外孫齏臼	119
布帛菽粟	165	目擩耳染	344	出言不遜	67	外彊中乾	119
布鼓雷門	166	目瞪口呆	344	出言成章	67	冬日可愛	64
司空見慣	93	且住爲佳	28	出谷遷喬	67	冬扇夏鑪	64
司馬昭之心，路		且食蛤蜊	28	出其不意	67	冬溫夏清	64
人皆知	93	用行舍藏	329	出奇制勝	67	冬箑夏裘	64
民不聊生	285	用兵如神	329	出乖露醜	67	包藏禍心	77
民不堪命	285	用舍行藏	329	出幽遷喬	67	包羅萬象	77
民和年豐	286	另眼相看	93	出將入相	67	皮開肉破	340
民胞物與	286	另眼相待	93	出羣拔萃	67	皮開肉綻	340
民怨沸騰	286	田月桑時	329	出爾反爾	67	皮裏春秋	340

皮裏晉書	340	汗如雨下	290	安富恤貧	142	刓方爲圜	69
皮裏陽秋	340	汗流浹背	290	安富恤窮	142	耳目一新	381
皮之不存,毛將		汗馬功勞	290	安富尊勞	142	耳食之談	381
安傅	340	汗尊抔飲	290	安然無恙	142	耳後生風	381
付之一炬	43	江心補漏	290	安營紮寨	142	耳根清淨	381
付之丙丁	43	江河日下	290	忙忙碌碌	186	耳提面命	381
付諸東流	43	江郎才盡	290	忙裏偷閒	186	耳熟能詳	382
仗氣使酒	43	江漢朝宗	290	亦步亦趨	35	耳濡目染	382
仗義疏財	43	江山易改,稟性		妄下雌黃	132	耳聰目明	382
白日見鬼	336	難移	290	妄自尊大	132	耳鬢廝磨	382
白日昇天	336	汲汲忙忙	290	妄言菲薄	132	耳聞不如目見	382
白玉微瑕	336	汝南月旦	291	妄言妄德	132	耳聞不如目覩	382
白衣公卿	336	羊狠狼貪	376	交淡若水	35	地下修文	113
白衣秀士	336	羊貪狼狠	376	交淺言深	35	地上天宮	113
白衣宰相	336	羊腸小道	376	交頭接耳	35	地久天長	113
白衣卿相	336	羊質虎文	376	衣冠掃地	414	地平天成	113
白衣蒼狗	336	羊質虎皮	376	衣冠盛事	414	地北天南	113
白板天子	336	羊踏菜園	376	衣冠梟獍	414	地老天荒	113
白首同歸	336	羊毛出在羊身		衣冠楚楚	414	地角天涯	113
白面書生	337	上	376	衣冠禽獸	414	地坼天崩	113
白眉赤眼	337	米珠薪桂	365	衣冠齊楚	414	地裂山崩	113
白虹貫日	337	守口如瓶	140	衣食不周	414	地醜德齊	113
白馬非馬	337	守正不撓	141	衣食父母	415	地覆天翻	113
白毫之賜	337	守身如玉	141	衣食稅租	415	地靈人傑	113
白魚入舟	337	守株伺兔	141	衣香鬢影	415	吉人天相	93
白雲蒼狗	337	守株待兔	141	衣租食稅	415	吉光片羽	93
白雲親舍	337	守望相助	141	衣裳之會	415	吉祥止止	94
白黑分明	337	守如處女,出如		衣褐懷寶	415	老天拔地	379
白駒過隙	337	脫兔	141	衣錦晝遊	415	老牛舐犢	379
白龍魚服	337	字裏行間	137	衣錦還鄉	415	老生常談	379
白頭如新	337	字斟句酌	137	衣繡夜行	415	老生常譚	379
白頭到老	337	安之若素	141	衣繡晝行	415	老姦巨猾	380
白璧微瑕	337	安土重居	141	充類至盡	55	老羞變怒	380
仙山樓閣	43	安土重遷	141	冰天雪窖	64	老弱殘兵	380
仙風道骨	43	安土樂業	141	冰肌玉骨	64	老馬識途	380
仙露明珠	43	安不忘危	141	冰消瓦解	64	老蚌生珠	380
瓜田李下	326	安分守己	141	冰消瓦離	64	老氣橫秋	380
瓜字初分	326	安如泰山	141	冰清玉潔	64	老當益壯	380
瓜剖豆分	326	安邦定國	141	冰清玉潤	65	老態龍鍾	380
瓜熟蒂落	326	安步當車	141	冰雪聰明	65	老嫗能解	380
瓜皮搭李樹	326	安身立命	142	冰絃玉柱	65	老熊當道	380
奴顏婢色	132	安於泰山	142	冰壺秋月	65	老醫少卜	380
奴顏婢睞	132	安於磐石	142	冰散瓦解	65	老罷當道	380
奴顏婢膝	132	安居樂業	142	冰解凍釋	65	老蠶作繭	380
		安家樂業	142	冰魂雪魄	65	老死不相往來	380
六　畫		安貧樂道	142	州官放火	161	老驥伏櫪,志在	
汗牛充棟	290						

千里	381	成羣結隊	203
臣心如水	389	成羣結夥	203
再衰三竭	63	成雙作對	203
再造之恩	63	成也蕭何，敗也	
再接再厲	63	蕭何	204
西子捧心	417	成事不說，既往	
西河之痛	417	不咎	204
西施捧心	417	成則公侯，敗則	
朽木不雕	265	賊子	204
朽木死灰	265	成人不自在，自	
朽木糞土	265	在不成人	204
朽木糞牆	265	在谷滿谷	113
扣盤捫燭	210	在官言官	114
灰飛烟滅	304	在家出家	114
灰頭土面	304	在他矮簷下，怎	
死乞白賴	280	敢不低頭	114
死心塌地	280	百了千當	338
死不足惜	280	百丈竿頭	338
死不瞑目	280	百川朝宗	338
死中求生	280	百川歸海	338
死中求活	280	百犬吠聲	338
死去活來	280	百孔千創	338
死生有命	281	百孔千瘡	338
死皮賴臉	281	百年偕老	338
死灰復然	281	百折不撓	338
死有餘辜	281	百步穿楊	338
死而後已	281	百里負米	338
死而無怨	281	百身何贖	338
死而無悔	281	百事大吉	338
死求白賴	281	百事無成	339
死於非命	281	百依百順	339
死眉瞪眼	281	百依百隨	339
死無對證	281	百發百中	339
死裏逃生	281	百端交集	339
死馬當活馬醫	281	百廢俱興	339
死了王屠，連毛		百戰百勝	339
吃豬	281	百鍛千鍊	339
成人之美	203	百聞不如一見	339
成千累萬	203	百無一用是書	
成仁取義	203	生	339
成年累月	203	百尺竿頭，更進	
成竹在胸	203	一步	339
成則爲王	203	百足之蟲，死而	
成家立業	203	不僵	339
成敗利鈍	203	有一無二	258
成敗論人	203	有才無命	258

有口皆碑	258	有緣千里能相會，	
有口無心	258	無緣對面不相	
有口難分	258	逢	261
有口難言	258	存亡繼絕	138
有天沒日	258	存心養性	138
有天無日	258	存而不論	138
有目共賞	258	存十一於千百	138
有死無二	259	至再至三	392
有名亡實	259	至死不悟	392
有名無實	259	至死不變	392
有言在先	259	至矣盡矣	392
有志竟成	259	至高無上	392
有求必應	259	迅雷不及掩耳	438
有所不爲	259	尖酸刻薄	155
有始有終	259	尖酸剋薄	155
有始無終	259	尖嘴猴腮	155
有恃無恐	259	尖嘴薄舌	156
有勇無謀	259	尖擔兩頭脫	156
有氣沒力	259	尖擔擔柴兩頭	
有條不紊	259	脫	156
有教無類	259	光天化日	55
有眼無珠	259	光芒萬丈	55
有朝一日	259	光明正大	55
有備無患	259	光明磊落	55
有意無意	259	光怪陸離	55
有損無益	260	光前裕後	55
有隙可乘	260	光前絕後	55
有腳書廚	260	光風化日	56
有腳陽春	260	光風霽月	56
有頭有尾	260	光陰如箭	56
有頭無尾	260	光陷萬丈	56
有嘴無心	260	光陰似箭，日月	
有機可乘	260	如梭	56
有聲有色	260	此事體大	279
有子萬事足	260	此處不留人，自	
有天沒日頭	260	有留人處	279
有一搭沒一搭	260	早知今日，悔不	
有志不在年高	260	當初	248
有治人無治法	260	早知如此，悔不	
有眼不識泰山	260	當初	248
有錢使得鬼推		吐故納新	94
磨	260	吐剛茹柔	94
有錢能使鬼推		吐哺握髮	94
磨	260	吐絲自縛	94
有則改之，無則		吐膽傾心	94
加勉	260	曳尾塗中	256

曳裾王門	256	因敵取資	111	先憂後樂	56	各自爲政	97
同工異曲	94	因噎廢食	111	先覩爲快	57	各自爲戰	97
同文同軌	94	因樹爲屋	111	先聲後實	57	各奔前程	97
同心一力	94	吃不了，挽着走	96	先聲奪人	57	各得其所	97
同心并立	94	回山倒海	111	先難後獲	57	各從其志	97
同心同德	94	回心轉意	111	先驅螻蟻	57	各爲其主	97
同心合意	94	回天之力	111	先下手爲強	57	各夢同牀	97
同心協力	94	回光返照	111	丟三忘四	30	各人自掃門前雪，
同心戮力	94	回黃倒綠	111	丟三落四	30	莫管他人屋上
同日而語	94	回黃轉綠	111	丟盔卸甲	30	霜	97
同仇敵愾	94	回腸蕩氣	111	丟下耙兒弄掃帚	30	削趾適屨	69
同功一體	94	回顧之憂	111	牝牡驪黃	316	夙世冤家	120
同甘共苦	94	肉山脯林	384	牝雞司晨	316	夙興夜寐	120
同年而語	95	肉眼愚眉	384	舌敝耳聾	395	危在旦夕	87
同舟共濟	95	收回成命	233	舌撟不下	395	危言危行	87
同舟敵國	95	收視反德	233	舌劍唇槍	395	危言高論	87
同門異戶	95	全受全歸	59	竹苞松茂	363	危於累卵	87
同牀各夢	95	全真養素	59	竹報平安	363	危若朝露	87
同美相妬	95	全無心肝	59	竹頭木屑	363	色衰愛弛	397
同室操戈	95	合浦珠還	96	名下無虛	96	色授魂與	397
同流合污	95	合從連衡	96	名士風流	96	色屬內荏	397
同袍同澤	95	年老力弱	168	名山大川	96	印纍綬若	87
同病相憐	95	年在桑榆	168	名山事業	96	休牛歸馬	43
同氣連枝	95	年高德邵	168	名不虛立	96	休戚相關	43
同條共貫	95	年深日久	168	名不虛傳	96	休養生息	44
同惡相求	95	年深歲久	169	名正言順	96	伏而咶天	44
同惡相助	95	年富力強	169	名存實亡	96	伏低做小	44
同惡相濟	95	年輕力壯	169	名高難副	96	伏虎降龍	44
同歸殊塗	95	年誼世好	169	名從主人	96	伐毛洗髓	44
同聲相應，同氣		年穀不登	169	名落孫山	96	伐性之斧	44
相求	96	年頭月尾	169	名過其實	97	伐罪弔民	44
曲突徙薪	256	朱衣點首	265	名滿天下	97	自不量力	390
曲高和寡	256	朱衣點頭	265	名實不副	97	自以爲是	390
曲終奏雅	256	朱衣點額	265	名實相副	97	自立門戶	390
曲意逢迎	256	朱門繡戶	265	名標青史	97	自由自在	390
曲盡其妙	256	朱脣皓齒	265	名韁利鎖	97	自出心裁	390
因人成事	110	朱陳之好	265	名下無虛士	97	自出機杼	390
因小失大	110	朱輪華轂	265	多才多藝	119	自生自滅	390
因公行私	110	朱門酒肉臭，路		多多益善	119	自成一家	390
因公假私	110	有凍死骨	265	多財善賈	119	自有肺腸	390
因地制宜	110	先入爲主	56	多愁多病	119	自言自語	390
因利乘便	110	先見之明	56	多端寡要	120	自投羅網	390
因陋就簡	110	先花後果	56	多聞闕疑	120	自告奮勇	390
因勢利導	111	先斬後奏	56	多錢善賈	120	自我作古	390
因禍致福	111	先發制人	56	多藏厚亡	120	自我作故	390
因禍爲福	111	先意承旨	56	各自一家	97	自作自受	391

自知之明	391	行將就木	413	如墮烟霧	134	言過其實	422
自始至終	391	行雲流水	413	如膠如漆	135	言語道斷	422
自相矛盾	391	行不得也哥哥	413	如獲至寶	135	言談林藪	422
自相魚肉	391	行百里者半九		如釋重員	135	言歸于好	422
自相殘害	391	十	413	如人飲水,冷暖		言歸正傳	422
自相殘殺	391	行不更名,坐不		自知	135	言聽計從	422
自食其力	391	改姓	413			言語妙天下	422
自食其言	391	奸不廝欺,俏不		七　畫		言必信,行必果	422
自怨自艾	391	廝瞞	132	沆瀣一氣	291	言者無罪,聞者	
自高自大	391	好人難做	132	沈冤莫白	291	足戒	422
自強不息	391	好大喜功	132	沈魚落雁	291	忘年之交	186
自崖而反	391	好丹非素	133	沈博絕麗	291	忘其所以	186
自詒伊戚	391	好生之德	133	沈著痛快	291	忘恩背義	186
自欺欺人	391	好肉剜瘡	133	沈潛剛克	291	忘恩負義	186
自圓其說	392	好好先生	133	沈竈產鼃	291	良工心苦	397
自慚形穢	392	好事多磨	133	沈鬱頓挫	291	良玉不彫	397
自輕自賤	392	好來好去	133	沅芷澧蘭	291	良玉不瑑	397
自鳴得意	392	好爲人師	133	沐雨櫛風	291	良辰美景	397
自暴自棄	392	好爲事端	133	沐猴而冠	291	良金美玉	397
自鄶以下	392	好逸惡勞	133	決疣潰癰	291	良金璞玉	397
自鄶無譏	392	好語似珠	133	決腹斷頭	291	良藥苦口	397
自覺形穢	392	好謀善斷	133	沖州撞府	291	罕譬而喻	374
伊于胡底	44	好整以暇	133	沒沒無聞	291	初出茅廬	70
向火乞兒	98	好戴高帽	133	沒精打采	292	初發芙蓉	70
向平願了	98	好女不穿嫁時		沒齒不忘	292	初寫黃庭	70
向隅而泣	98	衣	133	完璧歸趙	142	初生之犢不怕虎	70
向壁虛造	98	好事不出門,惡		宋斤魯削	142	社鼠城狐	353
血流成河	412	事行千里	133	宋畫吳冶	142	冷煖自知	65
血流漂杵	412	如石投水	133	牢不可破	316	冷語冰人	65
血淚盈襟	412	如出一口	134	快馬加鞭	187	冷眼看螃蟹	65
似是而非	44	如坐春風	134	快刀斬亂麻	187	冶容誨淫	65
似曾相識	44	如坐針氈	134	言人人殊	421	冶葉倡條	65
似曾相識燕歸來	44	如坐雲霧	134	言之成理	421	灼艾分痛	304
任重道悠	45	如法炮製	134	言文刻深	421	弄口鳴舌	171
任重道遠	45	如拾地芥	134	言方行圓	421	弄月嘲風	171
任勞任怨	45	如風過耳	134	言不及義	421	弄巧成拙	171
仰人鼻息	44	如狼如虎	134	言不盡意	421	弄性尚氣	171
仰事俯畜	44	如狼牧羊	134	言必有中	421	弄鬼掉猴	171
仰首伸眉	44	如荼如火	134	言而有信	421	弄假成真	171
仰屋著書	44	如魚得水	134	言而無信	421	形形色色	177
仰望終身	44	如湯沃雪	134	言行相詭	421	形迹可疑	177
仰不愧於天,俯不		如湯澆雪	134	言近指遠	421	形格勢禁	177
怍於人	44	如湯灌雪	134	言若懸河	421	形單影隻	177
舟中敵國	396	如運諸掌	134	言爲心聲	421	形影不離	177
行尸走肉	413	如喪考妣	134	言猶在耳	422	形影相弔	177
行若狗彘	413	如雷貫耳	134	言提其耳	422	形影相親	177

形銷骨立	177	更深人靜	256	批亢擣虛	210	尿流屁滾	157
志士仁人	186	更僕難數	256	批風抹月	210	孜孜不倦	138
志大才疏	186	更難僕數	257	批郤導窾	210	防患未然	464
志在四方	186	更上一層樓	257	扼喉撫背	210	防意如城	464
志同道合	187	束之高閣	265	抉瑕擿釁	211	防微杜漸	464
志同願等	187	束手待斃	265	把臂入林	211	阮囊羞澀	464
志高氣揚	187	束手就擒	265	扭扭屹屹	211	阪上走丸	464
志得意滿	187	束手無措	266	扭扭捏捏	211	忍心害理	187
走投無路	432	束手無策	266	投其所好	211	忍尤攘詬	187
走花溜水	432	束馬懸車	266	投畀豺虎	211	忍俊不禁	187
走馬看花	432	克己奉公	57	投桃報李	211	忍辱含羞	187
赤子之心	431	克己復禮	57	投閑置散	211	忍辱貟重	187
赤口白舌	431	克勤克儉	57	投筆從戎	211	忍辱偷生	187
赤口毒舌	431	克愛克威	57	投隙抵巇	211	忍氣吞聲	187
赤心報國	431	杜口吞聲	266	投鼠忌器	211	忍無可忍	187
赤手空拳	431	杜口裏足	266	投鞭斷流	211	忍儁不禁	187
赤舌燒城	431	杜門却掃	266	抑強扶弱	211	芒刺在背	398
赤車駟馬	431	杜漸防萌	266	抑揚頓挫	211	芒靱慢栝	398
赤壁鏖兵	432	杜漸防微	266	折足覆餗	211	芝艾俱焚	398
赤縣神州	432	材疎志大	266	折長補短	212	芝草無根	398
赤膽忠心	432	杞人憂天	266	折戟沉沙	212	芝焚蕙歎	398
赤繩繫足	432	杞宋無徵	266	折鼎覆餗	212	芝蘭之室	398
攻苦食淡	234	李代桃僵	266	折節下士	212	芝蘭玉樹	398
攻苦食啖	234	匣裏龍吟	77	折槁振落	212	步步爲營	279
攻城略地	234	匣劍帷燈	77	折衝尊俎	212	步線行針	279
攻其無備，出其		求之不得	289	折臂三公	212	步履維艱	279
不意	234	求仁得仁	289	扳龍附鳳	212	步步生蓮花	279
攻無不取，戰無		求田問舍	289	抓耳搔腮	212	旰食宵衣	248
不勝	234	求全之毀	289	抓耳撓腮	212	肝腦塗地	384
孝子順孫	138	求全責備	289	抓乖賣俏	212	肝膽胡越	384
孝子慈孫	138	求名責實	289	否終則泰	98	肝膽相照	384
孝子賢孫	138	求馬唐肆	289	否極泰來	98	肚裏淚下	384
坎井之蛙	114	求漿得酒	290	尨眉皓髮	156	助天爲虐	75
坎止流行	114	求賢如渴	290	冢交獸畜	427	助我張目	75
劫劫巴巴	75	求賢若渴	290	邪魔外道	445	助紂爲虐	75
豆分瓜剖	426	求親靠友	290	改弦更張	234	助桀爲虐	75
豆重榆瞑	426	求人不如求己	290	改弦易張	234	貝聯珠貫	429
豆剖瓜分	427	抖擻精神	210	改弦易調	234	見仁見知	418
車水馬龍	436	抌風儛潤	210	改弦易轍	234	見多識廣	418
車在馬前	436	抗心希古	210	改張易調	234	見危授命	418
車攻馬同	436	抗塵走俗	210	改過自新	234	見利忘義	418
車殆馬煩	436	扶老攜幼	210	改頭換尾	234	見利思義	418
車馬駢闐	436	扶危濟困	210	改頭換面	234	見怪不怪	418
車笠之交	436	扶東倒西	210	尾大不掉	157	見兔顧犬	418
車載斗量	436	扶搖直上	210	尾大難掉	158	見神見鬼	418
更姓改物	256	扶傾濟弱	210	屁滾尿流	157	見財起意	418

見笑大方	418	吹影鏤塵	99	禿衿小袖	356	衣妝	45
見異思遷	418	吹皺一池春水	99	秀才人情	356	伶牙利齒	45
見景生情	418	吮癰舐痔	99	秀外惠中	356	作筏子	45
見義勇爲	419	囫圇吞棗	112	秀外慧中	356	作死馬醫	45
見微知著	419	壯士解腕	118	秀而不實	356	作好作歹	45
見賢思齊	419	壯夫不爲	118	秀色可餐	356	作法自敝	46
見機而作	419	含牙戴角	99	我行我素	204	作法自斃	46
見機行事	419	含血吮瘡	99	我見猶憐	204	作舍道邊	46
見錢眼開	419	含血噴人	99	我醉欲眠	204	作威作福	46
見獵心喜	419	含沙射影	99	我黼子佩	204	作姦犯科	46
吠非其主	98	含辛茹苦	100	每下愈況	284	作張作致	46
吠形吠聲	98	含垢納汙	100	每況愈下	284	作賊心虛	46
別出心裁	69	含英咀華	100	每飯不忘	284	作嬌作癡	46
別出機杼	69	含哺鼓腹	100	吞刀吐火	98	作繭自縛	46
別有天地	69	含笑入地	100	吞舟之魚	98	你死我活	45
別具肺腸	69	含飴弄孫	100	吞雲吐霧	98	伯仲之間	46
別具隻眼	69	含糊了事	100	位卑言高	45	伯道無兒	46
別風淮雨	70	含蓼問疾	100	位極人臣	45	伯歌季舞	46
別開生面	70	含齒戴髮	100	延年益壽	171	低三下四	46
別鶴孤鸞	70	坐井觀天	114	延頸企踵	171	低首下心	46
別鶴離鸞	70	坐不垂堂	114	延頸舉踵	171	低聲下氣	47
男婚女嫁	329	坐不窺堂	114	兵不血刃	62	迎刃而解	438
男歡女愛	329	坐以待旦	114	兵不厭詐	62	迎來送往	438
男大須婚，女大		坐以待斃	114	兵不厭權	62	卵與石鬬	88
須嫁	329	坐地分贓	114	兵連禍結	62	狂奴故態	318
足蹈手舞	433	坐而待旦	114	兵貴先聲	62	狂花病葉	318
困心衡慮	111	坐而論道	114	兵貴神速	62	狂風暴雨	318
困知勉行	112	坐吃山空	114	兵慌馬亂	62	狂風驟雨	318
困獸猶鬬	112	坐吃山崩	115	兵來將敵，水來		近水惜水	438
吳下阿蒙	98	坐言起行	115	土堰	62	近水樓臺	438
吳牛喘月	98	坐喜立嗔	115	兵隨將轉，將逐		近在咫尺	438
吳市吹簫	98	坐無車公	115	符行	62	近在眉睫	438
吳帶曹衣	98	坐薪懸膽	115	佐雝得嘗	45	近悅遠來	438
吳越同舟	98	坐懷不亂	115	皁絲麻線	339	近說遠來	438
吳頭楚尾	98	坐籌帷幄	115	身不由己	435	近朱者赤，近墨	
吟風弄月	99	坐觀成敗	115	身先士卒	435	者黑	438
吟風詠月	99	坐山觀虎鬬	115	身名俱泰	435	返老還童	439
吸風飲露	99	告朔餼羊	100	身家性命	435	妨功害能	135
吸盡西江水	99	牡丹雖好，還要		身強力壯	435	妍皮不裹癡骨	135
吹大法螺	99	綠葉扶持	316	身經百戰	435	努力加餐	75
求毛求瑕	99	利口捷給	70	身輕言微	435	妙手空空	135
吹毛索疵	99	利以昏智	70	身體力行	435	妙處不傳	135
吹波助瀾	99	利市三倍	70	佛口蛇心	45	妙絕時人	135
吹氣勝蘭	99	利令智昏	70	佛眼相看	45	妖言惑衆	135
吹雲潑墨	99	利析秋毫	70	佛頭著糞	45		
		利欲熏心	70	佛是金妝，人是		八　畫	
				河山帶礪	292		

河東獅吼	292	怡然自樂	188	奉辭伐罪	131	長齋繡佛	460
河清海晏	292	怡聲下氣	188	玩世不恭	323	長繩繫日	460
河清難俟	292	怡顏悦色	188	玩物喪志	323	長安居大不易	460
河魚腹疾	292	戺日而食	169	玩歲愒日	323	長江後浪推前	
河落海乾	292	盲人説象	344	青天白日	475	浪	461
河漢斯言	292	盲人摸象	344	青天霹靂	475	長江後浪催前	
河海不擇細流	292	盲人瞎馬	344	青出於藍	475	浪	461
沽名弔譽	292	庚癸之呼	169	青紅皂白	476	長他人鋭氣,滅	
沽名釣譽	292	夜以繼日	120	青梅竹馬	476	自己威風	461
沸沸揚揚	293	夜以繼日	120	青雲干呂	476	長他人之志氣,	
泥牛入海	293	夜以繼晝	120	青雲直上	476	滅自己之威	
泥多佛大	293	夜長夢多	120	青黄不交	476	風	461
泥沙俱下	293	夜雨對牀	120	青黄不接	476	者也之乎	381
泥船渡河	293	夜郎自大	120	青黄未接	476	東山再起	266
泥塑木雕	293	夜蛾赴火	120	青燈黄卷	476	東方千騎	266
沾沾自喜	293	於安思危	243	青錢萬選	476	東市朝衣	267
沾親帶友	293	放牛歸馬	234	青藜學士	476	東扶西倒	267
油腔滑調	293	放言遣辭	234	青蠅弔客	476	東抹西塗	267
油燥猢猻	293	放虎自衞	234	青春不再來	476	東門黄犬	267
油頭粉面	293	放虎歸山	235	表里山河	415	東施效顰	267
油嘴滑舌	293	放浪不羈	235	表裏如一	415	東食西宿	267
沿才授職	293	放浪形骸	235	表壯不如裏壯	415	東風馬耳	267
沿波討源	293	放梟囚鳳	235	孟方水方	340	東海揚塵	267
波駭雲屬	293	放辟邪侈	235	妻梅子鶴	135	東倒西歪	267
波瀾老成	293	放飯流歠	235	幸災樂禍	169	東張西望	267
波屬雲委	293	放蕩不羈	235	取青妃白	90	東窗事犯	267
卷土重來	88	放之四海而皆		取精用弘	90	東窗事發	267
官不易方	143	準	235	長生久視	459	東塗西抹	267
官止神行	143	放下屠刀,立地		長生不老	459	東鄰西舍	268
官官相爲	143	成佛	235	長目飛耳	459	東西南北人	268
官官相護	143	放下屠刀,立便		長江天塹	459	東西南北客	268
官清氈冷	143	成佛	235	長耳飛目	459	東風射馬耳	268
官逼民反	143	刻木爲吏	70	長吁短歎	459	東風過馬耳	268
官樣文章	143	刻舟求劍	71	長治久安	459	東風壓倒西風	268
官息於有成	143	刻足適履	71	長者家兒	460	事不由己	32
空中樓閣	359	刻畫無鹽	71	長枕大被	460	事半功倍	32
空穴來風	359	刻鵠類鶩	71	長林豐草	460	事與心違	32
空谷足音	359	房謀杜斷	206	長命富貴	460	事與願違	32
空空如也	360	炊沙作飯	304	長風破浪	460	事不關心,關心	
空洞無物	360	炊金饌玉	304	長袖善舞	460	者亂	32
怙惡不悛	188	奉公守法	130	長惡不悛	460	事出有因,查無	
怵心劌目	188	奉令承教	131	長歌當哭	460	實據	32
怡硬欺軟	188	奉行故事	131	長慮卻顧	460	卧不安枕	389
怡情悦性	188	奉揚仁風	131	長慮顧後	460	卧不安席	389
怡情理性	188	奉頭鼠竄	131	長篇大論	460	卧苦枕塊	389
怡然自得	188	奉檄色喜	131	長篇累牘	460	卧薪嘗膽	389

臥榻豈容鼾睡	389	枉費心機	269	披雲見日	215	來而不往,非禮
雨淋日炙	472	杯弓蛇影	269	披雲覩日	215	也	47
雨散雲飛	472	杯水車薪	269	披裘負薪	215	來說是非者,便
雨過天青	472	杯水輿薪	269	披榛採蘭	215	是是非人	47
雨順風調	472	杯盤狼藉	269	披頭散髮	215	亞肩疊背	34
雨絲風片	472	枇杷門巷	269	披露肝膽	215	奇文共賞	131
雨跡雲蹤	472	析律貳端	269	披雲霧覩青天	215	奇形詭狀	131
刺骨懸梁	71	板板六十四	269	招災惹禍	215	奇技淫巧	131
刺鎗弄棒	71	拉三扯四	212	招軍買馬	216	奇庬福艾	131
兩小無猜	59	拉枯折朽	213	招降納叛	216	奇貨可居	131
兩次三番	59	挂笏看山	213	招風惹雨	216	門不停賓	461
兩豆塞耳	59	抹月批風	213	招風惹草	216	門可羅雀	461
兩兩三三	59	抹一鼻子灰	213	招風攬火	216	門生故吏	461
兩虎相鬪	59	拒諫飾非	213	招搖過市	216	門到戶說	461
兩面三刀	59	拒人於千里之		招搖撞騙	216	門庭若市	461
兩袖清風	59	外	213	招賢納士	216	門無雜賓	461
兩部鼓吹	60	拔十得五	213	招權納賄	216	門當戶對	461
兩敗俱傷	60	拔丁抽楔	213	拈斤播兩	216	門牆桃李	462
兩葉掩目	60	拔刀相助	213	拈花惹草	216	居安思危	158
兩鼠鬪穴	60	拔本塞原	213	拈花微笑	216	居安資深	158
兩頭三面	60	拔來報往	213	拈輕掇重	216	居利思義	158
兩頭白面	60	拔茅連茹	213	抽丁拔楔	216	居官守法	158
兩瞽相扶	60	拔犀擢象	213	抽青妃白	216	居高臨下	158
兩雄不俱立	60	拔新領異	213	抽抽搭搭	216	居移氣,養移體	158
其應若響	62	拔葵去織	214	抽薪止沸	216	屈打成招	158
邯鄲學步	445	拔幟易幟	214	拙口鈍腮	216	屈高就下	158
直木先伐	344	拔樹尋根	214	拖人下水	217	屈節辱命	158
直木必伐	344	拔了蘿蔔地皮		拖泥帶水	217	屈豔班香	158
直言骨鯁	344	寬	214	抱布貿絲	217	承上起下	212
直言無諱	344	抛塼引玉	214	抱冰公事	217	承上接下	212
直情徑行	344	抛頭露面	214	抱恨終天	217	承先啟後	212
直諒多聞	344	披心相付	214	抱殘守缺	217	承顏候色	212
述而不作	439	披心瀝血	214	抱蔓摘瓜	217	孤立無援	138
枕山棲谷	268	披毛求疵	214	抱頭鼠竄	217	孤臣孽子	138
枕戈坐甲	268	披毛索靨	214	抱甕出罐	217	孤身隻影	138
枕戈待旦	268	披毛戴角	214	抱薪救火	217	孤注一擲	138
枕戈寢甲	268	披沙揀金	214	抱關擊柝	217	孤兒寡婦	138
枕中鴻寶	268	披沙簡金	214	拊背扼喉	217	孤苦伶仃	138
枕石漱流	268	披肝瀝膽	214	拆白道字	217	孤陋寡聞	139
枕流漱石	268	披星帶月	215	拆牌道字	218	孤家寡人	139
枉己正人	268	披星戴月	215	來日大難	47	孤恩負義	139
枉口拔舌	268	披荊斬棘	215	來者不拒	47	孤雲別鶴	139
枉尺直尋	268	披麻救火	215	來者可追	47	孤雲野鶴	139
枉道事人	269	披麻帶孝	215	來情去意	47	孤掌難鳴	139
枉費心力	269	披麻帶索	215	來處不易	47	孤雌寡鶴	139
枉費心計	269	披堅執銳	215	來龍去脈	47	孤雛腐鼠	139

孤犢觸乳	139	虎踞龍盤	408	忠孝節義	188	金城湯池	450
孤鸞別鶴	139	虎踞龍蟠	408	忠肝義膽	188	金相玉潤	450
附贅縣疣	464	虎頭蛇尾	408	忠魂義魄	188	金相玉質	450
附驥攀鴻	465	虎嘯風生	408	咄咄怪事	100	金屋貯嬌	450
非人所爲	477	虎體熊腰	408	咄咄書空	100	金屋藏嬌	450
非日非月	477	肯堂肯構	384	咄咄逼人	101	金科玉度	450
非池中物	477	卓然不羣	85	呼幺喝六	101	金科玉律	450
非夷非惠	477	卓爾不羣	85	呼天不聞	101	金科玉條	451
非同小可	477	具體而微	62	呼天搶地	101	金風玉露	451
非同兒戲	477	味如嚼蠟	100	呼牛作馬	101	金翅擘海	451
非我族類	477	肥馬輕裘	384	呼牛呼馬	101	金馬玉堂	451
非常異義	477	呵佛罵祖	100	呼庚呼癸	101	金剛努目	451
非異人任	477	呀嘴弄舌	100	呼朋引類	101	金針度人	451
非意相干	477	明火持仗	248	呼盧喝雉	101	金烏玉兔	451
非愚則誣	477	明火執杖	248	呼蛇容易遣蛇		金崑玉友	451
非親非故	477	明火執仗	248	難	101	金釵十二	451
非錢不行	478	明日黃花	248	牀上安牀	313	金童玉女	451
非驢非馬	478	明月入懷	248	牀上施牀	313	金貂換酒	451
芳蘭竟體	398	明正典刑	248	牀上鋪牀	314	金鼓齊鳴	451
芙蓉出水	398	明目張膽	248	牀頭金盡	314	金碧輝煌	451
芥子納須彌	398	明刑不戮	248	岸然道貌	161	金榜題名	451
花天酒地	398	明見萬里	248	受寵若驚	91	金甌無缺	452
花好月圓	398	明知故犯	249	采薪之憂	447	金漿玉醴	452
花言巧語	398	明效大驗	249	采蘭贈藥	447	金質玉相	452
花枝招展	399	明珠暗投	249	爭名奪利	312	金龜換酒	452
花花太歲	399	明珠彈雀	249	爭多競少	312	金聲玉振	452
花花世界	399	明珠闇投	249	爭長論短	312	金聲玉耀	452
花明柳暗	399	明恥教戰	249	爭風喫醋	312	金題玉躞	452
花紅柳綠	399	明哲保身	249	念念不忘	188	金蟬脫殼	452
花容月貌	399	明眸善睞	249	念茲在茲	188	金雞獨立	452
花朝月夕	399	明眸皓齒	249	金口木舌	449	金虀玉膾	452
花朝月夜	399	明媒正娶	249	金戈鐵馬	449	金玉其外,敗絮	452
花街柳陌	399	明察秋毫	249	金友玉昆	449	其中	452
花街柳巷	399	明察暗訪	249	金玉之言	449	舍己芸人	395
花團錦簇	399	明罰敕法	249	金玉良言	449	舍己從人	395
花藜胡哨	399	明鏡高懸	249	金玉滿堂	449	舍本事末	395
花攢錦簇	399	明修棧道,暗度		金石爲開	449	舍本逐末	395
虎口逃生	407	陳倉	250	金石絲竹	449	舍生取義	395
虎口餘生	408	明鎗好躲,暗箭		金字招牌	449	舍生取誼	395
虎穴龍潭	408	難防	250	金印紫綬	450	舍死忘生	395
虎皮羊質	408	明鎗易躲,暗箭		金印繫肘	450	舍我其誰	395
虎尾春冰	408	難防	250	金吾不禁	450	舍近求遠	395
虎背熊腰	408	忠心赤膽	187	金谷酒數	450	舍近謀遠	396
虎視眈眈	408	忠心耿耿	187	金泥玉檢	450	舍短取長	396
虎窟龍潭	408	忠言拂耳	188	金枝玉葉	450	命中注定	101
虎飽鴟咽	408	忠言逆耳	188	金迷紙醉	450	命染黃沙	101

命儔嘯侶	101	朋黨比周	261	狗口裏吐不出	
命蹇時乖	101	周而不比	102	象牙	319
知人善任	349	周而復始	102	狐死兔泣	319
知水仁山	349	周情孔思	102	狐死首丘	319
知白守黑	350	兔死狗烹	57	狐朋狗友	319
知易行難	350	兔死狐悲	57	狐朋狗黨	319
知彼知己	350	兔走烏飛	57	狐埋狐搰	319
知疼着熱	350	兔角龜毛	57	狐假虎威	319
知雄守雌	350	兔飛烏走	57	狐假鴟張	319
知盡能索	350	兔起鳧舉	57	狐裘羔袖	319
知難而退	350	兔起鶻落	57	狐羣狗黨	319
知人知面不知		兔絲燕麥	58	欣欣向榮	277
心	350	依仁遊藝	47	所向披靡	206
知其一，不知其		依流平進	47	所向無敵	206
二	350	依草附木	47	所作所爲	206
知無不言，言無		依樣葫蘆	47	彼一時，此一時	178
不盡	350	依頭縷當	47	姑妄言之	135
秉燭夜遊	356	佳兵不祥	47	弩張劍拔	173
刮目相待	71	佳兒佳婦	48	弩箭離弦	173
刮垢磨光	71	佶屈聱牙	48	拏雲攫石	218
刮腸洗胃	71	使羊將狼	48	姍姍來遲	135
季布一諾	139	使氣白賴	48		
季常之癖	139	使貪使愚	48	**九　　畫**	
季常之懼	139	使智使勇	48	洋洋得意	294
和光同塵	102	使愚使過	48	洋洋纚纚	294
和衷共濟	102	使臂使指	48	洪水猛獸	294
和氣致祥	102	使功不如使過	48	洪水橫流	294
和盤托出	102	的一確二	339	洪福齊天	294
和顏悅色	102	卑禮厚幣	85	洪爐燎髮	294
委肉虎蹊	135	卑辭重幣	85	洞天福地	294
牧豕聽經	316	侏儒觀戲	48	洞見癥結	294
牧豬奴戲	316	倔得倔失	48	洞房花燭	294
物以類聚	316	伴色揣稱	48	洞察秋毫	294
物是人非	316	昏天黑地	250	洗心革志	294
物換星移	316	昏定晨省	250	洗心革面	294
物極必返	317	昏鏡重明	250	洗心革意	294
物極則反	317	昏鏡重磨	250	洗手奉職	294
物傷其類	317	狗仗人勢	318	洗耳拱聽	294
物腐蟲生	317	狗血噴頭	318	洗耳恭聽	294
物離鄉貴	317	狗尾續貂	318	洗垢求瘢	295
物以少爲貴	317	狗吠非主	318	洗垢索瘢	295
物以稀爲貴	317	狗苟蠅營	318	活剝生吞	295
炙手可熱	304	狗急跳牆	319	活龍活現	295
炙冰使燥	304	狗盜雞鳴	319	活靈活現	295
炙鷄絮酒	304	狗彘不若	319	洛陽紙貴	295
服低做小	261	狗彘不食其餘	319	美人香草	376

美女破舌	376
美女簪花	376
美不勝收	376
美中不足	376
美如冠玉	376
美男破老	377
美意延年	377
美輪美奐	377
姜太公釣魚	135
送抱推襟	439
送往迎來	439
送往事居	439
送故迎新	439
送暖偷寒	439
送舊迎新	439
前三後四	71
前仆後繼	71
前功俱廢	71
前功盡棄	71
前目後凡	71
前因後果	71
前仰後合	71
前車之鑒	71
前度劉郎	72
前挽後推	72
前倨後恭	72
前訶後擁	72
前程萬里	72
前歌後舞	72
前怕狼，後怕虎	72
前不到村，後不	
到店	72
前不着村，後不	
着店	72
前事不忘，後事	
之師	72
前無古人，後無	
來者	72
前無來人，後無	
繼者	72
並行不悖	28
並駕齊驅	28
迷塗知反	439
迷離撲朔	439
逆取順守	439
逆來順受	439

首尾相應	491	神工鬼斧	353	城狐社鼠	115	相知恨晚	345
首身分離	491	神之又神	353	赴火蹈刃	432	相依爲命	345
首屈一指	491	神出鬼行	353	赴湯蹈火	432	相風使帆	345
首施兩端	491	神出鬼沒	353	要言不煩	417	相視莫逆	345
首鼠兩端	491	神乎其神	353	甚囂塵上	327	相得益章	345
室如懸磬	143	神色自若	353	革故鼎新	479	相得益彰	345
室怒市色	143	神怡心曠	353	革面悛心	479	相煎何急	345
室邇人遐	143	神思恍惚	353	革舊從心	479	相敬如賓	345
室邇人遠	143	神通廣大	354	南山可移	85	相機行事	345
穿雲裂石	360	神道設教	354	南州冠冕	85	相濡以沫	345
穿壁引光	360	神魂顛倒	354	南枝北枝	85	相驚伯有	345
恃才傲物	191	神頭鬼面	354	南征北伐	85	枵腹從公	270
恃強凌弱	191	神機妙策	354	南金東箭	85	柳巷花街	270
恃德者昌,恃力		神機妙算	354	南柯一夢	85	柳暗花明	270
者亡	191	神嚎鬼哭	354	南面百城	85	柳暗花濃	270
恢恢有餘	191	咨牙露嘴	102	南風不競	85	柳綠花紅	270
恢恑憰怪	191	炳炳烺烺	305	南船北馬	86	皆大歡喜	339
恨之入骨	191	炳炳麟麟	305	南腔北調	86	挖耳當招	218
恨相知晚	191	炳燭夜遊	305	南箕北斗	86	按兵不動	218
恨鐵不成鋼	191	炮火連天	305	南轅北轍	86	按部就班	218
恨不相逢未嫁		炮鳳烹龍	305	南鷂北鷹	86	按圖索駿	218
時	191	契舟求劍	131	南蠻鴃舌	86	按圖索驥	218
恨小非君子,		春山如笑	250	南征北討,東蕩		持刀動杖	218
無毒不丈夫	191	春冰虎尾	250	西除	86	持之有故	218
恫疑虛猲	191	春光明媚	250	故弄玄虛	235	持平之論	218
恬不知怪	191	春祈秋報	250	故家遺俗	235	持祿養交	218
恬不知恥	191	春花秋月	250	故宮禾黍	235	持衡擁璇	218
恬不爲怪	192	春秋鼎盛	250	故智復萌	235	持籌握算	219
恬而不怪	192	春風化雨	250	故態復萌	235	挂一漏萬	219
計不旋踵	422	春風風人	250	故劍情深	235	拱揖指揮	219
計出萬全	422	春風得意	250	故舊不遺	235	指山說磨	219
哀而不傷	102	春蚓秋蛇	250	胡打海摔	385	指山賣磨	219
哀兵必勝	102	春華秋實	251	胡言亂語	385	指天射魚	219
哀絲豪竹	102	春誦夏弦	251	胡作非爲	385	指天畫地	219
哀感頑豔	102	春樹暮雲	251	胡枝扯葉	385	指天誓日	219
哀毀骨立	102	春露秋霜	251	胡思亂量	385	指不勝屈	219
郊寒島瘦	445	春蘭秋菊	251	胡思亂想	385	指日可待	219
度日如年	169	毒手尊拳	284	枯木生華	269	指手畫脚	219
度日如歲	169	玲瓏剔透	323	枯木朽株	269	指手劃脚	219
度長絜大	169	封豕長蛇	150	枯木死灰	269	指東畫西	219
度德量力	169	封妻蔭子	150	枯魚銜索	270	指東話西	219
冠山戴粒	63	封胡遏末	150	枯楊生稊	270	指東摘西	219
冠蓋往來	63	封疆畫界	151	枯樹逢春	270	指東劃西	219
冠蓋相望	63	城下之盟	115	相反相成	345	指桑罵槐	219
冠履倒易	63	城北徐公	115	相安無事	345	指鹿爲馬	220
軍法從事	436	城門失火	115	相門有相	345	指雁爲羹	220

指揮若定	220	咫尺天涯	103	背城借一	385	星羅環布	252
指畫口授	220	咫尺萬里	103	苦心孤詣	400	思不出位	188
指腹成親	220	咫角驂駒	103	苦中作樂	400	思如湧泉	188
指腹割衿	220	屍居餘氣	158	苦盡甘來	400	思前想後	189
指腹裁襟	220	屋下架屋	158	苦海無邊,回頭		思深憂遠	189
指腹爲婚	220	屋漏更遭連夜		是岸	400	思賢如渴	189
指腹爲親	220	雨	158	若敖鬼餒	399	畏天知命	329
拾人牙慧	220	韋編三絕	480	若隱若現	399	畏首畏尾	330
拾人涕唾	220	眉目如畫	345	若要人莫知,除		品竹調弦	103
拾人唾涕	220	眉來眼去	345	非己不爲	400	品竹調絲	103
拾遺補闕	220	眉花眼笑	346	苦眼鋪眉	400	品竹彈絲	103
奔逸絕塵	131	眉清目秀	346	苗而不秀	400	品頭論足	103
咸五登三	103	眉開眼笑	346	苟全性命	400	迴光返照	439
尾眉黃髮	88	眉頭一皺,計上		苟合取容	400	迴黃轉綠	440
威風凜凜	136	心來	346	苟延危喘	400	迴腸傷氣	440
威鳳一羽	136	降心相從	465	苟延殘喘	400	迴腸蕩氣	440
威鳳祥麟	136	降志辱身	465	苟媚取容	400	逃之夭夭	440
殃及池魚	281	降貴紆尊	465	咬文嚼字	103	竿頭進步	363
盃酒解怨	341	降龍伏虎	465	咬牙切齒	103	卻之不恭	88
杯盤狼藉	341	飛文染翰	486	咬釘嚼鐵	103	食不下咽	487
研京練都	351	飛沙走石	486	咳唾成珠	103	食不甘味	488
研精覃思	351	飛災橫禍	486	眄視指使	346	食不重味	488
厚貌深情	88	飛砂轉石	486	眛己瞞心	251	食不兼味	488
厚德載福	88	飛針走線	486	眇眇忽忽	346	食少事煩	488
面不改色	478	飛芻輓粟	486	是古非今	251	食日萬錢	488
面目可憎	478	飛鳥依人	486	是非曲直	251	食毛踐土	488
面似靴皮	478	飛黃騰達	486	是是非非	251	食玉炊桂	488
面似蓮花	478	飛黃騰踏	486	是可忍,孰不可		食古不化	488
面如冠玉	478	飛揚拔扈	486	忍	251	食肉寢皮	488
面折廷爭	478	飛短流長	487	是非只爲多開		食言而肥	488
面命耳提	478	飛蛾投火	487	口	251	食味方丈	488
面面相覷	479	飛蛾赴火	487	是非終日有,不		食前方丈	488
面面廝覷	479	飛蛾撲火	487	聽自然無	252	食租衣稅	488
面從後言	479	飛蒼走黃	487	則識衣衫不識人 73		食不厭精,膾不	
面牆而立	479	飛蓬隨風	487	昭然若揭	252	厭細	488
勁骨豐肌	75	飛熊入夢	487	映雪讀書	252	看人眉睫	346
柔茹剛吐	270	飛聲騰實	487	星火燎原	252	看朱成碧	346
柔能制剛	270	飛蠅垂珠	487	星行電征	252	看風使帆	346
矜糾收繚	349	飛簷走壁	487	星移斗轉	252	看風使船	346
矜矜業業	349	飛鷹走犬	487	星移物換	252	看殺衛玠	346
勇冠三軍	75	飛鷹走狗	487	星馳電走	252	重金兼紫	448
勇猛精進	75	削木爲吏	72	星馳電發	252	重規襲矩	448
退有後言	439	削足適履	72	星離豆剖	252	重熙累洽	448
退思補過	439	背山起樓	385	星離雨散	252	垂頭喪氣	115
退避三舍	439	背井離鄉	385	星羅棋布	252	秋月春風	356
咫尺千里	103	背本趨末	385	星羅雲布	252	秋風過耳	356

秋高氣爽	356	風中之燭	483	即心即佛	88	向膽邊生	191
秋毫之末	356	風月常新	483	即事窮理	88	姚黃魏紫	136
秋菊春蘭	356	風月無邊	484	即以其人之道，		拏雲攫石	218
秋豪無犯	356	風行草偃	484	還治其人之		姦人之雄	136
秋風掃落葉	356	風行草靡	484	身	88	姦不廝欺，俏不	
香火因緣	492	風吹雨打	484	皇天后土	339	廝瞞	136
香車寶馬	492	風吹草動	484	皇親國戚	340	紆尊降貴	367
香花供養	492	風雨同舟	484	皇天不負好心人	340	紅豆相思	367
香消玉減	492	風雨如晦	484	皇天不負苦心人	340	紅男綠女	367
香象渡河	492	風雨無阻	484	泉石膏肓	293	紅情綠意	367
祇重衣衫不重		風雨飄搖	484	追亡逐北	440	紅顏薄命	367
人	357	風花雪月	484	追奔逐北	440	約法三章	367
怨入骨髓	189	風虎雲龍	484	追思咎過	440	約定俗成	367
怨女曠夫	189	風流人物	484	追風逐電	440		
怨天尤人	189	風流才子	484	追風躡景	440	**十　畫**	
怨家債主	189	風流雲散	484	侯門似海	49	流水不腐	295
怨聲載道	189	風流罪過	484	侯門如海	49	流水行雲	295
怨聲滿道	189	風流藪澤	484	侯服玉食	49	流水高山	295
急不可待	189	風起雲蒸	485	保殘守缺	49	流水桃花	295
急功近利	189	風馬不接	485	修飾邊幅	49	流水朝宗	295
急竹繁絲	189	風清弊絕	485	俗不可醫	49	流水無情	295
急如星火	189	風捲殘雲	485	俗眼不識神仙	49	流水落花	295
急於星火	189	風雲際會	485	俐齒伶牙	49	流行坎止	295
急則計生	189	風馳電掣	485	俛首帖耳	49	流芳百世	295
急流湧退	189	風調雨順	485	俛拾地芥	49	流芳後世	295
急脈緩灸	189	風餐露宿	485	係風捕景	49	流金鑠石	295
急章拘諸	190	風燭殘年	485	俟河之清	49	流星趕月	295
急張拒逐	190	風聲鶴唳	485	狡兔三窟	319	流風餘韻	296
急張拘諸	190	風檣陣馬	485	狡兔死，走狗烹	320	流連忘反	296
急景流年	190	風簷寸晷	485	徉長而去	178	流連忘返	296
急景凋年	190	風鬟兩鬢	485	後生可畏	178	流離顛沛	296
急景彫年	190	風鬟霧鬢	485	後來之秀	178	浪蘂浮花	296
急管繁絃	190	風馬牛不相及	485	後來居上	178	酒池肉林	446
急獐拘豬	190	信口開合	48	後悔無及	178	酒有別腸	446
急來抱佛腳	190	信口開河	48	後會有期	178	酒肉朋友	446
急驚風撞着慢郎		信口開喝	48	後顧之憂	178	酒色財氣	446
中	190	信口雌黃	48	後浪催前浪	178	酒甕飯囊	446
盈千累萬	341	信及豚魚	48	姹紫嫣紅	136	酒食地獄	446
盈車之魚	341	信手拈來	48	怒不可遏	190	酒食徵逐	446
盈車嘉穟	341	信筆成章	48	怒目而視	190	酒酣耳熱	446
員石赴河	429	信誓旦旦	49	怒目切齒	190	酒醉飯飽	446
員石赴淵	429	信賞必罰	49	怒形於色	190	酒囊飯袋	446
員重致遠	429	便宜行事	49	怒猊渴驥	190	酒逢知己千杯少	447
員荆請罪	429	便宜施行	49	怒氣衝天	191	酒逢知己千鍾少	447
員薪救火	429	便宜從事	49	怒髮衝冠	191	浹髓淪肌	296
員類反倫	429	即心是佛	88	怒從心上起，惡		浹髓淪膚	296

浮生若夢	296	粉飾太平	366	悃愊無華	193	病入膏肓	332
浮瓜沈李	296	宰相肚裏好撐船	143	悔之無及	193	病骨支離	333
浮光掠影	296	害羣之馬	144	悔不當初	193	病從口入	333
浮花浪蘂	296	家反宅亂	144	悔過自新	193	疾言遽色	333
浮家泛宅	296	家至人說	144	悔讀南華	193	疾足先得	333
浮雲朝露	296	家至戶到	144	旁行斜上	243	疾風勁草	333
浮雲蔽日	296	家至戶曉	144	旁見側出	243	疾惡如讎	333
浮語虛辭	296	家言邪學	144	旁若無人	244	疾風如勁草	333
浩浩蕩蕩	296	家見戶說	144	旁敲側擊	244	疾雷不及掩耳	333
浩然之氣	296	家長里短	144	旁觀者清	244	疲於奔命	333
涎皮賴臉	296	家到戶說	144	剖腹藏珠	73	席不暇暖	166
海不波溢	297	家弦戶誦	144	託之空言	422	席地而坐	166
海不揚波	297	家衍人給	144	高下在心	496	席地幕天	166
海水羣飛	297	家破人亡	144	高下其手	496	席卷天下	166
海立雲垂	297	家殷人足	144	高山流水	496	席珍待聘	166
海市蜃樓	297	家徒四壁	144	高山景行	497	席豐履厚	166
海北天南	297	家徒壁立	144	高文典冊	497	旅進旅退	244
海角天涯	297	家常便飯	144	高牙大纛	497	欬唾成珠	277
海岱清士	297	家常茶飯	144	高材疾足	497	朗目疏眉	261
海枯石爛	297	家道從容	145	高步雲衢	497	扇枕溫席	206
海屋添籌	297	家無二主	145	高足弟子	497	冢中枯骨	63
海晏河清	297	家無儋石	145	高位厚祿	497	冥室檀棺	64
海誓山盟	297	家無擔石	145	高官厚祿	497	冥頑不靈	64
海闊天空	297	家給人足	145	高枕無憂	497	冤家路窄	64
差三錯四	164	家諭戶曉	145	高門待封	497	冤冤相報	64
差彊人意	164	家學淵源	145	高門容駟	497	冤有頭，債有主	64
差以毫釐，失之		家雞野雉	145	高朋滿座	497	祥麟威鳳	354
千里	164	家雞野鶩	145	高城深池	497	袪衣請業	415
拳中搭沙	218	家翻宅亂	145	高飛遠走	497	袒裼裸裎	416
拳拳服膺	218	家狗向裏吠	145	高屋建瓴	497	袖手旁觀	416
拳頭上走得馬，		家書抵萬金	145	高高在上	497	袍笏登場	416
臂膊上立得		家醜不可外揚	145	高情遠致	497	被毛戴角	415
人	218	家累千金，坐不		高視闊步	498	被底鴛鴦	415
兼收並蓄	62	垂堂	145	高唱入雲	498	被堅執銳	416
兼容並包	62	宵衣旰食	145	高曾規矩	498	被褐懷玉	416
兼弱攻昧	62	宴安酖毒	146	高陽公子	498	被髮文身	416
兼權熟計	62	宴爾新婚	146	高陽酒徒	498	被髮左衽	416
兼聽則明，偏信		宮車晏駕	146	高掌遠蹠	498	被髮纓冠	416
則暗	63	宮車晚出	146	高義薄雲	498	凌雜米鹽	65
粉白墨黑	365	宮鄰金虎	146	高睨大談	498	烟雲供養	305
粉白黛黑	365	容頭過身	146	高談雄辯	498	耕當問奴	381
粉白黛綠	365	剜肉成瘡	73	高談闊論	498	泰山北斗	292
粉身灰骨	365	剜肉補瘡	73	高壁深壘	498	泰山鴻毛	292
粉骨捐軀	365	剜肉醫瘡	73	高爵豐祿	498	泰山壓卵	292
粉骨碎身	365	悅近來遠	192	高擡貴手	498	秦庭之哭	357
粉裝玉琢	365	悖入悖出	193	高壘深溝	498	秦樓謝館	357

秦鏡高懸	357	匪夷所思	78	桑弧蒿矢	271	草薙禽獮	401
班門弄斧	323	匪夷匪惠	78	桑弧蓬矢	271	茹毛飲血	401
珠玉在側	323	匪朝伊夕	78	桑間濮上	271	茹古涵今	401
珠宮貝闕	324	振聾發聵	221	桑落瓦解	271	茲事體大	401
珠圍翠繞	324	捕風捉影	221	務本抑末	75	柴米油鹽醬醋茶	271
珠圓玉潤	324	捕風繫影	221	通力合作	440	哼哼唧唧	103
珠箔銀屏	324	捕影繫風	221	通今博古	440	晏安酖毒	252
珠槃玉敦	324	挾山超海	221	通功易事	440	眠花宿柳	347
珠輝玉映	324	挾長挾貴	221	通同一氣	440	時不再來	252
珠聯璧合	324	挾細拿粗	221	通邑大都	441	時和年豐	253
珠還合浦	324	挾天子以令諸侯	221	通都大邑	441	時和歲豐	253
珠襦玉柙	324	捏怪排科	221	書不盡言	257	時移世異	253
素口罵人	367	捐金沉珠	221	書香閥閱	257	時絀舉贏	253
素不相識	367	捐金抵璧	221	書記翩翩	257	郢書燕說	445
素車白馬	367	捉姦見雙	221	書缺有閒	257	唧唧噥噥	103
素面朝天	367	捉班做勢	221	弱不好弄	173	骨肉未寒	495
素昧平生	368	捉賊見贓	222	弱不勝衣	174	骨肉至親	496
素絲良馬	368	捉賊捉贓	222	弱不禁風	174	骨肉相殘	496
素絲羔羊	368	捉影捕風	222	弱肉強食	174	骨肉離散	496
素餐尸位	368	捉襟見肘	222	孫康映雪	139	骨鯁之臣	496
起死回生	432	捉襟肘見	222	除狼得虎	465	骨騰肉飛	496
起承轉合	432	捉雞罵狗	222	除暴安良	465	蚑行喘息	409
連中三元	440	挨肩擦背	222	除舊布新	465	蚑行蟯動	409
連篇累牘	440	挨風緝縫	222	脅肩低眉	386	蚑行蠕動	409
連類比物	440	厝火積薪	88	脅肩累足	386	恩同父母	192
連鑣並軫	440	殊塗同致	281	脅肩諂笑	386	恩同再造	192
軒然大波	436	殊塗同會	281	逍遙自在	441	恩甚怨生	192
酌金饌玉	447	殊塗同歸	281	馬工枚速	492	恩威並行	192
恭敬桑梓	192	夏五郭公	119	馬不停蹄	492	恩怨分明	192
恭敬不如從命	192	夏日可畏	119	馬耳東風	492	恩深義重	192
真才實學	346	夏雨雨人	119	馬仰人翻	493	恩將仇報	192
真心實意	346	夏爐冬扇	119	馬空冀北	493	恩斷義絕	192
真金烈火	346	破涕爲笑	351	馬到成功	493	盎盂相敲	341
真知灼見	346	破浪乘風	352	馬往犬報	493	唉聲歎氣	104
真個銷魂	347	破釜沉舟	352	馬首是瞻	493	豈有此理	427
桂林一枝	270	破觚爲圜	352	馬革裹屍	493	豺狼成性	428
桂宮柏寢	270	破壁飛去	352	馬疲人倦	493	豺狼當道	428
根生土長	270	破鏡重圓	352	馬齒徒增	493	豹死留皮	428
根深柢固	270	砥行立名	352	荊南杞梓	400	飢不擇食	488
根深蒂固	270	砥身礪行	352	荊釵布裙	400	飢附飽颺	488
桃之夭夭	270	砥柱中流	352	荊釵布襦	400	飢餐渴飲	489
桃花流水	271	砥節礪行	352	荊棘銅駝	401	笑面夜叉	363
桃紅柳綠	271	逐浪隨波	440	草木皆兵	401	笑容可掬	363
桃李滿天下	271	原始反終	88	草草了事	401	笑逐顏開	363
桃李不言，下自		原始見終	88	草間求活	401	笑裏藏刀	363
成蹊	271	原始要終	88	草菅人命	401	笑罵從汝	363

釜底抽薪	452	胸無城府	386	師心自是	166	深思遠慮	298
針鋒相對	452	胸無宿物	386	師出有名	166	深思熟計	298
拿刀動杖	220	胸無點墨	386	師出無名	166	深思熟慮	298
拿三搬四	220	隻輪不反	468	師直爲壯	166	深信不疑	298
拿班做勢	220	隻雞斗酒	468	鬼出神入	500	深根固本	298
拿粗挾細	221	隻雞絮酒	468	鬼出電入	500	深根固柢	298
拿腔做勢	221	俯首帖耳	49	鬼使神差	500	深根固蒂	298
拿賊見贓	221	俯拾地芥	50	鬼哭神號	500	深耕易耨	298
拿糖做醋	221	借刀殺人	50	鬼哭神愁	500	深閉固距	298
氣宇軒昂	286	借交報仇	50	鬼鬼祟祟	500	深溝高壘	298
氣味相投	286	借花獻佛	50	鬼設神使	500	深厲淺揭	298
氣急敗壞	286	借風使船	50	俱收並蓄	51	深慮遠圖	298
氣涌如山	286	借箸代籌	50	倡條冶葉	51	深謀遠慮	298
氣息奄奄	287	倚老賣老	50	悠悠之言	193	深藏若虛	299
氣湧如山	287	倚門傍戶	50	悠悠之談	193	淡粧濃抹	299
氣焰薰天	287	倚門賣笑	50	悠悠忽忽	193	清心寡慾	299
氣喘汗流	287	倚馬可待	50	悠悠蕩蕩	193	清風明月	299
氣象萬千	287	倚草附木	50	條絲不挂	271	清塵濁水	299
氣衝牛斗	287	倒戈卸甲	50	俾晝作夜	51	清靜寡慾	299
瓴罄罍恥	374	倒行逆施	50	留芳後世	330	清官難斷家務事	299
造言生事	441	倒冠落佩	50	留連忘返	330	淺見寡聞	299
造微入妙	441	倒持泰阿	50	留得青山在，不怕		淺斟低唱	299
特立獨行	317	倒海翻江	51	汲柴燒	330	涸泥揚波	299
乘車戴笠	30	倒褲孩兒	51	狼子野心	320	梁上君子	271
乘肥衣輕	30	倒載干戈	51	狼心狗肺	320	淪肌浹髓	299
乘風破浪	30	倒置干戈	51	狼吞虎嚥	320	添枝接葉	299
乘堅策肥	30	倒屣相接	51	狼餐虎嚥	320	婆婆媽媽	136
乘堅驅良	30	倒鳳顚鸞	51	狹路相逢	320	淮南雞犬	299
乘輕驅肥	30	倒廩傾囷	51	航海梯山	396	羚羊挂角	377
乘僞行詐	30	息交絕遊	192	殷民阜財	282	羝羊觸藩	377
乘轟抵巇	30	息事寧人	192	能言巧辯	385	羞人答答	377
舐糠及米	396	息息相通	192	能者多勞	385	羞月閉花	377
舐犢情深	396	息黥補劓	192	能屈能伸	385	羞花閉月	377
秤斤注兩	357	島瘦郊寒	161	能說會道	385	羞面見人	377
秤薪而爨	357	射石飲羽	151	能說慣道	385	羞羞答答	377
桀犬吠堯	271	射人先射馬	151	剝膚椎髓	73	羞與噲伍	377
逢人説項	441	射人當射馬	151	納履踵決	368	粘皮帶骨	366
逢凶化吉	441	烏白馬角	305	紛至沓來	368	粗茶淡飯	366
逢場作戲	441	烏衣門第	305	紛紅駭綠	368	密不通風	146
逢人且説三分話	441	烏有先生	305	紙上談兵	368	密雲不雨	146
逢人只説三分話	441	烏合之衆	305	紙醉金迷	368	寅支卯糧	146
胼手胝足	385	烏飛兔走	305			寅吃卯糧	146
脂膏不潤	385	烏焉成馬	305	**十　一　畫**		寄人籬下	146
脂膏莫潤	386	烏舅金奴	305			寂天寞地	146
胸中甲兵	386	師心自用	166	深入人心	298	情不可卻	194
胸有成竹	386	師心自任	166	深入顯出	298	情不自禁	194
				深居簡出	298		

情有可原	194	鹿死誰手	506	斬草除根	240	掛羊頭賣狗肉	223
情至意盡	194	鹿死不擇音	506	斬釘截鐵	241	捷足先得	223
情同手足	194	旋乾轉坤	244	斬將搴旗	241	捷足先登	223
情同骨肉	194	牽合附會	317	專心一志	151	措手不及	223
情好日密	194	牽腸掛肚	317	專心一意	151	掎裳連袂	223
情投意合	194	牽腸割肚	317	專心致志	151	掎裳連襟	223
情見乎言	194	牽蘿補屋	317	專欲難成	151	捱三頂五	223
情見乎辭	194	率由舊章	322	堅甲利兵	116	捱三頂四	223
情見勢屈	194	率馬以驥	322	堅壁清野	116	掤風緝縫	223
情見勢竭	194	率爾操觚	322	勒令致仕	75	掩人耳目	223
情屈勢迫	194	率獸食人	322	帶牛佩犢	166	掩口胡盧	224
情急智生	194	視民如傷	419	帶礪山河	166	掩目捕雀	224
情隨勢遷	194	視死如歸	419	乾啼濕哭	31	掩耳偷鈴	224
情人眼裏出西施	194	視同兒戲	419	梯山航海	271	掩耳盜鈴	224
惜玉憐香	194	視如寇讎	419	梧鼠技窮	271	掩惡揚善	224
惜指失掌	195	視如敝屣	419	彬彬有禮	177	掩鼻而過	224
惜墨如金	195	雪上加霜	473	麥秀兩岐	507	掩骼埋胔	224
悼心失圖	195	雪中送炭	473	麥秀黍離	507	掇臀捧屁	224
惟利是圖	195	雪泥鴻爪	473	麥飯豆羹	508	掃眉才子	224
惟我獨尊	195	雪夜訪戴	473	麥穗兩岐	508	捫燭扣盤	224
惟命是從	195	雪虐風饕	473	梅妻鶴子	271	掘室求鼠	224
惟精惟一	195	雪案螢窗	473	救火投薪	236	排山倒海	224
章善癉惡	362	雪窖冰天	473	救火揚沸	236	排山壓卵	224
設身處地	422	雪鴻指爪	473	救死扶傷	236	排沙簡金	224
烹龍炮鳳	305	理直氣壯	324	救困扶危	236	排難解紛	224
望文生義	261	理所當然	324	救焚拯溺	236	掉以輕心	225
望杏瞻榆	261	現身說法	324	救經引足	236	採薪之憂	225
望杏瞻蒲	261	規行矩步	419	救火救滅，救人		捻神捻鬼	225
望門投止	261	規矩準繩	419	救徹	236	捨己從衆	225
望洋興嘆	261	規矩繩墨	419	救人一命，勝造		捨本逐末	225
望穿秋水	261	執而不化	116	七級浮屠	236	掐尖落鈔	225
望秋先零	261	執兩用中	116	頂天立地	480	推三阻四	225
望風而逃	261	執迷不悟	116	控名責實	222	推己及人	225
望風希指	261	執柯伐柯	116	捨斗折衡	222	推心致腹	225
望風承旨	261	執鞭墜鐙	116	探竿影草	222	推心置腹	225
望梅止渴	261	執鞭隨鐙	116	探頭探腦	222	推波助瀾	225
望梅消渴	261	聊以卒歲	382	探頤索隱	222	推陳出新	225
望眼將穿	262	聊復爾耳	382	探囊取物	222	推陳致新	225
望眼欲穿	262	聊復爾爾	382	探驪得珠	223	推燥居溼	225
望塵不及	262	教猱升木	236	掂斤估兩	223	推襟送抱	226
望塵而拜	262	教學相長	236	掂斤抹兩	223	掀天揭地	226
望衡對宇	262	教婦初來，教兒		掂斤播兩	223	掀天幹地	226
痌心疾首	333	嬰孩	236	捲土重來	223	屑亡齒寒	386
庸人自擾	170	堆金積玉	116	捲旗息鼓	223	屑揭齒寒	386
庸中佼佼	170	堆金疊玉	116	捧頭鼠竄	223	屑焦口燥	386
庸懦無能	170	堆垛死屍	116	掛一漏萬	223	屑竭齒寒	386

脣槍舌劍	386	張燈結彩	175	野人獻日	448	眾人廣坐	347
脣齒相依	386	張膽明目	175	野草閒花	448	眾口一詞	347
盛名難副	341	張公喫酒李公醉	175	野鶴孤雲	448	眾口紛紜	347
盛服先生	341	強人所難	175	野火燒不盡，春風		眾口難調	347
盛食勵兵	341	強文假醋	175	吹又生	448	眾口鑠金	347
盛氣臨人	341	強本弱枝	175	敗軍之將	236	眾心成城	347
盛筵難再	341	強死強活	175	敗柳殘花	236	眾犬吠聲	347
戞玉敲冰	204	強弩之末	175	敗鱗殘甲	236	眾毛攢裘	348
戞玉鏘金	204	強詞奪正	175	晨昏定省	253	眾目昭彰	348
習以爲常	378	強詞奪理	175	晨鼓暮鐘	253	眾叛親離	348
習非勝是	378	強聒不舍	175	晨鐘暮鼓	253	眾星拱北	348
習與性成	378	強幹弱枝	175	啞人食蜜	104	眾星拱辰	348
習慣成自然	378	強賓不壓主	175	啞口無言	104	眾星攢月	348
閉口捕舌	462	強中自有強中手	175	啞子吃黃蓮	104	眾怒難犯	348
閉月羞花	462	強中更有強中手	175	啞子吞黃蓮	104	眾望攸歸	348
閉門却掃	462	強將手下無弱兵	176	晚食當肉	253	眾望所歸	348
閉門思過	462	強龍不壓地頭蛇	176	啜菽飲水	104	眾煦漂山	348
閉門思愆	462	弸中彪外	176	蛇心佛口	409	眾寡不敵	348
閉門造車	462	屠門大嚼	158	蛇影杯弓	409	帷薄不修	166
閉門塞竇	462	陸海潘江	465	蛇無頭不行	409	將心比心	151
閉閣思過	462	陸讋水慄	465	異口同音	330	將功折罪	151
閉關却掃	462	陳陳相因	465	異口同詞	330	將功贖罪	151
閉門屋裏坐，禍從		陰差陽錯	465	異口同聲	330	將伯之助	151
天上來	462·	陰錯陽差	465	異塗同歸	330	將伯之呼	151
閉門家裏坐，禍從		陶犬瓦雞	465	異想天開	330	將門出將	151
天上來	462	陶情適性	465	異路同歸	330	將門有將	151
問牛及馬	104	堂皇富麗	116	趾高氣揚	433	將計就計	152
問牛知馬	104	堂高廉遠	116	累卵之危	368	將信將疑	152
問羊知馬	104	堂堂正正	116	累屋重架	368	將勤補拙	152
問安視膳	104	雀兒腸肚	468	累塊積蘇	368	將遇良材	152
問柳尋花	104	雀屏中選	468	累牘連篇	368	將機就計	152
問道於盲	104	莫須有	401	唱籌量沙	104	將機就機	152
問諸水濱	104	莫名其妙	401	國士無雙	112	將錯就錯	152
張三李四	174	莫明其妙	401	國色天香	112	將欲取之，必姑	
張大其事	174	莫逆之交	401	國泰民安	112	與之	152
張大其詞	174	莫測高深	401	國富兵強	112	崇山峻嶺	161
張口結舌	174	鹵莽滅裂	506	患至呼天	193	崇本抑末	161
張王李趙	174	處心積慮	408	患得患失	193	崇論閎議	161
張天幕地	174	眼不識丁	347	患難之交	193	崧生嶽降	161
張牙舞爪	174	眼去眉來	347	唾面自乾	105	崑山片玉	161
張甲李乙	174	眼花耳熱	347	唯吾獨尊	105	彩鳳隨鴉	177
張冠李戴	174	眼花撩亂	347	唯利是求	105	悉帥弊賦	193
張眉努眼	174	眼明手快	347	唯利是視	105	悉索敝賦	193
張皇失措	175	眼明手捷	347	唯我獨尊	105	悉索薄賦	193
張脈僨興	175	眼淚洗面	347	唯命是聽	105	欲取固與	277
張敞畫眉	175	眼不見爲淨	347	唯唯諾諾	105	欲取姑與	277

欲速不達	277	移孝作忠	357	鳥面鵠形	502	從心所欲	180
欲蓋彌彰	277	移東就西	357	鳥革翬飛	502	從井救人	180
欲罷不能	277	移東換西	357	鳥集鱗萃	502	從天而下	180
欲擒故縱	277	移花接木	357	鳥盡弓藏	502	從天而降	180
欲人勿知，莫若		移風易俗	357	既往不咎	244	從令如流	180
勿爲	277	移宮換羽	358	既來之，則安之	245	從長計議	180
欲加之罪，何患		脫口成章	386	既有今日，何必		從容不迫	180
無辭	277	脫口而出	386	當初	245	從善如流	180
笨鳥先飛	364	脫胎換骨	386	假力於人	52	從惡如崩	180
笙磬同音	364	脫殼金蟬	387	假公濟私	52	從諫如流	180
貪人敗類	429	脫穎而出	387	假氣游魂	52	從諫若流	181
貪小失大	429	脚忙手亂	387	假道滅虢	52	從頭至尾	181
貪生怕死	429	脚踏實地	387	假金方用真金鍍	52	從善如登，從惡	
貪生畏死	429	豚蹄穰田	427	假紅倚翠	52	如崩	181
貪多務得	429	彫肝琢腎	177	偷天換日	52	參天兩地	89
貪官污吏	429	彫章鏤句	177	偷生苟活	52	參天貳地	89
貪婪無饜	429	魚目似珠	500	偷合取容	52	參辰日月	89
貪得無饜	429	魚目混珍	500	偷合苟容	52	參辰卯酉	89
斜風細雨	240	魚米之鄉	500	偷香竊玉	52	參橫斗轉	89
殺一礪百	282	魚貫而進	500	偷梁換柱	52	婦人之仁	136
殺人如麻	283	魚魚雅雅	500	偷寒送暖	52	婢作夫人	136
殺人越貨	283	魚游沸鼎	501	偷驢摸犢	53	婢膝奴顏	136
殺人滅口	283	魚游釜中	501	衒玉求售	413	終而復始	368
殺身成仁	283	魚傳尺素	501	衒玉賈石	413	終身大事	368
殺妻求將	283	魚網鴻離	501	徙宅忘妻	178	終南捷徑	368
殺氣騰騰	283	魚質龍文	501	得心應手	179	巢毀卵破	162
殺敵致果	283	魚龍混雜	501	得天獨厚	179		
殺雞抹脖	283	魚龍漫衍	501	得不補失	179	**十　二　畫**	
殺雞駭猴	283	魚爛土崩	501	得不酬失	179		
殺不見血	283	進寸退尺	441	得不償失	179	游目騁懷	299
殺人不眨眼	283	進退失據	441	得手應心	179	渾金璞玉	299
殺人不剗眼	283	進退兩難	441	得未曾有	179	減膳徹懸	299
殺君馬者路傍兒	283	進退維谷	441	得未嘗有	179	溫文爾雅	300
貧賤之交	430	進旅退旅	441	得步進步	179	溫故知新	300
貧賤驕人	430	停辛佇苦	51	得魚忘荃	179	溫柔敦厚	300
貧嘴賤舌	430	停留長智	51	得魚忘筌	179	渴驥奔泉	300
貧無立錐之地	430	停雲落月	51	得過且過	179	渴驥怒猊	300
動心忍性	75	做小伏低	51	得意忘形	179	渙然冰釋	300
動輒得咎	75	做神做鬼	51	得意忘言	179	盜亦有道	341
甜言美語	327	做一日和尚撞一		得意洋洋	180	盜憎主人	341
甜言軟語	327	日鐘	51	得隴望蜀	180	盜鍾掩耳	341
甜言蜜語	327	偃武修文	51	得來全不費功夫	180	盜不過五女門	341
甜嘴蜜舌	327	偃武興文	51	得饒人處且饒人	180	淵魚叢爵	300
移天易日	357	偃旗臥鼓	52	得道多助，		淵渟嶽立	300
移天徙日	357	偃旗息鼓	52	失道寡助	180	淵渟嶽峙	300
移天換日	357	偭規越矩	52	從一而終	180	善有善報	105
						善自爲謀	105

善男信女	105	富貴不能淫	147	補偏救弊	417	喜逐顏開	106
善始善終	105	曾參殺人	257	補闕燈檠	417	喜氣洋洋	106
善善從長	105	曾經滄海	257	裙屐少年	417	喜從天降	106
善善惡惡	105	慨當以慷	197	勞而無功	75	喜躍抃舞	106
善頌善禱	105	惺惺惜惺惺	197	勞苦功高	75	博士買驢	86
善與人交	105	惱羞成怒	197	勞燕分飛	75	博古知今	86
善罷干休	105	童牛角馬	362	雲中白鶴	473	博古通今	86
善書不擇筆	105	童顏鶴髮	363	雲屯霧集	473	博而不精	86
善神相逢,惡神		詠月嘲風	422	雲合霧集	473	博而寡要	86
遠去	106	訶佛罵祖	422	雲行雨施	473	博物洽聞	86
善惡到頭終有報,		詔書掛壁	423	雲泥異路	473	博施濟眾	86
只爭來速與		瓶沉簪折	326	雲起龍驤	473	博聞彊志	86
來遲	106	瓶罄罍恥	327	雲集霧散	473	博聞彊記	86
尊古卑今	152	就日瞻雲	156	雲煙過眼	473	博聞彊識	86
尊古賤今	152	就事論事	156	雲蒸霞蔚	473	博覽古今	87
尊閫行知	152	痛心入骨	333	雲龍風虎	473	博覽羣書	87
普天同慶	253	痛心疾首	333	雲興霞蔚	473	惠而不費	195
普天率土	253	痛不欲生	333	雲譎波詭	474	惠然肯來	195
普度眾生	253	痛改前非	333	雲從龍,風從虎	474	期期艾艾	262
粧腔作勢	366	痛定思痛	333	琵琶別抱	324	欺人之談	277
粧模作樣	366	痛哭流涕	334	琴心劍膽	324	欺大壓小	277
粧聾作啞	366	痛飲黃龍	334	琴棋書畫	325	欺天罔地	277
道不拾遺	442	痛癢相關	334	琥珀拾芥	325	欺天誑地	277
道路以目	442	袞多益寡	416	替天行道	257	欺世盜名	278
道遠任重	443	遊山玩水	442	報本反始	116	欺軟怕硬	278
道貌岸然	443	遊山翫水	442	壹倡三歎	118	欺善怕惡	278
道聽途說	443	遊刃有餘	442	壹勞久佚	118	斯文掃地	241
道聽塗說	443	遊手好閒	442	壺中日月	118	斯事體大	241
道三不着兩	443	遊必有方	442	聖子神孫	382	斯抬斯敬	241
道高一尺,魔高		遊魂撞屍	442	堯舜千鍾	116	某布星羅	272
一丈	443	遊談無根	442	堯趨舜步	116	黃口小兒	508
孳孳不倦	139	遊戲三昧	442	項背相望	481	黃公酒壚	508
割雞焉用牛刀	73	遊騎無歸	442	項莊舞劍,意在		黃卷青燈	508
寒心酸鼻	146	棄本逐末	272	沛公	481	黃花晚節	508
寒木春華	146	棄甲曳兵	272	敢作敢為	236	黃金鑄像	508
寒來暑往	147	棄甲丟盔	272	敢怒而不敢言	236	黃袍加身	508
寒花晚節	147	棄邪歸正	272	越俎代庖	432	黃雀伺蟬	508
寒耕熱耘	147	棄短取長	272	越覽楚乙	432	黃雀銜環	508
富可敵國	147	棄短就長	272	超凡入聖	433	黃童白叟	509
富國強兵	147	棄暗投明	272	超前絕後	433	黃粱一夢	509
富國彊兵	147	棄瑕錄用	272	超軼絕塵	433	黃楊厄閏	509
富貴浮雲	147	運斤成風	442	超超玄箸	433	黃絹幼婦	509
富貴逼人	147	運籌帷幄	442	超塵出俗	433	黃旗紫蓋	509
富貴榮華	147	運籌畫策	442	喜不自勝	106	黃綿襖子	509
富貴驕人	147	補天浴日	416	喜出望外	106	黃髮垂髫	509
富麗堂皇	147	補苴罅漏	416	喜怒哀樂	106	黃鐘毀棄	509

黃泥塘中洗彈子	509	惡叉白賴	195	揚葩振藻	227	發蹤指示	335
朝三暮四	262	惡衣惡食	195	揚鈴打鼓	228	發聾振聵	336
朝不及夕	262	惡居下流	195	描鸞刺鳳	228	尋死覓活	152
朝不慮夕	262	惡茶白賴	195	援古證今	228	尋行數墨	152
朝不謀夕	262	惡貫久盈	195	援鱉失龜	228	尋枝摘葉	152
朝升暮合	262	惡貫滿盈	195	插科打諢	228	尋花問柳	152
朝令夕改	262	惡惡從短	195	插翅難飛	228	尋消問息	153
朝令暮改	262	惡紫奪朱	195	插翅難逃	228	尋根究底	153
朝衣東市	263	惡醉強酒	195	換日偷天	228	尋章摘句	153
朝作夕改	263	惡濕居下	195	搜索枯腸	228	尋踪覓跡	153
朝思暮想	263	惡積禍盈	196	搜章摘句	228	畫中有詩	330
朝秦暮楚	263	惡向膽邊生	196	搜巖采幹	228	畫地而趨	330
朝梁暮陳	263	惡事行千里	196	殘山剩水	282	畫地成圖	330
朝乾夕惕	263	惡事傳千里	196	殘冬臘月	282	畫地刻木	330
朝華夕秀	263	惡人還被惡人磨	196	殘杯冷炙	282	畫地為牢	330
朝發夕至	263	惡龍不鬬地頭蛇	196	殘花敗柳	282	畫地為獄	330
朝過夕改	263	揎拳裸袖	226	殘膏賸馥	282	畫虎成狗	330
朝聞夕死	263	揎拳擄袖	226	殘槃冷炙	282	畫虎類狗	330
朝聞夕改	263	揎拳攞袖	226	殘編斷簡	282	畫瓶盛糞	331
朝鐘暮鼓	263	揮戈反日	226	殘羹冷炙	282	畫脂鏤冰	331
朝齏暮鹽	263	揮汗成雨	226	裂冠毀冕	416	畫蛇添足	331
朝裏無人莫做官	263	揮金如土	226	雅人深致	468	畫蛇著足	331
朝朝寒食，夜夜		揮灑自如	226	雅俗共賞	468	畫棟雕梁	331
元宵	263	揀佛燒香	226	雄材大略	468	畫餅充飢	331
喪心病狂	106	揀精揀肥	226	雄姿英發	468	畫龍點睛	331
喪明之痛	106	揠苗助長	226	雄飛雌伏	468	畫虎畫皮難畫骨	331
喪家之狗	106	握炭流湯	226	雄雞斷尾	468	開山祖師	462
棒打鴛鴦	272	握拳透爪	226	雁逝魚沉	469	開心見誠	462
棒頭出孝子	272	握拳透掌	226	雁過拔毛	469	開天闢地	462
棟折榱崩	272	握蛇騎虎	226	雁塔題名	469	開宗明義	462
棋逢對手	272	提心弔膽	226	雁影分飛	469	開卷有益	463
棋逢敵手	272	提名道姓	227	登山臨水	334	開門見山	463
棋高一着，縛手		提綱絜領	227	登高自卑	335	開門揖盜	463
縛腳	272	提綱振領	227	登高能賦	335	開物成務	463
焚書坑儒	306	提綱舉領	227	登峯造極	335	開柙出虎	463
焚琴煮鶴	306	揚名顯祖	227	登堂入室	335	開雲見日	463
焚膏繼晷	306	揚長而去	227	發人深省	335	開源節流	463
森羅萬有	272	揚眉吐氣	227	發言盈庭	335	開誠布公	463
森羅萬象	272	揚眉抵掌	227	發姦摘伏	335	開霧覩天	463
棧山航海	272	揚眉闊步	227	發姦擿伏	335	開門七件事	463
棣尊相輝	273	揚威耀武	227	發揚蹈厲	335	開弓不放箭	463
極天際地	273	揚清激濁	227	發策決科	335	閑言剩語	463
極深研幾	273	揚湯止沸	227	發號布令	335	閑邪存誠	463
極樂世界	273	揚湯去火	227	發號施令	335	閫中肆外	463
椎心泣血	273	揚揚自得	227	發蒙振落	335	閎言崇議	464
椎拍輐斷	273	揚揚得意	227	發憤忘食	335	閞不容息	464

聞不容髮	464	黑白分明	510	舜日堯年	396	無事生非	306
聞雲孤鶴	464	啼飢號寒	106	爲人作嫁	312	無拘無束	306
聞雲野鶴	464	暗噎叱咤	106	爲法自敝	312	無奇不有	306
遐邇一體	443	景星鳳皇	253	爲非作歹	312	無依無靠	306
犀牛望月	317	景星麟鳳	253	爲虎作倀	312	無所不至	307
疏不間親	332	喫著不盡	107	爲虎傅翼	312	無所不爲	307
疏財仗義	332	暑雨祁寒	254	爲鬼爲蜮	313	無所不通	307
階前萬里	465	量入爲出	448	爲鬼爲魅	313	無所不能	307
隋珠暗投	466	量力而行	448	爲淵毆魚	313	無所用心	307
陽奉陰違	466	量才稱職	448	爲富不仁	313	無所忌憚	307
陽春白雪	466	量能授官	448	爲善最樂	313	無所適從	307
陽春有腳	466	量能授器	449	爲德不卒	313	無所顧忌	307
敝帚千金	236	量腹而食	449	爲虺弗摧，爲蛇		無計可施	307
敝帷不棄	237	貽笑大方	430	若何	313	無風起浪	307
敝鼓喪豚	237	貽臭萬年	430	飲水知源	489	無家可歸	307
悲天憫人	196	遇人不淑	443	飲水思源	489	無病自炙	307
悲不自勝	196	遇事生風	443	飲冰食蘗	489	無病呻吟	307
悲喜交集	196	遇事風生	443	飲灰洗胃	489	無能爲力	307
悲悲切切	196	遏惡揚善	443	飲恨吞聲	489	無能爲役	307
悲悲戚戚	196	蛟龍得水	409	飲食男女	489	無情無義	307
悲歡合散	196	蛟龍得雲雨	409	飲馬投錢	489	無理取鬧	307
悲歡離合	196	蛛絲馬跡	410	飲氣吞聲	489	無脛而行	307
萍水相逢	401	距諫飾非	433	飲鴆止渴	489	無適無莫	308
萍蹤浪跡	401	跋前躓後	433	飲醇自醉	489	無遮大會	308
菩薩低眉	402	跖狗吠堯	434	飲酒不醉，甚于		無精打彩	308
華而不實	402	跛鼈千里	434	活埋	489	無影無踪	308
華亭鶴唳	402	貴人多忘	430	飯坑酒囊	489	無窮無盡	308
華封三祝	402	貴耳賤目	430	飯糗茹草	489	無憂無慮	308
華屋山丘	402	單刀直入	106	飯囊酒甕	489	無稽之談	308
著手成春	402	單刀趣入	106	貂裘換酒	428	無獨有對	308
著作等身	402	單文孤證	107	筐篋中物	364	無緣無故	308
著書立説	402	單夫隻婦	107	禽困覆車	355	無濟於事	308
菲言厚行	402	單絲不線	107	禽息鳥視	355	無聲無臭	308
虛生浪死	408	單槍匹馬	107	創巨痛深	73	無翼而飛	308
虛有其表	408	單鵠寡鳧	107	創業垂統	73	無關緊要	308
虛往實歸	408	單絲不成線	107	鈞天廣樂	453	無邊風月	308
虛張聲勢	409	過化存神	443	無下箸處	306	無馨無臭	308
虛堂懸鏡	409	過目不忘	443	無孔不入	306	無麵怀飥	308
虛無縹緲	409	過目成誦	443	無中生有	306	無可無不可	309
虛與委蛇	409	過河拆橋	443	無功受祿	306	無巧不成書	309
虛應故事	409	過眼雲煙	443	無可奈何	306	無巧不成話	309
紫色蛙聲	369	過猶不及	443	無出其右	306	無佛處作佛	309
紫芝眉宇	369	圍魏救趙	112	無地自容	306	無佛處稱尊	309
紫陌紅塵	369	買菜求益	430	無名小卒	306	無官一身輕	309
紫氣東來	369	買櫝還珠	430	無言桃李	306	無敵於天下	309
紫蓋黃旗	369	喙長三尺	107	無法無天	306	無所不用其極	309

無事不登三寶殿	309	遁迹銷聲	444	滄海遺珠	301
短小精悍	350	街談巷説	413	義不容辭	377
短綆汲深	350	街談巷語	414	義正詞嚴	377
智勇雙全	253	街談巷議	414	義形於色	377
智員行方	253	循名責實	181	義憤填膺	377
智者千慮,必有		循名督實	181	塞翁失馬	116
一失	253	循序漸進	181	慎終如始	199
剩山殘水	73	循規蹈矩	181	慎終追遠	199
程門立雪	358	循常習故	181	新婚燕爾	241
黍離麥秀	509	循循善誘	181	新愁舊恨	241
犁庭掃穴	317	須彌芥子	481	意在言外	196
犁庭掃閭	317	絮絮叨叨	369	意在筆先	196
然荻讀書	309	結草衡環	369	意在筆前	196
然糠自照	309	結駟連騎	369	意存筆先	197
勝任愉快	75	結髮夫妻	369	意味深長	197
勝殘去殺	76	結黨營私	369	意馬心猿	197
勝員兵家之常	76	絕少分甘	370	意氣用事	197
勝固欣然,敗亦		絕甘分少	370	意氣自如	197
可喜	76	絕代佳人	370	意氣自若	197
象箸玉杯	428	絕地天通	370	意氣相投	197
象齒焚身	428	絕妙好詞	370	意氣揚揚	197
焦沙爛石	309	絕妙好辭	370	意懶心灰	197
焦金流石	309	絕長補短	370	廉泉讓水	170
焦熬投石	309	絕長續短	370	廉遠堂高	170
焦頭爛額	309	絕長繼短	370	詩中有畫	423
集苑集枯	469	絕其本根	370	詩腸鼓吹	423
集思廣益	469	絕後光前	370	詰屈聱牙	423
集腋成裘	469	絕處逢生	370	誇多鬭靡	423
傍人門戶	53	絕無僅有	370	誠心誠意	423
傍人籬落	53	絕裾而去	370	誠惶誠恐	423
傍人籬壁	53	絕聖棄智	371	誅心之論	423
傍花隨柳	53	絲來線去	371	詭計多端	423
傍若無人	53	絲恩髮怨	371	詭銜竊轡	423
傅粉何郎	53	絲繡平原	371	詢事考言	423
傅粉施朱	53	鄉壁虛造	446	裏應外合	416
粤犬吠雪	366			痿不忘起	334
烏烏虎帝	393	**十三畫**		雍容雅步	469
順天應人	481	滓穢太清	300	雍容閒雅	469
順水行舟	481	溥天同慶	300	雍容爾雅	469
順水推船	481	滅此朝食	300	福至心靈	354
順手牽羊	481	滅門絕戶	300	福過災生	354
順風而呼	481	源清流潔	300	福過禍生	354
順我者昌,逆我		滑泥揚波	300	福善禍淫	354
者亡	481	滄海一粟	300	福惠雙修	354
卿車我笠	88	滄海桑田	300	福無雙至	354
猢猻入布袋	320	滄海橫流	301	禍不單行	354
禍起蕭牆	355				
禍從口出	355				
禍從口生	355				
禍棗災梨	355				
禍福倚伏	355				
禍福無門	355				
資怨助禍	430				
資深望重	430				
煙波釣徒	309				
煙消火滅	309				
煙消雲散	310				
煙視媚行	310				
煙雲過眼	310				
煙蓑雨笠	310				
煙霞痼疾	310				
煨幹就濕	310				
煖衣飽食	310				
煥然一新	310				
電光石火	474				
雷動風行	474				
雷厲風行	474				
雷厲風飛	474				
雷霆萬鈞	474				
雷轟電掣	474				
雷轟薦福碑	474				
雷聲大,雨點小	474				
瑯嬛福地	325				
瑕瑜互見	325				
頑石點頭	481				
頑廉懦立	481				
聖子神孫	382				
肆無忌憚	384				
載舟覆舟	436				
載酒問字	436				
填阬滿谷	117				
填街溢巷	117				
鼓旗相當	511				
遠交近攻	444				
遠走高飛	444				
遠井不救近渴	444				
遠水不救近火	444				
遠聞不如近見	444				
遠親不如近鄰	444				
遠來和尚好看經	444				
勢不兩立	76				
勢不兩存	76				

勢合形離	76	預搔待痒	481
勢如破竹	76	羣空冀北	378
勢均力敵	76	羣策羣力	378
煮豆燃萁	310	羣輕折軸	378
煮海爲鹽	310	羣雌粥粥	378
煮粥焚鬚	310	羣龍無首	378
煮鶴焚琴	310	隔靴抓癢	466
碁逢敵手	352	隔靴爬癢	466
勤以補拙	76	隔靴搔癢	466
楚弓楚得	273	隔牆有耳	466
楚囚對泣	273	當之無愧	331
楚材晉用	273	當仁不讓	331
楚尾吳頭	273	當局者迷	331
楚楚可憐	273	當局苦迷	331
楚館秦樓	274	當局稱迷	331
想入非非	197	當斷不斷	331
想當然耳	197	落花流水	402
楊花水性	274	落穽下石	402
榆瞑豆重	274	落湯螃蟹	402
裘敝金盡	417	落雁沈魚	402
搤亢拊背	228	落落穆穆	402
搏牛之虻	228	落葉歸根	402
搔到癢處	228	葉公好龍	403
搔首踟躕	228	葉落知秋	403
搔頭弄姿	228	葉落歸根	403
搔頭抓耳	229	葬玉埋香	403
損人利己	229	葬身魚腹	403
損人益己	229	惹是生非	198
損之又損	229	惹是招非	198
搖天倒海	229	惹草拈花	198
搖手觸禁	229	惹草招風	198
搖尾乞憐	229	惹草黏花	198
搖尾求食	229	萬人空巷	403
搖身一變	229	萬口一辭	403
搖脣鼓舌	229	萬戶千門	403
搖旗吶喊	229	萬不失一	403
搖旗納喊	229	萬水千山	403
搖頭晃腦	229	萬古流芳	403
搖頭擺尾	229	萬世一時	403
搖頭擺腦	229	萬世師表	403
搬斤播兩	229	萬死一生	403
搬弄是非	230	萬劫不復	403
搬脣遞舌	230	萬里長征	404
感天動地	197	萬里長城	404
感慨系之	197	萬事大吉	404
感激涕零	198	萬馬奔騰	404

萬馬齊喑	404	蜂屯蟻雜	410
萬衆一心	404	蜂媒蝶使	410
萬紫千紅	404	蜂擁而至	410
萬無一失	404	跳丸日月	434
萬象森羅	404	跳天躝地	434
萬萬千千	404	路不拾遺	434
萬壽無疆	404	路見不平，拔刀	
萬籤插架	404	相助	434
萬變不離其宗	404	路遙知馬力，日久	
萬事俱備，只欠		見人心	434
東風	404	路遙知馬力，事久	
萬般皆下品，惟		見人心	434
有讀書高	404	嗚呼哀哉	107
敬小慎微	237	圓鑿方枘	112
敬而遠之	237	置之度外	374
敬老慈幼	237	置身事外	375
敬恭桑梓	237	置若罔聞	375
敬業樂羣	237	置酒高會	375
敬謝不敏	237	罪大惡極	375
歲不我與	280	罪不容誅	375
歲不與我	280	罪加一等	375
歲寒松柏	280	罪有應得	375
暗中摸索	254	罪該萬死	375
暗度陳倉	254	罪惡滔天	375
暗香疏影	254	罪孽深重	375
暗無天日	254	蜀犬吠日	410
暗箭傷人	254	業精於勤	274
暗箭難防	254	愛人以德	198
暗劍難防	254	愛不釋手	198
暗室虧心，神目		愛毛反裘	198
如電	254	愛民如子	198
睟面盎背	348	愛屋及烏	198
鼎鐺有耳	511	愛莫能助	199
賊不空手	430	亂臣賊子	31
賊去關門	430	亂頭粗服	31
睢睢盱盱	348	亂點鴛鴦	31
愚夫愚婦	198	飾非文過	489
愚不可及	198	飾非拒諫	489
愚公移山	198	飾非遂過	489
愚眉肉眼	198	飽以老拳	490
愚而好自用	198	飽食煖衣	490
愚者千慮，必有		飽經霜雪	490
一得	198	飽食終日，無所	
嗔拳不打笑面	107	用心	490
號令如山	409	笨短龜長	364
蜎飛蠕動	410	節上生枝	364

節外生枝	364	與世偃仰	393	經一失，長一智	371	牛後	147
節哀順變	364	與虎謀皮	393	經一事，長一智	371	褰旗斬將	228
鉗口吞舌	453	與狐謀皮	393	緯句繪章	371	賓至如歸	430
鉗口結舌	453	與衆不同	393	緯章繪句	372	寡二少雙	147
鈇肝劌腎	453	與人方便，自己				寡不勝衆	147
鉛刀一割	453	方便	393	十四畫		寡不敵衆	148
鉤心鬭角	453	與君一面話，勝				寡見尠聞	148
鉤爪鋸牙	453	讀十年書	393	滴粉搓酥	301	寡聞少見	148
鉤玄提要	453	傾困倒廩	53	滾瓜爛熟	301	寡廉鮮恥	148
鉤深致遠	453	傾城傾國	53	漸入佳境	301	寡鵠孤鸞	148
鉤章棘句	453	傾家竭產	53	漸仁摩誼	301	寢不安席	148
鉤輈格磔	453	傾國傾城	53	漱石枕流	301	寢苦枕草	148
矮人看場	350	傾篋倒庋	53	滿目青山	301	寢苦枕塊	148
矮人看戲	350	傾腸倒肚	54	滿坑滿谷	301	寢食不安	148
矮子看戲	350	傾蓋如故	54	滿阬滿谷	301	寔至名歸	148
矮子觀場	350	傾囊倒篋	54	滿城風雨	301	實事求是	148
愁眉不展	199	㷀趨雀躍	502	滿城桃李	301	實倡處此	148
愁眉苦臉	199	毀瓦畫墁	283	滿面春風	301	實蕃有徒	148
愁眉淚眼	199	毀家紓難	284	滿載而歸	301	實繁有徒	148
愁紅怨綠	199	鼠牙雀角	511	滿招損，謙受益	301	察言觀色	148
愁紅慘綠	199	鼠肝蟲臂	512	滯滯泥泥	301	察見淵魚	148
稠人廣坐	358	鼠腹蝸腸	512	漆身吞炭	302	察察為明	149
稠人廣衆	358	鼠腹雞腸	512	漏洩春光	302	慷慨激昂	199
腰金衣紫	387	鼠竊狗偷	512	漏脯充飢	302	慷他人之慨	199
腰金拖紫	387	鼠竊狗盜	512	漏盡鍾鳴	302	慢條斯理	199
腰鼓兄弟	387	鼠口不出象牙	512	漏網之魚	302	慢條斯禮	199
腸肥腦滿	387	傷弓之鳥	54	漏甕沃焦釜	302	慢條絲禮	199
腹心之疾	387	傷心慘目	54	漫山遍野	302	慢藏誨盜	199
腹心之患	387	傷天害理	54	漫不經心	302	慣弄玄虛	199
腹中鱗甲	387	傷化敗俗	54	漁人得利	302	慟哭流涕	199
腹背受敵	387	傷風敗俗	54	滌瑕蕩垢	302	慘淡經營	199
腦後插筆	387	傷筋動骨	54	滌瑕盪穢	302	慘綠少年	199
腦滿腸肥	387	猿經鵄顧	320	滌穢蕩瑕	302	慘綠愁紅	200
解甲投戈	420	猿鶴沙蟲	320	剗足適履	73	慘澹經營	200
解衣推食	420	微文深詆	181	精明強幹	366	彰往察來	177
解衣般礴	420	微言大義	181	精忠報國	366	彰明較著	177
解絃更張	421	微過細故	181	精金百鍊	366	彰善癉惡	178
解鈴繫鈴	421	嫁狗逐狗	136	精金良玉	366	竭澤而漁	363
鳩形鵠面	502	嫁雞逐雞	136	精金美玉	366	齊大非耦	512
鳩佔鵲巢	502	嫁雞隨雞	136	精神抖擻	366	齊東野語	512
鳩集鳳池	502	綆短汲深	371	精神滿腹	366	齊烟九點	512
戥米囤餓殺	204	經文緯武	371	精益求精	366	說長道短	423
傭中佼佼	53	經天緯地	371	精義入神	367	說短論長	423
與人為善	393	經明行修	371	精衞填海	367	認奴作郎	423
與古為徒	393	經師人表	371	寧為玉碎，不為		認賊為子	423
與民同樂	393	經師人師	371	瓦全	147	誨人不倦	424

誨盜誨淫	424	遭家不造	444	夢中說夢	120	銅駝荆棘	454
豪竹哀絲	428	摘豔薰香	230	夢幻泡影	121	銅頭鐵額	454
敲門磚	237	熙熙攘攘	310	夢屍得官	121	銅牆鐵壁	454
敲邊鼓	237	槁木死灰	274	夢筆生花	121	銅斗兒家私	454
敲冰戛玉	237	槁木寒灰	274	蓬戶甕牖	405	銅斗兒家活	454
敲金擊石	237	槁項黃馘	274	蓬蓽生輝	405	銅斗兒家緣	454
膏火自煎	387	榰牙料嘴	274	蓬蓽增輝	405	銅山西崩，洛鐘	
膏脣拭舌	387	摶心揖志	230	蓬頭垢面	405	東應	454
膏粱年少	387	摧眉折腰	230	蓬頭歷齒	405	銖兩悉稱	454
旗開得勝	244	摧枯折腐	230	蓬生麻中，不扶		銖積寸累	454
旗鼓相當	244	摧枯拉朽	230	而直	405	銘心鏤骨	455
塵垢粃糠	117	摧堅陷陣	230	嘖有煩言	107	銘肌鏤骨	455
塵飯塗羹	117	摧陷廓清	230	嗷豬腸兒	107	舞文巧法	396
榮宗耀祖	274	摧鋒陷陣	230	蜻蜓點水	410	舞文弄法	396
榮華富貴	274	爾詐我虞	313	蜩螗沸羹	410	舞榭歌臺	396
瑣尾流離	325	奪胎換骨	131	踢天踏地	434	餅聲慚恥	374
瑤林瓊樹	325	奪天地造化	131	鳴琴而治	502	稱心如意	358
瑤環瑜珥	325	厭難折衝	89	鳴鼓而攻	502	稱孤道寡	358
瑰意琦行	325	碩大無朋	352	圖窮匕見	112	稱體裁衣	358
氂不恤緯	136	碩學名儒	352	罰一勸百	375	種麥得麥	358
聚沙成塔	382	鳶飛魚躍	502	罰不當罪	375	鳳毛麟角	503
聚蚊成雷	382	翠繞珠圍	378	對牛鼓簧	153	鳳生鳳兒	503
聚精會神	382	盡力而爲	341	對牛彈琴	153	鳳泊鸞飄	503
壽山福海	118	盡心竭力	341	對淋夜雨	153	鳳凰于飛	503
壽比南山	118	盡忠報國	341	對酒當歌	153	鳳凰在笯	503
壽終正寢	118	盡美盡善	342	對景掛畫	153	鳳凰來儀	503
臺閣生風	392	盡善盡美	342	對答如流	153	鳳凰銜書	503
截長補短	204	盡態極妍	342	對證下藥	153	鳳翥龍蟠	503
截趾適屨	204	盡信書不如無書	342	對證用藥	153	鳳翥鸞迴	503
截髮留客	205	聞一知十	382	疑事無功	332	鳳鳴朝陽	503
截斷衆流	205	聞所不聞	382	疑神疑鬼	332	鳳靡鸞吪	503
截鐙留鞭	205	聞所未聞	382	疑心生闇鬼	332	鼻息如雷	512
輕而易舉	436	聞風而逃	382	疑人勿使，使人		獐頭鼠目	320
輕車熟路	436	聞雷失箸	383	勿疑	332	槃根錯節	274
輕車簡從	437	聞聲相思	383	疑者不使，使者		衡尾相隨	455
輕於鴻毛	437	聞雞起舞	383	不疑	332	衡華佩實	455
輕財好施	437	聞名不如見面	383	貌合心離	428	銜膽棲冰	455
輕描淡寫	437	嘗鼎一臠	107	貌合神離	428	熊經鳥申	310
輕裘緩帶	437	蔕英勝茂	410	管中窺豹	364	熊據虎跱	310
輕諾寡信	437	蒹葭玉樹	404	管闚筐舉	364	綜核名實	372
輕舉妄動	437	蒹葭伊人	405	管闚蠡測	364	綜覈名實	372
輕薄少年	437	蓋世英雄	405	箕風畢雨	364	綺襦紈絝	372
輕塵棲弱草	437	蓋棺定論	405	銀河倒泄	453	網開三面	372
歌功頌德	278	蓋棺論定	405	銀樣鑞槍頭	454	網漏吞舟	372
歌臺舞榭	278	蒸沙成飯	405	銅山鐵壁	454	綱舉目張	372
歌舞升平	278	幕天席地	167	銅琶鐵板	454	綠女紅男	372

綠水青山　372
綠衣使者　372
綠肥紅瘦　372
綠葉成陰　372

十五畫

澆瓜之惠　302
澆淳散樸　302
潛氣內轉　302
潛移暗化　302
潛移默化　302
潑水難收　303
養生送死　490
養虎遺患　490
養虎噬人　490
養家活口　490
養寇藩身　490
養尊處優　490
養精蓄銳　490
養癰遺患　490
養兵千日,用兵
　一時　490
養兒防老,積穀
　防飢　490
養軍千日,用軍
　一時　490
蕘草除根　378
遵養時晦　444
鄰國爲壑　446
寬洪大度　149
寬洪大量　149
寬洪海量　149
寬猛相濟　149
窮凶極悖　360
窮凶極惡　360
窮且益堅　360
窮年累世　360
窮好極欲　360
窮形盡相　360
窮兵極武　360
窮兵黷武　360
窮兒暴富　360
窮神知化　360
窮神觀化　360
窮巷漏室　360
窮相骨頭　360

窮寇不格　360
窮寇勿迫　360
窮寇勿迫　361
窮寇莫追　361
窮理盡性　361
窮奢極侈　361
窮奢極欲　361
窮鳥入懷　361
窮鄉僻壤　361
窮達有命　361
窮源竟委　361
窮當益堅　361
窮鼠齧貍　361
窮猿投林　361
窮猿奔林　361
窮閭漏屋　361
窮酸餓醋　361
窮則變,變則通　361
寫水著地　149
憐香惜玉　200
憐新棄舊　200
墮甑不顧　117
談天說地　424
談何容易　424
談言微中　424
談空說有　424
談虎色變　424
談笑封侯　424
談笑風生　424
請自隗始　424
請君入甕　424
諸子百家　424
諸如此類　424
諸惡莫作　424
調三窩四　425
調三幹四　425
調兵遣將　425
調虎離山　425
調和鼎鼐　425
調脂弄粉　425
調嘴弄舌　425
調嘴調舌　425
論功行賞　425
論黃數黑　425
熟能生巧　310
熟視不覩　311

熟視無覩　311
熟路輕轍　311
瘞玉埋香　334
廣土衆民　170
廣開言路　170
摩拳擦掌　230
摩頂放踵　230
摩厲以須　230
廢書而歎　170
廢然而反　170
廢然而返　170
廢寢忘食　170
廢寢忘餐　170
褒如充耳　417
褒然舉首　417
震主之威　474
穀賤傷農　358
髮短心長　499
賣官鬻爵　430
賣劍買牛　431
熱地蚰蜒　311
熱鐵翻餅　311
熱鍋上螞蟻　311
覩物思人　419
覩著知微　420
覩貌獻餐　420
憋鳧企鶴　200
暫勞永逸　254
豎起脊梁　427
遷蘭變鮑　444
醉生夢死　447
醉酒飽德　447
醉翁之意不在酒　447
標同伐異　274
標章擒句　274
標新立異　274
標新領異　274
模山範水　274
模棱兩可　275
斵雕爲樸　241
撞府衝州　230
撞頭搕腦　230
撒科打諢　230
撥雲見日　230
撥亂反正　230
撐眉弩眼　231

撐腸拄肚　231
撐腸拄腹　231
撮科打閧　231
撮鹽入火　231
撲朔迷離　231
播糠眯目　231
撟枉過正　231
殢雨尤雲　282
厲兵秣馬　89
厲精更始　89
厲精圖治　89
憂心如焚　200
憂心忡忡　200
憂心悄悄　200
憂深思遠　200
憂國忘家　200
憂國奉公　200
磕牙料嘴　352
磈磈磊磊　352
豬突豨勇　428
鴉雀不聞　503
鴉巢生鳳　503
戮力同心　205
彈丸之地　176
彈丸黑子　176
彈冠相慶　176
層出不窮　158
層見疊出　158
慰情勝無　200
劈頭劈臉　73
履烏交錯　159
履霜堅冰　159
墜茵落溷　117
隨心所欲　466
隨行逐隊　466
隨波逐流　466
隨波逐浪　466
隨風逐浪　466
隨風倒柂　466
隨風轉舵　467
隨珠和璧　467
隨珠彈雀　467
隨時制宜　467
隨寓而安　467
隨遇而安　467
隨鄉入鄉　467

隨機應變	467	數白論黃	237	銷聲斂迹	455	衢州撞府	414
隨踵而至	467	數米而炊	237	鋒發韻流	455	衝鋒陷陣	414
隨聲附合	467	數米量柴	237	劍及屨及	73	嬉笑怒罵	137
墮雲霧中	117	數見不鮮	238	劍拔弩張	73	駑馬十駕	493
螽處褌中	410	數典亡祖	238	劍戟森森	74	駑馬戀棧豆	493
駕輕就熟	493	數往知來	238	劍頭一映	74	嬌生慣養	137
賞一勸百	431	數粒乃炊	238	劍樹刀山	74	緯武經文	372
賞心樂事	431	數黃道白	238	稷蜂社鼠	358	緩步代車	372
賞罰分明	431	數黃道黑	238	黎丘丈人	509	緩兵之計	372
賞罰嚴明	431	數黃論黑	238	膝行肘步	388	緩歌縵舞	372
弊車羸馬	172	數黑論黃	238	膝癢搔背	388	緣木求魚	373
弊帚千金	172	數冬瓜，道茄子	238	膠車逢雨	388	緣情體物	373
弊帚自珍	172	嘲風弄月	108	膠柱鼓瑟	388	緣鵠飾玉	373
弊絕風清	172	嘲風詠月	108	膠柱調瑟	388		
幣重言甘	167	嘹牙調嘴	108	膠膠擾擾	388	**十六畫**	
駟之過隙	493	蝶粉蜂黃	410	魯魚亥豕	501	澡身浴德	303
駟不及舌	493	蝦兵蟹將	410	魯魚帝虎	501	濁涇清渭	303
駟馬高車	493	蝦荒蟹亂	410	魯陽揭戈	501	激濁揚清	303
蓴羹鱸膾	405	蝟結蟻聚	410	魯殿靈光	501	激薄停澆	303
暮四朝三	254	噓枯吹生	108	儀態萬方	54	甑塵釜魚	327
暮雲春樹	254	踞爐炭上	434	僵李代桃	54	窺豹一斑	362
暮鼓晨鐘	254	踔絕之能	434	價重連城	54	親如手足	420
暮鼓朝鐘	254	踔厲風發	434	樂天知命	275	親痛讎快	420
暮號朝虞	254	踏破鐵鞋無覓處，		樂不可知	275	龍山落帽	513
劌目鉥心	73	得來全不費功		樂不可極	275	龍生九子	513
齒亡舌存	513	夫	434	樂不思蜀	275	龍行虎步	514
齒牙餘論	513	遺大投艱	444	樂以忘憂	275	龍肝豹胎	514
齒白唇紅	513	遺臭萬世	444	樂在其中	275	龍肝鳳髓	514
齒危髮秀	513	遺臭萬年	444	樂此不疲	275	龍吟虎嘯	514
齒若編貝	513	遺臭萬載	445	樂善好施	275	龍爭虎鬥	514
齒豁頭童	513	遺簪墜屨	445	樂極生悲	275	龍飛鳳舞	514
墨突不黔	117	罷於奔命	375	樂極生變	275	龍馬精神	514
嘮嘮叨叨	107	漿酒霍肉	302	樂極則悲	275	龍章鳳姿	514
影影綽綽	178	餘音繞梁	490	樂道安貧	275	龍蛇飛動	514
瞎字不識	348	餘勇可賈	490	盤水加劍	342	龍跳虎臥	514
瞋目張膽	348	餘霞成綺	491	盤馬彎弓	342	龍潭虎窟	514
暴戾恣睢	254	餓虎吞羊	491	盤根錯節	342	龍盤鳳逸	514
暴虎馮河	254	餓莩遍野	491	徹上徹下	181	龍頭蛇尾	514
暴殄天物	255	餓死事小，失節		徹底澄清	181	龍戰虎爭	514
暴風驟雨	255	事大	491	徹頭徹尾	181	龍蟠虎踞	514
暴跳如雷	255	牖中窺日	314	德言容功	181	龍躍鳳鳴	514
暴腮龍門	255	鋪眉苦眼	455	德厚流光	182	龍驤虎步	515
暴躁如雷	255	鋪眉蒙眼	455	德高望重	182	龍驤虎視	515
嘻皮笑臉	108	鋪張揚厲	455	德隆望重	182	龍頭屬老成	515
嘻笑怒罵	108	鋪錦列繡	455	德薄才疏	182	龍生龍，鳳生鳳	515
數一數二	237	銷聲匿迹	455	德薄能鮮	182	龍居淺水遭蝦戲，	

虎落平陽被犬	燕爾新婚 312	避重就輕 445	錦片前程 456
欺 515	燕頷虎頸 312	避實就虛 445	錦衣玉食 456
諱疾忌醫 425	頤神養性 482	避實擊虛 445	錦瑟華年 456
諱莫如深 425	頤指氣使 482	騈四儷六 493	錦繡江山 456
諷一勸百 425	頤精養神 482	騈肩累迹 494	錦囊妙計 456
瘴雨蠻烟 334	頤養精神 482	騈拇枝指 494	積甲山齊 358
瘴雨蠻雲 334	樹大招風 275	蕩氣回腸 405	積羽沈舟 358
磨杵作針 352	樹德務滋 275	蔽月羞花 405	積年累月 358
磨穿鐵硯 352	樹倒猢猻散 275	黔突暖席 510	積金至斗 358
磨拳擦掌 353	樹欲靜而風不止 276	黔驢之技 510	積重難返 358
磨磚成鏡 353	橫七豎八 276	曇花一現 255	積厚流光 358
磨礪以須 353	橫行無忌 276	瞞心昧己 348	積厚流廣 358
凝脂次骨 65	橫行霸道 276	瞞天昧地 348	積勞成病 359
燃肉身燈 311	橫眉努目 276	瞞天過海 348	積勞成疾 359
燃萁煮豆 311	橫徵暴斂 276	瞞上不瞞下 349	積毀銷骨 359
燋頭爛額 311	橫衝直撞 276	鴨行鵝步 503	積微成著 359
霑體塗足 474	橫衝直闖 276	鴨步鵝行 503	積穀防飢 359
璞玉渾金 325	橫財不富命窮人 276	嘴硬骨頭酥 108	積薪厝火 359
黿鳴鼈應 511	橘化爲枳 276	踵決肘見 434	雕文刻鏤 469
頭上安頭 481	樵蘇不爨 276	踵事增華 434	雕玉雙聯 469
頭足異處 481	機不可失 276	器小易盈 108	雕冰畫脂 469
頭疼腦熱 482	機關算盡 276	器宇軒昂 108	雕肝琢腎 469
頭破血流 482	操刀必割 231	戰無不勝 205	雕梁畫棟 470
頭痛炙頭 482	操刀傷錦 231	戰勝攻取 205	雕章續句 470
頭童齒豁 482	操之過急 231	戰戰栗栗 205	雕龍繡虎 470
頭會箕賦 482	操奇計贏 231	虞戰兢兢 205	雕闌玉砌 470
頭會箕斂 482	擇善而從 231	噬臍何及 108	雕牆峻宇 470
頭頭是道 482	擇精語詳 231	圜鑿方枘 112	雕蟲小技 470
頭醋不釅徹底薄 482	擒賊擒王 231	貓鼠同眠 428	雕蟲篆刻 470
頭醋不酸,二醋	擔雪塞井 232	篝火狐鳴 364	龜文鳥跡 515
不釅 482	擔雪填井 232	築室反耕 364	龜毛兔角 515
頭上打一下,脚	擔驚受怕 232	築室道謀 364	龜齡鶴算 515
底板響 482	擔驚受恐 232	篳門圭窬 364	興亡繼絕 393
輸肝瀝膽 437	擔水河頭賣 232	篳門閨竇 365	興利除害 393
融會貫通 410	頰上添毫 482	篳路藍縷 365	興利除弊 393
融融洩洩 411	奮不顧身 131	錯彩鏤金 455	興事動衆 393
整軍經武 238	窾見洽聞 282	錯認顏標 455	興風作浪 393
整襟危坐 238	靦然人面 479	錢可使鬼 455	興高采烈 394
醍醐灌頂 447	臻臻至至 393	錢可通神 456	興致勃勃 394
燕妬鶯慚 311	豫署空紙 428	錐刀之末 456	興師問罪 394
燕雀相賀 311	彊本弱末 176	錐刀之利 456	興師動衆 394
燕雀處堂 311	彊本節用 176	錐處囊中 456	興復不淺 394
燕巢幕上 311	彊弩之末 176	錦上添花 456	興滅繼絕 394
燕雁代飛 311	彊幹弱枝 176	錦上鋪花 456	舉一反三 394
燕瘦環肥 311	避坑落井 445	錦心繡口 456	舉一廢百 394
燕語鶯聲 312	避穽入坑 445	錦心繡腸 456	舉目無親 394

舉足輕重	394	應天順人	200	韓潮蘇海	480	黏皮帶骨	510
舉例發凡	394	應天順民	200	摘姦發伏	232	繁文縟禮	373
舉案齊眉	394	應有盡有	200	摘埴索塗	232	繁絃急管	373
舉棋不定	394	應接不暇	200	擠眉弄眼	232	賸水殘山	431
舉鼎絕臏	395	應答如流	201	擢髮難數	232	膾炙人口	388
舉賢任能	395	應運而生	201	櫛風沐雨	276	膽大心小	388
學而不厭	140	應對如流	201	壓良爲賤	117	膽大如斗	388
學步邯鄲	140	應機立斷	201	壓倒元白	117	膽大妄爲	388
學淺才疏	140	甕中捉鱉	327	闊步高談	464	膽大於身	388
學貫中西	140	甕牖桑樞	327	擘肌分理	232	膽如斗大	388
學富五車	140	甕牖繩樞	327	履及劍及	159	膽若鼷鼠	388
學優而仕	140	禮尚往來	355	履賤踊貴	159	膽戰心驚	388
學優則仕	140	禮賢下士	355	孺子可教	140	鮮衣凶服	501
學而優則仕	140	燭照數計	312	隱姓埋名	467	鮮車怒馬	501
鴟目虎吻	503	環肥燕瘦	325	隱若敵國	467	優孟衣冠	54
鴟視狼顧	504	轂擊肩摩	437	隱約其辭	467	優哉游哉	54
獨占鰲頭	320	幫閒幫懶	167	隱惡揚善	467	優游自得	54
獨出心裁	320	聲色俱厲	383	騃女癡男	494	聳壑昂霄	383
獨步天下	321	聲如洪鍾	383	薄物細故	405	縮衣節口	373
獨弦哀歌	321	聲東擊西	383	薪桂米珠	405	縮衣節食	373
獨具隻眼	321	聲振林木	383	薪盡火傳	406	縮地補天	373
獨往獨來	321	聲振寰宇	383	薏苡明珠	406	縮屋稱貞	373
獨善其身	321	聲淚俱下	383	蕭規曹隨	406	繆種流傳	373
獨當一面	321	聲淚俱發	383	蕭敷艾榮	406	總而言之	373
獨樹一幟	321	聲勢浩大	383	點石成金	510	縱虎歸山	373
獨斷獨行	321	磬竹難書	374	點紙畫字	510	縱理入口	373
獨木不成林	321	趨炎附勢	433	點鐵成金	510		
獨樹不成林	321	趨炎附熱	433	瞭如指掌	349	**十八畫**	
衡石量書	414	戴天履地	205	瞭若指掌	349	鼠端匿跡	362
衡陽雁斷	414	戴月披星	205	曙後星孤	255	顏苦孔卓	483
縫衣淺帶	373	戴盆望天	205	嘯儔呼侶	108	謹小慎微	425
		戴圓履方	205	螳臂當車	411	謹毛失貌	426
十七畫		戴髮含齒	205	蹈常習故	434	謹言慎行	426
濟困扶危	303	戴頭識臉	205	蹈常襲故	435	謾天謾地	426
濟河焚舟	303	戴雞佩豚	205	蹈節死義	435	霧裏看花	474
濟弱扶傾	303	臨去秋波	389	蹊田奪牛	435	霧鬢風鬟	475
濠濮閒想	303	臨陣脫逃	389	蹐地跼天	434	霧鬢雲鬟	475
鴻飛冥冥	504	臨陣磨槍	389	牆倒衆人推	314	豐上銳下	427
鴻毳沈舟	504	臨深履薄	389	嶽峙淵渟	161	豐功偉績	427
鴻鵠之志	504	臨崖勒馬	389	鍊石補天	456	豐衣足食	427
濕肉伴乾柴	303	臨渴掘井	389	鍼鋒相投	456	豐亨豫大	427
謇人上天	434	臨淵羨魚	389	鍾靈毓秀	457	豐取刻與	427
謙謙君子	425	臨機應變	389	矯枉過正	350	豐筋多力	427
講若畫一	425	臨難不懼	390	矯枉過直	351	翹足而待	378
講信脩睦	425	憨憨戇戇	201	矯情鎮物	351	轉危爲安	437
褒衣博帶	417	鞠躬盡瘁	479	矯揉造作	351	轉敗爲功	437

轉悲爲喜	437	翻箱倒篋	379	斷爛朝報	242	難言之隱	472
轉禍爲福	437	難尸牛從	470	斷鶴續鳧	242	難能可貴	472
轉彎抹角	437	難口牛後	470			難解難分	472

十九畫

覆水難收	417	難犬不留	470	瀝膽披肝	303	鵲笑鳩舞	504
覆雨翻雲	417	難犬不寧	470	瀝膽墮肝	303	鵲巢知風	504
覆巢之下無完卵	418	難犬不驚	470	寵辱不驚	149	鵲巢鳩占	504
鞭長莫及	479	難犬皆仙	470	寵辱若驚	149	顛倒衣裳	483
鞭辟向裏	479	難皮鶴髮	470	寵辱無驚	149	顛倒是非	483
鞭辟近裏	479	難骨支床	470	懷才不遇	201	真撲不破	483
鞭麟笞鳳	480	難鳴狗吠	471	懷金垂紫	201	顛鸞倒鳳	483
鞭鸞笞鳳	480	難鳴狗盜	471	懷詐飾智	201	攀車臥轍	232
擲果盈車	232	難膚鶴髮	471	懷鉛吮墨	202	攀炎附熱	232
擲果潘安	232	難聲鵝鬬	471	懷鉛提槧	202	攀龍附鳳	232
擲鼠忌器	232	難蟲得失	471	懷鉛握槧	202	攀龍附驥	233
擲地作金石聲	232	難鶩爭食	471	懷瑾握瑜	202	攀轅臥轍	233
礌礌落落	353	難犬之聲相聞，		懷瑾握蘭	202	攀鱗附翼	233
礎潤而雨	353	老死不相往來	471	懷璧其罪	202	關山迢遞	464
璧合珠聯	325	簞食壺漿	365	懷寶迷邦	202	韜聲匿迹	480
騏驥一毛	494	簞食瓢飲	365	識時務者爲俊傑	426	藕斷絲連	407
騎牛覓牛	494	鵠面鳥行	504	譊龜成鼈	426	藝高人膽大	407
騎者善墮	494	鵝行鴨步	504	譁衆取寵	426	藕絲牛毛	373
騎虎難下	494	鵝籠書生	504	鶉衣百結	504	藥店飛龍	407
騎驢覓驢	494	雙豆塞聰	471	鶉居鷇飲	504	藥籠中物	407
騎鶴上揚州	494	雙柑斗酒	471	龐眉白髮	515	曠日長久	255
藍田出玉	406	雙飛雙宿	471	龐眉皓首	515	曠日持久	255
藍田生玉	406	雙宿雙飛	471	癡人說夢	334	曠日經久	255
藏形匿影	406	雙管齊下	471	癡心妄想	334	曠日經年	255
藏垢納汙	406	雙瞳剪水	471	癡男騃女	334	曠日彌久	255
藏怒宿怨	406	歸真反璞	280	癡兒騃女	334	曠日離久	255
藏頭亢腦	406	歸馬放牛	280	離心離德	471	曠世一時	255
藏頭露尾	406	斷井頹垣	241	離鄉背井	471	贈芍采蘭	431
藏器待時	406	斷長補短	241	離羣索居	471	蠅頭小楷	411
瞻前顧後	349	斷長續短	241	離經畔道	472	蠅頭細書	411
瞻雲就日	349	斷章取義	241	離鸞別鳳	472	蠅頭微利	411
髀裏肉生	496	斷章截句	241	麤衣踰食	478	蠅頭蝸角	411
蟲沙猿鶴	411	斷章摘句	241	麤顏膩理	478	蠅營狗苟	411
蟲臂鼠肝	411	斷梗飛蓬	241	麤糲之音	478	蠅糞點玉	411
蟬衫麟帶	411	斷梗流萍	241	廬山真面目	170	蝦飛蟫動	411
蟬腹龜腸	411	斷梗飄萍	241	瓊枝玉葉	325	蟾宮折桂	412
翻天覆地	379	斷脰決腹	242	瓊廚金穴	325	獸聚鳥散	321
翻天蹶地	379	斷線風箏	242	瓊樓玉宇	325	羅天大醮	375
翻江倒海	379	斷髮文身	242	瓊漿玉液	325	羅雀掘鼠	375
翻江攪海	379	斷墨殘楮	242	繫風捕影	373	羅鉗吉網	375
翻來覆去	379	斷編殘簡	242	難分難解	472	懸車束馬	202
翻雲覆雨	379	斷頭將軍	242	難兄難弟	472	懸河注水	202
翻然悔悟	379	斷簡殘編	242			懸河瀉水	202

懸梁刺骨	202	鐘鳴漏盡 457	鐵中錚錚 457	麟子鳳雛 507

懸梁刺骨 202
懸崖峭壁 202
懸崖勒馬 202
懸腸掛肚 202
懸駝就石 202
懸燈結綵 202
懸鶉百結 202
懸羊頭賣狗肉 202
辭不獲命 438
鏡花水月 457
鏟跡銷聲 457
鏤月裁雲 457
鏤玉裁冰 457
鏤冰雕朽 457
鏤金鋪翠 457
鏤骨銘飢 457
穩如泰山 359
蠏匡蟬緌 412
懲一警百 201
懲忿窒欲 201
懲前毖後 201
懲惡勸善 201
懲羹吹虀 201
繡虎雕龍 374
繩愆糾謬 374
繩趨尺步 374
繪聲繪影 374

二十畫

爐火純青 312
飄茵落溷 486
攙科撒諢 233
礪戈秣馬 353
黨同伐異 510
耀武揚威 379
騷人墨客 494
勸人爲善 76
勸百諷一 76
勸善懲惡 76
蘇海韓潮 407
獻可替否 321
嚴刑峻法 108
嚴氣正性 108
嚴霜烈日 108
釋回增美 447
鐘鳴鼎食 457

鐘鳴漏盡 457
騰雲駕霧 494
騰蛟起鳳 494
彌猴騎土牛 321

二十一畫

辯圃學林 438
顧小失大 483
顧此失彼 483
顧名思義 483
顧影自憐 483
鶴立雞羣 505
鶴長鳧短 505
鶴髮童顏 505
鶴髮雞皮 505
鶴鳴九皋,聲聞
于野 505
鶯吟燕舞 504
鶯啼燕語 504
鶯儔燕侶 504
鶯鶯燕燕 504
露才揚己 475
露水夫妻 475
露尾藏頭 475
露往霜來 475
露鈔雪纂 475
露膽披肝 475
攝威擅勢 233
飆舉電至 486
屬辭比事 159
蘭心蕙性 407
蘭艾難分 407
蘭艾同焚 407
蘭因絮果 407
蘭摧玉折 407
蘭薰桂馥 407
歡天喜地 278
歡欣鼓舞 278
歡喜冤家 278
歡聲雷動 278
鶼人鴉羣 505
鶼嵜吞棗 505
纍瓦結繩 374
嚙墨噴紙 108
鷂子翻身 505
鐵心石腸 457

鐵中錚錚 457
鐵石心腸 457
鐵杵磨針 457
鐵面無私 458
鐵案如山 458
鐵馬金戈 458
鐵畫銀鈎 458
鐵腸石心 458
鐵網珊瑚 458
鐵樹開花 458
鰥寡孤獨 501
魑魅魍魎 500
響遏行雲 480

二十二畫

竊玉偷香 362
竊位素餐 362
竊鈎竊國 362
竊竊私語 362
竊竊私議 362
竊竊偶語 362
讀書三到 426
讀書種子 426
麞頭鼠目 507
麞麛馬鹿 507
霽月光風 475
聽天由命 383
聽天任命 383
聽而不聞 383
鬚眉如戟 499
鑒貌辨色 458
鷗鷺忘機 505
攧撲不破 233
驕兵必敗 494
驕奢淫洗 494
驕傲自滿 494
疊牀架屋 332
籠絡人心 365
籠街喝道 365
鑄山煮海 458
邊目尥聲 412

二十三畫

變化无常 426
變幻莫測 426
變本加厲 426

麟子鳳雛 507
麟角鳳毛 507
麟角鳳距 507
麟角鳳觜 507
麟鳳一毛 507
攪海翻江 233
鷸蚌相持 505
驚弓之鳥 494
驚心動魄 495
驚天動地 495
驚弦之鳥 495
驚蛇入草 495
驚魂未定 495
顯處視月 483
體大思精 496
體國經野 496
體無完膚 496
巖居穴處 161
巖居谷飲 161
鑠石流金 458
鱗次櫛比 502
鱗集仰流 502
鱗雜米鹽 502

二十四畫

讓棗推梨 426
讓禮一寸 426
鷹視狼步 505
鷹揚虎視 505
鷹瞵鶚視 505
鷹擊毛摯 505
鬭而鑄錐 499
鬭雞走犬 499
鬭雞走狗 499
鬢亂釵斜 499
鹽香風色 506
攬轡澄清 233
靨頭鱉尾 412
靨續蟹匡 412

二十五畫

蠻烟瘴雨 412
蠻雲蜑雨 412
觀者如堵 420
觀往知來 420
觀過知人 420

觀過知仁　　420
觀海難爲水　　420
躡手躡脚　　435
躡屩檐簦　　435
躡蹻檐簦　　435
籬壁間物　　365

二十六畫

驥服鹽車　　495
驢生戟角　　495
驢生笄角　　495
驢脣馬嘴　　495
驢鳴犬吠　　495

驢頭不對馬嘴　　495

二十七畫

鑽火得冰　　458
鑽天入地　　458
鑽天打洞　　458
鑽穴踰牆　　458
鑽皮出羽　　458
鑽冰求酥　　459
鑽堅研微　　459

二十八畫

鸚鵡學語　　506

鑿破渾沌　　459
鑿楹納書　　459
鑿飲耕食　　459
鑿壁偷光　　459

二十九畫

鬱鬱不樂　　499
鬱鬱葱葱　　499
爨桂炊玉　　312

三十畫

鸞翔鳳集　　506
鸞翔鳳翥　　506

鸞飄鳳泊　　506

三十三畫

麤心浮氣　　507
麤枝大葉　　507
麤服亂頭　　507

一 部

【一串珠】 yī chuàn zhū 比喻歌聲圓轉入妙。唐白居易長慶集六五寄明州于駙馬使君三絕句之三："何郎小妓歌喉好，嚴老呼爲一串珠。"亦作"一串驪珠"。金元好問遺山樂府中南鄉子詞："唱到斷腸聲，欲斷還連，一串驪珠箇箇圓。"

【一了百當】 yī liǎo bǎi dàng 多指辦事妥當、徹底。明張居正張太岳文集三三答山東巡撫何來山："清丈事實百年曠舉，宜及僕在位，務爲一了百當，若但草草了事，可惜此時，徒爲虛文耳。"又答江西巡撫王又池："此舉實均天下大政，……諸公宜及僕在位，做箇一了百當，不宜草草速完也。"

【一刀兩段】 yī dāo liǎng duàn 見"一刀兩斷"。

【一刀兩斷】 yī dāo liǎng duàn 比喻徹底決裂。宋朱熹朱子語類四四論語二六："觀此可見克己者是從根源上一刀兩斷，便斬絕了，更不復萌。"亦作"一刀兩段"。朱子語類三四論語十七："聖人發憤便忘食，樂便忘憂，直是一刀兩段，千了百當。"五燈會元十二文悅禪師："一刀兩段，未稱宗師；就下平高，固非作者。"

【一之爲甚】 yī zhī wéi shèn 見"一之謂甚"。

【一之謂甚】 yī zhī wèi shèn 左傳僖五年："晉侯復假道於虞以伐虢，宮之奇諫曰：虢，虞之表也。虢亡，虞必從之。晉不可啟，寇不可翫，一之謂甚，其可再乎?"後稱事不可再，多用此語。亦作"一之爲甚"。元侯克中艮齋詩集十四歸興："一之爲甚其能再，二者何由可得兼。"

【一干一方】 yī gān yī fāng 明代官場行賄的黑話。"干"與"千"、"方"與"万"字形相似，干方即千万的隱語。明陳洪謨繼世紀聞二："逆(劉)瑾用事，賄賂公行。凡有干謁者，云饋一干，即一千之謂；云一方，即一萬之謂。後漸增至幾干幾方。"

【一寸丹心】 yī cùn dān xīn 一片赤誠之心。唐杜甫杜工部草堂詩箋十二鄭駙馬池臺喜遇鄭廣文同飲："白髮千莖雪，丹心一寸灰。"宋楊萬里誠齋集十二新除廣東常平之節感恩書懷詩："向來百鍊今繞指，一寸丹心白日明。"

【一口兩匙】 yī kǒu liǎng chí 貪多的意思。宋范成大石湖集二六丙午新正書懷詩之四："口不兩匙休足穀，身能幾屐莫言錢。"自注："吳諺云：'一口不能著兩匙。'"

【一文不值】 yī wén bù zhí 見"一錢不直"。

【一心一意】 yī xīn yī yì 專心一志。唐駱賓王集二代女道士王靈妃贈道士詩："一心一意無窮已，投漆投膠非足擬。"

【一五一十】 yī wǔ yī shí 從頭到尾，源源本本。明蘭陵笑笑生金瓶梅十六："到次日來家，一五一十對潘金蓮說了。"又六五："這裏酒席上說話，不想潘金蓮在軟壁後聽唱，聽見西門慶說此話，走到後邊，一五一十，告訴月娘。"清吳敬梓儒林外史一："翟買辦飛奔下鄉，到秦老家，邀王冕過來，一五一十，向他說了。"

【一木難支】 yī mù nán zhī 一木難支大廈。比喻艱鉅工作，非一人所能勝任。世說新語任誕："和(嶠)曰：'元裒(任愷)如北夏門，拉攞自欲壞，非一木所能支。'"隋王通文中子事君："大廈將顛，非一木所支也。"也作"一柱難支"。唐白居易長慶集十三代書詩一百韻寄微之詩："千鈞勢易壓，一柱力難支。"

【一日九遷】 yī rì jiǔ qiān 形容官職提升之快。漢焦延壽易林三履之節："漢車千秋一日九遷其官。"

【一日之長】 yī rì zhī cháng 才能較人稍強。世說新語品藻："顧劭嘗與龐士元(統)宿語，問曰：'聞子名知人，吾與足下孰愈？'曰：'陶冶世俗，與時浮沉，吾不如子。論王霸之餘策，覽倚仗之要害，吾似有一日之長。'"唐吳兢貞觀政要二任賢："(王珪)對曰：……至如激濁揚清，嫉惡好善，臣於數子，亦有一日之長。"

【一日之長】 yī rì zhī zhǎng 年齡較人稍長。論語先進："以吾一日長乎爾，毋吾以也。"清吳敬梓儒林外史四："余有達笑道：'老先生大位，公子高才，我老拙無能，豈堪爲一日之長！'"

【一日之雅】 yī rì zhī yǎ 一面之交。漢書八五谷永傳："永奏書謝(王)鳳曰：'永斗筲之材，質薄學朽，無一日之雅，左右之介。'"無一日之雅，猶言素不相識。宋范仲淹范文正公集別集四竇建議錄："故舊相知，與公有一日之雅，遇其窘困，必擇其子弟可委以財者，隨多寡貸以金帛，俾之興販。"

【一日三秋】 yī rì sān qiū 形容對人思念之切。詩王風采葛："一日不見，如三秋兮。"三秋，本指九個月，後多用爲三年之義。藝文類聚三二南朝梁何遜爲衡山侯與婦書："路邇人遐，音塵寂絕，一日三秋，不足爲喻。"

【一日千里】 yī rì qiān lǐ 形容馬跑極快。莊子秋水："騏驥驊騮，一日而馳千里，捕鼠不如狸狌，言殊技也。"荀子修身："夫驥一日而千里，駑馬十駕則亦及之矣。"亦引申指人才駿逸。後漢書六六王允傳："同郡郭林宗(泰)嘗見允而奇之，曰：'王生一日千里，王佐才也。'"今稱進步神速爲一日千里。

【一日萬幾】 yī rì wàn jī 古代指帝王、宰相政務繁忙，日理萬事。書皋陶謨："兢兢業業，一日二日萬幾。"晉書摯虞傳答杜預書："今帝者一日萬幾，太子監撫之重，以宜奪禮，葬訖除服。幾，亦作'機'，或指宰相之任。世說新語政事："簡文爲相，事動經年，然後得過。桓公甚患其遲，常加勸勉。太宗曰：'一日萬機，那得速？'"

【一以貫之】 yī yǐ guàn zhī 論語衛靈公："子曰：'賜也，女以予爲多學而識之者與！'對曰：'然，非與？'子曰：'非也，予一以貫之。'"疏："孔子答言己之善道，非多學而識之也，我但以一理而通貫之。"易繫辭下"天下何思何慮"韓康伯注："苟識其要，不在博求，一以貫之，不慮而盡矣。"本指天下萬事雖殊，其理則同，終歸於一。書泰誓上"商罪貫盈"傳："紂之爲惡，一以貫之，惡貫已滿，天畢其命。"此指始終如一。後常用爲以一項要領貫串始終之意。唐白居易長慶集五二偶作詩之二："是非一以貫，身世交相忘。"

【一手一足】 yī shǒu yī zú 指一個人的力量。禮表記："后稷天下之爲烈也，豈一手一足哉！"

【一手遮天】 yī shǒu zhē tiān 比喻倚仗權勢，混淆是非，遮人耳目。按唐詩紀事六十曹鄴讀李斯傳詩"難將一人手，掩得天下目"，語意正相反。

【一毛不拔】 yī máo bù bá 孟子盡心上："楊子取爲我，拔一毛而利天下，不爲也。"北堂書鈔三三引燕丹子："荆(軻)曰：'有鄙志，嘗謂心向意等，沒身不顧；情有乖異，一毛不拔。'"後用以譏諷人的極端吝嗇。宋蘇軾蘇東坡集續集五答原季常(愷)書："鄉諺有云缺口鑷子者；公識之乎？……缺口鑷子者，取一毛不拔，恐未嘗聞，故及。"

【一片冰心】 yī piàn bīng xīn 形容心地純潔。全唐詩一四三王昌齡芙蓉樓送辛漸二首之一："洛陽親友如相問，一片冰心在玉壺。"

【一片宮商】 yī piàn gōng shāng 宋孫光憲北夢瑣言七來鵬詩："前進士沈光有洞庭樂賦，韋八座岫謂朝賢曰：'此賦乃一片宮商也。'"宮、商，爲古樂之兩個音階。這裏比喻詞賦優美，如樂曲之和諧動聽。

【一分爲二】 yī fēn wéi èr 宋朱熹朱子語類六七易二："又問啟蒙所謂自太極而分兩儀，則太極固太極，兩儀固兩儀。自兩儀而分四象，則兩儀又爲太極，而四象又爲兩儀，以至四象生八卦，節節推去，莫不皆然，可見一物各具一太極，是如此否？曰：此只是一分爲二，節節如此，以至於無窮，皆是一生兩耳。"本指易理，言太極化生之無窮，今用爲言一事之利弊由正反兩面着眼之意。

【一去不返】 yī qù bù fǎn 史記八六荊軻傳：“風蕭蕭兮易水寒，壯士一去兮不復還。”河嶽英靈集中崔顥黃鶴樓詩：“黃鶴一去不復返，白雲千載空悠悠。”後稱人或事已成陳跡爲一去不返。

【一世之雄】 yī shì zhī xióng 一個時代的英雄人物。宋書武帝紀上：“劉裕足爲一世之雄。”宋蘇軾經進東坡文集事略一前赤壁賦：“方其破荊州，下江陵，順流而東也，舳艫千里，旌旗蔽空，釃酒臨江，橫槊賦詩，固一世之雄也，而今安在哉！”指曹操。

【一世龍門】 yī shì lóng mén 東漢李膺顒負時譽，後輩有升其堂者，稱爲登龍門。見世說新語德行。後稱文人所宗仰的人物爲一世龍門。又品藻“王夷甫（衍）以王東海（承）比樂令（廣）”注引江左名士傳：“承言理辯物，但明其旨要，不爲辭費，有識者伏其約而能通。太尉王夷甫一世龍門，見而雅重之，以比南陽樂廣。”

【一民同俗】 yī mín tóng sú 國家統一，風俗一致。晏子春秋問上：“古者百里而異習，千里而殊俗。故明王修道，一民同俗。”

【一目十行】 yī mù shí háng 形容讀書敏捷。宋劉克莊後村集四四雜記六言五首詩之二：“五更三點待漏，一目十行讀書。”紅樓夢二三：“你説你會過目成誦，難道我就不能一目十行麼？”

【一目之羅】 yī mù zhī luó 一個網眼的羅網。淮南子説山：“有鳥將來，張羅而待之。得鳥者，羅之一目也。今爲一目之羅，則無時得鳥矣。”又説林：“一目之羅，不可以得鳥；無餌之釣，不可以得魚。”亦見鶡冠子世兵、通玄眞經（文子）上德。本謂網得禽鳥，不過仗網之一目；但若爲一目之羅，則網目太疏，不能得鳥。比喻辨析事理，不能偏於一端。

【一丘一壑】 yī qiū yī hè 指古代隱士居住的地方。太平御覽七九符子：“黃帝……謂容成子曰：‘吾將釣於一壑，栖於一丘。’”世說新語品藻：“明帝問謝鯤：‘君自謂何如庾亮？’答曰：‘端委廟堂，使百官準則，臣不如亮；一丘一壑，自謂過之。’”謝鯤自謂情趣之悠閒，超過庾亮。後多引申爲退隱在野的意思。宋張方平樂全集一都官葉紓郎中歸三衢詩：“一丘一壑平生志，況有門人伴釣遊。”

【一丘之貉】 yī qiū zhī hé 比喻同類，并無差別。漢書六六楊惲傳：“古與今如一丘之貉。”注：“言其同類也。貉，獸名，似狐而善睡。”宋蘇軾分類東坡詩一過嶺之一：“平生不作兔三窟，今古何如貉一丘。”即用此典。後用於貶義，比喻同屬一路貨色。

【一仍舊貫】 yī réng jiù guàn 一切照舊行事。同“仍舊貫”。論語先進：“仍舊貫，如之何，何必改作。”晉書殷仲堪傳上書：“謂今正可更加梁州文武五百，合前爲一千五百，自此之外，一仍舊貫。”

【一字一珠】 yī zì yī zhū 形容歌喉婉轉圓潤。才調集一薛能贈歌者：“一字新聲一顆珠，轉喉疑是擊珊瑚。”亦比喻文章精妙。清吳敬梓儒林外史三：“這樣文字，連我一兩遍也不能解，直到三遍之後，纔曉得是天地間之至文！真乃一字一珠。”

【一字千金】 yī zì qiān jīn 秦相呂不韋使門客著呂氏春秋，書成，公布於咸陽城門，聲言有能增删一字者，賞予千金。見史記八五呂不韋傳。又漢劉安著淮南子，亦懸賞千金，徵求士人意見。見文選漢楊德祖（修）答臨淄侯箋注引桓子新論。後用以稱譽詩文價值很高。南朝梁鍾嶸詩品上：“驚心動魄，可謂幾乎一字千金。”

【一字褒貶】 yī zì bāo biǎn 儒家謂春秋書法，褒則稱字，貶則稱名，其他行文，亦於一字之中寓褒貶之意。晉杜預春秋經傳集解序：“春秋雖以一字爲褒貶，然皆須數句以成言。”又范甯穀梁傳集解序：“一字之褒，寵踰華袞之贈；片言之貶，辱過市朝之撻。”後泛指記事論人用字措辭嚴格而有分寸。

【一衣帶水】 yī yī dài shuǐ 南史陳後主紀禎明二年：“隋文帝謂僕射高熲曰：‘我爲百姓父母，豈可限一衣帶水不拯之乎？’”一衣帶水指如衣帶寬之河流，形容其狹窄。因隋將伐陳，陳在長江之南，故云。後稱江河湖海不足爲阻，多用此語。舊五代史唐李建及傳：“時棹船滿河，流矢雨集，建及被重鎧，執稍呼曰：‘豈有一衣帶水縱賊如此。'"

【一年半載】 yī nián bàn zǎi 一年或半年。指一段時間。古今雜劇元楊梓敬德不服老:"將軍你且耐心道那裏,無過一年半載,俺衆將每必然保奏將軍回來。"元曲選關漢卿溫太真玉鏡臺三:"還不到一年半載,他可早兩婦三妻。"

【一行作吏】 yī xíng zuò lì 一經爲官。文選三國魏嵇叔夜(康)與山巨源絕交書:"遊山澤,觀魚鳥,心甚樂之,一行作吏,此事便廢。"

【一言九鼎】 yī yán jiǔ dǐng 秦昭王十五年,秦圍趙都邯鄲,趙使平原君赴楚求救,毛遂自願同往。經毛遂對楚王曉以利害,楚王同意救趙。平原君因而贊揚説:"毛先生一至楚而使趙重於九鼎大呂。毛先生以三寸之舌,彊於百萬之師。"見史記七六平原君傳。九鼎、大呂,古代國家的寶器。後稱起決定作用的言論爲一言九鼎。

【一言半辭】 yī yán bàn cí 猶片言隻語。史記七七魏公子傳:"公子行數里,心不快曰:'吾所以待侯生者備矣,天下莫不聞,今吾且死,而侯生曾無一言半辭送我,我豈有所失哉?'"

【一言華袞】 yī yán huá gǔn 極言褒獎之可貴。袞,古代上公之服;華,多采華美。宋司馬光溫國文正公集十一讀潁公清風集詩:"一言華袞足爲榮,況託文編久愈明。"

【一言爲定】 yī yán wéi dìng 謂堅決不容更改。古今雜劇缺名楊六郎調兵天陣二:"你看我便顯功能,我可便一言爲定。"明馮夢龍醒世恆言九:"王三老道:明日是個重陽日,陽九不利。後日大好個日子,老夫便當登門。今日一言爲定,出自二位本心,老漢只圖喫幾杯見成喜酒,不用謝媒。"

【一言難盡】 yī yán nán jìn 形容事情曲折複雜,不是一句話所能説完。京本通俗小説誌誠張主管:"張主管道:'小夫人如何在這裏?'夫人道:'一言難盡!'古今雜劇元鄭德輝㑇梅香騙翰林風月二:"爲先生幾乎狼狽,一言難盡。"紅樓夢八十:"若問我的膏藥,説來話長,其中底細,一言難盡。"

【一步一鬼】 yī bù yī guǐ 即疑心生暗鬼之意。清王應奎柳南隨筆續筆三俗語有本:"俗有一步一鬼,卻本之論衡。"按漢王充論衡訂鬼:"人病則憂懼,憂懼見鬼出,……晝日則鬼見,暮卧則夢聞。"語意相類。

【一見如故】 yī jiàn rú gù 初次相見即情投意合,有如老友。宋張洎賈氏譚錄:"李鄴侯(泌)爲相日,吳人顧況西遊長安,鄴侯一見如故。"亦作"一見如舊"。新唐書九六房玄齡傳:"太宗以燉煌公徇渭北,杜策上謁軍門,一見如舊。"

【一見如舊】 yī jiàn rú jiù 見"一見如故"。

【一串驪珠】 yī chuàn lí zhū 見"一串珠"。

【一吟一詠】 yī yín yī yǒng 指吟詩作賦。晉孫綽許詢同負盛名,和尚支遁問綽與詢孰優孰劣,綽答:"高情致遠,弟子早已伏膺;一吟一詠,許將北面。"意謂詩文以己爲勝,許詢應拜爲師。見世説新語品藻、晉書孫楚傳附孫綽。

【一成一旅】 yī chéng yī lǚ 十平方里爲成,五百人爲旅。一成一旅,形容地狹人少,勢單力薄。相傳夏少康只有田一成,衆一旅。但終於依賴羣力,滅過戈而恢復夏禹大業。見左傳哀元年、史記吳太伯世家。

【一成不變】 yī chéng bù biàn 禮王制:"刑者侀也,侀者成也,一成而不可變。"後稱墨守成規,不加改變爲一成不變。

【一身一計】 yī shēn yī jì 見"一家一計"。

【一身二任】 yī shēn èr rèn 一人承擔兩種任務。漢書七二王吉傳上疏:"諸侯骨肉,莫親大王。大王於屬則子也,於位則臣也,一身而二任之責加焉。"

【一身兩役】 yī shēn liǎng yì 一人兼作兩事。梁書張充傳:"緒嘗請假還吳,始入西郭,值充出獵,左手臂鷹,右手牽狗,遇緒船至,便放絏脱鞲,拜於水次。緒曰:'一身兩役,無乃勞乎?'"緒,充父。

【一身是膽】 yī shēn shì dǎn 極言人之英勇無畏。三國志蜀趙雲傳"以雲爲翊軍將軍"注引雲別傳:"先主(劉備)明旦自來，至雲營圍視昨戰處，曰：‘子龍一身都是膽也！’”子龍，雲字。

【一佛出世】 yī fó chū shì 佛教認爲世界每經歷一小劫，始有一佛出世。隋書經籍志四佛經：“每一小劫，則一佛出世。”後引申爲難得之意。宋葉廷珪海錄碎事十一上臣職中書舍人一佛出世：“談苑：(唐)文宗嘗謂近臣曰：‘詞臣之選，古今尤重，朕聞朝廷除一舍人，六親相賀，諺以爲一佛出世，豈容易哉！’”

【一波三折】 yī bō sān zhé 指寫字筆畫曲折多姿。唐張彥遠法書要錄一引晉王羲之王右軍題衛夫人筆陣圖後：“每作一波，常三過折筆。”宣和書譜五太上內景神經：“釋曇林莫知其實，作小楷下筆有力，一點畫不妄作，……但恨拘窘法度，無飄然自得之態。然其一波三折筆之勢，亦自不苟。”後形容事多波折，亦曰一波三折。

【一定不易】 yī dìng bù yì 固定不可改變。淮南子主術：“今夫權衡規矩，一定而不易，不爲秦楚變節，不爲胡越改容。”

【一官半職】 yī guān bàn zhí 泛指官職。元王實甫西廂記四本三折：“都則爲一官半職，阻隔得千山萬水。”古今雜劇元鄭德輝醉思鄉王粲登樓楔子：“今日好日辰，我喚他出來上京，求的一官半職，光耀門間，有何不可？”

【一卒之令】 yī zú zhī lìng 秦末，劉邦率兵攻入秦都咸陽，爲爭取人心，約法三章：“殺人者死，傷人及盜抵罪。”死罪只有一條，後因稱約法三章爲一卒之令。漢桓寬鹽鐵論詔聖：“高皇帝時，天下初定，發德音，行一卒之令，權也。”

【一刻千金】 yī kè qiān jīn 比喻時間寶貴。宋蘇軾東坡集續集二春夜詩：“春宵一刻值千金，花有清香月有陰。”

【一事不知】 yī shì bù zhī 見“一物不知”。

【一事無成】 yī shì wú chéng 慨嘆光陰虛度，事業落空。唐白居易長慶集五三除夜寄微之詩：“鬢毛不覺白毵毵，一事無成百不堪。”景德傳燈錄五令遵禪師：“諸上坐盡是久處叢林，偏參尊宿，且作麼生會佛意，試出來大家商量，莫空氣高，至後一事無成，一生空度。”宋陸游渭南文集四九沁園春三榮橫黛小宴詞：“當時豈料如今，漫一事無成霜鬢侵。”

【一枕黃粱】 yī zhěn huáng liáng 比喻癡心妄想。清袁枚小倉山房詩集三七夢：“古今最是夢難留，一枕黃粱醒即休。”詳“黃粱夢”。

【一呼百諾】 yī hū bǎi nuò 形容權勢顯赫，侍從和奉承者衆多。全唐詩八〇六寒山詩三百三首之八五：“家眷實團圓，一呼百諾至。”元雜劇中常用此語。元曲選缺名孟德耀舉案齊眉二：“堂上一呼，階下百諾。”清孔尚任桃花扇哭主：“羅公獨坐當中，一呼百諾，掌着生殺之權。”

【一牀兩好】 yī chuáng liǎng hǎo 夫婦兩人美好相稱。宋曾慥高齋漫錄記毗陵成郎中，貌醜，多髯鬚，爲岳母所惡。成成婚之夕，賦詩云：“一牀兩好世間無，好女如何得好夫？高捲珠簾明點燭，試教菩薩看麻胡。”牀，一本作“雙”。

【一知半解】 yī zhī bàn jiě 所知不多或理解膚淺。宋嚴羽滄浪詩話詩辨：“詩道亦在妙悟，……有透徹之悟，有但得一知半解之悟。”宋吳泳鶴林集三一答趙茂實書：“某閒居久矣，兀兀一徑，今已窮年，粗有一知半解，更不復爲言語詞章。”

【一物不知】 yī wù bù zhī 對一種事物不瞭解。漢揚雄法言君子：“聖人之於天下，恥一物之不知。”後漢書五九張衡傳應閒：“仲尼不遇，故論六經以俟來辟，恥一物之不知，有事之無範，所考不齊，如何可一？”古文苑十九後漢崔瑗河間相張平子碑：“一物不知，實以爲恥；聞一善言，不勝其喜。”亦作“一事不知”。南史陶弘景傳：“讀書萬餘卷，一事不知，深以爲恥。”

【一往情深】 yī wǎng qíng shēn 世說新語任誕：“桓子野(伊)每聞清歌，輒喚奈何！謝公(安)聞之，曰：‘子野可謂一往有深情。’”一往，即一直。謂桓伊一直有深情。後稱寄情深遠爲一往情深，本此。

【一狐之白】 yī hú zhī bái 見“一狐之腋”。

【一狐之腋】 yī hú zhī yè 一隻狐狸腋下的皮毛。比喻珍貴的東西。史記趙世家：“簡子曰：‘吾聞千羊之皮，不如一狐之腋。'"史記六八商君傳作"一狐之掖"。五代馬總意林二慎子:"廊廟之材,非一木之枝;狐白之裘,非一狐之腋。"宋蘇軾分類東坡詩二二送程之邵簽判赴闕詩:"從來一狐腋,或出五羖皮。"亦作"一狐之白"。墨子親士:"是故江河之人,非一源也;千鎰之裘,非一狐之白也。"

【一軌同風】 yī guǐ tóng fēng 車軌相同,風俗一致。比喻國家統一。晉書苻堅載記上裴元略諫:"敦至道以厲薄俗,修文德以懷遠人,一軌九州,同風天下……臣之願也。"

【一柱擎天】 yī zhù qíng tiān 楚辭屈原天問"八柱何當"漢王逸注:"謂天有八柱。"後來用一柱擎天喻人能擔當天下的重任。唐大詔令集六四賜陳敬瑄鐵券文:"卿五山鎮地,一柱擎天,氣壓乾坤,量含宇宙。"

【一相情願】 yī xiāng qíng yuàn 一方面的願望、想法。清李汝珍鏡花緣六五:"芸芝掐着指頭,沉思半晌,忽然滿面喜色,道:'今日是初九日,大約二十三日壬申,大家都要禮部走走哩!'紫芝道:'何如?輝姐姐還説一相情願哩!'"

【一面之交】 yī miàn zhī jiāo 僅僅相識,瞭解不深。文選晉袁彥伯(宏)三國名臣序贊"定交一面"注引漢崔寔本論:"且觀世人之相論也,徒以一面之交,定臧否之决。"

【一面之辭】 yī miàn zhī cí 單方面的話。紅樓夢一一九:"且説外藩原是要買幾個使喚的女人,據媒人一面之辭,所以派人相看。"

【一飛沖天】 yī fēi chōng tiān 見"一鳴驚人"。

【一家一計】 yī jiā yī jì 一夫一妻之家庭。古今雜劇元關漢卿望江亭中秋切鱠旦二:"把似你守着一家一計,誰着你收拾下兩婦三妻?"引申爲一家之人。亦作"一身一計"。宋黄裳演山集二寄連君佐詩:"丈夫得失聊自樂,一身一計何足憂。"孤本元明雜劇元缺名施仁義劉弘嫁婢二:"從今後你個嬸子,和你個侄兒,喒可都是一家一計。"

【一家之學】 yī jiā zhī xué 自成一家的學派。三國志魏杜畿傳附杜恕"掇其切世大事著于篇"注引杜氏新書:"(杜預)乃錯綜微言,著春秋左氏經傳集解,又參考衆家,謂之釋例,又作盟會圖春秋長曆,備成一家之學,至老乃成。"後漢書章帝紀"雖曰承師,亦別名家"唐李賢注:"言雖承一師之業,其後觸類而長,更爲章句,則別爲一家之學。"

【一索得男】 yī suǒ dé nán 易説卦:"震一索而得男,故謂之長男。"後來詩文中用以稱初生男孩子。宋王邁臞軒集十五賀陳講書謀仲誕璋慶詩:"十爲良月陽將長,一索成男喜可知。"

【一時半刻】 yī shí bàn kè 指極短暫之時間。元王實甫西廂記四本三折:"雖然是廝守得一時半刻,也合着俺夫妻每共桌而食。"

【一笑千金】 yī xiào qiān jīn 指美人笑之難得。藝文類聚五七東漢崔駰七依:"迴顧百萬,一笑千金。"南朝梁王僧孺王左丞集詠寵姬詩:"再顧連城易,一笑千金買。"

【一笑置之】 yī xiào zhì zhī 不值得理睬的意思。宋楊萬里誠齋集二六觀水嘆詩:"出處未可必,一笑姑置之。"李寶嘉官場現形記十六:"(魯總爺)好容易湊了六十塊錢,自已送到縣衙,苦苦的向門政大爺哀求,託他轉稟莊大老爺,請把六十塊錢先收下,其餘約期再付。莊大老爺聽説,也只好一笑置之。"

【一脈相傳】 yī mài xiāng chuán 指父子世系相承、師弟學問傳受或前後作風類似。明汪廷訥三祝記叙別:"你向日將囊金封還張子,純仁今日將麥舟賑濟曼卿,這纔是一脉相傳,何愁皇天不祐。"脉,同"脈"。

【一息尚存】 yī xī shàng cún 只要還有一口氣。論語泰伯:"死而後已,不亦遠乎!"宋朱熹集注:"一息尚存,此志不容少懈,可謂遠矣。"

【一倡三歎】 yī chàng sān tàn 宗廟奏樂,一人唱歌,三人贊嘆而應和之。荀子禮論:"清廟之歌,一倡而三歎也。"倡,也作"唱";一,也作"壹"。後用以形容詩文婉轉而富於情味。宋蘇軾東坡集前集十三和蔡景繁海州石室詩:"長篇小字遠相寄,一唱三欺神凄楚。"

【一視同仁】 yī shì tóng rén 唐韓愈昌黎集十一原人:"是故聖人一視而同仁,篤近而舉遠。"指對百姓一例看待,同施仁愛。後泛指平等對待,不分厚薄。元曲選(蕭德祥)楊氏女殺狗勸夫一:"爲甚麼小的兒多貧困,大的兒有金錢,爹爹妳妳阿!你可怎生來做的個一視同仁!"

【一張一弛】 yī zhāng yī chí 張,拉緊弓弦。弛,放松弓弦。禮雜記下:"張而不弛,文武弗能也;弛而不張,文武弗爲也。一張一弛,文武之道也。"疏:"喻民一時須勞,一時須逸,勞逸相參。"

【一敗塗地】 yī bài tú dì 徹底失敗,不可收拾。史記高祖紀:"天下方擾,諸侯並起,今置將不善,壹敗塗地。"索隱:"言一朝破敗,便肝腦塗地。"漢書高帝紀上作"一敗塗地"。一説古時築土爲牆,牆塌則泥土墜落滿地,不可收拾;故以此爲喻。

【一唱三欺】 yī chàng sān tàn 見"一倡三欺"。

【一國三公】 yī guó sān gōng 謂政令出於多頭,事權不一,使人無所適從。左傳僖五年:"狐裘龙茸,一國三公,吾誰適從?"按三公指晉獻公及其子公子重耳、夷吾。唐劉知幾史通忤時:"頃史官注記,多取稟監修……十羊九牧,其令難行;一國三公,適從何在?"

【一貧如洗】 yī pín rú xǐ 赤貧,一無所有。元曲選關漢卿感天動地竇娥冤楔子:"小生一貧如洗,流落在這楚州居住。"孤本元明雜劇王實甫呂蒙正風雪破窯記一:"小生姓寇名準,字平仲;這兄弟姓呂名蒙正,字聖功。俺二人同堂學業,轉筆抄書,學成滿腹文章,爭奈一貧如洗。"

【一得之愚】 yī dé zhī yú 一點心得或長處。自謙之詞。史記淮陰侯傳:"廣武君曰:臣聞智者千慮,必有一失;愚者千慮,必有一得。"

【一寒如此】 yī hán rú cǐ 史記七九范睢傳:"魏使須賈於秦,范睢聞之,爲微行,敝衣閒步之邸。……(賈)曰:'范叔一寒如此哉!'乃取其一綈袍以賜之。"寒,貧寒潦倒。後用以表示貧困已極。元方回桐江續集十四次韻許大初見贈詩:"賴是同鄉復

同味,一寒如此遶春還。"

【一瓶一鉢】 yī píng yī bō 指僧人生活。宋王洋東牟集六僧求詩往平江:"一瓶一鉢遠山寒,野路梅花已向殘。"金元好問元遺山集五寄趙宜之詩:"一瓶一鉢百無累,恨我不如雲水僧。"

【一勞永逸】 yī láo yǒng yì 勞苦一時,得永享其利。文選漢班孟堅(固)封燕然山銘:"兹可謂一勞而久逸,暫費而永寧也。"亦作"壹勞久佚"。漢書匈奴傳下揚雄上書:"以爲不壹勞者不久佚,不暫費者不永寧。"北魏賈思勰齊民要術三種苜蓿:"長生種者,一勞永逸。"

【一琴一鶴】 yī qín yī hè 宋趙抃任成都轉運使,到官時,隨身只帶一琴一鶴。見宋沈括夢溪筆談九人事一、宋史三一六抃本傳。後即用一琴一鶴爲稱頌爲政清廉之辭。按宋趙善璙自警篇嘗好説是一龜一鶴,葉夢得石林詩話則以琴鶴龜三事並言,説法不一。

【一壺千金】 yī hú qiān jīn 鶡冠子學問:"中河失船,一壺千金,貴賤無常,時使物然。"宋陸佃注:"壺,匏也。佩之可以濟涉,南人謂之腰舟。"比喻物雖輕微,能應急需,便足寶貴。

【一場春夢】 yī chǎng chūn mèng 一場春宵好夢。喻轉眼成空。才調集四張泌寄人詩:"倚柱尋思倍惆悵,一場春夢不分明。"宋趙令時侯鯖録七:"東坡老人(蘇軾)在昌化,嘗負大瓢,行歌於田間。有老婦年七十,謂坡云:'內翰昔日富貴,一場春夢!'坡然之。里中呼此媼爲春夢婆。"元華幼武黃楊集清平樂又和元覽春夢詞:"歸去一場春夢,空吟舊綠新紅。"

【一朝一夕】 yī zhāo yī xī 一日一夜,指短促的時間。易坤文言:"臣弑其君,子弑其父,非一朝一夕之故,其所由來者漸矣。"史記自序引作"一旦一夕"。

【一朝之忿】 yī zhāo zhī fèn 一時之忿恨。論語顏淵:"一朝之忿,忘其身以及其親,非惑與?"

【一朝之患】 yī zhāo zhī huàn 橫來之禍患。孟子離婁下:"是故君子有終身之憂,無一朝之患也。"注:"君子之行,本自不致患,常行仁禮;如有一朝橫來之患,非

己愆也。”

【一棲兩雄】 yī qī liǎng xióng 比喻兩雄對峙，勢不兩立。韓非子揚權：“毋弛爾弓，一棲兩雄。一棲兩雄，其鬭嚔嚔。”史記九七酈食其傳有“兩雄不俱立”之語。

【一揮而成】 yī huī ér chéng 形容文思敏捷。宋史四一八文天祥傳：“天祥以法天不息爲對，其言萬餘，不爲藁，一揮而成。”亦作“一揮而就”。明馮夢龍警世通言六：“俞良一揮而就，做了一隻詞，名過龍門令。”

【一揮而就】 yī huī ér jiù 見“一揮而成”。

【一階半級】 yī jiē bàn jí 指低微的官職。北齊顏之推顏氏家訓勉學：“或因家世餘緒，得一階半級，便是爲足，全忘修學。”北史序傳：“（李）仲舉曰：吾性本疎惰，少無宦情，豈以垂老之年求一階半級！”亦作“一階半職”。元曲選馬致遠西華山陳摶高臥三：“便博得一階半職，何足算，不堪提。”

【一階半職】 yī jiē bàn zhí 見“一階半級”。

【一陽來復】 yī yáng lái fù 古人以爲天地間有陰陽二氣，每年冬至日，陰氣盡，陽氣開始復生，曰一陽來復。見易復。元侯克中艮齋詩集十四春前一日：“歲月催人不易禁，一陽來復又成臨。”

【一傅衆咻】 yī fù zhòng xiū 一人教授，衆人喧嘩搗亂。比喻不能有所成效。傅，教。咻，喧嘩。孟子滕文公下：“有楚大夫於此，欲其子之齊語也……一齊人傅之，衆楚人咻之，雖日撻而求其齊也，不可得矣。”

【一絲不掛】 yī sī bù guà 佛教常用來比喻不被塵俗牽累。宋黃庭堅豫章集三僧景宗相訪寄法王航禪師詩：“一絲不掛魚脫淵，萬古同歸蟻旋磨。”此言釣竿不繫絲則魚得脫，以喻人之不爲情累。景德傳燈錄八池州南泉禪師與陸亘問答，作“寸絲不挂”。亦泛指裸體。宋楊萬里誠齋集二七清曉洪澤放閘四絕句詩：“放閘老兵殊耐冷，一絲不挂下冰灘。”

【一絲半粟】 yī sī bàn sù 比喻極細微

的衣食之物。清吳敬梓儒林外史四十：“兒子不能掙得一絲半粟孝敬父親，倒要破費了父親的產業，實在不可自比於人，心裏愧恨之極。”亦作“寸絲半粟”。見該條。

【一意孤行】 yī yì gū xíng 史記一二二張湯傳：“（趙）禹爲人廉倨。爲吏以來，舍毋食客。公卿相造請禹，禹終不報謝，務在絕知友賓客之請，孤立行一意而已。”本謂謝絕請託，按己意執法。後稱固執己見，獨斷獨行。

【一落千丈】 yī luò qiān zhàng 唐韓愈昌黎集五聽穎師彈琴詩：“躋攀分寸不可上，失勢一落千丈強。”指琴聲陡然由高到低。後常用以比喻聲譽地位之急劇下降。宋王邁臞軒集九上何帥啟：“失勢一落千丈強，自安塞步；衝人決起百餘尺，坐看羣飛。”

【一葉兩豆】 yī yè liǎng dòu 見“一葉蔽目”。

【一葉知秋】 yī yè zhī qiū 看見一片落葉，便知秋季來臨。比喻由小見大，從部分現象，推知事物的本質、全體和發展趨勢。淮南子說山：“以小明大，見一葉落，而知歲之將暮；睹瓶中之冰，而知天下之寒。”文苑英華一四二唐李子卿聽秋蟲賦：“時不與分歲不留，一葉落知天地秋。”宋唐庚文錄、陳元靚歲時廣記三引唐人詩：“山僧不解數甲子，一葉落知天下秋。”亦作“葉落知秋”。見該條。

【一葉蔽目】 yī yè bì mù 鶡冠子天則：“夫耳之主聽，目之主明，一葉蔽目，不見太山；兩豆塞耳，不聞雷霆。”意謂目有所蔽，就看不見東西；耳有所塞，就聽不到聲音。後用以比喻爲細小的事物所迷惑，不見全局和整體。

【一鼓作氣】 yī gǔ zuò qì 左傳莊十年：“夫戰，勇氣也。一鼓作氣，再而衰，三而竭。”古代作戰，擊鼓進軍。擂第一通鼓時，士氣最盛。後比喻趁銳氣旺盛之時，一舉成事。文苑英華九七二唐楊炯左武衛將軍成子崔獻行狀：“一鼓作氣，方輕肉食之謀；七旬舞干，始受昌言之拜。”

【一路福星】 yī lù fú xīng 宋鮮于侁爲京東轉運使，比行，司馬光謂人曰：“福星往矣。”見宋秦觀淮海集三六鮮于子駿行狀。清翟灝十祝誦引作"一路福星"。福星，即歲星，舊時術士謂歲星照臨能降福於民。宋代行政大區稱路，後來以路爲道路之"路"，以一路福星爲祝人旅途平安之語。

【一飯千金】　yī fàn qiān jīn　喻報恩酬謝之厚。漢韓信少年家貧，曾得一漂絮老婦與飯充饑。後爲楚王，賜千金以爲報答。見史記九二淮陰侯傳。

【一飲一啄】　yī yǐn yī zhuó　指鳥類飲食隨心，生活逍遙自在。莊子養生主："澤雉十步一啄，百步一飲，不蘄畜乎樊中。"文苑英華一三七唐高郢沙洲獨鳥賦："一飲一啄，載沉載浮。"後來泛指人的飲食。太平廣記一五八貧婦引玉堂閒話："諺云：'一飲一啄，繫之於分。'"

【一資半級】　yī zī bàn jí　猶一官半職。唐缺名玉泉子："裴晉公度爲門下侍郎，過吏部選人官，謂同過給事中曰：'吾徒僥倖，至於此輩優與一資半級，何足問也。'一皆注定，未曾限量。"

【一齊衆楚】　yī qí zhòng chǔ　比喻教之者少，擾之者多，難於達到目的。孟子滕文公下："有楚大夫於此，欲其子之齊語也，則使齊人傅諸，使楚人傅諸？曰：使齊人傅之。曰：一齊人傅之，衆楚人咻之，雖日撻而求其齊也，不可得矣。"

【一誤再誤】　yī wù zài wù　前事已誤，不以爲戒，後事又誤。宋史二四四魏王廷美傳："太宗嘗以傳國之意訪之趙普。普曰：'太祖已誤，陛下豈容再誤耶？'"明李介天香閣隨筆二徐從治上疏："臣死當爲厲鬼以殺賊，斷不敢以撫之一字而諼至尊，淆亂國事，送封疆而戕生命，一誤再誤，不可收拾也。"

【一塵不到】　yī chén bù dào　猶"一塵不染"。唐唐彥謙鹿門集中遊清涼寺詩："一塵不到心源靜，萬有俱空眼界清。"

【一塵不染】　yī chén bù rǎn　佛教語，指佛教徒修行，排除物欲，保持身心純潔。佛教禪宗六祖慧能偈云："本來無一物，何假拂塵埃？"見景德傳燈錄三弘忍大師。後用以形容非常純淨或絲毫不受壞習氣影響。宋張耒柯山集二六臘初小雪後圃梅開詩："一塵不染香到骨，姑射仙人風露身。"言

爲官清廉，亦常用此語。清文康兒女英雄傳九："你不說你令尊太爺的官項須得五千餘金纔能無事麼？如今你囊中止得二千數百兩，纔有一半。聽起來，老人家又是一塵不染，兩袖皆空的。世情如紙，只有錦上添花，誰肯雪中送炭，那一半又向那裏弄去？"

【一臺二妙】　yī tái èr miào　晉衛瓘與索靖都善於草書。瓘爲尚書令，靖爲尚書郎，時人稱爲"一臺二妙"。見晉書衛瓘傳。後來用以泛指同一官署中具有名氣的兩人。唐韋應物韋江州集五路逢崔元二侍御避馬見招以詩戲贈詩："一臺稱二妙，歸路望行塵。"

【一團和氣】　yī tuán hé qì　和藹可親。宋朱熹呂祖謙近思錄十四觀聖賢："謝顯道曰：'明道先生（顥）如泥塑人，接人則是一團和氣。'"又楊無咎逃禪詞選冠子許倅生辰："看縱橫才美，雍容談笑，一團和氣。"古今雜劇元缺名風月南牢記："你是箇不誠實材料，悔從前將你託，一團和氣盡虛囂，滿面春風笑裏刀。"今指不講原則的團結。

【一鳴驚人】　yī míng jīng rén　韓非子喻老："雖無飛，飛必沖天；雖無鳴，鳴必驚人。"史記一二六滑稽傳："此鳥不飛則已，一飛沖天；不鳴則已，一鳴驚人。"漢劉向新序雜事二作"鳴必驚人"。比喻平時默默無聞，突然作出驚人的表現。

【一網打盡】　yī wǎng dǎ jìn　比喻全部肅清。宋仁宗慶曆四年御史中丞王拱辰欲傾宰相杜衍，因諷御史魚周詢、劉元瑜劾奏衍壻集賢院校理監進奏院蘇舜欽用鬻故紙公錢會客，舜欽除名，連坐者甚衆，同時俊彥爲之一空。拱辰自喜曰："吾一舉網盡矣。"宋魏泰東軒筆錄四謂爲劉元瑜語，作"一網打盡"。參閱宋楊仲良皇宋通鑑長編三八王拱辰等劾蘇舜欽。

【一麾出守】　yī huī chū shǒu　文選南朝宋顏延年（延之）五君詠阮始平（咸）詩："屢薦不入官，一麾乃出守。"麾，揮斥，排擠。意謂阮咸受到荀勗的排擠，出爲始平太守。唐杜牧樊川集二將赴吳興登樂遊原詩："欲把一麾江海去，樂遊原上望昭陵。"此以麾字誤解爲"旌麾"之"麾"，後來沿誤

遂用“一麾出守”爲京朝官出爲外任的典故。參閱宋沈括夢溪筆談四辨證二、黄朝英靖康緗素雜記七一麾。

【一髮千鈞】　yī fà qiān jūn　古三十斤爲一鈞。一髮弔千鈞，比喻情況萬分危急。漢書五一枚乘傳：“夫以一縷之任係千鈞之重，上縣無極之高，下垂不測之淵，雖甚愚之人猶知哀其將絕也。”唐韓愈昌黎集十八與孟尚書書：“其危如一髮引千鈞。”

【一模一樣】　yī mó yī yàng　形狀相同，沒有差別。明凌濛初初刻拍案驚奇二：“話説人生只有面貌最是不同，蓋因各父母所生，千支萬派，那能够一模一樣的。”

【一瞑不視】　yī míng bù shì　謂人死不能再有所見。戰國策楚一：“有斷頭決腹，一瞑而萬世不視，不知所益，以憂社稷者。”宋鮑彪注：“瞑，不視也，謂死。”

【一噴一醒】　yī pēn yī xǐng　唐韓愈昌黎集八鬥雞聯句：“一噴一醒然，再接再礪乃。”意謂鬥雞須用水噴，使之清醒而後再鬥。後用以比喻推動督促。昭代經濟言十三明張棟陳邊事：“又未幾而改命臣等九人，分道而出，一噴一醒，而終不能保其後之不痿痺也。”

【一暴十寒】　yī pù shí hán　曬一天，凍十天。比喻作事勤急無常，缺乏恒心。孟子告子上：“雖有天下易生之物也，一日暴之，十日寒之，未有能生者也。”

【一漿十餅】　yī jiāng shí bǐng　漿、餅皆微物，比喻小恩小惠。新唐書二一三李正己傳附李師道：“大將崔承慶獨進曰：‘公初不示諸將腹心，而今委以兵，此皆嗜利者，朝廷以一漿十餅誘之，去矣！’”

【一箭雙鵰】　yī jiàn shuāng diāo　隋長孫晟、唐高駢皆有一箭射中兩鵰事，見北史新唐書本傳。因而用一箭雙鵰來形容射藝的高明。續景德傳燈錄二六慧海儀禪師：“萬人膽破沙場上，一箭雙鵰落碧空。”後用來比喻一舉兩得。

【一德一心】　yī dé yī xīn　同心同德，一心一意。書泰誓中：“乃一德一心，立定厥功，惟克永世。”

【一龍一蛇】　yī lóng yī shé　比喻時隱時顯，變化莫測。莊子山木：“無譽無訾，一龍一蛇，與時俱化，而無肯專爲。”唐成玄英疏：“龍，出也；蛇，處也。”管子樞言：“周者不出于口，不見于色。一龍一蛇，一日五化之謂周。”注：“一則爲龍，一則爲蛇，喻人行藏。”

【一龍一豬】　yī lóng yī zhū　比喻同時二人，相去殊遠。唐韓愈昌黎集六符讀書城南詩：“兩家各生子，提孩巧相如。……三十骨骼成，乃一龍一豬。”

【一諾千金】　yī nuò qiān jīn　指諾言之信實可貴。史記一〇〇季布傳：“楚人諺曰：‘得黄金百斤，不如得季布一諾。’”唐李白李太白詩十叙舊贈江陽宰陸調：“一諾許他人，千金雙錯刀。”錯刀，古代錢名，一刀值五千錢。亦作“季布一諾”。見該條。

【一樹百穫】　yī shù bǎi huò　謂培養人才，獲益長遠。管子權修：“一年之計，莫如樹穀；十年之計，莫如樹木；終身之計，莫如樹人。一樹一穫者，穀也；一樹十穫者，木也；一樹百穫者，人也。”

【一鬨之市】　yī hòng zhī shì　漢揚雄法言學行：“一鬨之市，不勝異意焉；一卷之書，不勝異説焉。一鬨之市，必立之平；一卷之書，必立之師。”一説鬨應作鬨，從門，不從門。集韻巷或作鬨，是鬨本指里巷，非謂爭鬥。一鬨之市與一卷之書對文，謂一鬨之市廛。後通讀如哄，作鬨市解。

【一篦牙齒】　yī cī yá chǐ　指一家人口。宋張仲文白獺髓杭州流俗：“行都人……其語言無實，尤可誚。如語年甲則曰年末，語止則曰在前面，語家口則曰一篦牙齒。”行都，指杭州。宋范成大石湖集三一淨慈顯老爲衆行化且示近作寫真戲題五絕就作畫贊詩：“擔負一篦牙齒債，鐘鳴鼓響幾時休？”

【一錢不直】　yī qián bù zhí　極言毫無價值。直，同“值”。唐張鷟遊仙窟：“少府謂兒是九泉下人，明日在外處，談道兒一錢不直。”宋史達祖梅溪詞滿江紅書懷：“三徑就荒秋自好，一錢不直貧相逼。”亦作“一文不值”、“一錢不值”。明畢魏三報恩罵佞：“最可悲年少科名，弄得一文不值。”清吳偉業梅村家藏藁二二賀新郎病中有感詞：“脱屣妻孥非易事，竟一錢不值何須説！”

【一錢不值】 yī qián bù zhí 見"一錢不直"。

【一龜一鶴】 yī guī yī hè 見"一琴一鶴"。

【一舉千里】 yī jǔ qiān lǐ 一飛而至千里。喻前程遠大。史記留侯世家："鴻鵠高飛，一舉千里。"文選三國魏曹子建（植）與楊德祖書："然此數子，猶復不能飛軒絕跡，一舉千里。"

【一舉成名】 yī jǔ chéng míng 一舉成事即名聲大振。唐韓愈昌黎集三三唐故國子司業竇公墓誌銘："公一舉成名而東，遇其黨必曰：非我之才，維吾舅之始。"金劉祁歸潛志七："故當時有云：古人謂十年窗下無人間，一舉成名天下知。今日一舉成名天下知，十年窗下無人間也。"

【一舉兩得】 yī jǔ liǎng dé 作一事而得兩利。東觀漢記八耿弇傳："吾得臨淄，即西安孤，必復亡矣，所謂一舉而兩得者也。"三國志魏臧洪傳答陳琳書："吾聞之也，義不背親，忠不違君，故東宗本州，以爲親援；中扶郡將，以安社稷；一舉兩得，以徹忠孝，何以爲非？"晉書束皙傳："（陽平頓丘）二郡田地逼狹，謂可徙遷西州，以充邊土，……一舉兩得，外實內寬。"

【一謙四益】 yī qiān sì yì 謙虛能使人得到很多益處。漢書藝文志道家："易之嗛嗛，一謙而四益，此其所長也。"

【一點靈犀】 yī diǎn líng xī 舊說犀角上有紋兩頭，感應通靈，故稱靈犀。比喻心心相印。見"心有靈犀一點通"。亦比喻聰明。陽春白雪後集四元王伸誠粉蝶兒套數："蕙蘭性一點靈犀透，準止溫柔。"

【一瀉千里】 yī xiè qiān lǐ 原指江河水勢奔騰直下，後因用以形容文筆氣勢奔放。唐李白李太白詩十二贈從弟宣州長史昭："長川豁中流，千里瀉吳會。"明王世貞文評："方希直（孝孺）如奔流滔滔，一瀉千里。"也作"一瀉百里"。唐韓愈昌黎集三貞女峽詩："懸流轟轟射水府，一瀉百里翻雲濤。"

【一竅不通】 yī qiào bù tōng 呂氏春秋過理："（紂）殺比干而視其心，不適心。孔子聞之曰：其竅通，則比干不死矣。"注：

"聖人心達性通。紂性不仁，心不通，安於爲惡，殺比干。故孔子言其一竅通則比干不見殺也。"列子仲尼文摯謂龍叔曰："子心六孔流通，一孔不達。今以聖智爲疾者，或由此乎！"注："舊說聖人心有七孔也。"本謂心性不能通達，後稱於某事絲毫不能通曉爲一竅不通，與原義異。

【一擲千金】 yī zhì qiān jīn 花錢無度，任意揮霍。文苑英華一九四唐吳象之少年行："一擲千金渾是膽，家無四壁不知貧。"

【一擲百萬】 yī zhì bǎi wàn 形容賭徒下注極大。宋書武帝紀上："劉毅家無擔石之儲，摴蒱一擲百萬。"

【一擲乾坤】 yī zhì qián kūn 以天下爲孤注之一擲。唐韓愈昌黎集十過鴻溝詩："誰勸君王回馬首，真成一擲賭乾坤。"宋李光莊簡集四伏揆親征榜又聞韓侯過江北……詩："百年社稷傾危後，一擲乾坤勝負間。"

【一薰一蕕】 yī xūn yī yóu 薰，香草。蕕，臭草。薰蕕相混，只聞其臭不聞其香，比喻善常爲惡所掩蓋。左傳僖四年："一薰一蕕，十年尚猶有臭。"禮內則鄭玄注作"一薰一蕕"。

【一簧兩舌】 yī huáng liǎng shé 比喻誑言亂語。漢焦延壽易林一坤之夬："一簧兩舌，妄言謬語。"注："一簧，即詩所謂'巧言如簧'。兩舌，言不一也。"

【一簞一瓢】 yī dān yī piáo 論語雍也："一簞食，一瓢飲，在陋巷，人不堪其憂，回也不改其樂。"此爲孔子讚美顏回安貧樂道之語。後用以比喻生活清苦。

【一觴一詠】 yī shāng yī yǒng 指飲酒賦詩。世說新語企羡"甚有欣色"注引晉王羲之臨河叙："雖無絲竹管絃之盛，一觴一詠，亦足以暢叙幽情。"

【一顰一笑】 yī pín yī xiào 憂和喜的表情。韓非子內儲上七術："吾聞明主之愛，一顰一笑，顰有爲顰；而笑有爲笑。"指喜怒不輕見於外。顰，同"矉"，憂愁貌。樂府詩集五十南朝梁昭明太子龍笛曲："金門玉堂臨水居，一顰一笑千萬餘。"

【一夔已足】 yī kuí yī zú 夔，人名，相爲堯時樂正，或謂其僅有一足。孔子答魯哀公問，謂有夔一人，足以制樂。"足"爲足够之意。後多從此説。見韓非子外儲左下、呂氏春秋察傳。後遂以“一變已足”表示得有專長之人，數不在多。

【一籌莫展】 yī chóu mò zhǎn 束手無策。籌，計算的籌碼。引伸爲計策。清孔尚任桃花扇誓師：“下官史可法，日日經略中原，究竟一籌莫展。”清周召雙橋隨筆二：“宋李全之亂，置帥不得其人，如許國、徐晞稷、劉珏、姚沖等，皆齷齪庸流，一籌莫展。”

【一饋十起】 yī kuì shí qǐ 極言事務繁忙，即一飯之間，亦須多次起立。淮南子氾論：“禹之時以五音聽治，……當此之時，一饋而十起，一沐而三捉髮，以勞天下之民。”

【一顧傾城】 yī gù qīng chéng 漢書外戚傳上孝武李夫人：“（李）延年侍上起舞，歌曰：‘北方有佳人，絕世而獨立，一顧傾人城，再顧傾人國。寧不知傾城與傾國，佳人難再得！’”文選漢張平子（衡）西京賦：“眳藐流眄，一顧傾城。”後極稱女子美麗動人，多用此語。

【一鱗一爪】 yī lín yī zhǎo 龍在雲中，時露一鱗一爪，使人難於見其全貌。清王士禛主張作詩貴含蓄，忌淺露，以此爲喻。趙執信駁其説，曰：“神龍者屈伸變化，固無定體，恍惚望見者，第指其一鱗一爪，而龍之首尾完好，故宛然在也。”見所著談龍錄。後用以比喻零星片段的事物。

【一鱗片甲】 yī lín piàn jiǎ 猶一鱗半甲。清趙翼甌北詩鈔五題黃陶庵手書詩册：“嗚呼公已騎箕去，故紙殘零亦何有。一鱗片甲乃幸存，其字其詩遂不朽。”

【一鱗半甲】 yī lín bàn jiǎ 中興閒氣集上蘇渙：“三年中作變律詩九首，上廣州李帥，其文意長於諷刺，亦有陳拾遺（子昂）一鱗半甲。”此係以龍爲喻，得其一鱗半甲，即略有相似之處。後用以比喻事物的片段。

【一棒一條痕】 yī bàng yī tiáo hén 佛教禪宗用來比喻做事扎實，一步一個脚印。宋朱熹朱子語類三四論語十六：“大概聖人做事，如所謂一棒一條痕，一摑一掌血，直是恁地。”續傳燈錄十四廣法法廣禪

師：“云：‘未審雪峯得箇什麼？’師曰：‘一棒一條痕。’”

【一不做，二不休】 yī bù zuò, èr bù xiū 不做則已，做就做到底。唐趙元一奉天錄四：“傳語後人：第一莫作，第二莫休。”續傳燈錄十八廬州開先宗禪師：“上堂：一不做二不休，捩轉鼻孔，捺下雲頭。”元曲選王曄桃花女破法嫁周公三：“我看那周公和這桃花女，一不做，二不休，少不得弄出幾個人命來。”

【一代不如一代】 yī dài bù rú yī dài 謂愈後愈不如前。猶每況愈下。宋張戒歲寒堂詩話上：“鄰員外德久嘗與余閱石刻，余問唐人書極工，終不及六朝之韻，何也？德久曰：‘一代不如一代，天地風氣生物只如此耳。’”紅樓夢二：“誰知這樣鐘鳴鼎食的人家兒，如今養的兒孫，竟一代不如一代。”參見“一蟹不如一蟹”。

【一而二，二而一】 yī ér èr, èr ér yī 謂兩者原爲一事。朱子語類三九論語二一：“所以程子云能盡事人之道，則能盡事鬼之道，一而二，二而一。”

【一牀錦被遮蓋】 yī chuáng jǐn bèi zhē gài 比喻請求別人掩飾、庇護。元周密齊東野語二淮西之變：“且以王德爲都統制，廳瓊副之。……及德視事教場，諸將執撾，用軍禮謁拜，瓊登而言曰：‘尋常伏事太尉不周，今日乞做一牀錦被遮蓋。’”水滸二五：“只是如今殮武大的屍首，凡百事週全，一牀錦被遮蓋則箇，別無多言。”

【一客不犯二主】 yī kè bù fàn èr zhǔ 見“一客不煩兩家”。

【一客不煩二主】 yī kè bù fán èr zhǔ 見“一客不煩兩家”。

【一客不煩兩家】 yī kè bù fán liǎng jiā 一人全部擔承或一人始終成全其事。續傳燈錄二八堂遠禪師：“一鶴不棲雙木，一客不煩兩家。”亦作“一客不煩二主”或“一客不犯二主”。明蘭陵笑笑生金瓶梅五一：“（應）伯爵道：他再三央及將我到你説，一客不煩二主，你不接濟他這一步兒，交他又問那裏借去。”明徐畇殺狗記十二：“一客不犯二主，一發是你去。”

【一即一，二即二】 yī jí yī, èr jí èr 謂明白清楚，確定不移。五燈會元十六慈濟

聽禪師："上堂：一即一，二即二，把定要津，何處出氣？"

【一馬不被兩鞍】 yī mǎ bù pī liǎng ān 舊時比喻一女不嫁二夫，夫死不改嫁。元史二○一列女傳孟志剛妻衣氏："家之所有悉散之鄰里及同居王媼曰：'吾聞一馬不被兩鞍，吾夫既死，與之同棺共穴可也。'遂自剄死。"

【一動不如一靜】 yī dòng bù rú yī jìng 宋張端義貴耳集上："(宋)孝宗幸天竺及靈隱，有輝僧相隨。見飛來峯，問輝曰：'既是飛來，如何不飛去？'對曰：'一動不如一靜。'"後作多一事不如少一事解。

【一傳十，十傳百】 yī chuán shí, shí chuán bǎi 宋陶穀清異錄喪葬義疾："一傳十，十傳百，展轉無窮，故號義疾。"原指疾病傳染。後泛作言語、消息輾轉相傳之意。明缺名韋鳳翔玉環記六："吾如今一人傳十，十人傳百，那時人都知道，再不上你家的門來了。"

【一遭生，兩遭熟】 yī zāo shēng, liǎng zāo shú 謂逐漸熟悉。清西周生醒世姻緣二五："看看傍午，狄員外又備了午飯送去。薛教授合他渾家商議道：'看來雨不肯住，今日是走不成了……'講過狄員外來白話賞雨。真是一遭生，兩遭熟，越發成了相知。"

【一榜盡賜及第】 yī bǎng jìn cì jí dì 言全部錄取。宋邵伯溫聞見前錄七："太宗即位，(張)齊賢方赴廷試，帝欲其居上甲，有司置於丙科。帝不悅，有旨一榜盡除京官通判。"後稱一榜盡賜及第，本此。

【一蟹不如一蟹】 yī xiè bù rú yī xiè 舊題宋東坡居士艾子雜說記艾子行於海上，初見蟛蜞，繼見螃蟹及彭越，形皆相似而體愈小，因嘆曰："何一蟹不如一蟹也！"宋王君玉國老談苑二、曾慥類說四五聖宋攟遺都說是宋初陶穀出使吳越，因喫蟹借以諷刺吳越王錢俶的事，但作"一代不如一代"。金王若虛滹南遺老集三五："晏殊以為柳勝韓，李淑又謂劉勝柳，所謂一蟹不如一蟹。"都有每況愈下的意思。

【一寸山河一寸金】 yī cùn shān hé yī cùn jīn 謂國土主權，極可寶貴，絲毫不容放棄。金史左企弓傳："太祖既定燕，從初以與宋人。企弓獻詩，略曰：'君王莫聽捐燕議，一寸山河一寸金。'"

【一寸光陰一寸金】 yī cùn guāng yīn yī cùn jīn 極言時間之可寶貴，必須珍重。全唐詩補逸十四王貞白白鹿洞詩之二："讀書不覺已春深，一寸光陰一寸金。"元同恕榘菴集十五送陳嘉會詩："盡歡菽水晨昏事，一寸光陰一寸金。"

【一口吸盡西江水】 yī kǒu xī jìn xī jiāng shuǐ 一氣呵成，融貫萬法之意。景德傳燈錄八居士龐蘊："後之江西，參問馬祖云：'不與萬法為侶者是什麼人？'祖云：'待汝一口吸盡西江水，即向汝道。'"後指人操之過急，想一下子就達到目的。

【一失足成千古恨】 yī shī zú chéng qiān gǔ hèn 謂錯誤嚴重，無法挽回，終身悔恨。明楊儀明良記："唐解元寅既廢棄，詩云：'一失腳成千古笑，再回頭是百年人。'"後多作"一失足成千古恨"。

【一年之計在於春】 yī nián zhī jì zài yú chūn 春為一歲之始，作計發端，應在此時。清唐訓方里語徵實下七字徵實一年之計在於春："出四時纂要，下二句：一月之計在於寅，一日之計在於辰。"

【一夜夫妻百夜恩】 yī yè fū qī bǎi yè ēn 言夫妻情義深厚，不應以時間長短而有別。古今雜劇元關漢卿趙盼兒風月救風塵三："可不道一夜夫妻百夜恩，你便可息怒停嗔。"元曲選石君寶魯大夫秋胡戲妻一："却正是一夜夫妻百夜恩，破題兒勞他夢魂。"

【一將功成萬骨枯】 yī jiàng gōng chéng wàn gǔ kū 宋計有功唐詩紀事六五曹松己亥歲詩："憑君莫話封侯事，一將功成萬骨枯。"後言戰爭殘酷、功歸將帥，多用此語。

【一朝天子一朝臣】 yī cháo tiān zǐ yī cháo chén 謂政局與人事更迭，隨時而異。明湯顯祖牡丹亭虜諜："萬里江山萬里塵，一朝天子一朝臣。俺北地忘禁沙日月，南人偏占錦乾坤。"清孔尚任桃花扇拜壇："今日結了崇禎舊局，明日恭請聖上臨御正殿，我們一朝天子一朝臣了。"

【一人拚死，千人莫當】 yī rén pīn sǐ, qiān rén mò dāng 猶"一夫拚命，萬夫難

當"。吳子勵士："今使一死賊伏於曠野,千人追之,莫不梟視狼顧,何者? 忌其暴起而害己。是以一人投命,足懼千夫。"漢趙曄吳越春秋勾踐伐吳外傳越人作離別相去之詞:"一士判死兮,而當百夫。"判,音pān;判死,即拚死。漢班固白虎通三軍:"傳曰:一人必死,十人不能當;百人必死,千人不能當;千人必死,萬人不能當;萬人必死,橫行天下。"此皆爲"一夫拚命,萬夫難當"之語源。

【一人拚命,萬夫難當】 yī rén pīn mìng, wàn fū nán dāng 謂情急拚命,即不畏死而勇猛過人。孤本元明雜劇元關漢卿關大王獨赴單刀會三:"你道他兵多將廣,人強馬壯,大丈夫敢勇當先,一人拚命,萬夫難當。"

【一人傳虛,萬人傳實】 yī rén chuán xū, wàn rén chuán shí 謂本無其事,以傳說者多,遂信以爲真。漢王符潛夫論賢難:"一犬吠形,百犬吠聲;一人傳虛,萬人傳實。"景德傳燈錄二十守澄禪師:"問如何是西來意,師曰:'一人傳虛,萬人傳實。'"

【一夫當關,萬夫莫開】 yī fū dāng guān, wàn fū mò kāi 比喻地勢險要,易守難攻。文選晉左太沖(思)蜀都賦:"至于臨谷爲塞,因山爲障,峻岨塍埒,長城豁險,呑若巨防。一人守隘,萬夫莫向。"唐李白李太白詩三蜀道難:"劍閣崢嶸而崔嵬,一夫當關,萬夫莫開。"

【一犬吠形,百犬吠聲】 yī quǎn fèi xíng, bǎi quǎn fèi shēng 喻隨聲附和,不加辨析。漢王符潛夫論賢難:"諺曰:一犬吠形,百犬吠聲。晉書傅咸傳written汝南王亮書:"一犬吠形,羣犬吠聲,懼於羣吠,遂至叵聽也。"亦作"衆犬吠聲"。見該條。

【一日爲師,終身爲父】 yī rì wéi shī, zhōng shēn wéi fù 極言尊師之重要。元曲選關漢卿溫太真玉鏡臺二:"夫人云:小姐,彈琴不打緊,須裝香來,請哥哥在相公抱角牀上坐着,小姐拜哥哥,一日爲師,終身爲父,學士教小姐寫字者。"

【一言易失,駟馬難追】 yī yán yì shī, sì mǎ nán zhuī 猶一言既出,駟馬難追。續高僧傳三釋慧詮答太子中舍辛諝:"君子劇談,幸無譴論;一言易失,駟馬難追。"

【一言既出,駟馬難追】 yī yán jì chū, sì mǎ nán zhuī 謂話已出口,無法收回。鄧析子轉辭:"一聲而非,駟馬勿追;一言而急,駟馬不及。"宋歐陽修文忠集一二九筆說駟不及舌說:"俗云:一言出口,駟馬難追。論語所謂'駟不及舌'也。"元曲選李壽卿說鱄諸伍員吹簫三:"大丈夫一言既出,駟馬難追,豈有番悔之理。"亦作"一言易失,駟馬難追"、"出言不當,駟馬不追"。見各該條。

【一佛出世,二佛生天】 yī fó chū shì, èr fó shēng tiān 出世,生;生天,死。即死去活來之意。明凌濛初二刻拍案驚奇五:"真珠姬一發亂擦亂擲,哭得一佛出世,二佛生天。"又稱"一佛出世,二佛涅槃"。水滸五三:"衆人只得拿翻李逵,打得一佛出世,二佛涅槃。"明馮夢龍醒世恆言三八:"那門兒又閉着,不敢擅自去扣,只得屏氣而待,直等到一佛出世,二佛升天,方纔有個青衣童子開門出來,喝道:李清,你來此怎麼?"此謂直等到一佛生,二佛死,形容時間極長。

【一則以喜,一則以懼】 yī zé yǐ xǐ, yī zé yǐ jù 謂事有兩面,可喜可懼者往往兼之。論語里仁:"父母之年,不可不知也。一則以喜,一則以懼。"集解:"孔(安國)曰:見其壽考則喜,見其衰老則懼。"

【一部十七史從何說起】 yī bù shí qī shǐ cóng hé shuō qǐ 謂話長難尋端緒。清周亮工輯尺牘新鈔三陳少逸與陶堯生:"一部十七史從何說起,今日對堯生正欲道一句不得也。"清翟灝通俗編七文學引薛應旂宋元通鑑文天祥答字羅間,亦有此語。

【一字入公門,九牛拔不出】 yī zì rù gōng mén, jiǔ niú bá bù chū 謂舊時官場黑暗,有冤難申,一投訴狀,受累無窮,追悔莫及。宋悟明聯燈會要十八曇華禪師:"一字入公門,九牛拔不出。"古今雜劇缺名月夜淫奔記:"自古道'一字入公門,九牛拔不出',這早晚公差人教待來也。"

【一年被蛇咬,三年怕草索】 yī nián bèi shé yǎo, sān nián pà cǎo suǒ 謂曾受傷害,心有餘悸。明凌濛初初刻拍案驚奇一:"文若虛道:一年被蛇咬,三年怕草索,説到貨物,我就沒膽氣了,只是帶了這些銀錢回去罷。"北京俗語作"一次經蛇咬,三年怕井繩"。

【一朝權在手,便把令來行】 yī zhāo quán zài shǒu, biàn bǎ lìng lái xíng 一旦大權在握,就發號施令,指手劃脚。中興閒氣集上朱灣奉使設宴戲擲龍籌詩:"一朝權入手,看取令行時。"明顧大典青衫記承璀授闖:"一朝權在手,便把令來行,大小三軍,聽吾命令!"

【丁一卯二】 dīng yī mǎo èr 確實,牢靠。元曲選缺名金水橋陳琳抱粧盒三:"要説箇丁一卯二,不許你差三錯四。"雍熙樂府九一枝花羅帕傳情:"封裹的丁一卯二,和包袱鎖入箱子。"亦指特別認真,毫不放鬆。清西周生醒世姻緣九四:"雜役亦差徭,鄉約地方,惱他前番的可惡,一些也不肯留情,丁一卯二的派他平出。"

【丁一確二】 dīng yī què èr 明白,確實。宋朱熹朱子語錄六易易五:"如今人持擇言語,丁一確二,一字是一字,一句是一句。"元曲選(蕭德祥)楊氏女殺狗勸夫四:"我説的丁一確二,你説的巴三覽四。"

【丁公鑿井】 dīng gōng záo jǐng 春秋時,宋人丁氏挖井成,謂人説:"吾穿井得一人。"原意指井挖成後可節省一人挑水,但誤傳成從井中挖得一人。事見呂氏春秋察傳。漢王充論衡書虛:"俗傳言曰:丁公鑿井,得一人於井中。夫人生於人,非生於土也。穿土鑿井,無爲得人。"後用以比喻語言輾轉相傳而致誤。

【丁娘十索】 dīng niáng shí suǒ 樂府詩集七九有隋妓丁六娘所作樂府詩,每首末句有"從郎索衣帶"、"從郎索花燭"等話,本十首,故稱十索。今存四首。舊時狎邪文字中多用來指妓女的需索。

【丁是丁,卯是卯】 dīng shì dīng, mǎo shì mǎo 丁爲物之凸出者,即榫頭;卯爲物之凹入者,即卯眼。口語"丁是丁,卯是卯",表示做事認真,不肯通融之意。紅樓夢四三:"鳳姐笑道:'我看你利害,明兒有了事,我也丁是丁,卯是卯,你也別抱怨。'"

【丁字不圓,八字不正】 dīng zì bù yuán, bā zì bù zhèng 意謂潦草敷衍,不成規範。古今雜劇元馬致遠呂洞賓三醉岳陽樓二:"我依着他,丁字不圓,八字不正,深深的打個稽首,上告吾師,喫個甚茶?"

【七上八下】 qī shàng bā xià 形容顛倒雜亂或忐忑不安。朱子語類一二一:"學問只是一箇道理……今人被人引得七上八下,殊可笑!"金董解元西廂記二:"君瑞心頭怒發,忿得來七上八下,煩惱身心怎接納,誦篤篤地酩子裏罵。"亦作"七上八落"。水滸一:"洪太尉倒在樹根底,諕的三十六個牙齒,捉對兒廝打,那心頭一似十五個吊桶,七上八落的響。"

【七上八落】 qī shàng bā luò 見"七上八下"。

【七尺之軀】 qī chǐ zhī qū 指身軀。以人身之長約當古尺七寸而稱。荀子勸學:"口耳之間,則四寸耳,曷足以美七尺之軀哉?"

【七手八脚】 qī shǒu bā jiǎo 喻人多忙亂。五燈會元二十德光禪師:"上堂七手八脚,三頭兩面,耳聽不聞,眼覷不見,苦樂逆順,打成一片。"紅樓夢三三:"衆人一聲答應,七手八脚,忙把寶玉送入怡紅院內自己牀上臥好。"

【七步成詩】 qī bù chéng shī 世説新語文學:"文帝(曹丕)嘗令東阿王(丕弟曹植)七步中作詩,不成者行大法,應聲便爲詩曰:'煮豆持作羹,漉菽以爲汁;其在釜下燃,豆在釜中泣;本是同根生,相煎何太急。'帝深有慚色。"用煮豆燃萁,比喻兄弟相逼。後稱人文思敏捷爲七步成詩。

【七青八黃】 qī qīng bā huáng 指錢財。元王實甫西廂記一本二折:"量着窮秀才人情則是紙半張,又沒甚七青八黃。"明曹昭格古要論六金:"其色七青八黃,九紫十赤,以赤高足色金也。"

【七郎八當】 qī láng bā dàng 猶郎當,謂零散、雜亂。七八,極言其甚。朱子語類一二六:"又云:陳了翁好佛,説得來七郎八當。"

【七零八落】 qī líng bā luò 零碎,不完整。宋惟白集建中靖國續燈錄六有文禪師:"無味之談,七零八落。"

【七嘴八舌】 qī zuǐ bā shé 謂人多語

雜。明張鳳翼灌園記傳奇淖齒被擒:「將軍
雖不説,只怕軍人們七嘴八舌,要講開去,
如何是好?」

【七縱七禽】 qī zòng qī qín 禽,同
「擒」。三國時,諸葛亮於蜀建興三年平定
南中(包括今四川南部、雲南貴州等地),
曾七次生擒孟獲,又七次釋放。最後,孟獲
心悦誠服。參閲三國志蜀諸葛亮傳注引漢
晉春秋。

【七顛八倒】 qī diān bā dǎo 混亂。景德
傳燈錄二一道匡禪師:「問如何是佛法大
意,師曰:『七顛八倒。』」宋朱熹朱文公集
五九答陳衛道書:「所以見處則儘高明脱
洒,而用處七顛八倒,無有是處。」水滸二
四:「如今不幸他歿了,已得三年,家裏的
事都七顛八倒。」

【七寶樓臺】 qī bǎo lóu tái 用多種珍寶
裝飾的樓臺。比喻拼湊而成的華美之物。
佛教七寶名目,多有異説。般若經以金、
銀、瑠璃、硨磲、瑪瑙、琥珀、珊瑚爲七寶。
元顧瑛製曲十六觀:「吳夢窗(文英)如七
寶樓臺,眩人耳目,折碎下來,不成片段。」

【三字獄】 sān zì yù 南宋高宗(趙構)時
秦檜誣陷堅決抗金之名將岳飛下獄,韓世
忠不平,詰問秦檜,檜曰:「莫須有。」世忠
曰:「莫須有三字,何以服天下?」莫須有,
即「也許有」、「大概有」之意。事見宋史三
六五岳飛傳。後人遂稱岳飛之冤獄爲「三
字獄」。

【三十六計】 sān shí liù jì 古語有三十
六計語,三十六本爲虛數,極言多的意思。
後來好事者附會,取四字成語或熟語等,
立爲名目,湊足三十六實數。名目有瞞天
過海,圍魏救趙,借刀殺人,以逸待勞,趁
火打劫,聲東擊西,無中生有,暗渡陳倉,
隔岸觀火,笑裏藏刀,李代桃僵,順手牽
羊,打草驚蛇,借屍還魂,調虎離山,欲擒
先縱,抛磚引玉,擒賊擒王,釜底抽薪,混
水摸魚,金蟬脱殻,關門捉賊,遠交近攻,
假道伐虢,偷樑换柱,指桑罵槐,假癡不
癲,上屋抽梯,樹上開花,反客爲主,美人
計,空城計,反間計,苦肉計,連環計,走爲
上計。參見「三十六計,走爲上計」。

【三人成虎】 sān rén chéng hǔ 城市本
來無虎,由於傳説的人多了,遂令人信以爲真。

比喻流言可以聳動視聽。戰國策魏二:「夫
市之無虎明矣,然而三人言而成虎。」又秦
三:「聞三人成虎,十夫楺椎,衆口所移,毋
翼而飛。」宋黄庭堅山谷詩注外集二勸交
代張和夫酒詩:「三人成虎事多有,衆口鑠
金君自寬。」

【三三五五】 sān sān wǔ wǔ 三五成群。
唐李白李太白詩四采蓮曲:「岸上誰家遊
冶郎,三三五五映垂楊。」

【三三兩兩】 sān sān liǎng liǎng 三兩
爲群。樂府詩集四七晉人嬌女:「魚行不獨
自,三三兩兩俱。」亦形容零落不多。宋陸
游劍南詩稿八四夜興:「夜闌扶策繞中庭,
雲轉三三兩兩星。」

【三千珠履】 sān qiān zhū lǚ 門客衆多
而豪奢。史記七八春申君傳:「趙使欲誇
楚,爲瑇瑁簪,刀劍室以珠玉飾之,請命春
申君客。春申君客三千餘人,其上客皆躡
珠履以見趙使,趙使大慚。」

【三心二意】 sān xīn èr yì 拿不定主意。
元曲選關漢卿趙盼兒風月救風塵一:「待
粧一個老實,學三從四德,爭奈是匪妓,都
三心二意。」清西周生醒世姻緣九:「不消
三心二意,明日就遞上狀,他那别的文書
就是供案。亦作「二心兩意」。見該條。

【三日新婦】 sān rì xīn fù 喻行動拘束,
有如新娘。梁書曹景宗傳:「性躁動,不能
沈默,出行常欲褰車帷幔,左右輒諫。……
景宗謂所親曰:『……閉置車中,如三日新
婦,遭此邑邑,使人無氣。』」清詩别裁十一
陳維崧贈許元錫:「何肯齷齪學章句,三日
新婦殊可憐。」

【三日僕射】 sān rì pú yì 晉周顗早年
負盛名,後頗以酒失,自爲僕射,日事酣
飲,常三日不醒,時人稱爲「三日僕射」。見
世説新語任誕、晉書周顗傳。

【三分鼎足】 sān fēn dǐng zú 形容三分
天下,如鼎之三足並立對峙。楚漢相爭,
蒯通勸韓信曰:「莫若兩利而俱存之,參分
天下,鼎足而居。」見史記九二淮陰侯傳。
後漢書二二竇融傳:「欲三分鼎足,連衡合
從,亦宜以時定。」

【三平二滿】 sān píng èr mǎn 猶言平
穩過得去。宋辛棄疾稼軒詞四鷓鴣天登一
邱一壑偶成:「百年雨打風吹卻,萬事三平

二滿休。"宋陳亮龍川集二十又乙巳秋（與朱熹）書："最可惜許多眼光抹漆者盡指之爲盲人,而一世之自號開眼者,正使眼無翳,眼光亦三平二滿,元靠不得,亦何力使得天地清明,赫日常在乎!"亦作"二滿三平"。見該條。

【三令五申】　sān lìng wǔ shēn　再三告誡。史記六五霍武傳："約束既布,乃設鈇鉞,即三令五申之。"文選張平子（衡）東京賦："三令五申,示戮斬牲。"注引尹子："將戰,有司請誓誥,三令五申之,既畢,然後即敵。"唐白居易長慶集四五策林十三號令："若不推之於誠,雖三令五申而令不明矣。"

【三言兩句】　sān yán liǎng jù　見"三言兩語"。

【三言兩語】　sān yán liǎng yǔ　說話簡短。水滸六一："小乙可惜夜來不在家裏,若在家時,三言兩語,盤倒那先生。"亦作"三言兩句"。元曲選關漢卿趙盼兒風月救風塵二："我到那里三言兩句,肯寫休書,萬事俱休。"

【三更半夜】　sān gēng bàn yè　深夜。一夜分爲五更,三更爲深夜十二時左右。宋時陳象輿胡旦董儼梁顥四人,日夜在趙昌言家聚會,京師人稱之爲"陳三更,董半夜"。見宋史二六七趙昌言傳。

【三豕涉河】　sān shǐ shè hé　呂氏春秋察傳："子夏之晉,過衛。有讀史記者曰:'晉師三豕涉河'。子夏曰:'非也,是己亥也。'夫己與三相近,豕與亥相似。至于晉而問之,則曰晉師己亥涉河也。"後用以指文字訛誤或傳聞失實。南朝梁劉勰文心雕龍練字："晉之史記,三豕渡河,文變之謬也。"梁書裴子野傳范縝表："且（子野）句冶悉,訓故可傳,脫置之膠庠,以弘獎後世,庶一夔之辯可尋,三豕之疑無謬矣。"

【三長兩短】　sān cháng liǎng duǎn　謂意外的事故,特指死亡。明姚子翼上林春八："自從前日被你們灌醉了,跌倒雪中,虧得二官人救了回來。現今發寒發熱,若無事呢罷了,有個三長兩短,叫你兩個不要慌。"又范文若鴛鴦棒傳奇悲剔："我還怕薄情郎折倒我的女兒,須一路尋上去,萬一有三長兩短,定要討個明白。"

【三姑六婆】　sān gū liù pó　三姑指尼姑、道姑、卦姑。六婆指牙婆、媒婆、師婆、虔婆、藥婆、穩婆。見明陶宗儀輟耕錄十三三姑六婆。

【三貞九烈】　sān zhēn jiǔ liè　形容女子貞烈,三、九極言其甚。古今雜劇元白仁甫裴少俊牆頭馬上三："隨漢走怎說三貞九烈?勘奸情八棒十枷。"

【三浴三熏】　sān yù sān xūn　見"三釁三浴"。

【三茶六禮】　sān chá liù lǐ　古時婚姻多以茶爲禮,取"茶不移本,植必子生"之意;從訂婚至結婚,常舉行下茶、納采、問名、納吉、納徵、請期、親迎等各種儀式。三茶六禮是這些儀式的總稱。參閱儀禮士昏禮疏、明許次紓茶疏考本。

【三紙無驢】　sān zhǐ wú lǘ　謂寫文章廢話連篇,不得要領。北齊顏之推顏氏家訓勉學："問一言輒酬數百,責其指歸,或無要會。鄴下諺云:'博士買驢,書卷三紙,未有驢字。'"

【三教九流】　sān jiào jiǔ liú　㈠指儒、釋、道三教;儒、道、陰陽、法、名、墨、縱橫、雜、農九家。後泛指宗教、學術中各種流派。宋趙彥衛雲麓漫鈔六："帝聞三教九流及漢朝舊事,了如目前。"元王實甫西廂記四本二折："秀才是文章魁首,姐姐是仕女班頭,一箇教徹三教九流,一箇曉盡描鸞刺繡。"㈡舊社會泛指各色人物或各種行當。水滸六九："原來董平心機靈巧,三教九流,無所不通。"又七一："其人則有帝子神孫,富豪將吏,并三教九流,乃至獵戶漁人,屠兒劊子,都一般兒哥弟稱呼,不分貴賤。"

【三推六問】　sān tuī liù wèn　指多次審問。古今雜劇元孫仲章河南府張鼎勘頭巾三："不知誰人殺了員外,有他娘子將小人推到官中,三推六問,弔拷拥扒,打的小人受不過,只得屈招了。"明李素甫元宵鬧十七："熬不過三推六問,身體髮膚,頃刻傷鱗次。"

【三從四德】　sān cóng sì dé　封建時代婦女的教條。三從,指幼從父兄,嫁從夫,夫死從子。四德,指婦德、婦言、婦容、婦功。見禮郊特牲及昏義。元曲選武漢臣散家財天賜老生兒一："不學些三從四德,俺一家兒簇捧著爲甚麼來。"元明雜劇劉唐卿降桑椹蔡順奉母一："媳婦兒李氏潤蓮,他乃宦門之女。這孩兒三從四德爲先,貞烈賢達第一。"

【三陽交泰】　sān yáng jiāo tài　猶"三陽開泰"。宋劉克莊後村集三八春日六言詩之七："漫道三陽交泰,絕無一客來臨。"

【三陽開泰】　sān yáng kāi tài　易十月爲坤卦≡≡≡≡,純陰之象。十一月爲復卦≡≡≡≡,一陽生於下;十二月爲臨卦≡≡≡,二陽生於下;正月爲泰卦≡≡≡,三陽生於下;冬去春來,陰消陽長,有吉亨之象。故舊時以"三陽開泰"或"三陽交泰"爲一年開頭的吉祥語。宋史樂志七紹興以來祀感生帝:"三陽交泰,日新惟良。"明張居正張文忠集十三賀元旦表二:"茲者,當三陽開泰之候,正萬物出震之時。"

【三喻五復】　sān yù wǔ fù　謂一再申明,以示鄭重。新唐書韋雲起傳:"令曰:'鼓而行,角而止,非公使,毋走馬。'三喻五復之。既而紇斤一人犯令,即斬以徇。"

【三番五次】　sān fān wǔ cì　屢次,多次。清吳敬梓儒林外史三八:"三番五次,纏的老和尚急了,說道:'你是何處光棍,敢來鬧我們!'亦作"三番兩次"。古今雜劇元鄭德輝醉思鄉王粲登樓一:"叔父,王粲不曾自來,你將書呈三番兩次調發小生到此處。"

【三番兩次】　sān fān liǎng cì　見"三番五次"。

【三無坐處】　sān wú zuò chù　指官員太多,人浮於事。唐景龍以後,政治混亂,設官冗雜,宰相、御史、員外官,多者超過過去十倍,以至官廳無處可坐,時人稱爲"三無坐處"。見通典十九職官一。

【三復白圭】　sàn fù bái guī　論語先進:"南容三復白圭,孔子以其兄之子妻之。"注:"詩云:'白圭之玷,尚可磨也;斯言之玷,不可爲也。'南容讀詩至此,三反復之,是其心慎言也。"後用來形容說話行動,十分謹慎。

【三媒六證】　sān méi liù zhèng　舊時婚姻,由父母包辦,還必須有媒妁傳言。三媒六證,言其鄭重。元曲選武漢臣包待制智賺生金閣二:"我大茶小禮,三媒六證,親自娶了個夫人。"孤本元明雜劇元王實甫呂蒙正風雪破窰記一:"着梅香領着叶小姐,到綵樓上抛繡毬兒,憑天匹配。但是繡毬兒落在那個人身上的……便招他爲婚。那繡毬兒便是三媒六證一般之禮也。"

【三魂七魄】　sān hún qī pò　中醫認爲肝屬東方木而藏魂,肺屬西方金而藏魄;太玄以三爲木,四爲金。道家因以附會稱人有三魂七魄。抱朴子地真:"欲得通神,當金水分形,形分則自見其身中之三魂七魄。"參閱宋俞琰席上腐談上。

【三熏三浴】　sān xūn sān yù　見"三釁三浴"。

【三綱五常】　sān gāng wǔ cháng　論語爲政"周因於殷禮……"三國魏何晏集解引漢馬融:"所因謂三綱五常。"三綱指君爲臣綱,父爲子綱,夫爲妻綱。五常即仁、義、禮、智、信。見白虎通三綱六紀情性。此爲儒家倫理學說之根本原則。

【三頭二面】　sān tóu èr miàn　喻奉承拍馬,玩弄兩面手法。舊題李義山雜纂上愚昧:"三頭二面趨奉人。"宋曾慥類說五三談苑:"(黨進)過市,……優者說韓信,進怒曰:'汝對我說韓信,見韓信即當說我,此三頭兩面之人!'即命杖之。"

【三頭六臂】　sān tóu liù bì　佛經上說佛的法相有三個頭六條臂。景德傳燈錄十三善昭禪師:"三頭六臂擎天地。"後用來比喻神通廣大,本領出衆。元曲選缺名龐涓夜走馬陵道四:"總便有三頭六臂天生別,到其間那裏好藏遮。"

【三顧茅廬】　sān gù máo lú　見"三顧草廬"。

【三顧草廬】　sān gù cǎo lú　漢末劉備三次往隆中訪聘諸葛亮,世稱"三顧草廬"。三國志蜀諸葛亮傳出師表:"先帝不以臣卑鄙,猥自枉曲,三顧臣於草廬之中。"後稱帝王訪賢,多用此語。南史袁昂傳:"初,昂爲洗馬,明帝爲領軍,欽昂風素,頻降駕焉。及踐阼,奏事多留與語,謂曰:'我昔以卿有美名,親經相詣。'昂答曰:'陛下在田之日,遂蒙三顧草廬。'帝甚悅。"三國演義三七劉玄德三顧草廬即演述這一故事。亦作"三顧茅廬"。古今雜劇元馬致遠半夜雷轟薦福碑一:"我住着半間兒草舍,再誰承望三顧茅廬。"

【三釁三浴】　sān xìn sān yù　再三熏香沐浴,表示以禮待人,十分尊重。春秋時齊桓公從魯國接回管仲,據國語齊:"比至,三釁三浴之。"注:"以香塗身曰釁,亦或爲薰。"釁,同"釁"。唐韓愈昌黎集十八答呂毉山人書:"方將坐足下三釁而三薰之。"

【三寸不爛之舌】　sān cùn bù làn zhī shé　形容口才不凡,善於辭令。水滸十九:"今日林教頭必然有火併王倫之意,他若有些心懶,小生憑着三寸不爛之舌,不由他不火併。"按史記留侯世家有"今以三寸舌爲帝者師",平原君傳有"毛先生以三寸之舌,彊於百萬之師"語,當爲水滸語所本。

【三十六策走上策】　sān shí liù cè zǒu shàng cè　見"三十六計,走爲上計"。

【三十六計,走爲上計】　sān shí liù jì, zǒu wéi shàng jì　謂事態難以挽回,別無妙計,只有一走了事。南齊書王敬則傳:"檀公(道濟)三十六策,走是上計,汝父子唯應急走耳!"當時習用此語,故王敬則以之諷刺東昏侯父子。宋惠洪冷齋夜話九:"淵才曰:'三十六計,走爲上計。'"又見續傳燈錄十二子勝禪師。亦作"三十六策走上策"、"三十六着,走爲上着"。元方回桐江續集二三記遊自次前韻詩:"爾來何止師左次,三十六策走上策。"水滸二:"我兒,三十六着,走爲上着,只恐沒處走。"三十六本爲虛數,重點在於一走了事,後來好事者附會湊合爲處事之計有三十六條,非原意。

【三十六着,走爲上着】　sān shí liù zhāo, zǒu wéi shàng zhāo　見"三十六計,走爲上計"。

【三日打魚,兩日曬網】　sān rì dǎ yú, liǎng rì shài wǎng　比喻斷斷續續,沒有耐心,不能堅持。紅樓夢九:"(薛蟠)因此也假說了來上學,不過是三日打魚,兩日曬網,白送些束脩與賈代儒,卻不曾有一點兒進益。"

【三綹梳頭,兩截穿衣】　sān liǔ shū tóu, liǎng jié chuān yī　舊時婦女裝束,即以指婦女。明馮夢龍醒世恆言十一蘇小妹三難新郎:"女子主一室之事……主一室之事的,三綹梳頭,兩截穿衣。一日之計,止無過饔飱井臼;終身之計,止無過生男育女。"清西周生醒世姻緣三二:"(武卿雲)聽見晁夫人這般義舉,説道:此等美舉,我們峨冠博帶的人。一些也不做,反教一個三綹梳頭、兩截穿衣的女人做去,還要這鬚眉做甚?這也可羞!"

【三十年河東,三十年河西】　sān shí nián hé dōng, sān shí nián hé xī　喻富貴無常,榮枯瞬變。清吳敬梓儒林外史四六:"成老爹道:大先生,三十年河東,三十年河西。就像三十年前,你二位府上何等氣勢,我是親眼看見的。而今彭府上、方府上,都一年盛似一年。"

【三寸氣在千般用,一旦無常萬事休】　sān cùn qì zài qiān bān yòng, yī dàn wú cháng wàn shì xiū　謂生死無常,生時事多,一死皆休。元曲選缺名風雨像生貨郎旦四:"三寸氣在千般用,一旦無常萬事休。當日無常,埋葬了畢,果然道福無雙至日,禍有併來時。"

【下坂丸】　xià bǎn wán　見"下坂走丸"。

【下比有餘】　xià bǐ yǒu yú　文選晉張茂先(華)鷦鷯賦:"將以上方不足,而下比有餘。"又晉王濟稱王湛"上方山濤不足,下比魏舒有餘。"見晉書王湛傳。世說新語賞譽作"山濤以下,魏舒以上"。按莊子駢拇"長者不爲有餘,短者不爲不足"義亦相同。後來成語"比上不足,比下有餘"出此。

【下坂走丸】　xià bǎn zǒu wán　坂,斜坡。坂上滾丸,喻敏捷而無停滯。漢荀悅前漢記一:"范陽人蒯通爲其令説武信君曰:'……君計莫若以黃屋朱輪以迎范陽令,使馳騖乎燕趙之郊,則邊城皆喜,相率而降。此由(猶)以下坂而走丸也。'"五代後周王仁裕開元天寶遺事下走丸之辯:"張九齡善談論,每與賓客議論經旨,滔滔不竭,如下坂走丸也。"亦作"下坂丸"。清趙翼甌北詩鈔五言古三輓唐再可詩:"流光下坂丸,暮景穷縞弩。"

【下車泣罪】　xià chē qì zuì　言不得已而用刑,比喻爲政寬仁。漢劉向說苑君道:

禹出見罪人，下車問而泣之。”梁書王僧孺傳與何炯書：“解網祝禽，下車泣罪。”藝文類聚二六引作與何遜書。

【下氣怡色】　xià qì yí sè　見“下氣怡聲”。

【下氣怡聲】　xià qì yí shēng　和悅聲氣，恭順貌。禮內則：“以適父母舅姑之所，及所，下氣怡聲，問衣燠寒，疾痛苛癢而敬抑搔之。”亦作“下氣怡色”。禮內則：“父母有過，下氣怡色，柔聲以諫。”亦作“怡聲下氣”。見該條。

【下筆成章】　xià bǐ chéng zhāng　形容文思敏捷。三國志魏文帝紀評：“文帝天資文藻，下筆成章，博聞強識，才藝兼該。”又魏陳思王植傳：“太祖嘗視其文，謂植曰：‘汝倩人邪？’植跪曰：‘言出爲論，下筆成章，顧當面試，奈何倩人？’”章，亦作“篇”。

【下喬入幽】　xià qiáo rù yōu　孟子滕文公上：“吾聞出於幽谷，遷於喬木者，未聞下喬木而入於幽谷者。”此係以鳥爲喻，謂冬季鳥類蟄深山窮谷，至春出而飛鳴於喬木，用來比喻人捨棄黑暗而接近光明，或者從劣境而進入良好的處境。相反則曰下喬入幽。

【上下其手】　shàng xià qí shǒu　左傳襄二六年，楚攻鄭，穿封戌擒鄭將皇頡，公子圍與爭功，請伯州犁裁處。伯州犁有意偏祖公子圍，曰：“請問于囚。”命皇頡作證時，伯州犁故意上其手曰：“夫子爲王子圍，寡君之貴介弟也。”下其手曰：“此子爲穿封戌，方城外之縣尹也。誰獲子？”皇頡曰：“頡遇王子，弱焉。”後來稱舞文玩法、串通作弊爲上下其手，本此。唐趙思廉墓誌：“或犯法當訊，執事者上下其手。”（金石萃編八七）

【上方不足】　shàng fāng bù zú　見“下比有餘”。

【上行下效】　shàng xíng xià xiào　在上位者行之，其下即將效法。多用於貶義。漢班固白虎通三教：“教者效也，上爲之，下效之。”舊唐書一九〇中賈曾傳賈曾諫：“良以婦人爲樂，必務冶容，……上行下効，淫俗將成，敗國亂人，實由茲起。”効，同“效”。

【上知下愚】　shàng zhì xià yú　最聰明與最愚蠢之人。知，同“智”。論語陽貨：“唯上知與下愚不移。”

【上漏下溼】　shàng lòu xià shī　指房屋破漏不能蔽風雨。莊子讓王：“原憲居魯，環堵之室，……上漏下溼，匡坐而弦。”

【上樹拔梯】　shàng shù bá tī　比喻誘人前行而斷絕其退路。猶言過河拆橋。初學記二四晉郭澄之郭子：“殷中軍（浩）廢後，恨簡文曰：‘上人著百丈樓上，擔梯將去。’”宋釋曉瑩羅湖野錄一引黃庭堅與興化海老手帖：“……此黃龍興化亦當作助道之緣，共出一臂，莫送人上樹拔卻梯也。”

【上梁不正下梁歪】　shàng liáng bù zhèng xià liáng wāi　比喻居上位的人行爲不正，不能以身作則，下面的人也就跟着學壞。元曲選石君寶李亞仙花酒曲江池三：“月館風亭，則爲這虔婆上梁不正，這些時消疎了燕燕鶯鶯。”綴白裘七集四鐵冠圖夜樂：“不要怪他們，這叫做上梁不正下梁歪。”按意林五引晉楊泉物理論，有“上不正，下參差”語，意亦相同。

【上天無路，入地無門】　shàng tiān wú lù, rù dì wú mén　形容處境窘急，沒有出路。宋悟明集聯燈會要二八體柔禪師：“進則觸途成滯，退後即噎氣填胸，直得上天無路，入地無門。”

【上有天堂，下有蘇杭】　shàng yǒu tiān táng, xià yǒu sū háng　南宋建都臨安（杭州），江南城市發展，杭州蘇州爲當時豪門勢要集中之地，生活豪奢，出現了畸形的繁榮局面，故有此喻。元楊朝英樂府新編陽春白雪前集二元奧敦周卿小令蟾宮曲：“春暖花香，歲稔時康，真乃上有天堂，下有蘇杭。”

【不一而足】　bù yī ér zú　公羊傳襄二九年記“吳子使札來聘”，並解之曰：“札者何？吳季子之名也。春秋賢者不名，此何以名？許夷狄者，不壹而足也。”孔穎達疏指出莊二五年春陳侯使女叔來聘，既稱君爵，又呼臣字，即一事而兩“足”者。此對吳君已稱其爵曰“吳子”，不能更稱其使臣之字，就一事而兩用敬稱，以示對夷狄之吳與中原之國有所區別，故曰“不壹而足”。文九年作“不一而足”。後用來表示同類事物多次出現，不可盡舉。朱子語類六三中庸二："到此已兩月，蒙先生教誨，不一而足。"紅樓夢一一七："買環買薔等愈鬧的不像事了，甚至偷典偷賣，不一而足。"

【不二法門】 bù èr fǎ mén 佛教語。意爲直接入道，不可言傳的法門。維摩詰經入不二法門品："如我意者，於一切法無言無說，無示無識，離諸問答，是爲入不二法門。"後用來比喻唯一的門徑、方法。或省作"不二門"。宋蘇軾蘇文忠詩合注三四臂痛謁告三絕句示四君子詩："維摩示病吾真病，誰識東坡不二門。"

【不入時宜】 bù rù shí yí 見"不合時宜"。

【不三不四】 bù sān bù sì 不正派，猶言不倫不類。水滸七："(魯)智深見了，心裏早疑忌道：'這夥人不三不四，又不肯近前來，莫不要攧洒家？'"明蘭陵笑笑生金瓶梅二二："你也看個人兒行事，我不是那不三不四的邪皮行貨。"

【不文不武】 bù wén bù wǔ 既不能文，又不能武。唐韓愈昌黎集六瀧吏詩："不知官在朝，有益國家不？得無虱其間，不武亦不文。"後用以譏人無能。

【不亢不卑】 bù kàng bù bēi 亦作"不卑不亢"。既不高傲，也不自卑。清文康兒女英雄傳十八："一時，擺上酒席，太傅先遞了一杯酒，然後纔叫兒子遞上贄見拜師。顧先生不亢不卑，受了半禮。"亢，亦作"抗"。紅樓夢五六："他這遠愁近慮，不抗不卑，他們奶奶便不是和嗜們好，聽他這一番話，也必要自愧的變好了。"

【不日不月】 bù rì bù yuè 不計日月，沒有期限。詩王風君子于役："君子于役，不日不月。"亦指不選擇時日。管子白心："不日不月，而事以從；不卜不筮，而謹知吉凶。"

【不今不古】 bù jīn bù gǔ 漢揚雄太玄經三更："童牛角馬，不今不古。"意指事物反常，古今所無。後亦用以譏人學無所得，又好標新立異。

【不分皁白】 bù fēn zào bái 不分黑白，不辨是非。詩大雅桑柔："匪言不能，胡斯畏忌"漢鄭玄箋："賢者見此事之是是非非，不能分別皁白言之於王也。"金董解元西

廂記二："豈辨個是和非，不分個皁白。"

【不主故常】 bù zhǔ gù cháng 不拘守舊規。莊子天運："變化齊一，不主故常。"

【不平則鳴】 bù píng zé míng 唐韓愈昌黎集十九送孟東野序："大凡物不得其平則鳴。"後因以不平之鳴指申訴枉屈的呼聲。

【不可一世】 bù kě yī shì 謂本領、才情等爲一代所無。清顏光敏顏氏家藏尺牘三金明府煜："敝鄉平子遠先生，越中名宿，天下全才也……其文章歌詩，氣誼經濟，度邁倫伍，實有不可一世之概。"

【不可收拾】 bù kě shōu shí 指事物敗壞到無法整頓、不可救藥的地步。唐韓愈昌黎集二一送高閑上人序："泊與淡相遭，頹墮委靡，潰敗不可收拾。"

【不可思議】 bù kě sī yì 指事理極其奧妙神秘，難以想像說明。北魏楊衒之洛陽伽藍記一城內永寧寺："佛事精妙，不可思議。"晉書鳩摩羅什傳："方等深教，不可思議，傳之東土，惟爾之力。"景德傳燈錄七惟寬禪師："思之不及，議之不得，故云不可思議。"

【不可救藥】 bù kě jiù yào 病重到無法用藥救治。又比喻事態嚴重，無法挽救。詩大雅板："多將熇熇，不可救藥。"元周密癸辛雜識後集賈相制外戚抑北司取學校："而專用一等委靡迂緩不才之徒，……垢面弊衣，冬烘昏潰〔聵〕，以致糜爛漸盡而不可救藥。"

【不古不今】 bù gǔ bù jīn 謂於古於今，兩俱不合。清顏光敏顏氏家藏尺牘姓氏考法若真："若真詩古文詞，少宗李賀，晚乃歸心少陵，不屑櫛比字句，依倚門戶，意所欲爲，不古不今，自成一格。"

【不生不死】 bù shēng bù sǐ 莊子大宗師："無古今而後能入於不死不生。"入楞伽經八："如來藏世間，不生不死，不來不去，常恆清涼不變。"原指超脫生死的境界，後指人或事不死不活、沒有生氣。

【不安於室】 bù ān yú shì 詩邶風凱風序："衛之淫風流行，雖有七子之母，猶不能安其室。"後因稱已婚婦女有外遇爲不安於室。

【不亦樂乎】 bù yì yuè hū 論語學而：

"有朋自遠方來,不亦樂乎!"本是喜悅之意,後常用以表示極度、非常、淋漓盡致之意,並兼有詼諧味。古今雜劇明缺名吳起掛帥四:"吳起着我打聽秦兵去,誰想正撞着秦兵,把我一陣殺的不亦樂乎,跑將來了。"明蘭陵笑笑生金瓶梅二四:"兩個自知暗地裏調情頑耍,卻不知宋惠連這老婆又是一個兒在橷子外窺眼裏,被他瞧了個不亦樂乎,正是當局時迷,傍觀者清。"

【不夷不惠】 bù yí bù huì 夷,殷末的伯夷,不肯仕於周;惠,春秋時柳下惠,相傳三次罷官,不肯離去。後稱折中而不偏激,曰不夷不惠。漢揚雄法言淵騫:"不夷不惠,可否之間也。"

【不共戴天】 bù gòng dài tiān 不共存於人世間,比喻仇恨極深。禮曲禮上:"父之讐,弗與共戴天。"注:"父者,子之天;殺己之天,與共戴天,非孝子也。行求殺之,乃止。"宋李心傳建炎以來繫年要錄六建炎元年六月庚申:"報不共戴天之仇,雪振古所無之恥。"

【不在話下】 bù zài huà xià 事屬當然,無須再說。水滸一:"仁宗准奏,賞賜洪信,復還舊職,亦不在話下。"亦指暫且不提。紅樓夢三十:"那金釧兒含羞忍辱的出去,不在話下。"

【不存不濟】 bù cún bù jì 不死不活。元曲選缺名逞風流王煥百花亭三:"剗的着俺不存不濟,則爲半生花酒耽閣盡一世前程。"

【不劣方頭】 bù liè fāng tóu 倔強固執。方頭,指做事固執、不圓通。元曲選缺名包待制陳州糶米二:"我從來不劣方頭,恰便似火上澆油。"亦作"方頭不劣"、"方頭不律"。見各該條。

【不因人熱】 bù yīn rén rè 意指不依賴人。東觀漢記十八梁鴻傳:"比舍先炊已,呼鴻及熱釜炊。鴻曰:'童子鴻,不因人熱者也。'滅竈更燃火。"唐駱賓王集二夏日遊德州贈高四詩:"潘岳本自閒,梁鴻不因熱。"

【不合時宜】 bù hé shí yí 不合當時的形勢、潮流。漢書哀帝紀建平二年詔:"侍詔夏賀良等建言,改元易號,增益漏刻,可以永安國家。朕過聽賀良等言,冀爲海內獲福,卒無嘉應,皆違經背古,不合時宜。"亦作"不入時宜"。宋費袞梁谿漫志四侍兒對東坡語:"東坡一日退朝,捫腹徐行,顧謂侍兒曰:'汝輩且道是中有何物?'……朝雲乃曰:'學士一肚皮不入時宜。'"

【不合時務】 bù hé shí wù 不合當時的要事。與"不合時宜"義近。後漢書杜林傳:"林前於西州得漆書古文尚書一卷,常寶愛之,雖遭難困,握持不離身,出以示(衛)宏等曰:'……古文雖不合時務,然願諸生無悔所學。'"

【不名一錢】 bù míng yī qián 史記一二五鄧通傳:"長公主賜鄧通,吏輒隨沒入之,一簪不得着身,於是長公主乃令假衣食,竟不得名一錢,寄死人家。"漢王充論衡骨相:"(鄧)通有盜鑄錢之罪,景帝考驗,通亡,寄死人家,不名一錢。"鄧通爲漢文帝的寵臣,得自鑄錢幣,名鄧氏錢。景帝時,以盜鑄罪,財產全部被沒收,不得占有一錢。後稱人貧至一無所有爲不名一錢。明吳應箕樓山堂集十八忠烈楊漣傳:"范虜一年,不名一錢。"清余懷板橋雜記下:"錢財到手輒盡,坐此不名一錢。"

【不伏燒埋】 bù fú shāo mái 元代對枉死者屍首,經官驗明,除判處罪人應得刑罰外,並令出燒埋銀於苦主,作燒埋費用。不伏燒埋,猶言不伏判決,不認罪。元曲選缺名爭報恩三虎下山二:"我又不敢當廳抵賴,恰待分說,又道咱家不伏燒埋。"燒埋,燒埋錢的簡稱。

【不如歸去】 bù rú guī qù 杜鵑鳥鳴聲。舊詩文中多用爲思歸或催人歸家之詞。宋梅堯臣宛陵集四四杜鵑詩:"不如歸去語,亦自古來傳。"又黃裳演山集十一次致政李大夫郊步之韻詩:"偏是杜鵑能愜意,不如歸去兩三聲。"亦作"不如歸"。宋范沖淹范文正集三越上聞子規詩:"春山無限好,猶道不如歸。"

【不忮不求】 bù zhì bù qiú 指不嫉妒不貪求。詩邶風雄雉:"不忮不求,何用不臧。"梁蕭統陶淵明集序:"不忮不求者,賢達之用心。"

【不言而喻】 bù yán ér yù 不待解釋,自然明白。孟子盡心上:"君子所性,仁義禮智根於心,其生也,睟然見於面,盎於背,施於四體,不言而喻。"文選晉應吉甫(貞)晉武帝華林園集詩:"神心所受,不言而喻。"清王夫之讀通鑑論二:"諸葛公(亮)之感昭烈(劉備),豈僅以三分鼎足之數語哉! 神氣之間,有不言而相喻者在也。"

【不求甚解】 bù qiú shèn jiě 晉陶潛陶淵明集五五柳先生傳:"好讀書,不求甚解,每有會意,便欣然忘食。"原指讀書只求理解精神,不刻意於一字一句的解釋。後引申爲讀書不認真,略知大意,而不求深入理解。

【不求聞達】 bù qiú wén dá 不希望出名顯貴。文選三國蜀諸葛孔明(亮)出師表:"臣本布衣,躬耕於南陽,苟全性命於亂世,不求聞達於諸侯。"南史袁樞傳:"王僧辯平侯景,鎮建鄴,衣冠爭往造請,樞杜門靜居,不求聞達。"

【不攻自破】 bù gōng zì pò 不須攻擊,自行破滅。亦喻言論之疏舛,不待駁斥,亦難自立。唐孔穎達周易正義卷首二論重卦之人:"其言夏禹及文王重卦者,案繫辭神農之時已有,蓋取益與噬嗑,以此論之,不攻自破。"

【不近人情】 bù jìn rén qíng 不合人之常情。莊子逍遙遊:"大有逕庭,不近人情焉。"北史崔浩傳:"性不好莊、老之書,每讀不過數十行,輒棄之曰:此矯誣之説,不近人情,必非老子所作!"宋邵博僞撰蘇洵辨奸:"凡事之不近人情者,鮮不爲大姦慝。"文見宋文鑑九七。

【不直一錢】 bù zhí yī qián 毫無價值,指人之無能或品格卑污。史記一○七魏其武安侯傳附灌夫:"乃罵臨汝侯曰:'生平毀程不識不直一錢,今日長者爲壽,乃效女兒咕囁耳語!'"

【不拘小節】 bù jū xiǎo jié 不拘束於生活小事。後漢書二八馮衍傳:"論於大體,不守小節。"世説新語任誕:"祖車騎(逖)過江時"注引晉陽秋:"逖性通濟,不拘小節,又賓從多是桀黠勇士,逖待之皆如子弟。"隋書楊素傳:"素少落拓,有大志,不拘小節。"

【不知甘苦】 bù zhī gān kǔ 墨子非攻上:"少嘗苦曰苦,多嘗苦曰甘,則必以此人爲不知甘苦之辯矣。"後多指不知事之經過困難爲不知甘苦。

【不知所措】 bù zhī suǒ cuò 不知道該怎麼辦,多指對突然而來的事情,無法應付。三國志吳諸葛恪傳與弟融書:"大行皇帝委棄萬國,⋯⋯皇太子以丁酉踐尊號,哀喜交并,不知所措。"

【不知薡蕫】 bù zhī dǐng dǒng 譏人之愚昧不解事。明董斯張吹景集十俗語有所祖:"吾里(烏程)謂愚者曰不知薡蕫。爾雅釋草云:蘱,薡蕫,注似蒲而細。不知薡蕫者,豈不辨菽麥意乎?"清翟灝通俗編三十草木謂應作"丁董",引三國志魏呂布傳,以布不知丁原董卓之奸爲愚闇。按傳僅言布反復無常,不言其愚,此説恐非。

【不衫不履】 bù shān bù lǚ 衣履不整,指不拘小節。太平廣記一九三虬髯客引虬髯傳:"既而太宗至,不衫不履,裼裘而來,神氣揚揚,貌與常異。"

【不郎不秀】 bù láng bù xiù 原意是不高不低,不倫不類。明田藝蘅留青日札摘抄四沈萬三秀:"元時稱人以郎、官、秀爲等第,至今人之鄙人曰不郎不秀,是言不高不下也。"後用來比喻不成材或沒有出息。明薛近兗繡襦記傳奇:"弄得來郎不郎,秀不秀,難道到得你一世無成。"參閲明董穀碧里雜存上沈萬三秀。亦作"不稂不莠"。見該條。

【不爲已甚】 bù wéi yǐ shèn 不作太過分之事。孟子離婁下:"仲尼不爲已甚者。"注:"仲尼彈邪以正,正斯可矣,故不欲爲已甚泰過也。"

【不食之地】 bù shí zhī dì 指不耕種或不長莊稼的土地。禮檀弓上:"我死則擇不食之地而葬我焉。"漢桓寬鹽鐵論地廣:"沙石鹹鹵,不食之地。"

【不卽不離】 bù jí bù lí 佛教語,猶言不一不異。圓覺經上:"不卽不離,無縛無脱。"後多用以指對人的關係似親非親,似疏非疏。

【不約而同】 bù yuē ér tóng 未經約定而言行一致。宋朱熹朱文公集五二答汪長孺書:"其徒有今日悟道而明日醉酒罵人者,嘗學賈生論胡亥語戲之,今乃復見此,蓋不約而同也。"

【不恥下問】 bù chǐ xià wèn 不以向學

識、地位不如自己的人請教爲恥。論語公冶長：“敏而好學，不恥下問。”集解引孔安國：“下問，問凡在己下者也。”

【不速之客】 bù sù zhī kè 不招而自來之客。易需：“有不速之客三人來。”疏：“速，召也……不須召喚而自來，故云有不速之客三人來也。”

【不逞之徒】 bù chěng zhī tú 左傳隱十一年：“鬼神實不逞於許君，而假手於我寡人。”不逞，本指不滿意，不得志。後稱爲非作歹之人爲不逞之徒。後漢書史弼傳上封事：“竊聞勃海王悝，憑至親之屬，恃偏私之愛，失奉上之節，有偕慢之心，外聚剽輕不逞之徒，内荒酒樂，出入無常。”

【不時之需】 bù shí zhī xū 臨時、隨時之需要。宋蘇軾經進東坡文集事略一後赤壁賦：“我有斗酒，藏之久矣，以待子不時之須。”須，通“需”。

【不修邊幅】 bù xiū biān fú 指不注意衣着、儀表。後漢書二四馬援傳：“公孫（述）不吐哺走迎國士，與圖成敗，反修飾邊幅，如偶人形。此子何足久稽天下士乎？”北齊顏之推顏氏家訓序致：“肆欲輕言，不修邊幅。”

【不倫不類】 bù lún bù lèi 形容不成樣子、不正派或沒有條理。明吳炳療妬羹傳奇上絮影：“眼中人不倫不類，莽中人不伶不俐。”紅樓夢六七：“又見他説的不倫不類，也不便不理他。”

【不脛而走】 bù jìng ér zǒu 文選漢孔文舉（融）論盛孝章書：“珠玉無脛而自至者，以人好之也，況賢者之有足乎？”脛，小腿。後來稱迅速地流行、傳播爲不脛而走，本此。清王應奎柳南續筆二時文選家：“本朝時文選家，惟天蓋樓本子風行海内，遠而且久，嘗以發賣坊間，其價一兌至四十兩，可云不脛而走矣。”

【不偏不倚】 bù piān bù yǐ 宋朱熹中庸集注：“中者，不偏不倚，無過不及之名。”原指儒家折中調和的“中庸之道”。現常用於指不偏袒某一方。

【不偢不倸】 bù chōu bù cǎi 不理睬。明蘇復之金印記周氏回家：“女婿功名不遂回來，一家人不偢不倸。”偢，亦作“瞅”；倸，亦作“睬”。

【不得要領】 bù dé yào lǐng 沒有掌握到事物的要點或關鍵。史記一二三大宛傳：“騫從月氏至大夏，竟不能得月氏要領。”清黃宗羲南雷文案四答張爾公論茅鹿門批評八家書：“鹿門（茅坤）八家之選，其指大略本之荆川（唐順之）、道思（王慎中），然其圈點勾抹，多不得要領。”

【不寒而栗】 bù hán ér lì 不寒冷而發抖，形容恐懼之極。栗，通“慄”。史記一二二義縱傳：“是日皆報殺四百餘人，其後郡中不寒而栗。”漢桓寬鹽鐵論周秦：“趙高以峻文決罪於内，百官以峭法斷割于外……百姓側目重足，不寒而慄。”文選漢楊子幼（惲）報孫會宗書：“下流之人，衆毀所歸，不寒而慄。”栗、慄，古今字。

【不期而會】 bù qī ér huì 沒有約定而遇見。穀梁傳隱八年：“八年春，宋公衛侯遇于垂。不期而會曰遇，遇者志相得也。”後亦作“不期而遇”。

【不欺暗室】 bù qī àn shì 雖處於無人得見之暗室，亦不作欺心敗德之事。漢劉向列女傳衛靈夫人有蘧伯玉“不爲冥冥墮行”語，故後稱蘧伯玉不欺暗室。唐駱賓王集一螢火賦：“類君子之有道，入暗室而不欺。”

【不間不界】 bù gān bù gà 不三不四。沒有着落。宋朱熹朱子語類三四論語十六：“聖人全體極至，沒那不間不界底事。”宋吳泳鶴林集二賦半齋送張清卿分教嘉定詩：“道如大路皆可遵，不間不界難爲人。”間界，今通作“尷尬”。

【不違農時】 bù wéi nóng shí 不耽誤農業耕作的季節。孟子梁惠王上：“不違農時，穀不可勝食也。”

【不稂不莠】 bù láng bù yǒu 原意謂禾苗中沒有稂、莠等野草。詩小雅大田：“既堅既好，不稂不莠。”後用以比喻不成材或沒有出息。明畢魏竹葉舟傳奇收秀：“一身無室無家，半世不稂不莠。”又虞楫想當然傳奇下奸妬：“天生濫賭雛閫，又愛踢毬清戲，弄得不稂不莠，美宅良田都棄。”亦作“不郎不秀”。見該條。

【不勝其煩】 bù shèng qí fán 極言煩雜瑣碎。宋陸游老學庵筆記三：“秦太師（檜）

當國,有謁者嘗執政矣,出爲建康留守,每發一書,則書百幅,擇十之一用之,于是不勝其煩,人情厭患。」

【不絕若綫】　bù jué ruò xiàn　如綫之將斷,比喻形勢危急。公羊傳僖四年:「南夷與北狄交,中國不絕若綫。」荀子彊國有「不絕若繩」。史記一〇一袁盎傳有「不絕如帶」。唐柳宗元柳先生集二十寄許京兆孟容書有「不絕如縷」。意思同。亦形容聲音將絕未絕,細微悠長。宋蘇軾經進東坡文集事略一赤壁賦:「餘音嫋嫋,不絕如縷。」

【不落窠臼】　bù luò kē jiù　不落俗套,有獨創性。紅樓夢七六:「這‘凸’、‘凹’二字,歷來用的人最少,如今直用作軒館之名,更覺新鮮,不落窠臼。」

【不遠千里】　bù yuǎn qiān lǐ　不以千里爲遠。管子小問:「公曰:‘來工若何?’管子對曰:‘三倍,不遠千里。’」孟子梁惠王上:「不遠千里而來,亦將有以利吾國乎?」

【不虞之譽】　bù yú zhī yù　意外的贊揚。孟子離婁上:「有不虞之譽,有求全之毀。」

【不經之談】　bù jīng zhī tán　缺乏根據、不盡情理之語。藝文類聚二三晉羊祜誡子書:「顧汝等言則忠信,行則篤敬,無口許人以財,無傳不經之談,無聽毀譽之語。」

【不寧唯是】　bù nìng wéi shì　不僅如此。寧,助詞,無義。左傳昭元年:「不寧唯是,又使圍蒙其先君。」

【不實不盡】　bù shí bù jìn　舊律用語,指犯人所供不真實、不完全。唐律疏議五名例犯罪未發自首:「即自首不實及不盡者,以不實不盡之罪罪之。」現在泛指人說話真真假假、躲躲閃閃爲不實不盡。

【不舞之鶴】　bù wǔ zhī hè　世說新語排調:「昔羊叔子(祜)有鶴善舞,嘗向客稱之。客試使驅來,氄氄而不肯舞。」後來譏笑他人或自謙無能多曰不舞之鶴。聊齋志異折獄:「(費禕祉)方宰淄時,松裁弱冠,過蒙器許,而駑鈍不才,竟以不舞之鶴,爲羊公辱。」

【不蔓不枝】　bù màn bù zhī　宋周敦頤周濂溪集八愛蓮說:「中通外直,不蔓不枝。」原指蓮梗光直而無分枝,後用以比喻説話或寫文章簡潔而不拖沓。枝,也作「支」。

【不遺餘力】　bù yí yú lì　竭盡全力。戰國策趙三:「虞卿曰:‘……且王之論秦也,欲破王之軍也,其不邪?’王曰:‘秦不遺餘力矣,必且破趙軍。’」宋王安石臨川集七七答陳柅書:「聖人之說,博大而閎深,要當不遺餘力以求之。」

【不辨菽麥】　bù biàn shū mài　分辨不出豆子和麥子,形容愚昧無知。左傳成十八年:「周子有兄而無慧,不能辨菽麥。」

【不謀而同】　bù móu ér tóng　未經事前計議,而彼此意見或行動相同。宋蘇軾東坡集二四居士集序:「士無賢不肖,不謀而同曰:歐陽子,今之韓愈也。」後多作「不謀而合」。清洪亮吉北江詩話二:「詩人用意,有不謀而合者。」

【不謀而合】　bù móu ér hé　見「不謀而同」。

【不學無術】　bù xué wú shù　漢書六八霍光傳贊:「然光不學亡術,闇於大理。」亡,通「無」。本謂說霍光不能學古,故所行不合於道術。後泛稱沒有學問、修養爲不學無術。

【不翼而飛】　bù yì ér fēi　沒有翅膀而能飛行,比喻自然傳播。管子戒:「無翼而飛者,聲也。」戰國策秦三:「且君擅主輕下之日久矣,聞三人成虎,十夫揉椎,衆口所移,毋翼而飛。故曰不如賜嬰軍吏而禮之。」毋,通「無」。後來也稱東西丟失爲不翼而飛。亦作「無翼而飛」。見該條。

【不豐不殺】　bù fēng bù shā　不奢不儉,適得其中。禮禮器:「禮不同,不豐不殺。」疏:「不豐者,應少不可多,是不豐也;不殺者,應多不可少也,是不殺也。」

【不識一丁】　bù shí yī dīng　新唐書張弘靖傳:「官屬輕侻醋肆,夜歸,燭火滿街,前後呵止,其詬責士皆曰反虜,嘗曰:‘天下無事,而輩挽兩石弓,不如識一丁字。’軍中以氣自任,銜之。」後稱粗魯無文爲不識一丁。

【不識大體】　bù shí dà tǐ　不知禮儀、法度、品節等之主要者。宋書南郡王義宣傳:「朝廷所下制度,意所不同者,一不遵承。嘗獻世祖酒,先自酌飲,封送所餘,其不識大體如此。"

【不識時務】 bù shí shí wù 不認識時勢。後漢書三六張霸傳:"霸名行,欲與爲交,霸逡巡不答,衆人笑其不識時務。"三國志魏崔琰傳"有所不堪者,魯國孔融"注引張璠漢紀:"是時天下草創,曹(操)袁(紹)之權未分,(孔)融所建明,不識時務。"

【不癡不聾】 bù chī bù lóng 指故意不聞不問,裝聾作啞。釋名釋首飾填引里語:"不痴不聾,不成姑公。"唐馬總意林、太平御覽四九六並引慎子:"諺云:'……不聾不聾,不能爲公。'"六朝隋唐時,多作"不癡不聾"。見宋書庾炳之傳、隋書長孫平傳、唐趙璘因話錄等。

【不櫛進士】 bù zhì jìn shì 唐劉訥言諧謔錄不櫛進士:"關圖有妹能文,每語人曰:'有一進士,所恨不櫛耳。'"櫛,男子束髮用的梳篦。後稱有文才的女子爲不櫛進士。

【不驚寵辱】 bù jīng chǒng rǔ 見"寵辱不驚"。

【不以人廢言】 bù yǐ rén fèi yán 謂苟有善言可取,不計其人之品德。論語衛靈公:"君子不以言舉人,不以人廢言。"廣弘明集十九梁簡文帝(蕭綱)又請御講啟:"放光動地,不以法妨俗;隨機逗藥,不以人廢言。"

【不喫烟火食】 bù chī yān huǒ shí 烟火食,熟食。道教謂神仙或修道者不吃熟食,喻人有出世之想。詩話總龜九王直方詩話:"(張)文潛先與李公擇輩來余家作長句,後再同東坡來。東坡讀其詩,歎息云:'此不是喫烟火食人道底言語。'"後來也用於稱贊詩文立意高超,言詞清麗,不同凡俗。

【不可同日而語】 bù kě tóng rì ér yǔ 指兩方大異,不能相提並論。有天淵之別。戰國策趙二:"夫破人之與破於人也,臣人之與臣於人也,豈可同日而言之哉?"亦作"不可同年而語"。史記秦始皇紀賈誼曰:"試使山東之國與陳涉度長絜大,比權量力,則不可同年而語矣。"

【不打不成相識】 bù dǎ bù chéng xiāng shí 指經過爭鬥彼此互相了解,結交更能契合。水滸三八:"戴宗道:'你兩個今番卻做個至交的弟兄。常言道:不打不成相識'"明凌濛初初刻拍案驚奇十一:"那呂大見王生爲他受屈,王生見呂大爲他辯誣,俱各致個不安,互相感激,這叫做不打不成相識,以後遂不絕往來。"

【不怕官,只怕管】 bù pà guān zhǐ pà guǎn 指在人管轄之下,聽命於人。水滸二:"他(高俅)今日發迹,得做殿帥府太尉,正待要報仇,我不想正偎他管!自古道:'不怕官,只怕管',俺如何與他爭得?"水滸七:"林沖道:……自古道不怕官,只怕管,林沖不合吃着他的請受,權且讓他這一次。"

【不當家花拉的】 bù dāng jiā huā lā de 北方方言,指不當、不應該,有罪過。家即價,結構助詞;花拉,語尾,都無實義。紅樓夢二八:"王夫人聽了道:'阿彌陀佛,不當家花拉的!就是填海有,人家死了幾百年,這會子翻屍盜骨的,作了藥也不靈。'"清文康兒女英雄傳七:"那老婆兒哭眼抹淚的說道:阿彌陀佛,說他不當家花拉的!這位大嫂一拉就把我們拉在那地窖子裏。落後那大師傅也來了,要把我們留下。"亦作"不當家花花的"、"不當家化化的"。

【不當家花花的】 bù dāng jiā huā huā de 同"不當家花拉的"。明蘭陵笑笑生金瓶梅五一:"(西門慶)問月娘:'那個是薛姑子、賊胖禿淫婦,來我這裏做甚麼?'月娘道:'你好怎枉口拔舌,不當家花花的,罵他怎的,他惹着你來?'"亦作"不當家化化的"。語尾記音,無定字。金瓶梅九五:"(薛嫂)放下花箱,便磕下頭去。春梅道:'不當家化化的,磕甚麼頭?'"

【不如意事十八九】 bù rú yì shì shí bā jiǔ 晉羊祜一再上表請平吳,議者多非之。祜歎曰:"天下不如意事,恒十居七八。"見晉書羊祜傳。宋辛棄疾稼軒詞賀新郎用題傅巖叟悠然閣再賦詞:"歎人生,不如意事十常八九。"陸游劍南詩稿八新津小宴之明日欲遊修覺寺以雨不果呈范舍人:"不如意事十八九,正用此時風雨來。"亦作"不如意事常八九"。宋方岳秋崖小稿八別子才司令:"不如意事常八九,可與語人無二三。"

【不如意事常八九】 bù rú yì shì cháng bā jiǔ 見"不如意事十八九"。

【不到黃河心不死】 bù dào huáng hé xīn bù sǐ 比喩不見結局不肯罷休。李寶嘉官場現形記十七:"周老爺道:這種人不到黃河心不死,現在橫豎我們總不落好,索性給他一個一不做,二不休,你看如何?"

【不是冤家不聚頭】 bù shì yuān jiā bù jù tóu 多指男女情事而言。1.指有緣結爲夫婦。京本通俗小説西山一窟鬼記王婆爲秀才吳洪説媒:"這個不是冤家不聚會,好教官人得知,卻有一頭好親在這裏。"明王驥德韓夫人題紅記十九溪口收春:"休,休,不是冤家不聚頭。悠悠,一種相思兩處愁。"2.指關係密切而又有爭端疑忌。紅樓夢二九回記寶玉與黛玉因細故争吵,賈母急的抱怨説:"我這老冤家,是那世裏孽障,偏生遇見這麼兩個不省事的小冤家,没有一天不叫我操心,真是俗語説的,不是冤家不聚頭。"

【不看僧面看佛面】 bù kàn sēng miàn kàn fó miàn 謂應推愛照顧。明馮夢龍醒世恆言十五:"不看僧面看佛面,休把淫心雜道心。"

【不患寡而患不均】 bù huàn guǎ ér huàn bù jūn 謂治理國家不患土地人民之寡少,而患政務之不均平。論語季氏:"丘也聞有國有家者,不患寡而患不均,不患貧而患不安。蓋均無貧,和無寡,安無傾。"唐盧仝玉川子詩集二高古詩之三:"古來不患寡,所患民不均。"

【不管三七二十一】 bù guǎn sān qī èr shí yī 不顧一切,不慮後果。明馮夢龍警世通言三二:"只一件,須是三日内交付與我。左手交銀,右手交人。若三日没有銀時,老身也不管三七二十一,公子不公子,一頓孤拐,打那光棍出去,那時莫怪老身。"

【不入虎穴,焉得虎子】 bù rù hǔ xué, yān dé hǔ zǐ 比喩不冒風險,就不能取得成功。後漢書四七班超傳:"不入虎穴,不得虎子。"三國演義七十:"不入虎穴,焉得虎子?"

【不可無一,不可有二】 bù kě wú yī, bù kě yǒu èr 謂人之意趣異常,不足爲訓。南齊書張融傳:"融風止詭越,坐常危膝,行則曳步,翹身仰首,意制甚多。隨例同行,常稽遲不進。太祖素奇愛融,爲太尉時,時與融款接,見融常笑曰:'此人不可無一,不可有二。'"宋何遠春渚紀聞七米元章遭遇:"上顧蔡京曰:'(米芾)顛名不虛得也。'京奏曰:'芾人品誠高,所謂不可無一,不可有二者也。'"

【不因一事,不長一智】 bù yīn yī shì, bù zhǎng yī zhì 謂智慧因閱歷而增加。宋悟明輯聯燈會要十八道顏禪師:"老趙州(釋從諗)十八以上便解破家散宅,徒爲戲論,雖然如是,不因一事,不長一智。"後多作"不經一事,不長一智"。紅樓夢六十:"俗話説:'不經一事,不長一智。'我如今知道了,你又該來支問着我了。"

【不塞不流,不止不行】 bù sè bù liú, bù zhǐ bù xíng 唐韓愈昌黎集十二原道:"(孟)軻之死,不得其傳焉。……然則如之何而可也?曰:不塞不流,不止不行。人其人,火其書,廬其居,……其亦庶乎其可也。"原指對佛教、道教如不加阻塞,儒教就不能得到推行。現在借以説明不破除舊的反動的東西,新的革命的東西就建立不起來。

【不聽好人言,必有悽惶淚】 bù tīng hǎo rén yán, bì yǒu xī huáng lèi 不接受善意規勸,必將後悔悲傷。明馮夢龍醒世恆言六:"王臣若是個見機的,聽了衆人言語,把那册書擲還狐精,卻也罷了。只因他是個倔强漢子,不依衆人説話,後來被那狐把他個家業弄得七零八落。正是:不聽好人言,必有悽惶淚。"今俗語作"不聽好人言,饑荒在眼前"。

【不是東風壓了西風,就是西風壓了東風】 bù shì dōng fēng yā le xī fēng, jiù shì xī fēng yā le dōng fēng 比喩矛盾雙方,不是這方壓倒那方,就是那方壓倒這方。紅樓夢八二:"但凡家庭之事,不是東風壓了西風,就是西風壓了東風。"

【世外桃源】 shì wài táo yuán 晉陶潛陶淵明集五桃花源記:"自云:先世避秦時亂,率妻子邑人來此絕境,不復出焉,遂與外人間隔。問今是何世?乃不知有漢,無論魏晉。"後把虛構之美好境界稱爲世外桃源，本此。

【世掌絲綸】 shì zhǎng sī guān 禮緇衣："王言如絲，其出如綸。"後來中書省代皇帝草擬詔旨，稱爲掌絲綸。父子或祖孫相繼在中書省任職者稱爲世掌絲綸。唐杜甫杜工部草堂詩箋十二奉和賈至舍人早朝大明宮舍人先世掌絲綸："欲知世掌絲綸美，池上于今有鳳毛。"

【世上無難事，只怕有心人】 shì shàng wú nán shì, zhǐ pà yǒu xīn rén 謂成事在人，必須專心一志，始克有功。明馬佶人荷花蕩下十："正是世間無難事，只怕有心人。"西遊記二："世上無難事，只怕有心人。"

【且住爲佳】 qiě zhù wéi jiā 勸人暫留的話。晉人有且住爲佳帖。宋辛棄疾稼軒詞四霜天曉角旅興："玉人留我醉，明日落花寒食，得且住爲佳耳。"參閱清徐釚詞苑叢談三。

【且食蛤蜊】 qiě shí gé lí 南史王弘傳附王融："(王融)詣王僧佑，因遇沈昭略，未相識。昭略屢顧盼，謂主人曰：'是何年少？'融殊不平，謂曰：'僕出于扶桑，入于暘谷，照耀天下，誰云不知，而卿此問？'昭略云：'不知許事，且食蛤蜊。'"即姑置不問之意。宋虞儔尊白堂集二雪晴後書懷詩："咄咄那容許事，尊前且食蛤蜊休。"

【並行不悖】 bìng xíng bù bèi 同時進行，互不妨礙。禮中庸："道並行而不相悖。"

【並駕齊驅】 bìng jià qí qū 齊頭並進。南朝梁劉勰文心雕龍附會："是以駟牡異力，而六轡如琴；並駕齊驅，而一轂統輻。"用以比喻不相上下。宣和畫譜一："何長壽與范長壽同師法，故所畫相類，然一源而異派，論者次之，至于並駕齊驅，得名則均也。"

｜ 部

【中流底柱】 zhōng liú dǐ zhù 底柱，山名，屹立在三門峽附近的黃河中流。故常用中流底柱比喻能頂住危局的堅強力量。宋朱熹朱文公集二四與陳侍郎書："而二公在朝，天下望之，屹立若中流底柱，有所恃而不恐。"底柱，又作"砥柱"。宋陳亮龍川集與彭子壽祭酒："亮向者得台翰回報之後，仰止道誼，不任此情。班行之有門下，屹然如中流之砥柱。"元詩選劉麟瑞昭忠逸詩饒州守臣唐公："太常定諡應無忝，贏得中流砥柱名。"亦作"砥柱中流"。見該

條。

【中流砥柱】 zhōng liú dǐ zhù 見"中流底柱"。

【中流擊楫】 zhōng liú jī jí 東晉初，祖逖任豫州刺史，渡江北伐苻秦，中流擊楫而誓曰："祖逖不能清中原而復濟者，有如大江！"見晉書逖傳。後用以比喻決心收復失地的壯烈氣概。明劉基誠意伯集十七題陳大初畫扇詩："新亭滿眼神州淚，未識中流擊楫人。"

、 部

【丹書鐵券】 dān shū tiě quàn 見“丹書鐵契”。

【丹書鐵契】 dān shū tiě qì 帝王頒賜功臣使其世代享受免罪特權的契券。因其以丹書寫於鐵板之上，故名。漢書高帝紀下：“又與功臣剖符作誓，丹書鐵契，金匱石室，藏之宗廟。”亦作“丹書鐵券”。抱朴子廣喻：“丹書鐵券，刺牲歃血，不能救違約之弊，則難以結繩檢矣。”後漢書二十祭遵傳范升疏：“丹書鐵券，傳於無窮。”

【主敬存誠】 zhǔ jìng cún chéng 易乾：“庸言之信，庸言之謹，閑邪存其誠。”禮少儀：“賓客主恭，祭祀主敬。”皆只泛言誠敬。宋代理學家特重視之，以爲修身之本。

丿 部

【久安長治】 jiǔ ān cháng zhì 國家長期安寧鞏固。漢書四八賈誼傳：“建久安之勢，成長治之業。”清汪琬堯峰文鈔八兵論：“而其道遂出于萬全，此漢宋之所以久安長治與?”亦作“長治久安”。見該條。

【久仰山斗】 jiǔ yǎng shān dǒu 新唐書韓愈傳贊：“學者仰之，如泰山北斗。”後以“久仰山斗”爲初見致敬之辭。清蒲松齡聊齋志異青鳳：“生曰：‘我狂生耿去病，主人之從子耳。’叟致敬曰：‘久仰山斗。’”

【久病成醫】 jiǔ bìng chéng yī 病久而熟悉病理藥性，有如醫生。即左傳定十三年“三折肱，知爲良醫”之意。楚辭屈原九章惜誦“九折臂而成醫兮”注：“言人九折臂，更歷方藥，則成良醫。”

【久假不歸】 jiǔ jiǎ bù guī 借人之物久不歸還。孟子盡心上：“久假不歸，惡知其非有也。”宋王明清揮塵錄後錄七：“煨爐之餘，所存不多，諸姪輩不能謹守，又爲親戚盜去，或他人久假不歸。”

【久旱逢甘雨】 jiǔ hàn féng gān yǔ 形容盼望已久，終於如願的得意心情。宋洪邁容齋隨筆四筆八得意失意詩引傳誦的世人得意詩：“久旱逢甘雨，他鄉見故知。”

【久聞大名，如雷貫耳】 jiǔ wén dà míng, rú léi guàn ěr 初見時致敬稱頌之辭。多見於戲曲小說。三國演義三九：“玄德下拜曰：漢室末胄，涿郡愚夫，久聞先生大名，如雷貫耳。”

【之乎者也】 zhī hū zhě yě 四字都是古漢語的語助字。南朝梁劉勰文心雕龍章句：“之、而、於、以者，乃剳句之舊體；乎、哉、矣、也，亦送末之常科。”唐宋筆記小說常以“之乎者也”連用，指讀書人的本分。敦煌零拾五歎五更：“之乎者也都不識，如今嗟歎始悲吟。”宋僧文瑩湘山野錄中：“太祖皇帝將展外城，幸朱雀門，親自規畫，獨趙韓王普從幸。上指門額問普曰：‘何不祇書朱雀門，須著之字安用?’普對曰：‘語助。’太祖笑曰：‘之乎者也，助得甚事?'"（說郛本）譏諷書生惟知掉文，無補實際，語意雙關。元明雜劇元關漢卿關大王獨赴單刀會四："我跟前使不着你之乎者也，詩云子曰，早該豁口截舌。"亦作"者也之乎"。見該條。

【之死靡它】 zhī sǐ mǐ tuō 至死不變。詩鄘風柏舟："之死矢靡它。"明李贄焚書四雜述："忠臣挾忠……則臨難自奮，之死靡它。"

【丢三忘四】 diū sān wàng sì 謂健忘。紅樓夢七二："我如今竟糊塗了，丢三忘四，惹人抱怨，竟大不像先了。"亦作"丢三落四"。紅樓夢六七："咱們家沒人，俗語說的'夯雀兒先飛'，省的臨時丢三落四的不齊全，令人笑話。"

【丢三落四】 diū sān là sì 見"丢三忘四"。

【丢盔卸甲】 diū kuī xiè jiǎ 形容失敗後的狼狽相。元孔文卿東窗事犯一："諕得禁軍八百萬丢盔卸甲。"

【丢下耙兒弄掃帚】 diū xià pá er nòng sào zhou 形容事務繁多，忙碌不停。紅樓夢四七："你一個媳婦雖然幫着，也是天天丢下耙兒弄掃帚。"

【乘車戴笠】 chéng chē dài lì 乘車，喻富貴；戴笠，喻貧賤。初學記十八引晉周處風土記："越俗性率朴，初與人交有禮，封土壇，祭以犬鷄，祝曰：'卿雖乘車我戴笠，後日相逢下車揖。我步行，卿乘馬，後日相逢卿當下。'"又見太平御覽四〇六。後來以乘車戴笠指故舊之交。唐元稹長慶集八酬東川李相公十六韻附啟："昔楚人始交，必有乘車戴笠，不忘相揖之誓，誠以爲富貴不相忘之難也。"宋王邁臞軒集十六寄延平史君馬德大天驥詩之二："乘車戴笠俱隨分，懷美人兮心奮飛。"

【乘肥衣輕】 chéng féi yī qīng 論語雍也："子曰：赤（公西華）之適齊也，乘肥馬，衣輕裘。吾聞之也，君子周急不繼富。"又公冶長："子路曰：願車馬，衣輕裘，與朋友共，敝之而無憾。"省作"乘肥衣輕"，以言富貴。世說新語簡傲"鍾士季精有才理"注引魏氏春秋："（鍾）會名公子，以才能貴幸，乘肥衣輕，賓從如雲。"

【乘風破浪】 chéng fēng pò làng 南朝宋宗慤少時，叔父炳問其志，曰："願乘長風，破萬里浪。"見宋書本傳。後因以乘風破浪指志向遠大，氣概豪邁。宋李洪芸菴類稿五偶作詩："乘風破浪非吾事，暫借僧窗永日眠。"

【乘堅策肥】 chéng jiān cè féi 乘好車，騎好馬。形容生活豪奢。漢書食貨志上鼂錯論貴粟疏："乘堅策肥，履絲曳縞。"亦作"乘堅驅良"、"乘輕驅肥"。史記越王句踐世家："乘堅驅良逐狡兔，豈知財所從來。"晉書傅咸傳上書："古者大夫乃不徒行，今之賤隸乘輕驅肥。"

【乘堅驅良】 chéng jiān qū liáng 見"乘堅策肥"。

【乘輕驅肥】 chéng qīng qū féi 見"乘堅策肥"。

【乘僞行詐】 chéng wěi xíng zhà 弄虛作假。漢劉向列女傳三晉范氏母："夫伐功施勞，鮮能布仁；乘僞行詐，莫能久長。"

【乘罅抵巇】 chéng xià dǐ xī 鑽空子，利用人之漏洞。罅、巇，俱指間隙。宋史杜範傳："願進退人才，悉參以國人之論，則乘罅抵巇者無所投其間。"

乙　部

【九牛一毛】 jiǔ niú yī máo 極多數中的｜極少數。比喻微不足道。漢書六二司馬遷傳報任安書：“假令僕伏法受誅，若九牛亡一毛，與螻蟻何異？”唐杜牧樊川集三洛中監察病假滿送韋楚老拾遺歸朝詩：“獨鶴初沖太虛空，九牛新落一毛時。”宋朱熹朱文公集十六繳納南康任滿合奏稟事件狀：“此與大農之經費，不足以當九牛之一毛。”亦省作“九牛毛”。晉書華譚傳：“或問譚曰：諺言：‘人之相去如九牛毛，寧有此理乎？’”

【九牛二虎】 jiǔ niú èr hǔ 詩邶風簡兮：“有力如虎，執轡如組。”列子仲尼：“吾之力者，能裂犀兕之革，曳九牛之尾。”後因以九牛二虎形容非常之大力。孤本元明雜劇元鄭德輝虎牢關三戰呂布楔子：“兄弟，你不知他靴尖點地，有九牛二虎之力，休要放他小歇。”

【九死一生】 jiǔ sǐ yī shēng 形容處於生死關頭，情況十分危急。文選戰國楚屈原離騷“雖九死其猶未悔”唐劉良注：“雖九死無一生，未足悔恨。”元曲選王仲文救孝子賢母不認屍一：“您哥乾劍洞檜林快斲殺，九死一生不當個耍。”

【九原可作】 jiǔ yuán kě zuò 國語晉八：“趙文子（武）與叔向遊於九原曰：‘死者若可作也，吾誰與歸！’”鮑彪本作“九京”。後來設想已死之人再生為九原可作。唐杜牧樊川文集二長安雜題長句詩之四：“九原可作吾誰與？師友琅琊邴曼容。”

【九鼎大呂】 jiǔ dǐng dà lǚ 古代國家的寶器。史記平原君傳：“毛先生一至楚，而使趙重於九鼎大呂。”相傳九鼎為夏禹所鑄，大呂為周朝大鐘。以喻其言之貴重。

【九霄雲外】 jiǔ xiāo yún wài 形容極其高遠的地方。水滸七四：“任原此時有心恨不得把燕青丟去九霄雲外，跌死了他。”古今雜劇元鄭德輝㑳梅香騙翰林風月四：“那窮酸每一投得了官呵，胸脯在九霄雲外。”此喻目中無人。紅樓夢二八：“黛玉聽了這話，不覺將昨晚的事都忘在九霄雲外了。”此喻為無形無蹤。

【乞兒乘車】 qǐ ér chéng chē 諷刺官職提升之快。三國志魏鄧艾傳附州泰傳注引世語：“宣王（司馬懿）為泰會，使尚書鍾繇調泰：‘君釋褐登宰府，三十六日擁麾蓋，守兵馬郡，乞兒乘小車，一何駛乎？’”

【乞漿得酒】 qǐ jiāng dé jiǔ 比喻所得超過所求。宋曾慥類說三五引意林：“袁惟正書曰：歲在申酉，乞漿得酒。”李石續博物志一作“太歲在丑，乞漿得酒。”

【乾啼濕哭】 gān tí shī kū 猶言哭哭啼啼。北齊書尉景傳：“景有果下馬，文襄（高澄）求之，景不與，……神武（高歡）對景及常山君責文襄而杖之，常山君泣救之。景曰：‘小兒慣去放使作心腹，何須乾啼濕哭不聽打耶！’”元王沂伊濱集六書事詩：“暮三朝四裏，乾啼濕哭中。”

【亂臣賊子】 luàn chén zéi zǐ 封建時代謂反對朝廷之人為亂臣賊子。亦以誣衊起義、反抗的人民。孟子滕文公下：“孔子成春秋而亂臣賊子懼。”後漢書七二董卓傳：“汝等凶逆，逼迫天子，亂臣賊子未有如汝者。”指李傕。

【亂頭粗服】 luàn tóu cū fú 散髮不理，服裝不精。形容不事修飾。見“麤服亂頭”。

【亂點鴛鴦】 luàn diǎn yuān yāng 舊時用鴛鴦比喻夫妻，將兩對夫妻交互錯配曰亂點鴛鴦。醒世恆言八有喬太守亂點鴛鴦譜，京劇花田錯亦曰亂點鴛鴦譜。

亅 部

【了身達命】 liǎo shēn dá mìng 佛家所謂徹底了悟、超凡出世的意思。水滸九十：“數載之前，已知魯智深是個了身達命之人。”又一一四：“尋個了身達命之處。”

【予取予求】 yú qǔ yú qiú 從我這裏取求。左傳僖七年：“唯我知女，女專利而不厭，予取予求，不女疵瑕也。"後指任意取求。

【事不由己】　shì bù yóu jǐ　謂須聽命於人。宋王讜唐語林三規箴："肅宗抱小公主，顧山人李唐曰：'念之勿怪。'唐曰：'太上皇亦應思陛下。'肅宗泫涕。是時張氏已用，事不由己矣。"

【事半功倍】　shì bàn gōng bèi　用力小而功效大。孟子公孫丑上："故事半古之人，功必倍之，惟此爲然。"六韜龍韜："夫必勝者，先見弱於敵而後戰者也，故事半而功倍。"(羣書治要本)唐白居易長慶集四五策林一不勞而理在順人心立教："此由捨己而從衆，是以事半而功倍也。"

【事與心違】　shì yǔ xīn wéi　見"事與願違"。

【事與願違】　shì yǔ yuàn wéi　事實與願望相違背。文選三國魏嵇叔夜(康)幽憤詩："事與願違，遘茲淹留。"亦作"事與心違"。宋歐陽修文忠集十二紀德陳情上致政太傅杜相公詩："貌先年老因憂國，事與心違始乞身。"

【事不關心，關心者亂】　shì bù guān xīn，guān xīn zhě luàn　謂當事人往往難於冷靜思考，決定辦法。元關漢卿錢大尹智寵謝天香二："事不關心，關心者亂。"

【事出有因，查無實據】　shì chū yǒu yīn，chá wú shí jù　指傳聞不實，雖有緣由而無確證。舊時官場多以此語爲藉口，不認真查辦案件，敷衍了事。李寶嘉官場現形記三三："藩臺回省，查的參案，預先請過制臺的示，無非是事出有因，查無實據，大概的洗刷一個乾乾淨淨……制臺據詳奏了出去。"

二　　部

【二三君子】　èr sān jūn zǐ　諸君。省稱"二三子"。左傳昭十六年："二三君子請皆賦，起(韓宣子)亦以知鄭志。"

【二心兩意】　èr xīn liǎng yì　意志不專一、不堅定。漢王充論衡調時："非有二心兩意，前後相反也。"亦作"三心二意"。見該條。

【二分明月】　èr fēn míng yuè　全唐詩四七四徐凝憶揚州："天下三分明月夜，二分無賴是揚州。"謂天下明月三分，揚州占其二，形容當日揚州的繁華。

【二缶鍾惑】　èr fǒu zhōng huò　喻是非不明。莊子天地："以二缶鍾惑，而所適不得矣。"王先謙集解："缶、鍾皆量器，缶受四斛，鍾受八斛。以二缶鍾惑，不辨缶鍾所受多寡也。持以爲量，芒乎無所適從矣。"

【二惠競爽】　èr huì jìng shuǎng　二惠指春秋齊惠公之孫公孫蠆(子雅)和公孫竈(子尾)。左傳昭三年："齊公孫竈卒……晏嬰曰：'……二惠競爽猶可，又弱一个焉，姜其危哉。'"姜，齊姓。競爽，爭爲光榮。後來用"二惠競爽"爲稱頌別人兩兄弟之詞。

【二滿三平】　èr mǎn sān píng　平穩，過得去。宋陳亮龍川詞三部樂："小屈穹廬，但二滿三平，共勞均佚。"又洪咨夔平齋詞柳梢青："二滿三平，粗衣淡飯，鐘鼎山林。"亦作"三平二滿"。見該條。

【二桃殺三士】　èr táo shā sān shì　傳說齊景公時，有公孫接田開疆古冶子三勇士，恃功驕傲。晏嬰勸景公除去三人，於是設計讓景公送去二桃，使三人論功取食。三人互不相讓，爭論起來，先後自殺。見晏子春秋諫下二。後來常用此語比喻施用陰謀殺人。樂府詩集四一三國蜀諸葛亮梁甫吟："一朝被讒言，二桃殺三士。"

【井井有條】　jǐng jǐng yǒu tiáo　謂治事法度詳明，條理清楚。荀子儒效："井井兮

其有理也。"注："井井，良易之貌。理，有條
理也。"宋樓鑰攻媿集五七徑山興聖萬壽
禪寺記："按圖而作，井井有條。"又六一通
邵領判啟："試以劇繁，井井有條而不紊。"
清吳敬梓儒林外史十三："魯小姐上侍媚
姑，下理家政，井井有條，親戚無不稱羨。"

【井中視星】　jǐng zhōng shì xīng　坐井
觀天的意思。形容見識狹隘。尸子廣澤：
"因井中視星，所見不過數星。"

【井底之蛙】　jǐng dǐ zhī wā　莊子秋水：
"井䁖不可以語於海者，拘於虛也。"䁖，古
"蛙"字。後以喻目光淺短、見識狹隘之人。
漢劉珍等東觀漢記十二馬援傳："子陽，井
底䁖耳。"子陽，公孫述字。後漢書馬援傳
䁖作蛙。注："言述志識褊狹，如坎井之
蛙。"

【井水不犯河水】　jǐng shuǐ bù fàn hé
shuǐ　比喻互不相干，並無衝突。紅樓夢六
九："我和他井水不犯河水，怎麼就冲了
他？"

【五方雜厝】　wǔ fāng zá cuò　謂住戶來
自各地，習俗不一。漢書地理志下："漢興，
立都長安，徙齊諸田，楚屈、昭、景及諸功
臣於長陵。後世世徙吏二千石、高訾富人
及豪桀并兼之家於諸陵……是故五方雜
厝，風俗不純。亦作"五方雜處"。

【五尺之童】　wǔ chǐ zhī tóng　指尚未成
年的兒童。古尺短，故稱五尺之童。孟子滕
文公上："雖使五尺之童適市，莫之或欺。"
晉書李密傳陳情表："外無朞功強近之親，
內無應門五尺之童。"也簡稱五尺。

【五日京兆】　wǔ rì jīng zhào　漢京兆尹
張敞，以楊惲案牽連被劾。部下賊捕掾絮
舜以爲敞即將罷官，拒絕執行其命令，曰：
"今五日京兆耳，安能復案事？"敞因捕舜
入獄，曰："五日京兆竟何如？"將舜處死。
見漢書七六張敞傳。後把任職時間短暫，
或凡事不作長遠打算的稱爲五日京兆。宋
趙鼎臣竹隱畸士集九："時可投劾勇去，頃
刻不可留，雖子磐亦自謂五日京兆也。"

【五月飛霜】　wǔ yuè fēi shuāng　舊說戰
國時，鄒衍事燕惠王，被誣枉下獄，鄒仰天
而哭，時當五月，天爲之下霜。後用此比喻
冤獄。唐李白李太白詩二古風之三七："燕
臣昔慟哭，五月飛秋霜。"

【五月披裘】　wǔ yuè pī qiú　晉皇甫謐
高士傳上披裘公："披裘公者，吳人也。延
陵季子出遊，見道中有遺金，顧披裘公曰：
'取彼金。'公投鐮瞋目，拂手而言曰：'何
子處之高而視人之卑？五月披裘而負薪，
豈取金者哉！'"事又見韓詩外傳十。後以
"五月披裘"比喻清廉，孤高自賞。亦作"披
裘負薪"。見該條。

【五世同堂】　wǔ shì tóng táng　也作五
世同居、五代同居。指自高祖至玄孫，五代
並存，不分家而同居。舊時稱頌大家庭上
下和睦相處，多用此語。

【五世其昌】　wǔ shì qí chāng　春秋時，
陳國公子陳完出奔齊國，齊大夫懿仲欲以
女嫁之。卜人占卜，有"五世其昌，並於正
卿"之語，意謂五世以後，子孫昌盛，可以
與卿並列。見左傳莊二二年、史記陳杞世
家。後多用作祝頌新婚之詞。

【五光十色】　wǔ guāng shí sè　形容景
色煥發多彩。梁江淹江文通集二麗色賦：
"其少進也，如綵雲出崖，五光徘徊，十色
陸離。"

【五色無主】　wǔ sè wú zhǔ　恐懼而神色
不定。漢劉向新序五雜事："葉公見之，弃
而還走，失其魂魄，五色無主。"

【五行並下】　wǔ háng bìng xià　誇張形
容讀書敏捷神速。後漢書四八應奉傳："奉
少聰明，自爲童兒及長，凡所經履，莫不暗
記。讀書五行並下。亦作"五行俱下"。三
國志魏應瑒傳注引華嶠漢書："瑒祖奉，
字世叔。才敏，善諷誦，故世稱應世叔讀
書，五行俱下。"

【五行俱下】　wǔ háng jù xià　見"五行並
下"。

【五言長城】　wǔ yán cháng chéng　新唐
書一九六秦系傳："(秦系)與劉長卿善，以
詩相贈答。權德輿曰：'長卿自以爲五言長
城，系用偏師攻之，雖老益壯。'"長城，喻
固守人不能勝。後以五言長城稱贊善作五
言詩者。又五代南唐劉洞擅長五言詩，自
號爲"五言金城"。見宋馬令南唐書儒者
傳。

【五言金城】　wǔ yán jīn chéng　見"五言
長城"。

【五步成詩】　wǔ bù chéng shī　形容作

詩敏捷。據全唐詩一一五記載，唐開元初史青上書皇帝，自稱善作詩，說：「子建（曹植）七步，臣五步之內，可塞明詔。」玄宗試以除夕、上元、竹火籠等題，史青均脫口成篇。今存應詔賦得除夜一首。

【五角六張】　wǔ jué liù zhāng　乖角，七顛八倒。唐鄭棨開天傳信記劉朝霞俳諧文：「今日是千年一遇，叩頭莫五角六張。」宋王安石臨川集三七清平樂詞：「丈夫運用堂堂，且莫五角六張。」宋馬永卿嬾真子一：「世言五角六張，此古語也。……五角六張，謂五日遇角宿，六日遇張宿，此兩日作事，多不成。」參閱清沈濤銅熨斗齋隨筆七五角六張。

【五花八門】　wǔ huā bā mén　五花，即五行陣；八門，即八門陣。本是古代兵法中的陣名。後用來比喻事物花樣繁多，變化莫測。清吳敬梓儒林外史四二：「那小戲子……跑上場來，串了一箇五花八門。」或作「八門五花」。明王世貞弇州山人四部稿一一七李于鱗：「僕時謂足下文如韓淮陰連百萬衆，多多益善，八門五花，變化奇出莫測。」

【五風十雨】　wǔ fēng shí yǔ　意謂風調雨順。漢王充論衡是應：「風不鳴條，雨不破塊。五日一風，十日一雨。」舊五代史刑法志晉開運二年邊玕上封事：「伏乞特降詔勅，自今後諸道並委長吏，五日一度當面共同錄問，所冀處法者無恨，銜冤者獲申，俾令四海九州，咸歌聖德，五風十雨，永致昌期。」宋詩鈔王炎雙溪詩鈔豐年謠之一：「五風十雨天時好，又見西郊稻秫肥。」

【五雀六燕】　wǔ què liù yàn　九章算術八方程有一道題：「今有五雀六燕，集稱之衡，雀俱重，燕俱輕；一雀一燕交而處，衡適平；并燕雀重一斤。問：燕雀一枚，各重幾何？」後來借喻兩者輕重相差無幾。

【五湖四海】　wǔ hú sì hǎi　泛指各地。全唐詩八五七呂巖絕句：「斗笠為帆扇作舟，五湖四海任遨遊。」宋李洪芸庵類藁五謁皇甫清虛詩：「五湖四海仰儀形，道貌天真孰可名。」

【五經掃地】　wǔ jīng sǎo dì　喻喪盡文人體面，猶言斯文掃地。新唐書一〇九祝欽明傳：「帝與羣臣宴，欽明自言能八風舞，帝許之。欽明體肥醜，據地搖頭轉目，左右顧眄，帝大笑。吏部侍郎盧藏用歎曰：『是舉五經掃地矣。』」

【五體投地】　wǔ tǐ tóu dì　指兩肘、兩膝及頭部着地之致敬儀式。古印度致敬儀式有九等，表示最尊敬者爲五體投地。楞嚴經一：「阿難聞已，重復悲淚，五體投地，長跪合掌。」後以表示誠心敬服，傾倒備至。梁書中天竺國傳：「天監初，其王屈多遣長史竺羅達表奏曰：『……今以此國羣臣民庶，山川珍重，一切歸屬，五體投地，歸誠大王。』」參閱釋道誠釋氏要覽中禮數。

【五十步笑百步】　wǔ shí bù xiào bǎi bù　孟子梁惠王上：「孟子對曰：『王好戰，請以戰喻。填然鼓之，兵刃既接，棄甲曳兵而走，或百步而後止，或五十步而後止。以五十步笑百步則何如？』曰：『不可，直不百步耳，是亦走也。』」後用以比喻自己跟別人有同樣的缺點或錯誤，卻以自己程度較輕而嘲笑別人。又用以比喻兩者的缺點、錯誤雖有程度差別而實質相同。

【五百年前是一家】　wǔ bǎi nián qián shì yī jiā　舊時同姓相見，拉攀關係，常用這一套語。元曲中常見。元曲選鄭廷玉布袋和尚忍字記楔子：「可不道一般樹上無有兩般花，五百年前是一家。」古今雜劇元缺名降桑椹蔡順奉母一：「老身姓延，這個壯士也姓延，我想來一般樹上那得兩般花？俺五百年前是一家。」

【亞肩疊背】　yà jiān dié bèi　肩并肩，背挨背，形容人多擁擠。水滸一二〇：「只見一簇人亞肩疊背的圍着一個漢子，赤着上身，在那陰涼樹下，吆吆喝喝地使棒。」

亠 部

【亡羊補牢】 wáng yáng bǔ láo 比喻出了差錯後要及時補救。戰國策楚四："臣聞鄙語曰：'見兔而顧犬，未爲晚也；亡羊而補牢，未爲遲也。'"宋 陸游 劍南詩稿六八秋興之八："懲羹吹虀豈其非，亡羊補牢理所宜。"

【亡國大夫】 wáng guó dà fū 禮 射儀："（子路）曰：'賁（敗）軍之將，亡國之大夫與爲人後者，不入，其餘皆入。'"疏："亡國之大夫者，謂亡君之國，言不忠且無智也。"後來王朝易代，譏諷前朝舊臣曰亡國大夫，本此。

【亡國之音】 wáng guó zhī yīn 禮樂記："亡國之音哀以思，其民困。"又："桑間濮上之音，亡國之音也。其政散，其民流。"前者指國家將亡，人民困苦，故音樂也多哀思；後者指靡靡輕浮之樂；常和治世之音相對。

【亡戟得矛】 wáng jǐ dé máo 比喻有失有得。呂氏春秋離俗："齊晉相與戰，平阿之餘子，亡戟得矛，卻而去，不自快，謂路之人曰：'亡戟得矛，可以歸乎？'路之人曰：'戟亦兵也，矛亦兵也，亡兵得兵，何爲不可以歸？'去行，心猶不自快，遇高唐之孤叔無孫，當其馬前曰：'今者戰，亡戟得矛，可以歸乎？'叔無孫曰：'矛非戟也，戟非矛也，亡戟得矛，豈亢責也哉？'"前者謂得失相當，後者謂得失不相當。

【交淡若水】 jiāo dàn ruò shuǐ 指道義之交。莊子山木："且君子之交淡若水，小人之交甘若醴。君子淡以親，小人甘以絕。"

【交淺言深】 jiāo qiǎn yán shēn 交情雖淺，言談卻很深切。戰國策趙四："客有見人於服子者，已而請其罪。服子曰：'公之客獨有三罪：望我而笑，是狎也；談語而不稱師，是倍（背）也；交淺而言深，是亂也。'客曰：'不然。夫望人而笑，是和也；言而不稱師，是庸說也；交淺而言深，是忠也。'"淮南子齊俗引此，服子作宓子，即宓子賤。戰國策秦三范睢說秦王，以交疏言深並舉，義同。

【交頭接耳】 jiāo tóu jiē ěr 湊近耳邊低聲密語。前漢春秋平話："第二，筵上不得交頭接耳。"元明雜劇元 關漢卿 關大王獨赴單刀會三："大小三軍，聽我將令，甲馬不許馳驟，金鼓不許亂鳴，不許交頭接耳，不許笑語喧嘩。"

【亦步亦趨】 yì bù yì qū 原指學生向老師學習。莊子田子方："顏淵問於仲尼曰：'夫子步亦步，夫子趨亦趨，夫子馳亦馳，夫子奔逸絕塵，而回瞠若夫後矣。'"後來指一意模仿或追隨別人。清 洪亮吉 北江詩話五："惟吾鄉邵山人長蘅，初所作詩，既描摹盛唐，苦無獨到，及一入宋商邱（犖）幕府，則又亦步亦趨，不能守其故也。"

人 部

【人一己百】 rén yī jǐ bǎi 別人用一倍 ┃ 力，自己則用百倍力，爲自強不落人後之意。禮中庸："人一能之，己百之；人十能之，己千之。果能此道矣，雖愚必明，雖柔必強。"

【人人自危】　rén rén zì wēi　人人恐怖不安，都有戒心。史記一〇〇欒布傳："今陛下一徵兵於梁，彭王病不行，而陛下疑以爲反。反形未見，以苛小案誅滅之，臣恐功臣人人自危也。"

【人亡物在】　rén wáng wù zài　睹物思人，表現對死者的懷念。紅樓夢八九回目："人亡物在，公子塡詞。"

【人亡政息】　rén wáng zhèng xī　見"人存政舉"。

【人才難得】　rén cái nán dé　事在人爲，得才匪易，故自古即有"人才難得"之歎。論語泰伯"武王曰：予有亂臣十人……孔子曰：才難不其然乎"三國魏何晏集解："周最盛多賢才，然而有一婦人，其餘九人而已。人才難得，豈不然乎？"南朝梁皇侃本"人"作"大"。宋史劉摯傳："摯與同列奏事論人才。摯曰：'人才難得，能否不一。性忠實而才識有餘，上也；才識不逮而忠實有餘，次也；有才而難保，可藉以集事，又其次也；懷邪觀望，隨時勢改變，此小人也，終不可用。'"

【人山人海】　rén shān rén hǎi　形容聚集的人極多。水滸五一："如今(白秀英)見在勾欄裏説唱諸般品調，每日有那一般打散，或是戲舞，或是吹彈，或是歌唱，賺得那人山人海價看。"明蘭陵笑笑生金瓶梅九十："月娘衆人蹺着高阜，把眼翻看，看見人山人海圍着，都看教師走馬耍解的。"

【人心如面】　rén xīn rú miàn　人心各異，如其面之不同。左傳襄三一年："子產曰：人心之不同，如其面焉，吾豈敢謂子面如吾面乎？"

【人心惟危】　rén xīn wéi wēi　謂人多私欲，心意難測。書大禹謨："人心惟危，道心惟微，惟精惟一，允執厥中。"

【人云亦云】　rén yún yì yún　人家説什麼，自己也跟着説什麼，沒有定見。中州集一金蔡松年槽聲同彥高賦詩："槽床過竹春泉句，他日人云吾亦云。"清葉燮原詩下四："夫非必謂人言之不可憑也；而彼先不能得吾心之是非者，又安能知人言之是非而是非之也……人云亦云，人否亦否，何爲者耶？"

【人中獅子】　rén zhōng shī zi　比喩出類拔萃的人，猶如獅子爲獸中之王。釋氏要覽下引治禪經後序："天竺大乘沙門佛陀斯那天才特拔，諸國獨步，內外博綜，無籍不練，世人咸曰人中師子。"師，通"獅"。

【人中騏驥】　rén zhōng qí jì　人中出羣之才。騏驥，駿馬。南史徐勉傳："及長好學，宗人孝嗣見之歎曰：此所謂人中之騏驥，必能致千里。"

【人生如寄】　rén shēng rú jì　人的生命短促，猶如暫時寄居世間。文選古詩十九首："人生忽如寄，壽無金石固。"又三國魏魏文帝(曹丕)善哉行："人生如寄，多憂何爲！"宋書樂志三作"人生若寄"。

【人生朝露】　rén shēng zhāo lù　謂人生短促，如朝露之瞬息即乾。漢書五四蘇武傳："人生如朝露，何久自苦如此？"

【人死留名】　rén sǐ liú míng　見"豹死留皮"。

【人存政舉】　rén cún zhèng jǔ　禮中庸："文武之政，布在方策。其人存，則其政舉；其人亡，則其政息。"本指爲政在乎人，得其人則政行，不得其人則政廢。後以"亡"作死亡解，因而指執政者死後其政不行爲"人亡政息"。

【人多口雜】　rén duō kǒu zá　亦作"人多嘴雜"。指人多雜亂，敘述議論不一。紅樓夢三四："倘或不防前後，錯了一點半點，不論真假，人多口雜，那起小人的嘴，有什麼避諱？"紅樓夢五七："你這裏人多嘴雜，説好話的人少，説歹話的人多。"

【人自爲戰】　rén zì wéi zhàn　人人主動奮戰。史記九二淮陰侯傳："此所謂驅市人而戰之，其勢非置之死地，使人人自爲戰。"後漢書十八吳漢傳："若能同心一力，人自爲戰，大功可立。"

【人言可畏】　rén yán kě wèi　指流言蜚語混淆視聽，令人生畏。詩鄭風將仲子："豈敢愛之，畏人之多言。仲可懷兮，人之多言，亦可畏也。"宋楊仲良皇宋通鑑長編紀事本末二二楊億進退："大中祥符末，億自汝州代還，久之不遷。或問王旦：'楊大年何不且與舊職?'旦曰:'<u>大年</u>頃以輕去上左右,人言可畏,賴上始終保全之,今此職欲出清衷,以全君臣之契也。'"<u>大年</u>,億字。

【人言籍籍】 rén yán jí jí 謂因人心不滿而議論者多。<u>宋</u>缺名<u>宋季三朝政要</u>一<u>紹定四年</u>:"都城大火,延燒太廟、三省、六部、御史臺、祕書玉牒所……惟史(<u>彌遠</u>)丞相府獨存。<u>洪舜俞</u>有詩曰:'殿前將軍猛如虎,救得<u>汾陽</u>令公府。祖宗神靈飛上天,可憐宗廟成焦土。'時殿帥乃<u>馮榯</u>也。人言籍籍,迄不免責。"

【人定勝天】 rén dìng shèng tiān 人力可以戰勝自然。<u>宋蘇軾蘇東坡集後集</u>七用前韻再和孫志舉詩:"人定者勝天,天定亦勝人。"<u>劉過龍川集</u>一<u>襄陽歌</u>:"人定兮勝天,半壁久無胡日月。"按<u>逸周書文傳</u>"人強勝天",亦此意。參見"人眾勝天"。

【人取我與】 rén qǔ wǒ yǔ 見"人棄我取"。

【人事代謝】 rén shì dài xiè 人世間的事新舊更替。<u>唐孟浩然集</u>三<u>與諸子登峴山詩</u>:"人事有代謝,往來成古今。"

【人非木石】 rén fēi mù shí 謂有情感。<u>唐白居易長慶集</u>四<u>李夫人詩</u>:"人非木石皆有情,不如不遇傾城色。"

【人命危淺】 rén mìng wēi qiǎn 壽命不長,即將死亡。<u>文選晉李令伯</u>(<u>密</u>)<u>陳情事表</u>:"但以(祖母)<u>劉</u>日薄西山,氣息奄奄,人命危淺,朝不慮夕。"

【人命關天】 rén mìng guān tiān 謂涉及人生死之事,不能輕率處置。多指舊時命案而言。<u>元曲選</u>(<u>蕭德祥</u>)<u>楊氏女殺狗勸夫</u>四:"人命關天,分甚麼首從,我和你告官去來。"<u>明黃瑜雙槐歲鈔</u>八<u>獄囚冤報記</u>濫殺獄囚事,末云:"人命關天,宜有冤報也。"

【人神共憤】 rén shén gòng fèn 指天地不容,上下共憤。<u>舊唐書</u>十三于<u>頔傳王彥威疏</u>:"頔頃擁節旄,肆行暴虐,人神共憤,法令不容。"

【人面桃花】 rén miàn táo huā <u>唐崔護遊城南詩</u>:"去年今日此門中,人面桃花相映紅。人面祇今何處去,桃花依舊笑春風。"好事者因此詩演爲崔護和少女的戀愛故事。見<u>唐孟棨本事詩情感</u>。後來男女相識隨即分離,男子追念舊事,稱"人面桃花之感",本此。

【人面獸心】 rén miàn shòu xīn <u>漢書</u>九四下<u>匈奴傳贊</u>:"被髮左衽,人面獸心。"本爲鄙視、辱罵匈奴之語。後用以指人品質行爲萬分惡劣,外貌像人,內心狠毒,有如惡獸。<u>晉書孔嚴傳</u>:"又觀頃日降附之徒,皆人面獸心,貪而無親,難以義感。"又<u>符堅載記符賢責慕容暐</u>:"卿之宗族,可謂人面獸心,殆不可以國士期也。"

【人浮於食】 rén fú yú shí 人的才能高於所得俸祿。<u>禮坊記</u>:"故君子與其使食浮於人也,寧使人浮於食。"注:"食謂祿也,在上曰浮。祿勝己則近貪,己勝祿則近廉。"後用來比喻人多而事少,與廉以自守的原意不同。今多稱"人浮於事"。

【人情世故】 rén qíng shì gù 指人事閱歷、社會經驗。<u>明楊基眉菴集</u>二<u>聞蟬詩</u>:"人情世故看爛熟,皎不如污恭勝傲。"

【人強馬壯】 rén qiáng mǎ zhuàng 謂軍容甚盛。<u>古今雜劇</u>缺名<u>壽亭侯怒斬關平</u>二:"(<u>張虎</u>)云:他手下兵多將廣,人強馬壯。"

【人莫余毒】 rén mò yú dú <u>春秋</u>時<u>晉楚城濮</u>之戰,楚師敗績,<u>晉</u>軍食<u>楚</u>軍穀三日。<u>晉文公</u>猶以<u>楚子玉</u>之在而憂,以爲強敵尚存。及<u>楚</u>殺<u>子玉</u>,<u>晉文公</u>喜曰:"莫余毒也已。"見<u>左傳僖</u>二八年、<u>宣</u>十二年。後因以"莫余毒"或"人莫余毒"表示不能再爲我害或更無強敵之義。

【人琴俱亡】 rén qín jù wáng <u>晉王子猷</u>(<u>徽之</u>)、<u>子敬</u>(<u>獻之</u>)俱病篤,而<u>子敬</u>先亡。<u>子猷</u>來奔喪而不哭,以<u>子敬</u>素好琴,便逕入取其琴彈,弦既不調,擲地云:"<u>子敬</u>,<u>子敬</u>,人琴俱亡!"因慟絕良久,月餘亦卒。見<u>世說新語傷逝</u>。後以"人琴俱亡"爲悼念友人之詞。

【人眾勝天】 rén zhòng shèng tiān 集眾人之力,可以戰勝自然。<u>史記</u>六六<u>伍子胥傳</u>:"吾聞之,人眾者勝天,天定亦能破人。"

【人棄我取】 rén qì wǒ qǔ 商人廉價收購滯銷物品,待機高價出售以牟取厚利。

史記一二九貨殖傳："而白圭樂觀時變,故人棄我取,人取我與。"後稱趣致不同一般者,亦用此語。

【人傑地靈】 rén jié dì líng　原指地因人而著名。後多用來指傑出人物,生於靈秀之地。唐王勃王子安集五滕王閣詩序:"人傑地靈,徐孺下陳蕃之榻。"明馮夢龍醒世恆言十四:"從來天子建都之處,人傑地靈,自然名山勝水,湊着賞心樂事。"亦作"地靈人傑"。見該條。

【人給家足】 rén jǐ jiā zú　家家戶戶生活富裕豐足。史記太史公自序:"彊本節用,則人給家足之道也。"參見"家給人足"。

【人微言輕】 rén wēi yán qīng　指地位低微,言論、主張不爲人所重視。多用作自謙之詞。宋蘇軾東坡集續集十一上執政乞度牒賑濟及因修廨宇書:"某已三奏其事,至今未報,蓋人微言輕,理自當爾。"陳亮龍川集二十乙巳與朱元晦書:"人微言輕,不爲一世所察。"亦作"身輕言微"。見該條。

【人微權輕】 rén wēi quán qīng　資望淺,缺乏權威,不足以服衆。史記六四司馬穰苴傳:"士卒未附,百姓不信,人微權輕。"

【人盡可夫】 rén jìn kě fū　左傳桓十五年:"祭仲專,鄭伯患之,使其婿雍糾殺之。將享諸郊,雍姬知之,謂其母曰:'父與夫孰親?'其母曰:'人盡夫也,父一而已,胡可比也?'"後多以"人盡可夫"指婦女行爲放蕩,用情不專。

【人窮智短】 rén qióng zhì duǎn　人到山窮水盡的時候,計無所出。宋莊季裕雞肋編下引陳無己詩:"人窮令智短。"惟白集建中靖國續燈錄二十演禪師:"人貧智短,馬瘦毛長。"

【人頭畜鳴】 rén tóu chù míng　詈辭。謂雖爲人而愚蠢如畜類。史記秦始皇紀後附文:"(胡亥)誅斯、去疾,任用趙高。痛哉言乎! 人頭畜鳴。"後指人的行爲極端惡劣。明黃宗羲南雷文案八朝議大夫……清黎錢先生墓誌銘:"先生上言臣觀崔魏亂政,奄祠遍於天下,乾兒義子,人頭畜鳴。"亦以指人。國朝詩別裁集清陳維崧寄黃黎洲先生求爲先人誌墓詩:"王師南下明社屋,

人頭畜鳴盡夷殲。"

【人不可貌相】 rén bù kě mào xiàng　不能以相貌衣着取人。明馮夢龍醒世恆言三:"銀匠是小輩,眼孔極淺,見了許多銀子,別是一番面目,想道:'人不可貌相,海水不可斗量。'慌忙架起天平,搬出若大若小許多法馬。"

【人生面不熟】 rén shēng miàn bù shú　謂素不相識。清東隅逸士(吳璿)飛龍全傳三五:"(韓)素梅大喝一聲:咄! 畜生,怎敢胡言!……人生面不熟,就給你一錠銀子,知道他是好意還是歹意?"

【人是地行仙】 rén shì dì xíng xiān　謂謂來去自由,行踪無定,如地仙之任性逍遙。紅樓夢八七:"黛玉道:妹妹,這可說不齊。俗語說人是地行仙,今日在這裏,明日就不知在那裏。"

【人不知,鬼不覺】 rén bù zhī, guǐ bù jué　謂辦事機密,使人難於覺察。墨子耕柱:"巫馬子謂子墨子之爲義也,人不見而貴,鬼不見而富,而子爲之有狂疾。"元曲選缺名爭報恩三虎下山一:"您做事可甚人不知,鬼不覺。"

【人心不足蛇吞象】 rén xīn bù zú shé tūn xiàng　比喻貪得無厭,希求不可能之事。孤本元明雜劇明甯獻王(朱權)卓文君私奔相如一:"我則待居朝省,立廟堂,怎做得人心不足蛇吞象,人情不合鷸持蚌,人生不遏金埋壙?"

【人生七十古來稀】 rén shēng qī shí gǔ lái xī　指七十高齡之不多見。唐杜甫杜工部草堂詩箋十二曲江二首:"酒債尋常行處有,人生七十古來稀。"元張埜古山樂府下鵲橋仙詞:"無窮前古,無窮後世,分得中間百歲。人生七十古來稀,況八九不如人意。"省作"古希"、"古稀"。

【人生何處不相逢】 rén shēng hé chù bù xiāng féng　宋丁謂排擠寇準,貶之爲雷州司戶,後丁亦被貶崖州。當時好事者相語曰:"若見雷州寇司戶,人生何處不相逢。"見宋歐陽修歸田錄一。寇準,諡忠愍。丁謂,封晉公。後以"人生何處不相逢"一語,言人應留見面餘地,勿爲已甚。

【人各有能有不能】 rén gè yǒu néng

vǒu bù néng　謂人之才具互有短長。左傳成五年："(趙)嬰曰:我在,故欒氏不作;我亡,吾二昆其憂哉!且人各有能有不能,舍我何害?"

【人怕出名豬怕壯】 rén pà chū míng zhū pà zhuàng　指人有聲名,易招煩惱,如豬肥壯之將被殺食。紅樓夢八三:"鳳姐道:這些話倒不是可笑,倒是可怕的。咱們一日難似一日,外面還是這樣講究,俗語兒說的:'人怕出名豬怕壯。'況且又是個虛名兒,終久還不知怎麼樣呢?"

【人皆可以爲堯舜】 rén jiē kě yǐ wéi yáo shùn　謂人人皆可行仁義,成爲如堯舜之聖人。孟子告子下:"曹交問曰:人皆可以爲堯舜,有諸?"

【人逢好事精神爽】 rén féng hǎo shì jīng shén shuǎng　續傳燈錄二八天封覺禪師:"人逢好事精神爽,入火真金色轉鮮。"亦作"人逢喜事精神爽"。

【人莫知其子之惡】 rén mò zhī qí zǐ zhī è　謂人對己子多溺愛,往往忽略其缺點錯誤。禮大學:"故諺有之曰:人莫知其子之惡,莫知其苗之碩。"

【人心似鐵,官法如爐】 rén xīn sì tiě, guān fǎ rú lú　指刑訊之殘酷,謂人犯即含冤屈,強硬不服,亦如鐵入熔爐,終必銷化。元曲選王仲文救孝子賢母不認屍三:"便做那石鑛成骨節也槌敲的碎,鐵鑄就的皮膚也煆煉的枯,打得來沒半點兒容針處,方信道人心似鐵,您也試官法如爐。"

【人平不語,水平不流】 rén píng bù yǔ, shuǐ píng bù liú　謂事若公平,人自心服。宋集成等編宏智禪師廣錄四:"上堂云:人平不語,水平不流,風定華落,鳥啼山更幽。"

【人而無信,不知其可】 rén ér wú xìn, bù zhī qí kě　謂人應重誠信,否則雖有他長,亦不足取。論語爲政:"子曰:人而無信,不知其可也。"

【人同此心,心同此理】 rén tóng cǐ xīn, xīn tóng cǐ lǐ　謂常情常理,大家所考慮者略同。清文康兒女英雄傳九:"俗語説的:人同此心,心同此理。若説照安公子這等人物,他還看不上,這眼界也就太高了;若説他既看得入眼,這心就同枯木死灰,

絲毫不動,這心地也就太冷了,更不是情理。"

【人非堯舜,誰能盡善】 rén fēi yáo shùn, shuí néng jìn shàn　古以堯舜爲大聖人,盡善盡美。此語謂不能苛求他人如堯舜之毫無缺欠。唐李白李太白詩文二六與韓荊州書:"儻急難有用,敢効微軀,且人非堯舜,誰能盡善?"

【人間私語,天聞若雷】 rén jiān sī yǔ, tiān wén ruò léi　謂語縱極密,亦有人知。事林廣記前集九人事下存心警悟:"人間私語,天聞若雷;暗室虧心,神目如電。"

【人過留名,雁過留聲】 rén guò liú míng, yàn guò liú shēng　指人應作好事,愛惜自己的名聲,使之流傳後世。清文康兒女英雄傳三二:"將來我撒手一走之後,叫我們姑爺在我填頭裏給我立起一個小小的石頭碣子來,把老弟你這篇文章鑴在前面兒……我也鬧了一輩子,人過留名,雁過留聲,算是這麼件事。"

【人爲刀俎,我爲魚肉】 rén wéi dāo zǔ, wǒ wéi yú ròu　比喻死生在人掌握,處境極危。秦末項羽宴劉邦于鴻門,欲殺之,邦出將行,以未辭爲歉。樊噲曰:"大行不顧細謹,大禮不辭小讓。如今人方爲刀俎,我爲魚肉,何辭爲?"

【人無遠慮,必有近憂】 rén wú yuǎn lǜ, bì yǒu jìn yōu　語出論語衞靈公。謂人當思患難而預防之。

【人無千日好,花無百日紅】 rén wú qiān rì hǎo, huā wú bǎi rì hóng　謂好景不長,韶光易逝。元曲選楊文奎翠紅鄉兒女兩團圓楔子:"人無千日好,花無百日紅,早時不算計,過後一場空。"

【人無害虎心,虎有傷人意】 rén wú hài hǔ xīn, hǔ yǒu shāng rén yì　比喻應該警惕別人的傷害。元曲選紀君祥趙氏孤兒大報仇楔子屠岸賈詩云:"人無害虎心,虎有傷人意。當時不盡情,過後空淘氣。"

【人不可貌相,海水不可斗量】 rén bù kě mào xiàng, hǎi shuǐ bù kě dǒu liáng　謂不能以貌取人,如海水之不可測量。元曲選缺名小尉遲將鬥將認父歸朝二房玄齡云:"老將軍,古語云:'凡人不可貌相,海水不可斗量。'休輕覷了他也。"

【今月古月】　jīn yuè gǔ yuè　唐李白李太白詩二十把酒問月：“今人不見古時月，今月曾經照古人。”後常以“今月古月”指月亮古今如一，而人事代謝無常。

【今是昨非】　jīn shì zuó fēi　現在對，過去不對。晉陶潛陶淵明集五歸去來辭：“實迷途其未遠，覺今是而昨非。”

【今愁古恨】　jīn chóu gǔ hèn　極言感慨之多。唐白居易長慶集五一題靈巖寺詩：“今愁古恨入絲竹，一曲涼州無限情。”

【今朝有酒今朝醉】　jīn zhāo yǒu jiǔ jīn zhāo.zuì　謂及時行樂，不慮將來。唐羅隱甲乙集二自遣詩：“今朝有酒今朝醉，明日愁來明日愁。”宋吳曾謂此爲唐權審句，見能改齋漫錄十一權常侍詩。全唐詩五四六載此亦作權審絕句。

【仁人君子】　rén rén jūn zǐ　舊時稱好心腸的正派人。晉書刑法志王導賀循等議：“戮過其罪，死不可生，縱虐於此，歲以巨計，此乃仁人君子所不忍聞，而況行之於政乎？”孤本元明雜劇元關漢卿山神廟裴度還帶三：“世間似先生者，世之罕有。處于布衣窘暴之中，千金不改其志，端的是仁人君子也。”

【仁至義盡】　rén zhì yì jìn　禮郊特性：“蜡之祭也，……仁之至，義之盡也。”蜡祭，周代於每年十二月舉行。原意謂報答有功於農事之神，有功必報，爲盡“仁義之道”。後用來表示對人的愛護、關懷、幫助盡了最大的努力。宋陸游劍南詩稿七七秋思之十：“虛極靜篤道乃見，仁至義盡餘何憂。”

【仁漿義粟】　rén jiāng yì sù　指布施的錢米。搜神記十一楊伯雍：“公汲水作義漿於坂頭，行者皆飲之。”後漢書八十上黃香傳：“時被水年饑，……於是豐富之家，各出義穀，助官禀貸。”義漿、義穀，與仁漿義粟意同。

【仁者見仁，知者見知】　rén zhě jiàn rén, zhì zhě jiàn zhī　見“見仁見知”。

【以一奉百】　yǐ yī fèng bǎi　少數人供奉多數人。謂生產者少，消費者多。後漢書四九王符傳浮侈：“今察洛陽，資末業者什於農夫，虛偽游手什於末業。是則一夫耕，百人食之；一婦桑，百人衣之，以一奉百，執

能供之？”

【以一持萬】　yǐ yī chí wàn　提綱挈領，管帶萬物。荀子儒效：“法先王，統禮義，一制度，以淺持博，以古持今，以一持萬；苟仁義之類也，雖在鳥獸之中，若別白黑。”

【以一警百】　yǐ yī jǐng bǎi　懲罰一人以警戒衆人。漢書七六尹翁歸傳：“其有所取也，以一警百，吏民皆服，恐懼改行自新。”亦作“懲一警百”。見該條。

【以人廢言】　yǐ rén fèi yán　因人不足取而不用其言。三國志吳吳主傳：“若小人之中有可納用者，寧得以人廢言而不採擇乎？”晉書劉寔傳崇讓論：“在朝君子，典選大官，能不以人廢言，舉而行之，各以讓賢舉能爲先務，則草才猥出，能否殊別。”

【以文會友】　yǐ wén huì yǒu　通過文字，交結朋友。論語顏淵：“曾子曰：‘君子以文會友，以友輔仁。’”河嶽英靈集下祖約清明宴司勛劉郎中別業詩：“以文常會友，唯德自成鄰。”

【以火應火】　yǐ huǒ yìng huǒ　猶“以水應水”。見該條。

【以心傳心】　yǐ xīn chuán xīn　佛教禪宗用語。指不用語言文字，通過直覺，突然觸發，使人接受佛理。唐宗密禪源諸詮集都序上：“欲令知月不在指，法是我心，故但以心傳心，不立文字。”

【以水投水】　yǐ shuǐ tóu shuǐ　列子説符：“（白公）曰：‘若以水投水，何如？’孔子曰：‘淄澠之合，易牙嘗而知之。’”後來用以指事物類同而難於鑒別。

【以水濟水】　yǐ shuǐ jì shuǐ　比喻雷同附和，無濟於事。左傳昭二十年：“君所謂可，據亦曰可；君所謂否，據亦曰否。若以水濟水，誰能食之。”唐劉知幾史通書志：“夫前志已錄，而後志仍書，篇目如舊，頻煩互出，何異以水濟水，誰能飲之者乎！”宋楊萬里誠齋集六二駁配饗不當疏：“有可無否，其弊必至於以水濟水之喻。”

【以水應水】　yǐ shuǐ yìng shuǐ　喻增益其勢，不能遏止。通玄真經（文子）上禮：“以未治而攻人之亂，是猶以火應火，以水應水也。”

【以手加額】　yǐ shǒu jiā é　表示歡欣慶幸。晉書石勒載記下：“勒見（劉）曜無守

軍，大悦，舉手指天，又自指額曰：'天也。'"資治通鑑九四作"舉手指天復加額"。宋王闢之澠水燕談錄二名臣："神宗上仙，公（司馬光）赴闕哭臨，衛士見公，皆以手加額曰：司馬相公也。"楊萬里誠齋集七六章貢道院記："斯言一出，十邑之民，以手加額，家傳人誦。"

【以升量石】 yǐ shēng liáng dàn 比喻以淺陋揣度高深。淮南子繆稱："使堯度舜則可，使桀度堯，是猶以升量石也。"

【以古非今】 yǐ gǔ fēi jīn 用古事來非難攻擊時政。史記秦始皇紀三四年："有敢偶語詩書者棄市，以古非今者族。"

【以石投水】 yǐ shí tóu shuǐ 比喻雙方契合。文選三國魏李蕭遠（康）運命論："張良受黃石之符，誦三略之說，以游於群雄，其言也，如以水投石，莫之受也。及其遭漢祖，其言也，如以石投水，莫之逆也。"亦作"如石投水"。見該條。

【以石投卵】 yǐ shí tóu luǎn 猶以卵投石。晉書溫嶠傳與陶侃書："人心齊一，咸皆切齒，今之進討，若以石投卵耳。"

【以白爲黑】 yǐ bái wéi hēi 比喻顚倒真僞，混淆是非。三國志魏武帝紀建安十年令："昔直不疑無兄，世人謂之盜嫂；弟五伯魚三娶孤女，謂之撾婦翁；……此皆以白爲黑、欺天罔君者也。"

【以冰致蠅】 yǐ bīng zhì yíng 比喻必難實現，猶言緣木求魚。致，招引。呂氏春秋功名："以貍致鼠，以冰致蠅，雖工不能。"

【以夷伐夷】 yǐ yí fá yí 指在軍事上利用對方的矛盾衝突，使之削弱。後漢書十六鄧訓傳："議者咸以羌胡相攻，縣官之利，以夷伐夷，不宜禁護。"宋王安石臨川集八八翰林侍讀學士知許州軍梅公神道碑："兵法所謂以夷攻夷。"

【以刑去刑】 yǐ xíng qù xíng 用刑罰消滅刑罰。指嚴行法治，使人民不敢違犯。商君書畫策："以刑去刑，雖重刑可也。"

【以血洗血】 yǐ xuè xǐ xuè 指冤冤相報。舊唐書一二七源休傳："可汗使謂休曰：'我國人皆欲殺汝，唯我不然。汝國已殺董突等，吾又殺汝，猶以血洗血，汙益甚爾。'"

【以身試法】 yǐ shēn shì fǎ 指明知法禁而仍觸犯法令。漢書七六王尊傳："太守以今日至府，願諸君卿勉力正身以率下，……明愼所職，毋以身試法。"

【以佚代勞】 yǐ yì dài láo 以安佚代替勞苦。指治國務在安定。晉書武帝紀制曰："武皇承基，誕膺天命，握圖御宇，敷化導民，以佚代勞，以治易亂。"

【以佚待勞】 yǐ yì dài láo 指作戰時養精蓄銳，待敵人疲乏後，相機出擊。孫子軍爭："以近待遠，以佚待勞，以飽待饑，此治力者也。"佚，也作"逸"。後漢書十七馮異傳："今先據城，以逸待勞，非所以爭也。"

【以卵投石】 yǐ luǎn tóu shí 用雞蛋碰石頭，一觸就破。比喻必然失敗。墨子貴義："以其言非吾言者，是猶以卵投石也；盡天下之卵，其石猶是也，不可毀也。"荀子議兵："以桀詐堯，譬之若以卵投石，以指撓沸。"

【以往鑒來】 yǐ wǎn jiàn lái 把過去的經驗教訓作爲以後辦事的借鑒。三國志魏楊阜傳上疏："願陛下動則三思，慮而後行，重愼出入，以往鑒來。"

【以直報怨】 yǐ zhí bào yuàn 以公道來對待自己怨恨的人。論語憲問："以直報怨，以德報德。"

【以毒攻毒】 yǐ dú gōng dú 指用有毒的藥物來治療毒瘡等病。明陶宗儀輟耕錄二九骨咄犀："骨咄犀，蛇角也，其性至毒，而能解毒，蓋以毒攻毒也。"也比喻對方所用的狠毒手段來制服對方。

【以退爲進】 yǐ tuì wéi jìn 指以遜讓取得德行的進步。漢揚雄法言君子："請問退進。曰：昔乎顏淵以退爲進，天下鮮儷焉。"後轉指以退讓的姿態作爲進取的階梯。

【以珠彈雀】 yǐ zhū tán què 比喻輕重倒置，得不償失。莊子讓王："今且有人於此，以隨侯之珠，彈千仞之雀，世必笑之。是何也？則其所用者重，而所要者輕也。"

【以蚓投魚】 yǐ yǐn tóu yú 用蚯蚓作魚餌，比喻投合對方胃口，用較輕的代價，換得較大的成果，即拋磚引玉之意。隋書薛道衡傳："陳使傅縡聘齊，以道衡兼主客郎接對。縡贈詩五十韻，道衡和之，南北稱美。魏收曰：'傅縡所謂以蚓投魚耳。'"

【以規爲瑱】　yǐ guī wéi zhèn　把規勸的話作爲塞耳的瑱玉。比喻不重視別人的規勸。瑱，塞在耳中的玉石。國語楚上："(楚靈)王病之，曰：'子復諝，不穀雖不能用，吾慭寘之於耳。'(白公子張)對曰：'賴君用之也，故言。不然，巴浦之犀犛兕象，其可盡乎！其又以規爲瑱也。'"

【以訛傳訛】　yǐ é chuán é　把不正確的話錯誤地傳開去，越傳越錯。紅樓夢五一："這兩件事雖難無考，古往今來，以訛傳訛，好事者竟故意的弄出這些古蹟來以惑愚人。"

【以殺去殺】　yǐ shā qù shā　用重典以禁人犯法。商君書畫策："以殺去殺，雖殺可也。"

【以逸待勞】　yǐ yì dài láo　見"以佚待勞"。

【以湯止沸】　yǐ tāng zhǐ fèi　比喻捨本逐末，無濟於事。呂氏春秋盡數："夫以湯止沸，沸愈不止，去其火則止矣。"漢書禮樂志董仲舒對策："法出而姦生，令下而詐起，一歲之獄，以萬千數，如以湯止沸，沸愈甚而無益。"亦作"以湯沃沸"。淮南子原道："若以湯沃沸，亂乃逾甚。"

【以湯沃沸】　yǐ tāng wò fèi　見"以湯止沸"。

【以湯沃雪】　yǐ tāng wò xuě　比喻輕而易舉。淮南子兵略："若以水滅火，若以湯沃雪，何往而不遂，何之而不用。"

【以意逆志】　yǐ yì nì zhì　用自己的意思去揣度他人的心思。孟子萬章上："故説詩者，不以文害辭，不以辭害志；以意逆志，是爲得之。"

【以義割恩】　yǐ yì gē ēn　以大義割斷私恩。即"大義滅親"之意。漢書九七下孝成趙皇后傳："恩之所不能已者，義之所割也。"注："言以義割恩也。"

【以勤補拙】　yǐ qín bǔ zhuō　以勤于所事補天資之不足。唐張鷟龍筋鳳髓判三左右羽林衞二條之一："以勤補拙，終過重井勞輕；以力酬懲，即罪大而功小。"亦作"將勤補拙"。見該條。

【以碫投卵】　yǐ duàn tóu luǎn　以石頭打雞蛋，必破。比喻必定成功。碫，礪石。孫子勢："兵之所加，如以碫投卵者，虛實是也。"

【以管窺天】　yǐ guǎn kuī tiān　比喻見聞狹隘，片面地看問題。猶言一孔之見。莊子秋水："是直用管闚天，用錐指地也，不亦小乎？"闚同"窺"。史記一〇五扁鵲傳："夫子之爲方也，若以管窺天，以郄視文。"管，或作"筦"。文選漢東方曼倩(朔)答客難："語曰：以筦窺天，以蠡測海，以莛撞鐘。"

【以貌取人】　yǐ mào qǔ rén　以外貌作爲品評人才的標準。春秋時魯人澹臺滅明，字子羽，狀貌甚惡，欲事孔子，孔子以爲材薄。既已受業，退而修行，名聞諸侯。孔子聞之曰："吾……以貌取人，失之子羽。"見大戴禮五帝德、史記六七仲尼弟子傳。

【以鄰爲壑】　yǐ lín wéi hè　孟子告子下："是故禹以四海爲壑，今吾子(指白圭)以鄰國爲壑。"指把鄰境當作排泄洪水的溝壑。後因稱只圖自己的利益而嫁禍於人曰以鄰爲壑。宋袁說友東塘集十八池州清淨寮記："今州縣無壯吏，有黠吏；無拙政，有能稱；無瘠肥人之心，有以鄰爲壑之意；天下之事始紛紛於此矣，而豈獨一州縣哉！"

【以暴易暴】　yǐ bào yì bào　殷末伯夷叔齊反對周武王討伐殷紂王。武王滅殷後，隱居首陽山，絕食而死，死前作歌曰："登彼西山兮，采其薇矣。以暴易暴兮，不知其非矣！"見史記六一伯夷傳。後泛指用凶暴代替凶暴。

【以膠投漆】　yǐ jiāo tóu qī　膠漆皆黏物，以喻容易結合。唐孔穎達春秋正義序："晉世杜元凱又爲左氏集解，專取丘明之傳，以釋孔氏之經，所謂子應乎母，以膠投漆，雖欲勿合，其可離乎？"

【以戰去戰】　yǐ zhàn qù zhàn　用戰爭制止戰爭。商君書畫策："故以戰去戰，雖戰可也。"

【以辭害意】　yǐ cí hài yì　以文辭妨害語意。宋王得臣麈史中詩話："王安石作桃源行云：'望夷宮中鹿爲馬，秦人半死長城下……'議者謂二世致齋望夷宮在鹿馬之後，又長城之役，在始皇時；似未盡善。或曰概言秦亂而已，不以辭害意也。"

【以火救火，以水救水】 yǐ huǒ jiù huǒ, yǐ shuǐ jiù shuǐ 言適足以增其焰與勢，使之益甚。莊子人間世：“是以火救火，以水救水，名之曰益多。”

【以小人之心，度君子之腹】 yǐ xiǎo rén zhī xīn, duó jūn zǐ zhī fù 猶“以小人之慮，度君子之心”。明馮夢龍醒世恆言七：“誰知顏俊以小人之心，度君子之腹，此際便是仇人相見，分外眼睜，不等開言，便撲的一頭撞去。”

【以小人之腹，度君子之心】 yǐ xiǎo rén zhī fù, duó jūn zǐ zhī xīn 猶以小人之慮，度君子之心。明張居正張文忠集書牘十二答周宗侯西亭言春秋辨疑：“春秋本魯史舊文，仲尼稍加筆削……自三傳啟穿鑿之門，世儒襲見聞之陋，聖人記事之意寖以弗存，所謂以小人之腹，度君子之心。”亦作“以小人之心，度君子之腹”。見該條。

【以小人之慮，度君子之心】 yǐ xiǎo rén zhī lǜ, duó jūn zǐ zhī xīn 以品質卑劣者之思考推測正人君子之心意。晉書庾敱傳：“不可以小人之慮，度君子之心。”按左傳昭二八年魏絳將受梗陽人賄，其屬閻沒、女寬諫之。魏絳饋之食，二人置食三歎，有“願以小人之腹爲君子之心，屬厭而已”之語。本謂小人之腹飽，猶知厭足，君子之心亦宜然。以小人之慮度君子之心，語當本此而變其義。

【令不虛行】 lìng bù xū xíng 法令必須執行，不能虛設。管子重令：“故國不虛重，兵不虛勝，民不虛用，令不虛行。”

【令行禁止】 lìng xíng jìn zhǐ 有令即行，有禁即止。謂法令雷厲風行。逸周書文傳：“令行禁止，王之始也。”韓非子八經：“君執柄以處勢，故令行禁止。”三國志魏梁習傳：“勤勸農桑，令行禁止。”

【付之一炬】 fù zhī yī jù 燒毀。唐杜牧樊川文集一阿房宮賦：“楚人一炬，可憐焦土。”後稱財物被火燒毀爲付之一炬。

【付之丙丁】 fù zhī bǐng dīng 古人以天干配合五行，丙、丁屬火，因稱火爲丙丁，或省稱丙；付之火焚，曰付丙丁或付丙。明錢德洪平濠記：“目畢，即付丙丁，知名不具。”

【付諸東流】 fù zhū dōng liú 我國地勢西北高、東南低，江河東流入海。因以“東流水”或“付諸東流”比喻前功盡棄或最後落空。唐李白李太白詩十五夢遊天姥吟留別：“世間行樂亦如此，古來萬事東流水。”

【仗氣使酒】 zhàng qì shǐ jiǔ 任性發酒瘋。北齊書崔瞻傳與李概書：“仗氣使酒，我之常弊，譏訶指切，在卿尤甚。”

【仗義疏財】 zhàng yì shū cái 指講義氣，拿錢幫助別人。水滸十五：“吳用道：‘這等一個仗義疏財的好男子，如何不與他相見？’”亦作“疏財仗義”。見該條。

【仙山樓閣】 xiān shān lóu gé 仙人居住的宮殿樓閣。唐白居易長慶集十二長恨歌：“忽聞海上有仙山，山在虛無縹緲間。樓閣玲瓏五雲起，其中綽約多仙子。”亦以喻美好的境界。清龔自珍全集十己亥雜詩之二六八：“仙山樓閣尋常事，兜率甘遲十劫生。”

【仙風道骨】 xiān fēng dào gǔ 形容人的風度神采，不同凡俗。唐李白李太白詩一大鵬賦序：“余昔於江陵見天台司馬子微（承禎），謂余有仙風道骨，可與神遊八極之表，因著大鵬遇希有鳥賦以自廣。”元趙孟頫松雪齋文集十水龍吟次韻程儀父荷花詞：“仙風道骨，生香真色，人間誰妬？”劉敏中中菴樂府木蘭花慢壽大智先生詞：“憶長庚初夢，是誰遣下蓬壺？到今日相看，仙風道骨，依舊清癯。”

【仙露明珠】 xiān lù míng zhū 比喻人的風采秀異。廣弘明集二二唐太宗三藏聖教序：“有玄奘法師者，法門之領袖也。……松風水月，未足比其清華；仙露明珠，詎能方其朗潤。”後也比喻書法的圓潤。

【休牛歸馬】 xiū niú guī mǎ 謂偃息兵甲，停止戰爭。金石萃編一二四宋盧多遜新修晉武王廟碑：“豈直休牛歸馬，但美於偃兵；保大定功，空歌於成德者哉！”

【休戚相關】 xiū qì xiāng guān 憂喜相關。謂彼此情感一致，利害相同。休，美好，喜悅；戚，憂慮，悲愁。元曲選缺名隨何賺風魔蒯通一：“我想許多功臣，其中只有將軍是天子的至親，必然有個休戚相關之意,故請你來商議。」

【休養生息】 xiū yǎng shēng xī 指穩定亂後局面,使人民安居樂業,長養子孫。唐韓愈昌黎集三十平淮西碑:「高祖、太宗,既除既治;高宗、中睿,休養生息;至於玄宗,受報收功。」

【似是而非】 sì shì ér fēi 表面相像,實際不同;乍看對,其實不對。孟子盡心下:「孔子曰:『惡似而非者。』」戰國策魏一:「夫物之多相類而非也,幽莠之幼也似禾,驪牛之黃也似虎,白骨疑象,武夫類玉,此皆似之而非也。」漢王充論衡死偽:「世多似是而非,虛偽類真。」後漢書章帝紀元和二年詔:「夫俗吏矯飾外貌,似是而非,揆之人事則悅耳,論之陰陽則傷化。」

【似曾相識】 sì céng xiāng shì 宋晏殊珠玉詞浣溪沙之三:「無可奈何花落去,似曾相識燕歸來,小園香徑獨徘徊。」後稱留有印象,依稀記得,常曰「似曾相識」。重返故地或舊識相逢,亦常以「似曾相識燕歸來」為喻。

【似曾相識燕歸來】 sì céng xiāng shì yàn guī lái 見「似曾相識」。

【仰人鼻息】 yǎng rén bí xī 依賴他人,看人臉色。後漢書七四上袁紹傳:「袁紹孤客窮軍,仰我鼻息,譬如嬰兒在股掌之上,絕其哺乳,立可餓殺!」資治通鑑六十漢初平二年注:「鼻息,氣一出入之頃也。鼻氣噓之則溫,吸之則寒,故云然。」

【仰事俯畜】 yǎng shì fǔ xù 謂上事父母,下養妻兒。孟子梁惠王上:「必使仰足以事父母,俯足以畜妻子。」後泛指維持一家生計。明唐玉翰府紫泥全書七岳父家寄壻:「第不知仰事俯畜,將誰見資?田園耕作,將誰是托?」

【仰首伸眉】 yǎng shǒu shēn méi 形容意氣昂揚。文選漢司馬子長(遷)報任少卿書:「今以虧形為掃除之隸,在闒茸之中,乃欲仰首伸眉,論列是非,不亦輕朝廷,羞當世之士邪!」

【仰屋著書】 yǎng wū zhù shū 梁書南平王偉傳:「恭每從容謂人曰:『下官歷觀世人,多有不好觀樂,乃仰眠床上,看屋梁而著書,千秋萬歲,誰傳此者?』」後用以稱人從事著述,心不外騖。

【仰望終身】 yǎng wàng zhōng shēn 封建禮教要婦人從一而終,故以丈夫為一生所依賴。孟子離婁下:「良人者,所仰望而終身也。」

【仰不愧於天,俯不怍於人】 yǎng bù kuì yú tiān, fǔ bù zuò yú rén 孟子盡心上:「君子有三樂……仰不愧於天,俯不怍於人,二樂也。」謂心正無邪,作事光明磊落,故不愧於天人。怍,慚愧。

【伐毛洗髓】 fá máo xǐ suǐ 滌除垢穢。猶言脫胎換骨。太平廣記六東方朔引洞冥記:「俄而有黃眉翁指母以語朔曰:『……吾却食吞氣,已九千餘年,目中瞳子皆有青光,能見幽隱之物。三千年一返骨洗髓,二千年一剝皮伐毛,吾生來已三洗髓五伐毛矣。』」元詩選薩都剌雁門集和韻三茆山呈張伯雨外史詩:「伐毛洗髓天地老,火鼎夜出芙蓉紅。」

【伐性之斧】 fá xìng zhī fǔ 比喻危害身心之事物。呂氏春秋本生:「靡曼皓齒,鄭衛之音,務以自樂,命之曰伐性之斧。」文選枚叔(乘)七發:「皓齒娥眉,名曰伐性之斧。」

【伐罪弔民】 fá zuì diào mín 討伐暴君,拯救百姓。宋書樂志三魏明帝權歌行:「伐辜以弔民,清我東南疆。」辜,古「罪」字。文選南朝梁任彥昇(昉)百辟勸進今上箋:「伐罪弔民,一匡靖亂。」亦作「弔民伐罪」。見該條。

【伏而咶天】 fú ér shì tiān 比喻所作與所求不相稱,背道而馳的意思。荀子仲尼:「辟之是猶伏而咶天,救經而引其足也。」注:「咶與舐同。……伏而舐天,愈益遠也。」

【伏低做小】 fú dī zuò xiǎo 卑躬屈節,低聲下氣。古今雜劇元孫仲章河南府張鼎勘頭巾一:「是一時間言語着錯,連忙去伏低做小。」亦作「做小伏低」。又缺名莽張飛大鬧石榴園一:「你則是假粧着做小伏低,你若是得空偷閒便擇離。」又作「服低做小」。見該條。

【伏虎降龍】 fú hǔ xiáng lóng 見「降龍伏虎」。

【伊于胡底】 yī yú hú dǐ 走到那裏去

不堪設想之意。伊,助詞,無義。詩小雅小旻:"我視謀猶,伊于胡底。"箋:"于,往;底,至也。"清沈赤然寒夜叢談三:"靡曼成風,不知伊于胡底。"

【任重道悠】 rèn zhòng dào yōu 猶任重道遠。後漢書皇后紀序:"任重道悠,利深禍速。"

【任重道遠】 rèn zhòng dào yuǎn 負擔重而路途長。論語泰伯:"士不可以不弘毅,任重而道遠。"商君書弱民:"背法而治,此任重道遠而無馬牛,濟大川而無舡楫也。"亦作"道遠任重"。意林一尸子:"車輕道近,鞭策不用,鞭策所用,道遠任重。"

【任勞任怨】 rèn láo rèn yuàn 做事不辭勞苦,不避毀言。清顏光敏顏氏家藏尺牘一勞副都之辨:"惟存一矢公矢慎之心,無愧屋漏,而闈中任勞任怨,種種非筆所能盡。"

【位卑言高】 wèi bēi yán gāo 舊指身處下位卻議論高官主管的政事。孟子萬章下:"位卑而言高,罪也。"

【位極人臣】 wèi jí rén chén 官職地位極高,在諸臣之上。多指掌大權的宰相、大將軍等。三國志吳孫綝傳詣闕上書:"臣伏自省,才非幹國,因緣肺腑,位極人臣。"

【佐雝得嘗】 zuǒ yōng dé cháng 國語周下:"佐雝者嘗焉,佐鬪者傷焉。"注:"雝,亨(烹)煎之官也。"雝,也作"饔",熟食,早餐。北齊顏之推顏氏家訓省事:"王子晉云:'佐雝得嘗,佐鬪得傷。'此書為善則預,為惡則去,不欲黨人非義之事也。"比喻助人為善,自己也分享光榮。

【佛口蛇心】 fó kǒu shé xīn 形容滿口慈悲但心腸狠毒。明梅鼎祚玉盒記傳奇上焚修:"好兩個佛口蛇心,你且去殿上伺候,怕有客來,好生支應。"朱國禎湧幢小品十七心口:"今之修齋誦經者,每每有佛口蛇心之說,余初以為疑,後試之,良驗。"

【佛眼相看】 fó yǎn xiāng kàn 如佛之慈愛對人,和善相待。古今雜劇元缺名諸葛亮博望燒屯頭折張飛白:"這村夫若下山去呵,我和他佛眼相看。"明馮夢龍警世通言二八:"你若和我好意,佛眼相看。若不好時,帶累一城百姓受苦,都死於非

命。"

【佛頭著糞】 fó tóu zhù fèn 景德傳燈錄七如會裡師:"崔(羣)相公入寺,見鳥雀於佛頭上放糞,乃問師曰:'鳥雀還有佛性也無?'師云:'有。'崔云:'為什麼向佛頭上放糞?'師云:'是伊為什麼不向鷂子頭上放?'"後多用為褻瀆、玷污之喻。元劉壎隱居通議十八序書:"歐陽公(修)作五代史,或作序記其前。王荊公(安石)見之曰:'佛頭上豈可著糞!'"

【佛是金妝,人是衣妝】 fó shì jīn zhuāng, rén shì yī zhuāng 舊諺語。意思是說,佛的莊嚴要靠黃金裝點,人的模樣要靠衣飾打扮。明沈自晉望湖亭傳奇十:"雖然如此,佛是金妝,人是衣妝,打扮也是極要緊的。"妝,同裝。明馮夢龍醒世恆言一:"常言道:佛是金裝,人是衣裝。世人眼孔淺得多,只有皮相,沒有骨相。"

【伶牙俐齒】 líng yá lì chǐ 能說會道。元曲選(蕭德祥)楊氏女殺狗勸夫四:"一任你百樣兒伶牙俐齒,怎知大人行會斷的正沒頭公事。"亦作"俐齒伶牙"。見該條。

【你死我活】 nǐ sǐ wǒ huó 形容鬪爭十分激烈。元曲選缺名月明和尚度柳翠一:"世俗人沒來由,爭長競短,你死我活。"水滸四九:"既是伯伯不肯,我們今日先同伯伯併個你死我活!"

【作筏子】 zuò fá zi 北京俗語,指找碴兒,抓典型,借端發作。紅樓夢六十:"凡有動人動錢的事,得挨的且挨一日,如今三姑娘正要拿人作筏子呢!"

【作死馬醫】 zuò sǐ mǎ yī 明知病危難活,而仍積極救治,以冀萬一得生,曰作死馬醫,自唐以來即有此語。泛指作最後的嘗試。宋集成宏智禪師廣錄一:"若恁麼會去,許爾有安樂分,其或未然,不免作死馬醫去也。"朱弁曲洧舊聞二:"蔡持正既下殿,謂同列曰:'此事烏可?須作死馬醫始得。'"又作"死馬當活馬醫"。參閱宋朱翌猗覺寮雜記下,清顧張思土風錄十三死馬當活馬醫。

【作好作歹】 zuò hǎo zuò dǎi 多方面曉以利害。比喻勸解。清李汝珍鏡花緣十一:"路旁走過兩個老翁,作好作歹,從公評

定，令隸卒照價拿了八折貨物，這纔交易而去。”

【作法自斃】　zuò fǎ zì bì　史記商君傳："商君亡至關下，欲舍客舍。客人不知其是商君也，曰：'商君之法，舍人無驗者坐之。'商君喟然歎曰：'嗟乎！爲法之敝，一至此哉！'"後稱自己立法反而使自己受害爲作法自敝（弊）。宋莊綽雞肋編中："章誼宜曳侍郎有田在明州，……歎其賦重。從兄彥武在傍曰：'此作法自弊之過也。'"以官戶賦役施於民間，出於章誼之議，故云。後亦稱"作法自斃"。唐張楚金奏，凡反逆人家口絞斬及配沒入官爲奴隸。後來楚金被人誣告造反，全家男子十五歲以上的斬，妻女配沒入官，當時有人説楚金"爲法自斃"。見太平廣記一二一張楚金引張鷟朝野僉載。

【作法自斃】　zuò fǎ zì bì　見"作法自敝"。

【作舍道邊】　zuò shì dào biān　比喻衆説紛紜，莫衷一是，難於成事。後漢書三五曹褒傳："諺言：作舍道邊，三年不成；會禮之家，名爲聚訟。"

【作威作福】　zuò wēi zuò fú　書洪範："惟辟作福，惟辟作威，惟辟玉食，臣無有作福作威玉食。"指統治者專行賞罰，獨攬威權。按史記廣陵王傳，漢書王嘉傳劉向傳第五倫傳，後漢書荀爽傳等引皆以"作威"置於"作福"之前。後因用"威福"或"作威作福"表示妄自尊大，濫用權勢。漢書三六劉向傳極諫用外戚封事："大將軍秉事用權，五侯驕奢僭盛，並作威福。"晉書劉毅傳附劉暾："暾勃然謂（郭）彰曰：'君何敢專寵，作威作福！'"

【作姦犯科】　zuò jiān fàn kē　爲非作歹，違法亂紀。三國志蜀諸葛亮傳出師表："若有作姦犯科及爲忠善者，宜付有司，論其刑賞。"

【作張作致】　zuò zhāng zuò zhì　搔首弄姿，裝模作樣。清陳森品花寶鑑二三："隨意看了兩三處，也有坐着兩人的，也有三五人的，村村俏俏，作張作致。"

【作賊心虛】　zuò zéi xīn xū　宋悟明集聯燈會要十七宗杲禪師："却顧侍者云：'適來有人看方丈麼？'侍者云：'有。'師云：'作賊人心虛。'"後稱作壞事又畏人知，疑神疑鬼，爲作賊心虛。

【作嬌作癡】　zuò jiāo zuò chī　撒嬌作態，賣弄風情。明馮夢龍古今小説三："那小婦人又走過來，挨在身邊坐下，作嬌作癡。"

【作繭自縛】　zuò jiǎn zì fù　蠶吐絲作繭，把自己包在裏面。比喻自己給自己製造麻煩。唐白居易長慶集十七江州赴忠州至江陵已來舟中示舍弟五十韻詩："燭蛾誰救護，蠶繭自纏縈。"宋陸游劍南詩稿十九書嘆："人生如春蠶，作繭自縛裏。"

【伯仲之間】　bó zhòng zhī jiān　伯，老大；仲，老二。以兄弟之間比喻相差無幾，難分上下。文選三國魏文帝（曹丕）典論論文："文人相輕，自古而然，傅毅之於班固，伯仲之間耳，而固小之……"唐杜甫九家集注杜詩三十詠懷古迹之五："伯仲之間見伊、呂，指揮若定失蕭、曹。"伊、呂，伊尹、呂望。蕭、曹，蕭何、曹參。

【伯道無兒】　bó dào wú ér　晉鄧攸，字伯道。先後任河東吳郡和會稽太守，官至尚書右僕射。因避石勒兵亂，步走擔其兒及其弟子綏，度不能兩全，乃謂其妻曰："吾弟早亡，惟有一息，理不可絕，止應自棄我兒耳。幸而得存，我後當有子。"妻泣而從之，乃棄兒。其後，妻不復孕。攸過江納妾，誤得其甥，感恨不復蓄妾，卒以無嗣。見晉書鄧攸傳。世説新語賞譽："謝太傅（安）重鄧僕射，常言天地無知，使伯道無兒。"後稱人無子，多用此語。唐杜牧樊川集四重到襄陽哭亡友韋壽朋詩："故人墳樹立秋風，伯道無兒跡更空。"元詩選馬祖常石田集輓何得之先生："伏生有女書空在，伯道無兒世共憐。"

【伯歌季舞】　bó gē jì wǔ　漢焦延壽易林否之損："伯歌季舞，讙樂以喜。"後用作頌兄弟和睦之語。

【低三下四】　dī sān xià sì　低下，下等。清吳敬梓儒林外史四十："我常州姓沈的，不是甚麽低三下四的人家！"亦形容低聲下氣，討好别人。清孔尚任桃花扇聽稗："您嫌這裏亂鬼當家别處尋主，祇怕到那裏低三下四還幹舊營生。"

【低首下心】　dī shǒu xià xīn　低聲下氣，

逆來順受的樣子。唐韓愈昌黎集三六祭鱷魚文："刺史雖駑弱，亦安肯爲鱷魚低首下心，伈伈睍睍，爲民吏羞，以偷活於此邪！"

【低聲下氣】 dī shēng xià qì 小心恭敬，自示謙卑的樣子。紅樓夢一百："寶玉背地裏拉着他，低聲下氣，要問黛玉的話，紫鵑從沒好話回答。"

【來日大難】 lái rì dà nàn 宋書樂志三古詞善哉行："來日大難，口燥唇乾。今日相樂，皆當喜歡。"來日本指往日。但後來習用"來日大難"，表示前途困難重重；來日，指未來的日子。

【來者不拒】 lái zhě bù jù 孟子盡心下："夫子之設科也，往者不追，來者不拒，苟以是心至，斯受之而已矣。"本謂於誠心來學者，皆接受之。後用爲對來者一概容納，俱不謝絕之意。拒，亦作"距"。荀子法行："君子正身以俟，欲來者不距，欲去者不止。"

【來者可追】 lái zhě kě zhuī 論語微子："楚狂接輿歌而過孔子，曰：鳳兮鳳兮，何德之衰，往者不可諫，來者猶可追。"本爲接輿諷喻孔子今後宜隱居意，後以"來者可追"，表示未來之事尚可挽回，不應沿襲往日之誤。

【來情去意】 lái qíng qù yì 事情的來龍去脈，始末原由。水滸三八："當下戴院長與宋公明說罷了來情去意，戴宗、宋江俱各大喜。"

【來處不易】 lái chù bù yì 明朱柏盧(用純)治家格言："一粥一飯，當思來處不易。"指一切成果，均須勤奮努力，始能獲得。

【來龍去脈】 lái lóng qù mài 舊時輿地術士相度葬地，謂山勢如龍，其來去之迹可睹，似龍之首尾連貫，血脈相通者爲吉地。明缺名運甓記牛眠指穴："此間前岡有塊好地，來龍去脈，靠嶺朝山，種種合格。"今以來龍去脈指事之首尾線索。

【來而不往，非禮也】 lái ér bù wǎng, fēi lǐ yě 禮曲禮上："禮尚往來，往而不來，非禮也；來而不往，亦非禮也。"後用爲一還一報、同樣對待之意。

【來説是非者，便是是非人】 lái shuō shì fēi zhě, biàn shì shì fēi rén 指談是非者爲人所了解厭惡。續傳燈錄二五清素禪師："來説是非者，便是是非人。"

【依仁遊藝】 yī rén yóu yì 論語述而："子曰：志於道，據於德，依於仁，遊於藝。"本謂立志慕道，修德行仁，而習六藝(禮、樂、射、馭、書、數)。藝不足據，故曰遊。後以"依仁遊藝"表示修身求學之意。晉書龔玄之傳孝武帝詔："譙國戴逵、武陵龔玄之並高尚其操，依仁遊藝，潔己貞鮮，學弘儒業，朕虛懷久矣。"又孔安國傳隆安中詔："可以本官領東海王師，必能導達津梁，依仁游藝。"游，通"遊"。

【依流平進】 yī liú píng jìn 舊指在仕途中按照資歷循次進取。南史王騫傳："吾家本素族，自可依流平進，不須苟求也。"

【依草附木】 yī cǎo fù mù 古時迷信，指妖魔鬼怪附於物上，爲非作歹。全唐詩七六五代王周巫廟詩："日既恃威福，歲久爲精靈，依草與附木，誣詭殊不經。"建中靖國續燈錄十九廣鑑禪師："學道須到佛祖道不得處，若不如是，盡是依草附木底精靈，喫野狐涎唾底鬼子。"亦以比喻依賴或投靠他人。水滸九："洪教頭道：'大官人只因好習鎗棒，往往流配軍人都來倚(也作"依")草附木。'"

【依樣葫蘆】 yī yàng hú lú 比喻模仿別人，毫無創見。宋孔平仲孔氏談苑四："陶穀久在翰林，意希大用。其黨因對言穀宣力實多，微伺上旨。太祖曰：'翰林草制，皆撿前人舊本，俗所謂依樣畫葫蘆耳，何宣力之有？'"亦見宋魏泰東軒筆錄一，釋文瑩續湘山野錄。清黃宗羲明儒學案發凡："學問之道，以各人自用得著者爲真，凡倚門傍戶，依樣葫蘆者，非流俗之士，則經生之案也。"

【依頭縷當】 yī tóu lǚ dāng 逐個弄清楚。縷當，爲了當之聲轉。元曲選孟漢卿張孔目智勘魔合羅四："則要你依頭縷當，分星劈兩，責狀招實。"

【佳兵不祥】 jiā bīng bù xiáng 老子三一："夫佳兵者不祥之器。"佳，舊訓善(陸德明釋文)，訓飾(河上公注)。兵，指兵器。清王念孫謂"佳"當作"隹"。隹，古"唯"字，"夫唯"是連詞。見讀書雜誌十六餘編上。本謂兵器爲不祥之器。但"佳兵不祥"久用爲“好戰不祥”之義。省作“佳兵”即“好用兵”、“好戰”。唐陳子昂陳伯玉集二送別崔著作東征詩：“王師非樂戰，之子慎佳兵。”

【佳兒佳婦】　jiā ér jiā fù　好兒子和好媳婦。資治通鑑二○○唐永徽六年：“朕佳兒佳婦，今以付卿。”舊唐書八十褚遂良傳作“好兒好女”。

【佶屈聱牙】　jié qū áo yá　形容文字艱澀，語句拗口。唐韓愈昌黎集十二進學解：“周誥殷盤，佶屈聱牙。”誥，指尚書大誥、康誥之類；殷盤指盤庚。佶屈，也作詰屈，屈曲之意。

【使羊將狼】　shǐ yáng jiàng láng　比喻以力弱者率領勢強者，必難成功。史記留侯世家：“太子所與俱諸將，皆嘗與上定天下梟將也，今使太子將之，此無異使羊將狼也，皆不肯爲盡力，其無功必矣。”

【使氣白賴】　shǐ qù bái lài　謂極力勉強糾纏。明蘭陵笑笑生金瓶梅九五：“海棠使氣白賴又灌了半鍾，見他嘔吐上來，纔收過家伙去，不要他吃了。”亦作“死求白賴”、“死乞白賴”。

【使貪使愚】　shǐ tān shǐ yú　利用人的缺點以發揮其所長。新唐書九四侯君集傳：“軍法曰：使智使勇，使貪使愚；故智者樂立其功，勇者好行其志，貪者邀趨其利，愚者不計其死。是以前聖使人，必收所長而棄所短。”

【使智使勇】　shǐ zhì shǐ yǒng　任用智者和勇者。見“使貪使愚”。

【使愚使過】　shǐ yú shǐ guò　利用愚人或有過錯之人的缺點以盡其用。意近“使貪使愚”。宋范仲淹范文正公集十六讓觀察使第一表：“前春延安之戰，大挫國威，朝廷有使愚使過之議，遂及於臣。”

【使臂使指】　shǐ bì shǐ zhǐ　喻指揮如意。漢書四八賈誼傳陳政事疏：“令海內之勢，如身之使臂，臂之使指，莫不制從。”

【使功不如使過】　shǐ gōng bù rú shǐ guò　謂有功者多驕，而有過者自戒自勉，往往能將功贖罪。後漢書八一索盧放傳：“太守受誅，誠不敢言；但恐天下惶懼，各生疑變。夫使功者不如使過，願以身代太守之命。”注：“若秦穆赦孟明而用之，霸西戎。”明張四維雙烈記女戒：“況使功不如使過，着他帶罪殺賊，未爲不可。”

【侏儒觀戲】　zhū rú guān xì　比喻自己沒有主見，人云亦云。宋朱弁曲洧舊聞七：“秉筆之士所用故實，有淹貫所不究者，有蹈前人舊轍而不討論所從來者，譬侏儒觀戲，人笑亦笑，謂衆人決不誤我者，比比皆是也。”

【傀得傀失】　guī dé guī shī　偶然得之，偶然失之。列子力命：“傀傀成者，俏成也，初非成也。傀傀敗者，俏敗也，初非敗也。”注：“世有幾得幾失之言，而理實無幾也。”

【侔色揣稱】　móu sè chuǐ chèng　摹擬比量。侔，等；揣，量；稱，好。後用以形容摹繪物色，恰到好處。文選南朝宋謝惠連雪賦：“抽子祕思，騁子妍辭，侔色揣稱，爲寡人賦之。”

【信口開合】　xìn kǒu kāi hé　隨便亂說。古今雜劇元關漢卿包待制智斬魯齋郎四：“你休只管信口開合，絮絮聒聒。”王實甫西廂記二本三折：“你那裏休聒，不當一個信口開合。”亦作“信口開喝”、“信口開河”。太平樂府七元張養浩新水令辭官曲：“非是俺全身遠害，免教人信口開喝。”紅樓夢三九：“村老老是信口開河，情哥哥偏尋根究底。”合、河音近，今通作信口開河。

【信口開河】　xìn kǒu kāi hé　見“信口開合”。

【信口開喝】　xìn kǒu kāi hē　見“信口開合”。

【信口雌黃】　xìn kǒu cí huáng　見“口中雌黃”。

【信及豚魚】　xìn jí tún yú　比喻信用卓著，及於微隱之物。易中孚：“豚魚吉，信及豚魚也。”注：“魚者蟲之隱者也，豚者獸之微賤者也。爭競之道不興，中信之德淳著，則雖微隱之物，信皆及之。”

【信手拈來】　xìn shǒu niān lái　隨手取來。謂極其現成，不須費事。宋夏竦文莊集三六雪後贈雪苑詩：“苑中又見梅花發，信手拈來總是香。”陸游劍南詩稿二秋風亭拜寇萊公遺象詩：“巴東詩句澶州策，信手拈來盡可驚。”

【信筆成章】　xìn bǐ chéng zhāng　謂隨

意命筆而成,不多思索。宋劉克莊後村集四三二月八日詩之二:"清羸不敢深思索,信筆成章一散懷。"

【信誓旦旦】　xìn shì dàn dàn　守信發誓,十分誠懇。詩衛風氓:"總角之宴,言笑晏晏,信誓旦旦。"箋:"其以信相誓旦旦耳,言其懇惻款誠。"

【信賞必罰】　xìn shǎng bì fá　賞罰嚴明,有功者必賞,有罪者必罰。韓非子外儲右上:"信賞必罰,其足以戰。"北齊書幼主紀論:"信賞必罰,安而利之,既與共其存亡,故得同其生死。"

【便宜行事】　biàn yí xíng shì　見"便宜施行"。

【便宜施行】　biàn yí shī xíng　不待上奏,自行決斷處置。史記蕭相國世家:"(蕭何)即不及奏上,輒以便宜施行。上來以聞。"亦作"便宜從事"、"便宜行事"。史記一二二郅都傳:"孝景帝乃使使持節拜郅都爲鴈門太守,而便道之官,得以便宜從事。"漢書七四魏相傳:"數條漢興已來國家便宜行事,及賢臣賈誼、鼂錯、董仲舒等所言,奏請施行之。"

【便宜從事】　biàn yí cóng shì　見"便宜施行"。

【侯門似海】　hóu mén sì hǎi　見"侯門如海"。

【侯門如海】　hóu mén rú hǎi　相傳唐崔郊之姑有侍婢與郊相戀,後被賣於連帥。一日郊與婢路遇,贈詩有"侯門一入深如海,從此蕭郎是路人"之句。故事見唐范攄雲溪友議一襄陽傑。宋曾慥類說二七唐末遺史謂連帥即司空于頔。後來用此語比喻舊日的相識,因權勢地位的懸殊而疏遠隔絕。文苑英華二一六唐杜荀鶴與友人對酒吟詩:"客路如天遠,侯門似海深。"元曲選岳伯川呂洞賓度鐵拐李四:"則俺情意重如山,那裏也侯門深似海。"

【侯服玉食】　hóu fú yù shí　穿王侯的衣服,吃珍貴的食物,形容生活窮奢極侈。漢書一〇〇下敍傳述貨殖傳:"侯服玉食,敗俗傷化。"

【保殘守缺】　bǎo cán shǒu quē　一味好古,死守殘缺陳舊事物不思不放。漢書三

六劉歆傳移太常博士書:"信口說而背傳記,是末師而非往古,……猶欲保殘守缺,挾恐見破之私意,而無從善服義之公心。"今多作"抱殘守缺"。

【修飾邊幅】　xiū shì biān fú　修整外貌。見"不修邊幅"。

【俗不可醫】　sú bù kě yī　俗氣太深,不可救藥。宋蘇軾分類東坡詩十三於潛僧綠筠軒:"人瘦尚可肥,士俗不可醫。"

【俗眼不識神仙】　sú yǎn bù shí shén xiān　謙稱自己缺乏眼力,不識高人。相傳唐王昌齡、高適、王渙之共詣旗亭貰酒,密察諸伶所唱以何人詩爲多,諸伶後知其故,競拜曰:"俗眼不識神仙,乞降清重,俯就筵席。"見唐薛用弱集異記。

【俐齒伶牙】　lì chǐ líng yá　猶伶牙俐齒。元曲選張國賓相國寺公孫合汗衫二:"你休聽那廝說短論長,那般的俐齒伶牙。"

【俛首帖耳】　fǔ shǒu tiē ěr　馴服聽命。俛,同"俯"。唐韓愈昌黎集十八應科目時與人書:"然是物也,負其異於衆也,且曰爛死於沙泥,吾寧樂之,若俛首帖耳,搖尾而乞憐者,非我之志也。"帖,亦作"貼"。

【俛拾地芥】　fǔ shí dì jiè　比喻極易得到。俛,同"俯"。漢書八八夏侯勝傳:"勝每講授,常謂諸生曰:'士病不明經術,經術苟明,其取青紫如俛拾地芥耳。'"青紫,卿大夫的服飾。

【係風捕景】　xì fēng bǔ yǐng　比喻事情不可能作到,或議論缺乏根據。"景"同"影"。漢書郊祀志下谷永對:"聽其言,洋洋滿耳,若將可遇;求之蕩蕩,如係風捕景,終不可得。"藝文類聚四一南朝宋謝惠連秋胡行:"係風捕景誠知不得;念彼奔波,意慮迴惑。"亦作"繫風捕影"。水經注三九贛水引雷次宗云:"此乃繫風捕影之論。"後多作"捕風捉影"。

【俟河之清】　sì hé zhī qīng　等待黃河由濁變清,比喻期望之事無望或難於實現。左傳襄八年:"周詩有之曰:'俟河之清,人壽幾何?'"注:"逸詩也。言人壽促而河清遲,喻晉之不可待。"

【俯首帖耳】　fǔ shǒu tiē ěr　見"俛首帖

耳"。

【俯拾地芥】 fǔ shí dì jiè 見"俛拾地芥"。

【借刀殺人】 jiè dāo shā rén 自己不出面,利用或挑撥別人去害人。明汪廷訥三祝記造陷:"恩相明日奏(范)仲淹爲環慶路經略招討使以平(趙)元昊,這所謂借刀殺人。"紅樓夢十六:"你是知道的,咱們家所有的這些管家奶奶,那一個是好纏的。錯一點兒,他們就笑話打趣,偏一點兒他們就指桑罵槐的抱怨,坐山看虎鬬,借刀殺人,引風吹火,推倒了油瓶不扶,都是全挂子的本事。"

【借交報仇】 jiè jiāo bào chóu 助人報仇。史記一二四郭解傳:"(解)以軀借交報仇。"交,也作"客"。漢書六七朱雲傳:"(雲)少時通輕俠,借客報仇。"

【借花獻佛】 jiè huā xiàn fó 過去現在因果經一:"今我女弱不能得前,請寄二花以獻於佛。"後比喻借他人之物以餉客爲借花獻佛。元曲選(蕭德祥)楊氏女殺狗勸夫楔子:"柳(隆卿)云:既然哥哥有酒,我們借花獻佛,與哥哥上壽咱。"明馮夢龍雙雄記上燈前訂盟:"二位相公請坐,奴家借花獻佛,奉敬一盃。"

【借風使船】 jiè fēng shǐ chuán 比喻憑藉別人的力量,達到自己的目的。紅樓夢九一:"(寶蟾)今見金桂所爲,先已開了端了,他便樂得借風使船,先弄薛蝌到手,不怕金桂不依。"

【借箸代籌】 jiè zhù dài chóu 秦末楚漢相争,酈食其勸劉邦立六國後代,共同攻楚。邦方食,張良入見,以爲計不可行,曰:"臣請藉前箸爲大王籌之。"意謂借劉邦所用筷子,以指畫當時形勢。見史記留侯世家。(漢書張良傳"藉"作"借")後以借箸或借箸代籌指代人出謀策畫。

【倚老賣老】 yǐ lǎo mài lǎo 仗着年老而輕視他人。元曲選缺名謝金吾詐拆清風府一:"則管裏倚老賣老,口裏嘮嘮叨叨的説個不了。"清西周生醒世姻緣二六:"但那老人家裏邊,也不依舊往時個個都是那先朝法服,内中也有倚老賣老,老而無德的人!"

【倚門傍戶】 yǐ mén bàng hù 指奴僕五燈會元十一:"僧問紙衣和尚,如何是賓中賓?師曰:倚門傍戶。"亦指沒有主見,靠他人代作主張。明黃宗羲明儒學案卷首凡例:"學問之道,以各人自用得着者爲真。凡倚門傍戶、依樣葫蘆者,非流俗之士,則經生之業也。"

【倚門賣笑】 yǐ mén mài xiào 史記一二九貨殖傳:"刺繡文不如倚市門。"舊時稱妓女生涯爲倚門賣笑,本此。元王實甫西廂記三本一折:"你看人似桃李春風牆外枝,賣俏倚門兒。"

【倚馬可待】 yǐ mǎ kě dài 晉桓溫北征,袁宏倚馬前草擬文告,頃刻寫成七紙。見世説新語文學。後因以倚馬才或倚馬可待,稱人才思敏捷,出口成章。唐李白李太白詩二六與韓荆州書:"請日試萬言,倚馬可待。"

【倚草附木】 yǐ cǎo fù mù 意同"依草附木"。清西周生醒世姻緣十五:"行開了文書,撒開了應捕,懸了一百兩的賞格,要拿這一班倚草附木的妖精,漸漸的俱拿得差不多了。"

【倒戈卸甲】 dào gē xiè jiǎ 放下武器。伏輸的意思。續傳燈錄十四廣法法光禪師:"僧問:'雪峯三上投子,九到洞山,爲什麼倒戈卸甲?'師曰:'理長即就。'"

【倒行逆施】 dào xíng nì shī 指作事違反常道,不擇手段。史記六六伍子胥傳:"吾日暮途遠,吾故倒行而逆施之。"索隱:"顛倒疾行,逆理施事。"漢書六四主父偃傳:"吾日暮,故倒行逆施之。"注:"倒行逆施,謂不遵常理。"

【倒冠落佩】 dào guān luò pèi 指去官歸隱。冠佩是官場正服的打扮。唐杜牧樊川文集一晚晴賦:"倒冠落佩兮與世闊疏,敖敖兮真徇其愚而隱居者乎?"宋蘇軾分類東坡詩五定惠院寓居月夜偶出:"但當謝官對妻子,倒冠落佩從嘲罵。"

【倒持泰阿】 dào chí tài ē 比喻把大權授與別人,自己反受其害。漢書六七梅福傳:"倒持泰阿,授楚其柄。"注:"泰阿,劍名,歐冶所鑄也。……譬倒持劍,而以把授與人也。"泰,亦作"大"。新唐書陳夷行傳

"比姦臣數千權,願陛下無倒持大阿,以鐔授人。"

【倒海翻江】　dào hǎi fān jiāng　形容水勢浩大。宋陸游劍南詩稿一夜宿陽山磯將曉大雨北風甚勁俄頃行三百餘里遂抵雁翅浦:"五更顛風吹急雨,倒海翻江洗殘暑。"

【倒繃孩兒】　dào bēng hái er　比喻對素所熟習之事一時失手。宋魏泰東軒筆錄七:"苗振以第四人及第,既而召試館職。一日謁晏丞相(殊),晏語之曰:'君久從吏事,必疏筆硯,今將就試,宜稍溫習也。'振率然對曰:'豈有三十年爲老娘,而倒繃孩兒者乎?'晏公俛而哂之。既而試澤宮選士,……由是不中選。晏公聞而笑曰:'苗君竟倒繃孩兒矣。'"老娘,舊時接生婆。繃,即"繃"。朱子語類一三八雜類謂陳易赴試時與韓琦問答之語。

【倒載干戈】　dào zài gān gē　收藏武器,不再打仗。禮樂記:"倒載干戈,包之以虎皮。"亦作"倒置干戈"。史記留侯世家:"倒置干戈,覆以虎皮,以示天下不復用兵。"

【倒置干戈】　dào zhì gān gē　見"倒載干戈"。

【倒屣相接】　dào xǐ xiāng jiē　古人家居,席地而坐,脫屣置側。聞客至倒着其屣以相迎,形容接見心切。屣,鞋。三國志魏王粲傳:"(蔡邕)聞粲在門,倒屣迎之。"隋書盧思道傳孤鴻賦序:"通人楊令君(遵彥)、邢特進(子才)已下皆分庭致禮,倒屣相接,翕拂吹噓,長其光價。"

【倒鳳顛鸞】　dǎo fèng diān luán　金元好問遺山集四趙答張教授仲文詩:"天孫繰絲天女織,倒鳳顛鸞金粟尺。"比喻刺繡之工,神肖物相。舊時亦以指男女交歡,多見於小說戲曲。

【倒廩傾囷】　dǎo lǐn qīng qūn　比喻盡傾其所有。唐韓愈昌黎集十五答竇秀才書:"雖使古之君子,穡道藏德,遁其光而不曜,膠其口而不傳者,遇足下之請懇懇,猶將倒廩傾囷,羅列而進也。"

【俱收並蓄】　jù shōu bìng xù　不加區別,統統收集保存起來。唐韓愈昌黎集十二進學解:"玉札丹砂,赤箭青芝,牛溲馬勃,敗鼓之皮,俱收並蓄,待用無遺者,醫師之良也。"後來多作"兼收並蓄"。

【倡條冶葉】　chàng tiáo yě yè　柔嫩美艷的枝葉。宋歐陽修文忠集一三二玉樓春詞之二五:"倡條冶葉恣留連,飄蕩輕於花上絮。"侯寘嬾窟詞瑞鶴仙詠含笑:"春風無檢束,故倡條冶葉,恣情丹綠。"後來詩文中常以指妓女。

【俾晝作夜】　bǐ zhòu zuò yè　以白晝作夜間,謂晨昏顛倒。詩大雅蕩:"式號式呼,俾晝作夜。"

【停辛佇苦】　tíng xī zhù kǔ　歷盡艱辛。唐李商隱李義山詩集二河內詩二首之一:"梔子交加香蓼繁,停辛佇苦留待君。"

【停留長智】　tíng liú zhǎng zhì　謂事應速辦,擱置時久,易使對方改變主意,想出對策。明馮夢龍醒世恒言四:"張委道:這也罷了,少不得來年又發。我們快去,莫要使他停留長智。"

【停雲落月】　tíng yún luò yuè　晉陶潛陶淵明集一有停雲詩四首,自序稱"停雲,思親友也。"唐杜甫九家集注杜詩五夢李白之一:"落月滿屋梁,猶疑照顏色。"後以停雲落月指懷念親友,多用於書牘,本此。

【做小伏低】　zuò xiǎo fú dī　見"伏低做小"。

【做神做鬼】　zuò shén zuò guǐ　搗鬼做弊,裝模做樣。水滸九:"夜間聽得那廝兩個做神做鬼,把滾湯賺了你腳。那時俺便要殺這兩個撮鳥,卻被客店裏人多,恐防救了。"

【做一日和尚撞一日鐘】　zuò yī rì hé shàng zhuàng yī rì zhōng　比喻敷衍了事,得過且過。明姚茂良雙忠記下三二:"你罵得好好!俗云:做一日和尚撞一日鐘,得快活且快活,不強似你年紀四十多歲死于非命。"西遊記十六:"行者方丟了鐘杵,笑道:你那裏曉得,我這是做一日和尚撞一日鐘。"

【偃武修文】　yǎn wǔ xiū wén　停息武備,修明文教。書武成:"乃偃武修文。"亦作"偃武興文"。漢書八九黃霸傳:"太尉官罷久矣,丞相兼之,所以偃武興文也。"

【偃武興文】　yǎn wǔ xīng wén　見"偃武

修文"。

【偃旗臥鼓】　yǎn qí wò gǔ　同"偃旗息鼓"。謂使軍中肅靜無聲。三國志蜀諸葛亮傳"屯于沔陽"注引郭沖三事:"亮在城中,兵少力弱……將士失色,莫知其計。亮意氣自若,勅軍中皆臥旗息鼓,不得妄出菴幔。"亦指休軍罷戰。唐大詔令集一百七建中元年發兵屯守諸鎮詔:"下無愁怨,外絕師旅,偃旗臥鼓,朕顧斯畢。"

【偃旗息鼓】　yǎn qí xī gǔ　收捲軍旗,停止擊鼓,使軍中肅靜無聲。三國志蜀趙雲傳引雲別傳:"更大開門,偃旗息鼓,公(曹操)軍疑雲有伏兵,引去。"亦指休軍罷戰。舊唐書八四裴行儉傳附裴光庭:"突厥受詔,則諸蕃君長必相率而來,雖偃旗息鼓,高枕有餘矣。"

【偭規越矩】　miǎn guī yuè jǔ　違背正常的法則。楚辭屈原離騷:"固時俗之工巧兮,偭規矩而改錯。"注:"偭,背也。圓曰規,方曰矩。改,更也。錯,置也。言今世之工,才知強巧,皆去規矩,更造方圓,必失堅固,敗材木也。"

【假力於人】　jiǎ lì yú rén　求助他人以成事。列子湯問:"恥假力於人,誓手劍以屠黑卵。"

【假公濟私】　jiǎ gōng jì sī　假借公事之名,以圖個人私利。元曲選缺名包待制陳州糶米一:"他假公濟私,我怎肯和他干罷了也呵!"明張居正張文忠公集一陳六事疏:"各衙門在官錢糧,漫無稽查,假公濟私,官吏滋弊。"

【假氣游魂】　jiǎ qì yóu hún　指失勢僅存,不能有所爲之人。意近"行尸走肉"。文選晉孫子荊(楚)爲石仲容與孫晧書:"假氣游魂,迄於四紀。"注:"魏明帝善哉行:'權豎豎子,偪則亡虜,假氣游魂,烏魚爲伍。'權,孫權,偪,劉備。

【假道滅虢】　jiǎ dào miè guó　左傳僖二年記晉荀息請以屈產之乘與垂棘之璧,假道于虞以伐虢。虞公貪賄,從之。五年晉復假道虞以滅虢,回師遂襲虞,滅之。假,借。後因以假道滅虢,指借彼圖此,別有用心。

【假金方用真金鍍】　jiǎ jīn fāng yòng zhēn jīn dù　比喻只有弄虛作假,纔需要僞裝。全唐詩四八三李紳答章孝標:"假金方用真金鍍,若是真金不鍍金。"

【僞紅倚翠】　wèi hóng yǐ cuì　五代南唐後主(李煜)微行倡家,自題爲"淺斟低唱,僞紅倚翠大師,鴛鴦寺主。"見宋陶穀清異錄釋族。後來稱狎妓爲僞紅倚翠。孤本元明雜劇元史樟莊周夢蝴蝶二:"一生好採蕊尋芳,半世愛僞紅倚翠,名雖擔着風月,心上戀着芳菲。"

【偷天換日】　tōu tiān huàn rì　比喻暗做手腳,改變真相。李寶嘉官場現形記五三:"且説尹子崇自從做了這一番偷天換日的大事業,等到銀子到手,便把原有的股東一齊寫信去招呼。"亦作"換日偷天"。見該條。

【偷生苟活】　tōu shēng gǒu huó　苟且生存,不能有所作爲。後漢書七九上戴憑傳:"後復引見,憑謝曰:'臣無謇諤之節,而有狂瞽之言,不能以尸伏諫,偷生苟活,誠慚聖朝。'"

【偷合取容】　tōu hé qǔ róng　見"偷合苟容"。

【偷合苟容】　tōu hé gǒu róng　苟且迎合,以求容身。荀子臣道:"不卹君之榮辱,不卹國之臧否,偷合苟容,以持祿養交而已耳,謂之國賊。"亦作"偷合取容"。史記七三白起王翦傳:"偷合取容,以至圽身。"

【偷香竊玉】　tōu xiāng qiè yù　晉韓壽美姿容,賈充女與私通,密以西域奇香遺壽,後爲充發覺,遂以女妻壽。見晉書賈充傳附賈謐。後因以"偷香竊玉"指男女密約幽期,暗通情好。元曲選石子章秦脩然竹塢聽琴四:"穩坐了七香車,高揭了三簷傘,請受了金花誥,再不赴偷香竊玉期,再不事煉藥燒丹教。"

【偷梁換柱】　tōu liáng huàn zhù　宋羅泌路史發揮三桀紂事多實論,記古史傳説,桀紂能"倒曳九牛,換梁易柱"。本爲強調桀紂力大無窮。後作"偷梁換柱",比喻玩弄手法,暗中改換事物的內容。紅樓夢九七:"偏偏鳳姐想出一條偷梁換柱之計,自己也不好過瀟湘館來,竟未能盡姊妹之情。"指鳳姐乘寶玉神志不清時,出計以寶釵冒充黛玉與寶玉成婚。

【偷寒送暖】　tōu hán sòng nuǎn　奉承拍

馬。暖，也作"煖"。元元淮金困集乙丑鞭春詩："偷寒送暖朱門去，搶腳爭頭白上來。"亦指對人關切。元曲中多指暗中撮合男女私情。古今雜劇元關漢卿趙盼兒風月救風塵三："釘靴雨傘爲活計，偷寒送煖作營生。"雍熙樂府十九滿庭芳西廂十詠："紅娘艷質，能傳芳信，善做良媒，偷寒送暖將婚姻配。"亦作"送暖偷寒"。見該條。

【偷驢摸犢】　tōu lú mō dú　指做小偷。北史崔悛傳："(石)愷經悛宅，謂少年曰：'諸郎輩莫作賊，太守打殺人！'悛顧曰：'何不答府君：下官家作賊，止捉一天子牽臂下殿，捉一天子推上殿，不作偷驢摸犢賊。'"

【傍人門戶】　bàng rén mén hù　依賴他人，不能自主。東坡志林十二稱桃符與艾人相爭，門神勸解說："吾輩不肖，方傍人門戶，何暇爭閑氣耶？"(稗海本)宋劉克莊後村集二十同祕書弟賦三老菜奴詩："少賤腸枯被褐單，傍人門戶活飢寒。"

【傍人籬落】　bàng rén lí luò　見"傍人籬壁"。

【傍人籬壁】　bàng rén lí bì　比喻依賴別人。宋嚴羽滄浪詩話附答出繼叔臨安吳景仙書："僕之詩辨，……是自家實證實悟者，是自家閉門鑿破此片田地，即非傍人籬壁，拾人涕唾得來者。"亦作"傍人籬落"。元謝應芳龜巢集沁園春丁酉春寓埭山錢氏寫懷："老我衣冠，傍人籬落，賴有平生鐵硯隨。"

【傍花隨柳】　bàng huā suí liǔ　形容春遊之樂。宋金履祥編濂洛風雅五宋程顥春日偶成："雲淡風輕近午天，傍花隨柳過前川。"二程全書明道文集一作偶成詩，無"春日"二字，傍作"望"。元詩選揆之戊上陳堯道春日田園雜興詩："傍花隨柳處，此事不關吾。"

【傍若無人】　páng ruò wú rén　形容神情自若或態度高傲。世說新語簡傲："王子敬(獻之)自會稽經吳，聞顧辟疆有名園，先不識主人，徑往其家。值顧方集賓友酣燕，而王遊歷既畢，指麾好惡，傍若無人。"又："(稽)康方大樹下鍛，向子期(秀)爲佐鼓排。康揚槌不輟，傍若無人。"亦作"旁若無人"。見該條。

【傅粉何郎】　fù fěn hé láng　三國魏何晏，面白，美姿儀，平日喜修飾，粉白不去手，行步顧影，人稱"傅粉何郎"。見三國志魏曹爽傳注引魏略、世說新語容止。後用爲喜修飾之青年美男子之泛稱。全唐詩話二李瑞贈郭駙馬(暖)："薰香荀令偏憐少，傅粉何郎不解愁。"暖，郭子儀子。

【傅粉施朱】　fù fěn shī zhū　搽粉抹紅，謂修飾打扮。朱，胭脂。文選戰國楚宋玉登徒子好色賦："著粉則太白，施朱則太赤。"北齊顏之推顏氏家訓勉學："梁朝全盛之時，貴遊子弟，……無不燻衣剃面，傅粉施朱。"宋詩鈔周必大益公平園續藁鈔次韻楊廷秀："傅粉施朱淡復濃，不辭沐雨更梳風。"

【傭中佼佼】　yōng zhōng jiǎo jiǎo　在衆中才能特出的人。後漢書十一劉盆子傳："帝曰：'卿所謂鐵中錚錚，傭中佼佼者也。'"注："佼，好貌也。……言佼佼者，凡傭之人稍爲勝也。"今通作"庸中佼佼"。

【傾囷倒廩】　qīng qūn dào lǐn　謂盡出所有，毫無保留。囷、廩，均爲糧倉。元劉將孫養吾齋集十一彭丙詩序："丙公初以采詩見子先君子，一見喜其質可深造，縣是傾囷倒廩以付之。"

【傾城傾國】　qīng chéng qīng guó　漢書九七上外戚傳李延年歌："北方有佳人，絕世而獨立，一顧傾人城，再顧傾人國。寧不知傾城與傾國，佳人難再得。"後因用傾城傾國來形容絕色的女子。亦作"傾國傾城"。花間集四五代蜀薛昭蘊浣溪沙之七："傾國傾城恨有餘，幾多紅淚泣姑蘇。"

【傾家竭產】　qīng jiā jié chǎn　竭盡產業，用光家財。三國志蜀董和傳："蜀土富實，時俗奢侈，貨殖之家，侯服玉食，婚姻葬送，傾家竭產。"今多作"傾家蕩產"。

【傾國傾城】　qīng guó qīng chéng　見"傾城傾國"。

【傾筐倒庋】　qīng kuāng dào guǐ　謂盡出其所有。世說新語賢媛："王右軍(羲之)郗夫人謂二弟司空(愔)、中郎(曇)曰：'王家見二謝，傾筐倒庋；見汝輩來，平平爾。汝可無煩復往。'"庋，閣，儲物室。清顏光敏顏氏家藏尺牘二曾處士燦："西泠邂逅，殊出意表，但恨未傾筐倒庋，飫聆麈談耳。"後謂"傾筐倒篋"，義同。

【傾腸倒肚】 qīng cháng dào dù 謂一發無餘,盡其所有。宋朱熹朱子語類三四論語十六:“聖人固不在說,顏子得聖人說一句,直是傾腸倒肚都了。更無許多廉纖纏擾,絲來綫去。”

【傾蓋如故】 qīng gài rú gù 謂相知甚深,一見即如故交。史記八三鄒陽傳獄中上書:“諺曰:有白頭如新,傾蓋如故,何則? 知與不知也。”索隱引志林:“傾蓋者道行相遇,駢車對語,兩蓋相切,小欹之,故曰傾也。”傾蓋,謂行道相遇,停車共語,車蓋相切而微傾,明張存紳云蓋非傘蓋,戴席帽謂之張蓋。參閱雅俗稽言八淡交。

【傾囊倒篋】 qīng náng dào tuó 謂全部獻出,毫無保留。囊、篋,盛物的口袋。有底曰囊,無底曰篋。宋釋道潛參寥子詩集三贈鄒醫詩:“傾囊倒篋願爲贈,唯有團蒲并杖藜。”

【傷弓之鳥】 shāng gōng zhī niǎo 受過箭傷之鳥。戰國楚春申君欲起用臨武君爲將抗秦。趙使者魏加謂臨武君曾敗于秦兵,如離羣受傷之鳥,聞弓弦聲即驚慌下墜,不宜作抗秦的主將。事見戰國策楚四。參閱鮑彪注。後引以比喻經過禍患,遇事猶有餘悸的人。晉書苻生載記:“傷弓之鳥,落於虛發。”亦省作“傷弓鳥”。宋徐鉉徐公文集三陳覺放還至泰州以詩見寄作此答之詩:“今朝我作傷弓鳥,卻羨君爲不繫舟。”今通作“驚弓之鳥”。

【傷心慘目】 shāng xīn cǎn mù 謂情景使人悲慘。唐文粹三三下李華弔古戰場文:“日光寒兮草短,月色苦兮霜白,傷心慘目,有如是耶?”

【傷天害理】 shāng tiān hài lǐ 凶殘狠毒,不顧天理。清西周生醒世姻緣十五:“過得兩三日,與晁老說起胡旦、梁生的事來,那晁大舍說出那些傷天害理刻薄不近人情的言語,無所不至,也沒有這麼多口學他的說話。”

【傷化敗俗】 shāng huà bài sú 見“傷風敗俗”。

【傷風敗俗】 shāng fēng bài sú 敗壞良好的風俗。梁書何敬容傳:“望白署空,是稱清貴,恪勤匪懈,終滯鄙俗。……嗚呼! 傷風敗俗,曾莫之悟。”北史游肇傳:“肇儒者,動存名教,直繩所舉,莫非傷風敗俗。”唐韓愈昌黎集三九論佛骨表:“傷風敗俗,傳笑四方,非細故也。”亦作“傷化敗俗”。三國志吳三嗣主傳孫休永安元年詔:“夫所尚不惇,則傷化敗俗。”

【傷筋動骨】 shāng jīn dòng gǔ 本指身受重傷。元曲選關漢卿包待制三勘蝴蝶夢二:“打的來傷觔(筋)動骨,更疼似懸頭刺股。”後來也用以比喻事物受到重大的損害。明周朝俊紅梅記總評:“此等結束甚妙,生旦相見不十分喫力,相會亦不曾喫力,到底不曾傷筋動骨。”

【儀態萬方】 yí tài wàn fāng 謂容姿無美不備,非言語能盡形容。玉臺新詠一漢張衡同聲歌:“素女爲我師,儀態盈萬方。”

【僵李代桃】 jiāng lǐ dài táo 見“李代桃僵”。

【價重連城】 jià zhòng lián chéng 戰國時,秦王欲以十五城換取趙國之和氏璧。後因稱物品貴重爲價重連城,或價值連城。三國志魏鍾繇傳注引魏略曹丕謝繇送玉玦書:“不煩一介之使,不損連城之價,……嘉貺益腆,敢不欽承。”唐韋莊浣花集補遺乞彩牋歌:“也知價重連城璧,一紙萬金猶不惜。”

【優孟衣冠】 yōu mèng yī guān 優孟,戰國楚人。楚相孫叔敖死,子貧無依。優孟在楚莊王前着叔敖衣冠,效其狀,抵掌而語。莊王感動,遂封叔敖子。見史記滑稽傳。後以優孟衣冠比喻假裝古人或一味摹仿。明鄭仲夔耳新二立言:“文之摹古者,世輒嘲之,謂是優孟衣冠。夫優孟衣冠,徒刻畫于形似,終遜真神。誠得其真神,使仲尼不死,顏子如生,又何病焉。”

【優哉游哉】 yōu zāi yóu zāi 詩小雅采菽:“優哉游哉,亦是戾矣。”本指居止自安,後用爲悠閒自得之意。按左傳襄二一年叔向引詩作“優哉游哉,聊以卒歲”,下句不同,蓋爲佚詩。

【優游自得】 yōu yóu zì dé 恬然無慮,悠閒舒適。文選班孟堅(固)東都賦:“嗜欲之源滅,廉恥之心生。莫不優游而自得,玉潤而金聲。”南史何點傳:“招攜勝侶及名德桑門,清言賦詠,優游自得。”

儿 部

【兀兀禿禿】 wù wù tū tū 半冷不熱。古
今雜劇元武漢臣包待制智賺生金閣三：
"我如今可釃些不冷不熱兀兀禿禿的酒與
他喫。"

【元方季方】 yuán fāng jì fāng 東漢陳
寔子陳紀，字元方，陳諶，字季方，時人皆
以爲有才德。陳寔謂："元方難爲兄，季方
難爲弟。"意爲難分高下。見世說新語德
行。後來因稱兄弟才德不相上下爲"難兄
難弟"或"元方季方"。

【元元本本】 yuán yuán běn běn 追源
尋本。漢書一〇〇下叙傳："元元本本，數
始于一。"元元也作"原元"。漢王符潛夫論
本訓："臻皇帝之極功者，必先原元而本
本。"後稱事物自始至終，來歷分明爲元元
本本。

【元龍高臥】 yuán lóng gāo wò 漢末陳
登字元龍，志向高遠，有豪氣。許汜嘗見
之，登自上大床臥，使汜臥下床。事見三國
志魏陳登傳。後稱人待客簡慢，多曰"元龍
高臥"，本此。

【允文允武】 yǔn wén yǔn wǔ 文事和武
功兼備。詩魯頌泮水："允文允武，昭假烈
祖。"

【兄肥弟瘦】 xiōng féi dì shòu 相傳東
漢時齊地災荒，人飢相啖。趙孝之弟趙禮
爲賊虜去，趙孝詣賊，謂"兄肥弟瘦"，願以
身代弟。見東觀漢記十七及後漢書三九趙
孝傳。東觀漢記十六又載倪萌自稱"兄瘦
弟肥"、請求自代的事。後常用兄肥弟瘦表
示兄弟情誼深厚。梁書武陵王紀傳梁元帝
又與武陵王紀書："兄肥弟瘦，無復相代之
期。"元秦簡夫宜秋山趙禮讓肥雜劇，即演
此故事。

【充類至盡】 chōng lèi zhì jìn 把同類的
事物，加以比照推論，揭露共同的本質。孟
子萬章下："夫謂非其有而取之者，盜也，
充類至義之盡也。"

【光天化日】 guāng tiān huà rì 光天，光
明的白天；化日，太平的日子。即所謂太平
盛世。紅樓夢二："彼殘忍乖僻之氣，不能
洋溢於光天化日之下。"以後多用以比喻
大庭廣衆、人所共見的地方。

【光芒萬丈】 guāng máng wàn zhàng
光芒強烈，遍照天地。宋李光莊簡集十五
與胡邦衡書："湧月二詩極超勝，本不欲
出，而光芒萬丈，孰能遏之。"

【光明正大】 guāng míng zhèng dà 明
白而不偏邪。朱子語類七三易九："聖人所
說底話，光明正大，須是先理會個光明正
大底綱領條目。"後來指胸懷坦白，不搞陰
謀。亦作"正大光明"。見該條。

【光明磊落】 guāng míng lěi luò 胸懷
坦蕩，光明正大。清蒲松齡聊齋誌異聶小
倩："區區無他意，止以公子光明磊落，爲
天人所欽矚，實欲依贊三數年，借博封誥，
以光泉壤。"

【光怪陸離】 guāng guài lù lí 光象怪
異，形態離奇。清吳敬梓儒林外史五五：
"那柴燒的一塊一塊的，結成就和太湖石
一般，光怪陸離。"

【光前裕後】 guāng qián yù hòu 書仲
虺之誥："垂裕後昆。"指恩澤流傳及子孫。
陳徐陵徐孝穆集九廣州刺史歐陽頠德政
碑："方其盛業，綽有光前。"指功業遠勝前
人。舊稱增光前代，造福後人爲"光前裕
後"，後多用爲稱頌別人功業隆盛之詞。

【光前絕後】 guāng qián jué hòu 稱讚
別人的行爲或成就極其善美，是前人所未
有、後人所難能的。景德傳燈錄十長沙景
嶺大師："承聞和尚昨日答南泉遷化一則

語，可謂光前絕後，今古罕聞。"宋樓鑰攻媿集七十跋劉杅山帖："先子嗜書如嗜芰，平生富藏名流翰墨，而獨謂杅山先生之書光前絕後，尤祕寶之。"後多作"空前絕後"。亦作"超前絕后"。見該條。

【光風化日】guāng fēng huà rì·猶"光天化日"。清外方山人談微名部光風化日："光風，日出而風也。日出陰消，風日明麗，故曰光。爾雅'日出而風爲暴'，何也？化日，化國之日。潛夫論：'化國之日舒以長。'日有定晷，惟民有餘力，故覺長。所謂無事靜坐，一日似兩日也。"

【光風霽月】guāng fēng jì yuè 天朗氣清時的和風，雨過天晴後的明月。用以比喻人物胸襟開朗、心地坦率、或政治清明。宋黃庭堅豫章集一濂溪詩序："舂陵周茂叔(敦頤)，人品甚高，胸中灑落如光風霽月。"宣和遺事元集："上下三千餘年，興亡百千萬事，大概光風霽月之時少，陰雨晦冥之時多。"元同恕榘菴集十二答李時晦御史詩："白雪陽春聲外律，光風霽月眼中人。"

【光陰如箭】guāng yīn rú jiàn 比喻時間像飛箭一般迅速流逝。唐韋莊浣花集一關河道中詩："但見時光流似箭，豈知天道曲如弓。"宋蘇軾東坡詞一行香子秋興詞："秋來庭下，光陰如箭，似無言有意傷儂。"

【光焰萬丈】guāng yàn wàn zhàng 形容光彩之盛。唐韓愈昌黎集五調張籍詩："李杜文章在，光焰萬丈長。"

【光陰似箭，日月如梭】guāng yīn sì jiàn, rì yuè rú suō 極言時光逝去之速。西遊記九："光陰似箭，日月如梭，不覺江流年長一十八歲。"

【先入爲主】xiān rù wéi zhǔ 以先聽到的意見爲依據，形成成見，不能實事求是聽取後來的不同意見。漢書四五息夫躬傳："唯陛下觀覽古戒，反覆參考，無以先入之語爲主。"宋劉克莊後村集一〇六再跋陳禹錫杜詩補注："學者多以先入爲主，童蒙時一字一句在胸臆，有終其身尊信之太過膠執而不變者。"

【先見之明】xiān jiàn zhī míng 能預先洞察事物的眼力。後漢書五四楊震傳附楊

彪："後子脩爲曹操所殺，操見彪問曰：'公何瘦之甚？'對曰：'愧無日磾先見之明，猶懷老牛舐犢之愛。'"晉書傅咸傳史臣曰："長虞風格凝峻，弗墜家聲，及其納諫汝南，獻書臨晉，居諒直之地，有先見之明矣。"長虞，傅咸字。論語季氏"不在顓臾而在蕭牆之內也"疏："孔子聖人，有先見之明。"

【先花後果】xiān huā hòu guǒ 舊時比喻先生女後生男。明馮夢龍醒世恒言二七："生下三女一男，兒子名曰承祖，長女名玉英，次女名桃英，三女名月英。元來是先花後果的，倒是玉英居長，次即承祖。"

【先斬後奏】xiān zhǎn hòu zòu 古時官吏先處決罪犯，然後上奏稱先斬後奏。後漢書七七酷吏傳序："臨民之職，專事威斷，族誅奸軌，先行後聞。"元曲選岳伯川呂洞賓度鐵拐李一："聖人差的個帶牌走馬廉訪相公，有勢劍銅鍘，先斬後奏。"後多用來比喻先果斷處理某事，然後向上級報告，或泛指事前不報告，造成既成事實。

【先發制人】xiān fā zhì rén 先下手得主動權，可以制服對手。漢書三一項籍傳："先發制人，後發制於人。"史記項羽紀作"吾聞先即制人，後則爲人所制。"索隱："謂先舉兵能制得人。"

【先意承旨】xiān yì chéng zhǐ 揣摩長上意志，奉承恭順，以博取其歡心。韓非子八姦："此人主未命而唯唯，未使而諾諾，先意承旨，觀貌察色，以先主心者也。"抱朴子臣節："先意承旨者，佞諂之徒也，匡過弼違者，社稷之楨也。"旨，亦作"指"。三國志吳賀邵傳上疏："是以正士摧方而庸臣苟媚，先意承指，各希旨趣。"旨，也作"志"。禮祭義："君子之所爲孝者，先意承志，諭父母於道。"

【先憂後樂】xiān yōu hòu lè ㊀事先深謀遠慮，然後纔能得安樂。漢劉向說苑談叢："先憂事者後樂，先傲事者後憂。"㊁於天下人而憂，後於天下人而樂。宋范仲淹范文正公集七岳陽樓記："然則何時而樂耶？其必曰：先天下之憂而憂，後天下之樂而樂乎！"宋史三一四范仲淹傳論："然先憂後樂之志，海內固已信其有弘毅之器足任斯責。"

【先覩爲快】　xiān dǔ wéi kuài　謂以盡先得見爲快事。唐韓愈昌黎集外集二與少室李拾遺書："朝廷之士，引頸東望，若景星鳳皇之始見也，爭先覩之爲快。"宋程俱北山小集二一蔡少師問候啟："鳳凰高翔，爭先覩之爲快；江海善下，固不辭於細流。"

【先聲後實】　xiān shēng hòu shí　先樹聲威，挫折敵方士氣，然後交戰。史記九二淮陰侯傳："兵固有先聲而後實者，此之謂也。"三國志魏劉曄傳："夫畏死趨賞，愚智所同，故廣武君爲韓信畫策，謂其威名足以先聲後實而服鄰國也。"

【先聲奪人】　xiān shēng duó rén　用兵先大張聲威，挫傷敵人的士氣。左傳宣十二年："軍志曰：'先人有奪人之心'，薄之也。"又昭二一年："軍志有之：'先人有奪人之心，後人有待其衰'，盍及其勞，且未定也，伐諸。"注："奪敵之戰心也。"

【先難後獲】　xiān nán hòu huò　先勞苦而後收獲。論語雍也："仁者先難而後獲，可謂仁矣。"義與顏淵篇"先事後得"同，爲不坐享其成之意。

【先驅螻蟻】　xiān qū lóu yǐ　比喻爲效命於人，不惜先人而死。南史王琨傳："順帝遜位，百僚陪列。琨攀畫輪獺尾慟泣曰：'人以壽爲歡，老臣以壽爲戚。既不能先驅螻蟻，頻見此事。'"按戰國策楚一，楚安陵君謂楚宣王曰：王死後"願得以身試黃泉，蓐螻蟻。"琨語本此。

【先下手爲強】　xiān xià shǒu wéi qiáng　作事搶占先著，取得主動地位。隋書元冑傳：高祖猶不悟，"曰：'彼無兵馬，復何能爲？'冑曰：'兵馬悉他家物，一先下手，大事便去。冑不辭死，死何益耶？'"古今雜劇元關漢卿關大王獨赴單刀會："我想來先下手爲強，後下手遭殃！"

【克己奉公】　kè jǐ fèng gōng　約束自己，盡心公務。後漢書二十祭遵傳："遵爲人廉約小心，克己奉公。"

【克己復禮】　kè jǐ fù lǐ　約束自己，使言行符合於禮。論語顏淵："顏淵問仁，子曰：'克己復禮爲仁，一日克己復禮，天下歸仁焉。'"克己復禮爲古語，見左傳昭十二年。文選漢班孟堅(固)東都賦："克己復禮，以奉終始，允恭乎孝文；憲章稽古，封岱勒成，儀炳乎世宗。"

【克勤克儉】　kè qín kè jiǎn　能勤勞而節儉。書大禹謨："克勤于邦，克儉于家。"樂府詩集十二梁太廟樂舞辭撤豆："克勤克儉，無怠無荒。"

【克愛克威】　kè ài kè wēi　書胤征："威克厥愛，允濟；愛克厥威，允罔功。"後因稱以威德使人心悅誠服者曰克愛克威。語本此。

【兔死狗烹】　tù sǐ gǒu pēng　打獵用狗，兔死則狗失其用，烹以爲食。比喻事成見棄，多指舊時君主殺戮功臣。淮南子說林："狡兔得而獵犬烹，高鳥盡而強弩藏。"語亦見文子上德。史記越王勾踐世家："(范蠡)自齊遺大夫(文)種書曰：'蜚鳥盡，良弓藏；狡兔死，走狗烹。越王爲人長頸鳥喙，可與共患難，不可與共樂。子何不去？'"

【兔死狐悲】　tù sǐ hú bēi　比喻物傷其類。樂府羣珠三元汪元亨折桂令歸隱曲："鄙高位羊質虎皮，見非辜兔死狐悲。"水滸二八："豈不聞兔死狐悲，物傷其類？"宋史四七六李全傳有"狐死兔泣"之語，義亦相同。

【兔走烏飛】　tù zǒu wū fēi　古代神話謂太陽中有金烏，月亮中有玉兔，後人因稱日月流逝爲兔走烏飛。五代前蜀韋莊浣花集一秋日早行詩："行人自是心如火，兔走烏飛不覺長。"宋晏殊珠玉詞清平樂："兔走烏飛不住，人生幾度三臺？"

【兔角龜毛】　tù jiǎo guī máo　喻有名無實，並不存在。元姬翼雲山集三月中仙詞："浩浩靈源，自先天恍惚，難貌形狀。殊悲想像，罷兔角龜毛，頭頭分朗。"亦作"龜毛兔角"。見該條。

【兔飛烏走】　tù fēi wū zǒu　見"烏飛兔走"。

【兔起鳧舉】　tù qǐ fú jǔ　比喻行動迅疾。呂氏春秋論威："凡兵欲急疾捷先，……而不可久處，知其不可久處，則知所兔起鳧舉，死殙之地矣。"注："起，走；舉，飛也。兔走鳧趨，喻急疾也。"

【兔起鶻落】　tù qǐ gǔ luò　如兔之躍起，如鶻之衝下，極言行動敏捷。亦以比喻書畫家用筆之矯健敏捷。宋蘇軾經進東坡文集事略四九賞簹谷偃竹記："故畫竹必先得成竹于胸中，執筆熟視，乃見其所欲畫者，急起從之，振筆直遂，以追其所見，如兔起鶻落，少縱則逝矣。"元胡翰胡仲子集八文與可萬竹圖跋："蓋墨竹以小爲難，而多者愈難，欲振筆直遂，如公所謂兔起鶻落，殊未見其可也。"

【兔絲燕麥】 tù sī yàn mài 比喻有名無實。魏書李崇傳："今國子雖有學官之名，而無教授之實，何異兔絲燕麥，南箕北斗哉！"資治通鑑一四八梁天監十五年"兔絲燕麥"注："言兔絲有絲之名而不可以織，燕麥有麥之名而不可以食。古歌曰：'田中兔絲，如何可絡？道邊燕麥，何嘗可穫！'……皆謂有名無實也。"

入 部

【入口無贓】 rù kǒu wú zāng 謂贓證無存如食物下咽之不留痕迹。宋鄭克折獄龜鑑九六慕容彥超："按俗有'入口無贓'之語。"

【入木三分】 rù mù sān fēn 相傳晉王羲之寫祝版（祭祀時寫祝詞的木板），工人事後削去，發現筆痕入木三分。見唐張懷瓘書斷二。意謂羲之筆力雄健。後借以比喻思想、議論的深刻。清趙翼甌北詩鈔七言律七楊雪珊自長垣歸來出示近作嘆賞不足詩以誌愛："入木三分詩思銳，散霞五色物華新。"

【入不敷出】 rù bù fū chū 收入不够支出，不能相抵。紅樓夢一○七："賈政纔得放心回家，以後循分供職，但是家計蕭條，入不敷出。"清文康兒女英雄傳三三："這個當兒，正是我家一個青黃不接的時候兒，何況我家又本是個入不敷出的底子，此後日用有個不足，自然還得從這項裏添補着使。"

【入主出奴】 rù zhǔ chū nú 唐韓愈昌黎集十一原道："入于彼，必出于此；入者主之，出者奴之。"韓愈以儒家正統派自居，攻擊楊、墨、佛、老爲異端，認爲進入異端者則必然排斥儒家，以異端爲主以儒家爲奴。後來多指派別門戶成見。清黃宗羲南雷文定三集一錢退山詩文序："入主出奴，謾詆繁興，莫不以爲折衷羣言。"

【入門問諱】 rù mén wèn huì 古代到別人家拜訪，先要請問其祖先名字，以便談話時避諱。淮南子齊俗："入其家者避其諱。"禮曲禮上："入門而問諱。"注："爲敬主人也。"

【入室弟子】 rù shì dì zǐ 得真傳、親近之弟子。晉書楊軻傳："雖受業門徒，非入室弟子，莫得親言。欲所論授，須旁無雜人，授入室弟子，令遞相宣授。"

【入室昇堂】 rù shì shēng táng 比喻學問造詣高深。漢魏南北朝墓誌集釋北魏元延明墓誌："入室昇堂，實使季長謝其詩書，伯喈歸其文藉（籍）。"季長，漢馬融，伯喈，漢蔡邕。亦作"升堂入室"。見該條。

【入室操戈】 rù shì cāo gē 比喻就對方的論點反駁對方。後漢書三五鄭玄傳："時任城何休好公羊學，遂著公羊墨守、左氏膏肓、穀梁廢疾。玄乃發墨守、鍼膏肓、起廢疾。休見而嘆曰：'康成入吾室，操吾矛，以伐我乎！'"康成，鄭玄字。入室操戈本此。

【入國問俗】 rù guó wèn sú 進入別國時，先要了解該國風俗。淮南子齊俗："是故入其國者從其俗，入其家者避其諱，不犯禁而入，不忤逆而進。"禮曲禮上："入竟而問禁，入國而問俗，入門而問諱。"

【入幕之賓】 rù mù zhī bīn 世說新語雅量："桓宣武（溫）與郗超議芟夷朝臣，條牒既定,其夜同宿。明晨起呼謝安王坦之入,擲疏示之。郗猶在帳內。謝都無言,王直擲還云多。宣武取筆欲除,郗不覺竊從帳中與宣武言,謝含笑曰:郗生可謂入幕賓也。"後稱參與機密之幕僚或親信爲入幕之賓,本此。宋莊季裕雞肋編:"劉光世爲浙西安撫大使,父延慶,本夏人也。參議官范正輿除直龍圖閣告詞云:'入幕之賓,以折衝尊俎當任;從軍之樂,以決勝笑談爲功。'"省作"入幕賓"。元詩選三集曹之謙兌齋集送王仲通詩:"懷鄉不作登樓賦,佐府真爲入幕賓。"

【內省不疚】 nèi xǐng bù jiù 自己省察,並無罪過。論語顏淵:"子曰:內省不疚,夫何憂何懼。"

【內重外輕】 nèi zhòng wài qīng 舊時指京官勢重,外官勢輕。宋史高宗紀五:"乙亥,以內重外輕,命省臺寺監及監司守令居職及二年者,許更迭出入除擢。"

【內視反聽】 nèi shì fǎn tīng 從內中自省察,又自外聽取他人意見。史記商君傳:"趙良曰:'反聽之謂聰,內視之謂明,自勝之謂彊。'"自勝,自我克制。後漢書六六王充傳:"夫內視反聽,則忠臣竭誠;寬賢務能,則義士厲節。"

【內聖外王】 nèi shèng wài wáng 道家的政治理想,指聖人兼有王者之位,以推行自然無爲之道。莊子天下:"是故內聖外王之道,闇而不明,鬱而不發,天下之人,各爲其所欲焉,以自爲方。"儒家所標榜的內聖外王是內以聖人的道德爲體,外以王者的仁政爲用,體用兼備,各盡其極致。宋史四二七邵雍傳:"河南程顥,初侍其父識雍,論議終日,退而嘆曰:'堯夫(邵雍)內聖外王之學也。'"

【內憂外患】 nèi yōu wài huàn 國內的憂患與外來的侵擾。管子戒:"君外舍而不鼎饋,非有內憂,必有外患。"

【全受全歸】 quán shòu quán guī 禮祭義:"父母全而生之,子全而歸之。"封建禮教認爲子女的身體來自父母,應當潔身自愛,以完全無垢的身體,還給父母,稱爲全受全歸。

【全真養素】 quán zhēn yǎng sù 保全培養自己的天真和素質。宋詩鈔張耒宛丘詩鈔夏日雜興之二:"全真養素安吾分,敢謂軒裳不我如。"

【全無心肝】 quán wú xīn gān 隋滅陳,陳後主(陳叔寶)被俘。後來監守者奏言叔寶欲得一官號。隋文帝說:"叔寶全無心肝!"見南史陳後主紀。後稱人毫無羞恥之心爲全無心肝。

【兩小無猜】 liǎng xiǎo wú cāi 指男孩和女孩童年天真,彼此在一起玩耍,沒有嫌疑猜忌。唐李白李太白詩四長干行:"郎騎竹馬來,遶床弄青梅,同居長干里,兩小無嫌猜。"清蒲松齡聊齋志異江城:"翁有女,小字江城,與生同甲,時當八九歲,兩小無猜,日共嬉戲。"

【兩次三番】 liǎng cì sān fān 謂不止一次。古今雜劇元關漢卿錢大尹智勘緋衣夢三:"你看這個蒼蠅兩次三番落在這筆尖上。令史,與我拿住。"又缺名張于湖誤宿女真觀:"我兩次三番叫你,如何不來?"

【兩豆塞耳】 liǎng dòu sè ěr 有所蔽塞,聽而不聞。見"一葉蔽目"。

【兩兩三三】 liǎng liǎng sān sān 形容少數。宋柳永樂章集夜半樂詞:"敗荷零落,衰楊掩映,岸邊兩兩三三浣紗遊女。"晁補之琴趣外編一黃鶯兒詞:"南園佳致偏宜暑,兩兩三三修篁,新筍出初齊,猗猗過簷侵戶。"

【兩虎相鬥】 liǎng hǔ xiàng dòu 戰國策秦二記陳軫說秦王,以齊楚之戰喻兩虎爭人而鬥。比喻敵對雙方你死我活的鬥爭。史記七八春申君傳:"天下莫強于秦楚,今聞大王欲伐楚,此猶兩虎相與鬥。"大王指秦昭王。也作"兩虎共鬥"。史記八一廉頗藺相如傳:"今兩虎共鬥,其勢不俱生。"

【兩面三刀】 liǎng miàn sān dāo 比喻陰一套,陽一套,挑撥是非。元曲選李行道包待制智賺灰闌記二:"我是這鄭州城裏第一個賢慧的,倒說我兩面三刀,我搬調你甚的來?"明東郊櫻桃記獵飲:"坑陷處,東又唆這邊,西又唆那邊,兩面三刀,何怕你上繩下水。"亦作"兩頭三面"。見該條。

【兩袖清風】 liǎng xiù qīng fēng ㊀迎風瀟灑的姿態。元陳基夷白齋稿十一次韻吳江道中詩：「兩袖清風身欲飄，杖藜隨月步長橋。」㈡形容居官廉潔，襄空如洗。元魏初青崖集二送楊季海詩：「交親零落鬢如絲，兩袖清風一束詩。」明吳應箕樓山堂集十八忠烈楊璉傳：「入計時，止餘兩袖清風，欲送其老母歸楚，至不能治裝以去。」

【兩部鼓吹】　liǎng bù gǔ chuī　南齊孔稚珪門庭之內長滿野草，蛙聲噪鬧謂人曰：「此以當兩部鼓吹。」見南齊書本傳。鼓吹，儀仗隊所奏的音樂。後來用以比喻蛙聲。

【兩敗俱傷】　liǎng bài jù shāng　謂兩強相爭，雙方都受損失，給予第三者以可乘之機。戰國策秦二：「有兩虎諍（爭）人而鬪者，管莊子將刺之。管與止之曰：『虎者，戾蟲；人者，甘餌也。今兩虎諍人而鬪，小者必死，大者必傷。子待傷虎而刺之，則是一舉而兼兩虎也。』」史記七○陳軫傳，管莊子作卞莊子。新五代史宦者傳論：「患已深而覺之，欲與疎遠之臣圖左右之親近，緩之則養禍而益深，急之則挾人主以爲質，雖有聖智不能與謀，謀之而不可爲，爲之而不可成，至其甚，則俱傷而兩敗。」

【兩葉掩目】　liǎng yè yǎn mù　比喻受蒙蔽而不明。北齊劉晝新論專學：「夫兩葉掩目，則冥然無覩；雙珠填耳，必寂寞無聞。」

【兩鼠鬪穴】　liǎng shǔ dòu xué　比喻兩軍相遇於地勢險狹之處，無迴旋餘地，惟勇往直前之將領纔能獲勝。史記八一廉頗藺相如傳附趙奢：「秦伐韓，軍於閼與，……王召問趙奢，奢對曰：『其道遠險狹，譬之猶兩鼠鬪於穴中，將勇者勝。』」

【兩頭三面】　liǎng tóu sān miàn　猶兩面三刀。古今雜劇缺名錦雲堂美人連環計四：「空教我兩頭三面用心計，則爲ей漢江山半生勞力。」參見「兩面三刀」。

【兩頭白麵】　liǎng tóu bái miàn　指作事表裏不一，兩面討好。雍熙樂府五點絳唇常言俗語套：「巧語花言，兩頭白麵。」元曲選楊文奎翠紅鄉兒女兩團圓三：「王獸醫云：『你撒了手，不似你這個兩頭白面搬脣遞舌的歹弟子孩兒。』」面，通「麵」。元劇中常以白麵、麵糊比喻人胡塗或受人蒙蔽。

【兩瞽相扶】　liǎng gǔ xiāng fú　比喻彼此都無所助益。韓詩外傳五：「兩瞽相扶，不傷牆木，不陷井穽，則其幸也。」

【兩雄不俱立】　liǎng xióng bù jù lì　謂勢難並存。史記九七酈生傳：「且兩雄不俱立，楚漢久相持不決……天下之心未有所定也。」又南越傳：「於是乃下令國中曰：『吾聞兩雄不俱立，兩賢不並世。皇帝賢天子也。自今以後，去帝制黃屋左纛。』」

八　　部

【八百孤寒】　bā bǎi gū hán　孤寒，指生活貧窮的士人。八百，形容其多。五代王定保唐摭言七好放孤寒：「李太尉德裕頗爲寒畯開路。及謫官南去，或有詩曰：『八百孤寒齊下淚，一時南望李崖州。』」

【八門五花】　bā mén wǔ huā　見「五花八門」。

【八面見光】　bā miàn jiàn guāng　義同「八面玲瓏」。清文康兒女英雄傳十：「張姑娘這幾句話，說得軟中帶硬，八面見光，包羅萬象，把個鐵錚錚的十三妹倒寄放在那裏爲起難來了。」此指說話圓全，沒有漏洞。

【八面玲瓏】　bā miàn líng lóng　文苑英華二八五唐盧綸賦得彭祖樓送楊宗德歸徐州幕詩：「四戶八窗明，玲瓏逼上清。」玲瓏，敞亮通明貌。元詩選癸之巳上元凱德風堂詩：「八面玲瓏列綺窗，使君新構德風堂。」續傳燈錄三七紹隆禪師：「鋒鋩不露，無孔鐵鎚；八面玲瓏，多虛少實。」後來多用以形容人處世圓滑，敷衍周到而不得罪人。

【八面威風】 bā miàn wēi fēng　形容將帥威嚴氣勢，多見於小說戲曲。孤本元明雜劇元李文蔚破苻堅蔣神靈應四：「(謝安云)謝玄，你這一場交戰，託聖天子百靈威助，方顯這大將軍八面威風，真箇是三軍勞神也。」

【八字沒一撇】 bā zì méi yī piě　八字只有兩畫，一撇尚無，比喻事情還毫無着落。續傳燈錄二九知宬禪師：「若問是何宗，八字未着」。」清文康兒女英雄傳二九：「這幅行樂圖兒，正是定規了這椿事的第三天畫的。不然，姐姐只想，也有個八字沒見一撇兒，我就敢冒冒失失把姐姐合他畫在一幅畫上的理嗎？」

【八仙過海，各顯神通】 bā xiān guò hǎi，gè xiǎn shén tōng　八仙指漢鍾離、張果老、韓湘子、鐵拐李、曹國舅、呂洞賓、藍采和、何仙姑八個道教仙人，傳說其曾各自施展法力以渡海。習用爲各以特長，爭雄競勝之意。西遊記八一：「正是：八仙同過海，獨自顯神通。」

【六尺之孤】 liù chǐ zhī gū　指未成年的孤兒。周代一尺相當於現在六寸。六尺，指尚未長大成年。論語泰伯：「曾子曰：『可以託六尺之孤，可以寄百里之命。』」託孤，多用以指帝王或諸侯死前委託大臣輔助未成年而繼位的君主。後漢書六三李固傳：「今委君以六尺之孤。」參閱清劉寶楠論語正義泰伯。

【六月飛霜】 liù yuè fēi shuāng　相傳戰國時，鄒衍事燕惠王，被人陷害下獄。鄒衍在獄中仰天而哭，時正炎夏，天忽然降霜。見初學記二引淮南子、漢王充論衡感應。全唐文二二六張說獄箴：「匹夫結憤，六月飛霜。」亦作「五月飛霜」。唐李白李太白詩二古風三七：「燕臣昔慟哭，五月飛秋霜。」後來用作冤獄的典故。元關漢卿竇娥冤中也有類似情節。

【六馬仰秣】 liù mǎ yǎng mò　形容樂聲美妙，連馬也停食傾聽。荀子勸學：「伯牙鼓琴，六馬仰秣。」又見韓詩外傳六。

【六根清淨】 liù gēn qīng jìng　佛教認爲六根與六塵相接，就會產生種種罪垢，因此主張眼、耳、鼻、舌、身、意六根要清淨潔白。是佛教禁慾主義的説法。法華經法師功德品：「以是功德，莊嚴六根，皆令清淨。」

【六通四辟】 liù tōng sì pì　莊子天道：「明於天，通於聖，六通四辟於帝王之德者，其自爲也，昧然無不靜者矣。」釋文謂六通即陰、陽、風、雨、晦、明六氣；四辟，指四方開關。唐成玄英疏認爲六通是四方上下；四辟是順應四時，任物自動。後多用來比喻四面八方無不通達。

【公才公望】 gōng cái gōng wàng　指才識和名望可和三公輔相的職位相稱。世説新語品藻：「王丞相(導)嘗謂(虞)騑曰：『孔愉有公才而無公望；丁潭有公望而無公才，兼之者其在卿乎？』」梁書王暕傳：「時文憲作宰，賓客盈門，見暕，相謂曰：『公才公望，復在此矣。』」暕父儉仕齊，封文憲公。

【公子王孫】 gōng zǐ wáng sūn　指貴族、官僚的子弟。戰國策楚四：「黃雀……自以爲無患，與人無爭也，不知夫公子王孫左挾彈，右攝丸，將加己乎十仞之上，以其類爲招。」

【公私兩利】 gōng sī liǎng lì　見「公私兩便」。

【公私兩便】 gōng sī liǎng biàn　指對公家和私人都有好處。漢書溝洫志「乃兩便」唐顏師古注：「言無產業之人，端居無爲，及發行力役，俱須食食耳。今縣官給其衣食，而使修治河水，是爲公私兩便也。」亦作「公私兩濟」、「公私兩利」。晉書阮種傳：「若人有所患苦者，有宜損益，使公私兩濟者，委曲陳之。」文獻通考十七征榷四：「惟有於要鬧坊場之地，聽民醞造，納稅之後，便從酤賣，實爲公私兩利。」

【公私兩濟】 gōng sī liǎng jì　見「公私兩便」。

【公報私仇】 gōng bào sī chóu　假借公事以報私仇。明馮夢龍醒世恒言二九：「盧枏道：並無別事，汪知縣公報私仇，借家人盧才的假人命，裝在我名下，要加小小死罪。」

【公聽並觀】 gōng tīng bìng guān　多方面聽取意見和觀察事物。三國志魏蔣濟傳上疏：「臣竊亮陛下潛神默思，公聽並觀，若事有未盡於理而物有未周於用，將改曲易調，遠與黃唐角功，近昭文武之迹，豈近習而已哉！」

【兵不血刃】 bīng bù xuè rèn　不經激戰就取得勝利。荀子議兵：「故近者親其善，遠方慕其德，兵不血刃，遠邇來服。」三國志吳吳主傳趙咨對：「取荆州而兵不血刃，是其智也。」

【兵不厭詐】 bīng bù yàn zhà　猶「兵不厭權」。三國演義三四：「（許）攸笑曰：『世人皆言孟德（曹操字）奸雄，今果然也！』操亦笑曰：『豈不聞兵不厭詐？』」

【兵不厭權】 bīng bù yàn quán　作戰時可以使用權術，使敵人作出錯誤的判斷。韓非子難一：「舅犯曰：臣聞之，繁禮君子，不厭忠信；戰陣之間，不厭詐偽。」後漢書五八虞詡傳：「今其衆新盛，難與爭鋒，兵不厭權，願寬假轡策，勿令有所拘閡而已。」後亦作「兵不厭詐」。

【兵連禍結】 bīng lián huò jié　戰爭連續，災禍不斷。漢書九四下匈奴傳：「兵連禍結三十餘年。」

【兵貴先聲】 bīng guì xiān shēng　謂出兵制勝，貴在先聲奪人，造成威勢。文苑英華七九三盧藏用陳子昂別傳：「況兵貴先聲，今發半天下之兵以屬王，安危成敗，在百日之內，何可輕以爲尋常。」

【兵貴神速】 bīng guì shén sù　指軍事行動貴在迅速，纔能出其不意，攻其無備，取得勝利。三國志魏郭嘉傳：「太祖將征袁尚及三郡烏丸。……嘉言曰：『兵貴神速。今千里襲人，輜重多，難以趨利，且彼聞之必爲備，不如留輜重，輕兵兼道以出，掩其不意。』」宋書武帝紀上：「夫兵貴神速，彼若審能遣救，必畏我知，寧容先遣信命。」

【兵慌馬亂】 bīng huāng mǎ luàn　形容戰爭所造成的混亂狀態。明陸華甫雙鳳齊鳴記上二一：「亂紛紛東逃西竄，鬧烘烘兵慌馬亂，一路奔回氣尚喘。」

【兵來將敵，水來土堰】 bīng lái jiàng dí, shuǐ lái tǔ yàn　謂應變對敵，自有辦法。古今雜劇雲臺門聚二十八將一：「兵來將敵，水來土堰，兄弟也你領兵就隨着我來，不可延遲也。」敵，亦作「迎」。元高文秀保成公徑赴澠池會楔子：「自古道兵來將迎，水來土堰，他若領兵前來，俺這裏領兵與他交鋒。」

【兵隨將轉，將逐符行】 bīng suí jiàng zhuǎn, jiàng zhú fú xíng　謂行軍用兵，須有統帥和號令。朱子語錄一百四朱子一：「天下無不可爲之事，兵隨將轉，將逐符行。」亦作「兵隨印轉，將逐符行」。續傳燈錄三十元素禪師：「兵隨印轉，三千里外絕煙塵；將逐符行，二六時中淨裸裸。」

【其應若響】 qí yìng ruò xiǎng　莊子天下：「其動若水，其靜若鏡，其應若響。」本爲莊子比喻其「道」像回聲一樣同萬物相應。後來引申爲應對迅速、反應敏捷。舊題晉程本子華子上晏子：「如以匙勘鑰也，如以璽印塗也，必以其類，其應如響。」

【具體而微】 jù tǐ ér wēi　內容大體具備而規模較小。孟子公孫丑上：「冉牛閔子顏淵，則具體而微。」集注：「具體而微，謂有其全體，但未廣大耳。」唐白居易長慶集六一醉吟先生傳：「所居有池五六畝，竹數千竿，喬木數十株，臺榭舟橋，具體而微。」宋釋惠洪石門文字禪十六古鼎詩：「器分三足真神物，具體而微有旨哉！」

【兼收並蓄】 jiān shōu bìng xù　唐韓愈昌黎集十二進學解：「牛溲馬勃，敗鼓之皮，俱收並蓄，待用無遺者，醫師之良也。」後來稱不拘一格、包羅多方面的人或物爲兼收並蓄。宋朱熹朱文公集十二乙酉擬上封事：「小人進則君子以退，君子進則小人必疎，未有可以兼收並蓄而不相害者也。」王洋東牟集九張帥謝除待制表：「錄善棄瑕，急堯帝親賢之意；兼收並蓄，無商王求備之心。」

【兼容並包】 jiān róng bìng bāo　廣泛收集。史記一一七司馬相如傳難蜀父老：「必將崇論閎議，創業垂統，爲萬世規。故馳騖乎兼容並包，而勤思乎參天貳地。」

【兼弱攻昧】 jiān ruò gōng mèi　吞并弱小，攻取政治昏暗的國家。書仲虺之誥：「兼弱攻昧，取亂侮亡。」

【兼權熟計】 jiān quán shú jì　全面衡量，深思熟慮。荀子不苟：「見其可欲也，則必前後慮其可惡也者；而兼權之，熟計之，然後定其欲惡取舍。」

【兼聽則明，偏信則暗】 jiān tīng zé míng, piān xìn zé àn 博采群言，即能明察；只聽一面之辭，難免昏昧。漢王符潛夫論明闇："君之所以明者，兼聽也；所以闇者，偏信也。"闇，通"暗"。新唐書魏徵傳："（太宗）因問：'爲君者何道而明，何失而暗？'徵曰：'君所以明，兼聽也；所以暗，偏信也。'"

冂 部

【再衰三竭】 zài shuāi sān jié 形容士氣越來越低落，不能再次振作。左傳莊十年："夫戰，勇氣也；一鼓作氣，再而衰，三而竭。"

【再造之恩】 zài zào zhī ēn 使人再生之恩。極言大恩。宋書王僧達傳求解職表："內慮於己，外訪於親，以爲天地之仁，施不期報，再造之恩，不可妄屬。"亦作"恩同再造"。見該條。

【再接再厲】 zài jiē zài lì 勇往直前，毫不鬆懈。唐韓愈昌黎集八鬥雞聯句孟郊詩："一噴一醒然，再接再礪乃。"接，交戰。礪，同"厲"。

冖 部

【冠山戴粒】 guàn shān dài lì 頭頂大山或小土。粒，土。冠山喻大，戴粒喻小。比喻大小雖異，但各適其適。藝文類聚九七符子："東海有鼇焉，冠蓬萊而游於滄海，……有紅蟻者聞而悅，與群蟻相要乎海畔，欲觀鼇之行。……數日風止，海中隱潝如岳，其高矗天，或游而西。群蟻曰：'彼之冠山，何異乎我之戴粒也。'"

【冠蓋往來】 guàn gài wǎng lái 仕宦者往來。冠蓋，爲官吏之服飾車乘，即以指官吏。北齊書皮景和傳："周通好之後，冠蓋往來，常令景和對接，每與使人同射，百發百中，甚見推重。"此指使臣往來。

【冠蓋相望】 guàn gài xiāng wàng 冠，禮帽。蓋，車蓋。爲官吏之服飾車乘，即以指官吏。韓非子十過："宜陽益急，韓君令使者趣卒於楚，冠蓋相望而卒無至者。"戰國策魏四："齊楚約而欲攻魏，魏使人求救於秦，冠蓋相望，秦救不出。"此言遣使之多，絡繹不絕於道。漢書食貨志上晁錯論貴粟疏："（商賈大者）因其富厚，交通王侯，力過吏勢，以利相傾；千里游敖，冠蓋相望，乘堅策肥，履絲曳縞。"此言富商大賈氣勢同於官吏，來往相繼。

【冠履倒易】 guàn lǚ dào yì 喻上下顛倒。後漢書五四楊賜傳："冠履倒易，陵谷代處。"

【冢中枯骨】 zhǒng zhōng kū gǔ 猶言行屍走肉，譏諷志氣卑下、沒有作爲的人。三國志蜀先主傳："北海相孔融謂先主曰：'袁公路（術）豈憂國忘家者邪！冢中枯骨，何足介意！'"

【冥室櫝棺】 míng shì dú guān 古文苑一秦詛楚文:"拘圉其叔父,寘冥室櫝棺之中。"意謂把人關在像棺材一樣又黑又狹的小房間裏。櫝,棺。

【冥頑不靈】 míng wán bù líng 愚昧頑固,毫不聰明。唐韓愈昌黎集三六鱷魚文:"夫傲天子之命吏,不徙以避之,與冥頑不靈而爲民物害者,皆可殺。"

【冤家路窄】 yuān jiā lù zhǎi 仇人或不願相見的人偏偏相遇,無可回避。西遊記四五:"我等……正欲下手擒拿,他却走了。今日還在此間,正所謂冤家路窄。"

【冤冤相報】 yuān yuān xiāng bào 有冤仇者互相報復。宋羅大經鶴林玉露丙編四以德報怨:"余謂釋迦佛好一個闊大肚腸,好一個慈悲心性,人能得此段公案降伏其心,則省得冤冤相報,沙界衆生悉成佛矣。"古雜劇元關漢卿錢大尹智勘緋衣夢二:"父母公婆計怨讐,則這冤冤相報幾時休。"

【冤有頭,債有主】 yuān yǒu tóu, zhài yǒu zhǔ 冤有冤頭,債有債主。喻處理事情必找負主要責任之人。續傳燈錄十八安分庵主:"卓拄一下,曰:冤有頭,債有主。"西遊記五六:"冤有頭,債有主,切莫告我取經僧人。"

冫 部

【冬日可愛】 dōng rì kě ài 比喻和藹可親,仁惠感動人。左傳文七年:"酆舒問於賈季曰:'趙衰趙盾孰賢?'對曰:'趙衰,冬日之日也。趙盾,夏日之日也。'"注:"冬日可愛,夏日可畏。"簡稱冬愛。文選南朝宋謝希逸(莊)宋孝武宣貴妃誄:"躊躇冬愛,怊悵秋暉。"

【冬扇夏鑪】 dōng shàn xià lú 比喻不合時宜。漢王充論衡逢遇:"作無益之能,納無補之說;以夏進鑪,以冬奏扇;爲所不欲得之事,獻所不欲聞之語,其不遇禍幸矣。"或作"冬簟夏裘"。淮南子精神:"知冬日之簟,夏日之裘,無用於己。"簟,扇。

【冬溫夏凊】 dōng wūn xià qìng 表示兒女侍奉父母無微不至。禮曲禮上:"凡爲人子之禮,冬溫而夏凊。"清孫希旦集解引(宋)方愨禮解:"冬則溫之,以禦其寒,夏則凊之,以辟其暑。"北魏張猛龍碑:"冬溫夏凊,曉夕承奉。"(金石萃編二九)梁元帝金樓子二后妃:"冬溫夏凊,二紀及茲,昏定晨省,一朝永奪。几筵寂寞,日深月遠,觸目屠殂,自咎自悼。"

【冬簟夏裘】 dōng shà xià qiú 見"冬扇夏鑪"。

【冰天雪窖】 bīng tiān xuě jiào 形容嚴冬之景象,亦指嚴寒地區。曾樸孽海花十三:"到次日一入俄界,則遍地沙漠,雪厚尺餘,如在冰天雪窖中矣。"亦作"雪窖冰天"。見該條。

【冰肌玉骨】 bīng jī yù gǔ ㊀形容女性肌膚瑩潔光潤。宋蘇軾東坡詞洞仙歌:"冰肌玉骨,自清涼無汗。"用莊子逍遙遊"肌膚若冰雪"語意。㊁形容梅花的傲寒鬪艷。宋毛滂東堂集四蔡天逸以詩寄梅詩至梅不至詩:"冰肌玉骨終安在,賴有清詩爲寫真。"

【冰消瓦解】 bīng xiāo wǎ jiě 比喻事物完全消釋或渙散、崩潰。初學記一晉成公綏雲賦:"冰消瓦解,奕奕翩翩。"北堂書鈔一五〇引作"冰消瓦離"。也作"冰散瓦解"。三國志魏傅嘏傳注引司馬彪戰略:"比及三年,左提右挈,虜必冰散瓦解。"

【冰消瓦離】 bīng xiāo wǎ lí 見"冰消瓦解"。

【冰清玉潔】 bīng qīng yù jié 比喻人品

高潔。藝文類聚四九三國魏曹植光祿大夫荀侯誄：“如冰之清，如玉之潔，法而不威，和而不褻。”初學記十二何法盛晉中興書：“中宗踐阼，下令曰：‘（賀）循冰清玉潔，行爲俗表。’”又比喻官吏辦事清明公正。魏書廣陵王傳：“局（廷尉五局）事須冰清玉潔，明揚褒貶。”

【冰清玉潤】　bīng qīng yù rùn　晉衞玠娶樂廣女，人稱“妻父有冰清之姿，壻有璧潤之望”。見世說新語言語注引衞玠別傳。晉書衞玠傳作“婦公冰清，女婿玉潤”。後來稱岳丈、女婿爲冰清玉潤，簡作“冰玉”，本此。東魏李挺墓志：“太常劉貞公，一代偉人也。特相賞異，申以婚姻。僉謂冰清玉潤，復在兹日。”（漢魏南北朝墓志集釋圖版五九二）

【冰雪聰明】　bīng xuě cōng míng　唐杜甫杜工部草堂詩箋十送樊二十三侍御赴漢中判官：“冰雪淨聰明，雷霆走精銳。”上句稱才幹非凡，下句稱用兵勇武。後用以稱人聰明絕頂。

【冰絃玉柱】　bīng xián yù zhù　箏的美稱。清洪昇長生殿舞盤：“冰絃玉柱聲嘹喨，鸞笙衆管音飄蕩。”

【冰壺秋月】　bīng hú qiū yuè　比喻潔白明淨，多指人的品格而言。宋蘇軾分類東坡詩十二贈潘谷：“布衫漆黑手如龜，未害冰壺貯秋月。”宋史四二八李侗傳：“鄧迪嘗謂（朱）松曰：‘愿中（侗字）如冰壺秋月，瑩徹無瑕，非吾曹所及。’”

【冰散瓦解】　bīng sàn wǎ jiě　見“冰消瓦解”。

【冰解凍釋】　bīng jiě dòng shì　比喻障礙、疑難等消除無凝滯。莊子庚桑楚：“是乃所謂冰解凍釋者能乎？”

【冰魂雪魄】　bīng hún xuě pò　比喻高潔的品質。五代王定保唐摭言十：“劉得仁……既終，詩人爭爲詩以弔之，唯供奉僧棲白擅名。詩曰：‘忍苦爲詩身到此，冰魂雪魄已難招。’”宋陸游劍南詩稿二九北坡梅……忽放一枝戲作：“廣寒宮裏長生藥，醫得冰魂雪魄回。”

【冷煖自知】　lěng nuǎn zì zhī　比喻個人的體會。景德傳燈錄四道明禪師：“今蒙指授入處，如人飲水，冷煖自知，今行者即是某人師也。”煖，通“暖”。宋蘇軾東坡集續集四與滕達道書之十七：“示喻宜甫夢遇，於傳有無，某聞見不廣，何足以質。然冷暖自知，殆未可以前人之有無爲證耳。”

【冷語冰人】　lěng yǔ bīng rén　用冷酷的話傷害人。宋曾慥類說二七外史檮杌：“潘柱迎孟蜀時，以財結權要。或戒之。乃曰：‘非是求願，不欲其以冷語冰人耳。’”

【冷眼看螃蟹】　lěng yǎn kàn páng xiè　比喻冷淡地看待肆意橫行之人。元曲選楊顯之臨江驛瀟湘秋夜雨四：“正是：常將冷眼看螃蟹，看你橫行得幾時。”

【冶容誨淫】　yě róng huì yín　指女子容飾妖豔而不謹慎，等於引人邪淫。易繫辭上：“慢藏誨盜，冶容誨淫。”疏：“女子妖冶其容，身不精愨，是教誨淫者，使來淫己也。”

【冶葉倡條】　yě yè chàng tiáo　形容楊柳枝葉婀娜多姿。唐李商隱李義山詩集二燕臺春：“蜜房羽客類芳心，冶葉倡條徧相識。”也借指歌妓。宋周邦彥片玉集九尉遲杯詞：“冶葉倡條俱相識，仍慣見珠歌翠舞。”

【凌雜米鹽】　líng zá mǐ yán　零亂瑣碎。史記天官書：“近世十二諸侯七國相王，言縱衡者繼踵，而皋唐甘石因時務論其書傳，故其占驗淩雜米鹽。”正義：“淩雜，交亂也。米鹽，細碎也。皋、趙尹皋、唐、楚唐昧、甘、齊甘德、石、魏石申，都是戰國時代的天文家或占星家。漢書天文志作“鱗雜米鹽”。

【凝脂次骨】　níng zhī cì gǔ　凝結脂血，深入骨髓。形容酷烈。舊唐書刑法志：“暨淳樸既消，澆僞時起，刑增爲九，章積三千，雖有凝脂次骨之峻，而錐刀之末，盡爭之矣。”

几　部

【凡夫肉眼】　fán fū ròu yǎn　喻淺薄之見識。宋李覯直講李先生集三七靈源亭詩："良工畫得猶疑祕，莫與凡夫肉眼看。"

凵　部

【凶終隙末】　xiōng zhōng xì mò　指朋友間的友誼不能始終保持。後漢書五七王丹傳："世稱管鮑，次則王貢。張陳凶其終，蕭朱隙其末。"梁書任昉傳劉峻廣絕交論："由是觀之，張陳所以凶終，蕭朱所以隙末，斷焉可知矣。"後多指原爲朋友後變成仇敵。管，管仲；鮑，鮑叔牙；王，王陽，貢，貢禹；張，張耳；陳，陳餘；蕭，蕭育；朱，朱博。

【出一頭地】　chū yī tóu dì　宋歐陽修文忠集一四九與梅聖俞書："讀（蘇）軾書，不覺汗出，快哉，快哉！老夫當避路，放他出一頭地。"本指讓蘇軾高出一頭。後稱超出衆人之上常曰出人頭地。見該條。

【出人意表】　chū rén yì biǎo　出人意料之外。南史袁憲傳："梁武帝修建庠序，別開五館，其一館在憲宅面，憲常招引諸生與之談論，新意出人意表，同輩咸嗟服焉。"

【出人頭地】　chū rén tóu dì　超出衆人之上。明陸采懷香記飛報捷音："書生俊傑真天縱，出人頭地建奇功。"明馮夢龍古今小説三十："（謝瑞卿）資性聰明，過目不忘，吟詩作賦，無不出人頭地。"

【出口入耳】　chū kǒu rù ěr　左傳昭二十年："王曰：言出於余口，入於爾耳，誰告建?"後來指兩人之間私下相傳。後漢書三六張霸傳附張玄："（張）溫執其手曰：'子忠於我，我不能用，是吾罪也，子何謂當然。且出口入耳之言，誰今知之?'"

【出口成章】　chū kǒu chéng zhāng　見"出言成章"。

【出水芙蓉】　chū shuǐ fú róng　初放的荷花。梁鍾嶸詩品中："湯惠休曰：'謝（靈運）詩如芙蓉出水，顏（延之）如錯彩鏤金。'"此指詩句清新。宋洪咨夔平齋詞沁園春用周潛夫韻："濂溪家住江湄，愛出水芙蓉清絕姿。"此指荷花。後也用以形容女性的天然豔麗。宋王洋東牟集二明妃曲："大明宮內宴呼韓，出水芙蓉鑑裏看。"亦作"芙蓉出水"。見該條。

【出手得盧】　chū shǒu dé lú　一擧而獲勝。南齊書張瓌傳："瓌以百口一擲，出手得盧矣。"指張瓌受蕭道成密計殺劉遐事。舊時樗蒱五子俱黑曰盧，爲賭博中最勝之采。

【出生入死】　chū shēng rù sǐ　出生地，入死地。老子："出生入死，生之徒十有三，死之徒十有三。"又見韓非子解老。文選晉潘安仁(岳)秋興賦："彼知安而忘危兮，故出生而入死。"後指冒生命危險爲出生入死。續資治通鑑長編二八雍熙四年柳開上書："臣受非常之恩，未有微報，年才四十，膽力方壯。今匈奴未滅，願陛下賜臣步騎數千，任以河朔用兵之地，必能出生入死，爲陛下復取幽薊，雖身沒戰場無恨。"

【出言不遜】 chū yán bù xùn 說話粗暴無禮。三國志魏張郃傳："(郭)圖慚，又更譖郃曰：郃快軍敗，出言不遜。"明李素甫元宵鬧十六："聽他們出言不遜，惱得我氣滿胸襟。"

【出言成章】 chū yán chéng zhāng 淮南子脩務："(舜)作事成法，出言成章。"本意是出言便成爲規範，後多用以形容文思敏捷。亦作"出口成章"。古今雜劇元馬致遠江州司馬青衫淚四："愛他那走筆題詩，出口成章，頂針續麻。"

【出谷遷喬】 chū gǔ qiān qiáo 由低處移到高處。詩小雅伐木："出自幽谷，遷於喬木。"本指鳥出自深谷，移居高木。後稱自卑升高或祝賀別人遷居稱出遷。亦作"出幽遷喬"。文選晉劉越石(琨)答盧諶詩："光光段生，出幽遷喬。"段生，指漢段匹磾，鮮卑族。

【出其不意】 chū qí bù yì 行動出乎對方意料之外。孫子計："攻其無備，出其不意。"三國志魏夏侯尚傳："尚奏劉備別軍在上庸，山道險難，彼不我虞，若以奇兵潛行，出其不意，則獨克之勢也。"

【出奇制勝】 chū qí zhì shèng 運用奇兵制敵取勝。孫子勢："凡戰者，以正合，以奇勝，故善出奇者，無窮如天地，不竭如江河。"唐文粹二五李翰進張巡中丞傳表："以少擊眾，以弱制強，出奇無窮，制勝如神。"

【出乖露醜】 chū guāi lù chǒu 出醜，丟臉。古今雜劇元關漢卿杜蕊娘智賞金線池二："幾時得脫離了舞榭歌樓，不是我出乖露醜，從良棄賤。"也作"出乖弄醜"。金董解元西廂三："已恁地出乖弄醜，潑水再難收。"元曲選缺名玉清菴錯送鴛鴦被一："小姐，若真個打起官司來，出乖露醜，一發不好。"

【出幽遷喬】 chū yōu qiān qiáo 見"出谷遷喬"。

【出將入相】 chū jiàng rù xiàng 舊時稱人兼備文武之才，出可爲將，入可爲相。北齊書清河王岳傳史臣曰："清河屬經綸之會，自致青雲，出將入相，翊成鴻業。"唐吳兢貞觀政要二："(王)珪對曰：'……才兼文武，出將入相，臣不如李靖。'"

【出羣拔萃】 chū qún bá cuì 見"出類拔萃"。

【出爾反爾】 chū ěr fǎn ěr 孟子梁惠王下："曾子曰：'戒之戒之，出乎爾者，反乎爾者也。'"原謂怎樣對待別人，人家也會同樣對待你，猶言自食其果。後指人反復無信、前後矛盾爲出爾反爾。

【出頭露面】 chū tóu lù miàn 公然顯露形象，或故意突出自己。宋洪邁夷堅志三志辛九焦氏見胡一姊："候至中元節永寧寺塔院建水陸大齋，當爲設位薦拔，切不可再出頭露面，怖嚇老弱。"西遊記四四："眾僧們聽說認親，就把他圈子陣圍將上來，一個個出頭露面，咳嗽打響，巴不得要認出去。"

【出醜揚疾】 chū chǒu yáng jí 丟臉現醜，顯出毛病。古今雜劇元賈仲名蕭淑蘭情寄菩薩蠻四："你既主張了罷，也免的出醜揚疾。"

【出類拔萃】 chū lèi bá cuì 孟子公孫丑上："出於其類，拔乎其萃，自生民以來，未有盛於孔子也。"後指卓越出眾的人。三國志蜀蔣琬傳："時新喪元帥，遠近危悚。琬出類拔萃，處羣僚之右。"亦作"出羣拔萃"。唐韓愈昌黎集十七與崔羣書："誠知足下出羣拔萃，無謂僕何從而得之也。"

【出師未捷身先死】 chū shī wèi jié shēn xiān sǐ 唐杜甫杜工部草堂詩箋八蜀相："出師未捷身先死，長使英雄淚滿襟。"本指三國蜀相諸葛亮伐魏未成而逝，後稱將帥出征未勝而卒，多用此語。

【出言不當，駟馬不追】 chū yán bù dàng, sì mǎ bù zhuī 猶"一言既出，駟馬難追"。通玄真經(文子)微明："出言不當，駟馬不追。"

刀　部

【刀山劍樹】 dāo shān jiàn shù 佛教所說地獄酷刑之一。太平廣記三八二裴則子引冥報拾遺：“至第三重門，入見鑊湯及刀山劍樹。”古今雜劇缺名太乙仙夜斷桃符記：“怕的是明晃晃刀山劍樹，愁的是磣可可鋸解身體。”又作“刀林劍樹”、“刀樹劍山”。見廣弘明集十五南朝梁王僧孺懺悔禮佛文、南齊書高逸傳論。後用來比喻極險惡的境地。

【刀林劍樹】 dāo lín jiàn shù 見“刀山劍樹”。

【刀耕火種】 dāo gēng huǒ zhòng 見“刀耕火耨”。

【刀耕火耨】 dāo gēng huǒ nòu 古代山地的農耕方法。舊唐書一一七嚴震傳：“梁漢之間，刀耕火耨。”亦作“刀耕火種”。宋許觀東齋記事刀耕火種：“沅湘間多山，農家惟植粟，且多在岡阜。每欲布種時，則先伐其林木，縱火焚之，俟其成灰，即布種於其間。如是則所收必倍，蓋史所言刀耕火種也。”也作“火耨刀耕”。唐羅隱甲乙集二別池陽所居詩：“黃塵初起此留連，火耨刀耕六七年。”

【刀頭燕尾】 dāo tóu yàn wěi 比喻筆鋒的勁利。宋郭若虛圖畫見聞志三：“趙光輔……工畫佛道，兼精蕃馬，筆鋒勁利，名刀頭燕尾。”

【刀樹劍山】 dāo shù jiàn shān 見“刀山劍樹”。

【刁天決地】 diāo tiān jué dì 大吵大鬧。元曲選王子一劉晨阮肇誤入桃源三：“看不得喬所爲，歹見識，刁天決地。”亦作“刁天厥地”。古今雜劇元缺名忠義士豫讓吞炭四：“這火刁天厥地小敵才，只管把我來哄！哄！哄！”又作“跳天撅地”。元曲選白仁甫裴少俊牆頭馬上三：“小業種把擓

門掩上些，道不的跳天撅地十分劣。”

【刁天厥地】 diāo tiān jué dì 見“刁天決地”。

【刁鑽古怪】 diāo zuàn gǔ guài 有機靈、狡猾、奸詐、怪僻等意。清西周生醒世姻緣八一：“狄希陳到家，笑道：天！天！俺明水人還我刁鑽古怪，來到北京城，顯的我是傻子了。”紅樓夢二七：“他素日眼空心大，是個頭等刁鑽古怪東西。”這裏指居心狡詐。又三七：“你看古人中，那裏有些刁鑽古怪的題目和那極險的韻？”這裏指怪異稀奇。西遊記八九記有兩怪，一名刁鑽古怪，一名古怪刁鑽，亦精靈、狡詐之意。

【分甘共苦】 fēn gān gòng kǔ 猶“同甘共苦”。晉書應詹傳：“初京兆韋泓，……客遊洛陽，素聞詹名，遂依託之；詹與分甘共苦，情若弟兄。”

【分別部居】 fēn bié bù jū 分類排列。漢史游急就篇一：“羅列諸物名姓字，分別部居不雜廁。”急就篇分姓名、飲食、衣服等部。許慎說文解字敘：“分別部居，不相雜廁也。”說文解字共分五百四十部，每部各有一個部首，使每個字都有所屬。

【分我杯羹】 fēn wǒ bēi gēng 秦末楚漢相爭，劉邦父被項羽俘獲。後來兩軍相持不下，項羽派人威脅劉邦說：“今不急下，我烹太公。”劉邦回答說：“吾翁即若翁，必欲烹而翁，則幸分我一杯羹。”見史記項羽紀。後來稱從別人那裏分享一分利益爲分我杯羹。

【分茅胙土】 fēn máo zuò tǔ 古時分封諸侯，以白茅裹泥土授之，以示與以土地和權力，故以分茅胙土指分封諸侯。胙，賜予。

【分香賣履】 fēn xiāng mài lǚ 漢曹操

遺令：「餘香可分與諸夫人。諸舍中無所爲，學作組履賣也。」諸舍中，指衆妾。見文選晉陸士衡（機）弔魏武帝文序引。後來用分香賣履指人臨死時捨不得丟下妻子兒女。宋李清照金石錄後序：「（趙明誠）取筆作詩，絕筆而終，殊無分香賣履之態。」

【分庭伉禮】 fēn tíng kàng lǐ 以平等的禮節相見。古代禮節，主人的位置在東，客在西，客人與主人相見時，站在庭院的西邊向東與主人相對施禮，故稱分庭抗禮。莊子漁父：「萬乘之主，千乘之君，見夫子未嘗不分庭伉禮。」伉，也作「抗」。史記一二九貨殖傳：「（子貢）所至，國君無不分庭與之抗禮。」後來用以比喻地位平等。南朝梁鍾嶸詩品中：「課其實錄，則豫章、僕射，宜分庭抗禮。」陳姚最續畫品序：「至如長康（顧愷之）之美，擅高往冊，……分庭抗禮，未見其人。」又作「分庭致禮」。隋書盧思道傳孤鴻賦序：「通人楊令君（遵彥）、邢特進（子才）已下皆分庭致禮，倒屣相接，翦拂吹噓，長其光價。

【分庭抗禮】 fēn tíng kàng lǐ 見「分庭伉禮」。

【分庭致禮】 fēn tíng zhì lǐ 見「分庭伉禮」。

【分財異居】 fēn cái yì jū 分割財產，各立門戶。後漢書三九劉平傳序：「既而弟子求分財異居，（薛）包不能止，乃中分其財。」

【分崩離析】 fēn bēng lí xī 渙散，瓦解。論語季氏：「今由與求也相夫子，遠人不服而不能來也，邦分崩離析而不能守也，而謀動干戈於邦內。」注：「民有異心曰分，欲去曰崩，不可會聚曰離析。」後漢書十六鄧禹傳：「禹進說曰：四方分崩離析，形執可見，明公雖建藩輔之功，猶恐無所成立。於今之計，莫如延攬英雄，務悅民心。」

【分釵斷帶】 fēn chāi duàn dài 比喻夫婦的生離死別。也作「分釵破鏡」。藝文類聚三二南朝梁陸罩閨怨詩：「自憐斷帶日，偏恨分釵時。」

【分路揚鑣】 fēn lù yáng biāo ㊀分道而行。鑣，馬勒子。揚鑣，驅馬前進。魏書河間公齊傳：「子志……與御史中尉李彪爭路，俱入見，面陳得失。……高祖曰：'洛陽

我之豐沛，自應分路揚鑣。自今以後，可分路而行。'及出，與彪折尺量道，各取其半。」南朝梁何遜行水部集夕望江橋示蕭諮議楊建康江主詩：「何因適歸顧，分路一揚鑣。」省作「分鑣」。唐白居易長慶集六一祭崔相公文：「或命俗樂，絲管嘈嘈；藉草蔭松，枕麴餔糟；曾未周歲，索然分鑣」。此即分別之意。後常用以比喻志趣不同，各行其是。㊁比喻才力匹敵，各有千秋。南史裴松之傳附裴子野：「蘭陵蕭琛言其評論，可與過秦王命分路揚鑣。」過秦論，西漢賈誼作；王命論，東漢班彪作。

【刓方爲圜】 wán fāng wéi huán 把方的削成圓的。比喻改變人的行爲。楚辭屈原九章懷沙：「刓方以爲圜兮，常度未替。」圜，同「圓」。

【刖趾適屨】 yuè zhǐ shì jù 比喻不顧實際，勉強遷就，生搬硬套。三國志魏明帝紀太和二年注引魏略：「刖趾適屨，刻肌傷骨。」亦作「截趾適屨」。後漢書六二荀爽傳：「傳曰：截趾適屨，孰云其愚？」

【別出心裁】 bié chū xīn cái 獨創一格，與衆不同。清顧觀光武陵山人雜著：「敖繼公釋儀禮，屏棄古注，別出心裁，於經文有難通處，不以爲衍文，即以爲脫簡。」

【別出機杼】 bié chū jī zhù 另闢途徑，有所創新。宋樓鑰攻媿集七十跋李伯和所藏書畫薄薄酒二篇：「詞人務以相勝，似不若別出機杼，曲而暢之，自足以傳示後世。」洪邁容齋詩話四：「詩文當有所本，若用古人語意，別出機杼，曲而暢之，自足以傳示後世。」

【別有天地】 bié yǒu tiān dì 另有一種境界。唐李白李太白詩十九山中問答：「桃花流水杳然去，別有天地非人間。」省作「別有天」。宋董嗣杲盧山集四盧山中即事詩：「蓮社招地知，桃源別有天。」宋詩鈔孔武仲清江集鈔登齊山詩：「山腰仄塞元無路，洞底盡廬別有天。」

【別具肺腸】 bié jù fèi cháng 詩大雅桑柔：「自有肺腸，俾民卒狂。」箋：「自有肺腸，行其心中之所欲。」後來喻人動機不良，故意違衆立異爲別具肺腸，本此。亦作「自有肺腸」。見該條。

【別具隻眼】 bié jù zhī yǎn 喻有獨到的

見解。宋楊萬里誠齋集十六送彭元忠縣丞北歸詩："學者初學陳後山，霜皮脫盡山谷寒。近來別具一隻眼，要踏唐人最上關。"亦作"獨具隻眼"。見該條。

【別風淮雨】　bié fēng huái yǔ　今本尚書大傳周傳："別風淮雨。"後漢書八六南蠻傳作"列風雷雨"。南朝梁劉勰文心雕龍練字認爲字當作"列風淫雨"，列與別、淫與淮，形近而誤。後來因稱書籍文字以訛傳訛爲別風淮雨。清王闓運尚書大傳補注認爲別風就是"颲風"，淮雨就是"潅雨"，字本不誤。這是另一種說法。

【別開生面】　bié kāi shēng miàn　唐杜甫杜工部草堂詩箋二十丹青引贈曹將軍霸："凌煙功臣少顏色，將軍下筆開生面。"趙次公注："凌煙畫像顏色已暗，而曹將軍重爲之畫，故云別開生面。"後來引申稱能另創新格局的，爲別開生面。清趙翼甌北詩話五蘇東坡詩："以文爲詩，自昌黎始，至東坡益大放厥詞，別開生面，成一代之大觀。"

【別鶴孤鸞】　bié hè gū luán　比喻遠離的夫妻。亦作"別鶴離鸞"。文選三國魏嵇叔夜（康）琴賦："王昭楚妃，千裏〔里〕別鶴。"王昭，王昭君。楚妃，楚之賢妃。晉陶潛陶淵明集四擬古詩之五："上絃驚別鶴，下絃操孤鸞。"金元好問遺山樂府上賀新郎箜篌曲爲良佑所親賦詞："愛絃開、冷冷細語，非琴非筑，別鶴離鸞雲千里，風雨猨夜哭。"又作"孤鸞別鶴"。見該條。

【別鶴離鸞】　bié hè lí luán　見"別鶴孤鸞"。

【利口捷給】　lì kǒu jié jǐ　能口善辯，應對敏捷。史記一〇二張釋之傳："夫絳侯、東陽侯稱爲長者，此兩人言事，曾不能出口，豈斅此嗇夫諜諜利口捷給哉！"

【利以昏智】　lì yǐ hūn zhì　見"利令智昏"。

【利市三倍】　lì shì sān bèi　易說卦："爲近利，市三倍。"後來習用利市三倍形容商人牟取暴利。

【利令智昏】　lì lìng zhì hūn　一心貪圖私利，頭腦失去清醒。史記七六平原君傳太史公曰："鄙語曰：'利令智昏。'平原君貪馮亭邪說，使趙陷長平兵四十餘萬衆，邯鄲幾亡。"亦作"利以昏智"。北史孫騰傳論："鄙語曰：利以昏智，況定遠非智者乎？定遠，婁昭次子。

【利析秋毫】　lì xī qiū háo　史記平準書："故三人言利，事析秋豪矣。"豪，同"毫"。秋毫，極微細的羽毛。形容理財極其精細、明察。三人指桑弘羊東郭咸陽孔僅。

【利欲熏心】　lì yù xūn xīn　貪圖名利的欲望迷惑心竅。宋黃庭堅豫章集二贈別李次翁詩："利欲熏心，隨人翕張。"

【初出茅廬】　chū chū máo lú　漢末諸葛亮隱居南陽，劉備三顧草廬，亮始出佐備謀主。見三國志蜀諸葛亮傳。三國演義三九敍亮出山後，初掌兵權，設奇計在博望坡大破曹操兵，有"直須驚破曹公膽，初出茅廬第一功"之句。後來稱初次出來辦事爲初出茅廬，本此。

【初發芙蓉】　chū fā fú róng　南朝宋謝靈運顏延之都以詩名，并稱顏謝。（湯）惠休評兩人詩，稱"謝詩如芙蓉出水，顏如錯彩鏤金"。揚謝貶顏。見梁鍾嶸詩品。南史顏延之傳以惠休爲鮑照，語作"謝五言如初發芙蓉，自然可愛；君（顏）詩若鋪錦列繡，亦雕績滿眼。"芙蓉出水，初發芙蓉，都是比喻詩格的清新。

【初寫黃庭】　chū xiě huáng tíng　黃庭經爲晉人書帖，學寫小楷的多以此爲範本。書論有"初寫黃庭，恰到好處"的話，後因以初寫黃庭，比喻做事恰到好處。

【初生之犢不怕虎】　chū shēng zhī dú bù pà hǔ　比喻閱歷不深的年輕人遇事勇往直前，無所畏懼。莊子知北游："汝瞳焉如新生之犢，而無求其故。"荀子榮辱："乳彘觸虎，乳狗不遠游，不忘其親也。"三國演義七四："俗云：初生之犢不懼虎。"綴白裘五集三國志貝荊："大哥二哥，我若罵了師父牛鼻子懶夫，是哪，正是那初生犢兒不怕怹這虎。"

【刻木爲吏】　kè mù wéi lì　漢書五一路溫舒傳："畫地爲獄，議不入；刻木爲吏，期不對。"注："畫獄，木吏，尚不入對，況真實乎？"極言獄吏之嚴酷苛刻。後來即用爲深嫉獄吏之詞。

【刻舟求劍】 kè zhōu qiú jiàn 比喻拘泥成法而不講實際。呂氏春秋察今："楚人有涉江者，其劍自舟中墜於水，遽刻其舟，曰：'是吾劍之所從墜。'舟止，從其所刻者入水求之。舟已行矣，而劍不行，求劍若此，不亦惑乎。"刻，一本作"契"，通"鍥"。唐劉知幾史通因習："夫事有貿遷，而言無變革，此所謂膠柱而調瑟，刻船以求劍也。"元姬翼雲山集三鷓鴣天詞之二："畫餅充餐必也虛，刻舟求劍決然無。癡心密數人遺契，妄念重尋兔守株。"

【刻足適履】 kè zú shì jù 見"削足適履"。

【刻畫無鹽】 kè huà wú yán 晉周顗頗自負，或以比之樂廣。顗說："何乃刻畫無鹽，唐突西子也！"見世說新語輕詆、晉書周顗傳。無鹽，古代傳說中的醜婦。刻畫，描摹。以醜婦比美人，喻比擬得不倫不類。宋詩鈔陳師道後山詩鈔別黃徐州詩："姓名曾落薦書中，刻畫無鹽自不工。"

【刻鵠類鶩】 kè hú lèi wù 仿效得雖然不太逼真，但還相似。漢馬援誡兄子嚴敦書："學龍伯高不就，猶爲謹飭之士，所謂刻鵠不成，尚類鶩者也。"鵠，天鵝。鶩，鴨子。見東觀漢記十二、後漢書馬援傳。省作"刻鵠"。宋華鎮雲溪居士集五叢玉山詩："分知方外學蕓籬，不及人間謀刻鵠。"

【刺骨懸梁】 cì gǔ xuán liáng 戰國時，蘇秦遊說秦王，上書十次，不爲所用，乃歸里發憤讀書。困倦欲睡，則以錐刺骨，終爲六國相。見戰國策秦一。又漢孫敬好學，時欲瘀寐，懸頭至屋梁以自課。見太平御覽三六三引漢書、六一一引晉張方楚國先賢傳。後以刺骨懸梁，爲發憤讀書、刻苦自勵之典。

【刺鎗弄棒】 cì qiāng nòng bàng 指學習武藝。孤本元明雜劇缺名摩利支飛刀對箭一："你不做莊農生活，每日則是箇刺鎗弄棒，你怎麼能穀長進？"

【刮目相待】 guā mù xiāng dài 猶言另眼相看。三國志吳呂蒙傳注引江表傳："(魯)肅拊蒙背曰：'吾謂大弟但有武略耳。至於今者，學識英博，非復吳下阿蒙。'蒙曰：'士別三日，即更刮目相待。'"

【刮垢磨光】 guā gòu mó guāng 刮去垢污，磨出光澤。比喻選擇之精與雕琢之細。唐韓愈昌黎集十二進學解："占小善者率以錄，名一藝者無不庸，爬羅剔抉，刮垢磨光。蓋有幸而獲選，孰云多而不揚。"

【刮腸洗胃】 guā cháng xǐ wèi 比喻痛改前非。南齊竺景秀語人曰："若許某自新，必吞刀刮腸，飲灰洗胃。"事見南史荀伯玉傳。

【前三後四】 qián sān hòu sì 隋唐至宋都以冬至、元旦、寒食爲大節，放假七日；凡節前三日，節後四日，俗稱前三後四。參閱宋王楙野客叢書十六大節七日假。

【前仆後繼】 qián pū hòu jì 唐孫樵集九祭梓潼神君文："跛馬愠僕，前仆後踏。"本指前後倒仆，難以前進。後反其意而用之，改"踏"爲"繼"，指前者倒下，後面的緊跟上來。形容鬥爭的英勇壯烈。清末秋瑾秋瑾集弔吳烈士樾詩："前仆後繼人應在。"後也作"前赴後繼"。

【前功俱廢】 qián gōng jù fèi 見"前功盡棄"。

【前功盡棄】 qián gōng jìn qì 謂事將成而失敗。戰國策西周："一攻而不得，前功盡滅。"史記周紀："今又將兵出塞，過兩周，倍(背)韓，攻梁，一舉不得，前功盡棄。"亦作"前功俱廢"。元李衎竹譜詳錄一："承染最是緊要處……發揮畫筆之功，全在於此，若不加意，稍有差池，即前功俱廢矣。"

【前目後凡】 qián mù hòu fán 春秋的一種筆法。同一事如在文中出現兩次，前出者詳細敘述，後出者可以用一個字或一句話概括，叫作前目後凡。公羊傳僖五年："秋八月，諸侯盟于首戴。諸侯何以不序？一事而再見者，前目而後凡也。"

【前因後果】 qián yīn hòu guǒ 原因與結果。指事情的端緒始末。南齊書高逸傳論："儒家之教，憲章祖述，引古證今，於學易悟。今樹以前因，報以後果，業行交酬，連瑣相襲。"

【前仰後合】 qián yǎng hòu hé 形容大笑時情態。明蘭陵笑笑生金瓶梅四十："把李瓶兒笑的前仰後合，說道：'姐姐，你粧扮起來，活像個丫頭。'"

【前車之鑒】 qián chē zhī jiàn 比喻以

往失敗的經驗，可引爲後來的教訓。荀子成相：“前車已覆，後未知更何覺時。”韓詩外傳五：“鄙語……或曰：前車覆而後車不誡，是以後車覆也。”漢劉向說苑善説謂出周書，作“前車覆，後車戒”。戒、鑒義同。

【前度劉郎】　qián dù liú láng　南朝宋劉義慶幽明錄記東漢永平年間，劉晨阮肇在天台桃源洞遇仙。至太康年間，兩人重到天台。後世稱去而復來的人爲“前度劉郎”。唐劉禹錫劉夢得集四再游玄都觀絕句詩：“種桃道士歸何處？前度劉郎今又來。”元王惲秋澗樂府三鷓鴣引謁太一宮贈王季祥詞：“只驚前度劉郎老，不見庭松偃蓋圓。”

【前挽後推】　qián wǎn hòu tuī　前牽曰挽，後送曰推，謂有不得不進之勢。左傳襄十四年：“衛君必入，夫二子者，或挽之，或推之，欲無入得乎！”挽，通“輓”。

【前倨後恭】　qián jù hòu gōng　前時傲慢而後來有禮。戰國時蘇秦説秦王，書十上而説不行，困頓歸家，妻不下紝，嫂不爲炊。後佩六國相印，父母郊迎，嫂蛇行匍伏，四拜，自跪而謝，蘇秦曰：“嫂何前倨而後恭也？”嫂曰：“見季子位高金多也。”事見戰國策秦一、史記蘇秦傳。戰國策作“前倨而後卑”。世説新語排調：“謝遏夏月嘗仰卧，謝公清晨卒來，不暇著衣，跣出屋外方躡履問訊，公曰：‘汝可謂前倨而後恭。’”

【前訶後擁】　qián hē hòu yōng　前面喝道，後面擁衛。形容官府出行的威勢。宋文同丹淵集十九蒲生鍾馗詩：“有神傑然駕巨牯，前訶後擁役二豎。”

【前程萬里】　qián chéng wàn lǐ　比喻人前途遠大。唐崔鉉兒時詠架上鷹，有“萬里碧霄終一去，不知誰是解條人”之句，韓滉説：“此兒可謂前程萬里。”見唐詩紀事五一崔鉉。

【前歌後舞】　qián gē hòu wǔ　尚書大傳三大誓：“前師乃鼓鼗譟，師乃慆，前歌後舞。”意謂武王伐紂，軍中士氣旺盛。後來多用以頌美弔民伐罪之師。三國志蜀龐統傳：“武王伐紂，前歌後舞，非仁者邪？”

【前怕狼，後怕虎】　qián pà láng, hòu pà hǔ　形容顧慮甚多，游移不定。清西周生醒世姻緣三二：“晁鳳冤冤屈屈的對着晁夫人學那晁思才説的那話。晁夫人道：‘王皮，隨他們怎麼的罷，我只聽天由命的，倒沒的這們些前怕狼、後怕虎哩！’”

【前不到村，後不到店】　qián bù dào cūn, hòu bù dào diàn　比喻無所着落。宋林光朝艾軒集六與林晉仲：“前不到村，後不到店，乃是悵然而活者。某老矣，所志願在讀書，不當如此擾擾過却白日。”亦作“前不着村，後不着店”。古今雜劇黑旋風仗義疏財一：“天色晚也，俺前不着村，後不着店，前面一座古廟，嗜且入廟中宿一夜，明日早行。”

【前不着村，後不着店】　qián bù zhāo cūn, hòu bù zhāo diàn　見“前不到村，後不到店”。

【前事不忘，後事之師】　qián shì bù wàng, hòu shì zhī shī　不忘記以往的經驗教訓，可以作爲以後作事的借鑒。戰國策趙一：“前事之不忘，後事之師。”後漢書五九張衡傳上疏：“故恭儉畏忌，必蒙祉祥；奢淫諂慢，鮮不夷戮；前事不忘，後事之師也。”

【前無古人，後無來者】　qián wú gǔ rén, hòu wú lái zhě　空前絕後。唐孟棨本事詩嘲戲：“宋武帝嘗吟謝莊月賦，稱歎良久，謂顏延之曰：‘希逸此作，可謂前不見古人，後不見來者。’”希逸，謝莊字。全唐詩八三陳子昂登幽州台歌：“前不見古人，後不見來者。”宋劉攽貢父詩話：“文惠（陳堯佐）喜堆墨書，深自矜負，號前無古人，後無來者。”

【前無來人，後無繼者】　qián wú lái rén, hòu wú jì zhě　猶“前無古人，後無來者”。宋郭若虛圖畫見聞誌五常生：“詩僧貫休能畫，謂常生曰：‘貧道觀畫多矣，如吾子所畫，前無來人，後無繼者。’”

【削木爲吏】　xuē mù wéi lì　比喻獄吏凶暴可畏。也作“刻木爲吏”。漢書六二司馬遷傳報任安書：“故士有畫地爲牢勢不入，削木爲吏議不對，定計於鮮也。”

【削足適履】　xuē zú shì lǚ　比喻拘泥成例，生搬硬套，不知變通。淮南子説林：“夫所以養而害所養，譬猶削足而適履，殺頭而便冠。”亦作“剗足適履”。抱朴子刺驕：

"劀足適履,毀方入圓,不亦劇乎。"又作
"刻足適屨。"宋陸游劍南詩稿四四讀何斯
舉黃州秋居雜詠次其韻:"昔人亦有言,刻
足以適屨。"又作"削趾適屨"。參見該條。

【則識衣衫不識人】 zé shí yī shān bù
shí rén 見"只敬衣衫不敬人"。

【剜肉成瘡】 wān ròu chéng chuāng 喻
忍痛救急,造成禍患。宋崔與之崔清獻公
集一辭免除四川制置使:"剜肉成瘡,有根
本先撥之慮;張頤待哺,有樵蘇後爨之
憂。"參見"剜肉醫瘡"。

【剜肉補瘡】 wān ròu bǔ chuāng 見"剜
肉醫瘡"。

【剜肉醫瘡】 wān ròu yī chuāng 比喻
不顧一切以救眼前之急。唐文粹十六聶夷
中傷田家詩:"二月賣新絲,五月糶新穀。
醫得眼前瘡,剜卻心頭肉。"訴說農家受租
稅盤剝的痛苦,不得不忍痛賤價預售絲穀
用來濟急。宋虞儔尊白堂集一成均同舍餞
別新安使君徐子宜太丞分韻詩:"夏稅未
畢秋稅來,縣家小緩州家逼。拆東補西恐
不免,剜肉醫瘡寧有極。"

【剖腹藏珠】 pōu fù cáng zhū 資治通鑑
一九二唐貞觀元年:"西域賈胡得美珠,剖
身以藏之。"後因稱人以身徇物爲剖腹藏
珠。紅樓夢四五:"跌了燈值錢呢,是跌了
人值錢? ……怎麼忽然又變出這剖腹藏珠
的脾氣來!"

【剝膚椎髓】 bō fū zhuī suǐ 比喻搜刮殘
酷。唐韓愈昌黎集十四鄆州谿堂詩序:"而
公承死亡之後,撥拾之餘,剝膚椎髓,公私
掃地赤立,新舊不相保持,萬目睽睽。公於
此時,能安以持之,其功爲大。"宋費樞廉
吏傳上賈琮傳論:"遠方之民邈爾,中都爲
吏者,貪冒無畏,誅求無藝,剝膚椎髓,民
不堪命,則怨叛作矣。"

【割雞焉用牛刀】 gē jī yān yòng niú
dāo 比喻辦小事無須費大氣力。論語陽
貨:"(孔)子之武城,聞弦歌之聲。夫子莞
爾而笑,曰:'割雞焉用牛刀?'"

【創巨痛深】 chuāng jù tòng shēn 荀子
禮論:"創巨者其日久,痛甚者其痛遲,三
年之喪,稱情而立文,所以爲至痛極也。"
禮三年間巨作"鉅",痛作"愈"。後因指創
傷大,痛楚深爲創巨痛深。晉賀劭爲孫晧

所殺,燒鋸截頭,異常慘酷。後晉元帝以此
事問其子循,循曰:"臣父遭遇無道,循創
巨痛深,無以上答。"見世說新語紕漏、晉
書賀循傳。

【創業垂統】 chuàng yè chuí tǒng 創建
功業,傳之子孫。孟子梁惠王下:"君子創
業垂統,爲可繼也。"史記一一七司馬相如
傳上林賦:"恐後世靡麗,遂往而不反,非
所以爲繼嗣創業垂統也。"

【剩水殘山】 shèng shuǐ cán shān 指因
有遮掩所見不全之山水景物。宋惠洪石門
文字禪十三次韻寧鄉道中詩:"黃柑綠橘
平蕪路,剩水殘山夕照村。"亦指殘破分裂
之山河國土。元張翥蛻庵詩集三暮春有
感次劉監丞詩:"來今往古無窮事,剩水殘
山摠是愁。"亦作"殘山剩水"。見該條。

【劀足適履】 zūn zú shì lǚ 劀,斷。見"削
足適履"。

【劈頭劈臉】 pī tóu pī liǎn 正對着頭
臉。水滸十四:"(晁蓋)奪過士兵手裏的棍
棒,劈頭劈臉便打。"劈頭、劈臉也可分用。
水滸四四:"那大漢大怒,焦躁起來,將張
保劈頭只一提,一交摜翻在地。"又三一:
"武松早落一刀,劈臉剜着,和那交椅都砍
翻了。"

【劊目鉥心】 guì mù chù xīn 怵目驚心。
鉥,刺。唐韓愈昌黎集二九貞曜先生墓誌:
"及其爲詩,劊目鉥心刃迎縷解,鉤章棘
句,掐擢胃腎,神施鬼設,間見層出。"貞
曜,即唐詩人孟郊。

【劍及屨及】 jiàn jí jù jí 春秋時楚莊王
派申舟出使齊國,經過宋國而不假道,爲
宋人所殺。楚莊王聞訊,不及穿鞋佩劍,揮
袖外出,急欲出兵報仇。奉鞋侍從追及於
寢門,奉劍侍從追及於寢門之外,駕車御
者追及於蒲胥之市。秋九月,圍宋。見左傳
宣十四年。後因以"劍及屨及"形容行動堅
決迅速、急起直追。

【劍拔弩張】 jiàn bá nǔ zhāng 唐張彥
遠法書要錄二引南朝梁袁昂古今書評:
"韋誕書如龍威虎振,劍拔弩張。"說郛四
一宋韓豐後耳目志:"王履道評東坡書云:
世學公書者衆矣,劍拔弩張,驤奔猊抉,則
不能無。"原以形容書法崛奇雄健。後用以

比喻對立的雙方各自積極準備，形成一觸即發的緊張態勢。亦作"弩張劍拔"。見該條。

【劍戟森森】　jiàn jǐ sēn sēn　劍戟林立，寒光逼人，比喻人城府深，內心險刻可畏。北史李義深傳："義深有當世才用，而心胸險崤，時人謠曰：'劍戟森森李義深。'"

【劍頭一映】　jiàn tóu yī xuè　莊子則陽："夫吹筦也，猶有嚆也；吹劍首者，映而已矣。堯舜，人之所譽也，道堯舜于戴晉人之前，譬猶一映也。"注："劍首，謂劍環頭小孔也。映然如風過。"比喻言語無足輕重。宋蘇軾分類東坡詩二三再游徑山："榻上雙痕凜然在，劍頭一映何須角。"也簡作"劍映"。宋劉敞公是集九送劉初平謁會稽范吏部詩："二子才劍映，衆豪固螟蛉。"

【劍樹刀山】　jiàn shù dāo shān　指佛教所云地獄之一種酷刑。五代蜀何光遠鑒誠錄十攻雜詠："一朝若也無常至，劍樹刀山不放伊。"

力　部

【力不從心】　lì bù cóng xīn　想作某事而力量達不到，即心有餘而力不足。後漢書八八莎車國傳："今使者大兵未能得出，如諸國力不從心，東西南北自在也。"

【力爭上游】　lì zhēng shàng yóu　努力爭取先進。上游，江河的上流，比喻先進。清趙翼甌北詩鈔五言古一閑居讀書作之五："所以才智人，不肯自棄暴，力欲爭上游，性靈乃其要。"

【力挽狂瀾】　lì wǎn kuáng lán　比喻極力扭轉危局，改變惡劣的環境。唐韓愈昌黎集十二進學解："尋墜緒之茫茫，獨旁搜而遠紹。障百川而東之，迴狂瀾於既倒。"

【力透紙背】　lì tòu zhǐ bèi　㈠形容書法遒勁有力。唐顏真卿顏魯公文集十四張長史十二意筆法意記："當其用鋒，常欲使其透過紙背，此功成之極矣。"㈡稱作詩工力之深。清趙翼甌北詩話六陸放翁詩："(古體詩)意在筆先，力透紙背。"

【力敵勢均】　lì dí shì jūn　見"勢均力敵"。

【力盡筋疲】　lì jìn jīn pí　用盡全力，感到疲倦。唐韓愈昌黎集四十論淮西事宜狀："雖時侵掠，小有所得，力盡筋疲，不償其費。"後多作"筋疲力盡"。

【功敗垂成】　gōng bài chuí chéng　事情將成功時遭到失敗。晉書謝安傳論："廟算有餘，良圖不果；降齡何促，功敗垂成。"

【功虧一簣】　gōng kuī yī kuì　書旅獒："爲山九仞，功虧一簣。"簣，盛土竹器。言積土爲山，一簣而未成。猶行百里者半九十之意。後稱功敗垂成爲功虧一簣本此。簣，亦作"匱"、"壝"。漢書九九王莽傳上："綱紀咸張，成在一匱。"南朝梁劉昭後漢書注補志序："爲山霞高，不終踰乎一壝。"

【加人一等】　jiā rén yī děng　勝於常人，高出一籌。禮檀弓上："夫子曰：獻子加於人一等矣。"舊唐書八八陸象先傳："象先清淨寡欲，不以細務介意，言論高遠。……(崔)湜每謂人曰：'陸公加於人一等。'"

【加官進祿】　jiā guān jìn lù　指舊時官吏升遷。金史章宗元妃李氏傳："(鳳皇)嚮裏飛則加官進祿。"紅樓夢四："門子忙上前請安，笑問：'老爺一向加官進祿，八九年來就忘了我了。'"亦作"加官進爵"。

【加冠於屨】　jiā guān yú jù　戴帽於鞋。比喻上下顛倒。春秋胡氏傳一隱公元年"秋七月，天王使宰咺來歸惠公仲子之賵"傳："仲子，惠公之妾爾，以天王之尊，下賵諸侯之妾，是加冠於屨，人道之大經拂矣。"

【加膝墜泉】　jiā xī zhuì quán　見"加膝墜淵"。

【加膝墜淵】　jiā xī zhuì yuān　比喻用人愛憎無常。禮檀弓下："進人若將加諸膝，退人若將墜諸淵。"宋劉克莊後村集六九吳潔致將作監致仕制："朕於戚畹，常致其厚，不欲使爾有加膝墜淵之嘆。"唐人避高祖李淵諱改作"加膝墜泉"。唐杜牧樊川文集十九張直方授左驍衛將軍制："加膝墜泉，予常自慎。"

【劫劫巴巴】　jié jié bā bā　形容吃力受累的情狀。元狄君厚火燒介子推三："行路途劫劫巴巴，虺㿉楚消消洒洒。"又四："道他曾巴巴劫劫背着主公。"

【助天爲虐】　zhù tiān wéi nüè　趁着天災做壞事。國語越下："王孫雒曰：'子范子，先人有言曰：無助天爲虐，助天爲虐者不祥。'"

【助我張目】　zhù wǒ zhāng mù　比喻得人之助，以壯聲勢。文選魏曹子建（植）與吳季重書："墨翟不好伎，何爲過朝歌而迴車乎？足下好伎，值墨翟迴車之縣，想足下助我張目也。"

【助紂爲虐】　zhù zhòu wéi nüè　見"助桀爲虐"。

【助桀爲虐】　zhù jié wéi nüè　幫助壞人作惡。史記留侯世家："今始入秦，即安其樂，此所謂助桀爲虐。"田單傳作"助桀爲暴"。又作"助紂爲虐"。孟子滕文公下："周公相武王，誅紂伐奄。"宋朱熹集注："奄，東方之國，助紂爲虐者也。"桀紂，夏殷末期的暴君，後用來比喻壞人。

【努力加餐】　nǔ lì jiā cān　多進飲食。多用爲勸人保重身體的客氣話。文選古詩十九首之一："棄捐勿復道，努力加餐飯。"玉臺新詠一漢枚乘雜詩九首之四："棄捐勿復道，努力加飱飯。"

【勁骨豐肌】　jìng gǔ fēng jī　形容書法之豐潤而有力。唐張懷瓘書斷中："羊欣云：'張芝皇象鍾繇索靖，時並號書聖，然張勁骨豐肌，德冠諸賢之首。'"見唐張彥遠法書要錄八。

【勇冠三軍】　yǒng guàn sān jūn　勇敢爲三軍之首。文選漢李少卿（陵）答蘇武書："陵先將軍功略蓋天地，義勇冠三軍。"又南朝梁丘希範（遲）與陳伯之書："將軍勇冠三軍，才爲世出。"

【勇猛精進】　yǒng měng jīng jìn　原爲佛教語。指奮勉修行，進詣迅速。無量壽經上："勇猛精進，志願無惓。"也指力求進步。

【勒令致仕】　lè lìng zhì shì　強迫辭官。宋羅大經鶴林玉露七："晁說之亦著論非孟子。建炎中，宰相進擬除官，高宗曰：'孟子發揮王道，說之何人，乃敢非之！'勒令致仕。"

【務本抑末】　wù běn yì mò　比喻注重根本，輕視枝節。漢書昭帝紀始元六年"議罷鹽鐵榷酤"注引應劭："昭帝務本抑末，不與天下爭利。"亦作"崇本抑末"。見該條。

【動心忍性】　dòng xīn rěn xìng　觸動心思，使性格堅強。孟子告子下："動心忍性，曾益其所未能。"後來多用作不顧外界的壓力，堅持下去的意思。

【動輒得咎】　dòng zhé dé jiù　一有舉動，就常常得罪或受到責備。含有處境困難，常遭人無理指責的意思。唐韓愈昌黎集十二進學解："然而公不見信於人，私不見助於友，跋前躓後，動輒得咎。"宋曹彥約昌谷集八奉舉柴中行李燔吳柔勝狀："（李燔）爲襄陽教官，值近歲選用武帥，惡其方直，動輒得咎。"

【勞而無功】　láo ér wú gōng　費力而沒有成果。莊子天運："是猶推車於陸也，勞而無功。"呂氏春秋本味："求之其本，經旬必得；求之其末，勞而無功。"管子形勢："與不可，彊不能，告不知，謂之勞而無功。"

【勞苦功高】　láo kǔ gōng gāo　辛辛苦苦立下了很大功勞。史記項羽紀："勞苦而功高如此，未有封侯之賞，而聽細說，欲誅有功之人，此亡秦之續耳，竊爲大王不取也。"

【勞燕分飛】　láo yàn fēn fēi　樂府詩集六八東飛伯勞歌古辭："東飛伯勞西飛燕，黃姑織女時相見。"伯勞，鳥名。舊時稱親人或朋友離別爲勞燕分飛。多指男女分離。

【勝任愉快】　shèng rèn yú kuài　能力足

任其事,可以圓滿成功。史記酷吏傳序:
"當是之時,吏治若救火揚沸,非武健嚴
酷,惡能勝其任而愉快乎!"清徐枋居易堂
集外詩文與楊明遠書:"承兄命令幼兒代
弟書册,……恐未能勝任愉快。"

【勝殘去殺】 shèng cán qù shā 使凶暴
的人化而爲善,因而可以廢除死刑。論語
子路:"善人爲邦百年,亦可以勝殘去殺
矣。"集解:"王曰:勝殘,殘暴之人,使不爲
惡也;去殺,不用刑殺也。"宋書蔡廓傳復
肉刑議:"圖像既陳,則機心冥戢;刑人在
塗,則不遑改操,故能勝殘去殺,化隆無
爲。"也作"捐殘去殺"。漢書五四李廣傳:
"夫報忿除害,捐殘去殺,朕之所圖於將軍
也。"

【勝負兵家之常】 shèng fù bīng jiā zhī
cháng 謂勝敗俱爲戰爭所常有,不足爲
異。宋李心傳建炎以來繫年要錄十三建炎
二年二月:"(李)景良以無功遁去,(宗)澤
捕得,謂曰:'勝負兵家之常,不勝而歸,罪
猶可恕;私自逃遁,是無主將也。'即斬
之。"

【勝固欣然,敗亦可喜】 shèng gù xīn
rán, bài yì kě xǐ 勝敗俱不置意。表現胸
無掛礙的豁達精神。宋蘇軾分類東坡詩二
五觀棊詩:"勝固欣然,敗亦可喜。優哉游
哉,聊復爾耳。"

【勢不兩立】 shì bù liǎng lì 對立雙方,
其勢不能並存。呂氏春秋懷寵:"暴虐姦詐
之與義理反也,其勢不俱勝,不兩立。"戰
國策楚一:"楚強則秦弱,楚弱則秦強,此
其勢不兩立。"亦作"勢不兩存"。三國志吳
周瑜傳:"(孫)權曰:'老賊欲廢漢自立久
矣,徒忌二袁、呂布、劉表與孤耳。今數雄
已滅,惟孤尚存,孤與老賊,勢不兩立。'"
又吳陸遜傳假作答遼式書:"得報懇惻,知
與(文)休久結嫌隙,勢不兩存。"

【勢不兩存】 shì bù liǎng cún 見"勢不
兩立"。

【勢合形離】 shì hé xíng lí 體形各自獨
立,而保持結構完整。文選三國魏何平叔
(晏)景福殿賦:"桁梧複疊,勢合形離。"桁
梧,斗拱。

【勢如破竹】 shì rú pò zhú 比喻節節勝
利,毫無阻擋。晉書杜預傳:"今兵威已振,
譬如破竹,數節之後,皆迎刃而解,無復著
手處也。"宋王楙野客叢書十韓信之幸:
"其後以之取燕,以之拔齊,勢如破竹,皆
迎刃而解者。"

【勢均力敵】 shì jūn lì dí 雙方力量相
當。宋書劉穆之傳:"劉、孟諸公,與公俱起
布衣,共立大義,本欲匡主成勳,以取富貴
耳。事有前後,故一時推功,非爲委體心
服,宿定臣主之分也。力敵勢均,終相吞
咀。"宋司馬光司馬文正公集四十體要疏:
"羣臣百姓,勢均力敵,不能相治,故從人
君決之。"均,也作"鈞"。宋史三三九蘇轍
傳:"呂惠卿始諂事王安石,……及勢鈞力
敵,則傾陷安石,甚於仇讎。"

【勤以補拙】 qín yǐ bǔ zhuō 用勤奮來
補拙笨。多用爲自勉之辭。唐白居易長慶
集五四自到郡齋僅經旬日方專公務
詩:"救煩無若靜,補拙莫如勤。"亦作"以
勤補拙"、"將勤補拙"。見各該條。

【勸人爲善】 quàn rén wéi shàn 勸勉人
作好事。漢班固白虎通諡:"明別善惡,所
以勸人爲善,戒人爲惡也。"王充論衡福
虛:"或時聖賢欲勸人爲善。"

【勸百諷一】 quàn bǎi fěng yī 漢書一
一七司馬相如傳贊:"揚雄以爲靡麗之賦,
勸百而諷一。"指司馬相如作賦,雖意在諷
諫,但因講求詞藻,鋪張過多,結果適得其
反。

【勸善懲惡】 quàn shàn chéng è 勸勉
爲善者,懲罰作惡者。漢書七六張敞傳:
"自請治劇郡,非賞罰無以勸善懲惡,吏追
捕有功效者,願得壹切比三輔尤異。"

勹 部

【包藏禍心】 bāo zàng huò xīn 暗藏害人作亂之心。左傳昭元年：“子羽曰：‘小國無罪，恃實其罪；將恃大國之安靖已，而無乃包藏禍心以圖之。’”三國志魏曹爽傳：“（爽）親受先帝握手遺詔，託以天下，而包藏禍心，蔑棄顧命。”

【包羅萬象】 bāo luó wàn xiàng 內容豐富，無所不包。宅經上：“所以包羅萬象，舉一千從。”（學津討原本）宋王洋東牟集四寄丁求安詩“鬱密林巒十丈餘，包羅萬象偏方隅。”元喬孟符李太白匹配金錢記三：“聖人作易，幽贊神明，包羅萬象。”

匕 部

【北門鎖鑰】 běi mén suǒ yuè 比喻北方的重鎮。宋王君玉國老談苑二：“寇準鎮大名府，北使路由之，謂公曰：‘相公望重，何以不在中書？’準曰：‘主上以朝廷無事，北門鎖鑰，非準不可。’”參閱宋孔平仲孔氏談苑五、朱熹五朝名臣言行錄四之二。

【北道主人】 běi dào zhǔ rén 即東道主。王莽末年，劉秀（光武帝）率兵攻打邯鄲王郎軍，漢常山太守鄧晨請求隨從，秀不允，說：“偉卿以一人從我，不如以一郡爲我北道主人。”偉卿，晨字。又秀對上谷

太守耿況子弇、漁陽太守彭寵，都曾稱爲北道主人。見後漢書二彭寵傳、九耿弇傳、十五鄧晨傳。

【北轅適楚】 běi yuán shì chǔ 楚在南方，却駕車北行，比喻事之適得其反。漢荀悅申鑒雜言下：“先民有言：適楚而北轅者，曰：‘吾馬良，用多，御善，’此三者益侈，其去楚亦遠矣。”唐白居易長慶集三新樂府立部伎：“欲望鳳來百獸舞，何異北轅將適楚。”

匚 部

【匣裏龍吟】 xiá lǐ lóng yín 舊題晉王嘉拾遺記一：“帝顓頊有曳影之劍，……未用之時，常於匣裏如龍虎之吟。”本指劍的神通，後常用來比喻人雖在野，而聲華遠

聞於外。

【匣劍帷燈】 xiá jiàn wéi dēng 劍在匣中，燈在帷裏，燈光劍氣若隱若現。詩文傳記中寫景、叙事、狀物有若隱若現之妙者，

常以匣劍帷燈作評語。一說爲事情無法掩蓋或故露消息引人注意的意思。按西京雜記一:"高帝斬白蛇劍,劍上有七采珠、九華玉以爲飾,雜廁五色琉璃爲劍匣,劍在室中,光景猶照於外,與挺劍不殊。""匣劍"的取義,即本於此。

【匪夷所思】 fěi yí suǒ sī 不是根據常理所能想象到的。夷,平常。易渙:"元吉,渙有丘,匪夷所思。"明張岱陶庵夢憶五劉暉吉女戲:"其他如舞燈,十數人手攜一燈,忽隱忽現,怪幻百出,匪夷所思,令唐明皇見之,亦必目睜口開,謂氍毹場中,那得如許光怪耶!"後又稱思想離奇爲匪夷所思。

【匪夷匪惠】 fěi yí fěi huì 唐昭宗時,司空圖棄官居虞鄉王官谷,屢徵不出,宰相柳璨以詔書召之,圖懼,詣洛陽入見,陽爲衰野,墜笏失儀。璨乃復下詔,略云圖"匪夷匪惠,難居公正之朝,可放還山。"夷,伯夷;惠,柳下惠。孟軻分別稱爲"聖之清者"、"聖之和者"。見孟子萬章下。匪夷匪惠,意謂既無伯夷之清,又無柳下惠之和。參閱舊唐書一九〇司空圖傳、資治通鑑二六五唐天祐二年。

【匪朝伊夕】 fěi zhāo yī xī 不止一日。全唐文三四五李林甫嵩陽觀紀聖德感應頌:"匪朝伊夕,不可勝記。"

匚 部

【匹夫之勇】 pǐ fū zhī yǒng 一人之勇,獨夫之勇。用於貶義。孟子梁惠王下:"夫撫劍疾視曰:'彼惡敢當我哉!'此匹夫之勇,敵一人者也。"史記九二淮陰侯傳:"項王喑噁叱咤,千人皆廢,然不能任屬賢將,此特匹夫之勇耳。"

【匹夫匹婦】 pǐ fū pǐ fù 平民男女。泛指平民。書咸有一德:"匹夫匹婦,不獲自盡,民主罔與成厥功。"論語憲問:"豈若匹夫匹婦之爲諒也,自經於溝瀆而莫之知也。"

【匹馬隻輪】 pǐ mǎ zhī lún 極言車馬之少。穀梁傳僖三三年:"晉人與姜戎要而擊之殽,匹馬隻輪無反者。"

【匹馬單槍】 pǐ mǎ dān qiāng 比喻不借助於人,單獨行動。景德傳燈錄十二汝州南院和尚:"問:'匹馬單槍來時如何?'師曰:'待我斫棒。'"槍,也作"鎗"。續傳燈錄二三上封本才禪師:"或有一箇半箇,不求諸聖,不重己靈,匹馬單鎗,投虛置刃,不妨慶快平生,如今有麼?"後通作"單槍匹馬"。

【匹夫無罪,懷璧其罪】 pǐ fū wú zuì, huái bì qí zuì 左傳桓十年:"初,虞叔有玉,虞公求旃,弗獻。既而悔之,曰:周諺有之:匹夫無罪,懷璧其罪,吾焉用此,其以賈禍也。"謂個人藏有寶玉,將招致禍患,被加罪名。後稱藏珍招禍,多用此語。

十 部

【十日飲】 shí rì yǐn 見"平原十日飲"。

【十十五五】 shí shí wǔ wǔ 形容分別聚

合，多少不等。樂府詩集三九缺名艷歌何嘗行："飛來雙白鵠，乃從西北來，十十五五，羅列成行。"

【十中八九】 shí zhòng bā jiǔ 謂所中者多，大都得當。漢書八三朱博傳："博皆召掾吏，並坐而問，爲平處其輕重，十中八九。"三國志魏周宣傳："宣之叙夢，凡此類也，十中八九，世以比建平之相矣。"

【十目十手】 shí mù shí shǒu 禮大學："十目所視，十手所指，其嚴乎！"形容一舉一動，都不能離開人們的耳目。

【十生九死】 shí shēng jiǔ sǐ 形容極其危險。唐韓愈昌黎集三八月十五贈張功曹（著）詩："十生九死到官所，幽居默默如藏逃。"

【十羊九牧】 shí yáng jiǔ mù 隋書楊尚希傳："竊見當今郡縣，倍多於古，……所謂民少官多，十羊九牧。"羊喻民，牧指官；十羊九牧，意謂民少官多，賦斂剝削很重。亦指官多政令不一，無所適從。唐劉知幾史通忤時："十羊九牧，其令難行。一國三公，適從何在。"

【十死一生】 shí sǐ yī shēng 指極易死亡，生存者少。漢書九七外戚傳孝宣許皇后："顯曰：婦人免乳大故，十死一生。"顯，霍光夫人。

【十年窗下】 shí nián chuāng xià 科舉時代，士人爲考取功名，終年埋頭讀書。十年窗下，形容閉門苦讀時間之長。金劉祁歸潛志七："南渡後疆土狹隘，止河南陝西，故仕進調官，皆不得遽。……故當時有云：'古人謂十年窗下無人問，一舉成名天下知；今日一舉成名天下知，十年窗下無人問也。'"

【十年讀書】 shí nián dú shū 長期致力于學問。宋書沈攸之傳："攸之晚好讀書，手不釋卷。史漢事多所諳憶。嘗歎曰：'早知窮達有命，恨不十年讀書！'"宋劉克莊後村集一一六通安撫王侍郎："少慕功名，蓋嘗中夜起舞；晚更憂患，恨不十年讀書。"

【十行俱下】 shí háng jù xià 形容閱讀的迅速。梁書簡文帝紀大寶二年："讀書十行俱下，九流百氏，經目必記；篇章辭賦，

操筆立成。"

【十步香草】 shí bù xiāng cǎo 喻處處都有人才。漢劉向說苑談叢："十步之澤，必有香草；十室之邑，必有忠士。"亦作"十步茂草"、"十步芳草"。漢王符潛夫論實貢："夫十步之間，必有茂草；十室之邑，必有俊士。"隋書煬帝紀上大業元年詔："方今宇宙平一，文軌攸同，十步之內，必有芳草，四海之中，豈無奇秀。"

【十步芳草】 shí bù fāng cǎo 見"十步香草"。

【十步茂草】 shí bù mào cǎo 見"十步香草"。

【十里長亭】 shí lǐ cháng tíng 秦漢十里置亭，其後五里有短亭，供行人休息，親友遠行常在此送別。宋蘇軾蘇文忠詩合注十六送孔郎中赴郊郊詩："十里長亭聞鼓角，一川秀色明花柳。"元王實甫西廂記四本三折："今日送張生赴京，就十里長亭安排下筵席。"

【十室九空】 shí shì jiǔ kōng 形容統治殘暴，流亡者衆，民不聊生。抱朴子用刑："徐福出而重號咷之讎，趙高入而屯豺狼之黨，天下欲反，十室九空。"元蔣子正山房隨筆："文本心典淮郡，蕭條殊甚，謝買相政有云：人家如破寺，十室九空；太守若頭陀，兩粥一飯。"（說郛二十七）

【十面埋伏】 shí miàn mái fú 元明間人撰雜劇，有十面埋伏，演劉邦在垓下包圍項羽事。舊小說中稱截擊敵人，多方設伏爲十面埋伏。三國演義三一："曹操與諸將商議破袁紹之策，程昱獻十面埋伏之計。"

【十風五雨】 shí fēng wǔ yǔ 十日一風，五日一雨。形容風調雨順。宋陸游劍南詩稿二二村居初夏之四："斗酒隻雞人笑樂，十風五雨歲豐穰。"

【十部從事】 shí bù cóng shì 意謂輔助官吏之多。晉劉弘鎮襄陽，每有興廢，常手書郡下，丁寧款密，時稱："得劉公一紙書，賢於十部從事。"見三國志魏劉馥傳注引晉陽秋、晉書劉弘傳。

【十寒衆楚】 shí hán zhòng chǔ "一暴十寒"和"一齊人傅之，衆楚人咻之"之省語。謂不能持之以恒而多遭反對。宋朱熹朱文公集二五答張敬夫書："然熹之私計，

愚竊不勝十寒衆楚之憂，不審高明何以處之？”參見“一傅衆咻”。

【十圍五攻】 shí wéi wǔ gōng 兵力超過敵人十倍，可以包圍；超過五倍，可以攻城。孫子謀攻：“故用兵之法，十則圍之，五則攻之。”後漢書七四下袁紹傳：“兵書之法，十圍五攻，敵則能戰。”

【十鼠同穴】 shí shǔ tóng xué 比喻集中在一處，可一網打盡。三國志魏鮑勛傳：“勛無活分，而汝等敢縱之！收三官已下付刺姦，當令十鼠同穴。”

【十鼠爭穴】 shí shǔ zhēng xué 比喻勢窮逃竄者無棲身之地。梁書元帝紀大寶三年告四方檄：“侯景奔竄，十鼠爭穴。”

【十親九故】 shí qīn jiǔ gù 形容親友之多。元曲選尚仲賢洞庭湖柳毅傳書一：“受千辛萬苦，想十親九故。”

【十盪十決】 shí dàng shí jué 形容多次衝擊，每次都能突破敵陣。樂府詩集八五雜歌謠辭隴上歌：“丈八蛇矛左右盤，十盪十決無當前。”

【十八重地獄】 shí bā chóng dì yù 宗教迷信，說人生時爲惡，死後當墮十八重地獄，永無翻身之日。南史扶南國傳：“有西河離石縣胡人劉薩何遇疾暴亡，……經七日更蘇。說云：‘……至十八地獄，隨報重輕，受諸楚毒。’”問地獄經、法苑珠林十二皆列舉十八獄名。亦作“十八層地獄”。明凌濛初初刻拍案驚奇三五：“和尚道：‘我前日親自交付與張長者，長者收拾進來交付孺人的，怎麼說此話？’李氏便賭咒道：‘我若見你的，我眼裏出血。’和尚道：‘這等說，要賴我的了。’李氏又道：‘我賴了你的，我墮十八層地獄。’”

【十八般武藝】 shí bā bān wǔ yì 泛指多種武術技藝。古今雜劇元楊梓敬德不服老：“他十八般武藝都學就，六韜書看的來滑熟。”明謝肇淛五雜俎五人部、朱國楨湧幢小品十二兵器、水滸二、清褚人穫堅瓠集引馬氏日鈔都實有所指，並列舉出十八般武器名目。

【十八層地獄】 shí bā céng dì yù 見“十八重地獄”。

【十指有長短】 shí zhǐ yǒu cháng duǎn 比喻各有優劣，不能相提並論。全唐詩三〇三劉商胡笳十八拍第十四拍：“手中十指有長短，截之痛惜皆相似。”

【十日一水，五日一石】 shí rì yī shuǐ, wǔ rì yī shí 唐杜甫杜工部草堂詩箋八戲題王宰畫山水圖歌：“十日畫一水，五日畫一石，能事不受相促迫，王宰始肯留真跡。”後多用來喻畫家精心構思，不苟且下筆。

【十年樹木，百年樹人】 shí nián shù mù, bǎi nián shù rén 喻培養人材爲長遠之計。管子權修：“一年之計，莫如樹穀；十年之計，莫如樹木；終身之計，莫如樹人。”

【千了百當】 qiān liǎo bǎi dàng 猶言一切妥貼。續傳燈錄二五元靜禪師：“次日入室，師默啟其說。祖笑曰：‘不道爾不是千了百當底人，此語秖似先師下底語。’”朱子語類三四論語十六：“聖人發憤便忘食，樂便忘憂，直是一刀兩段，千了百當。”亦作“千了萬當”。見同書九七程子之書三。

【千了萬當】 qiān liǎo wàn dàng 見“千了百當”。

【千刀萬剁】 qiān dāo wàn duò 多指剮刑，又稱淩遲。元曲選缺名爭報恩三虎下山三：“我可便項戴着沉枷，身纏着重鎖……乾着你六問三推，生將我千刀萬剁。”亦作“千刀萬剮”。

【千人所指】 qiān rén suǒ zhǐ 謂被衆人所指責。漢書八六王嘉傳：“里諺曰：‘千人所指，無病而死。’臣常爲之寒心。”即衆怒難犯的意思。

【千山萬水】 qiān shān wàn shuǐ 形容山川之多，喻道路的艱險、遙遠。唐宋之問集上至端州驛見杜五審言……題壁慨然成咏詩：“豈意南中歧路多，千山萬水分鄉縣。”花間集三韋莊木蘭花詞：“千山萬水不曾行，魂夢欲教何處覓。”亦作“萬水千山”。見該條。

【千千萬萬】 qiān qiān wàn wàn 千萬的重疊語，形容數量之多。唐杜牧樊川文集一晚晴賦：“千千萬萬之狀容兮，不可得而狀也。”

【千方百計】 qiān fāng bǎi jì 想盡一切辦法。朱子語類三五論語十七：“譬如捉賊相似，須是著起氣力精神，千方百計去趕捉他。”大宋宣和遺事元集：“傳位至周幽王，寵襃姒之色，爲不得襃姒言笑，千方百計取媚他。”

【千叮萬囑】　qiān dīng wàn zhǔ　再三囑咐，表示對事情極其重視。元曲選楊顯之臨江驛瀟湘秋夜雨四：“我將你千叮萬囑，你偏放人長號短哭。”

【千回百轉】　qiān huí bǎi zhuǎn　回旋反復，縈繞不斷。雍熙樂府（范居中）金殿喜重重秋思：“我這裏千回百轉自徬徨，撇不下多情數椿。”

【千辛萬苦】　qiān xīn wàn kǔ　經歷很多辛苦。元張之翰西巖集八元日詩：“千辛萬苦都嘗遍，祇有吳淞水最甘。”元曲選買仲名荊楚臣重對玉梳記三：“受了些千辛萬苦，熬了些短嘆長吁。”

【千言萬語】　qiān yán wàn yǔ　極言言語之多。唐鄭谷鄭守愚集一燕詩：“千言萬語無人會，又逐流鶯過短牆。”指燕的叫聲。朱子語類九學三：“聖賢千言萬語，只是要知得守得。”清文康兒女英雄傳二六：“姐姐果然沒的說，妹妹往下千言萬語都不必提，只給姐姐磕頭，回復了公婆，就完了事了。”

【千村萬落】　qiān cūn wàn luò　極言村落之多。形容地區之廣泛。唐杜甫杜工部草堂詩箋二兵車行：“君不聞漢家山東二百州，千村萬落生荊杞。”唐韓偓玉山樵人集自沙縣抵尤溪縣……村落皆空因有一絕：“千村萬落如寒食，不見人煙空見花。”

【千里一曲】　qiān lǐ yī qǔ　古傳黃河源出崑崙山，河水九曲，一曲千里，流入渤海。見樂府詩集九一九曲詞引河圖。公羊傳文十二年：“曷爲以水地？河曲疏矣，河千里而一曲也。”世說新語任誕：“有人譏周僕射（顗）與親友言戲，穢雜無檢節。周曰：‘吾若萬里長江，何能不千里一曲？’”是不拘小節的意思。

【千里移檄】　qiān lǐ yí xí　日行千里，傳送緊急公文。後漢書六三李固傳：“上奏南陽太守高賜等臧穢。賜等懼罪，遂共重賂大將軍梁冀，冀爲千里移檄，而固持之愈急。”注：“言移一日行千里，救之急也。”

【千里猶面】　qiān lǐ yóu miàn　意謂傳達真切。舊唐書六六房玄齡傳：“高祖嘗謂侍臣曰：‘此人深識機宜，足堪委任，每爲我兒陳事，必會人心，千里之外，猶對面語耳。’”

【千里蓴羹】　qiān lǐ chún gēng　世說新語言語：“陸機詣王武子（濟），武子前置數斛羊酪，指以示陸曰：‘卿江東何以敵此？’陸云：‘有千里蓴羹，但未下鹽豉耳！’”又見晉書陸機傳及太平御覽八五八、八六一引郭子。千里，湖名，在江蘇溧陽縣。蓴羹，以蓴菜所煮的湯。未下鹽豉，是說淡煮未用鹽豉調和。意謂千里湖蓴菜羹，其味甚美，無需用鹽豉調味。宋陸游劍南詩稿二七歲詠山陰風物詩“湘湖蓴菜豉相宜”注：“蓴羹最宜鹽豉，所謂未下鹽豉者，言下鹽豉則非羊酪可敵，蓋盛言蓴菜之美耳。”一說“未”爲“末”字之誤，末下，地名。見宋曾三異因話錄蓴羹。唐杜甫杜工部草堂詩箋二三贈別賀蘭銛：“我戀岷下芋，君思千里蓴。”陸龜蒙甫里集八潤州送人往長洲詩：“君住松江多少日？爲嘗鱸膾與蓴羹。”千里蓴、蓴羹，均爲千里蓴羹的省稱。

【千里鵝毛】　qiān lǐ é máo　比喻禮物輕而情意重。宋歐陽修文忠集五梅聖俞寄銀杏詩：“鵝毛贈千里，所以重其人。”又黃庭堅山谷外集詩注十長句謝陳適用惠送吳南雄所贈紙：“千里鵝毛意不輕，瘴衣腥膩北歸客。”注：“復齋漫錄云：‘諺曰：是人眼裏出西施；又曰：千里寄鵝毛，物輕人意重，皆鄙語也。山谷取以爲詩。”

【千佛名經】　qiān fó míng jīng　本佛經名。後借指登科名榜。唐封演封氏聞見記三貢舉：“進士張繹（也作張倬），漢陽王柬之曾孫也。時初落第，兩手奉登科記頂戴之，曰：‘此千佛名經也。’其企羨如此。”宋范成大石湖詩集二十送同年萬元亨知階州詩：“當年千佛名經裏，又見西遊第二人。”喻意亦同。

【千兵萬馬】　qiān bīng wàn mǎ　見“千軍萬馬”。

【千門萬戶】　qiān mén wàn hù　形容屋宇廣大或人戶衆多。史記孝武紀：“於是作建章宮，度爲千門萬戶。”唐李白李太白詩七侍從……賦龍池柳色初青聽新鶯百囀歌:"春風轉入碧雲去,千門萬戶皆春聲。"亦作"萬戶千門"。南朝陳徐陵玉臺新詠序:"凌雲概日,由余之所未窺;萬戶千門,張衡之所曾賦。"唐王維王右丞集六聽百舌鳥詩:"萬戶千門應覺曉,建章何必聽鳴雞。"

【千呼萬喚】 qiān hū wàn huàn 呼喚多次,催促再三。唐白居易長慶集十二琵琶行詩:"千呼萬喚始出來,猶抱琵琶半遮面。"

【千金一笑】 qiān jīn yī xiào 見"一笑千金"。

【千金一擲】 qiān jīn yī zhì 極言豪奢。唐李白李太白詩十四自漢陽病酒歸寄王明府:"莫惜連船沽美酒,千金一擲買春芳。"

【千金之子】 qiān jīn zhī zǐ 指富貴人家的子弟。史記一〇一袁盎傳:"臣聞千金之子,坐不垂堂。"又一二九貨殖傳:"諺曰:千金之子,不死於市。"

【千金市骨】 qiān jīn shì gǔ 比喻招攬人才的迫切。戰國時郭隗用馬作比喻,勸說燕昭王招攬人才。說古代君王懸賞千金買千里馬。三年後,得一死馬,用五百金買下馬骨;於是不到一年,得到三匹千里馬。喻真能禮賢下士,則賢士將聞風而至。見戰國策燕一。唐張仲素有千金市駿骨賦。宋黃庭堅豫章集二詠李伯時摹韓幹三馬次蘇子由韻……詩:"千金市骨今何有,士或不償五羖皮。"

【千金弊帚】 qiān jīn bì zhǒu 比喻物雖微賤却萬分珍視。宋蘇軾分類東坡詩十八次韻秦觀秀才……將入京應舉:"千金弊帚那堪換,我亦淹留豈笋算。"

【千軍萬馬】 qiān jūn wàn mǎ 形容軍隊之多,聲勢浩大。亦作"千兵萬馬"。南史陳慶之傳:"先是洛中謠曰:名軍大將莫自牢,千兵萬馬避白袍。"元曲選鄭廷玉楚昭公二:"早着俺千軍萬馬都驚走,急難收。"

【千秋萬歲】 qiān qiū wàn suì ㈠千年萬年,形容歲月長久,也常用來祝人長壽。韓非子顯學:"今巫祝之祝人曰:'使若千秋萬歲。'千秋萬歲之聲聒耳,而一日之壽無徵於人。"新唐書禮樂志九:"臣某等不勝大慶,謹上千秋萬歲壽,再拜。"亦作"千

秋萬古"。唐杜牧樊川文集外集悲吳王城詩:"千秋萬古無消息,國作荒原人作灰。"㈡死之婉詞。史記梁孝王世家:"上與梁王燕飲,嘗從容言曰:'千秋萬歲後,傳於王。'"此指帝王之死。文選晉阮嗣宗(籍)詠懷詩之十一:"千秋萬歲後,榮名安所之。"也作"萬歲千秋"。戰國策楚一:"楚王遊於雲夢,……仰天而笑曰:'樂矣,今日之遊也。寡人萬歲千秋之後,誰與樂此矣?'"此泛指死。

【千紅萬紫】 qiān hóng wàn zǐ 形容百花齊放,顏色繁多,異常絢麗。元趙文青山集八意行詩:"千紅萬紫隨春去,獨立溪頭看荔花。"又劉將孫養吾齋集六送春詩:"千紅萬紫成何事,至竟桑麻是歲華。"亦作"千紅萬綠"。元詩選圭塘欵乃集許有壬次和可行赴圭塘詩:"卜築何如履道坊,千紅萬綠浸銀塘。"又作"萬紫千紅"。見該條。現在也用來形容繁榮興旺的景象。

【千紅萬綠】 qiān hóng wàn lù 見"千紅萬紫"。

【千差萬別】 qiān chā wàn bié 極言差別之多。元尹志平葆光集下點絳唇重九後五日作:"聞說修行,千差萬別難依據。"

【千倉萬箱】 qiān cāng wàn xiāng 形容豐年儲糧之多。詩小雅甫田:"乃求千斯倉,乃求萬斯箱。"抱朴子極言:"千倉萬箱,非一耕所得;干天之木,非旬日所長。"

【千載一時】 qiān zǎi yī shí 猶"千載一遇"。唐韓愈昌黎集三九潮州刺史謝上表:"當此之際,所謂千載一時不可逢之嘉會。"又陳九言尚書省郎官石記序:"年和俗厚,千載一時。"(金石萃編一一六)

【千載一遇】 qiān zǎi yī yù 謂機會極其難得可貴。史記八〇樂毅傳報遺燕惠王書集解引夏侯玄:"樂生之志,千載一遇。"東觀漢記八耿況傳:"太史官曰:耿況彭寵,俱遭際會,順時乘風,列為藩輔,忠孝之策,千載一遇也。"亦作"千載壹合"、"千載一會",意思都相同。漢書六四王褒傳聖主得賢臣頌:"上下俱欲,驩然交欣,千載壹合,論說無疑。"文選作"千載一會"。

【千載一會】 qiān zǎi yī huì 見"千載一遇"。

【千載壹合】 qiān zǎi yī hé 見"千載一

遇"。

【千萬買鄰】 qiān wàn mǎi lín 指好鄰居難得可貴。南史呂僧珍傳："初，宋季雅罷南康郡，市宅，居僧珍宅側。僧珍問宅價，曰'一千一百萬'。怪其貴。季雅曰：'一百萬買宅，千萬買鄰。'"

【千歲一時】 qiān suì yī shí 猶"千載一遇"、"千載一時"。晉書慕容雲載記："機運難遘，千歲一時，公焉得辭也！"後謂"千載難逢"，即此意。

【千端萬緒】 qiān duān wàn xù 形容事情紛雜，頭緒繁多。文館詞林六九五三國魏曹植自試令："(王)機等吹毛求疵，千端萬緒，然終無可言者。"抱朴子崇教："因機會以生無端，藉素信以設巧言，交構之變，千端萬緒，巧算所不能詳，毫墨所不能究也。"亦作"千緒萬端"。晉書陶侃傳："侃性聰敏，勤於吏職，……闔外多事，千緒萬端，罔有遺漏。"又作"千頭萬緒"。唐吳兢貞觀政要一政體："以天下之廣，四海之衆，千頭萬緒，須合變通，皆委百司商量，宰相籌畫。"

【千緒萬端】 qiān xù wàn duān 見"千端萬緒"。

【千慮一失】 qiān lù yī shī 意謂賢哲的謀慮，亦難免偶有失誤。唐元稹長慶集二和樂天贈樊著作詩："千慮竟一失，冰玉不斷痕。"

【千慮一得】 qiān lù yī dé 意謂愚人的謀慮也不是沒有可取之處。晏子春秋雜下："嬰聞之：聖人千慮，必有一失；愚人千慮，必有一得。"史記九二淮陰侯傳："廣武君曰：'臣聞智者千慮，必有一失，愚者千慮，必有一得，故曰：狂夫之言，聖人擇焉。'"後向人進言者常用作自謙的話。

【千篇一律】 qiān piān yī lù 形容作品、說話的內容重複老一套，沒有變換。明王世貞全唐詩說："(白居易)少年與元稹角靡逞博，意在警戒痛快，晚更作知足語，千篇一律。"也作"千人一律"。宋蘇軾東坡集後集十四省試王庠書："今程試文字，千人一律，考官亦厭之。"

【千嬌百媚】 qiān jiāo bǎi mèi 形容女性婉妙多姿，儀容俱美。唐張文成游仙窟："千嬌百媚，造次無可比方；弱體輕身，談

之不能備盡。"草堂詩餘後下宋柳耆卿(永)玉女搖仙佩詞："爭如這多情，占得人間千嬌百媚。"亦作"千嬌百態"。陳徐陵徐孝穆集一雜曲："綠黛紅顏兩相發，千嬌百態情無歇。"

【千嬌百態】 qiān jiāo bǎi tài 見"千嬌百媚"。

【千頭萬緒】 qiān tóu wàn xù 見"千端萬緒"。

【千錘百煉】 qiān chuí bǎi liàn 指寫作精益求精，工夫極深。唐皮日休皮子文藪四劉棗強碑："自李太白百歲，有是業者，雕金篆玉，牢奇儷怪。百鍛為字，千煉成句，雖不在躡太白，亦後來之佳作也。"清趙翼甌北詩話一李青蓮詩："詩家好作奇句警語，必千錘百煉而後能成。"現在也比喻經歷多次鬭爭和考驗。

【千轉萬變】 qiān zhuǎn wàn biàn 極言轉變之多。莊子田子方："獨有一丈夫，儒服而立乎公門。公即召而問以國事，千轉萬變而不窮。"

【千巖萬壑】 qiān yán wàn hè 形容重山疊嶺，形勢幽深。世說新語言語："顧長康(愷之)從會稽還，人問山川之美。顧云：'千巖競秀，萬壑爭流，草木蒙籠其上，若雲興霞蔚。'"唐白居易長慶集五八題岐王舊山池石壁詩："況當霽景涼風後，如在千巖萬壑間。"

【千變萬化】 qiān biàn wàn huà 極言變化無窮。史記八四賈誼傳服鳥賦："千變萬化兮，未始有極。"淮南子俶真："若人者，猶千變萬化而未始有極也。"

【千聞不如一見】 qiān wén bù rú yī jiàn 耳聞千次，不如親眼一見為確。陳書蕭摩訶傳："(侯)安都謂摩訶曰：'卿驍勇有名，千聞不如一見。'"明凌濛初二刻拍案驚奇一："我雖曾聽見老爺與賓客們常談，真是千聞不如一見。"今作百聞不如一見，意同。

【千里之行，始於足下】 qiān lǐ zhī xíng, shǐ yú zú xià 謂必自邇始以達遠。老子："合抱之木，生於毫末；九層之臺，起於累土；千里之行，始於足下。"唐白居易長慶集三二溫堯卿等授官賜緋充滄景江

陵判官制：“夫千里之行，始於足下，苟自強不息，亦何遠而不屆哉！”

【升山採珠】　shēng shān cǎi zhū　山非產珠之地，升山采珠，比喻方法乖謬，徒勞無功。後漢書十一劉玄傳李淑上書：“今以所重，加非其人，望其毗益萬分，興化致理，譬猶緣木求魚，升山採珠。”

【升高自下】　shēng gāo zì xià　見“登高自卑”。

【升堂入室】　shēng táng rù shì　論語先進：“門人不敬子路，子曰：由也升堂矣，未入於室也。”由，仲由，即子路。是説子路學孔子雖有成就，但還須更進一步。後因稱人學問造詣精深爲升堂入室。三國志魏管寧傳：“娛心黃老，遊志六藝，升堂入室，究其閫奧。”文選晉潘安仁（岳）楊荆州誄：“游目墳典，縱心儒術，祁祁縉紳，升堂入室。”亦作“登堂入室”。見該條。

【升堂見母】　shēng táng jiàn mǔ　見“升堂拜母”。

【升堂拜母】　shēng táng bài mǔ　古代友誼深厚者，相訪時，常以進入後堂，拜候對方之母爲禮節，曰升堂拜母。後漢范式與汝南張劭爲友。二人告歸鄉里，式約劭二年後過劭拜尊親，見孺子。到期劭母醞酒，式果到，升堂拜母，飲盡歡而別。見太平御覽四〇七謝承後漢書。今本范曄後漢書七一范式傳“升堂拜”下脫“母”字。三國志吳周瑜傳：“（孫）堅與策同年，獨相友善，瑜推道南大宅以舍策，升堂拜母，有無通共。”亦作“升堂見母”。南史王鎮惡傳：“進次湹池，造故人李方家，升堂拜母，厚加酬資，即受方湹池令。”

【半斤八兩】　bàn jīn bā liǎng　舊秤以十六兩爲一斤，半斤八兩表示輕重相等，不相上下。宋惟白建中靖國續燈錄二四法恭禪師：“踏着秤鎚硬似鐵，八兩元來是半斤。”永樂大典戲文三種張協狀元：“兩個半斤八兩，各家歸去不須嗔。”

【半夜三更】　bàn yè sān gēng　深夜。舊時一夜分五更，三更爲深夜十二時左右。清李玉清忠譜上就逮：“半夜三更，甚麼人傳鼓？”亦作“三更半夜”。見該條。

【半面之舊】　bàn miàn zhī jiù　見面一次之舊誼。唐白居易長慶集二八與元九書：“初應進士時，中朝無緦麻之親，達官無半面之舊。”半面之舊與半面之交、半面之識，皆言相識日淺，交誼不深。

【半信半疑】　bàn xìn bàn yí　對真假是非不能肯定，即疑信參半。三國魏稽康稽中散集九答釋難宅無吉凶攝生論：“苟卜筮所以成相，虎可卜而地可擇，何 爲半信半不信耶？”半不信，即半疑。清詩別裁三二成鷟羅浮采藥歌：“相逢一一爲予説，予心半信還半疑。”

【半途而廢】　bàn tú ér fèi　見“半塗而廢”。

【半個前程】　bàn gè qián chéng　清初最低的世襲官職。順治四年，改爲拖沙喇哈番，漢文稱雲騎尉。見東華錄六順治四年。

【半部論語】　bàn bù lún yǔ　宋趙普爲相時，人言普山東人，所讀僅只論語而已。太宗（趙匡義）曾以此問之，普曰：“平生所知，誠不出此。昔以其半輔太祖（趙匡胤）定天下，今欲以其半輔陛下致太平。”見宋羅大經鶴林玉露七。舊稱半部論語治天下，典出於此。

【半推半就】　bàn tuī bàn jiù　形容假意推辭。元王實甫西廂記四本一折：“半推半就，又驚又愛。”

【半間不界】　bàn jiān bù jiè　不深刻，膚淺不徹底。朱子語類四七論語二九：“便是世間有這一般半間不界底人，無見識，不顧理之是非，一味護人。”又作“半間半界”。宋吳泳鶴林集二七答家本仲言：“又思向來講學，只是半間半界，無詣平實處。”

【半間半界】　bàn jiān bàn jiè　見“半間不界”。

【半塗而廢】　bàn tú ér fèi　比喻做事不能堅持到底。塗，同“途”。禮中庸：“君子遵道而行，半塗而廢，吾弗能已矣。”也作“半途而廢”。梁書徐勉傳答客喻：“夷甫（王衍）孩抱中物，尚盡慟以寶資；安仁（潘岳）未及七旬，猶惣惣於詞賦；況夫名立宦成，半塗而廢者，亦焉可已已哉！”論語爲政“七十而從心所欲”宋朱熹集注：“聖人言此，一以示學者當優游涵泳，不可躐等而進。二以示學者當日就月將，不可半塗而廢也。"

【半路出家】 bàn lù chū jiā 比喻中途改行。京本通俗小說錯斬崔寧:"先前讀書,後來看看不濟,却去改業做生意,便是半路上出家的一般,買賣行中一發不是本等伎倆,又把本錢消折去了。"亦作"半路修行"。明朱國禎湧幢小品二二俚詩有本:"茅鹿門先生,文章擅海內,……晚喜作詩,自稱半路修行。"

【半路修行】 bàn lù xiū xíng 見"半路出家"。

【半壁江山】 bàn bì jiāng shān 指國家領土淪陷大半的殘局。清蔣士銓冬青樹一提綱:"半壁江山,比五季朝廷尤小。"

【半籌不納】 bàn chóu bù nà 即一籌莫展,無計可施的意思。籌,算籌。古今雜劇元李文蔚同樂院燕青博魚一:"往常時我習武藝學兵法,到如今半籌也不納。"

【半夜敲門不吃驚】 bàn yè qiāo mén bù chī jīng 比喻沒有做過虧心的事。古今雜劇元缺名玎玎璫璫盆兒鬼二:"平生不作虧心事,半夜敲門不吃驚。"又見缺名魯智深喜賞黃花峪劇,平生作"白日"。

【卓然不羣】 zhuó rán bù qún 見"卓爾不羣"。

【卓爾不羣】 zhuó ěr bù qún 超出衆人。漢書五三河間獻王傳贊:"夫惟大雅,卓爾不羣。"也作"卓然不羣"。後漢書七三劉虞傳論:"自帝室王公之冑,皆生長脂腴,不知稼穡,其能屬行飭身,卓然不羣者,或未聞焉。"

【卑禮厚幣】 bēi lǐ hòu bì 謙恭的禮節,豐厚的幣帛。表示聘請人員的鄭重殷切。史記魏世家:"惠王數敗於軍旅,卑禮厚幣以招賢者。"

【卑辭重幣】 bēi cí zhòng bì 謙恭的言辭、豐厚的幣帛。戰國策秦三:"趙彊則楚附,楚彊則趙附。楚趙附,則齊必懼,懼必卑辭重幣以事秦。"

【南山可移】 nán shān kě yí 唐李元紘初爲涇州司兵,累遷雍州司戶,時太平公主與僧寺爭碾磑,元紘斷還僧寺。竇懷貞爲雍州長史,大懼太平勢,促令元紘改斷。元紘大署判後曰:"南山或可改移,此判終無搖動。"見舊唐書九八李元紘傳。新唐書作:"南山可移,判不可搖也。"後來凡稱案件已定、不可改變的爲"南山可移,此案不可動"。

【南州冠冕】 nán zhōu guān miǎn 比喻南方的傑出人才。三國志蜀龐統傳:"潁川司馬徽,清雅有知人鑒。統弱冠往見徽,……共語,自晝至夜。徽甚異之,稱統當爲南州士之冠冕。"

【南枝北枝】 nán zhī běi zhī 全唐詩三李嶠鷓鴣:"可憐鷓鴣飛,飛向樹南枝。南枝日照暖,北枝霜露滋。"白孔六帖九九梅南枝:"大庾嶺上梅,南枝落,北枝開。"都是說南枝向暖北枝受寒,後用來比喻處境苦樂不同。

【南征北伐】 nán zhēng běi fá 形容征伐多方,屢經戰陣。唐柳宗元柳先生集三封建論:"歷于宣王,挾中興復古之德,雄南征北伐之威,卒不能定魯侯之嗣。"

【南金東箭】 nán jīn dōng jiàn 爾雅釋地:"東南之美者,有會稽之竹箭焉;……西南之美者,有華山之金石焉。"古以南方之金石,東方之竹箭爲美物,後來比喻人才的可貴。晉書顧榮紀瞻賀循薛兼傳論:"顧紀賀薛等,並南金東箭,世胄高門。"

【南柯一夢】 nán kē yī mèng 唐李公佐作南柯記,叙述淳于棼夢夢至槐安國,娶公主,爲南柯太守,備享榮華富貴,其後帥師出征戰敗,公主亦死,遂遭國王疑忌,被遣而歸。至此夢醒,在庭前槐樹下尋得蟻穴,即夢中之槐安國都。南柯郡爲槐樹南枝下另一蟻穴。寓言比喻富貴之得失無常。後亦以南柯一夢泛指夢境或人間經歷之虛幻。水滸四十二:"宋江憑欄看時,果見二龍戲水。"二青衣望下一推,宋江大叫一聲,却撞在神廚內,覺來乃是南柯一夢。"

【南面百城】 nán miàn bǎi chéng 南面指地位的崇高,百城指土地的廣大。舊時用來比喻統治者的尊榮富有。魏書李謐傳:"每曰:'丈夫擁書萬卷,何假南面百城?'"

【南風不競】 nán fēng bù jìng 比喻衰弱不振。左傳襄十八年:"晉人聞有楚師,師曠曰:'不害,吾驟歌北風,又歌南風,南風不競,多死聲,楚必無功。'"楚在晉的南面，師曠歌南北風以聽占晉楚的強弱。南風聲音微弱，和律聲不相應，所以說不競。指士氣不振，沒有戰鬥力。後也用以比喻競賽失利。世說新語方正："王子敬(獻之)數歲時，嘗看諸門生樗蒲，見有勝負，因曰：'南風不競。'"

【南船北馬】 nán chuán běi mǎ 南方多水，人善於行船，北方多陸，人善於騎馬。所以古時多以南船北馬對稱。淮南子齊俗："胡人便於馬，越人便於舟。"唐孟郊孟東野集八送從叔校書簡南歸詩："北騎達山岳，南帆指江湖。"

【南腔北調】 nán qiāng běi diào 清趙翼簷曝雜記一廢典："每數十步間一戲臺，南腔北調，備四方之樂。"清吳敬梓儒林外史十一："兩邊一幅箋紙的聯，上寫着：三間東倒西歪屋，一個南腔北調人。"後多用於指人的語音不純，夾雜南北方言。

【南箕北斗】 nán jī běi dǒu 星中二十八宿，和南北東西四方相連爲名的，只有箕、斗、井、壁四星。當箕斗都在南方的時候，箕南而斗北。所以叫南箕北斗。詩小雅大東："維南有箕，不可以簸揚；維北有斗，不可以挹酒漿。"後就用來作徒有虛名、而無實用的比喻詞。魏書李崇傳上表："今國子雖有學官之名，而無教授之實，何異兔絲燕麥，南箕北斗哉！"

【南轅北轍】 nán yuán běi zhé 欲南行而車向北。比喻行動與目的相反。戰國時魏王欲攻邯鄲，季梁以有人欲南至楚國，却駕車北走爲喻，說魏王的行動"猶至楚而北行也"。見戰國策魏四。宋劉克莊後村集一二七宴吉倅王實之："南轅北轍，車輪慣見於別離；東主西賓，翰墨未妨於遊戲。"後亦以南轅北轍，比喻背道而馳。清汪輝祖學治臆說自序："自不善爲吏，即於廢棄，而欲爲善爲吏者言治，幾何不南轅而北轍也。"

【南鷂北鷹】 nán yáo běi yīng 鷂、鷹都是猛禽，用來比喻嚴峻的人。晉武帝時，博陵人崔洪，以清厲剛直見稱，爲御史，朝中臣僚皆憚之，爲歌謠曰："叢生棘刺，來自博陵，在南爲鷂，在北爲鷹。"見晉書崔洪傳。

【南蠻鴃舌】 nán mán jué shé 舊時譏侮操南方方言之詞。鴃，是伯勞鳥。孟子滕文公上："今也南蠻鴃舌之人，非先王之道。"孟軻以許行爲楚人，譏其語言難懂。

【南征北討，東蕩西除】 nán zhēng běi tǎo，dōng dàng xī chú 猶南征北伐。元曲選缺名隨何賺風魔蒯通二："韓信云：'蒯徹，想某南征北討，東蕩西除，立下十大功勞，料的聖人怎好便負了我也。'"

【博士買驢】 bó shì mǎi lú 比喻廢話連篇，不得要領。北齊顏之推顏氏家訓勉學："問一言輒酬數百，責其指歸，或無要會。"鄴下諺云："博士買驢，書券三紙，未有驢字。"

【博古知今】 bó gǔ zhī jīn 知識廣博，通曉古今之事。孔子家語觀周："孔子謂南宮敬叔曰：吾聞老聃博古知今，通禮樂之原，明道德之歸，則吾師也。"亦作"博古通今"。清李汝珍鏡花緣五："你向有才女之名，最是博古通今。"又作"通今博古"。見該條。

【博古通今】 bó gǔ tōng jīn 見"博古知今"。

【博而不精】 bó ér bù jīng 指學識廣博而不精專。後漢書六十上馬融傳："(融)嘗欲訓左氏春秋，及見賈逵鄭衆注，乃曰：'賈君精而不博，鄭君博而不精；既精既博，吾何加焉。'"

【博而寡要】 bó ér guǎ yào 學識廣博，而未能掌握綱要。史記太史公自序論六家之要指："儒者博而寡要，勞而少功，是以其事難盡從。"

【博物洽聞】 bó wù qià wén 見聞廣博，於事物多知多懂。漢書六二司馬遷傳贊："烏呼！以遷之博物洽聞，而不能以知自全，既陷極刑，幽而發憤，書亦信矣。"

【博施濟衆】 bó shī jì zhòng 廣施恩惠，使衆人得免於患難。論語雍也："如有博施於民，而能濟衆，何如？可謂仁乎？"

【博聞彊志】 bó wén qiáng zhì 見"博聞彊識"。

【博聞彊記】 bó wén qiáng jì 見"博聞彊識"。

【博聞彊識】 bó wén qiáng zhì 見聞廣博，強於記憶。禮曲禮上："博聞彊識而讓。"三國志魏文帝紀評:"文帝天資文藻,下筆成章,博聞彊識,才藝兼該。"亦作"博聞彊志"。史記八四屈原傳:"博聞彊志,明於治亂。"又作"博聞彊記"。漢賈誼新書保傅:"博聞彊記,捷給而善對者,謂之承。"

【博覽古今】 bó lǎn gǔ jīn 廣泛閱讀古今之書。漢書成帝紀贊:"博覽古今,容受

直辭,公卿稱職,奏議可述。"漢王充論衡超奇:"故夫能說一經者爲儒生;博覽古今者爲通人;采掇傳書,以上書奏記者爲文人;能精思著文,連結篇章者爲鴻儒。"

【博覽羣書】 bó lǎn qún shū 廣泛閱覽諸書。南史謝靈運傳:"靈運少好學,博覽羣書,文章之美,與顏延之爲江左第一。"

卜　部

【卜晝卜夜】 bǔ zhòu bǔ yè 陳敬仲爲齊工正,飲桓公酒,公樂,命舉火繼飲。敬仲辭謝曰:"臣卜其晝,未卜其夜,不敢。"見

左傳莊二二年。晏子春秋雜上、漢劉向說苑反質以爲齊景公與晏子事。後稱聚飲無度、晝夜不休爲"卜晝卜夜"。

卩　部

【卬首信眉】 áng shǒu xìn méi 即昂首伸眉。漢書六二司馬遷傳報任安書:"今已虧形爲埽除之隸,在闒茸之中,迺欲卬首信眉,論列是非,不亦輕朝廷,羞當世之士邪!"宋朱熹朱文公集二四七月二日答汪尚書書:"隨行逐隊,則有持祿之譏;卬首信眉,則有出位之戒。"

【印絫綬若】 yìn lěi shòu ruò 漢書九三石顯傳:"顯與中書僕射牢梁,少府五鹿充宗結爲黨友,諸附倚者皆得寵位。民歌之曰:'牢邪石邪,五鹿客邪,印何絫絫,綬若若邪!'言其兼官據勢也。"後因以"印絫綬若"比喻官吏身兼多職,聲勢煊赫。

【危在旦夕】 wēi zài dàn xī 危在早晚之間,言頃刻即至。三國志吳太史慈傳:"今管亥暴亂,北海被圍,孤窮無援,危在旦夕。"

【危言危行】 wēi yán wēi xíng 正直的言論和行爲。論語憲問:"邦有道,危言危行。"

【危言高論】 wēi yán gāo lùn 正直高遠的言論。梁書范縝傳:"性質直,好危言高論,不爲士友所安。"南史王承傳:"有魏郡申英傳,門寒才俊,好危言高論以忤權右。"

【危於累卵】 wēi yú lěi luǎn 累卵,以卵相疊。比喻極端危險。韓非子十過:"故曹小國也,而迫於晉楚之間,其君之危,猶累卵也。"戰國策趙一:"今君殺主父而族之,君之立於天下,危於累卵。"史記七九范睢傳:"秦王之國,危於累卵,得臣則安。"亦作"累卵之危"。見該條。

【危若朝露】 wēi ruò zhāo lù 言危機在即,如朝露之見日即乾。史記六八商君傳:

"書曰:'恃德者昌,恃力者亡。'君之危若朝露,尚將欲延年益壽乎?"

【卵與石鬭】 luǎn yǔ shí dòu 猶言以卵擊石,比喻弱不敵強。漢焦延壽易林四艮之損:"卵與石鬭,糜碎無疑;動而有悔,出不得時。"

【卷土重來】 juǎn tǔ chóng lái 指失敗之後,整頓以求再起。唐杜牧樊川文集四題烏江亭詩:"江東子弟多才俊,卷土重來未可知。"亦作"捲土重來"。見該條。

【卻之不恭】 què zhī bù gōng 孟子萬章下:"卻之卻之爲不恭,何哉?"本指與人交際,人有饋贈,自己盤算受否,如不受,即爲對人不恭。後成爲接受別人禮品的客套話。鼎崎春秋六本六摹得假書招智士:"踵成厚貺,使老身卻之不恭,受之有愧。"

【卽心是佛】 jí xīn shì fó 佛教禪宗謂只要內求諸己,便可悟道成佛。景德傳燈錄七明州大梅山法常禪師:"初參大寂,問如何是佛。大寂云:'卽心是佛。'師卽大悟。"亦作"卽心卽佛"。見同書卷六江西道一禪師。

【卽心卽佛】 jí xīn jí fó 見"卽心是佛"。

【卽事窮理】 jí shì qióng lǐ 就事實探究道理。清王夫之續春秋左氏傳博議下士文伯論日食:"有卽事以窮理,無立理以限事。"

【卽以其人之道,還治其人之身】 jí yǐ qí rén zhī dào, huán zhì qí rén zhī shēn 禮中庸:"故君子以人治人,改而止"宋朱熹集注:"故君子之治人也,卽以其人之道,還治其人之身,其人能改,卽止不治。"謂卽用其人之方法來整治其人。其人,那個人。清李汝珍鏡花緣九七:"道姑笑道:我們出家人只知修行養性,那知破陣之術。據我愚見,女菩薩何不卽以其人之道還治其人之身呢?"

【卿車我笠】 qīng chē wǒ lì "卿雖乘車我戴笠"之省語。元洪希文續軒渠集九滿江紅幽句詞:"看高車公相,寒途僕走,是有命焉那幸致,萬鍾於我大何有。但卿車我笠勿相忘,須回首。"詳"車笠之交"。

厂　　部

【厖眉黃髮】 máng méi huáng fà 花白眉毛,黃色頭髮。指年高之人。隋書煬帝紀上大業五年詔:"朕永夜稽古,用求至治,是以厖眉黃髮,更令收叙,務簡秩優,無虧藥膳,庶等卧治,佇其弘益。"

【厚貌深情】 hòu mào shēn qíng 隱藏真實感情,不表露於言貌。莊子列禦寇:"凡人險於山川,難於知天。天猶有春夏秋冬旦暮之期,人者厚貌深情,故有貌愿而益,有長若不肖,有順懁而達,有堅而縵,有緩而釬。"

【厚德載福】 hòu dé zài fú 易坤:"地勢坤,君子以厚德載物。"後來謂有德者能多受福,曰厚德載福,本此。國語晉六:"吾聞之,唯厚德者能受多福,無德而服者衆,必自傷也。"

【厝火積薪】 cuò huǒ jī xīn 置火於積薪之下,比喻隱患。漢書四八賈誼傳:"夫抱火厝之積薪之下,而寢其上;火未及燃,因謂之安。方今之埶,何以異此?"注:"厝,置也。"亦見賈誼新書數寧。

【原始反終】 yuán shǐ fǎn zhōng 見"原始要終"。

【原始見終】 yuán shǐ jiàn zhōng 見"原始要終"。

【原始要終】 yuán shǐ yào zhōng 探究事物發展的起源和歸宿。易繫辭下:"易之爲書也,原始要終,以爲質也。"藝文類聚二十梁元帝孝德傳序:"夫天經地義,聖人不加;原始要終,莫踰孝道。"亦作"原始反終"、"原始見終"。易繫辭上:"原始反終,故知死生之說。漢王充論衡實知:"亦揆端推類,原始見終。"

【厭難折衝】　yā nàn zhé chōng　能壓服困難,禦敵決勝。漢劉向說苑尊賢:"故虞有宮之奇,晉獻公爲之終夜不寐;楚有子玉得臣,文公爲之側席而坐。遠乎!賢者之厭難折衝也。"漢書六九辛慶忌傳:"故賢人立朝,折衝厭難,勝於亡形。"注:"厭,抑也。"

【厲兵秣馬】　lì bīng mò mǎ　磨利兵器,餵飽馬匹,指作好戰鬥準備。左傳僖三三年:"鄭穆公使視客館,則束載厲兵秣馬矣。亦作"礪戈秣馬"。見該條。

【厲精更始】　lì jīng gēng shǐ　振奮精神,從事革新。漢書宣帝紀:"其赦天下,與士大夫厲精更始。"

【厲精圖治】　lì jīng tú zhì　盡力治理好國家。宋史神宗紀贊:"厲精圖治,將有大爲。"

厶　　部

【去天尺五】　qù tiān chǐ wǔ　極言其與宮廷相近。辛氏三秦記:"城南韋杜,去天尺五。"(清王謨漢唐地理書鈔輯本)宋曾慥類說二九麗情集:"韋曲杜鄠近長安。諺曰:'韋曲杜鄠,去天尺五。'"韋曲杜鄠都是漢王朝三輔地,爲貴族豪門聚居的地域。

【去末歸本】　qù mò guī běn　指捨棄工商業,回到農業生產上去。漢書地理志下:"(召)信臣勸民農桑,去末歸本,郡以殷富。"

【去邪歸正】　qù xié guī zhèng　排除邪惡,歸於正道。論語爲政"思無邪"宋邢昺疏:"此章言爲政之道,在於去邪歸正。"

【去泰去甚】　qù tài qù shèn　去其過甚。老子:"是以聖人去甚、去奢、去泰。"韓非子揚權:"故去泰去甚,身乃無害。"又外儲說左下:"故君子去泰去甚。"文選晉左太沖(思)魏都賦:"匪樸匪斲,去泰去甚。"

【去偽存真】　qù wěi cún zhēn　排除假的,保留真的。續傳燈錄十二襃禪傳禪師:"權衡在手,明鏡當臺,可以摧邪輔正,可以去偽存真。"

【參天兩地】　sān tiān liǎng dì　爲易卦立數之義。易說卦:"參天兩地而倚數。"引申爲人之德可與天地相比。亦作"參天貳地"。史記一一七司馬相如傳難蜀父老:"故馳騖乎兼容並包,而勤思乎參天貳地。"

【參天貳地】　sān tiān èr dì　見"參天兩地"。

【參辰日月】　shēn chén rì yuè　見"參辰卯酉"。

【參辰卯酉】　shēn chén mǎo yǒu　參星酉時(午後五時、六時)出於西方,辰星卯時(午前五時、六時)出於東方,因用以比喻兩方敵對,勢不並立。古今雜劇元關漢卿狀元堂陳母教子二:"我戲着那珠翠金銀,我可便渾如似參辰卯酉。"元明雜劇戴善甫癡李岳詩酒翫江樓三:"我身將跨鳳乘鸞友,都做了參辰卯酉。亦作"參辰日月"。元曲選白仁甫裴少俊牆頭馬上三:"總是我業徹,也強如參辰日月不交接。"

【參橫斗轉】　shēn héng dǒu zhuǎn　參星橫斜,北斗星轉向。指天將明時。宋蘇軾分類東坡詩一六月二十日夜渡海:"參橫斗轉欲三更,苦雨終風也解晴。元蒲道源順齋閒居樂府滿庭芳南營探梅……詞:"開尊飲,參橫斗轉,同醉臥花旁。亦見"斗轉參橫"。見該條。

又　部

【反水不收】　fǎn shuǐ bù shōu　潑出之水，不能收回，比喻不可挽回。後漢書光武帝紀上建武元年：“反水不收，後悔無及。”又六九何進傳作“覆水不可收”。

【反本修邇】　fǎn běn xiū ěr　謂君子修身，首先要求自己，從近處做起。漢劉向說苑建本：“比近不說，無務修遠。是以反本修邇，君子之道也。”

【反老還童】　fǎn lǎo huán tóng　道家方術謂經修鍊則老可復少，重見童顏。漢史游急就篇：“長樂無極老復丁。”文苑英華三五二缺名七召：“既變醜以成妍，亦反老而爲少。”均爲祝頌讚美之詞。亦作“返老還童”。見該條。

【反求諸己】　fǎn qiú zhū jǐ　反躬自問，檢查自己的不足之處。孟子公孫丑上：“仁者如射，射者正己而後發。發而不中，不怨勝己者，反求諸己而已矣。”

【反來覆去】　fǎn lái fù qù　一再來回。宋朱熹朱子語類十學四：“讀書是格物一事，今且須逐段子細玩味，反來覆去。”

【反面無情】　fǎn miàn wú qíng　翻臉不講情義。明畢魏竹葉舟收秀：“反面無情如狗咬。”

【反唇相稽】　fǎn chún xiāng jī　頂嘴較真，反口責問對方。稽，計較。漢書賈誼傳：“婦姑不相說，則反唇而相稽。”

【反眼不識】　fǎn yǎn bù shí　翻臉不認人，不顧交情。唐韓愈昌黎集三二柳子厚墓誌銘：“一旦臨小利害，僅如毛髮比，反眼若不相識。”

【反裘負芻】　fǎn qiú fù chú　㈠春秋時，晏嬰往晉，行至中牟，見越石父反裘負芻。嬰因解一頭駕車之馬爲之贖身，使免於凍餓。見晏子春秋內篇上，呂氏春秋觀世。史記六二晏嬰傳正義引作“反裘負薪”。南史范泰傳諫更造五銖：“百姓不足，君孰與足？未有人貧而國富，本不足而有餘者也。故囊漏貯中，識者不吝；反裘負薪，存毛實難。”反裘，反穿皮衣（古人穿皮衣以毛朝外爲正，此指毛朝裏）。芻，即薪。即反穿皮衣而撱柴。㈡魏文侯出遊，見路人反裘而負芻。“文侯曰：胡爲反裘而負芻？對曰：臣愛其毛。文侯曰：若不知其裏盡而毛無所恃耶？”漢桓寬鹽鐵論非鞅：“無異於愚人反裘而負薪，愛其毛，不知其皮盡也。”又見漢書八一匡衡傳。比喻愚昧或不知輕重本末。

【反裘負薪】　fǎn qiú fù xīn　見“反裘負芻”。

【反經行權】　fǎn jīng xíng quán　不合於常法，權宜行事。史記太史公自序：“諸呂爲從，謀弱京師，而（周）勃反經合於權。”

【反經合義】　fǎn jīng hé yì　雖然違背常道，但仍合於義理。唐溫大雅大唐創業起居注二：“不爲斯給，自然反經合義，妙盡機權。”北史楊約傳：“夫守正履道，固人臣之常致；反經合義，亦達者之令圖。”

【取青妃白】　qǔ qīng pèi bái　以青配白，比喻對偶工整。唐柳宗元柳先生集二一讀韓愈所著毛穎傳後題：“世之模擬竄竊，取青妃白，肥皮厚肉，柔筋脆骨，而以爲辭者之讀之也，其大笑固宜。”妃，音配，義同。妃本又作“媲”。亦作“抽青妃白”。金元好問遺山集五送詩人秦略簡夫婦蘇墳別業詩：“昨朝見君臨水句，乃知抽青妃白非詩人。”

【取精用弘】　qǔ jīng yòng hóng　左傳昭七年：“抑諺曰：蕞爾國，而三世執其政柄，其用物也弘矣，其取精也多矣。”謂居官任權既久，享用多而精。本指根深基厚，後來轉爲材料豐富,用之不盡之意。

【受寵若驚】 shòu chǒng ruò jīng 受人寵愛而感到意外的驚喜和不安。全唐文四九八權德輿孫公神道碑銘:"積勞不伐,受寵若驚;恩波深而守以慎懼,爵祿厚而不萌侈汰。"宋蘇軾經進東坡文集事略二七謝中書舍人啟:"省躬無有,被寵若驚。"李寶嘉官場現形記十八:"過道臺承中丞這一番優待,不禁受寵若驚,坐立不穩,正不知如何是好。"

口　部

【口中蚤蝨】 kǒu zhōng zǎo shī 口中的蚤蝨。比喻極易消滅的敵方。韓非子内儲説上七術:"彊上黨,在一而已,以臨東陽,則邯鄲口中虱也。"漢書王莽傳中:"校尉韓威進曰:'以新室之威而吞胡虜,無異口中蚤蝨。'"

【口中雌黃】 kǒu zhōng cí huáng 隨口更正説得不恰當的話。如用雌黃蘸筆,塗改錯字。文選南朝梁劉孝標(峻)廣絕交論"雌黃出其唇吻"注引晉陽秋:"王衍字夷甫,能言,於意有不安者,輒更易之,時號口中雌黃。"事又見晉書王衍傳。後稱不顧事實,隨便議論爲"信口雌黃"。

【口耳之學】 kǒu ěr zhī xué 謂道聽途説,略有見聞,並無真正的學問。荀子勸學:"小人之學也,入乎耳,出乎口,口耳之間,則四寸耳,曷足以美七尺之軀哉!"

【口血未乾】 kǒu xuè wèi gān 古代結盟有歃血儀式,結盟者用血塗口旁,以示信守。口血未乾指結盟不久。含有不久就背棄盟約的意思。左傳襄公九年:"與大國盟,口血未乾,而背之,可乎?"國語吳:"以盟爲有益乎?前盟口血未乾,足以結信矣。"

【口似懸河】 kǒu sì xuán hé 猶口如懸河。唐白居易長慶集五十七神照上人詩:"心如定水隨形應,口似懸河逐病治。"

【口如懸河】 kǒu rú xuán hé 比喻人健談,言辭如河水傾瀉,滔滔不絕。世説新語賞譽:"王太尉(衍)云:郭子玄(象)語議如懸河寫水,注而不竭。"北史裴藴傳:"藴亦機辯,所論法理,言若懸河,或重或輕,皆由其口,剖析明敏,時人不能致詰。"唐韓愈昌黎集五石鼓歌詩:"安能以此上論列,願借辯口如懸河。"後多作"口若懸河"。清吳敬梓儒林外史四:"知縣見他説的口若懸河,又是本朝確切典故,不由得不信。"亦作"口似懸河"。見該條。

【口吻生花】 kǒu wěn shēng huā 舊題唐馮贄雲仙雜記五引白氏金鎖:"張祜苦吟,妻孥唤之不應,以責祜。祜曰:'吾方口吻生花,豈恤汝輩!'"指吟詩得意,興趣强烈。

【口角春風】 kǒu jiǎo chūn fēng 比喻言語評論,如春風能使萬物生長。意本後漢書七十鄭太傳:"孔公緒(伷)能清談高論,噓枯吹生。"後來常用此語比喻爲人吹噓或替人説好話。元曹伯啟漢泉樂府清平樂寄復初省郎兼簡希孟文友:"人生傀儡棚中,此行那計西東,指日雲泥超異,重占口角春風。"

【口含天憲】 kǒu hán tiān xiàn 謂發言即爲法令,決人生死,有無上權威。天憲,朝廷的法令。後漢書四三朱暉傳附朱穆:"當今中官近習,竊持國柄,手握王爵,口含天憲。"

【口沸目赤】 kǒu fèi mù chì 形容人情緒激動,聲色俱厲的神態。韓詩外傳九:"言人之非,瞋目搤捥,疾言噴噴,口沸目赤。"

【口尚乳臭】 kǒu shàng rǔ chòu 口中尚有奶味。譏人年少,表示蔑視。漢書高帝紀

上:"食其還,漢王問:'魏大將誰也?'對
曰:'柏直。'王曰:'是口尚乳臭,不能當韓
信。'"晉書桓玄傳:"長史卞範之説玄曰:
'公英略威名振於天下,元顯口尚乳臭,劉
牢之大失物情,若兵臨近畿,示以威賞,則
土崩之勢可翹足而待,何有延敵入境自取
蹙弱者乎!'"

【口若懸河】 kǒu ruò xuán hé 見"口如
懸河"。

【口是心非】 kǒu shì xīn fēi 心口不一。
抱朴子微旨:"若乃憎善好殺,口是心非,
背向異辭,反戾直正,……凡有一事,輒是
一罪。"水滸七三:"俺哥哥原來口是心非,
不是好人了。"

【口誅筆伐】 kǒu zhū bǐ fá 用言語或文
字譴責他人的罪狀或錯誤言行。明汪廷訥
三祝記同謫:"他捐廉棄耻,向權門富貴貪
求,全不知口誅筆伐是詩人句,隴上墦間
識者羞。"

【口蜜腹劍】 kǒu mì fù jiàn 嘴甜心毒。
五代後周王仁裕開元天寶遺事下肉腰刀:
"(李)林甫嘗以甘言誘人之過,譖於上前,
時人皆言林甫甘言如蜜。朝中相謂曰:李
公雖面有笑容而肚中鑄劍也。"資治通鑑
二一五唐天寶元年作"世謂李林甫口有
蜜,腹有劍"。亦見宋孔平仲續世説十二。
明王世貞鳴鳳記南北分別:"這厮口蜜腹
劍,正所謂匿怨而友者也。"

【口説無憑】 kǒu shuō wú píng 單憑口
説,不足爲據。元曲選喬孟符杜牧之詩酒
揚州夢四:"借兩個口説無憑。"

【口碑載道】 kǒu bēi zài dào 謂到處有
人稱頌,如滿路立碑。續傳燈錄二二太平
安禪師:"勸君不用鐫頑石,路上行人口似
碑。"明張煌言張蒼水集四甲辰九月感懷
在獄中作詩:"口碑載道是還非,識蹉跎心
事違。"

【口講指畫】 kǒu jiǎng zhǐ huà 口中宣
講,助以手勢。唐韓愈昌黎集三二柳子厚
墓誌:"衡湘以南爲進士者,皆以子厚爲
師。其經承子厚口講指畫,爲文詞者,悉有
法度可觀。"

【口燥脣乾】 kǒu zào chún gān 即舌乾
脣焦。三國魏曹植曹子建集六善哉行:"來

日大難,口燥脣乾。今日相樂,皆當喜歡。"
亦見宋書樂志三、藝文類聚四一引。亦作
"脣焦口燥"。唐杜甫杜工部詩史補遺二茅
屋爲秋風所破歌:"脣焦口燥呼不得,歸來
倚杖自歎息!"

【口惠而實不至】 kǒu huì ér shí bù zhì
口頭許人好處而實惠不至。禮表記:"口惠
而實不至,怨菑及其身。"清紀昀閱微草堂
筆記三:"河間馮樹柟,粗通筆札,落拓京
師十餘年,每遇機緣,輒無成就,干祈於
人,率口惠而實不至。"

【口甜如蜜鉢,心苦似黄蘗】 kǒu tián
rú mì bō, xīn kǔ sì huáng niè 謂以花言
巧語騙人,而存心不善。元曲選武漢臣李
素蘭風月玉壺春第三折:"你休要嘴兒尖,
舌兒快,這虔婆怕不口甜如蜜鉢,他可敢
心苦似黄蘗。"

【古井無波】 gǔ jǐng wú bō 比喻人心寂
然不動,如井已枯竭,不起波瀾。唐孟郊孟
東野詩集一列女操:"妾心古井水,波瀾誓
不起。"白居易長慶集一贈元稹詩:"無波
古井水,有節秋竹竿。"封建社會多用來稱
夫死妻不再嫁者。

【古色古香】 gǔ sè gǔ xiāng 古雅的色
彩和氣韻。多指古物言。清黄丕烈士禮居
藏書題跋記續上塵史:"是書雖非毛氏所
云何元朗本及伊舅氏仲木本,然古色古香
溢於楮墨,想不在二本下也。"

【古肥今瘠】 gǔ féi jīn jí 形容書法豐腴
與瘦勁的不同風格。唐張彦遠法書要錄二
梁武帝觀鍾繇書法十二意:"元常(鍾繇
字)謂之古肥,子敬(王獻之字)謂之今瘠,
今古既殊,肥瘦顛反。"

【古往今來】 gǔ wǎng jīn lái 從古到
今。文選晉潘安仁(岳)西征賦:"古往今
來,邈兮悠哉!"唐白居易長慶集十五放言
詩之一:"朝真暮僞何人辨,古往今來底事
無!"劉知幾史通六家:"自古帝王編述文
籍,史言之備矣。古往今來,質文遞變,諸
史之作,不恆厥體。"

【古貌古心】 gǔ mào gǔ xīn 形容容貌
思想,皆有古人風度。唐韓愈昌黎集五孟
生詩:"孟生(孟郊)江海士,古貌又古心。"
宋袁説友東塘集二題王順伯祕書所藏蘭
亭修禊帖詩:"臨川先生天下士,古貌古心

成古癖。"劉克莊後村集一二五涵頭鄭監鎮啟:"恭惟某官秀稟天台,名傳谷口;善言善行,親從前輩以講明;古貌古心,不入時人之嗜好。"

【古調不彈】 gǔ diào bù tán 謂古樂調不爲時賞,多不彈奏。唐劉長卿劉隨州集一聽彈琴詩:"古調雖自愛,今人多不彈。"後稱行爲、著作等不合時宜爲"古調獨彈"。

【古調獨彈】 gǔ diào dú tán 見"古調不彈"。

【可心如意】 kě xīn rú yì 符合心意。紅樓夢六五:"這如今要辦正事,不是我女孩兒沒羞恥,必得我揀個素日可心如意的人,才跟他。"

【可著頭做帽子】 kě zhuó tóu zuò mào zǐ 比喻照需要準備,並無富餘。紅樓夢七五:"賈母見尤氏吃的仍是白米飯,因問道:'怎麼不盛我的飯?'丫頭們回道:'老太太的飯完了,今日添了一位姑娘,所以短了些。'鴛鴦道:'如今都是可著頭做帽子了,要一點兒富餘也不能的。'"

【可與共患難,而不可共處樂】 kě yǔ gòng huàn nàn, ér bù kě gòng chǔ lè 春秋時越王勾踐滅吳,范蠡勸文種去之,謂:"越王爲人,長頸鳥喙,鷹視狼步,可與共患難,而不可共處樂。"見吳越春秋十勾踐伐吳外傳。後稱帝王之疑忌開國功臣,多用此語。

【司空見慣】 sī kōng jiàn guàn 比喻事情屢見不鮮。唐孟棨本事詩情感記載:唐司空李紳宴請劉禹錫,讓歌女勸酒,劉即席賦詩,有"司空見慣渾閑事,斷盡江南刺史腸"之句。唐詩紀事三九作揚州大司馬杜鴻漸與劉禹錫事。草堂詩餘三蘇軾滿庭芳佳人詞:"人間何處,有司空見慣,應謂尋常。"

【司馬昭之心,路人皆知】 sī mǎ zhāo zhī xīn, lù rén jiē zhī 三國魏曹髦爲文帝孫,封高貴鄉公,即帝位後,見司馬昭專擅朝政,謀篡帝位,而己威權日去,不勝其忿。乃召侍中王沈等謂曰:"司馬昭之心,路人所知也。吾不能坐受廢辱,今日當與卿自出討之。"爲司馬昭部下成濟所殺。見三國志魏高貴鄉公紀注引漢晉春秋。後因以"司馬昭之心,路人皆知"喻野心爲人所共知,不須解說。

【另眼相看】 lìng yǎn xiāng kàn 特別照顧、看待。明凌濛初初刻拍案驚奇八:"那妻子與小舅私對陳大郎說道:'……不想一見大王,查問來歷,我等一一實對。便把我們另眼相看,我們也不知其故。'"亦作"另眼相待"。紅樓夢七:"不過仗着這些功勞情分,有祖宗時,都另眼相待,如今誰肯難爲他?"

【另眼相待】 lìng yǎn xiāng dài 見"另眼相看"。

【叱咤風雲】 chì chà fēng yún 形容聲勢浩大,威力無比。唐駱賓王集十代李敬業以武后臨朝移諸郡縣檄:"班聲動而北風起,劍氣衝而南斗平。喑嗚則山嶽崩頹,叱咤則風雲變色。"

【只敬衣衫不敬人】 zhǐ jìng yī shān bù jìng rén 謂世俗淺見,嫌貧愛富,以衣帽取人。元曲選關漢卿包待制三勘蝴蝶夢楔子:"他只敬衣衫不敬人。"亦作"則識衣衫不識人"。孤本元明雜劇元王實甫呂蒙正風雪破窰記一:"可憐此等無情物,則識衣衫不識人。"則,只。

【只許州官放火,不許百姓點燈】 zhǐ xǔ zhōu guān fàng huǒ, bù xǔ bǎi xìng diǎn dēng 見"州官放火"。

【史不絕書】 shǐ bù jué shū 同類的事經常發生,不斷見於記載。左傳襄二九年:"魯之於晉也,職貢不乏,玩好時至,公卿大夫,相繼於朝,史不絕書。"

【吉人天相】 jí rén tiān xiàng 宿命論者認爲善人自有上天保佑。元方回桐江續集二一老而健貧而詩自志其喜詩:"釋怒恩須報,天終相吉人。"明楊珽龍膏記開閣:"令愛偶爾違和,自是吉人天相,何勞鄭重,良切主臣。"

【吉光片羽】 jí guāng piàn yǔ 吉光,神獸。神獸之一毛,比喻殘存的珍貴文物。爲音節的協調,又變毛爲羽。明王世貞弇州山人四部稿一三一題三吳楷法:"此本乃故人子售余,爲直十千,因留置此,比於吉光之片羽耳。"袁宏道袁中郎集尺牘答友人:"華山道中,忽接佳什,如吉光片羽,令人驚歎。"清王夫之薑齋詩話三:"二忠(瞿

式粗、張同敵）遺筆皆傳人間,自有傳之
者,此亦吉光片羽。"

【吉祥止止】 jí xiáng zhǐ zhǐ 指喜慶好
事不斷出現。莊子人間世:"瞻彼闋者,虛
室生白,吉祥止止。"

【吐故納新】 tǔ gù nà xīn 道家養生之
術,口吐濁氣,鼻引清氣,云可以去病。莊
子刻意:"吹呴呼吸,吐故納新,熊經鳥申,
爲壽而已矣。"釋文:"李(頤)云:吐故氣,
納新氣也。"通玄真經(文子)道原:"(真
人)懷天道,包天心,噓吸陰陽,吐故納
新。"後引申爲新陳代謝的意思。參閱太平
御覽七二〇引修養雜訣。

【吐剛茹柔】 tǔ gāng rú róu 剛者吐出,
柔者吃入。茹,吃。比喻怕硬欺軟。詩大雅
烝民:"維仲山甫,柔亦不茹,剛亦不吐,
不侮矜寡,不畏強禦。"漢書八三薛宣傳:"執
憲㩁下,不吐剛茹柔,舉錯時當"。亦作"柔
茹剛吐"。見該條。

【吐哺握髮】 tǔ bǔ wò fà 吃飯時吐出口
中食物,沐髮時握髮而止。周公戒其子伯
禽曰:"我文王之子,武王之弟,成王之叔
父,我於天下亦不賤矣。然我一沐三握髮,
一飯三吐哺,起以待士,猶恐失天下之賢
人。子之魯,慎無以國驕人。"見史記魯周
公世家。後以"吐哺握髮"爲求賢心切、待
士真誠之典。

【吐絲自縛】 tǔ sī zì fù 景德傳燈錄二
九南朝梁寶誌十四頌善惡不二:"聲聞執
法坐禪,如蠶吐絲自縛。"後比喻人之作
爲,阻礙了自己的行動自由爲吐絲自縛。
有自尋苦惱之意。

【吐膽傾心】 tǔ dǎn qīng xīn 痛快説出
心裏話。京本通俗小説十六馮玉梅團圓:
"(賀)承信方敢吐膽傾心。"

【同工異曲】 tóng gōng yì qǔ 曲調不
同,演得同樣精彩。比喻不同人的辭章具
有同樣高的造詣。唐韓愈昌黎集十二進學
解:"子雲相如,同工異曲。"子雲,揚雄字。
相如,司馬相如。宋黃庭堅豫章集二六跋
劉夢得竹枝歌:"比之杜子美夔州歌,所謂
同工而異曲也。"今多指方法不同,得到同
樣效果。

【同文同軌】 tóng wén tóng guǐ 全國用
同一文字、同一寬窄之車轍。言號令統一,

制度一致。禮中庸:"今天下車同軌,書同
文,行同倫。"

【同心一力】 tóng xīn yī lì 見"同心戮
力"。

【同心并力】 tóng xīn bìng lì 見"同心
戮力"。

【同心同德】 tóng xīn tóng dé 一心一
德,思想認識一致。書泰誓中:"受有億兆
夷人,離心離德。予有亂臣十人,同心同
德。"

【同心合意】 tóng xīn hé yì 一心一意。
漢書九九王莽傳:"朕得奉宗廟,誠嘉與君
同心合意。"

【同心協力】 tóng xīn xié lì 見"同心戮
力"。

【同心戮力】 tóng xīn lù lì 齊心合力。
後漢書五九張衡傳:"故能同心戮力,勤恤
人隱。"亦作"同心并力"、"同心一力"、"同
心協力"。史記秦始皇紀引賈誼過秦論:
"且天下嘗同心并力而攻秦矣。"後漢書十
八吳漢傳:"若能同心一力,人自爲戰,大
功可立;如其不然,敗必無餘。"周書崔謙
傳:"誠宜順義勇之志,副遐邇之心,倍道
兼行,謁帝關右,然後與宇文行臺,同心戮
力,電討不庭。"

【同日而語】 tóng rì ér yǔ 猶言相提並
論。漢書四五息夫躬傳:"臣爲國家計幾
先,謀將然,豫圖未形,爲萬世慮;而左將
軍公孫祿欲以其犬馬齒保目所見。臣與祿
異議,未可同日而語也。"又作"同年而
語"。北齊顏之推顏氏家訓勉學:"苦辛無
益者如日蝕,逸樂名利者如秋荼,豈得同
年而語矣。"

【同仇敵愾】 tóng chóu dí kài 同仇,齊
心合力,打擊共同的敵人。詩秦風無衣:
"脩我戈予,與子同仇。"敵愾,抵抗其所憤
恨者。左傳文四年:"諸侯敵王所愾,而獻
其功。"注:"敵,猶當也;愾,恨怒也。"後
以"敵愾"指對敵人之憤恨;以"同仇敵愾"
指共同對敵,打擊大家憤恨之人。

【同功一體】 tóng gōng yī tǐ 功績與地
位相同。史記九一黥布傳:"令尹曰:'往年
殺彭越,前年殺韓信,言此三人者,同功一
體之人也。'"

【同甘共苦】 tóng gān gòng kǔ 同享安

樂,共歷患難。戰國策燕一:"燕王弔死問生,與百姓同其甘苦。"

【同年而語】 tóng nián ér yǔ 見"同日而語"。

【同舟共濟】 tóng zhōu gòng jì 比喻在困難時利害一致,共圖解救。孫子九地:"夫吳人與越人,相惡也。當其同舟而濟,遇風,其相救也,如左右手。"戰國策燕二有類似之語。三國志魏毌丘儉傳注引文欽與郭淮書:"夫當仁不讓。況救君之難,度道遠艱,故不果期要耳。然同舟共濟,安危勢同;福德已連,非言飾所解,自公侯所明也。"

【同舟敵國】 tóng zhōu dí guó 同舟共濟之人變成仇敵。史記吳起傳:"武侯浮西河而下,中流,顧而謂吳起曰:'美哉乎山河之固,此魏國之寶也。'起對曰:'在德不在險。……若君不修德,舟中之人盡爲敵國也。'"

【同門異戶】 tóng mén yì hù 同出一門而學說流派各異。漢揚雄法言君子:"或曰:孫卿非數家之說侂也,至于子思、孟軻,詭哉!曰:吾於孫卿與,見同門而異戶也。"孫卿,即荀卿。

【同牀各夢】 tóng chuáng gè mèng 比喻同作一樁事,各有各的打算。宋陳亮龍川文集二十與朱元晦祕書書:"同牀各做夢,周公且不能得知,何必一一說到孔明哉!"亦作"各夢同牀"。宋惠洪石門文字禪十六送覺先歸大梁詩之二:"閑人忙事莫參差,各夢同牀暗發嗟。"現在通寫作"同牀異夢"。

【同美相妬】 tóng měi xiāng dù 才貌美好之人互相嫉妒。舊題黃石公著素書安禮:"同愛相求,同美相妬。"宋張商英注:"女則武后、韋庶人、蕭良娣是也;男則趙高、李斯是也。"

【同室操戈】 tóng shì cāo gē 比喻內部相鬩爭。後漢何休專治公羊傳,鄭玄著論以難之,休歎息說:"康成入我家操吾矛以伐我乎?"康成,鄭玄字。見後漢書三五鄭玄傳。清江藩宋學淵源記序:"爲宋學者,不第攻漢儒而已也,抑且同室操戈矣。"

【同流合污】 tóng liú hé wū 原指隨時浮沉。孟子盡心下:"同乎流俗,合乎汙世。"宋朱熹朱文公全集五三答胡季隨書:"細看來書,似己無可得說,……如此則更說甚講學,不如同流合污,着衣喫飯,無所用心之省事也。"陽枋字溪集九辨惑:"圓熟乃是無是無非,無可無否,同流合汙鄉原之徒……今所謂和鑾槌者也。"後多指與壞人爲伍。

【同袍同澤】 tóng páo tóng zé 袍,長衣;澤,貼身之內衣。詩秦風無衣:"豈曰無衣,與子同袍,王于興師,修我戈矛,與子同仇。豈曰無衣,與子同澤,王于興師,修我矛戟,與子偕作。"指軍士同仇敵愾,情誼深長。後多沿用此義。

【同病相憐】 tóng bìng xiāng lián 比喻彼此遭遇相同而互相同情憐憫。吳越春秋闔閭內傳:"子不聞河上之歌乎?同病相憐,同憂相救。"文選南朝梁劉孝標(峻)廣絕交論:"同病相憐,綴河上之悲曲。"清文康兒女英雄傳二三:"彼時在這位舅太太是乍見了這等聰明俊俏的一個女孩兒,無父無母,又憐他,又愛他,便想到自己又是膝下荒涼,無兒無女,不覺動了個同病相憐的念頭。"

【同氣連枝】 tóng qì lián zhī 比喻同胞兄弟。南朝梁周興嗣千字文:"孔懷兄弟,同氣連枝。"

【同條共貫】 tóng tiáo gòng guàn 事理相通,脈絡連貫。漢書五六董仲舒傳:"帝王之道,豈不同條共貫歟?"

【同惡相求】 tóng è xiāng qiú 見"同惡相濟"。

【同惡相助】 tóng è xiāng zhù 見"同惡相濟"。

【同惡相濟】 tóng è xiāng jì 壞人狼狽爲奸。三國志魏武帝紀建安十八年:"馬超成宜,同惡相濟,濱據河潼,求逞所欲。"左傳昭十三年有"同惡相求",史記四六吳王(劉)濞傳有"同惡相助",義同。

【同歸殊塗】 tóng guī shū tú 共同歸去而途徑各異。比喻採取不同的方法得到相同的效果。易繫辭下:"天下同歸而殊塗,一致而百慮。"謂天下之理本一,而得之之道不同。後來凡言方法或情況有異而結果相同者,多曰同歸殊塗。塗,同"途"。文選三國**魏嵇叔夜**(康)琴賦:"同歸殊途,或文或質。"亦作"殊途同歸"、"異路同歸"。見各該條。

【同聲相應,同氣相求】 tóng shēng xiāng yìng, tóng qì xiāng qiú **易乾**:"同聲相應,同氣相求。"疏:"同聲相應者,若彈宮而宮應,彈角而角動是也。同氣相求者,若天欲雨而礎柱潤是也。"後用來形容志趣相同、性情相近的人互相呼應,自然結合。

【吃不了,兜着走】 chī bù liǎo, dōu zhe zǒu 比喻引出的麻煩和責罰,一時不能完結。**紅樓夢九四**:"看仔細,碰在老爺氣頭兒上,那可就吃不了兜着走了。"

【合浦珠還】 hé pǔ zhū huán 傳說**漢合浦郡**不產穀實,而海出珠寶,先時郡守並多貪穢,極力搜刮,致使珍珠移往別處。後**孟嘗爲合浦**太守,制止搜刮,革易前弊,珍珠復還。見**後漢書七六孟嘗傳**。**宋程俱北山小集十致政程承議挽歌詞**:"合浦珠還增氣象,延平劍合斂光芒。"後用來比喻東西失而復得。亦作"珠還合浦"。見該條。

【合從連衡】 hé zòng lián héng 戰國時**蘇秦**説六國諸侯聯合抗**秦**,稱合從;**張儀**説諸侯事**秦**,稱連衡。**史記七四孟子傳**:"天下方務於合從連衡,以攻伐爲賢。"

【名下無虛】 míng xià wú xū 見"名下無虛士"。

【名士風流】 míng shì fēng liú 名士的風度和氣質。**後漢書方術傳論**:"漢世之所謂名士者,其風流可知矣。"至**魏晉**時,多以鄙棄禮法、好談玄理爲名士風流。**世説新語品藻**:"有人問袁侍中(悦之)曰:'殷仲堪何如韓康伯?'答曰:'理義所得,優劣乃復未辨,然門庭蕭寂,居然有名士風流,殷不及韓。'"

【名山大川】 míng shān dà chuān **書武成**:"予小子其承厥志,底商之罪,告于皇天后土、所過名山大川。"疏:"自周適商,路過河、華,故知所過名山華岳、大川河也。"本專指**華山**、**黃河**,後以名山大川爲著名山河之泛稱。

【名山事業】 míng shān shì yè **漢司馬遷**撰**史記**,自序謂自成一家之言,"藏之名山,副在京師,俟後世聖人君子。"後因稱著作爲名山事業。

【名不虛立】 míng bù xū lì 見"名不虛傳"。

【名不虛傳】 míng bù xū chuán 名望和實際相符。**宋華岳翠微南征錄十白面渡詩**:"繫船白面問谿翁,名不虛傳説未通。"**元明雜劇缺名劉千病打獨角牛三**:"他將那名姓呼志氣來咶,他在那鑾臺上光閃,果然名不虛傳。"按**史記游俠傳**、**三國志徐邈傳**有"名不虛立"、**太平御覽八九八藏彥缺牛賦**有"名不虛假"、**晉書唐彬傳**有"名不虛行"、**新唐書魏元忠傳**有"名不虛謂"、**宋何遠春渚紀聞七米元章遭遇**有"名不虛得",意思皆同。

【名正言順】 míng zhèng yán shùn 名正:名義正當;言順:道理講得通。**論語子路**:"名不正則言不順,言不順則事不成。"後來多稱言行具有充分理由爲"名正言順"。**宋留正皇宋中興聖政二四紹興八年十一月祕書省正字范汝圭上書**:"古之人有命將出師誓滅鯨鯢以迎梓宮者矣,雖其力小勢窮,不能有濟,而名正言順,亦可無愧於天下後世。"

【名存實亡】 míng cún shí wáng 名義上存在,實際上已經滅亡。**唐韓愈昌黎集三一處州孔子廟碑**:"郡邑皆有孔子廟,或不能修事,雖設博士弟子,或役於有司,名存實亡。"

【名高難副】 míng gāo nán fù 名聲超過才能,實際才能與名聲不符。**後漢書六一黃瓊傳**:"嶢嶢者易缺,皦皦者易汙,陽春之曲,和者必寡,盛名之下,其實難副。"**北史邢邵傳**:"當時文人,皆(邢)邵之下,但以不持威儀,名高難副,朝廷不令出境。"

【名從主人】 míng cóng zhǔ rén 事物應以原主的名稱爲名。**穀梁傳桓二年**:"夏四月,取郜大鼎于宋。……孔子曰:名從主人,物從中國,故曰郜大鼎也。"

【名落孫山】 míng luò sūn shān 相傳**吳**人**孫山**借同鄉之子赴考,鄉人子未中,**孫山**考取最後一名,先歸。鄉人問其子得失,**山**曰:"解名盡處是孫山,賢郎更在孫山外。"見**宋范公偁過庭錄**。後因稱考試不中爲"名落孫山"。

【名過其實】 míng guò qí shí　徒有虛名而無實際。韓詩外傳一："故祿過其功者削，名過其實者損。"

【名滿天下】 míng mǎn tiān xià　名聲傳遍天下，極言聲名之盛。管子白心："名滿於天下，不若其已也。"也作"名高天下"。史記八三魯仲連傳與燕將書："故管子不耻身在縲絏之中而耻天下之不治，不耻不死公子糾而耻威之不信於諸侯，故兼三行之過而爲五霸首，名高天下而光燭鄰國。"

【名實不副】 míng shí bù fù　有虛名而無實際，名與實不相符合。文選漢禰正平（衡）鸚鵡賦："懼名實之不副，耻才能之無奇。"後多作"名不副實"。

【名實相副】 míng shí xiāng fù　名稱和實際一致。後漢書孔融傳曹操與融書："昔國家東遷，文舉盛歎鴻豫名實相副……鴻豫亦稱文舉奇逸博聞。"文舉，融字；鴻豫，郗慮字。魏書于栗磾傳："既表貞固之誠，亦所以名實相副也。"

【名標青史】 míng biāo qīng shǐ　姓名留於史籍。指以功業、道德垂名後代。古以竹簡紀事，故稱史籍爲青史。元曲選紀君祥趙氏孤兒大報讐二："程嬰云：老宰輔，你若存的趙氏孤兒，當名標青史，萬古留芳。"

【名韁利鎖】 míng jiāng lì suǒ　名利像韁繩鎖鑰一樣，束縛人們。宋柳永樂章集夏雲峰詞："向此免名韁利鎖，虛費光陰。"草堂詩餘後予秦少游（觀）水龍吟贈妓詞："名韁利鎖，天還知道，和天也瘦。"

【名下無虛士】 míng xià wú xū shì　名實相符，名不虛傳。陳書姚察傳："沛國劉臻竊於公館訪漢書疑事十餘條，並爲剖析，皆有經據。臻謂所親曰：'名下定無虛士。'"唐劉餗隋唐嘉話上："薛道衡聘陳，爲人日詩云：'入春纔七日，離家已二年。'南人嗤之曰：'是底言？誰謂此虜解作詩！'及云：'人歸落雁後，思發在花前。'乃喜曰：'名下固無虛士。'"

【各自一家】 gè zì yī jiā　各自成爲一家。指彼此無干。三國志蜀先主傳："德然父元起常資給先主，與德然等。元起妻曰：'各自一家，何能常爾邪？'"

【各自爲政】 gè zì wéi zhèng　左傳宣二年："將戰，華元殺羊食士，其御羊斟不與；及戰，曰：'疇昔之羊，子爲政；今日之事，我爲政。'與入鄭師，故敗。"後稱各自行其政令，互不相謀曰各自爲政。三國志吳胡綜傳："諸將專威於外，各自爲政，莫或同心。"

【各自爲戰】 gè zì wéi zhàn　各自獨立作戰。史記項羽紀張良說劉邦："君王能自陳以東傅海，盡與韓信；睢陽以北至穀城，以與彭越；使各自爲戰，則楚易敗也。"

【各奔前程】 gè bèn qián chéng　各自登程前進。比喻志向出處之不同。元曲選李文蔚同樂院燕青博魚四："將軍不下馬，各自奔前程。"

【各爲其主】 gè wèi qí zhǔ　各自爲其主人着想效勞。三國志魏曹真傳附曹爽："皆伏誅，夷三族"注引世語："及爽解印綬，將出，主簿楊綜止之曰：'公挾主握權，捨此以至東市乎？'爽不從。有司奏綜導爽反，宣王曰：'各爲其主也。'宥之，以爲尚書郎。"

【各得其所】 gè dé qí suǒ　易繫辭下："日中爲市，致天下之民，聚天下之貨，交易而退，各得其所。"本謂各自得到所需求的東西。後指各自得到適當的安置。史記漢興以來諸侯王年表序："而漢郡八九十，形錯諸侯間，犬牙相臨，秉其阸塞地利，彊本幹，弱枝葉之勢也，尊卑明而萬事各得其所矣。"後漢書六九竇武傳疏："信任忠良，平決臧否，使邪正毀譽，各得其所。"

【各從其志】 gè cóng qí zhì　各按自己的意旨行事。史記六一伯夷傳："道不同，不相爲謀，亦各從其志也。"

【各夢同牀】 gè mèng tóng chuáng　見"同牀各夢"。

【各人自掃門前雪，莫管他人屋上霜】 gè rén zì sǎo mén qián xuě, mò guǎn tā rén wū shàng shuāng　比喻只顧自己，不管別人之事。事林廣記前集九人事下處己警語："自家掃取門前雪，莫管他人屋上霜。"明沈璟義俠記上四除凶："他自要去送性命，干俺甚事！各人自掃門前雪，休管他家瓦上霜。"清孔尚任桃花扇拜壇："旁人勸我道：各人自掃門前雪，莫管他人屋上霜。"

【向火乞兒】 xiàng huǒ qǐ ér 唐天寶中楊國忠用事,朝士爭相趨附,張九齡稱之爲向火乞兒,意謂一日火盡灰冷,必將有凍死裂體之禍。見五代後周王仁裕開元天寶遺事下。後稱趨炎附勢之人,多用此語。

【向平願了】 xiàng píng yuàn liǎo 唐白居易長慶集六七聞吟贈皇甫郎中親家翁詩:"最喜兩家婚嫁事,一時抽得向平身。"向平,即向子平,東漢朝歌人。光武帝建武中,子女婚嫁已畢,遂不問家事,出遊名山大川,不知所終。見後漢書八三逸民傳。故舊時稱子女婚嫁自立爲向平願了。向子平,文選嵇叔夜(康)與山巨源絕交書注引英雄記、南齊書宗測傳皆作尚子平;文選謝靈運初去郡詩注引嵇康高士傳作尚長,字子平。

【向隅而泣】 xiàng yú ér qì 面向牆角哭泣。多指不得分惠或獨受冷落而悲哀。漢劉向說苑貴德:"今有滿堂飲酒者,有一人獨索然向隅而泣,則一堂之人皆不樂矣。"

【向壁虛造】 xiàng bì xū zào 見"鄉壁虛造"。

【吞刀吐火】 tūn dāo tǔ huǒ 古代雜技的一種。文選漢張平子(衡)西京賦:"吞刀吐火,雲霧杳冥。"唐王棨有吞刀吐火賦,見文苑英華八二。

【吞舟之魚】 tūn zhōu zhī yú 魚可吞舟,極言其大。莊子庚桑楚:"吞舟之魚,碭而失水,則蟻能苦之。"史記一二二酷吏列傳:"漢興,破觚而爲圜,斲雕而爲朴,網漏於吞舟之魚。"指法疏而使重大罪犯得以漏網。

【吞雲吐霧】 tūn yún tǔ wù 梁書沈約傳郊居賦:"始澆霞而吐霧,終凌虛而倒景。"本狀修道者的絕穀養氣。後人變其詞爲吞雲吐霧,以譏人吸鴉片的情狀。

【否終則泰】 pǐ zhōng zé tài 閉塞到極點,則轉向通泰。易雜卦:"否泰,反其類也。"即物極必反,否極泰來。吳越春秋句踐入臣外傳:"時過於期,否終則泰。"

【否極泰來】 pǐ jí tài lái 易否:"否之匪人,不利君子貞,大往小來。"又泰:"泰,小

往大來,吉亨。"否卦,主閉塞;泰卦,主亨通。否極泰來,言壞極轉好,由閉塞轉爲亨通。唐白居易長慶集十一遣懷詩:"樂往必悲生,泰來猶否極。"五代前蜀韋莊浣花集七湘中作詩:"否去泰來終可待,夜寒休唱飯牛歌。"

【吠非其主】 fèi fēi qí zhǔ 見"桀犬吠堯"。

【吠形吠聲】 fèi xíng fèi shēng 見"一犬吠形,百犬吠聲"。

【吳下阿蒙】 wú xià ā méng 三國吳呂蒙受孫權勸,篤志力學。後魯肅過蒙,言議常爲蒙屈,因拊蒙背曰:"吾謂大弟但有武略耳,至於今者,學識英博,非復吳下阿蒙。"蒙曰:"士別三日,即更刮目相待。"見三國志吳呂蒙傳注引江表傳。後稱人學識長進,多曰:"非復吳下阿蒙。"晉書慕容德載記:"兄垂甚壯之,因共論軍國大謀,言必切至。垂謂之曰:'汝器識長進,非復吳下阿蒙也。'"

【吳牛喘月】 wú niú chuǎn yuè 太平御覽四引風俗通:"吳牛望見月則喘,彼之苦於日,見月怖喘矣。"後來把遇見類似事物而膽怯的喻爲"吳牛喘月"。世說新語言語:"晉滿奮畏風,在武帝座;北窗作琉璃屏,奮誤認爲空隙,有難色。帝笑之,奮答曰:'臣猶吳牛,見月而喘。'"唐李白李太白詩十七送蕭三十一之魯中兼問稚子伯禽詩:"六月南風吹白沙,吳牛喘月氣成霞。"

【吳市吹簫】 wú shì chuī xiāo 史記七九范雎傳:"伍子胥……鼓腹吹篪,乞食於吳市。"集解引徐廣:"篪,一作簫。"後稱乞食街頭爲"吳市吹簫",本此。

【吳帶曹衣】 wú dài cáo yī 北齊曹仲達、唐吳道子都善畫佛像。曹筆法稠疊,而衣帶緊窄;吳用筆勢圓轉,而衣帶飄舉;故後人稱"吳帶當風,曹衣出水"。見宋郭若虛圖畫見聞誌一論曹吳體法。

【吳越同舟】 wú yuè tóng zhōu 見"同舟共濟"。

【吳頭楚尾】 wú tóu chǔ wěi 江西的代稱,江西位於吳地上游,楚地下游,如首尾相銜接,故稱吳頭楚尾。宋黃庭堅山谷琴

趣外編三謁金門戲贈知命詞："山又水,行盡吳頭楚尾。"又作"楚尾吳頭"。水滸一一〇："地分吳楚,江心有兩座山,……正佔着楚尾吳頭。"宋唐庚眉山唐先生文集二贈瀘倅丘明善詩："吳頭楚尾秀三川,一分才華占得全。"亦作"楚尾吳頭"。見該條。

【吟風弄月】　yín fēng nòng yuè　見"吟風詠月"。

【吟風詠月】　yín fēng yǒng yuè　文苑英華九四五唐范傳正李翰林白墓誌銘："吟風詠月,席地幕天,但貴其適所以適,不知夫所以然而然。"亦作"吟風弄月"。宋朱熹朱文公集六抄二南寄平父因題此詩："析句分章功自少,吟風弄月喜何長。"本指詩人以風月等自然景物爲題材,形容心情的悠閒自在。今多含貶意,指作品只談風月而逃避現實。

【吸風飲露】　xī fēng yǐn lù　莊子逍遙遊："藐姑射之山,有神人居焉。……不食五穀,吸風飲露。"道家及詩文中常以此語指神仙的絕食五穀。

【吸盡西江水】　xī jìn xī jiāng shuǐ　見"一口吸盡西江水"。

【吹大法螺】　chuī dà fǎ luó　金光明經一讚歎品四："吹大法螺,擊大法鼓,燃大法炬,雨勝法雨。"法螺聲大中空,後人因諷刺空口說大話爲吹大法螺。

【吹毛求疵】　chuī máo qiú cī　喻故意挑剔。韓非子大體："不吹毛而求小疵,不洗垢而察難知。"漢書五三中山靖王劉勝傳："有司吹毛求疵。"也作"吹毛索疵"。後漢書二七杜林傳："吹毛索疵,詆欺無限。"也作"吹毛求瑕"。三國志吳步騭傳上疏："伏聞諸典校摘抉細微,吹毛求瑕,重案深誣,輒欲陷人以成威福。"南朝梁劉勰文心雕龍奏啟："是以世人爲文,競於詆訶,吹毛求瑕,次骨爲戾。"

【吹毛求瑕】　chuī máo qiú xiá　見"吹毛求疵"。

【吹毛索疵】　chuī máo suǒ cī　見"吹毛求疵"。

【吹波助瀾】　chuī bō zhù lán　見"推波助瀾"。

【吹氣勝蘭】　chuī qì shèng lán　舊指美女之呼吸,其香氣勝於蘭。三國魏曹植曹子建集六美女篇："顧盼遺光彩,長嘯氣若蘭。"舊題漢郭憲洞冥記四:"(漢武)帝所幸宮人名麗娟,年十四,玉膚柔軟,吹氣勝蘭。"

【吹雲潑墨】　chuī yún pō mò　指國畫家繪畫的筆法。畫家吹雲,先沾濕絹素,點綴輕粉,縱口吹之,稱吹雲;畫山水雨景,以水墨作巨點,曰潑墨。參閱唐張彥遠歷代名畫記二論畫體工用搨寫。

【吹影鏤塵】　chuī yǐng lòu chén　言不見形迹。關尹子一宇："言之如吹影,思之如鏤塵,聖智造迷,鬼神不識。"

【吹皺一池春水】　chuī zhòu yī chí chūn shuǐ　南唐馮延巳謁金門詞："風乍起,吹皺一池春水。"一日,李璟(中主)戲謂延巳曰:"吹皺一池春水,干卿何事?"見宋馬令南唐書二一、陸游南唐書十一馮延巳傳。後因用爲事不關己而好管閒事之喻。

【吮癰舐痔】　shǔn yōng shì zhì　莊子列禦寇:"秦王有病召醫,破癰潰痤者,得車一乘,舐痔者,得車五乘。"史記一二五佞倖傳記漢文帝倖臣鄧通爲帝吮癰。論語陽貨:"苟患失之,無所不至矣"朱熹集注:"小則吮癰舐痔。"後來因稱人之諂媚無恥爲"吮癰舐痔"。

【含牙戴角】　hán yá dài jiǎo　指獸類。淮南子兵略:"凡有血氣之蟲,含牙戴角,前爪後距。"又見修務篇。

【含血吮瘡】　hán xuè shǔn chuāng　以口吸吮病人之血液瘡毒。史記六五吳起傳:"卒有病疽者,起爲吮之。卒母聞而哭之……母曰:'……往年吳公吮其父,其父戰不旋踵,遂死於敵。吳公今又吮其子,妾不知其死所矣。'"後以含血吮瘡爲將帥恩撫軍士,使之感激而效死之典。唐白居易長慶集三七德舞:"含血吮瘡撫戰士,思摩奮呼乞效死。"

【含血噴人】　hán xuè pēn rén　捏造事實,誣陷好人。宋惟白建中靖國續燈錄二承吉禪師:"若也談禪說要,大似含血噴人。"後來寫作"含血噴人"。清李玉清忠譜叱勘:"你不怕刀臨頭頸,還思含血噴人!"

【含沙射影】　hán shā shè yǐng　詩小雅何人斯:"爲鬼爲蜮,則不可得。"蜮又名射工、射影。相傳其居水中，聽到人聲，以氣爲矢，因激水，或含沙以射人，被射中者皮膚發瘡，中影者亦病。後因稱陰謀中傷他人爲含沙射影。藝文類聚四一南朝宋鮑照苦熱行："含沙射流影，吹蠱痛行暉。"唐白居易長慶集二讀史詩："含沙射人影，雖病人不知。巧言搆人罪，至死人不疑。"

【含辛茹苦】 hán xīn rú kǔ 備受辛苦。茹，吃。宋蘇軾經進東坡文集事略五四中和勝相院記："佛之道難成……鳥烏蚊蚋，無所不至，茹苦含辛，更百千萬億生而後成。"

【含垢納汙】 hán gòu nà wū 左傳宣十五年晉伯宗引古諺："高下在心，川澤納汙，山藪藏疾，瑾瑜匿瑕，國君含垢。"釋文："垢，古口反。本或作詬，同。"本謂國君應當有容忍的器量。後來轉用以指包容壞人壞事。也作"含垢藏疾"。三國志魏公孫淵傳注引魏略赦遼東文："自擅江表，含垢藏疾。"

【含英咀華】 hán yīng jǔ huá 指欣賞、玩味詩文的精華。唐韓愈昌黎集十二進學解："沈浸醲郁，含英咀華。"

【含哺鼓腹】 hán bǔ gǔ fù 飽食嬉遊。莊子馬蹄："夫赫胥氏之時，民居不知所爲，行不知所之，含哺而熙，鼓腹而遊。"含哺如嬰兒，鼓腹如童子，指天真純樸，沒有詐僞。

【含笑入地】 hán xiào rù dì 猶言死而無憾。舊唐書六一溫大雅傳："筮者曰：'葬於此地，害兄而福弟。'大雅曰：'若得家弟永康，我將含笑入地。'"

【含飴弄孫】 hán yí nòng sūn 東觀漢紀六明德馬皇后："穰歲之後，惟子之志，吾但當含飴弄孫，不能復知政事。"又見後漢書明德馬皇后傳。飴，糖漿。含着飴糖逗小孫子，形容老年人恬適的樂趣。

【含糊了事】 hán hú liǎo shì 不認真不明確地了結事件。京本通俗小說錯斬崔寧："問官不肯推詳，含糊了事。"

【含蓼問疾】 hán liǎo wèn jí 相傳越王勾踐謀報吳仇，苦身勞心，夜以繼日，目倦則含辛辣之蓼；間傷養死，撫慰百姓。三國志蜀先主傳注引習鑿齒文："觀其所以結物情者，豈徒投醪撫寒，含蓼問疾而已

哉！"習文即用此事。越王事見國語越語、吳越春秋八。

【含齒戴髮】 hán chǐ dài fà 指人。魏書韓子熙傳上書："（劉騰）遂乃擅廢太后，離隔二宮，拷掠胡定，誣王行毒，含齒戴髮，莫不悲惋。"亦作"戴髮含齒"。見該條。

【告朔餼羊】 gù shuò xì yáng 論語八佾："子貢欲去告朔之餼羊。子曰：'賜也，爾愛其羊，我愛其禮。'"宋朱熹集注："告朔之禮，古者天子常以季冬頒來歲十二月之朔于諸侯，諸侯受而藏之祖廟。月朔，則以持羊告廟，請而行之。魯自文公，始不視朔，而有司猶供此羊，故子貢欲去之。"後以"告朔餼羊"譬喻虛應故事。

【味如嚼蠟】 wèi rú jué là 比喻無味。楞嚴經八："我無欲心，應汝行事，於橫陳時，味如嚼蠟。"宋王安石臨川集十九示董伯懿詩："嚼蠟已能忘世味，畫脂那更惜名。"

【呵佛罵祖】 hē fó mà zǔ 景德傳燈錄十五宣鑒禪師："是子將來有把茅蓋頭，呵佛罵祖去在。"原爲溈山對德山之評語，謂德山如果解縛去執，不受前人拘束，就可以突破前人。宋朱弁曲洧舊聞八："若得一把茅蓋頭，必能爲公呵佛罵祖。"此謂糾舉不避權勢，爲無所顧慮敢作敢爲的意思。亦作"訶佛罵祖"。見該條。

【咂嘴弄舌】 zā zuǐ nòng shé 形容貪吃的饞相。清吳敬梓儒林外史十："又被兩個狗爭着，咂嘴弄舌的來搶那地下的粉湯喫。"

【咄咄怪事】 duō duō guài shì 晉殷浩爲桓溫廢免，口無怨言，但終日書空，作"咄咄怪事"四字。見世說新語黜免、晉書本傳。咄咄，感歎詫異之聲。書空，用手在空中寫字。後常用以形容出乎意外、令人驚異的事情。

【咄咄書空】 duō duō shū kōng 形容失意苦悶的情狀。宋文同丹淵集十六報國詩："莫問誈誈趣樂，不煩咄咄書空。"程俱北山小集六某前日謁見國史侍讀尚書獲款燕談……詩："野人上車纔不落，索米無庸面如鼓。歸來仰屋坐太息，咄咄書空欲誰語。"參見"咄咄怪事"。

【咄咄逼人】　duō duō bī rén　形容氣勢使人驚懼。世説新語排調：“桓南郡（溫）與殷荆州（仲堪）語次，……後作危語，……殷有一參軍在坐，云：‘盲人騎瞎馬，夜半臨深池。’殷曰：‘咄咄逼人！’仲堪眇目故也。”唐張彥遠法書要錄一南朝宋羊欣采古來能書人名：“（王）修善隸行，與（王）羲之善，故殆窮其妙。……子敬每省修書，云‘咄咄逼人’。”子敬，羲之子獻之。宋朱熹朱文公集五六答方賓王：“但時論咄咄逼人，一身利害不足言，政恐坑焚之禍，遂及吾黨耳。”

【呼幺喝六】　hū yāo hē liù　賭博擲骰時，希望得彩而高聲大叫。元張憲玉笥集七咏雙陸詩：“牙骰宛轉兩叫喧，喝六呼幺破顏面。”水滸一百四：“臺下四十隻桌子，都有人圍擠着在那裏擲骰賭錢，……那些擲骰的，在那裏呼幺喝六，攛錢的在那裏喚字叫背。”後以形容舉動暴躁，盛氣凌人爲呼幺喝六。元曲選缺名漢高皇濯足氣英布三：“村棒棒呼幺喝六。”明馮夢龍古今小説四十：“張千、李萬初時還好言好語。過了揚子江，到徐州起旱，料得家鄉已遠，就做出嘴臉來，呼幺喝六，漸漸難爲他夫妻兩個來了。”

【呼天不聞】　hū tiān bù wén　形容有冤無處訴。後漢書張奐傳與段熲奏記：“凡人之情，冤則呼天，窮則叩心。今呼天不聞，叩心無益，誠自傷痛。”後之“叫天不應”，語意本此。

【呼天搶地】　hū tiān qiǎng dì　喊天撞地。形容悲痛之極。清吳敬梓儒林外史十七：“太公瞑目而逝，匡超人呼天搶地，一面安排裝殮。”

【呼牛作馬】　hū niú zuò mǎ　見“呼牛呼馬”。

【呼牛呼馬】　hū niú hū mǎ　莊子天道：“昔者子呼我牛也，而謂之牛；呼我馬也，而謂之馬。”謂毀譽隨人，不加計較。亦作“呼牛作馬”。明徐復祚宵光記贈弟：“時不偶，且躬操敝帚，任他人呼牛作馬，只低頭。”

【呼庚呼癸】　hū gēng hū guǐ　春秋時吳王夫差與晉魯等國會盟，吳大夫申叔儀向魯大夫公孫有山氏乞糧，答曰：“粱則無

矣，麤（粗）則有之，若登首山以呼，曰‘庚癸乎？’則諾。”因軍中不得出糧與人，故以隱語私約。庚，西方，主穀；癸，北方，主水。見左傳哀十三年傳及注。後因稱向人告貸爲“呼庚呼癸”或“庚癸之呼”。唐柳宗元柳先生集十安南都護張公墓誌銘：“儲偫委積，師旅無庚癸之呼。”宋范成大石湖集二六丙午新正書懷詩之二：“一飽但蘄庚癸諾，百年甘守甲辰雌。”

【呼朋引類】　hū péng yǐn lèi　招呼聚集同類之人。引，率領。用於貶義。明凌濛初初刻拍案驚奇八：“有一等做舉人秀才的，呼朋引類，把持官府，起滅詞訟，每有將良善人家，拆得煙飛星散的，難道不是大盜?”亦作“引類呼朋”。見該條。

【呼盧喝雉】　hū lú hē zhì　古時一種賭博。又叫樗蒲、五木。削木爲子，共五個，一子兩面，一面塗黑，畫牛犢，一面塗白，畫雉。五子都黑，叫盧。得頭彩，擲子時，高聲大喊，希望得到全黑，所以叫呼盧。唐李白李太白詩六少年行：“呼盧百萬終不惜，報讎千里如明尺。”宋陸游劍南詩稿十風順舟行甚疾戲書：“呼盧喝雉連暮夜，擊兔伐狐窮歲年。”參閱宋程大昌演繁露六。

【呼蛇容易遣蛇難】　hū shé róng yì qiǎn shé nán　比喻壞人或有糾纏之事易於招惹，難於擺脱。京本通俗小説志誠張主管：“小夫人聽得道：你將爲常言俗語道‘呼蛇容易遣蛇難’，怕日久歲深，盤費重大。我教你看！”

【命中注定】　mìng zhōng zhù dìng　舊時迷信謂人之一生遭遇，皆由命運決定。明馮夢龍醒世恒言七：“這是我命中注定，該做他家的女婿，豈因見了錢表弟方纔肯成！”

【命染黃沙】　mìng rǎn huáng shā　身歸黃土。指人死亡。明洪楩清平山堂話本張子房慕道記：“張良答道：倘若大限到來，身歸泉世，命染黃沙，如何留得?”

【命儔嘯侶】　mìng chóu xiào lǚ　呼引同類。儔、侶，同伴，朋友。三國魏曹植曹子建集三洛神賦：“衆靈雜遝，命儔嘯侶。”省作“命嘯”。唐陸龜蒙甫里集九白鷗序：“儔侶不得，命嘯塵埃。”

【命蹇時乖】　mìng jiǎn shí guāi　命運不

佳,時機不對。水滸十一:"當晚林沖仰天長歎道:不想我今日被高俅那賊陷害,流落到此,天地也不容我,直如此命蹇時乖!"

【和光同塵】 hé guāng tóng chén 把光榮和塵濁同樣看待。老子:"和其光,同其塵。"王弼注:"無所特顯,則物無所偏爭也。無所特賤,則物無所偏恥也。"太平御覽八二八司馬彪續漢書:"平原王君公以明道深曉陰陽,懷德滅行,和光同塵,不爲皎皎之操。"後多指與世浮沉,隨波逐流而不立異。後漢書六五隗囂傳遺命:"我前後仕進,十要銀艾,不能和光同塵,爲讒邪所忌。"三國志魏辛毗傳:"大人宜小降意,和光同塵,不然必有謗言。"

【和衷共濟】 hé zhōng gòng jì 書皐陶謨:"天秩有禮,自我五禮有庸哉!同寅協恭,和衷哉!"傳:"衷,善也。以五禮正諸侯,使同敬合恭而善。"國語魯語下:"叔向退,召舟虞與司馬曰:夫苦匏不材於人,共濟而已。"和衷,本指和善;共濟,本指同渡。後以和衷共濟指同心一意,協力成事。

【和氣致祥】 hé qì zhì xiáng 和平愉悦之氣招致吉祥之事。漢書三六楚元王傳附劉向上封事:"由此觀之,和氣致祥,乖氣致異,祥多者其國安,異衆者其國危。"

【和盤托出】 hé pán tuō chū 全部端出來。明馮夢龍警世通言二:"飯罷,田氏將莊子所著南華真經及老子道德五千言,和盤托出,獻與王孫。"後引申爲把意思或事情經過完全説出,毫無保留。清黃宗羲南雷文案四答張爾公論茅鹿門批評八家書:"觀荆川(唐順之)與鹿門(茅坤)論文書,底蘊已自和盤托出,而鹿門一生,僅得其波瀾轉折而已。"

【和顏悦色】 hé yán yuè sè 和藹愉悦的臉色。三國志吳顧雍傳"和顏悦色"注引徐衆評:"雍不以呂壹見毀之故,而和顏悦色,誠長者矣。"藝文類聚二三魏荀爽女誡:"晨昏定省,夜卧早起,和顏悦色,事如依恃。"

【周而不比】 zhōu ér bù bǐ 以忠信與衆人親密無間,而不結黨以利己。論語爲政:"子曰:君子周而不比,小人比而不周。"集解:"孔曰忠信爲周,阿黨爲比。"參閱清劉寶楠論語正義。

【周而復始】 zhōu ér fù shǐ 循環往返。見京氏易傳上乾。漢書禮樂志郊祀歌惟泰元:"精建日月,星辰度理,陰陽五行,周而復始。"亦作"終而復始"。管子形勢解:"天覆萬物,制寒暑,行日月,次星辰,此天之常也,治之以理,終而復始。"

【周情孔思】 zhōu qíng kǒng sī 周公孔子的思想感情。唐李漢韓昌黎集序:"日光玉潔,周情孔思。"宋劉克莊後村集一三二回信庵書:"周情孔思,既非淺見所能測,湘絃泗磬,又非俚耳所習聞。"亦作"孔思周情"。見該條。

【哀而不傷】 āi ér bù shāng 論語八佾:"子曰:關睢樂而不淫,哀而不傷。"集解:"孔曰:樂不至淫,哀不至傷,言其和也。"本指詩周南關睢得正樂之和,後稱歌詠、樂曲之雖涉哀思而雍容適度,情感有節者,多用此語。

【哀兵必勝】 āi bīng bì shèng 老子:"故抗兵相加,哀者勝矣。"指受壓悲憤的一方,有必死的決心,所以一定能克敵制勝。或謂哀,説文訓爲閔,是慈愛、憐惜的意思。慈者愛人,兩軍相戰,愛人而得人心者必勝。所以老子又説:"慈故能勇。"又説:"夫慈,以戰則勝,以守則固。"

【哀絲豪竹】 āi sī háo zhú 絃管樂聲,悲壯動人。唐杜甫杜工部詩史補遺八醉爲馬墜諸公攜酒相看:"酒肉如山又一時,初筵哀絲動豪竹。"宋陸游劍南詩稿五長歌行:"哀絲豪竹助劇飲,如鉅野受黃河傾。"

【哀感頑豔】 āi gǎn wán yàn 文選三國魏繁休伯(欽)與魏文帝牋:"詠北狄之遐征,奏胡馬之長思,懷入肝脾,哀感頑豔。"本指辭旨悽惻,使頑鈍和美好的人同樣受感動。後來評論豔情作品,多用此語,與原意不相同。

【哀毁骨立】 āi huǐ gǔ lì 因親喪悲哀而瘦損異常,如僅以骨支拄身體。晉王戎和嶠同遭親喪,司馬炎(武帝)對劉毅説:"和嶠雖備禮,神氣不損;王戎雖不備禮,而哀毁骨立。"見世説新語德行。

【咨牙露嘴】 zī yá lù zuǐ 形容氣惱驚訝等神態。水滸四七:"(杜興)氣得紫漲了面皮,咨[齜]牙露嘴,半晌説不出話。"

要來殺張清。"

【咫尺千里】 zhǐ chǐ qiān lǐ 〇猶言咫尺萬里。藝文類聚二六齊謝朓與王儉書："心之所暗,咫尺千里;志之所符,滄洲暖然,揣而論之,寔山河之不肖者也。"唐釋彥悰後畫錄宋展子虔:"尤善樓閣人馬,亦長遠近山川,咫尺千里。"亦作"尺幅千里"。見該條。〇近在咫尺而相隔如有千里。謂道路不通,似近實遠。新唐書張說傳上疏:"河廣無梁,咫尺千里,扈從兵馬,日費資糧。"亦指人爲的隔閡。唐唐女郎魚玄機詩隔漢江寄子安詩:"煙裏歌聲隱隱,渡頭月色沉沉,含情咫尺千里,況聽家家遠砧。"

【咫尺天涯】 zhǐ chǐ tiān yá 形容相距雖近而遠若天邊,難於相見。明缺名輯樂府群珠三元王舉之雙調折桂令蝦鬚簾:"翡翠亭低垂燕噴,水精寒深秘龍珍,雲雨難親,咫尺天涯,別是乾坤。"

【咫尺萬里】 zhǐ chǐ wàn lǐ 形容在短小的畫幅內,能畫出寥廓深遠的景物。南史竟陵文宣王子良傳附蕭昭胄:"(昭胄子賁)幼好學,有文才,能書善畫,於扇上圖山水,咫尺之內,便覺萬里爲遙。"唐詩紀事四三郭士元題劉相公三湘圖詩:"微明三巴峽,咫尺萬里流。"也作"咫尺千里"、"尺幅千里"。見各該條。

【咫角驂駒】 zhǐ jiǎo cān jū 尚未長成的幼馬,比喻人年幼。齊宣王時間丘邛年十八,有一次攔道對宣王說:"家貧親老,願得小仕。"宣王看他年幼,說:"未有咫角驂駒而能服重致遠者也。"見漢劉向新序雜事五。

【咬文嚼字】 yǎo wén jué zì 指詞句上的推敲。太平樂府三元喬吉小桃紅贈劉牙兒曲:"含宮泛徵,咬文嚼字,誰敢嗑牙兒。"也指掉文,形容冬烘迂腐。宋集成編宏智禪師廣錄:"人言渠藕返魂香,我道伊撾塗毒鼓,苦苦更苦,咬文嚼字,規行矩步,上唱下隨,前瞻後顧,張三裹帽新有錢,富漢不是恁麼做。"古今雜劇缺名司馬相如題橋記:"如今那街市上常人,粗讀幾句書,咬文嚼字,人叫他做半瓶醋。"

【咬牙切齒】 yǎo yá qiè chǐ 形容痛恨已極。水滸七十:"只是水軍頭領早把張清解來,眾多兄弟都被他打傷,咬牙切齒,盡

【咬釘嚼鐵】 yǎo dīng jué tiě 比喻意志堅強。水滸九:"來往的,盡是咬釘嚼鐵漢,出入的,無非瀝血剖肝人。"明名教中人好逑傳九:"這丫頭真要算奇女子了,我已信得真真的,她偏有膽氣,咬釘嚼鐵便說沒有,情願挖出眼睛與我打賭。"

【咳唾成珠】 kài tuò chéng zhū 比喻言語珍貴。後漢書八十下趙壹傳刺去世疾邪賦:"勢家多所宜,咳唾自成珠。"唐李白李太白詩四妾薄命:"漢帝重阿嬌,貯之黃金屋,咳唾落九天,隨風生珠玉。"按莊子秋水有"子不見夫唾者乎?噴則大者如珠,小者如霧。"爲詩語所本。

【品竹調弦】 pǐn zhú tiáo xián 見"品竹彈絲"。

【品竹調絲】 pǐn zhú tiáo sī 見"品竹彈絲"。

【品竹彈絲】 pǐn zhú tán sī 吹彈樂器。明丹丘生(朱權)原本王狀元荊釵記上四:"歡宴樂人,祗應品竹彈絲敲象板。"亦作"品竹調絲"。水滸二:"品竹調絲,吹彈歌舞,自不必說。"又作"品竹調弦"。水滸六九:"三教九流,無所不通,品竹調弦,無有不會。"

【品頭論足】 pǐn tóu lùn zú 清蒲松齡聊齋志異阿寶:"遙見有女憩樹下,惡少年環如牆堵,……女起遽去,眾情顛倒,品頭論足,紛紛如狂。"本指無聊的人閒論婦女的姿貌,後亦指對人或事有意挑剔。也寫作"評頭論足"。

【咸五登三】 xián wǔ dēng sān 同於五帝,而超出三王之上。爲稱頌帝王治績之語。史記一一七司馬相如傳難蜀父老:"方將增泰山之封,加梁父之事,鳴和鸞,揚樂頌,上咸五,下登三。"集解:"韋昭曰:咸同於五帝,登三王之上。"宋樓鑰攻媿集三三乞致仕第三劄:"念久據于要津,致坐妨于賢路,況復衰頹益甚,已至逾七望八之年;參預無聞,何以佐咸五登三之治。"

【哼哼唧唧】 hēng hēng jī jī 低聲念念有辭的樣子。紅樓夢七:"我就怕和別人說話,他們必定把一句話,拉長了作兩三截兒,咬文嚼字,拿着腔兒,哼哼唧唧的!"

【唧唧噥噥】 jī jī nóng nóng 形容小聲

説話。多指背後議論。元高則誠琵琶記三十齣詢衷情："你有甚不足，只管鎖着眉頭也唧唧噥噥不放懷。"明西湖居士靈犀錦通訊："夫人唤你請小姐出繡房，却在此唧唧噥噥怎的？"

【唉聲歎氣】　āi shēng tàn qì　因悲苦憂悶而發出的哀歎之聲。紅樓夢三三："我看你臉上一團私慾悶氣色，這會子又唉聲歎氣，你那些還不足，還不自在？"

【問牛及馬】　wèn niú jí mǎ　見"問牛知馬"。

【問牛知馬】　wèn niú zhī mǎ　喻從旁推究，以明事實真像。漢書七六趙廣漢傳："鈎距者，設欲知馬買（價），則先問狗，已問羊，又問牛，然後及馬，參伍其價，以類相準，則知馬之貴賤，不失實矣。"亦作"問羊知馬"、"問牛及馬"。南朝陳徐陵徐孝穆集九晉陵太守王勵德政碑："問羊知馬，鈎距兼設。"宋劉克莊後村集一二六回京尹啟："問牛及馬，共仰神明之見；騎驢衝節，竊欣禮數之寬。"

【問羊知馬】　wèn yáng zhī mǎ　見"問牛知馬"。

【問安視膳】　wèn ān shì shàn　古代禮法子侍父母，每日必問安，每食必在側。資治通鑑二四五唐開成元年："給事中韋溫爲太子侍讀，晨詣東宮，日中乃得見。溫諫曰：'太子當雞鳴而起，問安視膳，不宜專事宴安。'"按禮文王世子言文王爲世子時，雞鳴問親寢之安否，上食問寒暖之節，溫語出此。宋羅大經鶴林玉露丙三受禪赦文："孝宗受禪赦文云：'凡今者發政施仁之日，皆得之問安視膳之餘。'天下誦之，洪景嚴（邁）筆也。"

【問柳尋花】　wèn liǔ xún huā　唐杜甫杜工部詩史補遺三嚴中丞枉駕見過："元戎小隊出郊坰，問柳尋花到野亭。"宋陸游劍南詩稿九初春出遊戲作："綠窗百舌喚春眠，問柳尋花意已便。"本皆指玩賞春景而言，後轉以花柳比妓女。元邵亨貞蟻術詞選四憶舊遊追和魏彥文清明約詞："記烏衣巷口，濺水橋邊，問柳尋花……酒闌美人歸去，香擁碧油車。"亦作"尋花問柳"。見該條。

【問道於盲】　wèn dào yú máng　問路於盲人。比喻求問於無知者。唐韓愈昌黎集十六答陳生書："足下求速化之術，不於其人，乃以訪愈；是所謂借聽於聾，求道於盲。雖其請之勤，勤教之云云，未有見其得者也。"清顧炎武亭林文集三與友人論學書："比往來南北，頗承友朋推一日之長，問道於盲。"

【問諸水濱】　wèn zhū shuǐ bīn　春秋時齊桓公伐楚，以楚不貢和周昭王南征溺死於漢水爲問罪之辭。楚人對曰："貢之不入，寡君之罪也，敢不共給。昭王之不復，君其問諸水濱。"見左傳僖四年。本意是不任其咎，後來用爲兩不相干之意。元方回桐江續集十六次韻伯田見酬詩："世故吾其問水濱，向來不合典班春。"

【啞人食蜜】　yǎ rén shí mì　比喻不能表達甘苦。元姬翼雲山集三滿江紅慢詞之五："問啞人食蜜味如何，無言説。"

【啞口無言】　yǎ kǒu wú yán　如啞人之不能出語。形容無話可答。清李汝珍鏡花緣六十："余麗蓉道：剛纔紫菱姐姐來時，何等威武，那知紫瓊姐姐口齒靈便，只消幾句話，把他説的啞口無言，把天大一件事化爲瓦解冰消，可見口才是萬不可少的。"

【啞子吃黃蓮】　yǎ zǐ chī huáng lián　見"啞子吞黃蓮"。

【啞子吞黃蓮】　yǎ zǐ tūn huáng lián　歇後語。比喻有苦難言。明朱國楨湧幢小品二十于少保："柔事景皇，如擾龍馴虎，中間備極苦心，啞子吞黃蓮，自知不可告人者。"亦作"啞子吃黃蓮"。明缺名韓朋十義記傳奇付託嬰孩："冤苦有誰知？一似啞子吃黃蓮，苦在心兒裏。"

【啜菽飲水】　chuò shū yǐn shuǐ　吃豆類，喝清水。形容生活清苦。荀子天論："君子啜菽飲水，非愚也，是節然也。"

【唱籌量沙】　chàng chóu liáng shā　把沙當作粟，量時高呼數字。籌，箕籌。南史檀道濟傳："（道濟）軍至歷城，以資運竭乃還。時人降魏者俱説糧食已罄，於是士卒憂懼，莫有固志。道濟夜唱籌量沙，以所餘散其上。及旦，魏軍謂資糧有餘，故不復追。"後常用爲安定軍心，製造假象，迷惑敵方的典故。

【唾面自乾】 tuò miàn zì gān　尚書大傳三大戰有“罵女（汝）毋歡，唾女毋乾”之文，爲逆來順受，忍辱不與人較之意。新唐書一〇八婁師德傳：“（婁師德）其弟守代州，辭之官，教之耐事。弟曰：‘人有唾面，絜之而已。’師德曰：‘未也，絜之，是違其怒，正使自乾耳。’”事又見唐劉肅大唐新語七容恕、劉餗隋唐嘉話下、太平廣記一七六引國史異纂等書。宋陸游劍南詩稿七十閒里中有闘者作此示之詩：“唾面聽自乾，彼忿自消磨。”

【唯吾獨尊】 wéi wú dú zūn　五燈會元十七佛釋迦牟尼：“天上天下，唯吾獨尊。”亦作“唯我獨尊”。景德傳燈錄二六從漪禪師：“問：‘如何是佛？’師曰：‘不指天地。’曰：‘爲甚麼不指天地？’師曰：‘唯我獨尊。’”本爲佛教推崇佛法之語，後以稱人之自高自大。

【唯利是求】 wéi lì shì qiú　見“唯利是視”。

【唯利是視】 wéi lì shì shì　只顧利益，以利爲行動的出發點。左傳成十三年：“余雖與晉出入，余唯利是視。”三國志魏呂布傳評：“呂布有虓虎之勇，而無英奇之略，輕狡反覆，唯利是視。”又作“唯利是求”。文選南朝梁沈休文（約）奏彈王源：“源頻叨諸府戎禁，豫班通徹，而託姻結好，唯利是求。”亦作“惟利是圖”。見該條。

【唯我獨尊】 wéi wǒ dú zūn　見“唯吾獨尊”。

【唯命是聽】 wéi mìng shì tīng　只知聽從命令。絕對服從的意思。左傳宣十二年：“鄭伯肉袒牽羊以迎，曰：‘孤不天，不能事君，使君懷怒，以及敝邑，孤之罪也，敢不唯命是聽。’”又作“唯命是從”。左傳昭十二年：“今周與四國，服事君王，將唯命是從，豈其愛鼎。”

【唯唯諾諾】 wéi wéi nuò nuò　唯諾，本指答應。唯唯諾諾，重疊言之。韓非子八姦：“何謂在旁？曰：優笑侏儒，左右近習，此人主未命而唯唯，未使而諾諾，先意承旨，觀貌察色以先主心者也。”指一味卑恭順從。後來多用此義。

【善有善報】 shàn yǒu shàn bào　謂作善事當得好報。法苑珠林八六道諸天報

謝：“故經曰：行善得善報，行惡得惡報。”事林廣記前集九人事下存心警悟：“善有善報，惡有惡報，善惡無報，時節未到。”

【善自爲謀】 shàn zì wéi móu　善爲自己謀畫。左傳桓六年：“君子曰：‘善自爲謀。’”南齊書王僧虔傳：“太祖善書，……與僧虔賭畢，謂僧虔曰：‘誰爲第一？’僧虔曰：‘臣書第一，陛下亦第一。’上笑曰：‘卿可謂善自爲謀矣。’”

【善男信女】 shàn nán xìn nǚ　佛家稱信仰佛教的男女。後秦鳩摩羅什譯金剛經善現啓請分：“合掌恭敬，而白佛言：‘希有世尊，……善男子，善女人，發阿耨多羅三藐三菩提心。’”

【善始善終】 shàn shǐ shàn zhōng　自始至終都完美，含有結局圓滿的意思。莊子大宗師：“故聖人將遊於物之所不得遯而皆存，善妖善老，善始善終。”戰國策燕二樂毅報燕惠王書：“臣聞善作者不必善成，善始者不必善終。”

【善善從長】 shàn shàn cóng cháng　公羊傳昭二十年：“君子之善善也長，惡惡也短：惡惡止其身，善善及子孫。”本爲讚揚美德、源遠流長之意，後來稱人取長棄短爲善善從長。

【善善惡惡】 shàn shàn, wù è　獎善嫉惡，好惡分明。史記太史公自序：“善善惡惡，賢賢賤不肖。”

【善頌善禱】 shàn sòng shàn dǎo　禮檀弓下：“晉獻文子成室，晉大夫發焉。張老曰：‘美哉輪焉！美哉奐焉！歌於斯，哭於斯，聚國族於斯。’文子曰：‘武也，得歌於斯，哭於斯，聚國族於斯，是全要領以從先大夫於九京（原）也。’北面再拜稽首。君子謂之善頌善禱。”疏：“張老因美而譏之，故爲善頌；文子聞過即服而拜，故爲善禱也。”後指在頌揚之中，含規勸之意。

【善與人交】 shàn yǔ rén jiāo　善於與人交往，保持友情。論語公冶長：“子曰：晏平仲善與人交，久而敬之。”

【善罷干休】 shàn bà gān xiū　甘心情願了結糾紛，停止爭鬧。紅樓夢六五：“他看見奶奶比他標緻，又比他得人心兒，他就肯善罷干休了？”

【善書不擇筆】 shàn shū bù zé bǐ　謂心

手相應，所重不在工具。宋陳師道後山談叢一："善書不擇紙筆，妙在心手，不在物也。"

【善神相逢，惡神遠去】　shàn shén xiāng féng, è shén yuǎn qù　謂從善即能遠惡。史記秦始皇紀："始皇夢與海神戰，如人狀。問占夢博士曰：水神不可見，以大魚蛟龍爲候。今上禱祀備謹，而有此惡神，當除去，而善神可致。俗語"善神相逢，惡神遠去"本此。參閱清翟灝通俗編十九神鬼。

【善惡到頭終有報，只爭來速與來遲】　shàn è dào tóu zhōng yǒu bào, zhǐ zhēng lái sù yǔ lái chí　善報定有報應，到來之遲速不同。爲勸人行善制惡之語。宋俞成螢雪叢說二善惡有報："善惡若無報，乾坤必有私，此古語也。善惡到頭終有報，只爭來速與來遲，此古詩也。"

【喜不自勝】　xǐ bù zì shèng　喜悅之極，幾乎不能承受。元王實甫西廂記五本四折："末云：小生去時，夫人親自餞行，喜不自勝。"

【喜出望外】　xǐ chū wàng wài　喜悅出於意料之外。宋蘇軾東坡集續集四與李之儀書："某啟，契闊八年，豈謂復有見日。漸近中原，辱書尤數，喜出望外。"又羅大經鶴林玉露一四勝："謝安圍棋別墅，真是矯情鎮物，喜出望外，宜其折屐。"

【喜怒哀樂】　xǐ nù āi lè　指人遇事而發之各種感情。禮中庸："喜怒哀樂之未發，謂之中；發而皆中節，謂之和。"

【喜逐顏開】　xǐ zhú yán kāi　遇到喜事、滿臉高興的樣子。清吳敬梓儒林外史七："忙把已取的十幾卷取了，對一對號簿，頭一卷就是荀玫。學道看罷，不覺喜逐顏開，一天愁都沒有了。"

【喜氣洋洋】　xǐ qì yáng yáng　欣喜得意，異於尋常。洋洋，猶"揚揚"，意氣高昂貌。宋范仲淹范文正公集七岳陽樓記："登斯樓也，則有心曠神怡，寵辱偕忘，把酒臨風，其喜洋洋者矣。"

【喜從天降】　xǐ cóng tiān jiàng　指意想不到的喜悅。京本通俗小說西山一窟鬼："教授聽得說罷，喜從天降，笑逐顏開道：若還真有這人時，可知好哩！"明馮夢龍醒

世恆言十："(劉奇)算還店錢，上了生口，星夜趕來，到了劉公門首，下了生口……劉公夫婦看見，喜從天降，便道：官人，想殺我也。"

【喜躍抃舞】　xǐ yuè biàn wǔ　歡樂之極，手舞足蹈。列子湯問："(韓)娥還，復爲曼聲長歌，一里老幼，喜躍抃舞，弗能自禁，忘向之悲也。"

【喪心病狂】　sàng xīn bìng kuáng　喪失常心，如瘋癲狂。宋史三八一范如圭傳遺秦檜書："公不喪心病狂，奈何爲此？必遺臭萬世矣！"

【喪明之痛】　sàng míng zhī tòng　禮檀弓上："子夏喪其子而喪其明。"本謂子夏因喪子而哭瞎眼睛，後以喪明之痛指喪子的悲傷。

【喪家之狗】　sàng jiā zhī gǒu　史記孔子世家："孔子適鄭，與弟子相失，孔子獨立郭東門。鄭人或謂子貢曰：'東門有人，其顙似堯，其項類皋陶，其肩類子產，然自要以下不及禹三寸，纍纍若喪家之狗。'子貢以實告孔子。孔子欣然笑曰：'形狀，末也。而謂似喪家之狗，然哉！然哉！'"喪音 sāng，謂辦喪事之狗以主人無暇飼之而困憊，用以形容孔子之失意困窘。後多讀喪爲去聲，以喪家之狗比喻失所憑依、無處投奔之人。

【啼飢號寒】　tí jī háo hán　因飢寒而啼號。形容貧困之極。唐韓愈昌黎集一二進學解："冬暖而兒號寒，年豐而妻啼飢。"

【暗噁叱咤】　yìn wù chì chà　發怒喝叫之聲。史記九二淮陰侯傳："項王暗噁叱咤，千人皆廢。"漢書三四韓信傳作"意烏"。

【單刀直入】　dān dāo zhí rù　比喻直接了當。禪宗語錄中，指擺脫依傍，勇猛精進。景德傳燈錄十二盧州受德和尚："遇興化和尚示衆，曰：若是作家戰將，便請單刀直入，更莫如何如何。"宋嚴羽滄浪詩話詩辯："此乃是從頭頂上做來，謂之向上一路，謂之直截根源，謂之頓門，謂之單刀直入也。"也作"單刀趣入"。又九靈祐禪師："若也單刀趣入，則凡聖情盡，體露真常，理事不二，即如如佛。"

【單刀趣入】　dān dāo cù rù　見"單刀直

入”。

【單文孤證】 dān wén gū zhèng 唯一的文字證據。清朱一新無邪堂答問二：“高郵王氏父子之於經，精審無匹，顧往往據類書以改本書，則通人之蔽⋯⋯然王氏猶必據有數證而後敢改，不失慎重之意。若徒求異前人，單文孤證，務爲穿鑿，則經學之蠹矣。”以單文孤證而改本書，爲考據家所忌。

【單夫隻婦】 dān fū zhī fù 指僅有夫妻二人。北魏賈思勰齊民要術五種紅藍花梔子：“一頃花日須百人摘，以一家手力，十不充一，但駕車地頭，每旦，當有小兒僮女十百餘羣，自來分摘，正須平量中半分取，是以單夫隻婦，亦得多種。”

【單絲不線】 dān sī bù xiàn 見“單絲不成線”。

【單槍匹馬】 dān qiāng pǐ mǎ 全五代詩六三五代楚江遵烏江：“兵散弓殘挫虎威，單槍匹馬突重圍。”後用爲不賴輔助，獨自勇往直前之意。

【單鵠寡鳧】 dān hú guǎ fú 琴曲名。舊題漢劉歆西京雜記五：“齊人劉道強善彈琴，能作單鵠寡鳧之弄，聽者皆悲，不能自攝。”後多用來比喻喪偶的人。

【單絲不成線】 dān sī bù chéng xiàn 比喻孤立無援，沒有同伴。元詩選癸之戊上黃真仲短歌行之二：“妾夫驍勇天所無，所恨單絲不成線。”省作“單絲不線”。西遊記三十：“（行者）心中想道：我要回救沙僧，誠然是單絲不線，孤掌難鳴。”

【喙長三尺】 huì cháng sān chǐ 莊子徐無鬼：“丘願有喙三尺。”後稱人能言善辯爲“喙長三尺”。唐馮贄雲仙雜記九引（張鷟）朝野僉載：“陸餘慶爲洛州長史，善論事而繆於決判。時嘲之曰：‘說事即喙長三尺，判字則手重五斤。’”寶顏堂秘笈本朝野僉載作：“陸餘慶筆頭無力嘴頭硬，一朝受詞詔，十日判不竟。”

【喫著不盡】 chī zhuó bù jìn 衣食享用不完。宋魏泰東軒筆錄十四：“王沂公（曾）青州發解，及南省程試，皆爲首冠。中山劉子儀爲翰林學士，戲語之曰：‘狀元試三場，一生喫著不盡。’沂公正色答曰：‘曾平生之志，不在溫飽。’”

【嗔拳不打笑面】 chēn quán bù dǎ xiào miàn 憤怒之人因見對方陪笑而不忍動手打。爲勸人制怒忍辱之意。續傳燈錄二泉州雲臺因禪師：“僧問：‘如何是和尚家風?’師曰：‘嗔拳不打笑面。’”明蘭陵笑笑生金瓶梅七二：“他有錢的性兒，隨他說幾句罷了。常言嗔拳不打笑面，如今時尚個奉承的，拿着大本錢做買賣，尚放三分和氣。你若撑硬船兒，誰理你?”

【嗚呼哀哉】 wū hū āi zāi 左傳哀十六年：“嗚呼哀哉，尼父! 無自律。”祭文中常用以表哀歎，後來借指爲死。水滸五二：“李逵拿殷天錫提起來，拳頭脚尖一發上，柴進哪裏勸得住，看那殷天錫時，嗚呼哀哉，伏惟尚饗。”紅樓夢十六：“（秦邦業）自己氣的老病發了，三五日光景，嗚呼哀哉了!”

【嗷豬腸兒】 dàn zhū cháng ér 譏諷他人無能的話。北史慕容紹宗傳：“時（侯）景軍甚盛，初聞韓軌往討之，曰：‘嗷豬腸小兒!’”

【嘗鼎一臠】 cháng dǐng yī luán 嘗到鼎中的一塊肉。謂可知其餘。呂氏春秋察今：“嘗一臠肉，而知一鑊之味，一鼎之調。”臠，luán，同“臠”。宋王安石臨川集七三回蘇子瞻簡：“得秦君詩，手不能捨，⋯⋯餘卷正冒眩，尚妨細讀，嘗鼎一臠，旨可知也。”李光莊簡集十五與胡邦衡（銓）書：“三經新解未能徧閱，然嘗鼎一臠，窺豹一斑，亦足見其大略矣。”

【嘖有煩言】 zé yǒu fán yán 意見分歧，言語發生爭執。左傳定四年：“將會，衛子行敬子言於靈公曰：‘會同難，嘖有煩言，莫之治也，其使祝佗從。’”注：“嘖，至也，煩言，忿爭。”清顧炎武左傳杜解補正：“嘖，爭言也。管子有嘖室之議，荀子嘖焉而不類。”

【嘮嘮叨叨】 láo láo dāo dāo 語言囉嗦重復，絮絮不已。宋鄭思肖所南文集答吳山人問遠遊觀地理書：“古人胸中高明，一見便了⋯⋯未若後世嘮嘮叨叨，支支離離，棄本逐末，侈爲乖謬。”明中孚道人綰春園病試：“呵呀，前場後場，樂府策論，嘮嘮叨叨這許多，不知弄哪一件起頭的是。”

【嘻皮笑臉】　xī pí xiào liǎn　不莊重的樣子。紅樓夢三十：「你要仔細！你見我和誰玩過！有你素日嘻皮笑臉的那些姑娘們，你該問他們去！」清文康兒女英雄傳二六：「你們這班人真真不好說話。不管人心裏怎樣的爲難，還只管這等嘻皮笑臉。」

【嘻笑怒罵】　xī xiào nù mà　謂隨其一時情趣，任意發揮。宋劉克莊後村集一二三回吳侍郎啟：「是非褒貶之筆，凜鐵面而霜稜；嘻笑怒罵之文，亦錦心而繡口。」

【嘲風弄月】　cháo fēng nòng yuè　見「嘲風詠月」。

【嘲風詠月】　cháo fēng yǒng yuè　唐白居易長慶集二八與元九書：「至于梁陳間，率不過嘲風雪弄花草而已。」後來因用嘲風詠月指寫風雲月露等景色而思想內容貧乏的作品。宋曾慥類說十九胡訥見聞錄：「太宗幸翰苑，閱葺書。……太宗見江南臣在上而故主（後主李煜）在下位，侍臣曰：『不能修霸業，但嘲風詠月，今日宜矣。』」亦作「嘲風弄月」。詩話總龜後集七引丹陽集：「東坡拈出陶淵明談理之詩……皆以爲知道之言。蓋摘章繪句，嘲風弄月，雖工亦何補？」亦作「弄月嘲風」。見該條。

【嘹牙調嘴】　liáo yá tiáo zuǐ　耍嘴皮子，以口舌取勝。明童蒙中膝脂記買脂：「勸伊家休得要嘹牙調嘴不持量，却不道公平交易，何用猖狂。」

【嘘枯吹生】　xū kū chuī shēng　後漢書七十鄭太傳：「孔公緒（伷），清談高論，嘘枯吹生，並無軍旅之才，執銳之幹。」注：「枯者嘘之使生，生者吹之使枯，言談論有所抑揚也。」又見三國志魏鄭渾傳注引張璠漢紀。極言善於談論，富有辯才。

【嘴硬骨頭酥】　zuǐ yìng gǔ tóu sū　口頭強硬，實無骨氣。明缺名運甓記觸望招兵：「晨起飽餐饞饞，夜來滿飲醍醐，從來嘴硬骨頭酥，出陣汪汪泪墮。」

【器小易盈】　qì xiǎo yì yíng　器具小，容易盛滿。比喻才小難擔大事。清李汝珍鏡花緣十二：「如此謙恭和藹，可謂脫盡仕途習氣。若令器小易盈，妄自尊大，那些驕傲俗吏看見，真要愧死。」亦作「小器易盈」。見該條。

【器宇軒昂】　qì yǔ xuān áng　氣度非凡，神采高逸。三國演義三：「時李儒見丁原背後一人，生得器宇軒昂，威風凜凜。」亦作「氣宇軒昂」。見該條。

【噬臍何及】　shì qí hé jí　左傳莊六年：「楚文王伐申，過鄧。鄧祁侯曰：『吾甥也。』止而享之。騅甥、聃甥、養甥，請殺楚子，鄧侯弗許。三甥曰：『亡鄧國者，必此人也。若不早圖，後君噬齊。』」注：「若齧腹齊，喻不可及。」「齊」，同「臍」。自噬肚臍，勢不能及。因以喻後悔已來不及。北齊顏之推顏氏家訓省事：「縱得免死，莫不破家，然後噬臍，亦復何及。」清汪輝祖學治臆說：「盡委經手之人而已不與聞，則我不挪移有挪移者，我不侵盜有侵盜者，至交代時，水落石出，噬臍無及矣。」

【嘯儔呼侶】　xiào chóu hū lǚ　呼叫同伴，招集朋友。宋詩鈔戴昺農歌集鈔逐瘧鬼詩：「便須悟道速歸去，嘯儔呼侶相嬉娛。」

【嚴刑峻法】　yán xíng jùn fǎ　嚴酷的刑法。後漢書五二崔駰傳附崔寔政論：「故嚴刑峻法，破姦軌之膽。」

【嚴氣正性】　yán qì zhèng xìng　嚴正的氣節和品性。指剛直不屈。後漢書七十孔融傳論：「夫嚴氣正性，覆折而已，豈有員圜委曲，可以每其生哉！」言剛直易爲人所忌而遇害。

【嚴霜烈日】　yán shuāng liè rì　霜殺百草，故稱嚴霜；日光酷熱，故稱烈日。比喻嚴厲可畏。新唐書一五三段秀實顏真卿贊：「彼忠臣誼士，寧以未見信望于人，要返諸己得其正，而後慊於中而行之也。嗚呼，雖千五百歲，其忠烈言言，如嚴霜烈日，可畏而仰哉！」宋劉克莊後村集一二三壬戌生日回陳正言啟：「袞斧在豪端，縉紳想其丰采；雖望之如嚴霜烈日，然即之則霽月光風。」

【嚼墨噴紙】　jué mò pēn zhǐ　元林坤誠齋雜記上：「班孟嚼墨一噴，皆成字，竟紙各有意義。」本爲傳說，後以此稱人之文。

口　　部

【四大皆空】　sì dà jiē kōng　佛教語。佛教以地、水、火、風為四大，謂此四者廣大無邊，產生一切。四十二章經二十：「佛言：當念身中四大，各自有名，都無我者。」四大皆空，謂世間萬事皆虛，并不存在。形容心境之超脫豁達，多用此語。

【四方八面】　sì fāng bā miàn　各方面。景德傳燈錄二十達空禪師：「忽遇四方八面來怎樣生？」宋楊萬里誠齋集一過百家渡四絕句詩之二：「莫問早行奇絕處，四方八面野香來。」今通言「四面八方」。

【四不拗六】　sì bù ào liù　少數不能違反大眾的意見。明凌濛初二刻拍案驚奇一：「辨悟四不拗六，抵擋眾人不住，只得解包袱，攤在艙板上。」

【四分五剖】　sì fēn wǔ pōu　見「四分五裂」。

【四分五裂】　sì fēn wǔ liè　戰國策魏一：「魏之地勢，故戰場也。此所謂四分五裂之道也。」漢書五一鄒陽傳：「夫濟北之地，東接彊齊，南牽吳越，北脅燕趙，此四分五裂之國。」亦用為破碎不全的意思。宋楊萬里誠齋集八七君道上：「隋文帝取周取陳，以混二百年四分五裂之天下。」亦作「四分五剖」。文選漢揚子雲（雄）解嘲：「四分五剖，并為戰國。」

【四亭八當】　sì tíng bā dàng　十分妥貼之意。宋朱熹朱文公集三四答呂伯恭（祖謙）書：「不知如何整頓得此身心四亭八當，無許多凹凸也。」也作「四停八當」。朱子語類十一學五：「又有一種，則一向汎濫，不知歸著處，此皆非知學者。須要熟看熟思，久久之間，自然見箇道理，四停八當。而所謂統要者，自在其中矣。」

【四郊多壘】　sì jiāo duō lěi　四郊營壘甚多。形容敵軍迫近，形勢危急。禮曲禮上：「四郊多壘，此卿大夫之辱也。」注：「壘，軍壁也，數見侵伐則多壘。」國語楚語下鬭且稱楚國「四境盈壘」，語意相同。元詩選錢惟善江月松風集題杜甫麻鞵見天子圖詩：「四郊多壘未還鄉，又別潼關謁鳳翔。」

【四面受敵】　sì miàn shòu dí　四面受到敵人攻擊。謂處境不利，難於攻守。漢桓寬鹽鐵論擊之：「往者縣未事胡越之時，邊城四面受敵，北邊尤受其苦。」

【四面楚歌】　sì miàn chǔ gē　史記項羽紀：「項王軍壁垓下，兵少食盡，漢軍及諸侯兵圍之數重，夜聞漢軍四面皆楚歌，項王乃大驚曰：『漢皆已得楚乎？是何楚人之多也！』」後用來比喻四面受敵，孤立無援的處境。三國志吳胡綜傳：「昔武王伐殷，殷民倒戈；高祖誅楚，四面楚歌；方之今日，未足以喻。」

【四海承風】　sì hǎi chéng fēng　指政令教化通行於天下。孔子家語好生：「舜之為君也，其政好生而惡殺，……是以四海承風。」

【四海一家】　sì hǎi yī jiā　猶四海為家。荀子王制：「通流財物粟米，無有滯留，使相歸移也，四海之內若一家。」唐杜牧樊川集二長安雜題長句詩之一：「四海一家無事，將軍攜鏡看霜毛。」宋詩鈔黃庭堅山谷詩鈔竹枝詞之二：「鬼門關外莫言遠，四海一家皆弟兄。」

【四海為家】　sì hǎi wéi jiā　四海之廣，猶如一家。指帝王事業，規模宏大，天下一統。荀子議兵：「四海之內若一家，通達之屬莫不從服。」又見儒效、王制。漢書高祖紀：「天子以四海為家。」唐劉禹錫劉夢得集四西塞山懷古詩：「今逢四海為家日，故壘蕭蕭蘆荻秋。」後指人漂泊無定所為「四海為家」。亦作「四海一家」。見該條。

【四馬攢蹄】 sì mǎ cuán tí 兩手兩腳被捆在一起。元羅貫中平妖傳四十:“李逐上前,叫軍士一把麻繩索兒,縛個四馬攢蹄。”

【四時八節】 sì shí bā jié 四時:春、夏、秋、冬;八節:立春、春分、立夏、夏至、立秋、秋分、立冬、冬至。唐馬總意林一引隋巢子:“鬼神爲四時八節以紀育人。”杜甫杜工部草堂詩箋四十短歌行贈四兄詩:“四時八節還拘禮,女拜弟妻男拜弟。”唐六名家集王建詩二神樹詞:“四時八節上杯盤,願神莫離神處所。”

【四時氣備】 sì shí qì bèi 世說新語德行:“謝太傅(安)絕重褚公,常稱褚季野(裒)雖不言,而四時之氣亦備。”又見晉書九三褚裒傳。後來用以稱人的氣度弘遠。

【四通八達】 sì tōng bā dá 見“四通五達”。

【四通五達】 sì tōng wǔ dá 形容交通暢達無阻。史記九七酈食其傳:“夫陳留,天下之衝,四通五達之郊也。”集解:“如淳曰:四面中央,凡五達也。”後來作“四通八達”。晉書慕容德載記:“滑臺四通八達,非帝王之居。”亦以喻胸襟之高朗或治學之貫穿無滯。宋楊時河南程氏粹言二聖賢:“子曰:堯夫(邵雍)襟懷坦曠,如空中樓閣,四通八達。”朱子語類十一學五:“看文字不可落於偏僻,須是周帀,看得四通八達,無些窒碍,方有進益。”

【四清六活】 sì qīng liù huó 機靈幹練。水滸傳十八:“這幾個都是貫做公的,四清六活的人,卻怎的也不曉事。”

【四境盈壘】 sì jìng yíng lěi 見“四郊多壘”。

【四戰之地】 sì zhàn zhī dì 四面平坦,無險可守,容易受攻擊之地。史記八十樂毅傳:“趙四戰之國也,其民習兵。”後漢書七十荀彧傳:“或謂父老曰:‘潁川四戰之地也。天下有變,常爲兵衝。’”

【四海之内皆兄弟】 sì hǎi zhī nèi jiē xiōng dì 論語顏淵:“君子敬而無失,與人恭而有禮,四海之人皆兄弟也,君子何患乎無兄弟也。”後稱情誼深厚,無分遠近,多用此語。

【四體不勤,五穀不分】 sì tǐ bù qín, wǔ gǔ bù fēn 論語微子:“子路從而後,遇丈人以杖荷蓧,子路問曰:‘子見夫子乎?’丈人曰:‘四體不勤,五穀不分,孰爲夫子?’植其杖而耘。”後稱人不事勞動,不知農務,多用此語。

【囚首喪面】 qiú shǒu sāng miàn 髮不梳如囚犯,面不洗如居喪。宋文鑑九七蘇洵辯姦:“囚首喪面而談詩書,此豈情也哉。”按蘇洵嘉祐集不載辯姦文,後人疑爲邵博僞作,借洵名以攻擊王安石。

【因人成事】 yīn rén chéng shì 依賴他人之力而成事。史記七六平原君虞卿傳:“公等錄錄,所謂因人成事者也。”

【因小失大】 yīn xiǎo shī dà 因貪圖小利而造成重大損失。亦以喻因注意細端而失其大體。明徐渭集徐文長佚草二題崑崙奴雜劇後:“散白尤忌文字、文句及扭捏使句整齊,以爲脫舊套,此因小失大也。”

【因公行私】 yīn gōng xíng sī 見“因公假私”。

【因公假私】 yīn gōng jiǎ sī 假借公務以謀取私利。後漢書六三李固傳:“太尉李固,因公假私,依正行邪。”此爲梁冀誣陷李固之語。亦作“因公行私”。後漢書四六陳寵傳上疏:“斷獄者急於篝格酷烈之痛,執憲者煩於詆欺放濫之文,或因公行私,逞縱威福。”

【因地制宜】 yīn dì zhì yí 根據各地情況而制定適宜的辦法。吳越春秋闔閭内傳:“夫築城郭,立倉庫,因地制宜,豈有天氣之數以威鄰國者乎?”

【因利乘便】 yīn lì chéng biàn 憑藉有利的形勢,趁着方便的條件。史記秦始皇紀贊引賈誼過秦論:“因利乘便,宰割天下,分裂河山。”北周庾信庾子山集一哀江南賦序:“頭會箕斂者,合從締交;鉏櫌棘矜者,因利乘便。”

【因陋就簡】 yīn lòu jiù jiǎn ㊀簡陋苟且,不求改進。文選漢劉子駿(歆)移書讓太常博士:“苟因陋就簡,分文析字,煩言碎辭,學者罷老且不能究其一藝。”宋朱熹朱文公集二十論都昌創寨箚子:“夫論事不論其利害之實,而欲因陋就簡,偷合取容,以徇目前一切之計,此乃世俗淺陋之常談。"㈡利用原有條件，將就使用。宋李心傳建炎以來繫年要錄九元年九月："詔荆湘關陝江淮皆備巡幸，並令因陋就簡，毋得騷擾。"樓鑰攻媿集五七徑山興聖萬壽禪寺記："先是寺基局於五峰之間，又規模不出一手，雖爲屋甚夥，高下奢儉，各隨其時，因陋就簡，亦復有之。"

【因勢利導】 yīn shì lì dǎo 順應事物發展的趨勢加以引導。史記六五孫子傳："善戰者，因其勢而利導之。"

【因禍致福】 yīn huò zhì fú 見"因禍爲福"。

【因禍爲福】 yīn huò wéi fú 由於遭禍而得福。指變壞事爲好事。史記管晏傳："其爲政也，善因禍而爲福，轉敗而爲功。"又蘇秦傳："智者舉事，因禍爲福，轉敗爲功。"南史庾登之傳："(謝)誨拒王師，欲登之留守，登之不許。晦敗，登之以無任免官禁錮還家。何承天戲之曰：'因禍爲福，未必皆知。'"亦作"因禍致福"、"因禍得福"。元貫雲石越調鬪鵪鶉佳偶曲："他道是拋磚引玉，俺卻道因禍致福。"

【因敵取資】 yīn dí qǔ zī 就敵人處取得資用。魏書燕鳳傳："北人壯悍，……軍無輜重樵爨之苦，輕行速捷，因敵取資，此南方所以疲敝，北方所以常勝也。"

【因噎廢食】 yīn yē fèi shí 因噎住而不進食。比喻因偶然挫折就停止應作之事。呂氏春秋蕩兵："夫有以饐死者，欲禁天下之食，悖。"漢劉向說苑談叢："一噎之故，絕穀不食；一蹪之故，卻足不行。"唐陸贄陸宣公集十三奉天請數對羣臣兼許令論事狀："昔人有因噎而廢食者，又有懼溺而自沉者，其爲矯枉防患之慮，豈不過哉！"宋朱熹朱文公集三七與王龜齡書："今以前日失數公者自懲，是以一噎而廢食也。"

【因樹爲屋】 yīn shù wéi wū 依樹架屋。指隱居荒野。後漢書申屠蟠傳："乃絕跡於梁碭之間，因樹爲屋，自同傭人。"注引謝承書："居蓬萊之室，依桑樹以爲棟也。"宋朱熹朱文公續集七答黃子厚書："告訐之門既啟，世間羣小，無非敵國，便能因樹爲屋，自同傭人，亦已晚矣。"

【回山倒海】 huí shān dǎo hǎi 極言力量強，聲勢大，壓倒一切。魏書高閭傳上表："昔世祖以回山倒海之威，步騎數十萬南臨瓜步，諸郡盡降，而盱眙小城，攻而弗克。"亦作"排山倒海"。見該條。

【回心轉意】 huí xīn zhuǎn yì 改變原來心意。水滸五："太公道：他是個殺人不眨眼魔王，你如何能勾得他回心轉意？"孤本元明雜劇缺名薛苞認母一："孩兒也，依着你父親，且在外邊住，我勸的你父親回心轉意，便搬你來家住。"亦作"心回意轉"。見該條。

【回天之力】 huí tiān zhī lì 指諫止皇帝行動的力量。封建社會以皇帝爲天，故云。唐貞觀四年，給事中張玄素諫止太宗修洛陽乾元殿，魏徵歎曰："張公遂有回天之力。"見唐吳兢貞觀政要二、新唐書張玄素傳。

【回光返照】 huí guāng fǎn zhào 日將落時反射之光。宋悟明聯燈會要十六繼成禪師："顛倒一生，永無休歇，直須回光返照，親近明師。"宋劉克莊後村集三四左目痛六言後九首之六："默默回光反照，津津勿藥有喜。"反，通"返"。

【回黃倒綠】 huí huáng dǎo lù 見"回黃轉綠"。

【回黃轉綠】 huí huáng zhǎn lù 言時序變遷，由秋冬草木黃落至春日重臨。清孫星衍芳茂山人詩錄一館試春華秋實賦："回黃轉綠，九秋則不讓三春。"亦作"回黃倒綠"。元詩選張翥蛻菴集休洗紅詩二之一："回黃倒綠無定期，世情翻覆君所知。"明趙撝謙學範引此作"迴黃轉綠"。

【回腸蕩氣】 huí cháng dàng qì 言腸爲之轉，氣爲之舒，常用來比喻音樂或文章感人之深。見"迴腸傷氣"。

【回顧之憂】 huí gù zhī yōu 指對家中的惦念思慮。回顧，回頭看。三國志吳孫策傳引吳歷孫策語張紘："今便行矣，以老母弱弟委付與君，策無復回顧之憂。"

【困心衡慮】 kùn xīn héng lù 心意困苦，思慮壅塞。意謂盡心竭慮，經過痛苦的思考。孟子告子下："困於心，衡於慮，而後作。"注："困，悴於心。衡，橫也，橫塞其慮於胸中，而後作奇計異策。"

【困知勉行】　kùn zhī miǎn xíng　禮中庸："或生而知之,或學而知之,或困而知之,及其知之,一也。或安而行之,或利而行之,或勉強而行之,及其成功,一也。"困知,謂因遇困難而求得知識;勉行,謂以勉強克制而敦品勵行。後以"困知勉行"爲勖勉之語,本此。

【困獸猶鬭】　kùn shòu yóu dòu　被圍困的野獸,仍要搏鬭。比喻在絕境中還極力掙扎。左傳宣十二年:"(晉文)公曰:得臣猶在,憂未歇也。困獸猶鬭,況國相乎?"又定四年:"困獸猶鬭,況人乎?"

【囫圇吞棗】　hú lún tūn zǎo　一口吞下,不加辨味。也比喻不求甚解,食而不化。古今雜劇元吳昌齡二郎收豬八戒一:"我見你吭下禮有蹺蹊,我這裏囫圇吞箇棗不知酸淡。"亦作"鶻崙吞棗"。見該條。

【國士無雙】　guó shì wú shuāng　國中獨一無二的人才。史記九二淮陰侯傳:"諸將易得耳。至如(韓)信者,國士無雙。"

【國色天香】　guó sè tiān xiāng　唐李正封有詠牡丹花詩:"天香夜染衣,國色朝酣酒。"見唐李濬松窗雜錄。唐白居易長慶集五五山石榴花十二韻詩:"此時逢國色,何處覓天香。"宋范成大石湖集二十與至先兄遊諸園看牡丹……詩:"欲知國色天香句,須是倚欄燒燭看。"本皆是指花而言。後亦用以形容女性的美麗。明史槃宋璟鶼釵記傳奇家麻:"但國色天香,未易描寫;幽懷雅趣,難以形容。"

【國泰民安】　guó tài mín ān　國家太平,人民安樂。宋吳自牧夢粱錄十四山川神:"每歲海潮太溢,衝激州城,春秋醮祭,詔命學士院,撰青詞以祈國泰民安。"宏智禪師廣錄一:"聖人體合乾坤道,國泰民安正是時。"金圓覺禪院鐘款題有"風調雨順,國泰民安"等字。後來寺觀的梁柱、鐘鼎等多題此八字。見金石萃編一五七金四。

【國富兵強】　guó fù bīng qiáng　韓非子六反:"官治則國富,國富則兵強,而霸王之業成矣。"

【圍魏救趙】　wéi wèi jiù zhào　戰國時,魏伐趙,趙求救於齊。齊將田忌孫臏帥兵救趙,趁魏國重兵在外,直攻魏國。魏軍得訊撤回,在桂陵被齊兵截擊,大敗,趙圍得解。後因稱類似戰法爲圍魏救趙。見史記六五孫子吳起列傳。

【圓鑿方枘】　yuán zuò fāng ruì　見"圜鑿方枘"。

【圖窮匕見】　tú qióng bǐ xiàn　戰國時,燕太子丹派荊軻刺秦王,軻奉燕督亢地圖求見,藏匕首於地圖中。秦王展圖,圖盡而匕首現。軻左手把秦王袖,右手持匕首刺之,不中被殺。見戰策國燕三、史記八六刺客傳。後多用以比喻形迹敗露。

【圜鑿方枘】　yuán zuò fāng ruì　亦作"方枘圜鑿"。圜,亦作"圓"。圜鑿即圓孔,方枘即方榫,圓鑿納方枘,必不可入。比喻事物互不相容。楚辭宋玉九辯:"圜鑿而方枘兮,吾固知其鉏鋙而難入。"

土　　部

【土木形骸】　tǔ mù xíng hái　形體像土木一樣自然,比喻人的本來面目,不加修飾。世說新語容止:"劉伶身長六尺,貌甚醜顇,而悠悠忽忽,土木形骸。"又"嵇康身長七尺八寸,風姿特秀"注:"康別傳曰:康長七尺八寸,偉容色,土木形骸,不加飾厲,而龍章鳳姿,天質自然。"新唐書一一五郝處俊傳:"處俊資約素,土木形骸,然臨事敢言。"元詩選張雨句曲外史集次韻答吳興黃伯成詩:"土木形骸嵇叔夜,波瀾文字木玄虛。"

【土牛木馬】　tǔ niú mù mǎ　泥塑之牛,

木製之馬。比喻有其名而無實用。關尹子八籌：「知物之偽者，不必去物，譬如見土牛木馬，雖情存牛馬之名，而心忘牛馬之實。」

【土扶成牆】　tǔ fú chéng qiáng　俗諺，謂互相扶助，可以成事。北齊書尉景傳：「先是，景有果下馬，文襄求之，景不與，曰：『土相扶爲牆，人相扶爲王，一馬亦不得畜而索也。』」唐李白李太白集四君道曲：「土扶可成牆，積德爲厚地。」扶，一本作「枎」。

【土長根生】　tǔ zhǎng gēn shēng　見「根生土長」。

【土崩瓦解】　tǔ bēng wǎ jiě　如土之倒塌、瓦之碎裂，比喻潰敗不可收拾。史記秦始皇紀論：「秦之積衰，天下土崩瓦解。」三國志魏公孫瓚傳：「長吏關靖說瓚曰：今將軍將士，皆已土崩瓦解，其所以能相守持者，顧戀其居處老小，以將軍爲主耳。」

【土階茅屋】　tǔ jiē máo wū　以土爲階，用茅作屋。指居住簡陋。周書武帝紀下：「上棟下宇，土階茅屋。」

【土飯塵羹】　tǔ fàn chén gēng　比喻以假作真，不能實用。清汪輝祖學治臆説上稟揭宜委曲顯明：「凡留意人才之上官，往往於稟揭審視疏密，雖報雨請安各稟，亦不可不慎，蒙頭蓋面之文，土飯塵羹之語，最易取厭，盡汰爲佳。」出處見「塵飯塗羹」。

【土龍芻狗】　tǔ lóng chú gǒu　土塑的龍，草紮的狗，比喻名實不相副。三國志蜀杜微傳答諸葛亮書：「曹丕篡弑，自立爲帝，是猶土龍芻狗之有名也。」

【土壤細流】　tǔ rǎng xì liú　比喻細微的事物。史記八七李斯傳：「是以太山不讓土壤，故能成其大；河海不擇細流，故能就其深。」

【地下修文】　dì xià xiū wén　傳説晉蘇韶死後現形，謂其兄弟云：顏淵、卜商現在地下任修文郎。見太平御覽八八三晉王隱晉書。後因稱文士有才華而早死爲地下修文。唐司空圖司空表聖詩集三狂題之九：「地下修文著作郎，生前饑處倒空牆。」徐貞卿礦文集九傷前翰林楊左丞詩：「人間拙管窮倉頡，地下修文待卜商。」

【地上天宮】　dì shàng tiān gōng　比喻生活環境奢華逸樂。宋袁褧楓窗小牘上：「汴中呼餘杭百事繁庶，地上天宮。」

【地久天長】　dì jiǔ tiān cháng　見「天長地久」。

【地平天成】　dì píng tiān chéng　比喻萬事安排妥帖。書大禹謨：「地平天成。」傳：「水土治曰平，五行叙曰成，因禹陳九功而歎美之。」左傳文十八年：「舜臣堯，舉八愷，使主后土，以揆百事，莫不時序，地平天成。」

【地北天南】　dì běi tiān nán　見「天南地北」。

【地老天荒】　dì lǎo tiān huāng　比喻時間久遠。宋楊萬里誠齋集六謁永祐陵歸途遊龍宮觀禹穴詩：「禹穴下窺正深黑，地老天荒知是非。」金元好問遺山集十二俳體雪香亭雜詠之十二：「莫雲樓閣古今情，地老天荒恨未平。」亦作「天荒地老」。

【地角天涯】　dì jiǎo tiān yá　比喻相隔遙遠。南朝陳徐陵徐孝穆集七答族人梁東海太守長孺書：「燕南趙北，地角天涯，言接未由，但以潸欷！」

【地坼天崩】　dì chè tiān bēng　見「天崩地陷」。

【地裂山崩】　dì liè shān bēng　見「山崩地裂」。

【地醜德齊】　dì chǒu dé qí　地相同，德相等。醜，同。意謂彼此條件相等。孟子公孫丑下：「今天下地醜德齊，莫能相尚。」

【地覆天翻】　dì fù tiān fān　比喻變化劇烈。五代前蜀釋貫休禪月集二三山居詩之十二：「從他人笑從他笑，地覆天翻也只寧。」

【地靈人傑】　dì líng rén jié　謂靈秀之地，多傑出人物。意近「人傑地靈」。文苑英華八五三王勃彭州九隴縣龍懷寺碑：「地靈人傑，自朝野而重光；學府文宗，冠南都而獨秀。」

【在谷滿谷】　zài gǔ mǎn gǔ　莊子天運：「吾又奏之以陰陽之和，燭之以日月之明，其聲能短能長，能柔能剛，變化齊一，不主故常，在谷滿谷，在阬滿阬。」意謂奏樂時聲音遍及各處，比喻「道」的無所不在。後因以"滿坑滿谷"形容人物衆多。

【在官言官】 zài guān yán guān 禮曲禮下:"君命,大夫與士肄,在官言官,在府言府,在庫言庫,在朝言朝。"注:"官,謂版圖文書之處。"意謂君命有所使,大夫與士就應當學習和議論這方面的事。後多用作處在什麼地位就説什麼話之意。

【在家出家】 zài jiā chū jiā 佛教謂不出家爲僧,而清靜寡欲,在家修行,無異出家。法苑珠林一〇七受戒述意:"夫十善五戒,必須形受;菩薩淨戒,可以心成。故戒法理曠事深,在家出家,平等而受。"唐白居易長慶集六八有在家出家詩。宋蘇軾西樓帖與子功侍郎:"子野出家之議,前年在都下始聞其言,私心亦疑之,屢勸不須和之,在家出家足矣。"

【在他矮簷下,怎敢不低頭】 zài tā ǎi yán xià, zěn gǎn bù dī tóu 形容處於依附地位,只能委屈求全,謙卑忍辱。古今雜劇缺名魯智深喜賞黃花峪:"沒奈何,俺正是在他矮簷下,怎敢不低頭?"明馮夢龍古今小説二十:"金蓮、牡丹二婦人再三勸道:你既被攝到此間,只得無奈何,自古道:在他矮簷下,怎敢不低頭?"

【坎井之蛙】 kǎn jǐng zhī wā 比喻眼光狹隘、見識淺薄之人。坎井,壞井,廢井。荀子正論:"語曰:淺不可與測深,愚不足與謀知。坎井之鼃,不可與語東海之樂,此之謂也。"鼃,同"蛙"。莊子秋水作"埳井"。

【坎止流行】 kǎn zhǐ liú xíng 漢書賈誼傳服鳥賦:"乘流則逝,得坎則止。"注引孟康曰:"易'坎爲險',遇險難而止也。"坎,地面低陷之處;流,流水。逢坎而止,得水則行;以喻遇險停止,乘勢進行。爲適應自然之意。宋張榘芸窗詞金縷曲次韻拙逸劉直孺見寄言志:"坎止流行原無定,敢一朝挨却塵泥迹。"宋詩鈔張元幹蘆川歸來集次江子吾遷居韻:"浮家泛宅非無計,坎止流行本信緣。"亦作"流行坎止"。

【坐井觀天】 zuò jǐng guān tiān 比喻所見狹小。唐韓愈昌黎集十原道:"老子之小仁義,非毀之也,其見者小也。坐井而觀天,曰天小者,非天小也。"宋劉克莊後村集四十用居後弟强甫韻詩之九:"退之未

離乎儒者,坐井觀天錯議馳。"

【坐不垂堂】 zuò bù chuí táng 不坐在屋簷下,怕瓦片墜落打傷。比喻不在危險的地方停留。史記一一七司馬相如傳諫獵疏:"故鄙諺曰:'家累千金,坐不垂堂。'"索隱"張楫曰:恐簷瓦墮中人。樂彥云:垂,邊也。近堂邊,恐其墮墜也,非謂段簷瓦。"又一〇一袁盎傳:"臣聞千金之子,坐不垂堂。"

【坐不窺堂】 zuò bù kuī táng 端坐不斜視,專心一意。三國志魏鄭渾傳"渾兄泰……卒"注引張璠漢紀:"張孟卓(邈)東平長者,坐不窺堂。"

【坐以待旦】 zuò yǐ dài dàn 坐着等待天亮。比喻辦事勤謹。書太甲上:"先王昧爽,丕顯,坐以待旦。"孟子離婁下:"周公思兼三王,以施四事,其有不合者,仰而思之,夜以繼日;幸而得之,坐以待旦。"亦作"坐而待旦"。三國志吳孫權傳:"思齊先代,坐而待旦。"

【坐以待斃】 zuò yǐ dài bì 坐着等死。比喻遇到困難、危險,不積極設法克服,坐待災難臨頭。清朱佐朝後漁家樂二:"賢契既同我去,夫人在此伶仃無倚,何不同奔他途,母子終須有顧,何必坐以待斃。"

【坐地分贓】 zuò dì fēn zāng 指不親自搶劫的匪首、窩主,安居不出,而分享贓物。明缺名八義雙桂記十六:"昨日新發下一個坐地分贓的强盜下來,至今家信未通,不免取他出來騰那他一番,豈不是好。"

【坐而待旦】 zuò ér dài dàn 見"坐以待旦"。

【坐而論道】 zuò ér lùn dào 本指無固定職守,專門陪侍帝王議論政事的大臣。周禮冬官考工記:"坐而論道,謂之王公;作而行之,謂之士大夫。"抱朴子百里:"三台九列,坐而論道,州牧郡守,操綱舉領,其官益大,其事愈優,煩劇所鍾,其唯百里。"又用刑:"通人揚子雲(雄)亦以爲肉刑宜復也,但廢之來久矣,坐而論道者,未以爲急耳。"後常泛指脱離實際,空談大道理。

【坐吃山空】 zuò chī shān kōng 不事生

產，即使財物堆積如山，也會吃光。元曲選秦簡夫東堂老勸破家子弟一："自從俺父親亡過，十年光景，只在家裏死丕丕的閒坐，那錢物則有出去的，無有進來的，便好道坐吃山空，立吃地陷。"亦作"坐吃山崩"。京本通俗小說志誠張主管："日月如梭，撚指之間，在家中早過了一月有餘，道不得坐吃山崩。"

【坐吃山崩】　zuò chī shān bēng　見"坐吃山空"。

【坐言起行】　zuò yán qǐ xíng　坐能言，起能行。荀子性惡："凡論者，貴其有辨合，有符驗。故坐而言之，起而可設，張而可施行。"後以稱人言行相符。

【坐喜立嗔】　zuò xǐ lì chēn　言喜怒無常。五代何光遠鑑誡錄知機對："(董璋)而且朝令夕改，坐喜立嗔，兵有鬭心，將無戰意。"

【坐無車公】　zuò wú chē gōng　比喻宴會時沒有嘉賓。晉書車胤傳："(胤)又善於賞會，當時每有盛坐而胤不在，皆云：'無車公不樂。'"

【坐薪懸膽】　zuò xīn xuán dǎn　比喻刻苦自勵，奮發圖強。金史术虎筋壽傳："陛下當坐薪懸膽之日，奈何以毬鞠細物，動搖民間。"亦作"卧薪嘗膽"。見該條。

【坐懷不亂】　zuò huái bù luàn　傳說，春秋時魯國柳下惠夜宿郭門，遇女子來同宿，恐其凍死，坐之於懷，至曉未發生非禮行為。見荀子大略。後借以形容男女相處而不發生不正當的關係。清李汝珍鏡花緣三八："唐敖道：'據這光景，舅兄竟是柳下惠坐懷不亂了。'"

【坐籌帷幄】　zuò chóu wéi wò　坐在軍帳裏出謀劃策。宋史四一七趙范傳："如用劉琸，須令親履行陣，指縱四人，不可止坐籌帷幄也。"

【坐觀成敗】　zuò guān chéng bài　旁觀別人成敗，不插手其間。史記一〇四田叔傳："見兵事起，欲坐觀成敗，見勝者欲合從之，有兩心。"後漢書六六陳蕃傳："臣位列台司，憂責深重，不敢尸祿惜生，坐觀成敗。"

【坐山觀虎鬭】　zuò shān guān hǔ dòu

比喻坐在一旁觀看雙方鬭爭，以便乘機取利。紅樓夢十六："咱們家所有的這些管家奶奶，那一個是好纏的？錯一點兒，他們就笑話打趣；偏一點兒，他們就指桑說槐的抱怨；'坐山看虎鬭'，'借刀殺人'，'引風吹火'，'站乾岸兒'，'推倒了油瓶兒不扶'，都是全掛子的本事。"

【垂頭喪氣】　chuí tóu sàng qì　形容失意懊喪的樣子。唐韓愈昌黎集三六送窮文："主人於是垂頭喪氣，上手稱謝。"新唐書二〇八韓全誨傳："自見勢去，計無所用，垂頭喪氣。"

【城下之盟】　chéng xià zhī méng　敵人兵臨城下，被迫訂立的屈辱和約。左傳桓十二年："楚伐絞……大敗之，爲城下之盟而還。"注："城下盟，諸侯所深恥。"又宣十五年："(華元)曰：'敝邑易子而食，析骸以爨，雖然，城下之盟，有以國斃，不能從也！'"

【城北徐公】　chéng běi xú gōng　相傳爲戰國時齊國美男子。齊相鄒忌自認不如徐公之美，而其妻、妾、朋友諂媚奉承，謂美於徐公。鄒忌以此諷諫齊威王不要輕信親近之言。見戰國策齊一。漢高誘注引續十二國史謂徐公名徐君平。

【城門失火】　chéng mén shī huǒ　相傳春秋戰國時，宋國池仲魚所居近城門，有一次城門起火，延及其家，仲魚燒死。一說，宋城門失火，爲取池水灌救，池中汲乾，魚皆枯死。見藝文類聚九六魚、太平廣記四六六引風俗通。後以"城門失火"比喻無端受牽連而遭禍害。文苑英華六四五北齊杜弼爲東魏檄梁文："但恐趙國亡獋，禍延林木；城門失火，殃及池魚，橫使漢江士子、荊揚人物，死亡矢石之下，支折露霧之中。"

【城狐社鼠】　chéng hú shè shǔ　城牆上的狐狸，土地廟裏的老鼠。比喻仗勢作惡的人。晉書四九謝鯤傳："及(王)敦將爲逆，謂鯤曰：'劉隗奸邪，將危社稷。吾欲除君側之惡，匡主濟時，何如？'對曰：'隗誠始禍，然城狐社鼠也。'"意謂掘狐恐壞城垣，薰鼠恐毀社廟。資治通鑑一四八梁天監十四年："(趙王)諡妃，太后從女也，至洛，除大司農卿"注："史言魏母后擅朝，城狐社鼠,有所依憑。"亦作"社鼠城狐"。清洪昇長生殿疑讖:"不隄防柙虎樊熊,任縱橫社鼠城狐。"韓詩外傳八有"稷蜂社鼠",劉向說苑善說有"稷狐社鼠",義同。

【執而不化】 zhí ér bù huà 莊子人間世:"將執而不化,外合而內不訾,其庸詎可乎?"注:"故守其本意也。"後指固執己見,不知變通。

【執兩用中】 zhí liǎng yòng zhōng 儒家鼓吹中庸之道,謂因時制宜,不偏不倚爲執兩用中。禮中庸:"執其兩端,用其中於民,其斯以爲舜乎?"注:"兩端,過與不及也。"

【執迷不悟】 zhí mí bù wù 堅持錯誤,不肯回頭。梁書高祖紀上移檄京邑:"若執迷不悟,距逆王師,大軍一臨,刑茲罔赦。"

【執柯伐柯】 zhí kē fá kē 詩豳風伐柯:"伐柯如何?匪斧不克。取妻如何?匪媒不得。"後因稱爲人作媒曰"執柯"或"作伐"。

【執鞭墜鐙】 zhí biān zhuì dèng 持鞭駕車。指爲人服賤役。鐙,馬鞍兩邊用以踏足者。明馮夢龍古今小說四十:"賈石道:小人雖是村農,頗識好歹,慕閣下忠義之士,想要執鞭墜鐙,尚且不能,今日天幸降臨,權讓幾間草房與閣下作寓,也表得我小人一點敬賢之心,不須謙遜。"亦作"執鞭隨鐙"。明李素甫元宵鬧二:"小人得蒙員外收錄,情願執鞭隨鐙。"

【執鞭隨鐙】 zhí biān suí dèng 見"執鞭墜鐙"。

【堆金積玉】 duī jīn jí yù 見"堆金疊玉"。

【堆金疊玉】 duī jīn dié yù 唐韓愈昌黎集六華山女詩:"抽釵脫釧解環佩,堆金疊玉光青熒。"指金玉飾物。又作"堆金積玉",形容財物之多。宋李之彥東谷所見貪欲:"堆金積玉,來處要明。"

【堆垛死屍】 duī duò sǐ shī 比喻寫作時搜羅典故,堆砌成文。宋江少虞皇朝類苑三九詩歌賦詠堆垛死屍:"魯直(黃庭堅)善用事,若正爾填塞故實,舊謂之點鬼簿,今謂之堆垛死屍。"

【堅甲利兵】 jiān jiǎ lì bīng 堅固的盔甲,鋒利的兵器,比喻軍力精銳。墨子非攻下:"於此爲堅甲利兵,以往攻伐無罪之國。"荀子議兵:"故堅甲利兵不足以爲勝,高城深池不足以爲固。"孟子梁惠王上:"王如施仁政於民,省刑罰,薄稅斂,深耕易耨,壯者以暇日,修其孝悌忠信,入以事其父兄,出以事其長上,可使制梃以撻秦楚之堅甲利兵矣。"

【堅壁清野】 jiān bì qīng yě 加固壁壘使敵人不易攻擊,轉移人口、物資使敵人無所獲取。戰爭中常用爲對付優勢敵人入侵的一種作戰方法。三國志魏荀彧傳:"今東方皆已收麥,必堅壁清野以待將軍。將軍攻之不拔,略之無獲,不出十日,則十萬之衆未戰而自困耳。"北史韋孝寬傳陳平齊策:"彼若興師赴援,我則堅壁清野,待其去遠,還復出師。"

【堂皇富麗】 táng huáng fù lì 見"富麗堂皇"。

【堂高廉遠】 táng gāo lián yuǎn 比喻尊卑之有定規。漢書四八賈誼傳:"人主之尊譬如堂,羣臣如陛,衆庶如地。故陛九級上,廉遠地,則堂高;陛亡級,廉近地,則堂卑。高者難攀,卑者易陵,理埶然也。"

【堂堂正正】 táng táng zhèng zhèng 軍陣嚴整壯盛。孫子軍爭:"無邀正正之旗,勿擊堂堂之陳(陣)。"注:"曹操云:正正,齊也;堂堂,大也。"宋陳亮龍川文集二十又甲辰答(與朱元晦)書:"至於堂堂之陣,正正之旗,風雨雲雷,交發而並至;龍蛇虎豹,變見而出沒;推倒一世之智勇,開拓萬古之心胸……自謂差有一日之長。"後多以堂堂正正形容光明正大。

【報本反始】 bào běn fǎn shǐ 受恩思報,不忘所自。禮郊特牲:"唯社,丘乘共粢盛,所以報本反始也。"

【堯舜千鍾】 yáo shùn qiān zhōng 誇張酒量之大。孔叢子儒服:"平原君與子高飲,强子高酒曰:昔有遺諺:'堯舜千鍾,孔子百觚;子路嗑嗑,尚飲十榼。'"

【堯趨舜步】 yáo qū shùn bù 封建文人頌揚帝王舉止的套語。宋史樂志十三降坐乾安:"皇帝降席,流雲四開,堯趨舜步,下躡天堦。"

【塞翁失馬】 sài wēng shī mǎ 比喻暫時受損失,卻因此而得到好處。壞事可以變成好事。淮南子人間:"近塞上之人,有善術者，馬無故亡而入胡，人皆弔之。其父曰：'此何遽不爲福乎？'居數月，其馬將胡駿馬而歸，人皆賀之。其父曰：'此何遽不能爲禍乎？'家富良馬，其子好騎，墮而折其髀，人皆弔之。其父曰：'此何遽不爲福乎？'居一年，胡人大入塞，丁壯者引弦而戰，近塞之人，死者十九，此獨以跛之故，父子相保。故福之爲禍，禍之爲福，化不可極，深不可測也。'"'塞翁失馬，焉知非福'，語本於此。宋魏泰東軒雜錄："曾布爲三司使，論市易被黜，魯公(曾公亮)有柬別之，曰：'塞翁失馬，今未足悲；楚相斷蛇，後必有福。'"宋詩鈔孔平仲清江集鈔和經父寄張繢詩之二："倚伏萬端寧有定，塞翁失馬尚歸來。"清李汝珍鏡花緣七："處士有志未遂，甚爲可惜！然塞翁失馬，安知非福？此後如棄浮幻，另結良緣，四海之大，豈無際遇？"

【填阬滿谷】　tián kēng mǎn gǔ　史記一一七司馬相如傳上林賦："佁佁籍籍，填阬滿谷，捈平彌澤。"謂塞滿阬谷。後常用來比喻物資充足、豐盛。

【填街溢巷】　tián jiē yì xiàng　滿街滿巷，極言其多。南齊書虞玩之傳："又生不長髮，便謂爲道，填街溢巷，是處皆然。"

【塵垢粃糠】　chén gòu pī kāng　比喻瑣屑無用的東西。塵垢，灰塵和污垢；粃糠，穀殼和米皮。莊子逍遙遊："是其塵垢粃糠，將猶陶鑄堯舜者也。"

【塵飯塗羹】　chén fàn tú gēng　以塵土作飯，以泥水作菜湯。比喻以假當真或無足輕重的事物。韓非子外儲左上："夫嬰兒相與戲也，以塵爲飯，以塗爲羹，以木爲胾。然至日晚必歸饟者，塵飯塗羹，可以戲而不可食也。"

【墮甑不顧】　duò zèng bù gù　後漢書六八郭太傳附孟敏："(敏)客居太原，荷甑墮地，不顧而去。郭林宗(太)見而問其意。對曰：'甑已破矣，視之何益？'"甑，瓦製蒸煮之器。墮，同"墜"。後因以"墮甑不顧"比喻事已過去，無須置意。

【墜茵落溷】　zhuì yīn luò hùn　比喻境遇高下不同。茵，墊褥；溷，糞坑。梁書范縝傳："子良精信釋教，而縝盛稱無佛。子良問曰：'君不信因果，世間何得有富貴，何得有賤貧？'縝答曰：'人之生譬如一樹花，同發一枝，俱開一蒂，隨風而墮，自有拂簾幌，墜於茵席之上；自有關籬牆，落於糞溷之側。墜茵席者，殿下是也；落糞溷者，下官是也，貴賤雖復殊途，因果竟在何處？'"

【墮雲霧中】　duò yún wù zhōng　比喻迷惑不清。世說新語賞譽："王仲祖(濛)劉真長(惔)造殷(浩)中軍談，談竟俱載去。劉謂王曰：'淵源(浩字)真可。'王曰：'卿故墮其雲霧中。'"

【墨突不黔】　mò tū bù qián　文選漢班孟堅(固)答賓戲："孔席不暖，墨突不黔。"墨，指墨翟；突，竈的烟囪；黔，黑色。謂墨翟存心救世，到處奔走，每住一地，烟囪尚未燻黑就又離開他往。

【壓良爲賤】　yā liáng wéi jiàn　指掠買平民子女爲奴婢。唐律疏議十二戶婚上："諸放部曲爲良，已給放書而壓爲賤者徒二年。"資治通鑑二八三後晉天福八年："自烈祖相吳，禁壓良爲賤。"注："買良人子女爲奴婢，謂之壓良爲賤，律之所禁也。"

【壓倒元白】　yā dǎo yuán bái　唐寶曆間，楊嗣復在新昌里第宅大宴賓客，元稹、白居易皆在座，賦詩，刑部侍郎楊汝士詩最後成，元白覽之失色。當日汝士大醉，歸謂子弟曰："我今日壓倒元白！"見五代王定保唐摭言三慈恩寺題名遊賞賦詠雜紀。後稱作品超越同時著名作家爲壓倒元白。

士　　部

【士飽馬騰】　shì bǎo mǎ téng　軍中糧餉充足，士氣旺盛。唐韓愈昌黎集三十平淮西碑：“士飽而歌，馬騰於槽。”宋劉克莊後村集一四五龍學余尚書神道碑：“竭天下之力，困於轉輸，謂宜士飽馬騰，而連營菜色，剛心勇氣，銷鑠殆盡，何望其投石越距而慷慨激揚乎？”

【士可殺不可辱】　shì kě shā bù kě rǔ　謂士人要保持氣節，不甘屈辱。新唐書一二七張嘉貞傳：“張說曰：‘不然，刑不上大夫，以近君也。士可殺，不可辱。’”

【士爲知己者用】　shì wèi zhī jǐ zhě yòng　士重知己，願爲效力。清文康兒女英雄傳十七：“因看得我是泰山一般的朋友，纔肯把這東西托付於我，士爲知己者用，我就不得不多加一層小心。”

【士爲知己者死】　shì wèi zhī jǐ zhě sǐ　士人願爲知己者效力，不惜一死。強調對知己的感激。戰國策趙一：“豫讓遁逃山中，曰：‘嗟乎！士爲知己者死，女爲説己者容，吾其報知氏之讎矣。’”

【壯士解腕】　zhuàng shì jiě wàn　勇士砍斷自己的手腕。三國志魏陳泰傳：“古人有言，蝮蛇螫手，壯士解其腕。”蝮蛇有劇毒，如腕被咬傷，應立即截斷，以免毒延及全身。比喻作事到要害關頭，須下定決心，當機立斷。

【壯夫不爲】　zhuàng fū bù wéi　少壯之人不肯爲此。漢揚雄法言吾子：“或問：‘吾子少而好賦？’曰：‘然，童子彫蟲篆刻。’俄而曰：‘壯夫不爲也。’”

【壹倡三歎】　yī chàng sān tàn　宗廟奏樂，一人唱歌，三人贊歎而應和之。禮樂記：“清廟之瑟，朱弦而疏越，壹倡而三歎，有遺音者矣。”

【壹勞久佚】　yī láo jiǔ yì　見“一勞永逸”。

【壺中日月】　hú zhōng rì yuè　指道家的生活。唐李白李太白詩二二下途歸石門舊居：“何當脱屣謝時去，壺中別有日月天。”李中碧雲集上贈重安寂道者詩：“壺中日月存心近，島外煙霞入夢清。”

【壽山福海】　shòu shān fú hǎi　舊時比喻年高福大。明劉基有壽山福海圖歌。見誠意伯集五。

【壽比南山】　shòu bǐ nán shān　祝人長壽的習用語。詩小雅天保：“如南山之壽，不騫不崩。”南史齊豫章王嶷傳：“嶷謂上曰：‘古來言願陛下壽比南山，或稱萬歲，此殆近貌言。如臣所懷，實願陛下極壽百年亦足矣。’”

【壽終正寢】　shòu zhōng zhèng qǐn　指年老在家安然死去，也比喻事物的自然消亡。宋范仲淹范文正公集十祭胡侍郎文：“安車以謝，正寢而終，老成云亡，薦紳興慕。”明許仲琳封神演義十一：“紂王立身大呼曰：‘你道朕不能善終，你自誇壽終正寢，非侮君而何！’”

夊　部

【夏五郭公】　xià wǔ guō gōng　春秋桓十四年書"夏五"，無月字；又莊二十四年書"郭公"，下無事；顯然有缺漏。後因以"夏五郭公"比喻文字有殘缺。

【夏日可畏】　xià rì kě wèi　左傳文七年："趙衰，冬日之日也；趙盾，夏日之日也。"注："冬日可愛，夏日可畏。"北周庾信庾子山集一小園賦："非夏日而可畏，異秋天而可悲。"後常以比喻人的風裁嚴厲不容親近。

【夏雨雨人】　xià yǔ yù rén　比喻及時給人民帶來好處。漢劉向説苑貴德："管仲上車曰：'……吾不能以春風風人，吾不能以夏雨雨人，吾窮必矣。'"

【夏爐冬扇】　xià lú dōng shàn　比喻行事不合時宜，徒勞無益。漢王充論衡逢遇："作無益之能，納無補之説，以夏進爐，以冬奏扇，爲所不欲得之事，獻所不欲聞之語，其不遇禍，幸矣。"

夕　部

【夕陽無限好】　xī yáng wú xiàn hǎo　唐李商隱李義山詩集六樂遊原："向晚意不適，驅車登古原。夕陽無限好，只是近黃昏。"後多以"夕陽無限好"作歇後語，表示時間遲暮、好景不長之意。

【外孫齏臼】　wài sūn jī jiù　"好辭"二字的隱語。詳"黃絹幼婦"。

【外彊中乾】　wài qiáng zhōng gān　外似強大，内實虛弱。左傳僖十五年："亂氣狡憤，陰血周作，張脈僨興，外彊中乾。"彊，同"強"。宋詩鈔楊萬里誠齋詩鈔謝唐德明惠笋詩："販夫束縛向市賣，外強中乾美安在？"

【多才多藝】　duō cái duō yì　才學優長，多能藝事。書金縢："予仁若考，能多材多藝，能事鬼神。"宋柳永樂章集擊梧桐詞："見説蘭臺宋玉，多才多藝善詞賦。"

【多多益善】　duō duō yì shàn　越多越好。史記九二淮陰侯傳："上（漢高祖）問曰：'如我將幾何？'（韓）信曰：'陛下不過能將十萬。'上曰：'於君何如？'曰：'臣多多而益善耳。'上笑曰：'多多益善，何爲爲我禽？'"漢書作"多多益辦"。本就將兵而言，後來泛稱不厭其多爲多多益善。清吳敬梓儒林外史十五："尚書公遺下宦囊不少，這位公子却有錢癖，思量多多益善，要學我這燒銀之法。"

【多財善賈】　duō cái shàn gǔ　見"多錢善賈"。

【多愁多病】　duō chóu duō bìng　舊時形容才子佳人的嬌弱狀態。宋柳永樂章集大石調傾杯詞："早是多愁多病，那堪細把舊約前歡重看。"元王實甫西廂記一本四折："小子這多愁多病身，怎當那傾城傾國貌。"

【多端寡要】　duō duān guǎ yào　頭緒太多，不得要領。三國志魏郭嘉傳："袁公（紹）徒欲效周公之下士，而未知用人之機，多端寡要，好謀無決。"

【多聞闕疑】　duō wén quē yí　多所見聞，於有疑難決者，則闕而不論。論語為政："多聞闕疑，慎言其餘，則寡尤。"

【多錢善賈】　duō qián shàn gǔ　錢多好作買賣。比喻具備充分的條件，事情就容易辦成。亦作"多財善賈"。韓非子五蠹："鄙諺曰：'長袖善舞，多錢善賈，'此言多資之易為工也。"

【多藏厚亡】　duō cáng hòu wáng　老子："是故甚愛必大費，多藏必厚亡。"注："甚愛不與物通，多藏不與物散。求之者多，攻之者眾，為物所病，故大費厚亡也。"後漢書八二折像傳："及（折）國卒，感多藏厚亡之義，乃散金帛資產，周施親疏。"意謂聚財過多而不能施以濟眾，必引起眾怨，最終將損失更大。

【夙世冤家】　sù shì yuān jiā　㊀形容積怨很深。宋夏竦罷相，因石介進德頌序中有"追竦白麻，無不喜躍"等語，懷恨在心。是歲夏設水陸齋，旁設一位，立牌書曰："夙世冤家石介。"見宋高晦叟珍席放談下。㊁表示極其親愛。暱稱。宋彭汝礪晚年娶宋氏婦，唯婦命是從。後出守九江，病中寫道："宿世冤家，五年夫婦，從今以往，不打這鼓。"見宋缺名道山清話。宿，通"夙"。

【夙興夜寐】　sù xīng yè mèi　起早睡晚。言生活勤勞。詩衛風氓："夙興夜寐，靡有朝矣。"又小雅小宛："夙興夜寐，毋忝爾所生。"墨子非樂上："婦人夙興夜寐，紡績織紝，多治麻絲葛緒綑布縿。"韓詩外傳三："宋人聞之，乃夙興夜寐，弔死問疾，戮力宇內，三歲，年豐政平。"

【夜以繼日】　yè yǐ xì rì　見"夜以繼日"。

【夜以繼日】　yè yǐ jì rì　日夜不停。孟子離婁下："周公思兼三王，以施四事，其有不合者，仰而思之，夜以繼日。"意林一管子："商人通賈，倍道兼行，夜以繼日，干利不遠，利在前也。"亦作"夜以繼晷"、"夜

繼日"。後漢書二九郅惲傳上書："昔文王不敢槃于游田，以萬人惟憂，而陛下遠獵山林，夜以繼晝。"世說新語賞譽："許掾嘗詣簡文"注引續晉陽秋："詢能理言，曾出都迎姊，簡文皇帝、劉真長説其情旨及襟懷之詠，每造都賞對，夜以繼日。"

【夜以繼晝】　yè yǐ jì zhòu　見"夜以繼日"。

【夜長夢多】　yè cháng mèng duō　比喻時間既長，事情可能發生不利的變化。清呂留良呂晚村先生家訓真蹟二諭大火帖："昨橙齋得燕中信云：'薦舉事近復紛紜，夜長夢多，恐將來有意外，奈何？'"清文康兒女英雄傳二三："至於他説的那座廟，我到底要找還給他，纔圓得上那句話。這事須得如此如此辦法，纔免得他夜長夢多，又生枝葉。"

【夜雨對牀】　yè yǔ duì chuáng　唐韋應物韋江州集三示全真元常詩："寧知風雪夜，復此對牀眠。"白居易長慶集五六雨中招張司業宿詩："能來同宿否，聽雨對牀眠？"雨雪對牀，本皆指朋友相聚，傾心交談。後因宋蘇軾、蘇轍兄弟唱和的詩中屢有"夜雨對牀"之語，因沿用為兄弟團聚的典故。參閱分類東坡詩十六辛丑十一月十九日既與子由別於鄭州西門之外馬上賦詩一篇寄之"寒燈相對記疇昔，夜雨何時聽蕭瑟"注、宋王楙野客叢書十夜雨對牀。亦作"對牀夜雨"。見該條。

【夜郎自大】　yè láng zì dà　史記一一六西南夷傳："滇王與漢使者言曰：'漢孰與我大？'及夜郎侯亦然。以道不通，故各自以為一州主，不知漢廣大。"夜郎為漢時西南小國，後因喻人妄自尊大為"夜郎自大"。清周亮工輯尺牘新鈔十二周圻答范文白："此中人傲然魏晉以上，未免夜郎自大。"

【夜蛾赴火】　yè é fù huǒ　夜晚見亮光，飛蛾紛赴，比喻歸附者多。魏書崔浩傳："慕容垂乘父祖世君之資，生便尊貴，同類歸之，若夜蛾之赴火，少加倚仗，便足立功。"

【夢中説夢】　mèng zhōng shuō mèng　佛教語。喻虛無。夢本虛幻，夢中之夢，更不足憑。大般若波羅蜜多經五九六："復次

善勇猛，如人夢中説夢所見種種自性。如是所説夢境自性都無所有。何以故？善勇猛，夢尚非有，況有夢境自性可説。”唐白居易長慶集六五讀禪經詩：“言下忘言一時了，夢中説夢兩重虛。”宋邵雍伊川擊壤集七閑行吟詩之三：“夢中説夢重重妄，牀上安牀疊疊非。”

【夢幻泡影】　mèng huàn pào yǐng　佛教以世上事物無常，一切皆空。比喻爲夢境、幻術、水泡和影子。金剛般若波羅蜜經應化非真分：“一切有爲法，如夢、幻、泡、影，如露，亦如電，應作如是觀。”宋王銍四六話上引丁謂答胡則書：“夢幻泡影，知既往之本無；地水風火，悟本來之不有。”

【夢屍得官】　mèng shī dé guān　古代迷信以夢屍爲得官之預兆。世説新語文學：“人有問殷中軍(浩)：何以將得位而夢棺器，將得財而夢矢穢。殷曰：官本是臭腐，所以將得而夢棺屍；財本是糞土，所以將得而夢穢汙。”又見晉書殷浩傳。宋蘇軾分類東坡詩六秦少遊夢發廩而葬之者……因次其韻詩：“居官死職戰死綏，夢屍得官真古語。”

【夢筆生花】　mèng bǐ shēng huā　相傳唐代大詩人李白夢所用的筆，頭上生花，從此才情橫溢，文思豐富。見五代王仁裕開元天寶遺事下。後用來比喻文人的才思大進。

大　　部

【大刀闊斧】　dà dāo kuò fǔ　以大兵器比喻氣魄雄偉，舉動有力。水滸六三：“犒賞三軍，限日下起行，大刀闊斧，殺奔梁山泊來。”清文康兒女英雄傳二一：“姑娘向來大刀闊斧，於這些小事，不大留心，便道‘也使得’。”

【大才晚成】　dà cái wǎn chéng　才具大者成就或晚。猶大器晚成。後漢書二四馬援傳：“援年十二而孤，少有大志，諸兄奇之。嘗受齊詩，意不能守章句，乃辭況，欲就邊郡田牧。況曰：‘汝大才，當晚成。良工不示人以朴，且從所好。’”況，馬況，援兄。

【大才槃槃】　dà cái pán pán　有大才幹。槃，通“盤”。槃槃，盛大。世説新語賞譽下“後來出人都嘉賓”注引續晉陽秋：“時人爲一代盛譽者語曰：‘大才槃槃謝家安(超)。’”

【大方之家】　dà fāng zhī jiā　通曉大道之家。莊子秋水記河伯至北海，望洋向若而歎曰：“吾非至於子之門則殆矣，吾長見笑於大方之家。”後稱博學多通或精於一技一藝者爲“大方家”、“方家”。宋王邁臞軒集十三題聽蛙軒詩：“李杜詩人大方家，詩兩牛要書五車。”劉克莊後村集八太守林太博贈瑞香花六和詩：“拙筆蕪詞字字斜，情知見笑大方家。”

【大巧若拙】　dà qiǎo ruò zhuó　真正聰明的人不自驕自誇，表面上好像笨拙。老子：“大直若屈，大巧若拙。”注：“大巧因自然以成器，不造爲異端，故若拙也。”莊子胠篋：“毀絕鈎繩，而棄規矩，攦工倕之指而天下始人有其巧矣，故曰大巧若拙。”

【大失所望】　dà shī suǒ wàng　大與願望相違。清顏光敏顏氏家藏尺牘四孔學博允升：“別後滿擬榮擢內府，不意大失所望，生爲快怏之。想人生遇合有時，不必以此介意。”

【大而無當】　dà ér wú dàng　誇大而不合實際。莊子逍遙遊：“肩吾問於連叔曰：‘吾聞言於接輿，大而無當，往而不返，吾驚怖其言，猶河漢而無極也。’”後也作“大無當”。宋劉克莊後村集四六古意詩：“不是狂言大無當，聞之齧缺與王倪。”

【大同小異】　dà tóng xiǎo yì　大體相

同，稍有差異。莊子天下：「大同而與小同異，此之謂小同異；萬物畢同畢異，此之謂大同異。」三國志魏東沃沮傳：「其言語與句麗大同，時有小異。」唐盧仝玉川子詩集二與馬異結交詩：「昨日仝不仝，異自異，是謂大仝而小異。」政和類本草三滑石引本草經：「今濠州醫人所供青滑石，云性微寒，無毒，主心氣澀滯，與本經大同小異。」

【大言不慚】　dà yán bù cán　說大話不覺慚愧。清周召雙橋隨筆六：「從來山人方士，故挾其技以驕人，大言不慚，真如糞土耳。」

【大材小用】　dà cái xiǎo yòng　指才能高，職位低，不盡其用。宋陸游劍南詩稿五七送辛幼安殿撰造朝：「大材小用古所歎，管仲蕭何實流亞。」元詩選癸之戊上應夢虎盆松詩：「直尺枉尋身失地，大材小用氣沖霄。」

【大杖則走】　dà zhàng zé zǒu　相傳舜父頑母傲，爲父所杖，小箠則待答，大杖則逃，不陷父於不義。參閱韓詩外傳八、漢劉向說苑建本、後漢書五二崔駰傳附崔寔及注引家語。

【大吹大擂】　dà chuī dà lèi　古今雜劇元王實甫四丞相歌舞麗春堂：「賜與你黃金千兩，香酒百瓶，就在麗春堂大吹大擂，做一個慶喜的筵席。」本指敲鑼打鼓，衆樂齊奏。後多用來譏諷人言語誇張，大肆吹噓。

【大含細入】　dà hán xì rù　文選漢揚子雲（雄）解嘲：「大者含元氣，細者入無間。」言雄作太玄兼博大精深之美。漢書八七下揚雄傳「細」作「纖」，「間」作「倫」。

【大法小廉】　dà fǎ xiǎo lián　謂大臣盡忠，小臣盡職。禮禮運：「大臣法，小臣廉，官職相序，君臣相正，國之肥也。」元陳澔禮記集說四：「大臣法，盡臣道也；小臣廉，不虧所守也。」

【大放厥辭】　dà fàng jué cí　鋪張辭藻，大展文才。唐韓愈昌黎集二三祭柳子厚文：「玉佩瓊琚，大放厥辭，富貴無能，磨滅誰紀？」宋秦觀淮海集四十曾子固哀辭：「既輕車又良御兮，遂大放乎厥辭。」劉克

莊後村集一一一跋恕齋詩存藥：「恕齋吳公，深於理學者，其詩皆關繫倫紀教化，而高風遠韻，尤於佳風月，好山水，大放厥辭，清拔駿壯。」今含貶義，指誇誇其談，大發議論。

【大呼小叫】　dà hū xiǎo jiào　任意呼喊。水滸三二：「武松卻大呼小叫道：主人家，你真個沒東西賣？」

【大逆無道】　dà nì wú dào　罪大惡極之意。舊時多指犯上謀反而言。史記高祖紀：「漢王數項王曰：『……夫爲人臣而弒其主，殺已降，爲政不平，主約不信。天下所不容，大逆無道，罪十也。』」也作「大逆不道」。漢書六六楊敞傳附楊惲：「不竭忠愛，盡臣子義，而妄怨望稱引，爲訞惡言，大逆不道，請逮捕治。」

【大相逕庭】　dà xiāng jìng tíng　偏激。莊子逍遙遊：「大有逕庭，不近人情焉。」釋文引李頤：「逕庭，謂激過也。」唐成玄英疏：「逕庭，猶過差，亦是直往不顧之貌也。」一說逕，指門外的路；庭，指家裏的院子，比喻二者相距甚遠。見王先謙集解引宣穎說。後稱彼此大異或矛盾很大爲「大相逕庭」，本此。

【大海撈針】　dà hǎi lāo zhēn　比喻範圍太廣，難尋端緒。明朱京藩風流院傳奇十五冥救：「百歲姻緣此刻成，虧余大海撈針。」

【大庭廣衆】　dà tíng guǎng zhòng　大庭，寬大的場地；廣衆，成衆的人羣。指人數衆多的場合。新唐書一○四行成傳上疏：「左右文武誠無將相材，奧用大庭廣衆與之量校，捐萬乘之尊，與臣下爭功哉！」

【大書特書】　dà shū tè shū　鄭重記述。唐韓愈昌黎集十八答元侍御書：「足下勉（甄）逢令終始其躬，而足下年尚彊，嗣德有繼，將大書特書，屢書不一書而已也。」宋羅大經鶴林玉露丙編二方士傳：「范曄作東漢史爲方士立傳，如左慈之事，妖怪特甚，君子所不道，而乃大書特書之，何其陋也！」

【大馬金刀】　dà mǎ jīn dāo　氣勢凌厲，大模大樣。清文康兒女英雄傳八：「才一下炕，又朝着那位姑娘跪下了。那姑娘大馬金刀的坐在上面，把眉一軒說：你怎麼這

麼俗啊？起來。"

【大莫與京】 dà mò yǔ jīng　大無與比。京，大。左傳莊二二年："有媯之後，將育于姜。……八世之後，莫之與京。"

【大寒索裘】 dà hán suǒ qiú　比喻先無準備，為時已晚。漢揚雄法言寡見："曰：用智於未奔沈，大寒而後索衣裘，不亦晚乎！"

【大喜過望】 dà xǐ guò wàng　因所得超出原來的期望而大喜。即喜出望外。史記九一黥布傳："上方踞牀洗，召布入見，布甚大怒，悔來，欲自殺。出就舍，帳御食飲從官如漢王居，布又大喜過望。"

【大惑不解】 dà huò bù jiě　莊子天地："大惑者終身不解，大愚者終身不靈。"本指非常糊塗，不懂什麼道理。後用為不可理解之義，或亦含有不滿或反對的意思。清蒲松齡聊齋志異土偶："女初不言，既而腹漸大，不能隱，陰以告母。母涉疑妄，然窺女無他，大惑不解。"

【大發雷霆】 dà fā léi tíng　大怒如雷霆之發作。三國志吳陸遜傳上疏："今不忍小忿，而發雷霆之怒，違垂堂之戒，輕萬乘之重，此臣之所惑也。"

【大智如愚】 dà zhì rú yú　才智很高而不露鋒芒，表面上好像愚笨。亦作"大智若愚"。宋蘇軾經進東坡文集奏略二七賀歐陽少師致仕啟："大勇若怯，大智如愚。"宏智禪師廣錄四："大智若愚，大功若拙，用盡功夫參不徹，莫於平地上增堆，休向空虛裏釘橛。"

【大智若愚】 dà zhì ruò yú　見"大智如愚"。

【大義滅親】 dà yì miè qīn　春秋衛大夫石碏子石厚，與公子州吁合謀殺衛桓公，立州吁為君。石碏殺州吁石厚。左傳贊其為"大義滅親"。見左傳隱四年。本指為君臣大義而滅父子的私親。後泛指為正義而不顧私親為"大義滅親"。

【大慈大悲】 dà cí dà bēi　佛家宣揚佛愛人、憐憫人的說教。與樂為慈，拔苦為悲。大智度論二七："大慈與一切眾生樂，大悲拔一切眾生苦。"法華經譬喻品："大慈大悲，常無懈倦，恆求善事，利益一切。"

【大輅椎輪】 dà lù zhuī lún　南朝梁昭明太子(蕭統)文選序："若夫椎輪為大輅之始，大輅寧有椎輪之質。"大輅，華美的大車，椎輪，無輻的車輪。比喻事物進化，由簡到繁，由粗到精。後也稱創始者為"大輅椎輪"。

【大腹便便】 dà fù pián pián　肚腹肥大貌。後漢書八十邊韶傳："曾晝日假臥，弟子私謿之曰：'邊孝先，腹便便，嬾讀書，但欲眠。'"後多以此語形容富商大賈及體態肥大之人。

【大煞風景】 dà shā fēng jǐng　特別敗壞人的興致。清文康兒女英雄傳三十："安公子高高興興的一箇酒場，再不想作了這等一箇大煞風景。"

【大醇小疵】 dà chún xiǎo cī　醇，純；疵，病。謂大體純正，略有缺點。唐韓愈昌黎集十一讀荀子："孟氏，醇乎醇者也。荀與楊，大醇而小疵。"宋姜夔姜氏詩說："不知詩病，何由能詩？不觀詩法，何由知病。名家者各有一病，大醇小疵差可耳。"

【大模大樣】 dà mó dà yàng　神氣傲慢，自高自大。明馮夢龍古今小說二二："心生一計，在典當鋪賃件新鮮衣服穿了，折一頂新頭巾，大模大樣，搖擺在劉八太尉府中去。"清吳敬梓儒林外史十八："四位走進書房，見上面席間先坐着兩箇人，方巾白鬚，大模大樣，見四位進來，慢慢立起身。"

【大璞不完】 tài pǔ bù wán　戰國策齊四："顏斶辭去曰：'夫玉生於山，制則破焉，非弗寶貴矣，然大璞不完。士生乎鄙野，推選則祿焉，非不尊遂也，然而形神不全。'"玉未加工曰璞，既經加工，就失去天然的形態。比喻士出來作官，就喪失了素志。

【大器小用】 dà qì xiǎo yòng　比喻才具大者屈就小事。後漢書八十邊讓傳："傳曰：'函牛之鼎以烹鷄，多汁則淡而不可食，少汁則熬而不可熟。'此言大器之於小用，固有所不宜也。"

【大器晚成】 dà qì wǎn chéng　老子："大器晚成，大音希聲。"本指大材須積久始能成器。後多用以指人之成就較晚。漢王充論衡狀留："大器晚成，寶貨難售。"三國志魏崔琰傳："琰從弟林，少無名望，雖姻族猶多輕之，而琰常曰：'此所謂大器晚成者也，終必遠至。'"

【大聲疾呼】　dà shēng jí hū　大聲呼喊，以促起注意。唐韓愈昌黎集十六後十九日復上宰相書："蹈水火者之求免於人也，不惟其父兄子弟之慈愛，然後呼而望之也；將有介於其側者，雖其所憎怨，苟不至乎欲其死者，則將大其聲疾呼，而望其仁之也。"後多用來表示大力提倡與號召。清顏光敏顏氏家藏尺牘二郭侍郎棻："微有苦者，豫州節鉞，新舊往來，人情渙散，分校者見解卷迅速，漫不關切，弟兩人事竣冰冷，雖大聲疾呼，誰其聽之。"

【大謬不然】　dà miù bù rán　大錯特錯，與實際完全不合。漢書六二司馬遷傳報任安書："日夜思竭其不肖之材力，務壹心營職，以求親媚於主上，而事乃有大謬不然者。"

【大驚小怪】　dà jīng xiǎo guài　過分慌張或詫異。宋朱熹朱文忠公文集四三答林擇之書："要須把此事來做一平常事看，朴實頭做將去，久之自然見效，不必如此大驚小怪，起模畫樣也。"元曲選關漢卿包待制三勘蝴蝶夢四："我從未拔白悄悄出城來，恐怕外人知，大驚小怪。"

【大旱望雲霓】　dà hàn wàng yún ní　比喻盼望極爲迫切。孟子梁惠王下："書曰：湯一征自葛始，天下信之。東面而征西夷怨，南面而征北狄怨，曰'奚爲後我？'民望之，若大旱之望雲霓也。"

【大事不糊塗】　dà shì bù hú tú　對大事能堅持原則，毫不含糊。宋史二八一曰端傳："太宗欲相端。或曰：'端爲人糊塗。'太宗曰：'端小事糊塗，大事不糊塗。'決意相之。"

【大開方便之門】　dà kāi fāng biàn zhī mén　盡量給以方便。明缺名韓朋十義記十三付託嬰孩："不必憂心，我自大開方便門，且自低頭忍，休得憂致病。"

【大人不責小人過】　dà rén bù zé xiǎo rén guò　請人寬恕的俗語。宋沈作喆寓簡五："有小官爲貴人客，醉中誤塗改貴人所爲文。明日，皇恐以啟謝曰：'昨朝醉去，巧兒作事拙兒嗔；今日醒來，大人不責小人過。'"

【大水沖了龍王廟】　dà shuǐ chōng le lóng wáng miào　歇後語，謂不識自己人。清文康兒女英雄傳七："那婦人聽了，這纔裂着那大薄片子嘴笑道：'你瞧，大水沖了龍王廟，一家人不認得一家人咧。那麼着，請屋裏坐。'"

【大事化小，小事化無】　dà shì huà xiǎo，xiǎo shì huà wú　指息事寧人、消弭爭議的一種想法。舊時涉及訴訟，多用此語。李寶嘉官場現形記二七："(黃胖姑)念：凡事總要大化小，小化無。羊毛出在羊身上，等姓賈的再出兩箇，把這件事平平安安過去，不就結了嗎？"

【天人際】　tiān rén jì　見"天人之際"。

【天人之際】　tiān rén zhī jì　天道人事的相互關係。漢書六二司馬遷傳報任安書："亦欲以究天人之際，通古今之變，成一家之言。"亦作"天人際"。唐杜甫杜工部草堂詩箋二四八哀詩贈祕書監江夏李公邕："情窮造化理，學貫天人際。"

【天下一家】　tiān xià yī jiā　全國統一，屬於一家。猶天下爲家。藝文類聚二五嘲戲文士傳："東據嘲沙門干法龍曰：今大晉弘廣，天下爲家，何不全膚髮，去裂裳，舍故服，被納羅……而獨上違父母之恩，下失夫婦之正，雖受布施之名，而有乞丐之實乎？"

【天下太平】　tiān xià tài píng　處處平安無事。詩周頌維天之命："維天之命，大平告文王也。"呂氏春秋大樂："天下太平，萬物安寧。"鄧析子轉辭："聖人寂然無鞭朴之形，莫然無叱咤之聲，而家給人足，天下太平。"

【天下第一】　tiān xià dì yī　卓絕無比，造詣最高。說郛七八宋蘇籀欒城遺言："歐公(歐陽修)碑版，天下第一。"

【天下爲公】　tiān xià wéi gōng　禮運："大道之行也，天下爲公，選賢與能，講信脩睦。"清孫希旦集解："天下爲公者，天子之位，傳賢而不傳子也。"後來成爲一種美好的社會政治理想。

【天下爲家】　tiān xià wéi jiā　把國家當作一己一家所私有。即將君位傳給兒子。禮禮運"今大道既隱，天下爲家"注："傳位於子。"世說新語言語:"元帝始過江,……(顧)榮跪對曰:'臣聞王者以天下爲家,是以耿亳無定處,九鼎遷洛邑,願陛下勿以遷都爲念。'"後來泛指處處都可以成家,不固居於一地。

【天下無雙】 tiān xià wú shuāng 出類拔萃,獨一無二。史記七七信陵君傳:"始吾聞夫人弟公子天下無雙。"又一〇九李將軍傳:"李廣才氣,天下無雙。"

【天女散花】 tiān nǚ sàn huā 佛教故事。維摩詰經觀衆生品:"時維摩詰室有一天女,見諸大人聞所說法,便現其身,即以天華散諸菩薩大弟子上;華至諸菩薩即皆墮落,至大弟子便著不墮。"華,同"花"。本以花身不着身驗證諸菩薩的向道之心,結習未盡,花即着身。宋趙彥端介庵詞滿江紅茶蘼:"天女散花無酒聖,仙人種玉慚香德。"詩文中常以"天女散花"比方大雪紛飛的景象。宋陸游劍南詩稿二六夜大雪歌:"初疑天女下散花,復恐麻姑行擲米。"

【天之驕子】 tiān zhī jiāo zǐ 漢時對北方匈奴之稱。漢書九四上匈奴傳:"南有大漢,北有強胡。胡者,天之驕子也。"後以泛稱強盛之邊遠民族。省作"天驕"。唐李白李太白詩五塞下曲之三:"彎弓辭漢月,插羽破天驕。"又杜甫杜工部草堂詩箋十二留花門:"北門天驕子,飽肉氣勇決。"

【天衣無縫】 tiān yī wú fèng 太平廣記六八引靈怪錄,說太原郭翰暑月庭中,見有少女冉冉自空而下,視其衣,無縫。翰問故,女答道:"天衣,本非針線爲也。"本爲神話,後用以比喻詩文或事物之渾然天成,無絲毫斧鑿之迹。元周密浩然齋雅談中:"對偶之佳者,如'數點雨聲風約住,一枝花影月移來',……'梨園子弟白髮新,江州司馬青衫濕',……數聯皆天衣無縫,妙合自然。"

【天吳紫鳳】 tiān wú zǐ fèng 比喻珍異稀見之物。天吳,異獸;紫鳳,異鳥。清缺名硯山齋雜記一:"禊帖以定武本爲最。其真者已如天吳紫鳳,不可得見,即宋人翻刻諸本,在世亦少。"

【天作之合】 tiān zuò zhī hé 詩大雅大明:"文王初載,天作之合。"本指文王娶大姒爲上天所撮合。後多用作稱頌婚姻美滿

的套語。

【天官賜福】 tiān guān cì fú 道家以農曆正月十五日上元爲天官賜福之日。參閱宋吳自牧夢梁錄一元宵、宋史四六一苗守信傳。

【天空海闊】 tiān kōng hǎi kuò 見"海闊天空"。

【天長地久】 tiān cháng dì jiǔ 老子:"天長地久,天地之所以長且久者,以其不自生,故能長生。"本指天地存在的久遠,後沿用形容時間悠久。文選漢張平子(衡)思玄賦:"天長地久歲不留,俟河之清祇懷憂。"唐白居易長慶集十二長恨歌:"天長地久有時盡,此恨綿綿無盡期。"亦作"地久天長"。文選陸佐公(倕)石闕銘:"暑來寒往,地久天長。"

【天花亂墜】 tiān huā luàn zhuì 佛教傳說:佛祖說法,感動天神,諸天雨各色香花,於虛空中繽紛亂墜。心地觀經一序品偈:"六欲諸天來供養,天華亂墜徧虛空。"華,同"花"。後以喻說話浮誇動聽,或以甘言騙人。景德傳燈錄十五令遵禪師:"聚徒一千二千,說法如雲如雨,講得天華亂墜,只成箇邪說爭競是非。"續傳燈錄十六圓機禪師:"雙眉本來自橫,鼻孔本來自直,直饒說得天花亂墜,頑石點頭,算來多虛不如少實。"

【天南地北】 tiān nán dì běi 一在天南,一在地北,極言相隔遙遠。唐鴻慶寺碑:"天南地北,鳥散荆分。"見金石續編六。陽春白雪前集二元關漢卿小令沈醉東風:"咫尺的天南地北,霎時間月缺花飛。"亦作"海北天南"、"地北天南"。宋蘇軾分類東坡詩十九次韻郭功甫觀子畫雪雀有感詩之一:"蚤知臭腐即神奇,海北天南總是歸。"元薩都剌薩天錫詩集集相逢行贈別舊友治將軍序:"人生聚散,信如浮雲。地北天南,會有相見。"亦作"山南海北"。見該條。

【天香國色】 tiān xiāng guó sè 見"天香國豔"。

【天香國豔】 tiān xiāng guó yàn 猶天香國色、國色天香。宋蘇軾分類東坡詩十四十一月二十六日梅花盛開再用前韻:"天香國豔肯相顧,知我酒熟詩清溫。"楊

萬里誠齋集三四宿新豐坊詠餅中牡丹因懷故園詩："客子泥塗正可憐,天香國色一枝鮮。"

【天保九如】 tiān bǎo jiǔ rú 詩小雅天保："天保定爾,以莫不興。如山、如阜、如岡、如陵、如川之方至,以莫不增,……如月之恒,如日之升,如南山之壽,不騫不崩,如松柏之茂,無不爾或承。"連用九"如"字,祝頌福壽綿長。後人遂以"天保九如"爲祝壽之詞。

【天高地厚】 tiān gāo dì hòu 形容深厚。詩小雅正月："謂天蓋高,不敢不局;謂地蓋厚,不敢不蹐。"荀子勸學："故不登高山,不知天之高也;不臨深谿,不知地之厚也;不聞先王之遺言,不知學問之大也。"後漢書蔡邕傳釋誨："天高地厚,跼而蹐之。怨豈在明,患生不思。"元王實甫西廂記五本二折："這天高地厚情,直到海枯石爛時。"

【天高聽卑】 tiān gāo tīng bēi 史記宋微子世家景公三十七年記司星子韋對景公有"天高聽卑"之語。意爲上天神明,能洞察下界最卑微之處。後來沿引此語以歌頌帝王的聖明。三國魏曹植曹子建集五責躬詩："天高聽卑,皇肯照微。"

【天真爛熳】 tiān zhēn làn màn 心地真純,出於自然,不矯揉造作。元吳師道吳禮部詩話引龔開高馬小兒圖詩："此兒此馬俱可憐,馬方三齒兒未冠。天真爛熳好容儀,楚楚衣裝無不宜。"夏文彥圖繪寶鑑五鄭思肖："工畫墨蘭,嘗自畫一卷,長丈餘,高可五尺許,天真爛熳,超出物表。"熳,也作"漫"。

【天馬行空】 tiān mǎ xíng kōng 神馬奔馳於太空。比喻才氣縱橫,毫無拘束。元劉子鍾薩天錫詩集序："其所以神化而超出於衆者,殆猶天馬行空而步驟不凡,神蛟混海而隱現莫測,威鳳儀廷而光彩蹁躚,莫不聳觀而快賭也。"明畢範三報恩三四院課："好刪生筆性高華,有天馬行空之勢,榮兒才情雋永,有蜻蜓點水之容。"

【天荒地老】 tiān huāng dì lǎo 極言歷時久遠。唐李賀歌詩編二致酒行："吾聞馬周昔作新豐客,天荒地老無人識。"也作"地老天荒"。元張翥蛻巖詞上沁園春讀白

太素天籟集戲用韻效其體："甚天荒地老,銅臺歌舞,水流雲在,金谷豪奢。"又費唐臣貶黃州一："詩吟的神嚎鬼哭,文驚的地老天荒。"

【天造地設】 tiān zào dì shè 形容事物配合得當,如天地自然生成。宋董弅輯嚴陵集九陳公亮重建貢院記："迨丙午王正告成,……望其中則儼如,視其旁則翼如,井井繩繩,端若天造而地設焉。"元楊載楊仲弘詩集五次韻虞彥高陽明洞詩："珠宮貝闕號龍瑞,天造地設非人謀。"亦作"天授地設"。宋李格非洛陽名園記水北胡氏園："天授地設,不待人力而巧者,洛陽獨有此園耳。"

【天倫之愛】 tiān lún zhī ài 文選南朝梁沈休文(約)齊故安陸昭王碑："天倫之愛,振古莫儔。"本指兄先弟後,爲天然倫次;故稱兄弟之愛爲天倫之愛。唐李白李太白詩二八春夜宴從弟桃花園序："況陽春召我以煙景,大塊假我以文章,會桃花之芳園,序天倫之樂事。"桃花,亦作"桃李"。後以"天倫之樂"泛指家庭樂趣。紅樓夢七一(賈政)只是看書,悶了便與清客們下碁吃酒。或日間在裏邊,母子夫妻,共敍天倫之樂。"

【天倫之樂】 tiān lún zhī lè 見"天倫之愛"。

【天涯比鄰】 tiān yá bǐ lín 雖遠在天邊猶近若比鄰。唐王勃王子安集三杜少府之任蜀州詩："海內存知己,天涯若比鄰。"

【天涯地角】 tiān yá dì jiǎo 指極邊遠的地方。南朝陳徐陵徐孝穆集四武皇帝作相時與嶺南酋豪書："天涯藐藐,地角悠悠。言面無由,但以情企。"唐白居易長慶集三昆明春水滿詩："天涯地角無禁利,熙熙同似昆明春。"亦作"天涯海角"。宋曾鞏元豐類稿八北歸詩之一："曲臺殿裏官燈冷,須勝天涯海角時。"張世南遊宦記聞六："今之遠宦及遠服賈者,皆曰天涯海角。"亦作"海角天涯"。見該條。

【天涯芳草】 tiān yá fāng cǎo 喻春日之美好景物。宋朱敦儒樵歌中西江月詞："小樓簾卷路迢迢,望斷天涯芳草。"元詩選李孝先五峯集同薩天錫登石頭城詩："天涯芳草萋萋綠,王粲歸來更倚樓。"

【天涯海角】 tiān yá hǎi jiǎo 見"天涯地角"。

【天旋日轉】 tiān xuán rì zhuàn 見"天旋地轉"。

【天旋地轉】 tiān xuán dì zhuàn 言時勢變遷。唐元稹長慶集二四望雲騅馬歌："天旋地轉日再中，天子却坐明光宮。"亦作"天旋日轉"。白居易長慶集十二長恨歌："天旋日轉迴龍馭，到此躊躇不能去。"

【天曹地府】 tiān cáo dì fǔ 古人設想天上地下均有官府，以統轄死者，區別善惡。舊五代史崔貽孫傳："有子三人，自貽孫左降之後，各于舊業爭分其利，甘旨醫藥，莫有奉者。貽孫以書責之云：'生有明君宰相，死有天曹地府，吾雖考終，豈放汝耶！'"

【天授地設】 tiān shòu dì shè 謂巧妙渾成，不待人工。宋李格非洛陽名園記水北胡氏園："天授地設，不待人力而巧者，洛陽獨有此園耳。"

【天崩地坼】 tiān bēng dì chè 天塌地裂，比喻非常事變。戰國策趙三："周烈王崩，……赴於齊曰：'天崩地坼，天子下席。'"此指帝王之死。也作"天崩地陷"。宋陸游劍南詩稿三五望永阜陵："寧知齒豁頭童後，更遇天崩地陷時。"又作"地坼天崩"。後漢書四八翟酺傳："自去年以來，災譴頻數，地坼天崩，高岸爲谷。"此指地震。

【天崩地陷】 tiān bēng dì xiàn 見"天崩地坼"。

【天從人願】 tiān cóng rén yuàn 謂事態恰如所望，正合心願。樂府詩集四四子夜歌之二："天不奪人願，故使儂見郎。"唐白居易白香山集十二長相思詩："人言人有願，願至天必成。"元曲選張國賓相國寺公孫合汗衫二："誰知天從人願，到的我家，不上三日，添了一箇滿抱兒小廝。"清李汝珍鏡花緣七："好在我生性好遊，今功名無望，業已看破紅塵，正想海外暢遊，以求善果，恰喜又得此夢，可謂天從人願。"按書泰誓"民之所欲，天必從之"，實即天從人願之說。

【天道不容】 tiān dào bù róng 天意所不容許。南齊謝超宗見褚彥回落水，抗聲曰："有天道焉，天所不容，地所不受。投畀

河伯，河伯不受。"見南史謝靈運傳附謝超宗。

【天道好還】 tiān dào hǎo huán 老子："以道佐人主者，不以兵強天下，其事好還，師之所處，荊棘生焉。"清魏源謂：知道者不以兵強天下，物壯則老，此天道也；殺人之父兄，人亦殺其父兄，是謂好還。見老子本義。後來以"天道好還"爲惡有惡報的同義語。宋李中正泰軒易傳一坤："義積於前，慶鍾於後；惡積於身，禍及子孫；天道好還，事理必至。"

【天開地辟】 tiān kāi dì pì 見"開天辟地"。

【天開圖畫】 tiān kāi tú huà 形容自然景色的美好。宋詩紀事五五有王正己題天開圖畫亭詩。明缺名輯樂府群珠三元鮮于必仁折桂令西山晴雪："地展雄藩，天開圖畫，戶判圍屏。"清郭柏蔭書樓名天開圖畫樓。

【天無二日】 tiān wú èr rì 天上沒有兩箇太陽。比喻事統於一，不能兩大並存。禮曾子問："天無二日，土無二王，家無二主，尊無二上。"

【天與人歸】 tiān yǔ rén guī 舊指帝王之興，爲天命所屬，人心所向。明史可法史忠正公集二復攝政睿親王書："名正言順，天與人歸。"按孟子萬章上："天與之，人與之。"穀梁傳莊三年："其曰王者，民之所歸往也。"爲"天與人歸"一語所本。

【天經地義】 tiān jīng dì yì 理所當然，無可非議。左傳昭二五年："夫禮，天之經也，地之義也，民之行也。"藝文類聚十三晉潘岳世祖武皇帝誄："永言孝思，天經地義。"又卷二十梁元帝孝德傳序："天經地義，聖人不加；原始要終，莫踰孝道。"

【天誘其衷】 tiān yòu qí zhōng 上天開導其心意。左傳僖二八年："天禍衛國，君臣不協，以及此憂也。今天誘其衷，使皆降心以相從也。"成十三年、襄二十五年、定四年皆有"天誘其衷"語，爲當時行人對答之常用詞令。史記外戚世家："天誘其統，卒滅呂氏。"集解："徐廣曰：(統)一作衷。"

【天奪之魄】 tiān duó zhī pò 上天奪走其魂魄。猶言魂不收舍，天將死之。左傳宣十五年："原叔必有大咎，天奪之魄矣。"唐

柳宗元柳先生集外集下爲裴中丞賀破東平表："臣聞員恩干紀者鬼得而誅，犯順窮凶者天奪其魄。"

【天凝地閉】　tiān níng dì bì　形容嚴冬酷寒情景。文選晉張景陽（協）七命："大夫曰：若乃白商素節，月既授衣，天凝地閉，風厲霜飛。"

【天緣輻輳】　tiān yuán fú còu　機緣湊巧，有如車輻集於軸心。輻，車輪中連接軸心和輪圈的直木條。輳，亦作"湊"。元曲選喬孟符李太白匹配金錢記第三折："休道是接連枝，諧比翼，甚時得天緣輻輳？"

【天翻地覆】　tiān fān dì fù　㈠形容形勢的巨大變化。樂府詩集五九唐劉商胡笳十八拍六："天翻地覆誰得知，如今正南看北斗。"宋陳與義簡齋集二十雨中對酒庭下海棠經雨不謝詩："天翻地覆傷春色，齒齼頭童祝聖時。"又文天祥文山集十五立春詩："天翻地覆三生劫，歲晚江空萬里囚。"㈡形容秩序大亂。紅樓夢二五："寶玉一發拿刀弄杖，尋死覓活的，鬧的天翻地覆。"

【天羅地網】　tiān luó dì wǎng　天空地面遍張羅網。比喻法禁森嚴，無法脫逃；或遭逢大難，走投無路。古今雜劇元關漢卿關大王獨赴單刀會三："安排下打鳳撈龍，準備着天羅地網，也不是箇待客筵席，則是箇殺人、殺人的戰場！"水滸二："王進說道：'天可憐見，慚愧了，我母子兩箇脫了這天羅地網之厄。'"

【天寶當年】　tiān bǎo dāng nián　唐元稹長慶集十五行宮詩："寥落古行宮，宮花寂寞紅。白頭宮女在，閑坐說玄宗。"天寶，玄宗年號，爲唐王朝極盛時期。後凡追思昔時盛事，多用白頭宮女重話天寶當年爲典。

【天壤王郎】　tiān rǎng wáng láng　晉謝道韞嫁王凝之，意殊輕之，旋回謝家，叔父謝安加以勸慰。道韞曰："不意天壤之中，乃有王郎！"見世說新語賢媛、晉書王凝之妻謝氏傳。宋劉克莊後村別調滿江紅送王實之詞："天壤王郎，數人物方今第一。"

【天懸地隔】　tiān xuán dì gé　形容兩者相距極大。南齊書陸厥傳："一人之思，遲速天懸；一人之文，工拙壤隔。"壤隔，即地隔。

隔。

【天魔外道】　tiān mó wài dào　佛家指擾害佛道者。梵網經十上："天魔外道，相視如父母。"聯燈會要十五職禪師："說迷說悟，猶是好肉剜瘡；一切平常，盡落天魔外道。"後亦以指正統以外的旁門支派。朱子語類四四論語二六："淳于髡是箇天魔外道，本非學於孔孟之門者。"

【天下本無事】　tiān xià běn wú shì　見"庸人自擾"。

【天上石麒麟】　tiān shàng shí qí lín　麒麟，傳說中的神獸，古以爲吉祥的象徵。南朝陳徐陵年數歲，和尚寶誌摩其頂曰："天上石麒麟也。"見陳書徐陵傳。後因美稱他人之子爲天上麒麟。唐杜甫杜工部草堂詩箋二五徐卿二子歌："孔子釋氏親抱送，並是天上麒麟兒。"

【天不奪人願】　tiān bù duó rén yuàn　見"天從人願"。

【天字第一號】　tiān zì dì yī hào　指最大、最先的。清文康兒女英雄傳十六："這三件事件件依得，便饒他天字第一號的這場恥辱，你大家快快商量回話。"

【天高皇帝遠】　tiān gāo huáng dì yuǎn　喻威權不能相及。明黃溥閒中今古錄摘鈔："（元）到末年，數當亂，任非其人，酷刑橫斂，台、溫、處之民樹旗村落曰：'天高皇帝遠，民少相公多，一日三遍打，不反待如何？'由是謀叛者各地。"

【天無絕人之路】　tiān wú jué rén zhī lù　謂至困難極時，往往遇到轉機，有人救援。元曲選缺名風雨像生貨郎旦第三折："行至洛河岸側，又無擺渡船隻，四口兒愁做一團，苦做一塊。果然道天無絕人之路，只見那東北上搖下一隻船來。"

【天下老鴰一般黑】　tiān xià lǎo guā yī bān hēi　比喻到處一樣。用於貶義。紅樓夢五七："衆人笑道：'這更奇了，天下老鴰一般黑，豈有兩樣的？'"老鴰，亦作"烏鴉"。

【天坍自有長茶子】　tiān tān zì yǒu cháng chá zǐ　吳語，謂天即倒塌，自有身高之人承受。即有人承担、不須憂慮之意。明馮汝弼祐山雜說飛仙骨："余自幼不習詩,中會牓後,謂同年王柘湖（梅）曰：'倘公入翰林,余不能詩,奈何?'柘湖笑作吳語云：'天坍自有長茶子。'注云："吳人身長者,謂之長茶子。"

【天下興亡,匹夫有責】 tiān xià xīng wáng, pǐ fū yǒu zé 謂國家興亡,關係全民,不拘貴賤,人人有責。清顧炎武日知錄十三："保天下者,匹夫之賤,與有責焉。""天下興亡,匹夫有責",語意本此。

【天網恢恢,疏而不漏】 tiān wǎng huī huī, shū ér bù lòu 比喻天道廣大,無所不包。恢恢,廣大。老子："天網恢恢,疏而不失。"後來借指國家法網雖寬,但不會漏掉壞人。清文康兒女英雄傳十八："只見他……望空叫道：母親、父親,你二位老人家可曾聽見那紀賊父子竟被朝廷正法了? 可見天網恢恢,疏而不漏。"

【天下無難事,只怕有心人】 tiān xià wú nán shì, zhǐ pà yǒu xīn rén 有志者事竟成的意思。明王驥德韓夫人題紅記二七花陰私祝："天下無難事,只怕有心人。"

【天無三日晴,地無三尺平】 tiān wú sān rì qíng, dì wú sān chǐ píng 黔中俗諺。謂時勢多有變化,經歷難免坎坷。見清翟灝通俗編二地理。

【天有不測風雲,人有旦夕禍福】 tiān yǒu bù cè fēng yún, rén yǒu dàn xī huò fú 見"天有不測風雲,人有旦時禍福"。

【天有不測風雲,人有旦時禍福】 tiān yǒu bù cè fēng yún, rén yǒu dàn shí huò fú 喻時勢之變化無法預知。古今雜劇元劉唐卿降桑椹二："婆婆,便好道天有不測風雲,人有旦時禍福,你這病是輕災浮難,不必憂心。"三國演義四九："孔明曰：'連日不晤君顏,何期貴體不安。'（周）瑜曰：'人有旦夕禍福,豈能自保?'孔明笑曰：'天有不測風雲,人又豈能料乎?'"

【夫人裙帶】 fū rén qún dài 宋周煇清波雜志三："蔡卞之妻七夫人,頗知書。……蔡拜右相,家宴張樂,伶人揚言曰：'右丞今日大拜,都是夫人裙帶。'"按：蔡卞妻乃王安石之女,譏卞因妻之關係而得官。

【夫子自道】 fū zǐ zì dào 論語憲問："子曰：'君子道三,我無能焉：仁者不憂,智者不惑,勇者不懼。'子貢曰：'夫子自道也。'"疏："子貢言夫子實有仁知及勇,而謙稱我無,故曰夫子自道說也,所謂謙而光。"後稱人談優缺點而自己有之,多曰夫子自道。

【夫妻反目】 fū qī fǎn mù 易小畜："九三,輿說輻,夫妻反目。"疏："夫妻反目者,上九體巽,爲長女之陰。今九三之陽被長女閉固,不能自復,夫妻乖戾,故反目相視。"後稱夫妻決裂,常用此語。

【夫倡婦隨】 fū chàng fù suí 舊時男尊女卑,妻唯夫命是從,故稱夫倡婦隨。倡,也作"唱"。關尹子三極："天下之理,夫者倡,婦者隨。"明高則誠琵琶記散髮歸林："況已做人妻,夫唱婦隨,不須疑慮。"凌濛初初刻拍案驚奇二十："春郎夫妻也各自默默地禱祝,自此上和下睦,夫唱婦隨,日夜焚香,保劉公冥福。"後也比喻夫婦相處和好,如言唱隨之樂。

【夫唱婦隨】 fū chàng fù suí 見"夫倡婦隨"。

【太平無象】 tài píng wú xiàng 謂太平盛世並無一定標誌。資治通鑑二四四唐大和六年："會上御延英（殿）,謂宰相（牛僧孺）曰：'天下何時當太平,卿等亦有意於此乎?'僧孺對曰：'太平無象。今四夷不至交侵,百姓不至流散,雖非至理,亦謂小康。陛下若別求太平,非臣等所及。'"後因以"太平無象"諷刺反動統治者粉飾昇平。

【太丘道廣】 tài qiū dào guǎng 東漢陳寔,潁川人,曾爲太丘長,有名望,交遊甚廣。許劭到潁川後,獨不訪寔,對人說："太丘道廣,廣則難周。"見後漢書六八許劭傳。後遂稱人交遊之廣爲"太丘道廣"。

【太倉稊米】 tài cāng tí mǐ 穀倉中的一粒小米。比喻極小。莊子秋水："計中國之在海內,不似稊米之在大倉乎!"大,同"太"。唐白居易長慶集二和思歸樂詩："人生百歲內,天地蹔寓形,太倉一稊米,大海一浮萍。"宋周紫芝有集名太倉稊米集,即取此義。

【太歲頭上動土】 tài suì tóu shàng dòng tǔ 舊時認爲太歲經行的方向爲凶方。掘土興建要避開太歲方位,否則會受災。漢王充論衡難歲引移徙法："徙抵太歲

凶。"是漢人已諱忌太歲。後因用"太歲頭
上動土"比喻觸犯强有力的人、自取禍殃
之意。古今雜劇元缺名趙匡胤打董達二:
"我兒也,你尋死也,正是太歲頭上動土
哩!"水滸二:"史進喝道,……你也須有耳
朵,好大膽,直來太歲頭上動土!"參閱清
翟灝通俗編十九太歲方動土、錢大昕恒言
錄六太歲當頭。

【太公釣魚,願者上鈎】 tài gōng diào
yú, yuàn zhě shàng gōu 見"姜太公釣
魚"。

【夭桃穠李】 yāo táo nóng lǐ 盛美、茂
密的桃李。㊀喻少女年輕美麗。詩周南桃
夭:"桃之夭夭,灼灼其華。"又召南何彼穠
矣:"何彼穠矣,華如桃李。"兩詩皆詠婚
嫁,後常用來贊頌新人年少俊美。唐張說
張說之集十安樂郡主花燭行:"星昴殷冬
獻吉日,夭桃穠李遙相定。"㊁豔麗爭春的
桃李。宋張孝祥于湖詞三清平樂詠梅:"欲
凍雲驕天似水,羞殺夭桃穠李。"穠,同
"穠"。

【夯雀先飛】 bèn què xiān fēi 比喻資
質不如別人,應該努力走在別人前頭。紅
樓夢六七:"俗語說的'夯雀兒先飛',省得
臨時丟三落四的不齊全。"古今雜劇元關
漢卿狀元堂陳母教子一有"靈禽在後,夯
鳥先飛"語,義同。

【失之交臂】 shī zhī jiāo bì 莊子田子
方:"(孔丘對顏淵說)吾終身與汝交一臂
而失之,可不哀與!"指往來之間,臂雖交
而終失之,言其短暫。今多用以指當面錯
過機會。

【失支脫節】 shī zhī tuō jié 言行有失,
不合常度。水滸三一:"張青道:賢弟不知
我心,從你去後,我只怕你有些失支脫節,
或早或晚回來……"

【失張失志】 shī zhāng shī zhì 慌張恍
惚,言動失常。明馮夢龍警世通言二十:
"娘見那女孩兒前言不應後語,失張失志,
道三不着兩。"亦作"失張失智"、"失張失
致"。

【失道寡助】 shī dào guǎ zhù 孟子公
孫丑下:"得道者多助,失道者寡助。"指違
背道義的人,不得人心,必然會孤立無援
而最後失敗。

【失魂喪魄】 shī hún sàng pò 形容因
驚恐、失意等而精神恍惚,言動失常。古今
雜劇元劉唐卿降桑椹二:"這些時衣不解
帶,寢食俱廢,憂悴不止,行坐之間,猶如
失魂喪魄。"亦作"失魂落魄"。

【失驚打怪】 shī jīng dǎ guài 猶言大
驚小怪。宋洪邁夷堅三志七善謔詩詞:"張
才甫太尉居烏戌,劾遠公蓮社,與僧俗爲
念佛會。御史論其白衣吃菜,遂賦鵲橋仙
詞云:'遠公蓮社,流傳圖畫,千古聲名猶
在。後人多少繼遺蹤,到我便失驚打怪。'"

【失之東隅,收之桑榆】 shī zhī dōng
yú, shōu zhī sāng yú 東漢初,馮異與赤
眉軍作戰,先敗後勝。光武帝慰勞之曰:
"始雖垂翅回谿,終能奮翼黽池,可謂失之
東隅,收之桑榆。"見後漢書十七馮異傳。
東隅,日所出處;桑榆,落日所照處。比喻
初雖有失,而終得成功。唐王勃王子安集
五滕王閣詩序:"東隅已逝,桑榆非晚。"即
用此典。南史何敬容傳謝郁書:"夫君侯宜
杜門念失,無有所通……少發言於衆口,
微自救於竹帛,所謂失之東隅,收之桑榆。
如此,令明主聞知,尚有冀也。"

【失之毫釐,差之千里】 shī zhī háo lí,
chà zhī qiān lǐ 毫、釐,爲計量的小單位。
言相差雖微,而錯誤極大。大戴禮保傅:
"易曰:正其本,萬物理;失之毫釐,差之千
里;故君子慎始也。"諸書所言易,指易緯
通卦驗;文選南朝梁任彥昇(昉)齊竟陵文
宣王行狀注謂出乾鑿度。禮經解:"易曰:
'君子慎始。差若豪釐,繆以千里。'此之謂
也。"亦作"差以毫釐,繆以千里"。見史記
太史公自序集解。後又作"差之毫釐,失之
千里"。

【失馬未爲憂,得馬未爲喜】 shī mǎ
wèi wéi yōu, dé mǎ wèi wéi xǐ 見"塞翁
失馬"。

【奉公守法】 fèng gōng shǒu fǎ 注重公
務,遵守法度,不徇私情。史記廉頗藺相如
傳:"奉公如法,則上下平。"元明雜劇元關
漢卿山神廟裴度還帶楔子:"韓公平昔奉
公守法,廉幹公謹。"明張居正張文忠集書
牘十三答應天巡撫孫小溪:"先朝名臣,所
以銘旂常垂竹素者,不過奉公守法,潔己
愛民而已。"

【奉令承教】　fèng lìng chéng jiào　遵從命令。戰國策燕二樂毅報燕王書：「先王過舉，……不謀於父兄，而使臣爲亞卿。臣自以爲奉令承教，可以幸無罪矣，故受命而不辭。」

【奉行故事】　fèng xíng gù shì　按照成例行事。漢書七四魏相傳：「相明易經有師法，好觀漢故事及便宜章奏，以爲古今異制，方今務在奉行故事而已。」

【奉揚仁風】　fèng yáng rén fēng　意爲宣揚仁德。晉袁宏自吏部郎出爲東陽郡守，謝安取一扇贈行，袁宏答：「輒當奉揚仁風，慰彼黎庶。」見世說新語言語「袁彥伯爲謝安南司馬」注引續晉陽秋、晉書袁宏傳。

【奉頭鼠竄】　pěng tóu shǔ cuàn　形容狼狽逃竄的樣子。漢書四五蒯通傳：「始常山王成安君，故相與爲刎頸之交，及爭張黶陳釋之事，常山王奉頭鼠竄，以歸漢王。」注：「言其迫窘逃亡，如鼠之藏竄。」後多作「抱頭鼠竄」。亦作「捧頭鼠竄」。見該條。

【奉檄色喜】　pěng xí sè xǐ　東漢盧江毛義家貧，以孝行出名。府檄召義爲守令，義奉檄喜動顏色。後義母死，去官行服，公車徵不至。見後漢書三九劉平等傳序。檄，徵召的文書。後以「奉檄色喜」作爲得俸養親而作官的典故。

【奉辭伐罪】　fèng cí fá zuì　奉正辭，討有罪。國語鄭：「君若以成周之衆，奉辭伐罪，無不克矣。」注：「（鄭）桓公甚得周衆，奉直辭，伐有罪，故必勝也。」

【奇文共賞】　qí wén gòng shǎng　新異之文，共同欣賞。晉陶潛陶淵明集二移居詩之一：「奇文共欣賞，疑義相與析。」元趙孟頫松雪齋集三哀鮮于伯幾詩：「奇文既同賞，疑義或共析。」

【奇形詭狀】　qí xíng guǐ zhuàng　奇異詭怪之形狀。元詩選癸之戊趙巖題王孤雲潑墨角觝圖詩：「奇形詭狀惡猙獰，也似蝸蠻有戰爭。」

【奇技淫巧】　qí jì yín qiǎo　指新異的技藝及製品。書泰誓下：「今商王受，……作奇技淫巧，以悅婦人。」

【奇厖福艾】　qí máng fú ài　舊時迷信者謂人相貌奇偉多福。新唐書九三李勣傳：「（勣）臨事選將，必訾相其奇厖福艾者遣之。」元詩選蒲道源閒居叢稿贈傅神李肖巖詩：「京師摹寫富箱篋，奇厖福艾多王公。」

【奇貨可居】　qí huò kě jū　指珍奇的貨物可以囤積起來以待高價。戰國末秦子楚質於趙，趙不予禮遇，生活困頓。陽翟大商人呂不韋在邯鄲見之，曰：「此奇貨可居。」見史記八五呂不韋傳。清黃生謂奇當讀作奇偶之奇，言此貨獨一無二，得居之以獲重利。見義府下奇貨。清西周生醒世姻緣九四：「這是奇貨可居，得他一股大大的財帛，勝似那零挪碎合的萬倍。」

【奔逸絕塵】　bēn yì jué chén　見「超軼絕塵」。

【契舟求劍】　qì zhōu qiú jiàn　比喻拘泥成法而不講求實際。同「刻舟求劍」。契，刻，通「鍥」。後漢書五九張衡傳應閒：「世異俗易，事勢舛殊，不能通其變而一度以揆之，斯契船而求劍，守株而伺兔也。」

【奪胎換骨】　duó tāi huàn gǔ　道家語。謂奪別人之胎而轉生，換去俗骨而成仙骨。後用以比喻師法前人而不露痕迹，並能創新。宋釋惠洪冷齋夜話一換骨奪胎法：「山谷云：詩意無窮，而人之才有限，……然不易其意而造其語，謂之換骨法；窺入其意而形容之，謂之奪胎法。」宋陳善捫蝨新話二文章有奪胎換骨法：「文章雖要不蹈襲古人一言一句，然古人自有奪胎換骨等法，所謂靈丹一粒，點鐵成金也。」宋周必大益公題跋十跋初寮先生帖：「當政宣間禁切蘇學，一涉近似，旋坐廢錮，而先生以奪胎換骨之手，揮毫禁林，初無疑者。」

【奪天地造化】　duó tiān dì zào huà　超越自然力量。關尹子七釜篇：「曰人之力有可以奪天地造化者，如冬起雷，夏造冰……」

【奮不顧身】　fèn bù gù shēn　勇往直前，不顧己身之安危。漢書六二司馬遷傳報任安書：「常思奮不顧身，以徇國家之急。」亦作「奮不顧命」。文選梁任彥昇（昉）奏彈曹景宗：「故司州刺史蔡道恭率勵義勇，奮不顧命。」

女　部

【女中堯舜】　nǚ zhōng yáo shùn　婦女中的賢明人物。古時多用以美化執政的女主。宋英宗高皇后，於英宗(趙曙)死後，被神宗(趙頊)、哲宗(趙煦)尊爲皇太后、太皇太后，執政九年，廢王安石變法時新政，扶植司馬光等爲相。舊史家或稱之爲女中堯舜。參閱宋王□道山清話、宋史二四二英宗宣仁高皇后傳。

【女生外嚮】　nǚ shēng wài xiàng　舊指女子須出嫁從夫，故曰女生外嚮。漢班固白虎通三封公侯：「大夫，人臣，北面體陰而行，陰道絕；以男生內嚮，有留家之義；女生外嚮，有從夫之義；此陽不絕、陰有絕之效也。」

【女大十八變】　nǚ dà shí bā biàn　景德傳燈錄十二幽州譚空和尚：「有尼欲開堂說法，師曰：『尼女家不用開堂。』尼曰：『龍女八歲成佛，又作麼生？』師曰：『龍女有十八變，汝與老僧試一變看？』」本指龍女通神善變，後來泛指女性發育成長過程中容貌性格的變化。清平山堂話本花燈橋蓮女成佛記：「從來道女大十八變。」

【奴顏婢色】　nú yán bì sè　見「奴顏婢睞」。

【奴顏婢睞】　nú yán bì lài　低聲下氣，諂媚奉承的形狀。抱朴子交際：「以嶽峙獨立者爲澀吝疏拙，以奴顏婢睞者爲曉解當世，風成俗習，莫不逐末，流遁遂往，可慨者也。」亦作「奴顏婢膝」、「奴顏婢色」。唐陸龜蒙甫里集十七散人歌：「奴顏婢膝真乞丐，反以正直爲狂癡。」宋王禹偁小畜集二十送柳宜通判全州序：「與夫諂權媚勢，奴顏婢色，因探風謠司漕運者言而得之者遠矣。」

【奴顏婢膝】　nú yán bì xī　見「奴顏婢睞」。

【妄下雌黃】　wàng xià cí huáng　妄加改動或評論。雌黃，礦物名，可製顏料。古人以黃紙寫字，有誤，則以雌黃塗之。因稱改動文字爲雌黃。北齊顏之推顏氏家訓勉學：「校定書籍，亦何容易，自揚雄、劉向方稱此職爾。觀天下書未徧，不得妄下雌黃。」

【妄自尊大】　wàng zì zūn dà　狂妄自大。後漢書五四馬援傳：「子陽井底蛙耳，而妄自尊大。」子陽，公孫述字，時據蜀稱帝。

【妄自菲薄】　wàng zì fěi bó　自暴自棄。三國志蜀諸葛亮傳出師表：「誠宜開張聖聽，以光先帝遺德，恢弘志士之氣，不宜妄自菲薄，引喻失義，以塞忠諫之路也。」

【妄言妄聽】　wàng yán wàng tīng　隨便說說，姑且聽聽，都不認真看待。莊子齊物論：「予嘗爲女妄言之，女以妄聽之。」清袁枚新齊諧序：「妄言妄聽，記而存之，非有所感也。」

【奸不廝欺，俏不廝瞞】　jiān bù sī qī, qiào bù sī mán　謂對機警之人不相欺瞞。即真人面前不說假話之意。水滸二：「王進笑道：奸不廝欺，俏不廝瞞，小人姓張，俺是東京八十萬禁軍教頭王進的便是。」奸，亦作「姦」。

【好人難做】　hǎo rén nán zuò　俗諺，謂敦品勵行，並非易事。宋李之彥東谷所見好官好人：「偶見士大夫壁間碑刻曰：『好官易做，好人難做。』衆咸謂知言，予切以爲不然。」

【好大喜功】　hào dà xǐ gōng　愛舉大事，喜立大功。用於貶義。新唐書太宗紀贊：「至其牽於多愛，復立浮圖，好大喜功，勤兵於遠，此中材庸主之所常爲。」宋李中正泰軒易傳三無妄：「漢武帝……自恃雄才大略，舉天下之事，莫不求快吾意，變法易令，好大喜功，窮山林而索禽獸，凡以試吾之藥也，而其毒滋多矣。”

【好丹非素】 hào dān fēi sù 丹，紅色。素，白色。比喻偏愛，抱門戶之見。南朝梁江淹江文通集四雜體詩序：“至於世之諸賢，各滯所迷，莫不論甘則忌辛，好丹則非素，豈所謂通方廣恕，好遠兼愛者哉！”

【好生之德】 hào shēng zhī dé 愛惜生靈，不事殺戮的美德。書大禹謨：“與其殺不辜，寧失不經，好生之德，洽于民心，茲用不犯于有司。”藝文類聚三六梁王僧孺武帝祭禹廟文：“愛彼昆蟲，理有好生之德；事安菲素，固無厚味之求。”

【好肉剜瘡】 hǎo ròu wān chuāng 比喻無事生波，自尋煩惱。續傳燈錄三一慧通清旦：“說佛說祖，正如好肉剜瘡；舉古舉今，猶若殘羹餿飯。”宋悟明輯聯燈會要十五璣禪師：“說迷說悟，猶是好肉剜瘡；一切平常，盡落天魔外道。”

【好好先生】 hǎo hǎo xiān shēng 不分是非，到處討好，但求相安無事的人。明蘭陵笑笑生金瓶梅二十：“今後姐姐，他行的事，你休要攔他，料姐夫也不肯差了，落得你不做好好先生，纔顯出你賢德來。”清吳敬梓儒林外史六：“兩箇人自心裏也裁劃道：‘……我們沒來由今日為他得罪嚴老大，老虎頭上撲蒼蠅，怎的？落得做好好先生。’”

【好事多磨】 hǎo shì duō mó 好事多經磨折。舊時多指男女相愛，常經波折，難以如願。金董解元西廂一：“真所謂佳期難得，好事多磨。”明凌濛初二刻拍案驚奇九：“話說從來有人道，好事多磨。”

【好來好去】 hǎo lái hǎo qù 宋范成大石湖集三樂神曲：“願神好來亦好去，男兒拜迎女兒舞。”此謂願神之去來勿作威勢。俗多以“好來好去”指交遊有道，即斷絕亦不傷和氣。

【好為人師】 hào wéi rén shī 不謙遜，喜歡以教導者自居。孟子離婁上：“人之患，在好為人師。”

【好為事端】 hào wéi shì duān 喜歡製造事故，惹事生非。晉書文明王皇后傳：“時鍾會以才見任，后每言于帝曰：‘會見利忘義，好為事端，寵過必亂，不可大任。’會後果反。”

【好逸惡勞】 hào yì wù láo 喜歡安逸，厭惡勞動。後漢書八二下郭玉傳：“夫貴者……其為療也，有四難焉……好逸惡勞，四難也。”宋書禮志一晉庾亮置學官教：“人情重交而輕財，好逸而惡勞。”

【好語似珠】 hǎo yǔ sì zhū 指詩文中警句妙語很多。宋蘇軾分類東坡詩十八次韻答子由：“好語似珠穿一一，妄心如膜退重重。”

【好謀善斷】 hào móu shàn duàn 勤於思考，善於作出判斷。文選晉陸士衡（機）辨亡論上：“疇咨俊茂，好謀善斷。”

【好整以暇】 hào zhěng yǐ xiá 左傳成十六年：“日臣之使於楚也，子重問晉國之勇，臣對曰：‘好以眾整。’曰：‘又何如？’臣對曰：‘好以暇。’”後因用好整以暇形容從容不迫。

【好戴高帽】 hào dài gāo mào 比喻喜歡別人奉承。北史熊安生傳：“（宗）道暉好着高翹帽、大屐。州將初臨，輒服以謁見，仰頭舉肘，拜於屐上，自言學士比三公。”清翟灝云：“按：今謂虛自張大，冀人譽己者曰好戴高帽子，蓋因此乎。”見通俗編二五服飾。

【好女不穿嫁時衣】 hǎo nǚ bù chuān jià shí yī 比喻人貴自立，不能依賴家庭。元曲選缺名孟德耀舉案齊眉二：“梁鴻云：常言道：好男不吃婚時飯，好女不穿嫁時衣。”

【好事不出門，惡事行千里】 hǎo shì bù chū mén, è shì xíng qiān lǐ 謂人喜談論是非，傳播醜事。景德傳燈錄十二壽州紹宗禪師：“問：‘如何是西來意？’師曰：‘好事不出門，惡事行千里。’”宋孫光憲北夢瑣言六：“晉相和凝少時好為曲子詞，布於汴洛……契丹入夷門，號為曲子相公。所謂好事不出門，惡事行千里，士君子得不戒之乎。”亦作“好事不出門，惡事傳千里。”水滸二四：“自古道：好事不出門，惡事傳千里，不到半月之間，街坊鄰舍都知道了，只瞞着武大一箇不知。”

【如石投水】 rú shí tóu shuǐ 比喻雙方契合。唐白居易長慶集七十趙郡李公家廟碑：「承顏造膝，知無不言，獻替啟沃，如石投水。」亦作「以石投水」。見該條。

【如出一口】　rú chū yī kǒu　衆口一詞。韓非子內儲下六微：「燕人其妻有私通於士，其夫早自外而來，士適出。夫曰：『何客也？』其妻曰：『無客。』問左右，左右言無有，如出一口。」戰國策楚一：「江乙曰：州侯相楚，貴甚矣，而主斷，左右俱曰無有，如出一口矣。」孔叢子抗志：「衛君言計非是，而群臣和者如出一口。」

【如坐春風】　rú zuò chūn fēng　如在春風噓拂之中。形容溫暖，多指教化而言。明王世貞鳴鳳記二鄒林遊學：「倘蒙時雨之化，如坐春風之中。」

【如坐針氈】　rú zuò zhēn zhān　形容坐臥不安。晉書愍懷太子通傳：「舍人杜錫，……每盡忠規勸太子修德進善，遠于讒謗。太子怒，使人以針著錫常所坐氈中而刺之。」後因以「如坐針氈」形容坐臥不安。水滸十四：「且說林冲在柴大官人東莊上聽得這話，如坐針氈。」

【如坐雲霧】　rú zuò yún wù　比喻昏昧不明。北齊顏之推顏氏家訓勉學：「或因家世餘緒，得一階半級，便自爲足，全忘修學，及有吉凶大事，議論得失，蒙然張口，如坐雲霧。」

【如法炮製】　rú fǎ páo zhì　本指依照成法炮製藥劑。比喻照樣仿作。清文康兒女英雄傳五：「等明日早走，依舊如法泡製，也不怕他飛上天去。」泡，應作「炮」。

【如拾地芥】　rú shí dì jiè　比喻可以輕易得到。漢書七五夏侯勝傳：「始，勝每講授，常謂諸生曰：士病不明經術；經術苟明，其取青紫如俛拾地芥耳。」文選梁任彥昇（昉）天監三年策秀才文之二：「輟耕青紫，如拾地芥，而惰遊廢業，十室而九。」

【如風過耳】　rú fēng guò ěr　比喻不相干，不放在心上。吳越春秋吳王壽夢傳：「富貴之於我，如秋風之過耳。」南齊書盧陵王子卿傳：「（帝）又曰：汝比在都，讀學不就，年轉成長，吾日冀汝美，勿得勒如風過耳，使吾失氣。」

【如狼如虎】　rú láng rú hǔ　比喻氣勢凶猛。尉繚子武議：「一人之兵，如狼如虎，如風如雨，如雷如霆。」

【如狼牧羊】　rú láng mù yáng　比喻酷吏殘害人民。史記一二二義縱傳：「甯成爲濟南都尉，其治如狼牧羊。」

【如荼如火】　rú tú rú huǒ　國語吳：「萬人以爲方陣，皆白裳、白旂、素甲、白羽之矰，望之如荼。……左軍亦如之，皆赤裳、赤旂、丹甲、朱羽之矰，望之如火。」荼，一種開白花的茅草。本指軍容之盛，後用來形容氣勢的蓬勃旺盛。也作「如火如荼」。

【如魚得水】　rú yú dé shuǐ　比喻得到很投契的人或很合適的環境。三國志蜀諸葛亮傳：「孤之有孔明，猶魚之有水也。」新唐書一一〇契苾何力傳：「何力入延陀如涸魚得水，其脫必遽。」

【如湯沃雪】　rú tāng wò xuě　如用熱水澆雪。比喻事情極易解決。湯，熱水；沃，澆。文選漢枚叔（乘）七發：「小飯大歠，如湯沃雪。」亦作「如湯灌雪」。孔子家語王言：「則民之棄惡，如湯之灌雪焉。」又作「如湯澆雪」。南史王瑩傳：「丈人一旨，如湯澆雪耳。」

【如湯澆雪】　rú tāng jiāo xuě　見「如湯沃雪」。

【如湯灌雪】　rú tāng guàn xuě　見「如湯沃雪」。

【如運諸掌】　rú yùn zhū zhǎng　形容極其容易。列子楊朱：「楊朱見梁王，言治天下如運諸掌。」

【如喪考妣】　rú sàng kǎo bǐ　像死了爹娘一樣悲傷。今多含貶義。書舜典：「二十有八載，帝乃徂落，百姓如喪考妣。」引申爲一心一意，不及其他。景德傳燈錄十八師備禪師：「若是根機遲鈍，真須勤苦忍耐，日夜忘疲失食，如喪考妣相似。」

【如雷貫耳】　rú léi guàn ěr　比喻人的名聲很大。水滸六二：「小可久聞員外大名，如雷貫耳，今日幸得拜識，大慰平生。」貫，也作「灌」。清吳敬梓儒林外史十：「久仰大名，如雷灌耳。」

【如墮烟霧】　rú duò yān wù　形容茫然不得要領或認不清方向。唐李白李太白詩二五嘲魯儒：「問以經濟策，茫如墮烟霧。」晉王濛劉惔訪殷浩談論，談竟俱去，劉謂王曰：「淵源真可！」王曰：「卿故墮其雲霧中。」見世說新語賞譽下。墮其雲霧中，指爲所迷惑。與如墮烟霧意近。

【如膠如漆】 rú jiāo rú qī 比喻融合極密,不可分割。韓詩外傳九:"與人以實,雖疎必密;與人以虛,雖戚必疎。夫實之與實,如膠如漆;虛之與虛,如薄冰之見晝日。"

【如獲至寶】 rú huò zhì bǎo 好像得到了重寶。有大喜過望的意思。宋李光莊簡集十五與胡邦衡書:"忽蜀僧行密至,袖出寂照庵三字,如獲至寶。"

【如釋重負】 rú shì zhòng fù 好像放下重擔,形容心情舒暢。穀梁傳昭二九年:"昭公出奔,民如釋重負。"唐劉知幾史通疑古:"且舜也以精華既竭,形神告勞,捨兹寶位,如釋重負,何得以垂殁之年,更踐不毛之地。"

【如人飲水,冷暖自知】 rú rén yǐn shuǐ, lěng nuǎn zì zhī 指直接經驗,自己理解最爲明白親切,非他人所得而知。唐裴休集黃檗山斷際禪師傳心法要:"明(上座)於言下忽然默契,便禮拜云:'如人飲水,冷暖自知,某甲在五祖會中,枉用三十年工夫。'"景德傳燈錄四袁州道明禪師:"師曰:'某甲雖在黃梅隨衆,實未省自己面目。今蒙指受入處,如人飲水,冷暖自知,行者即是某甲師也。'"

【妨功害能】 fáng gōng hài néng 壓抑損害有功或有才能的人。文選漢李少卿(陵)答蘇武書:"聞子之歸,賜不過二百萬,位不過典屬國,無尺土之封,加子之勤;而妨功害能之臣,盡爲萬戶侯。"

【姸皮不裹癡骨】 yán pí bù guǒ chī gǔ 外美必內慧。即秀外慧中、表裏一致之意。晉書慕容超載記:"超自以諸父在東,恐爲姚氏所錄,乃陽狂行乞。秦人賤之,惟姚紹見而異焉,勸(姚)興拘以爵位。召見與語,超深自晦匿,興大鄙之,謂紹曰:諺云:'姸皮不裹癡骨',妄語耳。"宋陳亮龍川詞賀新郎寄辛幼安和見懷韻:"行矣置之無足間,誰換姸皮癡骨?"

【妙手空空】 miào shǒu kōng kōng 唐傳奇小說中劍客名,傳其劍術神妙,"能從空虛入冥,善無形而滅影。"曾爲魏博節度使謀殺陳許節度使劉昌裔,乃陽爲女俠聶隱娘搭救免死。見太平廣記一九四聶隱娘引

傳奇。後把竊賊叫"妙手空空兒",或用以稱處境窮困而善於挪移應付的人。

【妙處不傳】 miào chù bù chuán 精微、奧秘之處,非言語筆墨所能表達。世說新語文學:"司馬太傅(道子)問謝車騎(玄):'惠子其書五車,何以無一言入玄?'謝曰:'故當是妙處不傳。'"宋黃庭堅山谷內集七戲題小雀捕飛蟲畫扇詩:"丹青妙處不可傳,輪扁斲輪如此用。"扁,古代精於製車輪的巧匠。

【妙絕時人】 miào jué shí rén 作品冠於一時。文選魏文帝(曹丕)與吳質書:"公幹(劉楨)有逸氣,但未遒耳。其五言詩之善者,妙絕時人。"世說新語文學:"簡文稱許掾云:'玄度五言詩,可謂妙絕時人。'"掾,古代官署屬員的通稱。玄度,許詢字。

【妖言惑衆】 yāo yán huò zhòng 以怪誕的邪說迷惑群衆。唐釋彥琮唐護法沙門法琳別傳下:"又梁武帝大同五年,道士袁矜妖言惑衆。"

【妻梅子鶴】 qī méi zǐ hè 以梅爲妻,以鶴爲子,以示清高。清徐釚詞苑叢談三:"林(逋)處士妻梅子鶴。"詳"梅妻鶴子"。

【委肉虎蹊】 wěi ròu hǔ xī 把肉放在餓虎所經過的路上,比喻處於危境,禍害將至。戰國策燕三:"是以委肉當餓虎之蹊,禍必不振矣。"蹊,路。

【姑妄言之】 gū wàng yán zhī 姑且隨便說說。宋蘇軾在黃州及嶺南時,常同賓客放蕩談諧,有不能談者,即強之說鬼。或辭無有,則曰:"姑妄言之。"見宋葉夢得避暑錄話上、周密癸辛雜識序。按莊子齊物論:"予嘗爲汝妄言之,汝亦以妄聽之奚?"姑妄言之,語意本此。清趙翼甌北詩鈔七言律七自戲:"姑妄言之供一笑,幾時竆選到長安。"

【姍姍來遲】 shān shān lái chí 漢武帝李夫人既死,帝命方士召其魂,恍若有見。帝因感傷作賦,有"是邪非邪?立而望之,偏何姍姍其來遲"語。見漢書九七上孝武李夫人傳。後用以形容女子從容緩步的樣子。

【姜太公釣魚】 jiāng tài gōng diào yú 傳說太公釣於渭濱,釣竿直鈎不設餌。歇

後用法，願者上鈎，指事出於自願。元人武王伐紂平話記太公釣魚，有"負命者上鈎來"之語。明葉良表分金記強徒奪節："自古道：'姜太公釣魚，願者上鈎。'不願，怎強得他？"

【威風凜凜】　wēi fēng lǐn lǐn　威武雄壯，聲勢逼人。元費唐臣貶黃州三："見如今御史臺威風凜凜，怎敢向翰林院文質彬彬。"西遊記四："這番比前不同，威風凜凜，殺氣騰騰。"

【威鳳一羽】　wēi fèng yī yǔ　威鳳，古時稱瑞鳥。一羽，即略見一斑之意。梁書劉孺傳附劉遵晉安王與劉孝儀令："及弘道下邑，未申善政，而能使民結去思，野多馴雉，此亦威鳳一羽，足以驗其五德。"

【威鳳祥麟】　wēi fèng xiáng lín　鳳凰和麒麟，皆爲古代傳說中的祥瑞之物。因用以比喻非常卓越難得的人才。宋黃庭堅山谷詩注內集十六荊南僉判向和鄉用予六言見惠次韻奉酬詩四之一："要是出羣拔萃，乃成威鳳祥麟。"祥麟，也作翔麟。

【姹紫嫣紅】　chà zǐ yān hóng　指花色嬌艷。明湯顯祖牡丹亭驚夢："原來姹紫嫣紅開遍，似這般都付與斷井頹垣，良辰美景奈何天，賞心樂事誰家院？"

【姚黃魏紫】　yáo huáng wèi zǐ　兩種名貴牡丹花。"姚黃"爲宋姚姓人家培育的千葉黃花；"魏紫"爲五代的魏仁溥家培育的千葉肉紅花。見宋歐陽修文忠集七二洛陽牡丹記花釋名。又文忠集五一綠竹堂獨飲詩："姚黃魏紫開次第，不覺成恨俱零淍。"後以爲牡丹佳品的通稱。宋范成大石湖集三一再賦簡養正："一年春色摧殘盡，更見姚黃魏紫看。"

【姦人之雄】　jiān rén zhī xióng　荀子非相："聽其言則辭辯而無統，用其身則多詐而無功，……夫是之謂姦人之雄。"本指淆亂是非的辯士。後多以指富於權詐，才足欺世之野心家。

【姦不廝欺，俏不廝瞞】　jiān bù sī qī, qiāo bù sī mán　同"奸不廝欺，俏不廝瞞"。

【婆婆媽媽】　pó pó mā mā　形容注意細小之事，瑣屑嘮叨，言行有如老嫗。紅樓夢

七七："寶玉道：'這階下好好的一株海棠花，竟無故死了半邊，我就知道有壞事，果然應在他身上。'襲人聽了，又笑起來，說：'我要不說，又掌不住，你也太婆婆媽媽的了！這樣的話，怎麼是你讀書的人說的？'"清文康兒女英雄傳三一："況且何小姐自從十三妹的時候，直到如今，又何曾聽見過他婆婆媽媽兒的念過聲佛來？"

【婦人之仁】　fù rén zhī rén　小恩小惠。史記九二淮陰侯傳："項王見人恭敬慈愛，言語嘔嘔。人有疾病，涕泣分食飲；至使人有功當封爵者，印刓敝，忍不能予；此所謂婦人之仁也。"

【婢作夫人】　bì zuò fū rén　唐張彥遠法書要錄三引南朝梁袁昂古今書評："羊欣書如大家婢爲夫人，雖處其位，而舉止羞澀，終不似真。"後因稱刻意摹仿而不能神似的爲婢作夫人。宣和畫譜一道釋叙論："若趙裔高文進輩於道釋亦籍知名者，然裔學朱繇，如婢作夫人，舉止羞澀，終不似真。"

【婢膝奴顏】　bì xī nú yán　低聲下氣，詔媚奉承的形狀。元曹伯啟漢泉樂府摸魚子用藥莊韻詞："塵世裏，恥婢膝奴顏，不覺長歌矣。"亦作"奴顏婢膝"、"奴顏婢色"、"奴顏婢睞"。見"奴顏婢睞"。

【嫁狗逐狗】　jià gǒu zhú gǒu　舊時指女子出嫁，唯夫是從，不能自主。宋趙汝鐩野谷詩集古別離："我聞軍功去易就，膏血紫塞十八九。嫁狗逐狗雞逐雞，耿耿不寐展轉思。"也比喻寄人籬下，任憑擺布，不能自立。

【嫁雞逐雞】　jià jī zhú jī　同"嫁狗逐狗"。宋歐陽修文忠集七代鳩婦言詩："人言嫁雞逐雞飛，安知嫁鳩被鳩逐。"亦作"嫁雞隨雞"。元詩選許有壬圭塘小藁題友人所藏明妃圖："關山寥落夢亦驚，嫁雞正爾隨雞飛。"

【嫁雞隨雞】　jià jī suí jī　見"嫁雞逐雞"。

【嫠不恤緯】　lí bù xù wěi　左傳昭二四年："抑人亦有言曰：嫠不恤其緯，而憂宗周之隕，爲將及焉。"嫠，寡婦；緯，織物的橫絲。寡婦不憂其緯之少，而怕國亡禍及。以言忘私憂國的殷切。宋李曾伯可齋雜藁

十一謝四川都大薦辟:"獒不恤緯,深慙肉食之謀;子弗荷薪,尤愧素餐之誚。"

【嬉笑怒罵】 xī xiào nù mà 宋蘇軾自謂作文如行雲流水,無所不可,雖嬉笑怒罵之辭,皆可書而誦之。見宋史三三八本傳。宋黃庭堅豫章集十四東坡先生真贊:"東坡之酒,赤壁之笛,嬉笑怒罵,皆成文章。"意為才思敏捷,不拘題材形式,都能任意發揮,寫成好文章。

【嬌生慣養】 jiāo shēng guàn yǎng 在過分愛憐中長成。紅樓夢十九:"襲人道:他雖沒這樣造化,倒也是嬌生慣養的。"又二九:"快帶了那孩子來,別唬着他。小門小戶的孩子,都是嬌生慣養慣了的,那裏見過這個勢派?"

子　部

【子子孫孫】 zǐ zǐ sūn sūn 猶言世世代代。書梓材:"惟王子子孫孫永保民。"後漢書八十趙壹傳窮鳥賦:"且公且侯,子子孫孫。"

【子曰詩云】 zǐ yuē shī yún 子,指孔子;詩,指詩經。舊時文人言談多喜引經據典,或子曰;或詩云。後以"子曰詩云"概括為拘迂的文人腔。

【子午卯酉】 zǐ wǔ mǎo yǒu 椿椿件件。貝曝閒談十六:"黃子文把編造的假話,子午卯酉,說了一遍。"

【子虛烏有】 zǐ xū wū yǒu 漢司馬相如假託子虛、烏有先生、亡是公三人相問答事,作子虛賦。文見史記、漢書本傳及文選。子虛謂虛擬、不真實;烏有謂哪里有。後因用以比喻虛無不實之事。漢書敍傳下:"文艷用寡,子虛烏有,寓言淫麗,託風終始,多識博物,有可觀采,蔚為辭宗,賦頌之首。"綴白裘十二集四療妒羹題曲:"把生人活口,只認作子虛烏有漫推求。"

【孔武有力】 kǒng wǔ yǒu lì 甚武勇而有力。孔,甚、很。詩鄭風羔裘:"羔裘豹飾,孔武有力。"

【孔孟之道】 kǒng mèng zhī dào 指儒家學說。孔,孔子;孟,孟子。世以孔孟作為儒家正統的代稱。三國演義六十:"(張)松聞曹丞相文不明孔、孟之道,武不達孫、吳之機,專務強霸而居大位,安能有所教誨,以開發明公耶?"

【孔思周情】 kǒng sī zhōu qíng 孔子、周公的思想感情。宋劉克莊後村集十二韓祠詩之一:"柳祠韓廟雙碑在,孔思周情萬古新。"柳,柳宗元;韓,韓昌黎;孔,孔子;周,周公。明王世貞鳴鳳記二:"道山學海功非淺,孔思周情文可傳。"

【孔席墨突】 kǒng xí mò tū 淮南子脩務:"孔子無黔突,墨子無煖席。"謂孔子和墨子周遊列國,四處遊說,每至一處,竈突未黑,坐席未暖,即已他去。形容忙於世事,各處奔走,不暇安居。席,坐席;突,竈突,即烟囪;黔,黑。亦作"孔席不暖,墨突不黔"。文選漢班孟堅(固)答賓戲:"是以聖哲之治,棲棲遑遑,孔席不暖,墨突不黔。"

【孔席不暖,墨突不黔】 kǒng xí bù nuǎn, mò tū bù qián 見"孔席墨突"。

【字裏行間】 zì lǐ háng jiān 指文字之中。藝文類聚五八南朝梁簡文帝答新渝侯和詩書:"垂示三首,風雲吐於行間,珠玉生於字裏。"後稱文意不直接表達而隱約透露,常曰見於字裏行間。清缺名官場維新記二:"老弟上的條陳,第一要不拘成格,字裏行間,略帶些古文氣息,方能中肯。"

【字斟句酌】 zì zhēn jù zhuó 對每一字、句皆反覆琢磨、推敲。形容說話或寫作態度嚴謹。清紀昀閱微草堂筆記一:"宋儒積一生精力，字斟句酌，亦斷非漢儒所及。"

【存亡繼絕】　cún wáng jì jué　使滅亡之國復存，斷絕之嗣得續。穀梁傳僖十七年："桓公嘗有存亡繼絕之功，故君子爲之諱也。"集解："存亡，謂存邢衞；繼絕，謂立僖公。"公羊傳作"繼絕存亡"。鶡冠子道端："存亡繼絕，救弱誅暴，信臣之功。"史記八九張耳陳餘傳："將軍（陳涉）……存亡繼絕，功德宜爲王。"

【存心養性】　cún xīn yǎng xìng　保存本心，培養正性。孟子盡心上："存其心，養其性，所以事天也。"孟子認爲人性本善，保持並培養這種人性，即可事天。宋朱熹等"存天理，去人欲"的修養方法，即本此。宋二程全書外書十二："釋氏只令人到知天處休了，更無存心養性事天也。"

【存而不論】　cún ér bù lùn　謂其理雖存而不加討論，或遇有疑難，暫時不加論斷。莊子齊物論："六合之外，聖人存而不論；六合之內，聖人論而不議。"唐劉餗隋唐嘉話序："釋教推報應之理，余嘗存而不論。"清陳澧東塾讀書記尚書："其源雖出於洪範，然既爲術數之學，則治經者存而不論可矣。"

【存十一於千百】　cún shí yī yú qiān bǎi　謂亡多而存少。文選晉陸士衡（機）嘆逝賦："顧舊要於遺存，得十一於千百。"唐韓愈昌黎集十八與孟尚書書："所謂存十一於千百，安在其能廓如也。"

【孝子順孫】　xiào zǐ shùn sūn　見"孝子慈孫"。

【孝子慈孫】　xiào zǐ cí sūn　孝敬父母、祖宗的子孫。孟子離婁上："暴其民甚，則身弒國亡；不甚，則身危國削。名之曰幽厲，雖孝子慈孫，百世不能改也。"亦作"孝子順孫"。漢書武帝紀建元元年："今天下孝子順孫，願自竭盡以承其親。"後漢書百官志五："三老掌教化，凡有孝子順孫，貞女義婦，讓財救患，及學士爲民法式者，皆扁表其門，以興善行。"又作"孝子賢孫"。見該條。

【孝子賢孫】　xiào zǐ xián sūn　孝敬父母、祖宗的子孫。清李汝珍鏡花緣五一："我死後別無遺言，唯囑後世子孫，千萬莫

把綠林習氣改了了，那才算得孝子賢孫哩。"亦作"孝子慈孫"、"孝子順孫"。見"孝子慈孫"。

【孜孜不倦】　zī zī bù juàn　勤奮不懈。三國志蜀向朗傳："自去lång史，優遊無事垂三十年，乃更潛心典籍，孜孜不倦。"曾樸孽海花二六："一到任，便勤政愛民，孜孜不倦。"亦作"孳孳不倦"。後漢書二五魯丕傳："性深沉好學，孳孳不倦。"

【孤立無援】　gū lì wú yuán　孤單無助。明馮夢龍清蔡元放東周列國志五："莊公既癡姜氏之面，又度公孫滑孤立無援，不能有爲。"

【孤臣孽子】　gū chén niè zǐ　失勢的遠臣與失寵的庶子。泛指不受重用而忠誠不二之人。孽子，庶子，非嫡妻之子。孟子盡心上："獨孤臣孽子，其操心也危，其慮患也深，故達。"文選南朝梁江文通（淹）恨賦："或有孤臣危涕，孽子墜心。"

【孤身隻影】　gū shēn zhī yǐng　孤獨一身。形容孤單。隻，獨，單。元曲選關漢卿感天動地竇娥冤三："可憐我孤身隻影無親眷，則落的吞聲忍氣空嗟怨。"

【孤注一擲】　gū zhù yī zhì　賭徒傾其所有並作賭注，以決最後勝負。常用以比喻在危急時竭盡全力作最後一次的冒險。注，賭注；孤注，傾其所有並作一注。晉書何無忌傳："劉毅家無儋石之儲，摴蒲一擲百萬。"元史一二七伯顏傳："我宋天下，猶賭博孤注，輸贏在此一擲爾。"曾樸孽海花三二："無如他被全臺的公債逼迫得沒有回旋餘地，只好挺身而出，作孤注一擲了。"

【孤兒寡婦】　gū ér guǎ fù　無父與無夫之人。後漢書五一陳龜傳："戰夫身膏沙漠，居人首係馬鞍。或舉國掩尸，盡種灰滅，孤兒寡婦，號哭空城。"晉書石勒載記下："大丈夫行事當磊磊落落，如日月皎然，終不能如曹孟德（操）司馬仲達（懿）父子，欺他孤兒寡婦，狐媚以取天下也。"按獻帝即位纔九歲，董卓、曹操先後擅權，而司馬懿父子廢齊王曹芳、高貴鄉公曹髦，皆挾太后之命，故云。

【孤苦伶仃】　gū kǔ líng dīng　孤獨困苦，無所依靠。伶仃，同"零丁"。元曲選紀

君祥趙氏孤兒大報讐二："可憐三百口親丁飲劍鋒，剛留得孤苦伶仃一小童。"紅樓夢一一二："頭裏有老太太，到底還疼我些，如今也死了，留下我孤苦伶仃，如何了局？"

【孤陋寡聞】 gū lòu guǎ wén　學識淺薄，見聞不廣。陋，淺陋、見聞狹隘；寡，少。禮學記："獨學而無友，則孤陋而寡聞。"抱朴子自敍："貧乏無以遠尋師友，孤陋寡聞，明淺思短，大義多所不通。"三國演義十："某孤陋寡聞，不足當公之薦。"

【孤家寡人】 gū jiā guǎ rén　孤家、寡人皆古代國君、諸侯的自稱。禮玉藻："凡自稱，……小國之君曰孤。"孟子梁惠王上："寡人之於國也，盡心焉耳矣。"後以之比喻孤立無助的人。吳趼人二十年目睹之怪現狀六五："到了今日，雲岫竟變了箇孤寡人了。"

【孤恩負義】 gū ēn fù yì　辜負恩義。猶忘恩負義。孤，辜負。後漢書袁敞傳："臣孤恩負義，自陷重刑，情斷意訖，無所復望。"

【孤雲別鶴】 gū yún bié hè　比喻逍遙閒散之人。宋釋惠洪石門文字禪六送友人詩："孤雲別鶴無蹤跡，空聽蟬聲野渡頭。"亦作"孤雲野鶴"、"野鶴孤雲"。見各該條。

【孤雲野鶴】 gū yún yě hè　比喻閒逸道遙之人。唐劉長卿劉隨州集一送方外上人詩："孤雲將野鶴，豈向人間住？"宋洪邁夷堅志補十三復吳五道人："如我子子一身，孤雲野鶴，窮無置錐，安得輕議如許事。"清蒲松齡聊齋志異成仙："孤雲野鶴，棲無定所。"亦作"野鶴孤雲"、"孤雲別鶴"。見各該條。

【孤掌難鳴】 gū zhǎng nán míng　一只巴掌拍不響。比喻勢單力薄，難以成事。語本韓非子功名："人主之患，在莫之應，故曰：'一手獨拍，雖疾無聲。'"古今雜劇元戴善夫陶學士醉寫風光好四："許下俺調琴瑟，我似難鳴孤掌，不線單絲。"三國演義六一："風順水急，往中流而去，趙雲孤掌難鳴，只護得阿斗，安能移舟傍岸？"古今小說二一臨安里錢婆留發跡："（錢鏐）看見城中已有準備，自己後軍無繼，孤掌難鳴，只得撥轉旗頭，重回舊路。"

【孤雌寡鶴】 gū cí guǎ hè　失偶的鳥。

文選漢王子淵（襃）洞簫賦："孤雌寡鶴，娛優乎其下兮；春禽羣嬉，翔翔乎其顛。"後多用以比喻失偶的人。亦作"孤鸞別鶴"。唐楊炯盈川集七原州百泉縣令李君神道碑："琴前牀裏，孤鸞別鶴之哀；竹死城崩，杞婦湘妃之怨。"亦作"寡鵠孤鸞"。明王世貞鳴鳳記上十："陰靈雖遠，忠義在人間，只有寡鵠孤鸞苦棄捐。"

【孤雛腐鼠】 gū chú fǔ shǔ　比喻微不足道的人或物。雛，幼鳥。後漢書二三竇融傳附竇憲："憲恃宮掖聲執，遂以賤直請奪沁水公主園田。……後發覺，帝大怒，召憲切責曰：'……國家棄憲如孤雛腐鼠耳！'"清紀昀閱微草堂筆記十二槐西雜志："女子當以四十以前死，人猶悼惜，青裙白髮作孤雛腐鼠，吾不願也。"

【孤犢觸乳】 gū dú chù rǔ　後漢仇覽爲陽遂亭長，好行教化。有陳元者，獨與母居，母詣覽告元不孝。覽親詣元家，爲陳人倫孝行。元深感悔，詣母牀前謝罪曰："元少孤，爲母所驕。諺曰：'孤犢觸乳，驕子罵母。'乞今自改。"本謂因獨生而過於溺愛，只能助長驕恣，愛之反而害之。後也用以比喻無依靠的人向他人求助。事出後漢書七六仇覽傳："（羊）元卒成孝子"注引謝承後漢書。

【孤鸞別鶴】 gū luán bié hè　見"孤雌寡鶴"。

【季布一諾】 jì bù yī nuò　指諾言之信實可貴。史記一〇〇季布傳："楚人諺曰：'得黃金百斤，不如得季布一諾。'"季布，楚人。項羽將。任俠，重然諾。亦作"一諾千金"。見該條。

【季常之癖】 jì cháng zhī pǐ　見"季常之懼"。

【季常之懼】 jì cháng zhī jù　宋陳慥，字季常，妻柳氏，悍妬。季常懼之。宋蘇軾嘗以詩戲季常："忽聞河東獅子吼，拄杖落手心茫然。"後泛稱悍妬之婦爲河東獅，譏嘲夫怕妻爲"季常之懼"或"季常之癖"。清蒲松齡聊齋志異馬介甫："楊萬石，大名諸生也。生平有季常之懼。"

【孫康映雪】 sūn kāng yìng xuě　見"映雪讀書"。

【孳孳不倦】 zī zī bù juàn　見"孜孜不

倦"。

【學而不厭】　xué ér bù yàn　形容虛心好學。厭,滿足。論語述而:"默而識之,學而不厭,誨人不倦。"

【學步邯鄲】　xué bù hán dān　莊子秋水:"且子獨不聞夫壽陵餘子之學行於邯鄲與?未得國能,又失其故行矣,直匍匐而歸耳。"壽陵,燕邑;邯鄲,趙都。太平御覽三九四引莊子,兩行字皆作"步"。漢書一〇〇上敍傳:"昔者有學步於邯鄲者,曾未得其髣髴,又復失其故步,遂匍匐而歸耳。"後來譏人只知模倣,不善於學而無成就為學步邯鄲。周書趙文深傳:"及平江陵之後,王襃入關,貴遊等翕然並學襃書,文深之書,遂被遐棄,文深慙恨,形於言色。後知好尚難反,亦攻習襃書,然竟無所成,轉被譏議,謂之學步邯鄲焉。"亦作"邯鄲學步"。宋姜夔白石道人詩集上送項平甫倅池陽:"論文要得文中天,邯鄲學步終不然。"

【學淺才疏】　xué qiǎn cái shū　學識不深,才略疏淺。常用作謙詞。曾樸孽海花十八:"可惜小弟學淺才疏,不能替國家宣揚令德,那裏及淑翁博聞多識,中外仰望。"亦作"才疏學淺"。見該條。

【學貫中西】　xué guàn zhōng xī　學識廣博,貫通中外。吳趼人二十年目睹之怪現狀八一:"本領事久聞這位某觀察,是曾經某制軍保舉過他留心時務,學貫中西的。"

【學富五車】　xué fù wǔ chē　五車,指五車書。言書之多。學富五車,形容讀書多,學識淵博。語本莊子天下:"惠施多方,其書五車。"清李汝珍鏡花緣十六:"大賢世居大邦,見多識廣,而且榮列膠庠,自然才貫二酉,學富五車了。"膠庠,周代學校名,後用為學宮的通稱。

【學優而仕】　xué yōu ér shì　見"學而優則仕"。

【學優則仕】　xué yōu zé shì　見"學而優則仕"。

【學而優則仕】　xué ér yōu zé shì　論語子張:"子夏曰:仕而優則學,學而優則仕。"本為勸學之語,謂出仕而盡職有餘閒,則以學文;若學而德業優長,則當仕進以行其道。後多以"學而優則仕"表讀書可以作官之意。亦作"學優則仕"、"學優而仕"。漢執金吾丞武榮碑:"為於雙匹,學優則仕。"為,古"鮮"字。南史張充傳與王儉書:"丈人歲路未強,學優而仕,道佐蒼生,功橫海望,可謂德盛當時,孤松獨秀者也。"

【孺子可教】　rú zǐ kě jiào　漢張良曾步遊下邳圯上,一老父直墮其履圯下,令張良下取履並履之,良強忍為老父拾取而履之。老父曰:"孺子可教矣。後五日平明,與我會此。"因授良以太公兵法。見史記留侯世家。後稱年輕可造就者為孺子可教,本此。宋劉克莊後村集一一八謝史端明:"諸老憐才,多云孺子之可教;中年聞道,始悟壯夫之不為。"

宀　部

【它它藉藉】　tuó tuó jí jí　交錯雜亂。漢書五七上司馬相如傳上林賦:"不被創刃而死者,它它藉藉。"注:"郭璞曰:'言交橫也。'它音徒何反。"史記作"佗佗籍籍";文選作"他他籍籍"。

【守口如瓶】　shǒu kǒu rú píng　比喻說話謹慎。唐道世諸經要集九擇交部懲過引維摩經:"防意如城,守口如瓶。"宋晁說之晁氏客語:"劉器之(安世)云:富鄭公(弼)年八十,書座屏云:'守口如瓶,防意如城。'"後稱嚴守秘密,不以告人,也叫守口如瓶。

【守正不撓】 shǒu zhèng bù náo 公平正直,不加偏袒。漢書三六楚元王傳附劉向:"君子獨處守正,不撓衆枉。"或作"守正不阿"。

【守身如玉】 shǒu shēn rú yù 保持名節,不玷污瑕。清劉鶚老殘遊記二:"但其中十箇人裏,一定總有一兩箇守身如玉,始終如一的。"吳趼人二十年目睹之怪現狀八六:"他從此能守身如玉起來,好好的調理兩箇月後,再行決定。"

【守株伺兔】 shǒu zhū sì tù 猶守株待兔。後漢書五九張衡傳應閒:"世易俗異,事執舛殊,不能通其變,而一度以揆之,斯契船而求劍,守株而伺兔也。"

【守株待兔】 shǒu zhū dài tù 韓非子五蠹:"宋人有耕者,田中有株,兔走觸株,折頸而死,因釋其未而守株,冀復得兔。兔不可復得,而身爲宋國笑。"株,露出地面的樹根。後以"守株待兔"比喩不知變通,或妄想不勞而獲、坐享其成。漢王充論衡宣漢:"以已至之瑞,劾方來之應,猶守株待兔之蹊,藏身破罝之路也。"明馮夢龍古今小說十八:"妾聞治家以勤儉爲本,守株待兔,豈是良圖?乘此壯年,正堪跋涉,速整行李,不必遲疑也。"亦作"守株伺兔"。見該條。

【守望相助】 shǒu wàng xiāng zhù 守望,守衛與瞭望。謂協力防盜或其他災患。孟子滕文公上:"死徙無出鄉。鄉田同井,出入相友,守望相助,疾病相扶持,則百姓親睦。"漢書食貨志上:"出入相友,守望相助,疾病相救,民是以和睦,而教化齊同,力役生產可得而平也。"

【守如處女,出如脫兔】 shǒu rú chǔ nǚ, chū rú tuō tù 孫子九地:"是故始如處女,敵人開戶;後如脫兔,敵不及拒。"處女,未嫁之女;脫兔,逃離之兔,喻行動迅捷。意謂防守如處女般穩重;出擊似脫兔般迅疾。紅樓夢七三:"黛玉笑道:這倒不是道家法術,倒是用兵最精的所謂'守如處女,出如脫兔','出其不備'的妙策。"

【安之若素】 ān zhī ruò sù 處之坦然,一如往常。安,安然、坦然;素,平素、往常。

李寶嘉官場現形記三八:"第二天寶小姐酒醒,很覺得過意不去,後來彼此熟了,見瞿太太常常如此,也就安之若素了。"

【安土重居】 ān tǔ zhòng jū 猶安土重遷。後漢書四八楊終傳上疏:"傳曰:'安土重居,謂之衆庶。'"亦作"安土重遷"。見該條。

【安土重遷】 ān tǔ zhòng qiān 安於故土,不願輕易遷移。漢書元帝紀永光四年詔:"安土重遷,黎民之性;骨肉相附,人情所願也。"注:"重,難也。"三國志魏袁渙傳:"夫民安土重遷,不可卒變,易以順行,難以逆動。"亦作"安土重居"。見該條。

【安土樂業】 ān tǔ lè yè 見"安居樂業"。

【安不忘危】 ān bù wàng wēi 太平或安定之時不忘危難。易繫辭下:"是故君子安而不忘危,存而不忘亡,治而不忘亂,是以身安而國家可保也。"文選漢揚子雲(雄)長楊賦:"意者以爲事罔隆而不殺,物靡盛而不虧,故平不肆險,安不忘危。"

【安分守己】 ān fèn shǒu jǐ 謂安於本分,謹守其身,循規蹈矩。分,本分。宋李中正泰軒易傳一訟:"凡訟皆生於貪,貪則不足於舊,故無涯之欲何時而饜。不安分守己以良其舊德,必貪人之功以爲己功,冒人所有以爲己有,倖得躁求,以至於訟。"明馮夢龍古今小說一:"這首詞,名爲西江月,是勸人安分守己,隨緣作樂,莫爲'酒'、'色'、'財'、'氣'四字,損卻精神,虧了行止。"

【安如泰山】 ān rú tài shān 形容十分穩固,不可動搖。漢書三六楚元王傳附劉向:"事勢不兩大,王氏與劉氏亦且不並立,如下有泰山之安,則上有累卵之危。"焦氏易林一坤之中孚:"安如泰山,福喜屢臻。"亦作"安於泰山"、"穩如泰山"。見各該條。

【安邦定國】 ān bāng dìng guó 使國家安定。明許仲琳封神演義三:"造出一根銀尖戟,安邦定國正乾坤。"

【安步當車】 ān bù dàng chē 緩步而行,當作坐車。安,安詳、從容。戰國策齊四:"晚食以當肉,安步以當車,無罪以當貴,清淨貞正以自虞。"古代貴族出必乘車，因以安步當車稱人能安貧守賤。

【安身立命】　ān shēn lì mìng　指精神和生活有所寄託。安身，容身、存身。景德傳燈錄十景岑禪師：「僧問：‘學人不據地時如何？’師云：‘汝向什麼處安身立命？’」水滸二：「延安府老种經略相公鎮守邊庭，……那裏是用人去處，足可安身立命。」

【安於泰山】　ān yú tài shān　形容極其穩固。文選漢枚叔（乘）上書諫吳王：「變所欲爲，易於反掌，安於泰山。」後漢書七四袁紹傳：「當今之計，莫若舉冀州以讓袁氏，必厚德將軍，公孫瓚不能復與之爭矣。是將軍有讓賢之名，而身安於太山也。」太山，即泰山。亦作「安如泰山」、「穩如泰山」。見各該條。

【安於磐石】　ān yú pán shí　如磐石般安然不動。形容穩固，不可動搖。磐石，厚重的石頭。荀子富國：「爲名者否，爲利者否，爲忿者否，則國安於磐石，壽於旗翼。」今多作「安如磐石」。

【安居樂業】　ān jū lè yè　安於所居，樂於本業。漢書九一貨殖傳：「各安其居而樂其業，甘其食而美其服。」後漢書四九仲長統傳昌言理亂：「安居樂業，長養子孫。」亦作「安家樂業」、「安土樂業」。漢書八五谷永傳：「務省繇役，毋奪民時，薄收賦稅，毋殫民財，使天下黎元，咸安家樂業。」漢書八九龔遂傳：「盜賊於是悉平，民安土樂業。」三國志魏賈詡傳：「撫安百姓，使安土樂業。」

【安家樂業】　ān jiā lè yè　見「安居樂業」。

【安貧樂道】　ān pín lè dào　謂安於貧困，樂於守道。論語學而：「子貢曰：‘貧而無諂，富而無驕，何如？’子曰：‘可也。未若貧而樂，富而好禮者也。’」漢鄭玄注：「樂謂志於道，不以貧窮爲憂苦。」藝文類聚三六三國魏嵇康高士傳：「（禽）廢隱避不事王莽，長通易老子，安貧樂道。」亦作「樂道安貧」。見該條。

【安富恤貧】　ān fù xù pín　謂使富者得安，貧者得恤。後用爲安定民生之意。周禮地官大司徒：「以保息六養萬民：一曰慈幼，二曰養老，三曰振窮，四曰恤貧，五曰寬疾，六曰安富。」亦作「安富恤窮」。唐陸贄陸宣公集二二均節賦稅恤百姓六條之六：「損不失富，優可恤窮，此乃古者安富恤窮之善經。」

【安富恤窮】　ān fù xù qióng　見「安富恤貧」。

【安富尊榮】　ān fù zūn róng　謂身安、國富、位尊、名榮。語出孟子盡心上：「君子居是國也，其君用之，則安富尊榮。」後也指安於榮華富貴的享樂生活。紅樓夢七一：「我常勸你總別聽那些俗語，想那些俗事，只管安富尊榮纔是。」

【安然無恙】　ān rán wú yàng　平安無疾病、事故。明馮夢龍醒世恆言四：「只求處士每歲元旦，作一朱幡，上圖日月五星之文，立於苑東，吾輩則安然無恙矣。」清李汝珍鏡花緣五一：「誰知別的衣箱都安然無恙，……就只豆面這只箱子不知去向。」

【安營紮寨】　ān yíng zhā zhài　安、紮，建立、安置。寨，防衛用的柵欄。引申爲軍營、營壘。謂行軍至駐地，建立營壘以資守禦。李寶嘉官場現形記十四：「按着周老爺的話，從什麼地方進兵，從什麼地方退兵，什麼地方可以安營紮寨，什麼地方可以伏埋，指手畫腳的講了一遍。」

【完璧歸趙】　wán bì guī zhào　戰國時，趙惠文王得楚和氏璧。秦昭王遺趙王書，願以十五城交換和氏璧。藺相如曰：「臣願奉璧往使。城入趙而璧留秦；城不入，臣請完璧歸趙。」相如入秦，見秦王得璧，無意償趙城，乃設計復取璧，使從者送回趙國。見史記八一藺相如傳。後因稱把原物無損歸還爲「完璧歸趙」，或簡稱完璧、璧還、奉趙、歸趙。

【宋斤魯削】　sòng jīn lǔ xuē　斤，砍木用的刀；削，刻削用的曲刀。宋斤魯削是良的工具。周禮考工記：「鄭之刀，宋之斤，魯之削，吳粵之劍，遷乎其地而弗能爲良，地氣然也。」後作爲精良工具的代稱。

【宋畫吳冶】　sòng huà wú yě　淮南子脩務：「夫宋畫吳冶，刻刑鏤法，亂修曲出，其爲微妙，堯舜之聖不能及。」注：「宋人之畫，吳人之冶，刻鏤刑法亂理之文，修飾之巧曲，出於不意也。」後常用此語形容物品的精巧。

【官不易方】 guān bù yì fāng 謂爲政者不改易其施政方針。左傳襄九年："擧不失選,官不易方。"

【官止神行】 guān zhǐ shén xíng 指對某一事物有透徹了解,或技藝純熟,得心應手。莊子養生主："方今之時,臣以神遇而不以目視,官知止而神欲行。"唐成玄英疏："官者,主司之謂也;目主於色,耳司於聲之類是也。既而神遇,不用目視,故眼等主司悉皆停廢,從心所欲,順理而行。"

【官官相爲】 guān guān xiāng wèi 指官吏之間彼此互相迴護。元曲選關漢卿包待制三勘蝴蝶夢二："你都官官相爲倚親屬,更敢道國戚皇族。"又喬夢符玉簫女兩世姻緣四："也是俺官官相爲,你可甚實實易色。"亦作"官官相護"。見該條。

【官官相護】 guān guān xiāng hù 指官吏之間相互庇護。明名教中人好逑傳一:"然事關勳爵,必須進呈御覽,方有用處。若只遞在各衙門,他們官官相護,誰肯出頭作惡?"明蘭陵笑笑生金瓶梅七九:"常言道官官相護,何況又同寮之間,費恁難事?"清劉鶚老殘遊記五:"縱然派個委員前來會審,'官官相護'……你説這官事打得贏打不贏呢?"亦作"官官相爲"。見該條。

【官清氈冷】 guān qīng zhān lěng 形容爲官清廉。氈,毡子。明李昌祺剪燈餘話田洙遇薛濤聯句記:"官清氈冷,路費艱難。"

【官逼民反】 guān bī mín fǎn 謂百姓不堪官府的壓迫起而反抗。李寶嘉官場現形記二八:"廣西事情,一半亦是官逼民反,正經説起來,三天亦説不完。"

【官樣文章】 guān yàng wén zhāng 宋李昂英文溪集十六示兒用許廣文韻詩:"官樣詞章惟典雅,心腔理義要深透。"明沈鯨雙珠記三:"官樣文章大手筆,衙官屈宋誰能匹。"本謂進呈文字例須堂皇典雅,轉指有固定套式的文章。清郝懿行晉宋書故宋書本紀:"本紀中云策封宋公加九錫,今按其文全襲潘元茂册魏公文,官樣文章,古來皆有本頭,不獨王莽學大誥矣。"後用以比喻徒具形式的例行公事或措施。

李寶嘉官場現形記十八:"(胡統領)照例公事,敷衍過去。下來之後,便是同寅接風,僚屬賀喜。過年之時,另有一番忙碌。官樣文章,不必細述。"

【官怠於有成】 guān dài yú yǒu chéng 舊謂官吏之趣於怠惰,乃因其有所成就。韓詩外傳八:"官怠於有成,病加於小愈,禍生於懈惰,孝衰於妻子。察此四者,慎終如始。"説苑敬慎 作"官怠於宦成"。

【室如懸磬】 shì rú xuán qìng 磬,古代一種石製的敲擊樂器。室中如懸挂之石磬,四周圍空無所有。比喻府庫空虛或家境貧困。國語魯上:"室如懸磬,野無青草,何恃而不恐?"磬,左傳僖二六年作"罄"。

【室怒市色】 shì nù shì sè 謂遷怒於人。室,家;市,指在外。左傳昭十九年:"諺所謂'室於怒,市於色'者,楚之謂矣。"注:"言(楚)靈王怒吳子而執其弟,猶人忿於室家,而作色於市人。"戰國策韓二:"怒於室者色於市,今公叔怨齊無奈何也。"元詩選郝經陵川集居庸行:"百年一債老虎走,室怒市色還猖狂。"

【室邇人遐】 shì ěr rén xiá 本謂思念而不得見,後亦用爲懷念遠人或悼念死者之詞。晉書宋纖傳:"(酒泉太守馬岌)具威儀,鳴鐃鼓造焉,纖高樓重閣,距而不見。……(岌)銘詩於石壁曰:'……其人如玉,維國之琛,室邇人遐,實勞我心。'"唐駱賓王集七與博昌父老書:"山川在目,室邇人遐。"亦作"室邇人遠"。見該條。

【室邇人遠】 shì ěr rén yuǎn 詩鄭風東門之墠:"其室則邇,其人甚遠。"宋朱熹集傳:"室邇人遠者,思之而未得見之詞也。"邇,近。本謂男女思慕而不得見,後亦用爲懷念親故,或悼念亡者之詞。亦作"室邇人遐"。見該條。

【宰相肚裏好撐船】 zǎi xiàng dù lǐ hǎo chēng chuán 比喻度量寬宏。京本通俗小説拗相公:"荊公道:常言:'宰相腹中撐得船過。'從來人言不足恤。言吾善者,不足爲喜;言吾惡者,不足爲怒;只當耳邊風過去便了。"明蘭陵笑笑生金瓶梅五一:"大妗子在傍勸道:'姑娘罷麼,那看着孩兒的分上罷。自古宰相肚裏好行舡,當家人是個惡水缸兒,好的也放在你心裏,歹的也放在心裏。'"李寶嘉官場現形記二七:"你做中堂的,是宰相肚裏好撐船,我生來就是這個脾氣不好。"

【害羣之馬】　hài qún zhī mǎ　比喻危害大衆的人。莊子徐无鬼:"夫爲天下者,亦奚以異乎牧馬者哉,亦去其害馬者而已矣。"害馬,本指損害馬的自然本性,後轉用爲害羣之馬。宋李燾續資治通鑒長編二六雍熙二年:"今海島瓊崖遠惡處,甚多竄逐之臣,邇禩以來,豈不在念。然此等務行嶮險,若小得志,即後結朋植黨,恣其毀譽,如害羣之馬,豈宜輕議哉!"

【家反宅亂】　jiā fǎn zhái luàn　形容家中爭吵不休,不得安寧。明蘭陵笑笑生金瓶梅二六:"不管家裏有人沒人,都這等家反宅亂。"亦作"家翻宅亂"。紅樓夢八三:"你們是怎麼着,又這麼家翻宅亂起來。"

【家至人說】　jiā zhì rén shuō　人人家家都知道。漢書八一匡衡傳上疏:"臣聞教化之流,非家至而人說之也。"

【家至戶到】　jiā zhì hù dào　見"家至戶曉"。

【家至戶曉】　jiā zhì hù xiǎo　家家戶戶都知道,形容人人皆知。宋歐陽修文忠集九三乞根究蔣之奇彈劾劄子:"雖聖明洞照,察臣非辜,而中外傳聞,不可家至而戶曉。"劉敞公是集三一論張茂實:"假令茂實其心如丹,必無他腸,亦未能家至戶曉。"亦作"家至戶到"。宋歐陽修文忠集五奉答子華學士安撫江南見寄之作詩:"家至與戶到,飽飢而衣寒。"宋李燾續資治通鑒長編二四:"太平興國八年:'又嘗謂趙普曰:前代亂多治少,皆繫帝王所爲。朕撫御萬方,固不能家至戶到,但持其綱領,行其正道,以齊一之。'"又作"家諭戶曉"。見該條。

【家言邪學】　jiā yán xié xué　私家偏執的邪說。荀子大略:"語曰:流丸止於甌臾,流言止於知者。此家言邪學之所以惡儒者也。"或作"家言邪說"。

【家見戶說】　jiā jiàn hù shuō　每家每戶都知道。後漢書二七趙典傳趙溫與李傕書:"公前託爲董公報讎,然實屠陷王城,殺戮大臣,天下不可家見而戶說也。"或作"家到戶說"。唐韓愈昌黎集一感二鳥賦:

"及時運之未來,或兩求而莫致,雖家到而戶說,祇以招尤而速累。"又作"門到戶說"。見該條。

【家長里短】　jiā cháng lǐ duǎn　指家庭日常生活中瑣細之事。西遊記七五:"這一關了門,他再問我家長里短的事,我對不來,却不弄走了風,被他拿住?"

【家到戶說】　jiā dào hù shuō　見"家見戶說"。

【家弦戶誦】　jiā xián hù sòng　家家戶戶吟詠、誦讀。形容詩文極爲人所稱道。清張祖廉定盦先生年譜外紀上:"先生嘗寫文目一通付子宣曰:'此家弦戶誦之文也。'"

【家衍人給】　jiā yǎn rén jǐ　見"家給人足"。

【家破人亡】　jiā pò rén wáng　家園被毀,人遭死亡。景德傳燈錄十六澧州樂普山元安禪師:"問:'學人未擬歸鄉時如何?'師曰:'家破人亡,子歸何處?'"清文康兒女英雄傳十九:"遭了一場橫禍,弄得家破人亡。"

【家殷人足】　jiā yīn rén zú　見"家給人足"。

【家徒四壁】　jiā tú sì bì　形容家貧一無所有。北魏宋靈烏元湛墓誌:"清等胡威,家徒四壁。"見漢魏南北朝墓誌集解附圖釋圖版一五二。宋劉克莊後村集十三和吳教授投贈詩之二:"倒囊欲達驪珠贈,奈此家徒四壁何。"清蒲松齡聊齋志異薛慰娘:"僕故家徒四壁,恐日後不如所望。"亦作"家徒壁立"。見該條。

【家徒壁立】　jiā tú bì lì　指家貧一無所有。史記一一七司馬相如傳:"文君夜奔相如,相如乃與馳歸成都,家居徒四壁立。"索隱:"徒,空也。家空無資儲,但有四壁而已。"清沈復浮生六記閨房記樂:"四齡失怙,母金氏,弟克昌,家徒壁立。"亦作"家徒四壁"。見該條。

【家常便飯】　jiā cháng biàn fàn　見"家常茶飯"。

【家常茶飯】　jiā cháng chá fàn　宋趙令時侯鯖錄八:"范堯夫(純仁)丞相嘗教子弟云:'文正公(范仲淹)有言:常調官好

做，家常飯好喫。'"本謂家中尋常的飯食。後常用以比喻習聞常見之事。續傳燈錄三十常德府梁山廓庵師遠禪師："天得一以清，地得一以寧，君王得一以治天下，這箇說話是家常茶飯。"亦作"家常便飯"。吳趼人二十年目睹之怪現狀五六："快請夏老爺出來！雖然家常便飯，也沒有背客自吃之理啊！"

【家道從容】 jiā dào cóng róng　謂生計充裕豐足。明李昌祺剪燈餘話秋千會記："所携豐厚，兼拜住，又教蒙古生數人，復有月俸，家道從容。"

【家無二主】 jiā wú èr zhǔ　舊謂一家之內，主事只需一人。禮坊記："天無二日，土無二王，家無二主，尊無二上。"

【家無儋石】 jiā wú dàn shí　家無餘糧。形容十分貧困。儋，古容量單位。二十斗爲儋。漢書八七上揚雄傳："家產不過十金，乏無儋石之儲，晏如也。"唐杜甫杜工部草堂詩箋二今夕行："君莫笑劉毅從來布衣願，家無儋石輸百萬。"亦作"家無擔石"。三國志魏華歆傳："歆素清貧，⋯⋯家無擔石之儲。"

【家無擔石】 jiā wú dàn shí　見"家無儋石"。

【家給人足】 jiā jǐ rén zú　家家富裕，人人豐足。給，豐足、富裕。鄧析子轉辭："寂然無鞭扑之罰，漠然無叱咤之聲，而家給人足，天下太平。"史記六八商君傳："行之十年，秦民大説，道不拾遺，山無盜賊，家給人足。"亦作"家殷人足"、"家衍人給"。史記六九蘇秦傳："臨菑之塗，車轂擊，人肩摩，連袵成帷，舉袂成幕，揮汗成雨，家殷人足，志高氣揚。"漢桓寬鹽鐵論通有："宋衞韓梁，好本稼穡，編戶齊民，無家衍人給。"或作"人給家足"。見該條。

【家諭戶曉】 jiā yù hù xiǎo　家家戶戶都知道。謂人人皆知。宋樓鑰攻媿集二九繳鄭熙等免罪："古語有之，狂夫之言，聖人擇焉。以言求人，曾未聞有所褒表，而遽有免罪之旨，不可以家諭戶曉。"明實錄太祖洪武實錄二三："凡民間所行事，宜類聚成編，直解其義，頒之郡縣，使民家諭戶曉。"亦作"家至戶曉"、"家至戶到"。見"家至戶曉"。

【家學淵源】 jiā xué yuān yuán　謂家傳之學有其本源。清李汝珍鏡花緣五二："如此議論，才見讀書人自有卓見，真是家學淵源，妹子甘拜下風。"李寶嘉官場現形記二三："不是職員家學淵源，尋常懸壺行道的人，像這種方子，他們肚皮裏就沒有。"

【家雞野雉】 jiā jī yě zhì　晉庾翼書法初與王羲之齊名。後羲之書盛行，其兒輩皆學王之書法，翼在給友人信中，曾有"小兒輩厭家雞，愛野雉，皆學逸少書"之語。逸少，王羲之字。見晉何法盛晉中興書七潁川庾錄（九家舊晉書輯本）。後以"家雞野雉"喻不同的書法風格。亦以之喻人之喜新奇而厭平常。亦作"家雞野鶩"。見該條。

【家雞野鶩】 jiā jī yě wù　比喻不同的書法風格。宋蘇軾分類東坡詩十二書劉景文所藏王子敬帖絕句："家雞野鶩同登俎，春蚓秋蛇總入盆。"後亦以喻人之喜新奇而厭平常。亦作"家雞野雉"。見該條。

【家翻宅亂】 jiā fān zhái luàn　見"家反宅亂"。

【家狗向裏吠】 jiā gǒu xiàng lǐ fèi　比喻人忘恩負義。元曲選武漢臣包待制智賺生金閣："哎！我養着你個家生狗，倒向着裏吠，直被你罵得我好也。"

【家書抵萬金】 jiā shū dǐ wàn jīn　形容家信之珍貴。唐杜甫杜工部草堂詩箋九春望："烽火連三月，家書抵萬金。"

【家醜不可外揚】 jiā chǒu bù kě wài yáng　泛指掩蓋內部的短處、弱點。清平山堂話本風月一瑞仙亭："欲要訟之於官，爭奈家醜不可外揚，故爾中止。"古今雜劇元白仁甫裴少俊牆頭馬上二："家醜事不可外揚，兀那漢子，我將你拖到官中，不道的饒了你哩！"

【家累千金，坐不垂堂】 jiā lěi qiān jīn, zuò bù chuí táng　謂富有之人，不敢近屋檐處而坐，以防瓦墮傷身。比喻作事宜審慎。累，積聚；垂，臨近；垂堂，指靠近屋檐處。漢書五七下司馬相如傳："故鄙諺曰：'家累千金，坐不垂堂。'"

【宵衣旰食】 xiāo yī gàn shí　天未明即起來穿衣，傍晚方進食。舊時以之諛頌帝王勤於政務。舊唐書一九○下劉蕡傳大和二年對策："若夫任賢惕厲，宵衣旰食，宜黜左右之纖佞，進股肱之大臣。"宋程俱北山小集二十中書舍人謝表："宵衣旰食，纘周室之丕基；藏疾納污，廓漢皇之大度。"亦作"旰食宵衣"。見該條。

【宴安酖毒】 yàn ān zhèn dú　貪圖逸樂，爲害猶如服毒，足以致命。酖，同"鴆"。鴆羽浸製的毒酒。左傳閔元年："諸夏親昵，不可棄也；宴安酖毒，不可懷也。"亦作"晏安酖毒"。見該條。

【宴爾新婚】 yàn ěr xīn hūn　詩邶風谷風："宴爾新昏，如兄如弟。"序："〈谷風〉，刺夫婦失道也。衞人化其上，淫於新昏而棄其舊室，夫婦離絕國俗傷敗焉。"原詩之意指棄舊再娶。後反其原意，用爲慶賀新婚之詞。昏，同"婚"。亦作"燕爾新婚"、"新婚燕爾"。元曲選戴善夫陶學士醉寫風光好三："見學士不砌跟，瞻北辰，轉身軀，猛然驚間，便和咱燕爾新婚。"元王實甫西廂記二本二折："婚姻自有成，新婚燕爾安排定。"清吳敬梓儒林外史十一："他因新婚燕爾，正貪歡笑，還理論不到這事上。"

【宮車晏駕】 gōng chē yàn jià　比喻皇帝死亡。史記九五樊噲傳："是時高帝病甚，人有惡噲黨於呂氏，即上一日宮車晏駕，則噲欲以兵盡誅戚氏、趙王如意之屬。"宋孫光憲北夢瑣言十八："帝母弟存渥從上戰，及宮車晏駕，存渥與劉皇后同奔太原。"亦作"宮車晚出"。晉書武帝紀制："及乎宮車晚出，諒闇未周，藩翰變親以成疎。"

【宮車晚出】 gōng chē wǎn chū　見"宮車晏駕"。

【宮鄰金虎】 gōng lín jīn hǔ　指奸佞之臣接近帝王，貪頑如金之堅；凶惡如虎。文選漢張平子（衡）東京賦："周姬之末，不能厥政，政用多僻，始於宮鄰，卒於金虎。"注："宮鄰金虎，言小人在位，比周相進，與君爲鄰，貪求之德堅若金，讒謗之言惡若虎也。"

【容頭過身】 róng tóu guò shēn　謂得過且過，如野獸鑽穴，頭可容，身即可過。後漢書八七西羌傳虞詡疏："今三郡未復，園陵單外，而公卿選懦，容頭過身，張解設

難，但計所費，不圖其安。"

【密不通風】 mì bù tōng fēng　形容防護嚴密或包圍緊密。元曲選紀君祥趙氏孤兒大報讐二："這兩家做下敵頭重，但要訪的孤兒有影踪，必然把太平庄上兵圍擁，鐵桶般密不通風。"

【密雲不雨】 mì yún bù yǔ　易小畜："密雲不雨，自我西郊。"疏謂濃雲只聚在西郊，但不下雨。後因以比喻恩惠未能下及或事機成熟而未能實現。

【寅支卯糧】 yín zhī mǎo liáng　干支卯在寅後，寅年就預支卯年的糧。比喻入不敷出。明臣奏議三九畢自嚴躪錢糧疏："大都民間止有此物力，寅支卯糧，則卯年之遺，勢也。"亦作"寅吃卯糧"。見該條。

【寅吃卯糧】 yín chī mǎo liáng　比喻入不敷出，預支以後的收入。李寶嘉官場現形記十五："我只吃一份口糧，哪裏會有多少錢？就是我們總爺，也是寅吃卯糧，先缺後空。"亦作"寅支卯糧"。見該條。

【寄人籬下】 jì rén lí xià　比喻依附他人生活。南齊書張融傳問[門]律自序："丈夫當刪詩書，制禮樂，何至因循寄人籬下？"指因襲他人的著述，無所創作。後比喻依附他人生活而不能自主。紅樓夢九十："想起邢岫烟住在賈府園中，終是寄人籬下。"

【寂天寞地】 jì tiān mò dì　寂靜。形容人的無能或無所作爲。明徐愛傳習錄下："先生曰：'未扣時，原是驚天動地；既扣時，也只是寂天寞地。'"郎瑛七修類稿四九奇謔諺語至理："御史初至，則曰驚天動地；過幾月，則曰昏天黑地；去時，則曰寂天寞地，此言其無才者也。"

【寒心酸鼻】 hán xīn suān bí　形容恐懼而悲痛的心情。文選戰國楚宋玉高唐賦："感心動耳，迴腸傷氣；孤子寡婦，寒心酸鼻。"

【寒木春華】 hán mù chūn huā　寒木不凋，春花吐艷，比喻各有優長。寒木，松柏之類。華，花。北齊顏之推顏氏家訓文章："齊世有辛毗者，清幹之士，官至行臺尚書。嗤鄙文學，嘲劉逖云：'君輩辭藻，譬若榮華，須臾之翫，非宏才也。'豈比吾徒，千丈松樹，常有風霜，不可凋悴矣。'劉應之

曰：'既有寒木，又發春華，何如也？'辛笑曰：'可矣！'"

【寒來暑往】　hán lái shǔ wǎng　指歲月流逝，年復一年。周易繫辭下："寒往則暑來，暑往則寒來，寒暑相推，而歲成焉。"元曲選武漢臣包待制智賺生金閣二："則他這兔走烏飛，寒來暑往，春日花開，可又早秋天月朗。"

【寒花晚節】　hán huā wǎn jié　比喻晚節堅貞。宋詩鈔韓琦安陽集九月水閣："雖慚老圃秋容淡，且看寒花晚節香。"

【寒耕熱耘】　hán gēng rè yún　指農田勞作辛苦。孔子家語八屈節："民寒耕熱耘，曾不得食，豈不哀哉！"

【富可敵國】　fù kě dí guó　形容極其富有。敵，匹敵。清李汝珍鏡花緣六四："蓋卜濱自他祖父遺下家業，到他手裏，單以各處田地而論，已有一萬餘頃，其餘可想而知，真是富可敵國。"

【富國強兵】　fù guó qiáng bīng　見"富國彊兵"。

【富國彊兵】　fù guó qiáng bīng　使國家富有、兵力強大。戰國策秦一："臣聞之：欲富國者，務廣其地；欲強兵者，務富其民。"史記七四孟子傳："當是之時，秦用商君，富國彊兵。"亦作"富國強兵"。六韜文韜："宰相不能富國強兵，調和陰陽，以安萬乘之主，……非吾宰相也。"明馮夢龍清蔡元放東周列國志八六："楚悼王熊疑，素聞吳起之才，一見即以相印授之。起感恩無已，慨然以富國強兵自任。"彊，同"強"。

【富貴浮雲】　fù guì fú yún　視富貴如浮雲，言輕微不足道。論語述而："不義而富且貴，於我如浮雲。"元曲選馬致遠西華山陳摶高臥三："您這裏玉殿朱樓未爲貴，您那人間千古事，俺只松下一盤棋，把富貴做浮雲可比。"又比喻富貴利祿變化無常。金元好問遺山集十趙元德御史之兄七表(秩)之壽詩："富貴浮雲世態新，典刑依舊老成人。"

【富貴逼人】　fù guì bī rén　不求富貴而富貴自至。言時勢造成，機緣湊巧。北史楊素傳："常令爲詔，下筆立成，詞義兼美。帝嘉之，謂曰：'善相自勉，勿憂不富貴。'素

應聲曰：'臣但恐富貴來逼臣，臣無心圖富貴。'"元詩選趙孟頫松雪齋集送岳德敬提舉甘肅儒學："功名到手不可避，富貴逼人那得休。"明史磐夢磊記奸相獎奸："正是百計欲賤醫不得，一朝富貴逼人來。"

【富貴榮華】　fù guì róng huá　家財富有、勢位顯赫。榮華，草木開花，舊時比喻昌盛、顯達。漢王符潛夫論論榮："所謂賢人君子者，非必高位厚祿、富貴榮華之謂也。"文苑英華唐李嶠汾陰行："山川滿目淚霑衣，富貴榮華能幾時？"亦作"榮華富貴"。見該條。

【富貴驕人】　fù guì jiāo rén　財富位顯，盛氣凌人。南史魯悉達傳："悉達雖仗氣任俠，不以富貴驕人。"五代王定保唐摭言二："君是御史，僕是詞人，雖貴賤之間，與君隔闊；而文章之道，亦謂同聲，而不可以富貴驕人，亦不可以禮義見隔。"

【富麗堂皇】　fù lì táng huáng　形容場面豪華雄偉。亦指詩文辭藻華麗。李寶嘉官場現形記五九："大世兄的詩好雖好，然而還總帶着牢騷，……至二世兄富麗堂皇不用說，將來一定是玉堂人物了。"亦作"堂皇富麗"。曾樸孽海花三五："小玉占住的是上首第一進，尤其佈置的堂皇富麗，幾等王宮。"

【富貴不能淫】　fù guì bù néng yín　謂不爲財富權勢所迷惑。淫：惑亂、迷惑。孟子滕文公下："富貴不能淫，貧賤不能移，威武不能屈。此之謂大丈夫。"

【寧爲玉碎，不爲瓦全】　nìng wéi yù suì, bù wéi wǎ quán　比喻誓不屈辱求生。北齊書元景安傳："景皓云：'豈得棄本宗，逐他姓，大丈夫寧可玉碎，不能瓦全。'"後多作"寧爲玉碎，不爲瓦全"。

【寧爲雞口，無爲牛後】　nìng wéi jī kǒu, wú wéi niú hòu　見"雞口牛後"。

【寡二少雙】　guǎ èr shǎo shuāng　獨一無二。形容極爲突出。寡，少。漢書六四上吾丘壽王傳詔賜壽王璽書："子在朕前之時，知略輻湊，以爲天下少雙，海內寡二。"清缺名官場維新記九："這個寬小姐，既有這般的門第，又有這樣的才華，顯見得是個寡二少雙的人物。"

【寡不勝衆】　guǎ bù shèng zhòng　見

"寡不敵衆"。

【寡不敵衆】 guǎ bù dí zhòng　人少難抵擋衆敵。逸周書芮良夫:"寡不敵衆,后其危哉!"明李開先林沖寶劍記下三六:"寡不敵衆,欲待收兵,又違勅旨,須索向前追趕幾程。"亦作"寡不勝衆"、"衆寡不敵"。後漢書五二崔駰傳附崔寔政論:"寡不勝衆,遂見擠棄。"明馮夢龍清蔡元放東周列國志十五:"夷吾見莒兵睜眉怒目,有鬬爭之色,誠恐衆寡不敵,乃佯諾而退。"

【寡見尟聞】 guǎ jiàn xiǎn wén　見聞貧乏,經歷不多。漢揚雄法言吾子:"寡聞則無約也,寡見則無卓也。"文選漢王子淵(褒)四子講德論:"文學夫子降席而稱曰:'儜人不識,寡見尟聞,曩從末路,望聽玉音,竊動心焉。'"亦作"寡聞少見"。見該條。

【寡聞少見】 guǎ wén shǎo jiàn　見聞不廣,學識淺薄。漢書八一匡衡傳上疏言得失:"治性之道,必審己之所有餘,而強其所不足,蓋聰明疏通者戒於大察,寡聞少見者戒於雍蔽,……必審己之所當戒而齊之以義。"亦作"寡聞尟見"。見該條。

【寡廉鮮恥】 guǎ lián xiǎn chǐ　無操守,不知恥。史記一一七司馬相如傳喻巴蜀檄:"父兄之教不先,子弟之率不謹,寡廉鮮恥,而俗不長厚也。"

【寡鵠孤鸞】 guǎ hú gū luán　見"孤雌寡鶴"。

【寢不安席】 qǐn bù ān xí　形容心事滿腹,難以入睡。席,指枕蓆。戰國策齊五:"秦王恐之,寢不安席,食不甘味。"三國演義九七:"臣受命之日,寢不安席,食不甘味。"

【寢苫枕草】 qǐn shān zhěn cǎo　見"寢苫枕塊"。

【寢苫枕塊】 qǐn shān zhěn kuài　古代禮教,子從父母之喪起,至入葬期間,不住寢室,睡草席,以土塊爲枕。苫,古人居喪時睡的草墊。儀禮既夕禮:"居倚廬,寢苫枕塊。"唐賈公彥疏:"孝子寢臥之時,寢於苫以塊枕頭。"墨子節葬下:"哭泣不秩,縗絰垂涕,處倚廬,寢苫枕出(塊)。"亦作"寢苫枕草"。左傳襄十七年:"齊晏桓子卒,晏嬰……居倚廬,寢苫枕草。草,草把。或作

"臥苫枕塊"。見該條。

【寢食不安】 qǐn shí bù ān　形容心事重重。三國演義四七:"(蔣)幹在庵內,心中憂悶,寢食不安。"

【實至名歸】 shí zhì míng guī　謂有所成就,必然有相應之聲譽。清吳敬梓儒林外史十五:"敦倫修行,終受當事之知;實至名歸,反作終身之玷。"

【實事求是】 shí shì qiú shì　從實際出發,求得正確的結論。漢書五三河間獻王劉德傳:"修學好古,實事求是。從民得善書,必以爲好寫與之,留其真。"注:"務得事實,每求真是也。"李寶嘉官場現形記七:"但上頭的意思是要實事求是,你的文章固然很好,然而空話太多,上頭看了恐怕未必中意。"

【實偪處此】 shí bī chǔ cǐ　左傳隱十一年:"無滋他族,實偪處此,以與我鄭國爭此土也。"本謂迫於形勢而佔有其地。後引申作迫於情勢,無可避讓,不得不如此之意。偪,通"逼"。

【實蕃有徒】 shí fán yǒu tú　見"實繁有徒"。

【實繁有徒】 shí fán yǒu tú　這樣的人確實爲數很多。書仲虺之誥:"簡賢附勢,寔繁有徒。"寔,通"實"。清蒲松齡聊齋志異周三:"但此輩實繁有徒,不可善諭,難免用武。"亦作"實蕃有徒"。左傳昭二八年:"惡直醜正,實蕃有徒。"文選漢張平子(衡)西京賦:"實蕃有徒,其從如雲。"

【察言觀色】 chá yán guān sè　觀察言語臉色以揣測對方的心意。論語顏淵:"夫達也者,質直而好義,察言而觀色,慮以下人,在邦必達,在家必達。"三國志吳滕胤傳"起家爲丹陽太守"注引吳書:"胤每聽辭訟,斷罪法,察言觀色,務盡情理。"紅樓夢三二:"寶釵見此景況,察言觀色,早知覺了七八分。"

【察見淵魚】 chá jiàn yuān yú　謂明察至能看清深淵之魚。用以比喻探知別人的隱私。韓非子説林上:"隰子曰:'古者有諺曰:知淵中之魚者不祥。夫田(成)子將有大事,而我示之知微,我必危矣。'"列子説符:"(趙)文子曰:'周諺有言:察見淵魚者

不祥,智料隱匿者有殃.'"

【察察爲明】　chá chá wéi míng　苛察小事,自以爲精明。察察,分別辨析。舊唐書一九〇張蘊古傳:"太宗初即位,上大寶箴以諷,其詞曰:'……勿没没而闇,勿察察而明.'"吳趼人二十年目睹之怪現狀七八:"恰好遇了一位兩江總督,最是以察察爲明的,聽見人説這管帶不懂駕駛,便要親身去考察."

【寬洪大度】　kuān hóng dà dù　見"寬洪大量"。

【寬洪大量】　kuān hóng dà liàng　度量寬大,能容人。元曲選缺名朱太守風雪漁樵記三:"我則道相公不知打我多少,元來那相公寬洪大量,他着我擡起頭來。"亦作"寬洪海量"、"寬洪大度"。元曲選關漢卿錢大尹智寵謝天香二:"當時嘲撥無攔當,乞相公寬洪海量,怎不的仔細參詳。"又戴善夫陶學士醉寫風光好三:"學士寬洪大度,何所不容!"

【寬洪海量】　kuān hóng hǎi liàng　見"寬洪大量"。

【寬猛相濟】　kuān měng xiāng jì　寬大和嚴屬互爲補充,相輔而行。一般指爵賞和刑罰兩種統治手段。左傳昭二十年:"政寬則民慢,慢則糾之以猛。猛則民殘,殘則施之以寬。寬以濟猛,猛以濟寬,政是以和。"宋書何承天傳安邊論:"縣爵以縻之,設禁以威之,徭税有程,寬猛相濟。"

【寫水著地】　xiè shuǐ zhuó dì　水傾瀉於地,即隨地勢高低曲折而分流。寫,傾瀉,排除。南朝宋鮑照鮑氏集八擬行路難詩之四:"寫水置平地,各自東西南北流。人生亦有命,安能行歎復坐愁。"世説新語文學:"殷中軍(浩)問:'自然無心於稟受,何以正善人少,惡人多?'諸人莫有言者。劉尹(惔)答曰:'譬如寫水著地,正自縱橫流漫,略無正方圓者。'一時絕歎,以爲名通。"

【寵辱不驚】　chǒng rǔ bù jīng　老子:"寵爲下,得之若驚,安之若驚,是謂寵辱若驚。"後稱不計較寵辱,置得失於度外爲"不驚寵辱"或"寵辱不驚"。世説新語棲逸:"阮光禄(裕)在東山,蕭然無事,常内足於懷。有人以問王右軍(羲之),右軍曰:'此君近不驚寵辱,雖古之沈冥,何以過此?'"唐韋絢劉賓客嘉話錄:"有督運遭風失米,盧(承慶)考之曰:'監運損糧,考中下。'其人容色自若,無言而退。盧重其雅量,改注曰:'非所及,考中中。'既無喜容,亦無愧詞。又改曰:'寵辱不驚,考中上。'"或作"寵辱無驚"。明馮夢龍警世通言一:"子期寵辱無驚,伯牙愈加愛重。"

【寵辱若驚】　chǒng rǔ ruò jīng　老子:"寵爲下,得之若驚,失之若驚,是謂寵辱若驚。"形容患得患失。

【寵辱無驚】　chǒng rǔ wú jīng　見"寵辱不驚"。

寸　部

【寸木岑樓】　cùn mù cén lóu　比喻懸殊。岑樓,尖頂高樓。孟子告子下:"不揣其本而齊其末,方寸之木,可使高於岑樓。"宋朱熹集注:"若不取其下之平,而升寸木於岑樓之上,則寸木反高,岑樓反卑矣。"

【寸田尺宅】　cùn tián chǐ zhái　比喻極微薄的資產。宋蘇軾分類東坡詩二三遊羅浮山一首示兒子過:"玉堂金馬久流落,寸田尺宅今誰耕。"

【寸步不離】　cùn bù bù lí　形容相處和

睦,感情深厚。舊題南朝梁任昉述異記:"吳郡海鹽有陸東,妻朱氏,亦有容止,夫妻相重,寸步不離,時人號爲比肩人。"明蘭陵笑笑生金瓶梅八一:"他家女孩兒韓愛姐,日逐上去答應老太太,寸步不離,要一奉十,揀口兒吃用,換套穿衣。"

【寸步難行】cùn bù nán xíng　形容走路困難。亦比喻處境艱難。明凌濛初初刻拍案驚奇八:"楊氏道:'我的兒,大膽天下去得,小心寸步難行。'"吳趼人痛史七:"三人到得鎮江時,也同在元營一樣,有人監守着,寸步難行。"亦作"寸步難移"。見該條。

【寸步難移】cùn bù nán yí　形容走路困難。多用來比喻處境極艱難。元曲選鄭廷玉楚昭公疎者下船四:"想當年在小船中寸步難移,今日相逢有限期,我又恐怕是南柯夢裏。"清李玉清忠譜毀義:"意慌忙,寸步難移上,一霎裏神魂驚蕩。"亦作"寸步難行"。見該條。

【寸男尺女】cùn nán chǐ nǚ　猶言一男半女。元曲選缺名桃花女破法嫁周公楔子:"那彭大公寸男尺女皆無。"明凌濛初初刻拍案驚奇三三:"夫妻兩口,好善樂施,廣有田莊地宅,只是寸男尺女並無。"

【寸草不留】cùn cǎo bù liú　比喻一無所剩。明許仲琳封神演義五九:"若是惱了我,連你西岐寸草不留。"凌濛初二刻拍案驚奇六:"隨順了,不去難爲你合家老小;若不隨順,將他家寸草不留。"

【寸草春暉】cùn cǎo chūn huī　喻親情之重有如春暉,子女難報親恩於萬一。寸草,小草。比喻微小。春暉,春陽。喻母愛。唐孟郊孟東野集一遊子吟:"誰言寸草心,報得三春暉。"元詩選癸之乙葉李得家書老母未允迎侍之請有懷而作:"孤松歲晚風霜操,寸草春暉母子心。"又癸之辛下倪元暎貞壽堂:"貞壽堂前風日遲,夭夭寸草答春暉。"

【寸絲不挂】cùn sī bù guà　赤身裸體。佛教徒以比喻無所牽累。景德傳燈錄八池州南泉普願禪師:"師便問:'大夫十二時中作麼生?'陸(亘大夫)云:'寸絲不挂。'"亦作"絛絲不挂"。聯燈會要十三法遠禪師:

"云:'如何是清淨身?'師云:'絛絲不挂。'"或作"一絲不挂"。見該條。

【寸絲半粟】cùn sī bàn sù　喻極微小之物。清吳敬梓儒林外史四:"實不相瞞,小弟只是一個爲人率真,在鄉里之間,從不曉得佔人寸絲半粟的便宜,所以歷來的父母官,都蒙相愛。"亦作"一絲半粟"。見該條。

【寸陰尺璧】cùn yīn chǐ bì　極言時間的可貴。寸陰,指極短的時間。淮南子原道:"故聖人不貴尺之璧,而重寸之陰,時難得而易失也。"

【寸陰若歲】cùn yīn ruò suì　猶言一日三秋,比喻思念殷切。北史韓雄傳附韓禽:"班師凱入,誠知非遠;相思之甚,寸陰若歲。"

【寸晷風簷】cùn guǐ fēng yán　寸晷,猶寸陰。晷,日影。借指時光、時間;風簷,透風的屋簷,形容科舉時代考場中的苦況。清缺名眉山秀上婚試:"難道我中了進士,還脫不得做秀才的苦,償不盡寸晷風簷苦拈題。"

【寸鐵殺人】cùn tiě shā rén　比喻事物主要不在於多而在於精。宋羅大經鶴林玉露七:"宗杲論禪云:'譬如人載一車兵器,弄了一件,又取出一件來弄,便不是殺人手段。我則只有寸鐵便可殺人。'"

【封豕長蛇】fēng shǐ cháng shé　大豬與長蛇。封,大。比喻貪暴的元凶首惡。左傳定四年:"申包胥如秦乞師:'吳爲封豕長蛇,以薦食上國,虐始於楚。'"注:"言吳貪害如蛇豕。"淮南子修務作"封豨脩蛇"。漢劉向新序節士:"吳爲無道行,封豕長虵,蠶食天下。"虵,俗"蛇"字。

【封妻蔭子】fēng qī yìn zǐ　妻子受誥封,子孫得世襲。舊指建立功勳,顯耀門庭。蔭,舊時子孫因先世有功勳而推恩得賜官爵。元曲選(蕭德祥)楊氏女殺狗勸夫四:"便是他封妻蔭子,他講不得毛詩,念不得孟子。"清吳敬梓儒林外史三九:"將來到疆場,一刀一槍,博得個封妻蔭子,也不枉了一個青史留名。"

【封胡遏末】fēng hú è mò　晉王凝之妻謝道韞輕視其夫,嘗曰:"一門叔父,則有阿大(謝尚)、中郎(謝據);羣從兄弟,則有封胡遏末;不意天壤之中乃有王郎!」見世說新語賢媛。遏,一作「羯」。注謂封胡爲謝韶小字,遏末爲謝淵小字。晉書王凝之妻謝氏傳以封胡遏末爲謝韶謝朗謝玄謝淵四人小字。後用爲稱美弟子侄之辭。宋蘇軾蘇文忠詩合注二一蜜酒歌又一首答二猶子與王郎見和:「封胡羯末已可憐,不知更有王郎子」陸游劍南詩稿四九七姪歲暮同諸孫來過偶得長句:「封胡羯末皆佳甚,剩喜團欒一笑新。」

【封疆畫界】 fēng jiāng huà jiè 築土爲臺,以表識疆境,叫封疆;在二封之間又建牆垣,以劃分界域,叫畫界。見晉崔豹古今注上都邑。史記一一七司馬相如傳:「封疆畫界者,非爲守禦,所以禁淫也。」

【射石飲羽】 shè shí yǐn yǔ 飲,隱沒;羽,箭羽、箭翎。相傳春秋楚熊渠子夜行,見大石橫臥,以爲伏虎,張弓射之,箭頭入石,陷沒箭上的羽毛。見韓詩外傳六、漢劉向新序雜事四。一說養由基射兕,中石飲羽。見呂氏春秋精通。又漢李廣、北周李遠也有類似的傳說。見史記、周書本傳。後以「射石飲羽」喻用心精誠或功力深湛。唐李白李太白詩六豫章行:「精感石沒羽,豈云憚險艱。」清缺名杜詩言志三:「李廣終身不侯,而能射石飲羽,借以爲喻,其所以吐胸中之氣血置生平之怨毒者,兩爲精當也。」

【射人先射馬】 shè rén xiān shè mǎ 見「射人當射馬」。

【射人當射馬】 shè rén dāng shè mǎ 比喻做事要先抓住要害。宋何薳春渚紀聞一了齋排蔡氏:「(蔡)京謂(蔡)觀曰:『汝爲我語(陳)瑩中,既能知我,何不容之甚也。』觀致京語於陳了翁。徐應之曰:『射人當射馬,擒賊當擒王。』亦作「射人先射馬」。元張光祖言行龜鑑六政事:「陳忠肅公攻蔡京之惡,京ею情懇,以甘言啖公。公曰:『射人先射馬,擒賊須擒王,不得自已也。』攻之愈力。」

【專心一志】 zhuān xīn yī zhì 一心一意,集中精神。荀子性惡:「今使塗之人伏術爲學,專心一志,思索孰察,加日縣久,積善而不息,則通於神明,參於天地矣。」亦作

「專心致志」、「專心一意」。見各該條。

【專心一意】 zhuān xīn yī yì 一心一意,集中精神。漢陸賈新語懷慮:「故管仲相桓公,詘節事君,專心一意。」亦作「專心致志」、「專心一志」。見各該條。

【專心致志】 zhuān xīn zhì zhì 一心一意,聚精會神。致,盡、極。孟子告子上:「今夫弈之爲數,小數也;不專心致志,則不得也。」亦作「專心一志」、「專心一意」。見各該條。

【專欲難成】 zhuān yù nán chéng 爲一己之私欲,事難有成。左傳襄十年:「衆怒難犯,專欲難成。」

【將心比心】 jiāng xīn bǐ xīn 設身處地爲他人着想。明湯顯祖紫釵記三八:「太尉不將心比心,小子待將計就計。」

【將功折罪】 jiāng gōng zhé zuì 以功勞抵償所犯罪過。元曲選李直夫便宜行事虎頭牌三:「老完顏纔說他十六日上馬,復殺了一陣,將人口牛羊馬匹,都奪將回來了,做的個將功折罪。」明馮夢龍醒世恆言六:「也虧他至蜀中賺你回來,使我母子相會。將功折罪,莫怨他罷!」亦作「將功贖罪」。見該條。

【將功贖罪】 jiāng gōng shú zuì 以功勞抵償罪過。鼎峙春秋九棄空營計用驕兵:「我來打葭萌關,原是將功贖罪,今又輸了,如何去見主帥?」三國演義五一:「今雲長雖犯法,不忍違卻前盟。望權記過,容將功贖罪。」

【將伯之助】 jiāng bó zhī zhù 見「將伯之呼」。

【將伯之呼】 jiāng bó zhī hū 詩小雅正月:「載輸爾載,將伯助予!」傳:「將,請;伯,長也。」意謂車欲墮而請長者幫助。後用作求助或受助之意。清文康兒女英雄傳十二:「我平生於銀錢一道一介不苟,便是朋友有通財之誼,也須諳可通財的才可使將伯之呼。」亦作「將伯之助」。清蒲松齡聊齋志異連瑣:「將伯之助,義不敢忘。」

【將門出將】 jiàng mén chū jiàng 將帥之家出將帥。明馮夢龍清蔡元放東周列國志九六:「有子如此,可謂將門出將矣!」

【將門有將】 jiàng mén yǒu jiàng 將帥之

家出將師。史記七五孟嘗君傳：“文聞將門必有將，相門必有相。”三國志魏陳思王植傳陳審舉之義疏：“諺曰：‘相門有相，將門有將。’”南史王鎮惡傳：“宋武帝伐廣固，……旦謂諸將曰：‘鎮惡，王猛孫，所謂將門有將。’”亦作“將門出將”。見該條。

【將計就計】jiāng jì jiù jì 利用其計反治其人。將：隨順。古今雜劇無名氏忠義士豫讓吞炭二：“咱今將計就計，決開堤口，引汾水灌安邑，絳水灌平陽，使智氏軍不戰自亂。”西遊記十六：“罷，罷，罷！與他個順手牽羊，將計就計，教他住不成罷！”

【將信將疑】jiāng xìn jiāng yí 半信半疑，未敢遽斷。文苑英華一〇〇〇唐李華弔古戰場文：“其存其殁，家莫聞知，人或有言，將信將疑。”

【將勤補拙】jiāng qín bǔ zhuō 以勤於所事補天資之不足。宋范仲淹范文正公集尺牘內與韓魏公：“又窺諸公所賦，何以措手，然旨命丁寧，亦勉率成篇，並自寫上呈，所謂將勤補拙，更乞斤斧，免貽重誚，幸望幸望。”邵雍伊川擊壤集九弄筆吟：“弄假像真終是假，將勤補拙總輸勤。”

【將遇良材】jiāng yù liáng cái 比喻雙方本領不相上下。水滸三四：“兩箇就清風山下廝殺，真乃是棋逢敵手難藏幸，將遇良材好用功。”西遊記四六：“陛下，左右是‘棋逢對手，將遇良才’。貧道將鍾南山幼時學的武藝，索性與地賭一賭。”

【將機就計】jiāng jī jiù jì 見“將機就機”。

【將機就機】jiāng jī jiù jī 謂利用可乘之機。元曲選尚仲賢洞庭湖柳毅傳書三：“今日雖不成這椿親事，後日還要將機就機，報答他的大恩。”亦作“將機就計”。古今雜劇元朱凱劉玄德醉走黃鶴樓三：“我如今將機就計，着這漁翁推切膾走向前去，一劍刺了劉備，着後人便道劉備着個漁翁殺了，可也不干我事。”

【將錯就錯】jiāng cuò jiù cuò 因錯誤而曲就之。宋悟明聯燈會要二八道楷禪師：“祖師已是錯傳，山僧已是錯說，今日不免將錯就錯，曲爲今時。”宋陸游渭南文集二二敷淨人求僧贊：“將錯就錯也不妨，只在檀那輕手撥。”明汪廷訥彩舟記訓女：“我

當日把他許聘江生，是將錯就錯，況今已死，株守何爲？”

【將欲取之，必姑與之】jiāng yù qǔ zhī, bì gū yǔ zhī 企圖取得大利，必先給與小利。戰國策魏策一：“周書曰：‘將欲敗之，必姑輔之；將欲取之，必姑與之。’”老子三六：“將欲奪之，必固與之。”亦簡作“欲取姑與”、“欲取固與”。

【尊古卑今】zūn gǔ bēi jīn 猶言厚古薄今。莊子外物：“夫尊古而卑今，學者之流也。”亦作“尊古賤今”。淮南子修務：“世俗之人，多尊古而賤今，故爲道者必託之於神農黃帝而後能入説。”

【尊古賤今】zūn gǔ jiàn jīn 見“尊古卑今”。

【尊聞行知】zūn wén xíng zhī 重視所聞之言，力行所知之事。漢書五六董仲舒傳：“曾子曰：‘尊其所聞，則高明矣；行其所知，則光大矣。’”大戴禮曾子疾病作：“君子尊其所聞，則高明矣；行其所聞，則廣大矣。”

【尋死覓活】xún sǐ mì huó 求死。覓活是加強尋死的修辭用法。京本通俗小説碾玉觀音下：“老夫妻見女兒捉去，就當下尋死覓活，至今不知下落。”元明雜劇無名氏十探子大鬧延安府一：“一個老人家，你這般尋死覓活的，有甚麼冤屈的事，你和我說者。”

【尋行數墨】xún háng shǔ mò 只會背誦文句，而不明義理。景德傳燈錄二九南朝梁寶誌大乘讚：“口內誦經千卷，體上問經不識。不解佛法圓通，徒勞尋行數墨。”宋朱熹朱文公集十易詩之一：“須知三絕韋編者，不是尋行數墨人。”明儒學案郝楚望四書攝提：“博士家終日尋行數墨，靈知蒙蔽，沒齒無聞。”

【尋枝摘葉】xún zhī zhāi yè 比喻追求事物次要的、非根本性的東西。宋嚴羽滄浪詩話詩評：“建安之作，全在氣象，不可尋枝摘葉。”

【尋花問柳】xún huā wèn liǔ 宋詩鈔方岳秋崖小蘦鈔立春：“無人共跨南山犢，更作尋花問柳看。”元谷子敬城南柳楔子：“只等的紅雨散，綠雲收，我那其間尋花問柳，重到岳陽樓。本指玩賞春景而言。後以

花柳比妓女。亦作"問柳尋花"。見該條。

【尋消問息】xún xiāo wèn xī　打探消息。尋，問。宋周邦彥片玉詞十意難忘美詠詞："又恐伊尋消問息，瘦減容光。"明馮夢龍醒世恆言十一："今日慕小妹之才，雖然炫玉求售，又怕損了自己的名譽，不肯隨行逐隊，尋消問息。"

【尋根究底】xún gēn jiū dǐ　追究根由底細。紅樓夢三九回回目："村老老是信口開河，情哥哥偏尋根究底。"又一二〇："似你這樣尋根究底，便是刻舟求劍，膠柱鼓瑟了。"

【尋章摘句】xún zhāng zhāi jù　搜尋、摘取文章的片斷詞句。指讀書局限於文字的推求。三國志吳孫權傳"屈身於陛下，是其略也"南朝宋裴松之注引吳書："(趙)咨曰：'吳王……博覽書傳歷史，藉採奇異，不效諸生尋章摘句而已。'"咨，吳使者：吳王，孫權。唐李賀歌詩編一南園之六："尋章摘句老雕蟲，曉月當簾掛玉弓。"亦作"搜章摘句"、"摽章摘句"。見各該條。

【尋踪覓跡】xún zōng mì jì　謂尋找行踪。元曲選李好古沙門島張生煮海二："小生張伯騰，恰纔遇着的那箇女子，人物非凡，因此尋踪覓跡，前來尋他，卻不知何處去了。"

【對牛鼓簧】duì niú gǔ huáng　見"對牛彈琴"。

【對牛彈琴】duì niú tán qín　比喻同不懂道理的人講道理。亦譏笑人說話不看對象。弘明集一漢牟融理惑論："公明儀為牛彈清角之操，伏食如故，非牛不聞，不合其耳矣。"宋惟白集中靖國續燈錄二二汝能禪師："對牛彈琴，不入牛耳。"清西周生醒世姻緣三三："先生教，他口裏捱哼；先生住了口，他也就不作聲。先生沒奈何把那四五行書分為兩截教他，教了二三十遍，如對牛彈琴的一般。"亦作"對牛鼓簧"。莊子齊物論"非所明而明之，故以堅白之昧終"晉郭象注："是猶對牛鼓簧耳，彼竟不明，故己之道術終於昧然也。"唐張彥遠歷代名畫記一："余以此等之論，與夫

大笑其道，詬病其儒，以食與耳，對牛鼓簧，又何異哉！"

【對牀夜雨】duì chuáng yè yǔ　風雨之夜，兩人對牀共語。形容兄弟或朋友久別重聚，傾心交談。唐白居易長慶集五六雨中招張司業宿詩："能來同宿否，聽雨對牀眠。"宋蘇軾分類東坡詩二二東府雨中別子由："對牀定悠悠，夜雨空蕭瑟。"又二一送劉寺丞赴餘姚："中和堂後石楠樹，與君對牀聽夜雨。"亦作"夜雨對牀"。見該條。

【對酒當歌】duì jiǔ dāng gē　文選魏武帝(曹操)樂府短歌行："對酒當歌，人生幾何。"原意謂對酒當高歌，慨歎人生短促，當有所作為。後也用以指及時行樂。元曲選楊顯之鄭孔目風雪酷寒亭三："盡都是把手為活，對酒當歌，鄭州浪漢委實多。"

【對景掛畫】duì jiǎng guà huà　比喻實際行動與客觀情況相應。清李汝珍鏡花緣八一："他們諸位姐姐過謙，都不肯猜，我卻打着了。是'集賢賓'。這才叫做對景掛畫哩。"

【對答如流】duì dá rú liú　對答有如流水般迅速、流暢。形容才思敏捷，有口才。元曲選缺名須買大夫諕范叔一："范睢對答如流，辭無凝滯。"亦作"應答如流"、"應對如流"。見各該條。

【對證下藥】duì zhèng xià yào　針對病情用藥。亦比喻針對具體情況，採取相應措施。朱子語類四二論語二三："克己復禮，便是捉得病根，對證下藥。"亦作"對證發藥"。清陳忱水滸後傳十七："那鎮上有名的太醫叫做賈杏庵，細說病源，對證發藥，一帖就好。"亦作"對證用藥"。見該條。

【對證用藥】duì zhèng yòng yào　醫生針對病人的證狀，相應用藥。宋陽枋字溪集八編類錢氏小兒方證說："凡小兒關節脈理百骸九竅五臟六腑，粲然在目，故能察病論證，對證用藥，如指諸掌。"後引申為實事求是，有的放矢。宋袁甫蒙齋集四祕書少監上殿第二劄子："察脈觀證，對病用藥，鑿鑿精實，勿使空談。"亦作"對證下藥"、"對證發藥"。見"對證下藥"。

小　　部

【小才大用】 xiǎo cái dà yòng　以小才而任大事。唐白居易長慶集五常樂里閒居偶題十六韻……詩：“小才難大用，典校在祕書。”

【小己得失】 xiǎo jǐ dé shī　謂個人得失。史記一一七司馬相如傳：“小雅譏小己之得失，其流及上。”

【小心謹慎】 xiǎo xīn jǐn shèn　言行慎重。漢書六八霍光傳：“出入禁闥二十餘年，小心謹慎，未嘗有過。”

【小心翼翼】 xiǎo xīn yì yì　恭敬謹慎貌。詩大雅大明：“維此文王，小心翼翼。”箋：“小心翼翼，恭慎貌。”又烝民：“令儀令色，小心翼翼。”管子弟子職：“先生施教，弟子是則。……朝益暮習，小心翼翼。”

【小本經紀】 xiǎo běn jīng jì　泛指買賣做得小。元曲選李文蔚同樂院燕青搏魚二：“怎將俺這小本經紀來捎。”明凌濛初初刻拍案驚奇十一：“我們小本經紀，如何要打短我的？”

【小往大來】 xiǎo wǎng dà lái　易泰：“泰，小往大來，吉亨，則是天地交而萬物通也，上下交而其志同也。”本指人事的消長。後又借喻商人以微本牟取暴利。

【小姑獨處】 xiǎo gū dú chǔ　指女子未嫁。樂府詩集四七清商曲辭清溪小姑曲二：“開門白水，側近橋梁；小姑所居，獨處無郎。”

【小家碧玉】 xiǎo jiā bì yù　玉臺新詠十晉孫綽情人碧玉歌：“碧玉小家女，不敢攀貴德。”碧玉，原爲人名，後以泛指平民家的少女。明范文若鴛鴦棒二：“小家碧玉鏡慵施，趙娣停燈臂支粟。”

【小時了了】 xiǎo shí liǎo liǎo　幼年聰慧。東漢孔融十歲時，進謁李膺，膺和賓客皆十分賞識，獨陳韙說：“小時了了，大未

必佳。”融便說：“想君小時，必當了了。”韙甚窘。見世說新語言語。

【小眼薄皮】 xiǎo yǎn bó pí　比喻愛佔小便宜。明蘭陵笑笑生金瓶梅七八：“他還說我小眼薄皮，愛人家的東西。”

【小國寡民】 xiǎo guó guǎ mín　國小民少。老子：“小國寡民，使有什伯之器而不用，使民重死而不遠徙。……鄰國相望，雞犬之音相聞，民至老死不相往來。”馬王堆漢墓帛書老子作“小邦寡民”，義同。

【小鳥依人】 xiǎo niǎo yī rén　依，依戀。唐李世民（太宗）評論功臣得失，謂“褚遂良學問稍長，性亦堅正。既寫忠誠，甚親附於朕，譬如飛鳥依人，自加憐愛。”見舊唐書六五長孫無忌傳。後謂女子或小孩嬌稚可愛爲小鳥依人，本此。

【小廉曲謹】 xiǎo lián qū jǐn　小處廉潔謹慎。意指不識大體，隨波逐流，只知拘執小節。宋朱熹朱文公文集六四答或人書之十：“鄉原是一種小廉曲謹、阿世徇俗之人。”宋史四三二王日傳：“回敦行孝友，質直平恕，造次必稽古人所爲，而不爲小廉曲謹以求名譽。”

【小隙沉舟】 xiǎo xì chén zhōu　比喻小誤足以釀致大禍。關尹子九藥：“勿輕小事，小隙沉舟。”隙，漏洞、空子。

【小器易盈】 xiǎo qì yì yíng　比喻量小難任大事。文選魏吳季重（質）在元城與魏太子牋：“小器易盈，先取沈頓，醒寤之後，不識所言。”亦作“器小易盈”。見該條。

【小題大做】 xiǎo tí dà zuò　明清科舉時代以四書文句命題的稱做小題，以五經文句命題的稱做大題。用做五經文的章法來做四書文的，便稱爲小題大做。後來借喻爲把小事當作大事來處理，含不值得、不恰當之意。清朱雘翡翠園七：“你們這班朋

友，慣是小題大做。"紅樓夢七三："沒有什麼，左不過他們小題大做了，何必問他？"清文康兒女英雄傳二四："玉鳳姑娘本就覺得這事過於小題大作，如今索性穿起公服來了。"

【小懲大誡】xiǎo chéng dà jiè 易繫辭下："小人不恥不仁，不畏不義，不見利不勸，不威不懲。小懲而大誡，此小人之福也。"大意是說對"小人"的小過錯加以懲誡，使他們受到教訓，不至於犯大罪，故反得福。魏書桓玄傳司馬德宗(晉安帝)下書："猶冀(桓)玄當洗濯胸腑，小懲大誡，而狼心弗革，悖慢愈甚。"

【小巫見大巫】xiǎo wū jiàn dà wū 巫，巫師。謂小巫的法術比不上大巫。太平御覽七三五莊子："小巫見大巫，拔茅而弃，此其所以終身弗如也。"後引申爲相形見絀。三國志吳張紘傳"紘著詩賦銘誄十餘篇"注引吳書魏陳琳答張紘書："此間率少於文章，易爲雄伯。……今景興(王朗)在此，足下與子布(張昭)在彼，所謂小巫見大巫，神氣盡矣。"小巫，陳琳自喻。

【小不忍則亂大謀】xiǎo bù rěn zé luàn dà móu 謂小事不忍就妨礙大計。論語衛靈公："巧言亂德，小不忍則亂大謀。"三國演義一一七："子鄧忠勸曰：'小不忍則亂大謀。'父親若與他不睦，必誤國家大事，望且容忍之。"

【少不更事】shào bù gēng shì 年輕閱歷世事不多。更，經歷。晉書周顗傳："溫嶠謂顗曰：'大將軍(王敦)此舉似有所在，當無濫邪？'顗曰：'君少年未更事。'"明張鳳翼竊符記四："趙國有馬服君趙奢之子趙括，志大才庸，少不更事，趙王信用非常。"清文康兒女英雄傳十："按這段評話的面子聽起來，似乎純是十三妹的少不更事，生做蠻來。"或作"少不經事"。

【少安毋躁】shào ān wú zào 少安一時，不要急躁，靜觀其後之意。宋陸游劍南詩稿六六雨："上策莫如常熟睡，少安毋躁會當晴。"李寶嘉官場現形記五七："總望大人傳諭衆紳民，叫他們少安毋躁，將來這場官場上一定替他們做主，決不叫死者含冤。"亦作"少安無躁"。見該條。

【少安無躁】shào ān wú zào 暫安一時

而不要急躁，靜觀其後之意。唐韓愈昌黎集十八答呂𥔲山人書："方將坐足下三浴而三熏之，聽僕之所爲，少安無躁。"亦作"少安毋躁"。見該條。

【少成若性】shào chéng ruò xìng 謂自幼形成的習慣，有如天性一樣。大戴禮保傅："少成若性，習貫之爲常。"漢賈誼新書保傅作"少成若天性，習貫若自然"。

【少年老成】shào nián lǎo chéng 北堂書鈔七三主簿"有老成之風"注引三輔決錄注："韋秉少爲郡主簿，楊戲奇之曰：'韋主簿雖少，有老成之風。'"後稱年青人辦事老練、舉止穩重爲少年老成，本此。明馮夢龍古今小說一："叙話中間，說起興哥少年老成，這般大事，虧他獨立支持。"

【少年氣盛】shào nián qì shèng 年輕性躁，不含蓄，欠考慮。五代王定保唐摭言五切磋皇甫湜答李生第一書："足下以少年氣盛，固當出拔爲意。學文之初，且未自盡其才，何遽稱力不能哉！"

【少見多怪】shǎo jiàn duō guài 見聞少，遇不常見的事物多以爲怪。弘明集一漢牟融理惑論："諺云：'少所見，多所怪。覩駞駝，言馬腫背。'"抱朴子神仙："夫所見少則所怪多，世之常也。"吳趼人二十年目睹之怪現狀八六："人家說少見多怪，你多見了還是那麼多怪。"後常用來嘲人見聞淺陋。

【少壯不努力，老大徒傷悲】shào zhuàng bù nǔ lì，lǎo dà tú shāng bēi 文選古樂府長歌行："百川東到海，何時復西歸？少壯不努力，老大徒傷悲。"徒，徒然、空。多用以告誡年輕人須及時努力。

【尖酸剋薄】jiān suān kè bó 極言其尖刻、苛酷。紅樓夢五五："分明太太是好太太，都是你們尖酸剋薄！可惜太太有恩無處使。"亦作"尖酸刻薄"。清李汝珍鏡花緣六六："舜英姐姐安心要尖酸刻薄，我也不來分辯，隨他說去。"

【尖酸刻薄】jiān suān kè bó 見"尖酸剋薄"。

【尖嘴猴腮】jiān zuǐ hóu sāi 形容人容貌醜陋。清吳敬梓儒林外史三："像你這尖嘴猴腮，也該撒抛尿自己照照！不三不四，就想天鵝屁吃！」

【尖嘴薄舌】jiān zuǐ bó shé　形容説話尖利刻薄。清李汝珍鏡花緣三：「你既要騙我酒吃，又贏我圍棋，偏有這些尖嘴薄舌的話説。我看你只怕未必延齡，還要促壽哩！」

【尖擔兩頭脱】jiān dān liǎng tóu tuō　比喻兩頭落空。元曲選關漢卿趙盼兒風月救風塵三：「周舍云：‘這婆娘他若是不嫁我呵，可不弄的尖擔兩頭脱。’」又缺名漢高皇濯足氣英布一：「你這裏怕不有千般搊摩，却將喳一時間瞞過，則怕你弄的喳做了尖擔兩頭脱。」亦作「尖擔擔柴兩頭脱」。西遊記五七：「我理會得。但你去，討得討不得，趁早回來，不要弄作‘尖擔擔柴兩頭脱’也。」

【尖擔擔柴兩頭脱】jiān dàn dān chái liǎng tóu tuō　見「尖擔兩頭脱」。

尢　　部

【尤雲殢雨】yóu yún tì yǔ　古代以雲雨喻男女之交合。詩文中泛稱沉浸於男女歡情爲尤雲殢雨。宋杜安世壽域詞剔銀燈：「尤雲殢雨，正纏綿朝朝暮暮。」明詩紀事十五鄭潛花遊曲：「尤雲殢雨踏歌步，春風喚愁花下步。」亦作「殢雨尤雲」。見該條。

【尨眉皓髮】máng méi hào fà　蒼眉白髮。指老人。後漢書七六劉寵傳：「山陰縣有五六老叟，尨眉皓髮，自若邪山谷間出，人齎百錢以送寵。」尨，亦作「厖」。後漢書五九張衡傳思玄賦「尉尨眉而郎潛兮，逮三葉而遘武」注引漢武故事：「顏駟不知何許人，漢文帝時爲郎，至武帝嘗輦過郎署，見駟尨眉皓髮。」文選六臣注本作「厖眉皓髮」。

【就日瞻雲】jiù rì zhān yún　史記五帝紀：「帝堯者，……就之如日，望之如雲。」文苑英華二唐李邕日賦：「披雲覩日今目則明，就日瞻雲兮心若驚。」後因以日喻帝王，把謁見帝王稱爲就日瞻雲。

【就事論事】jiù shì lùn shì　根據事情本身情況評定是非。指僅論及此事，不加引申。孟子梁惠王下「於王何有」宋朱熹集注引楊（時）氏：「孟子與人君言，皆所以擴充其善心而格其非心，不止就事論事，若使爲人臣者論事每如此，豈不能堯舜其君乎？」明李清三垣筆記上崇禎：「又郭侍御景昌素惡（甄）淑，出其數十單款授予，欲予入告。予曰：‘吾爲諫官時，即對天自誓，止就事論事，從不開人單款。’」

尸　　部

【尸位素餐】shī wèi sù cān　居位食祿而不理事。尸位，如尸之居位，只受享祭而不做事。素餐，不勞而坐食。漢書六七朱雲傳：「今朝廷大臣，上不能匡主，下亡以益民，皆尸位素餐，孔子所謂‘鄙夫不可以事君，苟患失之，亡所不至’者也。」清文康兒

女英雄傳十八："倘大人看我可爲公子之
師，情願附驥，自問也還不至於尸位素餐，
誤人子弟。"亦作"尸祿素餐"。見該條。

【尸居餘氣】shī jū yú qì 謂人軀殼雖在，
僅存氣息。形容人將死亡。晉書宣帝紀正
始九年："會河南尹李勝將蒞荆州，來候
帝。帝詐病篤，……勝退告（曹）爽曰：'司
馬公尸居餘氣，形神已離，不足慮矣。'"後
多指人暮氣沉沉，無所作爲，猶言比死人
多一口氣。尸，亦作"屍"。唐杜光庭虬髯客
傳："（紅拂）曰：'彼屍居餘氣，不足畏
也。'"彼，指司空楊素。

【尸居龍見】shī jū lóng xiàn 謂靜如尸
而動如龍。莊子在宥："故君子苟能無解其
五藏，無擢其聰明，尸居而龍見，淵默而雷
聲。"又天運："子貢曰：然則人固有尸居而
龍見，雷聲而淵默，發動如天地者乎？"

【尸祿素餐】shī lù sù cān 居位食祿而不
盡職守。漢劉向説苑至公："尸祿素餐，貪
欲無厭。"王符潛夫論："其尸祿素餐、無進
治之效、無忠善之言者，使從渥刑。"亦作
"尸位素餐"。見該條。

【尸橫遍野】shī héng biàn yě 極言死者
之多。三國演義七："程普挺鐵脊矛出馬，
與蔡瑁交戰。不到數合，蔡瑁敗走，（孫）堅
驅大軍，殺得尸橫遍野。"

【尺二秀才】chǐ èr xiù cái 宋楊萬里考
校湖南漕試，見首名卷中，"盡"字寫作
"尽"，即不錄取，並曰："明日揭榜，有喧傳
以爲場屋取得箇尺二秀才，則吾輩將胡
顏？"見宋孫奕履齋示兒編九聲畫押韻貴
乎審。尽，分拆爲尺、二兩字。後因以"尺二
秀才"諷刺寫俗字的人。

【尺寸千里】chǐ cùn qiān lǐ 指登高遠
眺，千里如在咫尺之中。唐柳宗元柳先生
集二九始得西山宴遊記："其高下之勢，岈
然洼然，若垤若穴，尺寸千里，攢蹙累積，
莫得遯隱。"亦以喻小中見大。

【尺布斗粟】chǐ bù dǒu sù 漢文帝弟淮
南厲王劉長因謀反事敗，被徙蜀郡，在路
上不食而死。民間作歌曰："一尺布，尚可
縫；一斗粟，尚可舂。兄弟二人不能相容。"
見史記一一八淮南厲王傳。後以"尺布斗
粟"比喻兄弟間因利害衝突而不相容。晉

武帝（司馬炎）出弟齊王攸於外，攸憤怨發
病死。王濟譏帝："尺布斗粟之謠，常爲陛
下恥之。"見世説新語方正、晉書王濟傳。
北史隋宗室諸王傳論："俄屬天步方艱，讒
人已勝，尺布斗粟，莫肯相容。"

【尺短寸長】chǐ duǎn cùn cháng 比喻人
或事物各有長處和短處，不能一概而論。
楚辭屈原卜居："夫尺有所短，寸有所長，
物有所不足，智有所不明，數有所不逮，神
有所不通。"亦見史記七三白起王翦傳論。
宋衞宗武秋聲集五李黄山乙藁序："然昔
之能詩者蕃矣，多莫得全美何哉？尺短寸
長，要不容强齊耳。"宋王之道相山集四和
董令升嘗雨詩："嗟予糞朽伏邱壑，尺短寸
長無足取。"亦作"尺有所短，寸有所長"。

【尺幅千里】chǐ fú qiān lǐ 指山水畫的畫
幅雖小而氣勢廣遠。唐詩紀事二五徐安貞
畫襄陽圖詩："圖書空咫尺，千里意悠悠。"
元戴良九靈山房集十六題何監丞畫山水
歌："莫言短幅僅盈咫，遠勢當論萬里。"
亦作"咫尺千里"、"咫尺萬里"。見各該條。

【尺蠖求伸】chǐ huò qiú shēn 比喻人先
屈後伸、以退爲進的策略。尺蠖，蟲名。其
行先屈後伸。易繫辭下："尺蠖之屈，以求
信（伸）也；龍蛇之蟄，以存身也。"明王世
貞鳴鳳記五："尺蠖欲求伸，卑污須自屈。"
亦作"屈蠖求伸"。

【尺有所短，寸有所長】chǐ yǒu suǒ
duǎn, cùn yǒu suǒ cháng 見"尺短寸
長"。

【屁滾尿流】pì gǔn niào liú 誇張地形容
人驚懼恐慌狼狽不堪之狀。水滸二六：
"（西門慶）聽得武松叫一聲，驚的屁滾尿
流，一直奔後門，從王婆家走了。"又七五：
"這一干人嚇得屁滾尿流，飛奔濟州去
了。"亦作"尿流屁滾"。元曲選康進之梁山
泊李逵負荆四："你要問俺名姓，若説出
來，直諕的你尿流屁滾。"

【尿流屁滾】niào liú pì gǔn 見"屁滾尿
流"。

【尾大不掉】wěi dà bù diào 尾大至轉動
不靈，不能指揮控制。比喻部屬勢力强大，
難以駕取。春秋時，楚滅蔡，楚靈王想封公
子棄疾爲蔡公，問於申無宇，無宇答道：
"末大必折，尾大不掉，君所知也。"見左傳

昭十一年。淮南子泰族：「禽獸之性，大者爲首，而小者爲尾。末大於本則折，尾大於要則不掉。」亦作「尾大難掉」。文選三國魏曹元首（冏）六代論：「所謂末大必折，尾大難掉」。又作「末大不掉」。見該條。

【尾大難掉】wěi dà nán diào　見「尾大不掉」。

【居安思危】jū ān sī wēi　在安全時考慮到可能發生的危險，即有備無患之意。左傳襄十一年：「書曰：『居安思危。思則有備，有備無患，敢以此規。』」晉書段灼傳上表：「然臣之悾悾，亦竊願居安思危，無曰高高在上，常念臨深之義，不忘履冰之戒。」藝文類聚三一晉棗腆答石崇詩：「我聞有言，居安思危，位極則遷，勢至必移。」亦作「於安思危」。見該條。

【居安資深】jū ān zī shēn　居處安順，造詣高深。孟子離婁下：「君子深造之以道，欲其自得之也。自得之，則居之安。居之安，則資之深。資之深，則取之左右逢其原，故君子欲其自得之也。」

【居利思義】jū lì sī yì　意謂臨財不苟得，以義爲重，可取則取。左傳昭二八年：「遠不忘君，近不偪同，居利思義，在約思純。」

【居官守法】jū guān shǒu fǎ　指爲官謹守法規律例。史記六八商君傳：「常人安於故俗，學者溺於所聞，以此兩者居官守法可也，非所與論於法之外也。」

【居高臨下】jū gāo lín xià　形容所處地位的優越。續資治通鑑一二四宋高宗紹興十一年：「敵居高臨下，我戰地不利。」曾樸孽海花二四：「雖土多磽薄，無著名部落，然高原綿亙，有居高臨下之勢。」

【居移氣，養移體】jū yí qì, yǎng yí tǐ　謂所處之地位、環境，可以改變人之氣質、體質。孟子盡心上：「孟子自范之齊，望見齊王之子，喟然嘆曰：『居移氣，養移體，大哉居乎！夫非盡人之子與？』」

【屈打成招】qū dǎ chéng zhāo　用嚴刑逼供，迫使被告誣服。元曲選缺名爭報恩三虎下山三：「如今把姐姐拖到官中，三推六問，屈打成招。」

【屈高就下】qū gāo jiù xià　指地位高的人遷就地位低的人。元曲選缺名須賈大夫誶范叔二：「須賈有何德能，敢勞老相國屈高就下也。」

【屈節辱命】qū jié rǔ mìng　失節投降，辱沒使命。漢書五四蘇建傳附蘇武：「屈節辱命，雖生，何面目以歸漢！」

【屈豔班香】qū yàn bān xiāng　屈，戰國楚屈原；班，漢班固。香、豔，形容文辭的華美。唐杜牧樊川集一冬至日寄小姪阿宜詩：「高摘屈宋豔，濃薰班馬香。」豔，同「豔」。意指文辭兼有楚辭史記漢書之長。宋，宋玉；馬，司馬遷。

【屍居餘氣】shī jū yú qì　見「尸居餘氣」。

【屋下架屋】wū xià jià wū　比喻事物的重複。晉庾仲初（闡）作揚都賦，庾亮謂可與漢張衡兩京賦、晉左思三都賦比美。於是人人爭寫，京中紙價因之昂貴。謝安卻認爲不過摹仿之作，並無新意，云：「此是屋下架屋耳。」見世說新語文學。北齊顏之推顏氏家訓序致：「魏晉以來，所著諸子，理重事複，遞相模斅，猶屋下架屋，牀上施牀耳。」宋洪邁容齋隨筆七七發：「東方朔答客難，自是文中傑出，揚雄擬之爲解嘲，尚有馳騁自得之妙。至於崔駰達旨、張衡應閒，皆屋下架屋，章摹句寫，其病與七林同，及韓退之進學解出，於是一洗矣。」

【屋漏更遭連夜雨】wū lòu gèng zāo lián yè yǔ　猶禍不單行。明洪楩清平山堂話本三董永遇仙傳：「屋漏更遭連夜雨，行船又撞打頭風。」

【屠門大嚼】tú mén dà jiáo　屠門，肉舖，宰牲之處。比喻羨慕而不能得到，想像已得之狀聊以自慰。初學記二六引漢桓譚新論：「人聞長安樂，出門西向笑，人知肉味美，即對屠門而嚼。」三國魏曹植曹子建集九與吳季重書：「過屠門而大嚼，雖不得肉，貴且快意。」

【層出不窮】céng chū bù qióng　不斷出現，沒有窮盡。層，重複、接連不斷。唐韓愈昌黎集二九貞曜先生墓志：「神施鬼設，間見層出。」後來稱事物變化多端，或博辯翻騰爲層出不窮。

【層見疊出】céng xiàn dié chū　接連不斷出現。明凌濛初初刻拍案驚奇十八：「携了此妾下湖，淺斟低唱，觥籌交舉，滿桌擺設酒器，多是些金銀異巧式樣，層見疊出。"

【履舄交錯】lǚ xì jiāo cuò　舄，鞋。古代席地而坐，賓客入室則脫鞋就席。履舄錯雜，形容賓客衆多。史記一二六淳于髡傳："履舄交錯，杯盤狼藉。"吳趼人二十年目睹之怪現狀三三："叫的局陸續都到，……一時履舄交錯，釧動釵飛。"

【履霜堅冰】lǚ shuāng jiān bīng　易坤："履霜堅冰至。"意謂行於霜上而知嚴寒冰凍將至，比喻防微杜漸，防患於未然。北史崔浩傳："立子以長，禮之大經，若需並大，成人而擇，倒錯天倫，則生履霜堅冰之禍。"舊五代史僭偽傳一史臣曰："昔唐祚橫流，異方割據，行密以高才捷足啟之於前，李昪以履霜堅冰得之於後，以偽易偽，逾六十年。"

【履及劍及】jù jí jiàn jí　見"劍及履及"。

【履賤踊貴】jù jiàn yǒng guì　左傳昭三年晏嬰曰："（齊）國之諸市，履賤踊貴。"履，鞋；踊，假腳。謂受刖刑而斷足者多，履無所用，故賤。以譏刑罰濫酷。亦形容犯罪者之多。

【屬辭比事】zhǔ cí bǐ shì　禮經解："屬辭比事，春秋教也。……屬辭比事而不亂，則深於春秋者也。"清孫希旦集解謂屬辭，連屬其辭，以月繫年，以日繫月，以事繫日；比事，比次列國之事而書之。本指連綴文辭，排列史事。後用以泛稱撰文記事。北史韓褒等傳論："劉璠學思通博，有著述之譽，雖傳疑傳信，頗有詳略，而屬辭比事，爲一家之言。"宋書自序："臣遠愧荀、董，近謝遷、固，以閭閻小才，述一代盛典，屬辭比事，望古慚良，鞠躬跼蹐，靦汗亡厝。"

山　部

【山光水色】shān guāng shuǐ sè　形容山水秀麗。元曲選范子安陳季卿誤上竹葉舟三："一葉遄巡送客歸，山光水色自相依。"亦作"水色山光"。見該條。

【山秀水明】shān xiù shuǐ míng　見"山明水秀"。

【山長水遠】shān cháng shuǐ yuǎn　形容路途遙遠艱阻。唐許渾丁卯集上將爲南行陪尚書崔公宴海榴堂詩："護誇書劍無好處，水遠山長步步愁。"宋晏殊珠玉詞踏莎行之三："當時輕別意中人，山長水遠知何處。"亦作"山長水闊"。見該條。

【山長水闊】shān cháng shuǐ kuò　形容道路遙遠艱險。宋晏殊珠玉詞蝶戀花之六："欲寄彩箋兼尺素，山長水闊知何處。"

【山明水秀】shān míng shuǐ xiù　形容風景優美。宋黃庭堅山谷詞驀山溪之四："山明水秀，盡屬詩人道。"元詩選癸之乙劉懷遠明秀亭："明秀亭前水渺茫，山明水秀類瀟湘。"亦作"山秀水明"。宋陸游劍南詩稿二二練塘："山秀水明何所似，玉人臨鏡暈螺青。"

【山肴野蔌】shān yáo yě sù　野味和蔬菜。蔌，蔬菜的總稱。宋歐陽修文忠集三九醉翁亭記："山肴野蔌，雜然而前陳者，太守宴也。"肴，亦作"殽"。清孔尚任桃花扇餘韻："你的東西，一定是山殽野蔌了。"亦作"山肴野蔬"。清錢彩說岳全傳三五："今日難得二位將軍到此，山肴野蔬，且權當接風。"

【山肴野蔬】shān yáo yě shū　見"山肴野蔌"。

【山珍海味】shān zhēn hǎi wèi　山海所產的各種珍異味美的食品。紅樓夢三九："姑娘們天天山珍海味的，也吃膩了，吃箇野菜兒，也算我們的窮心。"亦作"山珍海錯"。見該條。

【山珍海錯】shān zhēn hǎi cuò　山海所產的珍饈美味。唐韋應物韋江州集九長安道詩：「山珍海錯棄藩籬，烹犢炰羔如折葵。」曾樸孽海花五：「中間已搬上一桌山珍海錯的盛席，許多康彩干青的細磁。」亦作「山珍海味」。見該條。

【山南海北】shān nán hǎi běi　指遙遠的地方。紅樓夢五七：「薛姨媽道：‘比如你姐妹兩箇的婚姻，此刻也不知在眼前，也不知在山南海北呢？’」亦作「天南地北」、「地北天南」。見「天南地北」。

【山峙淵渟】shān zhì yuān tíng　喻人端凝穩重如山之聳峙，如淵之深沉。抱朴子審舉：「逸倫之士，非禮不動，山峙淵渟，知之者希，馳逐之徒，蔽而毀之。」世說新語賞譽上「謝子微見許子將兄弟」注引汝南先賢傳：「許劭……山峙淵渟，行應規表。」亦作「川渟嶽峙」、「嶽峙淵渟」。見各該條。

【山重水複】shān chóng shuǐ fù　山巒重疊，河流盤曲。宋陸游劍南詩稿一遊山西村：「山重水複疑無路，柳暗花明又一村。」

【山高水低】shān gāo shuǐ dī　比喻不測之事。水滸四：「趙員外道：‘若是留提轄在此，誠恐有些山高水低，教提轄怨悵；若不留提轄來，許多面皮不好看。’」明馮夢龍醒世恆言二十：「徐氏勸道：‘兒不要睬那老漢志氣！凡事有我在此作主；明日就差人去打聽三官下落，設或他有些山高水低，好歹將家業分一半與你守節。’」

【山高水長】shān gāo shuǐ cháng　喻人品節操高潔，影響深遠。宋范仲淹范文正公集七桐廬郡嚴先生祠堂記：「雲山蒼蒼，江水泱泱，先生之風，山高水長。」後亦比喻恩德、情誼的深厚。

【山崩地陷】shān bēng dì xiàn　比喻極大變故，或形容聲勢巨大。紅樓夢一：「(甄)士隱意欲也跟着過去，方舉步時，忽聽一聲霹靂，若山崩地陷。」

【山崩地裂】shān bēng dì liè　比喻極大變故，或形容巨大聲勢。西遊記十二：「這正是山崩地裂有人見，捉生替死卻難逢。」亦作「地裂山崩」。西遊記四四：「八戒道：‘好一似地裂山崩。’沙僧道：‘也就如雷聲霹靂。’」又作「山崩地陷」。見該條。

【山崩鐘應】shān bēng zhōng yìng　比喻事物相感應。三國魏時，殿前大鐘無故大鳴，人問張華，華曰：「此蜀郡銅山崩，故鐘鳴應之耳。」見南朝宋劉敬叔異苑二。易乾「同聲相應，同氣相求」疏引唐孔穎達正義：「蠶吐絲而商弦絕，銅山崩而洛鐘應。」即用此典。洛，魏都。

【山棲谷飲】shān qī gǔ yǐn　指隱居的生活。魏書肅宗紀詔：「其懷道丘園，昧跡板築，山栖谷飲，舒卷從時者，宜廣丝帛，緝和鼎餼。」栖，同「棲」。唐王維王右丞集十八與魏居士書：「僕見足下裂裳毀冕，二十餘年，山棲谷飲，高居深視。」

【山盟海誓】shān méng hǎi shì　盟誓堅定，如山海之久長。多指男女真誠相愛。宋趙長卿惜香樂府八賀新郎：「終待說山盟海誓，這恩情到此非容易。」明馮夢龍古今小說十二：「(謝)玉英十分眷戀，設下山盟海誓，一心要相隨柳七官人，侍奉箕帚。」亦作「海誓山盟」。見該條。

【山窮水盡】shān qióng shuǐ jìn　比喻走投無路，陷入絕境。清蒲松齡聊齋志異李八缸：「苟不至山窮水盡時，勿望給與也。」

【山頹木壞】shān tuí mù huài　禮檀弓上：「孔子蚤作，負手曳杖，消搖於門，歌曰：‘泰山其頹乎！梁木其壞乎！哲人其萎乎！’……蓋寢疾七日而沒。」後詩文中以「山頹木壞」喻有重要影響人物的死亡。

【山雞舞鏡】shān jī wǔ jìng　比喻顧影自憐。南朝宋劉敬叔異苑三：「山雞愛其毛羽，映水則舞。魏武時，南方獻之，帝欲其鳴舞而無由。公子蒼舒(曹冲)令置大鏡其前，雞鑒形而舞不知止。」清李汝珍鏡花緣二十：「丹桂岩山雞舞鏡，碧梧嶺孔雀開屏。」

【山雨欲來風滿樓】shān yǔ yù lái fēng mǎn lóu　唐許渾丁卯集上咸陽城東樓詩：「溪雲初起日沈閣，山雨欲來風滿樓。」後常以喻重大事變即將發生時的迹象和情勢。

【山河易改，本性難移】shān hé yì gǎi, běn xìng nán yí　謂人習慣成性，不易改變。元曲選武漢臣李素蘭風月玉壺春三：「則你那本性也難移，山河易改。」又缺名謝金吾詐拆清風府三：「可不的山河易改，本性難移。」亦作「江山易改，稟性難移」。

見該條。

【山陰道上，應接不暇】 shān yīn dào shàng, yìng jiē bù xiá　世說新語言語：“王子敬（獻之）云：‘從山陰道上行，山川自相映發，使人應接不暇。’”本指一路山水秀美，看不勝看。後僅取下句之意，用以形容頭緒紛繁，難於應付。

【岸然道貌】 àn rán dào mào　見“道貌岸然”。

【島瘦郊寒】 dǎo shòu jiāo hán　見“郊寒島瘦”。

【崇山峻嶺】 chóng shān jùn lǐng　高大陡峻的山嶺。晉書八十王羲之傳蘭亭序：“此地有崇山峻嶺，茂林修竹，又有清流激湍，映帶左右。”清李汝珍鏡花緣八：“唐敖一心記掛尋神所說名花，每逢崇山峻嶺，必要泊船，上去望望。”

【崇本抑末】 chóng běn yì mò　重根本，輕枝末。自秦漢以來，本，多指農業生產；末，指工商業。三國志魏司馬芝傳：“王者之治，崇本抑末，務農重穀。”亦作“務本抑末”。見該條。

【崇論閎議】 chóng lùn hóng yì　史記一一七司馬相如傳難蜀父老書：“且夫賢君之踐位也。……必將崇論閎議，創業垂統，爲萬世規。”閎議，文選作“吰議”。本指博徵衆議，深論根本。後來用爲名詞，指高明卓越的議論。亦作“閎言崇議”。見該條。

【崧生嶽降】 sōng shēng yuè jiàng　詩大雅崧高：“崧高維嶽，駿極於天。維嶽降神，生甫及申。”傳：“嶽降神靈和氣，以生申甫之大功。”甫，甫侯；申，申伯，均爲周宣王舅父，朝之重臣，相傳爲古四嶽後裔。後來詩文中諛頌有門閥的大臣爲“崧生嶽降”，本此。

【崑山片玉】 kūn shān piàn yù　晉郤詵遷雍州刺史，武帝問詵：“卿自以爲何如？”詵答：“臣舉賢良對策，爲天下第一，猶桂林之一枝，崑山之片玉。”見晉書郤詵傳。北魏張寧墓志：“自以桂林一枝，崐山片玉。”（漢魏南北朝墓志集釋）崑山，崑崙山之簡稱，山中盛產玉。崑山片玉本爲自謙之語，後詩文中多用以贊美人才難得而可貴。

【嶽峙淵渟】 yuè zhì yuān tíng　比喻人之端凝莊嚴，如山之矗立，水之深沉。文苑英華八七三蕭綸隱居貞白先生陶君碑：“行仁蹈義，嶽峙淵渟”。亦作“川渟嶽峙”、“山峙淵渟”。見各該條。

【巖居穴處】 yán jū xué chǔ　住在深山洞穴之中，謂隱居生活。韓詩外傳五：“雖巖居穴處，而王侯不能與爭名。”亦作“巖居谷飲”。見該條。

【巖居谷飲】 yán jū gǔ yǐn　指隱居生活。淮南鴻烈解人間：“單豹背世離俗，巖居谷飲，不衣絲麻，不食五穀。”亦作“巖居穴處”。見該條。

巛　部

【川渟嶽峙】 chuān tíng yuè zhì　水止不流，山高矗立。比喻人的凝重莊嚴。晉書隱逸傳序：“玉輝冰潔，川渟嶽峙。”川，本作“淵”，唐人避李淵（唐高祖）諱改。又作“嶽峙淵渟”、“山峙淵渟”。見各該條。

【州官放火】 zhōu guān fàng huǒ　宋陸游老學庵筆記五載：田登作州官，令屬下吏民避其名，禁用與“登”同音字，犯者每受鞭笞。於是全州皆謂“燈”爲“火”。上元節放燈，州吏出告示寫道：“本州依例放火三日。”後因有“只許州官放火，不許百姓點燈”之語，諷刺封建官僚作威作福、胡作非爲，而不許百姓有行動自由。明朱宗藩小青娘風流院傳奇拘理：“依你說，只許州官放火，不許百姓點燈。”紅樓夢七七：“可是你‘自許州官放火,不許百姓點燈’。我們偶説一句妨礙的話,你就説不吉利;你如今好好的咒他,就該的了?”

【巢毀卵破】cháo huǐ luǎn pò 漢孔融爲曹操所不容,相傳融被捕時,有女七歲,子九歲,正下棋,仍坐不動。人間父被捕,爲何不起,答道:“安有巢毀而卵不破乎!”意謂自己亦不得幸免。後俱被殺。見後漢書本傳、三國志魏崔琰傳“魯國孔融”注引(晉孫盛)魏氏春秋。

工　　部

【工力悉敵】gōng lì xī dí 工夫、才力相等,不分上下。唐中宗遊昆明池賦詩,羣臣應制百餘篇,命上官婉兒評選,惟沈佺期宋之問二詩工力悉敵。見唐詩紀事三上官昭容。明徐宏祖徐霞客遊記粵西遊日記:“東崖則穴錯門紛,曾未一歷。遂爇炬東入,其上垂乳環柱,與老君座後暗洞諸勝,工力悉敵。”

【巧不可階】qiǎo bù kě jiē 巧妙得不可企及。階,台階、階梯。引申爲登、及。梁書庾肩吾傳太子(梁簡文帝)與湘東王書:“又時有效謝康樂、裴鴻臚文者,亦頗有惑焉。……謝故巧不可階,裴亦質不宜慕。”

【巧立名目】qiǎo lì míng mù 指用巧妙手法,定出種種名義條目,以達到某種不正當的目的。明俞汝楫禮部志稿九四振俗學弘治十二年許天錫上言:“自頃師儒身職,正教不修,上之所尚者,浮華靡蠱之體;下之所習者,枝葉蕪蔓之詞。俗士陋儒,妄相哀集,巧立名目,殆其百家。”

【巧立名色】qiǎo lì míng sè 指貪官污吏在法定的項目之外,用巧妙的手法,另定種種名目,向人民敲詐勒索。如州縣官除徵地丁錢糧外,另收筆墨紙等費或胥吏飯費之類。後多稱巧立名目,用以泛指藉故斂錢的手段。清吏部對官吏考績,習用此語。見六部成語注解吏部。元史刑法志三食貨:“諸產金之地,有司歲徵金課,……其有巧立名色,廣取用錢,及多秤金數,剋除火耗,爲民害者,從監察御史廉訪司糾之。”亦作“巧立名目”。見該條。

【巧舌如簧】qiǎo shé rú huáng 形容花言巧語,能説會道。全唐詩劉兼誠是非:“巧舌如簧總莫聽,是非多自愛憎生。”亦作“巧言如簧”、“巧言似簧”。見“巧言如簧”。

【巧言令色】qiǎo yán lìng sè 指用動聽之言和諂媚之態取悦於人。書皋陶謨:“何畏乎巧言令色孔壬。”論語學而:“巧言令色,鮮矣仁。”水滸六四:“分明草賊,替何天,行何道,天兵在此,還敢巧言令色。”

【巧言如簧】qiǎo yán rú huáng 指巧僞的言辭,美妙動聽,有如笙中之簧。簧:樂器中用爲振動發聲的薄片。詩小雅巧言:“巧言如簧,顏之厚矣。”後漢書六六陳蕃傳:“夫讒人似實,巧言如簧,使聽之者惑,視之者昏。”亦作“巧言似簧”。唐白居易長慶集四天可度詩:“但見赤誠赤如血,誰知僞言巧似簧。”亦作“巧舌如簧”。見該條。

【巧言似簧】qiǎo yán sì huáng 見“巧言如簧”。

【巧言偏辭】qiǎo yán piān cí 猶花言巧語。莊子人間世:“言者,風波也;行者,實喪也。夫風波易以動,實喪易以危。故忿設無由,巧言偏辭。”

【巧取豪敓】qiǎo qǔ háo duó 見“巧取豪奪”。

【巧取豪奪】qiǎo qǔ háo duó 用欺詐手段取得,或以暴力強搶。宋劉克莊後村集六六全槐卿太府卿制:“周旋數郡,不巧取豪奪而用足,無疾聲大呼而事集,遺愛在人,去而見思。”奪,亦作“敓”。弇州山人四部稿一三七黃大癡山水爲楊二山題：“二峰老人此畫不甚類居平筆，而清潤多遠致，自出南宋諸公表。跋尾預爲老僧作證，不令人巧取豪敓，然僧臟有盡，又安能計弓之失得耶？”亦作“巧取豪奪”。見該條。

【巧偷豪奪】qiǎo tōu háo duó　詐取和强搶。宋蘇軾分類東坡詩十一次韻米黻二王書跋尾：“巧偷豪奪古來有，一笑誰似癡虎頭。”虎頭，東晉畫家顧愷之小字。周煇清波雜志五：“老米（芾）酷嗜書畫，嘗從人借古畫自臨搨，揭竟，併與真贋本歸之，俾其自擇而莫辨也。巧偷豪奪，故所得爲多。”元詩選趙孟頫松雪齋集賦張秋泉真人所藏研山：“巧偷豪奪古來有，問君此意當何如。”後多用於指舊時收藏家，遇有珍品，不擇手段，攘爲己有。亦作“巧取豪奪”、“巧取豪敓”。見“巧取豪奪”。

【巧發奇中】qiǎo fā qí zhòng　善於伺機發言，而每能應驗。史記封禪書：“（李）少君資好方，善爲巧發奇中。嘗從武安侯飮，坐中有九十餘老人，少君乃言與其大父游射處，老人爲兒時，從其大父，識其處，一坐盡驚！”注引如淳：“時時發言有所中也。”

【巧語花言】qiǎo yǔ huā yán　虛假而動聽的話。元王實甫西廂記三本二折：“對人前巧語花言；沒人處便想張生，背地裏愁眉淚眼。”亦作“花言巧語”。見該條。

【巧奪天工】qiǎo duó tiān gōng　人工之巧，勝過天然。形容技藝精妙。元趙孟頫松雪齋集五贈放煙火者詩：“人間巧藝奪天工，鍊藥燃燈清晝同。”

【巧詐不如拙誠】qiǎo zhà bù rú zhuō chéng　先秦諺語。機巧而僞詐，不如笨拙而誠實。韓非子說林上：“故曰：巧詐不如拙誠。樂羊以有功見疑，秦西巴以有罪益信。”三國志魏劉曄傳注、太平御覽七三九引傅子，皆有此諺語。

【巧婦難爲無米之炊】qiǎo fù nán wéi wú mǐ zhī chuī　比喻缺少必要的條件，難以成事。宋莊季裕雞肋編中：“諺有‘巧息婦做不得沒麵餺飥’，與‘遠井不救近渴’之語。”明馮夢龍警世通言十二：“常言巧媳婦煮不得沒米粥。”明姚茂良雙忠記三二：“俗云巧媳娘（婦）做不得沒米飯。”

【巨鼇戴山】jù áo dài shān　古神話謂渤海之東有大壑，爲衆水所歸。中有岱輿、員嶠、方壺、瀛洲、蓬萊五山，常隨潮波流動。天帝命禹疆用十五頭巨鼇把五山背起來，五山始峙立不動。見列子湯問。晉張湛注：“離騷曰：‘巨鼇戴山，其何以安也？’”今本楚辭天問作“鼇戴山抃，何以安之？”後詩文常用“巨鼇戴山”比喻感恩深重。

【左支右絀】zuǒ zhī yòu chù　戰國策西周：“養由基曰：‘……子何不代我射之也？’客曰：‘我不能教子支左屈右。’”注：“支左屈右，善射法也。”本指射箭時左臂撐弓、屈右臂扣弦之法，後轉來形容能力或財力不足，而顧此失彼的窘狀。絀，不足，減損。清紀昀閱微草堂筆記二三灤陽續錄五：“左支右絀，困不可忍。”沈復浮生六記坎坷記愁：“始則移東補西，繼則左支右絀。”

【左右兩難】zuǒ yòu liǎng nán　兩面爲難，指處事不易作出決定。元曲選楊顯之臨江驛瀟湘秋夜雨一：“我欲待親自去尋來，限次又緊，着老夫左右兩難，如何是好？”亦作“左右爲難”。見該條。

【左右逢原】zuǒ yòu féng yuán　孟子離婁下：“資之深，則取之左右逢其原。”原，通“源”，水源。意謂學問的功夫深，則用之不盡，取之不竭。後以比喻處事行文，作書作畫等得心應手。宋蘇宗武秋聲集五張石山戲筆序：“方其好之也，則爲物所戲，久之而心與手應，手與物忘，出奇入神，左右逢原，而物反爲我所戲矣。”朱子語類一三九：“前輩作文者，古人有名文字，皆模擬作一篇，故後有所作時，左右逢原。”明唐寅六如畫譜一引宋郭熙畫意：“及乎境界已熟，心手已應，方使縱橫中度，左右逢原。”

【左右開弓】zuǒ yòu kāi gōng　左右兩手皆能射箭。後比喻兩手輪流做同一動作，或幾方面都在進行。元曲選白仁甫唐明皇秋夜梧桐雨楔子：“臣左右開弓，一十八般武藝，無有不會。”紅樓夢六七：“那黑兒真箇自己左右開弓，打了自己十幾箇嘴巴。”

【左右爲難】zuǒ yòu wéi nán　指兩面爲難，不易作出決定。紅樓夢一二〇：“襲人此時更難開口，住了兩天，細想起來：'哥哥辦事不錯，若是死在哥哥家里，豈不又害了哥哥呢？'千思萬想，左右爲難。"亦作"左右兩難"。見該條。

【左宜右有】zuǒ yí yòu yǒu　詩小雅裳裳者華"左之左之，君子宜之；右之右之，君子有之。"後因以"左宜右有"指人才德兼備，處事咸宜。清平步青霞外攟屑七："文采斐然，左宜右有，吾不如孫淵如"。亦作"左宜右宜"。見該條。

【左宜右宜】zuǒ yí yòu yí　形容人才德兼備，處事咸宜。隋趙朗曁妻孫氏墓誌："並允文允武，左宜右宜。"（漢魏南北朝墓誌集釋圖版四六八之二）亦作"左宜右有"。見該條。

【左思右想】zuǒ sī yòu xiǎng　猶熟思。反復考慮。明馮夢龍清蔡元放東周列國志五五："是夜，魏顆在營中悶坐，左思右想，沒有良策。"紅樓夢三四："（黛玉）如此左思右想，一時五內沸然。"

【左提右挈】zuǒ tí yòu qiè　猶言相互扶持。挈，帶領。史記八九張耳陳餘傳："夫以一趙尚易燕，況以兩賢王左提右挈，而責殺王之罪，滅燕易矣。"宋蘇軾經進東坡文集事略五八："僕之有張昭，正如（劉）備之有孔明，左提右挈，以就大事。"亦形容父母對子女的照顧。北齊顏之推顏氏家訓兄弟："方其幼也，父母左提右挈，前襟後裾。"

【左道旁門】zuǒ dào páng mén　舊指不正派的宗教派別，亦借用於學術上。現泛指不正派的東西。明許仲琳封神演義三四："左道旁門亂似麻，只因昏主起波查。"

【左輔右弼】zuǒ fǔ yòu bì　指帝王左右的輔佐重臣。孔叢子論書："王者前有疑，後有丞，左有輔，右有弼，謂之四近。"晉書潘岳傳附潘尼乘輿箴："左輔右弼，前疑後丞。一日萬機，業業兢兢。"引申爲左右輔助之意。漢焦延壽易林五隨之屯："左輔右弼，金玉滿櫃。"

【左圖右史】zuǒ tú yòu shǐ　言積書盈側。新唐書一四二楊綰傳："性沈靖，獨處一室，左右圖史，凝塵滿席，澹如也。"後謂藏書之多爲"左圖右史"。清龔自珍定盦文集續集三阮尚書年譜第一葉："乃設精舍，顏曰詁經，背山面湖，左圖右史。"

【左縈右拂】zuǒ yíng yòu fú　左邊收捲，右邊拂拭。比喻收拾對手輕而易舉。史記楚世家："若夫泗上十二諸侯，左縈而右拂之，可一旦而盡也。"廣弘明集二八上隋李德林隋文帝爲太祖武元皇帝行幸四處立寺建碑詔："懸兵萬里，直指參墟。左縈右拂，麻積草靡。"

【左顧右眄】zuǒ gù yòu miǎn　左右顧視。形容志得意滿的神態。文選三國魏曹子建（植）與吳季重書："足下鷹揚其體，鳳觀虎視，謂蕭曹不足儔，衛霍不足侔也。左顧右眄，謂若無人，豈非吾子壯志哉！"亦作"左顧右盼"。見該條。

【左顧右盼】zuǒ gù yòu pàn　左右顧視，形容得意之態。唐李白李太詩九走筆贈獨孤駙馬："銀鞍紫鞚照雲日，左顧右盼生光輝。"曾樸孽海花十二："兩人左顧右盼，儼然自命一對畫中人了。"亦作"左顧右眄"。見該條。

【差三錯四】chā sān cuò sì　顛倒錯亂。元曲選缺名包龍圖智賺合同文字四："這小廝本説的丁一確二，這婆子生扭做差三錯四。"又金水橋陳琳抱粧盒三："要説箇丁三卯二，不許你差三錯四。"

【差彊人意】chā qiáng rén yì　尚能使人滿意，差，尚、略；彊，通"强"。振奮。後漢書十八吳漢傳："諸將見戰陳不利，或多惶懼，失其常度。漢意氣自若，方整厲器械，激揚士吏。……（光武）乃嘆曰：'吳公差彊人意，隱若一敵國矣！'"清劉鶚老殘遊記十二："王漁洋的古詩選亦不能有當人意，算來還是張翰鳳的古詩錄差强人意。"强，古籍多借爲"彊"。

【差以毫釐，失之千里】chā yǐ háo lí，shī zhī qiān lǐ　見"失之毫釐，差之千里"。

己 部

【己飢己溺】jǐ jī jǐ nì 孟子離婁下：“禹思天下有溺者，由己溺之也。稷思天下有飢者，由己飢之也。”後以“己飢己溺”比喻關心、同情他人疾苦。吳趼人二十年目睹之怪現狀六十：“前回一箇大善士，專誠到揚州去勸捐，做得那種痛癢在抱、愁眉苦目的樣子，真正有‘己飢己溺’的神情，被述農譏誚了幾句。”

【己所不欲，勿施於人】jǐ suǒ bù yù, wù shī yú rén 謂設身處地，推己及人。論語衛靈公：“子貢問曰：‘有一言而可終身行之者乎？’子曰：‘其恕乎！己所不欲，勿施於人。’”

【巴三覽四】bā sān lǎn sì 東拉西扯。元曲選（蕭德祥）楊氏女殺狗勸夫四：“我說的丁一確二，你說的巴三覽四。”

【巴山夜雨】bā shān yiè yǔ 比喻朋友再次相聚，重敍舊緣。唐李商隱李義山詩集六夜雨寄北：“君問歸期未有期，巴山夜雨漲秋池，何當共剪西牕燭，却話巴山夜雨時。”

【巴巴結結】bā bā jiē jiē 勉強維持。京本通俗小説錯斬崔寧：“光陰迅速，大娘子在家，巴巴結結，將近一年。”

【巴高望上】bā gāo wàng shàng 意猶希望上進。紅樓夢四六：“别説是鴛鴦，憑他是誰，那一箇不想巴高望上、不想出頭的？”

【巴蛇吞象】bā shé tūn xiàng 比喻人心不足，貪心。巴蛇，古代傳説中的大蛇。山海經海内南經：“巴蛇食象，三歲而出其骨。”

巾 部

【布衣之交】bù yī zhī jiāo 謂貧賤之交。戰國策齊三：“（孟嘗君謂舍人曰）衞君與文布衣交，請具車馬皮幣，願君以此從衞君遊。”史記八一廉頗藺相如傳：“臣以爲布衣之交尚不相欺，况大國乎？”

【布衣韋帶】bù yī wéi dài 原指古代平民服裝，後指未做官的讀書人。清吳敬梓儒林外史八：“相府開筵，常聚些布衣韋帶。”

【布衣蔬食】bù yī shū shí 形容生活簡約。蔬食，以草菜爲食。指粗食。三國志魏管寧傳“卒於海表”注引先賢行狀：“布衣蔬食，不改其樂。”晉書范汪傳：“外氏家貧，無以資給，汪乃盧於園中，布衣蔬食，然薪寫書。”

【布衣黔首】bù yī qián shǒu 庶民、平民。史記八七李斯傳：“夫斯乃上蔡布衣，閭巷之黔首。”

【布帛菽粟】bù bó shū sù 布帛菽粟，爲日常生活所必需，故用以比喻雖屬平常卻爲不可或缺之物。宋史四二七程頤傳：“其言之旨，若布帛菽粟然。”

【布鼓雷門】bù gǔ léi mén　漢書七六王尊傳："毋持布鼓過雷門。"注："雷門,會稽城門也,有大鼓。越擊此鼓,聲聞洛陽。……布鼓,謂以布爲鼓,故無聲。"後以布鼓與雷門並舉,比喻在高手面前賣弄技能。唐李商隱李義山文集三爲舉人獻韓郎中琮啟："捧爝火以干日御,動以光銷;抱布鼓以詣雷門,忽然聲寢。"元吳昌齡東坡夢一:"小官在吾兄跟前,念滿庭芳一闋,却似持布鼓而過雷門,豈不慚愧。"

【席不暇暖】xí bù xiá nuǎn　淮南子脩務:"孔子無黔突,墨子無暖席。"文選漢班孟堅(固)答賓戲:"孔席不暖,墨突不黔。"後以之形容事務繁忙,四方奔走,不暇安居。世說新語德行:"武王式商容之閭,席不暇煖。"注:"許叔重曰,商容,殷之賢人,……車上跽曰式。""暖、煖,同"暖"。"唐韓愈昌黎集十四爭臣論:"故禹過家門不入,孔席不暇暖而墨突不得黔,彼二聖一賢者,豈不知自安佚之爲樂哉,誠畏天命而悲人窮也。"

【席地而坐】xí dì ér zuò　古代敷席於地而坐。泛指坐於地上。紅樓夢一一五:"本來買政席地而坐,要讓甄寶玉在椅子上坐,甄寶玉因是晚輩,不敢上坐,就在地下鋪了褥子坐下。"

【席地幕天】xí dì mù tiān　以地爲席,以天爲幕。比喻高曠,亦形容胸襟曠達。唐韓偓玉山樵人香奩集惆悵詩:"何如飲酒連千醉,席地幕天無所知。"亦作"幕天席地"。見該條。

【席卷天下】xí juǎn tiān xià　形容力量強大,控制全國。文選漢賈誼過秦論:"有席卷天下、包舉宇內、囊括四海之意,並吞八荒之心。"

【席珍待聘】xí zhēn dài pìn　舊喻懷才待用。禮記儒行:"儒有席上之珍以待聘。"漢鄭玄注:"席,猶鋪陳也。鋪陳往古堯舜之善道以待見問也。"

【席豐履厚】xí fēng lǚ hòu　舊時形容家產豐厚,生活富裕。吳趼人二十年目睹之怪現狀十四:"你看他們帶上幾年兵船,就都一箇箇的席豐履厚起來,那裏還肯去打仗!"

【師心自用】shī xīn zì yòng　見"師心自是"。

【師心自任】shī xīn zì rèn　猶師心自是。北齊顏之推顏氏家訓文章:"學爲文章,先謀親友,得其評裁,知可施行,然後出手。慎勿師心自任,取笑旁人也。"亦作"師心自是"、"師心自用"。見"師心自是"。

【師心自是】shī xīn zì shì　師心,本指以己意爲師,後稱固執己見、自以爲是爲師心自是,或師心自用。北齊顏之推顏氏家訓勉學:"見有閉門讀書,師心自是,稱人廣座,謬誤差失者多矣。"唐陸贄陸宣公集十三奉天請數對羣臣兼許令論事狀:"又況不及中才,師心自用,肆于人上,以遂非拒諫,孰有不危者乎?"亦作"師心自任"。見該條。

【師出有名】shī chū yǒu míng　禮檀弓下:"師必有名。"名,名義。引申爲理由。謂出兵必須有正當理由。明朱鼎玉鏡臺記閨雖起舞:"庶幾義聲昭彰,理直氣壯,師出有名,大功可就矣。"後亦借以表示作事有理。

【師出無名】shī chū wú míng　泛指行事無正當理由。南朝陳徐陵徐孝穆集六武皇帝作相時與北齊廣陵城主書:"辱告承上黨殿下及匹婁領軍應來江右,師出無名,此是和義"。明許仲琳封神演義二:"姬昌曰:'……且勞民傷財,窮兵黷武,師出無名,皆非盛世所宜有者也。'"

【師直爲壯】shī zhí wéi zhuàng　謂用兵之理由正當,其士氣必旺盛。左傳僖二八年:"師直爲壯,曲爲老,豈在久乎?"

【帶牛佩犢】dài niú pèi dú　漢宣帝時,渤海郡一帶發生饑荒,龔遂被任爲渤海太守,勸民務農。見民有帶持刀劍者,使賣劍買牛,賣刀買犢,曰:"何爲帶牛佩犢!"見漢書八九龔遂傳。

【帶礪山河】dài lì shān hé　見"河山帶礪"。

【帷薄不修】wéi bó bù xiū　帷,帳幔;薄,帘子。古代都作障隔內外之用。古人對家庭生活淫亂者,婉稱爲"帷薄不修"。漢書四八賈誼傳陳政事疏:"古者大臣有坐污穢淫亂、男女亡別者,不曰污穢,'帷薄不修。'"清文康兒女英雄傳緣起首回:"當玄宗天寶改元以後,把箇楊貴妃寵得佚蕩驕縱，帷薄不修。"

【幕天席地】mù tiān xí dì 以天爲幕，以地爲席，比喻高曠。文選晉劉伯倫（伶）酒德頌："行無轍迹，居無室廬，幕天席地，縱意所如。"金李俊明莊靖先生集感皇恩楊成之生朝四月初三日詞："玉帶金魚坐中客，幕天席地，便是仙家日月。"元曲選馬致遠西華山陳摶高卧三："睡時節幕天席地，黑嘍嘍鼻息如雷。"亦作"席天幕地"。見該條。

【幣重言甘】bì zhòng yán gān 禮厚言甜。以指誘惑。左傳僖十年："幣重而言甘，誘我也。"明馮夢龍清蔡元放東周列國志二九："秦使此來，不是好意，其幣重而言甘，殆誘我也。"

【幫閒鑽懶】bāng xián zuān lǎn 逢迎湊趣。元王實甫西廂記三本二折："直待我拄著拐幫閒鑽懶，縫合脣送暖偷寒。"孤本元明雜劇元秦簡夫陶母剪髮待賓三："幫閒鑽懶爲活計，脱空説謊作營生。"

干 部

【干名采譽】gān míng cǎi yù 以不正當于段獵取名譽。干，求；采，取。漢書六四下終軍傳："而直矯作威福，以從民望，干名采譽，此明聖所必加誅也。"

【干城之將】gān chéng zhī jiàng 指捍衛國家的將才。干，盾；城，城郭。均起捍禦防衛作用。詩周南兔罝："糾糾武夫，公侯干城。"孔叢子居衞："今君處戰國之世，選爪牙之士，而以二卵爲棄干城之將，此不可使聞於鄰國者也。"

【干卿何事】gān qīng hé shì 謂事不干己而愛管閒事。詳"吹皺一池春水"。

【干雲蔽日】gān yún bì rì 形容樹木參天，高及雲際，蔭可蔽日。後漢書三七丁鴻傳："夫壞崖破巖之水，源自涓涓；干雲蔽日之木，起於葱青。"

【干隔澇漢子】gān gé lào hàn zǐ 干，通"乾"；隔澇，疥瘡。猶言不乾不淨、不三不四的人。水滸二："他平生專好惜客養閒人，招納四方干隔澇漢子。"

【平心而論】píng xīn ér lùn 公正地給予評價。清蒲松齡聊齋志異司文郎："當前跌落，固是數之不偶，平心而論，文亦未便登峰。"曾樸孽海花三三："平心而論，劉永福固然不是甚麼天神天將，也決不會謀反叛逆，不過是箇有些膽略、有些經驗的老軍務罷了。"

【平心定氣】píng xīn dìng qì 使心情平和，態度冷靜。宋朱熹朱文公集五三答胡季隨書："若能平心定氣，熟復再三，必自曉然。"呂本中官箴："又如監司郡守嚴刻過當者，須平心定氣，與之委曲，使之相從而後已。"（説郛六九）亦作"平心易氣"。朱子語類一一八："公看文字子細，卻是急性太忙迫者亂了，又是硬鑽鑿求道理，不能平心易氣看。"今多作"平心靜氣"。紅樓夢七四："且平心靜氣，暗暗訪察，才能得這箇實在；縱然訪不著，外人也不能知道。"

【平心易氣】píng xīn yì qì 見"平心定氣"。

【平心靜氣】píng xīn jìng qì 見"平心定氣"。

【平分春色】píng fēn chūn sè 比喻雙方各占一半。明李維樾等編忠貞錄一卓敬二月晦詩："暗香浮動梨花月，春色平分正此時。"今多作"平分秋色"。

【平地波瀾】píng dì bō lán 比喻突然發生的變故。唐劉禹錫劉夢德集九竹枝詞之七："長恨人心不如水，等閒平地起波瀾。"元張翥張蛻庵集三"不繫舟漁者陳子尚自號詩"："人情平地波瀾起，身世虛空日夜浮。"明楊基眉菴集一感懷詩之十四："黃塵障東華,平地生波瀾。”

【平地青雲】píng dì qīng yún　比喻地位突然由卑微而顯達。舊多指科舉中式。唐曹鄴杏園宴呈同年詩:“一旦公道開,青雲在平地。”(元辛文房唐才子傳七曹鄴)金元好問遺山集十送嵩甫西行詩:“渭城朝雨三年別,平地青雲萬里程。”後多稱“平步青雲”。見該條。

【平地風波】píng dì fēng bō　比喻突然發生意外事故。全唐詩六九三杜荀鶴將過湖南經馬當山廟因書三絕之二:“祇怕馬當山下水,不知平地有風波。”宋蘇轍樂城後集三思歸詩之一:“兒言世情惡,平地風波起。”明許仲琳封神演義三十:“紂王見賈氏墜樓而死,好懊惱,平地風波,悔之不及。”亦作“平地波瀾”。見該條。

【平步青雲】píng bù qīng yún　比喻突然登上顯貴地位。宋釋惠洪石門文字禪二高氏釣魚臺詩:“二寶一旦辭隱淪,當年平步升青雲。”元丁鶴年集四題王大使望雲思親圖詩:“達官愛雲雲作侶,平步青雲稱高舉。”元曲選關漢卿錢大尹智寵謝天香楔子:“本圖平步上青雲,直爲紅顏滯此身。”亦作“平地青雲”。見該條。

【平治天下】píng zhì tiān xià　治理國家,使天下太平。孟子公孫丑下:“如欲平治天下,當今之世,舍我其誰也?”

【平流緩進】píng liú huǎn jìn　唐白居易長慶集五三汎小舲詩:“船緩進,水平流,一莖竹篙剔船尾,兩幅青幕幅船頭。”本指平水行船徐徐緩進,後比喻穩步前進。

【平起平坐】píng qǐ píng zuò　比喻地位相等。清吳敬梓儒林外史三:“你如今既中了相公,凡事要立起箇體統來。……你若同他拱手作揖,平起平坐,這就是壞了學校規矩,連我臉上都無光了。”李寶嘉官場現形記四七:“其中很有幾箇體面人,平時也到過府裏,同萬太尊平起平坐的。”

【平舖直敍】píng pū zhí xù　形容陳述或文章結構平淡無起伏,或謂不加修飾,簡明陳述己見。初學記八三:“吾讀子瞻司馬溫公行狀之類,平舖直序,以爲古今未有此體。”序,通“敍”。

【平頭整臉】píng tóu zhěng liǎn　形容

貌端正。紅樓夢四六:“這箇大老爺,真真太好色了,略平頭整臉的,他就不能放手了。”

【平地一聲雷】píng dì yī shēng léi　平地突發巨響。舊時多喻人考中科舉,聲名驟然提高。花間集三五代韋莊喜遷鶯詞:“鳳銜金牓出門來,平地一聲雷。”元曲選馬致遠半夜雷轟薦福碑四:“都則爲平地一聲雷,今日對文武兩班齊。”又缺名孟德耀舉案齊眉三:“雖然是運不齊,他可也志不灰。只等待桃花浪暖蟄龍飛,平地一聲雷。”

【平原十日飲】píng yuán shí rì yǐn　亦作“十日飲”。史記七九范睢傳秦昭王與平原君書:“願與君爲布衣之交,君幸過寡人,寡人願與君爲十日之飲。”後用以指朋友暫住歡聚。文選南齊陸韓卿(厥)奉答内兄希叔詩:“平原十日飲,中散千里遊。”清吳敬梓儒林外史十一:“楊執中説:‘新年略布俗務,三四日後,自當敬造高齋,爲平原十日之飲。’”

【平生不作皺眉事,天下應無切齒人】píng shēng bù zuò zhòu méi shì, tiān xià yīng wú qiè chǐ rén　謂不作損人之事則無由招恨。事林廣記前集九人事下處己警悟:“平生不作皺眉事,天下應無切齒人。”

【年老力弱】nián lǎo lì ruò　年紀老,體力弱。列子黄帝:“子華之門徒,……顧見商丘開年老力弱,面目黎黑,衣冠不檢,莫不眲之。”眲,音 nè,輕視。

【年在桑榆】nián zài sāng yú　比喻晚年。三國魏曹植曹子建集五贈白馬王彪詩:“年在桑榆間,影響不能追。”

【年高德邵】nián gāo dé shào　年長德尊。邵,亦作“劭”,美好之意。漢揚雄法言孝至:“吾聞諸傳,老則戒之在得;年彌而德彌邵者是孔子之徒與。”宋周必大益公題跋一跋金給事彦亨文集:“是秋某以起居郎中書舍人同在省,見公直諒多聞,年高而德邵。”

【年深日久】nián shēn rì jiǔ　形容時間久遠。西遊記五六:“自別了長安,年深日久,就有些盤纏也使盡了。”清李汝珍鏡花緣八:“那知此鳥年深日久,竟有匹偶,日漸滋生,如今竟成一類了。"亦作"年深歲久"、"日久年深"。見各該條。

【年深歲久】nián shēn suì jiǔ 形容時間久遠。元曲選李行道包待制智賺灰闌記二:"我老娘收生,一日至少也收七箇八箇,這等年深歲久的事,那裏記得。"亦作"年深日久"、"日久年深"。見各該條。

【年富力強】nián fù lì qiáng 年紀輕,精力充沛。論語子罕"後生可畏"宋朱熹注:"孔子言後生年富力強,足以積學而有待,其勢可畏。"吳趼人二十年目睹之怪現狀六三:"就是繼翁正當年富力強的時候,此刻已經得了實缺,巴結點的幹,將來督撫也是意中事。"

【年輕力壯】nián qīng lì zhuàng 年紀輕,身體健壯。紅樓夢七一:"老太太也太想的到,實在我們年輕力壯的人,捆上十箇也趕不上。"

【年誼世好】nián yì shì hǎo 指科舉時代同年登科而為世交之人。清吳敬梓儒林外史三:"你我年誼世好,就如至親骨肉一般。"

【年穀不登】nián gǔ bù dēng 指荒年,年成差。登,成熟。禮曲禮下:"歲凶,年穀不登。"晉書賈充傳:"天下勞擾,年穀不登,興軍致討,懼非其時。"

【年頭月尾】nián tóu yuè wěi 年首與月末。宋林光朝艾軒集一癡頑不識字歌:"年頭月尾無一是,咄咄癡頑不識字。"指時間推移。

【并日而食】bìng rì ér shí 兩日吃一日糧,喻家貧食不能飽。禮儒行:"儒有一畝之宮,環堵之室,篳門圭窬,蓬戶甕牖,易衣而出,并日而食。"後漢書五十陳敬王羨傳:"并日而食,轉死溝壑者甚眾。"

【幸災樂禍】xìng zāi lè huò 對他人遭災罹禍不予同情反引以為慶幸。左傳僖十四年:"冬,秦饑,使乞糴于晉,晉人弗與。慶鄭曰:'背施無親,幸災不仁。'"北齊顏之推顏氏家訓誡兵:"若居承平之世,睥睨宮闈,幸災樂禍,首為逆亂,詿誤善良。"宋李光莊簡集十五與王彥恭書:"自公行後,所傳多端,不可具述,大抵幸災樂禍者多,不足怪也。"

广 部

【庚癸之呼】gēng guǐ zhī hū 左傳哀十三年載,春秋時吳王夫差與晉魯等國會盟,吳大夫申叔儀向魯大夫公孫有山氏乞糧,答曰:"梁則無矣,麤(粗)則有之,若登首山以呼,曰:'庚癸乎?'則諾。"因軍中缺糧,故用隱語乞糧。庚,西方。主穀。癸,北方。主水。唐柳宗元柳先生集十安南都護張公墓誌銘:"儲偫委積,師旅無庚癸之呼。"清齋園主人夜譚隨錄崔秀才:"在在無和嶠,處處有陶朱。流過阿堵物,何來庚癸呼。"亦作"呼庚呼癸"。見該條。

【度日如年】dù rì rú nián 形容日子不好過。宋柳永樂章集戚氏詞:"孤館度日如年,風露漸變,悄悄至更闌。"水滸六二:"感承衆頭領好意相留,只是小可度日如年,今日告辭。"亦作"度日如歲"。宋周邦彥片玉詞上霜葉飛:"迢遞望極關山,波穿千里,度日如歲難到。"

【度日如歲】dù rì rú suì 見"度日如年"。

【度長絜大】duó cháng xié dà 比較長短大小。度,量。絜,用繩圍量。文選漢賈誼過秦論:"試使山東之國與陳涉度長絜大,比權量力,則不可同年而語矣。"

【度德量力】duó dé liàng lì 衡量自己的德行和能力。度,估量,揣測。左傳隱十一年:"度德而處之,量力而行之。"漢應劭風俗通一五伯:"(宋)襄公不度德量力,慕名而不綜實。"三國志蜀諸葛亮傳:"先主因屏人曰:'孤不度德量力,欲信大義於天下。'"

【庸人自擾】yōng rén zì rǎo　舊唐書八八陸象先傳：「象先清淨寡欲，不以細務介意。……嘗謂人曰：『天下本自無事，祇是庸人擾之，始爲繁耳。』」唐劉肅大唐新語識量作「愚人擾之」。梅堯臣宛陵集二四李舍人淮南提刑詩：「天下本無事，自爲庸人擾。」後作「庸人自擾」，意指本來無事而庸人自爲驚擾。宋留正皇宋中興聖政六三孝宗淳熙十三年四月：「蕭燧言自古聚斂之臣，務爲欺誕，以衒己能，未有不先紛更制度者。上曰：『天下本無事，庸人自擾之。』」

【庸中佼佼】yōng zhōng jiǎo jiǎo　指一般人中比較出衆者。佼佼，美好、出衆。後漢書十一劉盆子傳：「帝曰：『卿所謂鐵中錚錚、庸中佼佼者也。』」宋缺名李師師外傳：「李師師……烈烈有俠士風，不可謂非庸中佼佼者也。」

【庸懦無能】yōng nuò wú néng　平凡懦弱，無才能。清李汝珍鏡花緣六八：「武后道：『此事雖易，但朕跟前能事宮娥不過數人，皆朕隨身伺候不可缺的；若使庸懦無能之輩跟隨前去，不獨教他們笑我天朝無人，反與爾事有礙。』」

【廉泉讓水】lián quán ràng shuǐ　南史胡諧之傳：「帝言次及廣州貪泉，因問（范）柏年：『卿州復有此水不？』答曰：『梁州唯有文川、武鄉、廉泉、讓水。』又問：『卿宅在何處？』曰：『臣所居廉讓之間。』」范語隱含標榜自己清廉之意。後常以「廉泉讓水」借喻風土習俗淳美。

【廉遠堂高】lián yuǎn táng gāo　比喻帝王的位高勢尊。廉，堂的側邊。漢書四八賈誼傳陳政事：「人主之尊譬如堂，羣臣如陛，衆庶如地。故陛九級上，廉遠地，則堂高；陛亡級，廉近地，則堂卑。高者難攀，卑者易陵，理勢然也。」晉書劉寔傳：「夫堂高級遠，主尊相貴。」本此。

【廣土衆民】guǎng tǔ zhòng mín　土地廣，人口衆多。孟子盡心上：「廣土衆民，君子欲之，所樂不存焉。」

【廣開言路】guǎng kāi yán lù　指朝廷鼓勵國人言事，以爲施政的參考。言路，向朝廷進言的途徑。宋陳次升讜論集一上哲宗乞留正言孫諤疏：「臣伏覩天僖元年二月七日勅戒臺諫詔書曰：『雖言有失，當必示曲全』，則知聖朝廣開言路，激昂士氣，不以人言失當爲慮，而患在人之不言也。」明俞汝楫禮部志略六五建言永樂元年癸丑禮部尚書李至剛上言：「皇上即位以來，悉遵成憲，廣開言路，博采羣謀，凡有可行，無不聽納。」

【廢書而歎】fèi shū ér tàn　因心有所感而抛書歎息。史記七四孟子荀卿列傳：「太史公曰：余讀孟子書，至梁惠王問『何以利吾國』，未嘗不廢書而歎也。」晉書潘岳傳：「岳讀汲黯傳至司馬安四至九卿，而良史書之，題以巧宦之目，未曾不慨然而廢書而歎也。」

【廢然而反】fèi rán ér fǎn　怒氣消失，恢復常態。莊子德充符：「我怫然而怒，而適先生之所，則廢然而反。」反，亦作「返」。世說新語文學「劉伶著酒德頌，意氣所寄」南朝梁劉孝標注引竹林七賢論：「（劉伶）嘗與俗士相忤。其人攘袂而起，欲以築之。伶和其色曰：『雞肋豈足以當尊拳？』其人不覺廢然而返。」

【廢然而返】fèi rán ér fǎn　見「廢然而反」。

【廢寢忘食】fèi qǐn wàng shí　形容非常專心努力。北齊顏之推顏氏家訓勉學：「（梁）元帝在江荊間，復所愛習，召置學生，親爲教授，廢寢忘食，夜以繼朝。」元曲選曾瑞卿王月英元夜留鞋記一：「但得箇寄信傳音，也省的人廢寢忘食。」亦作「廢寢忘餐」。見該條。

【廢寢忘餐】fèi qǐn wàng cān　形容專心致志，連吃飯睡覺都忘記。文選南齊王元長（融）三月三日曲水詩序：「澤普汜而無私，法含弘而不殺。猶且具明廢寢，昃晷忘餐。」元曲選喬夢符玉簫女兩世姻緣二：「若將這脈來憑，多管是廢寢忘餐病症。」亦作「廢寢忘食」。見該條。

【廬山真面目】lú shān zhēn miàn mù　宋蘇軾分類東坡詩七題西林壁：「横看成嶺側成峰，遠近高低無一同。不識廬山真面目，只緣身在此山中。」江西廬山峯巒起伏，形態萬千，人在山中，不易見其真貌。後人因以「廬山真面目」喻事物的真相，或人的本來面目。

廴 部

【延年益壽】yán nián yì shòu　延長壽命。文選戰國楚宋玉高唐賦：“九竅通鬱，精神察滯，延年益壽千萬歲。”史記六八商君傳：“君之危若朝露，尚得欲延年益壽乎？則何不歸十五都，灌園於鄙，勸秦王顯巖穴之士，養老存孤，敬父兄，序有功，尊有德，可以少安。”舊時多用作祝頌詞。古代瓦當及其他器皿上常書刻此四字。

【延頸企踵】yán jǐng qǐ zhǒng　見“延頸舉踵”。

【延頸舉踵】yán jǐng jǔ zhǒng　伸長頸項，踮起腳跟，形容盼望殷切。莊子胠篋：“今遂至使民延頸舉踵曰：‘某所有賢者，贏糧而趣之。’”呂氏春秋精通：“聖人南面而立，以愛利民為心，號令未出而天下皆延頸舉踵矣，則精通乎民也。”亦作“延頸企踵”。漢書七八蕭望之傳說霍光：“將軍以功德輔幼主，將以流大化，致於洽平，是以天下之士延頸企踵，爭願自效，以輔高明。”文選漢揚子雲（雄）劇秦美新：“海外遐方，信延頸企踵，回面內嚮，喁喁如也。”

廾 部

【弄口鳴舌】nòng kǒu míng shé　謂搬弄是非。梁書王亮傳：“尚書左丞臣范縝，衣冠緒餘，言行舛駁，誇諸里落，喧訴周行。曲學諛聞，未知去代；弄口鳴舌，祇足飾非。”

【弄月嘲風】nòng yuè cháo fēng　指消閒遣興，描寫自然景物而思想內容貧乏。元曲選缺名爭報恩三虎下山二：“俺又不曾弄月嘲風，怎攬下這場愁山悶海。”亦作“嘲風弄月”。見該條。

【弄巧成拙】nòng qiǎo chéng zhuō　謂本欲取巧反而敗事。宋邵雍伊川擊壤集二十首尾吟之四八：“弄巧既多翻作拙，堯夫非是愛吟詩？”黃庭堅豫章集十五：“弄巧成拙，為蛇畫足。”明許仲琳封神演義五六：“孩兒係深閨幼女，此事俱是父親失言，弄巧成拙。”

【弄性尚氣】nòng xìng shàng qì　指意氣用事，好耍脾氣。紅樓夢四：“這薛公子的混名，人稱他‘呆霸王’，最是天下第一弄性尚氣的人，而且使錢如土。”

【弄鬼掉猴】nòng guǐ diào hóu　比喻調皮搗蛋。紅樓夢四六：“又怕那些牙子家出來的，不干不淨；也不知道毛病兒，買了來三日兩日，又弄鬼掉猴的。”

【弄假成真】nòng jiǎ chéng zhēn　宋邵雍伊川擊壤集九弄筆吟：“弄假像真終是假，將勤補拙總輸勤。”本為以假作真之意。後謂原意想作假而結果竟成為事實。元曲選缺名兩軍師隔江鬥智二：“那一箇掌親的怎知道弄假成真，那一箇說親的早做了藏頭露尾。”三國演義五五：“我母親力主,已將吾妹嫁劉備,不想弄假成真,此事還復如何?」

【弊車羸馬】bì chē léi mǎ 破車瘦馬,喻家境貧窮。三國志吳劉繇傳「繇伯父寵爲漢太尉」注:「〔劉〕寵前後歷二郡,八居九列,四登三事。家不藏賄,無重寶器,……弊車羸馬,號爲窶陋。」

【弊帚千金】bì zhǒu qiān jīn 文選魏文帝(曹丕)典論論文:「是以各以所長,相輕所短。里語曰:『家有弊帚,享之千金。』斯不自見之患也。」言人各自以其所有爲貴。元詩選吳澄草廬集貢院校文用張仲美韻二之二:「與君共此談生事,弊帚千金一幅箋。」後亦作「弊帚自珍」、「敝帚千金」。見各該條。

【弊帚自珍】bì zhǒu zì zhēn 謂物雖微,而自以爲珍寶。宋陸游劍南詩稿五一秋思:「遺簪見取終安用,弊帚雖微亦自珍。」又七十八十三吟:「枯銅已饜寧求識,弊帚當捐卻自珍。」亦作「弊帚千金」、「敝帚千金」。見各該條。

【弊絕風清】bì jué fēng qīng 壞事絕迹,風氣良好。吳趼人二十年目睹之怪現狀六三:「單立出這些名目來,自以爲弊絕風清,中間卻不知受了多少蒙蔽。」

弓　部

【弓影杯蛇】gōng yǐng bēi shé 見「杯弓蛇影」。

【引人入勝】yǐn rén rù shèng 世說新語任誕:「王衛軍(薈)云:『酒正自引人箸〔著〕勝地。』」意即把人帶到優美的境地。後遂以「引人入勝」形容風景名勝或美妙文章等能引人進入佳境。

【引以爲戒】yǐn yǐ wéi jiè 引往昔之失以爲鑒戒。李寶嘉官場現形記十八:「無奈他太無能耐,不是辦的不好,就是鬧了亂子回來。所以近來七八年,歷任巡撫都引以爲戒,不敢委他事情,只叫他看看城門。」

【引而不發】yǐn ér bù fā 引,拉弓;發,射箭。孟子盡心上:「君子引而不發,躍如也。」意指善於教射箭的人,拉滿弓,不發箭,只作躍躍欲射的姿態,以便學者觀摩領會。後比喻善於引導,或指作好準備,待機行事。清黃以周儆季雜著文鈔四示諸生書:「漢儒著書,循經立訓,於去取異同之故,不自深剖,令讀者自領之,此引而不發之道也。」

【引虎自衛】yǐn hǔ zì wèi 比喻企圖依仗惡人之勢,結果反受其害。三國演義六三:「却說嚴顏在巴郡,聞劉璋差法正請玄德入川,拊心而歎曰:『此所謂獨坐窮山,引虎自衛者也!』」

【引咎自責】yǐn jiù zì zé 引爲己過而責備自己。晉書庾亮傳:「亮甚懼,及見(陶)侃,引咎自責,風止可觀。侃不覺釋然,乃謂亮曰:『君侯修石頭以擬老子,今日反求見耶!』便談宴終日。」

【引風吹火】yǐn fēng chuī huǒ 比喻借助外力,從中煽動,以擴大事態。紅樓夢十六:「你是知道的,咱們家所有的這些管家奶奶,那一箇是好纏的?錯一點兒他們就笑話打趣,偏一點兒他就說『指桑罵槐』的抱怨;『坐山看虎鬥』,『借刀殺人』,『引風吹火』,『站乾岸兒』,『推倒了油瓶兒不扶』,都是全挂子的本事。」

【引鬼上門】yǐn guǐ shàng mén 比喻引來壞人。明凌濛初初刻拍案驚奇二二:「吾本等好意,卻叫得『引鬼上門』,我而今不便追究,只不理他罷了。」

【引狼入室】yǐn láng rù shì 比喻把壞人引進自己內部,招致災禍。元曲選張國寶羅李郎大鬧相國寺楔子:「我不是引的狼來屋裏窩,尋的蚰蜒鑽耳朵。」

【引商刻羽】yǐn shāng kè yǔ 商、羽，宮、商、角、徵、羽五音中之二音。商生羽、羽生角是合乎樂律的正聲。引商刻羽，指掌握嚴正的樂律。文選戰國楚宋玉對楚王問："引商刻羽，雜以流徵，國中屬而和者不過數人而已；是其曲彌高，其和彌寡。"漢劉向新序引作"引商刻角"。清吳敬梓儒林外史二九："一箇小小子走到鮑廷璽身邊站着，拍着手，唱李太白清平調。真乃穿雲裂石之聲，引商刻羽之奏。"

【引領而望】yǐn lǐng ér wàng 伸頸遠望。形容期待之殷切。孟子梁惠王上："如有不嗜殺人者，則天下之民皆引領而望之矣。"明馮夢龍清蔡元放東周列國志四二："君侯不泯箕之社稷，許復故君，舉國臣民，咸引領以望高義。"

【引經據古】yǐn jīng jù gǔ 引用經史古籍中的文句或故事。宋樓鑰媿集三三再乞致仕第二劄："萬一顛沛于郊廟壇壝之前，有污大儀，則臣死不足以塞責，是以不復更敢引經據古；直述情愫，投告君父。"後多作"引經據典"。見該條。

【引經據典】yǐn jīng jù diǎn 引用古籍中的語句、典故。清李汝珍鏡花緣九二："吃到這些臭東西，還要替他考證。你也忒愛引經據典了。"李寶嘉官場現形記三六："終究唐二亂子秉性忠厚，被查三蛋引經據典一駁，便已無話可説。"

【引頸受戮】yǐn jǐng shòu lù 謂不加抵抗而等死。明馮仲琳封神演義三六："天兵到日，尚不引頸受戮，乃敢拒敵大兵！"

【引錐刺股】yǐn zhuī cì gǔ 戰國時，蘇秦遊説秦王，上書十次，不爲所用，資用困乏，乃歸里發憤讀書；讀書欲睡，則以錐刺股；終爲六國相。見戰國策秦一。後因以"引錐刺骨"喻刻苦攻讀、勤學。明馮夢龍清蔡元放東周列國志九十："夜倦欲睡，則引錐自刺其股，血流遍足。"

【引類呼朋】yǐn lèi hū péng 呼引同類。多用作貶義。宋歐陽修文忠集十五憎蒼蠅賦："奈何引類呼朋，搖頭鼓翼，聚散倏忽，往來絡繹。"

【引繩排根】yǐn shéng pái gēn 謂互相勾結，排斥異己。漢書五二灌夫傳："及竇嬰失勢，亦欲依夫引繩排根生平慕之後棄者。"注："言嬰與夫共相提挈，有人生平慕嬰夫，後見其失職而頗慢弛，如此者，共排退之，不復與交。譬如相對挽繩而根格之也。今吳楚俗猶謂牽引前卻爲根格也。"史記一○七魏其武安侯傳作"引繩批根"。根，㡛(hén)的假借字，排斥，排擠。

【弔民伐罪】diào mín fá zuì 撫慰人民，討伐有罪。孟子梁惠王下："誅其君而弔其民。"宋書索虜傳："弔民伐罪，積後己之情。"三國演義三一："丞相興仁義之兵，吊民伐罪，官渡一戰，破袁紹百萬之衆，正應當時殷馗之言，兆民可望太平矣。"吊，同"弔"。亦作"伐罪弔民"。見該條。

【弔死問生】diào sǐ wèn shēng 弔念死者，慰問生者。戰國策燕一："燕王弔死問生，與百姓同其甘苦，二十八年，國殷富，士卒樂佚輕戰。"

【弔死問疾】diào sǐ wèn jí 弔念死者，慰問病者，引申爲關心人民羣衆疾苦。淮南子脩務："布德施惠，以振困窮；弔死問疾，以養孤孀。"史記六六伍子胥傳："（越王）句踐食不重味，弔死問疾，且欲有所用之也。"韓詩外傳三："宋人聞之，乃夙興夜寐，弔死問疾，戮力宇内，三歲而豐政平。"

【弔拷繃扒】diào kǎo bēng pá 用繩索捆綁身體，弔起拷打。古今雜劇元關漢卿感天動地竇娥冤四："不由分説將你孩兒拖到官中，你兒怎當他三考六問，弔拷繃扒，那時他打死也不認。"元曲選缺名須賈大夫誶范叔二："今歸本國，安排筵席，請魏齊丞相飲酒，説我以陰事告齊，將我三推六問，吊拷繃扒，打死了我，丟在這糞坑中。"

【弩張劍拔】nǔ zhāng jiàn bá 喻情勢緊張，一觸即發。明豐道生真賞齋賦："弩張劍拔，虎跳龍盤。"亦作"劍拔弩張"。見該條。

【弩箭離弦】nǔ jiàn lí xián 比喻極其迅速。西遊記四二："那妖精不知是詐，真箇舉槍又趕。行者拖了棒，放了拳頭。那妖王着了迷亂，只情追趕。前走的如流星過度，後走的如弩箭離弦。"

【弱不好弄】ruò bù hào nòng 左傳僖九年："夷吾弱不好弄。"謂自幼不好嬉戲之事。夷吾，晉惠公名。文選南朝宋顏延年（延之）陶徵士誄："弱不好弄，長實素心。"北史儒林下劉焯傳："犀額龜背，望高視遠，聰敏沉深，弱不好弄。"

【弱不勝衣】ruò bù shèng yī 極言人瘦弱，連衣服都承受不起。荀子非相："葉公子高微小短瘠，行若將不勝其衣。"紅樓夢三："衆人見黛玉年紀雖小，其舉止言談不俗，身體面貌雖弱不勝衣，卻有一段風流態度。"

【弱不禁風】ruò bù jīn fēng 形容弱得經不起風吹。唐杜甫杜工部詩史補遺七江雨有懷鄭典設："亂波分披已打岸，弱雲狼藉不禁風。"宋陸游劍南詩稿三四六月二十四日夜分夢范至能李知幾尤延之同集江亭諸公請予賦詩記江湖之樂詩成而覺忘數字而已："白菌菜香初過雨，紅蜻蜓弱不禁風。"後常用以形容人體質虛弱。

【弱肉強食】ruò ròu qiáng shí 言弱者常爲強者所欺凌併吞。唐韓愈昌黎集二十送浮屠文暢師序："夫獸深居而簡出，懼物之爲己害也。猶且不能脫焉。弱之肉，彊之食。"元胡天游傲軒吟稿聞李帥梁寇復州治詩："惜哉士卒多苦暴，弱肉強食鶤鶋同。"明劉基誠意伯集十秦女休行詩："有生不幸遭亂世，弱肉強食官無誅。"

【張三李四】zhāng sān lǐ sì 假設姓名，泛指某甲某乙。景德傳燈錄三十道吾和尚樂道歌："暢情樂道過殘生，張三李四渾忘卻。"宋劉克莊後村集一七七詩話引尹和靖自秦人蜀詒中詩："卻憶故鄉卿相第，不及張三李四家。"王安石臨川集三擬寒山拾得詩之十四："莫嫌張三惡，莫愛李四好。"

【張大其事】zhāng dà qí shì 謂誇大事實。張大，誇大。唐韓愈昌黎集二一送楊少尹序："予忝在公卿後，遇病不能出，不知楊侯去時，城門外送者幾人，車幾兩，馬幾匹。道邊觀者亦有歎息，知其爲賢以否？而太史氏又能張大其事，爲傳繼二疏蹤跡否？"亦作"張大其詞"。見該條。

【張大其詞】zhāng dà qí cí 謂言過其實。李寶嘉官場現形記五六："傅二棒鎚索性張大其詞，說得天花亂墜。"亦作"張大其事"。見該條。

【張口結舌】zhāng kǒu jié shé 形容理屈詞窮，無話可答。清西周生醒世姻緣八五："一連兩箇本合投各衙門的揭帖，做的好多着哩，不緊不慢，辯得總督張口結舌回不上話來。"文康兒女英雄傳二三："公子被他問的張口結舌，面紅過耳。"

【張王李趙】zhāng wáng lǐ zhào 本皆爲姓，後用以泛指某些人或一般人。南朝梁范縝神滅論有張甲、王乙、李丙、趙丁之語，見梁書范縝傳。宋朱弁曲洧舊聞七："俚語有張王李趙之語，猶言是何等人，無足掛齒牙之意也。"

【張天幕地】zhāng tiān mù dì 猶幕天席地。元劉將孫養吾齋集三雪晴圖詩："堆山積阜大富貴，張天幕地真陳設。"

【張牙舞爪】zhāng yá wǔ zhǎo 形容野獸的兇相。古今雜劇明缺名拔宅飛昇二："混海翻江作浪潮，張牙舞爪出波濤。"元曲選李好古沙門島張生煮海三："我獨自一箇，正要走回，不隄防遇見箇大蟲，張牙舞爪而來。"後多用以形容惡人猖狂兇暴的樣子。明凌濛初初刻拍案驚奇八："有一等做公子的，倚靠着父兄勢力，張牙舞爪，詐害鄉民，受投獻，窩贓私，無所不爲，……難道不是大盜？"

【張甲李乙】zhāng jiǎ lǐ yǐ 假設姓名，泛指某人，猶言某甲某乙。藝文類聚二三漢張奐誡兄子書："不自克責，反云張甲謗我，李乙怨我，我無是過，爾亦已矣。"三國志魏王修傳注引魏略曹操與修書："張甲李乙，尚猶先之，此主人意待之不優之效也。"

【張冠李戴】zhāng guān lǐ dài 喻名實不符，弄錯對象。明田藝衡留青日札二二張公帽賦："俗諺云：'張公帽掇在李公頭上。'"清孫承澤天府廣記三二錦衣衛引崇禎十一年諭："彼卑官小卒，以衙門爲活計，惟知嗜利，鮮有良心，……甚至張冠李戴，增少爲多，或久禁暗處，或苦打屈服。"

【張眉努眼】zhāng méi nǔ yǎn 舒眉瞪眼、招搖做作之態。朱子語類四四論語二六："而今人所以知於人者，都是兩邊作得來，張眉努眼，大驚小怪。"亦作"撐眉弩眼"。見該條。

【張皇失措】zhāng huáng shī cuò　形容慌張不知所措。清采蘅子蟲鳴漫錄："遍索新郎不得，合家大噪，遠近尋覓，廩生與表妹亦張皇失措。"

【張脈僨興】zhāng mài fèn xīng　血脈膨脹而表面緊張。左傳僖十五年："亂氣狡憤，陰血周作，張脈僨興，外彊中乾。"注："氣狡憤於外，則血脈必周身而作，隨氣張動。"

【張敞畫眉】zhāng chǎng huà méi　舊時比喻夫妻恩愛。張敞，漢宣帝時爲京兆尹，嘗爲妻畫眉。元王實甫西廂記三本三折："一任你將何郎粉去搽，他自己把張敞眉來畫。"明馮夢龍醒世恆言十五："假如張敞畫眉，相如病渴，雖爲儒者所譏，然夫婦之情，人倫之本，此謂之正色。"

【張燈結彩】zhāng dēng jié cǎi　形容喜慶或節日的景象。三國演義六九："告諭城內居民，盡張燈結彩，慶賞佳節。"紅樓夢五三："早又元宵將近，寧、榮二府，皆張燈結彩。"

【張膽明目】zhāng dǎn míng mù　見"明目張膽"。

【張公喫酒李公醉】zhāng gōng chī jiǔ lǐ gōng zuì　唐武后時張易之兄弟當權，李氏王室大權旁落，曾有"張公喫酒李公醉"之謠；民間唱曲作"張公喫酒李公顛"。見唐張鷟耳目記、孫棨孫内翰北里志張住住。後因以喻一方取得實益，一方徒員虛名。宋曾慥類説五五大酒清話："陳亞幼孤，育於舅家，舅爲醫工，人呼作衙推。亞登第，皆賀其舅，有詩曰'張公吃酒李公醉，自古人言信有之。陳亞今年新及第，滿城人賀李衙推。'"也比喻由於誤會而代人受過。宋郭彖夜出爲醉人所誣，太守詰問，彖笑曰："張公喫酒李公醉者，彖是也。"太守令作張公喫酒李公醉賦。見宋范正敏遯齋閒覽。明蘭陵笑笑生金瓶梅七六："西門慶到衙門裏坐廳，提出強盜來，每人又是一夾二十順腿，把何十開出來放了。另拿了弘化寺一名和尚頂缺，説強盜曾在他寺内宿了一夜，世上有如此不公事，正是'張公吃酒李公醉，桑樹上脱枝柳樹上報。'"

【強人所難】qiǎng rén suǒ nán　強迫他人作不願或不能爲之事。清李汝珍鏡花緣二："百花仙子道：'那人王乃四海九州之主，代天宣化，豈肯顛倒陰陽，強人所難。'"

【強文假醋】qiáng wén jiǎ cù　喻假裝斯文。元曲選缺名龐居士誤放來生債："他出來的不誠心，無實行，一箇箇強文假醋。"

【強本弱枝】qiáng běn ruò zhī　見"彊本弱末"。

【強死強活】qiǎng sǐ qiǎng huó　極言勉強。紅樓夢六三："大家來敬探春，探春哪裏肯飲？卻被湘雲、香菱、李紈等三四箇人，強死強活，灌了一鍾纔罷。"

【強弩之末】qiáng nǔ zhī mò　見"彊弩之末"。

【強詞奪正】qiǎng cí duó zhèng　見"強詞奪理"。

【強詞奪理】qiǎng cí duó lǐ　無理強辯。三國演義四三："座上一人忽曰：'孔明所言，皆強詞奪理，均非正論，不必再言。'"清文康兒女英雄傳二六："此時姑娘越聽張金鳳的話有理，並且還不是強詞奪理，早把一腔怒氣撇在九霄雲外，心裏只有暗暗的佩服。"亦作"強詞奪正"。元曲選關漢卿杜蕊娘智賞金線池三："但酒醒硬打掙強詞奪正，則除是醉時酒淘真性。"

【強聒不舍】qiǎng guō bù shě　人不欲聽仍喧談不休。聒，喧擾，聲音嘈雜。莊子天下："見侮不辱，救民之鬭；禁攻寢兵，救世之戰；以此周行天下，上説下教，雖天下不取，強聒而不舍者也。"

【強幹弱枝】qiǎng gàn ruò zhī　見"彊幹弱枝"。

【強賓不壓主】qiáng bīn bù yā zhǔ　三國演義十三："(呂)布佯笑曰：'量呂布一勇夫，何能作州牧乎？'玄德又讓。陳宮曰：'強賓不壓主，請使君勿疑。'玄德方止。"

【強中自有強中手】qiáng zhōng zì yǒu qiáng zhōng shǒu　見"強中更有強中手"。

【強中更有強中手】qiáng zhōng gèng yǒu qiáng zhōng shǒu　喻藝能無止境，不可自滿自大。古今雜劇元缺名狄青復奪衣襖車一："他若是相持廝殺統治戈矛，端的是強中更有強中手。"西遊記十四："劉太保前日打的斑斕虎，還與他鬪了半日；今日孫悟空不用爭持，把這虎一棒打得稀爛，正是‘強中更有強中手！’”亦作“強中自有強中手”。古今雜劇元缺名隋何賺風魔蒯徹三：“哎！你箇蕭何休誇蒯徹舌，這的是強中自有強中手。”明沈璟義俠記傳奇下二二失霸：“強中自有強中手，你還不見機，走遭了快活林，殘生尚能救。”

【強將手下無弱兵】qiáng jiàng shǒu xià wú ruò bīng　喻能人手下無弱者。宋蘇軾東坡題跋六題連公壁：“俗語云‘強將下無弱兵’，真可信。”周遵道豹隱紀談引粟齋詩話：“死人身邊有活鬼，強將手下無弱兵。”

【強龍不壓地頭蛇】qiáng lóng bù yā dì tóu shé　比喻雖有能者亦難於對付盤據當地的惡勢力。西遊記四五：“行者道：‘你也忒自重了，更不讓我遠鄉之僧。——也罷，這正是強龍不壓地頭蛇。’”清孔尚任桃花扇賺將：“這事萬行不得，昨日教場一罵，爭端已起。自古道‘強龍不壓地頭蛇’，他在脣齒肘臂之間，早晚生心，如何防備。”亦作“惡龍不鬪地頭蛇”。見該條。

【弸中彪外】péng zhōng biāo wài　弸，充滿；彪，文采。謂人之品德佳者，文采自然外露。漢揚雄法言君子：“或問君子言則成文，動則成德，何以也？曰：以其弸中而彪外也。”

【彈丸之地】dàn wán zhī dì　形容狹小的地方。戰國策趙三：“此彈丸之地，猶不予也，令秦來年復攻，王得無割其內而媾乎？”三國演義七六：“東吳兵精將勇；且荊州九郡，俱已屬彼，止有麥城，乃彈丸之地；又聞曹操親督大軍四五十萬，屯於摩陂，量我等山城之衆，安能敵得兩家之強兵？不可輕敵。”

【彈丸黑子】dàn wán hēi zǐ　形容地方狹小。北周庾信庚子山集一哀江南賦：“地惟黑子，城猶彈丸。”宋史二五六趙普傳：“因與普計下太原，普曰：‘太原當西北二面，太原既下，則我獨當之，不如姑俟削平諸國，則彈丸黑子之地，將安逃乎？’”

【彈冠相慶】tán guān xiāng qìng　漢書王吉傳：“吉與貢禹爲友，世稱王陽在位，貢公彈冠，言其取舍同也。”王吉，字子陽，

故稱王陽。後因以之比。喻因即將作官而互相慶賀。宋蘇洵嘉祐集八管仲論：“一日無仲，則三子者可以彈冠相慶矣。”三子，指豎刁易牙開方三人。明王世貞鳴鳳記三四：“喜人朝相慶彈冠，應須頌當年蓄怨。”

【彊本弱末】qiáng běn ruò mò　加強根本，削弱支末。史記九九劉敬傳：“臣願陛下徙齊諸田，楚昭、屈、景、燕、趙、韓、魏後，及豪桀名家居關中。……此彊本弱末之術也。”亦作“強本弱末”。梁書張纘傳南征賦：“所以居宗振末，強本弱枝，聞古今之通制，歷盛衰而不移。”

【彊本節用】qiáng běn jié yòng　加強根本，節省開支。本，多指農業生產。荀子天論：“彊本而節用，則天不能貧。”史記太史公自序司馬談論六家要指：“要曰彊本節用，則人給家足之道也。此墨子之所長，雖百家弗能廢也。”

【彊弩之末】qiáng nǔ zhī mò　比喻強勁之力，今已衰竭，不能爲用。漢書五二韓安國傳議匈奴和親：“且臣聞之，衝風之衰，不能起毛羽；彊弩之末，力不能入魯縞。夫盛之有衰也，猶朝之必莫（暮）也。”史記韓長孺傳作“彊弩之極”。三國志蜀諸葛亮傳：“曹操之衆，遠來疲弊，聞追豫州（劉備）輕騎一日一夜行三百餘里，此所謂‘彊弩之末，勢不能穿魯縞’者也。”亦作“強弩之末”。臧懋循元曲選前集序：“或謂元取士有填詞科，若今括帖然，取給風簷寸晷之下，故一時名士，雖馬致遠喬夢符輩，至第四折往往強弩之末矣。”吳趼人二十年目睹之怪現狀五十：“自從前兩年開了這箇山西賑捐，到了此刻，已成了強弩之末，我看不到幾時，就要停止的了。”

【彊幹弱枝】qiáng gàn ruò zhī　史記漢興以來諸侯王年表序：“大國不過十餘城，小侯不過數十里，……以蕃輔京師。而漢郡八九十，形錯諸侯間，犬牙相臨，秉其阨塞地利，彊本幹，弱枝葉之勢，尊卑明而萬事各得其所矣。”本幹，喻京師；枝葉，喻地方。後漢書四十上班彪傳附班固西都賦：“三選七遷，充奉陵邑，蓋以彊幹弱枝，隆上都而觀萬國。”亦作“強幹弱枝”。北史陽固傳上表：“當今之務，宜早正東儲，……攬權衡，親宗室，強幹弱枝，以立萬世之計。”

彡　部

【形形色色】 xíng xíng sè sè　列子天瑞："故有生者,有生生者;有形者,有形形者;有聲者,有聲聲者;有色者,有色色者。"形形,謂生此形;色色,謂生此色。後稱品類衆多爲形形色色。

【形迹可疑】 xíng jī kě yí　神情舉止令人懷疑。清蒲松齡聊齋志異房文淑："鄧以形迹可疑,故亦不敢告人,託之歸寧而已。"

【形格勢禁】 xíng gé shì jìn　爲形勢所阻。格,阻止、阻礙。史記六五孫武傳附孫臏："夫解雜亂紛糾者不控捲,救鬭者不搏撠,批亢擣虛,形格勢禁,則自爲解耳。"意謂扼住鬭者要害,鬭者因行動受阻,不得不解。後常以喻事情阻於形勢,不能順利進行。宋蘇轍欒城集四十再論回河劄子："若沿河州郡多作戰艦,養兵聚糧,順流而下,則長艘巨纜,可以一炬而盡,形格勢禁,彼將自止矣。"

【形單影隻】 xíng dān yǐng zhī　形容孤單,孤獨一身。唐韓愈昌黎集二三祭十二郎文："吾少有三兄,皆不幸早世,承先人後者,在孫惟汝,在子惟吾,兩世一身,形單影隻。"清沈復浮生六記坎坷記愁："因得常哭於芸娘之墓,形單影隻,備極凄涼。"

【形影不離】 xíng yǐng bù lí　形容互相伴隨,寸步不離。清紀昀閱微草堂筆記二："青縣農家少婦,性輕佻,隨其夫操作,形影不離。"

【形影相弔】 xíng yǐng xiāng diào　形容孤獨無依。三國志魏陳思王植傳遷京都上疏："形影相弔,五情愧赧。"文選晉李令伯(密)陳情表："外無期功強近之親,內無應門五尺之童,煢煢獨立,形影相弔。"亦作"形影相親"。南朝梁何遜何記室集贈族人秋陵兄弟詩："羈旅無儔匹,形影自相親。"

【形影相親】 xíng yǐng xiāng qīn　見"形影相弔"。

【形銷骨立】 xíng xiāo gǔ lì　極言身體消瘦。銷,通"消"。消瘦。南史梁紀："帝形容本壯,及至都,銷毀骨立。"清蒲松齡聊齋志異葉生："榜既放,依然鎩羽,生嗒喪而歸,愧負知己,形銷骨立,癡若木偶。"鎩,音 shā,傷殘。鎩羽,謂羽毛摧落。比喻失意,受挫。

【彬彬有禮】 bīn bīn yǒu lǐ　形容舉止文雅有禮貌。清李汝珍鏡花緣八三："喚出他兩箇兒子,兄先弟後,彬彬有禮。"

【彩鳳隨鴉】 cǎi fèng suí yā　比喻女子嫁給才貌遠不如自己的人。明湯顯祖紫釵記四六哭收釵燕："那裡有彩鳳去隨鴉,老鶴戲彈牙。"清張潮虞初新志三冒姬董小宛傳："吾姿慧如此,即詘首庸人婦,猶當歎彩鳳隨鴉,況作飄花零葉乎?"

【彫肝琢腎】 diāo gān zhuó shèn　見"雕肝琢腎"。

【彫章鏤句】 diāo zhāng lòu jù　謂對文章字句着意修飾。唐白居易長慶集四八議文章："今褒貶之文無覈實,則懲勸之道缺矣;美刺之詩不稽政,則補察之義廢矣;雖彫章鏤句,將焉用之?"亦作"雕章繢句"。見該條。

【彰往察來】 zhāng wǎng chá lái　以往事爲借鑒,察未來之得失。易繫辭下："夫易,彰往而察來,而微顯闡幽;開而當名,辨物正言,斷辭則備矣。"

【彰明較著】 zhāng míng jiào zhù　極其明白顯著。較著,明顯。史記六一伯夷傳："此其尤大彰明較著者也。"清張春帆宦海六："從前還是偷偷摸摸的,如今竟是彰明較著的奉了憲諭開起賭來。"今通作"彰明昭著"。

【彰善癉惡】　zhāng shàn dàn è　表彰爲善者，憎恨爲惡者。癉，憎恨。書畢命："旌別淑慝，表厥宅里。彰善癉惡，樹之風聲。"亦作"章善癉惡"。禮緇衣："有國者章善癉惡，以示民厚，則民情不貳。"

【影影綽綽】　yǐng yǐng chuò chuò　若隱若現，模模糊糊。明蘭陵笑笑生金瓶梅六二："我不知怎的，但沒人在房裏，心中只害怕，恰似影影綽綽有人在我跟前一般。"紅樓夢一一六："寶玉一見，喜得趕出來。但見鴛鴦在前，影影綽綽的走，只是趕不上。"

彳　部

【彼一時，此一時】　bǐ yī shí, cǐ yī shí　言時勢不同。孟子公孫丑下："彼一時，此一時也。五百年必有王者興，其間必有名世者。"文選漢東方曼倩(朔)答客難："是故非子之所能備，彼一時也，此一時也，豈可同哉。"

【徉長而去】　yáng cháng ér qì　見"揚長而去"。

【後生可畏】　hòu shēng kě wèi　尚書序"藏之書府，以待能者"唐孔穎達疏："以後生可畏或聖賢閒出，故須藏之以待能整理讀之者。"論語子罕："後生可畏，焉知來者之不如今也。"畏，敬服。後多用以稱讚有志氣有作爲的年青人。世說新語文學"何晏爲吏部尚書"注引王弼別傳："吏部尚書何晏甚奇之，題之曰：'後生可畏，若斯人者可與言天人之際矣。'"

【後來之秀】　hòu lái zhī xiù　猶言傑出的後輩。世說新語賞譽："范豫章謂王荊州：'卿風流儁望，真後來之秀。'"晉書郭舒傳："鄉人少府范晷，宗人武陵太守郭景，咸稱舒當爲後來之秀，終成國器。"今多作"後起之秀"。

【後來居上】　hòu lái jū shàng　史記一二〇汲黯傳："故黯時丞相史皆與黯同列，或尊用過之。黯褊心，不能無少望，見上，前言曰：'陛下用羣臣如積薪耳，後來者居上。'"北史儒林傳下黎景熙傳上書："臣又聞之，爲政之要，在於選舉，若差之毫釐，則有千里之失；後來居上，則致積薪之

譏。"原謂新進之人位居於舊人之上。後多泛指新舊交替，後者勝於前者。清紀昀閱微草堂筆記二四灤陽續錄六："今老矣，久不預少年文酒之會，後來居上，又不知其爲誰。"

【後悔無及】　hòu huǐ wú jí　事後懊悔已來不及。清李汝珍鏡花緣九七："換了半日，只聽他說了一句'後悔無及'，早已氣斷身亡。"

【後會有期】　hòu huì yǒu qī　日後尚有會面之時。元曲選喬夢符杜牧之詩酒揚州夢三："小官公事忙，後會有期也。"清李汝珍鏡花緣五一："女菩薩千万保重！我們後會有期，暫且失陪。"

【後顧之憂】　hòu gù zhī yōu　指有顧忌不能放手行事或憂慮事有後患。魏書李冲傳："朕以仁明忠雅，委以台司之寄，使我出境無後顧之憂。"明馮夢龍清蔡元放東周列國志六二："將軍爲殿，寡人無後顧之憂矣。"

【後浪催前浪】　hòu làng cuī qián làng　江水奔流，前後相繼。借喻人事更迭，新陳代謝。宋釋文珦潛山集五過苕溪詩："祇看後浪催前浪，當悟新人換舊人。"孤本元明雜劇元關漢卿關大王獨赴單刀會三："長江今經幾戰場，却正是後浪催前浪。"今多以喻後者推動前者，繼續前進。亦作"長江後浪推前浪"。見該條。

【徙宅忘妻】　xǐ zhái wàng qī　古代寓言。喻致力於次要的而忘了主要的。孔子

家語賢君：“寡人聞忘之甚者，徙而忘其妻，有諸？”

【得心應手】　dé xīn yìng shǒu　指技藝純熟，心手相應。唐張彥遠歷代名畫記七："豈惟六法精備，實亦萬類皆妙，千變萬化，詭狀殊形，經諸目，運諸掌，得之心，應之手。"宋歐陽修文忠集七三書梅聖俞稿後："樂之道深矣。故工之善者，必得於心，應於手，而不可述之言也。"清趙翼甌北詩鈔十查初白："氣足則調自振，意深則味有餘，得心應手，無一字不穩愜。"亦作"得手應心"。見該條。

【得天獨厚】　dé tiān dú hòu　具有特殊優越的條件。指自然、資質或社會條件等等。清洪亮吉北江詩話二："辛酉年三月十五日在舍聞看牡丹詩：‘得天獨厚開盈尺，與月同圓到十分。’"

【得不補失】　dé bù bǔ shī　見"得不償失"。

【得不酬失】　dé bù chóu shī　見"得不償失"。

【得不償失】　dé bù cháng shī　所得不足以補償所失。亦言得不補失，得不酬失。三國志吳陸遜傳："(孫)權遂征夷州，得不補失。"後漢書八八西羌傳論："故得不酬失，功不半勞。"宋蘇軾東坡詩十六和子由除日見寄："感時嗟事變，所得不償失。"明徐樹丕識小錄一孫過庭："昔人謂看孫過庭書譜，如食多骨魚，得不償失，以草書難讀故也。"

【得手應心】　dé shǒu yìng xīn　謂心手相應，運用自如。莊子天道："不徐不疾，得之於手而應於心。"關尹子三極作"得之心，符之手"，義同。宋劉克莊後村集九四竹溪詩序："及乎得手應心也，簡者如蟲魚小篆之古，協者如韶鈞廣樂之奏，偶者如雌雄二劍之合，天下後世謂之曰詩也，非經義策論之有韻者也。"亦作"得心應手"。見該條。

【得未曾有】　dé wèi céng yǒu　從來未有過，空前未有。楞嚴經一："法筵清衆，得未曾有。"唐萬齊融阿育王寺常住田碑："何寶塔之莊嚴，得未曾有。"(金石萃編一〇八)宋蘇軾蘇文忠詩合注四三餅笙詩序："庚辰八月二十八日劉幾仲餞飲東坡，中觴聞笙簫聲，杳杳若在雲霄間，抑揚往返，粗中音節，徐而察之，則出於雙餅，水火相得，自然吟嘯，蓋食þ1乃已。坐客驚歎，得未曾有。"亦作"得未嘗有"。宋蘇軾東坡集續集七與郭功甫書之一："昨辱寵臨，久不聞語，殊出意表，蓋所謂得未嘗有也。"

【得未嘗有】　dé wèi cháng yǒu　見"得未曾有"。

【得步進步】　dé bù jìn bù　比喻貪得無厭。猶得寸進尺。曾樸孽海花六："自北寧失敗以後，法人得步進步，海疆處處戒嚴。"

【得魚忘荃】　dé yú wàng quán　荃，亦作"筌"。荃，香草，可為魚餌。筌，捕魚的竹器。比喻達到目的後就忘記了原來的憑藉。莊子外物："荃者所以在魚，得魚而忘荃。"文選晉左太沖(思)吳都賦、三國魏嵇叔夜(康)贈秀才入軍詩、晉盧子諒(諶)贈劉琨詩注引莊子，荃皆作"筌"。

【得魚忘筌】　dé yú wàng quán　見"得魚忘荃"。

【得過且過】　dé guò qiě guò　苟且偷安，敷衍了事，或勉強度日。元曲選關漢卿包待制智斬魯齋郎四："你那裏問我為何受寂寞。我得過時且自隨緣過。"明陶宗儀輟耕錄十五寒號蟲："五臺山有鳥，名寒號蟲，……比至深冬嚴寒之際，毛羽脫落，索然如穀雛，遂自鳴曰：‘得過且過’。"永樂大典戲文小孫屠："孩兒，我聽得道你要出外打旋，怕家中得過且過，出去做甚的。"

【得意忘形】　dé yì wàng xíng　莊子山木："覩一蟬方得美蔭而忘其身，螳螂執翳而搏之，見得而忘其形；異鵲從而利之，見利而忘其形。"謂把心思放在所得上而忘記了自己所處的地位。後多指因高興而物我兩忘。晉書阮籍傳："嗜酒能嘯，善彈琴。當其得意，忽忘形骸。"金蔡松年明秀集念奴嬌："疇昔得意忘形，野梅溪月，有酒還相覓。"今多用作貶義。

【得意忘言】　dé yì wàng yán　既得其本意，就不必煩文言說。易豫"豫之時義大矣哉"唐孔穎達正義："凡言不盡意者，不可煩文其說，且歡以之示情，使後生思其餘蘊，得意而忘言也。"莊子外物："蹄者所以在兔,得兔而忘蹄;言者所以在意,得意而忘言。"晉書傅咸傳:"得意忘言,言未易盡,苟明公有以察其悾款,言豈在多。"今多轉用爲彼此默契之義。

【得意洋洋】 dé yì yáng yáng 形容極其稱心滿意的神態。清文康兒女英雄傳十八:"趁那星月微光使了一回拳,又扎了一回托子,再和那些家丁們比試了一番,一箇箇都沒有勝得他的。他便對了那先生得意洋洋賣弄他那家本領。"李寶嘉官場現形記五七:"單道臺得意洋洋的答道:'忙雖忙,然而並不覺得其苦。'"亦作"揚揚得意"、"洋洋得意"。見各該條。

【得隴望蜀】 dé lǒng wàng shǔ 東觀漢紀二三隗囂傳劉秀(光武)敕岑彭書:"西城若下,便可將兵南擊蜀虜。人苦不知足,既平隴,復望蜀。"亦見後漢書十七岑彭傳。後因以"得隴望蜀"泛指貪心不足。唐李白李太白詩二古風之二三:"物苦不知足,得隴又望蜀。"明何良俊四友齋叢說十八雜記:"(李開先)宦資雖厚,然不入府縣,別無調度,與東南士夫求田間舍得隴忘蜀者,未知孰賢?"

【得來全不費功夫】 dé lái quán bù fèi gōng fū 見"踏破鐵鞋無覓處,得來全不費功夫"。

【得饒人處且饒人】 dé ráo rén chù qiě ráo rén 指做事勿做絕,須留有餘地。宋俞文豹唾玉集常談出處:"蔡州褒信縣有道人工棊,常饒人先,其詩曰:'……自出洞來無敵手,得饒人處且饒人。'"(說郛四九)西遊記八一:"三藏扯住(行者)道:'徒弟,常言説得好:遇方便時行方便,得饒人處且饒人。'"

【得道多助,失道寡助】 dé dào duō zhù, shī dào guǎ zhù 謂符合道義者,必獲支持贊助;違背道義者,必然陷於孤立。孟子公孫丑下:"域民不以封疆之界,固國不以山谿之險,威天下不以兵革之利。得道者多助,失道者寡助。寡助之至,親戚畔之;多助之至,天下順之。"

【從一而終】 cóng yī ér zhōng 易恒:"婦人貞吉,從一而終也。"疏:"從一而終者,謂用心貞一,從其貞一而自終也。"本指用情始終如一。後作爲夫死不得再嫁,終生守節之義。清文康兒女英雄傳二七:"同一箇人,怎的女子就該從一而終,男的便許大妻大妾?"

【從心所欲】 cóng xīn suǒ yù 見"隨心所欲"。

【從井救人】 cóng jǐng jiù rén 比喻徒然危害自己而無益於人。語出論語雍也:"宰我問曰:'仁者,雖告之曰井有仁(人)焉,其從之也?'"明馮夢龍醒世恒言十:"那岸上看的人,雖然有救撈之念,只是風水利害,誰肯從井救人。"

【從天而下】 cóng tiān ér xià 喻出於意外,突然出現。漢書四十周亞夫傳:"直入武庫,擊鳴鼓。諸侯聞之,以爲將軍從天而下也。"注:"不意其猝至。"漢書景帝紀三年作"以將軍從天降而下也"。亦作"從天而降"。西遊記三一:"哥哥,你真是從天而降也!萬望救我一救。"

【從天而降】 cóng tiān ér jiàng 見"從天而下"。

【從令如流】 cóng lìng rú liú 形容服從命令迅速果斷。商君書劃策:"是以三軍之衆,從令如流,死而不旋踵。"

【從長計議】 cóng cháng jì yì 意謂從緩決定。元曲選李行道包待制智賺灰闌記楔子:"且待女孩兒到來,慢慢的與他從長計議,有何不可?"三國演義五六:"魯肅勸曰:'皇叔且休煩惱,與孔明從長計議。'"

【從容不迫】 cōng róng bù pò 沉着,鎮靜,不慌不忙。宋朱熹論語學而"和爲貴"集注:"和者從容不迫之意。"曾樸孽海花三四:"在台上整刷了一下衣服,從容不迫的邁下台來。"

【從善如流】 cóng shàn rú liú 意謂能隨時聽從善言或擇善而從。左傳成八年:"晉侵沈,獲沈子揖,初從知、范、韓也。君子曰:'從善如流,宜哉!'"是指欒書能聽從知莊子、范文子、韓獻子的計謀,取得戰功。又昭十三年:"從善如流,下善齊肅。"

【從惡如崩】 cóng è rú bēng 謂爲惡如山崩,喻其易。詳"從善如登,從惡如崩"。

【從諫如流】 cóng jiàn rú liú 指帝王能隨時聽取臣屬的勸諫。漢書一○○上叙傳班彪王命論:"從諫如順流,趣時如嚮(響)赴"。唐韓愈昌黎集十四爭臣論:"使四方後代知朝廷有直言骨鯁之臣，天子有不愆賞從諫如流之美。"亦作"從諫若流"。舊題漢諸葛亮新書將才："見賢如不及，從諫若順流，寬而能剛，勇而多計，此之謂大將。"

【從諫若流】 cóng jiàn ruò liú　見"從諫如流"。

【從頭至尾】 cóng tóu zhì wěi　從開始到完畢。水滸十九："衆頭領飲酒之間，晁蓋把胸中之事，從頭至尾，都告訴王倫等衆位。"

【從善如登，從惡如崩】 cóng shàn rú dēng, cóng è rú bēng　謂爲善如登山，喻其難；爲惡如山崩，喻其易。國語周下："諺曰：從善如登，從惡如崩。"注："如登喻難，如崩喻易。"

【循名責實】 xún míng zé shí　就其名而求其實，就其言而觀其行，考察是否名副其實。韓非子定法："因任而授官，循名而責實。"淮南子主術："故有道之主，……循名責實，使有司任而弗詔，責而弗教。"北史辛術傳："唯術性尚貞明，取士以才以器，循名責實，新舊參會，管庫必擢，門閥不遺。"亦作"循名督實"。鄧析子無厚："上循名以督實，下奉教而不違。"又作"控名責實"、"求名責實"。見各該條。

【循名督實】 xún míng dū shí　見"循名責實"。

【循序漸進】 xún xù jiàn jìn　依序逐步深入。論語憲問"不怨天，不尤人，下學而上達，知我者其天乎"宋朱熹注："此但自言其反己自修，循序漸進耳。"

【循規蹈矩】 xún guī dǎo jǔ　遵守常規。規、矩皆爲校正方、圓的工具，比喻規則、准則。宋朱熹朱文公集五六答方賓王書："循塗守轍，猶言循規蹈矩云爾。"西遊記九八："這唐僧循規蹈矩，同悟空、悟能、悟淨，牽馬挑擔，徑入山門。"紅樓夢五六："皆因看的你們是三四代的老媽媽，最是循規蹈矩，原該大家齊心顧些體統。"

【循常習故】 xún cháng xí gù　安於常態，不加改進。晉書張載傳榷論："今士循常習故，規行矩步，積階級，累閥閱，碌碌然以取世資。"

【循循善誘】 xún xún shàn yòu　論語子罕："夫子循循然善誘人。"循循，有次序

貌。誘，勸導。後稱教導有方爲"循循善誘"。文選南朝梁劉孝標（峻）辯命論："循循善誘，服膺儒行。"後漢書八十下趙壹傳"失恂恂善誘之德"注引論語作"恂恂"。恂恂，恭順貌。清阮元謂作"循"者古論，作"恂"者魯論，見論語注疏校勘記子罕。

【微文深詆】 wēi wén shēn dǐ　援用法律條文，苛細周納，誣人入罪。漢書九十咸宣傳："稍遷至御史及〔中〕丞，使治主父偃及淮南反獄，所以微文深詆，殺者甚衆。"

【微言大義】 wēi yán dà yì　精微的言辭，深刻的寓義。文選漢劉子駿（歆）移書讓太常博士："及夫子沒而微言絕，七十子卒而大義乖。"曾樸孽海花三四："誰不曉得孔子的大道在六經，又誰不曉得孔子的微言大義在春秋呢？"

【微過細故】 wēi guò xì gù　指微小的過失和事故。三國志魏中山恭王傳："其微過細故，當掩覆之。"

【徹上徹下】 chè shàng chè xià　貫通上下。宋朱熹近思錄集注四存養："居處恭，執事敬，與人忠，此是徹上徹下語。"

【徹底澄清】 chè dǐ chéng qīng　謂十分廉潔清白。北齊書宋世良傳："及代至，傾城祖道，有老人丁金剛泣而前，謝曰：'己年九十，記三十五政，君非唯善治，清亦徹底。'"明高則誠琵琶記牛氏規奴："今後，方信你徹底澄清。"亦喻案件已查清。清夏綸杏花村傳奇下代狩："着即巡按浙江等處地方，尅期赴任，務期徹底澄清，以昭平允。"

【徹頭徹尾】 chè tóu chè wěi　從頭到尾，自始至終；徹底。宋朱熹朱文公集五一答胡季隨書："近日學者說得太高了，意思都不確實，不曾見理會得一書一事，徹頭徹尾。"朱子語類四性理一："問，虎狼之父子，蜂蟻之君臣，豺獺之報本，雎鳩之有別，物雖得其一偏，然徹頭徹尾，得義理之正。"

【德言容功】 dé yán róng gōng　舊時指婦女應具備的四德：品德、言語、容儀、女功。周禮天官九嬪："掌婦學之法，以教九御，婦德、婦言、婦容、婦功。"後漢書八四曹世叔妻傳女誡婦行："女有四行：一曰婦德，二曰婦言，三曰婦容，四曰婦功。"明李

昌祺剪燈餘話瓊奴傳：「年十四，雅善歌辭，兼通音律，德、言、容、功，四者咸備。」

【德厚流光】　dé hòu liú guāng　謂道德高厚，影響深遠。穀梁傳僖十五年：「故德厚者流光，德薄者流卑。」疏：「光，猶遠也。卑，猶近也。」流，猶言影響。唐韓愈昌黎集十四禘祫議：「今國家德厚流光，創立九廟，以周制推之獻懿二祖，猶在壇墠之位，況於毀瘞而不禘祫乎？」

【德高望重】　dé gāo wàng zhòng　謂品德高，聲望大。宋司馬光溫國文正公集五三辭入對小殿劄子：「臣竊惟富弼三世輔臣，德高望重，神宗皇帝想見其人，故特制此禮，乃自古所無。」明唐玉翰苑紫泥全書七久近通用式：「恭惟德高望重，福祉聯翩，下懷慰甚。」亦作「德隆望重」。見該條。

【德隆望重】　dé lóng wàng zhòng　謂品德高，名望重。晉書簡文三子傳：「元顯因諷禮官下議，稱已德隆望重，既錄百揆，內外羣僚皆應盡敬。」亦作「德高望重」。見該條。

【德薄才疏】　dé bó cái shū　謂德行、才能皆差。常用作謙詞。水滸六八：「盧俊義道：『小弟德薄才疏，怎敢承當此位！若得居末，尚自過分。』」

【德薄能鮮】　dé bó néng xiǎn　謂德行淺薄，才能不足。自謙之辭。宋歐陽修文忠集二五瀧岡阡表：「既又載我皇考崇公之遺訓，太夫人之所以教而有待於修者，並揭于阡；俾知夫小子修之德薄能鮮，遭時竊位，而幸全大節不辱其先者，其來有自。」

心　　部

【心口如一】　xīn kǒu rú yī　心口一致。形容性格直爽誠實。清西周生醒世姻緣十九：「那唐氏如果心直口快，內外一般，莫說一箇晁大舍，就是十箇晁大舍，當真怕他強姦了不成？」文康兒女英雄傳二十：「這箇姨奶奶，倒是箇心口如一的人。」

【心心相印】　xīn xīn xiāng yìn　不藉言語，以心相印證。唐裴休集黃檗山斷際禪師傳心法要：「自如來付法迦葉以來，心以印心，心心不異。」又圭峯定慧禪師碑：「但心心相印，印印相契，使自證知光明受用而已。」（金石萃編一一四）後也指意氣相投爲心心相印。清尹會一健餘先生尺牘一答劉古衡書：「數年相交，久已心心相印。」

【心心念念】　xīn xīn niàn niàn　時時刻刻縈繞心頭。宋二程全書遺書二上：「有人遇一事，則心心念念不肯舍，畢竟何益？」清李汝珍鏡花緣三六：「心心念念，只想回家。一時想起妻子，身如針刺，淚如湧泉。」

【心不兩用】　xīn bù liǎng yòng　言心思只能一時專注於一事。北齊劉晝劉子專學：「使左手畫方，右手畫圓，令一時俱成，雖執規矩之心，迴刺厥之手，而不能者，由心不兩用，則手不並運也。」後多言「心無二用」。見該條。

【心不在焉】　xīn bù zài yān　形容思想不集中。焉，猶言「於此」。禮大學：「心不在焉，視而不見，聽而不聞，食而不知其味。」明馮夢龍醒世恆言十六：「張藎被衆人鬼渾，勉強酬酢，心不在焉，未到晚，就先起身，衆人亦不強留。」

【心手相應】　xīn shǒu xiāng yìng　猶言得心應手。多用以稱贊技藝精熟。南史豫章文獻王嶷傳附蕭子雲：「帝嘗論書曰：『筆力勁駿，心手相應，巧逾杜度，美過崔寔，當與元帝並驅爭先。』」

【心平氣和】　xīn píng qì hé　平心靜氣，態度溫和。宋司馬光溫國文正公集二九上皇太后疏：「心平氣和，眉壽無疆，國家乂安，內外無患，名譽光美，垂於無窮。」

程文集宋程頤明道先生行狀：“荆公（王安石）與先生道不同，而嘗謂先生忠信，先生每與論事，心平氣和。”亦作“心和氣平”。宋陽枋字溪集五與趙明遠書：“伏領賜翰，句句謙卑自牧，想判府作此書時，心和氣平，融然天理之流暢，更有甚人間富貴爵祿在方寸乎？”

【心去難留】 xīn qù nán liú　心在他處，難以挽留。玉臺新詠六南朝梁王僧孺爲人自傷詩：“斷弦猶可續，心去最難留。”亦作“心去意難留”。元曲選張國賓相國寺公孫合汗衫二二：“常言道：‘心去意難留，留下結冤讎。’”

【心灰意懶】 xīn huī yì lǎn　灰心喪氣，意志銷沉。元喬吉小令玉交枝閑適二曲：“不是我心灰意懶，怎陪伴愚眉肉眼。”清文康兒女英雄傳十三：“我平生天性恬淡，本就無意富貴功名；況經了這場宦海風波，益發心灰意懶。”亦作“意懶心灰”。見該條。

【心回意轉】 xīn huí yì zhuǎn　改變想法，不再固執己見。元曲選（蕭德祥）楊氏女殺狗勸夫四：“因此上燒香禱告，背地裏設下機謀，纔得他心回意轉。”亦作“回心轉意”。見該條。

【心血來潮】 xīn xuè lái cháo　指突然產生某種想法。明許仲琳封神演義三四：“心血來潮者，心中忽動耳。”

【心如刀割】 xīn rú dāo gē　形容極其痛心。元曲選秦簡夫宜秋山趙禮讓肥一：“待彀些蠶繭，眼睁睁俺子母各天涯，想來我心如刀割，題起來我淚似懸麻。”亦作“心如刀絞”。見該條。

【心如刀絞】 xīn rú dāo jiǎo　形容心痛之極。明許仲琳封神演義九：“心如刀絞，意似油煎。”

【心如死灰】 xīn rú sǐ huī　形容極度灰心。莊子齊物論：“形固可使如槁木，而心固可使如死灰乎？”水滸八五：“出家人違俗已久，心如死灰，無可效忠，幸勿督過。”亦作“心若死灰”。見該條。

【心如懸旌】 xīn rú xuán jīng　形容心神不定。旌，旗的通稱。戰國策楚：“寡人臥不安席，食不甘味，心搖搖如懸旌而無所終薄。”

【心如鐵石】 xīn rú tiě shí　形容堅定不移。三國志魏武帝紀“燒丞相長史王必營”注引魏武故事：“忠能勤事，心如鐵石，國之良吏也。”清李汝珍鏡花緣六六：“國舅又再再苦勸，無奈若花心如鐵石，竟無一字可商。”

【心怡氣和】 xīn yí qì hé　心情怡悅平和。淮南子覽冥：“昔者王良造父之御也，……投足調均，勞逸若一，心怡氣和，體便輕畢。”

【心拙口夯】 xīn zhuō kǒu bèn　内心拙笨而無口才。夯，笨。紅樓夢三十：“黛玉向寶玉道：‘你也試着比我利害的人了。誰都像我心拙口夯的，由着人說呢？’”

【心到神知】 xīn dào shén zhī　謂盡到心意必能爲人所領會。紅樓夢十一：“大老爺原是好養靜的，已修煉成了，也算得是神仙了。太太們這麼一說，就叫作‘心到神知’了。”清李汝珍鏡花緣五九：“‘姐姐老師’向無此稱，莫若竟呼姐姐，把老師二字放在心裏，叫作‘心到神知’罷。”

【心直口快】 xīn zhí kǒu kuài　形容性格直爽。元曲選張國賓羅李郎大鬧相國寺四：“哥哥是心直口快射糧軍。”明馮夢龍醒世恆言三：“衆父老一向知許武是箇孝弟之人，這番分財，定然辭多受少。不想他般般件件，自占便宜。……衆人心中甚是不平。有幾箇剛直老人氣忿不過，竟自去了。有箇心直口快的，便想要開口，説公道話，與兩箇小兄弟做番主張。”

【心服口服】 xīn fú kǒu fú　謂真心實意地信服。紅樓夢五九：“怨不得這嫂子説我們管不着他們的事，我們原無知，錯管了。如今請出一箇管得着的人來管一管，嫂子就心服口服，也知道規矩了。”

【心花怒放】 xīn huā nù fàng　形容高興已極。李寶嘉文明小史六十：“平中丞此時喜得心花怒放，連説‘難爲他了，難爲他了。’”曾樸孽海花九：“雯青這一喜，直喜得心花怒放，意蕊橫飛，感激夫人到十二分。”

【心和氣平】 xīn hé qì píng　見“心平氣和”。

【心神不寧】 xīn shén bù níng　心緒神志不安。紅樓夢一一三：“（鳳姐）便把豐兒等支開,叫劉姥姥坐在牀前,告訴他心神不寧,如見鬼的樣子。"

【心神恍惚】 xīn shén huǎng hū　神思不定。三國演義八:"吾前日病中,心神恍惚,誤言傷汝,汝勿記心。"曾樸孽海花十二:"彩雲胡思亂想了一回,覺得心神恍惚,四肢軟胎胎提不起來。"

【心若死灰】 xīn ruò sǐ huī　形容灰心已極。莊子庚桑楚:"身若槁木之枝,而心若死灰矣。"亦作"心如死灰"。見該條。

【心急如火】 xīn jí rú huǒ　形容內心極度焦急。才調集三韋莊秋日早行詩:"行人自是心如火,兔走烏飛不覺長。"元王實甫西廂記一本四折:"要看箇十分飽。"金聖嘆批:"心急如火,更不能待。"亦作"心急如焚"。見該條。

【心急如焚】 xīn jí rú fén　形容內心焦急如火燒。吳趼人二十年目睹之怪現狀八八:"在芬臣當日,不過許得着最好,詐不着也就罷了。誰知苟才那廝,心急如焚,一詐就着。"亦作"心急如火"。見該條。

【心悅誠服】 xīn yuè chéng fú　謂由衷信服。孟子公孫丑上:"以力服人者,非心服也,力不贍也。以德服人者,中心悅而誠服也。"宋陳亮龍川集十九與王丞相淮書:"獨亮之於門下,心悅誠服而未嘗自言,丞相亦不得而知之。"清李汝珍鏡花緣二三:"小弟若在兩位才女跟前稱了晚生,不但毫不委曲,並且心悅誠服。"

【心高氣傲】 xīn gāo qì ào　態度傲慢,自視高人一等。清文康兒女英雄傳二五:"安老爺這一開口,原想姑娘心高氣傲,不耐煩去詳細領會鄧九公的意思,所以先把他這三句開場話兒作了箇破題兒,好往下講出箇所以然來。"李寶嘉官場現形記四二:"他到任之後,靠着自己內有奧援,總有點心高氣傲。"

【心虔志誠】 xīn qián zhì chéng　內心恭敬而誠懇。西遊記九九:"諸神道:'委實心虔志誠,料不能逃菩薩洞察。'"

【心堅石穿】 xīn jiān shí chuān　相傳南朝有傅先生,少好道,以木鑽五尺厚的石盤,積四十七年,石穿得丹。後因以"心堅石穿"比喻意志的堅強。參閱南朝梁陶弘景真誥五、宋王楙野客叢書二八心堅石穿。宋江鄰幾雜誌引封特卿離別難詩:"佛許衆生怨,心堅石也穿。"

【心術不正】 xīn shù bù zhèng　指人用心不正派。猶存心不良。三國演義十九:"汝心術不正,吾故棄汝。"

【心勞日拙】 xīn láo rì zhuō　謂費盡心力反而愈顯窘困。多用作貶義詞。書周官:"作德,心逸日休;作偽,心勞日拙。"

【心閑手敏】 xīn xián shǒu mǐn　指技藝嫻熟,得心應手。文選三國魏嵇叔夜(康)琴賦:"於是器冷絃調,心閑手敏。"注:"閑,習也。"

【心無二用】 xīn wú èr yòng　謂專心於一事。明凌濛初二刻拍案驚奇五:"自古道心無二用。"亦作"心不兩用"。見該條。

【心慌意亂】 xīn huāng yì luàn　形容內心慌亂無主。吳趼人二十年目睹之怪現狀十八:"孩兒自從接了電報之後,心慌意亂。"

【心慈面軟】 xīn cí miàn ruǎn　形容人心地善良,態度溫和。清李汝珍鏡花緣二三:"俺本心慈面軟,又想起君子國交易光景,俺要學他樣子,只好吃些虧罷了。"

【心煩意亂】 xīn fán yì luàn　心意紛擾不定。文選戰國楚屈原卜居:"心煩意亂,不知所從。"三國演義三一:"袁紹回冀州,心煩意亂,不理政事。"

【心照神交】 xīn zhào shén jiāo　謂心意契合,相知有素。文選晉潘安仁(岳)夏侯常侍誄:"心照神交,唯我與子。"

【心亂如麻】 xīn luàn rú má　心思煩亂如麻,理不出頭緒。元王實甫西廂記一本二折金聖嘆批:"此其心亂如麻可知也。"亦作"心緒如麻"。三國演義三六:"某因心緒如麻,忘却一語:此間有一奇士,只在襄陽城外二十里隆中。使君何不求之?"

【心腹之交】 xīn fù zhī jiāo　謂彼此相知極深之友。猶知己。水滸三九:"通判乃是心腹之交,巡入來同坐何妨!下官有失迎迓。"

【心腹之疾】 xīn fù zhī jí　比喻嚴重的隱患。心腹:比喻要害。左傳哀十一年:"越在我,心腹之疾也。"後多作"心腹之患"。見該條。

【心腹之患】 xīn fù zhī huàn　比喻嚴重的禍患。後漢書六六陳蕃傳：“今寇賊在外，四支之疾；内政不理，心腹之患。”三國演義一一五：“姜維屢犯中原，不能剿除，是否心腹之患也。”亦作“心腹之疾”。見該條。

【心猿意馬】 xīn yuán yì mǎ　喻心神不定，如猿跳馬奔之難以控制。唐敦煌變文維摩詰經菩薩品：“卓定深沉莫測量，心猿意馬罷顛狂。”宋道潛參寥子詩集十二贈賢上人：“心猿意馬就羈束，肯逐萬境爭馳驅。”元曲選鄭廷玉布袋和尚忍字記二：“我如今硬頓開玉鎖金枷，我可便牢拴定心猿意馬。”亦作“意馬心猿”。見該條。

【心滿意足】 xīn mǎn yì zú　形容内心非常滿足。明馮夢龍警世通言二：“我家王孫曾有言，若得像娘子一般丰韻的，他就心滿意足。”清文康兒女英雄傳三十：“我倒要請教你二位，待怎的箇幫助我？又要幫助我到怎的地位才得心滿意足呢？”亦作“心滿願足”。見該條。

【心滿願足】 xīn mǎn yuàn zú　形容稱心如意，非常滿足。元貫雲石小令越調鬭鵪鶉佳偶曲：“見他眉來眼去，俺早心滿願足。”今多作“心滿意足”。見該條。

【心寬體胖】 xīn kuān tǐ pán　見“心廣體胖”。

【心廣體胖】 xīn guǎng tǐ pán　言心中坦然無憾，則身體舒泰安適。禮大學：“富潤屋，德潤身，心廣體胖。”亦作“心寬體胖”。清文康兒女英雄傳四十：“心寬體胖，周身的衣裳也合了折兒了。”

【心領神會】 xīn lǐng shén huì　深刻領會。明李東陽麓堂詩話：“律者規矩之謂，而其爲調則有巧存焉；苟非心領神會，自有心得，雖日提耳而教之，無益也。”吳海聞過齋集一送傅德謙還臨川序：“讀書有得，冥然感於中，心領神會，端坐若忘。”

【心緒如麻】 xīn xù rú má　見“心亂如麻”。

【心醉魂迷】 xīn zuì hún mí　形容内心傾倒，仰慕之極。北齊顏之推顏氏家訓慕賢：“所值名賢，未嘗不心醉魂迷，向慕之也。”

【心慕手追】 xīn mù shǒu zhuī　心所仰慕，追隨仿效。晉書王羲之傳制：“翫之不覺爲倦，覽之不識其端，心慕手追，此人而已。”清袁枚隨園詩話十三：“京口程君夢湘同遊焦山，一路論詩，渠最心折於吾鄉樊榭先生，心慕手追，幾可抗手。”

【心蕩神迷】 xīn dàng shén mí　形容心神動蕩不寧。清李汝珍鏡花緣九八：“陽衍正在心蕩神迷，一聞此語，慌忙接過芍藥道：‘承女郎見愛，何福能消！’”

【心膽俱裂】 xīn dǎn jù liè　形容悲憤傷痛已極。亦形容極度驚恐。三國演義三七：“竊念備漢朝苗裔，濫叨名爵，伏睹朝廷陵替，綱紀崩摧，羣雄亂國，惡黨欺君，備心膽俱裂。”紅樓夢一一一：“唬得惜春、彩屏等心膽俱裂，聽見外頭上夜的男人便聲喊起來。”

【心曠神怡】 xīn kuàng shén yí　謂心情暢快。宋范仲淹范文正公集七岳陽樓記：“登斯樓也，則有心曠神怡，寵辱偕忘，把酒臨風，其喜洋洋者矣。”清吳敬梓儒林外史十四：“那西湖裏打魚船，一箇一箇，如小鴨子浮在水面。馬二先生心曠神怡，只管走了上去。”亦作“神怡心曠”。紅樓夢四一：“正值風清氣爽之時，那樂聲穿林度水而來，自然使人神怡心曠。”

【心懷叵測】 xīn huái pǒ cè　居心險詐，不可測度。三國演義五七：“馬騰兄子馬岱諫曰：‘曹操心懷叵測，叔父若往，恐遭其害。’”

【心懷鬼胎】 xīn huái guǐ tāi　心懷不可告人之事。紅樓夢七二：“心內懷着鬼胎，茶飯無心，起坐恍惚。”

【心癢難撓】 xīn yǎng nán náo　形容高興得不知如何是好。吳趼人二十年目睹之怪現狀五七：“一夜睡的是龍鬚席，蓋的是金山氈，只喜得箇心癢難撓，算是享盡了平生未有之福。”

【心驚肉跳】 xīn jīng ròu tiào　形容内心極度驚懼不安。紅樓夢一〇五：“賈政在外，心驚肉跳，拈鬚搓手的等候意旨。”亦作“肉跳心驚”。紅樓夢一一二：“(妙玉)昨日好心去瞧四姑娘，反受了這蠢人的氣，夜裏又受了大驚。今日回來，那蒲團再坐不穩，只覺肉跳心驚。”亦作“心驚肉戰”。見該條

【心驚肉戰】 xīn jīng ròu zhàn　形容內心極其驚懼不安。元曲選缺名爭報恩三虎下山三：“不知怎麼，這一會兒心驚肉戰，這一雙好小腳兒再也走不動了。”亦作“心驚肉跳”、“肉跳心驚”。見“心驚肉跳”。

【心驚膽戰】 xīn jīng dǎn zhàn　形容極度驚恐。古今雜劇元關漢卿包待制智斬魯齋郎一：“我恰便是履深淵，把不定心驚膽戰，有這場死罪愆。”水滸七九：“只嚇得高太尉心驚膽戰，鼠竄狼奔，連夜收軍回濟州。”戰，亦作“顫”。元明雜劇元賈仲名呂洞賓桃柳昇仙夢三：“眼巴巴幾時得到京華，過山遙路遠怎去，他交我心驚膽顫怕。”亦作“膽戰心驚”。見該條。

【心驚膽顫】 xīn jīng dǎn zhàn　見“心驚膽戰”。

【心去意難留】 xīn qù yì nán liú　見“心去難留”。

【心有餘而力不足】 xīn yǒu yú ér lì bù zú　謂力不從心。紅樓夢二五：“我手裏但凡從容些，也時常來上供，只是‘心有餘而力不足’。”

【心有靈犀一點通】 xīn yǒu líng xī yī diǎn tōng　舊說以犀爲神獸，犀角有白紋，感應靈敏。原比喻男女間心心相印，也泛喻彼此心意相通。唐李商隱李義山詩集五無題：“身無彩鳳雙飛翼，心有靈犀一點通。”

【心病還從心上醫】 xīn bìng huán cóng xīn shàng yī　謂從思想癥結所在入手解決問題。元吳昌齡張天師風花雪月二：“這的是心病，還從心上醫。”亦作“心病還須心上醫”。明凌濛初初刻拍案驚奇二五：“如此三年，司戶不遂其願，成了相思之病。自古說得好：‘心病還須心上醫’。眼見得不是盼奴來，醫藥怎得見效？”

【心病還須心上醫】 xīn bìng huán xū xīn shàng yī　見“心病還從心上醫”。

【忙忙碌碌】 máng máng lù lù　忙，疊用作“忙忙碌碌”。明王元壽景園記十五：“看渠忙忙碌碌，到羅里去。”

【忙裏偷閒】 máng lǐ tōu xián　在繁忙中抽出餘暇。宋黃庭堅山谷外集補三和答趙令同前韻詩：“人生政自無閒暇，忙裏偷閒得幾回。”陸游劍南詩稿四暮春：“忙裏偷閒慰晚途，春來日日在東湖。”清李汝珍鏡花緣四九：“只見小山從瀑布前面走來，若花道：原來阿妹去看瀑布，可謂‘忙裏偷閒’了。”

【忘年之交】 wàng nián zhī jiāo　不拘於年歲輩分而結爲莫逆之交。後漢書八十下禰衡傳：“衡年弱冠，而融年四十，遂與爲交友。”梁書張纘傳：“初未與纘遇，便虛相推重，因爲忘年之交。”三國演義一一一：“陳泰歎服曰：‘公料敵如神，蜀兵何足慮哉！’於是陳泰與鄧艾結爲忘年之交。”

【忘其所以】 wàng qí suǒ yǐ　形容得意忘形。明馮夢龍醒世恆言十三：“夫人傾身陪奉，忘其所以。”李寶嘉官場現形記二九：“不料余小觀錯會了宗旨，又吃了兩杯酒，忘其所以，暢談起國事來。”

【忘恩背義】 wàng ēn bèi yì　見“忘恩負義”。

【忘恩負義】 wàng ēn fù yì　忘掉人對自己的恩德，作出背信棄義之事。元曲選楊文奎翠紅鄉兒女兩團圓二：“他怎生忘恩負義，你雪堆兒裏扶起他來那。”明畢魏三報恩十四冷誼：“總他嫌暮境衰年，我誓不學忘恩負義。”亦作“忘恩背義”。元曲選楊文奎翠紅鄉兒女兩團圓：“我把你箇忘恩背義的弟子孩兒。”水滸十一：“哥哥若不收留，柴大官人知道時見怪，顯得我們忘恩背義。”

【志士仁人】 zhì shì rén rén　有節操，公而忘私的人。論語衛靈公：“志士仁人，無求生以害仁，有殺身以成仁。”漢書六五東方朔傳非有先生論：“故卑身賤體，說色微辭，愉愉呴呴，終無益於主上之治，則志士仁人不忍爲也。”

【志大才疏】 zhì dà cái shū　志向大而才能低。後漢書七十孔融傳：“融負其高氣，志在靖難，而才疏意廣，迄無成功。”世說新語識鑒：“伯仁爲人志大而才短，名重而識暗。”亦作“才疏志大”。宋陸游劍南詩稿九大風登城：“才疏志大不自量，西家東家笑我狂。”

【志在四方】 zhì zài sì fāng　謂抱負遠大。明馮夢龍清蔡元放東周列國志二五：“妾聞‘男子志在四方’，君壯年不圖出仕，乃區區守妻子坐困乎？」

【志同道合】 zhì tóng dào hé 志趣、理想相同。三國志魏陳思王植傳陳審舉疏："(伊呂呂望)及其見舉於湯武、周文，誠道合志同，玄謨神通。"宋陳亮龍川集十九與呂伯恭正字書之二："志同道合，便能引其類。"明梁辰魚浣沙記上遊春："蒙越王拔於眾人之中，廁之大夫之上，志同道合，言聽計從。"亦作"志同願等"。見該條。

【志同願等】 zhì tóng yuàn děng 猶志同道合。後漢書七四袁紹傳附袁譚："然孤與太公，志同願等。"

【志高氣揚】 zhì gāo qì yáng 志氣高昂而自得。史記九六蘇秦傳："家殷人足，志高氣揚。"戰國策齊一作"家殷而富，志高而揚"。

【志得意滿】 zhì dé yì mǎn 志願實現，心滿意足。明凌濛初初刻拍案驚奇三八："(張郎)未免志得意滿，自繇自主，要另立箇舖排，把張家來出景，漸漸把丈人文母放在腦後，倒像人家不是劉家的一般。"

【忍心害理】 rěn xīn hài lǐ 心地殘忍，做出有違天理人道之事。清李汝珍鏡花緣十："此時若教拋撇祖父，一人獨去，即使女兒心如鐵石，亦不能忍心害理至此。"

【忍尤攘詬】 rěn yóu rǎng gòu 謂暫時忍受耻辱，以待洗雪之時。楚辭屈原離騷："屈心而抑志兮，忍尤而攘詬。"注："尤，過也；攘，除也；詬，耻也。言己所以能屈案心志，含忍罪過而不去者，欲以除去恥辱。"

【忍儁不禁】 rěn jùn bù jìn 見"忍俊不禁"。

【忍俊不禁】 rěn jùn bù jìn 謂熱中於某事而不能克制自己。唐趙璘因話錄五："(周戎)戲作為詞狀：當有千有萬，忍俊不禁考上下。"俊，亦作"儁"。唐崔致遠桂苑筆耕十一答徐州時溥書："足下去年，忍儁不禁，求榮頗切。"後多謂忍不住要笑為"忍俊不禁"。聯燈會要十六法演禪師："山僧昨日入城，見一棚傀儡。……仔細看時，元來青布幔裏有人，山僧忍俊不禁。"曾樸孽海花六："一會豎蜻蜓，一會翻筋斗，……把箇達小姐看得忍俊不禁。"

【忍辱含羞】 rěn rǔ hán xiū 忍受羞辱。西遊記七二："行者道：'……只變做一箇

餓老鷹，雕了他的衣服，他都忍辱含羞，不敢出頭，蹲在水中哩。'"

【忍辱負重】 rěn rǔ fù zhòng 容忍屈辱，肩負重任。三國志吳陸遜傳："國家所以屈諸君使相承望者，以僕有尺寸可稱，能忍辱負重故也。"曾樸孽海花二十七："以後還望中堂忍辱負重，化險爲夷，兩公左輔右弼，折中御侮。"

【忍辱偷生】 rěn rǔ tōu shēng 忍受屈辱，苟且生存。三國演義八："妾恨不即死，止因未與將軍一訣，故且忍辱偷生。今幸得見，妾願畢矣。"

【忍氣吞聲】 rěn qì tūn shēng 指受了氣而強自忍受，不敢作聲。京本通俗小說菩薩蠻："錢都管到焦躁起來，……罵了一頓，走開去了。張老只得忍氣吞聲回來，與女兒說知。"古今雜劇元關漢卿包待制智斬魯齋郎一："你不如休和他爭，忍氣吞聲罷！"紅樓夢二五："那趙姨娘只得忍氣吞聲，也上去幫着他們替寶玉收拾。"

【忍無可忍】 rěn wú kě rěn 謂忍耐到極點，無可再忍。論語八佾："孔子謂季氏八佾舞於庭，是可忍，孰不可忍也。"清缺名官場維新記十四："果然那些學生忍無可忍，鬧出全班散學的事來了。"

【快馬加鞭】 kuài mǎ jiā biān 比喻快上加快。景德傳燈錄六南源道明禪師："上堂云：快馬一鞭，快人一言，有事何不出頭來，無事各自珍重。"宋王安石臨川集二四送純甫如江南詩："此去還知苦相憶，歸時快馬亦須鞭。"明徐畈殺狗記上十七："其妻答曰：'何不快馬加鞭，逕趕至蒼山，求取伯伯。'"

【快刀斬亂麻】 kuài dāo zhǎn luàn má 比喻以果斷迅捷的手段，解決紛繁糾葛的事情。北齊書文宣紀："高祖(高歡)嘗試觀諸子意識，各使治亂絲，帝(高洋)獨抽刀斬之，曰：'亂者須斬！'古常以絲麻並舉，後多稱快刀斬亂麻。

【忠心赤膽】 zhōng xīn chì dǎn 形容非常忠誠。清李汝珍鏡花緣三："此人名叫史逸，向日同我結拜至交。爲人忠心赤膽，素諳天文。"亦作"赤膽忠心"。見該條。

【忠心耿耿】 zhōng xīn gěng gěng 形容極其忠誠。清李汝珍鏡花緣五七："當日

令尊伯伯爲國捐軀,雖大事未成,然忠心耿耿,自能名垂不朽。"

【忠言拂耳】 zhōng yán fú ěr　見"忠言逆耳"。

【忠言逆耳】 zhōng yán nì ěr　謂正直的規勸,聽起來不順耳。韓非子安危:"聖人之救危國也,以忠拂耳。……拂耳,故小逆在心,而久福在國。"忠,指忠言。楚辭漢東方朔七諫沈江:"痛忠言之逆耳兮,恨申子之沈江。"史記留侯世家:"且忠言逆耳利於行,毒藥苦口利於病。"亦作"忠言拂耳"。韓非子外儲說上:"忠言拂於耳,而明主聽之,知其可以致功也。"

【忠孝節義】 zhōng xiào jié yì　泛指舊時提倡的道德準則。明許仲琳封神演義二十:"民知有忠孝節義,不知妄作邪爲。"

【忠肝義膽】 zhōng gān yì dǎn　猶赤膽忠心。宋樓鑰攻媿集七八跋所書卞公祠堂記:"東晉死節之士,卞公爲最顯,史獻公爲之立祠,忠簡公爲之作記,忠肝義膽,千載鼎立。"宋遺民錄十一汪元量浮丘道人招魂歌:"忠肝義膽不可狀,要與人間留好樣。"清孔尚任桃花扇爭位:"史公雖亦入閣,又令督師江北,這分明有外之之意了。史公卻全不介意,反以操兵勦賊爲喜,如此忠肝義膽,人所難能也。"

【忠魂義魄】 zhōng hún yì pò　猶忠肝義膽。元詩選癸之癸下吳隱鞍張武定公宏綱:"忠魂義魄今猶在,喬木蕭蕭挂鐵衣。"

【念念不忘】 niàn niàn bù wàng　常常思念,時刻不忘。宋朱熹朱子全書論語:"言其於忠信篤敬,念念不忘。"明王世貞鳴鳳記忠佞異議:"你念念不忘嚴府,恐被他人笑罵。"紅樓夢四七:"薛蟠自上次會過了一次,已念念不忘。"

【念兹在兹】 niàn zī zài zī　書大禹謨:"帝念哉!念兹在兹,釋兹在兹。"兹,此。疏及宋蔡沈集傳都解釋爲:兹,指皋陶,禹要舜思念他,不要忘記。後泛指念念不忘,神志凝注。晉陶潛陶淵明集一命子詩:"溫恭朝夕,念兹在兹。"

【怙惡不悛】 hù è bù quān　堅持作惡,不肯改悔。怙,倚仗;悛,悔改。語本左傳隱六年:"長惡不悛,從自及也。"後漢書四三朱穆傳:"諱惡不悛,卒至亡滅。"

【怵心劌目】 chù xīn guì mù　猶言驚心動目。宋葛立方韻語陽秋一:"陶潛謝朓詩皆平淡有思致,非後來詩人怵心劌目雕琢者所爲也。"

【怕硬欺軟】 pà yìng qī ruǎn　指怕強欺弱。元曲選關漢卿感天動地竇娥冤三:"天地也,做得箇怕硬欺軟,卻元來也這般順水推船。"亦作"欺軟怕硬"。見該條。

【怡情悅性】 yí qíng yuè xìng　見"怡情理性"。

【怡情理性】 yí qíng lǐ xìng　使心情快樂舒暢。漢徐幹中論治學:"學也者,所以疏神達思,怡情理性,聖人之上務也。"亦作"怡情悅性"。紅樓夢十七:"如今上了年紀,且案牘勞煩,于這怡情悅性的文章上更生疏了。"

【怡然自得】 yí rán zì dé　形容愉快而滿足。列子黃帝:"黃帝既寤,怡然自得。"李寶嘉官場現形記二五:"劉厚守聽了,怡然自得,坐在椅子上,盡性的把身子亂擺,一聲兒也不響。"亦作"怡然自樂"。見該條。

【怡然自樂】 yí rán zì lè　安適愉快,自得其樂。晉陶潛陶淵明集五桃花源記:"其中往來種作,男女衣著,悉如外人,黃髮垂髫,並怡然自樂。"亦作"怡然自得"。見該條。

【怡聲下氣】 yí shēng xià qì　聲氣和悅,態度恭順。北齊顏之推顏氏家訓勉學:"怡聲下氣,不憚劬勞。"亦作"下氣怡聲"。見該條。

【怡顏悅色】 yí yán yuè sè　猶和顏悅色。西遊記十六:"看師父的,要怡顏悅色;養白馬的,要水草調勻。"

【思不出位】 sī bù chū wèi　思慮不出於職分之外。易艮:"兼山艮,君子以思不出其位。"注:"各止其所,不侵官也。"魏書任城王傳:"故陳平不知錢穀之數,邴吉不問僵道之死,當時以爲達治,歷代用爲美談。但宜各守其職,思不出位,潔己以利時,靖恭以致節。"

【思如湧泉】 sī rú yǒng quán　極言文思充沛。舊唐書八八蘇瓌傳附蘇頲:"機事填委,文誥皆出頲手,中書令李嶠歎曰:'舍人思如湧泉,嶠所不及也。'"唐劉肅大唐新語一匡贊作"思如泉涌"。

【思前想後】 sī qián xiǎng hòu 對事之前因後果,考慮再三。明許仲琳封神演義五二:"太師十分不樂,一路上思前想後。"

【思深憂遠】 sī shēn yōu yuǎn 計慮深遠。左傳襄二九年:"吳公子札來聘……爲之歌唐,曰:'思深哉,其有陶唐氏之遺民乎? 不然,何憂之遠也!'"亦作"憂深思遠"。見該條。

【思賢如渴】 sī xián rú kě 迫切思求有才德之人。三國志蜀諸葛亮傳:"將軍既帝室之胄,信義著於四海,總攬英雄,思賢如渴。"亦作"求賢如渴"。見該條。

【怨入骨髓】 yuàn rù gǔ suǐ 極言怨恨之深。史記秦紀:"(晉)文公夫人,秦女也,爲秦三囚將(百里傒子孟明視,蹇叔子西乞術及白乙丙)請曰:'繆公之怨此三人於骨髓,願令此三人歸,令我君得自快烹之。'"又一〇六吳王濞傳遺諸侯書:"楚元王子、淮南三王或不沐洗十餘年,怨入骨髓,欲一有所出之久矣。"

【怨女曠夫】 yuàn nǚ kuàng fū 舊指年長而未婚嫁的男女。孟子梁惠王下:"內無怨女,外無曠夫。"元曲選缺名逞風流王煥百花亭三:"查梨條賣也!……假若是怨女曠夫,買吃了成雙作對。縱然他毒郎狠妓,但嘗着助喜添歡。"

【怨天尤人】 yuàn tiān yóu rén 論語憲問:"不怨天,不尤人。"禮中庸:"上不怨天,下不尤人,故君子居易以俟命,小人行險以徼幸。"後指不自責而推之命運曰怨天尤人。宋書謝晦傳悲人道:"苟成敗其有數,豈怨天而尤人。"唐崔湜御史臺精舍碑:"傳曰:'禍福無門,惟人所召。'則蹈網罹罟,嬰徽纏,聯桁楊,貫桎梏,可怨天尤人哉?"(金石萃編七四)

【怨家債主】 yuàn jiā zhài zhǔ 佛教指與我結冤仇的人。唐孔思義造像記:"業道受苦及怨家債主願布施歡喜。"(八瓊室金石補正三二)

【怨聲載道】 yuàn shēng zài dào 怨恨之聲隨處皆是,形容怨恨者之多。亦作"怨聲滿道"。後漢書六三李固傳:"前孝安皇帝內任伯榮、樊豐之屬,外委周廣、謝惲之徒,開門受賄,署用非次,天下紛然,怨聲滿道。京本通俗小說拗相公:"民間怨聲載道,天變迭興。"紅樓夢五六:"凡有些餘利的一概入了官中,那時裏外怨聲載道,豈不失了你們這樣人家的大體?"

【怨聲滿道】 yuàn shēng mǎn dào 見"怨聲載道"。

【急不可待】 jí bù kě dài 形容心情焦急。清蒲松齡聊齋志異青娥:"(母)逆害飲食,但思魚羹,而近地則無,百里外始可購致。時斯騎皆被差遣。生性純孝,急不可待,懷貲獨往。"

【急功近利】 jí gōng jìn lì 急於取得成效,貪圖目前利益。漢董仲舒春秋繁露對膠西王越大夫不得爲仁:"仁人者,正其道不謀其利,修其理不急其功,致無爲而習俗大化,可謂仁聖矣。"

【急竹繁絲】 jí zhú fán sī 見"急管繁絃"。

【急如星火】 jí rú xīng huǒ 比喻情勢急迫。星火,流星的光。宋王明清揮麈錄二:"竭澤而漁,急如星火。清李汝珍鏡花緣九四:"閫臣心內雖急如星火,偏偏婉如同田鳳翾的哥哥田廷結了婚姻。"亦作"急於星火"。見該條。

【急於星火】 jí yú xīng huǒ 比喻十分緊迫。星火,流星的光。晉書李密傳陳情事疏:"詔書切峻,責臣逋慢,郡縣逼迫,催臣上道,州司臨門,急於星火。"亦作"急如星火"。見該條。

【急則計生】 jí zé jì shēng 猶言急中生智。唐白居易長慶集五二和微之詩二十三首序:"今足下果用所長,過蒙見窘,然敵則氣作,急則計生,四十二章魔掃並畢,不知大敵以爲如何?"

【急流勇退】 jí liú yǒng tuì 本指船在急流中迅速退出,借喻官吏在得意時引退,明哲保身。相傳宋陳摶見錢若水曰:"是無仙骨,但急流中能勇退耳!"見宋張未張在史集四八書錢宣靖遺事中。五朝名臣言行錄二之二亦有類似記載。宋蘇軾分類東坡詩二四贈善相程傑:"火色上騰雖有數,急流勇退豈無人。"明王世貞鳴鳳記:"應知望重招讒,須要急流勇退。"

【急脈緩灸】 jí mài huǎn jiǔ 喻以和緩

的方法應付急事。也借喻詩文在進行中，故意放鬆一筆，以造成抑揚頓挫之勢。紅樓夢七六：“黛玉道：‘對句不好，合掌。下句推開一步，倒還是急脈緩灸法。’”

【急章拘諸】　jí zhāng jū zhū　見“急張拘諸”。

【急張拒逐】　jí zhāng jù zhú　見“急張拘諸”。

【急張拘諸】　jí zhāng jū zhū　局促不安、緊張慌亂貌。元曲選康進之梁山泊李逵負荆二：“他這般急張拘諸的立。”亦作“急章拘諸”、“急獐拘豬”、“急張拒逐”。又孟漢卿張孔目智勘魔合羅一：“我與你便急章拘諸慢行的赤留出律去。”又張國賓薛仁貴榮歸故里三：“諕的我心兒膽兒急獐拘豬的自昏迷。”又李直夫便宜行事虎頭牌一：“爲甚麼獐獐狂狂，便待要急張拒逐的褪？”

【急景流年】　jí yǐng liú nián　形容光陰易逝。宋晏殊珠玉詞蝶戀花：“急景流年都一瞬，往事前歡，未免縈方寸。”

【急景凋年】　jí yǐng diāo nián　光陰速逝，年歲將盡。文選南朝宋鮑明遠（照）舞鶴賦：“於是窮陰殺節，急景凋年。”唐白居易長慶集五二和自勸詩之二：“急景凋年急於水，念此攬衣中夜起。”後用此指歲暮。亦作“急景彫年”。宋劉克莊後村集一二四回王縣丞啟：“急景彫年，懶陳於弧矢；華星秋月，永閟於巾箱。”

【急景彫年】　jí yǐng diāo nián　見“急景凋年”。

【急管繁絃】　jí guǎn fán xián　形容樂曲的節拍急促、音色豐富。唐白居易長慶集五一憶舊遊詩：“悄蛾慢臉燈下醉，急管繁絃頭上催。”宋晏殊珠玉詞蝶戀花：“繡幕卷波香引穗，急笘繁絃，共愛人間瑞。”笘，通“管”。亦作“急竹繁絲”。宋詩鈔翁卷葦碧軒詩鈔白紵詞：“急竹繁絲互催逼，吳娘嬌濃玉無力。”又作“繁絃急管”。見該條。

【急獐拘豬】　jí zhāng jū zhū　見“急張拘諸”。

【急來抱佛脚】　jí lái bào fó jiǎo　本指平時不爲善，到臨難時在佛前求救。唐孟郊孟東野集九讀經詩已有“垂老抱佛脚”之語。宋劉攽貢父詩話：“王曰：‘投老欲依僧是古一句。’客亦曰：‘急則抱佛脚是俗諺。’”明沈璟一種情香兆：“外：‘如今事已急矣，且燒起香來，看神仙有何判斷?’老旦：‘有理，這樣叫閒時不燒香，急來抱佛脚。’”比喻事到臨頭才想辦法。曾樸孽海花五：“可憐那一班老翰林手是生了，眼是花了，得了這箇消息，箇箇急得屁滾尿流，琉璃廠墨漿都漲了價，正是應着句俗語叫‘急來抱佛脚’了。”

【急驚風撞着慢郎中】　jí jīng fēng zhuàng zháo màn láng zhōng　患急病遇到慢性醫師，喻緩不濟急。明凌濛初二刻拍案驚奇三三：“（富家子）急走出門，望着楊抽馬家裏亂亂撺撺跑得來，搖鼓也似敲門，險些把一雙拳頭敲腫了，楊抽馬方纔在裏面答應出來道：‘是誰?’富家子忙道：‘是我，是我，快開了門，有話講。’此時富家子正是急驚風撞着了慢郎中。”張鳳翼灌園記淖齒被擒：“將軍，你這等說將起來，是箇急驚風撞了慢郎中。”

【怒不可遏】　nù bù kě è　怒火難以抑制。李寶嘉官場現形記二七：“賈大少爺正在自己動手掀王師爺的鋪蓋，被王師爺回來從門縫裏瞧見了，頓時氣憤填膺，怒不可遏。”

【怒目而視】　nù mù ér shì　張目怒視。水滸八十：“林冲、楊志怒目而視，有欲要發作之色。”三國演義三：“生得器宇軒昂，威風凛凛，手執方天畫戟，怒目而視。”

【怒目切齒】　nù mù qiè chǐ　形容憤恨之極。文選晉劉伯倫（伶）酒德頌：“乃奮袂攘襟，怒目切齒。”

【怒形於色】　nù xíng yú sè　內心的憤怒表露在臉上。明馮夢龍清蔡元放東周列國志十八：“曹沫右手按劍，左手攬桓公之袖，怒形於色。”凌濛初初刻拍案驚奇十：“太守見他言詞反復，已自怒形於色。”

【怒猊渴驥】　nù ní kě jì　比喻書法之遒勁奔放。新唐書一六〇徐浩傳：“始，浩父嶠之善書，以法授浩，益工。嘗書四十二幅屏，八體皆備，草隸尤工。世狀其法曰‘怒猊抉石，渴驥奔泉’云。”亦作“渴驥怒猊”。見該條。

【怒氣衝天】 nù qì chōng tiān 形容憤怒已極。元曲選楊顯之臨江驛瀟湘秋夜雨四：「我和他有甚恩情相顧戀，待不沙又怕背了這恩人面，只落的嗔嗔忿忿，傷心切齒，怒氣衝天。」

【怒髮衝冠】 nù fà chōng guān 誇張描述盛怒之狀。戰國策燕三：「士皆瞋目，髮盡上指冠。」鮑彪本作「上衝冠」。史記八一藺相如傳：「相如因持璧卻立倚柱，怒髮上衝冠。」舊題宋岳飛滿江紅詞：「怒髮衝冠，憑欄處，蕭蕭雨歇。」

【怒從心上起，惡向膽邊生】 nù cóng xīn shàng qǐ, è xiàng dǎn biān shēng 形容憤怒已極，膽子就大起來，什麼事也幹得出。五代史平話梁：「朱溫未嘗得萬事俱休，才聽得後，怒從心上起，惡向膽邊生，'卻不匡耐這黃巢欺負咱每忒甚！'」又見永樂大典戲文三種張協狀元。西遊記八一：「行者聞得衆和尚說出這一端的話語，他便怒從心上起，惡向膽邊生，高叫一聲：'你這衆和尚好呆哩！'」

【恃才傲物】 shì cái ào wù 自負其才而藐視別人。梁書蕭子恪傳附蕭子顯：「及葬請謚，手詔：'恃才傲物，宜謚曰驕。'」宋孫光憲北夢瑣言四：「唐薛澄州昭緯，即保遜之子也。恃才傲物，亦有父風。」

【恃強凌弱】 shì qiáng líng ruò 依強欺弱。明馮夢龍警世通言三：「那桀紂有何罪過？也無非依貴欺賤，恃強凌弱，總來不過是使勢而已。」

【恃德者昌，恃力者亡】 shì dé zhě chāng, shì lì zhě wáng 史記六八商君傳趙良說商鞅：「書曰：'恃德者昌，恃力者亡。'君之危若朝露，尚將欲延年益壽乎？」

【恢恢有餘】 huī huī yǒu yú 莊子養生主：「彼節者有間，而刀刃者無厚。以無厚入有間，恢恢乎其於遊刃必有餘地矣。」謂庖丁技藝純熟，宰牛時運刀於骨節之間而有餘地。後以恢恢有餘表示綽綽有餘之義，本此。

【恢恑憰怪】 huī guǐ jué guài 離奇神異。莊子齊物論：「恢恑憰怪，道通為一。」易暌疏引莊子作「恢詭譎怪」。

【恨之入骨】 hèn zhī rù gǔ 形容痛恨到極點。明馮夢龍清蔡元放東周列國志十

七：「蔡哀侯始知中了息侯之計，恨之入骨。」李寶嘉官場現形記四二：「那知本府亦恨之入骨，一處處弄得天怒人怨，在他自己始終亦莫明其所以然。」

【恨相知晚】 hèn xiāng zhī wǎn 指朋友交誼深厚，以相識太遲爲憾。史記四七魏其武安侯傳：「灌夫亦倚魏其而通列侯宗室爲名高。兩人相爲引重，其遊如父子然。相得驩甚，無厭，恨相知晚也。」後漢書四一第五倫傳：「倫始以營長詣郡尹鮮于褎，褎見而異之，署爲吏。後褎坐事左轉高唐令，臨去，握倫臂訣曰：'恨相知晚。'」

【恨鐵不成鋼】 hèn tiě bù chéng gāng 責備、埋怨自己所期望的人，含有惋惜、遺憾之意。紅樓夢九六：「只爲寶玉不上進，所以時常恨他，也不過是'恨鐵不成鋼'的意思。」

【恨不相逢未嫁時】 hèn bù xiāng féng wèi jià shí 謂女方已嫁，相逢恨晚。唐張籍張司業集一節婦吟：「知君用心如日月，事夫誓擬同生死。還君明珠雙淚垂，何不相逢未嫁時？」後人引用，多作「恨不相逢未嫁時」。

【恨小非君子，無毒不丈夫】 hèn xiǎo fēi jūn zǐ, wú dú bù zhàng fū 指在關鍵時刻下毒手。元明雜劇元高文秀保成公徑赴澠池會四：「恨小非君子，無毒不丈夫。某乃廉頗是也。……今日我用副帥呂成看相如去，若相如言詞和會，某去陪話；若他有害吾之心，某別有計較。」元曲選馬致遠破幽夢孤鴈漢宮秋一：「他眉頭一縱，計上心來。只把美人圖點上些破綻，到京師必定發入冷宮，教他受苦一世。正是恨小非君子，無毒不丈夫。」

【恫疑虛猲】 dòng yí xū hè 虛張聲勢，恐嚇威脅。戰國策齊一：「秦雖欲深入，則狼顧，恐韓魏之議其後也。是故恫疑虛猲，高躍而不敢進。」

【恬不知怪】 tián bù zhī guài 見「恬不爲怪」。

【恬不知恥】 tián bù zhī chǐ 安然處之，不以爲恥。唐馮贄雲仙雜記八：「倪芳飲後，必有狂怪，恬然不恥。」明呂維祺四譯館增定館則十五：「乃邇來玩日愒月，託病請假，紛紛不已，甚至一季不到館者有

之,虛糜素餐,恬不知恥,殊爲可厭。"

【恬不爲怪】　tián bù wéi guài　泰然處之,不以爲怪。宋歐陽修文忠集一二七歸田錄二:"近時……學士日益自卑,丞相禮亦漸薄,蓋習見已久,恬然不復爲怪也。"唐庚眉山先生文集二三上監司書:"比來州縣削弱,紀綱廢壞,上下習熟,恬不爲怪"。也作"恬不知怪"。張綱華陽集十五論守令害民劄子:"上下相蔽,習成此風,恬不知怪。"

【恬而不怪】　tián ér bù guài　安然處之,不以爲怪。漢書四八賈誼傳:"至於俗流失,世壞敗,因恬而不知怪。"又禮樂志:"至於風俗流溢,恬而不怪。"亦作"恬不爲怪"、"恬不知怪"。見"恬不爲怪"。

【恭敬桑梓】　gōng jìng sāng zǐ　見"敬恭桑梓"。

【恭敬不如從命】　gōng jìng bù rú cóng mìng　謙詞。從命,猶言遵命。古今雜劇元秦簡夫東堂老勸破家子弟楔子:"便好道,恭敬不如從命,他是箇有病的人,我依着他則便了。"明沈自晉望湖亭十八:"生:'奉陪大媒,豈有占坐之理?'淨:'既如此,恭敬不如從命了。'"

【恩同父母】　ēn tóng fù mǔ　恩情深重,有如父母。水滸八三:"宋江等拜謝宿太尉道:'某等衆人,正欲如此,與國家出力,建功立業,以爲忠臣。今得太尉恩相,力賜保奏,恩同父母。'"

【恩同再造】　ēn tóng zài zào　形容恩德極大,有如使人再生。清李汝珍鏡花緣三十:"求大賢細細診視,可有幾希之望?倘能救其一命,真是恩同再造!"亦作"再造之恩"。見該條。

【恩甚怨生】　ēn shèn yuàn shēng　恩惠過多,反而滋生怨恨。亢倉子用道:"恩甚則怨生,愛多則憎至。"

【恩威並行】　ēn wēi bìng xíng　恩德與刑威同時施行。三國志吳周魴傳:"魴在郡十三年卒,賞善罰惡,恩威並行。"

【恩怨分明】　ēn yuàn fēn míng　恩德、仇怨界限清楚。三國演義五十:"某素知(關)雲長傲上而不忍下,欺強而不凌弱,恩怨分明,信義素著。"

【恩深義重】　ēn shēn yì zhòng　謂恩德、情義深厚。明馮夢龍醒世恆言八:"因爹媽執意不從,故把兒子玉郎假裝嫁來。不想母親叫孩兒陪伴,遂成了夫婦。恩深義重,誓必圖百年偕老。"

【恩將仇報】　ēn jiāng chóu bào　以仇恨報答恩情。明凌濛初二刻拍案驚奇二四:"(元)自實把繆千戶當初到任,借他銀兩,而今來取,只是推托,希圖混賴,……從頭至尾,說了一遍。軒轅翁也頓足道:'這等恩將仇報,其實可恨。'"明馮夢龍醒世恆言三十:"虧這官人救了性命,今反恩將仇報,天理何在!"

【恩斷義絕】　ēn duàn yì jué　多指夫妻離異。元曲選馬致遠馬丹陽三度任風子三:"嗏兩箇恩斷義絕,花殘月缺,再誰戀錦帳羅幃。"

【息交絕遊】　xī jiāo jué yóu　停止交遊活動。文選晉陶淵明(潛)歸去來辭:"歸去來兮,請息交以絕遊。"宋王明清揮麈錄後錄八:"劉斯立……屏居東平,在門却掃,息交絕遊,人罕識其面。"

【息事寧人】　xī shì níng rén　不多事,使人民得安寧。後漢書章帝紀元和二年春詔:"方春生養,萬物莩甲,宜助萌陽,以育時物。其令有司,罪非殊死且勿案驗,及吏人條書相告不得聽受,冀以息事寧人,敬奉天氣。"後亦泛指盡量平息人事糾紛。

【息息相通】　xī xī xiāng tōng　比喻彼此之間有關聯。李寶嘉官場現形記二六:"他這店就是華中堂的本錢,他們裏頭息息相通,豈有不曉得的道理?"

【息黥補劓】　xī qíng bǔ yì　莊子大宗師:"許由曰:'而奚爲來軹,夫堯既已黥汝以仁義,而劓汝以是非矣,汝將何以遊夫遙蕩恣睢轉徙之塗乎?'意而子曰:'……庸詎知夫造物者之不息我黥而補我劓,使我乘成以隨先生邪?'"黥,刺面。劓,割鼻。這兩種刑罰都破壞人的自然面目。息黥補劓,喻回復本來面目。後泛用爲改正缺點之義。宋蘇軾東坡集前集二七登州謝兩府啟:"策蹇磨鉛,少答非常之遇;息黥補劓,漸收無用之身。過此以還,未知所措。"

【悦近來遠】　yuè jìn lái yuǎn　使近者悦服,遠者來歸。論語子路:"近者説,遠者來。"韓非子難三："不紹葉公之明,而使之悦近而來遠。"魏書楊播傳上書："是以先朝居之於荒服之間者,正欲悦近來遠,招附殊俗,亦以別華戎,異内外也。"

【悖入悖出】　bèi rù bèi chū　禮大學："是故言悖而出者,亦悖而入,貨悖而入者,亦悖而出。"後因稱財物得來不以正道,又被人巧奪或浪費以盡者爲悖入悖出。吳趼人二十年目睹之怪現狀五五："悖入自應還悖出,且留快語快人心。"

【惘愊無華】　kǔn bì wú huá　誠樸不浮華。後漢書章帝紀元和二年詔："安靜之吏,惘愊無華,日計不足,月計有餘。"

【悔之無及】　huǐ zhī wú jí　懊悔已來不及。左傳昭二十年："臣不佞,不能苟貳,奉初已還,不忍後命,故遣之。既而悔之,亦無及也。"三國志魏董卓傳："卓未至,進敗"注引典略："臣聞揚湯止沸,不如滅火去薪;潰癰雖痛,勝于養肉,及溺呼船,悔之無及。"

【悔不當初】　huǐ bù dāng chū　追悔當初的錯誤,有悔之已晚之意。元曲選李文蔚同樂院燕青博魚三："也不是我病僧勸患僧,有一日押向雲陽市上行,只等得高叫開刀和那聲,方纔道悔不當初,你可便恁時節省。"又缺名孟德輝舉案齊眉二:"早知如此掛人心,悔不當初莫相識。"

【悔過自新】　huǐ guò zì xīn　悔改過失,重新作人。新唐書一一二馮元常傳:"劍南有光火盜,夜掠人,晝伏山谷。元常喻以恩信,約悔過自新,賊相率脱甲面縛。"

【悔讀南華】　huǐ dú nán huá　唐詩紀事五四溫庭筠："令狐綯曾以舊事訪於庭筠,對曰:'事出南華,非僻書也。或冀相公燮理之暇,時宜覽古。'綯益怒,奏庭筠有才無行,卒不登第。庭筠有詩曰:'因知此恨人多積,悔讀南華第二篇。'"南華經即莊子。後人詩文中即以"悔讀南華"指學問高深而不爲人容的典故。宋陸游劍南詩稿十九懷鏡中故廬:"從宦只思乘下澤,忤人常悔讀南華。"

【患至呼天】　huàn zhì hū tiān　猶急來抱佛腳。韓詩外傳二:"内疎而外親,不亦反乎?身不善而怨他人,不亦遠乎?患至而後呼天,不亦晚乎?"

【患得患失】　huàn dé huàn shī　未得,怕不能得;既得,又怕失去。指斤斤計較個人得失。論語陽貨:"鄙夫可與事君也與哉?其未得之也,患得之;既得之,患失之。苟患失之,無所不至矣。"明王守仁王文成公全書二五徐昌國墓誌:"此與世之謀聲利、苦心焦勞,患得患失,逐逐終其身,耗勞其神氣,奚啻百倍。"

【患難之交】　huàn nàn zhī jiāo　共經憂患的朋友。明東魯古狂生醉醒石十:"浦胤夫患難之交,今日年兄爲我們看他,異日我們也代年兄看他。"

【悉帥弊賦】　xī shuài bì fù　見"悉索敝賦"。

【悉索敝賦】　xī suǒ bì fù　謂傾全國的兵力。古代按田賦出兵車、甲士,故稱兵爲"賦"。敝,謙詞。左傳襄八年:"蔡人不從。敝邑之人,不敢寧處,悉索敝賦,以討于蔡。"明馮夢龍清蔡元放東周列國志十四:"今幸少閒,悉索敝賦,願從諸君之後,左右衞君,以誅衞之不當立者。"一作"悉帥弊賦"。國語魯下:"我先君襄公不敢寧處,使叔孫豹悉帥弊賦,踴跣畢行,無有處人。"也作"悉索薄賦"。淮南子要略:"武王繼文王之業,用太公之謀,悉索薄賦,躬擐甲冑,以伐無道而討不義。"後泛稱盡其所有以相供給爲悉索敝賦。

【悉索薄賦】　xī suǒ bó fù　見"悉索敝賦"。

【悠悠之言】　yōu yōu zhī yán　見"悠悠之談"。

【悠悠之談】　yōu yōu zhī tán　指閑言。猶説長道短。晉書王導傳:"吾與元規休戚是同,悠悠之談,宜絕智者之口。"元規,庾亮字。亦作"悠悠之言"。南史劉穆之傳:"(諸葛長人)屏人謂穆之曰:'悠悠之言,云太尉(劉裕)與我不平,何以至此?'"

【悠悠忽忽】　yōu yōu hū hū　形容悠閑懶散的樣子。紅樓夢八二:"若是悠悠忽忽,到了四十歲,又到五十歲,既不能够發達,這種人,雖是他後生時像箇有用的,到了那箇時候,這一輩子就没有人怕他了。"

【悠悠蕩蕩】　yōu yōu dàng dàng　飄忽無定。雍熙樂府六王廷秀粉蝶兒怨别:"則見南梧葉兒滴溜溜飄，悠悠蕩蕩，紛紛揚揚下溪橋。"紅樓夢五："那寶玉才合上眼，便恍恍惚惚的睡去，猶似秦氏在前，悠悠蕩蕩，跟着秦氏到了一處。"

【情不可卻】 qíng bù kě què　礙於情面，難以推卻。清李汝珍鏡花緣六十："閨臣、紅蕖衆姊妹也再再相留，紫菱情不可卻，只得應允。"

【情不自禁】 qíng bù zì jìn　感情激動不能克制。初學記四南朝梁劉遵七夕穿針詩："步月如有意，情來不自禁。"紅樓夢十五："寶玉情不自禁，然身在車上，只得眼角留情而已。"

【情有可原】 qíng yǒu kě yuán　按情理可原有。後漢書四八霍諝傳："光之所坐，情既可原，守闕連年，而終不見理。"

【情至意盡】 qíng zhì yì jìn　謂對人的情意已到極點。詩大雅板"老夫灌灌"唐孔穎達疏："我老夫教諫汝，其意乃款款然情至意盡，何爲汝等而未知。"

【情同手足】 qíng tóng shǒu zú　情誼深厚如兄弟。文苑英華一○○○唐李華弔古戰場文："誰無兄弟，如足如手；誰無夫婦，如賓如友。"明許仲琳封神演義四一："名雖各姓，情同手足。"亦作"親如手足"。見該條。

【情同骨肉】 qíng tóng gǔ ròu　形容關係親密如一家。三國演義四七："我與公覆，情同骨肉，徑來爲獻密書。未知丞相肯容納否。"

【情好日密】 qíng hǎo rì mì　謂情誼日見親密。三國志蜀諸葛亮傳："亮答曰：'自董卓以來，豪傑並起，……誠如是，則霸業可成，漢室可興矣。'先主曰：'善！'於是與亮情好日密。"

【情投意合】 qíng tóu yì hé　感情融洽，彼此同心莫逆。明史槃鸎釵記三一："聽他笑語如百和，想是情投意合。"馮夢龍古今小説四十："當日賓主酬酢，無非説些感慨時事的説話。兩邊説得情投意合，只恨相見之晚。"

【情見乎言】 qíng xiàn hū yán　見"情見乎辭"。

【情見乎辭】 qíng xiàn hū cí　易繫辭下："爻象動乎内，吉凶見乎外，功業見乎變，聖人之情見乎辭。"指在言辭之中流露出情意。漢王符潛夫論四述赦："夫方以類聚，物以羣分，人之情皆見乎辭。"文選杜預春秋左氏傳序："若夫制作之文，所以彰往考來，情見乎辭。"亦作"情見乎言"。三國志蜀諸葛亮傳"謂爲信然"南朝宋裴松之注："夫其高吟俟時，情見乎言，志氣所存，既已定於其始矣。"

【情見勢屈】 qíng xiàn shì qū　謂真情暴露，又處於劣勢地位。見，同"現"。史記九二淮陰侯傳："今將軍欲舉倦弊之兵，頓之燕堅城之下，欲戰恐久力不能拔，情見勢屈，曠日糧竭，而弱燕不服，齊必距境以自彊也。"漢書二四韓信傳作"情見力屈"。亦作"情見勢竭"。三國志魏荀彧傳報曹操書："公以十分居一之衆，畫地而守之，扼其喉而不得進，已半年矣！情見勢竭，必將有變，此用奇之時，不可失也。"

【情見勢竭】 qíng xiàn shì jié　見"情見勢屈"。

【情屈勢迫】 qíng qū shì pò　謂理屈且勢態危急。三國志魏夏侯玄傳"豐不知而往，即殺之"注引世語："（李）豐若無備，情屈勢迫，必來，若不來，（王）羕一人足以制之。"

【情急智生】 qíng jí zhì shēng　猶言急中生智。李寶嘉官場現形記二二："湯升情急智生，忽然想出一條主義。"

【情隨事遷】 qíng suí shì qiān　感情隨事物的變化而變遷。晉書王羲之傳蘭亭序："及其所之既倦，情隨事遷，感慨係之矣。"

【情人眼裏出西施】 qíng rén yǎn lǐ chū xī shī　意謂情有獨鍾即以爲美。亦作"是人眼裏出西施"。宋黃庭堅山谷外集十長句謝陳適用送吳南雄所贈紙詩"千里鵝毛意不輕，瘴衣腥膩北歸客"注："復齋漫云：諺曰：'是人眼裏出西施。'又曰：'千里寄鵝毛，物輕人意重。'皆鄙語也，山谷取以爲詩。"紅樓夢七九："香菱笑道：'一則是天緣，二則是'情人眼裏出西施'。'"

【惜玉憐香】 xī yù lián xiāng　比喻對女子的溫情愛護。元張可久小山樂府續集普天樂收心曲一："關心三月春，開口千金

笑,惜玉憐香何時了。"明湯顯祖牡丹亭十
驚夢:"杜小姐遊春感傷,致使柳秀才入
夢,咱花神專掌惜玉憐香,竟來保護他。"
亦作"憐香惜玉"。見該條。

【惜指失掌】 xī zhǐ shī zhǎng 喻因小
失大。南史阮佃夫傳:"盧江何恢有妓張耀
華美而有寵,(恢)爲廣州刺史,將發,要佃
夫飲,設樂,見張氏,悅之,頻求。恢曰:'恢
可得,此人不可得也。'佃夫拂衣出戶,曰:
'惜指失掌邪?'遂諷有司以公事彈恢。"

【惜墨如金】 xī mò rú jīn 指不輕易下
筆。宋費樞釣磯立談:"李營丘(成)惜墨如
金。"(順治刊本説郛三一)

【悼心失圖】 dào xīn shī tú 謂因悲痛
而失去主張。左傳昭七年:"嘉惠未至,唯
襄公之辱臨我喪,孤與其二三臣悼心失
圖,社稷之不皇,況能懷思君德?"三國志
魏管寧傳上疏:"光寵並臻,優命屢至。征
營竦息,悼心失圖。"

【惟利是圖】 wéi lì shì tú 一心只爲利。
抱朴子勤求:"内抱貪濁,惟利是圖。"亦作
"唯利是視"、"唯利是求"。見"唯利是視"。

【惟我獨尊】 wéi wǒ dú zūn 續傳燈錄
三二宗元庵主:"一日舉:世尊生下,一手
指天,一手指地云:'天上天下,惟我獨
尊。'"本爲推崇佛陀之詞,後專指狂妄自
大,目中無人。

【惟命是從】 wéi mìng shì cóng 絕對
服從。晉書景帝紀正元元年:"今日之事,
惟命是從。"

【惟精惟一】 wéi jīng wéi yī 精心一
意。書大禹謨:"惟精惟一,允執厥中。"

【惠而不費】 huì ér bù fèi 施利於人而
己無所費。易益"惠心"注:"爲益之大,莫
大於信;爲惠之大,莫大於心。因民所利而
利之焉,惠而不費,惠心者也。"論語堯曰:
"因民之所利而利之,斯不亦惠而不費
乎?"晉書食貨志泰始二年詔:"故古人權
量國用,取贏散滯,有輕重平糴之法,理財
鈞施,惠而不費。"後泛指順款人情。

【惠然肯來】 huì rán kěn lái 詩邶風終
風:"終風且霾,惠然肯來。"箋:"肯,可也,
有順心,然後可以來至我旁。"後多用作歡
迎客人光臨的敬詞。唐韓愈昌黎集外集二
與少室李拾遺書:"想拾遺公冠帶外車,惠

然肯來。"

【惡叉白賴】 è chā bái lài 無理取鬧,
耍無賴。古今雜劇元鄭德輝㑳梅香騙翰林
風月二:"我本將摑破你箇小賤人的口來,
又道我是箇女孩兒家惡叉白賴。"亦作"惡
茶白賴"。又關漢卿杜蘂娘智賞金綫池三:
"那裏也惡茶白賴尋爭競。"

【惡衣惡食】 è yī è shí 粗劣的衣食。論
語里仁:"士志於道而恥惡衣惡食者,未足
與議也。"漢書九九上王莽傳:"惡衣惡食,
陋車駑馬。"

【惡居下流】 wù jū xià liú 謂不甘居下
游。下流,即下游。引申指卑下的地位。論
語子張:"是以君子惡居下流,天下之惡皆
歸焉。"

【惡茶白賴】 è chá bái lài 見"惡叉白
賴"。

【惡貫久盈】 è guàn jiǔ yíng 見"惡貫
滿盈"。

【惡貫滿盈】 è guàn mǎn yíng 極言作
惡之多。書泰誓上:"商罪貫盈,天命誅
之。"傳:"紂之爲惡,一以貫之,惡貫已滿,
天畢其命。"元曲選缺名硃砂擔滴水浮漚
記四:"你今日惡貫滿盈,有何理說?"亦作
"惡貫久盈"。唐陸贄陸宣公集二十議汴州
逐劉士寧事狀:"伏以劉士寧昏荒暴慢,惡
貫久盈。"

【惡惡從短】 wù è cóng duǎn 公羊傳
昭二十年:"君子之善善也長,惡惡也短,
惡惡止其身,善善及子孫。"本謂貶人之
惡,罪止其身。後因謂譴責人之罪過適可
而止曰惡惡從短。

【惡紫奪朱】 wù zǐ duó zhū 厭惡用紫
色取代紅色。古代以朱色爲正色,喻正統。
論語陽貨:"惡紫之奪朱也。惡鄭聲之亂雅
樂也。惡利口之覆邦家者。"後用以比喻邪
惡勝過正義,或異端冒充真理。陽春白雪
後三元劉時中端正好十二月:"不是我論
黃數黑,怎禁他惡紫奪朱。"

【惡醉強酒】 wù zuì qiáng jiǔ 怕醉而
偏暴飲。比喻明知故犯。孟子離婁上:"今
惡死亡而樂不仁,是由惡醉而強酒。"

【惡濕居下】 wù shī jū xià 討厭潮濕,
卻又居於低窪之地。比喻明知故犯。孟子

公孫丑上："仁則榮,不仁則辱。今惡辱而居不仁,是猶惡濕而居下也。"

【惡積禍盈】è jí huò yíng　形容罪惡之大。晉書慕容暐載記:"逆氐僭據關隴,號同王者,惡積禍盈,自相疑戮,釁起蕭牆,勢分四國,投誠請援,旬日相尋,豈非凶運將終,數窮有道。"

【惡向膽邊生】è xiàng dǎn biān shēng　見"怒從心上起,惡向膽邊生"。

【惡事行千里】è shì xíng qiān lǐ　形容壞事極易傳播於外。宋孫光憲北夢瑣言六:"所謂好事不出門,惡事行千里,士君子得不戒之乎?"亦作"惡事傳千里"。明蘭陵笑笑生金瓶梅四:"自古道:'好事不出門,惡事傳千里。'不到半月之間,街坊鄰舍都曉得了。"

【惡事傳千里】è shì chuán qiān lǐ　見"惡事行千里"。

【惡人還被惡人磨】è rén huán bèi è rén mó　意謂壞人亦有被壞人折磨之時。東隅逸士(吳璿)飛龍傳二九:"那韓通的兒子和這些徒弟們,……也不動手,一個個袖手旁觀,都在門前站立。這正如兩句俗話說的:嫩草怕霜霜怕日,惡人還被惡人磨。"

【惡龍不鬭地頭蛇】è lóng bù dòu dì tóu shé　比喻雖有能者,亦難於對付盤據當地的惡勢力。明馮夢龍醒世恆言七:"尤辰道:'大官人休說滿話!常言道:惡龍不鬭地頭蛇。你的從人雖多,怎比得坐地的,有增無減。'"

【悲天憫人】bēi tiān mǐn rén　對世事之艱辛、人民之疾苦表示憂傷憐憫。唐韓愈昌黎集十四爭臣論:"故禹過家門不入,孔席不暇暖而墨突不得黔。彼二聖一賢者,豈不知自安佚之爲樂哉?誠畏天命而悲人窮也。"

【悲不自勝】bēi bù zì shèng　形容極度悲傷。世說新語傷逝:"王戎喪兒萬子,山簡往省之,王悲不自勝。"北周庾信庾子山集一哀江南賦序:"燕歌遠別,悲不自勝;楚老相逢,泣將何及。"

【悲喜交集】bēi xǐ jiāo jí　悲痛和喜悅交織。晉書王廙傳:"當大明之盛,而守局退外,不得奉瞻大禮,閭閻之日,悲喜交集。"

【悲悲切切】bēi bēi qiè qiè　形容極爲哀痛。紅樓夢二六:"(黛玉)獨立牆角邊花蔭之下,悲悲切切,嗚咽起來。"

【悲悲戚戚】bēi bēi qī qī　形容極爲悲痛憂傷。元曲選楊文奎翠紅鄉兒女兩團圓一:"咱這家務事,不許外人知。則要您便歡歡喜喜相和會,不要你那般悲悲戚戚爭氣。"亦作"悲悲切切"。見該條。

【悲歡合散】bēi huān hé sàn　見"悲歡離合"。

【悲歡離合】bēi huān lí hé　指人世間悲與歡、聚與散的種種遭遇。亦作"悲歡合散"。唐元稹長慶集三十叙詩寄樂天書:"每公私感憤,道義激揚,……通滯屈伸,悲歡合散,至於疾恙身羸,悼懷惜逝,凡對遇異於常者,則欲賦詩。"宋蘇軾東坡樂府箋水調歌頭丙辰中秋兼懷子由:"人有悲歡離合,月有陰晴圓缺,此事古難全。"

【意在言外】yì zài yán wài　謂語意含蓄,不在字面表現。宋歐陽修文忠集一二八詩話:"聖俞(梅堯臣)常語予曰:'……必能狀難寫之景,如在目前,含不盡之意,見於言外;然後爲至。'"又胡仔苕溪漁隱叢話後集十五杜牧之:"此絕句極佳,意在言外,而幽怨之情自見,不待明言之也。"清李汝珍鏡花緣十:"無奈紅蕖意在言外,總要侍奉祖父百年後方肯遠離,任憑苦勸,執意不從。"

【意在筆先】yì zài bǐ xiān　謂構思在落筆之前。也作"意在筆前"、"意存筆先"。唐張彥遠法書要錄一晉王右軍(羲之)題衛夫人筆陣圖後:"夫欲書者,先乾研墨,凝神靜思,預想字形大小、偃仰、平直、振動,令筋脈相連;意在筆前,然後作字。"歷代名畫記二論顧陸張吳用筆:"顧愷之之迹,……意存筆先,畫盡意在,所以全神氣也。"唐歐陽詢書法救應:"凡作字,一筆纔落,便當思第二、三筆,如何救應,如何結裹,書法所謂意在筆先,文向後思是也。"宋徐度卻掃編中:"草書之法,當使意在筆先,筆絕意在爲佳耳。"

【意在筆前】yì zài bǐ qián　見"意在筆先"。

【意存筆先】 yì cún bǐ xiān 見"意在筆先"。

【意味深長】 yì wèi shēn cháng 文義深湛，耐人尋味。宋朱熹論語序說："程子(頤)曰：'頤自十七八讀論語，當時已曉文義，讀之愈久，但覺意味深長。'"

【意馬心猿】 yì mǎ xīn yuán 謂意如奔馬，心似躁猿。比喻心意不定。唐(李□襲)信法寺碑："猶鶩意馬，未靜心猿。"(金石萃編卷六五)宋朱翌灊山集三睡軒詩之一："意馬心猿不用忙，睡鄉深處解行裝。"元曲選岳伯川呂洞賓度鐵拐李四："名韁利鎖都教剖，意馬心猿盡放開。"亦作"心猿意馬"。見該條。

【意氣用事】 yì qì yòng shì 憑感情辦事。清吳敬梓儒林外史四六："這是事勢相逼，不得不爾。至今想來，究竟還是意氣用事。"

【意氣自如】 yì qì zì rú 形容神態自然、鎮定。史記一○九李將軍傳："會日暮，吏士皆無人色，而廣意氣自如，益治軍。軍中自是服其勇也。"亦作"意氣自若"。見該條。

【意氣自若】 yì qì zì ruò 形容神態從容沉着。後漢書十八吳漢傳："諸將見戰陳不利，或多惶懼，失其常度。漢意氣自若，方整厲器械，激揚士吏。"亦作"意氣自如"。見該條。

【意氣相投】 yì qì xiāng tóu 謂志趣投合。元曲選宮大用死生交范張雞黍三："咱意氣相投，你知我心憂，來歲到神州，將高節清修。"曾樸孽海花三四："有暇時，便研究學問，討論討論政治，彼此都意氣相投，脫略形迹。"

【意氣揚揚】 yì qì yáng yáng 形容人志滿意得的樣子。史記六二晏嬰傳："其夫爲相御，擁大蓋，策駟馬，意氣揚揚，甚自得也。"明馮夢龍警世通言三："他見別人懼怕，沒奈何他，意氣揚揚，自以爲得計。"

【意懶心灰】 yì lǎn xīn huī 灰心喪氣，意志銷沉。西遊記四十："因此上怪他每每不聽我說，故我意懶心灰，說各人散了。"李寶嘉官場現形記六十："到了這個年紀，家兄亦就意懶心灰，把這正途一條念頭打斷，意思想從異途上走。"亦作"心灰意懶"。見該條。

【慨當以慷】 kǎi dāng yǐ kāng 猶言感慨。宋書樂志三魏武帝(曹操)短歌行："慨當以慷，憂思難忘。以何解憂，唯有杜康。"

【惺惺惜惺惺】 xīng xīng xī xīng xīng 聰明人愛重聰明人，意謂同類相憐。樂府羣珠四(關漢卿)普天樂崔張十六事酬和情詩曲："五言詩語句清，兩下裏爲媒證，遇着風流知音性，惺惺的便惜惺惺。"古今雜劇元喬夢符玉簫女兩世姻緣二："即度間小曲兒編捏成，端的是剪雪裁冰，惺惺的自古惜惺惺。"水滸十九："林沖道：先生差矣！古人有言：'惺惺惜惺惺，好漢惜好漢。'"

【惱羞成怒】 nǎo xiū chéng nù 因惱恨、羞愧而發怒。李寶嘉官場現形記三一："烏額拉布見田小辮子說出這樣的話來，便也惱羞成怒。"亦作"老羞成怒"。見該條。

【想入非非】 xiǎng rù fēi fēi 楞嚴經有"如存不存，若盡不盡，如是一類，名非想非非想處"語，後因指深思苦索，追索事物究竟爲想入非非。清趙翼甌北詩鈔七言古五題洞庭尉程前川三百首梅花詩本詩："妙想入非非，消寒遍九九。"現轉指異想天開，含貶義。

【想當然耳】 xiǎng dāng rán ěr 憑主觀推斷以爲如此。後漢書七十孔融傳："曹操攻屠鄴城，袁氏婦子多見侵略，而操子丕私納袁熙妻甄氏。融乃與操書，稱'武王伐紂，以妲己賜周公。'操不悟，後問出何經典。對曰：'以今度之，想當然耳。'"宋龔頤正芥隱筆記殺之三宥之三："東坡試刑賞忠厚之至論，其中有云：'皋陶曰：殺之三。堯曰：宥之三。'梅聖俞以問蘇：'出何書？'答曰：'想當然耳。'"

【感天動地】 gǎn tiān dòng dì 感動天地。景德傳燈錄二六義柔禪師："僧問諸佛出世，說法度人，感天動地，和尚出世，有何祥瑞？"元關漢卿有感天動地竇娥冤雜劇。

【感慨系之】 gǎn kǎi xì zhī 有所感而慨歎不已。晉書王羲之傳蘭亭序："及其所之既倦，情隨事遷，感慨係之矣。"係，通

"系"。

【感激涕零】　gǎn jī tì líng　形容感激之極。零，落。唐劉禹錫劉夢得集五平蔡州詩之二："路傍老人憶舊事，相與感激皆涕零。"紅樓夢一○五："賈政感激涕零，望北又謝了恩。"

【惹是生非】　rě shì shēng fēi　即招惹是非。亦作"惹是招非"。京本通俗小説志誠張主管："娘道：孩兒，你許多時不行這條路，如今去端門看燈，從張員外門前過，又去惹是招非。"明馮夢龍古今小説三六："如今再説一個富家，安分守己，并不惹是生非。只爲一點慳吝未除，便弄出非常大事。"

【惹是招非】　rě shì zhāo fēi　見"惹是生非"。

【惹草拈花】　rě cǎo niān huā　謂到處留情。多指男子挑逗、引誘女子。元王實甫西廂記二本二折："我從來斬釘截鐵常居一，不似恁惹草拈花没揣三。"綴白裘五集獅吼記梳粧："我非無斬釘截鐵方剛氣，多只爲惹草拈花放蕩情。"亦作"惹草黏花"。李寶嘉官場現形記三八："卻説溫制臺身邊的那個大丫頭，自見溫制臺屬意於他，他便有心惹草黏花，時向溫制臺跟前勾搭。"

【惹草招風】　rě cǎo zhāo fēng　猶惹草拈花。明蘭陵笑笑生金瓶梅一："終日閒遊浪蕩，一自父母亡後，專在外眠花宿柳，惹草招風。"

【惹草黏花】　rě cǎo nián huā　見"惹草拈花"。

【愚夫愚婦】　yú fū yú fù　舊時泛指平民百姓。書五子之歌："予視天下，愚夫愚婦，一能勝予。"

【愚不可及】　yú bù kě jí　原意謂愚之難及。後形容極其愚笨。論語公冶長："甯武子邦有道則知，邦無道則愚。其知可及也，其愚不可及也。"

【愚公移山】　yú gōng yí shān　古代寓言。北山愚公，年近九十。因屋前太行、王屋兩座大山阻礙出入，決心把山鏟平。智叟笑他愚蠢。愚公説：我死有子，子又有孫，孫又生子，而山不加增，何苦而不平？每天挖山不止。上帝爲之感動，派夸蛾氏二子把山揹走。見列子湯問。後用以比喻有志竟成，人定勝天。

【愚眉肉眼】　yú méi ròu yǎn　見"肉眼愚眉"。

【愚而好自用】　yú ér hào zì yòng　謂愚蠢之人好剛愎自用。禮中庸："愚而好自用，賤而好自專。"清李汝珍鏡花緣十七："即以此詩而論，前人注解，何等詳明，何等親切。今才女發此論，據老夫看來，不獨妄作聰明，竟是'愚而好自用'了。"

【愚者千慮，必有一得】　yú zhě qiān lù，bì yǒu yī dé　猶一得之愚。常用作謙詞，表示所見甚微。史記九二淮陰侯傳："廣武君曰：'臣聞智者千慮，必有一失；愚者千慮，必有一得。'"

【愛人以德】　ài rén yǐ dé　按照道德標準去愛護和幫助人。禮檀弓上："君子之愛人也以德，細人之愛人也以姑息。"三國志魏荀彧傳："董昭等謂太祖(曹操)宜進國公，九錫備物，以彰殊勳。或以爲太祖本興義兵，……君子愛人以德，不宜如此。"

【愛不釋手】　ài bù shì shǒu　喜愛得不願放手。清文康兒女英雄傳三五："雖是不合他的路數，可奈文有定評，他看了也知道愛不釋手。"

【愛毛反裘】　ài máo fǎn qiú　愛惜其毛，把皮袍反過來穿。漢劉向新序二雜事："魏文侯出遊，見路人反裘而負芻，文侯曰：'胡爲反裘而負芻？'對曰：'臣愛其毛。'文侯曰：'若不知其裏盡而毛無所恃邪？'"後遂以"愛毛反裘"比喻不重根本，無濟於事。魏書高祖紀上六年十二月詔："去秋淫雨，洪水爲災，百姓嗷然，朕用嗟愍，故使者循方賑恤。而牧守不思利民之道，期於取辦。愛毛反裘，甚無謂也。"

【愛民如子】　ài mín rú zǐ　舊時對帝王、官吏的讚訟之詞。李寶嘉官場現形記十五："兩個秀才齊道：'蒙老父臺這樣，真正是愛民如子。'"

【愛屋及烏】　ài wū jí wū　愛其人而推愛及於與之有關的人或物。尚書大傳牧誓大戰："愛人者，兼其屋上之烏。"又見韓詩外傳三、漢劉向説苑貴德。孔叢子連叢子下："若夫顧其遺嗣，得與羣臣同受釐福，此乃陛下愛屋及烏，惠下之道。"宋蘇軾分類東坡詩八故周茂叔濂谿："怒移水中蟹，愛及屋上烏。"

【愛莫能助】　ài mò néng zhù　詩大雅烝民："維仲山甫舉之，愛莫助之。"箋："愛，惜也。仲山甫能獨舉此德而行之，惜乎莫能助之者。"宋陽枋字溪集一上淮闈趙信菴論時政書："未能一見君子顏色，乃欲攄簡編中古人陳爛兵法，冒瀆高明，多見其不知量，姑以致愛莫能助之意云爾。"後成語"愛莫能助"轉爲對別人雖然同情，卻限於條件無從幫助。明馮夢龍警世通言三："(蘇)子瞻左遷黃州，乃聖上主意，老夫愛莫能助。"

【愁眉不展】　chóu méi bù zhǎn　雙眉緊鎖。形容心事重重。文苑英華二六三唐姚鵠隨州獻李侍御詩之二："舊隱每懷空竟夕，愁眉不展幾經春。"李寶嘉官場現形記三十："後見統領端茶，只得退回家中，愁眉不展的終日在家裏對了老婆孩子咳聲嘆氣。"

【愁眉苦臉】　chóu méi kǔ liǎn　形容憂思重重，神色悲苦。清吳敬梓儒林外史四七："成老爹氣的愁眉苦臉，只得自己走出去回那幾個鄉裏人去了。"

【愁眉淚眼】　chóu méi lèi yǎn　形容悲傷愁苦的樣子。元王實甫西廂記三本二折："對人前巧語花言，背地裏愁眉淚眼。"

【愁紅怨綠】　chóu hóng yuàn lù　見"愁紅慘綠"。

【愁紅慘綠】　chóu hóng cǎn lù　殘花敗葉。宋辛棄疾稼軒詞九鷓鴣天賦牡丹："愁紅慘綠今宵看，恰似吳宮教陣圖。"亦作"愁紅怨綠"。宋范成大石湖集一窗前木芙蓉詩："更憑青女留連得，未作愁紅怨綠看。"亦作"慘綠愁紅"。見該條。

【慎終如始】　shèn zhōng rú shǐ　從始至終謹慎從事。老子："慎終如始，則無敗事。"晉陶潛陶淵明集一命子詩："肅矣我祖，慎終如始；直方二臺，惠合千里。"

【慎終追遠】　shèn zhōng zhuī yuǎn　謂對父母的喪事，要辦得謹慎合理；祖先雖遠，須依禮追祭。論語學而："曾子曰：慎終追遠，民德歸厚矣。"集解："孔(安國)曰：慎終者喪盡其哀，追遠者祭盡其敬。"紅樓夢五三："五間正殿上，懸一塊鬧龍填青匾，寫的是：'慎終追遠'。"

【慷慨激昂】　kāng kǎi jī áng　意氣風發，情緒熱烈。唐柳宗元柳先生集三六上權德輿補闕溫卷決進退啟："今將慷慨激昂，奮攘布衣，縱談作者之筵，曳裾名卿之門，……狂狷愚妄，固不可爲也。"

【慷他人之慨】　kāng tā rén zhī kǎi　利用他人財物來作人情或裝飾場面。明梁辰魚浣紗記下採蓮："主公，平日曉得伯嚭做人的，是這等風自己之流，慷他人之慨的。"李贄焚書四寒燈小話三："況慷他人之慨，費別姓之財，於人爲不情，於己甚無謂乎？"凌濛初二刻拍案驚奇十一："滿生總是慷他人之慨，落得快活。"

【慢條斯理】　màn tiáo sī lǐ　慢騰騰，不慌不忙。亦作"慢條斯禮"、"慢條絲禮"。明蘭陵笑笑生金瓶梅十二："叫了半日，方慢條斯禮，推開房門進來。"又十一："我去時還在廚房裏雌着，等他慢條絲禮兒，纔和麵兒。"清吳敬梓儒林外史一："翟買辦道：'老爺在這裏傳你家兒子說話，怎的慢條斯理！'"

【慢條斯禮】　màn tiáo sī lǐ　見"慢條斯理"。

【慢條絲禮】　màn tiáo sī lǐ　見"慢條斯理"。

【慢藏誨盜】　màn cáng huì dào　因保管疏忽而招致盜竊。易繫辭上："慢藏誨盜，冶容誨淫。"疏："若慢藏財物，守掌不謹，則教誨於盜者，使來取此物。"後漢書五二崔駰傳附崔篆慰志賦作"嫚藏"。

【慣弄玄虛】　guàn nòng xuán xū　故意掩蓋真相，使人迷惑的欺騙手法。清吳敬梓儒林外史十五："想着他老人家，也就是個不守本分，慣弄玄虛。"亦作"故弄玄虛"。見該條。

【慟哭流涕】　tòng kū liú tì　見"痛哭流涕"。

【慘淡經營】　cǎn dàn jīng yíng　見"慘澹經營"。

【慘綠少年】　cǎn lù shào nián　唐張固幽閒鼓吹："潘孟陽初爲戶部侍郎，……客至，夫人垂簾視之，既罷會，喜曰：'皆爾之儔也，不足憂矣，末座慘綠少年何人也？'"

答曰：‘補闕杜黄裳。’”宋錢易南部新書巳、王讜唐語林三識鑒都記有慘綠少年杜黄裳事。本謂穿暗綠衣服的少年，後稱喜愛打扮、講究裝飾的青年男子爲“慘綠少年”，本此。

【慘綠愁紅】　cǎn lù chóu hóng　經風雨摧殘的敗葉殘花。宋柳永樂章集定風波詞：“自春來，慘綠愁紅，芳心是事可可。”亦作“愁紅慘綠”、“愁紅怨綠”。見“愁紅慘綠”。

【慘澹經營】　cǎn dàn jīng yíng　作畫前，先用淺淡顏色勾勒輪廓，苦心構思，經營位置。南齊謝赫古畫品錄以經營位置爲繪畫六法之一。唐杜甫杜工部草堂詩箋二十丹青引贈曹將軍霸：“詔謂將軍拂絹素，意匠慘澹經營中。”後泛稱盡心規畫爲“慘澹經營”。宋樓鑰攻媿集三它山堰詩：“想得慘澹經營時，下上山川應飽看。”亦作“慘淡經營”。清葉燮原詩外篇下二五：“杜甫七言長篇，變化神妙，極慘淡經營之奇。”

【慙凫企鶴】　cán fú qǐ hè　凫腳短，鶴腳長。比喻對自己的短處感到慚愧，而羡慕別人的長處。南朝梁劉勰文心雕龍九養氣：“若夫器分有限，智用無涯，或慙凫企鶴，瀝辭鐫思。”用莊子駢拇凫脛短、鶴脛長之語。

【憂心如焚】　yōu xīn rú fén　極言其焦慮之心情。三國演義八十：“憂心如焚，命不久矣！”

【憂心忡忡】　yōu xīn chōng chōng　形容憂慮不安的樣子。忡忡，憂愁貌。詩召南草蟲：“未見君子，憂心忡忡。”亦作“憂心悄悄”。元曲選宮大用死生交范張雞黍四：“豈不聞晏平仲爲齊相，乘車人憂心悄悄，倒是御車吏壯志揚揚。”

【憂心悄悄】　yōu xīn qiāo qiāo　見“憂心忡忡”。

【憂深思遠】　yōu shēn sī yuǎn　猶深謀遠慮。詩唐蟋蟀小序：“憂深思遠，儉而用禮，乃有堯之遺風焉。”

【憂國忘家】　yōu guó wàng jiā　憂慮國事而忘卻家事。猶因公而忘私。後漢書十五來歙傳：“中郎將來歙，攻戰連年，平定羌、隴，憂國忘家，忠孝彰著。”

【憂國奉公】　yōu guó fèng gōng　指一心爲國事操勞。後漢書二十祭遵傳：“其後會朝，帝有歎曰：‘安得憂國奉公之臣如祭征虜者乎！’”祭遵，漢建武二年，拜征虜將軍。

【慰情勝無】　wèi qíng shèng wú　晉陶潛陶淵明集二和劉柴桑詩：“弱女雖非男，慰情良勝無。”按劉程元爲柴桑令，有女無男，故潛以此詩慰之。後泛用爲自我寬慰之義。

【憐香惜玉】　lián xiāng xī yù　唐徐夤釣磯文集十蝴蝶詩：“防患每憂雞雀口，憐香遍遶綺羅衣。”金元好問元遺山集三荆棘中杏花詩：“京師惜花如惜玉，曉擔賣徹東西家。”原以香、玉可供玩賞，使人起憐愛之心。在詩詞、傳統戲曲、小說中，常以憐香惜玉喻男子對情人的憐愛。明馮夢龍醒世恆言三：“以後相處的雖多，都是豪華之輩，酒色之徒，但知買笑追歡的樂意，那有憐香惜玉的真心。”亦作“惜玉憐香”。見該條。

【憐新棄舊】　lián xīn qì jiù　指愛新歡，棄舊寵。明馮夢龍清蔡元放東周列國志三七：“妾雖貴，然叔隗先配，且有子矣，豈可憐新而棄舊乎？”

【應天順人】　yìng tiān shùn rén　易革：“天地革而四時成，湯武革命，順乎天而應乎人，革之時大矣哉。”後封建王朝更迭，自稱適應天命，順從人心，習用應天順人之語。文選漢班叔皮（彪）王命論：“雖其遭遇異時，禪代不同，至于應天順人，其揆一焉。”亦作“應天順民”。漢書一〇〇下叙傳：“革命創制，三章是紀，應天順民，五星同晷。”三國志魏鍾會傳：“高祖文皇帝應天順民，受命踐阼。”

【應天順民】　yìng tiān shùn mín　見“應天順人”。

【應有盡有】　yīng yǒu jìn yǒu　應該有的都有。晉書桓彝傳：“先是庾亮每屬彝覓一佳吏部。及至都，謂亮曰：‘爲卿得一吏部矣。’亮問所在，彝曰：‘人所應有而不有，人所應無而不必無，徐寧真海岱清士。’”宋書江智淵傳：“人所應有盡有，人所應無盡無者，其江智淵乎。”

【應接不暇】　yìng jiē bù xiá　世說新語

言語："從山陰道上行,山川自相映發,使人應接不暇。"唐白居易長慶集二六草堂記:"樂天既來爲主,仰觀山,俯聽泉,傍睨竹樹雲石,自辰及酉,應接不暇。"本指美景甚多,來不及遍賞。後也指人事繁忙,窮於應付。金元好問遺山集二三故河南路課稅所長官兼廉訪使楊公神道之碑:"河朔士(大)夫舊熟君名,想聞風采,又被三接文衡,有在所求見者,應接不暇。"明馮夢龍醒世恆言三五徐老僕義憤成家:"走出衙門前,誰不奉承:那邊纔叫'某大叔,有些小事相煩',還未答應時,這邊又叫'我也有件事兒勞動'。真個應接不暇,何等興頭。"

【應答如流】　yìng dá rú liú　答對有如流水般迅速、流暢。形容才思敏捷,有口才。北史李孝伯傳:"孝伯風容閑雅,應答如流。"清孔尚任桃花扇十三:"叔寶慌忙跪下,應答如流:'小人會使雙鐧。'"亦作"對答如流"、"應對如流"。見各該條。

【應運而生】　yìng yùn ér shēng　順應時運而生。泛指時機。紅樓夢二:"天地生人,除大仁大惡,餘者皆無大異。若大仁者則應運而生,大惡者則應劫而生,運生世治,劫生世危。"

【應對如流】　yìng duì rú liú　猶應答如流。晉書張華傳:"華應對如流,聽者忘倦。"南史徐勉傳:"勉居選官,彝倫有序。既閑尺牘,兼善辭令,雖文案填積,坐客充滿,應對如流,手不停筆。"亦作"對答如流"。見該條。

【應機立斷】　yìng jī lì duàn　抓住時機,作出決斷,文選三國魏陳孔璋(琳)答東阿王牋:"拂鐘無聲,應機立斷。"

【懃懃懇懇】　qín qín kěn kěn　殷勤懇切。文選漢司馬子長(遷)報任少卿書:"曩者辱賜書,教以順於接物,推賢進士爲務,意氣懃懃懇懇,若望僕不相師,而用流俗人之言,僕非敢如此也。"漢書司馬相如傳作"勤勤懇懇"。

【懲一警百】　chéng yī jǐng bǎi　謂懲罰一人以警戒衆人。清薛福成庸盦筆記一咸豐季年三奸伏誅:"用特懲一儆百,期於力振頹靡。"儆,通"警"。李寶嘉官場現形記

五六:"兄弟今天定要懲一儆百,讓衆人當面看看,好叫他們當面有個怕懼。"儆,通"警"。亦作"以一警百"。見該條。

【懲忿窒欲】　chéng fèn zhì yù　謂戒止憤怒,杜塞情欲。易損:"君子以懲忿窒欲。"疏:"君子以法此損道,以懲止忿怒,窒塞情欲。"明馮夢龍醒世恆言三四:"列位看官們,各宜警醒,懲忿窒欲,且休望超凡入道,也是保身保家的正理。"

【懲前毖後】　chéng qián bì hòu　懲,受創知戒;毖,小心謹慎。謂從以往的失敗中吸取教訓,使以後不至重犯。詩周頌小毖:"予其懲而毖後患。"明張居正張文忠公集書牘九答河道吳自湖計河漕:"頃丹陽淺阻,當事諸公輩智竭力,僅克有濟,懲前毖後,預爲先事之圖可也。"

【懲惡勸善】　chéng è quàn shàn　貶斥壞人,獎勵好人。左傳成十四年:"春秋之稱微而顯,志而晦……懲惡而勸善。"晉書外戚傳史臣曰:"王愷地即渭陽,家承世祿,曾弗聞於恭儉,但崇縱於奢淫,競爽於季倫,爭光於武子,既塵清論,有斁王猷,雖復議行易名,未足懲惡勸善。"唐劉知幾史通忤時:"春秋之義也,以懲惡勸善爲先。"

【懲羹吹齏】　chéng gēng chuī jī　齏,細切的冷肉菜。懲羹吹齏,人曾被熱湯燙過,以後吃冷菜也要吹一下。比喻戒懼過甚或矯枉過正。楚辭屈原九章惜誦:"懲於羹者而吹齏兮,何不變此志也?"齏,同"齏"。晉書汝南王亮等傳序:"漢祖勃興,愛革斯弊。於是分王子弟,列建功臣,……然而矯枉過直,懲羹吹齏,土地分疆,踰越往古。"齏,同"齏"。宋陸游劍南詩稿六八秋興之八:"懲羹吹齏豈其非,亡羊補牢理所宜。"

【懷才不遇】　huái cái bù yù　有才能而未遇施展之機。多指人不得志。清夏敬渠野叟曝言一:"高曾祖考,俱是懷才不遇的秀才。"

【懷金垂紫】　huái jīn chuí zǐ　金,金印;紫,繫印的紫色絲帶。懷金垂紫,比喻貴顯。後漢書二八下馮衍傳:"衍少事名賢,經歷顯位,懷金垂紫,揭節奉使,不求苟得,常有陵雲之志。"

【懷詐飾智】　huái zhà shì zhì　心懷詭

詐,表現小聰明。史記一二○汲黯傳:"而黯常毀儒,而觸弘等徒懷詐飾智以阿人主取容。"

【懷鉛吮墨】 huái qiān shǔn mò 見"懷鉛提槧"。

【懷鉛提槧】 huái qiān tí qiàn 鉛,石墨筆;槧,木簡。皆爲古代書寫工具。懷鉛提槧,謂經常攜帶筆簡,以備隨時記述。指好學。舊題漢劉歆西京雜記三:"揚子雲好事,常懷鉛提槧,從諸計吏,訪殊方絕域四方之語。"亦作"懷鉛吮墨"、"懷鉛握槧"。南朝梁鍾嶸詩品上魏陳思王植:"俾爾懷鉛吮墨者,抱篇章而景慕,映餘暉以自燭。"唐劉知幾史通採撰:"自古探穴藏山之士,懷鉛握槧之客,何嘗不徵求異說,採摭羣言。"

【懷鉛握槧】 huái qiān wò qiàn 見"懷鉛提槧"。

【懷瑾握瑜】 huái jǐn wò yú 瑾、瑜,美玉。懷瑾握瑜,比喻人有高貴的品德和才能。楚辭屈原九章懷沙:"懷瑾握瑜兮,窮不知所示。"史記八四屈原傳:"衆人皆醉,何不餔其糟而啜其醨?何故懷瑾握瑜而自令見放爲?"亦作"懷瑾握蘭"。晉陶潛陶淵明集六感士不遇賦:"雖懷瑾而握蘭,徒芳潔而誰亮?"

【懷瑾握蘭】 huái jǐn wò lán 見"懷瑾握瑜"。

【懷璧其罪】 huái bì qí zuì 收藏寶玉,成爲罪名。比喻有才能而遭嫉害。左傳桓十年:"虞叔有玉,虞公求旃。弗獻,既而悔之,曰:周諺有之:'匹夫無罪,懷璧其罪。'吾焉用此,其以賈害也。乃獻之。"

【懷寶迷邦】 huái bǎo mí bāng 寶,喻才德。懷寶迷邦,喻懷才而不爲國效力。論語陽貨:"懷其寶而迷其邦,可謂仁乎?"陳書後主紀太建十四年三月癸亥詔:"豈以食玉炊桂,無因自達?將懷寶迷邦,咸思獨善。"

【懸車束馬】 xuán chē shù mǎ 見"束馬懸車"。

【懸河注水】 xuán hé zhù shuǐ 見"懸河瀉水"。

【懸河瀉水】 xuán hé xiè shuǐ 河水傾瀉直下,比喻説話滔滔不絕或文辭流暢奔放。北堂書鈔九八談講"懸河瀉水"注引語林:"王太尉(衍)問孫興公(綽)曰:'郭象何如人?'答曰:'其辭清雅,奕奕有餘,吐章陳文,如懸河瀉水,注而不竭。'"又見世說新語賞譽下。亦作"懸河注水"。舊唐書一九○上楊炯傳:"楊盈川文思如懸河注水,酌之不竭。既優於盧(照鄰),亦不減王(勃)。"

【懸梁刺骨】 xuán liáng cì gǔ 形容刻苦力學。戰國策秦一:"(蘇秦)讀書欲睡,引錐自刺其骨。"太平御覽三六三引漢書:"孫敬字文寶,好學,晨夕不休。及至眠睡疲寢,以繩繫頭懸屋梁。"

【懸崖峭壁】 xuán yá qiào bì 高而陡直的山崖。形容山勢險峻。西遊記十五:"走的是懸崖峭壁崎嶇路,疊嶺層巒險峻山。"水滸八六:"四面盡是高山,左右是懸崖峭壁,只見高山峻嶺,無路可登。"

【懸崖勒馬】 xuán yá lè mǎ 行至陡壁,勒馬不進。比喻面臨險境,翻然悔悟。景德傳燈錄二十真禪師有"直須懸崖撒手"語。清紀昀閱微草堂筆記八:"書生懸崖勒馬,可謂大智慧矣。"亦作"臨崖勒馬"。見該條。

【懸腸掛肚】 xuán cháng guà dù 掛念,擔心。水滸四二:"宋江道:'小可兄弟,只爲父親這一事,懸腸掛肚,坐臥不安。'"

【懸駝就石】 xuán tuó jiù shí 比喻用力多而得益少。古時有人得一死駝,剝皮嫌刀鈍。樓上有磨石,因上樓磨刀,下樓剝皮。如是上下往還,不勝其煩。於是懸駝就樓,就石磨刀,他人以爲笑柄。見法苑珠林六六愚戇磨刀引百喻經。

【懸燈結綵】 xuán dēng jié cǎi 形容喜慶的景象。紅樓夢七一:"兩府中俱懸燈結綵,屏開鸞鳳,褥設芙蓉;笙簫鼓樂之音,通衢越巷。"

【懸鶉百結】 xuán chún bǎi jié 形容衣服破爛,補釘很多。鶉,鵪鶉。鵪鶉毛斑尾禿,因以懸鶉形容衣服破爛。北周庾信庾子山集十擬連珠:"蓋聞懸鶉百結,知命不憂。十日一炊,無時何恥。"清蒲松齡聊齋志異張誠:"懸鶉百結,傴僂道上。"

【懸羊頭賣狗肉】 xuán yáng tóu mài

gǒu ròu　比喻用招牌騙人，名實不符。晏子六靈公好婦人：「君使服之於內，而禁之於外，猶懸牛首於門，而賣馬肉於內也。」後漢書百官志三尚書令史注：「懸牛頭，賣馬脯。」後改「牛首」爲「羊頭」，「馬肉」爲

「狗肉」。續景德傳燈錄三一曇華禪師：「從此卸卻干戈，隨分著衣喫飯，二十年來坐曲錄床，懸羊頭賣狗肉，知它有甚憑據？」今俗作「掛羊頭賣狗肉」。

戈　　部

【成人之美】　chéng rén zhī měi　助人爲善。論語顏淵：「君子成人之美，不成人之惡。」後漢書六三李固傳附李燮：「及其在位，廉方自守，所交皆舍短取長，好成人之美。」

【成千累萬】　chéng qiān lěi wàn　形容爲數極多。清文康兒女英雄傳三十：「他看着烏克齋、鄧九公這班人，一幫動輒就是成千累萬，未免就把世路人情看得容易了。」曾樸孽海花二六：「再者我的手頭散漫慣的，從小沒學過做人家的道理，到了老爺這裏，又由着我的性兒，成千累萬的花。」

【成仁取義】　chéng rén qǔ yì　論語衛靈公：「無求生以害人，有殺身以成仁。」孟子告子上：「生，亦我所欲也；義，亦我所欲也。二者不可得兼，舍生而取義者也。」宋文天祥文山集十自贊：「孔曰成仁，孟曰取義，惟其義盡，所以仁至。……而今而後，庶幾無愧。」後稱爲正義事業而犧牲爲成仁取義。

【成年累月】　chéng nián lěi yuè　形容歷時長久。清文康兒女英雄傳十二：「平白的汗事，還在這裏成年累月閒住着。」

【成竹在胸】　chéng zhú zài xiōng　比喻作事之先，心中已有定見。宋蘇軾經進東坡文集事略四九篔簹谷偃竹記：「故畫竹必先得成竹於胸中，執筆熟視，乃見其所欲畫者，急起從之，振筆直遂，以追其所見，如兔起鶻落，少縱即逝矣。」李寶嘉官場現形記五七：「所謂‘成竹在胸’，凡事有

了把握，依着條理辦去，總沒有辦不好的。」

【成則爲王】　chéng zé wéi wáng　成功者則爲王侯。意謂以成敗論英雄。宋詩鈔唐庚眉山詩鈔過田橫墓：「成則爲王敗則亡，英雄成敗本尋常。」

【成家立業】　chéng jiā lì yè　指娶妻創業。清李汝珍鏡花緣十三：「原來廉錦楓曾祖向居嶺南，因避南北朝之亂，逃至海外，就在君子國成家立業。」

【成敗利鈍】　chéng bài lì dùn　指事情的得失順逆。三國志蜀諸葛亮後出師表：「臣鞠躬盡瘁，死而後已。至於成敗利鈍，非臣之明所能逆睹也。」

【成敗論人】　chéng bài lùn rén　以成功與失敗作爲評介人物的準則。宋蘇軾經進東坡文集事略五九孔北海贊序：「世以成敗論人物，故（曹）操者在英雄之列。」清吳敬梓儒林外史八：「成敗論人，固是庸人之見；但本朝大事，你我做臣子的，說話須要謹慎。」

【成羣結隊】　chéng qún jié duì　一羣羣人結成一夥。三國演義九五：「忽然山中居民，成羣結隊，飛奔而來，報說魏兵已到。」亦作「成羣結夥」。清文康兒女英雄傳三二：「料着安老爺辦過喜事，一定人人歆乏，不加防範，便成羣結夥而來。」

【成羣結夥】　chéng qún jié huǒ　見「成羣結隊」。

【成雙作對】　chéng shuāng zuò duì　謂配成一對。元曲選缺名逞風流王煥百花亭

三："查梨條賣也，……假若是怨女曠夫，買吃了成雙作對。"

【成也蕭何，敗也蕭何】　chéng yě xiāo hé, bài yě xiāo hé　漢蕭何初薦韓信爲大將，後又助呂后設計殺信，故宋時有"成也蕭何，敗也蕭何"之俗語。見宋洪邁容齋隨筆續筆八蕭何給韓信。後比喻出爾反爾，反復無常。說郛八宋陳善捫蝨新語："東坡曾與劉景文語'一則仲父，二則仲父'當何以對？景文答俗諺'千不如人，萬不如人'，坡首肯之。予以爲不如對'成也蕭何，敗也蕭何'，此亦俗諺也。"元曲選缺名隨何賺風魔蒯徹一："這非是我成也蕭何，敗也蕭何，故怎的反覆勾當。"

【成事不說，既往不咎】　chéng shì bù shuō, jì wǎng bù jiù　已過之事，無需再說；以往之錯，勿再責怪。論語八佾："成事不說，遂事不諫，既往不咎。"清李汝珍鏡花緣："成事不說，既往不咎。我們原是各治水酒餞行的，還說我們餞行正文罷。"

【成則公侯，敗則賊子】　chéng zé gōng hóu, bài zé zéi zǐ　意謂以成敗論英雄。紅樓夢二："子興道：'依你說，成則公侯，敗則賊子。'"

【成人不自在，自在不成人】　chéng rén bù zì zài, zì zài bù chéng rén　人要有所成就，必須刻苦努力，不可任自流。宋羅大經鶴林玉露九引宋朱熹小簡："諺云：'成人不自在，自在不成人。'此言雖淺，然實切至之論，千萬勉之！"元曲選（蕭德祥）楊氏女殺狗勸夫一："天那！我正是'成人不自在，自在不成人'。"

【我行我素】　wǒ xíng wǒ sù　禮中庸："君子素其位而行，不願乎其外。素富貴行乎富貴，素貧賤行乎貧賤，素夷狄行乎夷狄，素患難行乎患難。君子無入而不自得焉。"後因稱凡自行其是，不以環境爲轉移或不受人影響爲我行我素。李寶嘉官場現形記五六："他夫婦二人還是毫無聞見，依舊是我行我素。"

【我見猶憐】　wǒ jiàn yóu lián　晉桓溫平蜀，收蜀主李勢女爲妾，溫妻南康長公主甚妒，持刀欲殺李。及見李容貌端麗，釋色悽惋，於是擲刀抱李曰："我見汝亦憐，

何況老奴！"見世說新語賢媛及注引南朝宋虞通之妒記。後形容女子姿態美麗、楚楚動人曰我見猶憐，本此。清蒲松齡聊齋志異巧娘："此即吾家小主婦耶？我見猶憐，何怪子魂思而夢繞之。"

【我醉欲眠】　wǒ zuì yù mián　南朝梁蕭統陶淵明傳："貴賤造之者，有酒輒設。淵明若先醉，便語客：'我醉欲眠，卿可去。'其真率如此。"見陶淵明集卷十。唐李白李太白詩二三山中與幽人對酌："我醉欲眠卿且去，明朝有意抱琴來。"金元好問遺山樂府中玉樓春詞："百年同是紅塵路，行近醉鄉差有趣。坐中誰是獨醒人，我醉欲眠卿可去。"後因以"我醉欲眠"狀人的自然真率。

【我黻子佩】　wǒ fú zǐ pèi　喻夫妻同享富貴。漢揚雄琴清英："祝牧與妻偕隱，作琴歌云：'天下有道，我黻子佩；天下無道，我負子戴。'"（玉函山房輯本）。意謂世治則作官，世亂則隱居。

【戞玉敲冰】　jiá yù qiāo bīng　形容聲音清脆。唐白居易長慶集五六聽田順兒歌詩："戞玉敲冰聲未停，嫌雲不遏入青冥。"指歌聲。亦作"戞玉鏘金"。宋王邁臞軒集十一祭海陽縣林磻巖先生文："先生之學，涵古茹今；先生之文，戞玉鏘金。"指文章的音節。

【戞玉鏘金】　jiá yù qiāng jīn　見"戞玉敲冰"。

【戤米囤餓殺】　gài mǐ dùn è shā　倚着米囤挨餓，喻守財自苦。明凌濛初二刻拍案驚奇一："相傳此經值價不少。徒然守着他，救不得饑餓，真是戤米囤餓殺了。"

【截長補短】　jié cháng bǔ duǎn　截取有餘，以補不足。宋度正性善堂稿六條奏便民五事："臣今打量軍城周圍，計九百四十三丈，高一丈五尺，址厚一丈六尺，……舊城堙廢之餘，截長補短，可得十之五，爲工約二萬餘工，爲甎約五千餘甎，而城可成矣。"朱子語類一〇八朱子六："今日人材須是得箇有見識又有度量人，便容受得今日人材，將來截長補短使。"亦作"絕長補短"。見該條。

【截趾適履】　jié zhǐ shì jù　見"刖趾適

履"。

【截髮留客】　jié fà liú kè　晉陶侃少時家貧，鄱陽孝廉范逵嘗投宿於侃，倉促無以待客，侃母湛氏密截髮賣與鄰人，以治饌款之。逵聞之嘆曰："非此母不生此子。"見世說新語賢媛注引晉陽秋及王隱晉書、晉書九六陶侃母湛氏傳。後因以"截髮留客"爲稱頌賢母的典故。

【截斷衆流】　jié duàn zhòng liú　指識見超羣，語中要旨。宋葉夢得石林詩話上："禪宗論雲門有三種語：其一爲隨波逐浪句，謂隨物應機，不主故常；其二爲截斷衆流句，謂超出言外，非情識所到；其三爲函蓋乾坤句，謂泯然皆契，無間可伺。其深淺以是爲序。予嘗戲謂學子言，老杜詩亦有此三種語。……以'百年地僻柴門迥，五月江深草閣寒'爲截斷衆流句。"

【截鐙留鞭】　jié dèng liú biān　宋曾慥類說二一引五代後周王仁裕開元天寶遺事："姚元崇牧荊州，受代日，闔境民吏泣擁馬首，截鐙留鞭，以表瞻戀。"後用爲對離職官吏表示挽留惜别的套語。宋蘇軾分類東坡詩十六罷徐州往南京馬上走筆寄子由之一："紛紛等兒戲，鞭鐙遭割截。"

【戮力同心】　lù lì tóng xīn　齊心協力。左傳成十三年："昔逮我獻公，及穆公相好，戮力同心，申之以盟誓，重之以昏姻。"墨子二尚賢中："湯誓曰：'聿求元聖，與之戮力同心，以治天下。'"

【戰無不勝】　zhàn wú bù shèng　形容力量強大，每戰必勝。戰國策齊二："戰無不勝而不知止者，身且死，爵且後歸，猶爲蛇足也。"三國演義六十："(曹)操謂(張)松曰：'大軍到處，戰無不勝，攻無不取，順吾者生，逆吾者死。'"

【戰勝攻取】　zhàn shèng gōng qǔ　每戰必勝，每攻必克。形容無敵。戰國策秦五："武安君戰勝攻取，不知其數。"

【戰戰栗栗】　zhàn zhàn lì lì　猶戰戰兢兢。韓非子初見秦："戰戰栗栗，日慎一日，苟慎其道，天下可有。"史記八七李斯傳趙高說二世："且蒙恬已死，蒙毅將兵居外，臣戰戰栗栗，唯恐不終。且陛下安得爲此樂乎？"

【戰戰兢兢】　zhàn zhàn jīng jīng　恐懼戒慎貌。或形容顫抖貌。詩小雅小旻："戰戰兢兢，如臨深淵，如履薄冰。"傳："戰戰，恐也；兢兢，戒也。"國語楚語下："況其下之人，其誰敢不戰戰兢兢，以事百神。"元王實甫西廂記三本四折："凍得來戰戰兢兢，説甚知音？"

【戴天履地】　dài tiān lǚ dì　頂天立地，猶言生於世間。後漢書四八翟酺傳上疏："臣荷殊絕之恩，蒙值不諱之政，豈敢雷同受寵，而以戴天履地。"北史周宗室宇文護傳齊主爲護母閻作與護書："今日以後，吾之殘命，惟繫於汝。戴天履地，中有鬼神，勿云冥昧而可欺負。"亦作"戴圓履方"。見該條。

【戴月披星】　dài yuè pī xīng　形容早出晚歸或徹夜奔波，備極辛勞。元明雜劇元缺名鄭月蓮秋夜雲窗夢三："(外旦云)'你那秀才那裏去了?'(旦唱)'這期間戴月披星，禁寒受冷。'"西遊記四四："師徒們過了黑水河，找大路一直西來。真個是迎風冒雪，戴月披星。"亦作"披星戴月"、"披星帶月"。見"披星戴月"。

【戴盆望天】　dài pén wàng tiān　比喻手段與目的相反。漢書六二司馬遷傳報任安書："僕以爲戴盆何以望天"注引如淳："頭戴盆則不得望天，望天則不得戴盆，事不可兼施。"漢焦延壽易林十六小過之蠱："戴盆望天，不見星辰。"後漢書四一第五倫傳上疏："戴盆望天，事不兩施。"爲漢時諺語。

【戴圓履方】　dài yuán lǚ fāng　戴天立地，猶言生於世間。淮南子本經："戴圓履方，抱表懷繩，內能治身，外能得人。"注："圓天方地，表正繩直。"亦作"戴天履地"。見該條。

【戴髮含齒】　dài fà hán chǐ　指人類。列子黃帝："戴髮含齒，倚而趣者謂之人，而人未必無獸心，雖有獸心，以狀而見親矣。"亦作"含齒戴髮"。見該條。

【戴頭識臉】　dài tóu shí liǎn　指有面子，有身分。水滸十六："你這客人好不君子相！戴頭識臉的，也這般囉唣！"

【戴雞佩豚】　dài jī pèi tún　雄雞野豬皆好鬬，古時以冠帶象其形，表示好勇。史記六七仲尼弟子傳："子路性鄙，好勇力，冠

雄鶏,佩瓀豚。"漢王充論衡率性:"世稱子
路無恆之庸人,未入孔門時,戴雞佩豚,勇

猛無禮。"

戶　　部

【戶告人曉】　hù gào rén xiǎo　挨戶曉
諭,使人人知道。漢劉向列女傳五梁節姑
姊:"梁國豈可尸告人曉也? 被不義之名,
何面目以見兄弟國人哉!"亦作"尸辯家
説"。見該條。

【戶樞不朽】　hù shū bù xiǔ　見"尸樞不
蠹"。

【戶樞不蠹】　hù shū bù dù　經常轉動的
門軸不會被蛀蝕。比喻經常運動可以不受
外物侵蝕。呂氏春秋盡數:"流水不腐,戶
樞不螻,動也。"唐馬總意林二引作"戶樞
不蠹"。宋蘇象先丞相魏公譚訓七:"祖父
常云:'人生在勤,勤則不匱。戶樞不蠹,流
水不腐,此其理也。'"亦作"戶樞不朽"。三
國志魏吳普傳:"動搖則骨氣得消,血脈流
通,病不得生,譬尸樞不朽是也。"

【戶辯家説】　hù biàn jiā shuō　猶尸告
人曉。淮南子泰族:"四海之內,莫不仰上
之德,象主之指,……非尸辯而家説之也,
推其誠必施之天下而已矣。"

【房謀杜斷】　fáng móu dù duàn　唐太
宗時宰相房玄齡、杜如晦共掌朝政,房多
謀,杜善斷,舊史有房謀杜斷之稱。舊唐書

六六房玄齡杜如晦傳論:"房知杜之能斷
大事,杜知房之善建嘉謀。"新唐書九六杜
如晦傳:"如晦長於斷,而(房)玄齡善謀,
兩人深相知,故能同心濟謀,以佐佑帝。"

【所向披靡】　suǒ xiàng pī mǐ　形容兵
力所到之處,敵人紛紛潰退。披靡:草木隨
風倒伏。明馮夢龍清蔡元放東周列國志
四六:"遂與其友鮮伯等百餘人,直犯秦
陣,所向披靡,殺死秦兵無算。"

【所向無敵】　suǒ xiàng wú dí　所到之
處,沒有敵手。形容力量强大,無往不勝。
三國志吳周瑜傳"以中護軍與長史張昭共
掌衆事"注引江表傳:"士風勁勇,所向無
敵,有何偪迫,而欲送質?"清陳忱水滸後
傳十五:"我自起兵以來,所向無敵。"

【所作所爲】　suǒ zuò suǒ wéi　指人所
作一切事。紅樓夢十六:"自此鳳姐膽識愈
壯,以後所作所爲,諸如此類,不可勝數。"

【扇枕溫席】　shān zhěn wēn xí　漢黃
香、晉王延皆有事親夏扇枕、冬溫席事,舊
時用爲宣揚孝道。後遂以"扇枕溫席"或
"扇枕溫被"爲事親盡孝的典故。事見太平
御覽七〇七引東觀漢紀、晉書王延傳。

手　　部

【手不停毫】　shǒu bù tíng háo　見"手
停揮"。

【手不停揮】　shǒu bù tíng huī　形容文
思敏捷,寫作極快。明馮夢龍警世通言九:

"李白左手將鬚一拂,右手舉起中山兔穎,向五花箋上,手不停揮,須臾,草就嚇蠻書。"亦作"手不停筆"、"手不停毫"。南史六十徐勉傳:"勉居選官,彝倫有序,既閑尺牘,兼善辭令,雖文案填積,坐客充滿,應對如流,手不停筆。"清李汝珍鏡花緣五三:"亭亭鋪下箋紙,手不停毫,草草寫去。"

【手不停筆】　shǒu bù tíng bǐ　見"手不停揮"。

【手不輟卷】　shǒu bù chuò juàn　見"手不釋卷"。

【手不釋卷】　shǒu bù shì juàn　形容好學勤讀。三國志魏文帝紀評注引典論自叙:"上雅好詩書文籍,雖在軍旅,手不釋卷。"上,指曹操。晉書孫盛傳:"盛篤學不倦,自少至老,手不釋卷。"亦作"手不釋書"、"手不輟卷"。三國志吳步騭傳:"代陸遜爲丞相,猶誨育門生,手不釋書,被服居處有如儒生。"梁書張緬傳:"緬少勤學,自課讀書,手不輟卷。"

【手不釋書】　shǒu bù shì shū　見"手不釋卷"。

【手忙腳亂】　shǒu máng jiǎo luàn　形容遇事慌張,不知如何是好。宋陳亮龍川集二十壬寅答朱元晦秘書書之二:"秘書不可不早爲婺州地,臨期不知所委,徒自手忙腳亂耳。"宋朱熹朱文公集四七答呂子約書:"卦爻繫辭,自有先後,今亦何所迫切而手忙腳亂一至於此邪!"古今雜劇元關漢卿包待制三勘蝴蝶夢二:"撲咚咚墶下升衙鼓,唬得我手忙腳亂。"亦作"腳忙手亂"。見該條。

【手足之情】　shǒu zú zhī qíng　喻兄弟間之親情。唐李華吊古戰場文:"誰無兄弟,如足如手。"宋蘇轍樂城集四七雜論薦書狀劄子之一爲兄軾下獄上書:"臣竊哀其志,不勝手足之情,故冒死一言。"

【手足重繭】　shǒu zú chóng jiǎn　淮南子脩務:"昔者楚欲攻宋,墨子聞而悼之,自魯趨而十日十夜,足重繭而不休息。"後稱奔波勞瘁爲手足重繭,本此。清蒲松齡聊齋志異勞山道士:"道士呼王去,授一斧,使隨衆採樵。王謹受教,過月餘,手足重繭,不堪其苦,陰有歸志。"

【手足胼胝】　shǒu zú pián zhī　手掌腳底生滿厚繭。形容辛勞。荀子子道:"有人於此,夙興夜寐,耕耘樹藝,手足胼胝,以養其親,然而無孝之名。何也?"亦作"手胼足胝"。見該條。

【手足異處】　shǒu zú yì chù　謂被殺。越絕書七越絕內傳陳成恆:"孤雖要領不屬,手足異處,四支布陳,爲鄉邑笑,孤之意出焉。"

【手足無措】　shǒu zú wú cuò　手腳無安放處。喻動輒得咎,不知所從。論語子路:"刑罰不中,則民無所錯手足。"錯,通"措"。安置。後也用以形容慌急無計。明馮夢龍警世通言二四:"急得家人王定手足無措,三回五次催他回去。"

【手到拈來】　shǒu dào niān lái　比喻事情極易辦到,毫不費力。水滸六一:"小生憑三寸不爛之舌,直往北京說盧俊義上山,如探囊取物,手到拈來。"亦作"手到拿來"。元曲選康進之梁山泊李逵負荆四:"這是揉着我山兒的癢處,管教他甕中捉鱉,手到拿來。"水滸三三:"還是相公高見,此計大妙。卻似'甕中捉鱉,手到拿來。'"今多作"手到擒來"。

【手到病除】　shǒu dào bìng chú　形容醫術高明,或形容解決問題迅速。元曲選缺名薩真人夜斷碧桃花二:"太醫云:'嬤嬤,你放心,小人三代行醫,醫書脈訣,無不通曉,包的你手到病除。'"水滸六五:"小弟舊在潯陽江時,因母煮患背疾,百藥不能得治,後請得建康府安道全,手到病除。"

【手到拿來】　shǒu dào ná lái　見"手到拈來"。

【手胼足胝】　shǒu pián zú zhī　見"手足胼胝"。

【手揮目送】　shǒu huī mù sòng　形容手眼並用,得心應手。後亦喻語義雙關。晉書顧愷之傳:"愷之每重嵇康四言詩,因爲之圖,恆云:'手揮五絃易,目送歸鴻難。'"亦作"目送手揮"。見該條。

【手零腳碎】　shǒu líng jiǎo suì　手腳不乾淨,比喻小偷小摸。元曲選楊顯之臨江驛瀟湘秋夜四:"怎肯便手零腳碎竊金貲，這都是崔通來妄指。”

【手無寸鐵】　shǒu wú cùn tiě　謂手中無任何武器。三國演義一〇九：“郭淮引兵趕來，見（姜）維手無寸鐵，乃驟馬挺槍追之。”

【手舞足蹈】　shǒu wǔ zú dǎo　形容喜極的情狀。孟子離婁上：“樂則生矣，生則惡可已也。惡可，則不知足之蹈之，手之舞之。”水滸三九：“宋江寫罷，自看了大喜大笑，⋯⋯手舞足蹈，又拿起筆來，去那西江月後再寫下幾句詩。”紅樓夢四一：“當下劉老老聽見這般音樂，且又有了酒，越發喜得手舞足蹈起來。”亦作“足蹈手舞”。見該條。

【手無縛雞之力】　shǒu wú fù jī zhī lì　形容毫無力氣。元曲選缺名隨何賺風魔蒯通一：“那韓信手無縛雞之力，只淮陰市上兩個少年要他在胯下鑽過去，他便鑽過去了，有甚麼本事？”水滸三八：“我兩個手無縛雞之力，只好吃飯。”

【才子佳人】　cái zǐ jiā rén　稱有才貌的男女。太平廣記三四四唐李隱瀟湘錄呼延冀：“君不以妾不可奉蘋蘩，遽以禮娶妾，妾既與君匹偶，諸鄰皆謂之才子佳人。”宋晁補之琴趣外編六鷓鴣天詞：“夕陽芳草本無恨，才子佳人自多愁。”清吳敬梓儒林外史十一：“此番招贅蘧公孫來，門戶又相稱，才貌又相當，真個是‘才子佳人，一雙兩好’。”

【才氣過人】　cái qì guò rén　才能氣魄高於一般人。史記項羽紀：“（項）籍長八尺餘，力能扛鼎，才氣過人，雖吳中子弟皆以憚籍矣。”

【才疏志大】　cái shū zhì dà　見“志大才疏”。

【才疏學淺】　cái shū xué qiǎn　才略疏淺，學識不深。常用作謙詞。清李汝珍鏡花緣五六：“妹子固才疏學淺，然亦不肯多讓；今老師以閨臣、若花姐姐前列，我又不能不甘拜下風了。”亦作“學淺才疏”。見該條。

【才疏意廣】　cái shū yì guǎng　才略疏淺而抱負甚大。後漢書七十孔融傳：“融負其高氣，志在靖難，而才疏意廣，迄無成功。”南史蕭惠開傳：“惠開素有大志，至蜀欲廣樹經略。善於叙述，聞其言者皆以爲大功可立。才疏意廣，竟無成功。”

【才貌雙全】　cái mào shuāng quán　才情容貌兩全。明洪楩清平山堂話本一風月瑞仙亭：“孩兒見他文章絕代，才貌雙全，必有榮華之日，因此上嫁了他。”紅樓夢一一〇：“剛配了一個才貌雙全的女婿，性情又好，偏偏的得了冤孽證候，不過捱日子罷了。”

【打牙打令】　dǎ yá dǎ lìng　説唱調笑。金董解元西廂四：“怎禁當衙門外打牙打令諢，匹似閑喏哨。”打牙，指嘲戲；打令，指唱小曲。

【打牙犯嘴】　dǎ yá fàn zuǐ　打趣，亂開玩笑。指非正經地談話。明蘭陵笑笑生金瓶梅二四：“於是和金蓮打牙犯嘴，嘲戲説道：‘你老人家見我身上單薄，肯賞我一件衣裳兒穿也恁的。’”

【打成一片】　dǎ chéng yī piàn　不同的部分合在一起。朱子語類一二三陳君舉：“今來伯恭（呂祖謙）門人卻亦有同父（陳亮）之説者，二家打成一片。”佛教亦習用此語喻貫通純熟。續傳燈錄二九馮楫濟川居士偈：“梵語唐言，打成一塊，咄哉俗人，得些三昧。”五燈會元二十慶元府育王佛照德光禪師：“耳聽不聞，眼覷不見，苦樂順逆，打成一片。”

【打抱不平】　dǎ bào bù píng　遇不平之事，挺身而出以助弱者。紅樓夢四五：“昨兒還打平兒，虧你伸得出手來，⋯⋯氣的我只要替平兒打抱不平兒。”

【打退堂鼓】　dǎ tuì táng gǔ　比喻做事遇到困難而中途退縮。李寶嘉官場現形記五七：“幾個紳士起先是靠了大衆公憤，故而敢與領事抵抗；如今聽説要拿他們當作出頭的人，早有一大半都打了退堂鼓了。”

【打風打雨】　dǎ fēng dǎ yǔ　形容作威作福，聲勢很盛。五代王定保唐摭言十五賢僕夫：“李敬者，本夏侯譙公之僕也。公久厄塞名場，敬寒苦備歷。或爲其類所引曰：‘當今北面官人，入則內貴，出則使臣，到所在打風打雨，何不從之？而孜孜事一箇窮措大，有何長進？’”

【打家劫舍】　dǎ jiā jié shè　聚衆成夥，搶掠財物。水滸五：“近來山上有兩個大王,扎了寨栅,聚集着五七百人,打家劫舍。"又三五:"因販生藥到山東,消折了本錢,不能勾還鄉,權且占住這對影山,打家劫舍。"

【打恭作揖】dǎ gōng zuō yī 猶打躬作揖。紅樓夢二七:"寶玉見他這樣,還認作是昨日晌午的事,那知晚間的這件公案?還打恭作揖的。"李寶嘉官場現形記一:"王鄉紳下車,爺兒三個連忙打恭作揖,如同捧鳳凰似的捧了進來,在上首第一位坐下。"

【打破沙鍋】dǎ pò shā guō 見"打破沙鍋璺到底"。

【打草蛇驚】dǎ cǎo shé jīng 情事相類,甲受到懲處,使乙感到恐慌。宋鄭文寶南唐近事:"王魯爲當塗宰,瀆物爲務,會部民連狀訴主簿貪,魯乃判曰:'汝雖打草,吾已蛇驚'"(類說二一)。朱熹朱文公集二九答黃仁卿書:"但恐見黃商伯狼狽佗,打草蛇驚,亦不敢放手做事耳。"後以之比喻作事不密,使對方得以警戒預防。亦作"打草驚蛇"。見該條。

【打草驚蛇】dǎ cǎo jīng shé 比喻作事不密,使對方得以警戒預防。水滸二九:"等明日先使人去那裏探聽一遭,若是本人在家時,後日便去;若是那廝不在家時,卻再理會。空自去打草驚蛇,倒吃他做了手腳,卻是不好。"元曲選白仁甫裴少俊牆頭馬上三:"誰更敢倒鳳顛鸞,撩蜂剔蠍,打草驚蛇,壞了咱牆頭上傳情簡帖。"

【打躬作揖】dǎ gōng zuō yī 彎身作揖。舊時一種見面禮節。也形容恭順小心的樣子。清吳敬梓儒林外史四:"見了客來,又要打躬作揖,累個不了。我是個閒散慣了的人,不耐煩做這些事。"亦作"打恭作揖"。見該條。

【打情罵俏】dǎ qíng mà qiào 指男女間調笑。李寶嘉官場現形記二九:"齊巧這兩天糖葫蘆又沒有去,王小四子便打情罵俏起來。"曾樸孽海花三五:"高興起來,簡直不分主僕,打情罵俏的攪作一團。"

【打情罵趣】dǎ qíng mà qù 指男女間調情。明楊珽龍膏記二三砥節:"駙馬爺,打情罵趣,他肯罵你,是有口風了。"亦作

"打情罵俏"。見該條。

【打得火熱】dǎ dé huǒ rè 形容相交情誼熱烈親密。清文康兒女英雄傳二九:"她本是個活動熱鬧的人,在這裏住了幾日,處得上上下下沒有一個不合式的,內中金、石姐妹尤其打得火熱。"

【打散堂鼓】dǎ sàn táng gǔ 古代官吏從大堂上退回私邸前擊鼓,以示結束對案件的審理。元曲選關漢卿感天動地竇娥冤二:"左右,打散堂鼓,將馬來,回私宅去也。"後以之比喻遇到困難而中途退縮。亦作"打退堂鼓"。見該條。

【打鳳撈龍】dǎ fèng lāo lóng 安排圈套,使人墮入計中。元明雜劇缺名關雲長千里獨行一:"他便安排着打鳳撈龍計,誰着他便搜尋出劫寨偷營智。"

【打蛇打七寸】dǎ shé dǎ qī cùn 比喻做事須把握關鍵,方可制勝。清吳敬梓儒林外史十四:"但做事也要'打蛇打七寸'才妙。你先生請上裁。"

【打鴨驚鴛鴦】dǎ yā jīng yuān yāng 喻懲甲驚乙。宋梅堯臣宛陵集四三打鴨詩:"莫打鴨,打鴨驚鴛鴦。"宋宣城守呂士隆眷客妓麗華,一日欲杖營妓,妓曰:"某不敢避杖,但恐新到某人者,不安此耳。"某指麗華。梅詩即指此事。見宋趙令時侯鯖錄八。後來也指殃及無辜。宋李石方舟集五扇子詩:"不爲求蛇熏老鼠,翻成打鴨驚鴛鴦。"明梅鼎祚昆崙奴二:"(打死犬科)犬,不是我要害你性命也,則怕打鴨驚鴛,打草驚蛇。"

【打破天窗說亮話】dǎ pò tiān chuāng shuō liàng huà 見"打開板壁講亮話"。

【打破沙鍋璺到底】dǎ pò shā guō wèn dào dǐ 喻追根究底。璺,陶瓷裂痕,以音同借用爲"問"。元曲選吳昌齡花間四友東坡夢四:"葛藤接斷老婆禪,打破沙鍋璺到底。"清文康兒女英雄傳二六:"就讓姐姐裝糊塗不言語,我可也打破砂鍋璺到底,問明白了,我好去回我公婆的話。"亦作"打破沙鍋"。明高則誠琵琶記幾言諫父:"你直待要打破沙鍋,是你招災攬禍。"

【打開板壁講亮話】dǎ kāi bǎn bì jiǎng liàng huà 比喻公開說明,無須避忌。清吳敬梓儒林外史十四:"老實一句,'打開

板壁講亮話’，這事一些半些，幾十兩銀子的話，橫豎做不來，沒有三百，也要二百銀子，才有商議。亦作“打破天窗説亮話”。李寶嘉官場現形記二七：“‘打破天窗説亮話’，還不是等姓賈的過來盡點心，只要晚生出把力，你們老爺還有什麼不明白的？”

【扣盤捫燭】　kòu pán mén zhú　宋蘇軾經進東坡文集事略五七日喻説：“生而眇者不識日，問之有目者。或告之曰：‘日之狀如銅盤。’扣盤而得其聲。他日聞鐘，以爲日也。或告之曰：‘日之光如燭。’捫燭而得其形。他日揣籥，以爲日也。”後因以“扣盤捫燭”喻不經實踐，不能得到真知。亦作“捫燭扣盤”。

【抖擻精神】　dǒu sǒu jīng shén　見“精神抖擻”。

【抃風儛潤】　biàn fēng wǔ rùn　比喻契合。宋書孔覬傳：“直山淵藏引，用不退棄，故得抃風儛潤，愚附彌年。”儛，同“舞”。潤，指雨。

【抗心希古】　kàng xīn xī gǔ　謂高尚其志，以古人自期許。文選三國魏嵇叔夜（康）幽憤詩：“爰及冠帶，馮寵自放，抗心希古，任其所尚。”

【抗塵走俗】　kàng chén zǒu sú　文選南朝齊孔德璋（稚圭）北山移文：“焚芰製而裂荷衣，抗塵容而走俗狀。”謂以污濁之面容，奔走於世俗之中。指熱中於營求名利。宣和書譜十一勸君詩：“(張徐州)不以利名芥蒂於胸次，……故其胸中流出而見於筆墨者，無復有抗塵走俗之狀。”元張之翰西巖集八元日詩：“雲鎖西山舊隱巖，抗塵走俗復何堪。”

【扶老攜幼】　fú lǎo xié yòu　攙扶老人，攜帶幼兒。形容全體出動。戰國策齊四：“孟嘗君就國於薛，未至百里，民扶老攜幼，迎君道中。”晉書潘尼傳釋奠頌：“是日也，人無愚智，路無遠近，離鄉越國，扶老攜幼，不期而俱萃。”

【扶危濟困】　fú wēi jì kùn　扶助、救濟處於危難、生活窮困之人。水滸三八：“多聽的江湖上來往的人説兄長清德，扶危濟困，仗義疏財。”亦作“濟困扶危”。見該條。

【扶東倒西】　fú dōng dǎo xī　比喻隨人意轉移，自無主見。二程語錄十一：“與學

者語，正如扶醉人，東邊扶起卻倒向西邊，西邊扶起，卻倒向東邊，終不得他卓立中途。”朱子語類一三一中興至今日人物上：“張魏公(浚)才極短，雖大義極分明而全不曉事，扶得東邊，倒了西邊；知得這裏，忘了那裏。”

【扶搖直上】　fú yáo zhí shàng　莊子逍遙遊：“鵬之徙於南冥也，水擊三千里，摶扶搖而上者九萬里。”扶搖，急劇盤旋而上的旋風。形容迅速直升。比喻仕途得意。吳趼人二十年目睹之怪現狀八九：“直到前幾年，那位大少爺早就扶搖直上，做了軍機大臣了。”

【扶傾濟弱】　fú qīng jì ruò　扶助弱小及處境困難之人。元王子一劉晨阮肇誤入桃源四：“但得你天公指教，抵多少晏平仲善與人交。你若肯扶傾濟弱，我可便回嗔作笑。”

【批亢擣虛】　pī háng dǎo xū　抓住敵人的要害乘虛而入。亢，咽喉。史記六五孫武傳附孫臏：“夫解雜亂紛糾者不空捲，救鬬者不搏撠，批亢擣虛，形格勢禁，則自爲解耳。”朱子語類一三四：“批亢擣虛，亢音剛，喉嚨也。言與人鬬者，不扼其喉拊其背，未見其能勝也。”

【批風抹月】　pī fēng mǒ yuè　猶吟風弄月。元喬吉綠幺遍自述曲：“烟霞狀元，江湖醉仙，笑談便是編修院，留連，批風抹月四十年。”(樂府羣玉二)張埜古山樂府上木蘭花慢送柳湯佐之覃懷總管任詞：“當時與君年少，到而今，雙鬢總成斑。幾度批風抹月，幾番臨水登山。”

【批郤導窾】　pī xì dǎo kuǎn　莊子養生主：“批大郤，導大窾。”注謂有際之處，因而批之令離；節解窾空，就導令殊。郤，縫隙。窾，空處。批開骨節銜接之處，其他部分就隨而分解。比喻處事貴在得間中肯，就可以順利解決。

【扼喉撫背】　è hóu fǔ bèi　指控制要害，制敵死命。文苑英華六四五隋盧思道爲北齊檄陳文：“江都壽春之域，扼喉撫背之兵。”新唐書二〇三吳武陵傳與吳元濟書：“前鋒扼喉，後陣撫背，左排右挾，其幾何而不蹯邪？”亦作“搤亢拊背”、“拊背扼喉”。見各該條。

【抉瑕擿釁】　jué xiá zhuā xìn　尋求缺點毛病，含有故意挑剔之意。後漢書三六陳元傳議立左氏疏：“遺脫纖微，指爲大尤；抉瑕擿釁，掩其弘美；所謂小辯破言，小言破道者也。”

【扭扭屹屹】　niǔ niǔ yì yì　見“扭扭捏捏”。

【扭扭捏捏】　niǔ niǔ niē niē　身體擺動，多形容羞羞答答或裝腔作勢。明朱有燉黑旋風仗義疏財雜劇二：“他那裏會衆賓鼓樂聲將花紅滿徑，你看我便扭扭捏捏的騎鞍驀鐙。”紅樓夢二七：“(鳳姐)又向小紅笑道：‘好孩子，難爲你説的齊全，不像他們扭扭捏捏蚊子似的。’”亦作“扭扭屹屹”。明馮夢龍警世通言四十：“有化作蚯蚓，在水田中扭扭屹屹走的。”

【把臂入林】　bǎ bì rù lín　世説新語賞譽：“謝公(安)道：‘豫章(謝鯤)若遇七賢，必自把臂入林。’”七賢，竹林七賢。後因稱與友偕隱爲把臂入林。北齊書祖鴻勛傳與陽休之書：“若能翻然清尚，解佩捐簪，則吾於茲，山莊可辦，一得把臂入林，……斯亦樂矣，何必富貴乎？”

【投其所好】　tóu qí suǒ hào　迎合他人愛好。明凌濛初初刻拍案驚奇十八：“富翁見説是丹術，一發投其所好。”

【投畀豺虎】　tóu bì chái hǔ　表示對惡人的強烈憎恨。畀，給予。詩小雅巷伯：“取彼譖人，投畀豺虎。”

【投桃報李】　tóu táo bào lǐ　詩大雅抑：“投我以桃，報之以李。”後以“投桃報李”比喻相互贈報或禮尚往來。清王應奎柳南續筆邵齊燾序：“後余歸山，追君暮齒，始獲周旋杖履，預奉緒言，篇章往復，投桃報李，方幸叨忘年之歡，獲論文之益。”

【投閑置散】　tóu xián zhì sǎn　置於閑散不重要的職位。唐韓愈昌黎集十二進學解：“動而得謗，名亦隨之，投閑置散，乃分之宜。”宋劉克莊後村集一一七除吏侍謝丞相：“昔投閑置散，已行白簡之言；今悔過知非，復畀青氈之葛。”

【投筆從戎】　tóu bǐ cóng róng　後漢書四七班超傳：“家貧，常爲官傭書以供養。久勞苦，嘗輟業投書歎曰：‘大丈夫無它志略，猶當效傅介子、張騫立功異域，以取封侯，安能久事筆研閒乎？’”後以之比喻棄文就武。曾樸孽海花二五：“你道珏齋爲何安安穩穩的撫臺不要做，要自告奮勇去打仗呢？雖出於書生投筆從戎的素志，然在發端的時候，還有一段小小的考古軼史。”

【投隙抵巇】　tóu xì dǐ xī　指故意挑眼。宋李光莊簡集十四與張德遠書：“懷不能已，時時妄言，投隙抵巇者，因肆無根，雖一時宴譚嬉笑之語，無不聞者，自度禍至無日矣。”

【投鼠忌器】　tóu shǔ jì qì　比喻欲除惡而有所顧忌。漢書四八賈誼傳陳政事疏：“里諺曰：‘欲投鼠而忌器。’此善諭也。鼠近於器，尚憚不投，恐傷其器，況於貴臣之近主乎！”北齊書樊遜傳對問：“至如投鼠忌器之説，蓋是常談；文德懷遠之言，豈識權道。”三國演義四二：“雲長嘆曰：‘曩日獵於許田時，若從吾意，無今日之患。’玄德曰：‘我於此時亦投鼠忌器耳。’”亦作“擲鼠忌器”。見該條。

【投鞭斷流】　tóu biān duàn liú　比喻軍旅衆多，兵力強大。前秦苻堅將攻晉，石越以爲晉有長江之險，不宜動師。堅曰：“以吾之衆旅，投鞭於江，足斷其流。”見晉書符堅載記下。元曲選鄭廷玉楚昭公疏者下船二：“只待要投鞭兒截斷長江，探囊兒平吞了俺這夏口。”

【抑強扶弱】　yì qiáng fú ruò　壓制強暴，扶助弱小。越絕書一越絕外傳本事：“句踐之時，天子微弱，諸侯皆叛，於是句踐抑彊扶弱。”漢書刑法志：“自建武、永平，民亦新免兵革之禍，人有樂生之慮，與高、惠之間同，而政在抑彊扶弱，朝無威福之臣，邑無豪桀之俠。”彊，同“強”。

【抑揚頓挫】　yì yáng dùn cuò　高低起伏，停頓轉折。多用以形容音調和文章氣勢。初學記十六晉鈕滔母孫氏瓊簋篌賦：“或拂搦以飄沉，或頓挫以抑揚。”宋陳亮龍川集十九復杜伯高書：“兩賦反覆不能去手，意廣而調高，節明而語妥，鋪叙端雅，抑揚頓挫，而卒歸於質重。”宋史四三七魏了翁傳：“年十五，著韓愈論，抑揚頓挫，有作者風。”

【折足覆餗】　zhé zú fù sù　易繫辭下：

"鼎折足,覆公餗。"餗,盛於鼎中之食物。古時帝王公卿列鼎而食,後因以"折足覆餗"比喻執政者不能勝任以致敗事。後漢書五七謝弼傳上封事:"今之四公,唯司徒劉寵斷斷首善,餘皆素餐致寇之人,必有折足覆餗之凶。"注:"鼎以喻三公,餗,鼎實也。折足覆餗言不勝其任。"亦作"折鼎覆餗"。梁書武帝紀上:"(江)祐怯而無斷,(劉)暄弱而不才,折鼎覆餗,翹足可待。"

【折長補短】 zhé cháng bǔ duǎn 取有餘以補不足。韓非子初見秦一:"今秦地折長補短,方數千里。"唐韓愈昌黎集四十論變鹽法事宜狀:"是一斤官耀得錢名爲三十,其實斤多得二十八,少得二十六文,折長補短,每斤收錢不過二十六七;百姓折長補短,每斤用錢三十四。"亦作"斷長續短"、"斷長補短"。見"斷長續短"。

【折戟沉沙】 zhé jǐ chén shā 形容慘重的失敗。唐杜牧樊川集四赤壁詩:"折戟沉沙鐵未銷,自將磨洗認前朝。東風不與周郎便,銅雀春深鎖二喬。"

【折鼎覆餗】 zhé dǐng fù sù 見"折足覆餗"。

【折節下士】 zhé jié xià shì 屈己待人,尊重有才之士。三國志魏袁紹傳:"紹有姿貌威容,能折節下士,士多附之,太祖少與交焉。"史記越王句踐世家唐司馬貞索隱述贊:"檇李之役,闔閭見傷。會稽之恥,句踐欲當。種誘以利,蠡悉其良。折節下士,致膽思嘗。"

【折槁振落】 zhé gǎo zhèn luò 折枯枝,吹落葉,言輕易不費力。淮南子人間:"於是陳勝起於大澤,奮臂大呼,天下席卷而至於戲,劉項興義兵隨而定,若折槁振落。"

【折衝尊俎】 zhé chōng zūn zǔ 譬喻不以武力而在會盟談判中制勝對方。衝,戰車;折衝,指擊退敵軍;尊俎,酒杯與盛肉之器,皆宴會上用品。後多泛指外交談判爲折衝尊俎。戰國策齊五:"此臣之所謂比之堂上,禽將戶內,拔城於尊俎之間,折衝席上者也。"晏子春秋雜上:"夫不出尊俎之間,而折衝於千里之外,晏子之謂也。"文選晉張景陽(協)雜詩之七:"折衝樽俎間,制勝在兩楹。"樽,同"尊"。

【折臂三公】 zhé bì sān gōng 晉羊祜墜馬折臂,後位至公,故有折臂三公之稱。事見世說新語術解、晉書本傳。後因以"折臂三公"爲大官墜馬的典故。唐劉禹錫劉夢得集四秘書崔少監墜馬長句因而和之詩:"上車著作應來問,折臂三公定送方。"

【扳龍附鳳】 pān lóng fù fèng 道家謂御空升仙。宋書樂志四白鳩篇:"陵雲登臺,浮遊太清,扳龍附鳳,日望身輕。"

【抓耳搔腮】 zhuā ěr sāo sāi 見"抓耳撓腮"。

【抓耳撓腮】 zhuā ěr náo sāi 形容心思浮躁,焦急不安。也形容歡喜。明徐渭集歌代嘯一:"你怎的不說箇明白,急的我抓耳撓腮。"西遊記二:"孫悟空在旁聞講。喜得他抓耳撓腮,眉花眼笑。"亦作"抓耳搔腮"。清李汝珍鏡花緣十八:"紫衣女子道:'剛才大賢曾言百餘種之多,此刻只求大賢除婢子所言九十三種,再說七箇,共湊一百之數。此事極其容易,難道還各教麼?'多九公只急得抓耳搔腮,不知怎樣才好。"

【抓乖賣俏】 zhuā guāi mài qiào 指找機會討好顯能。紅樓夢六九:"秋桐正是抓乖賣俏之時,他便悄悄的告訴賈母王夫人等說他專會作死,好好的成天喪聲嘆氣。"

【承上起下】 chéng shàng qǐ xià 承接前者,引出後者,多指文章內容的轉折。禮曲禮上:"故君子戒慎"唐孔穎達疏:"故,承上起下之辭。"

【承上接下】 chéng shàng jiē xià 奉上待下。漢書三三韓王信傳:"(韓)增世貴,……爲人寬和自守,以溫言遜辭承上接下,無所失意,保身固寵,不能有所建明。"

【承先啟後】 chéng xiān qǐ hòu 繼承前者,開創後者。多指學問、事業。清文康兒女英雄傳三六:"且喜你我二十年教養辛勤,今日功成圓滿,此後這副承先啟後的千斤擔兒,好不輕鬆爽快呀!"

【承顏候色】 chéng yán hòu sè 看人顏色,逢迎不敢立異的意思。魏書寇治傳:"畏避勢家,承顏候色,不能有所執據。"陳書後主紀魏徵曰:"佞諂之倫,承顏候色。"

【拉三扯四】 lā sān chě sì 指談話或議論亂牽扯無關的人和事。紅樓夢四六:"願意不願意,你也好説,犯不着拉三扯四的。"又:"你倒別説這話,他也並不是説我們,你倒别拉三扯四的!"

【拉枯折朽】 lā kū zhé xiǔ 折斷枯枝朽木。比喻極其容易作到。宋文瑩玉壺清話七:"時尹繼倫爲沿邊都巡檢,領所部數千,巡徼邊野,忽當虜鋒,……倫舉兵一麾,如拉枯折朽。"

【拄笏看山】 zhǔ hù kàn shān 晉王子猷(徽之)爲桓沖參軍,沖謂王曰:"卿在府久,比當相料理。"初不答,直高視,以手版拄頰云:"西山朝來,致有爽氣。"見世説新語簡傲、晉書本傳。手版,即笏。後以"拄笏看山"喻雖在官而有閒情雅致。宋蘇軾分類東坡詩十九次韻胡完夫:"老去上書還北闕,朝來拄笏看西山。"

【抹月批風】 mǒ yuè pī fēng 謂用風月當菜殽,是文人表示家貧無可待客的戲言。細切叫抹,薄切叫批。宋蘇軾分類東坡詩十八和何長官六言次韻之五:"貧家何以娛客,但知抹月批風。"楊萬里誠齋集二一寄題喻叔奇國博郎中園亭二十六詠詩亦好亭:"客來莫道無供給,抹月批風當八珍。"金李俊明莊靖集謁金門再和邦直詞:"人未曉,古錦囊中詩草。抹月批風滋味好,氣吞雲夢小。"

【抹一鼻子灰】 mó yī bí zǐ huī 比喻本欲奉承討好,反遭碰壁,自討無趣。紅樓夢六七:"趙姨娘來時,興興頭頭,誰知抹了一鼻子灰,滿心生氣,又不敢露出來,只得訕訕的出來了。"

【拒諫飾非】 jù jiàn shì fēi 拒絕別人的規勸,掩飾自己的錯誤。荀子成相:"拒諫飾非,愚而上同,國之禍。"亦作"距諫飾非"、"飾非拒諫"。史記殷紀:"(帝紂)知足以距諫,言足以飾非。"宋孫光憲,北夢瑣言五:"飾非拒諫,斷自己意。"

【拒人於千里之外】 jù rén yú qiān lǐ zhī wài 形容態度倨傲,不易接近。孟子告子下:"訑訑之聲音顏色,距人於千里之外。"距,通"拒"。李寶嘉官場現形記二五:"劉厚守等因預先聽了黃胖姑先入之言,詞色之間,也就和平了許多,不像前天拒人於千里之外了。"

【拔十得五】 bá shí dé wǔ 三國志蜀龐統傳:"每所稱述,多過其才,時人怪而問之,統答曰:'……今拔十失五,猶得其半,而世以崇邁世教,使有志者自勵,不亦可乎?'"後以"拔十得五"比喻寬於推薦。文選晉任彥昇(昉)爲范尚書讓吏部封侯第一表:"拔十得五,尚且比肩。"新唐書一五○趙璟傳:"臣嘗謂拔十得五,賢愚猶半。陛下曰:'何必五也,十二可矣。'故廣任用,明殿最,舉大節,略小瑕,隨能試事,用人之大要也。"

【拔丁抽楔】 bá dīng chōu xiē 比喻解決困難。丁,通"釘"。古今名劇元缺名月明和尚度柳翠四:"大衆恐有不能了達,心生疑惑者,請垂下問,我與他拔丁抽楔。"

【拔刀相助】 bá dāo xiāng zhù 常語有"路見不平,拔刀相助",多指見義勇爲,打抱不平。元曲選缺名錦雲堂暗定連環計四:"連李肅也不忿其事,因此拔刀相助。"西遊記六:"天使請回,吾當去拔刀相助也。"

【拔本塞原】 bá běn sè yuán 喻毁滅根本。本,樹根。原,水源。左傳昭九年:"伯父若裂冠毁冕,拔本塞原,專棄謀主,雖戎狄其何有余一人。"宋書武帝紀中:"高祖封宋公策:'乃者,桓玄肆僭,滔天泯夏,拔本塞源,顛倒六位,庶僚俛眉,四方莫恃。'"

【拔來報往】 bá lái fù wǎng 速來速往。禮少儀:"毋拔來,毋報往。"注:"報,讀爲赴疾之赴。拔、赴,皆疾也。"後亦指往來頻繁。清蒲松齡聊齋志異阿纖:"拔來報往,蹀躞甚勞。"

【拔茅連茹】 bá máo lián rú 易泰:"拔茅茹,以其彙。"注:"茅之爲物,拔其根而相牽引者也;茹,相牽引之貌也。"疏:"以其彙者,彙,類也,以類相從。"後因以"拔茅連茹"比喻同道者相互推薦引進。

【拔犀擢象】 bá xī zuó xiàng 比喻提拔特出人材。犀、象皆爲巨形獸。比喻特異人物。宋王洋東牟集九與丞相論鄭武子(克)狀:"敕局數人,其間固有拔犀擢象見稱一時者,然而析理精微,旁通注意,鮮如克。"克,武子名。

【拔新領異】 bá xīn lǐng yì 創立新意,提出獨特見解。世説新語文學:"王逸少(羲之)作會稽,初至,支道林(遁)在焉。孫興公(綽)謂王曰:'支道林拔新領異,胸懷所及乃自佳,卿欲見不?'"

【拔葵去織】　bá kuí qù zhī　漢書五六董仲舒傳:"故公儀子(休)相魯,之其家見織帛,怒而出其妻,食於舍而茹葵,慍而拔其葵,曰:'吾已食禄,又奪園夫紅女利虖!'"後以"拔葵去織"爲居官者不與民爭利的典故。宋書謝莊傳:"臣愚,謂大臣在禄位者,尤不宜與民爭利,不審可得在此詔不?拔葵去織,實宜深弘。"梁書徐勉傳誡子崧書:"門人故舊,或薦便宜,或使創闢田園,或勸興立邸店,……若此衆事,皆距而不納,非謂拔葵去織,且欲省息紛紜。"

【拔幟易幟】　bá zhì yì zhì　比喻取而代之。史記九二淮陰侯傳:"(韓信)夜半傳發,選輕騎二千人,人持一赤幟,從閒道草山而望趙軍,誡曰:'趙見我走,必空壁逐我,若疾入趙壁,拔趙幟,立漢赤幟。'"

【拔樹尋根】　bá shù xún gēn　喻追究到底。元明雜劇缺名慶豐門蘇九淫奔記一:"我恰待饒舌調脣,怎當他拔樹尋根。"明蘭陵笑笑生金瓶梅二六:"雪娥恐怕西門慶來家拔樹尋根,歸罪於己,在上房打旋磨兒。"

【拔了蘿蔔地皮寬】　bá le luó bō dì pí kuān　比喻爲己之行事方便,而除掉礙眼的事物。明蘭陵笑笑生金瓶梅五一:"拔了蘿蔔地皮寬,交他去了,省的他在這裏跑兔子一般。"

【拋塼引玉】　pāo zhuān yǐn yù　相傳唐人趙嘏有詩名,至吳,常建欲得其詩,知其必遊靈巖寺,乃先題二句於壁,嘏遊寺見詩,爲補成一絕,人謂建乃拋塼引玉。按常建爲玄宗開元時進士,趙嘏於武宗會昌二年進士及第,建已早卒,謂建先題句以待嘏補成,其謬顯然。習以拋塼引玉爲用淺拙以引出高明之謙詞。景德燈錄十從諗禪師:"師云:'比來拋塼引玉,卻引得箇墼子。'"太平樂府七元貫雲石闘鵪鶉佳偶曲:"他道是拋塼引玉,俺卻調因禍致福。"清嚴光敏顏氏家藏尺牘一李楷:"尊照並大集,草草題就,深愧不文。小册反叨高詠,真拋塼引玉矣。謝謝!"塼、塼同。

【拋頭露面】　pāo tóu lù miàn　泛指人公然露面。含貶義。明蘭陵笑笑生金瓶梅六

九:"幾次欲待往公門訴狀,爭奈妾身未曾出閨門,誠恐拋頭露面,有失先夫名節。今日敢請大人至寒家訴其衷曲,就如同遞狀一般。"清李汝珍鏡花緣四三:"女兒此去,雖說拋頭露面,不大穩便,究竟年紀還輕,就是這邊尋尋,那邊訪訪,行動也還容易。"

【披心相付】　pī xīn xiāng fù　披露心腹。喻赤誠相待。晉書慕容垂載記:"歃血斷金,披心相付。"

【披心瀝血】　pī xīn lì xuè　比喻竭盡忠誠。梁書袁昂傳謝啟:"推恩及罪,在臣實大,披心瀝血,敢乞言之。"

【披毛求疵】　pī máo qiú cī　猶吹毛求疵。舊唐書九十崔元綜傳:"雖外示謹厚,而情深刻薄,每受制鞫獄,必披毛求疵,陷於重辟。"亦作"披毛索靨"。見該條。

【披毛索靨】　pī máo suǒ yǎn　故意挑剔毛病。靨,痣。抱朴子接疏:"明者舉大略細,不恢不求,故能取威定功,成天平地,豈肯稱薪而爨,數粒乃炊,并瑕棄璧,披毛索靨哉。"亦作"披毛求疵"、"吹毛求疵"。見各該條。

【披毛戴角】　pī máo dài jiǎo　指牲畜。景德傳燈錄二八惟儼和尚:"問:'學人不員師機,還免披毛戴角也無?'"清文康兒女英雄傳八:"莫如叫他早把這口氣還了太空,早變個披毛戴角的畜牲,倒也是法門的方便。"

【披沙揀金】　pī shā jiǎn jīn　見"披沙簡金"。

【披沙簡金】　pī shā jiǎn jīn　沙裏淘金,比喻多中取精。簡,揀選。南朝梁鍾嶸詩品上晉王門郎潘岳詩:"謝混云:'潘詩爛若舒錦,無處不佳;陸(機)文如披沙簡金,往往見寶。'"世說新語文學引作"排沙簡金",並謂此乃孫綽語。亦作"披沙揀金"。唐劉知幾史通直書:"然則歷考前史,徵諸直詞,雖古人糟粕,真僞相亂,而披沙揀金,有時獲寶。"李商隱李義山文集五祭長安楊郎中文:"披沙揀金,由是不愧;鳥散花落,于今有情。"亦作"排沙簡金"。見該條。

【披肝瀝膽】　pī gān lì dǎn　比喻竭誠相見,盡言所欲言。漢書五一路溫舒傳上書

"故大將軍受命武帝,股肱漢國,披肝膽,決大計,黜亡義,立有德,輔天而行,然後宗廟以安,天下咸寧。"三國志魏杜恕傳上疏:"且布衣之交,猶有務信誓而蹈水火,感知己而披肝膽,徇聲名而立節義者。"宋司馬光溫公集四十體要疏:"雖訪問所不及,猶將披肝瀝膽,以效其區區之忠。"亦作"披露肝膽"。見該條。

【披星帶月】　pī xīng dài yuè　見"披星戴月"。

【披星戴月】　pī xīng dài yuè　形容早出晚歸或連夜奔波,備極辛勞。亦作"披星帶月"。元曲選缺名崔府君斷冤家債主一:"這大的箇孩兒披星帶月,早起晚眠,這家私多虧了他。"元明雜劇明康海王蘭卿真烈傳二:"只是無多俸錢,不穀過遣,少不的披星戴月,力農務本,便是養身之道。"亦作"戴月披星"。見該條。

【披荊斬棘】　pī jīng zhǎn jí　比喻掃除前進途中的障礙。後漢書十七馮異傳:"六年春,異朝京師。引見。帝謂公卿曰:'是我起兵時主簿也。爲吾披荊斬棘,定關中。'"

【披麻救火】　pī má jiù huǒ　猶惹火燒身。元曲選缺名隨何賺風魔蒯通三:"則落你好似披麻救火,剗徹也不似那殺人隨風倒舵。"三國演義一二〇:"陛下宜修德以安吳民,乃爲上計。若強動兵甲,正猶披麻救火,必致自焚也。"

【披麻帶孝】　pī má dài xiào　服重孝。元曲選缺名崔府君斷冤家債主二:"你也想着一家兒披麻帶孝爲何由。"清西周生醒世姻緣十五:"晁夫人道:'我不爲甚麼,趁着有兒子的時候,我早些死了,好教他披麻帶孝,送我到正穴裏去。免教死得遲了,被人說我是絕戶,埋在祖墳外邊。'"亦作"披麻帶索"。明高則誠琵琶記四蔡公逼試:"老賊,你年紀八十餘歲也不識做孝,披麻帶索便喚做孝。"

【披麻帶索】　pī má dài suǒ　見"披麻帶孝"。

【披堅執銳】　pī jiān zhí ruì　披堅甲,執鋒利的武器。宋書武帝紀上:"高祖常披堅執銳,爲士卒先,每戰輒摧鋒陷陣。"三國演義八三:"其餘諸將,或從討逆將軍,或從當今大王,皆披堅執銳,出生入死之士。"亦作"被堅執銳"。見該條。

【披雲見日】　pī yún jiàn rì　比喻除去障翳,重見光明。漢徐幹中論審大臣:"文王之識(姜太公)也,灼然若披雲而見日,霍然若開霧而覩天。"亦作"披雲覩日"。文苑英華二唐李邕日賦:"披雲覩日兮目則明,就日瞻雲兮心若驚。"又作"開雲見日"。見該條。

【披雲覩日】　pī yún dǔ rì　見"披雲見日"。

【披裘負薪】　pī qiú fù xīn　相傳春秋吳季子出遊,見路有遺金。時當夏五月,有披裘打柴者。季子呼之拾金,打柴者瞋目拂手而言曰:"吾當夏五月,披裘而薪,豈取金者哉?"見韓詩外傳十、漢王充論衡書虛、晉皇甫謐高士傳上披裘公。後因以"披裘負薪"爲高人隱逸之典。唐王續東皋子集上遊北山賦:"忽據梧而策杖,亦披裘而負薪。"亦作"五月披裘"。見該條。

【披榛採蘭】　pī zhēn cǎi lán　比喻選拔人才。晉書皇甫謐傳上疏:"陛下披榛採蘭,並收蒿艾,是以皋陶振褐,不仁者遠。"

【披頭散髮】　pī tóu sàn fà　形容儀容不整。水滸二二:"那張三又挑唆閻婆去廳上披頭散髮來告道:'宋江實是宋清隱藏在家,不令出官。相公如何不與老身做主去拿宋江?'"紅樓夢一〇五:"珍大爺蓉哥兒都叫什麼王爺拿了去了;裏頭女主兒們都被什麼府裏衙役役搶的披頭散髮,圈在一處空房裏。"

【披露肝膽】　pī lù gān dǎn　比喻竭誠相待。後漢書八四曹世叔妻(班昭)傳:"妾昭得以愚朽,身當盛明,敢不披露肝膽,以效萬一。"又二十下郎顗傳上章:"臣生長草野,不曉禁忌,披露肝膽,書不擇言。"亦作"披肝瀝膽"。見該條。

【披雲霧覩青天】　pī yún wù dǔ qīng tiān　猶披雲見日。世說新語賞譽上:"衛伯玉(瓘)爲尚書令,見樂廣與中朝名士談議,奇之。……命子弟造之,曰:'此人,人之水鏡也,見之若披雲霧,覩青天。'"注引王隱晉書:"衛瓘,有名理,及與何晏鄧颺等數共談講,見(樂)廣奇之,曰:'每見此人,則瑩然猶廓雲霧而覩青天。'"

【招災惹禍】　zhāo zāi rě huò　招引災

禍。元曲選缺名龐居士誤放來生債一：「富極是招災本，財多是惹禍因。」

【招軍買馬】　zhāo jūn mǎi mǎ　比喻組織、擴充力量。三國演義三五：「今劉備屯兵新野，招軍買馬，積草儲糧，其志不小，不可不早圖之。」亦作「招兵買馬」。

【招降納叛】　zhāo xiáng nà pàn　泛指網羅和重用壞人。尺牘新鈔一曾異撰與卓珂月：「某自十數年前則知海內有珂月卓子，……輒欲奏記自通。已又念近日時刻中，諸君子所記載交藉，不啻招降納叛，而世之附者其中者，雖不盡弭耳乞盟，然意已近之。」

【招風惹雨】　zhāo fēng rě yǔ　喻招惹是非。清西周生醒世姻緣四二：「這監生不惟遮不得風，避不得雨，且還要招風惹雨。」亦作「招風惹草」。見該條。

【招風惹草】　zhāo fēng rě cǎo　喻招惹是非。紅樓夢三四：「薛蟠道：『你這會怨我顧前不顧後，你怎麼不怨寶玉在外頭招風惹草的呢？』」亦作「招風惹雨」。見該條。

【招風攬火】　zhāo fēng lǎn huǒ　猶招風惹草。明馮夢龍古今小說一：「地方輕薄子弟不少，你又生得美貌，莫在門前窺瞷，招風攬火。」

【招搖過市】　zhāo yáo guò shì　比喻故意張揚炫耀，以惹人注意。史記四七孔子世家：「居衛月餘，靈公與夫人同車，宦者雍渠參乘，出，使孔子爲次乘，招搖市過之。」明許自昌水滸記邂逅：「你不惜目挑心招，無俟招搖過市。」

【招搖撞騙】　zhāo yáo zhuàng piàn　假借名義，虛張聲勢，進行詐騙。清會典事例七四八刑部吏律職制：「學臣應用員役，儻有招搖撞騙及受賄傳遞等弊，提調官不行訪拿究治者，亦交部議處。」紅樓夢一○六：「只是奴才們在外頭招搖撞騙，鬧出事來，我就兜不起。」

【招賢納士】　zhāo xián nà shì　指收羅人才。元曲選馬致遠西華山陳搏高臥二：「又待要招賢納士禮賢殷勤，幣帛降玄纁。」水滸九：「這裏有個招賢納士好漢柴大官人。」

【招權納賄】　zhāo quán nà huì　攬大權，受賄賂。明馮夢龍古今小說四十沈小霞相會出師表：「他父子濟惡，招權納賄，賣官鬻爵。」清陳忱水滸後傳四：「原來這舍人的父親名喚馮彪，是童貫標下排陣指揮，廣有機謀，招權納賄，童貫托爲心腹。」

【抽丁拔楔】　chōu dīng bá xiē　比喻解決困難。丁，通「釘」。古今雜劇元缺名月明和尚度柳翠四：「大衆恐有不能了達，心生疑惑者，請垂下問，我與他抽丁拔楔。」

【抽青妃白】　chōu qīng pèi bái　見「取青妃白」。

【抽抽搭搭】　chōu chōu dā dā　低聲哭泣。紅樓夢二十：「黛玉見了，越發抽抽搭搭的哭個不住。」一本作「抽抽噎噎」。

【抽薪止沸】　chōu xīn zhǐ fèi　比喻由根本上解決問題。文苑英華六五○魏收爲侯景叛移梁朝文：「若抽薪止沸，剪草除根，壺首囊頭，又手械足。」

【拈斤播兩】　diān jīn bō liǎng　喻過分計較。古今雜劇明缺名梁山五虎大劫牢一：「也不索晝夜思量心內想，也不索拈斤播兩顯耀我這英雄猛將。」亦作「掂斤播兩」、「拈輕掇重」。見各該條。

【拈花惹草】　niān huā rě cǎo　喻到處留情。紅樓夢二一：「今年方二十歲，也有幾分人材。又兼生性輕薄，最喜拈花惹草。」曾樸孽海花三一：「彩雲生性本喜拈花惹草，聽了貴兒的傳話，面子上雖說了幾聲詫異，心里卻暗自得意。」

【拈花微笑】　niān huā wēi xiào　相傳釋迦牟尼在靈山會上，拈花示衆，是時衆皆默然，惟迦葉破顏微笑。佛曰：「吾有正法眼藏，涅槃妙心，實相無相，微妙法門，不立文字，教外別傳，付囑摩訶迦葉。」見五燈會元一迦葉佛。此謂禪宗以心傳心。後因以拈花微笑比喻心心相印。清李汝珍鏡花緣一○○：「自家做來做去，原覺得口吻生花；他人看了又看，也必定拈花微笑。」

【拈輕掇重】　diān qīng duó zhòng　元明雜劇缺名施仁義劉弘嫁婢二：「這孩兒只恁的閑立地呵，更那堪他便嬌柔波無力，……怎下的着他拈輕掇重，可便掃床也波疊被。」亦作「掂斤播兩」、「拈斤播兩」。見各該條。

【拙口鈍腮】　zhuō kǒu dùn sāi　指不善

言辭。西遊記四三:"沙僧道:'二哥,你和我一般,拙口鈍腮,不要惹大哥熱擦。'"又八八:"師父,我等愚魯,拙口鈍腮,不會說話。"

【拖人下水】 tuō rén xià shuǐ 喻誘人同流合污。明儒學案六賀欽言行錄:"渠以私意干我,我卻以正道勸之;渠是拖人下水,我卻是救人上岸。"明李素甫元宵鬧二五:"這是娘子拖人下水,與我什麼相干?"

【拖泥帶水】 tuō ní dài shuǐ 喻不乾脆利落。宋朱熹朱文公集三五與劉子澄:"自伯恭死後,百怪都出,……然亦是伯恭自有些拖泥帶水,致得如此。"五燈會元十五惟簡禪師:"師(獅)子翻身,拖泥帶水。"此指動作拖沓。宋嚴羽滄浪詩話詩法:"語貴脫洒,不可拖泥帶水。"此指語言文章不簡潔。

【抱布貿絲】 bào bù mào sī 詩衛風氓:"氓之蚩蚩,抱布貿絲。匪來貿絲,來即我謀。"貿,買賣。意謂以物易物。後多借指和女子接近。明洪楩清平山堂話本一風月瑞仙亭:"含羞無語自沉吟,咫尺相思萬里心。抱布貿絲君亦誤,知音盡付七弦琴。"

【抱冰公事】 bào bīng gōng shì 舊時官場所謂清苦的差使。宋陶穀清異錄上官志抱冰公事:"蒙州立山縣丞晁覺民,自中原避兵南來,因仕霸朝,食料衣服,皆市于鄰邑,一吏專主之;既回,物多毫末,皆置諸獄。當其役者曰:'又管抱冰公事也。'"

【抱恨終天】 bào hèn zhōng tiān 含恨終生。三國演義四一:"今老母已喪,抱恨終天,身雖在彼,誓不爲說一謀。"明凌濛初初刻拍案驚奇十八:"本待與主翁完成美事,少盡報效之心。誰知遭此大變,抱恨終天。"

【抱殘守缺】 bào cán shǒu quē 指好古的人保守殘缺,泥古守舊。漢書三六楚元王傳附劉歆:"猶欲保殘守缺,挾恐見破之私意,而無從善服義之公心。"清江藩漢學師承記八顧炎武:"二君以瓌異之質,負經世之才,……豈若抱殘守缺之俗儒,尋章摘句之世士也哉。"

【抱蔓摘瓜】 bào màn zhāi guā 順藤摸瓜,指案情擴大,株連無辜。清詩別裁一錢謙益臨城驛壁見方侍御孩未題:"抱蔓摘

瓜餘我在,破巢完卵似君稀。"

【抱頭鼠竄】 bào tóu shǔ cuàn 形容狼狽逃避之狀。宋蘇軾經進東坡文集事略五八擬侯公說項羽辭:"夫陸賈天下之辯士,吾前日遣之,智窮辭屈,抱頭鼠竄,顛狽而歸,僅以身免。"三國演義四十:"(劉備)乃叱宋忠曰:'……今雖斬汝,無益於事,可速去。'忠拜謝,抱頭鼠竄而去。"亦作"捧頭鼠竄"、"奉頭鼠竄"。見"捧頭鼠竄"。

【抱甕出罐】 bào wèng chū guàn 比喻費力多而收效少。莊子天地:"鑿隧而入井,抱甕而出罐,搰搰然用力多而見功寡。"

【抱薪救火】 bào xīn jiù huǒ 比喻欲除禍害而反使之擴大。戰國策魏三:"以地事秦,譬猶抱薪而救火也,薪不盡而火不止。"亦見史記魏世家。通玄真經二(文子)精誠:"不治其本而救之於末,無以異於鑿渠而止水,抱薪救火,愈其亡益也。"漢書五六董仲舒傳賢良對策:"法出而姦生,令下而詐起,如以湯止沸,抱薪救火,愈其亡益也。"亦作"負薪救火"。見該條。

【抱關擊柝】 bào guān jī tuò 守門打更的小吏。孟子萬章下:"辭尊居卑,辭富居貧,惡乎宜乎? 抱關擊柝。"荀子榮辱:"故或祿天下而不自以爲多,或監門御旅,抱關擊柝,而不自以爲寡。"注:"抱關,門卒也;擊柝,擊木所以警夜者。"北史李彪傳上封事:"古先哲王之爲制也,自天子以至公卿,下及抱關擊柝,其宮室車服,各有差品,小不得僭大,賤不得踰貴。"

【拊背扼喉】 fǔ bèi è hóu 比喻控制要害之處。舊唐書一八五上薛大鼎傳:"義旗初建,於龍門謁高祖,因說:'請勿攻河東,從龍門直渡,據永豐倉,傳檄遠近,則足食足兵。既總天府,據百二之所,斯亦拊背扼喉之計。'"亦作"搤亢拊背"、"扼喉撫背"。見各該條。

【拆白道字】 chāi bái dào zì 用拆字法說話表意的一種文字遊戲。盛行於宋元。如宋黃庭堅兩同心詞:"你共人女邊著子,爭知我門裏挑心。"即拆"好悶"二字爲句。見山谷詞。元曲選關漢卿趙盼兒風月救風塵一:"俺孩兒拆白道字,真箇繃麻,無般不曉,無般不會。"亦作"拆牌道字"。西遊

記十：“行令猜拳頻遮盞，拆牌道字漫傳鍾。”

【拆牌道字】　chāi pái dào zì　見“拆白道字”。

【挐雲攫石】　ná yún jué shí　形容古樹高聲入雲、盤根錯節的姿態。清李斗揚州畫舫錄二草河錄下：“廳前多古樹，有挐雲攫石之勢。”

【拳中搦沙】　quán zhōng nuò shā　手中握沙，捏合不住。比喻不融洽。元曲選張國賓相國寺公孫合汗衫二：“好家私水底納瓜，親父子在拳中的這搦沙。”

【拳拳服膺】　quán quán fú yīng　形容謹記不忘。拳拳，形容懇切。服膺，銘記於心。禮中庸：“得一善，則拳拳服膺而弗失之矣。”

【拳頭上走得馬，臂膊上立得人】　quán tóu shàng zǒu dé mǎ, bì bó shàng lì dé rén　比喻清白，光明磊落。元曲選李文蔚同樂院燕青博魚三：“我是個拳頭上站的人，肐膊上走的馬，不帶頭巾男子漢，丁丁當當響的老婆。”明缺名白兔記七：“我拳頭上走得馬，臂膊上立得人，清清白白的，你說甚麼？”亦作“拳頭上立得人，肐膊上走得馬”。明蘭陵笑笑生金瓶梅二：“我是個不戴頭巾的男子漢，叮叮噹噹響的婆娘，拳頭上也立得人，胳膊上走得馬，人面上行的人。不是那膿膿血，搦不出來鱉。”

【按兵不動】　àn bīng bù dòng　屯兵不進，以待時機。戰國策齊二：“然則是君自爲燕束兵，爲燕取地也。故爲君計者，不如按兵勿出。”呂氏春秋二十召類：“趙簡子按兵而不動。”水滸六八：“又聽得寨前炮響，史文恭按兵不動，只要等他入來，塌了陷坑，山後伏兵齊起，接應捉人。”

【按部就班】　àn bù jiù bān　本指安排文義，組織章句。文選晉陸士衡（機）文賦：“觀古今於須臾，撫四海於一瞬。然後選義按部，考辭就班。”後引申爲循序漸進或按一定的規矩辦事。清石玉崑三俠五義九四：“只好是按部就班慢慢叙下去，自然有個歸結。”

【按圖索駿】　àn tú suǒ jùn　見“按圖索驥”。

【按圖索驥】　àn tú suǒ jì　按照圖象以尋求駿馬。亦作“按圖索駿”。明楊慎藝林伐山七相馬經：“伯樂相馬經有隆顙蛈日，蹄如累麯之語。其子執馬經以求馬，出見大蟾蜍，謂其父曰：‘得一馬略與相同，但蹄不如累麯爾。’伯樂知其子之愚，但轉怒爲笑曰：‘此馬好跳，不堪御也。’所謂按圖索駿也。”比喻拘泥成法，不知變通。元袁桷清容居士集十示從子詩：“隔竹引龜心有想，按圖索驥術難靈。”也用以指循綫索以求事物。元周密癸辛雜識後集向氏書畫：“酒酣，劉（瑄）索觀書畫，則出畫目二大籍示之。……遂按圖索駿，凡百餘品，皆六朝神品。”

【挖耳當招】　wā ěr dāng zhāo　見別人舉手挖耳，誤認爲招呼自己。比喻期待迫切時的誤會。明馮夢龍醒世恒言二八：“早上賀司戶相邀，正是挖耳當招，巴不能到他船中，希圖再得一覷。”

【持刀動杖】　chí dāo dòng zhàng　泛指動武。紅樓夢三四：“薛蟠道：‘真真的氣死人了！賴我說的我不惱，我只氣一個寶玉鬧得這麼天翻地覆的。’寶釵道：‘誰鬧來着？你先持刀動杖的鬧起來。倒說別人鬧。’”亦作“拿刀動仗”。見該條。

【持之有故】　chí zhī yǒu gù　立論有根據。荀子非十二子：“縱情性，安恣睢，禽獸行，不足以合文通治。然而其持之有故，其言之成理，足以欺惑愚衆。”注：“妄稱古之人亦有如此者，故曰持之有故。又其言論能成文理，故曰言之成理。”

【持平之論】　chí píng zhī lùn　謂公正的言論。漢書六十杜周傳附杜延年：“延年論議持平，合和朝廷。”宋陳亮龍川集十八謝鄭侍郎啟：“此蓋伏遇判部侍郎，以獨見之明，持甚平之論。”李寶嘉官場現形記三四：“此乃做書人持平之論；若是一概抹煞，便不成爲恕道了。”

【持祿養交】　chí lù yǎng jiāo　謂結交權貴以保持祿位。管子明法：“小臣持祿養交，不以官爲事，故官失其能。”荀子臣道：“不卹君之榮辱，不卹國之臧否，偷合苟容以持祿養交而已耳，謂之國賊。”

【持衡擁璇】　chí héng yōng xuán　比喻掌握國家權柄。北齊書文宣帝紀：“昔放勳馭世，沉璧屬子；重華握曆，持衡擁璇。”

衡、璇，北斗七星中的二星名。

【持籌握算】 chí chóu wò suàn　籌劃。文選漢枚叔（乘）七發：“孔老覽觀，孟子持籌而算之，萬不失一。”後稱管理財務爲持籌握算。清蒲松齡聊齋志異雲蘿公主：“婦持籌握算，日致豐盈，可棄仰成而已。”

【挂一漏萬】 guà yī lòu wàn　謂顧此失彼，所舉甚少，而遺漏甚多。唐韓愈昌黎集一南山詩：“團辭試提擊，挂一念萬漏。”清朱彝尊曝書亭集三二史館上總裁第七書：“今則止據十七年邸報，綴其月日，則是非何以明，同異何以別，挂一而漏萬。”亦作“掛一漏萬”。宋吳泳鶴林集三十答嚴子韶書：“對客之暇，隨筆疏去，未免掛一漏萬，有疑不妨再指教。”

【拱揖指揮】 gǒng yī zhǐ huī　從容安舒，指揮若定。荀子富國：“上下一心，三軍同力，名聲足以暴炙之，威強足以捶笞之，拱揖指揮，而強暴之國莫不趨使。”又議兵作“拱挹指麾”。淮南子兵略作“拱揖指撝”。麾、撝，通“揮”。

【指山説磨】 zhǐ shān shuō mò　喻借此説彼。明蘭陵笑笑生金瓶梅十：“如何遠打周折，指山説磨，拿人家來比奴一節，不是那樣人。”

【指山賣磨】 zhǐ shān mài mò　喻爲時尚早。元曲選岳伯川呂洞賓度鐵拐李一：“他每都指山賣磨，將百姓畫地爲牢。”明徐復祚紅梨記三潛窺：“則怕他指山賣磨，見雀張羅。”

【指天射魚】 zhǐ tiān shè yú　喻事之必將無成。漢劉向説苑尊賢：“譬其若夏至之日面欲夜之長也，射魚指天而欲發之當也。”

【指天畫地】 zhǐ tiān huà dì　漢應劭風俗通三皇：“上含皇極，其施光明，指天畫地，神化潛通。”三國志魏管輅傳“年四十八”注引華長駿語：“使指天畫地，舉手四向，自當得之。”本指手的動作，引申爲放言無忌的神態。漢陸賈新語懷慮：“惑學者之心，移衆人之志，指天畫地，是非世事，動人以邪變，驚人以奇怪。”

【指天誓日】 zhǐ tiān shì rì　指天、日發誓，表白心迹。唐韓愈昌黎集三二柳子厚墓志銘：“指天日涕泣，誓生死不相背負，真若可信。”清蒲松齡聊齋志異寶氏：“女要誓；南指矢天日，以堅永約，女乃允之。”

【指不勝屈】 zhǐ bù shèng qū　形容數量很多。曾樸孽海花三四：“春秋之義，不以父命辭王命，不以家事辭王事。像這樣的，指不勝屈。”

【指日可待】 zhǐ rì kě dài　表示爲期不遠。清錢彩説岳全傳三一：“是以我主上神佑，泥馬渡江，正位金陵，用賢任能，中興指日可待。”

【指手畫脚】 zhǐ shǒu huà jiǎo　見“指手劃脚”。

【指手劃脚】 zhǐ shǒu huà jiǎo　形容説話時放肆無忌或得意忘形的樣子。也比喻亂加指點、批評。水滸七五：“見這李虞候張幹辦在宋江前面指手劃脚，你來我去，都有心要殺這廝。”亦作“指手畫脚”。明蘭陵笑笑生金瓶梅七：“這薛嫂一面指手畫脚，與西門慶説，這家中除了那頭姑娘，只這位娘子是大。”紅樓夢二二：“一語未了，只見寶玉跑來至圍屏燈前，指手畫脚，信口批評。”

【指東畫西】 zhǐ dōng huà xī　見“指東劃西”。

【指東話西】 zhǐ dōng huà xī　見“指東劃西”。

【指東摘西】 zhǐ dōng zhāi xī　見“指東劃西”。

【指東劃西】 zhǐ dōng huà xī　比喻論事時有意避開主題，東拉西扯。聯燈會要二三道閑禪師：“莫只這邊那邊，逴得些言句，到處插語，指東劃西，舉古驗今。”亦作“指東摘西”、“指東畫西”、“指東話西”。朱子語類八一詩二：“讀書且要逐處沉潛，次第理會，不要班班剝剝，指東摘西，都不濟事。”續傳燈錄三三德用禪師：“隙山今日去卻之乎者也，更不指東畫西。”明馮夢龍醒世恒言五：“張稍指東話西，只望單氏倦而思返。誰知他定要見丈夫的骨血，方才指實。”

【指桑罵槐】 zhǐ sāng mà huái　比喻明指此而暗罵彼。明蘭陵笑笑生金瓶梅六二：“八月裏哥兒死了，他每日那邊指桑樹，罵槐樹，百般稱快，俺娘這裏分明聽見，有箇不惱的？”紅樓夢五九：“鶯兒忙道：'那是我們編的，你別指桑罵槐的。'"
又六九："除了平兒，衆丫頭媳婦無不言三
語四，指桑罵槐，暗相譏刺。"

【指鹿爲馬】 zhǐ lù wéi mǎ　史記秦始
皇紀："趙高欲爲亂，恐羣臣不聽，乃先設
驗，持鹿獻於二世，曰：'馬也。'二世笑曰：
'丞相誤邪？謂鹿爲馬。'問左右，左右或
默，或言馬以阿順趙高。或言鹿〔者〕，高因
陰中諸言鹿者以法。後羣臣皆畏高。"後因
以"指鹿爲馬"比喻故意顛倒是非，擅作威
福。周書文帝紀上傳檄方鎮："今聖明御
運，天下淸夷，……而（高）歡威福自己，生
是亂階，緝構南箕，指鹿爲馬，包藏凶逆，
伺我神器。"宋蘇舜欽蘇學士文集十一乞
納諫書："若詔腧未削，欺罔成風，則不唯
堂下遠于千里，竊恐指鹿爲馬之事，復見
于今朝也。"

【指雁爲羹】 zhǐ yàn wéi gēng　比喻以
空想自慰。古今雜劇元關漢卿詐妮子調風
月三："終身無，簸箕星，指雲中，雁作羹。"
雍熙樂府一醉花陰趄蘇卿套："當初指雁
爲羹，似充飢畫餅，道無情卻有情。"

【指揮若定】 zhǐ huī ruò dìng　形容胸有
成竹，從容鎮定。唐杜甫工部草堂詩箋
三一詠懷古迹詩之五："伯仲之間見伊呂，
指揮若定失蕭曹。"

【指畫口授】 zhǐ huà kǒu shòu　口頭指
點傳授。宋李昂英文溪集四題諸葛珏北溪
中庸大學序："翁（陳淳）指畫口授，不求工
於文彩，務切當於禮義。"

【指腹成親】 zhǐ fù chéng qīn　見"指腹
爲親"。

【指腹割衿】 zhǐ fù gē jīn　舊時包辦婚
姻，雙方父母給胎中子女訂婚約，稱"指
腹"。割用男女幼兒的衣衿以訂婚約，稱"割
衿"。元史刑法志二戶婚："諸男女議婚，有
以指腹割衿爲定者，禁之。"亦作"指腹裁
襟"。明湯顯祖牡丹亭硬拷："我女已亡故
三年，不說道納采下茶，便是指腹裁襟，一
些沒有。"

【指腹裁襟】 zhǐ fù cái jīn　見"指腹割
衿"。

【指腹爲婚】 zhǐ fù wéi hūn　舊指父母
爲尚在胎中之子女預訂婚約。淸李汝珍鏡
花緣五六："彼時九王爺因娘娘又懷身孕，

曾與駱老爺指腹爲婚，倘生郡主，情願與
駱公子再續前姻。"亦作"指腹爲親"、"指
腹成親"。見"指腹爲親"。

【指腹爲親】 zhǐ fù wéi qīn　舊時指雙
方父母尚在胎中之子女預訂婚約。魏書
王寶興傳："尚書盧遐妻，崔浩女也。初寶
興母及遐妻俱孕，浩謂：'汝等將來所
生，皆我之自出，可指腹爲親。'"亦作"指
腹成親"。古今雜劇元鄭德輝迷靑瑣倩女
離魂一："姐姐，你不認得他，則他便是指
腹成親的王秀才。"亦作"指腹爲婚"。見該
條。

【拾人牙慧】 shí rén yá huì　比喻蹈襲
他人的意見、言論。牙慧，指別人說過的
話。世說新語文學："殷中軍（浩）云：'康伯
未得我牙後慧。'"韓康伯，浩甥。亦作"拾
人涕唾"、"拾人唾涕"。見"拾人涕唾"。

【拾人涕唾】 shí rén tì tuò　拾取他人的
涕零唾餘。比喻蹈襲他人的意見、言論。宋
嚴羽滄浪詩話答出繼叔臨安吳景僊書：
"僕之詩辨，乃斷千百年公案，……是自家
閉門鑿破此片田地，即非傍人籬壁，拾人
涕唾得來者。"亦作"拾人唾涕"。明胡震亨
唐音癸籤三二集錄三："劉貢父滑稽渠率，
王直方拾人唾涕。"亦作"拾人牙慧"。見該
條。

【拾人唾涕】 shí rén tuò tì　見"拾人涕
唾"。

【拾遺補闕】 shí yí bǔ quē　彌補疏漏。
亦指臣下對君主指陳和糾正過失。文選漢
司馬子長（遷）報任少卿書："上之不能納
忠効信，有奇策才力之譽，自結明主。次之
又不能拾遺補闕，招賢進能，顯嚴穴之
士。"晉書江統傳："臣聞古之爲臣者，進思
盡忠，退思補過，獻可替否，拾遺補闕。"

【拿刀動杖】 ná dāo dòng zhàng　泛指
動武。淸文康兒女英雄傳十八："也得慢慢
兒的閒箇牙白口淸再說呀，怎麼就講拿刀
動杖呢？"亦作"持刀動杖"。見該條。

【拿三搬四】 ná sān bān sì　喻不服從
分派。紅樓夢六二："你倒別和我拿三搬四
的。我煩你做箇什麼，把你懶的橫針不拈，
豎綫不動。"

【拿班做勢】 ná bān zuò shì　見"捉班
做勢"。

【拿粗挾細】　ná cū xié xì　比喻尋事生非。元曲選缺名包待制陳州糶米楔子：“俺兩箇全仗俺父親的虎威，拿粗挾細，擔歪捏怪，那一箇不知我的名兒。”又兩軍師隔江鬥智二：“那一箇掌親的怎知道弄假成真，那一箇說親的早做了藏頭露尾，那一箇成親的也自會挈粗挾細。”挈，同“拿”。亦作“挾細拿粗”。見該條。

【拿腔做勢】　ná qiāng zuò shì　裝模做樣。紅樓夢二五：“那買環便來到王夫人炕上坐着，命人點了蠟燭，拿腔做勢的抄寫。”亦作“捉班做勢”、“拿班做勢”。見“捉班做勢”。

【拿賊見贓】　ná zéi jiàn zāng　見“捉賊捉贓”。

【拿糖做醋】　ná táng zuò cù　猶裝腔做勢，擺架子。紅樓夢一〇一：“爺把現成兒的也不知吃了多少，這會子替奶奶辦了一點子事，況且關着好幾層兒呢？就這麼拿糖做醋的起來，也不怕人家寒心。”

【捕風捉影】　bǔ fēng zhuō yǐng　比喻事物虛構，無根據。朱子語類八學二：“若悠悠地似做不做，如捕風捉影，有甚長進。”明張居正張文忠公集八乞鑒別忠邪以定國是疏：“若被黜者一一求其所以得罪之故，捕風捉影，捏造流言，以撝齕當事之人，則將來司考察之柄者，將箝口斂臂而不敢輕動一人。”清吳敬梓儒林外史四五：“（知縣）問：‘縣裏可另有箇余持貢生？’禮房值日書辦稟道：‘他余家就有貢生，卻沒有箇余持。’余持道：‘可見這關文是箇捕風捉影的了。’”

【捕風繫影】　bǔ fēng xì yǐng　見“捕影繫風”。

【捕影繫風】　bǔ yǐng xì fēng　喻虛妄不實，有求不得。梁書劉孝綽傳謝啟：“但雕朽杇糞，徒成延獎；捕影繫風，終無效答。”亦作“捕風繫影”。宋史□□鈞磯立談：“於是連兵十餘年，國削民乏，渺然視太平之象，更若捕風繫影。”

【挾山超海】　xié shān chāo hǎi　比喻困難或不可能辦到的事。孟子梁惠王上：“挾太山以超北海，語人曰：‘我不能。’是誠不能也。”明盧象昇盧忠肅公書牘與某書：“某以一身肩荷七省，何異挾山超海之難！”

【挾長挾貴】　xié zhǎng xié guì　自恃年長或尊貴。孟子萬章下：“不挾長，不挾貴，不挾兄弟而友。”

【挾細拿粗】　xié xì ná cū　尋是非，找麻煩。元曲選關漢卿包待制智斬魯齋郎三：“誰敢向他行挾細拿粗？這刁頑全不想他妻我婦。”亦作“拿粗挾細”。見該條。

【挾天子以令諸侯】　xié tiān zǐ yǐ lìng zhū hóu　挾制皇帝，以其名義號令諸侯。戰國策秦一：“據九鼎，按圖籍，挾天子以令天下，天下莫敢不聽。”三國志蜀諸葛亮傳隆中對：“今（曹）操已擁百萬之衆，挾天子而令諸侯，此誠不可與爭鋒。”後喻假借名義，發號施令。宋嚴羽滄浪詩話詩評：“子美不能爲太白之飄逸，太白不能爲子美之沉鬱。……詩以李杜爲準，挾天子以令諸侯也。”

【振聾發聵】　zhèn lóng fā kuì　比喻喚醒糊塗麻木的人。清袁枚隨園詩話補遺一：“梁昭明太子與湘東王書云：‘未聞吟咏性情，反擬內則之篇；操筆寫志，更摹酒誥之作。’此數言，振聾發聵，想當時必有迂儒曲士以經學談詩者。”亦作“發聾振聵”。見該條。

【捏怪排科】　niē guài pái kē　爲難，搗亂。元曲選缺名逞風流王煥百花亭一：“任從您打草驚蛇，儘教他捏怪排科廝間諜。”恠，同“怪”。

【捐金沉珠】　juān jīn chén zhū　見“捐金抵璧”。

【捐金抵璧】　juān jīn dǐ bì　指不以金璧財貨爲重。抱朴子安貧：“上智不貴難得之財，故唐虞捐金而抵璧。”唐吳兢貞觀政要十慎終魏徵十漸不克終疏：“陛下貞觀之初，動遵堯舜，捐金抵璧，反朴還淳。”亦作“捐金沉珠”。後漢書四七班彪傳下班固東都賦：“捐金於山，沉珠於淵。”

【捉姦見雙】　zhuō jiān jiàn shuāng　見“捉賊捉贓”。

【捉班做勢】　zhuō bān zuò shì　擺架子，裝腔作勢。明馮夢龍醒世恆言三：“只是尋得主顧來，你卻莫要捉班做勢。”亦作“拿班做勢”。明蘭陵笑笑生金瓶梅七五：“他還不知道我是誰哩，叫着他張兒致兒拿班做勢兒的。"清吳敬梓儒林外史五："過了幾日，整治一席酒，請二位舅爺來致謝。兩箇秀才拿班做勢，在館裏又不肯來。"亦作"拿腔做勢"。見該條。

【捉賊見贓】zhuō zái jiàn zāng　見"捉賊捉贓"。

【捉賊捉贓】zhuō zái zhuō zāng　比喻處理問題須有真憑實據。宋胡太初晝簾緒論治獄："諺曰：'捉賊須捉贓，捉姦須捉雙。'此雖俚言，極爲有道。"亦作"捉賊見贓"。宋洪楩清平山堂話本一簡貼和尚："捉賊見贓，捉奸見雙，又無證佐，如何斷得他罪？"亦作"拿賊見贓"、"捉姦見雙"。古今雜劇元鄭德輝㑋梅香騙翰林風月三："殺人呵要見傷，拿賊呵要見贓。"明馮夢龍古今小説三八："張員外道，'你且忍耐，此事需要三思而行。自古道：捉姦見雙，捉賊見贓。倘或不了事。枉受了苦楚。'"

【捉影捕風】zhuō yǐng bǔ fēng　見"捕風捉影"。

【捉襟見肘】zhuō jīn xiàn zhǒu　見"捉襟肘見"。

【捉襟肘見】zhuō jīn zhǒu xiàn　謂衣不蔽體，形容貧窮。莊子讓王："曾子居衛……三日不舉火，十年不製衣，正冠而纓絕，捉襟而肘見，納屨而踵決。"亦作"捉襟見肘"。唐李商隱李義山文集三上尚書范陽公啟之三："捉襟見肘，免類于前哲；製裳裹踵，無取于昔人。"宋陸游劍南詩稿六四衰疾："捉襟見肘貧無敵，聲脾成山瘦可知。"

【捉鷄罵狗】zhuō jī mà gǒu　比喻借此罵彼，猶言指桑罵槐。明馮夢龍醒世恆言九："把一團美意，看做不良之心，捉鷄罵狗，言三語四，影射的發作了一場。"

【挨肩擦背】āi jiān cā bèi　形容人衆擁擠。明洪楩清平山堂話本雨窗集錯認屍："當日鬧動城裏城外人都得知，男子婦人，挨肩擦背，不計其數，一齊來看。"明蘭陵笑笑生金瓶梅五八："西門慶冠帶乘了轎來，只見亂哄哄的挨肩擦背，都是大小官員來上壽的。"

【挨風緝縫】āi fēng qī fèng　見"捱風緝縫"。

緝縫"。

【控名責實】kòng míng zé shí　由名以求實，使名與實相符。漢書六二司馬遷傳司馬談論六家要旨："名家苛察繳繞，使人不得反其意，剚決於名時人情，故曰使人儉而善失真，若夫控名責實，參伍不失，此不可不察也。"史記一三〇太史公自序作"正名實"。唐杜牧樊川集十八支某除郢王傅盧賓除融州刺史趙全素除福陵令等制："近者控名責實，事不苟且，量才適用，咸當所宜。"亦作"循名責實"、"循名督實"。見"循名責實"。

【掊斗折衡】pǒu dǒu zhé héng　謂毀棄斗和秤。莊子胠篋："掊斗折衡，而民不爭。"

【探竿影草】tàn gān yǐng cǎo　探竿、影草，皆漁民聚魚然後下網撈捕的方法。佛教禪宗借以喻傳授教理，隨宜施予方便。唐釋慧照禪師臨濟錄："有時一喝，如探竿影草。"人天眼目二臨濟門庭："探竿者，探爾有師承無師承，有鼻孔無鼻孔。影草者，欺瞞做賊，看爾見也不見。"注："探竿，漁者具也，束鸕羽，插竿頭，探水中，聚羣魚於一處，然後以網漉之謂也。影草者，刈魚浸水中，則羣漁潛影，然後以網漉之。皆是漁者聚魚之方便也。善知識於學者，亦復如是。"

【探頭探腦】tàn tóu tàn nǎo　形容鬼鬼祟祟地伸頭左右張望。水滸四五："只見那箇頭陀挾着木魚，來巷口探頭探腦。"

【探賾索隱】tàn zé suǒ yǐn　窺探幽深，求索隱微。賾，幽深玄妙。易繫辭上："探賾索隱，鉤深致遠，以定天下之吉凶，成天下之亹亹者，莫大乎蓍龜。"疏："探謂闚探求取，賾謂幽深難見，……索謂求索，隱謂隱藏。"北史儒林傳下論："劉炫學實通儒，才堪成務，九流七略，無不該覽。雖探賾索隱，不逮於(劉)焯，裁成義說，文雅過之。"晉嵇康嵇中散集九答釋難宅無吉凶攝生論："由此而言，探賾索隱，何謂爲妄。"

【探囊取物】tàn náng qǔ wù　伸手到袋中取東西。比喻極容易辦到的事。新五代史南唐世家："取江南如探囊中物爾。"三國演義二五："百萬軍中取上將之頭，如探襄取物耳。"

【探驪得珠】 tàn lí dé zhū 古代寓言說深淵中有驪龍,領下有千金之珠,欲得之甚難。見莊子列禦寇。後謂詩文能得命題精蘊爲"探驪得珠"。古今詩話探驪得珠:"元稹劉禹錫韋楚客同會樂天舍,各賦金陵懷古,劉詩先成,白曰:'四人探驪,子先獲珠,所餘鱗角何用?'三公乃遂罷作。"

【掂斤估兩】 diān jīn gū liǎng 見"掂斤播兩"。

【掂斤抹兩】 diān jīn mǒ liǎng 見"掂斤播兩"。

【掂斤播兩】 diān jīn bō liǎng 較量輕重,也用以比喻品評優劣或計較瑣事。元王實甫西廂記一本二折:"儘教你說短論長,一任待掂斤播兩。"元明雜劇缺名梁山五虎大劫牢一:"憑着我志氣軒昂,也不索晝夜思量心內想,也不索掂斤播兩,顯耀我英雄猛將。"亦作"掂斤抹兩"、"掂斤估兩"。古今雜劇明朱有燉惠禪師三度小桃紅一:"他更有截長補短的釘人釘,掂斤抹兩的稱人秤。"清西周生醒世姻緣二六:"雖是那主人家黑汗白流掙了來,自己掂斤估兩的不捨得用,你卻這樣撒潑,也叫是罪過。"亦作"搬斤播兩"。見該條。

【捲土重來】 juǎn tǔ chóng lái 比喻失敗後傾其全力,再圖恢復。明孟稱舜二胥記傳奇鑾旋:"遙望山川相黯然,重來捲土是何年!"清黃宗羲撰杖集翰林院庶吉士子一魏先生墓誌銘:"逆奄伏誅,忠死之家,哀榮已備,而導之興獄者阮大鋮傅槐,方改頭換面,捲土重來。"亦作"捲土重來"。見該條。

【捲旗息鼓】 juǎn qí xī gǔ 比喻停止進攻,罷休。清孫郁繡幃燈公討:"須等那不賢之婦親口道允,我等纔捲旗息鼓,暫寬一時。"亦作"偃旗息鼓"。見該條。

【捧頭鼠竄】 pěng tóu shǔ cuàn 形容狼狽逃竄的樣子。宋陸游劍南詩稿十六聞虜酋遁歸漠北:"天威在上賊膽破,捧頭鼠竄吁可哀!"亦作"奉頭鼠竄"、"抱頭鼠竄"。見各該條。

【掛一漏萬】 guà yī lòu wàn 見"挂一漏萬"。

【掛羊頭賣狗肉】 guà yáng tóu mài gǒu

ròu 見"懸羊頭賣狗肉"。

【捷足先得】 jié zú xiān dé 因行動迅速而先達到目的。清孔尚任桃花扇迎駕:"自古道:'中原逐鹿,捷足先得',我們不可落他人之後。"顏光敏顏氏家藏尺牘四孔處士貞燦:"茲單縣庫吏劉之粹於二十年考過吏目職,今入都候選,倘出應選,不爲捷足者先得,即親家無疆之惠也。"亦作"捷足先登"。清葉稚斐吉慶圖傳奇會赴:"所謂秦人失鹿,捷足先登。"亦作"疾足先得"。見該條。

【捷足先登】 jié zú xiān dēng 見"捷足先得"。

【措手不及】 cuò shǒu bù jí 事出意外,來不及應付。京本通俗小說錯斬崔寧:"魏生措手不及,通紅了臉。"古今雜劇缺名關雲長千里獨行:"我則殺他一箇措手不及。"水滸七二:"楊太尉倒喫了一驚,措手不及,兩交椅打翻地上。"

【捱三頂五】 āi sān dǐng wǔ 見"捱三頂四"。

【捱三頂四】 āi sān dǐng sì 形容人多,接連不斷。平妖傳四:"(嚴)半仙到柵欄門首下馬,也不進宅,逕在堂中站着,衆人捱三頂四,簇擁將來,一箇箇伸出手來,求太醫看脈。"亦作"捱三頂五"。明馮夢龍醒世恆言三賣油郎獨占花魁:"覆帳之後,賓客如市,捱三頂五,不得空閒。"

【捱風緝縫】 āi fēng qī fèng 鑽營。明馮夢龍醒世恆言二九:"別箇秀才要去結交知縣,還要捱風緝縫,央人引進,拜在門下,認爲老師。"亦作"挨風緝縫"。明馮夢龍醒世恆言七:"但是有一二分才貌的,那一箇不挨風緝縫,央媒說合。"

【掎裳連袂】 jǐ cháng lián mèi 見"掎裳連襼"。

【掎裳連襼】 jǐ cháng lián yì 牽裙連袖,形容人多。文選晉潘安仁(岳)藉田賦:"躧躧側肩,掎裳連襼。"亦作"掎裳連袂"。宋劉從义重修開元寺行廊功德碑:"袨服靚粧,繼日而掎裳連袂。"(金石萃編一二三)

【掩人耳目】 yǎn rén ěr mù 比喻以假象騙人。西遊記十六:"只說是他自己不小心,走了火,將我禪堂都燒了。那兩箇和尚,卻不都燒死? 又好掩人耳目。"

【掩口葫蘆】 yǎn kǒu hú lú 以手掩口而笑。清蒲松齡聊齋志異促織:"視成所蓄,掩口葫蘆而笑。"

【掩目捕雀】 yǎn mù bǔ què 比喻人之自欺。三國志魏王粲傳附陳琳:"易稱即鹿無虞,諺有掩目捕雀,夫微物尚不可欺以得志,況國之大事,其可以詐立乎?"又見後漢書六九何進傳。魏書出帝紀:"遂立彝貊輕賦,冀收天下之意,隨以箕斂之重,終納十倍之征,掩目捕雀,何能過此?"

【掩耳偷鈴】 yǎn ěr tōu líng 見"掩耳盜鈴"。

【掩耳盜鈴】 yǎn ěr dào líng 喻自欺。本作"盜鐘"。呂氏春秋自知:"范氏之亡也,百姓有得鐘者,欲負而走,則鐘大不可負,以椎毀之,鐘況然有音,恐人聞之而奪己,遽揜其耳。"又見淮南子說山。唐劉知幾史通書志:"掩耳盜鐘,自云無覺,詎知後生可畏,來者難誣者邪!"宋以後多作"掩耳偷鈴"或"掩耳盜鈴"。元曲選缺名孟德耀舉案齊眉四:"卻元來是晏平仲善與人交,難道他掩耳偷鈴,則待要見世生苗。"紅樓夢九:"賈政說道:'那怕再念三十本詩經,也是掩耳盜鈴,哄人而已。'"亦作"盜鐘掩耳"。見該條。

【掩惡揚善】 yǎn è yáng shàn 稱人之善,以掩蓋人之惡。國語越下:"所不掩子之惡,揚子之美者,使其身無終沒於越國。"漢班固白虎通謚:"天子崩,大臣至南郊謚之者何? 以為人臣之義,莫不欲襃稱其君,掩惡揚善者也。"晉書外戚傳序:"陰興之守約戒奢,史丹之掩惡揚善,斯並後族之所美者也。"

【掩鼻而過】 yǎn bí ér guò 形容對臭穢之物的厭惡。孟子離婁下:"西子蒙不潔,則人皆掩鼻而過之。"清文康兒女英雄傳三七:"那程老夫子便實欠修飾,何至就惹得你大家掩鼻而過之起來?"

【掩骼埋胔】 yǎn gé mái zì 收葬暴露的尸骨。禮月令孟春之月:"毋聚大眾,毋置城郭,掩骼埋胔。"注:"骨枯曰骼,肉腐曰胔。"三國志魏崔琰傳:"今道路暴骨,民未見德,宜勅郡縣,掩骼埋胔,示憫恤之

愛。"

【掘室求鼠】 jué shì qiú shǔ 喻因小失大。淮南子說山:"壞塘以取龜,發屋而求狸,掘室而求鼠,割唇而治齲,桀跖之徒,君子不與。"

【掇臀捧屁】 duō tún pěng pì 形容諂媚者的下流醜態。明馮夢龍醒世恆言二五:"白長吉自捱進了身子,無一日不來掇臀捧屁。"

【掃眉才子】 sǎo méi cái zǐ 稱有文學才能的女子。五代後蜀何光遠鑒誡錄十蜀才婦引唐胡曾贈薛濤詩:"掃眉才子知多少,管領春風總不如。"(一說為唐王建作,詩題為寄蜀中薛濤校書。)明詩別裁十程嘉燧閶門訪舊作:"掃眉才子何由見,一訊橋邊女校書。"

【捫燭扣盤】 mén zhú kòu pán 見"扣盤捫燭"。

【排山倒海】 pái shān dǎo hǎi 比喻聲勢浩大,壓倒一切。宋楊萬里誠齋集四二六月二十四日病起喜雨聞鶯……之二:"病勢初來敵顏強,排山倒海也難當。"清詩別裁二沈用濟黃河大風行:"大風一起天茫茫,排山倒海不可當。"亦作"回山倒海"。見該條。

【排山壓卵】 pái shān yā luǎn 比喻輕而易舉。晉書杜有道妻嚴氏傳:"時(傅)玄與何晏鄧颺不穆,晏等每欲害之,時人莫肯共婚。及憲許玄,內外以為憂懼。或曰:'何、鄧執權,必為玄害,亦由排山壓卵,以湯沃雪耳,奈何與之為親?'"

【排沙簡金】 pái shā jiǎn jīn 喻於蕪雜中選取精華。簡,揀選。世說新語文學孫興公(綽)云:潘(岳)文爛若披錦,無處不善。陸(機)若排沙簡金,往往見寶。'"亦作"披沙簡金"、"披沙揀金"。見"披沙簡金"。

【排難解紛】 pái nàn jiě fēn 戰國時,秦圍趙邯鄲,魏使辛垣衍勸趙尊秦為帝。魯仲連以大義責衍,衍詞窮。秦將聞之,退兵五十里。時魏兵救趙,邯鄲圍解。趙欲封仲連。連辭曰:"所貴於天下之士者,為人排患釋難、解紛亂而無所取也。"見戰國策趙三、史記八三魯仲連傳作新垣衍。後因謂為人解圍曰"排難解紛"。水滸十八:"人間

他求錢物,亦不推託;且好做方便,每每排難解紛,只是周全人性命。清李漁意中緣設計:"況且排難解紛是我輩的常事,何足爲奇?"

【掉以輕心】 diào yǐ qīng xīn　輕視,不經意。唐柳宗元柳先生集三四答韋中立論師道書:"故吾每爲文,未嘗敢以輕心掉之,懼其剽而不留也。"

【採薪之憂】 cǎi xīn zhī yōu　指生病。元王實甫西廂記二本二折:"奈何至河中府普救寺,忽值採薪之憂,不及遄造。"

【捻神捻鬼】 niǎn shén niǎn guǐ　形容驚慌害怕的樣子。明馮夢龍警世通言二一:"(公子)與婆婆作揖道:'婆婆休訝,俺是過路客人,……喫了飯就走的。'婆婆捻神捻鬼的叫嚷聲!"

【捨己從衆】 shě jǐ cóng zhòng　不顧一己之私而順應人心,服從羣衆。唐白居易長慶集四五策林一不勞而理在順人心立教:"此由捨己而從衆,是以事半而功倍也。"

【捨本逐末】 shě běn zhú mò　放棄根本,追求末節。比喻作事不抓主要問題,而專顧細微末節。抱朴子自叙:"又患褻俗,捨本逐末,交遊過差。"本,指農業;末,指工商。

【揝尖落鈔】 qiā jiān luò chāo　搶先奪利,乘機中飽。元曲選武漢臣散家財天賜老生兒楔子:"我那伯娘當住,則與我一百兩鈔,着我那姐夫張郎與我,他從來有些揝尖落鈔,我數一數,……則八十兩鈔。"

【推三阻四】 tuī sān zǔ sì　用各種借口推諉拒絕。元曲選缺名兩軍師隔江鬥智一:"我如今並不的推三阻四,任哥哥自主之。"明朱權荊釵記九:"你爹娘俱已應承,問俺女緣何不肯? 怎推三阻四,莫不是行濁言清。"清吳敬梓儒林外史一:"論理,見過老爺,還該重重的謝我一謝才是,卻是推三阻四,不肯去見,是何道理?"

【推己及人】 tuī jǐ jí rén　謂設身處地爲他人着想。宋朱熹朱文公集三七與范直閣書:"學者之於忠恕,未免參校彼己,推己及人則宜。"

【推心致腹】 tuī xīn zhì fù　見"推心置腹"。

【推心置腹】 tuī xīn zhì fù　指以至誠待人。後漢書光武紀上:"降者更相語曰:蕭王推赤心置人腹中,安得不投死乎?"唐白居易長慶集三七德舞詩:"功成理定何神速? 速在推心置人腹。"宋司馬光溫國文正公集四五應詔言朝政闕失事:"擢俊傑之才,使之執政,言無不聽,計無不從。所譽者超遷,所毀者斥退,垂衣拱手,聽其所爲,推心置腹,人莫能間。"亦作"推心致腹"。宋王禹偁小畜集二二請撰大行皇帝實錄表:"故得百萬之師,如臂使指,億兆之衆,推心致腹。"

【推波助瀾】 tuī bō zhù lán　南朝宋鮑照鮑氏集二觀漏賦:"既河源之莫壅,又吹波而助瀾。"瀾,大波,本指水勢淘猛。後用"推波助瀾"比喻不僅不能消弭其事,反而助長其聲勢。隋王通中說問易:"真君建德之事,適足推波助瀾,縱風止燎耳。"真君,魏太武年號;建德,後周武帝年號,二武俱毀佛法,至隋時而佛教益盛,故云。宋陳亮集二十附朱熹寄陳同甫書之九:"況此等議論,正是推波助瀾,縱風止燎。使彼益輕聖賢而愈無忌憚,又何以閉其口而奪其氣乎?"

【推陳出新】 tuī chén chū xīn　穀倉儲穀米,每當新穀登場,即將陳米推去,換儲新米,叫做推陳出新。後引申指一切事物的除舊更新。清方薰山靜居詩話:"詩固病在寒白,然須知推陳出新,不至流入下劣,此慈溪葉丈鳳占之論也。"劉開石塗文集四與阮芸臺宮保論文書:"韓退之取相如之奇麗,法子雲之閎肆,故能推陳出新,徵引波瀾。"亦作"推陳致新"。見該條。

【推陳致新】 tuī chén zhì xīn　猶推陳出新。宋費袞梁谿漫志九張文潛粥記引東坡帖:"吳子野勸食白粥,云能推陳致新,利膈養胃。"亦作"推陳出新"。見該條。

【推燥居溼】 tuī zào jū shī　指把乾處讓給幼兒,自己睡在溼處,極言撫育幼兒的辛勞。後漢書五四楊震傳上疏:"阿母王聖出自賤微,得遭千載,奉養聖躬,雖有推燥居溼之勤,前後賞惠,過報勞苦。"王聖,安帝乳母。太平御覽七三九皇甫謐自序:"士安每病，母輒推燥居溼，以複易單。」

【推襟送抱】　tuī jīn sòng bào　比喻彼此輸誠相與。猶言推心置腹。襟、抱，指心意。南史張充傳與王儉書：「是以披聞見，掃心胸，述平生，論語默。所可通夢交魂，推襟送抱者，惟丈人而已。」梁書作「推衿送抱」。衿，同「襟」。亦作「送抱推襟」。曾樸孽海花十六：「這回在柏林時侯，飯餘燈背，送抱推襟，一種密切的意思，真是筆不能寫，口不能言。」

【掀天揭地】　xiān tiān jiē dì　猶言翻天覆地。寇忠愍詩集宋辛黻後序：「萊公兩朝大臣，勳業之盛，掀天揭地。萊公，寇準。亦作「掀天幹地」。宋馮時行縉雲文集一遺夔門故舊詩：「蜀江迸出岷山來，翻濤鼓浪成風雷，掀天幹地五千里，爭赴東海相喧豗。」

【掀天幹地】　xiān tiān wò dì　見「掀天揭地」。

【揎拳裸袖】　xuān quán luǒ xiù　見「揎拳攞袖」。

【揎拳擄袖】　xuān quán lǔ xiù　見「揎拳攞袖」。

【揎拳攞袖】　xuān quán luǒ xiù　捋袖露臂。元曲武漢臣包待制智賺生金閣三：「他看着我揎拳攞袖，舒着拳頭要打我。」也作「揎拳裸袖」、「揎拳擄袖」。明張祿輯詞林摘豔三元白仁甫李克用簡射雙雕粉蝶兒曲：「你這般揎拳裸袖打阿誰，我甘不過你。」紅樓夢六三：「湘雲笑着，揎拳擄袖的伸手擎了一根出來，大家看時，一面畫着一枝海棠，題着‘香夢沉酣’四字。」

【揮戈反日】　huī gē fǎn rì　見「魯陽撝戈」。

【揮汗成雨】　huī hàn chéng yǔ　形容人多。晏子春秋雜下六：「臨淄三百閭，張袂成陰，揮汗成雨。」又見戰國策齊一、史記六九蘇秦傳。明馮夢龍清蔡元放東周列國志六九：「齊國中呵氣成雲，揮汗成雨，行者摩肩，立者並迹，何謂無人？」

【揮金如土】　huī jīn rú tǔ　形容揮霍浪費之極。元周密齊東野語二：「揮金如土，視官爵如等閑。」李寶嘉官場現形記三十：「無奈彼時心高氣傲，真把錢財看得不當東西。」

【揮灑自如】　huī sǎ zì rú　形容書寫作畫，運筆能隨心如意。曾樸孽海花三一：「中國的詩詞固然揮灑自如，法文的作品更是出色。」

【揀佛燒香】　jiǎn fó shāo xiāng　比喻厚此薄彼。唐寒山子詩集寒山詩之一五九：「揀佛燒好香，揀僧歸供養。」明吳炳療妬羮上遊湖：「青娘可謂揀佛燒香矣。」

【揀精揀肥】　jiǎn jīng jiǎn féi　比喻挑剔苛刻。清吳敬梓儒林外史二七：「像娘這樣費心，還不討他說個是，只要揀精揀肥，我也犯不着要效他這個勞。」

【揠苗助長】　yà miáo zhù zhǎng　孟子公孫丑上：「宋人有閔其苗之不長而揠之者，芒芒然歸，謂其人曰：‘今日病矣，予助苗長矣。’其子趨而往視之，苗則槁矣。……助之長者，揠苗者也，非徒無益，而又害之」後因以「揠苗助長」喻強求速成，無益反而有害。宋呂本中紫微雜說：「學問工夫，全在浹洽涵養蘊蓄之久，左右採擇，一旦冰釋理順，自然逢源矣，非如世人強襄取之，揠苗助長，苦心極力，卒無所得也。」

【握炭流湯】　wò tàn liú tāng　握燼炭，下沸湯，極言悍勇。文選南朝梁陸佐公（倕）石闕銘：「於是流湯之黨，握炭之徒，守似藩籬，戰同枯朽。」注引六韜：「紂之卒，握炭流湯者十八人。」

【握拳透爪】　wò quán tòu zhǎo　比喻死有餘烈。晉卞壼拒蘇峻，父子戰死。其後盜發壼墓，尸僵，而兩手握拳，爪甲穿透手背。見晉書本傳。宋詩鈔惠洪石門詩鈔謁蔡州顏公祠堂：「至今握拳透爪地，想見怒詞猶讓罵。」亦作「握拳透掌」。宋蘇軾東坡題跋一偶書：「張睢陽（巡）生猶罵賊，嚼齒穿齦；顏平原（真卿）死不忘君，握拳透掌。」

【握拳透掌】　wò quán tòu zhǎng　見「握拳透爪」。

【握蛇騎虎】　wò shé qí hǔ　喻處境極其險惡。魏書彭城王傳：「咸陽王禧疑勰爲變，……謂勰曰：‘汝非但辛勤，亦危險至極。’勰恨之，曰：‘兄識高年長，故知有夷險，彥和握蛇騎虎，不覺艱難。’彥和，勰字。

【提心弔膽】　tí xīn diào dǎn　形容擔

心、害怕。明凌濛初二刻拍案驚奇二一：
"店主張善……他是個經紀的人，常是提
心弔膽的，睡也睡得惺憁。"清文康兒女英
雄傳二七："也難爲你妹妹真會説，也難爲
你真聽話。我和你公公一年的提心吊膽，
到今日且喜遂心如意了。"

【提名道姓】 tí míng dào xìng　直呼姓
名，表示對人不够尊敬。紅樓夢三十一：
"賈母道：'如今你們大了，別提小名兒
了。'剛説着，只見寶玉來了，笑道：'雲妹
妹來了！……'王夫人道：'這裏老太太才
説這一個，他又來提名道姓的了。'"

【提綱挈領】 tí gāng qiè lǐng　比喻抓住
關鍵，扼其要領。挈，提起。荀子勸學："若
挈裘領，屈五指而頓之，順者不可勝數
也。"清李漁奈何天憂嫁："要曉得婦德雖
多，提綱挈領，只在一個順字。"亦作"提綱
舉領"、"提綱振領"。見"提綱振領"。

【提綱振領】 tí gāng zhèn lǐng　提網之
綱，振衣之領。比喻扼其要領。南齊書顧歡
傳上表："臣聞舉網提綱，振裘持領，綱領
既理，毛目自張。"五代梁匡國節度使馮行
襲德政碑："□本尋源，提綱振領。"（金石
萃編一一九）。亦作"提綱舉領"。見景德傳
燈錄二六遇安禪師。後多言"提綱挈領"。
見該條。

【提綱舉領】 tí gāng jǔ lǐng　見"提綱振
領"。

【揚名顯祖】 yáng míng xiǎn zǔ　猶言
顯親揚名。漢王符潛夫論浮侈："揚名顯
祖，不在車馬。"

【揚長而去】 yáng cháng ér qù　大模大
樣地徑自離去。明蘭陵笑笑生金瓶梅四
九："（胡僧）背上褡褳，拄定拐杖，出門揚
長而去。"李寶嘉官場現形記二八："況且
老世叔在這裏頭，至多不過三五日，一定
就要出去的，……説罷，揚長而去。"亦作
"徉長而去"。紅樓夢十二："道士道：'……
三日後我來收取，管叫你病好。'説畢，徉
長而去。"

【揚眉吐氣】 yíng méi tǔ qì　謂久困之
後，一旦舒展懷抱後的快意舒暢之狀。唐
李白李太白詩二六與韓荊州書："今天下
以君侯爲文章之司命，人物之權衡，……
而君侯何惜階前盈尺之地，不使白揚眉吐

氣，激昂青雲耶?"元劉敏中中庵樂府沁園
春題尸部郎郎完顏正甫舒嘯圖詞："看君綠
髮雄姿，況千載風雲正遇時。便登高舒嘯，
如今太早，揚眉吐氣，過此還遲。"

【揚眉抵掌】 yáng méi zhǐ zhǎng　見
"揚眉闊步"。

【揚眉闊步】 yáng méi kuò bù　形容傲
慢得意之態。南史王僧祐傳："永明末，爲
太子中舍人，在直屬疾，不待於人輒去。中
丞沈約彈之云：'肆情運氣，不顧朝典，揚
眉闊步，直響上驅'。坐贖論。"亦作"揚眉
抵掌"。宋蘇轍欒城集十五送歐陽辯詩：
"公家多士如牛毛，揚眉抵掌氣相高。"

【揚威耀武】 yáng wēi yào wǔ　見"耀武
揚威"。

【揚清激濁】 yáng qīng jī zhuó　喻除惡
揚善。尸子君治："揚清激濁，蕩去滓穢，義
也。"宋釋惠洪石門文字禪四送凝上人詩：
"我生風韻無塵埃，揚清激濁心不回。"

【揚湯止沸】 yáng tāng zhǐ fèi　播揚開
水，使沸騰暫時停息。比喻非治本之道。通
玄真經（文子）上禮："故揚湯止沸，沸乃益
甚，知其本者，去火而已。"呂氏春秋盡數：
"夫以湯止沸，沸愈不止，去其火，則止
矣。"亦作"揚湯去火"。晉書劉毅傳上表：
"況乃地在無虞，而猶置軍府，文武將佐，
資費非要，豈所謂經國大情，揚湯去火者
哉！"

【揚湯去火】 yáng tāng qù huǒ　見"揚
湯止沸"。

【揚揚自得】 yáng yáng zì dé　形容人
得意自滿之狀。唐詩紀事十五張九齡："九
齡泊裴耀卿罷免之日，自中書至月華門，
將就班列，二人鞠躬卑遜，（李）林甫處其
中，揚揚自得。"亦作"揚揚得意"。李寶嘉
官場現形記三四："從巡撫以下，也沒有一
個不感激他的。他到此更覺揚揚得意，目
中無人。"

【揚揚得意】 yáng yáng dé yì　見"揚揚
自得"。

【揚葩振藻】 yáng pā zhèn zǎo　喻文采
煥發。北史文苑傳序："漢自孝武之後，雅
尚斯文，揚葩振藻者如林，而二馬王揚爲
之傑；東京之朝，茲道逾扇，咀徵含商者成
市，而班傅張蔡爲之雄。"

【揚鈴打鼓】yáng líng dǎ gǔ　比喻大肆張揚。紅樓夢六二：“‘大事化爲小事，小事化爲沒事’，方是興旺之家。要是一點子小事便揚鈴打鼓，亂折騰起來，不成道理。”

【描鸞刺鳳】miáo luán cì fèng　形容描花刺繡等女工的精巧。明馮夢龍醒世恆言七：“那秋芳資性聰明，……交十三歲，就不進學堂，只在房中習學女工，描鸞刺鳳。”

【援古證今】yuán gǔ zhèng jīn　援引古代事例，驗證今日之是非得失。宋劉克莊後村集一四二虛齋資政趙公神道碑：“公雖去，上思之，謂輔臣曰：‘以夫久在經筵，有所咨，必援古證今爲答，宗姓中不易得。’”清顧炎武日知錄原序：“有一疑義，反覆參考，必歸於至當；有一獨見，援古證今，必暢其説而後止。”

【援鼈失龜】yuán biē shī guī　喻得不償失。淮南子説山：“殺戎馬而求狐狸，援兩鼈而失靈龜，斷右臂而爭一毛，折鍰邪而爭錐刀，用智如此，豈足貴乎？”

【插科打諢】chā kē dǎ hùn　演劇時，摻入詼諧之語和滑稽動作，引衆人發笑，叫“插科打諢”。明高則誠琵琶記：“休論插科打諢，也不尋宮數調，只看子孝與妻賢。”清王夫之薑齋詩話二：“諢則必鄙倍可笑類如此，此風一染筆性，浪子插科打諢，與優人無別。”亦作“攙科撒諢”、“撮科打鬨”。明李開先一笑散題副淨：“攙科撒諢，笑口一齊開。”明湯顯祖南柯夢上六漫遣：“但是晦氣的人家，便請我撮科打鬨，不管有趣的子弟，便與他鑽懶幫閑。”亦作“撒科打諢”。見該條。

【插翅難飛】chā chì nán fēi　比喻陷入困境，難於逃脱。唐韓愈昌黎集五寄崔二十六立之詩：“安有巢中縠，插翅飛天陲？”亦作“插翅難逃”。見該條。

【插翅難逃】chā chì nán táo　比喻陷入困境，難以逃脱。明馮夢龍清蔡元放束周列國志三六：“重耳雖插翅難逃也。”亦作“插翅難飛”。見該條。

【換日偷天】huàn rì tōu tiān　比喻設法作弊，以假亂真。明阮大鋮燕子箋七購倖：“科場中鑽營頗精，只爲着關防嚴緊，換日偷天計可行，將字號與你牢牢封進。”亦作“偷天換日”。見該條。

【搜索枯腸】sōu suǒ kū cháng　形容苦苦思索，強作詩文。唐盧仝玉川子集二走筆謝孟諫議新茶詩：“一椀喉吻潤，兩椀破孤悶，三椀搜枯腸，唯有文字五千卷。”紅樓夢八四：“寶玉只得答應着，低頭搜索枯腸。”

【搜章摘句】sōu zhāng zhāi jù　搜尋、摘取文章的片斷詞句。指讀書局限於推求文字、詞藻。新唐書一五三段秀實傳：“舉明經，其友易之。秀實曰：‘搜章摘句，不足以立功。’乃棄去。”亦作“尋章摘句”、“標章摘句”。見各該條。

【搜巖采幹】sōu yán cǎi gàn　比喻多方搜求在野的人材。魏書段承根傳贈李寶詩之二：“剖蚌求珍，搜巖采幹，野無投綸，朝盈逸翰。”

【搴旗斬將】qiān qí zhǎn jiàng　拔取敵旗，斬殺敵將。吳子料敵：“然則一軍之中，必有虎賁之士，力輕扛鼎，足輕戎馬，搴旗斬將，必有能者。”亦作“斬將搴旗”、“斬將刈旗”、“斬將褰旗”。見“斬將搴旗”。

【搤亢拊背】è gāng fǔ bèi　搯住咽喉，按住背脊，謂制其要害。亢，咽喉。史記九九劉敬傳：“夫與人鬬，不搤其亢，拊其背，未能全其勝也。”亦作“扼喉撫背”、“拊背扼喉”。見各該條。

【搏牛之蝱】bó niú zhī máng　史記項羽紀：“夫搏牛之蝱，不可以破蟣蝨。”索隱：“韋昭云：‘蝱大在外，蝨小在内。’故顔師古言‘以手擊牛之背，可以殺其上蝱，而不能破其内蝨，喻方欲滅秦，不可與章邯即戰也。’今按：言蝱之搏牛，本不擬破其上之蟣蝨，以言志在大不在小也。”

【搔到癢處】sāo dào yǎng chù　比喻話恰是關鍵。曾樸續孽海花四六：“這種議論，就我們看去，一點兒沒有搔到癢處。”

【搔首踟躕】sāo shǒu chí chú　形容猶豫、徘徊的樣子。詩邶風靜女：“靜女其姝，俟我於城隅；愛而不見，搔首踟躕。”

【搔頭弄姿】sāo tóu nòng zī　謂修飾容貌。後漢書六三李固傳：“初，順帝時諸所除官，多不以次，及固在事，奏免百餘人。

此等既怨，又希望（梁）冀旨，遂共作飛章虛誣固罪曰：'……大行在殯，路人掩涕。固獨胡粉飾貌，搔頭弄姿，……曾無慘怛傷悴之心。'"後也稱賣弄姿色爲搔首弄姿。

【搔頭抓耳】 sāo tóu zhuā ěr　形容焦急而無法可想之態。李寶嘉官場現形記四一："瞿耐庵這面發稟帖，王柏臣那面也曉得了，急得搔頭抓耳，坐立不安。"

【損人利己】 sǔn rén lì jǐ　損害他人以利自己。西遊記十六："廣智廣謀成甚用，損人利己一場空。"亦作"損人益己"。見該條。

【損人益己】 sǔn rén yì jǐ　損害別人以利自己。舊唐書八八陸元方傳附陸象先："爲政者理則可矣，何必嚴刑樹威。損人益己，恐非仁恕之道。"後多作"損人利己"。見該條。

【損之又損】 sǔn zhī yòu sǔn　莊子知北遊："故曰：爲道者日損，損之又損之，以至於無爲。"本謂日去其華僞，以歸於純樸無爲，後用爲盛滿時戒懼謙抑之意。晉書宣帝紀魏正始二年："帝勳德日盛，而謙恭愈甚。……恆戒子弟曰：'盛滿者，道家之所忌，四時猶有推移，吾何德以堪之。損之又損，庶可以免乎？'"五燈會元二："真理雖然頓達，此情難以卒除。須長覺察，損之又損，如風頓止，波浪漸停。"

【搖天倒海】 yáo tiān dǎo hǎi　形容來勢凶猛。清顏光敏尺牘新鈔十一許友與周減齋先生書之三："無翼之言，市虎之播，真堪搖天倒海。"

【搖手觸禁】 yáo shǒu chù jìn　指法令煩苛，動輒得咎。漢書食貨志下："民搖手觸禁，不得耕桑，繇役煩劇，而枯旱蝗蟲相因。"

【搖尾乞憐】 yáo wěi qǐ lián　卑屈求媚之態，如狗在人前搖尾乞憐。唐韓愈昌黎集十八應科目時與人書："然是物也，負其異於眾也，且曰：爛死於泥沙，吾寧樂之。若俛首帖耳，搖尾而乞憐者，非我之志也。"宋黃庭堅山谷外集十一和答魏道輔寄懷詩之八："失身檻穽間，搖尾乞人憐。"水滸七十："你等造下彌天大罪，……今日卻來搖尾乞憐，希圖逃脫刀斧。"

【搖尾求食】 yáo wěi qiú shí　比喻身不由己，仰人鼻息。漢書六二司馬遷傳報任安書："猛虎處深山，百獸震恐，及其在穽檻之中，搖尾而求食，積威約之漸也。"

【搖身一變】 yáo shēn yī biàn　指改換面目出現。西遊記六："卻說那大聖已至灌江口，搖身一變，變作二郎爺爺的模樣，按下雲頭，徑入廟裏。"

【搖脣鼓舌】 yáo chún gǔ shé　謂賣弄口才，從事煽惑。莊子盜跖："不耕而食，不織而衣，搖脣鼓舌，擅生是非。"李寶嘉官場現形記十四："我正在這裏指授進兵的方略，膽敢搖脣鼓舌，煽惑軍心！"

【搖旗吶喊】 yáo qí nà hǎn　謂作戰時揮動旗幟喊殺以助威。元明雜劇佚名立功勳慶賞端陽三："者莫是槍共刺箭斯射，搖旗吶喊鼓聲催。"清吳敬梓儒林外史三九："又見山後那二百人，搖旗吶喊飛殺上來。"後亦比喻爲他人助長聲勢。亦作"搖旗納喊"。元曲選喬孟符玉簫女兩世姻緣三："你這般搖旗納喊，簸土揚沙。"水滸二十："且說團練使黃安帶領人馬上船，搖旗納喊，殺奔金沙灘來。"

【搖旗納喊】 yáo qí nà hǎn　見"搖旗吶喊"。

【搖頭晃腦】 yáo tóu huàng nǎo　洋洋得意之態。清文康兒女英雄傳四："當下二人商定便站起身來，搖頭晃腦的走了。"

【搖頭擺尾】 yáo tóu bǎi wěi　舉止自得貌。五燈會元六元安禪師："臨濟門下有箇赤梢鯉魚，搖頭擺尾向南方去，不知向誰家虀甕裏淹殺。"宋張侃拙軒集二犖牛浴小港詩："犖牛見水深半濕，水淺泥深深踪全入。搖頭擺尾緩緩游，犖牛相呼卒未休。"亦作"搖頭擺腦"。宋王明清揮麈錄餘話二："祐陵時有僧妙應者，江南人。……蔡元長襬職居錢塘，一日（妙應）忽直造其堂，書詩一絕云：'相得端明似虎形，搖頭擺腦得人憎。看取明年作宰相，張牙劈口喫眾生。'"

【搖頭擺腦】 yáo tóu bǎi nǎo　見"搖頭擺尾"。

【搬斤播兩】 bān jīn bō liǎng　比喻斤斤計較。明凌濛初初刻拍案驚奇十八："損人肥己，搬斤播兩，何等肚腸。”亦作“掂斤播兩”、“掂斤估兩”、“掂斤抹兩”。見“掂斤播兩”。

【搬弄是非】　bān nòng shì fēi　挑撥生事。元曲選李壽卿說鱄諸伍員吹簫一：“誰想太傅伍奢無禮，他在平公面前，搬弄我許多的是非。”清李汝珍鏡花緣十二：“況三姑六婆，裏外搬弄是非，何能不生事端。”

【搬唇遞舌】　bān chún dì shé　挑撥是非。古今雜劇元楊文奎翠紅鄉兒女兩團圓三：“不似你這個兩頭白面、搬唇遞舌的夕弟子孩兒。”

【摩拳擦掌】　mó quán cā zhǎng　形容鬭爭或行動前精神振奮的樣子。古今雜劇元羅貫中宋太祖龍虎風雲會二：“你摩拳擦掌枉心焦，休得要亂下風雹。”古今名劇元康進之梁山泊李逵負荊二：“我這裏摩拳擦掌，行行裏按不住莽撞心頭氣。”元曲選作“磨拳擦掌”。明孟稱舜嬌紅記赴試：“我們閒行赴選，個個摩拳擦掌，自謂大將可得。”

【摩頂放踵】　mó dǐng fàng zhǒng　從頭頂到腳跟都摩傷。孟子盡心上：“墨子兼愛，摩頂放踵，利天下爲之。”注：“摩突其頂，下至於踵。”言墨子爲推行兼愛，損傷身體，亦所不顧。

【摩厲以須】　mó lì yǐ xū　磨刀以待。比喻作好準備，待時而動。左傳昭十二年：“摩厲以須，王出，吾刃將斬矣。”注：“以己喻鋒刃，欲自摩厲，以斬王之淫慝。”羣書治要六注：斬作“斷”。亦作“磨礪以須”。唐白居易長慶集六十因繼集重序：“更揀好者寄來，蓋示餘勇，磨礪以須我耳。”

【摘豔薰香】　zhāi yàn xūn xiāng　謂文辭之華美。唐杜牧樊川集一冬至日寄小姪阿宜詩：“高摘屈宋豔，濃薰班馬香。”屈，屈原；宋，宋玉；班，班固；馬，司馬遷。

【摶心揖志】　zhuān xīn jí zhì　同心一志。揖，通“輯”。史記秦始皇紀二八年琅邪臺刻石：“普天之下，摶心揖志。”索隱：“摶，古‘專’字。揖音集。”

【摧眉折腰】　cuī méi zhé yāo　低眉彎腰。形容諂媚逢迎。唐李白李太白詩十五夢遊天姥吟留別：“摧眉折腰事權貴，使我

不得開心顏。”

【摧枯折腐】　cuī kū zhé fǔ　摧折枯枝腐木。比喻極容易作到。後漢書十九耿弇傳：“歸發突騎，以轔烏合之衆，如摧折腐耳。”

【摧枯拉朽】　cuī kū lā xiǔ　摧折枯枝朽木。比喻極易摧毀。漢書異姓諸侯王表：“鑴金石者難爲功，摧枯朽者易爲力。”晉書甘卓傳：“將軍之舉武昌，若摧枯拉朽，何所顧慮乎。”

【摧堅陷陣】　cuī jiān xiàn zhèn　衝破敵人陣地。南史桓康傳：“摧堅陷陣，膂力絕人。”亦作“摧鋒陷陣”。見該條。

【摧陷廓清】　cuī xiàn kuò qīng　攻破敵陣並加以掃蕩。比喻破除陳言。唐李漢昌黎集序：“先生於文，摧陷廓清之功比於武事，可謂雄偉不常者矣。”

【摧鋒陷陣】　cuī fēng xiàn zhèn　破敵深入。宋書武帝紀上：“高祖（劉裕）常被堅執銳，爲士卒先，每戰輒摧鋒陷陣，賊乃退還洝口。”晉書景帝紀：“乃與驍騎十餘摧鋒陷陣，所向皆披靡，遂引去。”亦作“摧堅陷陣”。見該條。

【撞府衝州】　zhuàng fǔ chōng zhōu　猶言走江湖。古今雜劇元缺名千病打獨角牛一：“我與你便畫挣〔尊〕神軸，背着案拜岳朝山，撞府衝州。”

【撞頭搕腦】　zhuàng tóu kē nǎo　比喻路窮碰壁，行不通。朱子語類四九論語三一：“政如義理，只理會得三二分，便道只恁地得了，卻不知前面撞頭搕腦。”

【撒科打諢】　sā kē dǎ hùn　猶插科打諢。元曲選缺名沙門島張生煮海：“隨你自去打觔斗，學踢弄，舞地鬼，喬扮神，撒科打諢，亂作胡爲。”亦作“插科打諢”、“撮科打鬨”、“攙科撒諢”。見“插科打諢”。

【撥雲見日】　bō yún jiàn rì　猶言重見光明。水滸十二：“楊志稟道：‘……今日蒙恩相抬舉，如撥雲見日一般，楊志若得寸進，當效啣環背鞍之報。’”清吳敬梓儒林外史三九：“晚生得蒙老先生指教，如撥雲見日，感激不盡。”

【撥亂反正】　bō luàn fǎn zhèng　謂治理亂世，使之恢復正常安定。公羊傳哀十四年：“撥亂世，反諸正，莫近諸春秋。”漢桓

寬鹽鐵論詔聖：「高皇帝時，天下初定，發德音，行一卒之令，權也。非撥亂反正之常也。」晉書周顗傳附周謨疏：「幸賴陛下聖聰神武，故能摧破凶彊，撥亂反正，以寧區宇。」

【撐眉弩眼】　chēng méi nǔ yǎn　張眉瞪眼，招搖做作之態。朱子語類四四論語二六：「若似其他人撐眉弩眼怎地叫喚去做時，人卻便知，但聖人卻不恁地，只是就平易去就。」亦作「張眉努眼」。見該條。

【撐腸拄肚】　chēng cháng zhǔ dù　滿腹，極言其飽。唐盧仝玉川子集一月蝕詩：「撐腸拄肚磊傀如山丘，自可飽死更不偷。」朱子語類十一學五：「向時有一截學者，貪多務得，……如喫物事相似，將甚麼雜務事，不是時節，一頓都喫了，便被他撐腸拄肚，沒奈何他。」亦作「撐腸拄腹」。宋蘇軾東坡集三試院煎茶詩：「不用撐腸拄腹文字五千卷，但願一甌常及睡足日高時。」明馮夢龍二刻拍案驚奇二二：「這家子將醞下的杜茅酒不住的蕩來，吃得東倒西歪，撐腸拄腹。」

【撐腸拄腹】　chēng cháng zhǔ fù　見「撐腸拄肚」。

【撮科打閧】　cuō kē dǎ hòng　見「插科打諢」。

【撮鹽入火】　cuō yán rù huǒ　比喻性情急躁，如撮鹽入火中，立即爆裂。撮，以指取物。古今雜劇元缺名玎玎璫璫盆兒鬼三：「誰不知道我是不怕鬼的張撇古，我的性兒撮鹽入火。」水滸十三：「爲是他性急，撮鹽入火，……以此人都叫他做『急先鋒』。」

【撲朔迷離】　pū shuò mí lí　撲朔，跳躍貌。迷離，不明貌。撲朔迷離，謂模糊難辨。樂府詩集二五木蘭詩之一：「雄兔腳撲朔，雌兔眼迷離，雙兔傍地走，安能辨我是雄雌？」亦作「迷離撲朔」。古今雜劇明缺名女狀元四：「雙兔傍地，難迷離撲朔之分。」後常以形容事物錯綜複雜，不易看清真相。

【播糠眯目】　bò kāng mǐ mù　謂撒布糠屑以迷人目。莊子天運：「孔子見老聃而語仁義，老聃曰：『夫播糠眯目，則天地四方易位矣。』」

【撟抂過正】　jiǎo wǎng guò zhèng　謂糾正偏差過當。同「矯枉過正」。漢書諸侯王表：「而藩國大者夸州兼郡，連城數十，宮室百官，同制京師，可謂撟抂過其正矣。」注：「撟與矯同。抂，曲也。正曲曰矯。言矯秦孤立之敗，而大封子弟，過於強盛，有失中也。」亦作「矯枉過正」、「矯枉過直」。見「矯枉過正」。

【操刀必割】　cāo dāo bì gē　喻時機不可失。漢書四八賈誼傳陳政事疏：「黃帝曰：『日中必熭，操刀必割。』」注引臣瓚：「太公曰：『日中不彗，是謂失時；操刀不割，失利之期。』言當及時也。」又見六韜守土。

【操刀傷錦】　cāo dāo shāng jǐn　春秋鄭尹何年少，子皮欲使任邑大夫，而學爲政。子產以爲不可，謂人未能操刀而使割，其傷實多；有美錦，尚不肯使人學習剪裁，況官邑更重於美錦乎？見左傳襄三一年。按操刀與割錦，本爲二事，後人并而爲一，比喻才薄難勝重任。北史魏咸陽王禧傳：「夫未能操刀而使割錦，非傷錦之尤，實授刀之責。」藝文類聚四六北魏溫子昇西河王謝太尉表：「常恐執轡輕輪，操刀傷錦。」

【操之過急】　cāo zhī guò jí　謂處理事情過於急躁。漢書五行志：「遂要崤陀，以敗秦師，匹馬觭輪無反者，操之急矣。」

【操奇計贏】　cāo qí jì yíng　漢書食貨志上：「而商賈大者積貯倍息，小者坐列販賣，操其奇贏，日遊都市，乘上之急，所賣必倍。」注：「奇贏，謂有餘財，而蓄聚奇異之物也。一說：奇謂殘餘物也，音居宜反。」後稱居奇牟利爲操奇計贏。

【擇善而從】　zé shàn ér cóng　論語述而：「子曰：『三人行，必有我師焉，擇其善者而從之，其不善者而改之。』」晉范甯春秋穀梁傳序：「夫至當無二，而三傳殊說，庸得不棄其所滯，擇善而從乎？」後多用爲選擇完善者而聽從之意。

【擇精語詳】　zé jīng yǔ xiáng　謂選擇精細，言辭詳盡。唐韓愈昌黎集十一原道「荀與楊也，擇焉而不精，語焉而不詳。」荀，荀卿；楊，楊朱。

【擒賊擒王】　qín zéi qín wáng　唐杜甫杜工部草堂詩箋五前出塞之六：「射人先射馬，擒賊先擒王。」後用以比喻作事要先

抓住要害。宋王邁臞軒集十二別永福張景
山詩："文亦有活法，先使意氣張，如破勁
敵壘，須擒賊中王。"曾樸孽海花十九："他
是個當今老名士，年紀是三朝耆碩，文章
爲四海宗師。如今要收羅名士，收羅了他，
就是擒賊擒王之意。"

【擔雪塞井】　dān xuě sè jǐng　喻徒勞無
功。文苑英華二〇〇唐顧況行路難詩："君
不見擔雪塞井徒用力，炊砂作飯豈堪契？"
亦作"擔雪填井"。水滸八三："只是行移鄰
近州府，催趲各處遙調軍馬，前去策應，正
如擔雪填井一般。"

【擔雪填井】　dān xuě tián jǐng　見"擔
雪塞井"。

【擔驚受怕】　dān jīng shòu pà　提心吊
膽。元曲選缺名盯盯璫璫盆兒鬼三："俺出
門紅日平午西，歸時猶未夕陽低，怎教俺
擔驚受怕看昏迷。"水滸六一："休聽那算
命的胡說，撇下海闊一個家業，擔驚受怕，
去虎穴龍潭裏做買賣。"亦作"擔驚受恐"。
又武漢臣包待制智賺生金閣一："想前賢
不遇，我便似阮嗣宗慟哭在窮途，早知道
這般的擔驚受恐，可也圖甚麼衣紫拖朱。"

【擔驚受恐】　dān jīng shòu kǒng　見"擔
驚受怕"。

【擔水河頭賣】　dān shuǐ hé tóu mài　比
喻在行家面前賣弄本領。古今雜劇缺名招
涼亭賈島破風三："這廝無禮也，向我跟前
調喉舌，正是擔水河頭賣。"

【擘肌分理】　bò jī fēn lǐ　喻剖析精細。
文選漢張平子（衡）西京賦："若其五縣遊
麗辯論之士，街談巷議，彈射臧否，剖析毫
釐，擘肌分理。"注："雖毫釐肌理之間，亦
能分擘。"文苑英華一四一唐李遠蟬蛻賦：
"擘肌分理，有謝於昔時；露膽披肝，請從
於今日。"

【擿姦發伏】　zhì jiān fā fú　揭露舉發奸
邪隱惡的人或事。三國志魏倉慈傳："自太
祖迄于咸熙，魏郡太守陳國吳瓘、清河太
守樂安任燠，……或哀矜折獄，或推誠惠
愛，或治身清白，或擿姦發伏，咸爲良二千
石。"

【擿埴索塗】　zhì zhí suǒ tú　謂盲人以杖
點地，尋求道路。漢揚雄法言修身："擿埴
索塗，冥行而已矣。"埴，土；指地。

【擠眉弄眼】　jǐ méi nòng yǎn　以眉眼示
意。水滸三十："武松又見這兩個公人，與
那兩個提朴刀的擠眉弄眼，打些暗號。"

【擢髮難數】　zhuó fà nán shǔ　戰國魏
須賈曾誣害范睢。後睢爲秦相，賈使秦，遂
謝罪。睢曰："汝罪有幾？"賈曰："擢賈之
髮，以續賈之罪，尚未足。"見史記七九范
睢傳。後遂以"擢髮難數"形容罪惡之多。
宋書臧質傳柳元景檄："質生與釁俱，不可
詳究，擢髮數罪，曾何足言。"唐大詔令集
一二五會昌四年平潞州德音："脅從百姓，
殘忍一方，積惡成殃，擢髮難數。"

【擲果盈車】　zhì guǒ yíng chē　見"擲果
潘安"。

【擲果潘安】　zhì guǒ pān ān　舊時比喻
爲女子所愛慕的青年美男子。晉書潘岳
傳："岳美姿儀，……少時常挾彈出洛陽
道，婦人遇之者，皆連手縈繞，投之以果，
遂滿車而歸。"元王實甫西廂記三本二折：
"我爲頭兒看：看你個離魂倩女，怎發付擲
果潘安。"

【擲鼠忌器】　zhì shǔ jì qì　比喻有所顧
忌，不敢放手行事。三國志魏袁紹傳"紹使
河內太守王匡殺之"注引漢末名士錄胡毋
班與王匡書："自古以來，未有下土諸侯舉
兵向京師者。劉向傳曰：'擲鼠忌器'，器猶
忌之，況（董）卓今處宮闕之內，以天子爲
藩屏，幼主在宮，如何可討？"後漢書七十
孔融傳上疏："竊聞領荊州牧劉表桀逆放
恣，所謂不軌，……愚謂雖有重戾，必宜隱
忍，賈誼所謂擲鼠忌器，蓋謂此也。"亦作
"投鼠忌器"。見該條。

【擲地作金石聲】　zhì dì zuò jīn shí
shēng　世說新語文學："孫興公作天台賦
成，以示范榮期云：'卿試擲地，要作金石
聲。'"形容文詞優美，聲調鏗鏘。

【攀車臥轍】　pān chē wò zhé　見"攀轅
臥轍"。

【攀炎附熱】　pān yán fù rè　猶趨炎附
勢。宋梅堯臣宛陵集四九陸子履見過詩：
"猶喜醉翁時一見，攀炎附熱莫相識。"

【攀龍附鳳】　pān lóng fù fèng　比喻依
附有聲望的人而成名。漢揚雄法言淵騫：
"攀龍鱗，附鳳翼，巽以揚之，勃勃乎其不
可及也。"三國志蜀秦宓傳："如李仲元不

遭法言，令名必渝，其無虎豹之文故也，可謂攀龍附鳳者矣。"後特指依附帝王以建立功業。漢書一○○下叙傳："舞陽鼓刀，滕公廄騶，潁陰商販，曲周酈夫，攀龍附鳳，並乘天衢。"唐李白李太白詩六猛虎行："蕭曹曾作沛中英，攀龍附鳳當有時。"亦作"攀龍附驥"、"攀鱗附翼"。見各該條。

【攀龍附驥】 pān lóng fù jì　比喻依附有權勢的人。三國志吳孫權傳黃武元年"此言之誠，有如大江"注引魏略孫權與浩周書："今子當入侍，而未有妃耦。昔君念之，以爲可上連綴宗室若夏侯氏，雖中間自棄，常奉戢在心。當垂宿念，爲之先後，使獲攀龍附驥，永自固定，其爲分惠，豈有量哉！"亦作"攀龍附鳳"、"攀鱗附翼"。見各該條。

【攀鱗附翼】 pān lín fù yì　喻依附帝王以立功業。漢揚雄法言淵騫："攀龍鱗，附鳳翼，異以揚之，勃勃乎其不可及也。"唐溫大雅大唐創業起居注二李淵報李密書："欣戴大弟，攀鱗附翼。"亦指依附權貴或效法名家。唐李商隱李義山文集三獻侍郎鉅鹿公啟："枕石漱流，則尚乎枯槁寂寥之句；攀鱗附翼，則先于驕奢艷佚之篇。"亦作"攀龍附鳳"、"攀龍附驥"。見各該條。

【攀轅卧轍】 pān yuán wò zhé　牽挽車轅，橫卧車道，攔阻車行。東漢侯霸爲淮平大尹，有能名。更始元年遣使徵霸，百姓遮使者車，或當道而卧，曰："願乞侯君復留朞年。"見後漢書侯霸傳。白孔六帖七七：

"侯霸字君房，臨淮太守，被徵，百姓攀轅卧轍不許去。"明馮夢龍警世通言三一："上司見其懇切求去，只得準了。百姓攀轅卧轍者數千人。"後多用爲稱頌地方長官之語。亦作"攀車卧轍"。文選南朝梁沈休文（約）齊故安陸昭王碑文："麾旆每反，行悲道泣，攀車卧轍之戀，爭塗忘遠。"

【攙科撒諢】 chān kē sā hùn　見"插科打諢"。

【攝威擅勢】 shè wēi shàn shì　依仗權勢，專橫跋扈。淮南子氾論："昔者齊簡公釋其國之柄，而專任其大臣，將相攝威擅勢，私門成黨，而公道不行。"

【攧撲不破】 diān pū bù pò　攧，跌；撲，敲。比喻理義正當，不能推翻。宋朱熹朱文公集三六答陸子美書："語精密微妙無窮，而向下所說許多道理，條貫脈絡，井井不亂，只今便在目前，而亘古亘今，攧撲不破。"亦作"顛撲不破"。見該條。

【攪海翻江】 jiǎo hǎi fān jiāng　見"翻江攪海"。

【攬轡澄清】 lǎn pèi chéng qīng　後漢書六七范滂傳："時冀州饑荒，盜賊羣起，乃以滂爲清詔使，按察之。滂登車攬轡，慨然有澄清天下之志。"後因以"攬轡澄清"指官吏初到職任即能澄清政治，穩定亂局。舊唐書八九姚璹傳："是用命卿出鎮，寄茲存養。果能攬轡澄清，下車整肅。"清龔自珍定盦文集補己亥雜詩之一○六："少年攬轡澄清意，倦矣應憐縮手時。"

支　部

【收回成命】 shōu huí chéng mìng　收回已宣布的命令、決定。清黃鈞宰金壺七墨金壺浪墨四吳門秀士書："初，林公遣戍，御史陳慶鏞抗疏力爭，請上收回成命，直聲震天下。"

【收視反聽】 shōu shì fǎn tīng　謂無視無聞，專心一致。文選晉陸士衡（機）文賦："其始也，皆收視反聽，耽思傍訊，精騖八極，心遊萬仞。"注："收視反聽，言不視聽也。"

【攻苦食淡】 gōng kǔ shí dàn 生活艱苦,辛勤自勵。亦作“攻苦食啖”。史記九九叔孫通傳:“呂后與陛下攻苦食啖,其可背哉!”集解引徐廣:“攻,猶今人言擊也。啖一作‘淡’。”宋路振九國志十一劉昌魯與馬殷書:“因深爲塹,憑高作壘,攻苦食淡,以勤士卒。”宋史四五九徐中行傳:“熟讀精思,攻苦食淡,夏不扇,冬不爐,夜不安枕者踰年。”

【攻苦食啖】 gōng kǔ shí dàn 見“攻苦食淡”。

【攻城略地】 gōng chéng luè dì 攻佔城池,掠奪土地。史記項羽紀:“白起爲秦將,南征鄢郢,北阬馬服,攻城略地,不可勝記。”世說新語賞譽“少爲王敦所歎”南朝梁劉孝標注:“攻城略地,招懷義士,屢摧石虎,虎不敢闚河南。”

【攻其無備,出其不意】 gōng qí wú bèi,chū qí bù yì 乘敵無備而進擊之。孫子計:“攻其無備,出其不意。此兵家之勝,不可先傳也。”漢曹操注:“擊其懈怠,出其空虛。”

【攻無不取,戰無不勝】 gōng wú bù qǔ,zhàn wú bù shèng 形容所向無敵,百戰百勝。三國演義八八:“孔明曰:‘吾自出茅廬,戰無不勝,攻無不取。’”

【改弦更張】 gǎi xián gēng zhāng 調整樂器之弦,使聲音和諧。比喻改變法度或作法。漢書五六董仲舒傳:“竊譬之琴瑟不調,甚者必解而更張之,乃可鼓也;爲政而不行,甚者必變而更化之,乃可理也。”宋書樂志四何承天鼓吹鐃歌上邪篇:“琴瑟時未調,改弦當更張。矧乃治天下,此要安可忘。”亦作“改絃易張”、“改張易調”。三國志吳孫亮等傳評:“(孫)休以舊愛宿恩,任用(濮陽)興(張)布,不能拔進良才,改絃易張,雖志善好學,何益救亂乎?”北史崔亮傳甥劉景安與亮書:“至於取士之途不溥,沙汰之理未精,而舅屬當銓衡,宜須改張易調。如何反爲停年格以限之,天下士子誰復修厲名行哉?”又作“改弦易轍”、“改弦易調”。見“改弦易轍”。

【改弦易張】 gǎi xián yì zhāng 見“改弦更張”。

【改弦易調】 gǎi xián yì diào 見“改弦易轍”。

【改弦易轍】 gǎi xián yì zhé 猶改弦更張。宋袁甫蒙齋集三應詔封事:“曁乎土木畢興,輪奐復舊,陛下晏然處之,不思改絃易轍。”絃,同“弦”。明許仲琳封神演義八:“殿下放心,待老臣同進朝歌,直諫天子,改弦易轍,以救禍亂。”亦作“改弦易調”。隋書梁彥光傳:“請復爲相州,改弦易調,庶有以變其風俗,上答隆恩。”亦作“改弦更張”、“改弦易張”、“改張易調”。見“改弦更張”。

【改張易調】 gǎi zhāng yì diào 見“改弦更張”。

【改過自新】 gǎi guò zì xīn 改正錯誤,重新作人。史記孝文紀:“其少女緹縈自傷泣,乃隨其父至長安,上書曰:‘……妾傷夫死者不可復生,刑者不可復屬,雖復欲改過自新,其道無由也。’”後漢書孝明八王傳樂成王萇傳“朕無‘則哲’之明”注引袁宏紀:“可裁削奪損其租賦,令得改過自新,革心向道。”

【改頭換尾】 gǎi tóu huàn wěi 見“改頭換面”。

【改頭換面】 gǎi tóu huàn miàn 比喻表面上改變,而實質不變。唐寒山寒山子詩集寒山詩之二一四:“改頭換面孔,不離舊時人。”朱子語錄一〇九朱子六:“今人作經義,正是醉人說話,只見許多說話,改頭換面,說了又說,不成文字。”亦作“改頭換尾”。唐釋彥琮唐護法沙門法琳別傳下:“增加卷軸,添足篇章,依傍佛經,改頭換尾。”法琳辯正論二三教治道下:“天尊之號,出自佛經;陛下之名,肇於秦始。其公卿大夫元士曹局,並用周官秦漢之制,而改頭換尾,以偽爲真。”

【放牛歸馬】 fàng niú guī mǎ 見“歸馬放牛”。

【放言遣辭】 fàng yán qiǎn cí 謂說話用詞。文選晉陸士衡(機)文賦:“余每觀才士之所作,竊有以得其用心。夫放言遣辭,良多變矣。妍蚩好惡,可得而言。”

【放虎自衛】 fàng hǔ zì wèi 喻自招災禍。晉常璩華陽國志五公孫述劉二牧志建安十六年:“(劉備)率萬人泝江而上,(劉)

璋初敕所在供奉，入境如歸。劉主至巴郡，巴郡嚴顏拊心嘆曰：'此所謂獨坐窮山，放虎自衞者也。'"

【放虎歸山】 fàng hǔ guī shān　喻放任敵人日趨強大，後患無窮。三國志蜀劉巴傳注引零陵先賢傳："劉璋遣法正迎劉備，……既入，(劉)巴復諫曰：'若使備討張魯，是放虎於山林也。'"亦作"縱虎歸山"。見該條。

【放浪不羈】 fàng làng bù jī　行為放蕩，不加約束。明馮夢龍警世通言二六："詞賦詩文，一揮便就，為人放浪不羈，有經世傲物之志。"亦作"放蕩不羈"。見該條。

【放浪形骸】 fàng làng xíng hái　指行為放縱，不受世俗禮節之約束。晉王羲之王右軍集二蘭亭集序："夫人之相與，俯仰一世，或取諸懷抱，悟言一室之內；或因寄所託，放浪形骸之外。"

【放梟囚鳳】 fàng xiāo qiú fèng　比喻放縱惡人，凌虐善良人。後漢書五七劉陶傳：(陳)耽與議郎曹操上言："公卿所舉，率黨其私，所謂放鴟而囚鸞鳳。"

【放辟邪侈】 fàng pì xié chǐ　膽大妄為，肆意作惡。孟子滕文公上："民之為道也，有恆產者有恆心，無恆產者無恆心。苟無恆心，放僻邪侈，無不為已。"僻，通"辟"。

【放飯流歠】 fàng fàn liú chuò　猶言大吃大喝。放飯，大吃而飯粒狼藉；流歠，大喝而湯水從口角流下來。歠，飲。孟子盡心上："放飯流歠，而問無齒決，是之謂不知務。"禮曲禮上："毋放飯，毋流歠。"

【放蕩不羈】 fàng dàng bù jī　行為放蕩，不自檢束。晉書王長文傳："少以才學知名，而放蕩不羈，州府辟命皆不就。"清李汝珍鏡花緣九六："這七個人都是放蕩不羈，目空一切。"亦作"放浪不羈"。見該條。

【放之四海而皆準】 fàng zhī sì hǎi ér jiē zhǔn　用到任何地方都可作為準則。禮祭義："推而放諸東海而準，推而放諸西海而準，推而放諸南海而準，推而放諸北海而準。"注："放，猶至也。準，猶平也。"

【放下屠刀，立地成佛】 fàng xià tú dāo，lì dì chéng fó　本佛家語，謂停止作

惡，立成正果。後借以喻改惡得善之速。景德傳燈錄二五法安濟慧禪師："要似他廣額凶屠，拋下操刀，便證阿羅漢果。"五燈會元十九東山覺禪師："廣額正是箇殺人不眨眼底漢，颺下屠刀，立地成佛。"宋彭大翼山堂肆考徵集一釋教成佛在羅漢之先作"放下屠刀，立地成佛"。亦作"放下屠刀，立便成佛"。明彭大翼山堂肆考徵集一："屠兒在涅槃會上，放下屠刀，立便成佛"。

【放下屠刀，立便成佛】 fàng xià tú dāo，lì biàn chéng fó　見"放下屠刀，立地成佛。"

【故弄玄虛】 gù nòng xuán xū　故意掩蓋真相，以迷惑別人。亦作"慣弄玄虛"。見該條。

【故家遺俗】 gù jiā yí sú　世家大族遺留之習俗。孟子公孫丑上："紂之去武丁未久也，其故家遺俗，流風善政，猶有存者。"

【故宮禾黍】 gù gōng hé shǔ　詩王風黍離序："周大夫行役，至於宗周，過宗廟宮室，盡為禾黍，閔周室之顛覆。"史記宋微子世家："其後箕子朝周，過故殷虛，感宮室毀壞，生禾黍。"後以"故宮禾黍"比喻懷念故國的情思。亦作"禾黍故宮"。吳趼人痛史十七："一路上曉行夜宿，只覺得景物都非，不勝禾黍故宮之感！"

【故智復萌】 gù zhì fù méng　見"故態復萌"。

【故態復萌】 gù tài fù méng　喻舊習重犯。李寶嘉官場現形記十二："遇到撫台下來大閱，他便臨時招募，暫時彌縫，只等撫台一走，依然是故態復萌。"亦作"故智復萌"。清紀昀閱微草堂筆記十八："忽聞扣窗語曰：'爾果悔，是亦易得，即多於是，亦易得，但恐故智復萌耳。'"

【故劍情深】 gù jiàn qíng shēn　喻不忘結髮之情。漢宣帝少時，娶許廣漢女平君。及即位，平君為倢仔。時公卿議更立霍光女為皇后，宣帝乃下詔求"微時故劍"。大臣領會其意，乃議立許倢仔為后。文選晉謝玄暉(朓)齊敬皇后哀策文："空悲故劍，徒嗟金穴。"北史隋煬帝愍皇后傳："感懷舊之餘恩，求故劍於宸極。"

【故舊不遺】 gū jiù bù yí　不棄故交。論

語泰伯：「故舊不遺，則民不偷。」

【教猱升木】　jiāo náo shēng mù　詩小雅角弓：「毋教猱升木，如塗塗附。」宋朱熹集傳：「猱，獼猴也。性善升木，不待教而能也。」後用來比喻引導壞人作壞事。

【教學相長】　jiào xué xiāng zhǎng　教與學相互促進。禮學記：「是故學然後知不足，教然後知困；知不足，然後能自反也；知困，然後能自強也。故曰教學相長也。」清文康兒女英雄傳十八：「先生道：『……我們教學相長，公子有什麼本領，不也指點我一兩件？』」

【教婦初來，教兒嬰孩】　jiào fù chū lái, jiào ér yīng hái　北齊顏之推顏氏家訓教子：「俗諺曰：『教婦初來，教兒嬰孩。』誠哉斯語。」謂施教必須及早。

【救火投薪】　jiù huǒ tóu xīn　猶抱薪救火。鄧析子無厚：「故令煩則民詐，政擾則民不定；不治其本而務其末，譬如拯溺錘之以石，救火投之以薪。」

【救火揚沸】　jiù huǒ yáng fèi　猶揚湯止沸。比喻非治本之道。史記一二二酷吏傳序：「當是之時，吏治若救火揚沸，非武健嚴酷，惡能勝其任而愉快乎？」索隱：「言本弊不除，則其末難止。」

【救死扶傷】　jiù sǐ fú shāng　救護死者，扶持傷者。漢書六二司馬遷傳報任安書：「且李陵提步卒不滿五千，……與單于連戰十餘日，所殺過當。虜救死扶傷不給，旃裘之君長咸震怖，乃悉徵左右賢王，舉引弓之民，一國共攻而圍之。」

【救困扶危】　jiù kùn fú wēi　救助處於危困境地之人。元曲選缺名龐居士誤放來生債四：「則爲我救困扶危，疏財仗義，都做了註福消愆。」

【救焚拯溺】　jiù fén zhěng nì　謂救民於水火。舊唐書六七李靖傳：「今新定荊、郢，宜弘寬大，以慰遠近之心，降而籍之，恐非救焚拯溺之義。」

【救經引足】　jiù jīng yǐn zú　比喻所行與所求不一致，背道而馳。引，拉；經，縊死。荀子仲尼：「志不免乎奸心，行不免乎奸道，而求有君子、聖人之名，辟之是猶伏而咶天，救經而引其足也。」或作「引足救經」。

經」。

【救火救滅，救人救徹】　jiù huǒ jiù miè, jiù rén jiù chè　比喻作事周全徹底。清文康兒女英雄傳八：「俗語說的：『救火須救滅，救人須救徹。』……所以我才出去走那一趟，要把事情替你布置的周全停妥，好叫你上路趲程，早早圖一個父子團圓，人財無恙。」

【救人一命，勝造七級浮屠】　jiù rén yī mìng, shèng zào qī jí fú tú　浮屠，佛塔。佛教徒以造塔爲功德。強調救死扶危，主張仁愛，爲儒釋合一思想的表現。元曲選鄭德輝㑳梅香騙翰林風月二：「救人一命，勝造七級浮圖，不索多慮。」古雜劇作「浮屠」。西遊記三八：「悟空，若果有手段醫治這個皇帝，正是救人一命，勝造七級浮屠。」

【敗軍之將】　bài jūn zhī jiàng　戰敗的將領。史記九二淮陰侯傳：「臣聞敗軍之將，不可以言勇；亡國之大夫，不可以圖存。」後也稱從事某種事業而失敗的人爲敗軍之將。三國演義六三：「敗軍之將，荷蒙厚恩，無可以報，願施犬馬之勞，不須張弓只箭，徑取成都。」

【敗柳殘花】　bài liǔ cán huā　指生活放蕩或遭踩蹦休棄的女子。元王實甫西廂記三本三折：「他是個女孩兒家，……休猜做敗柳殘花。」亦作「殘花敗柳」。見該條。

【敗鱗殘甲】　bài lín cán jiǎ　宋蔡絛西清詩話引張元咏雪詩：「戰退玉龍三百萬，敗鱗殘甲滿空飛。」（類說五七）。此以龍身的鱗甲，比喻滿空紛飛的雪片。

【敢作敢爲】　gǎn zuò gǎn wéi　言行事果斷，無所畏懼。清翁方綱石洲詩話四：「石湖（范成大）、誠齋（楊萬里）……與放翁（陸游）並稱，而誠齋較之石湖，更有敢作敢爲之色，頤指氣使，似乎無不如意，所以其名尤重。」

【敢怒而不敢言】　gǎn nù ér bù gǎn yán　內心憤怒而不敢吐露。唐杜牧樊川集一阿房宮賦：「使天下之人，不敢言而敢怒。」清吳敬梓儒林外史四六：「他又是鄉紳，又是鹽典，又同府縣官相與的極好，所以無不爲，百姓敢怒而不敢言。」

【敝帚千金】　bì zhǒu qiān jīn　東觀漢紀

一：“家有敝帚，享之千金。”言物雖微，而自以爲寶。亦作“弊帚千金”、“弊帚自珍”。見各該條。

【敝帷不棄】 bì wéi bù qì　言破舊之物亦自有其用。禮檀弓下：“仲尼之畜狗死，使子貢埋之，曰：‘吾聞之也，敝帷不棄，爲埋馬也；敝蓋不棄，爲埋狗也。’”

【敝鼓喪豚】 bì gǔ sàng tún　以傷濕病痺，而擊鼓烹豚以禱神。謂徒費而無益。荀子解蔽：“故傷於溼而擊鼓痺，則必有敝鼓喪豚之費矣。”

【敬小慎微】 jìng xiǎo shèn wēi　對瑣細之事亦持謹慎小心的態度。淮南子人間：“聖人敬小慎微，動不失時，百射重戒，禍乃不滋。”今通作“謹小慎微”。

【敬而遠之】 jìng ér yuǎn zhī　尊敬其人而不與之接近。論語雍也：“務民之義，敬鬼神而遠之。”禮表記：“夏道尊命，事鬼敬神而遠之。”清劉鶚老殘遊記十一：“若遇此等人，敬而遠之，以免殺身之禍。”

【敬老慈幼】 jìng lǎo cí yòu　敬重老人，撫愛幼小。孟子告子下：“敬老慈幼，無忘賓旅。”

【敬恭桑梓】 jìng gōng sāng zǐ　詩小雅小弁：“維桑與梓，必恭敬止。”宋朱熹注：“桑梓，二木。古者五畝之宅，樹之牆下，以遺子孫，給蠶食、具器用者也。”以桑梓爲父母所植，故加恭敬。後以爲尊敬故鄉之義。曾樸孽海花七：“富貴還鄉，格外要敬恭桑梓，也是雯青一點厚道。”亦作“恭敬桑梓”。明王世貞鳴鳳記二九：“豈孩兒未曾恭敬桑梓？”

【敬業樂羣】 jìng yè lè qún　敬業，專心致志於學習；樂羣，與同學友朋愉快相處。禮學記：“一年視離經辨志，三年視敬業樂羣。”

【敬謝不敏】 jìng xiè bù mǐn　猶謝絕。推卻的婉辭。唐韓愈昌黎集五寄盧全詩：“買羊沽酒謝不敏，偶逢明月曜桃李。”

【敲門磚】 qiāo mén zhuān　科舉時代，士人讀書應試，以取功名，名成而棄所學。猶如用磚敲門，既入門，即棄磚，故稱敲門磚。明田藝蘅留青日札摘抄四非文事：“又如錦囊集一書，……抄錄七篇，偶湊便可命中，子孫祕藏，以爲世寶。其未得第也，

則名之曰撞太歲，其既得第也，則號之曰敲門磚。”明西湖居士鬱輪袍傳奇上春遊：“小生：‘二兄爲何不做詩？’丑：‘這是敲門磚，敲開便丟下他。我們既作了官，做詩何用？’”清代又逕稱八股制義文字爲敲門磚。見清俞樾茶香室叢鈔九焚時文。

【敲邊鼓】 qiāo biān gǔ　比喻從旁吹噓、幫腔。李寶嘉官場現形記三四：“這話需要你老哥自己去找他，我們旁邊人只能敲敲邊鼓。”

【敲冰戛玉】 qiāo bīng jiá yù　比喻樂調的清潤。宋楊無咎逃禪詞垂絲釣鄧端友席上贈呂倩倩：“聽敲冰戛玉，恨雲怨雨，聲聲總在愁處。”

【敲金擊石】 qiāo jīn jī shí　以金石的敲擊喻詩文的聲調鏗鏘。金指鐘，石指磬。唐韓愈昌黎集十六代張籍與李浙東書：“籍又善於古詩，……閣下憑几而聽之，未必不如聽吹竹彈絲，敲金擊石也。”

【數一數二】 shǔ yī shǔ èr　㈠第一流的。指名在前列。元曲選戴善夫陶學士醉寫風光好三：“此乃金陵數一數二的歌者。”明馮夢龍改定湯顯祖風流夢情郎印夢：“我柳春卿在廣州學裏，也是數一數二的秀才，捱了些數伏數九的日子。”㈡逐條列舉。明馮夢龍警世通言三四：“路人爭問其故，孫老兒數一數二的逢人告訴。”

【數白論黃】 shǔ bái lùn huáng　計較金錢。白，銀；黃，金。明湯顯祖邯鄲記贈試：“有家兄打圓就方，非奴家數白論黃。”

【數米而炊】 shǔ mǐ ér chuī　比喻處理事情方法瑣碎，多勞而少益。莊子庚桑楚：“簡髮而櫛，數米而炊，竊竊乎又何足以濟世哉？”疏：“譬如揮簡毛髮，梳以爲髻。格量米數，炊以供餐，利益蓋微，爲損更甚。”淮南子泰族：“稱薪而爨，數米而炊，可以治小而未可以治大也。”後也用來形容人的吝嗇、困窮。明馮夢龍警世通言五：“積財聚穀，日不暇給。真箇是數米而炊，稱柴而爨。因此鄉里起他一箇異名，叫做金冷水，又叫金剝皮。”亦作“數粒乃炊”。抱朴子接疏：“明者舉大略細，不恢不求，故能取威定功，成天平地。豈止稱薪而爨，數粒乃炊，并瑕棄璧，披毛索黶哉。”

【數米量柴】 shǔ mǐ liáng chái　猶數米

而炊。清吳敬梓儒林外史四五："風塵惡俗之中，亦藏俊彥；數米量柴之外，別有經綸。"

【數見不鮮】 shuò jiàn bù xiān 數，屢次。史記九七陸賈傳："過汝，汝給吾人馬酒食……。一歲中往來過他客，率不過再三過，數見不鮮，無久慁公為也。"索隱："數見音朔現。謂時時來見汝也。不鮮，言必令鮮美作食，莫令見不鮮之物也。"後指事物經常看見，就不感到新奇。與原義異。曾樸孽海花三五："凡是一個團體，這些叛黨賣友的把戲，歷史上數見不鮮。"

【數典忘祖】 shǔ diǎn wàng zǔ 春秋時晉大夫籍談使周，周景王問晉國何以沒有寶器貢王室，談謂晉國從來沒有受到過周王室的賞賜，故無器物可獻。周王指出從晉的始祖唐叔起就不斷受到王室的賞賜，責談身為晉國司典（掌典籍的官）的後人竟不知這些史實。王曰："籍父其無後乎，數典而忘其祖。"見左傳昭十五年。後用以比喻忘本。今亦喻對祖國歷史的無知。

【數往知來】 shǔ wǎng zhī lái 追數過去，預測將來。易說卦："數往者順，知來者逆。"注："易八卦相錯，變化理備。於往，則順而知之；於來，則逆而數之。"逆，預度。明陸容菽園雜記一："洪武中，朝廷訪求通曉曆數，數往知來，試無不驗者，必封侯，食祿千五百石。"

【數粒乃炊】 shǔ lì nǎi chuī 見"數米而炊"。

【數黃道白】 shǔ huáng dào bái 見"數黑論黃"。

【數黃道黑】 shǔ huáng dào hēi 見"數黑論黃"。

【數黃論黑】 shǔ huáng lùn hēi 見"數黑論黃"。

【數黑論黃】 shǔ hēi lùn huáng 猶言說長道短。含有花言巧語、挑唆是非之意。元明雜劇元缺名關雲長千里獨行四："他口裏說短論長，數黑論黃，斷不了村沙莽撞，你心中自忖量。"明缺名古城記十三卻印："你調着三寸舌尖兒伎倆，絮絮叨叨賣弄你數黃論黑。"亦作"數黃道黑"、"數黃道白"、"數黃論黑"。西遊記三九："口裏不住的絮絮叨叨，數黃道黑，真像死了人的一般。"明凌濛初初刻拍案驚奇三四："元來那王尼有一身奢遮本事，第一件一張花嘴，數黃道白，指東話西，專一在官宦人家打趕。"孤本元明雜劇缺名張公藝九世同居一："你達時腰金佩紫掌絲綸，不達時數黃論黑尋章句。"

【數冬瓜，道茄子】 shǔ dōng guā, dào qié zǐ 形容說話囉唆。清西周生醒世姻緣二："那珍哥狂蕩了一日回來，正要數冬瓜，道茄子，講說打圍的故事，那大舍沒投仰仗的不大做聲。"

【整軍經武】 zhěng jūn jīng wǔ 整頓軍備，致力武事。左傳宣十二年："見可而進，知難而退，軍之善政也；兼弱攻昧，武之善經也。子姑整軍而經武乎！"晉書文帝紀景帝四年魏帝授九錫册："潛謀獨斷，整軍經武。"

【整襟危坐】 zhěng jīn wēi zuò 整衣端坐。形容嚴肅拘謹。危，端正。宋史四三六李道傳傳："稍長，讀河南程氏書，玩索義理，至忘寢食，雖處暗室，整襟危坐，肅如也。"亦作"正襟危坐"。見該條。

文　　部

【文人相輕】 wén rén xiāng qīng 舊時文人相互輕視，不服氣。文選三國魏文帝（曹丕）典論論文："文人相輕，自古而然。"

【文不加點】 wén bù jiā diǎn 形容文思

敏捷,下筆成章。初學記十七漢張衡文士傳:"吳郡張純少有令名,嘗謁鎮南將軍朱據,據令賦一物然後坐,純應聲便成,文不加點。"明缺名敦枕集下變關姚卜吊諸葛:"(桃卜)援筆一揮,文不加點。"亦作"文無加點"。後漢書八十禰衡傳:"衡攬筆而作(鸚鵡賦),文無加點,辭采甚麗。"

【文以載道】 wén yǐ zài dào 指用文章來表達一定的思想、道理。道,舊時多指儒家思想。宋周敦頤周濂溪集六通書二文辭:"文所以載道也,輪轅飾而人弗庸,徒飾也,況虛車乎?"題注:"此言文以載道,人乃有文而不以道,是猶虛車而不濟於用者。"

【文江學海】 wén jiāng xué hǎi 比喻文學的豐富,如江海的廣陽。唐著作郎鄭愔柏梁體聯句:"文江學海思濟航。"見唐詩紀事一中宗。

【文如其人】 wén rú qí rén 指文章風格與作者爲人相似。宋蘇軾經集東坡文集事略四五答張文潛書:"子由之文實勝僕,而世俗不知,乃以爲不如;其爲人深不願人知之,其文如其人。"

【文君新寡】 wén jūn xīn guǎ 舊指婦女死去丈夫不久。史記司馬相如傳:"卓王孫有女文君新寡,好音,故相如繆與令相重,而以琴心挑之。"

【文房四士】 wén fáng sì shì 見"文房四寶"。

【文房四寶】 wén fáng sì bǎo 筆墨紙硯的統稱。文房,書房。宋梅堯臣宛陵集三六九月六日登舟再和潘歙州紙硯詩:"文房四寶出二郡,邇來賞愛君與予。"水滸八一:"天子被逼不過,只得命取紙筆。奶子隨即捧過文房四寶。"亦作"文房四士"。宋陸游劍南詩稿二六閑居無客所與度日筆硯紙墨而已戲作長句:"水複山重客到稀,文房四士獨相依。"

【文武雙全】 wén wǔ shuāng quán 文才、武藝兼備。三國演義九三:"事母至孝,文武雙全,智勇足備,真當世之英杰也。"

【文恬武嬉】 wén tián wǔ xī 指文官武

將習於逸樂,苟安度日。唐韓愈昌黎集三十平淮西碑:"相臣將臣,文恬武嬉,習熟見聞,以爲當然。"

【文風不動】 wén fēng bù dòng 形容沒有絲毫改變。紅樓夢二九:"偏生那玉堅硬非常,摔了一下,竟文風不動。"

【文從字順】 wén cóng zì shùn 行文用字,妥貼通順。唐韓愈昌黎集三四南陽樊紹述墓誌銘:"文從字順各識職,有欲求之此其躅。"宋陸佃陶山集四又尋准尚書省劄子:"如臣荒蕪,久廢筆硯,文從字順,與年俱衰。"

【文過飾非】 wén guò shì fēi 掩飾過失、錯誤。唐劉知幾史通十四惑經:"斯則聖人設教,其理含弘,或援誓以表心;或稱非以受屈。豈與夫庸儒末學,文過飾非,使夫聞者緘辭杜口,懷疑不展,若斯而已哉!"亦作"飾非文過"。唐劉知幾史通七曲筆:"其有舞詞弄札,飾非文過,……斯乃作者之醜行,人倫所同疾也。"

【文無加點】 wén wú jiā diǎn 見"文不加點"。

【文經武緯】 wén jīng wǔ wěi 文事與武功。唐顏真卿顏魯公文集七郭公廟碑銘:"文經武緯,訓徒陟空。"也作"文經武略"。隋書高帝紀上策九錫文:"文經武略,久播朝野。"宋張孝祥丁湖詞二水調歌頭送謝倅之臨安:"好把文經武略,換取碧幢紅旆,談笑掃胡塵。"

【文質彬彬】 wén zhì bīn bīn 原指文采與實質配合均勻適當。論語雍也:"質勝文則野,文勝質則史,文質彬彬,然後君子。"注:"彬彬,文質相半之貌。"後泛指人舉止文雅。古今雜劇元費唐臣蘇子瞻風雪貶黃州三:"見如今御史臺威風凜凜,怎敢向翰林院文質彬彬。"元曲選鄭德輝傷梅香騙翰林風月楔子:"那生他文質彬彬才有餘,和俺這相府潭潭德不孤。"

【文韜武略】 wén tāo wǔ luè 韜,指六韜。古代兵書。分文韜、武韜、龍韜、虎韜、豹韜、犬韜六部分。略,指三略。古代兵書。文韜武略,比喻用兵的謀略。

斗　部

【斗方名士】 dǒu fāng míng shì　斗方，指作書畫寫詩文的方形單箋或冊頁。斗方名士，言其只能寫寫斗方，以充名士。舊時譏諷冒充風雅的淺學之士，多用此語。吳趼人二十年目睹之怪現狀十九：“那一班斗方名士，結識了兩個報館主筆，天天弄些詩去登報，要借此博個詩翁的名色。”

【斗酒百篇】 dǒu jiǔ bǎi piān　形容才思敏捷。唐杜甫杜工部草堂詩箋二飲中八僊歌：“李白一斗詩百篇，長安市上酒家眠。”

【斗酒隻雞】 dǒu jiǔ zhī jī　古人弔祭亡友，攜雞酒至墓前爲禮，後常用斗酒隻雞作爲悼友之詞。後漢書五一橋玄傳曹操祭玄文：“又承從容約誓之言：徂沒之後，路有經由，不以斗酒隻雞過相沃酹，車過三步，腹痛勿怨。雖臨時戲笑之言，非至親之篤好，胡肯爲此辭哉！”宋陸游劍南詩稿二二村居初夏：“斗酒隻雞人笑樂，十風五雨歲豐穰。”亦作“隻雞斗酒”。見該條。

【斗粟尺布】 dǒu sù chǐ bù　見“尺布斗粟”。

【斗筲之人】 dǒu shāo zhī rén　斗，容十升；筲，容一斗二升；皆量器之小者。因以比喻才識淺陋、器量狹窄之人。論語子路：“子曰：‘噫！斗筲之人，何足算也！’”亦作“斗筲之材”、“斗筲之輩”。漢書八五谷永傳：“永斗筲之材，質薄學朽。”明馮夢龍清蔡元放東周列國志七六：“囊瓦乃斗筲之輩，貪功僥倖，今史皇小挫，未有虧損，今夜必來偷襲大寨，不可不備。”

【斗筲之材】 dǒu shāo zhī cái　見“斗筲之人”。

【斗筲之輩】 dǒu shāo zhī bèi　見“斗筲之人”。

【斗轉星移】 dǒu zhuǎn xīng yí　星斗移位。比喻時序變遷。元曲選馬致遠西華山陳摶高臥三：“直睡的陵遷谷變，石爛松枯，斗轉星移。”亦作“星移斗轉”。見該條。

【斗轉參橫】 dǒu zhuǎn shēn héng　北斗轉向，參星橫斜。指天將明之時。宋史樂志鼓吹下奉禋歌：“斗轉參橫將旦，天開地闢如春。”亦作“參橫斗轉”。見該條。

【斜風細雨】 xié fēng xì yǔ　微斜的風，濛濛小雨。花間集補上唐張志和漁歌子詞：“青篛笠，綠蓑衣，斜風細雨不須歸。”

斤　部

【斬草除根】 zhǎn cǎo chú gēn　比喻連根拔除，免生後患。左傳隱六年：“爲國家者，見惡如農夫之務去草焉，芟夷蘊崇之，絕其本根，勿使能殖。”陳書周迪傳尚書符：“雖復朽株將拔，非待尋斧；落葉就殞，無勞烈風；但去草絕根，在于未蔓，撲火止燎，貴乎速滅。”後來通俗作品中多作“斬草除根”。五代史平話梁上：“斬草除根，萌芽不發。"西遊記七九:"萬望神僧老佛大施法力,斬草除根,把他剪除盡絕,誠爲莫大之恩。"亦作"翦草除根"。見該條。

【斬釘截鐵】 zhǎn dīng jié tiě 比喻堅定不移,或果斷利落。景德傳燈錄十七道膺禪師:"師謂眾曰:學佛法底人,如斬釘截鐵始得。"宋朱熹朱文公集四七答呂子約書:"孟子董子所以拔本塞源、斬釘截鐵,便是正怕後人似此拖泥帶水也。"古今雜劇明楊升菴天玄記一:"兄弟也,不知師傅所言,句句斬釘截鐵,言言擊玉敲金,苦苦叮嚀,真告顯露,其中最有玄妙之理。"

【斬將搴旗】 zhǎn jiàng qiān qí 斬敵將,拔敵旗。史記九九叔孫通傳:"漢王方蒙矢石爭天下⋯⋯故先言斬將搴旗之士。"亦作"斬將刈旗"、"斬將褰旗"。史記項羽紀:"今日固決死,願爲諸君快戰,必三勝之,爲諸君潰圍,斬將刈旗,令諸君知天亡我,非戰之罪也。"漢書九十楊僕傳:"將軍之功,獨有先破石門、尋陿,非有斬將褰旗之實也。"注:"褰與搴同。褰,拔取之。"亦作"搴旗斬將"。見該條。

【斯文掃地】 sī wén sǎo dì 指文人不受尊重或自甘墮落。吳趼人二十年目睹之怪現狀三六:"偏是他們那一班人,胡說亂道的,鬧了個斯文掃地,聽了也令人可惱。"

【斯事體大】 sī shì tǐ dà 猶言此是大事。史記一一七司馬相如傳:"然斯事體大,固非觀者之所覩也。"

【斯抬斯敬】 sī tái sī jìng 形容相互敬重。斯,應作"廝"。紅樓夢八七:"要像如今這樣斯抬斯敬的,那裏能把這些東西白遭塌了呢?"

【新婚燕爾】 xīn hūn yàn ěr 見"宴爾新婚"。

【新愁舊恨】 xīn chóu jiù hèn 指對往事和現況的煩惱、怨恨情緒。唐韓偓韓內翰別集三月詩:"新愁舊恨真無奈,須就鄰家甕底眠。"宋蘇軾蘇文忠詩合注二一四時詞:"新愁舊恨眉生綠,粉汙餘香在蕲竹。"

【斲雕爲樸】 zhuó diāo wéi pǔ 去浮華,崇質樸。史記一二二酷吏傳序:"漢興,破觚而爲圜,斲雕而爲朴。"朴,同"樸"。索隱

引晉灼:"斲理凋弊之俗,使反質樸。"漢書九十酷吏傳作"斲琱而爲樸"。注:"抑巧僞而務敦厚也。琱謂刻鏤也,字與彫同。"隋書文學傳序:"高祖初統萬機,每念斲彫爲樸,發號施令,咸去浮華。"彫,同"雕"。

【斷井頹垣】 duàn jǐng tuí yuán 形容破舊衰敗的景象。明湯顯祖牡丹亭驚夢:"原來姹紫嫣紅開遍,似這般都付與斷井頹垣。"

【斷長補短】 duàn cháng bǔ duǎn 見"斷長續短"。

【斷長續短】 duàn cháng xù duǎn 猶言截長補短。荀子禮論:"禮者,斷長續短,損有餘,益不足,達愛敬之文,而滋成行義之美者也。"戰國策秦一:"今秦地形,斷長續短,方數千里。"亦作"斷長補短"。禮王制:"凡四海之內,斷長補短,方三千里,爲田八十萬億一萬億畝。"

【斷章取義】 duàn zhāng qǔ yì 隨意截取詩文一章一句爲己用,而不問原意,不顧全文。禮中庸:"詩云:'相在爾室,尚不愧于屋漏。'"唐孔穎達疏:"記者引之,斷章取義。"南朝梁劉勰文心雕龍七章句:"尋詩人擬喻,雖斷章取義,然章句在篇,如繭之抽緒,原始要終,體必鱗次。"後亦指引用他人文章或談話內容。只截取片斷,而不顧原意。李寶嘉官場現形記五九:"碰巧他這位老賢甥聽話也只聽一半,⋯⋯以爲是老母舅保舉他堂舅爺接他的手,所以才會夸獎他能幹。"

【斷章截句】 duàn zhāng jié jù 見"斷章摘句"。

【斷章摘句】 duàn zhāng zhāi jù ㊀成章成句。唐李商隱李義山文集四唐容州經略使元結文集後序:"斷章摘句,如娠始生。"㊁截取一章一句。亦作"斷章截句"。宋史選舉志二科目下:"紹定三年,臣僚請學校場屋,並禁斷章截句,破壞義理。"

【斷梗飛蓬】 duàn gěng fēi péng 見"斷梗飄蓬"。

【斷梗流萍】 duàn gěng liú píng 見"斷梗飄蓬"。

【斷梗飄蓬】 duàn gěng piāo péng 比喻飄流無定。宋石孝友金谷遺音清平樂:"自憐俗狀塵容,幾年斷梗飄蓬。"清文康

兒女英雄傳二二：「一個世家千金小姐，弄得一生伶仃孤苦，有如斷梗飄蓬，生死存亡，竟難預定。」亦作「斷梗飛蓬」、「斷梗流萍」。宋陸游劍南詩稿二拆號前一日作：「飄零隨處是生涯，斷梗飛蓬但可嗟。」又秦觀淮海集後集二別賈耘老詩：「人生百齡同臂伸，斷梗流萍暫相親。」

【斷脰決腹】　duàn dòu jué fù　砍頭剖腹，形容死之壯烈。戰國策楚一：「有斷脰決腹，壹瞑而萬世不視，不知所益，以憂社稷者。」脰，頸項。亦作「決腹斷頭」。淮南子脩務：「今日距彊敵……決腹斷頭，不旋踵運軌而死。」

【斷線風箏】　duàn xiàn fēng zhēng　比喻一去不返，杳無音信。明馮夢龍醒世恆言二一：「去了多時，約摸四更天氣，卻似石沉滄海，斷綫風箏，不見回來。」

【斷髮文身】　duàn fà wén shēn　古代吳越一帶風俗，截短頭髮，身繪花紋，以避水中蛟龍之害。左傳哀七年：「仲雍嗣之，斷髮文身，臝以爲飾。」莊子逍遙遊：「宋人資章甫，而適諸越，越人斷髮文身，無所用之。」

【斷墨殘楮】　duàn mò cán chǔ　殘缺不全的典籍。明王世貞弇州山人四部稿一三一題俞紫芝急就章：「子中獨能尋考遺則於斷墨殘楮，遂與仲溫并驅。」

【斷編殘簡】　duàn biān cán jiǎn　殘缺不全的文字。宋黃庭堅山谷外集補三讀書呈幾復之一：「身入羣經作蠹魚，斷編殘簡伴閑居。」宋史三一九歐陽修傳：「好古嗜學，凡周漢以降，金石遺文，斷編殘簡，一

切掇拾，研稽異同。」亦作「斷簡殘編」、「殘編斷簡」。見各該條。

【斷頭將軍】　duàn tóu jiāng jūn　三國蜀張飛領軍至江州，破劉璋將巴郡太守嚴顏，生獲顏。飛呵顏曰：「大軍至，何以不降而敢拒戰？」顏答曰：「卿等無狀，侵奪我州，我州但有斷頭將軍，無有降將軍也。」猶言寧死不屈。

【斷簡殘編】　duàn jiǎn cán biān　指殘缺不全的文字。宋陸游劍南詩稿六七對酒：「斷簡殘編不策勛，束臯猶得肆微勤。」元王實甫西廂記一本一折：「空雕蟲篆刻，綴斷簡殘編。」亦作「斷編殘簡」、「殘編斷簡」。見各該條。

【斷爛朝報】　duàn làn cháo bào　宋王安石以春秋已多殘缺，而解經者每遇疑難之處，即指爲闕文，因稱春秋爲斷爛朝報。本指說經而言，非指左傳本經。朝報即官府的公告。後來多指斷爛朝報作春秋的別稱。見宋史王安石傳、清蔡上翔王荊公年譜考略十一。後多指陳舊雜亂，無參考價值的歷史記載。曾樸孽海花三四：「真令人莫明奇妙。無怪朱子疑心他不可解，王安石蔑視他爲斷爛朝報，要束諸高閣了。」

【斷鶴續鳧】　duàn hè xù fú　喻事之勉強相代，失其本性。莊子駢拇：「長者不爲有餘，短者不爲不足，是故鳧脛雖短，續之者憂；鶴脛雖長，斷之則悲。」唐成玄英疏：「欲截鶴之長，續鳧之短以爲齊，深乖造化，違失本性。」清蒲松齡聊齋志異陸判：「斷鶴續鳧，矯作者妄；移花接木，創始者齊。」

方　　部

【方寸已亂】　fāng cùn yǐ luàn　形容心緒已被擾亂。方寸，指心而言。三國志蜀諸葛亮傳：「(徐)庶辭先主而指其心曰：『本

欲與將軍共圖王霸之業者，以此方寸之地也。今已失老母，方寸亂矣，無益於事，請從此別。』」清文康兒女英雄傳三：「我的方

寸已亂,斷無道理可計議了。"

【方以類聚】　fāng yǐ lèi jù　同類事物相聚一處。易繫辭上:"方以類聚,物以羣分,吉凶生矣。"禮樂記"方以類聚"疏:"方以類聚者,方謂走蟲禽獸之屬,各以類聚,不相雜也。"

【方外之人】　fāng wài zhī rén　原指言行超脫於世俗以外之人。世說新語任誕:"阮(籍)方外之人。故不崇禮制;我輩俗中人,故以儀軌自居。"後指僧道等出家人。清李汝珍鏡花緣五六:"佟女出家多年,乃方外之人,豈可擅離此庵。尚求伯母原諒。"

【方外司馬】　fāng wài sī mǎ　言身雖居官,而不拘於禮法。世說新語簡傲:"俄而(桓溫)引(謝)奕爲司馬,奕既上,猶推布衣交。在溫坐,岸幘嘯詠,無異常日。宣武每曰:'我方外司馬。'"又見晉書謝安傳附謝奕。北齊書王晞傳:"在并州,雖戎馬填閭,未嘗以世務爲累。良辰美景,嘯詠遨遊,登臨山水,以談讌爲事,人士謂之方外司馬。"

【方底圓蓋】　fāng dǐ yuán gài　猶言圓鑿方枘,兩不相合。北齊顏之推顏氏家訓兄弟:"今使疏薄之人,而節量親厚之恩,猶方底而圓蓋,必不合矣。"

【方枘圓鑿】　fāng ruì yuán zuò　方榫圓孔,彼此不合。比喻格格不入。楚辭宋玉九辯:"圓鑿而方枘兮,吾固知其鉏鋙而難入。"淮南子氾論:"世之法籍與時變,禮義與俗易,爲學者循先襲業,據籍守舊教,以爲非此不治,是猶持方枘而周員鑿也,欲得宜,適致固焉,則難矣。"員,通"圓"。亦作"方鑿圓枘"。見該條。

【方便之門】　fāng biàn zhī mén　爲佛教指引人入佛的門徑。景德傳燈錄二八:"所以諸佛慈悲,見汝不奈何,開方便門示真實相。唐王勃王子安集十六廣州寶莊嚴寺舍利塔碑:"維摩見柄,蓋申方便之門;道安謝歸,思遠朝廷之事。"後引申爲予人便利,爲開方便之門。

【方桃譬李】　fāng táo pì lǐ　比喻美如桃李。藝文類聚四四南朝梁簡文帝箏賦:"乃有燕餘麗妾,方桃譬李,本住南城,經居東里。"

【方領矩步】　fāng lǐng jǔ bù　指儒生的服飾與儀態。方領,直衣領。矩步,步履規矩合度。也泛指儒生。後漢書七九儒林傳序:"建武五年,乃修起太學,稽式古典,籩豆干戚之容,備之於列,服方領習矩步者,委它乎其中。"隋書儒林傳序:"方領矩步之徒,亦多轉死溝壑。"

【方興未艾】　fāng xīng wèi ài　正在發展,沒有終止。宋陳亮龍川集二三祭周賢董文:"連歲有江上之役,欲見公壽而不果奔也,謂公之壽方興未艾,而此心終未泯也。"

【方頭不劣】　fāng tóu bù liè　見"方頭不律"。

【方頭不律】　fāng tóu bù lǜ　倔強,執拗,粗暴。古今雜劇元鄭廷玉宋上皇金鳳釵二:"見一箇方頭不律的人,欺負一箇年老的,要扯他跳河。"元曲選缺名崔府君斷冤家債主三:"俺孩兒也不曾訛言諕語,又不曾方頭不律。"亦作"方頭不劣"。元曲選關漢卿錢大尹智勘緋衣夢四:"俺這裏有箇裴炎,好生方頭不劣。"亦作"不劣方頭"。見該條。

【方鑿圓枘】　fāng zuò yuán ruì　方榫圓孔。比喻有抵觸,不相投合。史記孟子荀卿傳:"持方枘欲內圓鑿,其能入乎?"圓,通"圓"。唐孔穎達春秋正義序:"此乃以冠雙履,將絲綜麻,方鑿圓枘,其可入乎?"亦作"方枘圓鑿"。見該條。

【於安思危】　yú ān sī wēi　猶居安思危。逸周書程典:"於安思危,於始思終,於邇思備,於遠思近,於老思行。"戰國策楚四:"虞卿謂春申君曰:'臣聞之春秋,於安思危,危則慮安。'"

【旁行斜上】　páng xíng xié shàng　梁書劉查傳:"王僧孺被敕撰譜,訪查血脈所因。查云:'桓譚新論云:太史三代世表旁行邪上,並效周譜。以此而推,當起周代。'"邪,通"斜"。本指史記三代世表、十二諸侯年表等諸表而言,後泛指用表格行式排列的系表、譜牒等。

【旁見側出】　páng xiàn cè chū　從不同的角度和側面所表現的形象。宋蘇軾東坡集正集二三書吳道子畫後:"道子畫人物,如以燈取影，逆來順往，旁見側出，橫斜平直，各相乘除。"

【旁若無人】　páng ruò wú rén　雖有人在側，但視若無睹。史記八六荆軻傳："高漸離擊筑，荆軻和而歌於市中，相樂也，已而相泣，旁若無人者。"亦以形容態度傲慢，不把身邊的人放在眼裏。世說新語任誕"阮步兵喪母"注引名士傳："阮籍喪親不率常禮，裴楷往弔之，遇籍方醉，散髮箕踞，旁若無人。"明馮夢龍警世通言二六："妾昔見諸少年擁君，出素扇紛求書畫，君一概不理，倚窗酌酒，旁若無人。"

【旁敲側擊】　páng qiāo cè jī　避去正面直言，而從旁用隱語或反語暗示、諷刺。吳趼人二十年目睹之怪現狀二十："不給他兩句，他當人家一輩子都是糊塗蟲呢。只不過不應該這樣旁敲側擊，應該要明亮亮的叫破了他。"

【旁觀者清】　páng guān zhě qīng　從旁觀察，往往比身預其事者更爲清楚、全面。紅樓夢五五："俗語說：'旁觀者清。'這幾年姑娘冷眼看着，或有該添該減的去處，二奶奶沒行到，姑娘竟一添減。"

【旅進旅退】　lǚ jìn lǚ tuì　與衆人共進退。禮樂記中："今夫古樂，進旅退旅。"注："旅，猶俱也。俱進俱退，言其齊一也。"國語越上："吾不欲匹夫之勇也，欲其旅進旅退。"亦用作貶義詞。形容隨波逐流。宋王禹偁小畜集十六待漏院記："復有無毀無譽，旅進旅退，竊位而苟祿，備員而全身者，亦無所取焉。"曾樸孽海花三五："像我們這種在宮廷裏旅進旅退慣了的角色，盡管賣力唱做，掀帘出場，決不足震動觀衆的耳目。"亦作"進旅退旅"。見該條。

【旋乾轉坤】　xuán qián zhuǎn kūn　猶言回轉天地。形容力量之大。唐韓愈昌黎集三九潮州刺史謝上表："陛下即位以來，躬覲聽斷，旋乾轉坤，關機闔開，雷厲風飛。"宋史四一七游似傳："人主一念之烈，足以旋乾轉坤。"今多作"旋轉乾坤"。

【旗開得勝】　qí kāi dé shèng　首戰告捷。元明雜劇元關漢卿劉夫人慶賞五侯宴楔子："俺父親手下兵多將廣，有五百義兒家將，人人奮勇，個個英雄，端的是旗開得勝，馬到成功。"古今雜劇元缺名功臣宴敬德不伏老："跨下騎着深烏馬，腕懸着水磨鞭，旗開得勝，馬到成功。"

【旗鼓相當】　qí gǔ xiāng dāng　猶言兩軍對峙，勢均力敵。三國志魏管輅傳"故人多愛之而不敬也"南朝宋裴松之注引輅別傳："(管輅)問(單)子春曰：'今欲與輅爲對者，若府君四坐之士邪？'子春曰：'吾欲自與卿旗鼓相當。'"亦作"鼓旗相當"。後漢書四三隗囂傳光武報囂書："如今子陽(公孫述)到漢中、三輔，願因將軍兵馬，鼓旗相當。"後指雙方勢均力敵，不相上下。文苑英華九六唐楊炯楊去盈墓誌銘："神鋒太俊，旗鼓相當。"

无　　部

【无妄之災】　wú wàng zhī zāi　不測之禍。易无妄："六三，无妄之災，或繫之牛，行人之得，邑人之災。"唐李商隱李義山文集三爲賀拔員外上李相公啓："三醫畢訪，百藥皆投，竟非无妄之災，莫見有瘳之候。"西遊記十二："能解百冤之結，能消无妄之災。"

【旣往不咎】　jì wǎng bù jiù　對以往的過錯不再責備追究。論語八佾："成事不說，遂事不諫，旣往不咎。"三國志魏曹爽傳"皆伏誅，夷三族"注引魏略曰："中護軍蔣濟表曰：畢軌前失，旣往不咎，但恐是後難可以再。"西遊記三一："哥哥，不必說了。君子人旣往不咎。"

【既來之，則安之】 jì lái zhī, zé ān zhī
論語季氏：“夫如是，故遠人不服，則修文
德以來之。既來之，則安之。”本指招徠遠
人，並加以安撫；今指已經來了，應該安
心。吳趼人二十年目睹之怪現狀一○二：

“但既來之則安之，姑且住下再説。”
【既有今日，何必當初】 jì yǒu jīn rì, hé
bì dāng chū　感慨目前，追悔往昔。紅樓
夢二八：“黛玉聽説，回頭就走。寶玉在身
後面歎道：‘既有今日，何必當初?’”

日　　部

【日下無雙】 rì xià wú shuāng　京師無
人可比。言才高出衆。日下，指京都。梁書
伏挺傳：“及長，有才思，好屬文，爲五言
詩，善效謝康樂體。父友人樂安任昉深相
歎異，常曰：‘此子日下無雙。’”
【日上三竿】 rì shàng sān gān　日出離
地面有三根竹竿之高。約爲午前八、九點。
南齊書天文志上日光色：“永明五年十一
月丁亥，日出高三竿，失色赤黄。”唐韓鄂
歲華紀麗一春“日上三竿”注引古詩：“日
上三竿風露消。”宋陸游劍南詩稿村飲之
二：“昏鐘未動先酣枕，日上三竿是起時。”
亦作“日出三竿”。宋蘇轍欒城集九春日耕
者詩：“雨深一尺春耕利，日出三竿曉餉
遲。”亦作“日高三丈”。見該條。
【日久年深】 rì jiǔ nián shēn　形容年代
久遠。西遊記十二：“日久年深，山遙路遠，
御弟可進此酒：寧戀本鄉一捻土，莫愛他
鄉萬兩金。”亦作“年深日久”、“年深歲
久”。見各該條。
【日不移晷】 rì bù yí guǐ　比喻一刹那
間，極其迅捷。晷，日影。漢書九九上王莽
傳：“人不還踵，日不移晷，霍然四除，更爲
寧朝。”
【日不暇及】 rì bù xiá jí　見“日不暇
給”。
【日不暇給】 rì bù xiá jǐ　事務繁多而時
間不足。史記封禪書：“雖受命而功不至，
至梁父矣而德不洽，洽矣而日有不暇給，
是以即事用希。”漢書高帝紀下：“漢興，撥
亂反正，日不暇給。”清劉鶚老殘遊記三：

“誰知一個傳十，十個傳百，官幕兩途拿轎
子來接的漸漸有日不暇給之勢。”亦作“日
不暇及”。三國志魏夏侯玄傳：“魏室之隆，
日不暇及。”
【日中必彗】 rì zhōng bì huì　日中陽光
方盛，正好曬物。比喻作事應及時。六韜文
韜守土：“日中必彗，操刀必割。……日中
不彗，是謂失時；操刀不割，失利之期。”漢
書四八賈誼傳彗作“熭”。注引孟康：“熭音
衞。日中盛者，必暴熭也。”
【日中則昃】 rì zhōng zé zè　太陽到正
午就要偏斜。比喻事物發展到一定程度，
就會向着相反的方向轉化。易豐：“日中則
昃，月盈則食。”疏：“盛必有衰，自然常理。
日中至盛，過中則昃。”三國演義六五：“日
中則昃，月滿則虧，此天下之常理也。”亦
作“日中則移”。戰國策秦三：“語曰：‘日中
則移，月滿則虧。物盛則衰，天之常數
也。’”
【日中則移】 rì zhōng zé yí　見“日中則
昃”。
【日月入懷】 rì yuè rù huái　形容心胸開
朗。世説新語容止：“時人目夏侯太初(玄)
朗朗如日月之入懷。”
【日月交食】 rì yuè jiāo shí　用以比喻
作對，爭鬥。元曲選康進之梁山泊李逵負
荆二：“俺兩箇半生來豈有些嫌隙，到今日
卻做了日月交食。”
【日月合璧】 rì yuè hé bì　日月同升，古
人附會爲祥瑞。漢書律曆志上：“宦者淳于
陵渠復覆太初曆晦朔弦望，皆最密，日月

如合璧，五星如連珠。"注引孟康："謂太初上元甲子夜半朔旦冬至時，七曜皆會聚斗、牽牛分度，夜盡如合璧連珠也。"後也稱日月同宮、日月對照爲合璧。清欽天監復以合朔爲限。

【日月如梭】rì yuè rú suō 形容光陰過得很快。京本通俗小說碾玉觀音上："時光似箭，日月如梭，也有一年之上。"清錢謙益初學集一丁未春與李三長蘅下第立馬過滕縣貰酒看花已十四年矣感歎舊游如在宿昔作此詩以寄之："與君過此十四春，日月如梭事錯互。"李寶嘉官場現形記二一："正是光陰如水，日月如梭，彈指閒已過半載。"

【日月參辰】rì yuè shēn chén 喻作對，不和。參、辰，即參商二星。參在西，商在東，此出彼沒，不同時出現。元曲選（蕭德祥）楊氏女殺狗勸夫一："也不是我特故的把哥哥來恨，他他他不思忖一爺娘骨肉，却和我做日月參辰。"

【日月跳丸】rì yuè tiào wán 形容時光過得快。唐韓愈昌黎集一秋懷詩："憂愁黃暑景，日月如跳丸。"亦作"跳丸日月"。唐杜牧樊川文集四寄浙東韓乂評事詩："一笑五雲溪上舟，跳丸日月十經秋。"

【日升月恆】rì shēng yuè gèng 日初升，月趨滿。比喻事物方興未艾，蒸蒸日上。恆，月上弦貌。詩小雅天保："如月之恆，如日之升。"後祝人事業發展曰"日升月恆"，本此。

【日出三竿】rì chū sān gān 見"日上三竿"。

【日長一線】rì cháng yī xiàn 指冬至後白晝漸長。唐杜甫杜工部草堂詩箋十三至日遣興奉寄兩院故人之一："何人錯憶窮愁日，愁日愁隨一線長。"宋陳元靚歲時廣記三八冬至添紅線："歲時記：魏晉間，宮中以紅線量日影，冬至後日影添長一線。"又增繡功："唐雜錄言：宮中以女功揆日之長短，冬至後日晷漸長，比常日增一線之功。"

【日東月西】rì dōng yuè xī 喻遠隔兩地，不能相聚。樂府詩集五九琴曲歌辭蔡琰胡笳十八拍之十六："十六拍兮思茫茫，我與兒兮各一方，日東月西兮徒相望，不得相隨兮空斷腸。"

【日居月諸】rì jū yuè zhū 日月。居、諸，語氣助詞。詩邶風日月："日居月諸，照臨下土。"後用以指歲月流逝。唐陸贄陸宣公集二貞元改元大赦制："日居月諸，歲聿云暮。"明瞿佑剪燈新話二天台訪隱："寒往暑來，日居月諸，但見花開爲春，葉脫爲秋，不知今日是何朝代，是何甲子也。"

【日削月朘】rì xuē yuè juān 連續不斷，進行剝削、搜刮。朘，縮、減。漢書五六董仲舒傳："民日削月朘，寖以大窮。"宋洪邁容齋三筆二："今之事力，與昔者不可同日而語。所謂緡錢之人，殆過十倍。民日削月朘，未知救弊之術。"亦作"日朘月削"。新唐書一二三蕭至忠傳上時政疏："若公器而私用之，則公義不行而勞人解體，私謁開而正言塞，日朘月削，卒見凋弊。"宋尹洙河南集六上呂相公書又一首："且虜以利舉，苟外無所掠，必將攻城，日朘月削，塞邊遂蹙。"

【日省月試】rì xǐng yuè shì 經常進行考核。省，檢查。禮中庸："日省月試，既廩稱事，所以勸百工也。"亦作"日省月課"。魏書李彪傳上表："及儲宮誕育，復親撫誥，日省月課，實勞神慮。"

【日省月課】rì xǐng yuè kè 見"日省月試"。

【日食萬錢】rì shí wàn qián 形容生活奢靡已極。明馮夢龍警世通言十七："官一品，群壓百僚，童僕千數，日食萬錢，說不盡榮華富貴。"亦作"食日萬錢"。見該條。

【日高三丈】rì gāo sān zhàng 猶日上三竿。宋蘇轍欒城集十五得告家居次韻貢父見寄詩："起問日高三丈久，臥聞車過九門開。"

【日朘月削】rì juān yuè xuē 見"日削月朘"。

【日就月將】rì jiù yuè jiāng 日有所得，月有所進。詩周頌敬之："日就月將，學有緝熙于光明。"北齊書儒林傳序："自餘多驕恣傲很，動違禮度，日就月將，無聞焉爾。"宋程俱北山小集二十集英殿修撰謝

表:"日就月將,方緝熙於大學;雲行雨施,期潤澤於羣生。"

【日無暇晷】 rì wú xiá guǐ 猶日不暇給。李寶嘉官場現形記五七:"他自從接了這四個差使之後,一天到晚真正是日無暇晷,沒有一天不上院。"

【日復一日】 rì fù yī rì 形容歲月流逝。後漢書光武帝紀:"天下重器,常恐不任,日復一日,安敢遠期十歲乎?"明馮夢龍清蔡元放東周列國志四:"但恐日復一日,養成勢大,如蔓草不可芟除,可奈何?"

【日新月異】 rì xīn yuè yì 形容發展變化之速。宋劉克莊後村集五十賜歷日謝表:"御圖二紀,常晝訪以夕修;更化十年,蓋日新而月異。"

【日試萬言】 rì shì wàn yán 以日寫萬言為試。極言才思敏捷。唐李白李太白集二六與韓荊州書:"請日試萬言,倚馬可待。"舊唐書一二七張涉傳:"亦能為文,嘗請有司日試萬言,時呼張萬言。"唐時取士考試有日試萬言科。

【日暮途窮】 rì mù tú qióng 猶日暮途遠。唐杜甫杜工部草堂詩箋三投贈哥舒開府翰二十韻:"幾年春草歇,今日暮途窮。"清侯方域壯悔堂集三癸未去金陵日與阮光祿書:"君子稍知禮義,何至甘心作賊!萬一有為,此必日暮途窮,倒行而逆施。"吳趼人二十年目睹之怪現狀三六:"我從來不肯騙人,不過此時到了日暮途窮的時候,不得已而為之。"

【日暮途遠】 rì mù tú yuǎn 秦漢前習用成語,謂日景已暮而行程尚遠,喻力竭計窮。史記六六伍子胥傳:"為我謝申包胥曰:'吾日暮途遠,吾故倒行而逆施之。'"北周庾信庾子山集二哀江南賦序:"日暮途遠,人間何世!"途,亦作"道"、"路"。吳子治兵:"日暮道遠,必數上下。"尉繚子兵教下:"日暮路遠,還有挫氣。"

【日暮道遠】 rì mù dào yuǎn 見"日暮途遠"。

【日暮路遠】 rì mù lù yuǎn 見"日暮途遠"。

【日銷月鑠】 rì xiāo yuè shuò 謂日復一日、年復一年地消磨。唐韓愈昌黎集五石鼓歌:"日銷月鑠就埋沒,六年西顧空吟哦。"

【日積月累】 rì jī yuè lěi 不斷積累。宋史四一七喬行簡傳上疏:"借納忠效勤之意,而售其陰險巧佞之奸,日積月累,氣勢益張;人主之威權,將為所竊弄而不自知矣。"清顧炎武日知錄九:"自是以後,日積月累,千百成羣,其為國之蠹害甚矣。"

【日薄西山】 rì bó xī shān 太陽迫近西山,比喻人衰老,臨近死亡。漢書八七上揚雄傳反離騷:"臨汨羅而自隕兮,恐日薄於西山。"文選晉李令伯(密)陳情事表:"過蒙拔擢,寵命優渥,豈敢盤桓,有所希冀。但以(祖母)劉日薄西山,氣息奄奄;人命危淺,朝不慮夕,……是以區區不能廢遠。"今也用以比喻事物接近衰敗腐朽。

【日轉千堦】 rì zhuǎn qiān jiē 比喻官職提昇極快。元曲選缺名朱太守風雪漁樵記二:"但有日官居八座,位列三台,日轉千堦,頭直上打一輪皂蓋,那其間誰敢道我買薪來。"

【日轉千街】 rì zhuǎn qiān jiē 指乞丐沿街叫化。元曲選張國賓相國寺公孫合汗衫三:"哎!婆婆也,嗜去來波,可則索與他日轉千街。"

【日久見人心】 rì jiǔ jiàn rén xīn 相處日久,可見真心。元曲選缺名爭報恩三虎下山一:"路遙知馬力,日久見人心。"明徐畋殺狗記下二九:"聽咱說事因,一人心痛,一個腰疼,假意佯推病,果然日久見人心,方知沒義人。"

【日出而作,日入而息】 rì chū ér zuò, rì rù ér xī 反映古代人民適應自然、辛勤勞動的狀況。莊子讓王:"春耕種,形足以勞動;秋收斂,身足以休息。日出而作,日入而息。"

【日計不足,月計有餘】 rì jì bù zú, yuè jì yǒu yú 見"日計不足,歲計有餘"。

【日計不足,歲計有餘】 rì jì bù zú, suì jì yǒu yú 比喻積少成多。或喻持之以恆,必有成效。莊子庚桑楚:"今吾日計之不足,歲計之而有餘。庶幾其聖人乎?"通玄真經(文子)精誠:"稽之不得,察之不虛,日計不足,歲計有餘。"亦作"日計不足,月計有餘」。後漢書章帝紀元和二年詔:「安靜之吏,悃愊無華,日計不足,月計有餘。」

【日間不做虧心事,半夜敲門不吃驚】 rì jiān bù zuò kuī xīn shì, bàn yè qiāo mén bù chī jīng 比喻人不作壞事,則坦然無懼。京本通俗小説錯斬崔寧:「不得你日間不做虧心事,半夜敲門不吃驚。便去何妨?」元曲選缺名包待制陳州糶米三「小衙内詩云:『日間不做虧心事,半夜敲門不吃驚。』」

【早知今日,悔不當初】 zǎo zhī jīn rì, huǐ bù dāng chū 追悔以前不應作之事。宋集成編宏智禪師廣錄四:「諸人若也檢點得出,早知今日事,悔不慎當初。若也放一線道,因風吹火,用力不多。」永樂大典張協狀元戲文:「張解元早知今日,悔不當初」。亦作「早知如此,悔不當初」。元曲選缺名孟德耀舉案齊眉二:「早知如此掛人心,悔不當初莫相識。」

【早知如此,悔不當初】 zǎo zhī rú cǐ, huǐ bù dāng chū 見「早知今日,悔不當初」。

【旰食宵衣】 gàn shí xiāo yī 日已晚方進食,天未明即穿衣。形容帝王勤於政事。南朝陳徐陵徐孝穆集十陳文帝哀策文:「勤民聽政,旰食宵衣。」唐白居易長慶集十二附陳鴻長恨歌傳:「玄宗在位歲久,倦於旰食宵衣,政無大小,始委於右丞相,深居遊宴,以聲色自娛。」又四四杭州刺史謝上表:「當陛下旰食宵衣之日,是微臣輸肝寫膽之時。」亦作「宵衣旰食」。見該條。

【明火持仗】 míng huǒ chí·zhàng 見「明火執仗」。

【明火執仗】 míng huǒ zhí zhàng 指手執火把及兵器,公然搶劫。水滸一〇四:「鄰舍及近村人家,平日畏段家人物如虎,今日見他每明火執仗,又不知他每備細,都閉着門,那裏有一個敢來攔阻。」亦作「明火持仗」、「明火執杖」。元明雜劇缺名十八國臨潼鬪寶楔子:「我是首將來皮豹,善曉六韜知三略,明火持仗打劫人。」紅樓夢一一〇:「營官着急道:『並非明火執杖,怎麼便算是強盜呢?』」

【明火執杖】 míng huǒ zhí zhàng 見「明火執仗」。

【明日黃花】 míng rì huáng huā 宋蘇軾分類東坡詩六九日次韻王鞏:「相逢不用忙歸去,明日黃花蝶也愁。」又東坡詞南鄉子重九涵輝樓呈徐君猷:「萬事到頭都是夢,休休,明日黃花蝶也愁。」明日,指重陽節後;黃花,菊花。古人多於重陽節賞菊,明日黃花兼寓遲暮不遇之意。後人因用來比喻已過時的事物。

【明月入懷】 míng yuè rù huái 比喻人心胸明朗。南朝宋鮑照鮑氏集三代淮南王詩之二:「朱城九門門九闈,願逐明月入君懷。」唐溫庭筠集二醉歌:「朔風繞指我先笑,明月入懷君自知。」

【明正典刑】 míng zhèng diǎn xíng 依法公開處置。宋呂頤浩忠穆集三辭免赴召乞納節致仕劄子:「如是託疾,自當明正典刑;如委實抱病,伏望天慈,放臣閑退。」清盛際時燕脂雪下十六:「他既是一個承招入罪的盜犯,少不得明正典刑,怎麼公行賄賂,謀害在官人犯?」

【明目張膽】 míng mù zhāng dǎn 謂無所畏避。晉書王敦傳王導遺王含書:「今日之事,明目張膽,爲六軍之首,寧忠臣而死,不無賴而生矣。」陳書傅縡傳明道論:「呼吸顧望之客,脣吻縱橫之士,奮鋒穎,勵羽翼,明目張膽,披堅執銳。」亦作「瞋目張膽」、「張膽明目」。史記六九張耳陳餘傳:「夫秦爲無道,破人國家,滅人社稷,絕人後世,罷百姓之力,盡百姓之財。將軍瞋目張膽,出萬死不顧一生之計,爲天下除殘也。」宋羅大經鶴林玉露乙編六子家翮:「聲大義者張膽而明目;定大策者潛慮而密謀。」後多用作貶詞,猶言公然無所避忌。清西周生醒世姻緣三一:「後來以強凌弱,以衆暴寡,明目張膽的把活人殺吃。」吳趼人二十年目睹之怪現狀一〇三:「近日京師奔競之風,是明目張膽、冠冕堂皇做的。」

【明刑不戮】 míng xíng bù lù 謂刑罰嚴明,則人民很少犯罪被殺戮。商君書賞刑:「故禁姦止過,莫若重刑,刑重而必得,則民不敢試,故國無刑民,故曰:『明刑不戮。』」

【明見萬里】 míng jiàn wàn lǐ 西漢末,

竇融據河西,劉秀(漢光武帝)與書有"今之議者,必有任囂效尉佗制七郡之計。"當時辯士張玄等正慫恿竇融自立,故書至河西,衆人驚以爲劉秀能明見萬里之外。見後漢書二三竇融傳。後稱人能預見事勢爲明見萬里。

【明知故犯】 míng zhī gù fàn　明知不應該而故意去作。清錢大昕十駕齋養新錄十六律詩失粘:"如陸放翁字務觀,觀本讀去聲,而當時卽有押入平聲陸放翁所譏者。朱錫鬯(彝尊)詩'石湖居士范成大,鑑曲詩人陸務觀',正用此事,所謂明知故犯,欲自矜奧博也。"清李汝珍鏡花緣六一:"此物既與人無益,如何令尊伯伯卻又栽這許多?豈非明知故犯麽?"後也指知法犯法。

【明效大驗】 míng xiào dà yàn　極爲顯著的效果。漢書四八賈誼傳:"湯武置天下於仁義禮樂,而德澤洽,禽獸草木廣裕,德被蠻貊四夷,累子孫數十世,此天下所共聞也。秦王置天下於法令刑罰,德澤無一有,而怨毒盈於世,下憎惡之如仇讐,禍幾及身,子孫誅絕,此天下之所共見也。是非豈明效大驗邪!"

【明珠暗投】 míng zhū àn tóu　見"明珠闇投"。

【明珠彈雀】 míng zhū tán què　喻處事輕重失當,得不償失。漢揚雄太玄經四唐:"明珠彈於飛肉,其得不復。測曰:明珠彈肉,費不當也。"宋邵伯溫聞見前錄六:"將明珠而彈雀,所得者少,所失者多。"亦作"隨珠彈雀"。見該條。

【明珠闇投】 míng zhū àn tóu　史記八三鄒陽傳:"臣聞明月之珠,夜光之璧,以闇投人於道路,人無不按劍相眄者,何則?無因而至前也。"後多用"明珠闇投"比喻懷才不遇。亦作"明珠暗投"、"隨珠暗投"。唐李白李太白詩十五留別賈舍人至:"遠客謝主人,明珠難暗投。"明詩別裁八李攀龍送惲員外按粵郡中:"共知人世悲難合,倘得隨珠莫暗投。"

【明恥教戰】 míng chǐ jiào zhàn　嚴明軍紀,使士兵以怯懦爲恥而勇於作戰。左傳僖二二年:"明恥教戰,求殺敵也。"注:"明設刑戮,以恥不果。"

【明哲保身】 míng zhé bǎo shēn　指明哲的人,能擇安去危,以保全其身。詩大雅烝民:"既明且哲,以保其身。"唐白居易長慶集三八杜佑致仕制:"盡悴事君,明哲保身,進退始終,不失其道。"宋衞涇後樂集十五與周太尉劄:"今太尉但當仗忠誼,勇往直前,不萌毫髮顧忌,掃滅殘寇,一清中原,歸報天子,從赤松之遊未晚,自可以明哲保身,何有鳥盡弓藏之慮。"

【明眸善睞】 míng móu shàn lài　美女顧盼的姿態。三國魏曹植曹子建集洛神賦:"丹脣外朗,皓齒內鮮。明眸善睞,靨輔承權。"

【明眸皓齒】 míng móu hào chǐ　明亮的眼睛和潔白的牙齒。形容女子的美貌。也代指美女。唐杜甫杜工部草堂詩箋九哀江頭:"明眸皓齒今何在?血污遊魂歸不得。"清蒲松齡聊齋志異小謝:"一日晨興,有少女搴簾入,明眸皓齒,光艷照人。"

【明媒正娶】 míng méi zhèng qǔ　舊指正式婚姻而言。元曲選關漢卿趙盼兒風月救風塵四:"怎當他搶親的百計虧圖,那裏是明婚正娶,公然的傷風敗俗。"明馮夢龍古今小說一:"論起初婚,王氏在前;只因休了一番,這平氏倒是明媒正娶,又且平氏年長一歲,讓平氏爲正房,王氏反作偏房,兩個姊妹相稱。"

【明察秋毫】 míng chá qiū háo　謂能察見極細微的事物。孟子梁惠王上:"明足以察秋毫之末,而不見輿薪。"藝文類聚十七淮南子:"夫目察秋毫之末,而耳不聞雷霆之音。"

【明察暗訪】 míng chá àn fǎng　以各種方法探察。吳趼人痛史十一:"我住在此處,徒占一席,于事無濟,倒不如仍然到外面去,明查暗訪。"查,通"察"。

【明罰勑法】 míng fá chì fǎ　嚴明刑罰,整飭法度。易噬嗑:"雷電噬嗑,先王以明罰勑法。"晉書郭璞傳永昌元年上疏:"可因皇孫之慶,大赦天下,然後明罰勑法,以肅理官。"

【明鏡高懸】 míng jìng gāo xuán　傳說秦宮有鏡,能照人心膽。舊時比喻官吏斷案清明。元曲選關漢卿望江亭中秋切鱠四:"只除非天見憐,奈天天又遠,今日個幸對清官，明鏡高懸。"亦作"秦鏡高懸"。見該條。

【明修棧道，暗度陳倉】 míng xiū zhàn dào，àn dù chén cāng　古今雜劇明缺名韓元帥暗度陳倉二："着樊噲明修棧道，俺可暗度陳倉古道。這楚兵不知是智，必然排兵在棧道守把。俺往陳倉古道抄截，殺他箇措手不及也。"後來因稱用明顯的行動迷惑對方、使人不備的策略爲"明修棧道，暗度陳倉"。元曲選缺名漢高皇濯足氣英布一："孤家用韓信之計，明修棧道，闇度陳倉，攻定三秦，劫取五國。"闇，通"暗"。

【明槍好躲，暗箭難防】 míng qiāng hǎo duǒ，àn jiàn nán fáng　公開攻擊，容易對付；暗地陷害，難於防備。古今雜劇元缺名劉千病打獨角牛二："孩兒也，一了說，明槍好趓，暗箭難防。"趓，同"躲"。亦作"明槍易躲，暗箭難防"。明西湖居士鬱輪袍上報捷："正是計似鬼魅莫測，心如蛇蝎兔傷，教他明槍易躲，果然暗箭難防"。

【明槍易躲，暗箭難防】 míng qiāng yì duǒ，àn jiàn nán fáng　見"明槍好躲，暗箭難防"。

【昏天黑地】 hūn tiān hēi dì　形容天色昏暗或社會黑暗。亦比喻思想糊塗。明楊珽龍膏記棘試："文章不論好歹，去取全憑貨財，若間試官肚裏，昏天黑地亂猜。"清李玉人獸關上："教我昏天黑地知何向。"

【昏定晨省】 hūn dìng chén xǐng　舊時子女侍奉父母朝夕問定的禮節。禮曲禮上："凡爲人子之禮，冬溫而夏凊，昏定而晨省。"謂昏時爲父母安定牀衽，晨起省問安否。漢陸賈新語慎微："曾子孝於父母，昏定晨省，調寒溫，適輕重。"亦作"晨昏定省"。見該條。

【昏鏡重明】 hūn jìng chóng míng　猶言重見光明。元曲選缺名神奴兒大鬧開封府四："今日投至見大人，似那撥雲見日，昏鏡重明。"亦作"昏鏡重磨"。元曲選孫仲章河南府張鼎勘頭巾三："今日相公判了斬字，着我償命去，若不是孔目哥哥，那裏得我性命來。投至今日，得見孔目哥呵，似那撥雲見日，昏鏡重磨。"

【昏鏡重磨】 hūn jìng chóng mó　見"昏鏡重明"。

鏡重明"。

【春山如笑】 chūn shān rú xiào　形容春天山色明媚可喜。宋郭煕林泉高致山水訓："真山水之煙嵐，四時不同：春山澹冶而如笑，夏山蒼翠而如滴，秋山明淨而如粧，冬山慘淡而如睡。"

【春冰虎尾】 chūn bīng hǔ wěi　見"虎尾春冰"。

【春光明媚】 chūn guāng míng mèi　形容春日景色之鮮明悦目。元曲選楊文奎翠紅鄉兒女兩團圓一："莫不是春光明媚，既不沙可怎生有梨花亂落，在這滿空飛。"

【春祈秋報】 chūn qí qiū bào　春秋鄉里的社祭。古人春耕時祈禱豐年，秋收後報答神功。詩周頌載芟序："載芟，春籍田而祈社稷也。"又良耜序："良耜，秋報社稷也。"唐孔穎達詩周頌譜疏："既謀事求助，致敬民神，春祈秋報，故次載芟、良耜也。"

【春花秋月】 chūn huā qiū yuè　泛指春秋美景。五代南唐後主（李煜）虞美人詞："春花秋月何時了，往事知多少！小樓昨夜又東風，故國不堪回首月明中。"宋釋惠洪石門文字禪二二思古堂記："寢處晴嵐夕霏，按行春花秋月，弄琴閲書，以娛賓客，栩然與世相忘。"

【春秋鼎盛】 chūn qiū dǐng shèng　喻壯年之際精力旺盛。漢書四八賈誼傳："天子春秋鼎盛，行義未過，德澤有加焉，猶尚如是，況莫大諸侯，權力且十此者虖！"

【春風化雨】 chūn fēng huà yǔ　比喻良好的教育，如春風夏雨之使人潛移默化。清文康兒女英雄傳三七："驥承老夫子的春風化雨，遂令小子成名，不惟身受者心感終身，即愚夫婦也銘佩無既。"

【春風風人】 chūn fēng fèng rén　比喻給人以教益或幫助。漢劉向說苑貴德："吾不能以春風風人，以夏雨雨人，吾窮必矣。"

【春風得意】 chūn fēng dé yì　唐孟郊孟東野集三登科後詩："春風得意馬蹄疾，一日看盡長安花。"後用指進士及第。元曲選喬孟符李太白匹配金錢記四："他見我春風得意長安道，因此上迎頭兒將女婿招。"

【春蚓秋蛇】 chūn yǐn qiū shé　比喻書

法拙劣。晉書王羲之傳論："子雲近出,擅名江表,然僅得成書,無丈夫之氣,行行若縈春蚓,字字如綰秋蛇。"子雲,南朝梁蕭子雲。宋蘇軾分類東坡詩十二龍尾硯歌:"儘言細雨都不擇,春蚓秋蛇隨意畫。"

【春華秋實】 chūn huā qiū shí 比喻文采與德行。三國魏曹植為丞邢顒,品行高潔,庶子劉楨美於文辭,植親楨而疏顒,楨上書諫曰:"私懼觀者將謂君侯習近不肖,禮賢不足,採庶子之春華,忘家丞之秋實。"見三國志魏邢顒傳。北齊顏之推顏氏家訓勉學:"夫學者,猶種樹也,春玩其華,秋登其實。講論文章,春華也;脩身利行,秋實也。"後漢書五二崔駰傳達旨:"春發其華,秋收其實,有始有極,爰登其質。"

【春誦夏弦】 chūn sòng xià xián 春日誦詩,夏以弦樂和奏而歌。禮文王世子:"春誦夏弦,大師詔之。"注:"誦,謂歌樂也;弦,謂以絲播詩。"本指春夏學詩之法,因時而異。後泛指學習詠誦。藝文類聚十六南朝梁陸倕為豫章王慶太子出宮表:"而冬書秋記,凤表睿資,春誦夏絃,幼彰神度。"宋劉克莊後村集六一陳垓國博李伯玉太博制:"入太學,誨諸生,有春誦夏絃之樂,無朝韲暮鹽之歎,其所養者益厚矣。"絃,同"弦"。

【春樹暮雲】 chūn shù mù yún 唐杜甫杜工部草堂詩箋二春日憶李白:"渭北春天樹,江東日暮雲。何時一罇酒,重與細論文。"渭北,杜所居之地,江東,李所居之地;借雲樹以寫思念之情。後遂以"春樹暮雲"為懷念遠方友人之辭。亦作"暮雲春樹"。見該條。

【春露秋霜】 chūn lù qiū shuāng ㊀禮祭義:"是故君子合諸天道,春禘秋嘗。霜露既降,君子履之,必有悽愴之心,非其寒之謂也。春,雨露既濡,君子履之,必有怵惕之心,如將見之。"謂春秋祭祀之典,為感於節令追念先人而成。後因以"春露秋霜"指對祖先的歲時祭祀。南朝陳徐陵徐孝穆集二陳公九錫文:"春露秋霜,允恭粢盛。"㊁比喻恩澤與威嚴。南朝梁劉勰文心雕龍四詔策:"青災肆赦,則文有春露之滋;明罰勑法,則辭有秋霜之烈;此詔策之大略也。"

【春蘭秋菊】 chūn lán qiū jú 謂物當其時,各有佳勝。楚辭屈原九歌禮魂:"春蘭兮秋菊,長無絕兮終古。"後多以比喻各極一時之勝。傳說隋煬帝(楊廣)夢遇陳後主(陳叔寶)得見張麗華。後主問煬帝:"蕭妃何如此人?"煬帝曰:"春蘭秋菊,各一時之秀也。"見唐顏師古隋遺錄。全唐詩五五二石貫和主司王起:"絳帳青衿同日貴,春蘭秋菊異時榮。"宋黃伯思東觀餘論下跋索靖章草後:"索將軍章草,下筆妙古今,七月二十六日帖、月儀、急就篇,此著名書也。春蘭秋菊,各不同而花,花自有佳趣。"亦作"秋菊春蘭"。文選南朝梁劉孝標(峻)重答劉秣陵沼書:"雖隙駟不留,尺波電謝,而秋菊春蘭,英華靡絕。"

【昧己瞞心】 mèi jǐ mán xīn 違背良心幹壞事。元曲選馬致遠岳丹陽三度任風子三:"往常時你勸我,今日箇我勸你,你那時昧己瞞心,劈兩分星,細切薄批。"

【是古非今】 shì gǔ fēi jīn 以古事為是,以今事為非。漢書元帝紀:"宣帝作色曰:'……且俗儒不達時宜,好是古非今,使人眩於名實,不知所守,何足委任。'"北史李諤傳明堂制度論:"但是古非今,俗間之常情;愛遠惡近,世中之恆事。"

【是非曲直】 shì fēi qū zhí 正確與不正確,合理與不合理。元曲選缺名硃砂擔滴水浮漚三:"我奉着玉帝天符非輕慢,將是非曲直分明看。"

【是是非非】 shì shì fēi fēi 清楚地辨別是非曲直。後亦泛指種種是非。荀子修身:"是是非非謂之智,非是是非謂之愚。"元王實甫西廂記一本二折:"老夫人處事溫儉,治家有方,是是非非,人莫敢犯。"

【是可忍,孰不可忍】 shì kě rěn, shú bù kě rěn 論語八佾:"孔子謂季氏八佾舞於庭,是可忍,孰不可忍也。"指事情惡劣或受侮辱到不可容忍的地步。世說新語方正"高貴鄉公薨"注引魏氏春秋:"帝將誅大將軍(司馬昭),……明日,遂見王經等,出黃素詔於懷,曰:'是可忍也,孰不可忍!今當決行此事。'"

【是非只為多開口】 shì fēi zhǐ wèi duō kāi kǒu 舊時社會黑暗,壞人當道,自宋元以來民間流行"是非只為多開口,煩惱皆因強出頭"一語,初見于宋末元初陳元靚所輯事林廣記人事類下,元曲選楊顯之臨江驛瀟湘夜雨一、史敬先莊周夢蝴蝶三、缺名玉清庵錯送鴛鴦被一皆有此語。

【是非終日有,不聽自然無】 shì fēi zhōng rì yǒu, bù tīng zì rán wú　謂對他人談論之是非,須加判斷,不能輕信。明高則誠琵琶記上十:"莫道是非終日有,果然不聽自然無。"

【昭然若揭】 zhāo rán ruò jiē　昭然,明白貌;揭,高舉。莊子達生:"今汝飾知以驚愚,修身以明汙,昭昭乎若揭日月而行也。"後以"昭然若揭"形容真相畢露、明白清楚。清吳棠杜詩鏡銓序:"而杜公真切深厚之旨,益昭然若揭焉。"

【映雪讀書】 yìng xuě dú shū　藉雪的反光讀書。文選南朝梁任彥昇(昉)為蕭揚州薦士表:"至乃集螢映雪,編蒲緝柳"唐李善注引孫氏世錄:"孫康家貧,常映雪讀書,清介,交遊不雜。"後遂用為勤學的典故。雍熙樂府十三元蘇彥文鬥鵪鶉冬景曲:"休強呵映雪讀書,且免了這掃雪烹茶。"

【星火燎原】 xīng huǒ liáo yuán　喻小事可以釀成大變。書盤庚上:"若火之燎于原,不可嚮邇,其猶可撲滅。"明張居正張文忠集書牘八答雲南巡撫何萊山論夷情:"究觀近年之事,皆起於不才武職、貪黷有司及四方無籍姦徒竄入其中者激而搆扇之,星星之火,遂成燎原。"清嚴有禧漱華隨筆賀相國(逢聖)致子姪書:"天下事皆起於微,成於慎,微之不慎,星火燎原,蟻穴潰堤,吾畏其卒,故怖其始也。"今以星火燎原比喻開始時弱小的新生事物有廣闊的發展前途。

【星行電征】 xīng xíng diàn zhēng　喻馳行之速,如星流電閃。漢應劭風俗通十反但望:"望自劾去,星行電征,數日得歸,趨詣府。"亦作"星馳電發"、"星馳電走"。北史段永傳:"此賊既無城柵,唯以寇抄為資,取之在速,不在衆也。若星馳電發,出其不虞,精騎五百足矣。"元曲選楊顯之臨江驛瀟湘秋夜雨楔子:"腿上若無毛嘴有髭,星馳電走不違時。"

【星移斗轉】 xīng yí dǒu zhuǎn　星斗移位,比喻時間變化。西遊記三十:"正是那

山深無犬吠,野曠少雞鳴。他見那星移斗轉,約莫有三更時分,心中想道:我要回救沙僧,誠然是'單絲不線,孤掌難鳴。'"亦作"斗轉星移"。見該條。

【星移物換】 xīng yí wù huàn　謂時序變遷,歲月流逝,景物已非,元詩選馬臻霞外集燬廢塚:"星移物換水東流,泉下知誰伴幽獨。"

【星馳電走】 xīng chí diàn zǒu　見"星行電征"。

【星馳電發】 xīng chí diàn fā　見"星行電征"。

【星離豆剖】 xīng lí dòu pōu　喻離散。剖:分離。晉書地理志上總序:"平王東遷,星離豆剖,當塗取寓,瓜分鼎立。"

【星離雨散】 xīng lí yǔ sàn　比喻離散,別離。唐李白李太白詩十三憶舊遊寄譙郡元參軍:"當筵意氣凌九霄,星離雨散不終朝。"

【星羅棋布】 xīng luó qí bù　形容羅列分布,有如天上的星衆、棋盤上的棋子。東魏中岳嵩陽寺碑:"塔殿宮堂,星羅棊布。"唐劉軻玄奘塔銘:"至於星羅碁布,五法三性,……各有攸處,曾未暇也。"(金石萃編三十、一一三)。棊、碁,同"棋"。亦作"星羅雲布"、"星羅環布"、"碁布星羅"。後漢書四十上班彪傳附班固西都賦:"列卒周币,星羅雲布。"唐白居易白氏慶集六十大唐泗州開元寺臨壇律德徐泗濠洲僧正明遠大師塔碑銘序:"遂合顧叶力,再造寺宇,……輪奐莊嚴,星羅環布。"藝文類聚七北邙山晉張協登北芒賦:"爾乃地勢宛隆,丘墟陂陁,填隴峺疊,碁布星羅。"

【星羅雲布】 xīng luó yún bù　見"星羅棋布"。

【星羅環布】 xīng luó huán bù　見"星羅棋布"。

【晏安酖毒】 yàn ān zhèn dú　耽溺於安樂,為害猶如酖毒,可以致命。酖毒,同"鴆毒"。三國志魏鍾會傳檄文:"明者見危于無形,智者規禍于未萌,……豈晏安酖毒,懷祿而不變哉?"亦作"宴安酖毒"。見該條。

【時不再來】 shí bù zài lái　激勵人務須

抓住時機行事。國語越語下："得時無怠，時不再來；天予不取，反爲之災。"漢書四五翮通傳："夫功者難成而易敗，時者難值而易失。'時乎時，不再來.'願足下無疑臣之計。"

【時和年豐】　shí hé nián fēng　時世安定，五穀豐收。用以稱頌太平盛世。詩小大雅譜疏："萬物盛多，人民忠孝，則致時和年豐，故次華黍，歲豐宜黍稷也。"亦作"時和歲豐"。宋陳亮龍川集十一策廷對："今時和歲豐，邊鄙不聳。亦幾古之所謂小康者。"

【時和歲豐】　shí hé suì fēng　見"時和年豐"。

【時移世異】　shí yí shì yì　猶時過境遷。唐劉知幾史通覈才："然朴散淳銷，時移世異，文之與史較然異轍。"

【時絀舉贏】　shí chù jǔ yíng　當衰敝之時，而行奢侈之事。絀，不足；贏，多餘。史記韓世家："往年秦拔宜陽，今年旱，昭侯不以此時邺民之急，而顧益奢，此謂'時絀舉贏'。"

【晨昏定省】　chén hūn dìng xǐng　舊指子女侍奉父母朝夕問安的日常禮節。紅樓夢三六："不但將親戚朋友一概杜絕了，而且連家庭中晨昏定省，一發都隨他的便也。"亦作"昏定晨省"。見該條。

【晨鼓暮鐘】　chén gǔ mù zhōng　見"晨鐘暮鼓"。

【晨鐘暮鼓】　chén zhōng mù gǔ　佛寺早撞鐘，暮擊鼓以報時。晨鐘暮鼓，本謂時日推移，循環不已。宋陸游劍南詩稿十四短歌行："百年鼎鼎世共悲，晨鐘暮鼓無休。"後多指對人及時的警戒。亦作"晨鼓暮鐘"。元詩選三集月魯不花芝軒集遊天童山："晨鼓暮鐘思補報，行看四海甲兵消。"或作"暮鼓晨鐘"、"暮鼓朝鐘"、"朝鐘暮鼓"。見"暮鼓晨鐘"、"朝鐘暮鼓"。

【晚食當肉】　wǎn shí dāng ròu　戰國策齊四："斶願得歸，晚食以當肉，安步以當車。"斶，顏斶。古仕者得食肉，斶不願出仕，言飢而後食，美如食肉。後以泛指甘於淡泊，不熱衷名利。宋朱熹朱文公集六公濟惠山蔬四種……詩芹："晚食寧論肉，知君薄世榮。"即用斶言之意。

【普天同慶】　pǔ tiān tóng qìng　天下之人共同慶祝。舊時多用爲歌頌帝王喜慶的套語。晉書禮志下庾弘之議："今皇太子國之儲副，既已崇建，普天同慶，諸應上禮奉賀。"亦作"溥天同慶"。三國志魏郭淮傳："奉使賀文帝踐阼，而道路得疾，故計遠近爲稽留。及羣臣歡會，帝正色責之，曰：'……今溥天同慶而卿最留遲，何也?'"

【普天率土】　pǔ tiān shuài tǔ　孟子萬章上引詩："普天之下，莫非王土，率土之濱，莫非王臣。"普天，猶言遍天下；率土，四海之內。"率土之濱"之省。古代以中國四面環水，沿着大地四周的水濱，故稱率土之濱。普天，今本詩小雅北山作"溥天"。後漢書四十下班彪傳附班固東都賦明堂詩："普天率土，各以其職。"

【普度衆生】　pǔ dù zhòng shēng　佛家謂佛以慈悲爲懷，以佛法救濟世人，免於罪惡，有如慈航普渡。明馮夢龍警世通言四十："丈六金身，能變能化，無大無不大，無通無不通，普度衆生，號作天人師。"

【景星鳳皇】　jǐng xīng fèng huáng　傳說太平之世始得見景星與鳳凰。後以比喻珍奇罕見之物。唐韓愈昌黎集外集二與少室李拾遺書："朝廷之士，引頸東望，若景星鳳皇之始見也，爭先覩之爲快。宣和書譜二隸書叙論："其後漢有蔡邕，魏有鍾繇，……學者仰之如景星鳳凰，爭先見之爲快。亦作"景星麟鳳"。元史一九八同恕傳："恕自京還，家居十三年，縉紳望之若景星麟鳳，鄉里稱爲先生而不姓。"

【景星麟鳳】　jǐng xīng lín fèng　見"景星鳳皇"。

【智勇雙全】　zhì yǒng shuāng quán　既有才智，又很勇敢。形容人有勇有謀。元曲選張國賓薛仁貴榮歸故里楔子："憑着您孩兒學成武藝，智勇雙全，若在兩軍陣前，怕不馬到成功。"

【智員行方】　zhì yuán xíng fāng　知識通達而行爲方正。員，通"圓"。淮南子主術："凡人之言曰，心欲小而志欲大，智欲員而行欲方，能欲多而事欲鮮。……智員者，無不知也，行方者有不爲也。"又見文子微明。

【智者千慮，必有一失】　zhì zhě qiān

lǜ, bì yǒu yī shī　聰明人對問題雖久經考慮，亦有可能出差錯。史記九二淮陰侯傳："臣聞智者千慮，必有一失；愚者千慮，必有一得。"

【暗中摸索】　àn zhōng mō suǒ　暗裏探索。唐劉餗隋唐嘉話中："許敬宗性輕傲，見人多忘之。或謂其不聰。曰：'卿自難記，若遇曹（植）劉（楨）沈（約）謝（朓），暗中摸索著亦可識之。'"宋陳師道後山詩注一次韻答學者之三："暗中摸索不難知，眼裏輪困却見稀。"也用以比喻無人指引，獨自探求。清吳敬梓儒林外史七："因出京之時，老師吩咐來查你卷子，不想暗中摸索，你已經取在第一，似這少年才俊，不枉了老師一番栽培。"

【暗度陳倉】　àn dù chén cāng　漢高祖（劉邦）用韓信計，偸度陳倉定三秦。元曲選缺名隨何賺風魔蒯通四："一不合明修棧道，暗度陳倉。"後多以比喻秘密的行動或男女私通。清朱佐朝軒轅鏡傳奇解糧："軍情事，令所當，須教暗裏渡陳倉。"

【暗香疏影】　àn xiāng shū yǐng　宋林逋林和靖集二山園小梅詩之一："疏影橫斜水清淺，暗香浮動月黃昏。"宋姜夔採用林逋語創製暗香、疏影二詞。見白石道人歌曲四。後遂以"暗香疏影"爲梅花的代稱。

【暗無天日】　àn wú tiān rì　形容舊時社會黑暗，民生疾苦。清蒲松齡聊齋志異老龍船戶："剖腹沉石，慘冤已甚，而木雕之有司，絕不少關痛癢，豈特粵東之暗無天日哉！"

【暗箭傷人】　àn jiàn shāng rén　比喻用陰謀詭計暗中傷害別人。宋劉炎邇言六："暗箭中人，其深次骨，人之怨之，亦必次骨，以其掩人所不備也。"清李汝珍鏡花緣五八："有荼毒生靈的強盜，有暗箭傷人的強盜。"

【暗箭難防】　àn jiàn nán fáng　喻陰謀詭計難以預防。古今雜劇元缺名劉千病打獨角牛二："孩兒也，一了説明槍好趁，暗箭難防。"亦作"暗劍難防"。明葉憲祖鸞鎞記傳奇挫權："叫他明鎗容易躲，暗劍最難防。"

【暗劍難防】　àn jiàn nán fáng　見"暗箭難防"。

【暗室虧心，神目如電】　àn shì kuī xīn, shén mù rú diàn　舊時警戒人不可作虧心事，多用此語。見"人間私語，天聞若雷"。

【暑雨祁寒】　shǔ yǔ qí hán　夏大雨，冬大寒。書君牙："夏暑雨，小民惟曰怨咨；冬祁寒，小民亦惟曰怨咨。"宋蔡沈集傳："暑雨祁寒，小民怨咨，自傷其生之艱難也。"

【暫勞永逸】　zàn láo yǒng yì　一時勞苦而永久安逸。文選漢張平子（衡）西京賦："暫勞永逸，無爲而治。"

【暮四朝三】　mù sì zhāo sān　指變化多端或反覆無常。宋辛棄疾稼軒詞二洞仙歌趙晉臣和李伯能韻屬余同和趙以兄弟有職名爲龍詞中頗叙其盛故末章有裂土分茅之句："悠悠今古事，得喪乘除，暮四朝三又何異。"亦作"朝三暮四"。見該條。

【暮雲春樹】　mù yún chūn shù　表示對遠方友人的懷念。明唐玉翰府崇泥全書七舅外寄姐夫："某飄泊江湖，無好懷抱，而臨風對月，未嘗不興暮雲春樹之思，諒彼此之情不二也。"亦作"春樹暮雲"。見該條。

【暮鼓晨鐘】　mù gǔ chén zhōng　佛寺中早晚報時的鐘鼓。也用以比喻使人警悟的言語。元曲選劉君錫龐居士誤放來生債三："我愁的是更籌漏斷，我怕的是暮鼓晨鐘。"亦作"晨鐘暮鼓"、"晨鼓暮鐘"、"朝鐘暮鼓"、"暮鼓朝鐘"。見"晨鐘暮鼓"、"朝鐘暮鼓"。

【暮鼓朝鐘】　mù gǔ zhāo zhōng　見"朝鐘暮鼓"。

【暮虢朝虞】　mù guó zhāo yú　春秋晉假道於虞以滅虢，歸而滅虞。事見左傳僖五年。後以比喻覆滅變遷之速。金元好問遺山集十二俳體雪香亭雜詠詩之二："洛陽城闕變灰煙，暮虢朝虞眼前。"

【暴戾恣睢】　bào lì zì suī　粗暴強橫，任意橫行。史記六一伯夷傳："盜蹠日殺不辜，肝人之肉，暴戾恣睢，聚黨數千人橫行天下。"正義："睢，仰白目，怒貌也。"

【暴虎馮河】　bào hǔ píng hé　空手搏虎，徒步渡河。比喻冒險蠻幹，有勇無謀。詩小雅小旻："不敢暴虎，不敢馮河。"論語述而："暴虎馮河，死而無悔者，吾不與也。"

必也臨事而懼，好謀而成者也。"集注："暴
虎，徒搏；馮河，徒涉。"三國志蜀諸葛亮
傳："凡爲刺客，皆暴虎馮河，死而無悔者
也。"

【暴殄天物】　bào tiǎn tiān wù　任意殘
害天生萬物。書武成："今商王受無道，暴
殄天物，虐害烝民。"後指任意浪費。唐杜
甫杜工部詩史補遺三又觀打魚："吾徒胡
爲縱此樂，暴殄天物聖所哀。"紅樓夢五
六："既有許多值錢的東西，任人作踐了，
也似乎暴殄天物，不如在園子裏所有的老
媽媽中，揀出幾個老成本分，能知園圃的，
派他們收拾料理。"

【暴風驟雨】　bào fēng zhòu yǔ　形容風
狂雨急。比喻來勢迅猛。西遊記六九："有
雌雄二鳥，原在一處同飛，忽被暴風驟雨
驚散，雌不能見雄，雄不能見雌。"

【暴跳如雷】　bào tiào rú léi　形容盛怒，
大吼大叫。清吳敬梓儒林外史五四："賣人
參的聽了，'啞叭夢見媽——說不出的
苦'，急的暴跳如雷。"

【暴腮龍門】　pù sāi lóng mén　比喻挫
折、困頓。藝文類聚六九引辛氏三秦記：
"河津一名龍門，大魚集龍門下數千，不得
上。上者爲龍，不上者魚，故云曝腮龍門。"
曝，本作"暴"。

【暴躁如雷】　bào zào rú léi　形容脾氣
暴烈。明馮夢龍警世通言二一："公子急得
暴躁如雷。"

【曇花一現】　tán huā yī xiàn　長阿含經
四遊行經："（佛）告諸比丘，汝等當觀，如
來時時出世，如優曇鉢花時一現耳。"言轉
輪王出世，曇花始生，本謂難得出現，後比
喻事物乍出現即消失。

【曙後星孤】　shǔ hòu xīng gū　唐崔曙
作奉試明堂火珠詩云："夜來雙月滿，曙後
一星孤。"詩成傳誦，因得名。次年卒，僅遺
一女名星星。事見唐孟棨本事詩徵異、太
平廣記一九八崔曙引明皇雜錄、唐詩紀事

二十。後稱人死後僅遺孤女者爲"曙後星
孤"。

【曠日長久】　kuàng rì cháng jiǔ　見"曠
日持久"。

【曠日持久】　kuàng rì chí jiǔ　空費時
日，相持長久。戰國策趙四："今得彊趙之
兵以杜燕將，曠日持久，數歲，令士大夫餘
子之力盡于溝壘。"後漢書十三隗囂傳：
"且畜養士馬，據隘自守，曠日持久，以待
四方之變。"亦作"曠日彌久"、"曠日離
久"、"曠日長久"。戰國策燕三："太子丹
曰：'太傅之計，曠日彌久，心惽然，恐不能
須臾。'"韓非子說難："夫曠日離久，而周
澤未渥，深計而不疑，引爭而不罪，則明割
利害以致其功，直指是非以飾其身，以此
相持，此說之成也。"史記秦始皇紀論引賈
誼："是以君子爲國，觀之上古，驗之當世，
……故曠日長久，而社稷安矣。"或作"曠
日經年"、"曠日經久"。見"曠日經年"。

【曠日經久】　kuàng rì jīng jiǔ　見"曠日
經年"。

【曠日經年】　kuàng rì jīng nián　空費時
日。亦指經歷很長時間。漢書郊祀志下：
"曠日經年，靡有毫氂之驗，足以揆今。"亦
作"曠日經久"。唐韓愈昌黎集十四省試學
生代齋郎議："自非天姿茂異，曠日經久，
以所進業發聞於鄉閭，稱道于朋友，薦於
州府，而升之司業，則不可得而齒乎國學
矣。"或作"曠日持久"、"曠日彌久"、"曠日
離久"、"曠日長久"。見"曠日持久"。

【曠日彌久】　kuàng rì mí jiǔ　見"曠日持
久"。

【曠日離久】　kuàng rì lí jiǔ　見"曠日持
久"。

【曠世一時】　kuàng shì yī shí　當代無
人可比。北史游雅傳論："（游）明根雅道儒
風，終受非常之遇，以太和之盛，有乞言之
重，抑乃曠世一時。"

曰　部

【曲突徙薪】 qū tū xǐ xīn　傳説齊人淳于髡見鄰人竈直突而傍有積薪，告以改直突爲曲突，並遠徙其薪，否則，將失火。鄰人不從，後竟失火，幸共救得息。於是殺牛置酒，先言曲突徙薪者不爲功，而救火者焦頭爛額爲上客。突，煙囱。見淮南子説山"淳于髡之告失火者"注，漢書六八霍光傳。藝文類聚二三三國魏應瑒雜詩："曲突不見賓，燋爛爲上客。"亦用此事爲典。後因以"曲突徙薪"喻防患於未然。宋徐鉉徐公文集五送蕭尚書致仕歸廬陵詩："主憂臣辱誰非我，曲突徙薪唯有君。"

【曲高和寡】 qǔ gāo hé guǎ　文選戰國楚宋玉對楚王問："客有歌於郢中者，其始曰下里巴人，國中屬而和者數千人。其爲陽阿薤露，國中屬而和者數百人。其爲陽春白雪，國中屬而和者不過數十人。引商刻羽，雜以流徵，國中屬而和者不過數人而已。是其曲彌高，其和彌寡。"意謂曲調高雅，能和者少。比喻言行、作品高超，知音難得。藝文類聚四四三國魏阮瑀箏賦："曲高和寡，妙伎難工。"

【曲終奏雅】 qǔ zhōng zòu yǎ　漢書五七下司馬相如傳贊："相如雖多虛辭濫説，然要其歸，引之於節儉，此亦詩之風諫何異。揚雄以爲靡麗之賦，勸百而風一，猶騁鄭衛之聲，曲終而奏雅。不已戲乎？"本爲揚雄非難相如之語。後來截取"曲終奏雅"語，轉指結局的美善。

【曲意逢迎】 qū yì féng yíng　形容諂媚迎合他人。三國演義八："（董）卓復染小疾，貂蟬衣不解帶，曲意逢迎，卓心愈喜。"

【曲盡其妙】 qū jìn qí miào　形容表達技巧細致高超。晉陸機陸士衡集一文賦序："故作文賦以述先生之盛藻，因論作文之利害所由，他日殆可謂曲盡其妙。"

【曳尾塗中】 yè wěi tú zhōng　莊子秋水："吾聞楚有神龜，死已三千歲矣，王巾笥而藏之廟堂之上。此龜者，寧其死爲留骨而貴乎？寧其生而曳尾於塗中乎？"仕宦爲官，受爵祿刑罰的管束，不如隱居而安於貧賤，像泥路上拖着尾巴的烏龜，保持逍遙自在。比喻自由自在的隱逸生活。三國志蜀郤正傳："寧曳尾於塗中，穢濁世之休譽。"

【曳裾王門】 yè jū wáng mén　指奔走於王侯權貴之門。裾，外衣的大襟。漢書五一鄒陽傳上吳王書："飾固陋之心，則何王之門不可曳長裾乎？"唐李白李太白詩三行路難之二："彈劍作歌奏苦聲，曳裾王門不稱情。"

【更姓改物】 gēng xìng gǎi wù　王朝更迭，改正朔，易服色。國語周中："叔父若能光裕大德，更姓改物，以創制天下，自顯庸也。"

【更深人靜】 gēng shēn rén jìng　謂夜半時分，寂靜無聲。清張春帆宦海十四："這個時候已經更深人靜，況且衙門裏頭的門戶都是一重一重關閉得十分嚴緊，料想他生了翅膀也飛不出去。"

【更僕難數】 gēng pú nán shǔ　禮儒行："遽數之不能終其物，悉數之乃留，更僕未可終也。"元陳皓禮記集説："卒遽而數之，則不能終言其事；詳悉數之，非久留不可。僕，臣之擯相者。久則僕倦，雖更代其僕，亦未可得盡言之也。"本謂賓主之間，陳述之事極多，侍僕疲倦，雖屢更換其人，而賓主仍未盡其辭。後以"更僕難數"形容事物繁多，數不勝數。亦作"更難僕數"。清孫郁雙魚珮傳奇巧佑："婚姻之事……或無意中立成佳耦，或極穩處卒致落空，聚散變遷，更難僕數。"

【更難僕數】 gēng nán pú shǔ　見“更僕
難數”。

【更上一層樓】 gèng shàng yī céng lóu
文苑英華三一二唐王之渙登鸛雀樓詩：
“白日依山盡，黃河入海流；欲窮千里目，
更上一層樓。”後常用作鼓勵人上進之辭。

【書不盡言】 shū bù jìn yán　表示言未
盡意。常用於書信結尾處。易繫詞上：“子
曰：‘書不盡言，言不盡意。’”

【書香閥閱】 shū xiāng fá yuè　猶書香
門第。全金元詞歐陽龍生沁園春玄且日光
君冀郡公作此示勉敬跋於後：“是吾家幾
世，書香閥閱，我翁疇昔，心地坦和。”

【書記翩翩】 shū jì piān piān　猶言文風
高雅。文選三國魏文帝（曹丕）與吳質書：
“元瑜書記翩翩，致足樂也。”元瑜，阮瑀
字。瑀與陳琳參曹操軍事，操之書檄，多出
於兩人之手。

【書缺有間】 shū quē yǒu jiàn　史記五
帝紀：“書缺有間矣，其軼乃時時見於他
說。”正義：“言古文尚書缺失其間多矣，而
無說黃帝之語。”後亦泛指古書殘缺已有
多年。

【曾參殺人】 zēng shēn shā rén　春秋
時，費人有與曾參同姓名者殺人，人告曾
母曰：“曾參殺人。”曾母曰：“吾子不殺
人。”織自若。頃之又有人告，其母尚織自
若。後有一人又告之，其母懼，投杼踰牆而
走。事見戰國策秦二。唐韓愈昌黎集十三
釋言：“市有虎，而曾參殺人，讒者之效
也。”後以“曾參殺人”比喻流言可畏。

【曾經滄海】 céng jīng cāng hǎi　比喻
經歷過大世面。滄海，大海。全唐詩話二二
元稹：“公先娶京兆韋氏，字蕙叢。韋逝，爲
詩悼之曰：‘曾經滄海難爲水，除却巫山不
是雲。’”

【替天行道】 tì tiān xíng dào　代行上天
的旨意。宋元以來小說、戲曲中寫農民起
義，常用爲鼓動羣衆的口號。元曲選康進
之梁山泊李逵員荆一：“澗水潺潺遶寨門，
野花斜插滲青巾，杏黃旗上七箇字：替天
行道救生民。”又：“你山上頭領，都是替天
行道的好漢。”

月　　部

【月下老人】 yuè xià lǎo rén　唐人小說
記韋固夜經宋城，遇一老人倚囊而坐，向
月檢書。固問所檢何書？答曰：天下之婚
牘。又問囊中赤繩？答曰：以繫夫妻之足。
雖仇家異域，此繩一繫，終不可避。見唐李
復言續幽怪錄四定婚店。後因稱主管男女
婚姻之神爲月下老人或月下老。明張四維
雙烈記傳奇就婚：“豈不聞月下老人之事
乎？千里姻緣着線牽。”紅樓夢五七：“若是
月下老人不用紅綫拴的，再不能到一處。”
後因以爲媒人之代稱，省稱“月老”。

【月下花前】 yuè xià huā qián　唐白居
易長慶集五六老病詩：“盡聽笙歌夜醉眠，
若非月下即花前。”本指遊息的環境，後詩

文中多指男女談情説愛的場所。元曲選喬
夢符玉簫女兩世姻緣二：“想着他錦心繡
腹那才能，怎教我月下花前不動情？”

【月夕花朝】 yuè xī huā zhāo　形容良辰
美景。元曲選秦簡夫東堂老勸破家子弟
一：“你則待要愛纖腰，可便似柔條，不離
了舞榭歌臺，不俫更那月夕花朝。”

【月白風清】 yuè bái fēng qīng　形容幽
靜美好的夜晚。宋蘇軾經進東坡文集事略
一後赤壁賦：“有客無酒，有酒無肴，月白
風清，如此良夜何！”元楊維楨鐵崖樂府逸
編八相思：“深情長是暗相隨，月白風清苦
相思。”

【月地雲階】 yuè dì yún jiē　指天上。也

比喻景物美好的境界。唐牛僧孺周秦行紀："香風引到大羅天，月地雲階拜洞僊。"宋蘇軾分類東坡詩十四次韻楊公濟奉議梅花之四："月地雲階漫一樽，玉奴終不負東昏。"

【月盈則食】　yuè yíng zé shí　比喻事物之盛極必衰。食，通"蝕"。易豐："日中則昃，月盈則食。"疏："盛必有衰，自然常理。日中至盛，過中則昃。月滿則盈，過盈則蝕。"

【月缺花殘】　yuè quē huā cán　喻美女之死，或美好事物遭到摧殘。唐溫庭筠集四和友人傷歌妓詩："月缺花殘莫愴然，花須終發月終圓。"陽春白雪後集一元馮子振鸚鵡曲錢塘初夏詞："便人間月缺花殘，是小小香魂斷處。"

【月黑風高】　yuè hēi fēng gāo　指月光暗淡風勢又大的夜晚。元曲選秦簡夫東堂老勸破家子弟一："半席地恰便似八百里梁山泊，抵多少月黑風高。"

【月裏姮娥】　yuè lǐ héng é　見"月裏嫦娥"。

【月裏嫦娥】　yuè lǐ cháng é　比喻美麗的女性。元曲選曾瑞卿王月英元夜留鞋記四："有口難言，月裏嫦娥愛少年。"亦作"月裏姮娥"。元王實甫西廂記一本三折："似湘陵妃子斜偎舜廟朱扉，如月裏姮娥微現蟾宮玉戶。"

【月圓花好】　yuè yuán huā hǎo　比喻圓滿美好。多用作祝人幸福美滿之詞。宋晁補之琴趣外篇六御街行詞："月圓花好一般春，觸處總堪乘興。"亦作"花好月圓"。見該條。

【月暈而風】　yuè yùn ér fēng　月之四周出現光環爲刮風的徵候。比喻事情發生前的預兆。"宋文鑑九七蘇洵辨姦論："月暈而風，礎潤而雨，人人知之。"

【月露風雲】　yuè lù fēng yún　形容文章浮泛淺薄。隋書李諤傳："連篇累牘，不出月露之形；積案盈箱，唯是風雲之狀。"

【有一無二】　yǒu yī wú èr　謂事物獨特，極其難得。明姚子翼遍地錦勸主："似這等才調，也算得有一無二的了。"紅樓夢六六："等柳二弟一見，便知我這內姪的品貌是古今有一無二的了。"

【有才無命】　yǒu cái wú mìng　有才幹而運氣不佳，指不得志。唐杜甫杜工部草堂詩箋三十寄狄明府博濟："比看叔父四十人，有才無命百寮底。"

【有口皆碑】　yǒu kǒu jiē bēi　人人滿口稱頌，像記載功德的石碑。五燈會元十七安禪師："勸君不用鐫頑石，路上行人口似碑。"清劉鶚老殘遊記三："宮保的政聲，有口皆碑，那是沒有説的了。"

【有口無心】　yǒu kǒu wú xīn　心直口快。也比喻嘴上説説，内心並無他意。清文康兒女英雄傳十五："早看透了鄧九公是個重交尚義、有口無心、年高好勝的人。"亦作"有嘴無心"。紅樓夢七八："別是寶玉有嘴無心，從來沒個忌諱，高了興，信嘴胡説，也是有的。"

【有口難分】　yǒu kǒu nán fēn　蒙受冤屈，無法分辯。元曲選（蕭德祥）楊氏女殺狗勸夫一："直着我有口難分，進退無門。"清吳敬梓儒林外史二："把個荀老爹氣得有口難分。"

【有口難言】　yǒu kǒu nán yán　形容有話不敢説或不便説。宋蘇軾蘇文忠詩合注八醉睡者："有道難行不如醉，有口難言不如睡。"元曲選關漢卿感天動地竇娥冤三："如今輪到你山陽縣，這都是官吏每無心正法，使百姓有口難言。"

【有天沒日】　yǒu tiān méi rì　見"有天無日"。

【有天無日】　yǒu tiān wú rì　比喻黑暗無公理或放肆無所顧忌。元曲選康進之梁山泊李逵負荆二："你來個梁山泊有天無日，就恨不砍倒這一面黃旗。"亦作"有天沒日頭"、"有天沒日"。明郎瑛七修續藁五詩文俗語本詩句引宋神童詩："真箇有天沒日頭。"明徐渭集歌代嘯三："不爭他爲張捉李，恰像個有天沒日。老爺呵，你清水白麵般廣馳名譽，也索要推詳細。"紅樓夢七："衆小廝見他説出來的話有天沒日的，嚇得魂飛魄散。"

【有目共賞】　yǒu mù gòng shǎng　見到的人一致稱賞。清劉鶚老殘遊記十二："這人員一時盛名，而湘軍志一書做的委實是好，有目共賞。"

【有死無二】 yǒu sǐ wú èr　意志堅定,雖死不變。左傳僖十五年:「必報德,有死無二。」唐白居易長慶集七十淮南節度使……趙郡李公家廟碑銘序:「誠貫神明,有死無二。」

【有名亡實】 yǒu míng wú shí　見「有名無實」。

【有名無實】 yǒu míng wú shí　謂空有名義或名聲而無實際。國語晉八:「(韓)宣子曰:『吾有卿之名,而無其實,無以從二三子,吾是以憂。』」六韜:「有名無實,慎勿與謀。」(類說三九)亦作「有名亡實」。漢書八九王霸傳:「澆淳散樸,並行偽貌。有名亡實,傾懼猗急。」亡,通「無」。

【有言在先】 yǒu yán zài xiān　指事先講明。明馮夢龍醒世恆言二二:「他有言在先,你今日不須驚怕。」

【有志竟成】 yǒu zhì jìng chéng　有決心和毅力,事情終可成功。後漢書四九耿弇傳:「帝(光武)謂弇曰:『……將軍前在南陽建此大策,常以爲落落難合,有志者事竟成也。』」宋陸游劍南詩稿二一雪夜作:「君勿輕癯儒,有志事竟成。」

【有求必應】 yǒu qiú bì yìng　人有所求,必定應允。清何邦額夜譚隨錄崔秀才:「往日良朋密友,有求必應。」李寶嘉官場現形記四二:「弄到後來,書畫雖還是有求必應,差缺却有點來不及了。」

【有所不爲】 yǒu suǒ bù wéi　指對不合禮義之事不妄爲。論語子路「行己有恥」三國魏何晏集解:「孔(安國)曰:『有恥者有所不爲。』」

【有始有終】 yǒu shǐ yǒu zhōng　作事有頭有尾,堅持到底。論語子張:「有始有卒者,其唯聖人乎?」疏:「卒猶終也。」清李汝珍鏡花緣九四:「我只喜此初是若花姐姐出令,誰知鬧來鬧去,還是若花姐姐收令,如此湊巧,這才算得有始有終哩。」

【有始無終】 yǒu shǐ wú zhōng　作事有頭無尾,不能堅持到底。晉書劉聰載記:「小人有始無終,不能如貫高之流也。」明馮夢龍警世通言二一:「你若邪心不息,俺即撒開雙手,不管閒事,怪不得我有始無終了。」

【有恃無恐】 yǒu shì wú kǒng　春秋齊孝公侵魯,魯僖公使展喜犒師,齊孝公問:「室如縣罄,野無青草,何恃而不恐?」展喜答:「恃先王之命。」見左傳僖二六年。唐韓愈昌黎集十四郾州溪堂詩序:「惟郾也,截然中居,四鄰望之,若防之制水,恃以無恐。」後稱有所依仗而無顧忌爲有恃無恐,本此。

【有勇無謀】 yǒu yǒng wú móu　有勇氣而無謀略。三國演義十一:「吾料呂布有勇無謀,不足慮也。」

【有氣沒力】 yǒu qì méi lì　形容懶散無力的樣子。明馮夢龍醒世恆言三七:「這兩隻脚雖則有氣沒力的,一步步蕩到波斯館來。」

【有條不紊】 yǒu tiáo bù wěn　作事有條理而不雜亂。書盤庚上:「若網在綱,有條而不紊。」唐王勃王子安集十四梓州玄武縣福會寺碑:「有條不紊,施緩政於繁繩;斷訟有神,下高鋒於錯節。」李寶嘉官場現形記五六:「聽上去倒也是原原本本,有條不紊。」

【有教無類】 yǒu jiào wú lèi　施教不分對象。論語衛靈公:「子曰:『有教無類。』」清文康兒女英雄傳三七:「安老爺是有教無類的,竟薰陶得他另變了個氣味了。」

【有眼無珠】 yǒu yǎn wú zhū　形容見識淺薄,沒有辨別能力。元曲選缺名孟德耀舉案齊眉一:「就似那薰猶般各別難同處,怎比你有眼却無珠。」西遊記四二:「那妖精……痛聲苦告道:『菩薩,我弟子有眼無珠,不識你廣大法力!』」

【有朝一日】 yǒu zhāo yī rì　將來有一天。元曲選關漢卿趙盼兒風月救風塵一:「怎時節船到江心補漏遲,煩惱怨他誰,事要前思後悔。我也勸你不得,有朝一日,準備着搭救你塊望夫石。」陽春白雪前集五元嚴忠濟越調天淨沙曲:「有朝一日天隨人願,賽田文養客三千。」

【有備無患】 yǒu bèi wú huàn　事先有準備,可以避免禍患。書說命中:「惟事事乃其有備,有備無患。」左傳襄十一年:「書曰:『居安思危,思則有備,有備無患。』」

【有意無意】 yǒu yì wú yì　意在有無之

間,直率不拘泥之意。世說新語文學:"庚子嵩(敳)作意賦成,從子文康(亮)見問曰:'若有意邪,非賦之所盡;若無意邪,復何所賦?'答曰:'正在有意無意之間。'"

【有損無益】 yǒu sǔn wú yì 只有損害,沒有好處。清何邦額夜譚隨錄贛子:"多沽傷費,多飲傷身,有損無益也。"

【有隙可乘】 yǒu xì kě chéng 指有漏洞可資利用。三國演義一一〇:"今魏有隙可乘,不就此時伐之,更待何時?"亦作"有機可乘"。見該條。

【有腳書廚】 yǒu jiǎo shū chú 對博學者的美稱。宋龔程自幼好學,手不釋卷,博覽羣書,記問精確,鄉人稱之為"有腳書廚"。見宋龔明之中吳紀聞三有腳書廚。

【有腳陽春】 yǒu jiǎo yáng chūn 五代後周王仁裕開元天寶遺事下有腳陽春:"宋璟愛民恤物,朝野歸美,時人咸謂璟為有腳陽春,言所至之處,如陽春煦物也。"後因用爲比喻地方官吏施行德政之詞。宋李昴英文溪詞摸魚兒送王子文知太平州:"丹山碧水含離恨,有腳陽春難駐。"

【有頭有尾】 yǒu tóu yǒu wěi 有始有終,能堅持到底。水滸二二:"那漢道:'卻纔說不了,他便是真大丈夫,有頭有尾,有始有終,我如今只等病好時,便去投奔他。'"

【有頭無尾】 yǒu tóu wú wěi 猶有始無終,不能堅持到底。朱子語類四二論語二四:"若是有頭無尾底人,便是忠也不久。"

【有嘴無心】 yǒu zuǐ wú xīn 見"有口無心"。

【有機可乘】 yǒu jī kě chéng 有機會可資利用。清蒲松齡聊齋志異胭脂:"宿久知女美,聞之竊喜,幸其機之可乘也。"亦作"有隙可乘"。見該條。

【有聲有色】 yǒu shēng yǒu sè 形象鮮明,十分生動。清洪亮吉北江詩話一:"寫月有聲有色如此,後人復何從著筆耶?"指唐李白杜甫詠月詩。

【有子萬事足】 yǒu zǐ wàn shì zú 舊謂有子則諸事如意,心滿意足。宋蘇軾分類東坡詩二二賀子由生第四孫斗老:"無官一身輕,有子萬事足。"

【有天沒日頭】 yǒu tiān méi rì tóu 見"有天無日"。

【有一搭沒一搭】 yǒu yī dā méi yī dā 表示故意找話說。亦表示無足輕重之意。紅樓夢十九:"寶玉有一搭沒一搭的說些鬼話,黛玉總不理。"

【有志不在年高】 yǒu zhì bù zài nián gāo 指年青人只要有志向,則成就未可限量,不在於年高。或謂只要有志向,年高亦能有所作爲。李寶嘉官場現形記四六:"有志不在年高。你老先生竟能立志戒煙,打起精神替主子辦事,真正是國家之福。"

【有治人無治法】 yǒu zhì rén wú zhì fǎ 貴有治國之人,沒有一成不變的治國之法。荀子君道:"有亂君,無亂國;有治人,無治法。"集解:"致士篇云:'有良法而亂者有之,有君子而亂者,自古及今,未嘗聞也。'"

【有眼不識泰山】 yǒu yǎn bù shí tài shān 比喻少見識,認不出有名之人。常用作冒犯或得罪人後,向對方賠禮道歉的客氣話。水滸二:"師父如此高強,必是個教頭,小兒有眼不識泰山。"明凌濛初二刻拍案驚奇三三:"這是有眼不識泰山,罪應萬死。"

【有錢使得鬼推磨】 yǒu qián shǐ dé guǐ tuī mò 舊時形容金錢萬能。明馮夢龍古今小說二一:"過了一月兩月,把這事都放慢了。正是'官無三日緊',又道是'有錢使得鬼推磨'。"亦作"有錢能使鬼推磨"。明蘭陵笑笑生金瓶梅五四:"西門慶見了藥袋厚大的,說到怎地許多,拆開看時,却是丸藥也在裏面了。笑道:'有錢能使鬼推磨',方纔他說先送煎藥,如今都送了來,也好也好。"

【有錢能使鬼推磨】 yǒu qián néng shǐ guǐ tuī mò 見"有錢使得鬼推磨"。

【有則改之,無則加勉】 yǒu zé gǎi zhī, wú zé jiā miǎn 論語學而曾子曰吾日三省吾身宋朱熹集注:"曾子以此三者日省其身,有則改之,無則加勉,其自治誠切如此,可謂得爲學之本矣。"本爲自勉之語,後指勉勵人接受意見,改過從善。明實錄英宗正統實錄六八:"如或受諂諛,納侵潤,則賢受抑,不肖者得志,孰與成功?爾等有則改之,無則加勉。"

【有緣千里能相會，無緣對面不相逢】
yǒu yuán qiān lǐ néng xiāng huì, wú
yuán duì miàn bù xiāng féng　強調
人之遇合，必須機緣湊巧。清平山堂話本
董永遇仙傳："豈不聞古人云：'有緣千里
能相會，無緣對面不相逢。'"能，亦作
"來"。水滸三五："宋江聽了大喜，向前拖
住道：'有緣千里來相會，無緣對面不相
逢。'只我便是黑三郎宋江。"

【服低做小】　fú dī zuò xiǎo　卑躬屈節，
低聲下氣。明沈乎中綰春園議姻："況養嬌
生性，怕他不慣服低做小。"亦作"伏低做
小"。見該條。

【朋黨比周】　péng dǎng bǐ zhōu　結黨
營私，排斥異己。荀子臣道："朋黨比周，以
環主圖私為務，是篡臣者也。"韓非子飾
邪："羣臣朋黨比周以隱正道，行私曲，而
地削主卑者，山東是也。"

【朗目疏眉】　lǎng mù shū méi　形容眉
目清秀。梁書陶弘景傳："及長，身長七尺
四寸，神儀明秀，朗目疏眉，細形長耳。"

【望文生義】　wàng wén shēng yì　指讀
書不求甚解，只從字面上附會，作出錯誤
的解釋。清葉廷琯吹網錄二胡注望文生義
之誤："昔顧澗翁（廣圻）謂梅磵雖熟乙部，
間有望文生義，乃違本事。"梅磵，元胡三
省別號。此指胡注資治通鑑有誤解之處。
曾樸孽海花四："不論一名一物，都要切實
證據，纔許你下論斷，不能望文生義，就是
聖經賢傳，非經過他們自己的一番考驗，
不肯瞎崇拜。"

【望杏瞻榆】　wàng xìng zhān yú　見"望
杏瞻蒲"。

【望杏瞻蒲】　wàng xìng zhān pú　指勸
勉耕種。南朝陳徐陵徐孝穆集九徐州刺史
侯安都德政碑："望杏敦耕，瞻蒲勸穡。"亦
作"望杏瞻榆"。隋書音樂志下社稷歌辭春
祈稷奏誠夏辭："瞻榆束耒，望杏開田。"

【望門投止】　wàng mén tóu zhǐ　見有人
家，便去投宿。形容逃難或出奔時的急迫
情況。後漢書六七張儉傳："儉得亡命，困
迫遁走，望門投止，莫不重其名行，破家相
容。"清蒲松齡聊齋志異尸變："一日昏暮，
四人借宿，望門投止。"

【望洋興嘆】　wàng yáng xīng tàn　莊子

秋水："（河伯）順流而東行，至於北海，東
面而視，不見水端。於是焉河伯始旋其面
目，望洋向若而嘆曰：'野語有之，曰：聞道
百以為莫己若者，我之謂也。'"後多以"望
洋興嘆"比喻因大開眼界而驚奇，或為舉
辦某事而力量不足，感到無可奈何。

【望穿秋水】　wàng chuān qiū shuǐ　形
容盼望非常急切。元王寶甫西廂記三本二
折："你若不去啊，望穿他盈盈秋水，蹙損
他淡淡春山。"秋水，喻眼睛。春山，喻眉。
清蒲松齡聊齋志異鳳陽士人："聽蕉聲，一
陣陣細雨下。何處與人閒嗑牙？望穿秋水，
不見還家。潛潛淚似麻。"

【望秋先零】　wàng qiū xiān líng　比喻
未老先衰。晉簡文帝（司馬昱）問顧悅頭髮
何故早白？顧悅答："松柏之姿，經霜猶茂，
臣蒲柳之質，望秋先零。"見世說新語言語
注引顧愷之愷之所作父悅傳。全唐文二
〇七宋璟梅花賦："然而鑑於春者，望秋先
零，盛於夏者，未冬已委。"

【望風而逃】　wàng fēng ér táo　形容因
見對方勢盛，不戰先逃。清陳忱水滸後傳
十九："汝、潁、光、黃等處，有土寇王善作
亂，聚兵五十萬，搶掠子女玉帛，殺人放
火，甚是猖獗，官兵望風而逃。"

【望風希指】　wàng fēng xī zhǐ　迎合別
人的意旨。三國志魏杜畿傳附杜恕諫聽廉
昭言事疏："近司隸校尉孔羨辟大將軍狂
悖之弟，而有司嘿爾，望風希指，甚於受
屬。"亦作"望風承旨"。晉書石苞傳附石崇
自表：（王）駿戚屬尊重，權要赫奕。內外有
司，望風承旨。"

【望風承旨】　wàng fēng chéng zhǐ　見
"望風希指"。

【望梅止渴】　wàng méi zhǐ kě　世說新
語假譎："魏武（曹操）行役，失汲道，軍皆
渴，乃令曰：'前有大梅林，饒子，甘酸可以
解渴。'士卒聞之，口皆出水，乘此得及前
源。"後因以"望梅止渴"比喻用空想自慰，
常與"畫餅充饑"並稱。水滸五一："白秀英
道：'官人今日眼見一文也無，提甚三五兩
銀子？正是教俺望梅止渴、畫餅充饑！'"亦
作"望梅消渴"。宋趙長卿惜香樂府十好事
近詞："猶勝望梅消渴，對文君眉蹙。"

【望梅消渴】　wàng méi xiāo kě　見"望

梅止渴"。

【望眼將穿】 wàng yǎn jiāng chuān　見"望眼欲穿"。

【望眼欲穿】 wàng yǎn yù chuān　唐白居易長慶集十七江樓夜吟元九律詩三十韻："白頭吟處變，青眼望中穿。"後因以"望眼欲穿"形容盼望殷切。元王惲秋澗文集十二送李郎中北還詩："落日鄉音杳，秋空望眼穿。"明西湖居士明月環傳奇詰環："小姐望眼欲穿，老身去回覆小姐去也。"亦作"望眼將穿"。明馮夢龍醒世恆言二八："（女）約以父媽出外，親赴書齋。一連數日，潘生望眼將穿，未得其便。"明凌濛初初刻拍案驚奇八："妻父母望眼將穿，既蒙壯士厚恩完葬，得早還家爲幸。"

【望塵不及】 wàng chén bù jí　只望見前面人馬急行所揚起的塵土而不能追及。莊子田子方："顏淵問於仲尼曰：'……夫子奔逸絕塵，而回瞠若乎其後矣？'"後漢書三九趙咨傳："復拜東海相，之官，道經滎陽，令敦煌曹暠，咨之故孝廉也，迎路謁候，咨不爲留。暠送至亭次，望塵不及。"後用爲對人敬佩之詞，表示自己遠遠落後。亦作"望塵莫及"。

【望塵而拜】 wàng chén ér bài　迎送候顯貴，望見來車車塵即行叩拜。形容卑躬屈膝的神態。晉書潘岳傳："與石崇等諂事賈謐，每候其出，與崇輒望塵而拜。"又石季龍載記上："於是（申扁）權傾內外，刺史二千石多出其門，九卿以下，望塵而拜。"

【望衡對宇】 wàng héng duì yǔ　門庭相對，形容住處接近，可以望見。水經注二八沔水："沔水中有魚梁洲，龐德公所居。土元（龐統）居漢之陰，……司馬德操（徽）宅洲之陽，望衡對宇，歡情自接。"清周亮工尺牘新鈔一熊文舉與減齋書："今春與士業社兄望衡對宇，宛其一洲，所謂伊人，時勞兼遡。"

【期期艾艾】 qī qī ài ài　西漢周昌口吃，往往重說"期期"；三國魏鄧艾也口吃，亦重言"艾艾"。後因以"期期艾艾"形容口吃。書言故事射集庸劣殘疾："口訥曰期期艾艾。"見史記九六張丞相傳、世說新語言語。

【朝三暮四】 zhāo sān mù sì　莊子齊物論："狙公賦芧，曰：'朝三而暮四，'衆狙皆怒。曰：'然則朝四而暮三。'衆狙皆悦。"本指實質不變，用改換名目的手法，使人上當。後常用來指變化多端或反覆無常。宋司馬光溫國文正公集二三論財利疏："今朝廷不循其本而救其末，……張設科條，不可勝紀。或不如其舊，益爲民害；或朝三暮四，移在於右。其間果能利民者，不過放散縣官之物以予民耳。"朝野新聲太平樂府四元喬吉山坡羊冬日寫懷曲："朝三暮四，昨非今是。癡兒不解榮苦事。"也指數目之多。唐崔仁浣白月栖雲塔銘："來者如雲，朝三暮四。"（八瓊室金石補正一二九）亦作"暮四朝三"。見該條。

【朝不及夕】 zhāo bù jí xī　見"朝不謀夕"。

【朝不慮夕】 zhāo bù lǜ xī　形容時間緊迫，情況危急。文選晉李令伯（密）陳情事表："人命危淺，朝不慮夕。"亦作"朝不謀夕"、"朝不及夕"。見"朝不謀夕"。

【朝不謀夕】 zhāo bù móu xī　謂只能顧及目前，無暇作長遠打算。左傳昭元年："老夫罪戾是懼，焉能恤遠？吾儕偷食，朝不謀夕，何其長也。"梁書任昉傳劉孝標廣絕交論："貌爾諸孤，朝不謀夕，流離大海之南，寄命瘴癘之地。"指苟安度日。亦作"朝不及夕"。左傳襄十六年："敝邑之急，朝不及夕。"漢王符潛夫論遏利："妻子凍餒，朝不及夕。"指情況危急。亦作"朝不慮夕"。見該條。

【朝升暮合】 zhāo shēng mù gě　零碎買米，形容生活貧困，家無隔宿之糧。明凌濛初二刻拍案驚奇二八："若有得一兩二兩贏餘，便也留着些做個根本，而今只好紬紬拽拽，朝升暮合過去，那得贏餘？"

【朝令夕改】 zhāo lìng xī gǎi　形容政令無常，使人無所適從。五代後蜀何光遠鑒戒錄一知機對："而且朝令夕改，坐喜立嗔，兵有闕心，將無戰意。"宋范祖禹唐鑑十九穆宗："凡用兵舉動，皆自禁中授以方略，朝令夕改，不知所從。"亦作"朝令暮改"、"朝作夕改"。見"朝令暮改"。

【朝令暮改】 zhāo lìng mù gǎi　形容政令無常。漢書食貨志上量錯說漢文帝："急

政暴賦，賦斂不時，朝令而暮改。”亦作“朝
作夕改”。晉書刑法志熊遠奏：“府立節度，
復不用事，臨事改制，朝作夕改”。亦作“朝
令夕改”。見該條。

【朝衣東市】 cháo yī dōng shì 史記一
〇一鼂錯傳：“上令鼂衣朝衣斬東市。”
後因稱大臣就戮爲朝衣東市。清龔自珍全
集九行路易詩：“朝衣東市甘於飴，玉體須
爲美人惜。”亦作“東市朝衣”。見該條。

【朝作夕改】 zhāo zuò xī gǎi 見“朝令
暮改”。

【朝思暮想】 zhāo sī mù xiǎng 形容想
念之深。或形容經常想着某事。宋柳永樂
章集傾杯樂詞：“朝思暮想，自家空恁添情
瘦。”明馮夢龍古今小說四十：“學生爲此
事朝思暮想，廢寢忘餐，恨無良策。”

【朝秦暮楚】 zhāo qín mù chǔ ㊀戰國
時蘇秦張儀輩，或勸秦王連橫，或勸楚王
合縱，當時山東諸國，時而事秦，時而事
楚，變化無常。後因以“朝秦暮楚”比喻反
覆無常。明畢魏竹葉舟黨聚：“因見貴戚王
愷，富堪敵國，比太僕更覺奢華，爲此我心
未免朝秦暮楚。”太僕指石崇。㊁朝在秦，
暮在楚。比喻行蹤無定。宋晁補之雞肋集
二北渚亭賦：“託生理於四方，固朝秦而暮
楚。”清孔尚任桃花扇逮社：“嘆朝秦暮楚，
三載依劉。”

【朝梁暮陳】 zhāo liáng mù chén 比喻
隨時變節，反覆無常。明楊慎升菴詩話二
蕭子顯春別：“‘淇水昨送淚沾巾，紅妝宿
昔已迎新，昨别下淚而送舊，今已紅妝而
迎新。’……六朝君臣，朝梁暮陳，何異於
此？”

【朝乾夕惕】 zhāo qián xī tì 易乾：“君
子終日乾乾，夕惕若厲，無咎。”後人用易
意而變其詞爲朝乾夕惕，形容終日勤奮謹
慎，不稍懈息。多用以稱頌帝王或大臣。紅
樓夢十八：“雖肝腦塗地，豈能報效萬一？
惟朝乾夕惕，忠於厥職。”

【朝華夕秀】 zhāo huá xī xiù 比喻有新
意的文章。文選晉陸士衡（機）文賦：“謝朝
華於已披，啟夕秀於未振。”唐張銑注：“朝
華已披，謂古人已用之意謝而去也；夕秀
未振，謂古人未述之旨開而用之。”

【朝發夕至】 zhāo fā xī zhì 早上動身，

晚上到達。形容路程短。唐韓愈昌黎集三
六祭鱷魚文：“潮之州，大海在其南。……
鱷魚朝發而夕至也。”

【朝過夕改】 zhāo guò xī gǎi 形容改正
錯誤迅速。漢書八四翟方進傳成帝報書：
“定陵侯長已伏其辜，君雖交通，傳不云
乎：‘朝過夕改，君子與之。’君何疑焉？”亦
作“朝聞夕改”。晉書周處傳：“古人貴朝聞
夕改。……且患志之不立，何憂名之不
彰？”世說新語自新作“朝聞夕死”。

【朝聞夕死】 zhāo wén xī sǐ 極言道之
重要。世說新語自新：“（周處）正見清河
（陸雲），具以情告，並云欲自修改，而年已
蹉跎，終無所成。清河曰：‘古人貴朝聞夕
死，況君前途尚可，且人患志之不立，亦何
憂令名之不彰邪？’”北史劉延明傳：“（涼
武）昭王曰：‘卿注記篇籍，以燭繼晝，白日
且然，夜可休息。’延明曰：‘朝聞道，夕死
可矣，不知老將至，孔聖稱焉。’延明何人
斯，敢不如此。’”

【朝聞夕改】 zhāo wén xī gǎi 見“朝過
夕改”。

【朝鐘暮鼓】 zhāo zhōng mù gǔ 佛寺中
朝暮報時的鐘鼓。唐李咸用披沙集五山中
詩：“朝鐘暮鼓不到耳，明月孤雲長掛情。”
亦作“暮鼓朝鐘”。宋蘇軾分類東坡詩二三
書雙竹湛師房之二：“暮鼓朝鐘自擊撞，閉
門孤枕對殘釭。”或作“暮鼓晨鐘”、“晨鐘
暮鼓”、“晨鼓暮鐘”。見“暮鼓晨鐘”、“晨鐘
暮鼓”。舊時形容佛寺寂靜，多用此等語。

【朝齏暮鹽】 zhāo jī mù yán 形容飲食
菲薄不堪，生活清苦。齏，切碎的腌菜。唐
韓愈昌黎集三六送窮文：“太學四年，朝齏
暮鹽。”

【朝裏無人莫做官】 cháo lǐ wú rén mò
zuò guān 意謂舊時無靠山者，不易成
事。清西周生醒世姻緣九四：“常說‘朝裏
無人莫做官’，又說‘朝裏有人好做官’。大
凡做官的人若沒倚輩，……憑你是個龔遂
黃霸這等的循良，也沒處顯你的善政。”吳
趼人二十年目睹之怪現狀六四：“俗語說
的好：‘朝裏無人莫做官’，所以纔與撤任
的這件事。”

【朝朝寒食，夜夜元宵】 zhāo zhāo hán
shí, yè yè yuán xiāo 形容豪奢作樂的生

活景象，早晚都像過節一樣。元曲選白仁甫唐明皇秋夜梧桐雨一：「寡人自從得了楊妃，真所謂朝朝寒食，夜夜元宵也。」

木　部

【木已成舟】　mù yǐ chéng zhōu　比喻事體已成定局，無法改變。清李汝珍鏡花緣三五：「到了明日，木已成舟，衆百姓也不能求我釋放，我也有詞可託了。」

【木本水原】　mù běn shuǐ yuán　樹之根本，水之源頭。表示推本溯源之意。左傳昭九年：「王使詹桓伯辭於晉，曰：‘……我在伯父，猶衣服之有冠冕，木水之有本原，民人之有謀主也。’」按，周與晉同姓，晉爲周所封，故以木本水原爲喻。原，今通作“源”。清李汝珍鏡花緣十六：「以木本水源而論，究竟我們天朝要算萬邦根本了。」

【木雕泥塑】　mù diāo ní sù　木雕或泥塑。比喻如偶像之神情呆滯。紅樓夢二七：「那黛玉倚着牀闌杆，兩手抱着膝，眼睛含着淚，好似木雕泥塑的一般，直坐到二更多天，方纔睡了。」亦作“泥塑木雕”。見該條。

【未了公案】　wèi liǎo gōng àn　未曾解決之事。五燈會元十青涼泰欽禪師：「時有僧問：‘如何是先師未了底公案？’師便打。曰：‘祖禰不了，殃及兒孫。’」

【未卜先知】　wèi bǔ xiān zhī　舊時迷信以爲占卜能預知吉凶。未卜先知，形容有先見之明。明洪楩清平山堂話本楊溫攔路虎傳：「一日，出街市閒走，見一個挂肆，名牌上寫道：‘未卜先知’。」許恆二奇緣二：「有這等事，真個未卜先知！」

【未可厚非】　wèi kě hòu fēi　不可過分指責、非難，或不要過多否定。漢書九九中王莽傳：「莽怒，免（馮）英官。後頗覺寤，曰：‘英亦未可厚非。’」

【未老先衰】　wèi lǎo xiān shuāi　唐白居易長慶集十三歎髮落詩：「多病多愁心自知，行年未老髮先衰。」後稱人年齡不大而身體衰弱者爲未老先衰。

【未雨綢繆】　wèi yǔ chóu móu　詩豳風鴟鴞：「迨天之未陰雨，徹彼桑土，綢繆牖戶。」綢繆，緊相纏縛之意，引申爲修補。指鴟鴞在未下雨時就啄剝桑樹皮修補窩巢。後用以比喻事前準備或預防。清朱用純治家格言：「宜未雨而綢繆，毋臨渴而掘井。」

【未能免俗】　wèi néng niǎn sú　謂不能免除俗例的做法。世說新語任誕：「七月七日，北阮盛曬衣，皆紗羅錦綺，仲容（阮咸）以竿挂大布犢鼻褌於中庭。人或怪之，答曰：‘未能免俗，聊復爾耳。’」舊俗陰曆七月七日例應曬衣。金元好問遺山集八被檄夜赴鄧州幕府詩：「未能免俗私自笑，豈不懷歸官有程。」吳趼人二十年目睹之怪現狀九五：「教訓兒子，也極有義方。因此內外上下，都有個賢名。只有一樣未能免俗之處，是最相信的菩薩。」

【末大不掉】　mò dà bù diào　猶尾大不掉。末，泛指物之尾、端。唐柳宗元柳先生集三封建論：「余以爲周之喪久矣，徒建空名於公侯之上耳。得非諸侯之盛強，末大不掉之咎歟？」亦作“尾大不掉”。見該條。

【末學膚受】　mò xué fū shòu　指學問不求根本，淺嘗即止，僅及皮毛。文選東漢張平子（衡）東都賦：「乃蒡爾而笑曰：‘若客所謂末學膚受，貴耳而賤目者也。’」三國吳薛綜注：「末學，謂不經根本；膚受，謂皮膚之不經於心胸。」

【本末倒置】　běn mò dào zhì　主次顛倒。本末，比喻事物的根本和枝節。金缺名綏德州新學記：「然非知治之審，則亦未嘗不本末倒置。」（金石萃編一五八）

【本來面目】 běn lái miàn mù　佛教指人本有的心性,自己的本分。景德傳燈錄四袁州蒙山道明禪師:"不思善,不思惡,正恁麼時,阿那個是明上座本來面目。"又十二鄆州慧清禪師:"僧問:不問二頭三首,直指本來面目。"後用來指事物原來的模樣。明王守仁王文成公全書十九觀傀儡次韻詩:"本來面目還誰識?且向樽前學楚狂。"清陳鱣經籍跋文吳騫序:"今觀所撰諸經跋文,鉤深索隱,凡古本之爲後之妄人竄亂芟併者,莫不審考其原來次第,而字之更改淆混者,一一校正,令人復得見本來面目。"

【朽木不雕】 xiǔ mù bù diāo　論語公冶長:"朽木不可雕也。"腐爛的木頭無法加以雕刻。後用以比喻事物和局勢敗壞,不可救藥。周書楊乾運傳:"今大賊(侯景)初平,生民離散,理宜同心戮力,保國寧民。今乃兄弟親尋[干戈],取敗之道也。可謂朽木不雕,世衰難佐。"

【朽木死灰】 xiǔ mù sǐ huī　比喻沒有生機。元曲選石君寶李亞仙花酒曲江池四:"小官已爲朽木死灰,若非你拯救吹噓,安能到此?"亦作"槁木死灰"。見該條。

【朽木糞土】 xiǔ mù fèn tǔ　見"朽木糞牆"。

【朽木糞牆】 xiǔ mù fèn qiáng　腐爛的木頭和污穢的土牆。比喻不堪造就的人或不可收拾的事。論語公冶長:"宰予晝寢。子曰:'朽木不可雕也,糞土之牆不可杇也。'"漢書五六董仲舒傳舉賢良對策一:"今漢繼秦之後,如朽木糞牆矣,雖欲善治之,亡可奈何。"亦作"朽木糞土"。宋周密齊東野語十八:"杜牧有睡癖,夏侯隱號睡仙,其亦知此乎!雖然,宰予晝寢,夫子有朽木糞土之語也。"

【朱衣點首】 zhū yī diǎn shǒu　見"朱衣點頭"。

【朱衣點頭】 zhū yī diǎn tóu　相傳宋歐陽修主持貢院舉試,每閱試卷,常覺坐後有朱衣人時復點頭,凡朱衣人點頭的,都是合格的文章,因有"唯願朱衣一點頭"之句。後用爲科舉中選的代稱。參閱明陳耀文天中記三八引侯鯖錄(今本趙令畤侯鯖錄無此文)。亦作"朱衣點首"。宋劉克莊後村集二三送赴省諸友林少嘉詩:"色筆深懷如有助,朱衣點首豈能神。"亦作"朱衣點額"。明馮夢龍警世通言十八:"年年科舉,歲歲觀場,不能得朱衣點額,黃榜標名。"

【朱衣點額】 zhū yī diǎn é　見"朱衣點頭"。

【朱門繡戶】 zhū mén xiù hù　借指富貴人家。清蒲松齡聊齋志異封三娘:"娘子朱門繡戶,妾素無葭莩親,慮致譏嫌。"

【朱脣皓齒】 zhū chún hào chǐ　紅脣白齒。形容貌美。楚辭大招:"魂乎歸徠,聽歌譔只。朱脣皓齒,嫭以姱只。"元曲選買仲名鐵拐李度金童玉女三:"拜辭了翠裙紅袖簇,朱脣皓齒扶。"

【朱陳之好】 zhū chén zhī hǎo　指兩家結成姻親。唐白居易長慶集十朱陳村十:"徐州古豐縣,有村曰朱陳……一村唯兩姓,世世爲婚姻。"

【朱輪華轂】 zhū lún huá gǔ　紅漆車輪,彩繪車轂。古代貴官所乘的車。史記八九陳餘傳:"令范陽令乘朱輪華轂,使驅馳燕趙郊。"漢書三六楚元王傳附劉向:"今王氏一姓乘朱輪華轂者二十三人,青紫貂蟬充盈幄內,魚鱗左右。"

【朱門酒肉臭,路有凍死骨】 zhū mén jiǔ ròu chòu, lù yǒu dòng sǐ gǔ　形容貧富懸殊。唐杜甫杜工部草堂詩箋六自京赴奉先縣詠懷五百字:"朱門酒肉臭,路有凍死骨。榮枯咫尺異,惆悵難再述。"

【束之高閣】 shù zhī gāo gé　言棄置不用。世說新語豪爽"庾穉恭(翼)既常有中原之志"注引漢晉春秋:"是時杜乂殷浩諸人,盛名冠世,翼未之貴也,常曰:'此輩宜束之高閣,俟天下清定,然後議其所任耳。'"又見晉書庾翼傳。元張昱可閒老人集四搜索舊稿有感詩:"抖擻蓬塵紙一窠,束之高閣又何多。"

【束手待斃】 shù shǒu dài bì　比喻坐待敗亡。三國演義七:"兵臨城下,將至壕邊,豈可束手待斃?"

【束手就擒】 shù shǒu jiù qín　比喻無力反抗。清吳敬梓儒林外史八:"寧王鬧了兩年,不想被新建伯王守仁一陣殺敗,束手就擒。”

【束手無措】　shù shǒu wú cuò　見“束手無策”。

【束手無策】　shù shǒu wú cè　喻遇事拿不出辦法對付。五代史平話唐下：“唐軍又到，倉皇駭愕……諸將相束手無策。”清吳敬梓儒林外史四三：“那船上管船的舵工，押船的朝奉，面面相覷，束手無策。”亦作“束手無措”。元周密癸辛雜識續集下束手無措：“束元嘉知泰州，禁醋甚嚴。有大書于郡門曰：‘束手無措’。”

【束馬懸車】　shù mǎ xuán chē　管子封禪：“(齊桓公)西伐大夏，涉流沙，束馬懸車，上卑耳之山。”唐尹知章注：“將上山，纏束其馬，懸鉤其車也。”此指行山路時，包裹馬腳，掛牢車子，以防跌滑。形容險阻難行。晉書羊祜傳：“蜀之爲國，非小險也，高山尋雲霓，深谷肆無景，束馬懸車，然後得濟。”亦作“懸車束馬”。國語齊：“懸車束馬，踰太行與辟耳之谿拘夏。”辟耳，即卑耳。

【杜口吞聲】　dù kǒu tūn shēng　形容閉口不言。後漢書七八曹節傳：“羣公卿士杜口吞聲，莫敢有言。”

【杜口裹足】　dù kǒu guǒ zú　比喻有所顧慮而遠避。戰國策秦三：“臣之所恐者，獨恐臣死之後，天下見臣盡忠而身蹶也，是以杜口裹足，莫肯即秦耳。”

【杜門却掃】　dù mén què sǎo　閉門息迹。指屏居不與世人交接。魏書李諡傳孔璠等上書：“(諡)每日：‘丈夫擁書萬卷，何假南面百城。’遂絕跡下帷，杜門却掃，棄産營書，手自删削，卷無重複者四千有餘矣。”亦作“閉門却掃”、“閉關却掃”。見“閉門却掃”。

【杜漸防萌】　dù jiàn fáng méng　指防患於未然。三國志蜀秦宓傳報李權書：“杜漸防萌，預有所抑。”後漢書三七丁鴻傳上封事：“若勑政責躬，杜漸防萌，則凶妖銷滅，害除福湊矣。”亦作“杜漸防微”。抱朴子明本：“昔之達人，杜漸防微，色斯而逝，夜不待旦，覩幾而作，不俟終日。”梁書劉孝綽傳謝東宮啟：“臣資愚履直，不能杜漸防微，曾未幾何，逢茲釁難。”又作“防微杜漸”。見該條。

【杜漸防微】　dù jiàn fáng wēi　見“杜漸防萌”。

【材疎志大】　cái shū zhì dà　志向雖大而才能不足。宋陸游劍南詩稿九大風登城：“才疎志大不自量，西家東家笑我狂。”

【杞人憂天】　qǐ rén yōu tiān　列子天瑞：“杞國有人，憂天地崩墜，身亡所寄，廢寢食者。”後因稱沒有根據或不必要的憂慮爲“杞人憂天”。唐李白李太白詩三梁甫吟：“白日不照吾精誠，杞國無事憂天傾。”清李汝珍鏡花緣二七：“杞人憂天，伯慮愁眠。”

【杞宋無徵】　qǐ sòng wú zhēng　論語八佾：“子曰：‘夏禮吾能言之，杞不足徵也；殷禮吾能言之，宋不足徵也。文獻不足故也。’”後因稱事之缺乏證明資料者爲杞宋無徵。

【李代桃僵】　lǐ dài táo jiāng　宋書樂志三古辭難鳴高樹巔：“桃生露井上，李樹生桃傍。蟲來齧桃根，李樹代桃僵。樹木身相代，兄弟還相忘。”原意以桃李喻兄弟，言桃李能共患難，諷弟兄却不能共甘苦。後轉用爲以此代彼或代人受過之意。舊題明王衡真傀儡：“古來史書上呵，知多少李代桃僵。”亦作“僵李代桃”。清蒲松齡聊齋志異胭脂：“彼踰牆鑽隙，固有玷夫儒冠，而僵李代桃，誠難消其冤氣。”

【東山再起】　dōng shān zài qǐ　晉謝安(安石)初爲佐著作郎，因病辭官，隱東山。朝廷屢詔不仕，時人因言：“安石不肯出，將如蒼生何！”年四十出爲桓溫司馬，遷中書令，官至司徒。見世説新語排調、晉書謝安傳。後因以“東山再起”爲隱士出仕之典。唐杜甫杜工部草堂詩箋三八暮秋……呈蘇渙侍御：“無數將軍西第成，早作丞相東山起。”亦以“東山再起”比喻重新得勢。清文康兒女英雄傳三九：“回到家鄉，先個骨肉團聚，一面藏器待時，或者聖恩高厚，想起來還有東山再起之日，也未可知。”

【東方千騎】　dōng fāng qiān jì　玉臺新詠一古樂府日出東南隅行：“東方千餘騎，夫婿居上頭。”此爲詩中女子羅敷自述其夫居官高貴，儀從煊赫。樂府詩集六四南朝梁簡文帝采菊篇："東方千騎從驪駒，豈不下山逢故夫。"即用此故事。後因用爲指女子的夫貴之詞。

【東市朝衣】 dōng shì cháo yī 漢景帝時，御史大夫鼂錯衣朝衣斬東市。見史記一〇一鼂錯傳。後因以"東市朝衣"代指大臣被殺。清吳偉業梅村家藏稿三駕湖曲："東市朝衣一旦休，北邙坏（抔）土亦難留。"亦作"朝衣東市"。見該條。

【東扶西倒】 dōng fú xī dǎo 形容力不能支，不克自立。宋楊萬里誠齋集二四過南蕩詩："笑殺槿籬能耐事，東扶西倒野酴醾。"朱子語類一二五老氏："如某此身已衰耗，如破屋相似，東扶西倒，雖欲修養，亦何能有益耶？"

【東抹西塗】 dōng mǒ xī tú 見"東塗西抹"。

【東門黃犬】 dōng mén huáng quǎn 秦丞相李斯，因趙高誣以謀反而腰斬，臨刑謂其中子曰："吾欲與若復牽黃犬俱出上蔡東門逐狡兔，豈可得乎！"見史記八七李斯傳。後因以"東門黃犬"指作官遭禍，抽身悔遲。南朝陳徐陵集六梁貞陽侯重與王太尉書："東門黃犬，固以長悲；南陽白衣，何可復得！"

【東施效顰】 dōng shī xiào pín 顰，蹙眉。亦作"矉"。古越國美女西施因患心病而捧心蹙眉，同村醜女以爲美，亦捧心效其顰，而醜益甚。見莊子天運。莊子只說醜人，未指爲誰。太平寰宇記九六越州載諸暨縣巫里有西施東施家。後人指醜女爲東施，用東施效顰比喻醜拙強學美好。紅樓夢三十："（寶玉）因又自笑道：'若真也葬花，可謂東施效顰了，不但不爲新奇，而且更是可厭。'"

【東食西宿】 dōng shí xī sù 藝文類聚四十漢應劭風俗通兩祖："俗說齊人有女，二人求之。東家子醜而富，西家子好而貧。父母疑不能決，問其女，定所欲適。'難指斥言者，偏袒，令我知之。'女便兩袒，怪問其故。云：'欲東家食，西家宿。'此爲兩袒者也。"其後因以"東食西宿"比喻貪利之人，企圖兼有兩利。清蒲松齡聊齋志異黃英："黃英曰：'東食西宿，廉者當不如是。'"

【東風馬耳】 dōng fēng mǎ ěr 見"東風射馬耳"。

【東海揚塵】 dōng hǎi yáng chén 傳說仙人麻姑與王方平會晤時，自言已見東海三爲桑田，近日蓬萊水淺，意將復爲陵陸。王方平因嘆道："聖人皆言海中行復揚塵也。"見神仙傳二王遠。後因以"東海揚塵"比喻世事變化無常。

【東倒西歪】 dōng dǎo xī wāi 形容傾斜不正。清紀昀閱微草堂筆記二三："余鄉張明經晴嵐（若靄）除夕前自題門聯曰：'三間東倒西歪屋，一個千錘百鍊人。'"亦形容行走不穩。元曲選曾瑞卿王月英元夜留鞋記二："哎，却原來醉醺醺東倒西歪。"

【東張西望】 dōng zhāng xī wàng 窺探之狀。明缺名西湖記毆媒後悔："掩在門後，東張西望，側耳聽聲。"清吳敬梓儒林外史三："范進抱着雞，手裏插個草標，一步一踱的，東張西望，在那裏尋人買。"

【東窗事犯】 dōng chuāng shì fàn 亦作"東窗事發"。宋元間傳說，秦檜殺岳飛，曾與其妻預謀於東窗之下。檜死，在陰間受審，對一道士說："可煩傳語夫人，東窗事犯矣。"見元張昱張光弼詩集三詠何立事注、明田汝成西湖遊覽志餘四。元孔文卿（學詩）有地藏王證東窗事犯雜劇，即演此事。也作秦太師東窗事犯。或說爲元金仁傑撰。後稱陰謀敗露將被懲治爲"東窗事犯"或"東窗事發"，本此。明馮夢龍警世通言二十："莫是'東窗事發'？若是這事走漏，須教我吃官司，如何計結？"

【東窗事發】 dōng chuāng shì fā 見"東窗事犯"。

【東塗西抹】 dōng tú xī mǒ 唐薛逢晚年失意，曾騎瘦馬赴朝，值新進士列隊而出，前導責逢讓路。逢遣人答曰："報道莫貧相，阿婆三五年少時，也曾東塗西抹來。"見五代王定保唐摭言二慈恩寺題名遊賞賦詠雜記。本以婦女裝飾爲喻。後用爲對自己寫作的謙詞。宋陸游劍南詩稿六九山房："東塗西抹非無意，鬢面朱鉛太不宜。"金元好問遺山集十四自題寫真詩："東塗西抹竊時名，一線微官悮半生。"亦作"東抹西塗"。清龔自珍全集九輯雜詩己卯自春徂夏在京師作十四之十三：“東抹西塗迫半生，中年何故避聲名？”

【東鄰西舍】 dōng lín xī shè　謂左右鄰里。中州樂府金景罩天香詞：“田里安閒，東鄰西舍，準擬醉時歡適。”元陳宜甫秋巖詩集上四歌行之一：“東鄰西舍邀即去，不復晚景悲桑榆。”

【東西南北人】 dōng xī nán běi rén　禮檀弓上：“今丘也，東西南北之人也，不可以弗識也。”注：“東西南北言居無常處也。”因以稱飄流在外，行踪不定的人。唐高適高常侍集五人日寄杜二拾遺詩：“龍鍾還忝二千石，愧爾東西南北人。”明區大相區太史詩集九三家兄平明發舟歸潭川別後寄此：“惜是東西南北人，十年飄泊尚迷津。”亦作“東西南北客”。宋陳與義簡齋集十九寄何子應詩：“綸巾老子無遠策，長作東西南北客。”

【東西南北客】 dōng xī nán běi kè　見“東西南北人”。

【東風射馬耳】 dōng fēng shè mǎ ěr　指風過馬耳邊。比喻漠然無所動心。唐李白李太白詩十九答王十二寒夜獨酌有懷：“世人聞此皆掉頭，有如東風射馬耳。”射，亦作“過”。元袁桷清容居士集八盧陵劉老人百一歌：“每話承平如夢中，萬事東風過馬耳。”亦作“東風馬耳”。劉敏中中庵樂府念奴嬌自述呈知己時有小言詞：“冷笑紛紛兒女語，都付東風馬耳。”亦作“馬耳東風”。見該條。

【東風過馬耳】 dōng fēng guò mǎ ěr　見“東風射馬耳”。

【東風壓倒西風】 dōng fēng yā dǎo xī fēng　紅樓夢八二：“黛玉從不聞襲人背地裏說人，今聽此話有因，心裏一動，便說道：‘但凡家庭之事，不是東風壓了西風，就是西風壓了東風。’”意即兩種對立的力量，一方必然壓倒另一方。

【枕山棲谷】 zhèn shān qī gǔ　比喻隱居山林。後漢書六一黃瓊傳李固與瓊書：“誠遂欲枕山棲谷，擬跡巢、由，斯則可矣，若當輔政濟民，今其時也。”

【枕戈坐甲】 zhèn gē zuò jiǎ　見“枕戈寢甲”。

【枕戈待旦】 zhèn gē dài dàn　枕着兵器，等待天明，形容殺敵心切。世說新語賞譽“劉琨稱祖車騎為朗詣”注引晉陽秋：“劉琨與親舊書曰：‘吾枕戈待旦，志梟逆虜，常恐祖生（逖）先吾箸鞭耳！’”

【枕戈寢甲】 zhèn gē qǐn jiǎ　睡時以戈為枕，不脫鎧甲，形容經常在戰爭之中。晉書赫連勃勃載記：“朕無撥亂之才，不能弘濟兆庶，自枕戈寢甲，十有二年，而四海未同，遺寇尚熾。”亦作“枕戈坐甲”。周書文帝紀上與侯莫陳悅書：“如其首鼠兩端，不時奉詔，專戮違旨，國有常刑，枕戈坐甲，指日相見。”此指作好戰爭的準備。

【枕中鴻寶】 zhèn zhōng hóng bǎo　漢書三六楚元王傳附劉向：“上（宣帝）復興神僊方術之事，而淮南有枕中鴻寶、苑祕書，書言神僊使鬼物為金之術。”注：“鴻寶苑祕書，並道術篇名。臧在枕中，言常存錄之不漏泄也。”淮南，漢淮南王劉安。後以“枕中鴻寶”泛指珍祕的書籍。

【枕石漱流】 zhèn shí shù liú　比喻隱居山林。宋書樂志三魏武帝（曹操）秋胡行晨上：“名山歷觀，遨遊北極。枕石漱流飲泉。”三國志蜀彭羕傳薦秦宓：“伏見處士緜竹秦宓，……枕石漱流，吟詠緼袍，偓息於仁義之途，恬惔於浩然之域。”亦作“漱石枕流”。見該條。

【枕流漱石】 zhèn liú shù shí　舊指隱居生活。宋詩鈔孔武仲清江詩汴汴河：“枕流漱石真所便，履濁凌險終未愜。”元耶律楚材湛然居士集一和移剌繼先韻：“枕流漱石輕軒車，吟煙嘯月甘藜藿。”

【枉己正人】 wǎng jǐ zhèng rén　孟子萬章上：“吾未聞枉己而正人者也，況辱己以正天下者乎？”此指不正己身而欲正人，為不可能之事。

【枉口拔舌】 wǎng kǒu bá shé　胡言亂語。多指造謠生事，惡意中傷。明蘭陵笑笑生金瓶梅二五：“是那個嚼舌根的，沒空生有，枉口拔舌，調唆你來欺負我娘！”

【枉尺直尋】 wǎng chǐ zhí xún　孟子滕文公下：“且志曰：‘枉尺而直尋’，宜若可為。”八尺為一尋。屈一尺而得伸直八尺，指小有所屈而大有所獲。後漢書張衡傳應聞:"柾尺直尋,議者譏之,盈欲虧志,執云非羞?"晉書九四藏逵傳:"苟迷擬之然後動,議之然後言,固當先辯其趣舍之極,求其用心之本,識其柾尺直尋之旨,採其被褐懷玉之由。"

【柾道事人】 wǎng dào shì rén 泛指不擇手段取媚於人。論語微子:"直道而事人,焉往而不三黜?柾道而事人,何必去父母之邦?"

【柾費心力】 wǎng fèi xīn lì 白費心力。宋朱熹朱文公集六三答甘道士書:"所云築室藏書,此亦恐柾費心力。"亦作"柾費心機"、"柾費心計"。見各該條。

【柾費心計】 wǎng fèi xīn jì 白費心思。紅樓夢一〇六:"如今柾費心計,掙了一輩子的強,偏偏兒的落在人後頭了。"亦作"柾費心力"、"柾費心機"。見各該條。

【柾費心機】 wǎng fèi xīn jī 白費心思。元曲選缺名兩軍師隔江鬥智二:"你使着這般科段,敢可也柾用心機。"明許仲琳封神演義四十:"柾費心機空費力,雪消春水一場空。"亦作"柾費心力"、"柾費心計"。見各該條。

【杯弓蛇影】 bēi gōng shé yǐng 漢應彬為汲令,飲主簿杜宣酒,北壁上懸赤弩,影照於杯,形如蛇。宣意謂為蛇,不敢言,心惡之。歸家即病。彬知,於故處設酒,杯中仍有影,因指乃壁弓所照,非有他怪。宣釋然,病即瘳。事見漢應劭風俗通九怪神。彬,劭祖父。後因以"杯弓蛇影"形容疑神疑鬼,自相驚擾。亦作"蛇影杯弓"、"弓影杯蛇"。紅樓夢八九:"人亡物在,公子填詞;蛇影杯弓,顰卿絕粒。"清沈復浮生六記閨房記樂:"急閉窗,携酒歸房。一燈如豆,羅帳低垂,弓影杯蛇,驚神未定。"

【杯水車薪】 bēi shuǐ chē xīn 比喻力量太小,無濟於事。孟子告子上:"今之為仁者,猶以一杯水救一車薪之火也。"宋李曾伯可齋雜藁九淮西總領謝平章:"況撽肮而或奪其食,且掣肘而欲其書,杯水救薪,豈能甦涸;籌沙作米,安足療飢。"亦作"杯水輿薪"。宋曹輔唐顏文忠公新廟記:"杯水輿薪,勢且莫抗。"(八瓊室金石補正一〇七)

【杯水輿薪】 bēi shuǐ yú xīn 見"杯水車薪"。

薪"。

【杯盤狼藉】 bēi pán láng jí 形容宴飲後杯盤等放置零亂。史記一二六淳于髡傳:"履舄交錯,杯盤狼藉。"明蘭陵笑笑生金瓶梅十二:"杯盤狼藉,如水洗之光滑;筯子縱橫,似打磨之乾淨。"亦作"盃盤狼藉"。唐白居易長慶集六六酬鄭二司錄與李六郎中寒食日相過同宴見贈:"盃盤狼藉宜親夜,風景闌珊欲過春。"

【枇杷門巷】 pí pá mén xiàng 唐胡曾贈蜀妓薛濤詩:"萬里橋邊女校書,枇杷花下閉門居。"見五代後蜀何光遠鑒誡錄十蜀才婦。全唐詩胡曾王建名下皆有此詩。後稱妓家為枇杷門巷,本此。

【柝律貳端】 xī lǜ èr duān 分破條律,妄生端緒,以加重人罪。漢書宣帝紀元康二年詔:"用法或持巧心,柝律貳端,深淺不平,增辭飾非,以成其罪。"

【板板六十四】 bǎn bǎn liù shí sì 板,指鑄銅錢的模子。宋時鑄錢,每板六十四文,不得私增。後因以"板板六十四"形容呆板,固執,或不知變通。清范寅越諺上數目之諺:"板板六十四,鑄錢定例也,喻不活。"參閱清錢泳履園叢話二錢笵、翟灝通俗編三二數目板板六十四。

【枯木生華】 kū mù shēng huā 喻絕境逢生。三國志魏劉廙傳上疏:"臣罪應傾宗,禍應覆族,遭乾坤之靈,值時來之運,揚湯止沸,使不燋爛,起煙於寒灰之上,生華於已枯之木,……可以死效,難用筆陳。"華,即"花"。

【枯木朽株】 kū mù xiǔ zhū 壞木頭,爛樹椿。史記一一七司馬相如傳諫獵疏:"今陛下好陵阻險,射猛獸,猝然遇軼材之獸,駭不存之地,犯屬車之清塵,輿不及還轅,人不暇施巧,雖有烏獲逢蒙之伎,力不能用,枯木朽株盡為害矣。"也借指老廢無用之人。史記八三鄒陽傳上梁孝王書:"故無因至前,雖出隨侯之珠,明月之璧,猶結怨而不見德。故有人先談,則以枯木朽株樹功而不忘。"世說新語棲逸"南陽翟道淵"注引尋陽記:"初庾亮臨江州,聞翟湯之風,束帶躡屐而詣焉。亮禮甚恭,湯曰:'使君直敬其枯木朽株耳。'"

【枯木死灰】 kū mù sǐ huī 枯木無氣,死灰無熱。比喻意志消沉,毫無生氣。宋陳亮龍川集十九與應仲實書:"世之學者,玩心於無形之表,以爲卓然而有見。事物雖衆,此其得其淺者,不過如枯木死灰而止耳。"亦作"槁木死灰"、"死灰槁木"。見"槁木死灰"。

【枯魚銜索】 kū yú xián suǒ 乾魚串在繩索上。形容存日不多。韓詩外傳一:"枯魚銜索,幾何不蠹。二親之壽,忽如過隙。"又見漢劉向說苑建本、王肅孔子家語致思。謂爲家貧親老,不能擇官而仕。後用爲思念已故父母之詞。北周庾信庾子山集一哀江南賦:"泣風雨於梁山,惟枯魚之銜索。"

【枯楊生稊】 kū yáng shēng tí 乾枯的楊樹重發嫩芽。易大過:"枯楊生稊,老夫得其女妻。"注:"稊者,楊之秀也。"後多用以比喻老人娶少妻或老年得子。

【枯樹逢春】 kū shù féng chūn 比喻絕望中獲得生機。景德傳燈錄二三唐州大乘山和尚:"問:'枯樹逢春時如何?'師曰:'世間希有。'"元曲選缺名凍蘇秦衣錦還鄉四:"恰便似旱苗纔得雨,枯樹恰逢春。"

【杇腹從公】 xiāo fù cóng gōng 形容一心爲公。杇,空虛。李寶嘉活地獄楔子:"到了這個分上,要想他們毀家紓難,杇腹從公,恐怕走遍天涯,如此好人,也找不出一個。"

【柳巷花街】 liǔ xiàng huā jiē 舊指妓院聚集之處。續傳燈錄十二廣慧沖雲禪師:"諸佛出興,隨緣設教,或茶坊酒肆,徇器投機;或柳巷花街,優游自在。"亦作"花街柳陌"。水滸六:"花街柳陌,衆多嬌艷名姬;楚館秦樓,無限風流歌妓。"

【柳暗花明】 liǔ àn huā míng 綠柳成蔭,繁花耀眼的美景。唐王維王右丞集六早朝詩之二:"柳暗百花明,春深五鳳城。"宋陸游劍南詩稿一遊山西村:"山重水複疑無路,柳暗花明又一村。"亦作"花明柳暗"。唐李商隱李義山詩集六夕陽樓:"花明柳暗繞天愁,上盡重城更上樓。"亦作"柳暗花濃"。宋司馬光溫國文正公集十五和伯常自鄆州見寄詩:"西郊三歲揖行人,柳暗花濃又一春。"今以"柳暗花明"指又是一番情景,意本陸游詩句。

【柳暗花濃】 liǔ àn huā nóng 見"柳暗花明"。

【柳綠花紅】 liǔ lǜ huā hóng 形容色彩鮮豔紛繁。亦泛指明媚的春天景色。五燈會元八酒仙遇賢禪師:"秋至山寒水冷,春來柳綠花紅。一點動隨萬變,江村烟雨濛濛。"亦作"花紅柳綠"。見該條。

【柔茹剛吐】 róu rú gāng tǔ 詩大雅烝民:"人亦有言,柔則茹之,剛則吐之。維仲山甫,柔亦不茹,剛亦不吐,不侮矜寡,不畏彊禦。"茹,吃;吐,吐出。吞吃軟的,吐出硬的。後因比喻欺軟怕硬爲"柔茹剛吐"。亦作"吐剛茹柔"。見該條。

【柔能制剛】 róu néng zhì gāng 意謂以德化人。後漢書十八臧宮傳詔:"黃石公記曰:'柔能制剛,弱能制彊。柔者德也,剛者賊也,弱者仁之助也,彊者怨之歸也。'"

【桂林一枝】 guì lín yī zhī 喻出類拔萃。晉書郤詵傳:"累遷雍州刺史,武帝於東堂會送,問詵曰:'卿自以爲何如?'詵對曰:'臣舉賢良對策,爲天下第一,猶桂林之一枝,崑山之片玉。'"

【桂宮柏寢】 guì gōng bǎi qǐn 比喻壯麗的宮室。南朝宋鮑照鮑氏集三代白紵舞歌詞之二:"桂宮柏寢擬天居,朱爵文牕韜碧疏。"

【根生土長】 gēn shēng tǔ zhǎng 當地出生、長大;世代居住。元曲選吳昌齡張天師斷風花雪月三:"却不道一般兒根生土長,開花結子,帶葉連枝。"紅樓夢五四:"他又不是咱們家根生土長的奴才,沒受過咱們什麼大恩典。"亦作"土長根生"。又王實甫四丞相高會麗春堂四:"這裏是土長根生父母邦。"

【根深柢固】 gēn shēn dǐ gù 根基牢固,不可動搖。柢,又作"蔕"或"蒂"。韓非子解老:"柢固則生長,根深則視久。"唐鼎祚周易集解四否:"言五二包繫,根深蔕固,若山之堅,若地之厚者也。"宋范成大石湖集二四送劉唐卿尸曹擢第西歸詩之三:"學力根深方蔕固,功名水到自渠成。"

【根深蔕固】 gēn shēn dì gù 見"根深柢固"。

【桃之夭夭】 táo zhī yāo yāo 詩周南

桃夭有"桃之夭夭"句,後以桃諸言爲"逃",戲言逃亡不知所往。明馮夢龍醒恒言三:"將店中資本席卷,雙雙的桃之夭夭,不知去向。"梅孝巳灑雪堂上扎盲成賸:"若是我春鴻,便跟了那姓魏的桃之夭夭了。"亦作"逃之夭夭"。見該條。

【桃花流水】 táo huā liú shuǐ 見"流水桃花"。

【桃紅柳綠】 táo hóng liǔ lù 唐王維王右丞集十四田園樂詩之六:"桃紅復含宿雨,柳綠更帶春煙。"後泛言春景爲桃紅柳綠,本此。元曲選鄭德輝㑳梅香騙翰林風月一:"看了這桃紅柳綠,是好春光也呵。"

【桃李滿天下】 táo lǐ mǎn tiān xià 比喻所栽培門生或所薦士之衆。唐白居易長慶集六六奉和令公綠野堂種花詩:"令公桃李滿天下,何用堂前更種花。"

【桃李不言,下自成蹊】 táo lǐ bù yán, xià zì chéng xī 比喻實至名歸。史記李將軍傳贊:"諺曰:'桃李不言,下自成蹊。'"索隱:"按姚氏云:桃李本不能言,但以華實感物,故人不期往,其下自成蹊徑也。"

【桑弧蒿矢】 sāng hú hāo shǐ 見"桑弧蓬矢"。

【桑弧蓬矢】 sāng hú péng shǐ 古時男子出生,以桑木作弓,蓬草爲矢,使射人射天地四方,寓志在四方之意。禮內則:"國君世子生,……射人以桑弧蓬矢六,射天地四方。"宋釋惠洪石門文字禪十三:"武緯文經俱不乏,桑弧蓬矢見平生。"亦作"桑弧蒿矢"。後漢書七九上劉昆傳:"每春秋饗射,常備列典儀,以素木瓠葉爲俎豆,桑弧蒿矢,以射菟首。"

【桑間濮上】 sāng jiān pú shàng 禮樂記:"桑間濮上之音,亡國之音也。"注:"濮水之上,地有桑間者,亡國之音,於此之水出也。昔殷紂使師延作靡靡之樂,已而自沈於濮水。"漢書地理志下:"衞地……有桑間濮上之阻,男女亦亟聚會,聲色生焉,故俗稱鄭衞之音。"後以"桑間濮上"指男女幽會之處。

【桑落瓦解】 sāng luò wǎ jiě 言事勢敗壞如桑葉枯落、屋瓦解體。後漢書七十孔融傳上疏:"案(劉)表跋扈,擅誅列侯,遏絕詔命,斷盜貢篚,……桑落瓦解,其執可見。"

【柴米油鹽醬醋茶】 chái mǐ yóu yán jiàng cù chá 見"開門七件事"。

【桀犬吠堯】 jié quǎn fèi yáo 史記八三鄒陽傳獄中上書:"今人主誠能去驕傲之心,懷可報之意,……則桀之犬可使吠堯,而蹠之客可使刺由。"後用以喻壞人的爪牙攻擊好人。也謂各爲其主。晉書康帝紀史臣曰:"桀犬吠堯,封狐嗣亂,方諸后羿,曷若斯之甚也。"

【條絲不挂】 tiáo sī bù guà 見"寸絲不挂"。

【梁上君子】 liáng shàng jūn zǐ 後漢書六二陳寔傳:"時歲荒民儉,有盜夜入其室,止於梁上。寔陰見,乃起自整拂,呼命子孫,正色訓之曰:'夫人不可不自勉。不善之人未必本惡,習以性成,遂至於此。梁上君子者是矣!'盜大驚,自投於地。"後因以爲竊賊的代稱。宋蘇軾東坡志林三:"近日頗多賊,兩夜皆來入吾室。吾近護魏王葬,得數千緡,略已散去,此梁上君子當是不知耳。"清蒲松齡聊齋志異十六某乙:"邑西某乙,梁上君子也,其妻深以爲懼,屢勸止之,乙遂翻然自改。"

【梯山航海】 tī shān háng hǎi 登山航海。喻長途跋涉,經歷險阻。唐齊己白蓮集十煌煌京洛行:"梯山航海至,晝夜車相續。"宋書明帝紀泰始元年詔:"日月所照,梯山航海,風雨所均,削衽襲帶。所以業固盛漢,聲溢隆周。"藝文類聚五五南朝梁元帝職貢圖序:"梯山航海,交臂屈膝,占雲望日,重譯至焉。"亦作"航海梯山"。見該條。

【梧鼠技窮】 wú shǔ jì qióng 荀子勸學:"螣蛇無足而飛,梧鼠五技而窮。"注:"梧鼠當爲鼫鼠。……五技,謂能飛不能上屋,能緣不能窮木,能游不能度谷,能穴不能掩身,能走不能先人。"後因以"梧鼠技窮"喻才能短絀。

【梅妻鶴子】 méi qī hè zǐ 宋林逋,杭錢塘人。結廬西湖孤山,不趨榮利。逋不娶無子,所居多植梅畜鶴。客至則放鶴致之,人稱爲梅妻鶴子。參閱宋沈括夢溪筆談十人事二、明田汝成西湖遊覽志二、宋詩鈔和靖詩鈔序。

【棄本逐末】 qì běn zhú mò 見"舍本逐末"。

【棄甲曳兵】 qì jiǎ yè bīng 形容戰敗逃竄的狼狽狀。孟子梁惠王上："填然鼓之,兵刃既接,棄甲曳兵而走。"

【棄甲丟盔】 qì jiǎ diū kuī 形容戰敗逃走的狼狽狀。三國演義一一四："唬得鄧艾棄甲丟盔,撇了坐下馬,雜在步軍之中,爬山越嶺而逃。"

【棄邪歸正】 qì xié guī zhèng 猶改邪歸正。水滸九一："將軍棄邪歸正,與宋某等同替國家出力,朝廷自當重用。"

【棄短取長】 qì duǎn qǔ cháng 舍其所短而用其所長。後漢書七九王符傳潛夫論實貢:"智者棄短取長,以致其功。"亦作"棄短就長"。後漢書七十孔融傳肉刑議:"故明德之君,遠度深惟,棄短就長,不苟革其政者也。"

【棄短就長】 qì duǎn jiù cháng 見"棄短取長"。

【棄暗投明】 qì àn tóu míng 比喻背棄邪惡勢力,投向正義一方。明梁辰魚浣紗記交征:"何不反邪歸正,棄暗投明?"三國演義十四:"特遣寵來奉邀。公何不棄暗投明,共成大業?"

【棄瑕錄用】 qì xiá lù yòng 對曾有過失或缺點的人,加以錄用。後漢書七四上袁紹傳檄豫州文:"於是提劍揮鼓,發命東夏,廣羅英雄,棄瑕錄用。"文選南朝梁丘希範(遲)與陳伯之書:"聖朝赦罪責功,棄瑕錄用,推赤心於天下,安反側於萬物。"

【棊布星羅】 qí bù xīng luó 見"星羅棋布"。

【棒打鴛鴦】 bàng dǎ yuān yāng 喻拆散夫妻。明孟稱舜鸚鵡墓貞文記死要:"他一雙兒女兩情堅,休得棒打鴛鴦作話傳。"

【棒頭出孝子】 bàng tóu chū xiào zǐ 宋元諺語。言訓子須實施嚴格的教育。續傳燈錄三二徑山了明禪師:"人言棒頭出孝子,我道憐兒不覺醜。"明凌濛初初刻拍案驚奇十三:"又道是:'棒頭出孝子,筋頭出忤逆。'爲是嚴家夫妻養嬌了這孩兒,到得大來,就便目中無人,天王也似的大

了。'"

【棟折榱崩】 dòng zhé cuī bēng 指房屋倒塌。棟,正梁;榱,椽子。比喻傾覆。左傳襄三一年:"子產曰:……子(指子皮)於鄭國,棟也,棟折榱崩,僑將厭(壓)焉,敢不盡言。"僑,子產名。晉書鍾雅傳:"庾亮臨去,顧謂雅曰:'後事深以相委。'雅曰:'棟折榱崩,誰之責也?'"

【棋逢對手】 qí féng duì shǒu 比喻雙方本領不相上下。西遊記四六:"陛下,左右是'棋逢對手,將遇良材'。貧道將鐘南山幼時學的武藝,索性與他賭一賭。"元明雜劇元缺名狄青復奪衣襖車三:"却便是黑殺神,撞着箇霹靂鬼,強搶刀會,棋逢對手好相持。"亦作"棋逢敵手"。見該條。

【棋逢敵手】 qí féng dí shǒu 喻雙方本領不相上下。棋,亦作"碁"、"棊"。唐詩紀事七七釋尚顏懷陸龜蒙處士詩:"事厄傷心否,碁逢敵手無。"五燈會元十九台州護國此庵景元禪師:"棊逢敵手難藏行,詩到重吟始見功。"三國演義一〇〇:"正是:棋逢敵手難相勝,將遇良才不敢驕。"亦作"棋逢對手"。見該條。

【棋高一着,縛手縛脚】 qí gāo yī zhāo, fù shǒu fù jiǎo 本指棋藝而言。後用以比喻技高一等,使對方不能施展本領。明凌濛初二刻拍案驚奇二:"正所謂棋高一着,縛手縛脚。"

【森羅萬有】 sēn luó wàn yǒu 見"森羅萬象"。

【森羅萬象】 sēn luó wàn xiàng 紛然羅列的各種事物或現象。景德傳燈錄二八慧海和尚:"迷時人逐法,悟時法由人,如森羅萬象,至空而極,百川衆流,至海而極。"宋廖行之省齋集三和周少哲咏梅詩:"銀色諸天渺不窮,森羅萬象匪磨礱。"亦作"森羅萬有"、"萬象森羅"。爾雅郭璞序"夫爾雅者"疏:"言此書森羅萬有,純粹六經,摛文染翰之士,足以掇其英華,若苑囿然,故云華苑也。"續高僧傳一釋寶唱名僧傳序:"夫深求寂滅者,在於視聽之表;考乎心行者,諒須丹青之功,是萬象森羅立言之不可已也。"

【棧山航海】 zhàn shān háng hǎi 指跋山涉水,踰越險阻。文選南朝宋顏延年(延

之)三月三日曲水詩序："棧山航海，涉沙軼漠之貢，府無虛月。"宋書孝武紀大明五年詔："今息警夷障，恬波河渚，棧山航海，鄉風慕義。"

【棣萼相輝】 dì è xiāng huī 詩小雅常棣："常棣之華，鄂不韡韡。"常棣，木名；鄂，同"萼"；不，通"柎"，亦作"跗"；華，即"花"。謂其花萼與子房，相襯而榮盛。後因以棣萼相輝以喻兄弟相友愛。唐岑參岑嘉州詩三送薛彥偉擢第東都觀省："一枝誰不折，棣萼獨相輝。"宋蘇轍欒城集十五次韻劉貢父從駕詩："竹林共集連諸子，棣萼相輝賴友生。"

【極天際地】 jí tiān jì dì 形容十分高大。明馮夢龍古今小説二五："據卿之功，極天際地，無可比者。"三國演義一一九："司馬氏功德彌隆，極天際地，可即皇帝正位，以紹魏統。"

【極深研幾】 jí shēn yán jī 謂窮極幽深，研核幾微。易繫辭上："夫易，聖人之所以極深而研幾也。"注："極未形之理，則曰深；適動微之會，則曰幾。"

【極樂世界】 jí lè shì jiè 佛教指阿彌陀佛所居的世界。阿彌陀經："從是西方，過十萬億佛土，有世界名曰極樂。……其國衆生，無有衆苦，但受諸樂，故名極樂。"唐白居易長慶集七十畫西方幀記："有世界號極樂，以無八苦四惡道故也；其國號淨土，以無三毒五濁業故也。"又："極樂世界清淨土，無諸惡道及衆苦。"後泛指幸福安樂之地。西遊記八八："人言西域諸番，更不曾到此。細觀此景，與我大唐何異！所爲極樂世界，誠此之謂也。"

【椎心泣血】 zhuī xīn qì xuè 形容極度悲痛。文選漢李少卿（陵）答蘇武書："何圖志未立而怨已成，計未從而骨肉受刑，此陵所以仰天椎心而泣血也！"文苑英華九九三唐李商隱祭裴氏姨文："椎心泣血，孰知所訴？"

【椎拍輐斷】 zhuī pāi wàn duàn 用椎拍合，圓輄截斷。謂能適應事物，不露稜角。輐，圓。莊子天下："椎拍輐斷，與物宛轉。"王先謙集解："凡物稍未合，以椎重拍之，無不合。是椎拍之義，言強不合者使合也。輐斷謂雖斷而甚圓，不見決裂之迹。皆與物宛轉之意也。"

【楚弓楚得】 chǔ gōng chǔ dé 傳説春秋楚共王出獵，遺失寶弓，左右請求之。共王曰："止。楚人遺弓，楚人得之，又何求焉？"見漢劉向説苑至公、孔叢子、公孫龍、孔子家語好生。呂氏春秋貴公作"荊人"。後因稱雖有所失而利不外溢爲楚弓楚得。元詩選陳基夷白齋藁新城行："浙米淮鹽兩相直，楚人之弓楚人得。"明蘇復之金印記十二："喜楚得弓，免被傍人笑。"

【楚囚對泣】 chǔ qiú duì qì 左傳成九年："晉侯觀於軍府，見鍾儀，問之曰：'南冠而縶者，誰也？'有司對曰：'鄭人所獻楚囚也。'"楚囚，本指被俘之楚人，後用以借指處境窘迫之人。楚囚對泣，泛指處於困境者，相對悲泣。世説新語言語："周侯（顗）中坐而歎曰：'風景不殊，正自有山河之異！'皆相視流淚。唯王丞相（導）愀然變色曰：'當共勠力王室，克復神州，何至作楚囚相對！'"唐李商隱李義山詩集五與同年李定年曲水閒話戲作："相攜花下非秦贅，對泣春天類楚囚。"

【楚材晉用】 chǔ cái jìn yòng 左傳襄二六年："如杞、梓、皮革，自楚往也。雖楚有材，晉實用之。"又見國語楚上。後稱本國人才爲別國所用或引用他國的人材爲"楚材晉用"。周書沈重傳："建德末，重自以入朝既久，且年過時制，表請還梁。高祖優詔答之曰：'……不忘戀本，深足嘉尚，而楚材晉用，豈無先哲，……'重固請，乃許焉。"金史文藝傳贊："韓昉吳激，楚材而晉用，亦足爲一代之文矣。"昉初仕遼，激，宋米芾婿，使金爲金廷所留。"

【楚尾吳頭】 chǔ wěi wú tóu 謂地當吳楚之間。古豫章一帶（今江西省），位於春秋時吳之上游，楚之下游，如首尾相接，故稱。中興以來絕妙詞選二宋張安國（孝祥）念奴嬌飲雪呈朱漕："家在楚尾吳頭，歸期猶未，對此驚時節。"宋楊萬里誠齋集四二六月二十四日病起喜雨聞鸎……詩之三："秋生楚尾吳頭外，涼殺天涯地角中。"水滸一一○："地分吳楚，江心有兩座山，……正佔着楚尾吳頭。"亦作"吳頭楚尾"。見該條。

【楚楚可憐】 chǔ chǔ kě lián 世説新語

言語："(孫綽)齋前種一株松，恆自手壅治之。高世遠(柔)時亦鄰居，語孫曰：'松樹子非不楚楚可憐，但永無棟梁用耳！'"此本指幼松整齊纖弱可愛，後多用以形容女子的嬌弱。

【楚館秦樓】　chǔ guǎn qín lóu　舊時指歌舞場所。亦借指妓女居住之處。明高則誠琵琶記三十："敢只是楚館秦樓有箇得意人兒也，悶懨懨，常掛懷。"亦作"秦樓謝館"。見該條。

【楊花水性】　yáng huā suǐ xìng　比喻女子用情不專。永樂大典小孫屠戲文："你休得假惺惺，楊花水性無憑準。"清李玉一捧雪二十："楊花水性隨風折，怎顧得生離死別？喜孜孜早覓個俏冤家，把姻緣再來接。"亦作"水性楊花"。見該條。

【榆瞑豆重】　yú míng dòu zhòng　見"豆重榆瞑"。

【業精於勤】　yè jīng yú qín　學業的純熟在於勤奮。唐韓愈昌黎集十二進學解："業精於勤，荒於嬉；行成於思，毀於隨。"

【榮宗耀祖】　róng zōng yào zǔ　使祖先榮顯。光耀門庭之意。元曲選石君寶李亞仙花酒曲江池四："今幸得一舉登科，榮宗耀祖。"清吳敬梓儒林外史一："做官怕不是榮宗耀祖的事，我看見這些做官的都不得有甚好收場。"

【榮華富貴】　róng huá fù guì　家財富有，勢位顯貴。明凌濛初初刻拍案驚奇二二："話說人生榮華富貴，眼前的多是空花，未可認爲實相，如今人一有了時勢，便自道是'萬年不拔之基'，傍邊看的人也是一樣見識。"紅樓夢一一五："姑娘這樣人品，將來配個好姑爺，享一輩子的榮華富貴。"

【槁木死灰】　gǎo mù sǐ huī　莊子齊物論："形固可使如槁木，而心固可使如死灰乎？"枯木無氣，死灰無熱，後因以喻毫無生氣、意志消沉。宋元學案六八引宋陳淳北溪文集答西蜀史杜諤友："在初學者，理未明，識未精，終日兀坐，是乃槁木死灰，其將何用？"紅樓夢四："所以這李紈雖青春喪偶，且居處於膏粱錦繡之中，竟如槁木死灰一般，一概不聞不問。"亦作"死灰槁木"、"槁木寒灰"。宋蘇軾東坡集續集十

二觀妙堂記："我所居室，汝知之乎？沉寂湛然，無有喧爭，嗒然其中，死灰槁木。"明袁宏道袁中郎詩集下丁酉十二月初六初度："一心槁木寒灰去，幾度拋書把酒眠。"又作"朽木死灰"。見該條。

【槁木寒灰】　gǎo mù hán huī　見"槁木死灰"。

【槁項黃馘】　gǎo xiàng huáng xù　枯槁的頸項、黃瘦的面容。馘，面。莊子列禦寇："(曹商)見莊子曰：夫處窮閭阨巷，困窘織屨，槁項馘者，商之所短也。"宋蘇軾經進東坡文集事略十四六國論："不知其槁項黃馘以死於布褐乎？抑將輟耕太息以俟時也。"

【榼牙料嘴】　kē yá liào zuǐ　鬪嘴，閒談。古今雜劇元缺名孟光女舉案齊眉三："嗜與你不班輩，自來不相會，走將來榼牙料嘴。"

【槃根錯節】　pán gēn cuò jié　樹根彎曲，木節交錯。比喻事情的複雜困難。後漢書五八虞詡傳："不遇槃根錯節，何以別利器乎？"亦作"盤根錯節"。見該條。

【標同伐異】　biāo tóng fá yì　助同道而斥異己。世說新語輕詆："真長(劉惔)標同伐異，俠之大者。"

【標章摘句】　biāo zhāng zhāi jù　搜尋、摘取文章的片斷詞句。指讀書局限於推求文字、詞藻。晉書王坦之傳："(殷)康子及袁宏並有疑難，坦之標章摘句，一一申而釋之，莫不厭服。"亦作"搜章摘句"、"尋章摘句"。見各該條。

【標新立異】　biāo xīn lì yì　提出新的見解。世說新語文學："莊子逍遙篇舊是難處，……支(遁)卓然標新理於二家之表，立異義於眾賢之外。"二家，指注莊子的郭象向秀。亦作"標新領異"。清顧炎武亭林文集三答俞右吉書："至宋孫劉出而搆擊古人，幾無餘蘊，文定(胡安國)因之以痛哭流涕之懷，發標新領異之論，其去游夏之傳，益以遠矣。"蒲立悳聊齋志異序："先大夫諱松齡，……撰古文辭，亦往往標新領異，不勦襲先民。"

【標新領異】　biāo xīn lǐng yì　見"標新立異"。

【模山範水】　mó shān fàn shuǐ　用文字、

圖畫描繪山水。南朝梁劉勰文心雕龍十物色："及長卿（司馬相如）之徒，詭勢瓌聲，模山範水，字必魚貫，所謂詩人麗則而約言，辭人麗淫而繁句也。"

【模稜兩可】 mó léng liǎng kě 含含糊糊，無明確態度。舊唐書九四蘇味道傳："嘗謂人曰：'處事不欲決斷明白，若有錯誤，必貽咎譴，但模稜以持兩端可矣。'"明張居正張文忠集一陳六事疏："上下務爲姑息，百事悉從委徇，以模稜兩可，謂之調停；以委曲遷就，謂之善處。"

【樂天知命】 lè tiān zhī mìng 舊謂安於天命而自樂。易繫辭上："樂天知命，故不憂。"宋辛棄疾稼軒詞二水龍吟瓢泉："樂天知命，古來誰會。行藏用舍，人不堪憂。一瓢自樂，賢哉回也！"

【樂不可支】 lè bù kě zhī 快樂之極。後漢書三一張堪傳："拜漁陽太守……勸民耕種，以致殷富。百姓歌曰：'桑無附枝，麥穗兩岐。張君爲政，樂不可支。'"清李汝珍鏡花緣八四："蘭言夫子聽了寶云夫子之話，正中下懷，樂不可知，如何肯去攔阻。"

【樂不可極】 lè bù kě jí 謂樂事不可過度。禮記曲禮上："敖不可長，欲不可從，志不可滿，樂不可極。"

【樂不思蜀】 lè bù sī shǔ 三國蜀亡，後主劉禪舉家遷洛陽。司馬昭與宴，爲作故蜀技，旁人皆感愴，而後主喜笑自若。他日，昭問曰："頗思蜀否？"後主曰："此間樂，不思蜀。"見三國志蜀後主傳注引漢晉春秋。後以"樂不思蜀"稱樂而忘返或樂而忘本。

【樂以忘憂】 lè yǐ wàng yōu 由於快樂而忘記憂愁。論語述而："女奚不曰'其爲人也，發憤忘食，樂以忘憂，不知老之將至'云爾。"

【樂在其中】 lè zài qí zhōng 謂於此中自得樂趣。論語述而："飯疏食，飲水，曲肱而枕之，樂亦在其中矣。"

【樂此不疲】 lè cǐ bù pí 因篤好而不覺得疲倦。後漢書光武紀下："每旦視朝，日仄乃罷，數引公卿、將講論經理，夜分乃寐。皇太子見帝勤勞不怠，承閒諫曰：'……願頤愛精神，優游自寧。'帝曰：'我自樂此，不爲疲也。'"李寶嘉官場現形記

二九："一年三百六十日，日日如此，倒也樂此不疲。"

【樂善好施】 lè shàn hào shī 喜作善事，樂於施與。史記樂書二："聞徵音，使人樂善好施；聞羽音，使人整齊而好禮。"宋周密齊東野語七："朱承逸居雪之城東門，爲本州孔目官，樂善好施。"

【樂極生悲】 lè jí shēng bēi 喻物極必反。淮南子道應："何謂益而損之，曰：'夫物盛而衰，樂極則悲，日中而移，月盈而虧。'"水滸二六："常言道：'樂極生悲，否極泰來。'"亦作"樂極則悲"、"樂極生變"。藝文類聚三六晉庾凱幽人賦："華繁則零，樂極則悲。歸數明白，勢豈容違。"清西周生醒世姻緣七九。"狄西陳兩次來往，都不曾遇着素姐這個凶神，倒像是時來運轉。但只好事不長，樂極生變。"

【樂極生變】 lè jí shēng biàn 見"樂極生悲"。

【樂極則悲】 lè jí zé bēi 見"樂極生悲"。

【樂道安貧】 lè dào ān pín 謂樂於守道，安於貧困。元曲選馬致遠西華山陳摶高臥二："樂道安貧，誰羨畫戟朱門，丹砂好煉養閒身，黃金不鑄封侯印。"亦作"安貧樂道"。見該條。

【樹大招風】 shù dà zhāo fēng 言目標大容易招致別人的嫉妬。明蘭陵笑笑生金瓶梅四八："正是樹大招風風損樹，人爲名高名喪身。"

【樹德務滋】 shù dé wù zī 謂樹立德惠，務求多、廣。書泰誓下："樹德務滋，除惡務本。"左傳哀元年："樹德莫如滋，去疾莫如盡。"

【樹倒猢猻散】 shù dǎo hú sūn sàn 比喻以勢利結合之徒，爲首者一倒，依附的人隨即星散。宋曹詠依附秦檜，官至侍郎，顯赫一時，依附者甚衆，獨其妻兄厲德斯不以爲然，詠百端威脅，德斯卒不屈。及秦檜死，德斯遣人致書於曹詠，啓封，乃樹倒猢猻散賦一篇。見宋龐元英談藪。明凌濛初初刻拍案驚奇二二："若是富貴之人一朝失勢，落魄起來，這叫做樹倒猢猻散，光景着實難堪了。"紅樓夢十三："如今我們

家赫赫揚揚，已將百載，一日倘或‘樂極生悲’，若應了那句‘樹倒猢猻散’的俗語，豈不虛了一世詩書舊族了？”

【樹欲靜而風不止】　shù yù jìng ér fēng bù zhǐ　比喻事物的客觀存在和發展不以個人的意志爲轉移。韓詩外傳九：“樹欲靜而風不止，子欲養而親不待也。”

【橫七豎八】　héng qī shù bā　形容雜亂無章。水滸三十：“一片瓦礫場上，橫七豎八，殺死的男子婦人，不計其數。”清文康兒女英雄傳：“但見院子裏橫七豎八的躺着一地和尚。”

【橫行無忌】　héng xíng wú jì　形容爲非做惡，毫無顧忌。三國演義十三：“其時李傕自爲大司馬，郭汜自爲大將軍，橫行無忌，朝廷無人敢問。”

【橫行霸道】　héng xíng bà dào　仗勢作惡，蠻不講理。紅樓夢九：“一任薛蟠橫行霸道，他不但不去管約，反‘助紂爲虐’討好兒。”

【橫眉努目】　héng méi nǔ mù　聳眉張眼，怒惡貌。五代後蜀何光遠鑑戒錄引陳裕詩：“橫眉努目強乾嗔，便作閻浮有力神。禍福豈由泥捏漢，燒香供養弄蛇人。”（說郛九）

【橫徵暴斂】　héng zhēng bào liǎn　濫收捐稅，搜刮民財。吳趼人痛史二四：“名目是規劃錢糧，措置財富，其實是橫徵暴斂，剝削脂膏。”

【橫衝直撞】　héng chōng zhí zhuàng　形容無顧忌地亂衝亂撞。三國演義五九：“麾兩翼鐵騎，橫衝直撞，混殺將來。”亦作“橫衝直闖”。水滸五五：“那連環馬軍漫山遍野，橫衝直闖將來。”

【橫衝直闖】　héng chōng zhí chuǎng　見“橫衝直撞”。

【橫財不富命窮人】　héng cái bù fù mìng qióng rén　舊謂貧富乃命中注定，強求不得。橫財，意外獲得的財物。明馮夢龍醒世恆言十八：“施復將還銀之事說向渾家，渾家道：‘這件事也做得好。自古道：橫財不富命窮人。儻我命裏沒時，得了他反而生災生難，也未可知。’”

【橘化爲枳】　jú huà wéi zhǐ　周禮考工記總序：“橘踰淮而北爲枳……此地氣然也。”後用以比喻因環境不同而引起變化。晏子春秋六雜下：“嬰聞之，橘生淮南則爲橘，生于淮北則爲枳，葉徒相似，其實味不同。所以然者何？水土異也。今民生長于齊不盜，入楚則盜，得無楚之水土使民善盜耶？”

【樵蘇不爨】　qiáo sū bù cuàn　有柴有草，無食爲炊。用以比喻貧賤。爨，燒火做飯。文選三國魏應休璉（璩）與侍郎曹長思書：“悲風起於閨闥，紅塵蔽於机榻，幸有袁生，時步玉趾，樵蘇不爨，清談而已，有似周黨之過閔子。”注引東觀漢記：“太原閔貢，字仲叔，與周黨相遇，含菽飲水，無菜茹也。”

【機不可失】　jī bù kě shī　謂時機不可錯過。舊唐書六七李靖傳：“兵貴神速，機不可失。”南史陳伯之傳：“此萬時一世，機不可失。”宋史三六四韓世忠傳：“金人廢劉豫，中原震動，世忠謂機不可失，請全師北討，招納歸附，爲恢復計。”

【機關算盡】　jī guān suàn jìn　形容用盡心機。多用於貶義。機關，權謀機詐。紅樓夢五十二支曲九聰明累：“機關算盡太聰明，反算了卿卿性命。”

【櫛風沐雨】　zhì fēng mù yǔ　以風梳髮，以雨洗頭。比喻不避風雨，奔波勞苦。莊子天下：“腓無胈，脛無毛，沐甚雨，櫛疾風。”三國志魏董昭傳注引獻帝春秋與荀彧書：“今曹公（操）遭海內傾覆，宗廟焚滅，躬擐甲冑，周旋征伐，櫛風沐雨，且三十年。”唐魏徵魏成公文集三九成宮醴泉碑銘：“遺身利物，櫛風沐雨，百姓爲心，憂勞成疾。”亦作“沐雨櫛風”。見該條。

欠 部

【欣欣向榮】 xīn xīn xiàng róng　形容草木茂盛。晉陶潛陶淵明集五歸去來兮辭:"木欣欣以向榮,泉涓涓而始流。"後泛指事業蓬勃發展,興旺昌盛。

【欬唾成珠】 kài tuò chéng zhū　莊子秋水:"子不見乎唾者乎? 噴則大者如珠,小者如霧。"後以喻言談珍貴或出口成章、文字優美。後漢書八十下趙壹傳刺世疾邪賦:"埶家多所宜,欬唾自成珠。"也作"咳唾成珠"。見該條。

【欲取固與】 yù qǔ gù yǔ　見"將欲取之,必姑與之"。

【欲取姑與】 yù qǔ gū yǔ　見"將欲取之,必姑與之"。

【欲速不達】 yù sù bù dá　謂不可急於求成,過急反而達不到目的。論語子路:"無欲速,無見小利;欲速則不達,見小利則大事不成。"

【欲蓋彌彰】 yù gài mí zhāng　左傳昭三一年:"或求名而不得,或欲蓋而名章,懲不義也。"原謂欲隱名而名益顯。後用爲貶義,指企圖掩蓋過失真相,結果反而更加顯露。後漢書二八下馮衍傳注引左傳章作"彰"。資治通鑑一九六唐貞觀十六年:"或畏人知,橫加威怒,欲蓋彌彰,竟有何益!"

【欲罷不能】 yù bà bù néng　論語子罕:"夫子循循然善誘人,博我以文,約我以禮,欲罷不能。"本指學習心切,後來泛指興之所至,不能中止。唐白居易劉禹錫詩序:"彭城劉夢得,詩豪者也,其鋒森然,少敢當者,予不量力,往往犯之,……一往一復,欲罷不能。"(唐詩紀事三九)舊唐書閻立德傳附閻立本:"退誡其子曰:'……唯以丹青見知,躬廝役之務,辱莫大也。汝宜深誡,勿習此末伎。'立本爲性所好,欲罷不能也。"

【欲擒故縱】 yù qín gù zòng　爲更有效地予以控制,有意暫先放鬆一步。吳趼人二十年目睹之怪現狀七十:"大人這裏還不要就答應他,放出一個欲擒故縱的手段,然後許其成事。"亦指敘事欲緊先緩之筆法。清文康兒女英雄傳十三:"無如他著書的,要做這等欲擒故縱的文章。"

【欲人勿知,莫若勿爲】 yù rén wù zhī, mò ruò wù wéi　見"若要人不知,除非己不爲"。

【欲加之罪,何患無辭】 yù jiā zhī zuì, hé huàn wú cí　要想加罪於人,何愁找不到理由? 指隨意找藉口誣陷他人。左傳僖十年:"將殺里克,(惠)公使謂之曰:'微子則不及此,雖然,子弒二君與一大夫,爲子君者,不亦難乎!' 對曰:'不有廢也,君何以興? 欲加之罪,其無辭乎!'"宋劉克莊後村集一二九與鄭丞相書:"凡人之身,豈能無過。苟欲加罪,何患無辭。"吳趼人二十年目睹之怪現狀六十:"雖說欲加之罪,何患無辭,究竟也要拿着人家的罪案,才有話好說啊。"

【欺人之談】 qī rén zhī tán　騙人的話。李寶嘉官場現形記二二:"你可曉得老爺是講理學的人,凡事有則有,無則無,從不做欺人之談的。"

【欺大壓小】 qī dà yā xiǎo　對上欺騙,對下壓制。元曲選馬致遠邯鄲夢孤鴈漢宮秋楔子:"爲人鵰心鴈爪,做事欺大壓小。"

【欺天罔地】 qī tiān wǎng dì　見"欺天誑地"。

【欺天誑地】 qī tiān kuáng dì　形容極盡欺詐之能事。元曲選缺名看錢奴買冤家債主一:"這等窮兒乍富,瞞心昧己,欺天誑地,只要損別人,安自己。"亦作"欺天罔地"。三國演義五:"董卓欺天罔地,滅國弑君。"

【欺世盜名】 qī shì dào míng 欺騙世人以竊取名譽。宋朱熹中庸"索隱行怪"集注:"索隱行怪,言深求隱僻之理,而過爲詭異之行也。然以其足欺世而盜名,故後世或有稱述之者。"羅大經鶴林玉露乙二前褒後貶:"及汪彥章(藻)居翰院,伯紀(李綱)謫詞,乃云:'朋姦罔上,有虔必去於醜兜;欺世盜名,孔子必誅於少卯。'……伯紀真君子,而醜詆至此。譆,甚矣!"

【欺軟怕硬】 qī ruǎn pà yìng 欺凌軟弱之人,懼怕強橫之人。紅樓夢七:"那焦大又恃賈珍不在家,因趁着酒興,先罵大總管賴二,説他'不公道,欺軟怕硬!有好差使派了別人;這樣黑更半夜送人,就派我,……!'"亦作"怕硬欺軟"。見該條。

【欺善怕惡】 qī shàn pà è 宋人習用語。猶言欺軟怕硬。宋蘇軾東坡志林六:"水族痴暗,人輕殺之,或云不能償冤,是乃欺善怕惡。"宋李石方舟集二遊銅梁縣雲巖詩:"我願石佛須少忍,欺善怕惡神所殛。"

【歌功頌德】 gē gōng sòng dé 歌頌功績和恩德。宋王灼頤堂集五再次韻晁子興詩之三:"歌功頌德今時事,側聽諸公出正音。"趙鼎臣竹隱畸士集十一謝宏詞啟:"而況歌功頌德,用有重於朝廷;馳檄飛書,事或嚴於師律。"

【歌臺舞榭】 gē tái wǔ xiè 歌舞的樓臺和廳堂。泛指歌舞場所。文苑英華四五唐呂令問雲中古城賦:"歌臺舞榭,月殿雲堂。"亦作"舞榭歌臺"。見該條。

【歌舞升平】 gē wǔ shēng píng 以歌舞歡慶太平。多指粉飾太平。曾樸孽海花六:"……但一般醉生夢死的達官貴人,却又個個興高采烈,歌舞升平起來。"

【歡天喜地】 huān tiān xǐ dì 形容非常歡喜。京本通俗小説錯斬崔寧:"當下權且歡天喜地,並無他説。"元王實甫西廂記二本三折:"只見他歡天喜地,蘧依來命。"明凌濛初二刻拍案驚奇十五:"江溶如籠中放出飛鳥,歡天喜地出了衙門。"

【歡欣鼓舞】 huān xīn gǔ wǔ 形容極其欣喜、振奮。朱子語類五一孟子一:"當時之人,焦熬已甚,率欲歡欣鼓舞之民而征之,自是見效速。"元趙孟頫松雪齋集十萬年歡應制詞:"四海歡欣鼓舞,聖德邁,唐虞三代。"

【歡喜冤家】 huān xǐ yuān jiā 兒女或情人的暱稱。含有又愛又恨的意思,多見於戲曲小説中。古今雜劇元馬致遠馬丹陽三度任風子二:"兒女是金枷玉鎖,歡喜冤家,我都割捨了也。"又缺名月英元夜遺鞋記三:"本待要同衾共枕,則落的帶鎖披枷,倒做了風流話巴,也是簡歡喜冤家。"

【歡聲雷動】 huān shēng léi dòng 形容歡樂的氣氛極爲熱烈。水滸九七:"宋先鋒大喜,傳諭各門將佐,統領軍馬,次第入城。兵不血刃,百姓秋毫無犯,歡聲雷動。"

止 部

【止戈爲武】 zhǐ gē wéi wǔ 左傳宣十二年:"潘黨曰:'……臣聞克敵,必示子孫,以無忘武功。'楚子曰:'非爾所知也。夫文,止戈爲武。'"武,由"止""戈"二字合成。意謂止戰乃真正的武功。漢書六三武五子傳贊:"是以倉頡作書,'止''戈'爲'武'。聖人以武禁暴整亂,止息干戈,非以爲殘而興縱之也。"

【止於至善】 zhǐ yú zhì shàn 謂達到最完美的境界。禮大學:"大學之道,在明明德,在親民,在止於至善。"

【止談風月】 zhǐ tán fēng yuè 梁書徐

勉傳："常與門人夜集,客有虞㬢求詹事五官。勉正色答云:'今夕止可談風月,不宜及公事。'"後常以此語表示莫談不宜談論的事。

【止暴禁非】 zhǐ bào jìn fēi　制止各種壞事。莊子盜跖:"使子路去其危冠,解其長劍,而受教於子。天下皆曰:'孔丘能止暴禁非。'"

【正人君子】 zhèng rén jūn zǐ　指品格端正之人。宋吳處厚青箱雜記八:"文章純古,不害其爲邪;文章艷麗,亦不害其爲正。然世或見人文章鋪陳仁義道德,便謂之正人君子,及花草月露,便謂之邪人,茲亦不盡也。"清吳敬梓儒林外史十四:"像這樣的才是斯文骨肉朋友,有意氣,有肝膽。相與了這樣正人君子,也不枉了。"後亦用於譏諷僞善之人。

【正大光明】 zhèng dà guāng míng　正直無私,光明磊落。宋朱熹朱文公集三八答周益公書:"至若范公(仲淹)之心,則其正大光明,固無宿怨,而惓惓之義,實在國家。"亦作"光明正大"。見該條。

【正中下懷】 zhèng zhòng xià huái　正合己意。明蘭陵笑笑生金瓶梅五十:"不想他那裏來請,正中下懷。"水滸六三:"蔡福聽了,心中暗喜:'如此發放,正中下懷。'"

【正本清源】 zhèng běn qīng yuán　喻從根本上加以整頓清理。晉書武帝紀泰始三年詔:"朕以不德,託于四海之上,……思與天下式明王度,正本清源,於置胤樹嫡,非所先務。"亦作"正本澄源"、"清源正本"。舊唐書刑法志武德七年詔:"朕膺期受籙,寧濟區宇,……思所以正本澄源,式清流末,永垂憲則,貽範後昆。"漢書刑法志:"豈宜惟思所以清原正本之論,刪定律令。"原,通"源"。

【正本澄源】 zhèng běn chéng yuán　見"正本清源"。

【正言厲色】 zhèng yán lì sè　話語嚴正,神色嚴峻。紅樓夢十九:"黛玉見他說的鄭重,又且正言厲色,只當是真事,因問:'什麼事?'"

【正理平治】 zhèng lǐ píng zhì　指合於正道的規範禮法,使社會安定有序。荀子性惡:"凡古今天下之所謂善者,正理平治

也;所謂惡者,偏險悖亂也。"

【正顏厲色】 zhèng yán lì sè　形容態度嚴肅。清李汝珍鏡花緣九八:"(陽衍)意欲上前同他談談,無奈這些婦女都是正顏厲色,那敢冒昧唐突。"

【正襟危坐】 zhèng jīn wēi zuò　整衣端坐,表示嚴肅或尊敬。史記一二七日者傳:"宋忠、賈誼瞿然而悟,獵纓正襟危坐。"宋蘇軾東坡經進文集畧一前赤壁賦:"蘇子愀然,正襟危坐而問客曰:'何爲其然也?'"亦作"整襟危坐"。見該條。

【此事體大】 cǐ shì tǐ dà　指關係重要、牽涉面廣的大事。事體,事的體統。宋范仲淹范文正公集十六讓觀察使第二表:"伏望陛下發於獨斷,追還此恩,臣得帶內朝職名,節制邊事,其體且重。……此事體大,乞垂聖鑒,特降中旨。"蘇轍欒城集三七乞差官與黃廉同體量蜀茶狀:"兼朝廷本爲遠民無告,特遣此使,使事未達而就除外官,小民無知,必謂朝廷安于虐民,重于政法。此事體大,宜速有以救之。"亦作"茲事體大"。見該條。

【此處不留人,自有留人處】 cǐ chù bù liú rén, zì yǒu liú rén chù　明許自昌水滸記二十:"適蒙寨主峻拒,只得拜辭。俗語説得好:'此處不留人,自有留人處。'"意謂天下之大,隨處可安身。

【步步爲營】 bù bù wéi yíng　軍隊前進一程,就建立一個營壘。比喻行動謹慎,防守嚴密。步,古以五尺爲一步。步步,形容距離短。三國演義七一:"黃忠即日拔寨而進,步步爲營;每營住數日,又進。"

【步線行針】 bù xiàn xíng zhēn　比喻周密布置。元曲選康進之梁山泊李逵負荆二:"那怕你指天畫地能瞞鬼,步線行針待哄誰?"

【步履維艱】 bù lǚ wéi jiān　形容行動極爲困難。金史章帝紀:"年高艱於步履者,並聽策杖,仍令舍人護衛扶之。"

【步步生蓮花】 bù bù shēng lián huā　舊時形容女子步態輕盈。南齊東昏侯蕭寶卷窮奢極欲,嘗在宮中爲其寵妃潘玉兒製造貼地金蓮,令潘步行其上,稱之爲步步生蓮花。見南史東昏侯紀。按佛經有鹿女故事,稱有鹿女每步迹有蓮花,後爲梵豫

國王第二夫人，生千葉蓮花，一葉有一小兒，得千子，爲賢劫千佛。見雜寶藏經一鹿女夫人緣。此即東昏侯潘妃事所本。後亦比喻漸入佳境。元曲選岳伯川呂洞賓度鐵拐李二：「人道公門不可入，我道公門好修行。若將曲直無顛倒，脚底蓮花步步生。」

【歲不我與】 suì bù wǒ yǔ 年歲不待人。意謂應及時奮發有爲。論語陽貨：「日用逝矣，歲不我與。」亦作「歲不與我」。文選漢吳季重（質）答魏太子牋：「日月冉冉，歲不與我。」

【歲不與我】 suì bù yǔ wǒ 見「歲不我與」。

【歲寒松柏】 suì hán sōng bǎi 論語子罕：「歲寒，然後知松柏之後彫也。」因松柏歲寒不彫，故後世詩文中常以「歲寒松柏」比喻在逆境艱困中而能保持節操的人。唐劉禹錫劉夢得集六將赴汝州途出浚下留辭李相公詩：「後來富貴已零落，歲寒松柏猶依然。」

【歸真反璞】 guī zhēn fǎn pú 去其外飾，還其本真。戰國策齊四：「（顏）斶知足矣，歸〔真〕反璞，則終身不辱也。」

【歸馬放牛】 guī mǎ fàng niú 喻戰爭結束，不復用兵。書武成：「乃偃武修文，歸馬於華山之陽，放牛於桃林之野，示天下弗服。」弗服，不復乘用。指周武王滅商後，不復用兵。亦作「放牛歸馬」。清文康兒女英雄傳二一：「自開國以來，……那些王侯相將何嘗得一日的安閒？好容易海晏河清，放牛歸馬。」

歹 部

【死乞白賴】 sǐ qǐ bái lài 指不停地糾纏。清西周生醒世姻緣三三：「這可虧了他三個死乞白賴地拉住我，不教我打他，說他紅了眼像心風的一般。」亦作「死求白賴」。清文康兒女英雄傳十六：「俗語說的：『天下無難事，只怕死求白賴。』或者竟攔住她，也未可知。」

【死心塌地】 sǐ xīn tā dì 形容打定主意，不再改變。元王實甫西廂記三本三折：「得罪波社家，今日便早則死心塌地。」水滸三九：「蕭讓聽了，與金大堅兩個閉口無言，只得死心塌地，再回山寨入夥。」

【死不足惜】 sǐ bù zú xī 形容對死無所畏懼或死得無價值。宋史四四三蘇洵傳心術：「善用兵者使之無所顧，有所恃。無所顧則知死之不足惜，有所恃則知不至於必敗。」明馮夢龍清蔡元放東周列國志二：「妾一身死不足惜，但自蒙愛幸，身懷六甲，已兩月矣。妾之一命，即二命也。求王放妾出宮，保全母子二命。」

【死不瞑目】 sǐ bù míng mù 言立志不就，死不甘心。三國志吳孫堅傳：「（董）卓憚堅猛壯，乃遣將軍李傕等來求和親，……堅曰：（董）卓逆天無道，蕩覆王室，今不夷汝三族，縣示四海，則吾死不瞑目！」宋司馬光溫國文正公集四七乞開言路狀：「上孤太皇太后陛下下問之意，下負微臣平生願忠之心，內自痛悼，死不瞑目。」

【死中求生】 sǐ zhōng qiú shēng 在絕境中求生路。後漢書十三公孫述傳：「述謂延岑曰：『事當奈何？』岑曰：『男兒當死中求生，可坐窮乎！』晉書呂光載紀：「乾歸因大震，泣歎曰：『死中求生，正在今日也。』」亦作「死中求活」。宋王質雪山集一上皇帝書：「今日刃侵於胸，火逼於膚，死中求活，法當尋出奇之計。」

【死中求活】 sǐ zhōng qiú huó 見「死中求生」。

【死去活來】 sǐ qù huó lái 形容極度悲哀或疼痛。紅樓夢九一：「薛姨媽急來看時，只見寶釵滿面通紅，身如燔灼，話都不說。薛姨媽慌了手脚，便哭得死去活來。」

【死生有命】　sǐ shēng yǒu mìng　舊謂死生爲命中注定。論語顏淵：「子夏曰：『商聞之矣，死生有命，富貴在天。』」世説新語賢媛：「(趙)飛燕讒班婕好祝詛，於是考問，辭曰：『妾死生有命，富貴在天，修善尚不蒙福，爲邪欲以何望。』」

【死皮賴臉】　sǐ pí lài liǎn　形容厚着臉皮糾纏不清。紅樓夢二四：「還虧是我呢，要是別個，死皮賴臉的三日兩頭兒來纏舅舅，要三升米兩升豆子的，舅舅也就沒有法兒呢。」

【死灰復然】　sǐ huī fù rán　比喻失勢的人重新得勢。史記一〇八韓長孺傳：「安國坐法抵罪，蒙獄吏田甲辱安國。安國曰：『死灰獨不復然乎？』田甲曰：『然即溺之。』」然即「燃」。宋陳亮龍川集十八謝曾察院啓：「劫火不燼，玉固如斯；死灰復燃，物有待爾。」

【死而後已】　sǐ ér hòu yǐ　形容努力不懈，至死方止。論語泰伯：「士不可以不弘毅，任重而道遠。仁以爲己任，不亦重乎？死而後已，不亦遠乎？」水滸八三：「臣披肝瀝膽，尚不能補報皇上之恩。今奉詔命，敢不竭力盡忠，死而後已？」

【死而無怨】　sǐ ér wú yuàn　見「死而無悔」。

【死而無悔】　sǐ ér wú huǐ　形容態度堅決。論語述而：「子曰：『暴虎馮河，死而無悔者，吾不與也。』」亦作「死而無怨」。元曲選曾瑞卿王月英元夜留鞋記四：「嗏兩箇得成雙死而無怨。」

【死有餘辜】　sǐ yǒu yú gū　謂罪大惡極雖死亦不足以抵罪。漢書五一路溫舒傳上書：「蓋奏當之成，雖咎繇聽之，猶以爲死有餘辜。何則？成練者衆，文致之罪明也。」後漢書六六陳蕃傳：「(侯)覽之從横，沒財已幸；(徐)宣犯釁過，死有餘辜。」舊唐書八五唐臨傳奏：「以(蕭)齡之受委大藩，贓罪狼籍，原情取事，死有餘辜。」

【死求白賴】　sǐ qiú bái lài　見「死乞白賴」。

【死於非命】　sǐ yú fēi mìng　死於意外的災禍。水滸十五：「我三個若捨不得性命相幫他時，殘酒爲誓，教我們都遭横事，惡病臨身，死於非命。」明凌濛初初刻拍案驚奇十五：「我陳珩若再向花柳叢中着脚時，永遠前程不前，死於非命。」

【死眉瞪眼】　sǐ méi dèng yǎn　形容不够靈活，不善應付。紅樓夢一一〇：「偏偏那日人來的多，裏頭的人都死眉瞪眼的。鳳姐只得在那裏照料了一會子。」

【死無對證】　sǐ wú duì zhèng　謂人死無可對質。元曲選缺名金水橋陳琳抱粧盒三：「那廝死了，可不好了，你做得简死無對證。」

【死裏逃生】　sǐ lǐ táo shēng　謂從險境中逃脱，幸免於死。京本通俗小説十六馮玉梅團圓：「今從死裏逃生，夫妻再合，乃陰德積善之報也。」元王實甫西廂記二本三折：「半萬賊兵，卷浮雲片時掃淨，俺一家兒死裏逃生。」清李汝珍鏡花緣二七：「親友聞他醒時，都來慶賀，以爲死裏逃生，舉家莫不歡喜。」

【死馬當活馬醫】　sǐ mǎ dàng huó mǎ yī　見「作死馬醫」。

【死了王屠，連毛吃猪】　sǐ le wáng tú, lián máo chī zhū　比喻失去主事之人，只能胡亂處理。元明雜劇缺名釋迦佛雙林坐化一：「則他會説法，偏我不會説法？死了王屠，連毛吃猪？」明蘭陵笑笑生金瓶梅七六：「春梅道：『死了王屠，連毛吃猪。我如今走也走不動，在這裏，還教我倒什麼茶？』」

【殃及池魚】　yāng jí chí yú　見「城門失火」。

【殊塗同致】　shū tú tóng zhì　即殊塗同歸。文選三國魏嵇叔夜(康)與山巨源絕交書：「故君子百行，殊塗而同致，循性而動，各附所安。」晉書本傳無「而」字。亦作「殊塗同會」。後漢書四九王充等傳論：「如使用審其道，則殊塗同會；才896其分。則一豪以乖。」亦作「殊塗同歸」、「同歸殊塗」。見各該條。

【殊塗同會】　shū tú tóng huì　見「殊塗同致」。

【殊塗同歸】　shū tú tóng guī　通過不同道路，達到一個目標。晉書律曆志中引三國魏陳羣奏:"案三公議皆綜盡典理,殊塗同歸,欲使效之璿璣,各盡其法。"抱朴子任命:"或運思於立言,或銘勳乎國器,殊塗同歸,其致一也。"亦作"殊塗同致"、"殊塗同會"、"同歸殊塗"。見"殊塗同致"、"同歸殊塗"。

【殘山剩水】 cán shān shèng shuǐ 唐杜甫杜工部草堂詩箋三陪鄭廣文遊何將軍山林之五:"剩水滄江破,殘山碣石開。"殘山,指假山。剩水,指人工開鑿的池塘。宋范成大吳船錄上:"漢嘉登臨山水之勝,既豪西州,而萬景(樓)所見,又甲於一郡。其前大江之所經,辺爲戎瀘,遠山縹緲明滅,烟雲無際,右列三峨,左橫九頂,殘山剩水閒見錯出,萬景之名,真不濫吹。"指山水景物因有遮蔽,所見不全。後亦指國土分裂,山河不全。明王璲青城山人詩集八題趙仲穆畫詩:"南朝無限傷心事,都在殘山剩水中。"亦作"勝水殘山"。見該條。

【殘冬臘月】 cán dōng là yuè 指一年將盡之時。或指隆冬季節。明馮夢龍醒世恆言七:"錯過了吉日良時,殘冬臘月,未必有好日了。"

【殘杯冷炙】 cán bēi lěng zhì 吃剩的酒肉。酒餘謂殘杯,肉餘謂冷炙。指豪門富家的施舍。亦作"殘樠冷炙"。太平御覽七五八引郭子:"王光祿曰:正得殘樠冷炙。"北齊顏之推顏氏家訓雜藝:"今世曲解雖變於古,猶足以暢神情也,唯不可令有稱譽,見役勳貴,處之下座,以取殘杯冷炙之辱。"唐杜甫杜工部草堂詩箋三奉贈韋左丞丈二十二韻:"殘杯與冷炙,到處潛悲辛。"又作"殘羹冷炙"。李寶嘉官場現形記

二四:"又聽得'拍'的一聲,桌子上的菜碗,乒乒乓乓,把吃剩的殘羹冷炙翻的到處都是。"

【殘花敗柳】 cán huā bài liǔ 指生活放蕩或被人蹂躪遺棄的女子。元曲選白樸裴少俊牆頭馬上三:"休把似殘花敗柳冤仇結,我與你生男長女填還徹。"亦作"敗柳殘花"。見該條。

【殘膏賸馥】 cán gāo shèng fù 猶餘澤。膏,脂膏;馥,香氣。新唐書二〇一杜甫傳贊:"至甫,渾涵汪茫,千彙萬狀,兼古今而有之,它人不足,甫乃厭餘,殘膏賸馥,沾丏後人多矣。"

【殘樠冷炙】 cán pán lěng zhì 見"殘杯冷炙"。

【殘編斷簡】 cán biān duàn jiǎn 殘缺不全的書籍。宋歐陽修文忠集一一二論刪去九經正義中讖緯劄子:"或殘編斷簡,出於屋壁。"亦作"斷編殘簡"、"斷簡殘編"。見各該條。

【殘羹冷炙】 cán gēng lěng zhì 見"殘杯冷炙"。

【殢雨尤雲】 tì yǔ yóu yún 戀昵不離。形容男女相愛、歡合。宋柳永樂章集浪淘沙慢詞:"殢雨尤雲,有萬般千種相憐惜。"明蘭陵笑笑生金瓶梅五五:"既要與大娘兒接風,又要與各房兒繾綣,朝朝殢雨尤雲,以此不曾到衙門裏去走。"亦作"尤雲殢雨"。見該條。

【殫見洽聞】 dān jiàn qià wén 廣見博聞。謂知識淵博。文選漢班孟堅(固)西都賦:"元元本本,殫見洽聞。"

殳　　部

【殷民阜財】 yīn mín fù cái 見"民殷財阜"。

【殺一儆百】 shā yī lì bǎi 殺一人以警

戒、督導衆人。周書蘇綽傳六條詔書之五:"若有深姦巨猾,傷化敗俗,悖亂人倫,不忠不孝,故爲背道者,殺一儆百,以清王

化，重刑可也。"

【殺人如麻】 shā rén rú má　喻殺人極多。舊唐書刑法志陳子昂上書："遂至殺人如麻，流血成澤，天下靡然思爲亂矣。"唐李白李太白詩三蜀道難："朝避猛虎，夕避長蛇，磨牙吮血，殺人如麻。"元詩選張蠢蛻庵集并州歌送張彥洪使畢還江東："殺人如麻道路絕，朝狐莫梟競巢穴。"

【殺人越貨】 shā rén yuè huò　殺人並搶奪財物。書康誥："殺越人于貨，暋不畏死，罔弗憝。"傳："殺人顚越人，於是以取貨利。"

【殺人滅口】 shā rén miè kǒu　殺害知悉内情或參與密謀之人，以防洩密。史記七八春申君傳："李園既入其女弟，立爲皇后，子爲太子。恐春申君語泄而益驕，陰養死士，欲殺春申君以滅口。"新唐書一一二王義方傳："會李義府縱大理囚婦淳于，迫其丞畢正義縊死，無敢白其姦。⋯⋯義方即上言：'⋯⋯殺人滅口，此生殺之柄，不自主出，而下移佞臣，履霜堅冰，彌不可長。'"

【殺身成仁】 shā shēn chéng rén　論語衛靈公："志士仁人，無求生以害仁，有殺身以成仁。"仁爲儒家的道德規範，後泛指爲正義或理想而捨棄生命。唐李德裕會昌一品集外集一三良論："今周漢迄於巨唐，殺身成仁，代有髦傑。"

【殺妻求將】 shā qī qiú jiàng　史記六五吳起傳："齊人攻魯，魯欲將吳起，吳起取齊女爲妻，而魯疑之。吳起於是欲就名，遂殺其妻，以明不與齊也。魯卒以爲將。將而攻齊，大破之。"後因以殺妻求將喻忍心害理以追求功名利祿。明馮夢龍清蔡元放東周列國志八六："穆公謂曰：'吳起殺妻以求將，此殘忍之極，其心不可測也。'"

【殺氣騰騰】 shā qì téng téng　形容充滿要殺人的兇狠氣勢。元曲選缺名漢高皇濯足氣英布四："殺氣騰騰蔽遠空，一聲傳語似金鍾。兩家賭戰分成敗，只在來人啟口中。"

【殺敵致果】 shā dí zhì guǒ　左傳宣二年："殺敵爲果，致果爲毅。"疏："能殺敵人，是名爲果，言能果敢以除賊。"後因稱勇於殺敵，取得戰績爲"殺敵致果"。

【殺雞抹脖】 shā jī mǒ bó　形容心急而又無計可施的神態。紅樓夢二一："一席話説得賈璉臉都黃了，在鳳姐背後只望着平兒殺雞抹脖，使眼色，求他遮蓋。"

【殺雞駭猴】 shā jī hài hóu　比喻嚴懲一人以警戒衆人。李寶嘉官場現形記五三："拿這人殺在貴銜署旁邊，好教他們同黨瞧着或者有些懼怕。俗語説得好，叫做'殺雞駭猴'，拿雞子宰了，那猴兒自然害怕。"

【殺人不見血】 shā rén bù jiàn xiě　形容害人的手段陰險毒辣，不露痕跡。明馮夢龍醒世恆言三五："那李林甫混名叫做李貓兒，平昔不知壞了多少大臣，乃是殺人不見血的劊子手。"吳趼人二十年目睹之怪現狀五十："頭一件先要學會了卑污苟賤，才可以求得着差使；又要把良心擱過一邊，放出那殺人不見血的手段，才弄得着錢。"

【殺人不眨眼】 shā rén bù zhǎ yǎn　喻凶狠殘忍。五燈會元八圓通緣德禪師："宋大將軍曹翰入廬山寺，緣德禪師不起不揖。翰怒訶曰：'長老不聞殺人不眨眼將軍乎？'師熟視曰：'汝安知有不懼生死和尚邪！'"水滸五："太公道：'他是個殺人不眨眼魔君，你如何能勾得他回心轉意？'"眨，亦作"劄"。宋張知甫張氏可書："王韶退居九江，詣佛印求參。佛印語曰：'太尉自是殺人不劄眼上將軍，立地便成佛大居士，何必參也？'"

【殺人不劄眼】 shā rén bù zhá yǎn　見"殺人不眨眼"。

【殺君馬者路傍兒】 shā jūn mǎ zhě lù páng ér　太平御覽八九七引漢應劭風俗通："又曰：殺君馬者路傍兒也。語云長吏食重祿，芻藁豐美，馬肥希出，路傍小兒觀之，却驚致死。按長吏馬肥，觀者快馬之走驟也，騎者驅馳不足，至於瘁死。"此言馬本嬌貴，偶出，以路傍兒圍觀驚死；觀者譽馬之馳，騎者因鞭策不止，使馬力竭而斃；皆寓"愛之適以害之"之意。又據漢張敞走馬章臺街，時人鄙笑之，有"毆君馬者路傍兒"之語。見通志四九樂一走馬引。

【毀瓦畫墁】 huǐ wǎ huà màn　打碎屋瓦，在粉刷的牆壁上亂塗。比喻勞而無用且有害。孟子滕文公下:"有人於此,毀瓦畫墁,其志將以求食也。則子食之乎?"

【毀家紓難】 huǐ jiā shū nàn　破家產以救國難。左傳莊三十年:"鬬穀於菟爲令尹,自毀其家,以紓楚國之難。"注:"鬬穀於菟,令尹子文也。毀,滅;紓,緩也。"

毋　部

【每下愈況】 měi xià yù kuàng　莊子知北遊:"東郭子問於莊子曰:'所謂道,惡乎在?'莊子曰:'无所不在。'東郭子曰:'期而後可。'莊子曰:'在螻蟻。'曰:'何其下邪?'曰:'在稊稗。'曰:'何其愈下邪?'曰:'在瓦甓。'曰:'何其愈甚邪?'曰:'在屎溺。'東郭子不應。莊子曰:'夫子之問也,固不及質。正獲之問於監市履狶也,每下愈況。'"正,官名,指市令;獲,人名。監市,監市政者。狶,豕。履,踐踏。驗豕之肥瘦,每踐踏其股脚。股脚,難肥之處。況,狀況。言每驗於下,其狀益顯。後多作"每況愈下",與原義異。

【每況愈下】 měi kuàng yù xià　莊子知北遊本作"每下愈況",後多作"每況愈下",指情況越來越壞。宋胡仔苕溪漁隱叢話後集二六:"子瞻(蘇軾)自言平生不善唱曲,故閒有不入腔處。非盡如此,後山

(陳師道)乃比之教坊使雷大使舞,是何每況愈下,蓋其謬耳。"清黃宗羲吾悔集一外舅……葉公改葬墓誌銘:"自公云亡,每況愈下。"

【每飯不忘】 měi fàn bù wàng　史記一〇二馮唐傳:"今吾每飯,意未嘗不在鉅鹿也。"後稱時刻不忘爲每飯不忘。杜少陵集詳注附錄清陳文燭重修浣西草堂記:"忠君憂國,每飯不忘。"

【毒手尊拳】 dú shǒu zūn quán　新五代史唐臣傳李襲吉:"(李克用)使襲吉爲書諭梁,辭甚辨麗,梁太祖(朱全忠)使人讀之,至於'毒手尊拳,交相於暮夜;金戈鐵馬,蹂踐於明時',歎曰:'李公僻處一隅,有士如此,使吾得之,傅虎以翼也。'"本指朱全忠於上源驛陰謀襲殺李克用事。後泛指無情的打擊。

比　部

【比比皆是】 bǐ bǐ jiē shì　到處都是。明陶宗儀輟耕錄六喪師衰経:"聖遠言湮,世道不古久矣。朝爲師生而莫若途人者,比比皆是。"紅樓夢二:"今當祚永運隆之日,太平無爲之世,清明靈秀之氣所秉者,上自朝廷,下至草野,比比皆是。"

【比肩而立】 bǐ jiān ér lì　比喻距離極近。比肩,併肩、挨肩。戰國策齊三:"寡人聞之,千里而一世,是比肩而立;百世而一聖,若隨踵而至。"宋陳亮龍川集十八賀周丞相啟:"雖使間世而生,何異比肩而立。"

【比肩隨踵】 bǐ jiān suí zhǒng　見"比肩

繼踵"。

【比肩繼踵】　bǐ jiān jì zhǒng　形容人多擁擠。繼踵，脚尖碰脚跟。晏子春秋雜下："臨淄三百閭，張袂成陰，揮汗成雨，比肩繼踵而在，何爲無人?"亦作"比肩隨踵"、"比肩疊跡"。韓非子難勢："且夫堯舜桀紂千世而一出，是比肩隨踵而生也，世之治者不絕於中。"唐柳宗元柳河東集三一與友人論爲文書："而又榮古虐今者，比肩疊跡，大抵則不遇，死而垂聲者衆焉。"

【比肩疊跡】　bǐ jiān dié jī　見"比肩繼踵"。

【比物連類】　bǐ wù lián lèi　連綴相類的事物，進行比較。史記八三鄒陽傳太史公曰："鄒陽辭雖不遜，然其比物連類，有足悲者，亦可謂抗直不橈矣。"亦作"連類比物"。見該條。

【比屋可封】　bǐ wū kě fēng　家家都有德行，人人可以旌表。形容國多賢人。指教化的成就。尚書大傳五："周人可比屋而封。"漢陸賈新語無爲："堯舜之民，可比屋而封;桀紂之民，可比屋而誅者，教化使然也。"

【比翼連理】　bǐ yì lián lǐ　比喻恩愛情深之夫婦。比翼，比翼鳥;連理，連理枝。唐白居易長慶集十二長恨歌："在天願作比翼鳥，在地願爲連理枝。"

毛　部

【毛羽零落】　máo yǔ líng luò　比喻親近、附從之人漸少。文選晉孫子荊(楚)爲石仲容與孫皓書："外失輔車脣齒之援，內有毛羽零落之漸。"

【毛骨悚然】　máo gǔ sǒng rán　形容極爲驚懼。三國演義二二："左右將此檄傳進，操見之，毛骨悚然，出了一身冷汗。"明王世貞鳴鳳記十六："駭得俺毛骨竦然。"竦，通"悚"。

【毛遂自薦】　máo suì zì jiàn　毛遂，戰國時趙平原君門下食客。趙孝成王九年(公元前257年)，秦圍邯鄲，平原君到楚求救，毛遂自薦同往。至楚，遂挺身陳述利害，使楚王同意趙楚合縱，派兵救趙。後遂以"毛遂自薦"比喻自告奮勇，自我推薦。清文康兒女英雄傳十八："晚生也曾囑人推薦，無奈那些朋友都說這個館地是就不得的。爲此，晚生不揣鄙陋，竟學那毛遂自薦。"

氏　部

【民不聊生】　mín bù liáo shēng　民衆無法生活。史記八九張耳陳餘傳："財匱力盡，民不聊生。"周書晉蕩公護傳天和七年詔："每思施寬惠下，輒抑而不行，遂使戶口凋殘，征賦勞劇，家無日給，民不聊生。"

【民不堪命】　mín bù kān mìng　民衆負

擔沉重,痛苦不堪。左傳桓二年:"宋殤公立,十年十一戰,民不堪命。"國語周上:"厲王虐,國人謗王,邵公告曰:'民不堪命矣。'"

【民和年豐】 mín hé nián fēng 人民安樂,五穀豐登。左傳桓六年:"奉盛以告曰'潔粢豐盛',謂其三時不害而民和年豐也。"

【民胞物與】 mín bāo wù yǔ 民爲同胞,物爲同輩。猶言泛愛一切人與物。宋張載張橫渠集一西銘:"故天地之塞,吾其體;天地之帥,吾其性。民吾同胞,物吾與也。"吳趼人二十年目睹之怪現狀十五:"大凡世上肯拿出錢來做善事的,那裏有一個是認真存了'仁人惻隱'之心,行他那'民胞物與'的志向,不過都是在那裏邀福。"

【民怨沸騰】 mín yuàn fèi téng 形容人民怨憤之情猶如沸水翻騰。李寶嘉官場現形記五:"上半年在那裏辦過幾個月釐局,不該應要錢的心太狠了,直弄得民怨沸騰,有無數商人,來省上控。"

【民脂民膏】 mín zhī mín gāo 比喻人民用血汗換來的財富。亦作"民膏民脂"。五代後蜀孟昶廣政四年著令箴二十四句,頒於境內。宋太祖平蜀,摘其中四句十六字:"爾俸爾祿,民膏民脂,下民易虐,上天難欺。"更名爲戒石銘。見宋張唐英蜀檮杌。水滸九四:"庫藏糧餉,都是民脂民膏,你只顧侵來肥己,買笑追歡,敗壞了國家許多大事。"明許仲琳封神演義二五:"可憐民膏民脂,棄之無用之地。"

【民殷財阜】 mín yīn cái fù 人民富裕,物產豐饒。後漢書五七劉陶傳:"夫欲民殷財阜,要在止役禁奪,則百姓不勞而足。"亦作"殷民阜財"。漢揚雄法言孝至:"君人者務在殷民阜財,明道信義。"

【民富國强】 mín fù guó qiáng 人民富裕,國家强盛。吳越春秋勾踐歸國外傳:"越王内實府庫,墾其田疇。民富國强,衆安道泰。"

【民窮財盡】 mín qióng cái jìn 人民生活困苦,國家財力耗竭。水滸九一:"本處萬山環列,易於哨聚,又值水旱頻仍,民窮財盡,人心思亂。"明凌濛初二刻拍案驚奇一:"又兼民窮財盡,餓莩盈途,盜財充斥,募化無路。"

【民以食爲天】 mín yǐ shí wéi tiān 謂食乃民生中最重要之物。漢書四三酈食其傳:"王者以民爲天,而民以食爲天。"宋書文帝紀元嘉二十年詔:"國以民爲本,民以食爲天。"

气　　部

【氣宇軒昂】 qì yǔ xuān áng 形容人精神飽滿,氣度不凡。明馮夢龍清蔡元放東周列國志三七:"(趙)盾時年十七歲,生得氣宇軒昂,舉動有則,通詩、書,精射御。"亦作"器宇軒昂"。見該條。

【氣味相投】 qì wèi xiāng tóu 性格志趣相投合。元詩選蒲道源閒居叢藁次韻王仲禮:"朋友惟君氣味投,相尋一笑果何由。"吳趼人二十年目睹之怪現狀六九:"我同他一相識之後,便氣味相投,彼此換了帖,無話不談的。"

【氣急敗壞】 qì jí bài huài 上氣不接下氣,形容十分慌張。水滸六七:"水軍頭領,棹船接濟軍馬,陸續過渡,只是一個人氣急敗壞跑將來,衆人看時,却是金毛犬段景住。"曾樸孽海花三五:"滿廳掌聲雷動中,忽然從外面氣急敗壞奔進一個人來,大家面色都嚇變了。"

【氣涌如山】 qì yǒng rú shān 見"氣湧如山"。

【氣息奄奄】 qì xī yǎn yǎn 比喻事物衰敗沒落,即將消亡。三國志蜀楊戲傳"祁、汰各早死"注引李密上書:"但以劉日薄西山,氣息奄奄,人命危淺,朝不慮夕。"

【氣湧如山】 qì yǒng rú shān 喻憤怒至極。三國志吳吳主傳"權大怒,欲自征(公孫)淵"注引江表傳:"(權怒曰)朕年六十,世事難易,靡所不嘗,近爲鼠子所前卻,令人氣湧如山。不自截鼠子頭以擲於海,無顏復臨萬國!"百衲本湧作"鯣"。亦作"氣涌如山"。聊齋志異崔猛:"崔聞之,氣涌如山,鞭馬向前,意將用武。"

【氣焰薰天】 qì yàn xūn tiān 形容盛氣凌人。李寶嘉官場現形記三七:"他此時正是氣焰薰天,沒有敢違拗的。"

【氣喘汗流】 qì chuǎn hàn liú 喘息流汗。形容行走匆忙急迫之狀。北齊顏之推顏氏家訓勸學:"(田鵬鸞)年十四五,初爲閹寺,便知好學,……每至文林館,氣喘汗流,問書之外,不暇他語。"

【氣象萬千】 qì xiàng wàn qiān 形容景色千變萬化,壯麗異常。宋范仲淹范文正公集七岳陽樓記:"予觀夫巴陵勝狀,在洞庭一湖,銜遠山,吞長江,浩浩蕩蕩,橫無際涯,朝暉夕陰,氣象萬千,此則岳陽樓之大觀也。"

【氣衝牛斗】 qì chōng niú dǒu 指怒氣衝天。牛、斗,皆星宿名。三國演義八三:"興見馬忠是害父仇人,氣衝牛斗,擧青龍刀望忠便砍。"

水 部

【水火不容】 shuǐ huǒ bù róng 比喻兩者根本對立,不能相容。漢書二五郊祀志下:"易有八卦,乾坤六子,水火不相逮,雷風不相悖,山澤通氣,然後能變化,既成萬物也。"漢王符潛夫論慎微:"且夫邪之與正,猶水與火,不同原,不得并盛。"

【水火無交】 shuǐ huǒ wú jiāo 指爲官清廉,無所取於民。隋趙軌任齊州別駕,在州四年,考績連最,被徵入朝,父老相送者,各揮涕曰:"別駕在官,水火不與百姓交,是以不敢以壺酒相送,公清若水,請酌一杯水奉餞。"見隋書本傳。清趙吉士寄園寄所寄一囊底寄警敏:"達公變色曰:'本院與屬吏水火無交,貴縣言作郡難,有說乎?'"今多指彼此沒有交往。

【水火無情】 shuǐ huǒ wú qíng 形容水火成災,凶猛可畏,不可輕視。古今雜劇元楊梓忠義士豫讓吞炭二:"正是外合裏應,教智伯纔知水火無情。"西遊記五一:"常言道:'水火無情。'"

【水木清華】 shuǐ mù qīng huá 指園林池沼、花木景色清幽美麗。文選晉謝叔源(混)遊西池詩:"景昃鳴禽集,水木湛清華。"亦作"水石清華"。宋書隱逸傳史臣曰:"且巖壑閑遠,水石清華,雖復崇門八襲,高城萬雉,莫不蓄壞開泉,髣髴林澤。"

【水中捉月】 shuǐ zhōng zhuō yuè 見"水中撈月"。

【水中撈月】 shuǐ zhōng lāo yuè 比喻空虛幻想,追求不能實現的事。亦作"水中捉月"、"水底撈月"。景德傳燈錄三十永嘉真覺禪師證道歌:"鏡裏看形見不難,水中捉月爭拈得?"古今雜劇元宮大用生死交范張雞黍二:"咱兩人再相逢,如水底撈明月,把這兄弟情一筆勾絕。"明湯顯祖牡丹亭冥誓:"是人非人心不別,是幻非幻如何說!雖則似空裏拈花,卻不是水中撈月。"

【水月觀音】 shuǐ yuè guān yīn 妙法蓮華經普門品觀音菩薩有示現三十三身之說,畫觀音像者畫其觀看水月之狀,稱水月觀音。後因用以比喻人的風貌俊朗秀逸。<u>觀音</u>，即<u>觀世音</u>，佛教中的菩薩名。<u>唐</u>人避<u>李世民</u>(<u>太宗</u>)諱，省稱"觀音"。<u>宋孫光憲</u>北夢瑣言五沈蔣人物："蔣凝侍郎亦有人物，每到朝士家，人以爲祥瑞，號<u>水月觀音</u>，前代<u>潘安仁</u>(<u>岳</u>)、<u>衛叔寶</u>(<u>玠</u>)，何以加此！"

【水石清華】 shuǐ shí qīng huá　見"水木清華"。

【水米無交】 shuǐ mǐ wú jiāo　猶言水火無交。古今雜劇<u>元孫仲章</u>河南府張鼎勘頭巾二："下官一路上來聽的人説，這河南府有個能吏<u>張鼎</u>，刀筆上狠僂儸，又與百姓水米無交。"<u>明張居正</u>張文忠集書牘十二答雲南巡撫言沐鎮守安土司事："使僕當時少有避嫌之心，則其事至今不結。昔也受賄之人皆袖手捲舌，莫一言爲之辯釋，乃僕水米無交之人耳。故知凡避嫌者，皆内不足也。"亦作"水火無交"。見該條。

【水色山光】 shuǐ sè shān guāng　山水交相輝映。形容景色秀麗。<u>明李昌祺</u>剪燈餘話五賈雲華還魂記："既登途，凡道中風晨月夕，水色山光，睹景懷人，只增悲愴。及抵家，已迫槐黃矣。"亦作"山光水色"。見該條。

【水底撈月】 shuǐ dǐ lāo yuè　見"水中撈月"。

【水泄不通】 shuǐ xiè bù tōng　連水都流不過去。形容異常擁擠。古今雜劇<u>元宮大用</u>生死交范張雞黍一："又有權豪勢要之家，三座衙門把的水泄不通。"三國演義四九："<u>甘寧</u>、<u>闞澤</u>窩盤<u>蔡和</u>、<u>蔡中</u>在水寨中，每日飲酒，不放一卒登岸；周圍盡是<u>東吳</u>軍馬，把得水泄不通；只等帳上號令下來。"

【水性楊花】 shuǐ xìng yáng huā　水性流動，楊花隨風飄落。比喻女人之淫蕩輕薄。<u>宋黃六鴻</u>福惠全書刑名部："婦人水性楊花，焉得不爲所動。"紅樓夢九二："大凡女人都是水性楊花，我要説有錢，他就是貪圖銀錢了。"亦作"楊花水性"。見該條。

【水長船高】 shuǐ zhǎng chuán gāo　水位增長，船位亦隨而加高。比喻隨所憑藉而增長。碧巖錄三卷二九則："水長船高，泥多佛大。"<u>明馮維敏</u>一世不服老四："閒看世態眉常鎖，但説時人手便搖，誰不愛鴉青鈔，一處處人離財散，一時時水長船高。"<u>李寶嘉</u>官場現形記五九回："幾回事情一來，他曉得人家有仰仗他的地方，頓時水長船高，架子亦就慢慢的大了起來。"

【水到渠成】 shuǐ dào qú chéng　水流成渠道。比喻條件成熟，事情自然成功。景德傳燈錄十二光涌禪師："問：'如何是妙用一句？'師曰：'水到渠成。'"<u>宋蘇軾</u>蘇東坡集三十答秦太虛書："度囊中尚可支一歲有餘，至時別作經畫，水到渠成，不須過慮，以此胸中都無一事。"又續集十一與章子厚書："恐年載間遂有飢寒之憂，不能少念，然俗所謂水到渠成，至時亦必自有處置，安能預爲之愁煎乎？"

【水乳交融】 shuǐ rǔ jiāo róng　水和奶溶合在一起。比喻感情融洽，關係密切。五燈會元十七黃龍祖心禪師："致使玄黃不辨，水乳不分，疾在膏肓，難爲救療。"<u>清劉鶚</u>老殘遊記十九："幾日工夫，同<u>吳仁</u>擾得水乳交融。"

【水送山迎】 shuǐ sòng shān yíng　形容舟行所見山水景色，使人目不暇給。全唐詩六八七<u>吳融</u>富春："水送山迎入<u>富春</u>，一川如畫晚晴新。"

【水深火熱】 shuǐ shēn huǒ rè　孟子梁惠王下："以萬乘之國，伐萬乘之國，簞食壺漿，以迎王師，豈有他哉？避水火也，如水益深，如火益熱，亦運而已矣。"玉臺新詠九傅玄擬四愁詩："何以要之同心鳥，火熱水深憂盈抱。"後因以水深火熱比喻人民生活陷於極度痛苦之中。

【水清無魚】 shuǐ qīng wú yú　水太清則魚不能藏身。比喻人過於苛察，責備求全，就不能容衆。大戴禮子張問入官："水至清則無魚，人至察則無徒。"漢書六五東方朔傳答客難："故曰：'水至清則無魚，人至察則無徒。'"後漢書四七班超傳："今君性嚴急，水清無大魚，察政不得下和，宜蕩佚簡易，寬小過，總大綱而已。"

【水淨鵝飛】 shuǐ jìng é fēi　見"水盡鵝飛"。

【水陸畢陳】 shuǐ lù bì chén　比喻菜肴豐盛，山珍海味俱備。晉書三三石崇傳："絲竹盡當時之選，庖膳窮水陸之珍。"清

陳忱水滸後傳四十：「光祿寺排設筵宴，水
陸畢陳，笙簧迭奏。」

【水晶燈籠】　shuǐ jīng dēng lóng　以水
晶製作燈籠，內外透明。比喻人眼光銳利，
洞察隱情。宋范鎮東齋記事補遺：「劉隨待
制爲成都通判，嚴明通達，人謂之水晶燈
籠。」

【水落石出】　shuǐ luò shí chū　水落下
去，水底石頭顯露出來。原指自然景物。宋
蘇軾經進東坡文集事略一後赤壁賦：「山
高月小，水落石出。」亦用以形容枯竭、消
耗。宋釋惠洪石門文字禪二六題所錄詩：
「老子言‘爲學日益，爲道日損’，使其未嘗
學也，何所損哉。如川之增者，學也。水落
石出者損也，然未易與粥飯僧論此也。」後
人多用以比喻事情的真相終於大白。宋陸
游渭南文集十一謝臺諫啟：「收真才於水
落石出之後，坐銷浮僞之風；察定理於舟
行岸移之時，盡黜讒諏之巧。」

【水滴石穿】　shuǐ dī shí chuān　比喻堅
持不懈，雖力微，亦能成艱鉅之事。漢書五
一枚乘傳：泰山之霤穿石，單極之統斷幹。
水非石之鑽，索非木之鋸，漸靡使之然
也。」

【水盡鵝飛】　shuǐ jìn é fēi　比喻恩情斷
絕，一拍兩散。元曲選關漢卿望江亭中秋
切鱠二：「你休等的我恩斷意絕，眉南面
北，恁時節水盡鵝飛。」亦作「水淨鵝飛」。
古今雜劇元缺名鄭月蓮秋夜雲窗夢四：
「我則道地北天南，錦營花陣，偎紅倚翠，
今日箇水淨鵝飛。」

【水磨工夫】　shuǐ mó gōng fū　形容工
作細緻、深入。明馮夢龍醒世恆言十五：
「今日撞了一日，並不曾遇得個可意人兒。
不想這所在到藏著如此妙人。須用些水磨
工夫撩撥他，不怕不上我的鈎兒。」李寶嘉
文明小史一：「第一須用上些水磨工夫，叫
他們潛移默化，斷不可操切從事，以致打
草驚蛇，反爲不美。」

【水懦民翫】　shuǐ nuò mín wán　以水喻
法。指爲政過寬，則民易玩忽法令，以至犯
罪。翫，同「玩」。左傳昭二十年：「水懦弱，
民狎而翫之，則多死焉。故寬難。」

【水可載舟，亦可覆舟】　shuǐ kě zài
zhōu, yì kě fù zhōu　荀子王制：「傳曰：君

者舟也，庶人者水也。水則載舟，水則覆
舟，此之謂也。」後漢書六五皇甫規傳對策
「夫君者舟也，人者水也。」注引家語：「孔
子曰：‘夫君者舟也，人者水也。水可載舟，
亦以覆舟。君以此思危，則可知也。’」以水
喻民，乃居安思危之意。亦作「載舟覆舟」。
見該條。

【求之不得】　qiú zhī bù dé　急切企求，
不能如願。詩周南關雎：「窈窕淑女，寤寐
求之。求之不得，寤寐思服。」後泛指適如
其願。吳趼人二十年目睹之怪現狀九九：
「卜士仁道：‘豈有此理！你老弟台肯栽培，
那求之不得的，那裏有甚委屈的話！’」

【求仁得仁】　qiú rén dé rén　論語述而：
「求仁而得仁，又何怨？」原指伯夷叔齊讓
國遠去，後因恥食周粟，終於餓死。孔子謂
其求仁而得仁，無所怨。後泛指適如其願。
文選晉阮嗣宗（籍）詠懷詩之六：「求仁自
得仁，豈復歎咨嗟。」

【求田問舍】　qiú tián wèn shè　指專營
家產而無遠大志向者。三國志魏張邈傳附
陳登：「（劉）備曰：‘君（許汜）有國士之名，
今天下大亂，帝主失所，望君憂國忘家，有
救世之意；而君求田問舍，言無可采，是元
龍（陳登）所諱也。’」宋王安石臨川集十八
幕次憶漢上舊居詩：「如何憂國忘家日，尚
有求田問舍心？」

【求全之毀】　qiú quán zhī huǐ　爲求得
完美無缺反而招致詆毀。孟子離婁上：「有
不虞之譽，有求全之毀。」宋朱熹集注：「求
免於毀而反致毀，是爲求全之毀。」後多作
過於求全責備之意。

【求全責備】　qiú quán zé bèi　指對人與
事要求完美無缺。淮南子氾論：「伍伯有暴
亂之謀，是故君子不責備於一人。」宋劉克
莊後村集一一七代謝西山：「竊謂天下不
能皆絕類離倫之材，君子未嘗持求全責備
之論。」

【求名責實】　qiú míng zé shí　根據名義
而考求其實在情況。唐劉知幾史通本紀：
「霸王者，即當時諸侯。諸侯而稱本紀，求
名責實，再三乖謬。」亦作「循名責實」。見
該條。

【求馬唐肆】　qiú mǎ táng sì　求馬於無
馬之處。比喻所求必無所獲。莊子田子方：

"彼已盡矣,而女求之以爲有,是求馬於唐肆也。"注:"唐肆,非停馬處也。"

【求漿得酒】 qiú jiāng dé jiǔ 比喻所得過於所求。唐張鷟朝野僉載:"歲在申酉,求漿得酒。"

【求親靠友】 qiú qīn kào yǒu 指向親戚、朋友有所乞求。多指借貸而言。紅樓夢四二:"或者做個小本買賣,或者置幾畝地,以後再別求親靠友的。"

【求賢如渴】 qiú xián rú kě 喻尋找賢士之迫切。後漢書六一周舉傳:"昔在前世,求賢如渴,封墓軾閭,以光賢哲。"宋陳亮龍川文集十上光宗皇帝鑒成箴:"壽皇履位,求賢如渴。"亦作"求賢若渴"。清李汝珍鏡花緣四二:"我國家儲才爲重,聖朝相符;朕受命維新,求賢若渴。"亦作"思賢如渴"。見該條。

【求賢若渴】 qiú xián ruò kě 見"求賢如渴"。

【求人不如求己】 qiú rén bù rú qiú jǐ 謂自力奮鬥,勝於仰仗他人。文子上德:"怨人不如自怨,求諸人不如求之己。"宋張端義貴耳集:"(宋)孝宗幸天竺,有輝僧相隨。……又看觀音像,手持數珠,問曰:'何用?'曰:'念觀世音菩薩。'問:'自念則甚?'對曰:'求人不如求己。'"(說郛八)清鄭燮鄭板橋集五題畫籬竹詩:"仍將竹作籬笆,求人不如求己。"

【汗牛充棟】 hàn niú chōng dòng 形容書籍很多,搬運時可使牛出汗,收藏時能塞滿屋子。棟,屋子。唐柳宗元柳先生集九唐故給事中皇太子侍讀陸文通先生墓表:"以爲論注疏說者百千人矣,……其爲書,處則充棟宇,出則汗牛馬。"宋陸九淵象山集九與林叔虎書:"又有徒黨傳習,日不暇給,又其書汗牛充棟。"

【汗如雨下】 hàn rú yǔ xià 比喻汗出得甚多。紅樓夢一〇一:"不防一塊石頭絆了一跤,猶如夢醒一般,渾身汗如雨下。"

【汗流浹背】 hàn liú jiā bèi 出汗很多,濕透脊背。多指惶恐出冷汗。浹,亦作"洽"。漢書六六楊敞傳:"大將軍(霍)光與車騎將軍張安世謀欲廢王更立,……敞驚懼,不知所言,汗出洽背,徒唯唯而已。"後漢書伏皇后紀:"(曹)操後以事入見殿中。

……舊儀,三公領兵,朝見令虎賁執刃挾之。操出,顧左右,汗流浹背。"今多指滿身大汗。

【汗馬功勞】 hàn mǎ gōng láo 馬出汗很多,比喻征戰之勞苦。後泛指功顯著。韓非子五蠹:"棄私家之事,而必汗馬之勞。"元曲選王實甫四丞相高會麗堂春四:"將俺丞相汗馬功勞一旦忘了,貶在濟南府開住。"

【汙尊抔飲】 wā zūn póu yǐn 鑿地以代酒器,用手掬酒而飲。指遠古禮法簡陋。禮禮運:"汙尊而抔飲,蕢桴而土鼓。"注:"汙尊,鑿地爲尊也。抔飲,手掬之也。"

【江心補漏】 jiāng xīn bǔ lòu 船到江心方補漏。比喻救禍已遲,無濟於事。宋王銍續雜纂不濟事:"江心補漏。"元曲選關漢卿趙盼兒風月救風塵一:"怎時節,船到江心補漏遲,煩惱怨他誰事,要前思免勞後悔。"

【江河日下】 jiāng hé rì xià 江河的水日就下游奔流。比喻事物或局勢日趨衰敗。清詩別裁三許縲曾睢陽行:"數百年來尚奸宄,江河日下誰能止。"李寶嘉官場現形記二九:"不瞞大帥說,現在的時勢,實在是江河日下了!"

【江郎才盡】 jiāng láng cái jìn 江郎,指南朝梁江淹,字文通。以文章見稱於世,晚年才思衰退,詩文無佳句,時人謂之江郎才盡。後比喻文思遜前。清洪亮吉北江詩話三:"今世士惟務作詩,而不喜涉學,逮世故日膠,性靈日退,遂皆有江淹才盡誚矣。"清李汝珍鏡花緣九一:"如今弄了這個,還不知可能敷衍交卷。我被你鬧的真是江郎才盡了。"

【江漢朝宗】 jiāng hàn cháo zōng 長江和漢水流入大海,猶諸侯臣服天子,尚書禹貢:"江漢朝宗于海。"後比喻大勢所趨。

【江山易改,稟性難移】 jiāng shān yì gǎi, bǐng xìng nán yí 指人的本性改變難於對自然環境的改造。明馮夢龍醒世恆言三五:"常言道得好,'江山易改,稟性難移。'"亦作"山河易改,本性難移"。見該條。

【汲汲忙忙】 jí jí máng máng 指行動急迫或事情繁忙。汲汲,急切的樣子。漢王充論衡書解："使著作之人，總衆事之凡，典國境之職，汲汲忙忙，何暇著作。"

【汝南月旦】　rǔ nán yuè dàn　東漢許劭字子將，汝南平輿人，與從兄靖俱有高名，好共覈論鄉黨人物，每月輒更其品題，故汝南俗有"月旦評"。見後漢書六八許劭傳。後稱品評人物爲汝南月旦。

【沆瀣一氣】　hàng xiè yī qì　唐人崔瀣應考，主考官崔沆錄取之。時人謂之"座主門生，沆瀣一氣。"見宋錢易南部新書戊。後用以比喻氣味相投。

【沈冤莫白】　chén yuān mò bái　受冤已久，不能洗雪明白。明許仲琳封神演義九七："昏君受辛！你君欺臣妻，吾爲守貞立節，墜樓而死，沈冤莫白。"

【沈魚落雁】　chén yú luò yàn　莊子齊物論："毛嬙麗姬，人之所美也。魚見之深入，鳥見之高飛，麋鹿見之決驟，四者孰知天下之正色哉。"莊子原意謂魚鳥不辨美色，惟知見人驚避。後人變爲形容女子貌美之詞，並改鳥飛爲落雁，遂有沈魚落雁之語。朝野新聲太平樂府三元楊果採蓮女曲："羞月閉花，沈魚落雁，不惹也魂消。"元曲選缺名錦雲堂暗定連環計三："我看這女子，生的有沈魚落雁之容，閉月羞花之貌。"明湯顯祖牡丹亭驚夢："沈魚落雁鳥驚喧，羞花閉月花愁顫。"亦作"落雁沈魚"。見該條。

【沈博絕麗】　chén bó jué lì　指文章含意深廣，文辭華靡。古文苑十揚雄答劉歆書："雄爲郎之歲，自奏少不得學，而心好沈博絕麗之文，願不受三歲之奉，且休脫直事之繇，得肆心廣意，以自克就。"

【沈著痛快】　chén zhuó tòng kuài　指書法堅勁而流利。法書要錄一南朝宋羊欣采古來能書人名："吳人皇象能草，世稱沈著痛快。"

【沈潛剛克】　chén qián gāng kè　情不外露，內蘊剛強。尚書洪範："沈潛剛克，高明柔克。"

【沈竈產鼃】　chén zào chǎn wā　指大水淹沒廬舍，竈沈水中，日久致生蝦蟆。鼃，同"蛙"。國語晉："(趙襄子)乃走晉陽，晉師圍而灌之，沈竈產鼃，民無畔意。"注："沈竈，懸釜而炊也。產鼃，鼃生竈也。

鼃，蝦蟆也。"

【沈鬱頓挫】　chén yù dùn cuò　指文章深沈蘊積，抑揚有致。新唐書二〇一杜甫傳："臣之述作，雖不足鼓吹六經，先鳴數子；至沈鬱頓挫，隨時敏給，揚雄枚皋，可企及也。"

【沅芷澧蘭】　yuán zhǐ lǐ lán　文選屈平九歌湘夫人："沅有芷兮澧有蘭，思公子兮未敢言。"王逸注："言沅水之中，有盛茂之芷，澧水之外，有芬芳之蘭，異於衆草，以興湘夫人美好亦異於衆人。"芷，一作"茝"；澧，一作"醴"。本指生於沅澧兩岸的芳草。後比喻高潔美好的人品。

【沐雨櫛風】　mù yǔ zhì fēng　指辛苦奔波，飽經風雨。莊子天下："腓无胈，脛无毛，沐甚雨，櫛疾風，置萬國，禹大聖也。"藝文類聚五九魏文帝黎陽詩："載馳載驅，沐雨櫛風。"亦作"櫛風沐雨"。見該條。

【沐猴而冠】　mù hóu ér guàn　沐猴即獼猴。獼猴戴帽，徒具人形。以喻人之虛有儀表，實無人性。一說猴性躁，不能持久。史記項羽本紀："人言楚人沐猴而冠耳，果然。"漢書四五伍被傳："知略不世出，非常人也，以爲漢廷公卿列侯皆如沐猴而冠耳。"藝文類聚二三鑒誡梁簡文帝誡當陽公書："汝年尚幼，所闕者學，可久可大，其唯學歟。……若使面牆而立，沐猴而冠，吾所不取。"

【決疣潰癰】　jué huàn kuì yōng　毒瘤自行潰散，比喻無所愛惜。疣、癰，毒瘡。莊子大宗師："彼以生爲附贅縣疣，以死爲決疣潰癰，夫若然者，又惡知死生先後之所在。"

【決腹斷頭】　jué fù duàn tóu　見"斷脰決腹"。

【沖州撞府】　chōng zhōu zhuàng fǔ　見州入州，見縣入縣。指在江湖上到處漂蕩，行止無定。元明雜劇缺名逞風流王煥百花亭三："來時節沖州撞府氣鷹揚，我這裏脚緊拳疾怎隄防。"亦作"衝州撞府"。水滸四十："那夥使鎗棒的說道：'你倒鳥村！我們衝州撞府，那裏不曾去？'"古今雜劇明誠齋清河縣繼母大賢一："你既是衝州撞府，便索將經商爲務。"

【沒沒無聞】　mò mò wú wén　聲名埋

沒，不爲人知。晉書六二祖納傳：「僕雖無才，非志不立，故疾沒世而無聞焉，所以自強不息也。」

【沒精打采】　méi jīng dǎ cǎi　形容精神萎靡不振。紅樓夢八七：「弄得寶玉滿肚疑團，沒精打采的，歸至怡紅院中。」

【沒齒不忘】　mò chǐ bù wàng　指終身不忘。西遊記七〇：「下座拜謝道：『長老，你果是救得我回朝，沒齒不忘大恩。』」

【泰山北斗】　tài shān běi dǒu　古代認爲泰山在五嶽中最高，北斗在衆星中最明，因常用以比喻衆所崇仰之人。新唐書一七六韓愈傳贊：「自愈沒，其言大行，學者仰之如泰山北斗云。」宋呂頤浩忠穆集六與范正興書：「頃在陝右有四軸，因兵火失之，今再獲見，如撥雲霧而視泰山北斗也。」

【泰山鴻毛】　tài shān hóng máo　比喻輕重懸殊。漢書六二司馬遷傳報任安書：「人固有一死，死有重於泰山，或輕於鴻毛，用之所趨異也。」

【泰山壓卵】　tài shān yā luǎn　比喻以強大對付弱小，弱者必無幸免。晉書孫惠傳與司馬越書：「況履順討逆，執正伐邪，是烏獲摧冰，賁育拉朽，猛獸吞狐，泰山壓卵，因風燎原，未足方也。」烏獲賁育，皆古代勇士。按後漢書四二廣陵王荆傳記荆作飛書，誘說東海王彊興兵，書中有「易於泰山破雞子，輕於四馬載鴻毛」，是漢人已有此語。

【河山帶礪】　hé shān dài lì　比喻國基堅固、國祚長久。史記高祖功臣侯者年表序：「封爵之誓曰：『使河如帶，泰山若厲。國以永寧，爰及苗裔。』始未嘗不欲固其根本，而枝葉稍陵夷衰微也。」「厲」與「礪」同。漢書高惠高后文功臣表序作「使黃河如帶」，注引應劭：「封爵之誓，國家欲使功臣傳祚無窮也。帶，衣帶也。厲，砥厲石也。河當何時如衣帶，山當何時如厲石，言如帶厲，國猶永存，以及後世之子孫也。」亦作「帶礪山河」。唐張說說之集二十唐故涼州長史元君石柱銘序：「壇場鄭洛，據天地之圖；帶礪山河，建王侯之國。」

【河東獅吼】　hé dōng shī hǒu　宋陳慥，字季常，妻柳氏，悍妒。蘇軾嘗以詩戲慥：「忽聞河東獅子吼，拄杖落手心茫然。」見分類東坡詩十六寄吳德仁兼簡陳季常。河東爲柳姓郡望；獅子吼，佛家以喻威嚴。見景德傳燈錄一釋迦牟尼佛；陳好談佛，故軾借佛家語爲戲。後遂泛稱悍婦爲河東獅；婦怒爲河東獅吼。清平山堂話本快嘴李翠蓮記：「從來夫唱婦相隨，莫作河東獅子吼。」參閱宋洪邁容齋隨筆三筆三陳季常。

【河清海晏】　hé qīng hǎi yàn　黃河水清，海不揚波。比喻太平時世。文苑英華二唐鄭錫日中有王字賦：「河清海晏，時和歲豐。」唐詩紀事六二鄭嵎津陽門：「河清海晏不難視，我皇已上昇平基。」亦作「海晏河清」。見該條。

【河清難俟】　hé qīng nán sì　相傳黃河水千年一清。比喻時久難以等待。俟，等待。左傳襄八年：「子駟曰：周詩有之曰：『俟河之清，人壽幾何？』」注：「逸詩也。言人壽促而河清遲。喻晉之不可待。」

【河魚腹疾】　hé yú fù jí　指腹瀉。左傳宣十二年：「河魚腹疾，奈何？」按魚爛先自腹內始，故有腹疾者，以河魚爲喻。宋蘇軾蘇東坡集續集七與馮祖仁書之三：「又若河魚之疾，少留調理乃行，益遠，愈增瞻繫也。」

【河落海乾】　hé luò hǎi gān　比喻淨盡無餘。清文康兒女英雄傳一：「你們就弄了這些吃的，我樂得吃個河落海乾睡覺。」

【河漢斯言】　hé hàn sī yán　比喻大而無當，不可置信之言。莊子逍遙遊：「吾驚怖其言，猶河漢而無極也。」

【河海不擇細流】　hé hǎi bù zé xì liú　比喻不論大小，兼容並蓄。史記八七李斯傳：「太山不讓土壤，故能成其大；河海不擇細流，故能就其深。」

【沽名弔譽】　gū míng diào yù　見「沽名釣譽」。

【沽名釣譽】　gū míng diào yù　虛僞矯飾以獵取名譽。金張建高陵縣張公去思碑：「非若沽名釣譽之徒，內有所不足，急於人聞，而專苛責督察，以祈當世之知。」（金石萃編一五七）。亦作「沽名弔譽」。古今雜劇元宮大用死生交范張雞黍三：「我不爲別，自恨我奔喪來後，又不是沽名弔譽沒來由。'"

【沸沸揚揚】　fèi fèi yáng yáng　像沸騰的水那樣喧嚷。形容議論紛紛。水滸十八："後來聽得沸沸揚揚地説道：'黃泥岡上一夥販棗子的客人，把蒙汗藥麻翻了人，劫了生辰綱去。'"

【泥牛入海】　ní niú rù hǎi　泥塑的牛墮入海中。景德傳燈錄八潭州龍山和尚："洞山又問和尚：'見箇什麼道理，便住此山？'師曰：'我見兩箇泥牛鬪入海，直至如今無消息。'"後人以此比喻一去不返，杳無消息。元尹廷高玉井雜唱上送無外僧弟歸奉盧墓詩："泥牛入海無消息，萬壑千岩空翠寒。"

【泥多佛大】　ní duō fó dà　用的泥越多，塑出的佛像就越大。比喻根基深厚或附益者衆多則成就巨大。續傳燈錄三一曇華禪師："十五日已前，水長船高；十五日已後，泥多佛大。"

【泥沙俱下】　ní shā jù xià　泥與沙隨浪俱來。比喻美惡相雜，未加選汰。清袁枚隨園詩話一："人稱才大者，如萬里黃河，與泥沙俱下。"

【泥船渡河】　ní chuán dù hé　比喻人身如泥製之船，入水不能持久，入世危險。三慧經："人在世間，譬乘泥船渡河，當浮渡船且壞。人身如泥船不可久。"

【泥塑木雕】　ní sù mù diāo　形容呆板全無反應。清吳敬梓儒林外史六："那兩位舅爺王德王仁，坐着就像泥塑木雕的一般，總不置一個可否。"亦作"木雕泥塑"。見該條。

【波駭雲屬】　bō hài yún shǔ　見"波屬雲委"。

【波瀾老成】　bō lán lǎo chéng　形容詩文功力深厚，如波濤之起伏壯闊。唐杜甫杜工部草堂詩箋五敬贈鄭諫議十韻詩："毫髮無遺恨，波瀾獨老成。"

【波屬雲委】　bō shǔ yún wěi　如波之相接，雲之相疊。比喻連續不斷，層見疊出。宋書謝靈運傳史臣曰："自建武暨乎義熙，歷載將百，雖綴響聯辭，波屬雲委，莫不寄言上德，託意玄珠。"亦作"波駭雲屬"。北齊書文苑傳序："於是辭人才子，波駭雲

屬，振鵷鷺之羽儀，縱雕龍之符采。"

【沾沾自喜】　zhān zhān zì xǐ　形容洋洋得意，非常輕浮的樣子。史記一○七魏其侯傳："孝景帝曰：'太后豈以爲臣有愛不相魏其？魏其者，沾沾自喜耳，多易。難以爲相持重。'"

【沾親帶友】　zhān qīn dài yǒu　指略有親友關係。元曲選高文秀黑旋風雙獻功四："因此上裝一個送飯的沾親帶友，那一個管牢的便不亂扯胡揪。"後多作"沾親帶故"。

【油腔滑調】　yóu qiāng huá diào　指説話或文章輕浮油滑，不踏實。清王士禛師友詩傳錄："作詩，學力與性情必兼具而後愉快。愚意以爲學力深，始能見性情；若不多讀書，多貫穿，而遽言性情，則開後學油腔滑調、信口成章之惡習矣。"

【油煤猢猻】　yóu zhá hú sūn　形容輕狂浮躁的樣子。元王實甫西廂記五本四折："鶯鶯呵，你嫁箇油煤猢猻的丈夫，紅娘呵，你伏侍箇煙薰貓兒的姐夫。"

【油頭粉面】　yóu tóu fěn miàn　形容人打扮妖艷輕浮。古今雜劇元石子章秦翛然竹塢聽琴："改換了油頭粉面，再不將蛾眉淡掃鬢堆蟬。"明許仲琳封神演義九四："油頭粉面成虛話，廣智多謀一旦休。"

【油嘴滑舌】　yóu zhǐ huá shé　形容人説話油滑，不實在。清李汝珍鏡花緣二一："林之洋道：'言鳥爲甚不見禽鳴，倒學狗叫？俺看他油嘴滑舌，南腔北調，倒底算個甚麼？'"

【沿才授職】　yán cái shòu zhí　因人的才能授以相稱的職務。文選南齊王元長(融)永明十一年策秀才文之二："必待天爵具脩，人紀咸事，然後沿才受職，揆務分司。"沿，同"沿"。

【沿波討源】　yán bō tǎo yuán　循水波而尋究其源。指探討事物的本末。晉陸機陸士衡集一文賦："或因枝以振葉，或沿波而討源。"南朝梁劉勰文心雕龍十知音："夫綴文者情動而辭發，觀文者披文以入情，沿波討源，雖幽必顯。"

【泉石膏肓】　quán shí gāo huāng　形容愛好山水成癖，如病入膏肓。舊唐書一九二田遊巖傳："高宗幸嵩山，……謂曰：'先

生養道山中，比得佳否？’遊巖曰：‘臣泉石膏肓，煙霞痼疾。既逢聖代，幸得逍遙。’”宋胡仔苕溪漁隱叢話前集十五王摩詰引後湖集：“山谷老人（黃庭堅）云：‘余頃年登山臨水，未嘗不讀王摩詰（維）詩，因知此老胸次，定有泉石膏肓。’”

【洋洋得意】　yáng yáng dé yì　形容稱心如意的樣子。吳趼人二十年目睹之怪現狀五六：“一席話說得夏作人洋洋得意。”亦作“得意洋洋”、“揚揚得意”。見各該條。

【洋洋纚纚】　yáng yáng sǎ sǎ　形容文章或言語盛美而有條理。韓非子難言：“所以難言者，言順比滑澤，洋洋纚纚然，則見以爲華而不實。”

【洪水猛獸】　hóng shuǐ měng shòu　孟子滕文公下：“昔者禹抑洪水，而天下平；周公兼夷狄，驅猛獸，而百姓寧。”後因用“洪水猛獸”比喻禍害極大的事物。

【洪水橫流】　hóng shuǐ héng liú　指洪水泛濫。孟子滕文公上：“當堯之時，天下猶未平，洪水橫流，氾濫於天下，草木暢茂，禽獸繁殖，五穀不登，禽獸偪人，獸蹄鳥跡之道交於中國。”亦比喻邪惡之道橫行。三國演義二三：“臣聞洪水橫流，帝思俾乂；旁求四方，以招賢俊。”

【洪福齊天】　hóng fú qí tiān　形容福氣和天一樣高大。西遊記六三：“二郎道：‘一則是那國王洪福齊天，二則是賢昆玉神通無量，我何功之有！’”

【洪爐燎髮】　hóng lú liáo fà　用大火爐燒毛髮。比喻事情輕而易舉。三國志魏陳琳傳：“今將軍總皇威，握兵要，龍驤虎步，高下在心，以此行事，無異於鼓洪爐以燎毛髮。”

【洞天福地】　dòng tiān fú dì　道家稱全國名山勝境，有十大洞天，三十六小洞天，七十二福地，爲神仙及有道之士樓居之地，合稱洞天福地。後多用以比喻名勝之地。唐杜光庭洞天福地記：“列出十大洞天、三十六小洞天、七十二福地的名稱。”宋陳亮龍川集十六重建紫霄觀記：“道家有所謂洞天福地者，其說不知所從起，往往所在而有。”元詩選二徐世隆威卿集送天倪子還泰山詩：“洞天福地二千里，神府仙間第一家。”

【洞見癥結】　dòng jiàn zhēng jié　史記一○五扁鵲傳記戰國時有長桑君，以藥予扁鵲令飲以上池之水，三十日後可以隔牆見人。以此視病，盡見病人五臟癥結。後用以形容明察隱微，識得關鍵。

【洞房花燭】　dòng fáng huā zhú　深室中燈火。北周庾信庾子山集三和詠舞詩：“洞房花燭明，燕餘雙舞輕，頓履隨疎節，低鬟逐上聲。”後借以指新婚。宋洪邁容齋隨筆四筆八得意失意詩：“久旱逢甘雨，他鄉遇故知，洞房花燭夜，金榜掛名時。”元曲選賈仲名蕭淑蘭情寄菩薩蠻四：“碧漢飛雙鳳，瑤池宿兩鴛，洞房花燭夜，人月共團圓。”

【洞察秋毫】　dòng chá qiū háo　形容目光敏銳，能看清細小之物。秋毫，鳥獸秋季身上新生的細毛。孟子梁惠王上：“明足以察秋毫之末，而不見輿薪，則王許之乎？”

【洗心革志】　xǐ xīn gé zhì　見“洗心革面”。

【洗心革面】　xǐ xīn gé miàn　易繫辭上：“六爻之義易以貢，聖人以此洗心，退藏於密。”洗心，指洗滌邪惡之心。易革：“上六，君子豹變，小人革面。”革面，指改變顏容。後把改過自新稱爲洗心革面。抱朴子用刑：“化上而興善者，必若靡草之逐驚風；洗心而革面者，必若清波之滌輕塵。”亦作“洗心革志”、“洗心革意”。晉書潘岳傳附潘尼釋奠頌：“希道慕業，洗心革志，想洙泗之風，歌來蘇之惠。”周書蘇綽傳六條詔書：“凡諸牧守令長，宜洗心革意，上承朝旨，下宣教化矣。”

【洗心革意】　xǐ xīn gé yì　見“洗心革面”。

【洗手奉職】　xǐ shǒu fèng zhí　比喻廉潔奉公。唐韓愈昌黎集三十唐故中散大夫少府監胡良公墓神道碑：“薦公爲監察御史，主餽給渭橋以東軍，洗手奉職，不以一錢假人。”

【洗耳拱聽】　xǐ ěr gǒng tīng　見“洗耳恭聽”。

【洗耳恭聽】　xǐ ěr gōng tīng　恭敬地專心傾聽。古今雜劇元關漢卿關大王獨赴單刀會：“請君侯試說一徧，下官洗耳恭聽。”

清 李汝珍 鏡花緣七八："紫芝道：'遊玩一事既已結果，此刻是對酒當歌，我們也該行個酒令，多飲幾杯了。……'衆人道：'如此甚妙，我們洗耳恭聽。'"亦作"洗耳拱聽"。元曲選宮大用死生交范張雞黍："有甚麼名人古書，前皇後代，哥哥講說些兒，小官洗耳拱聽。"

【洗垢求瘢】 xǐ gòu qiú bān 洗去污垢，尋找疤痕。比喻過分挑剔別人的錯誤。後漢書八十下趙壹傳刺世疾邪賦："所好則鑽皮出其毛羽，所惡則洗垢求其瘢痕。"亦作"洗垢索瘢"。新唐書九七魏徵傳上疏："喜則矜刑於法中，怒則求罪於律外；好則鑽皮出羽，惡則洗垢索瘢。"

【洗垢索瘢】 xǐ gòu suǒ bān 見"洗垢求瘢"。

【活剝生吞】 huó bō shēng tūn 指生搬硬套剽竊別人的文章著作。唐 劉肅大唐新語十三諧謔："有棗強尉張懷慶，好偷名士文章，……人謂之諺曰：'活剝王昌齡，生吞郭正一。'"亦作"生吞活剝"。見該條。

【活龍活現】 huó lóng huó xiàn 形容神情逼真。明 馮夢龍警世通言五："再說王氏聞丈夫凶信，初時也疑惑，被呂寶說得活龍活現，也信了。"亦作"活靈活現"。見該條。

【活靈活現】 huó líng huó xiàn 形容生動逼真，使人有親眼得見之感。清 李汝珍鏡花緣六五："他忽然把個樂正子又請出來，說的活靈活現，倒也有個意思。"亦作"活龍活現"。見該條。

【洛陽紙貴】 luò yáng zhǐ guì 晉 左思作三都賦，構思十年，賦成，不爲時人所重。及皇甫謐爲作序，張載劉逵爲作注，張華嘆爲："班（固）張（衡）之流也。"於是豪富之家爭相傳寫，洛陽爲之紙貴。見晉書左思傳。後用洛陽紙貴形容文章風行一時，人以先覩爲快。

【流水不腐】 liú shuǐ bù fǔ 流動的水，汙濁自去，不會腐臭。比喻人經常運動則不容易得病。呂氏春秋盡數："流水不腐，戶樞不螻，動也，形氣亦然。"

【流水行雲】 liú shuǐ xíng yún 見"行雲流水"。

【流水高山】 liú shuǐ gāo shān 見"高山流水"。

【流水桃花】 liú shuǐ táo huā 形容春天景色美好。亦作"桃花流水"。唐 李白李太白詩十九山中問答："桃花流水杳然去，別有天地非人間。"亦比喻男女愛情。五代後蜀 歐陽烱春光好詞："流水桃花情不已，待劉郎。"

【流水朝宗】 liú shuǐ cháo zōng 指江河歸於大海。詩 小雅沔水："沔彼流水，朝宗於海。"後比喻人心所向。

【流水無情】 liú shuǐ wú qíng 流水一去不回，毫無情意。唐 白居易長慶集五七過元家履信宅詩："落花不語空辭樹，流水無情自入池。"

【流水落花】 liú shuǐ luò huā 形容春殘的景象。常用以比喻好時光的消逝。唐宋諸家絕妙詞選五代 南唐 李後主（煜）浪淘沙："流水落花春去也，天上人間。"亦作"落花流水"。見該條。

【流行坎止】 liú xíng kǎn zhǐ 順流而行，遇坎則止。比喻進退聽其自然，隨遇而安。漢書四八賈誼傳服鳥賦："乘流則逝，得坎則止，縱軀委命，不私與己。"注："孟康曰：'易坎爲險，過險難而止也。'張晏曰：'謂夷易則仕，險難則隱也。'"宋 蘇軾東坡集續集四與孫叔靜書之七："此去尤艱險，借舟未知能達留否？流行坎止，輒復任緣，不煩深念也。"

【流芳百世】 liú fāng bǎi shì 美名永傳後世。亦作"流芳後世"。晉書桓溫傳："既而撫枕起曰：'既不能流芳後世，不足復遺臭萬載邪！'"三國演義九："將軍若扶漢室，乃忠臣也，青史傳名，流芳百世。"

【流芳後世】 liú fāng hòu shì 見"流芳百世"。

【流金鑠石】 liú jīn shuò shí 形容天氣酷熱，金石也被銷鑠。楚辭宋玉招魂："十日代出，流金鑠石些。"注："鑠，銷也；言東方有扶桑之木，十日並在其上，以次更行，其熱酷烈，金石堅剛，皆爲銷釋也。"

【流星趕月】 liú xīng gǎn yuè 如流星追趕月亮。比喻速度極快。西遊記四四："原來孫行者不大吃煙火食，只吃幾個果子，陪他兩個。那一頓如流星趕月，風卷殘雲，吃得馨盡。"

【流風餘韻】 liú fēng yú yùn　前人風流文采的緒餘。清張潮虞初新志四焚琴子傳：「卒之無有識生之才而用之者，宜其傷於情而碎於琴也。然生流風餘韻，宛在丹山碧水之間，迄今登鼓山之亭，如聞其哭焉。」

【流連忘反】 liú lián wàng fǎn　見「流連忘返」。

【流連忘返】 liú lián wàng fǎn　沉溺於遊樂而忘歸去。亦作「留連忘返」、「流連忘反」。南史劉訏傳：「訏嘗著穀皮巾，披納衣，每遊山澤，輒留連忘返。」明馮夢龍清蔡元放東周列國志八一：「四時隨意出遊；弦管相逐，流連忘返。」明許仲琳封神演義九五：「人君之宴樂有常，未聞流連忘反。」後泛指留戀某事，不忍離去。

【流離顛沛】 liú lí diān pèi　流浪失所，坎坷挫折。形容生活困苦，不得寧居。顛沛，傾覆，仆倒。宋洪邁容齋續筆三杜老不忘君：「前輩謂杜少陵當流離顛沛之際，一飯未嘗忘君。」後多作「顛沛流離」。

【浪蘂浮花】 làng ruǐ fú huā　見「浮花浪蘂」。

【浹髓淪肌】 jiā suǐ lún jī　形容感受之深，如徹於骨髓，深入肌體。浹，透。清通考二一〇刑考十六赦宥：「特恩寬大之詔，歲輒屢下，或間歲而一下。湛濡汪濊，浹髓淪肌。」

【浹髓淪膚】 jiā suǐ lún fū　滲透骨髓肌膚。宋范成大石湖集三二謝江東漕楊廷秀祕監送江東集並索近詩二首之二：「浹髓淪膚都是病，傾困倒廩更無詩。」

【涎皮賴臉】 xián pí lài liǎn　嘻皮笑臉。明李開先林沖寶劍記上十四：「你在這青堂屋舍裏坐的，到也自在，你這等涎皮賴臉的，俺管盥的喫風！」紅樓夢三〇：「黛玉將手捫道：『誰同你拉拉扯扯的，一天大似一天，還這麼涎皮賴臉的，連個理也不知道。』」

【浮生若夢】 fú shēng ruò mèng　虛浮無定之人生，有如夢幻。唐李白李太白集二七春夜宴從弟桃花園序：「夫天地者，萬物之逆旅也；光陰者，百代之過客也。而浮生若夢，爲歡幾何？古人秉燭夜遊，良有以也。」

【浮瓜沈李】 fú guā chén lǐ　夏日把瓜果浸入水中食用。文選魏文帝(曹丕)與朝歌令吳質書有「浮甘瓜於清泉，沉朱李於寒水」句，後人習用爲消夏遊宴之詞。宋孟元老東京夢華錄八是月巷陌雜賣：「六月中，別無時節，往往風亭水榭，峻宇高樓，雪檻冰盤，浮瓜沈李，流盃曲沼，苞酢新荷，遠邇笙歌，通夕而罷。」

【浮光掠影】 fú guāng lüè yǐng　水波的反光，一掠而過。比喻對事物鑽研不深。清李汝珍鏡花緣十八：「總之，學問從實地用功，議論自然確有根據；若浮光掠影，中無成見，自然隨波逐流，無所適從。」

【浮花浪蘂】 fú huā làng ruǐ　指尋常的花草。亦比喻輕浮的人。唐韓愈昌黎集三杏花詩：「浮花浪蘂鎮長有，纔開還落瘴霧中。」宋蘇軾東坡詞賀新郎：「石榴半吐紅巾蹙，待浮花浪蘂都盡，伴君幽獨。」亦作「浪蘂浮花」。宋蘇軾分類東坡詩十八次韻王廷老退居見寄：「浪蘂浮花不辨春，歸來方識歲寒人。」

【浮家泛宅】 fú jiā fàn zhái　指以船爲家，到處漂泊。泛，浮行。新唐書一九六張志和傳：「顏真卿爲湖州刺史，志和來謁，真卿以舟敝漏，請更之。志和曰：『願爲浮家泛宅，往來苕雪間。』」宋陸游劍南詩稿五秋夜懷吳中：「更堪臨水登山處，正是浮家泛宅時。」

【浮雲朝露】 fú yún zhāo lù　比喻時光易逝，人生短暫。周書蕭大圜傳：「嗟夫！人生若浮雲朝露，寧俟長繩繫景，寔不願之。執燭夜遊，驚其迅邁。」

【浮雲蔽日】 fú yún bì rì　浮雲遮蔽太陽。比喻姦臣當道，壞人掌權。唐李白李太白詩集二一登金陵鳳凰臺：「總爲浮雲能蔽日，長安不見使人愁。」

【浮語虛辭】 fú yǔ xū cí　大話，空話。東觀漢記二三隗囂傳劉秀(光武)與囂書：「在兵中十歲，所更非一，厭浮語虛辭耳。」

【浩浩蕩蕩】 hào hào dàng dàng　水勢寬廣浩大。尚書堯典：「湯湯洪水方割，蕩蕩懷山襄陵，浩浩滔天。」宋范仲淹范文正公集七岳陽樓記：「浩浩湯湯，橫無際涯。」湯，通「蕩」。後泛指聲勢浩大，氣勢雄偉。

【浩然之氣】 hào rán zhī qì　指正大剛

直的精神。氣，指精神。孟子公孫丑上："我善養吾浩然之氣。"省稱浩然。抱朴子論仙："英儒偉器，養其浩然者，猶不樂見淺薄之人，風塵之徒；況彼神仙，何爲汲汲使芻狗之倫，知有之何所索乎？而怪於未嘗知也。"宋文天祥指南後錄三正氣歌："天地有正氣，雜然賦流形。下則爲河嶽，上則爲日星。于人曰浩然，沛乎塞蒼冥。"明湯顯祖牡丹亭言懷："貧薄把人灰，且養就這浩然之氣。"

【海不波溢】 hǎi bù bō yì 海水不起波浪。相傳周成王時，周公攝政，越裳國重譯來獻白雉，其使臣言："吾受命國之黃髮曰：久矣，天之不迅風疾雨也，海不波溢，三年於茲矣。意者中國殆有聖人，盍往朝之。"後因以海不波溢或海不揚波，指聖人治世，天下太平。見漢伏勝尚書大傳四、韓詩外傳五。

【海不揚波】 hǎi bù yáng bō 見"海不波溢"。

【海水羣飛】 hǎi shuǐ qún fēi 指四海不靖，國家不安寧。漢揚雄太玄經六劇："上九，海水羣飛，蔽于天杭，測曰：'海水羣飛，終不可語也。'"

【海立雲垂】 hǎi lì yún chuí 唐杜甫杜工部詩十九朝獻太清宮賦："九天之雲下垂，四海之水皆立。"後用海立雲垂比喻文辭雄偉，壓倒一切。

【海市蜃樓】 hǎi shì shèn lóu 大氣中由於光綫的折射，把遠處景物顯示到空中或地面上的奇異幻景。古人誤以爲蜃吐氣而成。常用以比喻虛幻，實際不存在的事情。史記二七天官書："海旁蜃氣象樓臺，廣野氣成宮闕然，雲氣各象其山川人民所聚積。"隋唐遺事："張昌儀恃寵，請託如市。李湛曰：此海市蜃樓比耳，豈長久耶？"（駢字類編四六引）清錢泳履園叢話三考索海市蜃樓一條言王仲瞿嘗於山東萊州見海市；江蘇高郵西門外嘗有湖市。

【海北天南】 hǎi běi tiān nán 見"天南地北"。

【海角天涯】 hǎi jiǎo tiān yá 指僻遠的地方。唐白居易長慶集十七潯陽春詩之一春生："春生何處闇周遊，海角天涯遍始休。"亦作"天涯海角"、"天涯地角"。見各

該條。

【海岱清士】 hǎi dài qīng shì 指海內清廉之士。世說新語賞譽下："庾公（亮）爲護軍，屬桓廷尉（彝）覓一佳吏，乃經年，桓後遇見徐寧而知之，遂致於庾公曰：'人所應有，其不必有；人所應無，己不必無；真海岱清士。'"

【海枯石爛】 hǎi kū shí làn 長遠、永久。常用爲男女盟誓之詞，表示意志堅定，永不改變。金元好問遺山集六西樓曲："海枯石爛兩鴛鴦，只合雙飛便雙死，"亦指時間甚長。樂府羣珠四元貫雲石紅繡鞋曲："東村醉，西村依舊，今日醒來日扶頭，直喫得海枯石爛恁時休。"

【海屋添籌】 hǎi wū tiān chóu 宋蘇軾東坡志林二三老語："嘗有三老人相遇，或問之年。一人曰：'吾年不可記，但憶少年時與盤古有舊。'一人曰：'海水變桑田時，吾輒下一籌，爾來吾籌已滿十間屋。'一人曰：'吾所食蟠桃，棄其核於崑崙山下，今已與崑崙山齊矣。'"原意謂長壽，後用以爲祝壽之詞。籌，籌碼。添籌，謂添壽算。元沈禧竹窗詞風入松紅梅慶六十壽："爲慶人間甲子，來添海屋仙籌。"明李開先林沖寶劍記傳奇上二："仙苑春長，北堂景暮，欣逢日吉時良，海屋添籌，南山壽祝無疆。"

【海晏河清】 hǎi yàn hé qīng 滄海波平，黃河水清。形容國內安定，天下太平。晏，平靜。五代吳歐陽熙龍壽院光化大師碑銘："旋聞海晏河清，遠播民舒物泰。"（金石萃編一二二）。宋史一四○樂志一五真宗封禪歌導引："民康俗阜，萬國樂升平，廢海晏河清。"亦作"河清海晏"。見該條。

【海誓山盟】 hǎi shì shān méng 盟誓堅定不渝，如山海之永久存在。形容相愛之深。盟，盟約。誓，誓言。宋辛棄疾稼軒詞南鄉子贈："別淚沒些些，海誓山盟總是賒。"草堂詩餘三滿庭芳胡浩然吉席詞："歡娛當此際，海誓山盟，地久天長。"亦作"山盟海誓"。見該條。

【海闊天空】 hǎi kuò tiān kōng 樂府詩集七二唐劉氏瑤暗別離："青鸞脉脉西飛去，海闊天高不知處。"本指天地寬曠無

邊。後來多作海闊天空，形容氣象廣遠，沒有拘束。清周夢顏質孔説："學到無我境界，便有海闊天空、登泰山而小天下氣象。"亦作"天空海闊"。清顧炎武亭林文集四答(李)子德書："更希餘光下被，俾暮年迁叟，得自遂於天空海闊之間，尤爲知己之愛也。"

【深入人心】　shēn rù rén xīn　指深得衆人了解和擁護。明馮夢龍清蔡元放東周列國志二十："且君新得諸侯，非有存亡興滅之德，深入人心，恐諸侯之兵，不爲我用。"

【深入顯出】　shēn rù xiǎn chū　道理深刻而表達得明顯易懂。清俞樾湖樓筆談六："蓋詩人用意之妙，在乎深入而顯出。人之不深，則有淺易之病；出之不顯，則有艱澀之患。"後多作"深入淺出"。

【深居簡出】　shēn jū jiǎn chū　指藏身在深密的地方，很少出現。唐韓愈昌黎集二十送浮屠文暢師序："夫獸深居而簡出，懼物之爲己害也，猶且不脱焉。"宋蘇轍欒城集十筠州二詠牛尾貍詩："深居簡出善自謀，尋蹤發窟并執囚。"後多指人家居不常出門。宋秦觀淮海集三七謝王學士書："自擯棄以來，尤自刻勵，深居簡出，幾不與世人相通。"

【深思遠慮】　shēn sī yuǎn lù　深入的思考與長遠的計慮。漢班固白虎通二禮樂："聞羽聲莫不深思而遠慮者。"元曲選秦簡夫東堂老勸破家子弟楔子："老兄差矣，你員郭有田千頃，城中有油磨坊，解典庫，有兒有婦，是揚州點一點二的財主，有甚麼不足，索這般深思遠慮那。"

【深思熟計】　shēn sī shú jì　見"深思熟慮"。

【深思熟慮】　shēn sī shú lù　深入反覆地思考。亦作"深思熟計"。三國志吳胡綜傳："此誠千載一會之期，可不深思而熟計乎!"宋蘇軾東坡集應詔集二策別第九："而其人亦得深思熟慮，周旋於其間，不過十年，將必有卓然可觀者也。"

【深信不疑】　shēn xìn bù yí　十分相信，毫不懷疑。清蒲松齡聊齋志異夢狼："慰藉翁者，咸以爲道路訛傳，惟翁則深信不疑。"

【深根固本】　shēn gēn gù běn　見"深根固柢"。

【深根固柢】　shēn gēn gù dǐ　根基深固不可動搖。老子："有國之母，可以長久。是謂深根固柢，長生久視之道。"亦作"深根固蒂"、"深根固本"。晉書劉頌傳上疏："若乃兼建諸侯而樹藩屏，深根固蒂，則祚延無窮，可以比跡三代。"後漢書七十荀彧傳："昔高祖保關中，光武據河內，皆深根固本，以制天下。"

【深根固蒂】　shēn gēn gù dì　見"深根固柢"。

【深耕易耨】　shēn gēng yì nòu　指勤於耕耘。耨，除草。孟子梁惠王上："王如施仁政於民，省刑罰，薄稅歛，深耕易耨，壯者以暇日修其孝悌忠信，……可使制挺以撻秦楚之堅甲利兵矣。"注："易耨，芸苗令簡易也。"

【深閉固距】　shēn bì gù jù　嚴緊閉關，堅決抵拒。距，通"拒"。漢書三六楚元王傳附劉歆移太常博士書："故下明詔，試左氏可立不，……今則不然，深閉固距，而不肯試，猥以不誦絕之，欲以杜塞餘道，絕滅微學。"

【深溝高壘】　shēn gōu gāo lěi　深挖壕溝，高築壁壘。指防禦堅固。亦作"高壘深溝"。孫子虛實："故我欲戰，敵雖高壘深溝，不得不與我戰者，攻其所必救也。"史記九二淮陰侯傳："足下深溝高壘，堅營勿與戰。"元曲選鄭廷玉楚昭公疎者下船一："若子胥領兵前來，切不可與他交戰，你則深溝高壘，緊守城池。"

【深厲淺揭】　shēn lì qiǎn qì　原指涉淺水，撩衣而過，遇深水連衣而下。後用以喻處事隨宜，因時地而異。厲，涉水。揭，提起衣服。詩邶風匏有苦葉："深則厲，淺則揭。"後漢書五九張衡傳："深厲淺揭，隨爲義焉。"

【深慮遠圖】　shēn lù yuǎn tú　見"深謀遠慮"。

【深謀遠慮】　shēn móu yuǎn lù　計謀遠，考慮周密。史記秦始皇紀太史公曰："(賈生)曰：'……深謀遠慮，行軍用兵之道，非及鄉時之士也。'"亦作"深慮遠圖"。後漢書一六鄧禹傳："諸將皆庸人屈起，志在財幣，爭用威力，朝夕自快而已，非有忠良明智，深慮遠圖，欲尊主安民者也。"

【深藏若虛】　shēn cáng ruò xū　原指精於賣貨的人隱藏寶貨，不輕易令人見。比喻有真才實學的人不露鋒芒。史記六三老子傳："良賈深藏若虛，君子盛德，容貌若愚。"索隱："深藏謂隱其寶貨，不令人見。故云'若虛'。"

【淡粧濃抹】　dàn zhuāng nóng mǒ　指婦女的不同粧飾打扮。淡粧，不施朱粉。濃抹，盛加修飾。宋蘇軾分類東坡詩十飲湖上初晴後雨："欲把西湖比西子，淡粧濃抹總相宜。"

【清心寡慾】　qīng xīn guǎ yù　指保持心地清靜減少欲念。亦作"清靜寡慾"。後漢書二一任隗傳："隗字仲和，少好黃老，清靜寡慾，所得奉秩，常以賑卹宗族，收養孤寡。"元曲選鄭廷玉布袋和尚忍字記三："我奉師父法旨，着你清心寡慾，受戒持齋，不許凡心動。"明章懋楓山集一謝存問恩疏："伏願陛下清心寡慾，以養聖躬；明目達聰，以隆至治。……臣無任激切感恩之至。"

【清風明月】　qīng fēng míng yuè　清凉的風，明亮的月。南史謝譓傳："有時獨醉，曰：'入吾室者但有清風，對吾飲者唯當明月。'"本指幽美之自然景物。亦以比喻高尚的情懷。宋許顗彥周詩話："(歐陽修)會老堂口號曰：'金馬玉堂三學士，清風明月兩閒人。'"

【清塵濁水】　qīng chén zhuó shuǐ　比喻處境迥異，相隔懸遠。玉臺新詠二魏曹植雜詩之二："君若清路塵，妾若濁水泥，浮沉各異勢，會合何時諧。"

【清靜寡慾】　qīng jìng guǎ yù　見"清心寡慾"。

【清官難斷家務事】　qīng guān nán duàn jiā wù shì　言家庭糾紛，事雖瑣屑，而往往十分複雜，外人無從斷言孰是孰非。紅樓夢八十："這魔魔法究竟不知誰做的？正是俗語説的好：清官難斷家務事。此時正是公婆難斷牀幃的事了。"

【淺見寡聞】　qiǎn jiàn guǎ wén　學識淺薄，見聞狹窄。史記五帝本紀："非好學深思，心知其意，固難為淺見寡聞道也。"

【淺斟低唱】　qiǎn zhēn dī chàng　慢慢地喝酒，聽人曼聲歌唱。形容消閒自得的神態。宋柳永樂章集鶴沖天："青春都一餉，忍把浮名，換了淺斟低唱。"元曲選戴善夫陶學士醉寫風光好二："這公則會閒論高談，那裏知淺斟低唱。"

【湢泥揚波】　gǔ ní yáng bō　見"滑泥揚波"。

【淪肌浹髓】　lún jī jiā suǐ　滲透肌肉骨髓。比喻感受極深或感恩深重。淪，浸沒。浹，濕透。宋朱熹朱文公集三七與芮國器書："蘇氏之學，以雄深敏妙之文，煽其傾危變幻之習，以故被其毒者，淪肌浹髓而不自知。"又樓鑰攻媿集三三乞致仕劄子第七劄："倘得畢志丘壑，則君生死肉骨之賜，淪肌浹髓，雖九殞不足以論報矣。"

【添枝接葉】　tiān zhī jiē yè　比喻添上原來沒有的內容。宋朱熹朱文公集五一答黃子耕書之五："今人反爲名字所惑，生出重重障礙，添枝接葉，無有了期。"後多作"添枝加葉"。

【淮南雞犬】　huái nán jī quǎn　神話傳説漢淮南王劉安隨八仙白日升天。去時，將藥器置於中庭，雞犬食後，盡得升天。見晉葛洪神仙傳劉安。後以淮南雞犬比喻攀附權貴而得勢的人。

【游目騁懷】　yóu mù chěng huái　縱目四望，開拓胸懷。晉書王羲之傳蘭亭集序："仰觀宇宙之大，俯察品類之盛，所以游目騁懷，足以極視聽之娛，信可樂也。"

【渾金璞玉】　hún jīn pú yù　未鍊的金，未琢的玉。比喻人品純真質樸。亦作"璞玉渾金"。晉書王戎傳："嘗目山濤如璞玉渾金，人皆欽其寶，莫知名其器。"藝文類聚五三南朝梁元帝爲東宮薦石門侯啟："點漆凝脂，事逾衛玠；渾金璞玉，才匹山濤。"唐白居易集慶集三八除孔戣等官制："渾金璞玉，方圭圓珠，雖性異質殊，皆國寶也。"

【減膳徹懸】　jiǎn shàn chè xuán　古代發生自然災害或天象變異時，帝王減少餚饌和停奏音樂，以示自責。資治通鑑一一八晉元熙元年從事中郎張顯上疏："今人歲以來，陰陽失序，風雨乖和，是宜減膳徹懸，側身修道。"注："古者，天子膳用六牲，具馬、牛、羊、犬、豕、雞。諸侯膳用三牲。
懸，樂懸也，天子宮懸，諸侯軒懸。大荒，大
札，天地有烖，國有大故，則減膳徹樂。」

【溫文爾雅】　wēn wén ěr yǎ　態度溫和，
舉止文雅。清蒲松齡聊齋志異陳錫九：「此
名士之子，溫文爾雅，烏能作賊？」

【溫故知新】　wēn gù zhī xīn　溫習舊業，
增加新知。漢書百官公卿表上：「故略表舉
大分，以通古今，備溫故知新之義云。」注：
「論語(爲政)稱孔子曰：『溫故而知新，可
以爲師矣。』溫猶厚也，言厚蓄故事，多識
於新，則可爲師。」按論語何晏集解：「溫，
尋也，尋繹故者，又知新者，可以爲人師
矣。」後來多從集解，以溫故爲溫習故業。

【溫柔敦厚】　wēn róu dūn hòu　形容對
人溫和寬厚，禮經解：「溫柔敦厚，詩教
也。」疏：「溫，謂顏色溫潤；柔，謂性情和
柔。詩依違諷諫，不指切事情，故云溫柔敦
厚是詩教也。」

【渴驥奔泉】　kě jì bēn quán　駿馬口渴，
飛奔甘泉。形容氣勢急勁，神態飛動。常指
書法中矯健的筆勢。新唐書一六〇徐浩
傳：「嘗書四十二幅屏，八體皆備，草隸尤
工，世狀其法曰『怒猊抉石，渴驥奔泉』
云。」元袁桷清容居士集九次韻張希孟凝
雲石十詠詩：「我愛凝雲好，模糊老墨仙。
癡蟆端食月，渴驥欲奔泉。」

【渴驥怒猊】　kě jì nù ní　形容奔騰飛動
的氣勢。多指書法之筆勢矯健、豪放。清紀
昀閱微草堂筆記十五：「『一庭芳草圍新
綠，十畝藤花落古香。』書法精妙，如渴驥
怒猊。」亦作「怒猊渴驥」。見該條。

【渙然冰釋】　huàn rán bīng shì　像冰
之遇熱融解。多指疑慮、誤解消除或困難
克服而言。老子：「渙兮若冰之將釋。」晉杜
預春秋左傳序：「若江海之浸，膏澤之潤，
渙然冰釋，怡然理順，然後爲得也。」

【淵魚叢爵】　yuān yú cóng què　爵，通
「雀」。深池的魚和樹林裏的鳥雀。見「爲淵
敺魚」。

【淵渟嶽立】　yuān tíng yuè lì　見「淵渟
嶽峙」。

【淵渟嶽峙】　yuān tíng yuè zhì　如淵之
深沉，如山之聳峙。比喻人品之穩重堅定。

亦作「淵渟嶽立」。抱朴子名實：「執經衡
門，淵渟嶽立。寧潔身以守滯，恥脅肩以苟
合。」嶽，亦作「岳」。樂府詩集二九晉石崇
楚妃歎：「矯矯莊王，淵渟岳峙。」

【淬穢太清】　zǐ huì tài qīng　使天空受
到污染。比喻玷污清白。淬穢，玷污。世說
新語言語：「司馬太傅(道子)齋中夜坐。于
時天月明淨，都無纖翳。太傅嘆以爲佳。謝
景重(重)在座，答曰：『意謂乃不如微雲點
綴。』太傅因戲謝曰：『卿居心不淨，乃復強
欲淬穢太清邪？』」

【溥天同慶】　pǔ tiān tóng qìng　見「普
天同慶」。

【滅此朝食】　miè cǐ zhāo shí　消滅了敵
人再吃早飯。形容勝敵至易。左傳成二年：
「齊侯曰：『余姑翦滅此而朝食。』不介馬而
馳之。」後常以形容鬥志堅決，要立即消滅
敵人。

【滅門絕戶】　miè mén jué hù　全家死
盡。元曲選紀君祥趙氏孤兒大報讎四：「那
匹夫，尋根拔樹，險送的俺一家兒滅門絕
戶。」

【源清流潔】　yuán qīng liú jié　水源清
澈，下游亦潔。比喻因果相關，首尾俱佳。
荀子君道：「故械數者，治之流也，非治之
原也；君子者，治之原也。官人守數，君子
養原。源清則流清，源濁則流濁。」古文苑
十三漢班固高祖沛泗水亭碑銘：「源清流
潔，本盛末榮。」

【滑泥揚波】　gǔ ní yáng bō　攪泥水激
起波濤。比喻隨俗浮沉。亦作「淈泥揚波」。
楚辭屈原漁父：「世人皆濁，何不淈其泥而
揚其波？」後漢書五三周燮傳：「吾既不能
隱處巢穴，追綺季之跡，而猶顯然不遠父
母之國；斯固以滑泥揚波，同其流矣。」又
七四上袁紹傳上書：「若使苟欲滑泥揚波，
偷榮求利，則進可以享竊祿位，退無門戶
之患。」兩處注引楚辭淈漏皆作「滑」，滑、淈
通。

【滄海一粟】　cāng hǎi yī sù　大海中的
一粒粟。比喻非常渺小。滄海，大海。粟，
穀子，即小米。宋蘇軾經進東坡文集事略
一前赤壁賦：「寄蜉蝣於天地，眇滄海之一
粟。」

【滄海桑田】　cāng hǎi sāng tián　大海

變成農田，農田變成大海。比喻世事變化很大。桑田，農田。舊題晉葛洪神仙傳王遠："麻姑自說云：'接侍以來，已見東海三爲桑田。'"全唐詩一三六儲光羲獻八舅東歸："獨往不可羣，滄海成桑田。"

【滄海橫流】　cāng hǎi héng liú　大海之水四處泛流。比喻社會動蕩不安。晉范甯春秋穀梁傳序："孔子覩滄海之橫流，迺喟然而歎曰：'文王既沒，文不在茲乎！'"疏："今以爲滄海是水之大者；滄海橫流，喻害萬物之大，猶言在上殘虐之深也。"抱朴子正郭："雖在原陸，猶恐滄海橫流，吾其魚也，況可冒衝風而乘奔波乎？"

【滄海遺珠】　cāng hǎi yí zhū　海中之珠爲收集者所遺。比喻被埋沒的人才。新唐書一一五狄仁傑傳："舉明經，調汴州參軍。爲吏誣訴，黜陟使閻立本召訊，異其才，謝曰：'仲尼稱觀過知仁，君可謂滄海遺珠矣。'"金元好問元遺山集九寄答飛卿詩："一首新詩一紙書，喜於滄海得遺珠。"

【滴粉搓酥】　dī fěn cuō sū　比喻女子面部的嬌嫩。宋天台左與言筠翁長短句中有"盈盈秋水，淡淡春山"，"堆雲翦水，滴粉搓酥"，皆爲樂籍女子張濃而作。當時京師有"曉風殘月柳三變，滴粉搓酥左與言"之對。見宋王明清玉照新志四。

【滾瓜爛熟】　gǔn guā làn shú　形容極純熟。清吳敬梓儒林外史十一："先把一部王守溪的稿子讀的滾瓜爛熟。"

【漸入佳境】　jiàn rù jiā jìng　晉顧愷之食甘蔗，常自尾至本。人問其故，曰"漸至佳境"。蔗本甘於蔗尾，故云。事見世說新語排調、晉書本傳作"漸入佳境"。後用以比喻境況漸好或興會漸濃。

【漸仁摩誼】　jiān rén mó yì　以仁義感化教育衆民。漢書五六董仲舒傳賢良對策："漸民以仁，摩民以誼。"注："漸謂浸潤之，摩謂砥礪之也。"

【漱石枕流】　shù shí zhěn liú　晉孫楚少時欲隱居，謂王濟曰當"枕石漱流"，語誤"漱石枕流"。王曰："流可枕石可漱乎？"孫曰："所以枕流，欲洗其耳；所以漱石，欲礪其齒。"見世說新語排調、太平御覽五一晉王隱晉書。後泛指士大夫的隱居生活。

【滿目青山】　mǎn mù qīng shān　形容眼前一派生機。景德傳燈錄十湖南長沙景岑號招賢大師："萬丈竿頭未得休，堂堂有路少人游；禪師願達南泉去，滿目青山萬萬秋。"

【滿坑滿谷】　mǎn kēng mǎn gǔ　見"滿阬滿谷"。

【滿阬滿谷】　mǎn kēng mǎn gǔ　莊子天運："在谷滿谷，在阬滿阬。"唐成玄英疏："至樂之道，無所不徧，乃谷乃阬，悉皆盈滿，所謂道無不在。"本指道之流行無不周徧。後以形容人物極多。亦作"滿坑滿谷"。吳趼人二十年目睹之怪現狀五五："勞佛督率各小伙計開箱，開了出來，都是各種的藥水，一瓶一瓶的都上了架，登時滿坑滿谷起來。"

【滿城風雨】　mǎn chéng fēng yǔ　宋潘大臨寄謝無逸書中有"滿城風雨近重陽"之句。見宋釋惠洪冷齋夜話四滿城風雨近重陽。原係寫當時實景。後以比喻事情喧騰衆口，議論紛紛。

【滿城桃李】　mǎn chéng táo lǐ　形容弟子極多。桃李，比喻弟子、門生。唐劉禹錫劉夢得集四宣上人遠寄賀禮部王侍郎放榜後詩因而繼和詩："禮闈新榜動長安，九陌人人走馬看，一日聲名徧天下，滿城桃李屬春官。"

【滿面春風】　mǎn miàn chūn fēng　形容神情和悅，面容愉快。春風，指笑容。元曲選王實甫四丞相高會麗春堂一："氣昂昂志捲長虹，飲千鍾滿面春風。"清李汝珍鏡花緣十一："只見路旁走過兩個老者，都是鶴髮童顏，滿面春風，舉止大雅。"

【滿載而歸】　mǎn zài ér guī　裝滿東西回來。用以形容收獲甚大。載，裝。明馮夢龍清蔡元放東周列國志二三："（狄兵）將衛國府庫，及民間存留金粟之類，劫掠一空，墮其城郭，滿載而歸。"

【滿招損，謙受益】　mǎn zhāo sǔn，qiān shòu yì　驕傲自滿招來損失，謙虛受到益處。尚書大禹謨："滿招損，謙受益，時乃天道。"

【滯滯泥泥】　zhì zhì ní ní　形容沾滯，不爽利。宋陸九淵象山集三五語錄："凡事只過了，更不須滯滯泥泥。子淵却不如此，過了便了，無凝滯。」又：「凡事莫如此滯滯泥泥。」

【漆身吞炭】 qī shēn tūn tàn　戰國趙襄子殺智伯，智伯之客豫讓因漆身爲厲，滅鬚去眉，自刑以變其容。又吞炭爲啞，變其音，使人不能辨認，謀刺殺襄子，爲智伯報讎。見戰國策趙一、史記八六豫讓傳。

【漏洩春光】 lòu xiè chūn guāng　唐杜甫杜工部草堂詩箋十一臘日：「侵陵雪色還萱草，漏洩春光有柳條。」春至則柳色先綠，故云。後亦用指密遞消息或男女私情洩露。漏洩，走漏、洩露。元王實甫西廂記一本二折：「本待要安排心事傳幽客，我則怕漏洩春光與乃堂。」

【漏脯充飢】 lòu fǔ chōng jī　以有毒的乾肉充飢。比喻只顧眼前，而忘後患。漏脯，有毒的乾肉。抱朴子嘉遯：「嬈求之徒，昧乎可欲，集不擇木，仕不料世，……咀漏脯以充飢，酣鴆酒以止渴也。」

【漏盡鍾鳴】 lòu jìn zhōng míng　見「鐘鳴漏盡」。

【漏網之魚】 lòu wǎng zhī yú　比喻僥幸逃脫之人。史記酷吏列傳：「漢興，破觚而爲圜，斲雕而爲朴，網漏於吞舟之魚，而吏治烝烝，不至於姦，黎民艾安。」元曲選鄭庭玉包龍圖智勘後庭花二：「他兩個忙忙如喪家之狗，急急似漏網之魚。」

【漏甕沃焦釜】 lòu wèng wò jiāo fǔ　以漏甕的餘水澆注在燒焦的鍋中。喻形勢危殆，迫切須救。史記田敬仲完世家：「且救趙之務，宜若奉漏甕沃焦釜也。」

【漫山遍野】 màn shān biàn yě　形容衆多，到處都見。漫、滿。遍，到處。水滸五七：「呼延灼見中了鈎鐮鎗計，便勒馬回南邊去趕韓滔，背後風火礮打將下來，這邊，漫山遍野，都是步軍追趕着。」

【漫不經心】 màn bù jīng xīn　隨隨便便，不放在心上。漫，隨便。明任三宅覆民汪源論設塘長書：「連年修西北二塘，責重塘長而空名廳役，漫不經心，以致漸成大患，愈難捍禦。」(清翟均廉海塘錄十九)

【漁人得利】 yú rén dé lì　比喻兩方相爭，而第三者坐收其利。見「鷸蚌相爭」。

【滌瑕蕩垢】 dí xiá dàng gòu　見「滌瑕盪穢」。

盪穢」。

【滌瑕盪穢】 dí xiá dàng huì　清除穢惡。後漢書四十班彪傳附班固東都賦：「於是百姓滌瑕盪穢而鏡至清。」亦作「滌瑕蕩垢」、「滌穢蕩瑕」。唐韓愈集三八月十五夜贈張功曹詩：「遷者追迴流者還，滌瑕蕩垢朝清班。」宋書禮志一晉王導疏：「禮樂征伐，翼成中興，將以滌穢蕩瑕，撥亂反正。」

【滌穢蕩瑕】 dí huì dàng xiá　見「滌瑕盪穢」。

【漿酒霍肉】 jiāng jiǔ huò ròu　視酒肉如水和豆葉。形容飲食的豪奢。漿，水。霍，通「藿」，豆葉。漢書七二鮑宣傳上書：「使奴從賓客漿酒霍肉。」注：「劉德曰：『視酒如漿，視肉如霍也。』霍，豆葉也。貧人茹之也。」宋書周朗傳上書：「塗金披繡，漿酒藿肉者，故不可稱紀。」

【澆瓜之惠】 jiāo guā zhī huì　指以德報怨，不因小事而引起紛爭。晉書符堅載記上：「昔荊吳之戰，事興蠶婦；澆瓜之惠，梁宋息兵。夫怨不在大，事不在小，擾邊動衆，非國之利也。」按漢劉向新序雜事：梁與楚之邊亭皆種瓜。楚亭人心惡梁瓜之美，因乘夜往毀梁瓜。梁亭人欲報復，縣令大夫宋就止之，令梁亭人爲楚亭夜善灌其瓜，使楚亭瓜日美。楚王聞之，乃謝以重幣，而請交於梁王。載記所言即指此事。

【澆淳散樸】 jiāo chún sàn pǔ　指把淳樸的社會風氣變得很輕浮。莊子繕性：「澆淳散樸」。注引釋文「澆本亦作澆。」漢書八九黃霸傳張敞奏：「臣敞非敢毀丞相也，誠恐羣臣莫白，而長吏守丞畏丞相指，歸舍法令，各爲私教，務相增加，澆淳散樸，並行僞貌，有名亡實，傾搖解怠，甚者爲妖。」

【潛氣內轉】 qián qì nèi zhuǎn　文選漢繁休伯(欽)與魏文帝牋：「潛氣內轉，哀聲外激。」本以稱贊歌唱者的運氣自如。後詩文評語中多用以稱贊文章運筆之妙。

【潛移暗化】 qián yí àn huà　見「潛移默化」。

【潛移默化】 qián yí mò huà　指人的思想、性格和習慣，因受各種影響，無形中發生變化。亦作「潛移暗化」。北齊顏之推顏氏家訓慕賢：「潛移暗化，自然似之。」清襲自珍全集第五輯與秦敦夫書：「士大夫多瞻仰前輩一日，則胸中長一分邱壑；長一分邱壑，則去一分鄙陋；潛移默化，將來或出或處，所以益人家邦與移人風俗不少矣。」

【潑水難收】　pō shuǐ nán shōu　水已潑出，無法收回。比喻不可挽回。金董解元西廂四：「已裝不卸，潑水難收。」

【澡身浴德】　zǎo shēn yù dé　修養身心使之清白純潔。禮儒行：「儒有澡身而浴德，……世治不輕，世亂不沮，同弗與，異弗非也，其特立獨行有如此者。」疏：「澡身，謂能澡潔其身不染濁也；浴德，謂沐浴於德，以德自清也。」三國志魏王脩傳注引魏略曹操與脩書：「君澡身浴德，流聲本州，忠能成績，爲世美談，名實相副，過人甚遠。」

【濁涇清渭】　zhuó jīng qīng wèi　涇水濁而渭水清。文選晉潘安仁(岳)西征賦：「北有清渭濁涇，蘭池周曲。」因借以比喻界綫分明。唐杜甫杜工部草堂詩箋四秋雨歎之一：「去馬來牛不復辨，濁涇清渭何當分。」

【激濁揚清】　jī zhuó yáng qīng　斥惡獎善。激，衝擊。晉書牽秀傳：「秀少在京輦，見司隸劉毅奏事而扼腕慷慨，自謂居司直之任，當能激濁揚清，處鼓鞞之間，必建將帥之勳。」貞觀政要二任賢：「王珪對曰：‘……至如激濁揚清，嫉惡好善，臣於數子，亦有一日之長。’」

【激薄停澆】　jī báo tíng jiāo　振作人心，遏制輕薄的社會風氣。梁書明山賓傳：「既售牛受錢，乃謂買主曰：‘此牛經患漏蹄，治差已久，恐後脫發，無容不相語。’買主遽追取錢。處士阮孝緒聞之，歎曰：此言足使澆淳反朴，激薄停澆矣。」

【濠濮閒想】　háo pú xián xiǎng　相傳莊子與惠施遊於濠梁之上，又莊子釣於濮水，却楚王之聘。後因以濠濮指高人寄身閒居之所。晉書范甯傳論王弼何晏：「黃唐緬邈，至道淪翳；濠濮輟詠，風流靡託。」世說新語言語：「簡文入華林園，顧謂左右曰：‘會心處不必在遠，翳然林水，便自有濠濮閒想也。覺鳥獸禽魚，自來親人。’」

【濟困扶危】　jì kùn fú wēi　救濟困苦，扶持危難之人。元曲選鄭廷玉楚昭公疏者下船三：「一個報冤讎稱了子胥，一個打賭賽去了包胥，何處也濟困扶危重復楚。」亦作「扶危濟困」。見該條。

【濟河焚舟】　jì hé fén zhōu　渡河而焚其舟。表示決心死戰，有進無退。左傳文三年：「秦伯伐晉，濟河焚舟。」世說新語言語：「若文度來，我以偏師待之；康伯來，濟河焚舟。」

【濟弱扶傾】　jì ruò fú qīng　幫助弱小和境遇困苦之人。亦作「扶傾濟弱」。元曲選王子一劉晨阮肇誤入桃源四：「你若肯扶傾濟弱，我可便回嗔作笑。」清平步青霞外攟屑五用千字文語：「倘蒙仁慈隱惻，庶有濟弱扶傾，希垂顧答審詳，望感渠荷滴瀝。」

【濕肉伴乾柴】　shī ròu bàn gān chái　指刑訊拷打。元曲選武漢臣散家財天賜老生兒一：「但得他不罵我做絕戶的劉員外，只我也情願濕肉伴乾柴。」又李志遠都孔目風雨還牢末四：「爲受了些碜可可濕肉伴乾柴。」

【瀝膽披肝】　lì dǎn pī gān　比喻忠誠，赤誠相見。唐黃滔黃御史集七啟裴侍郎：「沾巾墮睫，瀝膽披肝，不在他門，誓於死節。」亦作「瀝膽墮肝」。見該條。

【瀝膽墮肝】　lì dǎn duò gān　比喻竭盡忠誠。全唐詩一三三李頎行路難：「世人逐勢爭奔走，瀝膽墮肝惟恐後。」墮，也作「隳」。唐羅隱甲乙集八冬暮雲寄裴郎中詩：「仙郎舊有黃金約，瀝膽隳肝更禱祈。」亦作「瀝膽披肝」。見該條。

火　部

【火上澆油】huǒ shàng jiāo yóu　往火上倒油。比喻使人更加惱怒，或使事態更加嚴重。元曲選關漢卿杜蕊娘智賞金線池二：“不見他思量舊倒有些兩意兒投，我見了他撲鄧鄧火上澆油。”又缺名包待制陳州糶米二：“我從來不劣于頭，恰便是火上澆油，我偏和那有勢力的官人每卯酉。”

【火耕水耨】huǒ gēng shuǐ nòu　舊時人少地廣，墾闢土地，多用此法。耨，除草。史記平準書漢武帝詔：“江南火耕水耨，令飢民得流就食江淮間，欲留，留處。”集解：“應劭曰：‘燒草，下水種稻，草與稻並生，高七八寸，因悉芟去，復下水灌之，草死，獨稻長，所謂火耕水耨也。’”晉書食貨志：“諸欲修水田者，皆以火耕水耨爲便。”

【火耕流種】huǒ gēng liú zhòng　古時一種原始耕種方法。後漢書八十上杜篤傳論都賦：“火耕流種，功淺得深。”注：“以火燒所伐林株，引水漑之而布種也。”

【火種刀耕】huǒ zhòng dāo gēng　見“刀耕火耨”。

【火燒眉毛】huǒ shāo méi máo　火燒到眉毛。比喻情況極其緊迫。續傳燈錄十一金陵蔣山法泉禪師：“問如何是急切一句？師曰：‘火燒眉毛。’”清李汝珍鏡花緣三五：“火燒眉毛，且顧眼前。”

【火耨刀耕】huǒ nòu dāo gēng　見“刀耕火耨”。

【火樹琪花】huǒ shù qí huā　見“火樹銀花”。

【火樹銀花】huǒ shù yín huā　形容節日夜晚燈火之盛。多指元夜燈市。火樹，樹上挂滿彩燈。比喻輝煌的燈火。銀花，比喻燈光雪亮。初學記四唐蘇味道正月十五夜詩：“火樹銀花合，星橋鐵鎖開。”亦作“火樹琪花”。紅樓夢十八：“於是進入行宮，只見庭燎繞空，香屑布地，火樹琪花，金窗玉檻。”

【灰飛烟滅】huī fēi yān miè　像灰、烟般消逝。宋蘇軾東坡詞念奴嬌赤壁懷古：“羽扇綸巾，談笑間，強虜灰飛烟滅。”宋張端義貴耳集下：“赤壁詞云：‘談笑間，狂虜灰飛烟滅。’所謂‘灰飛烟滅’四字乃圓覺經語。云：‘火出木盡，灰飛烟滅。’”

【灰頭土面】huī tóu tǔ miàn　原本佛家語，指修行悟道之後，爲濟度衆生而投入塵世，不顧自己的污穢，不事修飾。碧巖錄五：“曹洞下有出世不出世，有垂手不垂手。若不出世，則目視雲霄，若出世，便灰頭土面。”後亦指自討無趣之頹喪貌。

【灼艾分痛】zhuó ài fēn tòng　用火燒艾蒿灸病。分痛，分擔病痛。舊史稱宋太祖（趙匡胤）嘗往視弟匡義（太宗）病，親爲灼艾。匡義覺痛，帝亦取艾自灸。見宋史太祖紀開寶九年。後因以灼艾分痛比喻兄弟的友愛。

【炊沙作飯】chuī shā zuò fàn　比喻勞而無功。才調集二顧況行路難詩：“君不見擔雪塞井空用力，炊沙作飯豈堪食。”

【炊金饌玉】chuī jīn zhuàn yù　燒金吃玉。形容飲宴的豪奢珍貴。炊，燒。饌，吃。唐駱賓王駱丞集二帝京篇詩：“平臺戚里帶崇墉，炊金饌玉待鳴鐘。”駱賓王集九作“酌金饌玉”。

【炙手可熱】zhì shǒu kě rè　火焰灼手。比喻權勢和氣焰之盛。唐杜甫杜工部草堂詩箋四麗人行：“炙手可熱勢絕倫，慎莫近前丞相嗔。”河嶽英靈集中崔顥霍將軍篇：“莫言炙手手可熱，須臾火盡灰亦滅。”

【炙冰使燥】zhì bīng shǐ zào　燒冰使之乾燥。比喻所行恰與所求相反。抱朴子刺驕：“欲望肅雍濟濟，唯生有式，是猶炙冰使燥，積灰令熾矣。”

【炙雞絮酒】zhì jī xù jiǔ　見“隻雞絮

酒"。

【炳炳烺烺】　bǐng bǐng lǎng lǎng　形容文章的辭采聲韻華麗、和諧。炳、烺，明亮。唐柳宗元柳先生集三四答韋中立論師道書："乃知文者以明道，是固不苟爲炳炳烺烺，務采色夸聲音而以爲能也。"

【炳炳麟麟】　bǐng bǐng lín lín　形容十分光明顯赫。炳、麟，光明、顯著。文選漢揚子雲(雄)劇秦美新："炳炳麟麟，豈不懿哉！"麟，古通"燐"。

【炳燭夜遊】　bǐng zhú yè yóu　見"秉燭夜遊"。

【炮火連天】　pào huǒ lián tiān　炮火滿天。形容戰鬥激烈。吳趼人二十年目睹之怪現狀十六："這不過演放兩三響已經這樣了，何況炮火連天，親臨大敵呢，自然也要逃走了。"

【炮鳳烹龍】　páo fèng pēng lóng　形容豪奢珍貴的肴饌。炮，燒。明劉若愚酌中志十六內府衙門職掌："凡遇大典禮，萬歲爺陞大座，則司禮監催督光祿寺備辦茶飯，鐘鼓房承應九奏之樂。有所謂炮鳳烹龍者，鳳乃雄雉，龍則宰白馬代之耳。"亦作"烹龍炮鳳"。見該條。

【烟雲供養】　yān yún gòng yǎng　指以山水怡情。明陳繼儒妮古錄三："黃大癡(公望)九十而貌如童顏，米友仁八十餘神明不衰，無疾而逝，蓋畫中烟雲供養也。"

【烏白馬角】　wū bái mǎ jiǎo　比喻事之不能有者。史記刺客列傳贊："太史公曰：世言荊軻，其稱太子丹之命，'天雨粟，馬生角'也，太過。"司馬貞索隱引燕丹子："丹求歸，秦王曰：'烏頭白，馬生角，乃許耳。'丹乃仰天歎，烏頭即白，馬亦生角。"南朝宋鮑照鮑氏集三代白紵舞歌詞："潔城洗志期暮年，烏白馬角寧足言。"

【烏衣門第】　wū yī mén dì　東晉時王謝兩望族門第。後通指貴族門第。烏衣，烏衣巷，王謝兩大家居住的地方。清納蘭成德納蘭詞金縷曲："德也狂生耳，偶然間、緇塵京國，烏衣門第。"

【烏有先生】　wū yǒu xiān shēng　虛擬的人名，即本無其人之意。史記一一七司馬相如傳："'請爲天子游獵賦，賦成奏之。'……相如以'子虛'，虛言也，爲楚稱；'烏有先生'者，烏有此事也，爲齊難。"按烏有猶言何有，後因謂無爲烏有。宋蘇軾分類東坡詩十五章質夫送酒六壺書至而酒不達戲作小詩問之："豈意青州六從事，化爲烏有一先生。"

【烏合之衆】　wū hé zhī zhòng　倉卒集合之衆，謂如烏之忽聚忽散。比喻毫無紀律之部伍。後漢書十九耿弇傳："弇按劍曰：'子輿弊賊，卒爲降虜耳。……歸發突騎以轔烏合之衆，如摧枯折腐耳。'"意林一管子："烏合之衆，初雖有懽，後必相吐，雖善不親也。"

【烏飛兔走】　wū fēi tù zǒu　形容時間速逝。古代傳說太陽中有三足烏，月中有兔，故稱日月爲金烏、玉兔。全唐詩五六五韓琮春愁："金烏長飛玉兔走，青鬢長青古無有。"明許仲琳封神演義十二："烏飛兔走，瞬息光陰，暑往寒來，不覺七載。"亦作"兔飛烏走"。元明雜劇元史九敬先莊周夢蝴蝶二："疾走般兔飛烏走，轉回頭，虎倦龍疲。"

【烏焉成馬】　wū yān chéng mǎ　指烏、焉、馬字形相似，轉寫致誤。指文字形近易誤。周禮天官縫人："喪縫棺飾焉。"鄭玄注："故書焉爲馬。"杜子春云："當爲焉。'"清厲荃事物異名錄二十書籍書訛："(宋)董逌除正字謝啟：'烏焉混淆，魚魯雜揉。'按古諺：'書經三寫，烏焉成馬。'"

【烏舅金奴】　wū jiù jīn nú　即烏桕子油和油燈。用以譏諷吝嗇的人。烏舅，即烏桕子樹，實如胡麻子，多脂肪，常用以製燭。金奴，燭臺。宋陶穀清異錄下器具："江南烈祖(李昇)素儉，寢殿不用脂燭，灌以烏舅子油，但呼烏舅。案上捧燭鐵人，高尺五，云是楊氏前馬廄中物。一日黃昏急須燭，喚小黃門：'掇過我金奴來。'左右竊相謂曰：'烏舅金奴正好作對。'"

【烹龍炮鳳】　pēng lóng páo fèng　比喻烹調珍貴菜肴。唐李賀歌詩編四將進酒："烹龍炮鳳玉脂泣，羅幃繡幕圍香風。"炮，亦作"庖"。後以比喻高超的藝術技巧。宋楊萬里誠齋集八十西溪先生和陶詩序："東坡以烹龍庖鳳之手，而飲木蘭之墜露，餐秋菊落英者也。"亦作"炮鳳烹龍"。見該條。

【焚書坑儒】 fén shū kēng rú 指秦始皇焚燒典籍、坑殺儒生的事件。秦始皇三十四年，博士淳于越根據古制，建議分封子弟。丞相李斯則主張禁止儒生以古非今，以私學誹謗朝政。秦始皇采納李斯建議，下令除秦記、醫藥、卜筮、種樹書外，焚毀民間所藏的詩、書和百家書等。談論詩、書的處死，以古非今的族誅。欲學法令則以吏爲師。次年，方士、儒生求仙藥終不得，盧生等復亡去，始皇怒，乃坑殺咸陽諸生四百六十餘人。舊史稱爲焚書坑儒。

【焚琴煮鶴】 fén qín zhǔ hè 比喻殺風景的事情。明馮夢龍醒世恆言三：“正是焚琴煮鶴從來有，惜玉憐香幾個知。”亦作“煮鶴焚琴”。水滸三八：“那店主人一發向前攔住四人，要去經官告理，正是憐香惜玉無情緒，煮鶴焚琴惹是非。”

【焚膏繼晷】 fén gāo jì guǐ 唐韓愈昌黎集十二進學解：“焚膏油以繼晷，恆兀兀以窮年。”膏，油脂，指燈燭；晷，日光。謂夜以繼日地勤奮學習。

【無下箸處】 wú xià zhù chù 形容富人飲食的奢侈無度。晉何曾性奢豪，帷帳車服，窮極綺麗，廚膳滋味，過於王者。食日萬錢，猶日無下箸處。見晉書何曾傳。

【無孔不入】 wú kǒng bù rù 比喻有空子就鑽。孔，小洞。李寶嘉官場現形記三五：“何孝先生怕過了幾天，有人打岔，事情不成功，況且上海辦捐的人，鑽頭覓縫，無孔不入，設或耽擱下來，被人家弄了去，豈不是悔之不及。”

【無中生有】 wú zhōng shēng yǒu 老子：“天下萬物生於有，有生於無。”本言有無相生、盈虛消長之理。後以指本無其事，憑空捏造。古今雜劇明缺名呂純陽點化度黃龍一：“你兩個無中生有，胡說了這一日，把我餓的來肝腸寸斷，你還說嘴哩。”

【無功受祿】 wú gōng shòu lù 指未曾出力，而白受報酬。詩魏風伐檀序：“在位貪鄙，無功而受祿。”明馮夢龍古今小說二：“依我看來，這銀子雖非是你設心謀得來的，也不是你辛苦掙來的，只怕無功受祿，反受其殃。”

【無可奈何】 wú kě nài hé 沒有辦法，無能爲力。奈何，如何，怎麽辦。莊子德充符：“知不可奈何而安之若命，唯有德者能之。”不可奈何，即無可奈何。史記周紀：“(幽王)以褒姒爲后，伯服爲太子，太史伯陽曰：‘禍成矣，無可奈何！’”奈，同“奈”。漢書九九王莽傳：“太保(王)舜謂太后：‘事已如此，無可奈何。’”宋晏殊珠玉詞浣溪沙：“無可奈何花落去，似曾相識燕歸來，小園香徑獨徘徊。”

【無出其右】 wú chū qí yòu 指才智出羣，別人無法超過。出，超出。右，古時以爲尊。漢書三七田叔傳：“上召見，與語，漢廷臣無能出其右者。”清李汝珍鏡花緣三十：“此二方專治一切腫毒，初起者速服即消，已潰者亦能敗毒收口，大約古人癰疽各方，無出其右了。”

【無地自容】 wú dì zì róng 形容羞愧達到極點。清蒲松齡聊齋志異仇大娘：“大娘搜捉以出。女乃指福唾罵，福慚汗無地自容。”

【無名小卒】 wú míng xiǎo zú 比喻沒有聲望的人。卒，兵。三國演義四一：“只見城內一將飛馬引軍而出，大喝：‘魏延無名小卒，安敢造亂！認得我大將文聘麽！’”

【無言桃李】 wú yán táo lǐ 比喻不務虛聲而有實學之人。宋惠洪石門文字禪十二次韻熏鲁詩：“無言桃李已垂陰，小雨南風自滿襟，佳客偶來持茗盌，寶書看罷整瑤琴。”

【無法無天】 wú fǎ wú tiān 不受法律約束，胡作非爲。紅樓夢三三：“你在家不讀書也罷了，怎麽又做出這些無法無天的事來！”

【無事生非】 wú shì shēng fēi 故意生事，挑起紛爭。清李汝珍鏡花緣五八：“有不安本分的強盜，有無事生非的強盜。”

【無拘無束】 wú jū wú shù 沒有任何限制和約束。西遊記二：“逐日家無拘無束，自在逍遙此一長生之美。”

【無奇不有】 wú qí bù yǒu 各種奇聞怪事無所不有。吳趼人二十年目睹之怪現狀九：“上海地方，無奇不有，倘能在那裏多盤桓些日子，新聞還多着呢。”

【無依無靠】 wú yī wú kào 生活無着落，孤苦，無依附。明馮夢龍醒世恆言三五："只道與你一竹竿到底,白頭相守,那裏說起半路上就抛撇了,遺下許多兒女,無依無靠。"

【無所不至】　wú suǒ bù zhì　沒有達不到的地方。論語陽貨："苟患失之,無所不至矣。"明馮夢龍古今小說一："夜間絮絮叨叨,你問我答,凡街坊穢褻之談,無所不至。"後指於壞事無所不爲。

【無所不爲】　wú suǒ bù wéi　沒有不幹的事情。指什麼壞事都做。三國志吳張溫傳："揉其姦心,無所不爲。"清吳敬梓儒林外史一："我告訴你,時知縣倚着危素的勢,要在這裏酷虐小民,無所不爲。這樣的人,我爲什麼要相與他?"

【無所不通】　wú suǒ bù tōng　沒有什麼不通曉的。指知識廣博。孝經感應："孝悌之至,通於神明,光於四海,無所不通。"

【無所不能】　wú suǒ bù néng　沒有不能做的事情。形容樣樣全通。宋沈括夢溪筆談二一："近歲迎紫姑者極多,大率多能文章歌詩,有極工者,予屢見之,多自稱蓬萊謫仙,醫卜無所不能,棋與國手爲敵。"

【無所用心】　wú suǒ yòng xīn　不願動腦,什麼事情都不關心。常與"飽食終日"連用。見該條。

【無所忌憚】　wú suǒ jì dàn　毫不畏懼,任意胡作非爲。憚,怕。南史齊本紀下："自江祏始安王遙光等誅後,無所忌憚,日夜於後堂戲馬,鼓譟爲樂。"

【無所適從】　wú suǒ shì cóng　不知跟從誰好,不知怎麼辦好。宋姚寬西溪叢語上："觀古今諸家海潮之說者多矣,或謂天河激湧,亦云地機翕張,……源殊派異,無所適從。"清李汝珍鏡花緣十六："某書應讀某音,敝處未得高明指教,往往讀錯,以致後學無所適從。"

【無所顧忌】　wú suǒ gù jì　指沒有任何顧慮。李寶嘉官場現形記五一："當初原爲遮人耳目起見,不得不如此;等到後來張太太把抵押的憑據裹了上頭存了案,他却無所顧忌了。"

【無計可施】　wú jì kě shī　沒有可以施展的辦法。三國演義八："王允曰:'賊臣董卓,將欲篡位,朝中文武,無計可施。'"

【無風起浪】　wú fēng qǐ làng　建中靖國續燈錄十五傳祖禪師："揚子江心,無風起浪;石公山畔,平地骨堆。會得左右逢原,爭似寂然不動。"後借以比喻無端生事。元伊翼雲山集三月中仙詞："百般呈伎倆,盡分外,無風起浪。"明韋鳳翔玉環記傳奇十五："若是別人說可信,童兒慣會無風起浪,如何信他?"

【無家可歸】　wú jiā kě guī　指故鄉已無家室。明凌濛初初刻拍案驚奇二二："寺僧看見他無了根蒂,漸漸怠慢,不肯相留。要回故鄉,已此無家可歸。"

【無病自灸】　wú bìng zì jiǔ　無病而用火艾燒灼。比喻自尋痛苦或煩惱。莊子盜跖："柳下季曰:'跖得無逆汝意若前乎?'孔子曰:'然。丘所謂無病而自灸也。'"

【無病呻吟】　wú bìng shēn yín　沒有病而發出呻吟聲。宋辛棄疾稼軒詞臨江仙："百年光景百年心,更歡須嘆息,無病也呻吟。"後指本無疾痛,故意作出悲愁慨嘆的樣子。

【無能爲力】　wú néng wéi lì　無法出力,難於設法。清紀昀閱微草堂筆記十四："此罪至重,微我難解脫,即釋迦牟尼亦無能爲力也。"

【無能爲役】　wú néng wéi yì　指才遜,難以勝任。役,役使。左傳成公二年："臧宣叔亦如晉乞師,皆主郤獻子(克)。晉侯許之七百乘。郤子曰:'此城濮之賦也。有先君之明與先大夫之肅,故捷。克於先大夫,無能爲役,請八百乘。'許之。"

【無情無義】　wú qíng wú yì　沒有情義。形容冷酷自私。紅樓夢八二："好!寶玉,我今日才知道你是個無情無義的人了!"

【無理取鬧】　wú lǐ qǔ nào　唐韓愈昌黎集六答柳柳州食蝦蟆詩："鳴聲相呼和,無理祇取鬧。"宋廖行之省齋集三酬羅季康詩："井蛙無理祇成鬧,里巷空響豈解妍。"言蛙鳴本無意義,只是一片喧鬧。後以指人的蓄意搗亂。

【無脛而行】　wú jìng ér xíng　沒有小腿而能遠走。脛,小腿。比喻事物自然迅速傳播。三國志吳孫韶傳注引漢孔融與曹公書："珠玉無脛而自至者,以人好之也,況

賢者之有足乎?"北齊劉晝劉子新論四薦
賢:"玉無翼而飛,珠無脛而行。"後形容事
物風行一時爲不脛而走,本此。

【無適無莫】 wú dí wú mò　對人對事沒
有偏頗,無所厚薄。適,厚。莫,薄。論語里
仁:"君子之於天下也,無適也,無莫也,義
之與比。"疏:"適,厚也。莫,薄也。"三國魏
劉邵人物志上材理:"心平志諭,無適無
莫,期於得道而已矣。"後漢書八十下劉梁
傳:"是以君子之於事也,無適無莫,必考
之以義焉。"

【無遮大會】 wú zhē dà huì　佛教舉行
的一種以布施爲中心的法會,梵語般闍于
瑟。華言解免。每五年舉行一次,故亦稱般
遮大會或五年大會。盛行於南北朝。南史
梁紀中武帝下中大通元年:"冬十月己酉,
又設四部無遮大會,道俗五萬餘人。"唐道
宣廣弘明集十五南朝梁武帝出古育王塔
下佛舍利詔:"今出阿育王寺設無礙會,耆
老童齒,莫不欣悅。"後世小說戲劇中常以
"無遮大會"借指淫亂的場合。

【無精打彩】 wú jīng dǎ cǎi　形容情緒
低沉,鼓不起勁。紅樓夢二五:"(小紅)取
了噴壺而回,無精打彩,自向房中倒着。"
又二九:"寶玉因得罪了黛玉,二人總未見
面,心中正是後悔,無精打彩的,那裏還有
心腸去看戲。"

【無影無踪】 wú yǐng wú zōng　完全消
失,不知去向。元曲選吳昌齡花間四友東
坡夢三:"你那裏挨挨梭梭,閃閃藏藏,無
影無踪(蹤)。"紅樓夢二四:"那賈芸早說
了幾個'不用費事',去的無影無踪了。"

【無窮無盡】 wú qióng wú jìn　沒有止
境,永不完結。形容數量極多。全宋詞晏殊
踏莎行:"無窮無盡是離愁,天涯地角尋思
遍。"西遊記四十:"那西天路無窮無盡,幾
時能到得!"

【無憂無慮】 wú yōu wú lù　沒有憂愁和
顧慮。元曲選鄭廷玉布袋和尚忍字記二:
"我做了個草菴中無憂無慮的僧家。"

【無稽之談】 wú jī zhī tán　沒有根據的
說法。尚書大禹謨:"無稽之言勿聽。"宋鄭
樵通志總序:"班固不通,旁行邪上,以古
今人物彊立差等,且謂漢紹堯運,自當繼
堯,非遷史記,廁於秦項,此則無稽之談

也。"清李汝珍鏡花緣十七:"既無其說,是
爲無稽之談。"

【無獨有對】 wú dú yǒu duì　不只一個,
還有與之配對者。形容十分相似。獨,一
個。對,一對。近思錄一道體:"明道(程
顥)曰:'天地萬物之理,無獨必有對,皆自
然而然,非有安排也。'"亦作"無獨有偶"。

【無緣無故】 wú yuán wú gù　沒有任何
緣由。紅樓夢四四:"平兒也陪笑說:'多
謝。'因又說道:'好好兒的,從那裏說起!
無緣無故白受了一場氣!'"

【無濟於事】 wú jì yú shì　無助於事情
的處理。濟,幫助。李寶嘉官場現形記五
二:"蕪湖道道:'如今遠水救不得近火,就
是我們再幫點忙,至多再湊了幾百銀子,
也無濟於事。'"

【無聲無臭】 wú shēng wú xiù　沒有聲
音,沒有氣味。詩大雅文王:"上天之載,無
聲無臭。"疏:"上天所爲之事,無聲音,無
臭味,人耳不聞其音聲,鼻不聞其香臭。"
亦作"無馨無臭"。文選三國魏嵇叔夜(康)
幽憤詩:"庶勗將來,無馨無臭。"後比喻人
平庸沒有聲譽爲無聲無臭。

【無翼而飛】 wú yì ér fēi　沒有翅膀却能
飛行。比喻事物不須推行就很快傳播或流
轉。管子戒:"無翼而飛者,聲也。"北齊劉
晝劉子新論四薦賢:"玉無翼而飛,珠無脛
而行。"北史太武五王傳:"深上書:'往者
元乂執權,移天徙日,而徽託附,無翼而
飛。'"後以指東西突然丟失。亦作"不翼而
飛"。見該條。

【無關緊要】 wú guān jǐn yào　無關大
體,並不重要。清李汝珍鏡花緣十七:"可
見字音一道,乃讀書人不可忽略的。大賢
學問淵博,故視爲無關緊要;我們後學,却
是不可少的。"

【無邊風月】 wú biān fēng yuè　形容無
限美好的景物。元方回桐江續集五送周府
尹之一詩:"幾許烟雲藜杖外,無邊風月錦
囊間。"亦作"風月無邊"。侯克中艮齋詩集
十三過友生新居:"西湖風月無邊景,都在
詩翁杖履中。"

【無馨無臭】 wú xīn wú xiù　見"無聲無
臭"。

【無麪餺飥】 wú miàn bó tuō　亦作"不

托"、"餺飥"。即湯餅。無麵則無從做起。意
同無米之炊。麵,餅之俗字。宋陳亮龍川集
二十壬寅答朱元晦秘書:"富家之積蓄皆
盡矣,若今更不雨,恐巧新婦做不得無麵
餺飥。"

【無可無不可】 wú kě wú bù kě 論語微
子:"我則異於是,無可無不可。"本謂出仕
或退隱,相機而行,初無成見。後亦指人不
明確表態,或沒有主見。後漢書馬援傳:
"(隗)囂曰:'卿謂何如高帝?'援曰:'不如
也。高帝無可無不可。'"宋朱敦儒樵歌中
鷓鴣溪詞:"高談闊論,無可無不可,幸遇
太平年,好時節清明初破。"紅樓夢五七:
"薛姨媽是個無可無不可的人,倒還易
說。"

【無巧不成書】 wú qiǎo bù chéng shū
沒有巧事寫不成評書。比喻事情的巧合。
明馮夢龍醒世恆言二九:"自古道:'無巧
不成書。'元來鈕成有個嫡親哥哥鈕文,正
賣與令史譚遵家爲奴。"清文康兒女英雄
傳五:"至于那老店主的一番好意,可巧成
就了騾夫的一番陰謀,那女子如何計算得
到?這又叫做無巧不成書。書,亦作話。明
馮夢龍醒世恆言三:"自古道:'無巧不成
話。'恰好有一人從牆下而過。"

【無巧不成話】 wú qiǎo bù chéng huà
見"無巧不成書"。

【無佛處作佛】 wú fó chù zuò fó 見"無
佛處稱尊"。

【無佛處稱尊】 wú fó chù chēng zūn 亦
作"無佛處作佛"。宋石霜慈明禪師至京
師,見駙馬都尉李遵勗,李問臨行一句作
麼生。師曰:無佛處作佛。見續傳燈錄三。
宋黃庭堅山谷題跋八跋東坡書寒食詩:
"使蘇子瞻(軾)見此,應笑我于無佛處稱
尊也。"指於無人才處逞強。

【無官一身輕】 wú guān yī shēn qīng
指無官職羈絆,一身輕快。宋蘇軾分類東
坡詩二二賀子由生第四孫斗老:"無官一
身輕,有子萬事足。"李寶嘉官場現形記三
七:"交卸之後,又在長沙住了些時。常言
道:'無官一身輕',劉蕃臺此時却有此等
光景。"

【無敵於天下】 wú dí yú tiān xià 形容
無比強大。孟子公孫丑上:"率其子弟,攻

其父母,自有生民以來未有能濟者也。如
此,則無敵於天下。"

【無所不用其極】 wú suǒ bù yòng qí jí
指無處不用盡心力。極,窮盡。禮大學:"詩
曰:'周雖舊邦,其命維新',是故君子無所
不用其極。"後多用於貶義,指做盡壞事。

【無事不登三寶殿】 wú shì bù dēng sān
bǎo diàn 比喻無事不登門。三寶殿,泛指
佛殿。明蘭陵笑笑生金瓶梅九一:"月娘便
問:'保山來有甚事?'那陶媽媽便道:'小
媳婦無事不登三寶殿,奉本縣正宅衙內吩
咐,敬來説咱宅上有一位奶奶要嫁人,講
説親事。'"

【然荻讀書】 rán dí dú shū 燃荻草夜
讀。比喻刻苦學習。然,同"燃"。北齊顏之
推顏氏家訓勉學:"梁世彭城劉綺,交州刺
史勃之孫,早孤,家貧,燈燭難辦,常買荻
尺寸折之,然明夜讀。"

【然糠自照】 rán kāng zì zhào 燒糠照
明。比喻勤奮學習。然,同"燃"。南史顧歡
傳:"歡獨好學。……鄉中有學舍,歡貧無
以受業,於舍壁後倚聽,無遺忘者。夕則然
松節讀書,或然糠自照。"

【焦沙爛石】 jiāo shā làn shí 沙燒焦,
石燒爛。比喻極熱。漢董仲舒春秋繁露十
六循天之道:"爲寒則凝冰裂地,爲熱則焦
沙爛石。"

【焦金流石】 jiāo jīn liú shí 燒焦金屬,
熔化石頭。形容陽光的酷烈。文選南朝梁
劉孝標(峻)辨命論:"是以放勛之世,浩浩
襄陵;天乙之時,焦金流石。"

【焦熬投石】 jiāo áo tóu shí 把燒焦的
東西,投在石頭上。比喻自取滅亡。荀子議
兵:"桓文之節制,不可以敵湯武之仁義,
有遇之者,若以焦熬投石焉。"

【焦頭爛額】 jiāo tóu làn é 見"燋頭爛
額"。

【煙波釣徒】 yān bō diào tú 比喻隱居之
士。煙波,煙霧。釣,釣魚。新唐書一九六張
志和傳:"後坐事貶南浦尉,會赦還,以親
既喪,不復仕,居江湖,自稱煙波釣徒。"

【煙消火滅】 yān xiāo huǒ miè 比喻事
物消失,不見踪跡。初學記十四晉傅玄四
言詩:"忽然長逝,煙消火滅。"亦作"煙消

雲散”。雍熙樂府二十元張養浩越調天淨沙曲:“更着十年試看,煙消雲散,一杯誰共歌歡。”

【煙消雲散】　yān xiāo yún sàn　見“煙消火滅”。

【煙視媚行】　yān shì mèi xíng　低視徐步。形容新婦舉止安詳的情態。呂氏春秋不屈:“自圭告人曰:‘人有新取婦者,婦至,宜安矜,煙視媚行。’”注:“媚行,徐行。”後亦以泛指女子動止之美。

【煙雲過眼】　yān yún guò yǎn　比喩轉瞬即過,不留痕跡。宋蘇軾東坡集三二寶繪堂記:“見可喜者,雖時復蓄之,然爲人取去,亦不復惜也。譬之煙雲之過眼,百鳥之感耳,豈不欣然接之,去而不復念也。”趙蕃淳熙稿十七觀祝少林所藏畫詩:“煙雲過眼還收去,怯似憑闌立久時。”亦作“雲煙過眼”、“過眼雲煙”。見各該條。

【煙簑雨笠】　yān suō yǔ lì　指隱者的服裝。宋蘇軾分類東坡詩十二書晁説之考牧圖後:“煙簑雨笠長林下,老去而今空見畫。”

【煙霞痼疾】　yān xiá gù jí　對山水酷愛成癖。煙霞,指山水。痼疾,不易根治的病。比喩嗜好難改。唐田遊巖罷歸後,全家隱居太白山二十餘年。後人箕山。唐高宗問其佳否,遊巖曰:“臣所謂泉石膏肓,煙霞痼疾者。”見新唐書隱逸傳。宋惠洪石門文字禪十五讀古德傳詩:“巖壑形骸雖可畫,煙霞痼疾不須醫。”

【煨乾就濕】　wēi gān jiù shī　用體溫煨乾濕處,再移到其他乾處。形容慈母哺育、養護兒女的辛勞。元曲選(蕭德祥)楊氏女殺狗勸夫三:“不想共乳同胞一體分,煨乾就濕母艱辛。”

【煖衣飽食】　nuǎn yī bǎo shí　豐衣足食,生活安適。墨子天志中:“百姓皆得煖衣飽食,便寧無憂。”荀子榮辱:“孝弟原愨,軥錄疾力,以敦比其事業,而不敢怠傲,是庶人之所以取煖衣飽食,長生久視,以免於刑戮也。”

【煥然一新】　huàn rán yī xīn　光彩奪目,鮮明光亮。形容面貌全新。宋陸游老學庵筆記八:“宣和末,有巨商捐三萬緡,裝飾泗州普照塔,煥然一新。”

【煮豆燃萁】　zhǔ dòu rán qí　世説新語文學:“(魏)文帝(曹丕)嘗令東阿王(曹植)七步中作詩,不成者行大法。應聲便爲詩曰:‘煮豆持作羹,漉菽以爲汁。其在釜下燃,豆在釜中泣。本自同根生,相煎何太急。’帝深有慚色。”注:“魏志曰:‘陳思王植字子建,文帝同母弟也。’”後用以比喩骨肉間相互殘害。萁,豆莖。亦作“燃萁煮豆”。見該條。

【煮海爲鹽】　zhǔ hǎi wéi yán　煮海水以爲鹽。世本一:“宿沙作煮鹽。”漢書四九量錯傳:“上曰:吳王即山鑄錢,煮海爲鹽,誘天下豪桀,白頭舉事,此其計不百全,豈發虖?”

【煮粥焚鬚】　zhǔ zhōu fén xū　新唐書九三李勣傳:“(勣)性友愛,其姊病,嘗自爲粥而燎其鬚。姊戒止。答曰:‘姊多疾,而勣且老,雖欲數進粥,尚幾何?’”後因以比喩手足之愛。

【煮鶴焚琴】　zhǔ hè fén qín　見“焚琴煮鶴”。

【熙熙攘攘】　xī xī rǎng rǎng　喧嚷紛雜的樣子。史記一二九貨殖傳:“天下熙熙,皆爲利來;天下壤壤,皆爲利往。”壤,通“攘”。太平御覽四四九引周書:“容容熙熙,皆爲利謀;熙熙攘攘,皆爲利往。”明袁宏道袁中郎詩集下登晴川閣望武昌:“遙知鬱鬱葱葱地,只在熙熙攘攘間。”

【熊經鳥申】　xióng jīng niǎo shēn　古代導引養生之法。狀如熊攀樹而自經,類鳥飛空而伸脚。莊子刻意:“吹呴呼吸,吐故納新,熊經鳥申,爲壽而已矣。此道引之士,養形之人,彭祖壽考者之所好也。”後漢書五二崔寔傳政論:“夫熊經鳥伸,雖延歷之術,非傷寒之理;呼吸吐納,雖度紀之道,非續骨之膏。”伸,同“申”。

【熊據虎跱】　xióng jù hǔ zhì　熊盤據著、虎站立著。比喩羣雄各據一方的形勢。文選漢孔璋(琳)檄吳將校部曲文:“其間豪桀縱橫,熊據虎跱,強如二袁,勇如呂布,跨州連郡,有威有名,十有餘輩。”二袁,袁紹袁術。

【熟能生巧】　shú néng shēng qiǎo　掌握

純熟,即能見工巧。清李汝珍鏡花緣三一:
"唐敖道:'九公不必說了。俗語說的,熟能
生巧。舅兄昨日讀了一夜,不但他已嚼出
此中意味,并且連寄女也都聽會,所以隨
問隨答,毫不費事。'"

【熟視不覩】 shú shì bù dǔ 見"熟視無
覩"。

【熟視無覩】 shú shì wú dǔ 視而不見,
表示對眼前的事物不經心、不在意。亦作
"熟視不覩"。文選晉劉伯倫(伶)酒德頌:
"兀然而醉,豁爾而醒,靜聽不聞雷霆之
聲,熟視不覩泰山之形。"唐韓愈昌黎集十
八應科目時與人書:"且曰:爛死於沙泥,
吾寧樂之,若俛首帖耳,搖尾而乞憐者,非
吾之志也。是以有力者遇之,熟視之若無
覩也。"

【熟路輕轍】 shú lù qīng zhé 駕輕快的
車,走熟習的路。比喻輕而易舉。宋張榘芸
窗詞薈摸魚兒爲趙巘窩壽:"君看取世道
羊腸屈習,依然熟路輕轍。"亦作"輕車熟
路"。見該條。

【熱地蚰蜒】 rè dì yóu yán 熱地上的蚰
蜒。比喻惶急。蚰蜒,節肢動物。元曲選缺
名包龍圖智賺合同文字一:"兩條腿滴羞
篤速戰,恰便似熱地上蚰蜒。"紅樓夢三
九:"那焙茗去後,寶玉左等也不來,右等
也不來,急的熱地裏的蚰蜒似的。"

【熱鏊翻餅】 rè áo fān bǐng 比喻處事
輕而易舉。宋王得臣麈史上忠讜:"永熙討
河東劉氏,既下并州,欲領師乘勝收復薊
門,始咨於衆,參知政事趙昌言對曰:'自
此取幽州,猶熱鏊翻餅耳。'殿前都指揮使
呼延贊爭曰:'書生之言,不足盡信,此餅
難翻。'"

【熱鍋上螞蟻】 rè guō shàng mǎ yǐ 比
喻惶急、走投無路。紅樓夢三九:"那茗烟
去後,寶玉左等也不來,右等也不來,急得
熱鍋上的螞蟻一般。"(石頭記商務印書館
版)

【燃肉身燈】 rán ròu shēn dēng 佛教徒
的一種苦行,作爲懺罪或感恩的表示。資
治通鑑二九二後周顯德二年"禁僧俗捨
身、斷手足、煉指、掛燈、帶鉗之類幻惑流
俗者"元胡三省注:"掛燈者,裸體,以小鐵
鉤徧鉤其膚,凡鉤,皆掛小燈,圍燈盞,貯

油而燃之,俚俗謂之燃肉身燈。"

【燃萁煮豆】 rán qí zhǔ dòu 燃燒豆秸
以煮豆。比喻骨肉相殘。宋劉克莊後村集
二二寄題建陽宋景高友于堂詩:"宛如釀
棗分梨,堪愧燃萁煮豆人。"亦作"煮豆
燃萁"。見該條。

【燋頭爛額】 jiāo tóu làn é 救火受傷之
狀。漢書六八霍光傳:"鄉使聽客之言,不
費牛酒,終亡火患。今論功而請賓,曲突徙
薪亡恩澤,燋頭爛額爲上客耶?"燋,亦作
"焦"。比喻萬分窘迫之狀。清龔自珍全集
五輯與吳虹生書八:"弟此節俗冗,焦頭爛
額,對月對酒皆不樂。"

【燕妒鶯慚】 yàn dù yīng cán 形容女
子極美,使燕見嫉妒,鶯見羞慚。紅樓夢二
七:"滿園裏繡帶飄飄,花枝招展。更兼這
些人打扮的桃羞杏讓,燕妒鶯慚,一時也
道不盡。"

【燕雀相賀】 yàn què xiāng hè 淮南子
說林:"湯沐具而蟣蝨相弔,大廈成而燕雀
相賀,憂樂別也。"比喻有安身之所,互相
慶賀。北齊書盧文偉傳附盧詢祖:"詢祖初
襲爵封大夏男,有宿德朝士謂之曰:大夏
初成。應聲答曰:且得燕雀相賀。"此借淮
南子語,詆剌士爲燕雀。

【燕雀處堂】 yàn què chǔ táng 燕雀巢
居於堂屋梁上。比喻居安而無遠慮。孔叢
子論勢:"先人有言,燕雀處屋,子母相哺,
煦煦焉其相樂也,自以爲安矣。竈突炎上,
棟宇將焚,燕雀顏不變,不知禍之及已
也。"

【燕巢幕上】 yàn cháo mù shàng 燕子
築巢在帷幕上。比喻處境極危。左傳襄二
九年:"夫子之在此也,猶燕之巢於幕上,
君又在殯,而可以樂乎?"注:"言至危。"文
選南朝梁丘希範(遲)與陳伯之書:"而將
軍魚游於沸鼎之中,燕巢於飛幕之上,不
亦惑乎!"

【燕雁代飛】 yàn yàn dài fēi 比喻更替
輪換。淮南子地形:"磁石上飛,雲母來水,
土龍致雨,燕雁代飛。"注:"燕,玄鳥也,春
分致雨;雁春分而北,詣漠中也;燕秋分而
去,雁秋分而南,詣彭蠡也,故曰代飛。代,
更也。"

【燕瘦環肥】 yàn shòu huán féi 見"環

肥燕瘦”。

【燕語鶯聲】　yàn yǔ yīng shēng　形容女子聲音宛轉柔和。元曲選關漢卿杜蘂娘智賞金線池楔子：“嫋娜復輕盈，都是宜描上翠屏，謳若流鶯聲似燕，丹青，燕語鶯聲怎畫成？”

【燕爾新婚】　yàn ěr xīn hūn　見“宴爾新婚”。

【燕頷虎頸】　yàn hàn hǔ jǐng　舊時形容作王侯的威武相貌。後漢書四七班超傳：“相者指曰：‘燕頷虎頸，飛而食肉，此萬里侯相也。’”

【燭照數計】　zhú zhào shù jì　用燭光照之，以數理計算。比喻料事準確。唐韓愈昌黎集二一送石處士序：“辨古今事當否，論人高下，事後當成敗，……若燭照數計而龜卜也。”

【爐火純青】　lú huǒ chún qīng　道家說煉丹成功時，爐火便發出純青的火焰。後以比喻人的品德修養、學問或技藝達到了精粹完美的地步。曾樸孽海花二五：“到了現在，可以到了爐火純青的氣候，正是弟兄們各顯身手的時期。”

【爨桂炊玉】　cuàn guì chuī yù　指柴草難得如桂，米價貴如寶玉。形容物價昂貴，生活艱難。宋司馬光溫國公集五九答劉蒙書：“光雖竊託迹於侍從之臣，月俸不及數萬，爨桂炊玉，晦朔不相續。”

爪　　部

【爭名奪利】　zhēng míng duó lì　爲名利而爭奪、傾軋。元曲選馬致遠邯鄲道省悟黄粱夢一：“想世人爭名奪利，何苦如此。”

【爭多競少】　zhēng duō jìng shǎo　形容斤斤計較。明馮夢龍醒世恆言三五：“故此我兄弟商量，不如趁此完美之時，分作三股，各自領去營運，省得後來爭多競少，特請列位高親來作主。”

【爭長論短】　zhēng cháng lùn duǎn　爭論是非曲直。長、短，比喻是和非。亦作“爭長競短”。元曲選缺名凍蘇秦衣錦還鄉二：“但凡人家不和，皆起于姻娌爭長競短。分門各戶，都是您這婦人家做出來的。”李寶嘉文明小史五：“那礦師本來還想同柳知府爭長論短，聽見金委員如此一說，也就罷手。”

【爭風喫醋】　zhēng fēng chī cù　因男女關係而嫉妬、爭吵。風，風韻，多指女子。清吳敬梓儒林外史四五：“淩家這兩個婆娘彼此疑惑。你疑惑我多得了主家的錢，我疑惑你多得了主家的錢，爭風喫醋，打吵起來。”

【爲人作嫁】　wèi rén zuò jià　才調集五秦韜玉貧女詩：“最恨年年壓金線，爲他人作嫁衣裳。”原意是自己無錢準備嫁裝，却年年爲別人縫嫁衣。後稱替他人作事而於己無益者曰爲人作嫁。紅樓夢九五：“妙玉歎道：‘何必爲人作嫁？’”

【爲法自斃】　wéi fǎ zì bì　指立法之人自受其法之害。史記六八商君傳：“商君亡至關下，欲舍客舍，客人不知其是商君也，曰：‘商君之法，舍人無驗者坐之。’商君喟然歎曰：‘嗟乎，爲法之斃一至此哉！’”

【爲非作歹】　wéi fēi zuò dǎi　任意作壞事。元曲選白仁甫裴少俊牆頭馬上二：“不是我敢爲非敢作歹，他也有風情有手策。”

【爲虎作倀】　wèi hǔ zuò chāng　傳說虎齧人，人死魂不敢它適，輒隸事虎，名倀。虎行求食，倀必與俱，爲虎前導。見明都穆聽雨紀談、正字通“倀”。後因稱作惡人的幫凶曰爲虎作倀。

【爲虎傅翼】　wéi hǔ fù yì　給老虎添上翅膀。比喻助長惡人的勢力。逸周書寤敬：“無虎傅翼，將飛入宮，擇人而食。”韓非子難勢："故周書曰：'毋爲虎傅翼，將飛入邑，擇人而食之。'夫乘不肖人於勢，是爲虎傅翼也。"

【爲鬼爲蜮】 wéi guǐ wéi yù　比喻使用陰謀詭計的人。詩小雅何人斯："爲鬼爲蜮，則不可得。"吳趼人二十年目睹之怪現狀四二："他那裏肯依，説什麼皇上家掄才大典，怎容得你們爲鬼爲蜮！"蜮，一説是短狐，一説是含沙射人的惡物。亦作"爲鬼爲魅"。新唐書九七魏徵傳："若人漸澆詭，不復返樸，今當爲鬼爲魅，尚安得而化哉？"

【爲鬼爲魅】 wéi guǐ wéi mèi　見"爲鬼爲蜮"。

【爲淵敺魚】 wèi yuān qū yú　把魚趕到深淵中去。比喻不爲善政，無異把人民趕到敵人方面去。孟子離婁上："故爲淵敺魚者，獺也；爲叢敺爵者，鸇也；爲湯武敺民者，桀與紂也。"

【爲富不仁】 wéi fù bù rén　孟子滕文公上："陽虎曰：'爲富不仁矣，爲仁不富矣。'"謂致力於致富與爲仁相反，不能並存。後用來指謀求發財致富，而多行不義的人。清蒲松齡聊齋志異紉針："富室黃某亦遣媒來，虞惡其爲富不仁，力卻之。"

【爲善最樂】 wéi shàn zuì lè　指行善是人生最快樂的事。後漢書四三東平憲王蒼傳："日者問東平王，處家何等最樂？王言爲善最樂，其言甚大，副是要腹矣。"宋羅大經鶴林玉露丙編一山谷八字："余家藏山谷八大字云：'作德日休，爲善最樂。'摘經史語，混然天成，可置座右。"清阮葵生茶餘客話十二堂聯："爲善最樂，讀書便佳。"

【爲德不卒】 wéi dé bù zú　不能把好事做到底。卒，終了。史記九二淮陰侯列傳："信至國，召所從食漂母，賜千金。及下鄉南昌亭長，賜百錢，曰：'公，小人也，爲德不卒。'"

【爲虺弗摧，爲蛇若何】 wéi huǐ fú cuī, wéi shé ruò hé　春秋吳夫差勝越，將許越成，申胥以爲不可許，曰："爲虺弗摧，爲蛇將若何？"見國語吳。言對小蛇不打死，俟其大即難制。比喻不乘勝殲敵，必有後患。虺，小蛇。

爻　部

【爾詐我虞】 ěr zhà wǒ yú　彼此互不信任。詐、虞，欺騙。左傳宣十五年："宋及楚平，華元爲質，盟曰：'我無爾詐，爾無我虞。'"注："楚不詐宋，宋不備楚。"

爿　部

【牀上安牀】 chuáng shàng ān chuáng　見"牀上施牀"。

【牀上施牀】 chuáng shàng shī chuáng　比喻重疊。北齊顏之推顏氏家訓序致："魏晉已來，所著諸子，理重事複，遞相模學，猶屋下架屋，牀上施牀耳。"亦作"牀上安牀"、"牀上鋪牀"。南朝陳姚最續畫品毛稜:"右惠遠之子,便捷有餘,真巧不足,善於布置,略不煩草,若比方諸父,則牀上安牀。"唐釋法琳辯正論七品藻衆書:"(梁武帝)于華林苑中纂要語七百二十卷,名之遍略,……又有壽光苑二百卷,類苑一百卷,終是周因殷禮,損益可知,名目雖殊,還廣前致,亦猶牀上鋪牀、屋下架屋也。"

【牀上鋪牀】　chuáng shàng pū chuáng　見"牀上施牀"。

【牀頭金盡】　chuáng tóu jīn jìn　形容極

爲貧困。唐張籍張司業集一行路難詩:"君不見牀頭黃金盡,壯士無顏色。"宋劉克莊和竹溪遣興詩:"晚慕玄真與季真,牀頭金盡不憂貧。"清蒲松齡聊齋志異鴉頭:"數年,萬金蕩盡,媼見牀頭金盡,旦夕加白眼。"

【牆倒衆人推】　qiáng dǎo zhòng rén tuī　比喻失勢者遭到流俗的一致攻擊。紅樓夢六九:"他雖好性兒,你們也該拿出個樣兒來,別太過逾了,牆倒衆人推!"

片　部

【片文隻字】　piàn wén zhī zì　見"片言隻字"。

【片甲不回】　piàn jiǎ bù huí　形容全軍覆沒。甲,鎧甲。元曲選缺名風雨像生貨郎旦四:"諸葛亮長江舉火,燒曹軍八十三萬,片甲不回。"明許仲琳封神演義五七:"西歧異人甚多,無怪屢次征伐,俱是片甲不回,無能取勝。"

【片言折獄】　piàn yán zhé yù　用幾句話斷定是非,判決案件。片言,一言半語。折獄,斷案。論語顏淵:"子曰:'片言可以折獄者,其由也與?'"集解:"片,猶偏也。聽訟必須兩辭以定是非,偏信一言以折獄者,唯子路乎。"宋朱熹集注:"片言,半言。折,斷也。子路忠信明決,故言出而人信服之,不待其辭之畢也。"文苑英華九〇〇唐李華唐贈太子太師崔公神道碑:"波汾之西,片言折獄。"太平廣記一七二趙和引唐闕史:"咸通初,有天水趙和者任江陰令,以片言折獄著聲。"

【片言隻字】　piàn yán zhī zì　指零散的文字、語言材料。文選晉陸士衡(機)謝平原內史表:"片言隻字,不關其間;事蹤筆

跡,皆可推校。"唐釋貫休禪月集四行路難詩:"或偶因片言隻字登第光二親,又能獻可替否航要津。"亦作"片文隻字"、"片詞隻句"、"片紙隻字"。五代王定保唐摭言二:"雖州里白丁,片文隻字求貢於有司者,莫不盡禮接之。"唐司空圖司空表聖文集二題柳柳州集後:"噫,後之學者褊淺,片詞隻句,未能自辨,已側目相詆訾矣。"清黃小配二十載繁華夢三六:"凡片紙隻字,及親朋來往的書信,也統通檢起。"

【片紙隻字】　piàn zhǐ zhī zì　見"片言隻字"。

【片詞隻句】　piàn cí zhī jù　見"片言隻字"。

【牖中窺日】　yǒu zhōng kuī rì　牖,窗戶。世說新語文學:"褚季野語孫安國云:'北人學問,淵綜廣博。'孫答曰:'南人學問清通簡要。'支道林聞之曰:'聖賢固所忘言,自中人以還,北人看書,如顯處視月;南人學問,如牖中窺日。'"謂讀書少則成見亦少,易於接受新知,如在暗處看日,較爲顯著。

牙　部

【牙牙學語】　yá yá xué yǔ　形容嬰兒剛剛學習說話。牙牙，嬰兒語聲。唐司空圖司空表聖文集十障車文："二女則牙牙學語，五男則雁雁成行。"

【牙角口吻】　yá jiǎo kǒu wěn　指雕刻文字的筆勢。直筆者曰牙角，曲筆者曰口吻。宋沈括夢溪筆談十九器用："（古銅黃彝）刻畫甚繁，大體似繆篆。……視其文，髣髴有牙角口吻之象。"

牛　部

【牛刀割雞】　niú dāo gē jī　比喻大材小用。見"割雞焉用牛刀"。

【牛不出頭】　niú bù chū tóu　指午字，譏諷人的隱語。宋范正敏遯齋閑覽諧謔："李安義者謁富人鄭生，辭以出，安義於門上大書午字而去，或問其故，答曰：'牛不出頭耳。'"

【牛衣對泣】　niú yī duì qì　睡在牛衣中，相對哭泣。形容夫妻共度艱難困苦。牛衣，爲牛禦寒之物，如襏衣之類，以蘇或草編成。泣，小聲哭。漢書七六王章傳："初，章爲諸生學長安，獨與妻居，章疾病，無被，臥牛衣中，與妻決，涕泣，其妻呵怒之。……後章仕宦歷位，及爲京兆，欲上封事，妻又止之，曰：'人當知足，獨不念牛衣中涕泣時耶！'"

【牛角掛書】　niú jiǎo guà shū　比喻勤於刻苦讀書。新唐書八四李密傳："聞包愷在緱山，往從之。以蒲韉乘牛，掛漢書一帙角上，行且讀。越國公楊素適見于道，按轡躡

其後，曰：'何書生勤如此？'密識素，下拜。問所讀，曰：'項羽傳。'因與語，奇之。"

【牛鬼蛇神】　niú guǐ shé shén　牛頭鬼，蛇身神。比喻虛幻荒誕。唐杜牧樊川集十李賀集序："鯨呿鼇擲，牛鬼蛇神，不足爲其虛荒誕幻也。"明王世貞弇州山人四部稿一三二祝京兆季靜園亭卷："以大令筆，作顛史體，縱橫變化，莫可端倪，雖考之八法，不無小出入，要之鐵手腕可重也，然書道止此耳，過則牛鬼蛇神矣！"後以泛指各類醜物及壞人。

【牛溲馬勃】　niú sōu mǎ bó　牛溲即牛遺，車前草的別名。馬勃，一名馬窠，一名屎菰，生濕地及腐木上。都供藥用。比喻雖至賤之物，亦有用處。唐韓愈昌黎集十二進學解："玉札丹砂，赤箭青芝，牛溲馬勃，敗鼓之皮，俱收並蓄，待用無遺者，醫師之良也。"

【牛鼎烹雞】　niú dǐng pēng jī　用烹牛的大鼎來燒煮小雞。比喻大材小用。呂氏

春秋應言："白圭謂魏王曰：'市丘之鼎以烹雞，多泊之則淡而不可食，少泊之則焦而不熟。'"後漢書八十下邊讓傳蔡邕薦讓表："傳曰：函牛之鼎以烹雞，多汁則淡而不可食，少汁則熬而不可熟。此言大器之於小用，固有所不宜也。"

【牛頭馬面】 niú tóu mǎ miàn 佛教語，指陰間鬼卒。後泛指惡人。楞嚴經八："牛頭獄卒，馬頭羅刹，手執鎗矟，驅入城門。"俗語本此，易爲"馬面"。景德傳燈錄十一隴州國清院奉禪師："釋迦是牛頭獄卒，祖師是馬面阿傍。"傍，一作"婆"。唐敦煌變文大目乾連冥間救母："目連行前至一地獄，……獄中數萬餘人總是牛頭馬面。"

【牛蹄中魚】 niú tí zhōng yú 小坑裏的魚。比喻死期迫近。藝文類聚三五三國魏應璩與韋仲將書："方今體寒心飢，憂在旦夕，而欲東希滌昌治生之物，西望陝縣廚食之祿，誠恐將爲牛蹄中魚，卒鮑氏之肆矣。"

【牛驥同牢】 niú jì tóng láo 見"牛驥同皁"。

【牛驥同皁】 niú jì tóng zào 牛和良馬同槽。比喻賢愚雜處，賢愚同處。史記八三鄒陽傳獄中上梁王書："使不羈之士與牛驥同皁，此鮑焦所以忿於世而不留富貴之樂也。"亦作"牛驥共牢"。晉書張載傳榷論："及其無事也，則牛驥共牢，利鈍齊列，而無長塗犀革以決之，此離朱與瞽者同眼之説也。"

【牝牡驪黃】 pìn mǔ lí huáng 牝，雌性，與"牡"相對。驪，黑色。淮南子道應："(秦穆公)使之(九方堙)求馬，三月而反，報曰：'已得馬矣，在於沙丘。'穆公曰：'何馬也？'對曰：'牡而黃。'使人往取之，牝而驪。"本謂求駿馬不必拘泥於性別毛色，後來指非本質的表面現象。宋陳亮龍川集二三祭潘叔度文："亮不肖無狀，爲天人之所共棄，叔度獨略其牝牡驪黃而友其人，關其休戚。"

【牝雞司晨】 pìn jī sī chén 母雞報曉。舊稱女性掌權爲牝雞司晨。書牧誓："牝雞無晨，牝雞之晨，惟家之索。"新唐書七六長孫皇后傳："與帝言，或及天下事，辭曰：'牝雞司晨，家之窮也，可乎？'"明許仲琳

封神演義七："如陛下荒淫酒色，徵歌逐技，窮奢極欲，聽讒言佞，殘殺忠良，驅逐正士，播棄黎老，昵比匪人，惟以婦言是用，此'牝雞司晨，惟家之索'。"

【牢不可破】 láo bù kě pò 形容堅固，不可摧毀。唐韓愈昌黎集三十平淮西碑："大官臆決唱聲，萬口和附，并爲一談，牢不可破。"

【牡丹雖好，還要綠葉扶持】 mǔ dān suī hǎo, hái yào lù yè fú chí 比喻即便能幹，也需要衆人支持。明蘭陵笑笑生金瓶梅七六："就是俺這姑娘，一時間一言半語，聒聒的，你每人家廝攙廝敬，儘讓一句兒就罷了。常言牡丹花兒雖好，還要綠葉兒扶持。"清西周生醒世姻緣三二："晁思才老羞變成怒的罵道：'……你説有了兒子麼？牡丹雖好，全憑綠葉扶持，你如今已是七十多的老婆子，十來歲的孩子，只怕也還用着我老七相幫，就使鐵箍子箍住了頭麼？'"

【牧豕聽經】 mù shǐ tīng jīng 豕，豬。後漢書二七承宮傳："少孤，年八歲爲人牧豕。鄉里徐子盛者，以春秋經授諸生數百人，宮過息廬下，樂其業，因就聽經，遂請留門下，爲諸生拾薪。執苦數年，勤學不倦。經典既明，乃歸家教授。"後常用以比喻勤苦治學。

【牧豬奴戲】 mù zhū nú xì 指賭博。晉書陶侃傳："樗蒲者，牧豬奴戲耳。"

【物以類聚】 wù yǐ lèi jù 萬物各以其類聚集一起。易萃"觀其所聚"注："方以類聚，物以羣分。"又繫辭上："方以類聚，物以羣分。"後多指行爲不軌之人，互相勾結。明馮夢龍醒世恆言十七："自古道：'物以類聚'。過遷性喜遊蕩，就有一班浮浪子弟引誘打合。"

【物是人非】 wù shì rén fēi 景物依舊，人事已變。宋辛棄疾稼軒詞新荷葉和趙莊韻："往日繁華，而今物是人非。"

【物換星移】 wù huàn xīng yí 指時序景物的變更。物換，世間景物的變更。星移，星辰移位。唐王勃王子安集二滕王閣詩："閒雲潭影日悠悠，物換星移幾度秋。"宋辛棄疾稼軒詞賀新郎賦滕王閣："物換星移知幾度？夢想珠歌翠舞。"

【物極必返】 wù jí bì fǎn 事物發展到極度時，就會走向反面。亦作"物極則反"。鶡冠子環流："美惡相飾，命曰復周，物極則反，命曰環流。"近思錄一道體："伊川（程頤）曰：'……如復卦言七日來復，其間元不斷續，陽已復生，物極必返，其理須如是。'"

【物極則反】 wù jí zé fǎn 見"物極必返"。

【物傷其類】 wù shāng qí lèi 動物因同類傷殘而悲哀。三國演義八九："'兔死狐悲，物傷其類。'吾與汝皆是各洞之主，往日無冤，何故害我？"後多用於貶義。

【物腐蟲生】 wù fǔ chóng shēng 物先腐爛而後有蟲生。比喻禍患之來必有其內因。荀子勸學："肉腐生蟲，魚枯生蠹，怠慢忘身，禍災乃作。"宋蘇軾經進東坡文集事略十四范增論："物必先腐也，而後蟲生之；人必先疑也，而後讒入之。"

【物離鄉貴】 wù lí xiāng guì 物品離開產地越遠越貴。元王惲秋澗集十二番禺杖詩："物眇離鄉貴，材稀審實訛。"明沈璟埋劍記傳奇二七柔遠："自古道物離鄉貴，人離鄉賤，這諺話，信非假，到如今轉憶家。"

【物以少爲貴】 wù yǐ shǎo wéi guì 見"物以稀爲貴"。

【物以稀爲貴】 wù yǐ xī wéi guì 物因稀少而珍貴。文選南朝宋顏延年（延之）陶徵士誄序"故無足而至者，物之藉也"唐李善注："言物以希爲貴也。"唐白居易長慶集六七小歲日喜談氏外孫女孩滿月詩："物以稀爲貴，情因老更慈。"亦作"物以少爲貴"。宋劉克莊後村集三六題高端禮竹屋詩："世間物以少爲貴，姚花禹柏蜀海棠。"

【特立獨行】 tè lì dú xíng 有獨立見地和操守而不隨波逐流。禮儒行："儒有澡身而浴德，……世治不輕，世亂不沮，同弗與，異弗非，其特立獨行有如此者。"唐韓愈昌黎集十二伯夷頌："士之特立獨行，適於義而已，不顧人之是非，皆豪傑之士，信道篤而自知明者也。"

【牽合附會】 qiān hé fù huì 勉強湊合。牽合，勉強合在一起。附會，不相聯屬的事，相會爲一。宋鄭樵通志總序："天地之間，災祥萬種，人間禍福，冥不可知。……董仲舒以陰陽之學，倡爲此說，本於春秋，牽合附會。"

【牽腸掛肚】 qiān cháng guà dù 比喻非常惦念。亦作"牽腸割肚"。牽，同"摔"。元明雜劇元關漢卿劉夫人慶賞五侯宴二："我這裏摔腸割肚把你箇孩兒捨，跌腳搥胸自嘆嗟。"古今雜劇元鄭庭玉看財奴買冤家債主四："張善友牽腸掛肚，怎下的眼睜睜死生別路。"

【牽腸割肚】 qiān cháng gē dù 見"牽腸掛肚"。

【牽蘿補屋】 qiān luó bǔ wū 把蘿藤拉到屋頂上，用以補漏。形容貧困。唐杜甫杜工部草堂詩箋十六佳人："侍婢賣珠迴，牽蘿補茅屋。"後因以形容生活貧困，居不庇身。清蒲松齡聊齋志異紅玉："租田數十畝，僱傭耕作。荷钁誅茅，牽蘿補屋，日以爲常。"

【犀牛望月】 xī niú wàng yuè 關尹子五鑑："譬如犀牛望月，月形入角，特因識生，始有月形，而彼真月，初不在角。"後用以比喻所見不全。

【犛庭掃穴】 lí tíng sǎo xué 見"犛庭掃閭"。

【犛庭掃閭】 lí tíng sǎo lǘ 犛平其庭院，掃蕩其居處。比喻徹底摧毀敵方。漢書九四下匈奴傳揚雄上書："近不過旬月之役，遠不離二時之勞，固已犛其庭，掃其閭，郡縣而置之。"後多作"犛庭掃穴"。清王夫之宋論十高宗："即不能犛庭掃穴，以靖中原，亦何至日敝月削，以迄於亡哉。"清吳敬梓儒林外史三九："巡撫將事由飛奏到京，朝廷看了本章，大怒，奉旨：差少保平治前往督師，務必犛庭掃穴，以章天討。"

犬 部

【犬牙相制】 quǎn yá xiāng zhì　地界交錯，形勢如犬牙，相互牽制。史記孝文帝紀：「高帝封王子弟，地犬牙相制，此所謂磐石之宗也。」索隱：「言封子弟境土交接，若犬之牙不正相當而相衡入也。」亦作「犬牙相錯」。漢書五三中山靖王勝傳：「諸侯王自以骨肉至親，先帝所以廣封連城，犬牙相錯者，爲磐石宗也。」

【犬牙相錯】 quǎn yá xiāng cuò　見「犬牙相制」。

【犬馬之勞】 quǎn mǎ zhī láo　像犬馬那樣效力。水滸六三：「李某不才，食祿多矣，無功報德，願施犬馬之勞，統領軍卒，離城下寨，草寇不來，別作商議。」

【狂奴故態】 kuáng nú gù tài　狂士的老脾氣。狂奴，對狂士的稱呼。故態，老樣子，老脾氣。後漢書八三嚴光傳：「司徒侯霸與（嚴）光素舊，遣使奉書。……光不答，乃投札與之，口授曰：『君房足下：位至鼎足，甚善。懷仁輔義天下悅，阿諛順旨要領絕。』霸得書，封奏之。帝笑曰：『狂奴故態也。』」唐陸龜蒙甫里集十二嚴光釣臺詩：「不是狂奴爲故態，仲華爭得黑頭公。」仲華，光武功臣鄧禹字。

【狂花病葉】 kuáng huā bìng yè　飲酒者稱醉而喧鬧者爲狂花，醉而閉目入眠者爲病葉。唐皇甫松醉鄉日月：「或有勇於飲者以巨觥沃之，既撼狂花復凋病葉者。飲流謂睡瞌者爲狂花，目睡者爲病葉。」（宋曾慥類說四三）

【狂風暴雨】 kuáng fēng bào yǔ　大風大雨。常以喻處境險惡或聲勢浩大。宋梅堯臣宛陵集十惜春詩：「前日看花心未足，狂風暴雨忽無憑。」亦作「狂風驟雨」。元曲選楊顯之臨江驛瀟湘秋夜雨四：「我沉吟罷仔細聽來，原來是喚醒人狂風驟雨。」

【狂風驟雨】 kuáng fēng zhòu yǔ　見「狂風暴雨」。

【狗仗人勢】 gǒu zhàng rén shì　憑恃主子的權勢欺壓人。紅樓夢七四：「你就狗仗人勢，天天作耗，在我們跟前逞臉！」

【狗血噴頭】 gǒu xuè pēn tóu　比喻被人粗語痛罵。清吳敬梓儒林外史三：「范進因沒有盤費，走去同丈人商議，被胡屠戶一口啐在臉上，罵了一個狗血噴頭。」

【狗尾續貂】 gǒu wěi xù diāo　文選南朝梁任彥昇（昉）爲范尚書讓吏部封侯第一表「華貂深不足之歎」注引虞預晉錄：「趙王（司馬）倫篡位，時侍中常侍九十七人，每朝，小人滿庭，貂蟬半坐，時人謠曰：『貂不足，狗尾續。』」亦見晉書趙王倫傳。宋孫光憲北夢瑣言十八：「亂離以來，官爵過濫，封王作輔，狗尾續貂。」本指亂封爵位。後也用以泛喻事物的好壞前後不相稱者。宋黃庭堅豫章集六再次韻兼簡履中南玉詩之三：「經術貂蟬續狗尾，文章瓦釜作雷鳴。」

【狗吠非主】 gǒu fèi fēi zhǔ　狗對着外人亂叫。比喻人臣各忠於其主。戰國策齊六：「貂勃曰：『跖之狗吠堯，非貴跖而賤堯也，狗固吠非其主也。』」漢初蒯通勸韓信反，高祖得通，將殺之，通亦引此語以自解。見史記九二淮陰侯傳。

【狗苟蠅營】 gǒu gǒu yíng yíng　如狗之苟且偷生、蒼蠅之營營飛舞。比喻熱中於追求名利，無恥鑽營。元揭傒斯揭文安集三寄題武寬則湖山堂詩：「始知卓識出天性，豈彼狗苟蠅營營。」元姬翼雲山集三洞仙歌詞：「甚狗苟蠅營，爲浮名薄利苦縈心，萬般機械。」

【狗急跳牆】 gǒu jí tiào qiáng 比喻走投無路，情急胡爲。用於貶義。紅樓夢二七：“今兒我聽了他的短兒，‘人急造反，狗急跳牆’，不但生事，而且我還沒趣。”

【狗盜雞鳴】 gǒu dào jī míng 見“雞鳴狗盜”。

【狗彘不若】 gǒu zhì bù ruò 連狗豬都不如。比喻品行極惡劣。荀子榮辱：“乳彘觸虎，乳狗不遠遊，不忘其親也。人也，憂忘其身，內忘其親，上忘其君，則是人也，而曾狗彘之不若也。”狗，同“狗”。明許仲琳封神演義六二：“朝廷拜你爲大將，寵任非輕，不思報本，一旦投降叛逆，真狗彘不若。”

【狗豬不食其餘】 gǒu zhū bù shí qí yú 比喻其人極端可鄙，連狗豬也不肯吃他吃剩的東西。漢書九八元后傳：“（王）舜既見，太后知其爲（王）莽求璽，怒罵之曰：‘……受人孤寄，乘便利時，奪取其國，不復顧恩義。人如此者，狗豬不食其餘，天下豈有而兄弟邪！’”注：“言惡賤。”

【狗口裏吐不出象牙】 gǒu kǒu lǐ tǔ bù chū xiàng yá 比喻說不出好話。用於貶義。元明雜劇元高文秀好酒趙元遇上皇一：“父親，和這等東西，有甚麼好話，講出甚麼禮法來，狗口裏吐不出象牙。”紅樓夢四二：“寶釵笑道：狗嘴裏還有象牙不成！”

【狐死兔泣】 hú sǐ tù qì 比喻同類相憐。宋史四七七李全傳：“狐死兔泣，李氏滅，夏氏寧獨存？願將軍垂盼。”

【狐死首丘】 hú sǐ shǒu qiū 傳說狐狸將死，頭必朝向出生的山丘。喻不忘本，也喻對故鄉的思念。楚辭屈原九章哀郢：“鳥飛反故鄉兮，狐死必首丘。”淮南子說林：“鳥飛反鄉，兔走歸窟，狐死首丘，寒將翔水，各哀其所生。”

【狐朋狗友】 hú péng gǒu yǒu 指壞朋友。紅樓夢十：“今兒聽見有人欺負了他的兄弟，又是惱，又是氣；惱的是那狐朋狗友，搬弄是非，調三窩四；氣的是爲他兄弟不學好，不上心念書，才弄的學房裏吵鬧。”

【狐朋狗黨】 hú péng gǒu dǎng 罵人的話，指一小撮結黨作惡的壞人。元明雜劇元關漢卿關大王獨赴單刀會三：“他那裏暗暗的藏，我須索緊緊的防，都是些狐朋狗黨。”亦作“狐羣狗黨”。明姚子翼上林春傳奇十四：“不如聽我老人家的說話，自今已後，把那些狐羣狗黨別，花情柳債一時休。”

【狐埋狐搰】 hú mái hú hú 搰，挖掘。傳說狐性多疑，埋物地下，旋又挖出以視。比喻疑心過度，作事難成。國語吳：“夫諺曰：‘狐埋之而狐搰之，是以無成功。’”注：“埋，藏也；搰，發也。”

【狐假虎威】 hú jiǎ hǔ wēi 比喻假借有權者的威勢以恐嚇他人。戰國策楚一：“虎求百獸而食之，得狐。狐曰：‘子無敢食我也。天帝使我長百獸，今子食我，是逆天帝命也。子以我爲不信，吾爲子先行，子隨我後，觀百獸之見我而敢不走乎？’虎以爲然，故遂與之行，獸見之皆走，虎不知獸畏己而走也，以爲畏狐也。”宋書恩倖傳序：“人主謂其身卑位薄，以爲權不得重，曾不知鼠憑社貴，狐藉虎威，外無逼主之嫌，內有專用之功，勢傾天下，未之或悟。”元方回桐江續集十八梅雨大水詩：“狐假虎威饒此輩，鼠穿牛角念吾民。”清吳敬梓儒林外史一：“知縣心裏想道：‘這小廝那裏害甚麼病！想是翟家這奴才走下鄉狐假虎威，着實恐嚇了他一場。他從來不曾道過官府的人，害怕不敢來了。’”

【狐假鴟張】 hú jiǎ chī zhāng 如狐之假借虎威，如鴟之張翼欲噬。比喻虛張威勢嚇人。舊唐書僖宗紀乾符四年詔：“歷觀往代，徧數前朝，其有怙衆稱兵，憑凶構逆，……初則狐假鴟張，自謂驍雄莫敵；旋則鳥焚魚爛，無非破敗而終。”

【狐裘羔袖】 hú qiú gāo xiù 狐皮製衣，羊羔皮作袖。狐皮貴而羊羔皮賤，比喻大體很好，稍有不足之處。左傳襄十四年：“右宰穀從而逃歸，衛人將殺之，辭曰：‘余不說初矣，余狐裘而羔袖。’乃赦之。”注：“言一身盡善，唯少有惡。”

【狐羣狗黨】 hú qún gǒu dǎng 見“狐朋狗黨”。

【狡兔三窟】 jiǎo tù sān kū 比喻藏身之處多，便於避禍。戰國策齊四：“馮諼曰：‘狡兔有三窟，僅得免其死耳。君今有一窟，未得高枕而臥也，請爲君復鑿二窟。’”

宋詩鈔戴復古石屏詩鈔趙克勤曾棄卿景壽同登黃南恩南樓詩："寧隨狡兔營三窟，且跨飛鴻閱九州。"

【狡兔死，走狗烹】 jiǎo tù sǐ, zǒu gǒu pēng 比喻事成後即拋棄有功之人。韓非子內儲下六微："狡兔盡則良犬烹，敵國滅則謀臣亡。"史記越王句踐世家："范蠡遂去，自齊遺大夫種書曰：'蜚鳥盡，良弓藏；狡兔死，走狗烹。'"

【狼子野心】 láng zǐ yě xīn 謂豺狼之子不可馴服。比喻貪暴之人有險惡之心。左傳宣四年："初，楚司馬子良生子越椒，子文曰：必殺之。是子也，熊虎之狀而豺狼之聲，弗殺必滅若敖氏矣。諺曰：'狼子野心'，是乃狼也，其可畜乎！"漢袁康越絕書五越絕請糴內傳："臣聞狼子野心，仇讎之人，不可親也。"

【狼心狗肺】 láng xīn gǒu fèi 比喻凶狠、邪惡的用心。明馮夢龍醒世恆言三十："那知這賊子恁般狼心狗肺，負義忘恩！"

【狼吞虎嚥】 láng tūn hǔ yàn 見"狼餐虎嚥"。

【狼餐虎嚥】 láng cān hǔ yàn 比喻吃得猛而急。水滸十五："阮家三兄弟讓吳用喫好了幾塊，便喫不得了，那三個狼飡虎食，喫了一回。"飡、飱，同"餐"。西遊記五二："迎着裏面燈光，仔細觀看，只見那大小羣妖，一個個狼餐虎嚥，正都喫東西哩。"亦作"狼吞虎嚥"。清陳忱水滸後傳五："走了這半日，肚中饑餒，狼吞虎嚥吃了一回。"

【狹路相逢】 xiá lù xiāng féng 窄路相遇，兩方均無可退讓。玉臺新詠一古樂府詩六首之二相逢狹路間："相逢狹路間，道隘不容車。"景德傳燈錄十二淄州水陸和尚："有僧問：'如何是學人用心處？'……師便喝。問：'狹路相逢時如何？'師便攔胸托一托。"指直前行進、不瞻顧回旋之意。後多以喻仇人相見，難以相容。明許仲琳封神演義七二："狹路相逢這惡人，如何是好？"

【猢猻入布袋】 hú sūn rù bù dài 猴子裝進口袋。比喻野性受到拘束。景德傳燈錄二一真寂禪師："僧曰：'恁麼即學人歸堂去也。'師曰：'猢猻入布袋。'"宋歐陽修

文忠集一二七歸田錄："(梅聖俞)以詩知名三十年，終不得一館職，……受敕修唐書，語其妻刁氏曰：'吾之修書，可謂猢猻入布袋矣。'刁氏對曰：'君於仕宦亦何異鮎魚上竹竿耶？'"

【猿經鴟顧】 yuán jīng chī gù 道家的導引術，用以健身。雲笈七籤三二導引按摩："漢時有道士君倩者，爲導引之術，作猿經鴟顧，引挽腰體，動諸關節，以求難老也。"

【猿鶴沙蟲】 yuán hè shā chóng 指死於戰亂者化爲異物。藝文類聚九十引抱朴子："周穆王南征，一軍盡化，君子爲猿爲鶴，小人爲蟲爲沙。"按今本抱朴子釋滯作"山徒社移，三軍之衆，一朝盡化，君子爲鶴，小人爲沙。"後借指戰死的將士或因戰亂而死的人民。唐李白李太白詩二古風之二八："君子變猿鶴，小人爲沙蟲。"元詩選劉麟瑞昭忠逸詠死節諸公詩之一："文讜武略渾無展，猿鶴沙蟲亦可憐。"亦作"蟲沙猿鶴"。見該條。

【獐頭鼠目】 zhāng tóu shǔ mù 頭像獐，眼似鼠。形容容貌醜陋，神態狡猾。宋陸游劍南詩稿五夢入禪林有老宿方升座或云通悟禪師也："塵埃車馬何憧憧，獐頭鼠目厭妄庸。"清吳敬梓儒林外史三："周學道坐在堂上，見那些童生紛紛進來，也有小的，也有老的，儀表端正的，獐頭鼠目的，衣冠齊楚的，藍縷破壞的。"

【獨占鰲頭】 dú zhàn áo tóu 科舉時代稱狀元及第。後泛指名列第一。朝野新聲太平樂府二盧疏齋(摯)沉醉東風寧子："脫布衣，披羅綬，跳龍門獨占鰲頭。"鰲，又作"鼇"。清洪亮吉北江詩話三："俗語謂狀元獨占鼇頭，語非盡無稽。臚傳畢，贊禮官引東班狀元，西班榜眼二人，前趨至殿陛下，迎殿試榜，抵陛，則狀元稍前，進立中陛石上，石正中鐫升龍及巨鼇，蓋警蹕出入所由，即古所謂螭頭矣，俗語所本以此。"

【獨出心裁】 dú chū xīn cái 顯示獨到的構思。清李汝珍鏡花緣十八："王弼注釋周易，撇了象占舊解，獨出心裁，暢言義理，於是天下後世，凡言易言，莫不宗之。"後泛指辦法與衆不同。

【獨步天下】 dú bù tiān xià　獨一無二，超羣出衆。後漢書八三戴良傳：“我若仲尼長東魯，大禹出西羌，獨步天下，誰與爲偶！”

【獨弦哀歌】 dú xián āi gē　指故意不與俗同，以示孤傲。莊子天地：“子非夫博學以擬聖，於以蓋衆，獨弦哀歌，以賣名聲於天下者乎？”

【獨具隻眼】 dú jù zhī yǎn　景德傳燈錄八普願禪師：“師拈起毬子，問僧云：‘那箇何似遮箇？’對云：‘不似。’……許你具一隻眼。”後稱人見識高超爲獨具隻眼。亦作“別具隻眼”。見該條。

【獨往獨來】 dú wǎng dú lái　莊子在宥：“出入六合，遊乎九州，獨往獨來，是謂獨有。獨有之人，是謂至貴。”注：“人皆自異而己獨羣有，斯乃獨往獨來者也。”本指不與人立異爲獨往獨來。後轉爲獨自往來之意。宋楊萬里誠齋集十一雪凍未解散策郡圃詩：“獨往獨來銀粟地，一行一步玉沙聲。”

【獨善其身】 dú shàn qí shēn　原指獨自修身養性。後多用以表示只圖自身完善，不顧他人之意。孟子盡心上：“窮則獨善其身，達則兼善天下。”三國演義三七：“獨善其身盡日安，何須千古名不朽。”

【獨當一面】 dú dāng yī miàn　指能力可以獨自擔當一方面的重任。史記留侯世家：“而漢王之將獨韓信可屬大事，當一面。”舊唐書一七九張濬傳：“相公握禁兵，擁大旆，獨當一面。”宋趙鼎臣竹隱畸士集十上許沖元啟：“坐玉帳以運籌，獨當一面，佩麟符而居守，臥護北門。”元王逢梧溪集一江浙平章三旦八第宅觀敕賜龍雷劍引：“公身佩之下幽燕，獨當一面東南天。”

【獨樹一幟】 dú shù yī zhì　獨自樹起一面旗幟。比喻開創風格流派，或自成一家。清袁枚隨園詩話三：“元白在唐朝所以能獨樹一幟者，正爲其不襲盛唐窠臼也。”

【獨斷獨行】 dú duàn dú xíng　獨作決斷以行事，不納羣言。用於貶義。李寶嘉官場現形記十二：“你在他手下辦事，只可以獨斷專行，倘若都要請教過他再做，那是一百年也不會成功的。”

【獨木不成林】 dú mù bù chéng lín　比喻勢孤力單，不足成事。後漢書八二崔駰傳達旨：“高樹靡陰，獨木不林，隨時之宜，道貴從凡。”亦作“獨樹不成林”。樂府詩集二四南朝梁簡文帝橫吹曲紫騮馬歌：“獨柯不成樹，獨樹不成林。”

【獨樹不成林】 dú shù bù chéng lín　見“獨木不成林”。

【獸聚鳥散】 shòu jù niǎo sàn　形容聚散無常有如鳥獸。史記一一二主父偃傳諫伐匈奴：“夫匈奴之性，獸聚而鳥散，從之如搏影。今以陛下盛德攻匈奴，臣竊危之。”

【獻可替否】 xiàn kě tì fǒu　進獻可行的，除去不可行的，即直言進諫之意。獻，進。替，廢。左傳昭二十年：“君所謂可，而有否焉，臣獻其否，以成其可；君所謂否，而有可焉，臣獻其可，以去其否；是以政平而民不干。”後漢書四四胡廣傳上書：“臣聞君以兼覽博照爲德，臣以獻可替否爲忠。”

【獼猴騎土牛】 mí hóu qí tǔ niú　獼猴騎着土做的牛。比喻晉升緩慢。三國志魏鄧艾傳“諡曰壯侯”注引世語：“宣王（司馬懿）爲（州）泰會，使尚書鍾繇調泰：‘君釋褐登宰府，三十六日擁麾蓋，守兵馬郡；乞兒乘小車，一何駛乎？’泰曰：‘誠有此。君，名公之子，少有文采，故守吏職；獼猴騎土牛，又何遲也！’”唐李白李太白詩十二贈宣城趙太守悅詩：“獼猴騎土牛，羸馬夾雙轅。”

玄　部

【玄之又玄】 xuán zhī yòu xuán　道家以有無相生爲玄，玄之又玄，表示達到最高境界。老子一：“此兩者同，出而異名。同謂之玄。玄之又玄，衆妙之門。”後多用以表示玄虛微妙、難於理解之意。

【玄酒瓠脯】 xuán jiǔ hù fǔ　形容生活淡薄，飲食只有清水和乾瓠。玄酒，水當酒用。晉程曉贈傅休奕(咸)詩：“厥客伊何，許由巢父；厥醴伊何，玄酒瓠脯。”晉書祖逖傳：“嘗置酒大會，耆老中坐流涕歌曰：‘幸哉遺黎免俘虜，三辰既朗遇慈父，玄酒忘勞甘瓠脯，何以詠恩歌且舞。’其得人心如此。”

【率由舊章】 shuài yóu jiù zhāng　按老規章辦事。詩大雅假樂：“不愆不忘，率由舊章。”李寶嘉文明小史一一：“他果然聽了姚老先生之言，諸事率由舊章，不敢驟行更動。”

【率馬以驥】 shuài mǎ yǐ jì　以駿馬領羣馬。比喻能者居先。漢揚雄法言修身：“或曰：‘治己以仲尼，仲尼奚寡也？’曰：‘率馬以驥，不亦可乎？’”三國志魏杜畿傳注引杜氏新書：“(曹操)稱畿功美，以下州郡，曰：‘昔仲尼之於顏子，每言不能不嘆，既情愛發中，又宜率馬以驥。今吾亦冀衆人仰高山，慕景行也。’”

【率爾操觚】 shuài ěr cāo gū　形容文思敏捷。亦作“操觚率爾”。文選晉陸士衡(機)文賦：“或操觚以率爾，或含毫而邈然。”觚，供書寫用的木簡。率爾，不經心的樣子。後常稱輕易下筆爲率爾操觚。清平步清霞外攟屑七：“望谿文最講義法，而叙事頗沿俗稱，不免率爾操觚，以此爲後人彈射。”

【率獸食人】 shuài shòu shí rén　帶着野獸殘害人。比喻施行暴政。孟子梁惠王上：“庖有肥肉，廄有肥馬，民有飢色，野有餓莩，此率獸而食人也。獸相食，且人惡之，爲民父母，行政不免於率獸而食人，惡在其爲民父母也！”

玉　部

【玉石不分】 yù shí bù fēn　玉和石頭混在一起。比喻美惡混淆，妍媸莫辨。宋王定保唐摭言一進士歸禮部：“洎乎近代，厥道寖微；玉石不分，薰蕕錯雜。”三國演義四八：“只是我亦隨軍在此，兵敗之後，玉石不分，豈能免難。”

【玉石俱焚】 yù shí jù fén　比喻不分好壞，同歸於盡。書胤征：“火炎崑岡，玉石俱焚。”亦作“玉石俱碎”。三國志魏鍾會傳檄蜀將吏士民：“若偸安旦夕，迷而不反，大兵一發，玉石俱碎，雖欲悔之，亦無及已。”

【玉石俱碎】 yù shí jù suì　見“玉石俱

焚"。

【玉折蘭摧】 yù zhé lán cuī 見"蘭摧玉折"。

【玉匣珠襦】 yù xiá zhū rú 古代帝后諸侯王的葬飾。舊題漢劉歆西京雜記一:"漢帝送死,皆珠襦玉匣。"清吳偉業梅村家藏槁三永和宮詞:"玉匣珠襦啟便房,薤歌無異葬同昌。"亦作"珠襦玉柙"。見該條。

【玉卮無當】 yù zhī wú dàng 無底的玉杯。卮,古代盛酒的器皿。當,底。韓非子外儲說右上:"堂谿公見昭侯曰:'今有白玉之卮而無當,有瓦卮而有當,君渴將何以飲?'君曰:'以瓦卮。'堂谿公曰:'白玉之卮美,而君不以飲者,以其無當耶?'君曰:'然'。堂谿公曰:'為人主而漏其君臣之語,譬猶玉卮之無當。'"杯無底則水進散,比喻人主不密,漏洩羣臣之語。後多借喻事物華麗而不合實用。文選晉左太沖(思)三都賦序:"且夫玉卮無當,雖寶非用;侈言無驗,雖麗非經。"

【玉昆金友】 yù kūn jīn yǒu 見"金友玉昆"。

【玉食錦衣】 yù shí jǐn yī 見"錦衣玉食"。

【玉砌雕闌】 yù qì diāo lán 見"雕闌玉砌"。

【玉液瓊漿】 yù yè qióng jiāng 見"瓊漿玉液"。

【玉粒桂薪】 yù lì guì xīn 糧食像玉,柴草如桂木。形容生活費用的昂貴。宋王禹偁小畜集二一陳情表:"望雲就日,非無戀闕之心;玉粒桂薪,未有住京之計。"

【玉堂金馬】 yù táng jīn mǎ 見"金馬玉堂"。

【玉葉金枝】 yù yè jīn zhī 指皇族。元曲選關漢卿包待制三勘蝴蝶夢一:"使不着國戚皇親,玉葉金枝,便是他龍孫帝子,打殺人要吃官司。"亦作"金枝玉葉"、"瓊枝玉葉"。見各該條。

【玉質金相】 yù zhì jīn xiàng 見"金相玉質"。

【玉潔冰清】 yù jié bīng qīng 比喻人品高潔。元曲選武漢臣李素蘭風月玉壺春一:"我得了這沉香串、翠珠囊,你收取這玉螳螂、白羅扇。四件兒是喒這玉潔冰清

意堅。"亦作"冰清玉潔"。見該條。

【玉醴金漿】 yù lǐ jīn jiāng 見"金漿玉醴"。

【玉不琢,不成器】 yù bù zhuó, bù chéng qì 玉須經精雕細刻,始成器物。比喻須經煅煉培養,始能成就人材。漢班固白虎通辟雍:"故學以治性,慮以變情,故玉不琢,不成器;人不學,不知道。"

【玩世不恭】 wán shì bù gōng 指放浪形骸、不拘禮法,以消極遊戲的態度對待現實,處理事務。清蒲松齡聊齋志異顛道人:"予鄉殷生文屏,畢司農之妹夫也,為人玩世不恭。"

【玩物喪志】 wán wù sàng zhì 習慣於所好而喪失進取的志向。書旅獒:"玩人喪德,玩物喪志。"宋朱熹編上蔡先生語錄中:"明道(程顥)見謝子(良佐)記聞甚博,曰:'賢卻記得許多,可謂玩物喪志。'謝子被他所難,身汗面赤。"

【玩歲愒日】 wán suì kài rì 貪圖安逸,虛度歲月。玩,也作"翫"。左傳昭元年:"后子出而告人曰:'趙孟將死矣!主民,翫歲而愒日,其與幾何?'"注:"翫、愒,皆貪也。"宋朱熹朱文公集十一壬午應詔封事:"知陛下之志必於復讐啟土,而無玩歲愒日之心。"

【玲瓏剔透】 líng lóng tī tòu 精巧透明。本謂器物之雕鏤工細。後轉指人乖巧、伶俐。古今雜劇元關漢卿趙盼兒風月救風塵二:"那廝愛女娘的心,見的便似驢共狗,賣弄他那玲瓏剔透。"元明雜劇元缺名魯智深喜賞黃花峪四:"賣弄你玲瓏剔透,美也。撞見愛廝打的都領袖,打你箇軟的怕硬的怕鎗頭。"

【班門弄斧】 bān mén nòng fǔ 在大匠門前舞斧,言不自量。班,公輸班(魯班),古巧匠。宋歐陽修文忠集一四九與梅聖俞書(慶曆四年):"昨在真定,有詩七八首,今錄去,班門弄斧,可笑可笑。"古今雜劇元關漢卿杜蕊娘智賞金線池一:"兄弟對着哥哥跟前怎敢提筆,正是運斧於班門。"又明徐渭黃崇嘏女狀元四:"外:'拿紙來決送黃爺畫一角兒,好拿與小姐做樣子。'旦:'這個又是班門弄斧了。'"

【珠玉在側】 zhū yù zài cè 比喻風神俊

爽、容貌出眾之人在旁。世說新語容止：「驃騎王武子(濟)，是衛玠之舅，儁爽有風姿，見玠，輒歎曰：『珠玉在側，覺我形穢。』」

【珠宮貝闕】 zhū gōng bèi què 以珠貝為宮闕。指水神的宮殿。楚辭屈原九歌河伯：「魚鱗屋兮龍堂，紫貝闕兮朱宮。」朱，與「珠」通。元張埜古山樂府玉漏遲和人中秋韻詞：「空對珠宮貝闕，恍夜色，明於晴晝」。

【珠圍翠繞】 zhū wéi cuì rǎo 形容豪華。朝野新聲太平樂府八元馬致遠一枝花惜春曲：「齊蓁蓁珠圍翠繞，冷清清綠暗紅疎。」古今雜劇元鄭德輝迷青瑣倩女離魂一：「從今後只索題恨寫芭蕉，不索占夢撲蒼草，有甚心情更珠圍翠繞。」紅樓夢三九：「劉老老進去，只見滿屋裏珠圍翠繞、花枝招展的，并不知都系何人。」亦作「翠繞珠圍」。見該條。

【珠圓玉潤】 zhū yuán yù rùn 比喻歌聲婉轉或文詞流暢。清周濟詞辯：「北宋詞多就景敘情，故珠圓玉潤，四照玲瓏。」

【珠箔銀屏】 zhū bó yín píng 用珍珠綴飾的簾子，用銀製成的屏風。形容陳設的華麗。唐白居易長慶集十二長恨歌：「攬衣推枕起徘徊，珠箔銀屏邐迤開。」

【珠槃玉敦】 zhū pán yù duì 天子與諸侯歃血為盟用的器物。周禮天官玉府：「若合諸侯則共珠槃玉敦。」注：「敦，槃類，珠玉以為飾。古者以槃盛血，以敦盛食。合諸侯者必割牛耳，取其血歃之以盟。珠槃以盛牛耳。……玉敦，歃血玉器。」

【珠輝玉映】 zhū huī yù yìng 形容裝飾華麗，光彩耀人。清吳敬梓儒林外史二九：「季葦蕭道：『小弟雖年少，浪遊江湖，閱人多矣，從不曾見先生珠輝玉映。真乃天上仙班！』」

【珠聯璧合】 zhū lián bì hé 比喻天象。漢書律曆志一上：「日月如合璧，五星如連珠。」後以喻眾美彙集，完滿無缺。北周庾信庾子山集十四周兗州刺史廣饒公宇文公神道碑：「發源纂冑，葉派枝分；開國成家，珠聯璧合。」亦作「璧合珠聯」。唐庾大舉德政碑：「馮野王之兄弟，璧合珠聯。」（金石續記六）

【珠還合浦】 zhū huán hé pǔ 比喻去而復還。元詩選倪瓚清閟閣藥詩集賦翠濤硯：「我初避亂失神物，玉蟬滴淚空悽戀。珠還合浦乃有時，洗滌摩挲冰玉姿。」亦作「合浦珠還」。見該條。

【珠襦玉柙】 zhū rú yù xiá 皇宗貴族的殮服。舊題漢劉歆西京雜記一：「漢帝送死皆珠襦玉匣。」匣，同「柙」。漢書九三董賢傳：「及至東園祕器，珠襦玉柙，豫以賜寶，無不備具。」注：「漢舊儀云東園祕器作棺梓，……珠襦，以珠為襦，如鎧狀，連縫之，以黃金為縷，要以下，玉為柙，至足，亦縫以黃金為縷。」宋詩鈔楊萬里朝天續集再賦石翁石婆詩：「珠襦玉匣化為土，金雁銀鳧亦飛去。」亦作「玉匣珠襦」。見該條。

【現身說法】 xiàn shēn shuō fǎ 原指佛廣大，能現種種身形，向眾生說法。楞嚴經六：「我於彼前，皆現其身，而為說法，令其成就。」景德傳燈錄一釋迦牟尼佛：「亦於十方界中現身說法。」後指用親身經歷勸戒別人。清缺名官場維新記十六：「袁伯珍這一席話，可謂現身說法。」

【理直氣壯】 lǐ zhí qì zhuàng 理由充分，說話有氣勢。明沈采帶記傳奇周女送飯：「氣高理必長，理直氣必壯。」又百子山樵牟尼合記六分珠：「我為無辜之人，不平動氣，是一點好心，理直氣壯，那裏犯着怕也？」明馮夢龍古今小說三一：「便捉我到閻羅殿前，我也理直氣壯，不怕甚的。」

【理所當然】 lǐ suǒ dāng rán 道理本應如此。文中子八魏相：「非辯也，理當然爾。」

【琵琶別抱】 pí pá bié bào 指婦女再婚。語出唐白居易琵琶行「門前冷落鞍馬稀，老大嫁作商人婦」及「千呼萬喚始出來，猶抱琵琶半遮面」句。明王濟連環記擲戟：「只指望上秦樓吹鳳簫，卻緣何把琵琶彈別調？」孟稱舜鸚鵡墓貞文記哭墓：「拚把紅顏埋綠燕，怎把琵琶別抱歸南浦，負卻當年鸞錦書。」清紀昀閱微草堂筆記四：「然則琵琶別抱，掉首無情，非惟不及此妾，乃并不及此狐。」

【琴心劍膽】 qín xīn jiàn dǎn 琴劍為古時文人隨身之物。琴喻心，劍喻膽。比喻剛柔相濟，儒雅任俠。元吳萊淵穎集四去歲留杭德興傳子建夢得句……為續此詩卻寄董詩：“小榻琴心展，長纓劍膽舒。”

【琴棋書畫】　qín qí shū huà　彈琴、下棋、寫字、繪畫，皆爲舊時文士引爲風雅之事，故常四字連稱。唐張彥遠法書要錄三唐何延之蘭亭記：“辯才博學工文，琴棋書畫皆得其妙。”金王喆重陽全真集十二西江月四物詞：“堪嘆琴棋書畫，虛中悅目怡情。”明湯式筆花集謁金門閨嘲：“你歌舞吹彈，我琴棋書畫。”

【琥珀拾芥】　hǔ pò shí jiè　琥珀摩擦後生電，能吸引輕微之物。比喻相互感應。易乾“同聲相應，同氣相求，……則各從其類也”唐孔穎達疏：“亦有異類相感者，若磁石引針，琥珀拾芥。”漢王充論衡亂龍：“頓牟拾芥，磁石引針。”頓牟，即琥珀的別名。

【瑯嬛福地】　láng xuān fú dì　傳說中的神仙洞府。晉張華遊洞宮，遇一人引至一處，大石中開，別有天地，宮室嵯峨，每室各陳奇書，有歷代史、萬國志等祕籍。華歷觀其書，皆漢以前事，多所未聞者。間其地，曰：“瑯嬛福地也。”華甫出，門自閉。見元伊世珍瑯嬛記上。

【瑕瑜互見】　xiá yú hù xiàn　見，通“現”，顯露。禮聘義：“瑕不掩瑜，瑜不掩瑕。”意爲美與惡極易分明，兩不相掩。後世謂優缺點同時並存爲瑕瑜互見。四庫提要史部傳記類一：“晦菴（朱熹）集中亦有與（呂）祖謙書曰：‘名臣言行錄一書，亦當時草草爲之，……初不成文字，因看得爲訂正示及爲幸’云云，則是書瑕瑜互見，朱子原不自諱。”

【瑣尾流離】　suǒ wěi liú lí　詩邶風旄丘：“瑣兮尾兮，流離之子。”傳：“瑣尾，少好之貌。流離，鳥也。少好長醜，始而愉樂，終以微弱。”箋：“云衛之諸臣，初有小善，終無成功，似流離也。”瑣尾，小時候美好。流離，鳥名。本謂小時美麗，長大變醜。後比喻境遇由順利轉爲艱難。

【瑤林瓊樹】　yáo lín qióng shù　比喻人之品格高潔。瑤、瓊，美玉。世說新語賞譽上：“王戎云：‘太尉（王衍）神姿高徹，如瑤林瓊樹，自然是風塵外物。’”

【瑤環瑜珥】　yáo huán yú ěr　像美玉製做的環、珥一樣。比喻人之品貌美好如玉。瑤、瑜，美玉。環、珥，婦女的飾物。唐韓愈

昌黎集三三殿中少監馬君墓誌：“幼子娟好靜秀，瑤環瑜珥，蘭苕其牙，稱其家兒也。”

【瑰意琦行】　guī yì qí xíng　不凡的思想和行爲。瑰、琦，美玉。文選戰國楚宋玉對楚王問：“夫聖人瑰意琦行，超然獨處，夫世俗之民，又安知臣之所爲哉。”

【璞玉渾金】　pú yù hún jīn　見“渾金璞玉”。

【璧合珠聯】　bì hé zhū lián　見“珠聯璧合”。

【環肥燕瘦】　huán féi yàn shòu　唐玄宗貴妃楊玉環豐肥，漢成帝皇后趙飛燕清瘦，同稱美人，後世因謂“環肥燕瘦”，以言人體態不同，而各有風致。詩文常借以比喻各種藝術作品流派、風格、樣式各有所長，皆擅其美。宋蘇軾分類東坡詩九孫莘老求墨妙亭詩：“杜陵評書貴瘦硬，此論未公吾不憑。短長肥瘦各有態，玉環飛燕誰敢憎。”亦作“燕瘦環肥”。李寶嘉文明小史四十：“有的妝臺倚鏡，有的翠袖憑欄，說不盡燕瘦環肥，一一都收在眼睛裏去。”

【瓊枝玉葉】　qióng zhī yù yè　舊時對皇室子孫的頌稱。文苑英華五五七唐蕭穎士爲揚州李長史賀立皇太子表：“況瓊枝挺秀，玉葉資神，允釐監撫，儀形雅頌。”亦作“金枝玉葉”、“玉葉金枝”。見各該條。

【瓊廚金穴】　qióng chú jīn xué　比喻奢侈豪富之家。舊題晉王嘉拾遺記六後漢：“郭況，光武皇后之弟也。累金數億，家僮四百餘人，以黃金爲器，……里語曰：‘洛陽多錢郭氏室，夜月晝星富無匹。’其寵者皆以玉器盛食。故東京謂郭家爲瓊廚金穴。”

【瓊樓玉宇】　qióng lóu yù yǔ　形容瑰麗堂皇的建築物。常用以指仙界樓臺或月中宮殿。宋蘇軾東坡詞水調歌頭中秋：“我欲乘風歸去，又恐瓊樓玉宇，高處不勝寒。”明許仲琳封神演義十七：“子牙一看，高四丈九尺，上造瓊樓玉宇。”

【瓊漿玉液】　qióng jiāng yù yè　指美酒或甘漿。元曲選馬致遠呂洞賓三醉岳陽樓一：“師父，我這酒賽過瓊漿玉液哩。”亦作“玉液瓊漿”。元曲選鄭德輝醉思鄉王粲登樓四：“飲不的我玉液瓊漿。”

瓜　部

【瓜田李下】　guā tián lǐ xià　比喻易招惹嫌疑之地。樂府詩集三二君子行："君子防未然，不處嫌疑間，瓜田不納履，李下不正冠。"北齊書袁聿修傳："時邢邵爲兗州刺史，別後，遣送白紬爲信。聿修退紬不受，與邢書曰：'今日仰過，有異常行，瓜田李下，古人所慎；多言可畏，譬之防川。願得此心，不貽厚責。'"

【瓜字初分】　guā zì chū fēn　瓜字可分成二八字。故稱十六歲的女子爲瓜字初分。唐李羣玉詩集後集三醉後贈馮姬："桂形淺拂梁家黛，瓜字初分碧玉年。"

【瓜剖豆分】　guā pōu dòu fēn　比喻國土被分割。文選南朝宋鮑明遠（照）蕪城賦："出入三代，五百餘載，竟瓜剖而豆分。"注："如瓜之割肌，各自吞食。如豆之出莢，忽以分散。"南史陳本紀上武帝封陳公策："自八紘九野，瓜剖豆分，竊帝偷王，連州比縣。"亦作"豆剖瓜分"。見該條。

【瓜熟蒂落】　guā shú dì luò　瓜熟，瓜蒂自然脫落。雲笈七籤五六元氣論："今生子滿三十日，即相慶賀，謂之滿月，皆以此而習爲俗矣。氣足形圓，百神俱備，如二儀分三才，體地法天，負陰抱陽，喻瓜熟蒂落，啐啄同時。"比喻條件具備，時機成熟。元凌雲翰翰沁園春嘲昆季析居詞："樹大枝分，瓜熟蒂落，此語應非是義方。"

【瓜皮搭李樹】　guā pí dā lǐ shù　形容強認親族。宋韋居安梅磵詩話中："泉南林洪字龍發，號可山，肄業杭泮，粗有詩名，……自稱爲和靖（逋）七世孫，冒杭貫，取鄉薦，刊中興以來諸公詩，號大雅復古集，亦以己作附於後。時有無名子作詩嘲之曰：'和靖當年不娶妻，只留一鶴一童兒，可山認作孤山種，正是瓜皮搭李皮。'蓋俗云：'以強認親族者，爲瓜皮搭李樹云。'"

瓦　部

【瓦釜雷鳴】　wǎ fǔ léi míng　瓦製器物發出雷鳴巨響。比喻庸人佔居高位。瓦釜，沙鍋。楚辭屈原卜居："黃鐘毀棄，瓦釜雷鳴。"注："黃鐘，樂器，喻禮樂之士。瓦釜，喻庸下之人。雷鳴者，驚衆也。"宋黃庭堅豫章集六再次韻兼簡履中南玉詩之三："經術貂蟬續狗尾，文章瓦釜作雷鳴。"

【瓦解冰泮】　wǎ jiě bīng pàn　見"瓦解冰銷"。

【瓦解冰銷】　wǎ jiě bīng xiāo　比喻完全失敗或崩潰。舊唐書五三李密傳告郡縣書："因其倒戈之心，乘我破竹之勢，曾未旋踵，瓦解冰銷。"銷，通"消"。五燈會元十六承天簡禪師法嗣利元禪師："東方一指，乾坤肅靜，西方一指，瓦解冰消。"亦作"瓦解冰泮"。文選漢陳孔璋（琳）檄吳將校部曲文："七國之軍，瓦解冰泮。"

【瓶沉簪折】　píng chén zān zhé　比喻

夫妻關係破裂。唐白居易長慶集四井底引銀瓶詩：「瓶沉簪折知奈何，似妾今朝與君別。」

【瓶罄罍恥】 píng qìng léi chǐ 瓶，同「缾」。詩小雅蓼莪：「缾之罄矣，維罍之恥。」箋：「缾小而罍大，罄，盡也。缾小而盡，罍大而盈。言爲罍恥者，刺王不使富分貧，衆恤寡。」後以瓶罄罍恥比喻賢良被斥，正直受讒。北周庾信庾子山集十二思舊銘：「麟止星落，月死珠傷。瓶罄罍恥，芝焚蕙歎。」

【甄塵釜魚】 zèng chén fǔ yú 形容家境清貧，久不治炊。甄，瓦製的炊具。後漢書八一范冉傳：「所止單陋，有時糧粒盡，窮居自若，言貌無改，閭里歌之曰：『甄中生塵范史雲，釜中生魚范萊蕪。』史雲，冉字，桓帝時爲萊蕪長。」

【甕中捉鱉】 wèng zhōng zhuō biē 比喻所欲得者已在掌握之中。五燈會元十九昭覺勤禪師：「僧曰：『甕裏怕走却鱉？』古今雜劇元康進之梁山泊李逵員荆四：「這是揉着我山兒的痒處，管教他甕中捉鱉，手到拿來。」

【甕牖桑樞】 wèng yǒu sāng shū 見「甕牖繩樞」。

【甕牖繩樞】 wèng yǒu shéng shū 比喻貧窮人家。用破甕口作窗戶，用繩作門戶樞紐。牖，窗子。樞，門軸。文選漢賈誼過秦論：「陳涉甕牖繩樞之子，甿隸之人，而遷徙之徒也。」亦作「甕牖桑樞」。元曲選馬致遠半夜雷轟薦福碑一：「既有這上天梯，可怎生不着我這青霄步？我可便望蘭堂畫閣，劃地着我甕牖桑樞。」

甘 部

【甘心情願】 gān xīn qíng yuàn 不由外力，全出自願。宋王明清摭青雜說：「女曰：『此事兒甘心情願也。』」元曲選關漢卿包待制三勘蝴蝶夢三：「他便死也我甘心情願。」

【甘雨隨車】 gān yǔ suí chē 甘雨隨公車而至。太平御覽十三國吳謝承後漢書：「百里嵩字景山，爲徐州刺史，境旱，嵩出巡邏，甘雨輒澍。東海、祝其、合鄉等三縣父老訴曰：『人等是公百姓，獨不迂降？』迴赴，雨隨車而下。」後成爲稱頌地方長官德政的用語。唐駱賓王集六上兗州啟：「甘雨隨車，雲低輕重之蓋；還珠合浦，波含遠近之星。」

【甘拜下風】 gān bài xià fēng 與人比較，自認不如，願居下列。宋歐陽修文忠集十二戲答聖俞持燭之句詩：「花時浪過如春夢，酒敵先甘拜下風。」

【甚囂塵上】 shèn xiāo chén shàng 喧嘩擾攘，塵土飛揚。左傳成十六年：「楚子登巢車以望晉軍子重使太宰伯州犂侍于王後，王曰：『將發命也，甚囂，且塵上矣。』」後用以比喻議論紛紜，衆口喧騰。

【甜言美語】 tián yán měi yǔ 見「甜言軟語」。

【甜言軟語】 tián yán ruǎn yǔ 溫柔甜蜜的話。宋趙長卿惜香樂府八柳梢青：「甜言軟語，長記那時，蕭娘叮囑。」亦作「甜言美語」。古今雜劇元馬致遠呂洞賓三醉岳陽樓二：「你可是甜言美語的出家人，那裏不是積福處。」

【甜言蜜語】 tián yán mì yǔ 甜蜜誘人之語。明徐復祚宵光記傳奇三戕兒：「甜言蜜語甘如飴，怎知我就裏。」亦作「甜嘴蜜舌」。紅樓夢三五：「玉釧兒道：喫罷，喫罷，不用和我甜嘴蜜舌的，我可不信這樣話。」

【甜嘴蜜舌】 tián zuǐ mì shé 見「甜言蜜語」。

生　部

【生世不諧】　shēng shì bù xié　生不逢辰，命運不佳。後漢書七九下周澤傳：“澤性簡，忽威儀，頗失宰相之望。數月，復爲太常。清絜循行，盡敬宗廟。常臥疾齋宮，其妻哀澤老病，闖問所苦。澤大怒，以妻干犯齋禁，遂收送詔獄謝罪。當世疑其詭激。時人爲之語曰：‘生世不諧，作太常妻，一歲三百六十日，三百五十九日齋。’”

【生生世世】　shēng shēng shì shì　佛教指今生、來世以至永世。南史王敬則傳：“敬則將輿入迎(宋順)帝，啟譬令出，引令升車，順帝泣而彈指：‘唯願後身生生世世不復天王作因緣。’”後以泛指世代代。

【生老病死】　shēng lǎo bìng sǐ　佛教認爲出生、衰老、生病、死亡是人生的四大苦事。元曲選缺名龐居士誤放來生債二：“我去那酒色財氣求取一紙兒重招，我去那生老病死行告一紙兒赦書。”今泛指生育、養老、醫療、殯葬等事。

【生死存亡】　shēng sǐ cún wáng　指人生大事、重要關頭。左傳定公十五年：“夫禮，死生存亡之體也。”元曲選缺名金水橋陳琳抱粧盒二：“親承懿旨到西宮，生死存亡掌握中。”

【生死肉骨】　shēng sǐ ròu gǔ　使死者復生，白骨長肉。形容感恩極至之意。左傳襄二二年：“吾見申叔夫子所謂生死而肉骨也。”梁書劉孝綽傳謝啟：“日月昭回，俯明枉直，……遂漏斯密網，免彼嚴棘，得使還同士伍，比屋唐民，生死肉骨，豈伴其施。”宋程俱北山小集二十集英殿修撰謝表：“恭惟拯溺救焚之意，可謂生死肉骨之恩，顧影捫心淪肌刻骨。”

【生吞活剝】　shēng tūn huó bō　比喻生硬地抄襲或模仿。唐劉肅大唐新語諧謔：“李義府嘗賦詩曰：‘鏤月成歌扇，裁雲作舞衣。自憐迴雪影，好取洛川歸。’有棗強尉張懷慶好偷名士文章，乃寫詩曰：‘生情鏤月成歌扇，出意裁雲作舞衣。照鏡自憐迴雪影，時來好取洛川歸。’人謂之諺曰：‘活剝王昌齡，生吞郭正一。’”明徐渭青藤書屋文集十七奉師季先生書：“大約謂先儒若文公(朱熹)者，著釋速成，並欲盡窺諸子百氏之奧，是以冰解理順之妙固多，而生吞活剝之弊亦有。”亦作“活剝生吞”。見該條。

【生寄死歸】　shēng jì sǐ guī　謂生如暫寄，死如歸去。不足悲喜。淮南子精神：“生寄也，死歸也，何足以滑和。”注：“滑，亂也。和，適也。”

【生殺予奪】　shēng shā yǔ duó　生，活。殺，處死。予，賞予。奪，剝奪，處罰。指生死賞罰之權。本作“殺生與奪”。荀子王制：“貴賤殺生與奪，一也。”宋徐度却埽編上：“唐之方鎮，得專制一方，甲兵錢穀，生殺予奪皆屬焉。”明馮夢龍清蔡元放東周列國志九七：“夫制國之謂王，生殺予奪，他人不敢擅專。”

【生張熟魏】　shēng zhāng shú wèi　指互不熟悉。張、魏，指人的姓。泛指人。元宋元懷拊掌錄：“北都有妓女美色，而舉止生硬。土人謂之生張八。因府會，寇忠愍(準)令乞詩于魏處士野。野贈之詩曰：‘君爲北道生張八，我是西州熟魏三。莫怪尊前無笑語，半生半熟未相諳。’”

【生棟覆屋】　shēng dòng fù wū　用新伐的樹木做大梁建屋，梁易變形，屋易倒塌。比喻禍由自取。管子形勢：“生棟覆屋，怨怒不及；弱子下瓦，慈母操箠。”注：“言人以生棟造舍，雖至覆屋，但自咎而已，不致怨及他人。”

【生榮死哀】　shēng róng sǐ āi　指生時榮顯，死後使人哀痛。論語子張：“其生也……

榮，其死也哀。"此子貢謂孔子。文選三國魏曹子建(植)王仲宣誄："人誰不沒，達士徇名。生榮死哀，亦孔之榮。"

【生龍活虎】 shēng lóng huó hǔ 比喻生氣勃勃，矯健勇猛。宋朱熹朱子語類九五程子之書一："只見得他如生龍活虎相似，更是把捉不得。"吳趼人痛史五："城外元兵雖多，却被張世傑一馬在前，宗仁宗義在後，如生龍活虎一般，殺入陣去。"

【生靈塗炭】 shēng líng tú tàn 百姓陷入沼澤與炭火中。形容境地困苦。尚書仲虺之誥："有夏昏德，民墜塗炭。"晉書苻丕載記："天降喪亂，羌胡猾夏，先帝晏駕賊庭，京師鞠爲戎穴，神州蕭條，生靈塗炭。"

【生米做成熟飯】 shēng mǐ zuò chéng shú fàn 比喻已成事實，無法改變。明沈受先三元記傳奇十遺妾："如今生米做成熟飯了，又何必如此推阻。"清李汝珍鏡花緣三五："今日如果進宮，生米做成熟飯，豈有換回之理。"

用　　部

【用行舍藏】 yòng xíng shě cáng 被任用即行其道，不任用即退而隱居。論語述而："子謂顏淵曰：'用之則行，舍之則藏，惟我與爾有是夫。'"文選漢蔡伯喈(邕)陳太丘碑文序："其爲道也，用行舍藏，進退可度。"亦作"用舍行藏"。宋黃庭堅山谷集韓信詩："丈夫出身佐明主，用舍行藏可自知。"

【用兵如神】 yòng bīng rú shén 指揮作戰，妙不可測。水滸五九："爲頭一個先生，姓樊，名瑞，綽号混世魔王，能呼風喚雨，用兵如神。"

【用舍行藏】 yòng shě xíng cáng 見"用行舍藏"。

田　　部

【田月桑時】 tián yuè sāng shí 指農忙時節。南齊書竟陵文宣王子良傳諫射雉啟："且田月向登，桑時告至，士女呼嗟，易生囂議，棄民從欲，理有未安。"

【男婚女嫁】 nán hūn nǚ jià 指兒女嫁娶成家。唐劉禹錫劉夢得集十哭呂衡州詩："空懷濟世安人略，不見男婚女嫁時。"亦作"男大須婚，女大須嫁"。見該條。

【男歡女愛】 nán huān nǚ ài 指男女相愛。晉陸機陸士衡集六塘上行："男懽智傾愚，女愛衰避妍。"俗以爲男女親昵之辭。

【男大須婚，女大須嫁】 nán dà xū hūn, nǚ dà xū jià 指男女應及時婚嫁。明洪楩清平山堂話本戒指兒記："勸了後來人，男大須婚，女大須嫁。"水滸五："魯智深呵呵大笑道：'男大須婚，女大須嫁，這是人倫大事，五常之禮，何故煩惱？'"亦作"男婚女嫁"。見該條。

【畏天知命】 wèi tiān zhī mìng 知天命，識時務。後漢書十七馮異傳與李軼書："昔微子去殷而入周，項伯畔楚而歸漢，周勃迎代王而黜少帝，霍光尊孝宣而廢昌邑，彼皆畏天知命，覩存亡之符，見廢興之事，故能成功於一時，垂業於萬世也。"

【畏首畏尾】　wèi shǒu wèi wěi　怕前怕後。比喻顧忌過多。左傳文十七年："古人有言曰:'畏首畏尾,身其餘幾?'"注:"言首尾有畏,則身中不畏者少。"藝文類聚四十晉潘岳弔孟嘗君文:"畏首畏尾,東奔而囚,志撓於木偶,命懸於狐裘。"清李汝珍鏡花緣八四:"妹子平日但凡遇見吃酒行令,最是高興,從不畏首畏尾。"

【留芳後世】　liú fāng hòu shì　好的名聲傳到後代。世說新語尤悔:"桓公(溫)臥語曰:'作此寂寂,將爲文景所笑。'既而屈起坐曰:'既不能留芳後世,亦不足復遺臭萬載邪!'"

【留連忘返】　liú lián wàng fǎn　見"流連忘返"。

【留得青山在,不怕沒柴燒】　liú dé qīng shān zài, bù pà méi chái shāo　比喻保存實力,留得基礎,雖暫受挫折,終有可爲。明凌濛初初刻拍案驚奇二二:"七郎愈加慌張,只得勸母親道:'留得青山在,不怕沒柴燒。'雖是遭此大禍,兒子官職還在,只要到得任所便好了。"

【異口同音】　yì kǒu tóng yīn　見"異口同聲"。

【異口同詞】　yì kǒu tóng cí　見"異口同聲"。

【異口同聲】　yì kǒu tóng shēng　很多人同時說出同樣的話。形容意見一致。抱朴子道意:"左右小人,並云不可,阻之者衆,本無至心,而諫怖者,異口同聲。"亦作"異口同音"、"異口同詞"。宋書庾炳之傳何承之對:"今之事跡,異口同音,便是彰著,政未測得物之數耳!"文苑英華八〇八陳黯彭州新置唐昌縣建德草市歇馬亭鎮并天王院等記:"輿人頌美,異口同詞。"

【異塗同歸】　yì tú tóng guī　見"異路同歸"。

【異想天開】　yì xiǎng tiān kāi　指不切實際的空想。清李汝珍鏡花緣八一:"陶秀春道:'這可謂異想天開了。'"

【異路同歸】　yì lù tóng guī　道路不同,歸宿到一處。淮南子本經:"五帝三王,殊事而同指,異路而同歸。"又見文子精誠。亦作"異塗同歸"。漢桓寬鹽鐵論論儒:"聖人異塗同歸,或行或止,其趣一也。"抱朴子袪惑:"此等與彼穿窬之盜,異塗而同歸者也。"

【畫中有詩】　huà zhōng yǒu shī　形容畫境富有詩意。見"詩中有畫"。

【畫地而趨】　huà dì ér qū　畫地作跡,使人循跡而走。比喻以禮法拘束自苦,不知變通。趨,快走。莊子人間世:"已乎已乎,臨人以德,殆乎殆乎,畫地而趨!"注:"夫畫地而使人循之,其跡不可掩矣。"疏:"猶如畫地作跡,使人走逐,徒費巧勞,無由掩,以己率物,其義亦然也。"

【畫地成圖】　huà dì chéng tú　在地上指劃,說明地理形勢。漢書五九張安世傳:"(長子千秋)還謁大將軍(霍)光,問千秋戰鬭方略,山川形勢,千秋口對兵事,畫地成圖,無所忘失。"世說新語言語"諸名士至洛水戲"注引晉陽秋:"世祖(晉武帝)嘗問漢事及建章千門萬戶,(張)華畫地成圖,應對如流,張安世不能過也。"按此爲張千秋事,非安世。

【畫地刻木】　huà dì kè mù　指入獄受訊。梁書王僧孺傳與何倞書:"蓋畫地刻木,昔人所惡,叢棘既累,於何可聞?"

【畫地爲牢】　huà dì wéi láo　相傳上古時,於地上畫圈,令犯罪者立圈中,以示懲罰,如後代的牢獄。漢書六二司馬遷傳報任安書:"故士有畫地爲牢勢不入,削木爲吏議不對,定計於鮮也。"亦作"畫地爲獄"。漢書五一路溫舒傳上書:"故俗語曰:'畫地爲獄,議不入;刻木爲吏,期不對。'此皆疾吏之風,悲痛之辭也。"後也比喻只許在限定的範圍內活動。

【畫地爲獄】　huà dì wéi yù　見"畫地爲牢"。

【畫虎成狗】　huà hǔ chéng gǒu　見"畫虎類狗"。

【畫虎類狗】　huà hǔ lèi gǒu　比喻好騖遠而無所成,反貽笑柄。後漢書二四馬援傳誡兄子嚴敦書:"效伯高不得,猶爲謹勑之士,所謂刻鵠不成尚類鶩者也。效季良不得,陷爲天下輕薄子,所謂畫虎不成反類狗者也。"時龍伯高以敦厚周慎、杜季良以豪俠好義著稱。亦作"畫虎成狗"。清蒲松齡聊齋志異胭脂:"女呼之返,曰:'身已許君，復何吝惜？但恐畫虎成狗，致貽污謗。'"

【畫瓶盛糞】　huà píng chéng fèn　佛教語。指人身爲幻相，諸苦所集。菩薩處胎經一："身爲如丘墓，野干之所伺。愚者深染著，耽愛不能捨，此身無反復，畫夜欲唉喌。九苦爲關楗，如畫瓶盛糞。"

【畫脂鏤冰】　huà zhī lòu bīng　在油脂上作畫，冰上雕刻。比喻徒勞無功。鏤，雕刻。漢桓寬鹽鐵論殊路："故內無其質而外學其文，雖有賢師良友，若畫脂鏤冰，費日損功。"

【畫蛇添足】　huà shé tiān zú　戰國策齊二："楚有祠者，賜其舍人卮酒，舍人相謂曰：'數人飲之不足，一人飲之有餘，請畫地爲蛇，先成者飲酒。'一人蛇先成，引酒且飲之，乃左手持卮，右手畫蛇曰：'吾能爲之足。'未成，一人之蛇成，奪其卮曰：'蛇固無足，子安能爲之足？'遂飲其酒。爲蛇足者，終亡其酒。"後以"畫蛇著足"、"畫蛇添足"比喻做了多餘的事反而把事情弄壞。唐韓愈昌黎集三感春："畫蛇著足無處用，兩鬢雪白懸埃塵。"明王世貞弇州山人四部稿一二九綠牡丹詩後："因別賦一律書其後，觀者勿笑老夫生畫蛇添足也。"

【畫蛇著足】　huà shé zhù zú　見"畫蛇添足"。

【畫棟雕梁】　huà dòng diāo liáng　見"雕梁畫棟"。

【畫餅充飢】　huà bǐng chōng jī　畫餅解餓。三國志魏盧毓傳："選舉莫取有名，名如畫地作餅，不可啖也。"後比喻徒有虛名，無補於實用。續傳燈錄二十行瑛禪師："談玄說妙，譬如畫餅充飢。"亦比喻聊以空想自慰。宋李清照打馬圖經打馬賦："說梅止渴，稍蘇奔競之心；畫餅充飢，少謝騰驤之志。"水滸五一："白秀英道：'官人今日眼見一文也無，提甚三五兩銀子？正是教俺望梅止渴，畫餅充飢。'"

【畫龍點睛】　huà lóng diǎn jīng　唐張彥遠歷代名畫記七："(梁)武帝崇飾佛寺，多命(張)僧繇畫之……金陵安樂寺四白龍，不點眼睛，每云：'點睛即飛去。'人以爲妄誕，固請點之，須臾雷電破壁，兩龍乘雲騰去上天，二龍未點眼者見在。"原指畫

筆神奇，後比喻在詩文中用一二精闢的詞句點明要旨爲畫龍點睛。

【畫虎畫皮難畫骨】　huà hǔ huà pí nán huà gǔ　元曲選孟漢卿張孔目智勘魔合羅一："你知道我是甚麼人？便好道畫虎畫皮難畫骨，知人知面不知心。"指外表易畫，骨相難於描摹。歇後用法，側重下句，猶言人心難測。

【當之無愧】　dāng zhī wú kuì　謂實至名歸，足以承當，毫無愧色。李寶嘉官場現形記三二："趙大架子道：'若照藎翁的大才，這幾句考語，着實當之無愧。'"

【當仁不讓】　dāng rén bù ràng　論語衛靈公："當仁不讓於師。"注："當行仁之事，不復讓於師。"今泛指遇到應該做的事，主動去做，不推辭。後漢書三五曹褒傳："夫人臣依義顯君，竭君彰主，行之美也。當仁不讓，吾何辭哉。"三國志魏毌丘儉傳注引文欽與郭淮書："夫當仁不讓，況救君之難，度道遠艱，故不果期要耳。"唐李商隱李義山詩集二韓碑："當仁自古有不讓，言訖屢頷天子頤。"

【當局者迷】　dāng jú zhě mí　身當其事者反而糊塗。亦作"當局苦迷"、"當局稱迷"。宋書王微傳與王僧綽書："且持盈畏滿，自是家門舊風，何爲一旦落漠至此！當局苦迷，將不然耶？"新唐書二〇〇元行沖傳釋疑："客曰：當局稱迷，傍觀必審，何所謂疑而不申列？"宋辛棄疾稼軒詞十二戀繡衾："我自是笑別人底，卻元來當局者迷。"明蘭陵笑笑生金瓶梅二四："兩個自知暗地裏調情頑耍，卻不知宋惠連這老婆又是一個兒在檻外窗眼裏，被她瞧了個不亦樂乎。正是當局者迷，傍觀者清。"

【當局苦迷】　dāng jú kǔ mí　見"當局者迷"。

【當局稱迷】　dāng jú chēng mí　見"當局者迷"。

【當斷不斷】　dāng duàn bù duàn　指遇事猶豫不決，不能當機立斷。史記五二齊悼惠王世家："召平曰：嗟乎！道家之言'當斷不斷，反受其亂'乃是也。"晉書羊祜傳："天下不如意，恒十居七八，故有當斷不斷。天與不取，豈非更事者恨於後時哉！"明馮夢龍清蔡元放東周列國志四："主公

豈不聞周公誅管蔡之事乎？‘當斷不斷，反受其亂。’”

【疊牀架屋】 dié chuáng jià wū 牀上搭牀，屋下架屋。比喻重複。北齊顏之推顏氏家訓序致：“魏晉已來所著諸子，理重事複，遞相模斅，猶屋下架屋，牀上施牀耳。”宋陸九淵象山全集二與朱元晦書：“上面加無極字，正是疊牀上之牀；下面著真體字，正是架屋下之屋。”

疋　部

【疏不間親】 shū bù jiàn qīn 關係疏遠者不參與關係親近者之間的事。間，離間。韓詩外傳三：“魏文侯欲置相，召李克間曰：‘寡人欲置相，非翟黃則魏成子，願卜之於先生。’李避席而辭曰：‘臣聞之卑不謀尊，疏不間親，臣外居者也，不敢當命。’”三國志蜀劉封傳孟達與封書：“古人有言：‘疏不間親，新不加舊。’此謂上明下直，讒慝不行也。”明馮夢龍警世通言三二：“孫富道：‘疏不間親，還是莫說罷。’”

【疏財仗義】 shū cái zhàng yì 疏財，把財物分人。指輕財重義。元曲選（劉君錫）龐居士誤放來生債四：“則為我救困扶危，疏財仗義，都做了註福消愆。”水滸十八：“那押司姓宋名江，……為人疏財仗義，人皆稱他做孝義黑三郎。”亦作“仗義疏財”。見該條。

【疑事無功】 yí shì wú gōng 辦事猶豫，不會成功。戰國策趙二：“疑事無功，疑行無名。”

【疑神疑鬼】 yí shén yí guǐ 神經過敏，無中生有。清黃景仁兩當軒集五遊九華山放歌詩：“疑神疑鬼呼欲出，至竟但可以石名。”

【疑心生闇鬼】 yí xīn shēng àn guǐ 由於心中懷疑而多所猜測，無中生有。宋呂本中師友雜誌：“潘旻子文，溫州人，師事伊川先生（程頤），自言有自得處，嘗聞人說鬼怪者，以為必無此理，以為疑心生闇鬼，最是要切議論。”明陳羆齋躍鯉記十六：“這是疑心生暗鬼，姜秀才請你醫治他安人的病，急忙去。”

【疑人勿使，使人勿疑】 yí rén wù shǐ, shǐ rén wù yí 見“疑者不使，使者不疑”。

【疑者不使，使者不疑】 yí zhě bù shǐ, shǐ zhě bù yí 指用人應充分信任。舊唐書一三九陸贄傳：“夫如是，則疑者不使，使者不疑，勞神於選才，端拱於委任。”亦作“疑人勿使，使人勿疑”。金史熙宗紀皇統八年：“諺不云乎，‘疑人勿使人，使人勿疑。’”

广　部

【病入膏肓】 bìng rù gāo huāng 形容病情極重，難以醫治。古時稱心臟下部為膏，隔膜為肓。左傳成十年：“公夢疾為二豎子曰：‘彼良醫也，懼傷我，焉逃之？’其一曰：‘居肓之上，膏之下，若我何？’醫曰：‘疾不可為也。在肓之上，膏之下，攻之不可，達之不及，藥不至焉，不可為也。’”後指不治之症，或喻事情惡化，已到無可挽救地步。明史三○九李自成張獻忠傳序："莊烈之繼統也……譬一人之身,元氣羸然,疽毒並發,厥症固已甚危,而醫則良否錯進,劑則寒熱互投,病入膏肓而無可救,不亡何待哉?"

【病骨支離】 bìng gǔ zhī lí 形容生病體衰、瘦弱無力的樣子。宋陸游劍南詩稿七病起書懷："病骨支離紗帽寬,孤臣萬里客江干,位卑未敢忘憂國,事定猶須待闔棺。"

【病從口入】 bìng cóng kǒu rù 指飲食不慎而致病。太平御覽三六七晉傅玄擬金人銘作口銘："病從口入,禍從口出。"

【疲於奔命】 pí yú bēn mìng 為奔走應命而疲累不堪。後漢書七四上袁紹傳田豐說紹："乘虛迭出,以擾河南,救右則擊其左,救左則擊其右,使敵疲於奔命,人不得安業,我未勞而彼已困,不及三年,可坐剋也。"晉書赫連勃勃載記："吾以雲騎飛馳,出其不意,救前則擊其後,救後則擊其前,使彼疲於奔命。"宋樓鑰攻媿集一送袁和叔尉江陰詩："舊以邑屬南蘭陵,疲于奔命吏失寧。"亦作"罷於奔命"。見該條。

【疾言遽色】 jí yán jù sè 言語神色粗暴急躁。後漢書二五劉寬傳："典歷三郡,溫仁多恕,雖在倉卒,未嘗疾言遽色。"

【疾足先得】 jí zú xiān dé 史記九二淮陰侯傳："秦之綱絕而維弛,山東大擾,異姓並起,英俊烏集。秦失其鹿,天下共逐之,於是高材疾足者先得焉。"後因以指行動神速者,遇事每占先着。亦作"捷足先得"。見該條。

【疾風勁草】 jí fēng jìn cǎo 見"疾風知勁草"。

【疾惡如讎】 jí è rú chóu 指富於正義感,對惡人壞事之憎恨,同於仇敵。後漢書六六陳蕃傳上疏："又前山陽太守翟超,東海相黃浮,奉公不橈,疾惡如讎。"晉書傅咸傳："剛簡有大節,風格峻整,識性明悟,疾惡如仇,推賢樂善。"

【疾風知勁草】 jí fēng zhī jìn cǎo 疾風,大而急的風。勁草,堅韌的草。謂遇疾風始知勁草之挺立。比喻節操堅定,經得起考驗。後漢書二十王霸傳："光武謂霸曰:'潁川從我者皆逝,而子獨留。努力!疾風知勁草。'"唐太宗與蕭瑀詩:"疾風知勁草,版蕩識誠臣。"見貞觀政要五忠義、新唐書一○一蕭瑀傳。亦作"疾風勁草"。宋釋惠洪石門文字禪十三送匀上人謁蔡州使君詩:"今日孤城獨堅守,疾風勁草昔傳聞。"

【疾雷不及掩耳】 jí léi bù jí yǎn ěr 迅雷突震,不及掩耳。形容事發神速,使人不及預防。六韜龍韜軍勢:"善者從而不擇,巧者一決而不猶豫,故疾雷不及掩耳,卒電不及瞑目。"(羣書治要本)三國志魏武帝紀建安十二年:"吾順治許之,所以從其意,使自安而不為備;因畜士卒之力,一旦擊之,所謂疾雷不及掩耳。"晉書苻堅載記:"謂(王猛)曰:'授卿精兵,委以重任,便可從壺關上黨出潞川,此捷濟之機,所謂疾雷不及掩耳。'"

【痌心疾首】 tōng xīn jí shǒu 言痛恨之極。新唐書八七蕭銑傳報董景珍書:"我先君昔事隋,職貢無廢,乃食我土宇,滅我宗祊,我是以痌心疾首,思刷厥恥。"亦作"痛心疾首"。見該條。

【痛心入骨】 tòng xīn rù gǔ 傷痛入於骨髓。形容傷心之至。後漢書七四下袁紹傳劉表與袁譚書:"是以智達之士,莫不痛心入骨。"三國志蜀孫乾傳:"後(劉)表與袁尚書,說其兄弟分爭之變,曰:'每與劉左將軍孫公祐共論此事,未嘗不痛心入骨,相為悲傷也。'"

【痛心疾首】 tòng xīn jí shǒu 心傷而頭痛。謂傷心痛恨之甚。左傳成十三年:"諸侯備聞此言,斯是用痛心疾首,暱就寡人。"注:"疾亦痛也。"後漢書章帝紀建初五年詔:"朕之不德,上累三光,震慄切切,痛心疾首。"亦作"痌心疾首"。見該條。

【痛不欲生】 tòng bù yù shēng 悲痛之極,不想再活。清紀昀閱微草堂筆記十一:"有王震升者,暮年喪愛子,痛不欲生。"

【痛改前非】 tòng gǎi qián fēi 徹底改正從前的錯誤。明許仲琳封神演義二七:"臣願陛下痛改前非,行仁興義,遠小人近君子。"

【痛定思痛】 tòng dìng sī tòng 悲痛的舊事,事後追思,倍增苦楚。唐韓愈昌黎集十六與李翱書：“僕在京城八九年，無所取資，日求於人，以度時月，當時行之不覺也。今而思之，如痛定之人，思當痛之時，不知何能自處也。”宋文天祥文山集十三指南錄後序：“嗚呼！死生晝夜事也，死而死矣，而境界危惡，層見錯出，非人世所堪，痛定思痛，痛何如哉！”紅樓夢八二：“又想夢中光景，無倚無靠，再真把寶玉死了，那可怎麼樣好？一時痛定思痛，神魂俱亂。”

【痛哭流涕】 tòng kū liú tì 深憤極痛之意。漢書四八賈誼傳陳政事疏：“臣竊惟事勢，可爲痛哭者一，可爲流涕者二，可爲長太息者六，若其它背理而傷道者，難徧以疏舉。”宋史三七四胡銓傳：“而此膝一屈，不可復伸，國事陵夷不可復振，可爲痛哭流涕長太息矣！”亦作“慟哭流涕”。宋史三二一孫洙傳：“慟哭流涕，極論天下事，今之賈誼也。”

【痛飲黃龍】 tòng yǐn huáng lóng 宋史三六五岳飛傳：“金將軍韓常欲以五萬眾內附。飛大喜，語其下曰：‘直抵黃龍府，與諸君痛飲爾。’”意謂攻克敵京，置酒高會以祝捷。形容激昂、歡喜之情。

【痛癢相關】 tòng yǎng xiāng guān 比喻利害相關。明楊士聰玉堂薈記下：“江陵（張居正）秉柄，……外而督撫，內而各部，無一刻不痛癢相關，凡奏疏所能及者，竿牘往來，罔非至計。”

【痿不忘起】 wěi bù wàng qǐ 痿痺的人，不忘起行。史記九三韓王信傳報柴將軍書：“僕之思歸，如痿人不忘起，盲者不忘視也，勢不可耳。”唐柳宗元柳先生集四三種仙靈毗詩：“痿者不忘起，窮者寧復言。”

【瘂玉埋香】 yǐ yù mái xiāng 指美女死亡。瘂，埋葬。明高啟高太史集八聽教坊舊妓郭芳卿弟子陳氏歌：“回頭樂事浮雲改，瘂玉埋香今幾載。”

【瘴雨蠻烟】 zhàng yǔ mán yān 指南方有瘴氣的烟雨。宋辛棄疾稼軒詞滿江紅送湯朝美自便歸：“瘴雨蠻烟，十年夢，尊前休說。”亦作“瘴雨蠻雲”。宋陸游劍南詩稿十渚州：“使君不用勤留客，瘴雨蠻雲我欲愁。”

【瘴雨蠻雲】 zhàng yǔ mán yún 見“瘴雨蠻烟”。

【癡人說夢】 chī rén shuō mèng 五燈會元二十道行禪師：“佛說三乘十二分頓漸偏圓，癡人前不得說夢。”本指不能對癡人說夢，恐其信以爲真。後因以癡人說夢指妄談荒誕不實之事。宋葉□愛日齋叢鈔三：“始東坡（蘇軾）詩云：‘我笑陶淵明，種秫二頃半，婦言既不用，還有責子歎。’蘇公肯亦效癡人說夢邪。”明許仲琳封神演義五三：“子牙笑曰：‘鄧將軍，你這篇言詞，真如癡人說夢。’”

【癡心妄想】 chī xīn wàng xiǎng 愚騃荒誕難於實現的想法。明馮夢龍古今小說一：“大凡人不做指望，到也不在心上；一做指望，便癡心妄想，時刻難過。”

【癡男騃女】 chī nán ái nǚ 癡心天真的少年男女。唐白居易長慶集十八寒食夜詩：“抱膝思量何事在，癡男騃女喚鞦韆。”亦作“癡兒騃女”。宋秦觀草堂詩餘四宋謙父賀新郎七夕詞：“巧拙豈關今夕事，奈癡兒騃女流傳謬。”

【癡兒騃女】 chī ér ái nǚ 見“癡男騃女”。

癶 部

【登山臨水】 dēng shān lín shuǐ 登上高山，跨越河流。指登上旅途或寄情山水。

文選戰國楚宋玉九辯：“登山臨水兮送將歸。”北史李彪傳：“（齊主）遂親至琅邪城，登山臨水，命羣臣賦詩以送別。”唐白居易長慶集六四贈皇甫七張十五李二十三賓客詩：“幸陪散秩同居日，好是登山臨水時。”

【登高自卑】　dēng gāo zì bēi　登上高處，必從低處開始。比喻事之進行有順序。禮中庸：“辟（譬）如行遠必自邇，辟如登高必自卑。”亦作“升高自下”。書太甲下：“若升高必自下，若陟遐必自邇。”

【登高能賦】　dēng gāo néng fù　登臨高處，便於放眼抒懷，寄情文筆。韓詩外傳七：“孔子遊於景山之上，子路子貢顏淵從。孔子曰：君子登高必賦，小子願者何？”按詩鄘風定之方中“卜云其吉”漢毛亨傳謂大夫有九能，五曰升高能賦。漢書藝文志：“傳曰：‘不歌而頌謂之賦，登高能賦可以爲大夫。’”

【登峯造極】　dēng fēng zào jí　登上山峯絕頂。比喻造詣精絕。造，到達。世說新語文學：“佛經以爲祛練神明，則聖人可致。簡文云：‘不知便可登峯造極不？然陶練之功，尚不可誣。’”清顧炎武亭林文集四與人書之十七：“君詩之病在於有杜，君文之病在於有韓歐，有此蹊徑於胸中，便終身不脫依傍二字，斷不能登峯造極。”後亦比喻做壞事猖狂之極。

【登堂入室】　dēng táng rù shì　古時前堂後室，先登堂，後入室，比喻學藝造詣精絕，深得師傅。漢書藝文志詩賦：“詩人之賦麗以則，辭人之賦麗以淫。如孔氏之門人用賦也，則賈誼登堂，相如入室矣，如其不用何？”宋吳炯五總志：“如徐師川（俯）、余荀龍（爽）、洪玉父（炎）昆弟、歐陽元老，皆黃（庭堅）門登堂入室者，實自足以名家。”亦作“升堂入室”。見該條。

【發人深省】　fā rén shēn xǐng　使人深思猛醒。唐杜甫杜工部草堂詩箋一遊龍門奉先寺詩：“欲覺聞晨鍾，令人發深省。”

【發言盈庭】　fā yán yíng tíng　指衆人聚議，人多言雜，莫衷一是。盈庭，擠滿廳堂。形容衆多。詩小雅小旻：“謀夫孔多，是用不集。發言盈庭，誰敢執其咎。”

【發姦摘伏】　fā jiān tī fú　見“發姦摘伏”。

【發姦摘伏】　fā jiān tī fú　揭發隱匿的壞人壞事。謂吏治精明。漢書七六趙廣漢傳：“尤善爲鉤距以得事情，……其發姦摘伏如神，皆此類也。”南史傅琰傳：“廉因問曰：‘聞丈人發姦摘伏，惠化如神，何以至此？’”亦作“發姦摘伏”。北史陳孝意傳：“時長吏多贓污，孝意清節彌厲。發姦摘伏，動若有神，吏人稱之。”

【發揚蹈厲】　fā yáng dǎo lì　本指舞蹈時動作的威武。亦比喻精神振奮，意氣風發。禮樂記：“發揚蹈厲，大（太）公之志也。”史記樂書：“發揚蹈厲之已蚤，何也？答曰：‘及時事也。’”正義：“發，初也。揚，舉袂也。蹈，頓足蹋地。厲，顏色勃然如戰色也。”

【發策決科】　fā cè jué kē　命題考試。策，策問，即考題。科，科第。漢揚雄法言學行：“或曰：書與經同而世不尚，治之可乎？曰：可。或人啞爾笑曰：須以發策決科。”注：“射以決科，經以策試，今徒治同經之書，而不見策用，故笑之。”

【發號布令】　fā hào bù lìng　見“發號施令”。

【發號施令】　fā hào shī lìng　發布命令。書冏命：“發號施令，罔有不臧。”隋書文學傳序：“高祖初統萬機，每念驕彫爲樸，發號施令，咸去浮華。”亦作“發號布令”。吳子勵士：“夫發號布令而人樂聞，興師動衆而人樂戰，交兵接刃而人樂死。此三者，人之所恃也。”

【發蒙振落】　fā méng zhèn luò　揭去蒙蓋物，振落枯葉。比喻輕而易舉。蒙，遮蓋。史記一二〇汲黯傳：“好直諫，守節死義，難惑以非。至如說丞相（公孫）弘，如發蒙振落耳。”

【發憤忘食】　fā fèn wàng shí　勤奮於求學治事，至忘飲食。論語述而：“發憤忘食，樂以忘憂。”漢書七二王吉傳：“考仁聖之風，習治國之道，新新焉發憤忘食，日新厥德，其樂豈非衒檗之間哉！”清文康兒女英雄傳三四：“安老爺道：‘既這樣發憤忘食起來，也好，就由你去。’”

【發蹤指示】　fā zōng zhǐ shì　放狗逐獸。比喻指揮作戰的人。史記蕭相國世家：

"夫獵，追殺獸兔者狗也，而發蹤指示獸處者人也。"漢書三九蕭何傳蹤作"縱"。注："發縱，謂解緤而放之也。指示者，以手指示之，今俗言放狗。"

【發聾振聵】 fā lóng zhèn kuì 　使聾人能聽。比喻啓發愚蒙，使人領悟。清吳敬梓儒林外史四四："余大先生道：'先生，你這一番議論，眞可謂之發聾振聵。'"亦作"振聾發聵"。見該條。

白　部

【白日見鬼】 bái rì jiàn guǐ 　宋陸游老學庵筆記六："自元豐官制，尚書省復二十四曹，繁簡絕異，在京師時有諺曰：'吏、勳、封、考，筆頭不倒；……工、屯、虞、水，白日見鬼。'"謂工部四曹無事可做，清閑之極。後稱事之離奇古怪或無中生有者爲白日見鬼。

【白日昇天】 bái rì shēng tiān 　原爲道家語，指昇天成仙。魏書釋老志："其爲敎也，咸蠲去邪累，澡雪心神，積行樹功，累德增善，乃至白日昇天，長生世上。"後比喻人突然高貴升官。五代王定保唐摭言七好放孤寒："李涼公(逢吉)下三十三人皆取寒素。時有詩曰：'元和天子丙申年，三十三人同得仙，袍似爛銀文似錦，相將白日上青天。'"

【白玉微瑕】 bái yù wēi xiá 　見"白璧微瑕"。

【白衣公卿】 bái yī gōng qīng 　唐人極重進士，宰相多由進士出身，推重進士稱爲白衣卿相，言身爲白衣之士，而有卿相之資。五代王定保唐摭言一散序進士："進士科始於隋大業中，盛於貞觀永徽之際，縉紳雖位極人臣，不由進士者，終不爲美。以至歲貢常不減八九百人，其推重謂之'白衣公卿'，又曰'一品白衫'。"亦作"白衣卿相"。元曲選吳昌齡張天師斷風花雪月二："小生不才殺者波也是國家白衣卿相，你則道我不認得你哩。"

【白衣秀士】 bái yī xiù shì 　指沒有功名的讀書人。元曲選馬致遠呂洞賓三醉岳陽樓二："至如呂嵒，當初是個白衣秀士，未遇書生，上朝求官，在邯鄲道王化店遇着鍾離師父，再三點化，纔得成仙了道。"水滸十一回有梁山泊頭領王倫，綽號白衣秀士。

【白衣宰相】 bái yī zǎi xiàng 　指無官職而有宰相權勢的人。唐令狐綯輔政，子滈恃父勢，恣受貨賂，左拾遺劉蛻、起居郎張雲上疏指斥其惡，且言滈居當時，謂之白衣宰相。見新唐書一六六令狐滈傳。

【白衣卿相】 bái yī qīng xiàng 　見"白衣公卿"。

【白衣蒼狗】 bái yī cāng gǒu 　天空浮雲，倏忽異狀，忽如白衣，忽如蒼狗。比喻世事變幻無常。唐杜甫杜工部草堂詩箋三三可歎："天上浮雲如白衣，斯須改變如蒼狗。"宋張元幹蘆川詞瑞鷓鴣彭德器出示胡邦衡新句次韻："白衣蒼狗變浮雲，千古浮名一聚塵。"劉克莊後村別調沁園春和吳尚書叔永詞："笑是非浮論，白衣蒼狗；文章定價，秋月華星。"元胡祗遹紫山大全集水調歌頭招友人欽詞："氣化也應歸盡，雲影白衣蒼狗，何處駐陽神。"明凌濛初初刻拍案驚奇二二："東海揚塵猶有日，白衣蒼狗剎那間。"亦作"白雲蒼狗"。清姚鼐惜抱軒詩集十慧居寺："白雲蒼狗塵寰感，也到空林釋子家。"

【白板天子】 bái bǎn tiān zǐ 　沒有國璽的皇帝。南齊書輿服志："乘輿傳國璽，秦璽也。晉中原亂沒胡，江左初無之，北方人呼晉家爲'白板天子'。"

【白首同歸】 bái shǒu tóng guī 　文選晉潘安仁(岳)金谷集作詩："春榮誰不慕，歲寒良獨希；投分寄石友，白首同所歸。"此謂友誼堅貞，白首不渝。世說新語仇隙："孫秀既恨石崇不與綠珠，又憾潘岳昔遇之不以禮。……後收石崇歐陽堅石(建)，同日收岳。石先送市，亦不相知。潘後至。石謂潘曰：'安仁，卿亦復爾邪？'潘曰：'可謂白首同所歸。'"後謂年俱老而同時命終。

【白面書生】 bái miàn shū shēng 少年文士。含有年輕識淺的意思。宋書沈慶之傳："丹陽尹徐湛之，尚書江湛並在坐，上使湛之等難慶之。慶之曰：'……陛下今欲伐國，而與白面書生輩謀之，事何由濟！'"

【白眉赤眼】 bái méi chì yǎn 指平白無故。明蘭陵笑笑生金瓶梅五二："玉樓你怎的恁白眉赤眼兒？我在那裏討個貓來！"紅樓夢三四："白眉赤眼兒的，作什麼去呢？到底說句話兒，也像件事啊。"

【白虹貫日】 bái hóng guàn rì 白色長虹穿日而過。古人附會爲示君王遇害的天象異兆。戰國策魏："夫專諸之刺王僚也，彗星襲月；聶政之刺韓傀也，白虹貫日；要離之刺慶忌也，倉鷹擊於殿上。"又附會爲精誠感天之兆。史記八三鄒陽傳："昔者荊軻慕燕丹之義，白虹貫日，太子畏之。"

【白馬非馬】 bái mǎ fēi mǎ 戰國時公孫龍學派的名辯命題。戰國策趙二："夫刑名之家，皆曰白馬非馬也。"白馬非馬，揭示事物與概念之間，個體與一般之間的差別，包含事物皆是可分的思想。

【白毫之賜】 bái háo zhī cì 佛藏經了戒品九："如來滅後，白毫相中百千億分，其中一分供養舍利及諸弟子，……設使一切世間人皆共出家，隨順法行，於白毫相百千億分，不盡其一。"後因稱供養僧徒之物曰白毫之賜。

【白魚入舟】 bái yú rù zhōu 周武王伐紂，王渡孟津，中流有白魚躍入舟中。附會者以爲滅商之象。見史記周本紀。後比喻吉祥征兆。

【白雲蒼狗】 bái yún cāng gǒu 見"白衣蒼狗"。

【白雲親舍】 bái yún qīn shè 比喻思親。親，父母。舍，居住地。唐劉肅大唐新語六舉賢："(閻立本)物薦(狄仁傑)爲并州法曹，其親在河陽別業，仁傑赴任於并州，登太行，南望白雲孤飛，謂左右曰：'吾親所居，近此雲下！'悲泣，佇立久之，候雲移乃行。"又見新唐書一一五本傳。按六朝人已以白雲爲思親友之喻，如文選南齊謝玄暉(朓)拜中軍記室辭隨王牋："白雲在天，龍門不見。"

【白黑分明】 bái hēi fēn míng 見"黑白分明"。

【白駒過隙】 bái jū guò xì 駿馬馳越細隙。比喻光陰飛逝。白駒，原指駿馬。這裏比喻日影。莊子知北遊："人生天地之間，若白駒之過郤，忽然而已。"史記九十魏豹傳："人生一世間，如白駒過隙耳。"索隱："莊子云'無異騏驥之馳過隙'，則謂馬也。小顏云'白駒謂日影也。隙，壁隙也。'以言速疾，若日影過壁隙也。"三國演義一〇七："人生如白駒過隙，似此遷延歲月，何日恢復中原乎。"

【白龍魚服】 bái lóng yú fú 白龍化妝成魚。比喻貴人微服出行之危。漢劉向說苑正諫："昔白龍下清泠之淵，化爲魚，漁者豫且射中其目。白龍上訴天帝，天帝曰：'當是之時，若安置而形？'白龍對曰：'我下清泠之淵化爲魚。'天帝曰：'魚固人之所射也。若是，豫且何罪夫！'"文選漢張平子(衡)東京賦："白龍魚服，見困豫且。"明馮夢龍清蔡元放東周列國志九五："太史令曰：'白龍魚服，畏而自隱，異日富貴，不可言也。'"

【白頭如新】 bái tóu rú xīn 指久交而不相知，與新交無異。史記八三鄒陽傳："諺曰：有白頭如新，傾蓋如故。"清胡鳴玉訂譌雜錄一白頭如新："今人以白頭如新，作久而敬之，情好不替解。非。漢鄒陽傳語曰：有白頭如新，傾蓋如故，何則？知與不知也。謂不相知者，雖頭白如新識；相知者，雖傾間如舊識。故孟康注曰：初相識至白頭不相知。"

【白頭到老】 bái tóu dào lǎo 指夫妻偕老。古今雜劇元鄭庭玉宋上皇御斷金鳳釵二："動不動拍着手當街裏叫，你想着幾場兒，厮守的白頭到老。"

【白璧微瑕】 bái bì wēi xiá 白玉璧上

有小斑點。比喻很好的人或事物還有小缺陷。**南朝梁蕭統昭明太子集四陶淵明集序**："故更加搜求，粗爲區目，白璧微瑕者，惟在閒情一賦。"亦作"白玉微瑕"。**唐吳兢貞觀政要五公平十六**："小人非無小善，君子非無小過。君子小過，蓋白玉之微瑕；小人小善，乃鉛刀之一割。"

【百了千當】　bǎi liǎo qiān dàng　十分妥帖、有着落。**續傳燈錄二二普鑑佛慈禪師**："不如屏淨塵緣，豎起脊梁骨，著些精彩，究教七穿八穴，百了千當，向水邊林下，長養聖胎，亦不枉受人天供養。"

【百丈竿頭】　bǎi zhàng gān tóu　佛教比喻修道達到很高境界。**景德傳燈錄十招賢大師**："師示一偈曰：'百丈竿頭不動人，雖然得入未爲真；百丈竿頭須進步，十方世界是全身。'"**五燈會元二十淨全禪師**作"百尺竿頭"。後言"百尺竿頭，更進一步"，比喻不滿足已有的成就，要爭取更大進步。**宋朱熹朱子文集三六答陳同甫書**："老兄人物英偉奇特，……但鄙意更欲賢者百尺竿頭，進取一步，將來不作三代以下人物。"又**六四答鞏仲至書**："故聊復言之，恐或可少助百尺竿頭更進一步之勢也。"

【百川朝宗】　bǎi chuān cháo zōng　見"百川歸海"。

【百川歸海】　bǎi chuān guī hǎi　衆水終歸大海。比喻衆望所歸。**淮南子氾論**："百川異源而皆歸於海，百家殊業而皆務於治。"**文選漢蔡伯喈（邕）郭有道碑文序**："望形表而影附，聆嘉聲而響和者，猶百川之歸巨海，鱗介之宗龜龍也。"注："尚書大傳曰：百川趨於東海。"亦作"百川朝宗"。**唐高適高常侍集一東征賦**："感百川之朝宗，彌結念於歸歟。"

【百犬吠聲】　bǎi quǎn fèi shēng　見"一犬吠形，百犬吠聲"。

【百孔千創】　bǎi kǒng qiān chuāng　見"百孔千瘡"。

【百孔千瘡】　bǎi kǒng qiān chuāng　比喻殘破缺漏極其嚴重。**唐韓愈昌黎集十八與孟尚書書**："漢氏已失，群儒區區修補，百孔千瘡，隨亂隨失。"引申指弊病弱點之多。**宋李昴英文溪集九寶祐甲寅宗正卿上殿奏劄**："外侮内攻之多虞，百孔千瘡之畢

露。"**金史宗叙傳**："朕念百姓差調，官吏爲姦，率斂星火，所費倍蓰，委積經年，腐朽不可復用，若此等類，百孔千瘡，百姓何以堪之。"亦作"百孔千創"。**宋周必大益公題跋三跋宋運判晒奏藁**："黎庶凋瘵，百孔千創。"

【百年偕老】　bǎi nián xié lǎo　指夫妻共同生活到老。**元曲選武漢臣包待制智賺生金閣二**："俺衙内大財大禮，娶將你來，指望百年偕老，你只是不肯隨順，可是爲何？"

【百折不撓】　bǎi zhé bù náo　謂屢受挫折而不屈服，指品節剛毅。**漢蔡邕蔡中郎集一太尉橋公碑**："有百折而不撓，臨大節而不可奪之風。"

【百步穿楊】　bǎi bù chuān yáng　能在百步之外射穿楊葉。形容極其善射。**史記周紀謂楚養由基**"去柳葉百步而射之，百發而百中之"。後云百步穿楊本此。**宋惠洪石門文字裡十三代人上李龍圖并廉使致語十首之一**："已驚百步穿楊綵，會看雙鵰落塞雲。"**清李汝珍鏡花緣七三**："即如當日養由基百步穿楊，至今名傳不朽者，因其能穿楊葉，並非說他射中楊樹就算善射。"

【百里負米】　bǎi lǐ fù mǐ　比喻盡心竭力事奉父母。**孔子家語致思**："子路見於孔子，曰：'……昔者由也事二親之時，常食藜藿之實，爲親負米百里之外。親歿之後，南遊於楚，後車百乘，積粟萬鍾，累茵而坐，列鼎而食，顧欲食藜藿爲親負米者不可復得也……。'孔子曰：'由也事親，可謂生事盡力，死事盡思者也。'"

【百身何贖】　bǎi shēn hé shú　**藝文類聚三八南朝梁徐悱妻（劉令嫻）祭夫文**："一見無期，百身何贖。"言自己雖百死其身亦不足以換回所失之人。表示對死者的沉痛懷念。何，怎麽。贖，抵。按**詩秦風黃鳥**："如可贖兮，人百其身。"語相反而義相同。

【百事大吉】　bǎi shì dà jí　謂諸事順利。**元周密癸辛雜識續集下桃符獲罪**："鹽官縣教諭黃謙之題永嘉人，甲午歲桃符云：'宜人新年怎生呵，百事大吉那般者，'爲人告之官，遂罷去。"**明田汝成西湖遊覽志**

餘二十熙朝樂事:"正月朔日,……簽柏枝於柿餅,以大橘承之,謂之百事大吉。"按柏柿大橘與"百事大吉"諧音。

【百事無成】 bǎi shì wú chéng 一切皆無成就。多用爲謙辭。唐劉禹錫劉夢得集外集八陪崔大尚書及諸閣老宴杏園詩:"更將何面上春臺,百事無成老又催。"

【百依百順】 bǎi yī bǎi shùn 一切順從別人。明凌濛初初刻拍案驚奇十三:"做爺娘的百依百順,沒一事違拗了他。"亦作"百依百隨"。紅樓夢六十:"娘兒兩個回來,正值買環賈琮二人來問候寶玉,也纔進去。春燕便向他娘說:'只我進去罷,你老人家不用去。'他娘聽了,自此百依百隨的,不敢倔強了。"

【百依百隨】 bǎi yī bǎi suí 見"百依百順"。

【百發百中】 bǎi fā bǎi zhòng 形容善射,每發皆中。史記周紀:"楚有養由基者,善射者也。去柳葉百步而射之,百發而百中之。"北齊書皮景和傳:"每與使人同射,百發百中,甚見推重。"後比喻料事高明,算無遺策。紅樓夢九七:"那身子頓覺健旺起來,只不過不似從前那般靈透。所以鳳姐的妙計,百發百中。"

【百端交集】 bǎi duān jiāo jí 多種感慨,齊集一時。世說新語言語:"衛洗馬(衛玠)初欲渡江,形神慘悴,語左右云:'見此芒芒,不覺百端交集。苟未免有情,亦復誰能遣此!'"

【百廢俱興】 bǎi fèi jù xīng 謂各種被廢置之事全都興辦起來。宋范仲淹范文正公集七岳陽樓記:"慶曆四年春,滕子京(宗諒)謫守巴陵郡,越明年,政通人和,百廢具興,乃重修岳陽樓。"

【百戰百勝】 bǎi zhàn bǎi shèng 指每戰必勝。形容所向無敵。鄧析子無厚:"廟筭千里,帷幄之奇;百戰百勝,黃帝之師。"管子七法選陳:"是故以衆擊寡,以治擊亂,以富擊貧,以能擊不能,以教卒練士擊毆衆白徒,故十戰十勝,百戰百勝。"

【百鍛千鍊】 bǎi duàn qiān liàn 形容寫文章詩詞要經過多次推敲。唐皮日休皮子文藪四劉棗強碑:"有李太白百歲,有是業者,雕金篆玉,牢奇籠怪,百鍛爲字,千

鍊成句,雖不在躡太白,亦後來之佳作也。"

【百聞不如一見】 bǎi wén bù rú yī jiàn 聽別人述說百次,不如親見一次確實。聞,聽見。漢書六九趙充國傳:"上遣問焉,曰:'將軍度羌虜何如?當用幾人?'充國曰:'百聞不如一見,兵難隃度,臣願馳至金城,圖上方略。'"

【百無一用是書生】 bǎi wú yī yòng shì shū shēng 清黃景仁兩當軒集一雜感詩:"十有九人堪白眼,百無一用是書生。"景仁才高不遇,年三十四即卒。此句本以抒發抑鬱不平之意,後來多引以泛指文人之志大才疏,或用爲自謙之辭。

【百尺竿頭,更進一步】 bǎi chǐ gān tóu, gèng jìn yī bù 見"百丈竿頭"。

【百足之蟲,死而不僵】 bǎi zú zhī chóng, sǐ ér bù jiāng 百足,馬蚿的別名。大者名馬陸。中繼成兩段,頭尾仍各可行而去。見晉張華博物志二。僵,僵硬。比喻人雖已死,影響仍存。文選三國魏曹元首(冏)六代論:"故語曰:百足之蟲,至死不僵,扶之者衆也。"紅樓夢二:"古人有言,百足之蟲,死而不僵。如今雖說不似先年那樣興盛,較之平常仕宦人家,到底氣象不同。"

【皁絲麻線】 zào sī má xiàn 黑絲、麻線,黑白分明。比喻是非差錯。清平山堂話本錯認屍:"在我家中,我自照管着他,有甚皁絲麻線?"京本通俗小說錯斬崔寧:"我自半路見小娘子,偶然伴他行一程,路途上有甚皁絲麻線,要勒掯我同去?"

【的一確二】 dí yī què èr 一是一、二是二。的,確實。元曲選關漢卿包待制三勘蝴蝶夢一:"怕不待的一確二,早招承死罪無辭。"

【皆大歡喜】 jiē dà huān xǐ 人人得其所欲,無不滿意。法華經七普賢菩薩勸發品:"佛說是經時,……一切大會,皆大歡喜。"維摩經菩薩行品:"爾時彼諸菩薩,聞說是法,皆大歡喜。"

【皇天后土】 huáng tiān hòu tǔ 指天地或天地之神。書武成:"告于皇天后土,所過名山大川。"文選晉李令伯(密)陳情表:"臣之辛苦,非獨蜀之人士及二州牧伯所

見明知，皇天后土，實所共鑒。"金元好問中州癸集十何宏中（定遠）述懷詩："姓名不到中興曆，付與皇天后土知。"

【皇親國戚】　huáng qīn guó qī　皇帝的親戚。指靠山强硬大有權勢之人。元曲選缺名謝金吾詐拆清風府三："王樞密云：'刀斧手且住者，不知是那箇皇親國戚來了也，等他過去了纔好殺人那。'"

【皇天不負好心人】　huáng tiān bù fù hǎo xīn rén　皇天，指天。古時常與"后土"并用，稱爲天地。上天不會虧待品行好、心地善良的人。清西周生醒世姻緣八五："這明白因我修道虔誠，神靈指引，起先拿夢儆我，如今又得二位師傅開導，真是皇天不負好心人。可見人只是該要學好。"亦作"皇天不負苦心人"。李寶嘉文明小史三九："常言道：'皇天不負苦心人。'大姑娘這般吃苦，應該有這樣的好兒子，享點老福。"

【皇天不負苦心人】　huáng tiān bù fù kǔ xīn rén　見"皇天不負好心人"。

皮　　部

【皮開肉破】　pí kāi ròu pò　見"皮開肉綻"。

【皮開肉綻】　pí kāi ròu zhàn　皮開肉裂。形容傷勢很重。古今雜劇元關漢卿包待制三勘蝴蝶夢二："打的來皮開肉綻損肌膚，鮮血模糊，恰渾似活地獄。"亦作"皮開肉破"。清李汝珍鏡花緣五一："四個嘍囉聽了，那敢怠慢，登時上來兩個，把大盜緊緊按住。那兩個舉起大板，打的皮開肉破，喊叫連聲。"

【皮裏春秋】　pí lǐ chūn qiū　見"皮裏陽秋"。

【皮裏晉書】　pí lǐ jìn shū　梁書劉孝綽傳："孝綽子諒，字求信。少好學，有文才，尤博悉晉代故事，時人號曰：'皮裏晉書'。"指專研晉事，十分爛熟。

【皮裏陽秋】　pí lǐ yáng qiū　指表面不作評論，內心有所褒貶。晉書褚裒傳："裒少有簡貴之風，……譙國桓彝見而目之曰：'季野有皮裏陽秋。'言其外無臧否，而內有所褒貶也。"原作"皮裏春秋"，因晉簡文宣鄭太后名春，晉人避諱，以"陽"代春。

【皮之不存，毛將安傅】　pí zhī bù cún, máo jiāng ān fù　傅，依附。左傳僖十四年："冬秦饑，使乞糴于晉，晉人弗與。慶鄭曰：'背施無親，幸災不仁，貪愛不祥，怒鄰不義，四德皆失，何以守國？'虢射曰：'皮之不存，毛將安傅？'"言晉前違約不予秦城，已結深怨；更何在乎拒給秦糴。皮以喻事之大者，毛以喻事之次者。後轉喻事物失其根本，處於無所著落之境。

皿　　部

【盂方水方】　yú fāng shuǐ fāng　謂水因器而成形。比喻上行下效。荀子君道："君者槃也，槃圓而水圓；君者盂也，盂方而水方。"韓非子外儲左上："孔子曰：爲人君者,猶盂也;民猶水也。盂方水方,盂圓水圓。"

【盃酒解怨】 bēi jiǔ jiě yuàn 盃,同"杯"。飲酒言歡,消解仇怨。謂棄嫌修好。新唐書一二七張延賞傳:"(李)晟因爲子請婚,延賞不許。晟曰:'吾武夫雖有舊惡,盃酒間可解。儒者難犯,外睦而內含怒,今不許婚,矍未忘也。'"俗稱"杯酒解怨",本此。

【盃盤狼藉】 bēi pán láng jí 見"杯盤狼藉"。

【盈千累萬】 yíng qiān lěi wàn 言數量極多。盈,充滿。清會典事例七三六刑部名例律乾隆元年諭:"有等不肖之員,平日任意侵吞帑項,及至問罪著追,將所有貲財藏匿寄頓,乃混開欠項,竟至盈千累萬。"

【盈車之魚】 yíng chē zhī yú 指大魚。列子湯問:"詹何以獨繭絲爲綸,芒鍼爲鉤,荊篠爲竿,剖粒爲餌,引盈車之魚,於百仞之淵。"注:"家語曰:'鯤魚,其大盈車。'"

【盈車嘉穟】 yíng chē jiā suì 傳說燕昭王時有白鸞獨飛,啣千莖穟,穟於空中自生花實,落地則生根葉,一歲百穫,一莖滿車,故曰盈車嘉穟。穟,通"穗"。見舊題晉王嘉拾遺記四燕昭王。

【盎盂相敲】 àng yú xiāng qiāo 比喻家庭口角。盎,一種大腹斂口之盆。盂,盛湯漿或食物之器。清蒲松齡聊齋志異青蛙神:"且盎盂相敲,皆臣所爲,無所涉於父母。"

【盛名難副】 shèng míng nán fù 盛大的名聲難合實際。謂名過其實。後漢書六一黃瓊傳李固與瓊書:"常聞語曰:'嶢嶢者易缺,皦皦者易汙。'陽春之曲,和者必寡;盛名之下,其實難副。"

【盛服先生】 shèng fú xiān shēng 指儒者。以其戴儒冠,著儒服,衣冠齊整,故稱。漢書五一路溫舒傳上宣帝書:"秦之時,羞文學,好武勇,……故盛服先生不用於世。"

【盛食勵兵】 shèng shí lì bīng 飽飼士卒,磨礪武器。指整軍待敵。勵,通"礪"。商君書兵守:"壯男之軍,使盛食勵兵,陳而待敵。"

【盛氣臨人】 shèng qì lín rén 以威嚴的氣勢壓人。盛氣,驕橫的氣焰。宋樓鑰攻媿集八八敷文閣學士宣奉大夫致仕贈特進汪公行狀:"時戶部侍郎李公椿年建議行經界,選公爲龍游縣覆實官,約束嚴峻,已量之田隱藏畝步,不以多寡率至黥配,盛氣臨人,無敢忤者。"

【盛筵難再】 shèng yán nán zài 盛大酒席不易再得。指嘉會難於再逢。唐王勃王子安集五滕王閣詩序:"勝地不常,盛筵難再。"

【盜亦有道】 dào yì yǒu dào 莊子胠篋:"故跖之徒問於跖曰:'盜亦有道乎?'跖曰:'何適而无有道邪!'"莊子本意在抒說道無不存在的論點,後泛稱即使爲非作惡的人,亦有固定的一套規矩、辦法。

【盜憎主人】 dào zēng zhǔ rén 盜賊憎惡事主。比喻邪惡之人憎恨正直之人。左傳成十五年:"初,伯宗每朝,其妻必戒之曰:'盜憎主人,民惡其上,子好直言,必及於難。'"後漢書二四馬援傳上疏:"初,(隗)囂遣臣東,……及臣還反,報以赤心,實欲導之於善,非敢譎以非義,而囂自挾姦心,盜憎主人,怨毒之情遂歸於臣。"

【盜鐘掩耳】 dào zhōng yǎn ěr 比喻自欺。宋朱熹朱文公集二四與鍾戶部論虧欠經總制錢書:"爲戶部者又爲之變符檄,急郵傳,切責提刑司,提刑司下之州,州取辦於縣……而議者必且以爲朝廷督責官吏補發,非有與於民也,此又與盜鐘掩耳之見無異。"

【盜不過五女門】 dào bù guò wǔ nǚ mén 後漢書六六陳蕃傳:"鄙諺云:'盜不過五女門',以女貧家也。"言家有五女,須教養遣嫁,必致家貧,故盜不往。

【盡力而爲】 jìn lì ér wéi 竭盡全力去做。孟子梁惠王上:"以若所爲,求若所欲,盡心力而爲之,後必有災。"

【盡心竭力】 jìn xīn jié lì 用盡心思和力量。明許仲琳封神演義八五:"卿當盡心竭力,務在必退周兵,以擒罪首。"

【盡忠報國】 jìn zhōng bào guó 竭盡忠貞,報效國家。北史顏之儀傳:"劉昉鄭譯等矯遺詔,以隋文帝爲丞相輔少主,……

逼之儀署。之儀屬聲謂昉等曰：'……公等備受朝恩，當盡忠報國，奈何一旦欲以神器假人！'"宋史三六五岳飛傳："初命何鑄鞫之，飛裂裳以背示鑄，有'盡忠報國'四大字，深入膚理。"

【盡美盡善】 jìn měi jìn shàn　見"盡善盡美"。

【盡善盡美】 jìn shàn jìn měi　謂完美至極。論語八佾："子謂韶，盡美矣，又盡善也；謂武，盡美矣，未盡善也。"韶，舜時樂名。武，武王時樂名。大戴禮一哀公問五義："雖不能盡善盡美，必有所處焉。"晉書王羲之傳制："所以詳察古今，研精篆素，盡善盡美，其惟王逸少（羲之）乎！……心慕手追，此人而已。"亦作"盡美盡善"。北史文苑傳序："江左宮商發越，貴於清綺；河朔詞義貞剛，重乎氣質。氣質則理勝其詞，清綺則文過其意。……若能掇彼清音，簡茲累句，各去所短，合其兩長，則文質彬彬，盡美盡善矣。"

【盡態極妍】 jìn tài jí yán　使儀態極盡其美艷。妍，美。唐杜牧樊川集一阿房宮賦："一肌一容，盡態極妍，縵立遠視而望幸焉。"

【盡信書不如無書】 jìn xìn shū bù rú wú shū　孟子盡心下："盡信書，則不如無書。吾於武成，取二三策而已矣。"書，尚書。武成，尚書篇名。言武王伐紂，殺人血流漂杵，孟子以爲不足信。後泛指不要拘泥書本。

【盤水加劍】 pán shuǐ jiā jiàn　漢代大臣自請處死的一種表示。漢書四八賈誼傳上疏陳政事："故其在大譴大何之域者，聞譴何則白冠氂纓，盤水加劍，造請室而請罪耳。"注引如淳："水性平，若己有正罪，君以平法治之也。加劍，當以自刎也。或曰，殺牲者以盤水取頸血，故示若此也。"

【盤馬彎弓】 pán mǎ wān gōng　馳馬拉弓，本指戰前準備。亦以喻故張聲勢，不即實行。唐韓愈昌黎集三雉帶箭詩："將軍欲以巧伏人，盤馬彎弓惜不發。"

【盤根錯節】 pán gēn cuò jié　樹木根節盤曲錯雜。比喻事情的繁難複雜。魏書甄琛傳上表："今河南郡是陛下天山之堅木，盤根錯節，亂植其中。"宋陳亮龍川詞三部樂七月二十六日壽王道甫："從來別真共假，任盤根錯節，更饒倉卒。"元詩選成廷珪居竹軒集哭御史張威詩："盤根錯節于今見，孝子忠臣後代看。"亦作"槃根錯節"。見該條。

目　部

【目不交睫】 mù bù jiāo jié　指未能安睡。睫，眼毛。史記一○一袁盎傳："陛下居代時，太后嘗病，三年，陛下不交睫，不解衣，湯藥非陛下口所嘗弗進。"清蒲松齡聊齋志異促織："自昏達曙，目不交睫。"

【目不邪視】 mù bù xié shì　指爲人端方。三國演義十一："婦人請竺同載。竺上車端坐，目不邪視。行及數里，婦人辭去。"邪，通"斜"。後多作"目不斜視"。

【目不見睫】 mù bù jiàn jié　眼睛看不見自己的睫毛。比喻眼光短淺，無自知之明。韓非子喻老："智如目也，能見百步之外而不能自見其睫。"史記越王勾踐世家："吾不貴其用智之如目，見豪毛而不見其睫也。"宋王安石臨川集二再用前韻寄蔡天啟："遠求而近遺，如目不見睫。"

【目不窺園】 mù bù kuī yuán　形容專心攻讀。窺，從內往外看。漢書五六董仲舒傳："下帷講誦，弟子傳以久次相授業，或莫見其面。蓋三年不窺園，其精如此。"

【目不轉睛】 mù bù zhuǎn jīng　指注視出神。明馮夢龍警世通言十一："老婆婆看着小官人，目不轉睛，不覺兩淚交流。"清平山堂話本戒指兒記："那小姐覷着阮三，目不轉睛。"

【目不識丁】 mù bù shí dīng 舊唐書一二九張延賞傳附張弘靖："今天下無事，汝輩挽得兩石力弓，不如識一丁字。"後譏誚人一字不識或沒有學問爲目不識丁。丁，泛指簡單的字。明臣奏議三七楊漣劾魏忠賢二十四大罪疏："金吾之堂，口皆乳臭；誥敕之館，目不識丁。"清西周生醒世姻緣一："(邢宸)爲人倜儻不羈，遇着有學問有道理的人，縱是貧儒寒士，他愈加折節謙恭；若是那等目不識丁的，材氣射人的，……心內卻沒半分誠敬。"亦作"眼不識丁"。宋文天祥文山集十四不睡詩："眼不識丁馬前卒，隔床鼾鼻正陶然。"

【目中無人】 mù zhōng wú rén 看不起人，不把人放在眼裏。明馮夢龍清蔡元放東周列國志九六："趙奢子趙括，自少喜談兵法，家傳六韜、三略之書，一覽而盡；嘗與父奢論兵，指天畫地，目中無人，雖奢亦不能難也。"紅樓夢六五："他那一種輕狂豪爽、目中無人的光景，早又把人的一團高興逼住，不敢動手動脚。"

【目牛無全】 mù niú wú quán 見"目無全牛"。

【目光如炬】 mù guāng rú jù 眼光像火炬那樣發亮。形容憤怒之極。南史檀道濟傳："道濟見收，憤怒氣盛，目光如炬，俄爾間引飲一斛。"明凌濛初二刻拍案驚奇五："中間坐着一位神道，面闊尺餘，須髯滿煙，目光如炬，肩臂启動，象個活的一般。"後也用以比喻見識深遠。

【目空一切】 mù kōng yī qiè 形容狂妄自大。清李汝珍鏡花緣五二："但他恃著自己學問，目空一切，每每把人不放眼內。"

【目使頤令】 mù shǐ yí lìng 用眼色和下頷示意以役使別人。形容驕橫的神態。新唐書二〇二王翰傳："家畜聲伎，目使頤令，自視王侯，人莫不惡之。"

【目送手揮】 mù sòng shǒu huī 文選晉嵇叔夜(康)贈秀才入軍詩之四："目送歸鴻，手揮五絃，俯仰自得，游心泰玄。"形容手眼並用，意趣自得。後也比喻做事兩面兼顧或語義雙關。亦作"手揮目送"。見該條。

【目迷五色】 mù mí wǔ sè 老子："五色令人目盲，五音令人耳聾。"意思是各種顏色紛雜，令人眼花繚亂。後比喻事物繁雜，不易分辨。唐李程應試作日五色賦，主考未能辨識其才，遂落第。後經楊於陵推薦，始補擢登科。宋蘇軾分類東坡詩二一送李方叔："平生護說古戰場，過眼終迷日五色。"用以諷喻考官眼力不足，不識真才。參閱五代王定保唐摭言八、十三。清吳敬梓儒林外史四六："武正字道：'慎卿先生此一番評騭，可云至公至明；只怕立朝之後，做主考房官，又要目迷五色，奈何？' 衆人又笑了。"

【目指氣使】 mù zhǐ qì shǐ 用眼神和氣色示意以役使別人。形容驕橫傲慢的神態。漢劉向說苑君道："今王將東面目指氣使以求臣，則廝役之材至矣；南面聽朝不失揖讓之禮以求臣，則人臣之材至矣。"漢書七二貢禹傳上書："行雖犬彘，家富勢足，目指氣使，是爲賢耳。"注："動目以指物，出氣以使人。"

【目挑心招】 mù tiāo xīn zhāo 眉目挑逗，心神招喚。史記一二九貨殖傳："今夫趙女鄭姬，設形容，揳鳴琴，揄長袂，躡利屣，目挑心招，出不遠千里，不擇老少者，奔富厚也。"明許自昌水滸記邂逅："你不惜目挑心招，無俟招搖過市。"

【目食耳視】 mù shí ěr shì 用眼吃，用耳看。比喻顛倒錯亂。宋司馬光溫國文正公集七四迂書官失："世之人不以耳視而目食者，鮮矣。……衣冠所以爲容觀也，稱禮〔體〕斯美矣。世人捨其所稱，閩人所尚而慕之，豈非以耳視者乎？飲食之物所以爲味也，適口斯善矣。世人取果餌而刻鏤之、朱綠之，以爲盤案之玩，豈非目食者乎？"

【目宛心與】 mù tiāo xīn yǔ 眉目傳情，內心默許。宛，挑逗。文選漢枚叔(乘)七發："雜裾垂髾，目宛心與。"注："宛，當爲挑。"

【目無全牛】 mù wú quán niú 莊子養生主記庖丁爲文惠君解牛，操刀熟練，動中肯綮，自云："始臣之解牛之時，所見無非牛者；三年之後，未嘗見全牛者。"謂洞見入刀之處，能以神行。後因以"目無全牛"比喻技藝精湛純熟。唐楊承和梁守謙功德銘："操利柄而目無全牛，執其吭如蔦蔘悅口。"(金石萃編一○七)亦作"目牛無全"。文選晉孫興公(綽)遊天台山賦："害馬已去，世事都捐；投刃皆虛，目牛無全。"明宋濂宋文憲公全集三八演連珠："蓋聞民既大安則樂世而如砥，策能戡亂則目牛無全。"

【目睜口呆】　mù zhēng kǒu dāi　見"目瞪口呆"。

【目擊道存】　mù jī dào cún　眼光一觸及，便知"道"之所在。莊子田子方："仲尼曰：若夫人者，目擊而道存矣，亦不可以容聲矣。"唐成玄英疏："夫體悟之人，忘言得理，目裁運動而元道存焉，無勞更事辭費容其聲說也。"世說新語棲逸"阮步兵(籍)嘯聞數百步"注引竹林七賢論："籍歸，遂著大人先生論，所言皆胸懷間本趣，大抵謂先生與己不異也。觀其長嘯相和，亦近乎目擊道存矣。"藝文類聚二一梁丘遲思賢賦："目擊而道存，至味無其如水，未見其人，吾聞其理矣。"

【目擩耳染】　mù rú ěr rǎn　耳目經常接觸某種環境而受到熏陶。唐韓愈昌黎集二七清河郡公房公墓碣銘："公胚胎前光，生長食息，不離典訓之內；目擩耳染，不學以能。"注："擩或作濡，……擩亦染也。"亦作"耳濡目染"。見該條。

【目瞪口呆】　mù dèng kǒu dāi　驚恐或受窘的樣子。元曲選缺名隨何賺風魔蒯通一："賜我酒一斗，生豚一肩，被俺一噉而盡，嚇得項王目瞪口呆，動憚不得。"水滸十九："林冲把桌子只一脚，踢在一邊；搶起身來，衣襟底下掣出一把明晃晃刀來，搭的火雜雜。……嚇得小嘍囉們目瞪口呆。"紅樓夢三三："寶玉聽了這話，不覺轟了魂魄，目瞪口呆。"亦作"目睜口呆"。京本通俗小說西山一窟鬼："(吳教授)問那鄰舍時，道：'王婆自死五個月有零了。'讀得吳教授目睜口呆，罔知所措。"

【盲人說象】　máng rén shuō xiàng　見"盲人摸象"。

【盲人摸象】　máng rén mō xiàng　比喻對事物未作全面了解而各執一偏。大般涅槃經三二："爾時大王，即喚衆盲各各問言：'汝見象耶?'衆盲各言：'我已得見。'王言：'象爲何類?'其觸牙者即言象形如蘆菔根，其觸耳者言象如箕，其觸頭者言象如石，其觸鼻者言象如杵，其觸脚者言象如木臼，其觸脊者言象如床，其觸腹者言象如甕，其觸尾者言象如繩。"亦作"盲人說象"。元黃溍黃文獻集十一書袁通甫詩後："吾儕碌碌，從俗浮沈，與先生相去遠甚，而欲強加評品，正如盲人說象，知其鼻者謂象如杵，知其牙者謂象如蘆菔根。"

【盲人瞎馬】　máng rén xiā mǎ　盲人騎着瞎馬。比喻處境極其危險。世說新語排調："桓南郡(玄)與殷荆州(仲堪)語次。……次復作危語，……殷有一參軍在坐云：'盲人騎瞎馬，夜半臨深池。'"

【直木先伐】　zhí mù xiān fá　見"直木必伐"。

【直木必伐】　zhí mù bì fá　成材之木必被斬伐。比喻才智之士易受禍害。逸周書周祝："甘泉必竭，直木必伐。"亦作"直木先伐"。莊子山木："是故其行列不斥，而外人卒不得害，是以免於患。直木先伐，甘井先竭。"

【直言骨鯁】　zhí yán gǔ gěng　陳述直言，如魚骨在喉，必吐爲快。比喻忠正之人，言辭無隱。唐韓愈昌黎集十四爭臣論："官以諫爲名，誠宜有以奉其職，使四方後代，知朝廷有直言骨鯁之臣，天子有不僭賞從諫如流之美。"

【直言無諱】　zhí yán wú huì　直率而言，無所隱諱。晏子春秋重而異者："晏子相公，其論人也，見賢而進之，不同君所欲；見不善則廢之，不辟君所愛。行己而無私，直言而無諱。"晉書劉波傳上疏："臣鑒先微，竊惟今事，是以敢肆狂瞽，直言無諱。"

【直情徑行】　zhí qíng jìng xíng　任憑自己的意志而徑直行事。禮檀弓下："禮有微情者，有以故興物者，有直情而徑行者，戎狄之道也，禮道則不然。"疏："謂直肆己情而徑行之也。"宋陳亮龍川文集十八謝羅尚書啟："直情徑行，視毀譽如風而不恤。"

【直諒多聞】　zhí liàng duō wén　指爲人正直、誠實而見識廣。論語季氏："益者三友，……友直、友諒、友多聞，益矣。"漢書三六楚元王傳贊："指明梓柱以推廢興，昭矣！豈非直諒多聞，古之益友與！"後漢書四三朱穆傳論："若夫文會輔仁，直諒多聞之友，時濟其益。"

【相反相成】 xiāng fǎn xiāng chéng 指在一個方面互相排斥，在另一個方面互相補充促進。漢書藝文志諸子："其言雖殊，辟猶水火，相滅亦相生也。仁之與義，敬之與和，相反而皆相成也。"

【相安無事】 xiāng ān wú shì 安和相處，不生事端。明實錄宣德實錄十五宣德元年："今副承祖宗大典，期與海內相安于無事，矧京師乎？"

【相門有相】 xiàng mén yǒu xiàng 舊時謂宰相後代必有有宰相才者。相，宰相。史記七五孟嘗君傳："文聞將門必有將，相門必有相。"三國志魏王植傳陳審舉疏："諺曰：'相門有相，將門有將。'"梁書王暕傳附王訓："十六召見文德殿，應對爽徹。上目送久之，謂朱异曰：'可謂相門有相矣。'"

【相知恨晚】 xiāng zhī hèn wǎn 以相交太晚爲憾。形容情投意合。史記一〇七魏其武安侯傳灌夫："(魏其灌夫)兩人相爲引重，其游如父子然。相得驩甚，無厭，恨相知晚也。"後作"相知恨晚"，本此。

【相依爲命】 xiāng yī wéi mìng 相互依靠度日。文選晉李令伯(密)陳情事表："母孫二人，更相爲命。"宋蘇轍欒城集四七爲兄軾下獄上書："臣早失怙恃，惟兄軾一人，相須爲命。"後常作"相依爲命"。清蒲松齡聊齋志異王成："小人無恆產，與(鵪)相依爲命。"

【相風使帆】 xiàng fēng shǐ fān 比喻爲人處世，隨風偏倒。宋陸游劍南詩稿七四醉歌："相風使帆第一籌，隨風倒柂更何憂。"亦作"看風使帆"。見該條。

【相視莫逆】 xiāng shì mò nì 相見傾心，情投意合。莊子大宗師："子祀、子輿、子犁、子來四人相與語曰：'孰能以无爲首，以生爲脊，以死爲尻，孰知死生存亡之一體者，吾與之友矣。'四人相視而笑，莫逆於心，遂相與爲友。"

【相得益章】 xiāng dé yì zhāng 相互配合，使所長更顯作用。漢書六四下王褒傳聖主得賢臣頌："若堯、舜、禹、湯、文、武之

君，獲稷、契、皋陶、伊尹、呂望，明明在朝，穆穆列布，聚精會神，相得益章。"亦作"相得益彰"。清厲荃事物異名錄孫士毅序："事物異名錄四十卷，慈谿厲明府靜瀾先生原輯，晉軒學使關前輩(槐)增纂而釐訂之者也。……是編採擇宏富，區別精審，真兩賢相得益彰也。"

【相得益彰】 xiāng dé yì zhāng 見"相得益章"。

【相煎何急】 xiāng jiān hé jí 世說新語文學："文帝(曹丕)嘗令東阿王(曹植)七步中作詩，不成者行大法。應聲便爲詩曰：'煮豆持作羹，漉菽以爲汁。萁在釜下然，豆在釜中泣：本自同根生，相煎何太急！'帝深有慚色。"後因以相煎何急比喻兄弟或內部之間一方加於另一方的迫害。

【相敬如賓】 xiāng jìng rú bīn 形容夫妻相互尊敬，如對待賓客。左傳僖三三年："初，臼季使，過冀，見冀缺耨，其妻饁之，敬，相待如賓。"後漢書八三龐公傳："居峴山之南，未嘗入城府。夫妻相敬如賓。"

【相機行事】 xiàng jī xíng shì 指看勢頭行事。水滸九二："吳用聽罷，對宋江計議，便喚時遷，石秀近前密語道：'如此依計，往花榮軍前，密傳將令，相機行事。'"

【相濡以沫】 xiāng rú yǐ mò 莊子大宗師："泉涸，魚相與處於陸，相呴以濕，相濡以沫。"本指魚以唾沫互相沾濕，後以比喻同處困境用微力相助之意。

【相驚伯有】 xiāng jīng bó yǒu 左傳昭七年："鄭人相驚以伯有，曰：'伯有至矣！'則皆走，不知所往。"注："襄三十年，鄭人殺伯有，言其鬼至。"後因稱自相驚擾爲相驚伯有。

【眉目如畫】 méi mù rú huà 形容容貌美麗。後漢書二四馬援傳："爲人明須髮，眉目如畫。"南史宋順帝紀："帝姿貌端華，眉目如畫，見者以爲神人。"

【眉來眼去】 méi lái yǎn qù 玉臺新詠八南朝梁劉孝威都縣遇見人織率爾寄婦："窗疏眉語度，紗輕眼笑來。"因以"眉來眼去"形容以眉目示意或傳情。元曲選關漢卿包待制智斬魯齋郎三："他兩個眉來眼去，不由我不暗暗躊躇，似這般啞謎兒，教咱怎猜做。"水滸二十："因見這婆娘眉來

眼去,十分有情,便記在心裏。"亦作"眼去眉來"。元曲選白仁甫裴少俊牆頭馬上二:"是這牆頭擲果裙釵,馬上搖鞭狂客,説與你箇聰明的妳妳,送春情是這眉去眼來。"亦指目前所見。全宋詞王觀卜算子送鮑浩然之浙東:"水是眼波橫,山是眉峰聚。欲問行人去那邊,眉眼盈盈處。"宋辛棄疾稼軒詞滿江紅贛州席上呈太守陳季陵侍郎:"落日蒼茫,風繞定片帆無力。還記得眉來眼去,水光山色。"

【眉花眼笑】 méi huā yǎn xiào 形容十分高興。西遊記二:"孫悟空在旁聞講,喜得他抓耳撓腮,眉花眼笑。"亦作"眉開眼笑"。明鄭之文旗亭記二一:"見你終日眉頭不展,面帶憂色,不曾有一日眉開眼笑,端的爲着甚事?"

【眉清目秀】 méi qīng mù xiù 形容容貌俊美。古今雜劇明缺名張于湖誤宿女真觀二:"我見他眉清目秀,動靜語默,是箇非常的人。"元曲選缺名包龍圖智賺合同文字一:"今年三歲,生的眉清目秀。"

【眉開眼笑】 méi kāi yǎn xiào 見"眉花眼笑"。

【眉頭一皺,計上心來】 méi tóu yī zhòu, jì shàng xīn lái 指一經思考,計策即生。元曲選紀君祥趙氏孤兒大報讎二:"韓厥爲何自刎了,必然走了趙氏孤兒,怎生是好?眉頭一皺,計上心來!我如今不免詐傳靈公的命,把國内但是半歲之下,一月之上新添的小廝,都與我拘刷將來。見一箇剁三劍,其中必然有趙氏孤兒。"紅樓夢六七:"鳳姐越想越氣,歪在枕上,只是出神。忽然眉頭一皺,計上心來。"

【眄視指使】 miǎn shì zhǐ shǐ 目側視,隨手揮動。形容驕傲的神態。戰國策燕二:"馮几據杖,眄視指使,則廝役之人至矣。"

【眇眇忽忽】 miǎo miǎo hū hū 隱約不清。文選漢司馬長卿(相如)子虛賦:"眇眇忽忽,若神仙之髣髴。"

【看人眉睫】 kàn rén méi jié 看人臉色。猶言仰人鼻息。魏書崔亮傳:"時隴西李沖當朝任事,亮從兄光往依之,謂亮曰:'安能久事筆硯,而不往託李氏也?'彼家饒書,因可得學。'亮曰:'弟妹飢寒,豈可獨飽?自可觀書於市,安能看人眉睫乎!'"宋史

李垂傳:"今已老大,見大臣不公,常欲面折之,焉能趨炎附熱,看人眉睫,以冀推輓乎?"

【看朱成碧】 kàn zhū chéng bì 把紅色看成青綠色。形容心亂目眩,不辨五色。玉臺新詠六南朝梁王僧孺夜愁示諸賓詩:"誰知心眼亂,看朱忽成碧。"樂府詩集八十唐武則天如意娘:"看朱成碧思紛紛,憔悴支離爲憶君。"唐劉禹錫夢得文集七贈眼醫婆羅門僧詩:"看朱漸成碧,羞日不禁風。"

【看風使帆】 kàn fēng shǐ fān 比喻根據情勢,隨機應變。續傳燈錄八圓通禪師:"看風使帆,正是隨波逐浪;截斷衆流,未免依前滲漏。"亦作"看風使船"。清墨浪子西湖佳話十一斷橋情迹:"老娘是個走千家,踏萬戶,極聰明的人,須看風使船,且待他口聲如何。"亦作"相風使帆"。見該條。

【看風使船】 kàn fēng shǐ chuán 見"看風使帆"。

【看殺衛玠】 kàn shā wèi jiè 晉衛玠美姿容,從豫章至都,圍觀者如堵牆。玠先有疾,體不堪勞,病甚而死。時永嘉六年,二十七歲,時人謂看殺衛玠。見世説新語容止。

【真才實學】 zhēn cái shí xué 指真正的才能學問。宋曹彥約昌谷集八辭免兵部侍郎兼修史恩命申省狀:"兩史院同修之官,亦必自編修檢討而後序進,更須真才實學,乃入兹選。"泛指真正的本領。水滸二九:"這一撲有名,喚做玉環步、鴛鴦脚,這是武松的真才實學,非同小可。"清尹會一健餘尺牘四與顧用方先生:"某取梁溪高氏纂注序之,立ража講習,意欲文勝之地,家誦戶曉,庶真才實學,得什一於千百耳。"

【真心實意】 zhēn xīn shí yì 心意真誠。元曲選缺名逞風流王煥百花亭三:"常言道海深須見底,各辭着個真心實意。"

【真金烈火】 zhēn jīn liè huǒ 真金雖經火煉,本色不變。比喻經考驗而節操不變。明徐渭四聲猿雌木蘭替父從軍二:"非自獎真金烈火,儷好比濁水紅蓮。"

【真知灼見】 zhēn zhī zhuó jiàn 形容明

確而透徹的見解。明朱元弼猶及編引:"往予時有猶及編,出入自隨,所載俱盛德事,非真知灼見不與也。"明馮夢龍警世通言三:"真知灼見者,尚且有誤,何況其他。"清江藩漢學師承記八顧炎武:"多騎牆之見。依違之言,豈真知灼見者哉。"

【真個銷魂】 zhēn gè xiāo hún 有詹天遊於駙馬楊鎮宴席,見鎮姬人粉兒,因作詞:"白藕香中見西子,玉梅花下遇昭君,不曾真個也銷魂。"見元俞焯詩詞餘話(說郛四三)。後詩文小說戲曲中多以真個銷魂指男女發生性的關係。

【眠花宿柳】 mián huā sù liǔ 指狎妓。明蘭陵笑笑生金瓶梅一:"終日閒遊浪蕩,一自父母亡後,專一在外眠花宿柳,惹草招風。"

【眼不識丁】 yǎn bù shí dīng 見"目不識丁"。

【眼去眉來】 yǎn qù méi lái 見"眉來眼去"。

【眼花耳熱】 yǎn huā ěr rè 形容酒飲微醉、精神亢奮的神態。唐李白李太白詩三俠客行:"眼花耳熱後,意氣素霓生。"宋陸游劍南詩稿七五野飲:"眼花耳熱言語多,霍然已醒如過燒。"元詩選三集王艮止止齋稟贈柯敬仲博士詩:"眼花耳熱爭意氣,泯滅無聞同一漚。"

【眼花撩亂】 yǎn huā liáo luàn 形容所見極爲動人或目不暇給。元王實甫西廂記一:"只教人眼花撩亂口難言,魂靈兒飛在半天。"

【眼明手快】 yǎn míng shǒu kuài 見"眼明手捷"。

【眼明手捷】 yǎn míng shǒu jié 眼光銳利,動作敏捷。元曲選缺名玎玎璫璫盆兒鬼三:"想起俺少時節,眼明手捷,體快身輕。"亦作"眼明手快"。吳趼人二十年目睹之怪現狀二:"到了此時,我方才佩服那廣東人的眼明手快,機警非常。"

【眼淚洗面】 yǎn lèi xǐ miàn 形容非常悲傷,流淚極多。宋陸游避暑漫抄:"又韓玉汝家,有李國主(煜)歸朝後與金陵舊宮人書云:'此中日夕,只以眼淚洗面。'"

【眼不見爲淨】 yǎn bù jiàn wéi jìng 形

容不以爲然而又無能爲力,只好聽任的意思。宋趙希鵠調燮類編四蟲魚:"凡販賣蝦米及甘蔗者,每用人溺灑之,則鮮美可愛,所謂眼不見爲淨也。"

【衆人廣坐】 zhòng rén guǎng zuò 大庭廣衆之間。戰國策趙三:"自是之後,衆人廣坐之中,未嘗不言趙人之長者也,未嘗不言趙俗之善者也。"

【衆口一詞】 zhòng kǒu yī cí 大家説法完全一樣。明凌濛初初刻拍案驚奇二四:"適才仇名所言姻事,衆口一詞,此美事也,有何不可?"詞,亦作辭。清趙翼甌北詩鈔四靜觀詩之二:"謂氣從理出,衆口同一辭,……爲語諸腐儒,陳言未可守。"亦作"萬口一辭"。見該條。

【衆口紛紜】 zhòng kǒu fēn yún 人多口雜,議論紛紛。清蒲松齡聊齋志異阿織:"女曰:'君無二心,妾豈不知;但衆口紛紜,恐不免秋扇之捐。'"後亦作"衆説紛紜"。

【衆口難調】 zhòng kǒu nán tiáo 原指衆人口味不一,烹調難合衆意。形容人多意見多,不易做到使人人滿意。宋歐陽修歸田錄一:"丁晉公之南遷也,行過潭州,自作齋僧疏云:'補仲山之袞,雖曲盡於巧心;和傅説之羹,實難調於衆口。'"梨園樂府上元鄧玉賓中呂粉蝶兒曲:"羊羹雖美,衆口難調。"

【衆口鑠金】 zhòng kǒu shuò jīn 古諺語。比喻輿論影響的強大。國語周下:"故諺曰:'衆心成城,衆口鑠金。'"注:"鑠,銷也。衆口所毁,雖金石猶可銷也。"

【衆心成城】 zhòng xīn chéng chéng 萬衆一心,堅如城堡。比喻心齊力量大。國語周下:"故諺曰:'衆心成城,衆口鑠金。'"注:"衆心所好,莫之能敗,其固如城也。"藝文類聚六三風俗通:"衆心成城,俗説曰衆人同心者,可共築起一城。同心共飲,雒陽酒可盡也。"後多作"衆志成城"。

【衆犬吠聲】 zhòng quǎn fèi shēng 比喻不知真情,隨聲附和。漢應劭風俗通怪神李君神:"有病目痛者息陰下,言李君令我目愈,謝以一豚。目痛小疾,亦行自愈,衆犬吠聲,因盲者得視,遠近翕赫,其下車騎,常數千百,酒肉滂沱。"亦作"一犬吠形,百犬吠聲"。見該條。

【眾毛攢裘】 zhòng máo cuán qiú　聚集小塊皮毛,縫成一件皮衣。比喻集少成多。西遊記六九:"常言道:'眾毛攢裘。'"

【眾目昭彰】 zhòng mù zhāo zhāng　形容大家都看得很清楚。明凌濛初初刻拍案驚奇十五:"在你家裏搜出人腿來,眾目昭彰,一傳出去,不到得輕放過了你。"

【眾叛親離】 zhòng pàn qīn lí　眾人背叛,親信離棄。形容十分孤立。左傳隱四年:"夫州吁阻兵而安忍,阻兵無眾,安忍無親,眾叛親離,難以濟矣。"三國志魏公孫瓚傳注引魏晉春秋袁紹與瓚書:"既乃殘殺老弱,幽士憤怨,眾叛親離,子然無黨。"晉書王濬傳上書自理:"(孫)晧以眾叛親離,無復羽翼,匹夫獨立,不能庇其妻子,雀鼠貪生,苟乞一活耳。"

【眾星拱北】 zhòng xīng gǒng běi　見"眾星拱辰"。

【眾星拱辰】 zhòng xīng gǒng chén　眾星環繞北辰。舊喻四方歸向有德之國君。論語爲政:"爲政以德,譬如北辰,居其所而眾星共(拱)之。"亦作"眾星拱北"。古今雜劇元王實甫四丞相歌舞麗春堂一:"恰便似眾星拱北,萬水朝東,是好御園也。"

【眾星攢月】 zhòng xīng cuán yuè　眾星聚集月亮周圍。比喻爲眾人所尊敬。五燈會元十黃山良匡禪師:"問:'眾星攢月時如何?'師曰:'喚甚麼作月?'"

【眾怒難犯】 zhòng nù nán fàn　眾人憤怒,不可觸犯。易繫辭下:"莫益之,或擊之。"疏:"眾怒難犯,是或擊之也。"左傳襄十年:"眾怒難犯,專欲難成。"又昭十三年:"眾怒不可犯也。"晉書李特載記:"弱而不可輕者,百姓也,今促之不以理,眾怒難犯,恐爲禍不淺。"

【眾望攸歸】 zhòng wàng yōu guī　被眾人所期望。攸,所。晉書三十傳論:"史臣曰:'……于時武皇之胤,惟有建興,眾望攸歸,曾無與二。'"亦作"眾望所歸"。宋陳亮龍川集十九復陸伯壽:"舍試揭榜,伏承遂擢褐於崇化堂前,眾望所歸,此選增重,凡在友朋之列者,意氣爲之光鮮。"

【眾望所歸】 zhòng wàng suǒ guī　見"眾望攸歸"。

【眾煦漂山】 zhòng xǔ piāo shān　眾口呵氣,足以動山。比喻人眾力量雄厚。漢書五三中山靖王勝傳:"眾煦漂山,聚蟁成靁。"注:"應劭曰:'煦,吹也。'漂,動也。"漂,也作"飄"。後漢書二八下馮衍傳"衍由此得罪"注引衍與陰就書:"眾煦飄山,當爲灰土。"

【眾寡不敵】 zhòng guǎ bù dí　見"寡不敵眾"。

【睟面盎背】 suì miàn àng bèi　形容有德者之儀態。孟子盡心上:"君子所性……其生色也,睟然見於面,盎於背,施於四體,四體不言而喻。"

【睢睢盱盱】 huī huī xū xū　形容驕橫之狀。睢睢,瞪眼向上看。盱盱,舉眉揚目之神態。莊子寓言:"而睢睢盱盱,而誰與居。"注:"睢睢盱盱,跋扈之貌,人將畏難而疏遠。"

【瞎字不識】 xiā zì bù shí　宋馬永卿嬾真子四:"魯臧武仲名紇,孔子之父,鄹人,紇乃叔梁紇也,皆音恨發反,而世人多呼爲核。有一說,唐蕭穎士輕薄,有同人誤呼武仲名,因曰:汝紇字也不識。或以爲瞎字也不識,誤矣。"俗諺譏人之不識字者爲瞎字不識。

【瞋目張膽】 chēn mù zhāng dǎn　見"明目張膽"。

【瞞心昧己】 mán xīn mèi jǐ　指行事姦詐,違背良心。古今雜劇元岳伯川呂洞賓度鐵拐李三:"我想這做屠戶的雖是殺生害命,還強似俺做吏人的瞞心昧己、欺天害人也。"水滸六二:"你那瞞心昧己勾當,怕我不知!你又占了他家私,謀了他老婆,如今把五十兩金子與我,結果了他性命;日後提刑官下馬,我喫不的這等官司!"亦作"昧己瞞心"。見該條。

【瞞天昧地】 mán tiān mèi dì　指昧心欺人。古今雜劇明缺名梁山七虎鬧銅臺一:"我那日離山營,到銅城,見倉官壞法胡行徑,專瞞天昧地不公平。"

【瞞天過海】 mán tiān guò hǎi　比喻用欺騙手段,無所不至。明阮大鋮燕子箋七購倖:"我做提控最有名,瞞天過海無人間,今年大比期又臨,喍,只要賺幾貫銅錢養阿正。"

【瞞上不瞞下】 mán shàng bù mán xià
指通同作弊,不使消息上聞。古今雜劇明
缺名梁山七虎鬧銅臺一:"升斗上面尅除
糧,一心瞞上不瞞下。"清吳敬梓儒林外史
四:"方才有幾個教親共備了五十斤牛肉,
請一位老師父求我,説是要斷盡了,他們
就沒有飯喫,求我略寬鬆些,叫做瞞上不
瞞下。"清西周生醒世姻緣七八:"你瞞上
不瞞下,你就不爲我,你也可爲你同僚倪
管家呀。"

【瞭如指掌】 liǎo rú zhǐ zhǎng 見"瞭若
指掌"。

【瞭若指掌】 liǎo ruò zhǐ zhǎng 指着自
己手掌給别人看。形容十分明白清楚。瞭,
明白。宋史四二七道學傳序:"(周敦頤)作

太極圖説通書,推明陰陽五行之理,命於
天而性於人者,瞭若指掌。"若,亦作"如"。
清顔光敏顔氏家藏尺牘性氏考孫承澤:
"耄而好學,亹亹不倦,於吏事多所論述,
而有明一代典故,尤瞭如指掌。"

【瞻前顧後】 zhān qián gù hòu 兼顧前
後。形容作事謹慎,考慮周到。瞻,向前看。
顧,回頭看。楚辭屈原離騷:"瞻前而顧後
兮,相觀民之計極。"後漢書五九張衡傳:
"向使能瞻前顧後,援鏡自戒,則何陷於凶
患乎?"亦指顧慮過多,行事猶豫不決。朱
子語類八:"且如項羽救趙,既渡,沈船破
釜,持三日糧,示士必死無還心,故能破
秦。若瞻前顧後,便做不成。"

【瞻雲就日】 zhān yún jiù rì 見"就日瞻
雲"。

矛 部

【矜糾收繚】 jīn jiū shōu liáo 形容急躁
暴戾。荀子議兵:"矜糾收繚之屬爲之化而
調。"唐楊倞注謂矜爲夸汰,糾爲好發摘人
過,收爲掠美,繚爲繚繞,言委曲,四者皆
鄙陋之人,以被化而得調和。

【矜矜業業】 jīn jīn yè yè 形容謹慎小
心,不敢懈怠。三國志魏王基傳與司馬師
書:"天下至廣,萬機至猥,誠不可不矜矜
業業,坐而待旦也。"

矢 部

【知人善任】 zhī rén shàn rèn 瞭解人
的才能並善用其長。任,任用。文選漢班彪
王命論:"蓋在高祖,其興也有五:一曰帝
堯之苗裔,二曰體貌多奇異,三曰神武有
徵應,四曰寬明而仁恕,五曰知人善任
使。"

【知水仁山】 zhī shuǐ rén shān 形容明
白事理的人一清如水,品德高尚的人凝重
如山。論語雍也:"子曰:知者樂水,仁者樂
山。"宋朱熹注:"知者達於事理而周流無
滯,有似於水,故樂水。仁者安於義理而
厚重不遷,有似於山,故樂山。"

【知白守黑】 zhī bái shǒu hēi 老子:"知其白,守其黑,爲天下式。"道家主無爲,言處世對是非黑白,雖白,當如闇昧無所見,如是可以全生免禍,爲天下法式。知白,明辨是非。守黑,安於闇昧,裝糊塗。

【知易行難】 zhī yì xíng nán 其理易知,其事難行。書說命中:"説拜稽首曰:非知之艱,行之惟艱。"注:"言知之易,行之難,以勉高宗。"

【知彼知己】 zhī bǐ zhī jǐ 指深知敵我雙方情况。孫子謀攻:"故曰:知彼知己,百戰不殆。不知彼而知己,一勝一負;不知彼,不知己,每戰必殆。"

【知疼着熱】 zhī téng zháo rè 噓寒問暖,體貼關心。紅樓夢六五:"賈璉來了,只在二姐屋裏,心中也漸漸的悔上來了。無奈二姐兒倒是個多情的人,以爲賈璉是終身之主了,凡事倒還知疼着熱。"

【知雄守雌】 zhī xióng shǒu cí 形容棄剛守柔,與人無爭。老子:"知其雄,守其雌,爲天下谿。"

【知盡能索】 zhī jìn néng suǒ 形容才盡力竭。史記一二九貨殖傳:"農工商賈畜長,固求富益貨也。此有知盡能索耳,終不餘力而讓財矣。"

【知難而退】 zhī nán ér tuì 知其難爲而後退。形容見機知微。左傳宣十二年:"見可而進,知難而退,軍之善政也。"唐摭言十五沒用處:"薛昭緯,昭緯之兄也。咸通末數舉不第,先達每接之,即問曰:'賢弟早晚應舉?'昭緯知難而退。"後亦指畏縮不前。

【知人知面不知心】 zhī rén zhī miàn bù zhī xīn 指知人之難,説明人心難測。元曲選孟漢卿張孔目智勘魔合羅一:"你知道我是什麼人?便好道畫虎畫皮難畫骨,知人知面不知心。"明沈自晉翠屏山二一反誑:"知人知面不知心,從來信然,分明破綻些兒見。"紅樓夢九四:"咱們家人多手雜,自古説的,'知人知面不知心',那裏保的住誰是好的?"

【知其一,不知其二】 zhī qí yī, bù zhī qí èr 指所見偏狹,未爲全面。猶言片面之見。詩小雅小旻:"不敢暴虎,不敢馮河,人知其一,莫知其它。"戰國策趙三:"樓緩曰:'虞卿得其一,未知其二也。'"三國志蜀諸葛亮傳注引蜀記:"君知其一,不知其二。"晉書羊祜傳:"祜女夫勸祜有所營置,令有歸藏者,豈不美乎,祜默然不應。退告諸子曰:'此可謂知其一不知其二。'"

【知無不言,言無不盡】 zhī wú bù yán, yán wú bù jìn 指於所知之事傾吐淨盡,毫無保留。宋蘇洵嘉祐集四衡論遠慮:"聖人之任腹心之臣也,……知無不言,言無不盡,百人譽之不加密,百人毀之不加疏。"明王崇慶元城(劉安世)語錄解:"公徧歷言路,正色立朝,知無不言,言無不盡。"清西周生醒世姻緣八四:"郭威中了武進士,從守備做起,直到廣西徵蠻掛印總兵,都是這周景楊做人幕之賓,相處一心一意,真是知無不言,言無不盡。"

【短小精悍】 duǎn xiǎo jīng hàn 形容人身材短小而精明強幹。史記一二四郭解傳:"解爲人短小精悍。"後也用來稱文章、發言等之簡短而有力。

【短綆汲深】 duǎn gěng jí shēn 見"綆短汲深"。

【矮人看場】 ǎi rén kàn chǎng 見"矮人看戲"。

【矮人看戲】 ǎi rén kàn xì 言己無真見,隨聲附和。朱子語類二七論語九:"正如矮人看戲一般,見前面人笑,他也笑;他雖眼不曾見,想必是好笑,便隨他笑。"亦作"矮子看戲"、"矮人看場"、"矮子觀場"。又一一六朱子十三:"其有知得某人詩好,某人詩不好者,亦只是見已前人如此説,便承虛接響説取去,如矮子看戲相似,見人道好,他也道好。"元程端禮程氏家塾讀書分年日程二:"不可先看他人議論,如矮人看場,無益;然亦不可先立主意不虛心也。"明李贄續焚書二聖教小引:"余自幼讀聖教,不知聖教;尊孔子,不知孔子何可尊。所謂矮子觀場,隨人説妍,和聲而已。"

【矮子看戲】 ǎi zi kàn xì 見"矮人看戲"。

【矮子觀場】 ǎi zi guān chǎng 見"矮人看戲"。

【矯枉過正】 jiǎo wǎng guò zhèng 欲矯正彎曲,不能適中,反至太過。矯,糾正,變曲爲直。漢書九九王莽傳上：“矯枉者過其正而胅不身帥。”後漢書四九仲長統傳理亂：“當君子困窮之時，踞高天，蹐厚地，猶恐有鎮壓之禍也，逮至清世，則復入於矯枉過正之檢。”三國志魏陳思王植傳曹丕報書：“本無禁固諸國通問之詔也，矯枉過正，下吏懼譴，以至于此耳。”亦作“矯枉過直”。漢書九七下孝成許皇后傳：“吏拘於法，亦安足遵？蓋矯枉者過直，古今同之。”晉書王坦之傳與殷康子書：“二象顯於萬物，兩德彰於羣生，豈矯枉過直而失其所哉！”

【矯枉過直】 jiǎo wǎng guò zhí 見“矯枉過正”。

【矯情鎮物】 jiǎo qíng zhèn wù 故作安閒，表示鎮定，使人不測。矯情，克制情感。晉書謝安傳：“（謝）玄等既破（苻）堅，有驛書至，安方對客圍棋，看書既竟，便攝放牀上，了無喜色，棋如故。客問之，徐答云：‘小兒輩遂已破賊。’既罷，還內，過戶限，心喜甚，不覺屐齒之折，其矯情鎮物如此。”

【矯揉造作】 jiǎo róu zào zuò 故意做作，裝模作樣。指不自然的情態。清李汝珍鏡花緣三二：“他們原是好好婦人，却要裝作男人，可謂矯揉造作了。”

石　　部

【石火電光】 shí huǒ diàn guāng 燧石之火，雷電之光。比喻瞬息即逝，速度極快。景德傳燈錄二四：“僧問：‘如何是佛法大意？’師曰：‘近前來近前來。’僧近前。師曰：‘會麽？’曰：‘不會。’師曰：‘石火電光，已經塵劫。’”明袁宏道袁中郎集下寒食飲二聖寺詩：“石火電光只如此，白楊何事起愁哀。”

【石沉大海】 shí chén dà hǎi 比喻杳無信息或辦事一點兒沒有下文。古今雜劇元張國賓羅李郎大鬧相國寺二：“出門去沒一個人知道，恰便似石沉大海，鐵墜江濤，無根蓬草，斷綫風箏。”又楊文奎翠紅鄉兒女團圓二：“他可便一去了呵石沉大海。”明蘭陵笑笑生金瓶梅八：“那婦人每日長等短等，如石沉大海。”

【石破天驚】 shí pò tiān jīng 形容震動之甚。唐李賀歌詩編一李憑箜篌引：“女媧鍊石補天處，石破天驚逗秋雨。”後常用以指文章議論或事態發展出人意表。清劉獻廷廣陽雜記四：“向予見楚辭聽直一書，能使靈均別開生面，每出一語，石破天驚，雖穿鑿附會不少，然皆能發人神智。”

【研京練都】 yán jīng liàn dū 南朝梁劉勰文心雕龍六神思：“人之稟才，遲速異分，……張衡研京以十年，左思練都以一紀。雖有巨文，亦思之緩也。”漢張衡作二京賦，精思傅會，十年乃成。晉左思作三都賦，構想十二年（晉書左思傳作十年）。後因謂行文構思縝密，經年累月曰研京練都。

【研精覃思】 yán jīng tán sī 細緻研究，深入思考。書序：“（安國）承詔爲五十九篇作傳，於是遂研精覃思，博考經籍，採摭羣言，以立訓傳。”元馬端臨文獻通考自序：“其載諸史傳之紀錄而可疑，稽諸先儒之論辨而未當者，研精覃思，悠然有得，則竊著己意，附其後焉。”

【破涕爲笑】 pò tì wéi xiào 指轉悲爲喜。文選晉劉越石（琨）答盧諶詩一首並書：“時復相與，舉觴對膝，破涕爲笑，排終身之積慘，求數刻之暫歡。”清吳敬梓儒林外史十：“牛布衣説道：‘適才會見令表兄，才知尊大人已謝賓客，使我不勝傷感。今幸見世兄如此英英玉立，可稱嗣續有人，又要破涕爲笑了。’”

【破浪乘風】 pò làng chéng fēng　見"乘風破浪"。

【破釜沉舟】 pò fǔ chén zhōu　打破飯鍋,沉掉渡船。比喻下定決心,義無返顧。釜,鍋。孫子九地:"焚舟破釜,若驅羣羊而往,驅而來,莫知所之。"史記項羽紀:"項羽乃悉引兵渡河,皆沉船,破釜甑,燒廬舍,持三日糧,以示士卒必死,無一還心。"明史可法史忠正公集請出師討賊疏:"我即卑宮菲食,嘗膽臥薪,聚才智之精神,枕戈待旦,合方州之物力,破釜沉舟,尚恐無救於事。"

【破觚爲圓】 pò gū wéi yuán　史記一二二酷吏傳:"漢興,破觚而爲圓,斲雕而爲朴。"八棱有隅者爲觚。圓,同"圓"。使有角而改爲光圓。比喻破除嚴刑峻法。梁書良吏傳史臣曰:"梁興破觚爲圓,斲雕爲樸。"

【破壁飛去】 pò bì fēi qù　宣和畫譜一張僧繇:"嘗於金陵安樂寺畫四龍,不點目睛,謂點即騰驤而去。人以謂誕。固請點之,因爲落墨。才及二龍,果雷電破壁。徐視畫,已失之矣。"後以破壁飛去喻人之驟然飛黃騰達。

【破鏡重圓】 pò jìng chóng yuán　南朝陳太子舍人徐德言,娶後主妹樂昌公主,時陳政方亂,德言知國破時兩人不能保,因破鏡與妻各執半,約他年正月望日賣於都市,冀得相見。及陳亡,妻果沒入楊素家。德言依期至京,見有蒼頭賣半鏡,因引至其居,出半鏡合之。題詩曰:"鏡與人俱去,鏡歸人未歸。無復姮娥影,空留明月輝。"樂昌得詩,悲泣不食。素知之,即召德言,還其妻。見唐孟棨本事詩情感。後以破鏡重圓比喻夫婦離散或離婚後重又完聚。

【砥行立名】 dǐ xíng lì míng　磨鍊德行,建立功名。砥,磨刀石。史記六一伯夷傳:"閭巷之人,欲砥行立名者,非附青雲之士,惡能施于後世哉?"

【砥身礪行】 dǐ shēn lì xíng　見"砥節礪行"。

【砥柱中流】 dǐ zhù zhōng liú　比喻挺立在激流之中,堅持不屈。元侯克中艮齋詩集三題韓蘄王忠烈卷後:"砥柱中流障怒濤,折衝千里獨賢勞。"亦作"中流砥柱"。

見該條。

【砥節礪行】 dǐ jié lì xíng　磨鍊節操與德行。礪,同砥,磨刀石。漢蔡邕蔡中郎集二郭有道林宗碑:"若乃砥節礪行,直道正辭,貞固足以幹事,隱括足以矯時。"唐劉知幾史通品藻:"紀僧珍砥節礪行,終始無瑕。亦作"砥身礪行"。梁書儒林傳序天監七年詔:"建國君民,立教爲首,砥身礪行,由乎經術。"

【碁逢敵手】 qí féng dí shǒu　見"棋逢敵手"。

【碩大無朋】 shuò dà wú péng　體壯賢德之人,無可比擬。詩唐風椒聊:"彼其之子,碩大無朋。"箋:"碩,謂壯貌佼好也;大,謂德美廣博也;無朋,平均不朋黨。"後亦用以形容巨大無比。

【碩學名儒】 shuò xué míng rú　學問精深,博洽聞名的學者。南史姚察傳:"時碩學名儒,朝端在位,咸希旨注引。"

【磕牙料嘴】 kē yá liào zuǐ　指閒談,亂說。古今雜劇元關漢卿狀元堂陳母教子三:"我可也不和你暢叫揚疾,誰共你磕牙料嘴。"元曲選缺名孟光女舉案齊眉三:"噉與你甚班輩,自來不相會,走將來磕牙料嘴。"

【磈磈磊磊】 kuǐ kuǐ wěi wěi　形容山石壘積。文選晉左太沖(思)吳都賦:"爾其山澤則……磈磈磊磊,瀳瀳汧汧,磝硞乎數州之間,灌注乎天下之半。"

【磨杵作針】 mó chǔ zuò zhēn　把鐵棒磨成針。比喻持之以恆,功到自然成。杵,舂米的棒。明曹學佺蜀中廣記上川南道彭山縣:"志云,縣東北二十五里有磨鍼溪,在象耳山下。相傳李白讀書山中,學未成棄去,適過是溪,逢老嫗方磨鐵杵,問何爲,曰:'欲磨作鍼耳。'白感其言,遂還卒業。今俗亦有'若要功夫深,鐵杵磨成針'之諺語。針,亦作鍼。

【磨穿鐵硯】 mó chuān tiě yàn　鐵製的硯臺被磨穿。形容立志不變,持之以恆。新五代史桑維翰傳:"初舉進士,主司惡其姓,以桑喪同音。人有勸其不必舉進士,可以從佗求仕者,維翰慨然,乃著日出扶桑賦以見志。又鑄鐵硯以示人曰:'硯弊則改而佗仕。'卒以進士及第。"元曲選范子安陳季卿誤上竹葉舟一："坐破寒氈，磨穿鐵硯。"後亦喻筆墨功夫之精深。

【磨拳擦掌】　mó quán cā zhǎng　形容激動振奮，躍躍欲試的樣子。元曲選康進之梁山泊李逵負荆二："俺可也磨拳擦掌，行行裏按不住莽撞心頭氣。"水滸五二："李逵在外面聽得堂裏哭泣，自己磨拳擦掌價氣，問從人，都不肯説。"

【磨磚成鏡】　mó zhuān chéng jìng　把磚磨成鏡子。比喻事不能成。景德傳燈錄五南嶽懷讓禪師："開元中有沙門道一住傳法院，常日坐禪。……師乃取一磚，於彼庵前石上磨。一曰：'師作什麼？'師曰：'磨作鏡。'一曰：'磨磚豈得成鏡邪？'（師曰）：'坐禪豈得作佛邪？'"磚，同"磚"。

【磨礪以須】　mó lì yǐ xū　見"摩厲以須"。

【礌礌落落】　lěi lěi luò luò　形容行事光明正大。晉書石勒載記下："大丈夫行事當礌礌落落，如日月皎然，終不能如曹孟德（操）司馬仲達（懿）父子，欺他孤兒寡婦，狐媚以取天下也。"後多作"磊磊落落"。

【礎潤而雨】　chǔ rùn ér yǔ　以空氣中濕度增大，柱下石發生濕潤現象，表示天將雨的徵兆。比喻任何事情的發生，都先有預兆。礎，柱下之石。淮南子説林："山雲蒸，柱礎潤。"宋文鑑九七蘇洵（？）辨奸論："月暈而風，礎潤而雨，人皆知之。"

【礪戈秣馬】　lì gē mò mǎ　磨好兵器，喂好馬。比喻作好戰鬥準備。舊唐書八四劉仁軌傳："妖孽充斥，而備預甚嚴，宜礪戈秣馬，擊其不意，彼既無備，何攻不克？"亦作"厲兵秣馬"。見該條。

示　　部

【社鼠城狐】　shè shǔ chéng hú　見"城狐社鼠"。

【神工鬼斧】　shén gōng guǐ fǔ　技藝高超，如出鬼神之手。叔苴子外篇一："雕幾斲鏤，神工鬼斧，名曰器妖。"

【神之又神】　shén zhī yòu shén　見"神乎其神"。

【神出鬼行】　shén chū guǐ xíng　見"神出鬼沒"。

【神出鬼沒】　shén chū guǐ mò　比喻行動迅速，變化多端，不可捉摸。亦作"鬼出神入"、"神出鬼行"。淮南子兵略："善者之動也，神出而鬼行，星耀而玄逐。"唐崔致遠桂苑筆耕集十四安再榮管臨淮都："前件，官，凤精韜略，歷試機謀，嘗犯重圍，決成獨戰，實可謂神出鬼沒。"後也泛指行動迅速或變化多端。唐張彥遠法書要錄七張懷瓘書斷上："幽思入于毫間，逸氣彌於宇内，鬼出神入，追虛捕微，則非言象詮謂所

能存亡也。"朱子語類八七小戴禮："只如周易許多占卦淺近底物事盡無了，却空有箇繫辭説得神出鬼沒。"

【神乎其神】　shén hū qí shén　神奇莫測，異於尋常。莊子天地："深之又深而能物焉，神之又神而能精焉。"清李汝珍鏡花緣七五："向日聞得古人有'袖占一課'之説，真是神乎其神。"

【神色自若】　shén sè zì ruò　神態不變，一如平常。晉書王戎傳："（戎）年六七歲，於宣武場觀戲，猛獸在檻中虓吼震地，眾皆奔走，戎獨立不動，神色自若。"

【神怡心曠】　shén yí xīn kuàng　見"心曠神怡"。

【神思恍惚】　shén sī huǎng hū　神志迷離，記憶模糊。元曲選楊顯之臨江驛瀟湘秋夜雨四："一者是心中不足，二者是神思恍惚，恰合眼父子相逢，正數説當年間阻，忽然的好夢驚迴。"紅樓夢三二："況近日

每覺神思恍惚,病已漸成。"

【神通廣大】 shén tōng guǎng dà 指神仙法力無所不能。神通,神秘莫測的能力。孤本元明雜劇明缺名時真人四聖鎖白猿二:"倚仗他神通廣大,欺貝我軟弱囊揣。"古今雜劇明缺名二郎神鎖齊天大聖:"齊天大聖神通廣大,變化多般,小聖難以和他鬭勝也。"今形容人的本領高超,辦法多。含貶義。

【神道設教】 shén dào shè jiào 神道,神妙不測的造化自然,即天道。神道設教,本指順應自然之勢以教化萬物。易觀:"觀天之神道,而四時不忒,聖人以神道設教,而天下服矣。"後指假託鬼神之道以治人。後漢書十三隗囂傳:"(方)望至,說囂曰:'足下欲承天順民,輔漢而起,⋯⋯宜急立高廟,稱臣奉祠,所謂神道設教,求助人神者也。'"

【神魂顛倒】 shén hún diān dǎo 心意迷亂,失常不能自持。明馮夢龍醒世恆言十六:"因他生得風流俊俏,多情知趣,又有錢鈔使費,小娘們多有愛他的,奉得神魂顛倒,連家裏也不思想。"

【神頭鬼面】 shén tóu guǐ miàn 形容競奇立異,故弄玄虛。明葉盛水東日記六論作詩云:"後之膚學務異之徒,⋯⋯句雕字鏤,叫嚾贅牙,神頭鬼面,以爲新奇,良可歎也!"

【神機妙策】 shén jī miào cè 見"神機妙算"。

【神機妙算】 shén jī miào suàn 高明奇妙的計謀策略。形容計謀十分高明。元曲選缺名兩軍師隔江鬭智二:"俺孔明軍師委實有神機妙算,只一陣燒的那曹操往許都一道烟也似跑了。"三國演義八九:"(孟獲)又望北指曰:'任諸葛神機妙算,難以施設!'"亦作"神機妙策"。古今雜劇元缺名諸葛亮博望燒屯二:"張飛一時間躁暴,軍師神機妙策,量那曹兵到的那裏,衆將必然成功也。"

【神嚎鬼哭】 shén háo guǐ kū 形容大聲哭叫,聲音悽慘。嚎,又哭又叫。元曲選缺名龐涓夜走馬陵道二:"可怎生神嚎鬼哭,霧慘雲昏,白日爲幽。"亦作"鬼哭神嚎"、"鬼哭狼嚎"。見各該條。

【祥麟威鳳】 xiáng lín wēi fèng 麒麟與鳳凰,古代傳爲吉祥之禽獸,僅見於太平盛世。用以比喻非常難得的人才。元許有壬圭塘樂府二摸魚子登洞庭湖連天樓和劉光遠韻詞:"人間世,何處祥麟威鳳,繁華一枕春夢。"又王逢梧溪集四上二胡節士詩:"祥麟威鳳不可招,斷霞落日鴉明滅。"

【福至心靈】 fú zhì xīn líng 舊時形容人交好運時心思亦靈敏。宋畢仲詢幕府燕閒錄:"(吳參政)常草制以示歐陽文忠,稱之,因戲曰:'君福至心靈。'"(説郛十四)資治通鑑二八六後漢天福十二年"戊寅,帝還至晉陽"。元胡三省注:"鄙語有之:'福至心靈,禍來神昧。'"李寶嘉官場現形記五四:"自古道,'福至心靈',三場完畢,沒有出岔子,等到出榜,居然高高的中了。"

【福過災生】 fú guò zāi shēng 享福過度則生災禍。猶言樂極生悲。晉書庾亮傳上書讓中書監:"小人祿薄,福過災生,止足之分,臣所宜守。"亦作"福過禍生"。宋書劉敬宣傳:"敬宣報曰:'下官自義熙以來,首尾十載,遂忝三州七郡。今此杖節,常懼福過禍生,實思避盈居損,富貴之旨,非所敢當。'"

【福過禍生】 fú guò huò shēng 見"福過災生"。

【福善禍淫】 fú shàn huò yín 使行善者得福,作惡者受禍。淫,邪惡。書湯誥:"天道福善禍淫,降災于夏,以彰厥罪。"傳:"政善,天福之;淫過,天禍之。"

【福惠雙修】 fú huì shuāng xiū 既有福,又聰明。惠,通"慧"。太平樂府七元馬致遠青杏子姻緣曲:"天賦兩風流,須知是福惠雙修。"

【福無雙至】 fú wú shuāng zhì 指福事不會接連到來。常與"禍不單行"連用。原作"福不重至"。漢劉向説苑權謀:"此所謂福不重至,禍必重來者也。"諺語有"福無雙至,禍不單行"。水滸三七:"宋江聽罷,扯定兩個公人説道:'却是苦也!正是:福無雙至,禍不單行。'"見"禍不單行"。

【禍不單行】 huò bù dān xíng 禍事之

來，往往接連，不止一次。景德傳燈錄十一紫桐和尚：“師曰，禍不單行。”西遊記十五：“這纔是福無雙降，禍不單行。”

【禍起蕭牆】 huò qǐ xiāo qiáng　比喻禍患起於內部。蕭牆，門屏，古時宮室用以分隔內外的當門小牆。韓非子用人：“夫人主……不謹蕭牆之患，而固金城於遠境，……禍莫大於此。”清李汝珍鏡花緣六八：“無如族人甚衆，良莠不齊，每每心懷異志，禍起蕭牆。”

【禍從口出】 huò cóng kǒu chū　指言語不慎，足以召禍。太平御覽三六七引晉傅玄口銘：“病從口入，禍從口出。”易頤“君子以慎言語節飲食”正義：“先儒云：禍從口出，患從口入。”亦作“禍從口生”。釋氏要覽下：“一切衆生，禍從口生，口舌者鑿身之斧也。”

【禍從口生】 huò cóng kǒu shēng　見“禍從口出”。

【禍棗災梨】 huò zǎo zāi lí　古時木刻書多用棗木、梨木，因稱濫刻無用之書為禍棗災梨。清紀昀閱微草堂筆記六：“至於交通聲氣，號召生徒，禍棗災梨，遍相神聖。”

【禍福倚伏】 huò fú yǐ fú　言禍福相因，往往福因禍生，而禍藏於福。比喻好事、壞事互相依存。老子：“禍兮福之所倚，福兮禍之所伏。”史記八四賈誼傳：“禍兮福所倚，福兮禍所伏。”索隱：“倚者，立身也。伏，下身也。以言禍福遞來，猶如倚伏也。”宋陳亮龍川集三問答上：“聖人之立法，本以公天下，而非以避禍亂。心有親疏，則禍福倚伏於無窮，雖聖智不得而防也。”

【禍福無門】 huò fú wú mén　禍福之來並非天定，由己所為。左傳襄二三年：“禍福無門，唯人所召。”晉陶潛陶淵明集一榮木：“繁華朝起，慨暮不存。貞脆由人，禍福無門。”

【禮尚往來】 lǐ shàng wǎng lái　禮節上注重有來有往。禮曲禮上：“禮尚往來。往而不來，非禮也；來而不往，亦非禮也。”宋胡寅斐然集四寄唐唐堅伯詩：“禮尚往來思報玖，情深汲引屢拋甎。”

【禮賢下士】 lǐ xián xià shì　指屈身以尊待賢人，延攬羣士。宋書江夏王（劉）義恭傳太祖（劉裕）誡書：“禮賢下士，聖人垂訓；驕侈矜尚，先哲所去。”吳趼人二十年目睹之怪現狀四：“我今天看見了一位禮賢下士的大人先生，在今世只怕是要算絕少的了。”

禸　部

【禽困覆車】 qín kùn fù chē　野獸被困危急，拼死反噬，能翻人車。比喻陷於絕境，作最後掙扎。戰國策韓三：“為（韓）公仲謂向壽曰：‘禽困覆車。’”宋鮑彪注：“禽，所獲獸也，能覆獵者之車，不可忽。”史記七一甘茂傳：“韓公仲使蘇代謂向壽曰：‘禽困覆車。’”集解：“譬禽獸得困急，猶能抵觸傾覆人車。”

【禽息鳥視】 qín xī niǎo shì　象禽獸一般活着。比喻養尊處優，無益於世。三國志魏陳思王（曹）植傳求自試疏：“虛荷上位而忝重祿，禽息鳥視，終於白首，此徒圈牢之養物，非臣之所志也。”

禾　部

【禾黍故宮】 hé shǔ gù gōng　見"故宮禾黍"。

【禿衿小袖】 tū jīn xiǎo xiù　無領短袖之衣。衿，衣領。唐李賀歌詩編三秦宮詩："禿衿小袖調鸚鵡，紫繡麻鞾踏哮虎。"宋蘇軾分類東坡詩十三觀杭州鈐轄歐育刀劍戰袍："禿衿小袖雕鶻盤，大刀長劍龍蛇插。"

【秀才人情】 xiù cái rén qíng　秀才貧窮者多，常以詩文交往，故稱交際餽贈禮之薄者爲秀才人情。明玩花主人桩樓記考試："今夜本待買付三牲祭你，只是不曾得你好處。自古道，秀才人情半張紙，聊備一盃水酒，和你作別。"

【秀外惠中】 xiù wài huì zhōng　形容人外貌清秀，内心聰慧。惠，通"慧"。唐韓愈昌黎集十九送李愿歸盤谷序："曲眉豐頰，清聲而便體，秀外而惠中"。亦作"秀外慧中"。清蒲松齡聊齋志異香玉："卿秀外慧中，令人愛而忘死。"

【秀外慧中】 xiù wài huì zhōng　見"秀外惠中"。

【秀而不實】 xiù ér bù shí　吐穗開花而不結實。常比喻人聰慧而終無成就。秀，穀類抽穗開花。實，果實。論語子罕："苗而不秀者有矣夫，秀而不實者有矣夫。"梁書徐勉傳答客喻："故秀而不實，尼父爲之歎息；析彼岐路，楊子所以留連。"

【秀色可餐】 xiù sè kě cān　形容婦女容顏極美。文選晉陸士衡（機）日出東南隅行："鮮膚一何潤，秀色若可餐。"亦用以形容山川秀麗。宋辛棄疾稼軒詞二臨江仙探梅："臉向青山餐秀色，爲渠著句清新。"

【秉燭夜遊】 bǐng zhú yè yóu　指及時行樂。亦作"炳燭夜遊"。文選三國魏文帝（曹丕）與吳質書："少壯真當努力，年一過往，何可攀援！古人思炳燭夜遊，良有以也。"宋書樂志三古詞西門行："人生不滿百，常懷千歲憂，晝短而夜長，何不秉燭遊？"

【秋月春風】 qiū yuè chūn fēng　指美好時節。唐白居易長慶集十二琵琶行："今年歡笑復明年，秋月春風等閑度。"

【秋風過耳】 qiū fēng guò ěr　比喻與己無關，毫不在意。吳越春秋一吳王壽夢傳："季札讓逃去，曰：'……富貴之於我，如秋風之過耳。'"元曲選關漢卿趙盼兒風月救風塵二："那一個不指皇天各般説咒，恰似秋風過耳早休休。"

【秋高氣爽】 qiū gāo qì shuǎng　秋空高朗，氣候清爽。唐杜甫杜工部草堂詩箋九崔氏東山草堂："愛汝玉山草堂靜，高秋爽氣多鮮新。"清梁紹壬兩般秋雨盦隨筆八史閣部書："方擬秋高氣爽，遣將西征。"

【秋毫之末】 qiū háo zhī mò　比喻極細小的事物。毫，細毛。孟子梁惠王上："吾力足以舉百鈞，而不足以舉一羽；明足以察秋毫之末，而不見輿薪。"淮南子原道："神託於秋毫之末，而大宇宙之總，其德優天地而和陰陽，節四時而調五行。"

【秋菊春蘭】 qiū jú chūn lán　見"春蘭秋菊"。

【秋豪無犯】 qiū háo wú fàn　不取民一點一滴。常形容行軍紀律嚴明。秋豪，鳥獸秋季更生的絨毛，細而尖。比喻微小。史記項羽紀："（沛公）曰：'吾入關，秋豪不敢有所近。'"後漢書十七岑彭傳："彭首破荆門，長驅武陽，持軍整肅，秋豪無犯。"

【秋風掃落葉】 qiū fēng sǎo luò yè　比喻以強力消除弱勢，極易淨盡無餘。三國志魏辛毗傳："以明公之威，應困窮之敵，擊疲弊之寇，無異迅風之振秋葉矣。"宋洪邁夷堅志乙志六齊先生："諸公見其高門華屋,上干霄漢,三年之後,無一瓦蓋頭矣。……人言秋風落葉,此真是也。"

【秖重衣衫不重人】 zhǐ zhòng yī shān bù zhòng rén 指人勢利,只重外表。續傳燈錄二二繼昌禪師:"五陵公子爭誇富,百衲高僧不厭貧,近來世俗多顛倒,秖重衣衫不重人。"

【秦庭之哭】 qín tíng zhī kū 春秋時吳師陷楚都,楚大夫申包胥赴秦乞師,倚立秦庭,日夜號哭,七日之內,不進飲食,秦哀公深爲感動,即出師救楚。事見左傳定四年。後因謂向他處乞師求救爲秦庭之哭,或省作"哭秦庭"。北周庾信庾子山集一哀江南賦:"鬼同曹社之謀,人有秦庭之哭。"唐杜甫杜工部草堂詩箋十六秦州見勑目……喜遷官兼述索居凡三十韻:"獨慚投漢閣,俱議哭秦庭。"

【秦樓謝館】 qín lóu xiè guǎn 舊指城市中喫喝玩樂之所。亦指妓院。詞林摘豔一元李邦祐轉調淘金令:"花衢柳陌,恨他去胡沾惹;秦樓謝館,恁他去閑遊冶。"後亦作"秦樓楚館"、"楚館秦樓"。見"楚館秦樓"。

【秦鏡高懸】 qín jìng gāo xuán 傳說故事,秦宮有方鏡,廣四尺,高五尺九寸,表裏有明。人直來照之,影則倒見;以手捫心而來,則見腸胃五臟;人有疾病,掩心而照,即知病之所在。人有邪心,照之見膽張心動。見舊題漢劉歆西京雜記三。唐劉長卿劉隨州集九溫湯客舍詩:"且喜禮闈秦鏡在,還將醜妍付春官。"後人稱頌斷獄清明者曰秦鏡高懸,本此。亦作"明鏡高懸"。見該條。

【秤斤注兩】 chēng jīn zhù liǎng 形容斤斤計較,顧小不顧大。猶言拈斤播兩。秤,以秤衡計斤兩。朱子語類一○九論取士:"那時士人所做文字極粗,更無委曲柔弱之態,所以亦養得氣宇。只看如今秤斤注兩,作兩句破頭,如此是多少衰氣!"

【秤薪而爨】 chēng xīn ér cuàn 稱量柴草而後活炊。比喻只着意於瑣碎小事,察察爲明。淮南子泰族:"蓼菜成行,甌甊有蹅,稱薪而爨,數米而炊,可以治小而未可以治大也。"唐張鷟朝野僉載一:"韋莊頗讀書,數米而炊,秤薪而爨,炙少一臠而覺

之。"

【移天易日】 yí tiān yì rì 比喻玩弄手法,顛倒真相,欺上瞞下。晉書齊王冏傳:"趙庶人(趙王司馬倫)聽任孫秀,移天易日,當時喋喋,莫敢先唱。"亦作"移天徙日"、"移天換日"。魏書太祖五王元深傳上書:"往者元叉執權,移天徙日,而(元)徽託附,無翼而非。"明范世彥磨忠記崔田會勘:"緘默處自有關節,遷選時豈無話說,端的是移天換日。"

【移天徙日】 yí tiān xǐ rì 見"移天易日"。

【移天換日】 yí tiān huàn rì 見"移天易日"。

【移孝作忠】 yí xiào zuò zhōng 用孝敬父母之心以事君主。孝經廣揚名:"君子之事親孝,故忠可移於君。"唐李商隱李義山文集一爲濮陽公陳許謝上表:"貴忠孝之兩全,則忠因移孝;正文武之二道,則武可輔文。"清顏光敏顏氏家藏尺牘三張都轉應瑞:"邊陲未靖,中外需賚,統冀順時節哀,善衛寢興,爲蒼生自愛,所謂移孝作忠者,生且拭目望之矣。"

【移東就西】 yí dōng jiù xī 彼此挪易。形容只求隨時應付,不作經久之計。唐陸贄陸宣公集二一論裴延齡姦蠹書:"移東就西,便爲課績;取此適彼,遂號羨餘。"亦作"移東換西"。宋朱熹朱文公集四八答呂子約書:"若方討得一個頭緒,……又却計較以爲未有效驗,遂欲別作調度,則恐一生只得如此移東換西,終是不成家計也。"

【移東換西】 yí dōng huàn xī 見"移東就西"。

【移花接木】 yí huā jiē mù 原指栽植花木,有移栽、插壓、嫁接等法。後用以比喻暗施手段以處理人事。清蒲松齡聊齋志異陸判:"斷鶴續鳧,矯作者妄;移花接木,創始者奇。"紅樓夢一○九:"二則寶釵恐寶玉思鬱成疾,不如稍示柔情,使得親近,以爲'移花接木'之計。"

【移風易俗】 yí fēng yì sú 改變舊的風氣與習俗。荀子樂論:"故樂行而志清,禮修而行成,耳目聰明,血氣和平,移風易俗,天下皆寧,美善相樂。"史記八七李斯

傳諫逐客書：“孝公用商鞅之法，移風易俗，民以殷盛，國以富彊。”北齊顏之推顏氏家訓勉學：“不知敬鬼事神，移風易俗。”

【移宮換羽】　yí gōng huàn yǔ　變換樂調。宮、羽，古代五聲音階之二。宋周邦彥片玉詞意難忘美人：“知音見說無雙，解移宮換羽，未怕周郎。”宋史樂志一序：“審乎此道，以之制作，器定聲應，自不奪倫，移宮換羽，特餘事耳。”後亦指事情的內容有所變更。

【程門立雪】　chéng mén lì xuě　宋程頤門人楊時游酢，一日往見頤。時值大雪，頤偶然瞑目而坐，二人遂侍立不去。待頤覺，時酢始辭別，門外已雪深一尺。見宋史四二八楊時傳。後人因用“程門立雪”為尊師重道的故實。元謝應芳龜山藁七楊龜山祠詩：“卓彼文靖公，早立程門雪，載道歸東南，統緒賴不絕。”文靖，楊時諡。

【稠人廣坐】　chóu rén guǎng zuò　見“稠人廣衆”。

【稠人廣衆】　chóu rén guǎng zhòng　大庭廣衆，指衆人聚集之場合。史記一〇七灌夫傳：“諸士在己之左，愈貧賤，尤益敬，與鈞。稠人廣衆，薦寵下輩。士亦以此多之。”亦作“稠人廣坐”。三國志蜀關羽傳：“先主為平原相，以羽（張）飛為別部司馬，分統部曲。先主與二人寢則同牀，恩若兄弟，而稠人廣坐，侍立終日，隨先主周旋，不避艱險。”

【稱心如意】　chèn xīn rú yì　心滿意足。宋朱敦儒樵歌中感皇恩詞：“稱心如意，膡活人間幾歲？洞天誰道在，塵寰外。”

【稱孤道寡】　chēng gū dào guǎ　指居帝王之位。因古代帝王自稱“孤”或“寡人”，故云。元明雜劇元關漢卿關大王獨赴單刀會三：“俺哥哥稱孤道寡世無雙，我關某匹馬單刀鎮荊襄。”西遊記三八：“即位登龍是那個？稱孤道寡果何人？”

【稱體裁衣】　chèn tǐ cái yī　南齊書張融傳賜融衣詔：“今送一通故衣，意謂雖故，乃勝新也。是吾所著，已令裁減稱卿之體。”明楊基眉菴集八初春詩之一：“踏青鞋襪平頭製，試暖衣裳稱體裁。”後人作“量體裁衣”，借以喻按照實際情況辦事。

【種麥得麥】　zhòng mài dé mài　比喻有其因必得其果。呂氏春秋用民：“夫種麥而得麥，種稷而得稷，人不怪也。”

【穀賤傷農】　gǔ jiàn shāng nóng　指豐收之年，商人壓抑糧價，使農民受害。漢書昭帝紀元鳳六年詔：“夫穀賤傷農，今三輔太平穀減賤，其令以叔粟當今年賦。”新五代史馮道傳：“穀貴餓農，穀賤傷農。”後泛指糧價低損害農民利益。

【稷蜂社鼠】　jì fēng shè shǔ　棲於稷廟之蜂，社廟之鼠。比喻仗勢作惡的人。韓詩外傳八：“稷蜂不攻，而社鼠不熏，非以稷蜂社鼠之神，其所託者善也。”

【積甲山齊】　jī jiǎ shān qí　兵甲堆積如山。形容非常多。後漢書十一劉盆子傳：“樊崇乃將盆子及丞相徐宣以下三十餘人肉袒降，上所得傳國璽綬、更始七尺寶劍及玉璧各一，積兵甲宜陽城西，與熊耳山齊。”唐張說張說之集十七贈涼州都督上柱國太原郡開國公郭知運碑：“積甲山齊而有餘，收馬谷量而未盡。”

【積羽沈舟】　jī yǔ chén zhōu　比喻積輕可成重，積小患可致大災。戰國策魏一：“臣聞積羽沈舟，羣輕折軸，衆口鑠金，故願大王之熟計也。”

【積年累月】　jī nián lěi yuè　形容時間長久。北齊顏之推顏氏家訓後娶：“況夫婦之義，曉夕移之，婢僕求容，助相說引，積年累月，安有孝子乎！”

【積金至斗】　jī jīn zhì dǒu　比喻積金極多。斗，指北斗星。唐杜牧樊川集二昔事文皇帝三十二韻詩：“億萬持衡價，錙銖挾契論。堆時過北斗，積處滿西園。”新唐書八九尉遲敬德傳：“隱太子嘗以書招之，贈金皿一車。敬德以聞。王曰：‘公之心如山岳然，雖積金至斗，豈能移乎？然恐非自安計。’”

【積重難返】　jī zhòng nán fǎn　積習深久，不易改變。多指長期形成的弊端難以改造。清趙翼二十二史劄記二十：“而抑知其始，實由于假之以權，掌禁兵，筦樞要，遂致積重難返，以至此極也哉。”

【積厚流光】　jī hòu liú guāng　見“積厚流廣”。

【積厚流廣】　jī hòu liú guǎng　言根基深厚，則影響廣遠。荀子禮論：“所以別積厚，

積厚者流澤廣，積薄者流澤狹也。"注："積
與績同，功業也。"亦作"積厚流光"。大戴
禮禮三本："所以別積厚者流澤光，積薄者
流澤卑。"光，光大。

【積勞成病】 jī láo chéng bìng　見"積
勞成疾"。

【積勞成疾】 jī láo chéng jí　積累勞累
而生病。亦作"積勞成病"。明馮夢龍清蔡
元放東周列國志六九："公孫歸生積勞成
病，臥不能起，城中食盡，餓死者居半，守
者疲困，不能御敵。"清李汝珍鏡花緣九
六："文伯伯竟在劍南一病不起，及至他們
弟兄趕到，延醫診治，奈積勞成疾，諸藥不
效，竟至去世。"

【積毀銷骨】 jī huǐ xiāo gǔ　形容毀謗者
多，使受毀者無以自存。史記七十張儀傳：
"衆口鑠金，積毀銷骨。"文選漢鄒陽於獄
上書自明："衆口鑠金，積毀銷骨。"注："讒
毀之言，骨肉之親爲之銷滅。"

【積微成著】 jī wēi chéng zhù　事細微

時，人所不察，積多積久，便成顯著。荀子
大略："夫盡小者大，積微者箸，德至者色
澤洽，行盡而聲問遠。"箸，同"著"。宋書曆
志上何承天表："夫圓極常動，七曜運行，
離合去來，雖有定勢，以新故相涉，自然有
毫末之差，連日累歲，積微成著。"

【積穀防飢】 jī gǔ fáng jī　積蓄糧食以
防飢荒。唐敦煌變文父母恩重經講經文：
"人家積穀本防飢，養子還徒〔圖〕被老
時。"

【積薪厝火】 jī xīn cuò huǒ　柴草下面
放着火種。比喻形勢危殆。厝，安置。漢書
四八賈誼傳陳政事疏："夫抱火厝之積薪
之下而寢其上，火未及燃，因謂之安，方今
之勢，何以異此？"

【穩如泰山】 wěn rú tài shān　形容異常
穩固，不可動搖。清李汝珍鏡花緣三："武
后恃有高關，又仗武氏弟兄驍勇，自謂穩
如泰山，十分得意。"亦作"安於泰山"、"安
如泰山"。見各該條。

穴　　部

【穴居野處】 xué jū yě chǔ　夜居洞窟，
晝處牧野。易繫辭下："上古穴居而野處，
後世聖人易之以宮室。"

【空中樓閣】 kōng zhōng lóu gé　空中出
現的樓臺觀閣。即海市蜃樓。後比喻高明
通達。二程全書遺書七："邵堯夫（雍）猶空
中樓閣。"元侯克中艮齋詩集三邵子無名
公傳："醉裏乾坤元廣元，空中樓閣更高
明。"亦比喻虛構的或脫離實際的事物。清
黃六鴻福惠全書三蒞任部考代書："（代
書）類多積年訟師，慣弄刀筆……所以空
中樓閣，衹憑三寸雞毛，座上秦銅，莫辨五
里昏霧。"清李漁閒情偶寄結構第一："實
者，就事敷陳，不假造作，有根有據之謂
也；虛者，空中樓閣，隨意構成，無影無形
之謂也。"

【空穴來風】 kōng xué lái fēng　指尸孔
通風。文選戰國楚宋玉風賦："枳句來巢，
空穴來風。"注引司馬彪曰："門尸孔空，風
善從之。"唐白居易長慶集三五初病風詩：
"朽株難免蠹，空穴易來風。"後用以比喻
流言之乘隙而入。清紀昀閱微草堂筆記
二："余謂此與愛堂先生所言學究遇冥吏
事，皆博雅之士造戲語以詆俗儒也，然亦
空穴來風，桐乳來巢乎？"

【空谷足音】 kōng gǔ zú yīn　空谷中的
腳步聲。比喻難得的人物或言論。莊子徐
無鬼："夫逃虛空者，藜藋柱乎鼪鼬之逕，
跟位其空，聞人足音，跫然而喜矣。"清顧
炎武日知錄七九經："在宋已爲空谷之足
音，今時則絕響矣。"清紀昀閱微草堂筆記
十七："幸空谷足音，得見君子，機緣難再，

千載一時,故忍耻相投。"

【空空如也】 kōng kōng rú yě 原指虛心的樣子。論語子罕:"有鄙夫問於我,空空如也。我叩其兩端而竭焉。"疏:"空空,虛心也。"後用以形容一無所有。

【空洞無物】 kōng dòng wú wù 形容一無所有。南朝宋劉義慶世說新語排調:"王丞相枕周伯仁膝,指其腹曰:'卿此中何所有?'答曰:'此中空洞無物,然容卿輩數百人。'"後泛指言談、文章內容空泛。

【穿雲裂石】 chuān yún liè shí 形容聲音高揚激昂。宋蘇軾蘇文忠詩合注二十一李委吹笛詩叙:"呼之使前,則青中紫裘,腰笛而已。既奏新曲,又快奏數弄,嘹然有穿雲裂石之聲。"宋陳亮龍川集十七好事近詞:"穿雲裂石韻悠揚,風細斷還鬢。"清吳敬梓儒林外史二九:"一個小小子走到鮑廷璽身邊站着,拍着手,唱李太白清平調。真乃穿雲裂石之聲,引商刻羽之奏。"

【穿壁引光】 chuān bì yǐn guāng 舊題漢劉歆西京雜記二:"匡衡字稚圭,勤學而無燭,鄰舍有燭而不逮,衡乃穿壁引其光,以書映光而讀之。"後常用以形容刻苦勤學。亦作"鑿壁偷光"。見該條。

【窮凶極悖】 qióng xiōng jí bèi 見"窮凶極惡"。

【窮凶極惡】 qióng xiōng jí è 形容凶惡之極。漢書九九下王莽傳:"滔天虐民,窮凶極惡,毒流諸夏,亂延蠻貉。"三國志吳孫權傳黃龍元年盟書:"天降喪亂,皇綱失序,逆臣乘釁,劫奪國柄,始於董卓,終於曹操,窮凶極惡,以覆四海。"亦作"窮凶極悖"。悖,做事違背情理。梁書高帝紀上:"廢主(東昏侯)棄常,自絕宗廟,窮凶極悖,書契未有。"

【窮且益堅】 qióng qiě yì jiān 見"窮當益堅"。

【窮年累世】 qióng nián lěi shì 連續不斷,世世代代。荀子榮辱:"人之情,食欲有芻豢,衣欲有文繡,行欲有輿馬,又欲夫餘財蓄積之富也,然而窮年累世,不知不足,是人之情也。"

【窮好極欲】 qióng hào jí yù 見"窮奢極欲"。

【窮形盡相】 qióng xíng jìn xiàng 形容刻畫入微,摹擬逼真。文選晉陸士衡(機)文賦:"雖離方而遯圓,期窮形而盡相。"唐盧照鄰幽憂子集七益州長史胡樹禮爲亡女造畫贊:"窮形盡相,陋燕壁之含丹;寫妙分容,嗤吳屏之墜筆。"

【窮兵極武】 qióng bīng jí wǔ 見"窮兵黷武"。

【窮兵黷武】 qióng bīng dú wǔ 指好戰不止。黷武,濫用武力。三國志吳陸抗傳上疏:"今不務富國彊兵,力農畜穀,……而聽諸將徇名,窮兵黷武,動費萬計,士卒彫瘁,寇不爲衰,而我已大病矣。"唐李白李太白詩四登高丘而望遠海:"窮兵黷武今如此,鼎湖飛龍安可乘。"亦作"窮兵極武"。三國志蜀後主傳"五年春"注引諸葛亮集:"今旆麾首路,其所經至,亦不欲窮兵極武,其有棄邪從正簞食壺漿以迎王師者,國有常典,封寵大小,各有品限。"

【窮兒暴富】 qióng ér bào fù 指意外成爲富有。宋蘇軾東坡集續集十二答程全父推官書之五:"兒子比抄得唐書一部,又借得前漢欲抄。若了此二書,便是窮兒暴富也。"

【窮神知化】 qióng shén zhī huà 深究事物的精微道理。易繫辭下:"窮神知化,德之盛也。"亦作"窮神觀化"。文選晉陸士衡(機)漢高祖功臣頌:"永言配命,因心則靈。窮神觀化,望影揣情。"

【窮神觀化】 qióng shén guān huà 見"窮神知化"。

【窮巷漏室】 qióng xiàng lòu shì 見"窮閭漏屋"。

【窮相骨頭】 qióng xiàng gú tóu 窮困不能顯達的相貌。唐鄭光業應試之夕,一同人突入試舖,光業爲輟半舖之地。其人復曰:"欲茶。"光業欣然與之烹煎。揭榜,光業狀元及第。其人首貢一啟,叙一宵之素。略曰:"既取水,更煎茶;當時不識人,凡夫肉眼;今日之俄爲後進,窮相骨頭。"見五代王定保唐摭言十二輕佻。

【窮寇不格】 qióng kòu bù gé 格,格殺。見"窮寇勿迫"。

【窮寇勿迫】 qióng kòu wù pò 對敗殘之敵人,不可過分追迫,以防反撲。孫子軍争：'窮寇勿迫，此用兵之法也。'"亦作"窮寇勿迫"、"窮寇莫追"、"窮寇不格"。後漢書七一皇甫嵩傳："嵩進兵擊之。卓曰：'不可。兵法，窮寇勿迫，歸衆勿追。'三國演義九五："兵法云：'歸師勿掩，窮寇莫追。'"逸周書武稱："追戎無格，窮寇不格。"後亦比喻不可逼人太甚。

【窮寇勿追】qióng kòu wù zhuī　見"窮寇勿迫"。

【窮寇莫追】qióng kòu mò zhuī　見"窮寇勿迫"。

【窮理盡性】qióng lǐ jìn xìng　深究事物的道理、透徹了解人的本性。易說卦："窮理盡性，以至於命。"疏："窮極萬物深妙之理，究盡生靈所稟之性。"

【窮奢極侈】qióng shē jí chǐ　見"窮奢極欲"。

【窮奢極欲】qióng shē jí yù　極力奢侈享受，滿足欲望。漢書八五谷永傳："失道妄行，逆天暴物，窮奢極欲，湛湎荒淫。"亦作"窮奢極侈"、"窮好極欲"。後漢書三一陸康傳上疏："末世衰主，窮奢極侈，造作無端，興制非一，勞割自下，以從苟欲。"宋書彭城王義康傳："有司上(表)曰：'而義康曾不思此大造之德，自出南服，詭飾情貌，外示知懼，內實不悛。窮好極欲，干犯無度。'"

【窮鳥入懷】qióng niǎo rù huái　比喻處境困窘投靠於人。窮鳥，困乏之鳥。三國志魏邴原傳："(劉)政急往投原"注引魏氏春秋："政投原曰：'窮鳥入懷。'原曰：'安知斯懷之可入邪？'"北齊顏之推顏氏家訓省事："窮鳥入懷，仁人所憫，況死士歸我，當棄之乎？"

【窮鄉僻壤】qióng xiāng pì rǎng　偏僻荒遠的地方。僻，偏僻。壤，地。清吳敬梓儒林外史九："窮鄉僻壤，有這樣讀書君子，卻被守錢奴如此凌虐，足令人怒髮衝冠。"

【窮達有命】qióng dá yǒu mìng　窮困和富貴皆由命定。文選漢班叔皮(彪)王命論："窮達有命，吉凶由人。"宋書沈攸之傳："早知窮達有命，恨不十年讀書！"

【窮源竟委】qióng yuán jìng wěi　禮學記："三王之祭川也，皆先河而後海，或源也，或委也，此之謂務本。"疏："言三王祭百川之時，皆先祭河而後祭海也。或先祭其源，或後祭其委。河爲海本，源爲委本。"後因以窮源竟委比喻深究事物的始末。

【窮當益堅】qióng dāng yì jiān　處境愈窮困，志節愈應堅定。後漢書二四馬援傳："轉遊隴漢間，常謂賓客曰：'丈夫爲志，窮當益堅，老當益壯。'"亦作"窮且益堅"。唐王勃王子安集五藤王閣詩序："老當益壯，寧知白首之心；窮且益堅，不墜青雲之志。"

【窮鼠齧貍】qióng shǔ niè lí　比喻被迫過甚而拼命反抗，猶困獸猶鬥。漢桓寬鹽鐵論詔聖："死不再生，窮鼠齧貍。"

【窮猿投林】qióng yuán tóu lín　比喻人處困境，急覓棲身之所，無暇選擇好壞。晉書李充傳："征北將軍褚裒又引爲參軍，充以家貧，苦求外出。裒將許之爲縣，試問之，充曰：'窮猿投林，豈暇擇木！'"亦作"窮猿奔林"。世說新語言語："李弘度(充)嘗歎不被遇。殷揚州(浩)知其家貧，問：'君能屈志百里不？'李答曰：'北門之歎，久已上聞，窮猿奔林，豈暇擇木。'遂授剡縣。"

【窮猿奔林】qióng yuán bèn lín　見"窮猿投林"。

【窮閻漏屋】qióng yán lòu wū　偏僻的街巷、簡陋的住所。荀子儒效："雖隱於窮閻漏屋，人莫不貴之，道誠存也。"亦作"窮巷漏室"。韓詩外傳五："雖居窮巷陋室之下而內不足以充虛，外不足以蓋形，無置錐之地，明察足以持天下。"

【窮酸餓醋】qióng suān è cù　比喻文人生活之清苦。古今雜劇元關漢卿山神廟裴度還帶一："裴度，想你父母身亡之後，你不成半器，不肯尋些買賣營生做，你每日則是讀書，我想來你那讀書的窮酸餓醋，有甚麼好處，幾時能勾發跡也？"

【窮則變，變則通】qióng zé biàn, biàn zé tōng　原指事物處於窮盡即須改變，改變然後能開通久長。易繫辭下："易窮則變，變則通，通則久。"疏："黃帝已上衣鳥獸之皮，其後人多獸少，事或窮乏，故以絲麻布帛而制衣裳，是神而變化使民得宜也。"後多指在窮困的情況下，想辦法，找出路,改變現狀。

【窺豹一斑】 kuī bào yī bān 比喻只見局部未見整體。窺,從小孔或縫隙中看。世說新語方正:"王子敬(獻之)數歲時,嘗看諸門生樗蒲,見有勝負,因曰:'南風不競。'門生輩輕其小兒,迺曰:'此郎亦管中窺豹,時見一斑。'"後人本此而言窺豹一斑。宋李光莊簡集十五與胡邦衡書:"三經新解未能徧讀,然嘗鼎一臠,窺豹一斑,亦足見其大略矣。"

【竄端匿跡】 cuàn duān nì jì 指掩飾事由真相。竄,隱藏。淮南子人間:"夫事之所以以難知者,以其竄端匿跡,立私於公,倚邪於正而以勝惑人之心者也。"

【竊玉偷香】 qiè yù tōu xiāng 指男女間暗通私情。元王實甫西廂記一本二折:"雖不能勾竊玉偷香,且將這盼行雲眼睛兒打當。"竊玉,舊指唐楊妃竊寧王玉笛事(楊妃外傳);偷香,指晉賈充女以充所得西域奇香私遺韓壽事(晉書賈充傳),近人據雍熙樂府太平樂府散曲,多以鄭生與韓壽對舉,但鄭生事已無可考。亦作"偷香竊玉"。見該條。

【竊位素餐】 qiè wèi sù cān 竊據高位,無功受祿。漢書六六楊惲傳:"不能與羣僚同心并力,陪輔朝廷之遺忘,已負竊位素餐之責久矣。"

【竊鉤竊國】 qiè gōu qiè guó 比喻小盜被大懲,而大盜則獲富貴。借以諷刺法律的虛偽。莊子胠篋:"彼竊鉤者誅,竊國者爲諸侯,諸侯之門而仁義存焉。"釋文:"鉤,謂帶也。"疏:"鉤者,腰帶鉤也。"

【竊竊私語】 qiè qiè sī yǔ 形容私下小聲議論。亦作"竊竊偶語"、"竊竊私議"。金史唐括辯傳:"於是,旦夕相與密謀。護衛將軍特思疑之,以告悼后曰:'辯等因間每竊竊偶語,不知議何事。'"明馮夢龍清蔡元放東周列國志四六:"(商臣)又故意與行酒侍兒,竊竊私語,羋氏兩次問話,俱失應答。"吳趼人痛史十三:"宗胡兩人,正在竊竊私議。"

【竊竊私議】 qiè qiè sī yì 見"竊竊私語"。

【竊竊偶語】 qiè qiè ǒu yǔ 見"竊竊私語"。

立 部

【立功贖罪】 lì gōng shú zuì 建立功勞,補償罪過。明馮夢龍清蔡元放東周列國志四十:"趙衰應曰:'當革職,使立功贖罪。'文公乃革魏犨右戎之職,以舟之僑代之。"

【立地成佛】 lì dì chéng fó 五燈會元十九紹興府東山覺禪師:"廣額正是箇殺人不眨眼底漢,颺下屠刀,立地成佛。"禪宗以人人皆有佛性,積惡之人,轉念爲善,即可成佛。宋朱熹朱文公集四三答李伯諫(甲申):"所謂便欲當人立地成佛者,正如將小樹來噴一口水,便要他立地干雲蔽日,豈有是理?"後常用以比喻改惡從善,重新做人。

【立地書廚】 lì dì shū chú 比喻學識淵博。宋史三四七吳時傳:"時敏於爲文,未嘗屬稿,落筆已就,兩學目之曰:'立地書廚。'"

【立竿見影】 lì gān jiàn yǐng 竿立而影現。比喻收效迅速。舊題東漢魏伯陽參同契中考異:"立竿見影,呼谷傳響。"

【章善癉惡】 zhāng shàn dǎn è 見"彰善癉惡"。

【童牛角馬】 tóng niú jiǎo mǎ 指違背常態。童牛,無角之牛。角馬,長角之馬。漢揚雄太玄經三更:"童牛角馬,不今不古。

測曰：童牛角馬，變天常也。"注："更物之性，而爲治術，非天常道也。"

【童顏鶴髮】　tóng yán hè fà　形容人老而有少壯之貌。三國演義十五："(孫)策見其人，童顏鶴髮，飄然有出世之姿。"

【竭澤而漁】　jié zé ér yú　排盡池水、湖水以捕魚。比喻盡其所有，不留餘地。呂氏春秋義賞："竭澤而漁，豈不獲得，而明年無魚。"

竹　部

【竹苞松茂】　zhú bāo sōng mào　比喻根基穩固，枝葉繁茂。詩小雅斯干："如竹苞矣，如松茂矣。"傳："苞，本也。"疏："以竹言苞，而松言茂，明各取一喻，以竹筍叢生而本概，松葉隆冬而不彫，故以爲喻。"後常用作祝長壽或宮室落成時的頌詞。明范世彥磨忠記二楊漣家慶："親壽享，願竹苞松茂，日月悠長。"

【竹報平安】　zhú bào píng ān　指平安家書。唐段成式酉陽雜俎續集十支植下："衞公(李德裕)言北都惟童子寺有竹一窠，纔長數尺，相傳其寺綱維，每日報竹平安。"宋程俱北山小集十一會稽喜得家書詩："黃耳東來一破顏，直從松竹報平安。"

【竹頭木屑】　zhú tóu mù xiè　世說新語政事："陶公(陶侃)作荊州時，敕船官悉錄鋸木屑，不限多少。咸不解此意。後正會值積雪，始晴，聽事前除雪後猶濕，於是悉用木屑覆之，都無所妨。官用竹皆令錄厚頭，積之如山，後桓宣武(桓溫)伐蜀，裝船悉以作釘。"後因以竹頭木屑比喻細微的事物。宋鄭樵夾漈遺稿三上宰相書："竹頭木屑之積，亦云多矣，將欲一旦而用之可也。"

【竿頭進步】　gān tóu jìn bù　比喻更上進一步。景德傳燈錄十景岑禪師："師示一偈曰：百尺竿頭不動人，雖然得入未爲真，百丈竿頭須進步，十方世界是全身。"後用以比喻學業的進取，更應努力。

【笑面夜叉】　xiào miàn yè chā　指面帶笑容而心地狠毒的人。宋陳次升讜論集三

彈蔡京第三狀："洗垢索瑕，中傷士類，……毒流天下，實不忍聞，主行雖在章惇，(蔡)卞實啟之，時人目之爲笑面夜叉，天下之所共知也。"宋劉克莊後村集二一雜記詩："貶削村夫子，褒崇笑夜叉。"

【笑容可掬】　xiào róng kě jū　形容滿臉堆笑。清蒲松齡聊齋志異嬰寧："有女郎攜婢，撚梅花一枝，容華絕代，笑容可掬。"

【笑逐顏開】　xiào zhú yán kāi　形容喜見於色，滿臉高興。京本通俗小說西山一窟鬼："教授聽得說罷，喜從天降，笑逐顏開道：'若還真個有這人時，可知好哩！'"水滸四二："衆人扶策(宋太公)下轎上廳來，宋江見了，喜從天降，笑逐顏開。"

【笑裏藏刀】　xiào lǐ cáng dāo　唐李義府貌狀溫恭，與人言嬉怡微笑，凡忤意者，必加傾陷。時人言義府笑中有刀。見舊唐書八二本傳。後人遂以笑裏藏刀比喻人的外貌和藹而内心陰險。唐白居易長慶集五七不如來飲酒詩："且滅嗔中火，手磨笑裏刀。"元曲選關漢卿關大王獨赴單刀會一："那時間相看的是好，他可便喜孜孜笑裏藏刀。"

【笑罵從汝】　xiào mà cóng rǔ　指宋神宗熙寧三年冬，鄧綰通判寧州。時王安石得君輔政，綰貽以書頌，極其佞諛。安石薦於神宗，驛召對。除集賢校理、檢正中書孔目房。鄉人在都者皆笑且罵，綰曰："笑罵從汝笑罵，好官須我爲之。"見宋楊仲良皇朝通鑑長編紀事本末六四王安石專用小人，又宋史三二九鄧綰傳。通鑑輯覽七七

作"笑罵從他笑罵,好官還我爲之"。後稱人之我行我素,不顧譏嘲,多用此語。

【笨鳥先飛】 bèn niǎo xiān fēi 古今雜劇元關漢卿狀元堂陳母教子一:"二哥,你得了官也,我和你有個比喻,我似那靈禽在後,你這等坌鳥先飛。"坌,通"笨"。今指才力不如人而趨先一步。多用作自謙之詞。

【笙磬同音】 shēng qìng tóng yīn 音聲和諧。詩小雅鼓鐘:"鼓瑟鼓琴,笙磬同音。"傳:"笙磬,東方之樂也。同音,四懸皆同也。"亦比喻人的關係融洽。舊唐書六六房玄齡杜如晦傳贊:"笙磬同音,惟房與杜。"

【筐篋中物】 kuāng qiè zhōng wù 比喻尋常的事物。篋,大曰箱,小曰篋。泛指箱。三國志吳韋曜傳:"時所在承指數言瑞應。(孫)晧以問曜,曜答曰:'此人家筐篋中物耳。'"北史崔浩傳:"性不好莊老之書,每讀不過數十行,輒棄之,曰:'此矯誣之說,不近人情,必非老子所作。……袁生所謂家人筐篋中物,不可揚於王庭。'"

【筮短龜長】 shì duǎn guī cháng 左傳僖四年:"筮短龜長,不如從長。"筮、龜皆用於占卜凶吉,龜著象,筮衍數,物先有象而後有數,故曰筮短龜長。

【節上生枝】 jié shàng shēng zhī 見"節外生枝"。

【節外生枝】 jié wài shēng zhī 比喻問題旁出,事外復生事端。亦作"節上生枝"。宋朱熹朱文公集四八答呂子約書:"若左遮右攔,前拖後拽,隨語生解,節上生枝,則更讀萬卷書,亦無用處也。"元耶律楚材湛然居士集七題黃山墨竹便面詩:"題破本來真面目,何妨節外更生枝。"古今雜劇元楊顯之臨江驛瀟湘秋夜雨二:"兀的是閒言語,甚意思,他怎肯道節外生枝?"

【節哀順變】 jié āi shùn biàn 節抑悲哀,以順應變故。禮檀弓下:"喪禮,哀戚之至也;節哀,順變也,君子念始之者也。"後多用爲慰唁友人遭父母喪之辭。

【管中窺豹】 guǎn zhōng kuī bào 比喻只見局部,而未見全體。世說新語方正:"王子敬(獻之)數歲時,嘗看諸門生摴蒱,見有勝負,因曰:'南風不競。'門生輩輕其小兒,迺曰:'此郎亦管中窺豹,時見一斑。'"宋陸游劍南詩稿五三江亭:"濠上觀魚非至樂,管中窺豹豈全斑。"

【管闚筐舉】 guǎn kuī kuāng jǔ 比喻孤陋寡聞,見識狹窄。三國志蜀郤正傳釋譏:"夫人心不同,實若其面,子雖光麗,既美且艷,管闚筐舉,守厥所見,未可以言八紘之形埒,信萬事之精練也。"

【管闚蠡測】 guǎn kuī lí cè 比喻見識狹小淺薄。蠡,小瓢。蠡測,用小瓢測量海水。漢書六五東方朔傳答客難:"語曰:'以筦闚天,以蠡測海。'"筦,同"管";闚,同"窺"。紅樓夢三六:"我昨兒晚上的話竟說錯了,怪不得老爺說我是'管窺蠡測'!"

【箕風畢雨】 jī fēng bì yǔ 書洪範:"庶民惟星,星有好風,星有好雨,……月之從星,則以風雨。"傳:"箕星好風,畢星好雨。"藝文類聚七南朝梁吳均八公山賦:"箕風畢雨,育嶺生峨。"月經於箕星之度則多風,離於畢星之度則多雨。比喻百姓的好惡隨時不同,王者施政,必須順乎民情所向。

【篝火狐鳴】 gōu huǒ hú míng 秦末陳勝將起義,置火篝籠之中,使隱約如燐火,更作狐鳴,曰:"大楚興,陳勝王",以發動衆戍卒起事。見史記陳涉世家。後因以指密謀策劃起事。

【築室反耕】 zhù shì fǎn gēng 修建營房,分兵耕地。表示長期屯兵沒有去意。反,通"返"。左傳宣十五年:"楚師將去宋,……申叔時僕曰:'築室反耕者,宋必聽命。'從之。"注:"築室於宋,分兵歸田,示無去志。"三國志魏臧洪傳贊陳琳書:"況僕據金城之固,驅士民之力,散三年之畜,以爲一年之資,匡困補伐,以悅天下,何圖築室反耕哉!"

【築室道謀】 zhù shì dào móu 比喻己無主見,而與不相干的人共謀,必難成功。詩小雅小旻:"如彼築室于道謀,是用不潰于成。"箋:"如當路築室,得人而與之謀所爲,路人之意不同,故不得遂成也。"

【篳門圭窬】 bì mén guī yú 指貧者居室之陋。篳門,編荊竹爲門;圭窬,穿壁爲戶,上銳下方,其狀如圭。禮儒行:"篳門圭窬,蓬戶甕牖。"亦作"篳門閨竇"。左傳襄十年：“簞門閨竇之人，而皆陵其上，其難爲上矣。”

【簞門閨竇】　bì mén guī dòu　見“簞門圭竇”。

【簞路藍縷】　bì lù lán lǚ　駕柴車，穿敝衣，以開闢土地。比喻艱苦創業。簞路，用荆竹編的車，亦稱柴車。藍縷，敝衣。左傳宣十二年：“簞路藍縷，以啟山林。”又昭十二年：“簞路藍縷，以處草莽。”

【簞食壺漿】　dān sì hú jiāng　公羊傳昭二五年：“高子執簞食，與四脡脯，國子執壺漿。曰：‘吾寡君聞君在外，餕饔未就，敢致糗于從者。’”孟子梁惠王下：“簞食壺漿，以迎王師。”簞，盛飯竹器。漿，以米所熬的汁。指勇躍犒勞軍隊。

【簞食瓢飲】　dān sì piáo yǐn　形容生活貧苦。漢書九一貨殖傳：“顏淵簞食瓢飲，在于陋巷。”注：“一簞之飯，一瓢之飲，至貧也。”

【籠絡人心】　lǒng luò rén xīn　指玩弄手段拉攏別人。吳趼人痛史二十：“因爲當時那元主要籠絡人心，訪求宋朝遺逸，中外轄官和一班反顏事故的宋朝舊臣，都交章保薦謝枋得。”

【籠街喝道】　lóng jiē hè dào　形容儀從之盛。舊唐書一六五溫造傳舒元褒等上疏：“臣聞元和長慶中，中丞行李不過半坊，今乃遠至兩坊，謂之‘籠街喝道’。”

【籬壁間物】　lí bì jiān wù　指家園所產之物。世說新語排調：“桓玄素輕桓崖，崖在京下有好桃，玄連就求之，遂不得佳者。玄與殷仲文書以爲嗤笑曰：‘德之休明，肅慎貢其楛矢；如其不爾，籬壁間物，亦不可得也。’”

米　部

【米珠薪桂】　mǐ zhū xīn guì　形容柴米之貴。戰國策楚三：“楚國之食貴於玉，薪貴於桂。”後亦用以泛指物價昂貴。元侯克中艮齋詩集十三自警：“米如珠玉薪如桂，猶欲兒孫食肉糜。”明錢子正綠苔軒集四有弟久不見詩：“有弟久不見，米珠薪桂秋。”亦作“薪桂米珠”。見該條。

【粉白墨黑】　fěn bái mò hēi　見“粉白黛黑”。

【粉白黛黑】　fěn bái dài hēi　指婦女的妝飾打扮。楚辭大招：“粉白黛黑，施芳澤只。”注：“言美女又工粧飾，傅著脂粉，面白如玉，黛畫眉眼，黑而光淨。”淮南子脩務：“雖粉白黛黑，弗能爲美者，嫫母仳倠也。”亦作“粉白墨黑”、“粉白黛綠”。戰國策楚三：“彼鄭周之女，粉白墨黑，立於衢閭。”唐韓愈昌黎集十九送李愿歸盤谷序：“飄輕裾，翳長袖，粉白黛綠者，列屋而閑居。”

【粉白黛綠】　fěn bái dài lù　見“粉白黛黑”。

【粉身灰骨】　fěn shēn huī gǔ　見“粉骨碎身”。

【粉骨捐軀】　fěn gǔ juān qū　指慷慨獻身，不惜生命。唐杜牧樊川文集十五又代謝賜批答表：“誓當勁力盡瘁，粉骨捐軀，知無不爲，寧死不避。”

【粉骨碎身】　fěn gǔ suì shēn　身軀粉碎，不惜犧牲生命。唐顏真卿顏魯公集二馮翊太守上表謝：“誓當粉骨碎身，少酬萬一。”金史紇石烈良弼傳：“臣竊維自來人臣受知人主，無逾臣者，臣雖粉骨碎身，無以圖報。”亦作“粉身灰骨”。唐張鷟遊仙窟：“玉饌珍奇，非常厚重，粉身灰骨，不能酬謝。”

【粉裝玉琢】　fěn zhuāng yù zhuó　形容白淨可愛。多指兒童。紅樓夢一：“土隱見女兒越發得粉裝玉琢，乖覺可喜，便伸手接來，抱在懷中，引他玩耍一回。"

【粉飾太平】 fěn shì tài píng　本非太平
盛世，而以太平景象裝飾。宋王栐燕翼
貽謀錄二："咸平景德以後，粉飾太平，服
用寖侈。"文獻通考自序："又況榮途捷徑，
旁午雜出，蓋未嘗由學而升者滔滔也。於
是所謂學者，姑視爲粉飾太平之一事。"

【粘皮帶骨】 nián pí dài gǔ　形容過於
執著、呆板。朱子語類八一詩二："不是聖
人之徒，便是盜賊之徒，此語大槩是如此，
不必恁粘皮帶骨看。"又作"粘皮骨"。宋葛
立方韻語陽秋二："作詩貴雕琢，又畏有斧
鑿痕；貴破的，又畏粘皮骨，此所以爲難。"
亦用以比喻不乾脆，不爽利。明馮夢龍警
世通言十一："原來趙三爲人粗暴，動不動
自誇道：'我是一刀兩段的性子，不學那粘
皮帶骨。'"

【粗茶淡飯】 cū chá dàn fàn　飲食不
精。比喻生活簡樸。宋黃庭堅豫章集八四
休居士詩序："四休（孫昉）笑曰：'粗茶淡
飯飽即休，補破遮寒煖即休，三平二滿過
即休，不貪不妒老即休。'"元謝應芳龜巢
集沁園春屋東老梅一株……撫玩復自和
此曲詞："餘無事，只粗茶淡飯，儘有餘
歡。"明梅鼎祚玉合記逃禪："這寺中粗茶
淡飯，且度時光。"

【桩腔作勢】 zhuāng qiāng zuò shì　指
使出各種姿態，假意做作。明西湖居士鬱
輪袍惺薦："窮秀才桩腔作勢，賢王子隆禮
邀賓。"

【桩模作樣】 zhuāng mú zuò yàng　指故
作姿態。元曲選缺名凍蘇秦衣錦還鄉三：
"百般桩模作樣，訕笑寒酸魈魈。"明朱權
荆釵記十九："窮酸魈魈，對我行輒敢數黑
論黃，桩模作樣。"

【桩聾作啞】 zhuāng lóng zuò yǎ　假裝
聾啞，不予理睬。元曲選馬致遠江州司馬
青衫淚四："則這白侍郎正是我生死的冤
家，從頭認都不差，可怎生桩聾作啞。"亦
作"桩聾做啞"。元王實甫西廂記三本三
折："叉手躬身，桩聾做啞。"後多作"裝聾
作啞"。

【粤犬吠雪】 yuè quǎn fèi xuě　粤中少
雪，犬見則吠。比喻少見多怪。粤，廣東。唐
柳宗元柳先生集三四答韋中立論師道書：

"前六七年，僕來南。二年冬，幸大雪踰嶺
被南越中數州。數州之犬皆蒼黃吠噬狂走
者累日，至無雪乃已。"宋楊萬里誠齋集十
八荔枝歌："粤犬吠雪非差事，粤人語冰夏
蟲似。"

【精明强幹】 jīng míng qiáng gàn　機警
聰慧，辦事爽快。吳趼人二十年目睹之怪
現狀一〇六："承輝這個人，甚是精明强
幹。"

【精忠報國】 jīng zhōng bào guó　一心
盡忠，報答國家。宋史岳飛傳："初命何鑄
鞠之，飛裂裳以背示鑄，有'盡忠報國'四
大字，深入膚理。"後亦稱"精忠岳飛"、"精
忠報國"。

【精金百鍊】 jīng jīn bǎi liàn　比喻經過
多次鍛鍊，無比純正。世說新語文學："精
金百鍊，在割能斷。"

【精金良玉】 jīng jīn liáng yù　比喻人品
純潔或物品精良。宋程顥程明道先生行
狀："先生資稟既異，而充養有道，純粹如
精金，溫潤如良玉。"

【精金美玉】 jīng jīn měi yù　比喻物之
精粹美好。宋蘇軾經進東坡文集事略四六
答謝民師書："歐陽文忠公（修）言文章如
精金美玉，市有定價，非人所能以口舌定
貴賤也。"

【精神抖擻】 jīng shén dǒu sǒu　精神振
奮。元曲選缺名兩軍師隔江鬭智二："我則
見玳筵前，擺列着英雄輩，一個個精神抖
擻。"亦作"抖擻精神"。五燈會元十九："抖
擻精神透關去。"

【精神滿腹】 jīng shén mǎn fù　形容才
華橫溢，智能超衆。晉書溫嶠傳："深結錢
鳳，爲之聲譽，每曰：'錢世儀精神滿腹。'"
金史李獻甫傳："博通書傳，尤精左氏及地
理學。爲人有幹局，心所到則絕人遠甚，故
時人稱其精神滿腹。興定五年登進士第，
歷咸陽簿，辟行臺令史。"

【精益求精】 jīng yì qiú jīng　好上加
好，達到盡善盡美。論語學而"詩云如切如
磋，如琢如磨"宋朱熹集注："言治骨角者
既切之而復磋之，治玉石者既琢之而復磨
之治，已精而益求其精也。"清王夫之宋
論二太宗："精而益求其精，備而益求其
備。"

【精義入神】 jīng yì rù shén 精研事物之微義，達到神妙的境地。易繫辭下："精義入神，以致用也。"疏："用精粹微妙之義入於神化。"

【精衛填海】 jīng wèi tián hǎi 傳說炎帝之少女，名女娃，遊於東海而溺死，化爲精衛鳥，常衡西山之木石，以填於東海。見山海經北山經。文選晉左太冲(思)吳都賦："精衛衡石而遇繳，文鰩夜飛而觸綸。"後以"精衛填海"比喻有深讎大恨，立志必報；亦比喻意志堅定，不畏艱難，努力奮鬥。

糸 部

【紆尊降貴】 yū zūn jiàng guì 見"降貴紆尊"。

【紅豆相思】 hóng dòu xiāng sī 紅豆，相思木所結子。舊時多以象徵情愛，寄託相思。比喻男女愛慕之情。全唐詩一二八王維相思詩："紅豆生南國，秋來發幾枝，勸君多採擷，此物最相思。"

【紅男綠女】 hóng nán lǜ nǚ 穿紅披綠的男男女女。形容盛服出遊的人。清舒位修簫譜傳奇擁髻："紅男綠女，到今朝野草荒田。"亦作"綠女紅男"。清富察敦崇燕京歲時記萬壽寺："萬壽寺在西直門外五六里，門臨長河，乃皇太后祝釐之所。每至四月，自初一日起，開廟半月。遊人甚多，綠女紅男，聯蹁道路。"

【紅情綠意】 hóng qíng lǜ yì 以花葉之紅綠，指艷麗的春日景色。文苑英華一六九唐趙彥昭立春日侍宴内出剪綵花應制詩："花隨紅意發，葉就綠情新。"宋文同丹淵集六約春詩："紅情綠意知多少，盡入涇川萬樹花。"

【紅顏薄命】 hóng yán bó mìng 舊稱美貌女子早死或遇人不淑爲紅顏薄命。元曲選缺名玉清菴錯送鴛鴦被三："總則我紅顏薄命，真心兒待嫁劉彥明，偶然間却遇張舜卿。"明沈鯨雙珠記真武靈應："爭奈他淚血紛紛如霰，紅顏薄命，古今常見。"

【約法三章】 yuē fǎ sān zhāng 史記高祖紀："吾與諸侯約，先入關者王之，吾當王關中。與父老約法三章耳：殺人者死，傷人及盜抵罪。"後漢書四八楊終傳建初元年上疏："高祖平亂，約法三章。"後來泛稱訂立簡明的條款，使人共同遵守，稱約法三章。

【約定俗成】 yuē dìng sú chéng 指事物的名稱和社會習慣，經人相約命定，習用既久爲大家所公認。荀子正名："名無固宜，約之以命。約定俗成謂之宜，異於約則謂之不宜。"

【素口罵人】 sù kǒu mà rén 比喻行爲偽善。素口，指吃素。宋李之彥東谷所見茹素："今之人每于斗降、三八、庚申、甲子、本命日茹素，謂之齋戒，不知其平日用心如何也。況在茹素之日，事至吾前，輒趨利狗欲，損人害物，不知其茹素何爲也。古語兩句甚好：寧可葷口念佛，莫將素口罵人。"

【素不相識】 sù bù xiāng shí 指向來不曾認識。元曲選尚仲賢洞庭湖柳毅傳書四："(柳毅)云：'我與你素不相識，一旦爲你寄書，因而戲言，豈意遂爲眷屬。'"

【素車白馬】 sù chē bái mǎ 白車白馬。古代用於凶、喪之事。史記高祖紀："秦王子嬰素車白馬，係頸以組，封皇帝璽符節，降軹道旁。"後漢書八一范式傳："乃見有素車白馬，號哭而來。"

【素面朝天】 sù miàn cháo tiān 不施脂粉而朝見皇帝。朝，朝見，指臣見君。宋樂史楊太真外傳："封大姨爲韓國夫人，三姨爲虢國夫人，八姨爲秦國夫人，同日拜命，皆月給錢十萬爲脂粉之資。然虢國不施妝粉，自衒美艷，常素面朝天。”

【素昧平生】　sù mèi píng shēng　平日互不了解。猶“素不相識”。元王實甫西廂記二本三折：“其在前日：‘真爲素昧平生，突如其來，難怪妾之得罪。’”

【素絲良馬】　sù sī liáng mǎ　詩鄘風干旄：“素絲紕之，良馬四之。”箋：“素絲者以爲繡，以縫紕旌旗之旒縿。”宋朱熹集傳“言衞大夫乘此車馬，建此旌旗，以見賢者。”舊時因以素絲良馬爲禮遇賢士之辭。

【素絲羔羊】　sù sī gāo yáng　詩召南羔羊：“羔羊之皮，素絲五紽，退食自公，委蛇委蛇。”宋朱熹集傳：“南國化文王之政，在位皆節儉正直，故詩人美其衣服有常，而從容自得如此也。”後因以素絲羔羊譽正直廉潔的官吏。後漢書二六宋弘傳附宋漢哀册：“其令將相大夫會葬，加賜錢十萬，及其在殯，以全素絲羔羊之絜焉。”

【素餐尸位】　sù cān shī wèi　比喻身居要職，無功受祿。素餐，吃閒飯。尸位，如尸之居位，只受享祭而不作事。漢王符潛夫論思賢：“虛食重祿，素餐尸位。”

【納履踵決】　nà jù zhǒng jué　剛一穿鞋，後跟即破。形容生活極貧困。納，穿。履，鞋。踵，脚後跟。決，破裂。莊子讓王：“曾子居衞，縕袍無表，顏色腫噲，手足胼胝。三日不舉火，十年不製衣，正冠而纓絕，捉衿而肘見，納履而踵決。”

【紛至沓來】　fēn zhì tà lái　形容接二連三，多而頻繁。紛，衆多、雜亂。沓，重複。宋朱熹朱文公集四十答何叔京：“夫其心儼然肅然，常若有所事，則雖事物紛至而沓來，豈足以亂吾之知思。”樓鑰攻媿集五二洪文安公小隱集序：“禪位之詔，登極之赦，尊號改元之文，紛至沓來，從容應之，動合體制。”

【紛紅駭綠】　fēn hóng hài lǜ　形容花葉繁盛，隨風搖動。紛，紛繁。駭，散亂。唐柳宗元柳先生集二九袁家渴記：“每風自四山而下，振動大木，掩苒衆草，紛紅駭綠，蓊勃香氣。”宋范成大石湖詩集二三嘲風：“紛紅駭綠驟飄零，癡騃封姨沒性靈。”清蒲松齡聊齋志異絳妃：“紛紅駭綠，掩苒何窮，劈柳鳴條，蕭騷無際。”

【紙上談兵】　zhǐ shàng tán bīng　戰國趙括少時學兵法，與父奢談兵事，奢不能難。後括代廉頗爲將，爲秦將白起所敗。藺相如稱括徒能讀其父書傳，不知通變。見史記八一廉頗藺相如傳附趙奢。後世因稱空談不切實際爲“紙上談兵”，本此。紅樓夢七六：“可見咱們天天是舍近求遠，現有這樣詩人在此，卻天天去紙上談兵。”

【紙醉金迷】　zhǐ zuì jīn mí　形容光彩奪目迷人。宋陶穀清異錄居室：“癰醫孟斧唐末竄蜀中，……有一小室，窗牖煥明，器皆金飾，紙光瑩白。……所覩見之曰：此室暫憩，令人紙醉金迷。”後亦用以比喻驕奢豪華的享樂生活。亦作“金迷紙醉”。見該條。

【累卵之危】　lěi luǎn zhī wēi　以卵相重疊之危，比喻勢態極危，轉瞬破敗。後漢書六二陳紀傳：“若欲徙萬乘以自安，將有累卵之危，崢嶸之險也。”明許仲琳封神演義八五：“大兵見屯臨潼關下，損兵殺將，大肆狂暴，真累卵之危，其禍不小。”亦作“危如累卵”。見該條。

【累屋重架】　lěi wū chóng jià　形容層次重疊。唐劉知幾史通序例：“濫觴肇迹，容或可觀，累屋重架，無乃太甚。”

【累塊積蘇】　lěi kuài jī sū　重疊的土塊和堆積的柴草。形容居室的簡陋。列子周穆王：“化人之宮，構以金銀，絡以珠玉，……帝之所居，王俯而視之，其宮榭若累塊積蘇焉。”金元好問遺山集五遊泰山詩：“積蘇與累塊，分明是九垓。”

【累牘連篇】　lěi dú lián piān　形容文辭之多，含有煩複冗長的意思。牘，古代刻字的木片。宋史選舉志二洪邁言：“寸晷之下，惟務貪多，累牘連篇，何由精妙？”亦作“連篇累牘”。見該條。

【終而復始】　zhōng ér fù shǐ　見“周而復始”。

【終身大事】　zhōng shēn dà shì　關係一生的大事。多指男女婚嫁。紅樓夢五四：“只見了一個清俊男人，不管是親是友，想起他的‘終身大事’來，父母也忘了，書也忘了。”

【終南捷徑】　zhōng nán jié jìng　唐盧藏用舉進士，居終南山中，至中宗朝以高士名得官，累居要職，人稱爲隨駕隱士。有道士司馬承禎嘗召至闕下,將還山,藏用指終南曰:「此中大有嘉處。」承禎徐曰:「以僕視之,仕官之捷徑耳。」見唐劉肅大唐新語隱逸。後因以比喻謀求官職或名利的方便途徑。明章懋楓山集二與韓侍郎書:「又休退多年,今驟得美官,而強復出,恐貽終南捷徑之誚。」

【紫色蛙聲】　zǐ sè wā shēng　形容以假亂真。紫色,藍紅合成的顏色。蛙聲,非正統樂律的聲音。漢書九九下王莽傳贊:「紫色蛙聲,餘分閏位。」注:應劭曰:『紫,間色;蛙,邪音也。』蛙者,樂之淫聲,非正曲也。」

【紫芝眉宇】　zǐ zhī méi yǔ　新唐書一九四卓行元德秀傳:「元德秀字紫芝……善文辭,作蹇士賦以自況。房琯每見德秀,欷息曰:『見紫芝眉宇,使人名利之心都盡。』」後因用紫芝眉宇作為初次相識的典故。宋詩鈔陳師道後山集和王明之見寄詩:「末路相逢首重回,紫芝眉宇向人開。」元同恕榘菴集十二送曹侍郎仕開詩:「眉宇方欣識紫芝,襄陵又賦送行詩。」

【紫陌紅塵】　zǐ mò hóng chén　形容車馬很多,繁華熱鬧的場面。紫陌,原指帝都郊野的道路。紅塵,飛揚的塵土。唐劉禹錫劉夢得集四元和十年自朗州承召至京戲贈看花諸君詩:「紫陌紅塵拂面來,無人不道看花回。」宋詩鈔張詠乖崖集登黃鶴樓:「何年紫陌紅塵息,終日空江白浪聲。」

【紫氣東來】　zǐ qì dōng lái　史記六三老子傳「莫知其所終」索隱引漢劉向列仙傳:「老子西遊,關令尹喜望見有紫氣浮關,而老子果乘青牛而過也。」唐杜甫杜工部草堂詩箋三二秋興之五:「西望瑤池降王母,東來紫氣滿函關。」清洪昇長生殿舞盤:「紫氣東來,瑤池西望,翩翩青鳥庭前降。」皆用此典。後多以為瑞氣,象徵異人之出現。

【紫蓋黃旗】　zǐ gài huáng qí　古人附會為象徵王者之氣。紫蓋、黃旗,皆指雲氣。三國志吳孫權傳「黃武二年」注引吳書:「(陳化)為郎中令使魏,魏文帝因酒酣,嘲問曰:『吳魏峙立,誰將平一海內者乎?』化對曰:『易稱帝出乎震,加聞先哲知命,舊說紫蓋黃旗,運在東南。』」唐王勃王子安

集十六常州刺史平原郡開國公行狀:「龍驤鳳起,霸王存玉壘之雲;紫蓋黃旗,王迹著金陵之野。」亦作「黃旗紫蓋」。見該條。

【絮絮叨叨】　xù xù dāo dāo　形容說話嚕嗦。古今雜劇元缺名風雨像生貨郎旦二:「你聽他絮絮叨叨的到幾時也。」省作「絮叨」。明湯顯祖牡丹亭鬧殤:「再不要你冷溫存,熱絮叨,再不要你夜眼遲朝起的早。」明蘭陵笑笑生金瓶梅五六:「哥哥若有好心,常言道救人須救時無,省的他嫂子日夜在屋裏絮絮叨叨。」

【結草銜環】　jié cǎo xián huán　結草,糾結野草,使之絆腳。環,中間有孔的玉器。春秋晉大夫魏武子臨死命其子魏顆以妾殉葬。顆不從命而嫁妾。後顆與秦力士杜回戰,見一老人結草使回仆地,遂獲之。顆夜夢老人曰:「余,而所嫁婦人之父也。」見左傳宣十五年。又漢楊寶年九歲,至華陰山,見一黃雀為鴟梟所搏墜地。寶取歸,置巾箱中,飼以黃花。百餘日,毛羽成,乃飛去。其夜有黃衣童子向寶曰:吾西王母使者,蒙君拯救,實感仁恩。今贈白環四枚,令君子孫潔白,位登三公,一如此環。見南朝梁吳均續齊諧記。後以此兩事,比喻感恩報德,至死不忘。元曲選李行道包待制智賺灰闌記一:「多謝大娘子,小人結草銜環,此恩必當重報。」亦作「結草啣環」。明梁辰魚浣紗記上:「寡人受恩,誓當效結草啣環之報。」

【結駟連騎】　jié sì lián jì　形容隨從及車馬接連不斷,排場喧鬧顯赫。結駟,用四馬並轡駕車。連騎,騎者甚多。淮南子齊俗:「故有大路龍旂羽蓋垂緌,結駟連騎,則必有穿窬拊楗抽箕踰備之姦。」史記六七仲尼弟子傳原憲:「子貢相衛,而結駟連騎,排藜藿入窮閭,過謁原憲。」明李贄初潭集二夫婦才識:「今日為相,明日結駟連騎,食方於前。」

【結髮夫妻】　jié fà fū qī　少時結成的原配夫妻。文選漢蘇子卿詩四首之一:「結髮為夫妻,恩愛兩不疑。」明馮夢龍醒世恆言九:「我與你結髮夫妻,苦樂同受。」

【結黨營私】　jié dǎng yíng sī　結成團夥,營謀私利。清李汝珍鏡花緣七:「今名登黃榜,將來出仕,恐不免結黨營私。」

【絕少分甘】 jué shǎo fēn gān 見"絕甘分少"。

【絕甘分少】 jué gān fēn shǎo 比喻和衆人同甘苦。絕,拒絕,不享用。甘,甜美的。漢書六二司馬遷傳報任安書:"以爲李陵素與士大夫絕甘分少,能得人之死力,雖古名將不過也。"注:"自絕旨甘,而與衆人分之,共同其少多也。"亦作"絕少分甘"。孝經援神契:"母之於子也,鞠養殷勤,推燥居濕,絕少分甘。"注:"少則自絕,甘則分。"

【絕代佳人】 jué dài jiā rén 當代獨一無二的美女。漢書九七上孝武李夫人傳:"延年侍上起舞,歌曰:'北方有佳人,絕世而獨立,一顧傾人城,再顧傾人國。寧不知傾城與傾國,佳人難再得。'"唐杜甫杜工部草堂詩箋十六佳人:"絕代有佳人,幽居在空谷。"紅樓夢五四:"這小姐必是通文知禮,無所不曉,竟是'絕代佳人'。"

【絕地天通】 jué dì tiān tōng 書呂刑:"乃命重黎,絕地天通,罔有降格。"傳:"重即羲,黎即和。堯命羲和世掌天地四時之官,使人神不擾,各得其序,是謂絕地天通。"言使天地各得其所,人於其間建立固定的綱紀秩序。清王夫之讀通鑑論五平帝:"古之聖人,絕地天通以立經世之大法,而後儒稱天稱鬼以疑天下,……人氣迷於恍惚有無之中以自亂。"

【絕妙好詞】 jué miào hǎo cí 見"絕妙好辭"。

【絕妙好辭】 jué miào hǎo cí 世說新語捷悟:"魏武(曹操)嘗過曹娥碑下,楊修從。碑背上見題作'黃絹幼婦,外孫齏臼'八字,魏武謂修曰:'解不?'……修曰:'黃絹,色絲也,於字爲絕。幼婦,少女也,於字爲妙。外孫,女子也,於字爲好。齏臼,受辛也,於字爲辭。所謂絕妙好辭也。'"後用以指極好的詩文。文苑英華八六九唐蘇頲刑部尚書韋抗神道碑:"衡懷固託,撫疾何成,愧不得絕妙好辭,披文而相質耳。"亦作"絕妙好詞"。元張雨貞居詞滿江紅玉簪次班彥功韻詞:"待使君,絕妙好詞成,須彈壓。"明李昌祺剪燈餘話田洙遇薛濤聯句記:"美人且讀且笑曰:'絕妙好詞。'"

【絕長補短】 jué cháng bǔ duǎn 孟子滕文公上:"今滕,絕長補短,將五十里也,猶可以爲善國。"亦作"絕長繼短"、"絕長續短"。墨子非命:"古者湯封於亳,絕長繼短,方地百里。"戰國策楚四:"今楚雖小,絕長續短,猶以數千里。"本指計量國土縱廣而言。後常用爲移多補少,截所長以補其短之義。亦作"截長補短"。見該條。

【絕長續短】 jué cháng xù duǎn 見"絕長補短"。

【絕長繼短】 jué cháng jì duǎn 見"絕長補短"。

【絕其本根】 jué qí běn gēn 左傳隱六年:"爲國家者,見惡如農夫之務去草焉,芟夷蘊崇之,絕其本根,勿使能殖,則善者信矣。"後多作"絕其根本"。比喻徹底了事。

【絕後光前】 jué hòu guāng qián 指前所未有,後所不能。文選南朝梁沈休文(約)齊故安陸昭王碑文:"膺期誕德,絕後光前。"法苑珠林一二〇傳記:"(唐)顯慶之際,……于西京造繡像一格,舉高十有二丈,驚目駭聽,絕後光前。"唐溫大雅大唐創業起居注三:"相王格論,絕後光前。"亦作"光前絕後"。見該條。

【絕處逢生】 jué chù féng shēng 指在絕望時遇救。明馮夢龍警世通言二五:"常言'吉人天相,絕處逢生'。恰好遇一個人從任所回來。那人姓支名德,從小與施濟同窗讀書,一舉成名,剔歷外任,官至四川路參政。……支德不願爲官,致政而歸。聞施濟故後,家日貧落,心甚不忍,特地登門弔唁。"

【絕無僅有】 jué wú jǐn yǒu 僅有一個,再無其他。形容極其少有。宋蘇軾東坡集續集十一上神宗皇帝書:"改過不吝,從善如流,此堯舜禹湯之所勉強而力行,秦漢以來之所絕無而僅有。"又張炎山中白雲六意難忘詞序:"余謂有善歌而無善聽,雖抑揚高下,聲字相宜,傾耳者指不多屈。曾不若春蚓秋蛇,爭聲響于月籬煙砌間,絕無僅有。"

【絕裾而去】 jué jū ér qù 扯斷衣襟離去。形容態度堅定。裾,衣的大襟。世說新語尤悔:"溫公(溫嶠)初受劉司空(劉琨)使勸進,母崔氏固駐之,嶠絕裾而去。"清蒲松齡聊齋志異聶政："至於荊軻,力不足以謀無道秦,遂使絕裾而去,自取滅亡。"

【絕聖棄智】　jué shèng qì zhì　指先秦老莊學派主張摒棄聖賢才智,清靜無爲,而後始能實現太平至治。老子："絕聖棄智,民利百倍。"莊子胠篋："故絕聖棄知,大盜乃止。"

【絲來線去】　sī lái xiàn qù　形容工藝的精緻細密。唐張鷟朝野僉載三："洛州昭成佛寺有安樂公主造百寶香爐,高三尺,開四門,絳橋勾欄,花草飛禽走獸諸天妓樂麒麟鸞鳳白鶴飛仙,絲來線去,鬼出神入,隱起級鏤,窈窕便娟。"亦比喻牽扯不清。朱子語類九七程子之書三："聖人固不在說,但顏子得聖人說一句,直是傾腸倒肚便都了,更無許多廉纖纏繞,絲來線去。"

【絲恩髮怨】　sī ēn fà yuàn　形容細微的恩怨。資治通鑑二四五唐太和九年："是時李訓、鄭注連逐三相(李德裕路隋李宗閔),威震天下,於是平生絲恩髮怨無不報者。"

【絲繡平原】　sī xiù píng yuán　唐李賀歌詩編一浩歌："買絲繡作平原君,有酒唯澆趙州土。"戰國趙平原君(趙勝),能養士,門下有食客數千人。見史記七六平原君傳。"絲繡平原",表示對平原君的仰慕之意。

【縆短汲深】　gěng duǎn jí shēn　用短繩繫器汲取深井的水。比喻淺學不足以悟深理。莊子至樂："昔者管子有言：……褚小者不可以懷大,縆短者不可以汲深。"唐顏真卿顏魯公文集補遺干祿字書序："縆短汲深,誠未達於涯涘；岐路多惑,庶有歸於適從。"亦作"短縆汲深"。荀子榮辱："短縆不可以汲深井之泉,知不幾者不可與及聖人之言。"唐嚴挺之大智禪師碑銘："顧才不稱物,短縆汲深。"(金石萃編八一)後來多用於自謙力小任重,力不勝任。

【經文緯武】　jīng wén wěi wǔ　指文事武功合成爲一,實現大治,猶經緯織成布帛。比喻能文能武,有治世之才。文苑英華七六一唐許敬宗定宗廟樂議："雖復聖迹神功,不可而窺測,經文緯武,敢有寄於名言。"新唐書一七八劉蕡傳："有藏姦觀釁之心,無仗節死難之誼,豈先王經文緯

武之旨邪!"明馮夢龍清蔡元放東周列國志七二："(伍子胥)有扛鼎拔山之勇,經文緯武之才。"亦作"緯武經文"。晉書齊王攸傳贊："彼美齊獻,卓爾不羣。自家刑國,緯武經文。"

【經天緯地】　jīng tiān wěi dì　本指以天地爲法度。引申爲經營天下,撥亂反正。形容治理國家極有才能。國語周下："經之以天,緯之以地,經緯不爽,文之象也。"周書靜帝紀詔："朕祇承洪業,二載於茲,藉祖考之休,憑宰輔之力,經天緯地,四海晏如。"唐白居易長慶集四八敕學者之失："故古之王者未有不先於學,本於禮而能建國君人經天緯地者也。"

【經明行修】　jīng míng xíng xiū　指通曉經術,修養德行。漢書七二王吉傳："左曹陳咸薦駿(吉子)賢父子,經明行修,宜顯以厲俗。"三國志魏高柔傳："然今博士皆經明行脩,一國清選,而使遷除限不過長,懼非所以崇顯儒術,帥勵怠惰也。"

【經師人表】　jīng shī rén biǎo　見"經師人師"。

【經師人師】　jīng shī rén shī　指通曉經學而立身可爲人師表的人。晉袁宏漢紀郭泰傳："童子魏照,求入其房,……曰：'經師易獲,人師難得,欲以素絲之質,附近朱藍。'"亦作"經師人表"。文選梁任彥昇(昉)王文憲集序："國學初興,華夷慕義,經師人表,允資望實。"

【經一失,長一智】　jīng yī shī, zhǎng yī zhì　見"經一事,長一智"。

【經一事,長一智】　jīng yī shì, zhǎng yī zhì　歷事可增長知識之意。五代漢史平話："人有常言：遭一蹶者得一便,經一事者長一智。"亦作"經一失,長一智"。明馮夢龍警世通言三："吾輩切記,不可輕易說人笑人,正所謂經一失,長一智耳。"後多指凡事由失敗中吸取教訓,得以長進知識。

【緰句繪章】　chī jù huì zhāng　指雕琢文字章句,增加文采。新唐書二〇一文藝傳上序："唐有天下三百年,文章無慮三變。高祖太宗,大難始夷,沿江左餘風,緰句繪章,揣合低卬,故王(勃)楊(炯)爲之伯。"亦作"緰章繪句"。宋真德秀真文忠集

十六謝除翰林學士表：「變絺章繪句之習，豈薄技之能堪；以救時行道爲賢，尚前猷之可仰。」

【絺章繪句】 chī zhāng huì jù　見「絺句繪章」。

【綜核名實】 zōng hé míng shí　綜合事物的名稱和實際，加以考核。漢書宣帝紀贊：「孝宣之治，信賞必罰，綜核名實。」亦作「綜覈名實」。後漢書六一左雄傳上疏：「降及宣帝，興於仄陋，綜覈名實，知時所病。陳書徐陵傳：「陵自梁末以來，選授多失其所，於是提舉網維，綜覈名實。」

【綜覈名實】 zōng hé míng shí　見「綜核名實」。

【綺襦紈絝】 qǐ rú wán kù　綺、紈爲顯貴豪門所服，因以指不事生產的富貴人家子弟。綺、紈，美麗的絲織品。襦，短衣。絝，褲。漢書一○○上叙傳：「（班伯）出與王許子弟爲羣，在於綺襦紈絝之間，非其好也。」

【網開三面】 wǎng kāi sān miàn　比喻恩澤優渥，法令從寬。史記殷本紀：「湯出，見野張網四面，祝曰：『自天下四方皆入吾網。』湯曰：『嘻，盡之矣！』乃去其三面，祝曰：『欲左，左；欲右，右。不用命，乃入吾網。』諸侯聞之曰：『湯德至矣，及禽獸。』」唐劉禹錫劉夢得集十八賀赦表之一：「網開三面，危疑者許以自新；德達四聰，瑕累者期於錄用。」

【網漏吞舟】 wǎng lòu tūn zhōu　比喻法令寬疏，致使大奸逃罪。網漏，言法網疏闊。吞舟，指大魚，比喻大奸。史記酷吏傳序：「漢興，破觚而爲圜，斲雕而爲朴，網漏於吞舟之魚，而吏治烝烝，不至於姦，黎民艾安。」晉書郗詵傳對策：「貪鄙竊位，不知誰升之者？獸兒在檻，不知誰咎者？網漏吞舟，何以過此！」

【綱舉目張】 gāng jǔ mù zhāng　提起魚網大繩向外拋開，網眼自然張開。比喻抓住關鍵，餘事自易舉辦。呂氏春秋用民：「一引其綱，萬目皆張。」漢鄭玄詩譜序：「舉一綱而萬目張，解一卷而眾篇明，於力則鮮，於思則寡。」宋劉克莊後村集六三高衡孫權刑部侍郎制：「在省闥則綱舉目張，臨郡國則政平訟理。元王結文忠集四上

中書宰相公事書：「蓋經世之道，有本有目，得其本則綱舉目張，用力不勞而天下治，失其本，雖竭精疲息力愈勞而天下亂。」

【綠女紅男】 lǜ nǚ hóng nán　見「紅男綠女」。

【綠水青山】 lǜ shuǐ qīng shān　指美麗的自然景物。景德傳燈錄二五天臺山德韶國師：「吾有一言，天上人間；若人不會，綠水青山。」

【綠衣使者】 lǜ yī shǐ zhě　故事傳說，唐代長安豪民楊崇義，家養鸚鵡一。楊妻劉與鄰居李弇私通，謀殺崇義埋尸枯井中。有縣官至崇義家，架上鸚鵡鳴屈發其事，乃得白。事聞於玄宗，封鸚鵡爲綠衣使者。見五代後周王仁裕開元天寶遺事上鸚鵡告事。後來詩文中常以綠衣使者爲鸚鵡的代稱。

【綠肥紅瘦】 lǜ féi hóng shòu　形容春深時節，花稀而葉盛。樂府雅詞宋李易安（清照）如夢令春晚詞：「昨夜雨疏風驟，濃睡不消殘酒。試問捲簾人，卻道海棠依舊。知否？知否？應是綠肥紅瘦。」

【綠葉成陰】 lǜ yè chéng yīn　比喻女子出嫁後生有兒女。相傳杜牧佐宣城幕，遊湖州，得識一女，纔十餘歲，約十年內與女成婚。後十四年，牧爲湖州刺史，訪女，已嫁三年，生二子。乃恨而爲詩：「自是尋春去校遲，不須惆悵怨芳時，狂風落盡深紅色，綠葉成陰子滿枝。」見宋張君房麗情集。

【緯武經文】 wěi wǔ jīng wén　見「經文緯武」。

【緩步代車】 huǎn bù dài chē　緩步行走以代乘車。隋書劉炫傳自贊：「玩文史以怡神，閱魚鳥以散慮，觀省野物，登臨園沼，緩步代車，無事爲貴。」

【緩兵之計】 huǎn bīng zhī jì　拖延時間，以緩和勢態的用兵之計。三國演義九九：「郃曰：『孔明用緩兵之計，漸退漢中，都督何故懷疑，不早追之？』」

【緩歌縵舞】 huǎn gē màn wǔ　柔美的歌聲和舞姿。縵，通「慢」。唐白居易長慶集十二長恨歌：「緩歌縵舞凝絲竹，盡日君王看不足。」

【緣木求魚】　yuán mù qiú yú　上樹找魚。比喻勞而無功。孟子梁惠王上："以若所爲,求若所欲,猶緣木而求魚也。"後漢書十一劉玄傳李淑上書諫："今以所重加非其人,望其毗益萬分,興化致理,譬猶緣木求魚,升山採珠。"明許仲琳封神演義三三:"若想善出此關,大王乃緣木求魚,非徒無益,而又害之也。"

【緣情體物】　yuán qíng tǐ wù　抒發感情,鋪陳物狀。體,描寫。文選晉陸士衡(機)文賦:"詩緣情而綺靡,賦體物而瀏亮。"注:"詩以言志,故曰緣情;賦以陳事,故曰體物。"唐王勃王子安集十平臺祕略論藝文:"故文章經國之大業,不朽之能事,而君子所役心勞神,宜於大者、遠者,非緣情體物,雕蟲小技而已。"

【緣鵠飾玉】　yuán hú shì yù　指因遇機緣而升官進階。楚辭屈原天問:"緣鵠飾玉,后帝是饗。"注:"后帝謂殷湯。言伊尹始仕,因緣烹鵠鳥之羹,修玉鼎以事湯,湯寶之,遂以爲相。"

【縫衣淺帶】　féng yī qiǎn dài　寬袖大帶,古時儒者之服。莊子盜跖:"今子修文武之道,掌天下之辯,以教後世,縫衣淺帶,矯言偽行,以迷惑天下之主。"釋文:"縫衣,儒服寬而長大;淺帶,縫帶使淺狹。"

【繁文縟禮】　fán wén rù lǐ　煩瑣的儀式或禮節。繁、縟,繁多。唐元稹長慶集四七王永太常博士制:"明年有事於南郊,謁清宮,朝太廟,繁文縟禮,予心憒然。"後多作"繁文縟節"。比喻煩瑣多餘的事項。

【繁絃急管】　fán xián jí guǎn　形容細弱而急促的樂聲。唐王維王右丞集一魚山神女祠歌送神曲:"作暮雨兮愁空山,悲急管,思繁絃。"唐錢起錢考功集三瑪瑙杯歌:"繁絃急管催獻酬,倏若飛空生羽翼。"亦作"急管繁絃"、"急竹繁絲"。見"急管繁絃"。

【縮衣節口】　suō yī jié kǒu　見"縮衣節食"。

【縮衣節食】　suō yī jié shí　形容極節儉。宋陸游劍南詩稿三七秋穫歌:"我願鄰曲謹蓋藏,縮衣節食勤耕桑。"又陳長文唯室集二節通鑑序:"余家世業儒,貧不能致

此書,念之久矣,方將縮衣節食以求之。"亦作"縮衣節口"。宋蘇軾東坡集奏議集十一論積欠六事……狀:"民雖乏食,縮衣節口,猶可以生。"

【縮地補天】　suō dì bǔ tiān　猶言改天換地。舊唐書音樂志一:"高祖縮地補天,重張區宇;返魂肉骨,再造生靈。"

【縮屋稱貞】　suō wū chēng zhēn　古傳說有顏叔子於風雨之夕,納因暴風室倒的鄰家寡婦,使婦執燭,薪盡,又析取屋木以繼。後因以縮屋稱貞頌揚在婦女有危難之時,不加侵犯。參閱詩小雅巷伯"哆兮哆兮,成是而箕"傳、孔子家語好生。北齊書廢帝紀:"太子曰:'顏子縮屋稱貞,柳下嫗而不亂',未若此翁白首不要者也。"

【繆種流傳】　miù zhǒng liú chuán　荒謬錯誤的議論或文章等流傳於後世。繆,通"謬",錯誤。宋史選舉志二科目下:"至理宗朝,姦弊愈滋,……才者或反見遺,所取之士既不精,數年之後,復俾之主文,是非顛倒逾甚,時謂之繆種流傳。"

【總而言之】　zǒng ér yán zhī　總之,合起來說。易繫辭上"一陰一陽之謂道"疏:"以數言之謂之一,以體言之謂之無,以物得開通謂之道,以微妙不測謂之神,以應機變化謂之易,總而言之,皆虛無之謂也。"漢書九一貨殖傳"商相與語財利於市井"唐顏師古注:"凡言市井者,市,交易之處;井,井汲之所;故總而言之也。"

【縱虎歸山】　zòng hǔ guī shān　比喻放走惡人,留下禍患。三國演義二一:"昔劉備爲豫州牧時,某等請殺之,丞相不聽;今日又與之兵:此放龍入海,縱虎歸山也。"亦作"放虎歸山"。見該條。

【縱理入口】　zòng lǐ rù kǒu　指面部有豎紋銜接口邊。舊時相者以爲餓死之相。史記絳侯周勃世家附周亞夫傳:"許負指其口曰:'有從理入口,此餓死法也。'"從,同"縱"。論衡骨相作"縱理"。

【繫風捕影】　xì fēng bǔ yǐng　見"係風捕景"。

【繭絲牛毛】　jiǎn sī niú máo　形容極細密。繭絲,蠶絲。清黃宗羲南雷集四答萬充宗質疑書:"吾兄經術,繭絲牛毛,用心如

此,不僅當今無與絕塵,即在先儒,亦豈易得哉!"

【繡虎雕龍】　xiù hǔ diāo lóng　形容文采華麗。明朱素臣秦樓月傳奇一論心:"繡虎雕龍皆偶爾,笑人間袞袞公卿。"

【繩愆糾謬】　shéng qiān jiū miù　舉發及糾正錯誤。繩,糾正。愆,過失。謬,錯誤。書冏命:"惟予一人無良,實賴左右前後有位之士,匡其不及,繩愆糾謬,格其非心,俾克紹先烈。"疏:"繩謂彈正,糾謂發舉,有愆過則彈正之,有錯謬則舉發之。"謬,通"繆"。明王世貞鳴鳳記四一:"皇帝詔曰:'繩愆糾繆,臣道爲先,罰罪 賞功,乾綱不替。'"

【繩趨尺步】　shéng qū chǐ bù　形容行動合法度。猶言循規蹈矩。宋史四二九朱熹傳:"方是時,士之繩趨尺步、稍以儒名者,無所容其身。"

【繪聲繪影】　huì shēng huì yǐng　形容敘述或描寫一件事情,深刻入微,極其生動逼真。清吳敬梓儒林外史十七評:"繪聲繪影,能令閱者拍案叫絕。"(臥閑草堂本)後多作"繪聲繪色"。

【纍瓦結繩】　léi wǎ jié shéng　堆積瓦塊,打結繩索。比喻無用的言詞。纍,堆積。莊子駢拇:"駢於辯者,纍瓦結繩竄句,游心於堅白同異之間,而敝跬譽無用之言,非乎?而楊墨是已。"釋文:"崔(譔)云:聚無用之語,如瓦之纍,繩之結也。"

缶　部

【瓴磬纍恥】　fǒu qìng léi chǐ　見"缾磬纍恥"。

【缾磬纍恥】　píng qìng léi chǐ　詩小雅蓼莪:"缾之罄矣,維罍之恥。"箋:"缾小而罍大,罄,盡也。缾小而盡,罍大而盈。言爲罍恥者,刺王不使富分貧,衆恛寡。"後以缾磬纍恥比喻彼此有關,聯繫密切。亦作"瓴磬纍恥"。三國志魏王粲傳附吳質注引曹丕書:"今惟吾子,棲遲下仕,從我游處,獨不及門。瓴磬纍恥,能無懷愧。"

【磬竹難書】　qìng zhú nán shū　呂氏春秋 明理:"亂國所生之物,盡荆越之竹,猶不能書也。"漢書六六公孫賀傳:"南山之竹不足受我辭,斜谷之木不足爲我械。"原指事端繁多,書不勝書。後常用磬竹難書形容罪行極多,難以盡數。磬,用盡。竹,竹簡。舊唐書五三李密傳:"磬南山之竹,書罪未窮;決東海之波,流惡難盡。"

网　部

【罕譬而喻】　hǎn pì ér yù　少用譬喻而容易理解。形容語言簡潔明瞭。禮學記:"其言也,約而達,微而臧,罕譬而喻,可謂繼志矣。"

【置之度外】　zhì zhī dù wài　形容不放在心上。置,放。度,考慮。南齊書竟陵王子良傳啟：“自青德啟運，款關受職，置之度外，不足絓言。”唐劉知幾史通忤時：“何事置之度外，而使各無羈束乎？”

【置身事外】 zhì shēn shì wài 形容不參與其事，與己無關。李寶嘉文明小史三五：“這彭仲翔卻在背後袖手旁觀，置身事外。”

【置若罔聞】 zhì ruò wǎng wén 不予理睬，似未聞知。紅樓夢十六：“寧榮兩處上下內外人等，莫不歡天喜地，獨有寶玉置若罔聞。”

【置酒高會】 zhì jiǔ gāo huì 大設酒宴聚會。漢書高帝紀上：“漢王拜（彭）越爲魏相國，令定梁地。漢王遂入彭城，收羽美人貨賂，置酒高會。”

【罪大惡極】 zuì dà è jí 罪惡大到極點。宋歐陽修文忠集十八縱囚論：“刑入于死者，乃罪大惡極。”清李汝珍鏡花緣十：“倘天良喪盡，罪大惡極，消盡靈光，虎豹看見與禽獸無異，他才吃了。”

【罪不容誅】 zuì bù róng zhū 罪大惡極，死有餘辜。漢書九九上王莽傳張竦爲劉嘉奏：“安衆侯（劉）崇乃獨懷悖惑之心，操叛逆之慮，興兵動衆，欲危宗廟，惡不忍聞，罪不容誅。”文選晉庾元規（亮）讓中書令表：“至於外戚，憑託天地，勢連四時，根援扶疏，重矣大矣，而財居權寵，四海側目，事有不允，罪不容誅，身既招映，國爲之弊。”

【罪加一等】 zuì jiā yī děng 指從重處罰。清彭養鷗黑籍冤魂五：“你爲着吃烟，這才犯法，我們來拿你，倒來吃你的烟，本官知道，辦起來罪加一等。”

【罪有應得】 zuì yǒu yīng dé 所犯之罪，理應受此刑罰。李寶嘉官場現形記二十：“卑職雖不才，要欺騙大人，卑職實實不敢。今日卑職故違大人禁令，自知罪有應得。”

【罪該萬死】 zuì gāi wàn sǐ 形容罪極大。明馮夢龍清蔡元放東周列國志一：“娘娘道此怪物，不可容留，隨命侍者領去，棄之溝瀆。婢子罪該萬死。”

【罪惡滔天】 zuì è tāo tiān 比喻罪惡極大。宋周密齊東野語十七：“今開慶誤國之人，罪惡滔天，有一時風聞劾逐者，則乞斟酌寬貸施行，以昭聖主寬仁之量。”水滸七五：“此賊累辱朝廷，罪惡滔天。”

【罪孽深重】 zuì niè shēn zhòng 形容罪惡極重。孽，罪惡。清洪昇長生殿二五：“罪孽深重，罪孽深重，我佛度脫咱。”

【罰一勸百】 fá yī quàn bǎi 懲罰個別人，教育大多數人。唐韓愈昌黎集五誰氏子詩：“罰一勸百政之經，不從而誅未晚耳。”

【罰不當罪】 fá bù dàng zuì 罪行與懲罰不相當。當，相當。荀子正論：“夫德不稱位，能不稱官，賞不當功，罰不當罪，不祥莫大焉。”

【罷於奔命】 pí yú bēn mìng 左傳成七年：“巫臣自晉遺二子（子重子反）書曰：‘爾以讒慝貪惏事君，而多殺不辜，余必使爾罷於奔命以死。’”又襄二六年：“（楚）子靈奔晉，……使其子狐庸爲吳行人焉，吳於是伐巢，取駕，克棘，入州來。楚罷於奔命，至今爲患，則子靈之爲也。”罷，通“疲”，疲困。本指多造事故，使當事者不斷受命，奔波應付，以至精疲力竭。後來泛指事多，窮於應付。亦作“疲於奔命”。見該條。

【羅天大醮】 luó tiān dà jiào 道教的種普祭諸天鬼神的儀式。宋史二八三王欽若傳：“所著書有鹵簿記……五嶽廣聞記列宿萬靈朝真圖羅天大醮儀。”水滸六一：“李固跪在地下告道：‘主人可憐見衆人，留了這條性命回鄉去，強似做羅天大醮。’”此指消災求福的善舉。

【羅雀掘鼠】 luó què jué shǔ 張網捕雀，挖洞捕鼠。新唐書一九二張巡傳：“至是食盡……至羅雀掘鼠，煮鎧弩以食。”後比喻在極端匱乏中盡力籌集物資。

【羅鉗吉網】 luó qián jí wǎng 唐玄宗天寶初李林甫爲相，屢起大獄，以誣陷異己。寵任羅希奭吉溫爲御史，二人皆承林甫意旨，遇事鍛鍊成獄，無能自脫者，時稱“羅鉗吉網”。見舊唐書一八六下羅希奭傳。後以喻酷吏枉法，陷人于罪。

羊　部

【羊狠狠貪】 yáng hěn láng tān　像羊和狼那樣凶狠貪婪。史記項羽紀："因下令軍中曰：'猛如虎，狠如羊，貪如狼，彊不可使者，皆斬之。'"唐韓愈昌黎集十四鄆州溪堂詩："執爲邦孟，節根之蝗；羊狠狠貪，以口覆城。"亦作"羊貪狼狠"。元曲選馬致遠江州司馬青衫淚四："老虔婆羊貪狼狠，通令他改嫁茶商。"

【羊貪狼狠】 yáng tān láng hěn　見"羊狠狠貪"。

【羊腸小道】 yáng cháng xiǎo dào　如羊腸之狹窄小道。清李汝珍鏡花緣四九："前面彎彎曲曲，盡是羊腸小道，岔路甚多，甚難分辨。"

【羊質虎文】 yáng zhì hǔ wén　見"羊質虎皮"。

【羊質虎皮】 yáng zhì hǔ pí　羊披上虎皮，裏性沒有改變。比喻虛有其表。漢揚雄法言吾子："羊質虎皮，見草而說，見豺而戰，忘其皮之虎矣。"三國志吳王蕃傳注引吳錄："萬或既爲左丞相，蕃嘲或曰：'……或出自黔谷，羊質虎皮，虛受光赫之寵，跨三九之位。'"亦作"羊質虎文"、"虎皮羊質"。文選晉棗道彥(據)雜詩："予非荊山璞，謬登和氏場，羊質復虎文，燕翼假鳳翔。"宋釋惠洪石門文字禪十寄楷禪師詩："虎皮羊質成何事，牛馬襟裾亦謾陳。"

【羊踏菜園】 yáng tà cài yuán　隋侯白啟顏錄："有人常食菜蔬，忽食羊，夢五藏神曰：'羊踏破菜園。'"後用以嘲諷得美食而致腹疾。尺牘新鈔一清韓廷錫山中答孟韓妹書："二哥在山中，已是長素，忽寄若干肉至，得無羊踏菜園乎？然不欲虛妹一片至情，爲妹一飽食，然後復素。"

【羊毛出在羊身上】 yáng máo chū zài yáng shēn shàng　比喻與人之物，實際即出於對方。明陳與郊櫻桃夢獵飲："落他銀，就買送他時新果子，羊毛原出羊身上"做了八百銀子，將珍哥娶到家內。"

【美人香草】 měi rén xiāng cǎo　屈原作離騷，以美人比君王，香草比君子。漢王逸離騷經章句："離騷之文，依詩取興，引類譬諭，故善鳥香草，以配忠貞，惡禽臭物，以比讒佞；靈脩美人，以媲於君。"後因稱離騷爲美人香草之辭。亦指贊頌忠君愛國思想。

【美女破舌】 měi nǚ pò shé　指施美人計，以遏諫言。戰國策秦一："夫晉獻公欲伐郭，而憚舟之僑存。荀息曰：'周書有言：美女破舌，'乃遺之女樂，以亂其政。舟之僑諫而不聽，遂去。"舌，指諫臣。

【美女簪花】 měi nǚ zān huā　形容秀逸美好。多指書法而言。簪，插戴。唐張彥遠法書要錄二袁昻古今書評："衛恆書如插花美女，舞笑鏡臺。"清王昶金石萃編十五太尉楊震碑跋："昔人謂褚登善書如美女簪花，或謂其出于漢隸，此碑知非欺人之論也。"

【美不勝收】 měi bù shèng shōu　優美豐富，領略不盡。清曾樸孽海花九："還有一班名士黎石農李純客袁尚秋諸人寄來的送行詩詞，清詞麗句，覺得美不勝收。"

【美中不足】 měi zhōng bù zú　雖稱美好，尚有缺欠。明凌濛初初刻拍案驚奇二七："破鏡重圓，離而復合，固是好事；但王夫人所遭不幸，失身爲妾，又不曾根究姦人，報仇雪恨，尚爲美中不足。"

【美如冠玉】 měi rú guān yù　美如冠上之玉。史記陳丞相世家："絳侯、灌嬰等咸讒陳平曰：'平雖美丈夫，如冠玉耳，其中未必有也。'"集解:"漢書音義曰:飾冠以玉,光好外見,中非所有。"後多用以稱譽美男子。

【美男破老】　měi nán pò lǎo　逸周書武稱:"美男破老,美女破舌。"戰國策秦一:"(晉獻公)又欲伐虞,而憚宮之奇存。荀息曰:'周書有言:美男破老。'乃遺之美男,教之惡宮之奇。宮之奇以諫而不聽,遂亡。"美男,指外寵。美女,指姬妾。老,指老成人。舌,指諫臣。謂使美男子,破老成人。

【美意延年】　měi yì yán nián　心情舒暢,可以延年益壽。荀子致士:"得眾動天,美意延年。"注:"美意,樂意也。無憂患則延年也。"後用為祝壽之辭。

【美輪美奐】　měi lún měi huàn　形容高大美觀。多用於贊美新屋。禮檀弓下:"晉獻文子成室,晉大夫發焉。張老曰:'美哉輪焉,美哉奐焉。'"注:"心譏其奢也。輪,輪囷,言高大。奐,言眾多。"

【羞人答答】　xiū rén dā dā　見"羞羞答答"。

【羞月閉花】　xiū yuè bì huā　見"羞花閉月"。

【羞花閉月】　xiū huā bì yuè　形容女子貌美,使花和月都自愧退縮。亦作"羞月閉花"。古今雜劇元賈仲名鐵拐李度金童玉女四:"雲肩玉頂鳳頭鞋,羞月閉花天然態。"朝野新聲太平樂府三元楊果采蓮女曲:"記得相逢對花酌,那妖嬈,嫵人一笑千金少。羞花閉月、沉魚落雁不恁也魂消。"亦作"閉月羞花"。見該條。

【羞面見人】　xiū miàn jiàn rén　因羞愧感到沒臉見人。南齊書劉祥傳:"輕言肆行,不避高下。司徒褚淵入朝,以腰扇鄣日。祥從側過,曰:'作如此舉止,羞面見人,扇鄣何益?'"按褚淵背叛宋事齊,故云。

【羞羞答答】　xiū xiū dā dā　形容難為情的樣子。元曲選曾瑞卿王月英元夜留鞋記三:"見母親哭哭啼啼,卻教我羞羞答答?"亦作"羞人答答"。元王實甫西廂記四本楔子:"這小賤人倒會放刁,羞人答答的,怎生去!"

【羞與噲伍】　xiū yǔ kuài wǔ　史記九二淮陰侯傳:"(韓)信由此日夜怨望,居常鞅

鞅,羞與絳(周勃)、灌(嬰)等列。信嘗過樊將軍噲,噲跪拜送迎,言稱臣,曰:'大王乃肯臨臣!'信出門笑曰:'生乃與噲等為伍。'"後指人自員而不屑與凡庸的人同在一起。噲伍,因鄙視樊噲,不屑與他爲伍。後因以"噲伍"爲平庸之輩的代稱。

【羚羊挂角】　líng yáng guà jiǎo　傳說羚羊夜宿,角掛於樹,脚不着地,獵求無迹可尋。佛教禪宗語錄中常用以比喻有待悟解,不能拘泥求之於言語文字。景德傳燈錄十六(雪峰)義存禪師:"師謂眾曰:'吾若東道西道,汝則尋言逐句;吾若羚羊挂角,汝向什麼處捫摸。'"又十七道膺禪師:"如好獵狗,只解尋得有蹤迹底;忽遇羚羊挂角,莫道迹,氣亦不識。"亦用以比喻詩文奧妙,不落痕迹。宋嚴羽滄浪詩話詩辯:"詩者,吟詠情性也。盛唐諸人惟在興趣,羚羊挂角,無迹可求。故其妙處透徹玲瓏,不可湊泊。"

【羝羊觸藩】　dī yáng chù fān　公羊角鈎在籬笆上。比喻進退兩難。易大壯:"羝羊觸藩,不能退,不能遂。"唐李白李太白詩十五留別于十一兄逖裴十三遊塞垣:"天張雲卷有時節,吾徒莫嘆羝觸藩。"

【義不容辭】　yì bù róng cí　指在情理或道義上不容推脱。明馮夢龍醒世恆言十七:"承姑丈高誼,小婿義不容辭。但全歸之,其心何安!依老夫愚見,各受其半,庶不過情。"

【義正詞嚴】　yì zhèng cí yán　道理正確,詞語端嚴。李寶嘉官場現形記十七:"莊大老爺回信已到,魏竹岡拆開看時,不料上面寫的甚是義正詞嚴。"

【義形於色】　yì xíng yú sè　正義的神氣表現在臉上。公羊傳桓二年:"孔父正色而立於朝,則人莫敢過而致難於其君者。孔父可謂義形於色矣。"晉陸機陸士衡集九漢高祖功臣頌:"義形於色,憤發於辭。"舊唐書武宗紀會昌三年討劉稹制:"吳漢任職,受詔而初無辦嚴,卜式朴忠,未戰而義形於色。"

【義憤填膺】　yì fèn tián yīng　正義的憤恨充滿胸膛。膺,胸。清曾樸孽海花二五:"珏齋不禁義憤填膺,自己辦了個長電奏,力請宣戰。"後多作"義憤填胸"。

【羣空冀北】 qún kōng jì běi　唐韓愈昌黎集二一送溫處士赴河陽軍序："伯樂一過冀北之野，而馬羣遂空。"冀北產良馬，伯樂善識馬。比喻賢才遇知人者皆得提拔。宋范成大石湖集三三次韻陳融甫支鹽年家見贈之二："加鞭翰墨場，一躍羣空冀。"

【羣策羣力】 qún cè qún lì　集合衆人的智慧和力量。漢揚雄法言重黎："漢屈羣策，羣策屈羣力。"注："屈，盡也。言漢能屈己以用羣臣之策，羣臣能屈己以悅羣士之力，故勝也。"宋陳元晉漁墅類稿二見鄭參政啟："寔賴同心同德之臣，亟合羣策羣力之助。"

【羣輕折軸】 qún qīng zhé zhóu　物雖輕，積多量大，可以折斷車軸。比喻見微知著，不能忽視小事。戰國策魏一："臣聞積羽沉舟，羣輕折軸，衆口鑠金，故願大王之熟計之也。"淮南子繆稱："君子不謂小善不足為也而舍之，小善積而為大善；不謂小不善為無傷也而為之，小不善積而為大不善。是故積羽沉舟，羣輕折軸。"

【羣雌粥粥】 qún cí zhōu zhōu　雌，雌鳥。粥粥，鳥的叫聲。本指衆鳥嘈雜聲。唐韓愈昌黎集一琴操雉朝飛操："羣雌孤雄，意氣橫出，……隨飛隨啄，羣雌粥粥。"後以喻婦女之聚集，講話聲音嘈雜。

【羣龍無首】 qún lóng wú shǒu　易乾："用九，見羣龍無首，吉。"以龍有剛健之德，故吉。今借喻衆人會集而無領頭之人。

羽　　部

【習以為常】 xí yǐ wéi cháng　養成習慣，經常如此。魏書十八太武五王附孝友傳："將相多尚公主，王侯亦娶后族，故無妾媵，習以為常。"清吳敬梓儒林外史四八："余大先生在虞府坐館，早去晚歸，習以為常。"

【習非勝是】 xí fēi shèng shì　對錯誤的東西相習既久，不能矯正，反以為是。漢揚雄法言學行："習乎習，以習非之勝是。況習是之勝非乎？"

【習與性成】 xí yǔ xìng chéng　長期的習慣將會形成一定的性格。書太甲上："茲乃不義，習與性成。"傳："言習行不義，將成其性。"宋二程文集七程頤動箴："習與性成，聖賢同歸。"

【習慣成自然】 xí guàn chéng zì rán　漢書四八賈誼傳上疏陳政事："擇其所樂，必先有習，乃得為之。孔子曰：'少成若天性，習貫如自然。'"後謂習慣成自然，本此。清李汝珍鏡花緣六一："我家大小皆是如此，日久吃慣，反以吃茶為苦，竟是習慣成自然了。"

【翠繞珠圍】 cuì rǎo zhū wéi　指婦女服飾豪華。也用以喻美女滿前。翠珠喻女子。太平樂府九元睢玄明耍孩兒詠西湖曲："恣豔冶王孫士女，逞風流翠繞珠圍。"亦作"珠圍翠繞"。見該條。

【翦草除根】 jiǎn cǎo chú gēn　除草必須連根拔掉。比喻徹底根除，免生後患。文苑英華六五〇北齊魏收為侯景叛移梁朝文："若抽薪止沸，剪草除根，……返國姦於司敗，歸侵地於玄武，非直惡之在今，天道人事，實棄無禮。"元曲選缺名隨何賺風魔蒯通三："此人與韓信最是契交，必須一併殺壞，方纔翦草除根。"亦作"斬草除根"。見該條。

【翹足而待】 qiáo zú ér dài　一舉足的短時間內即可到來。形容極短的時間。史記六八商君傳："趙良曰：'君之危若朝露，……秦王一旦捐賓客而不立朝，秦國之所以收君者，豈其微哉！亡可翹足而待。'"又高祖紀："大臣內叛，諸侯外反，亡可翹足而待也。”

【翻天覆地】 fān tiān fù dì 形容巨大的根本變化。亦作“翻天蹙地”。唐獨孤及毘陵集補遺招北客文:“翻天蹙地,霆吼雷怒。”紅樓夢一〇五:“那時一屋子人,拉那個,扯這個,正鬧得翻天覆地。”

【翻天蹙地】 fān tiān cù dì 見“翻天覆地”。

【翻江倒海】 fān jiāng dǎo hǎi 見“翻江攪海”。

【翻江攪海】 fān jiāng jiǎo hǎi 使江海翻騰。比喻力量強大。元曲選缺名李雲英風送梧桐葉二:“翻江攪海驚濤怒,搖脫秋林木。”亦作“翻江倒海”、“攪海翻江”。元曲選馬致遠半夜雷轟薦福碑三:“他那裏撼嶺巴山,攪海翻江,倒樹摧崖。”紅樓夢九十:“薛姨媽家中被金桂攪得翻江倒海,看見婆子回來,説起岫烟的事,寶釵母女二人不免滴下淚來。”

【翻來覆去】 fān lái fù qù 宋楊萬里誠齋集十四不寐詩:“翻來覆去體都痛,乍暗忽明燈爲誰。”此指輾轉反側,不能入睡。水滸七:“林冲把這口刀翻來覆去看了一回,喝采道:‘端的好把刀!’”此指接二連三,反覆多次。

【翻雲覆雨】 fān yún fù yǔ 比喻反覆無常。亦指玩弄手腕。唐杜甫杜工部草堂詩箋七貧交行:“翻手作雲覆手雨,紛紛輕薄何須數?”宋李曾伯可齋雜藁三四念奴嬌丙午和朱希真老來可喜韻詞:“八尺藤牀,二升粟飯,方寸恢餘地。翻雲覆雨,從伊造物兒戲。”亦作“覆雨翻雲”。清顧貞觀彈指詞下金縷曲寄吳漢槎寧古塔以詞代書:“魑魅搏人應見慣,總輸他覆雨翻雲手。”

【翻然悔悟】 fān rán huǐ wù 指醒悟迅速,悔過俄頃。唐韓愈昌黎集十七與陳給事書:“今則釋然悟,翻然悔曰:‘其邁也,乃所以怒其來之不繼也;其悄也,乃所以示其意也。’”

【翻箱倒篋】 fān xiāng dào qiè 形容徹底檢尋。篋,小箱。吳趼人二十年目睹之怪現狀四:“船上買辦又仗着洋人勢力,硬來翻箱倒篋的搜了一遍,此時還不知有失落東西沒有?”後多作“翻箱倒櫃”。

【耀武揚威】 yào wǔ yáng wēi 炫耀武力,顯示威風。古今雜劇元羅貫中宋太祖龍虎風雲會三:“有那等順天時,達天理,去邪歸正皆疏放。有那等,霸王業,抗王師,耀武揚威盡滅亡。”三國演義五:“袁術大怒,喝道:‘俺大臣尚自謙讓,量一縣令手下小卒,安敢在此耀武揚威!都與趕出帳去。”亦作“揚威耀武”。元曲選王子一劉晨阮肇誤入桃源三:“你道我面生可疑,便待要揚威耀武。”

老　　部

【老天拔地】 lǎo tiān bá dì 形容年邁體衰,行動不便。紅樓夢二十:“那些老婆子們都老天拔地伏侍了一天,也該叫他們歇歇兒了。”又二九:“賈母道:‘既這麼着,你老人家老天拔地的跑什麼?帶着他去瞧了叫他進來就是了。’”

【老牛舐犢】 lǎo niú shì dú 比喻年老的父母愛憐子女。舐,舐。犢,小牛。後漢書五四楊彪傳:“後子脩爲曹操所殺,操見彪問曰:‘公何瘦之甚?’對曰:‘愧無日磾先見之明,猶懷老牛舐犢之愛。’”

【老生常談】 lǎo shēng cháng tán 見“老生常譚”。

【老生常譚】 lǎo shēng cháng tán 老書生常說的話。比喻無新意的言論。三國志魏管輅傳:“(鄧)颺曰:‘此老生之常譚。’”譚,同“談”。唐劉知幾史通書志:“若乃前事已往,後來追證,課彼虛説,成此游詞,多見其老生常談，徒煩翰墨者矣。」

【老姦巨猾】 lǎo jiān jù huá　老於世故，十分奸詐狡猾的人。宋史食貨志上六：「老姦巨猾，匿身州縣，舞法擾民，蓋甚前日。」

【老羞變怒】 lǎo xiū biàn nù　指羞愧極而發怒。清孔尚任桃花扇傳奇辭院：「想因却奁一事太激烈了，故此老羞變怒耳！」趙翼甌北詩鈔七言律四題吳梅村集詩：「猶勝絳雲樓下老，老羞變怒罵人多。」亦作「惱羞成怒」。見該條。

【老弱殘兵】 lǎo ruò cán bīng　指喪失作戰能力的部隊。三國演義三二：「城中無糧，可發老弱殘兵並婦人出降，彼必不爲備，我即以兵繼百姓之後出攻之。」後亦指年老體弱的人。

【老馬識途】 lǎo mǎ shí tú　韓非子說林上：「管仲隰朋從於桓公而伐孤竹，春往冬反，迷惑失道，管仲曰：『老馬之智可用也。』乃放老馬而隨之，遂得道。」後用以比喻富有經驗。宋毛滂東堂集二寄曹使君詩：「請同韶濩公勿疑，老馬由來識途久。」清黃景仁兩當軒集三立秋後二日詩：「老馬識途添病骨，窮猿投樹擇深枝。」

【老蚌生珠】 lǎo bàng shēng zhū　稱譽老年人有賢子。三國志魏荀彧傳「韋康爲涼州，後敗亡」注引孔融與韋康父端書：「前日元將（康）來，淵才亮茂，雅度宏毅，偉世之器也。昨日仲將（誕）又來，懿性貞實，文敏篤誠，保家之主也。不意雙珠，近出老蚌，甚珍貴之。」北齊書陸卬傳：「（邢）邵又與卬父子彰交遊，嘗謂子彰曰：『吾以卿老蚌遂出明珠。』」亦用以喻老年生子。唐白居易長慶集二十見李蘇州示男阿武詩自感成詠詩：「自憐滄海畔，老蚌不生珠。」宋蘇軾分類東坡詩二二虎兒：「舊聞老蚌生明珠，未省老兔生於菟。」

【老氣橫秋】 lǎo qì héng qiū　文選南齊孔德璋（稚珪）北山移文：「風情張日，霜氣橫秋。」唐杜甫杜工部草堂詩箋十送韋十六評事……：「子雖軀幹小，老氣橫九州。」後稱老練而自負的氣概爲老氣橫秋。宋樓鑰攻媿集五題楊子元琪所藏東坡古木詩：「東坡筆端遊戲，槎牙老氣橫秋。」後亦形容擺架子，沒朝氣。吳趼人二十年目睹之

怪現狀七十：「眾人取笑了一回，見新人老氣橫秋的那個樣子，便紛紛散去。」

【老當益壯】 lǎo dāng yì zhuàng　年雖老而志更壯烈。形容人老魄力大。後漢書二四馬援傳：「丈夫爲志，窮當益堅，老當益壯。」唐王勃王子安集五滕王閣詩序：「老當益壯，寧知白首之心；窮且益堅，不墜青雲之志。」

【老態龍鍾】 lǎo tài lóng zhōng　形容年老而行動不靈活。全唐詩二八四李端贈薛戴：「交結慚時輩，龍鍾似老翁。」宋陸游劍南詩稿七一聽雨：「老態龍鍾疾未平，更堪俗事敗幽情！」

【老嫗能解】 lǎo yù néng jiě　宋曾慥類說五五冷齋夜話：「白樂天每作詩，令一老嫗解之，問曰解否？嫗曰解，則錄之，不解則又易之。」後用以形容作詩文力求通俗易懂。

【老熊當道】 lǎo xióng dāng dào　見「老羆當道」。

【老醫少卜】 lǎo yī shào bǔ　醫生要年老的，因爲他富有經驗，卜卦要年少的，因爲他敢於直言。鶡冠子十六世賢「不任所愛，必使舊醫」注：「語曰：老醫少卜，蓋醫更病多矣。」明都卬三餘贅筆：「世言老醫少卜，則醫者以年老爲貴，卜者以年少爲貴。『老醫』人皆知之；問之『少卜』，不知何謂。按王彥輔麈史云：『老取其閱，少決其決。』乃知俗語其來久矣。」

【老羆當道】 lǎo pí dāng dào　比喻聲勢逼人。羆，熊的一種。北史王羆傳：「比曉，（韓）軌衆已乘梯入城。羆尚臥未起，聞閣外洶洶有聲，便袒胸露髻徒跣，持一棒，大呼而出，謂曰：『老羆當道臥，貉子那得過！』敵見，驚退。」亦作「老熊當道」。唐王維王右丞集二六工部楊尚書夫人……墓誌銘：「河南則分虎臨人，華陰則老熊當道。」

【老蠶作繭】 lǎo cán zuò jiǎn　蠶吐絲作繭，自包其身。比喻自己束縛自己。宋蘇軾分類東坡詩六石芝：「老蠶作繭何時脫？夢想至人空激烈。」蠒，同「繭」。

【老死不相往來】 lǎo sǐ bù xiāng wǎng lái　老子八十：「甘其食，美其服，安其居，樂其俗，鄰國相望，雞犬之聲相聞，民至老

死,不相往來。"後以指彼此隔絕,互不交往。

【老驥伏櫪,志在千里】 lǎo jì fú lì, zhì zài qiān lǐ　老馬伏於廐中,仍思馳騁遠途。比喻年老而仍有壯志。宋書樂志三魏武帝(曹操)步出夏門行:"老驥伏櫪,志在千里,烈士暮年,壯心不已。"晉書樂志下題作碣石篇。宋陸游劍南詩稿四閩廓亂有感:"羞爲老驥伏櫪悲,寧作枯魚過河泣!"

【者也之乎】 zhě yě zhī hū　見"之乎者也"。

耒　部

【耕當問奴】 gēng dāng wèn nú　宋書沈慶之傳:"慶之曰:'治國如治家,耕當問奴,織當訪婢。陛下今欲伐國,而與白面書生謀之,事何由濟?'"魏書邢巒傳上表:"且俗諺云:耕則問田奴,絹則問織婢。臣雖不武,忝備征將,前宜可否,頗實知之,臣既謂難,何容強遣。"比喻辦事當請教於行家。

耳　部

【耳目一新】 ěr mù yī xīn　指見聞新穎,異於尋常。吳趼人二十年目睹之怪現狀十六:"雖不是甚麼心曠神怡的事情,也可以算得耳目一新的了。"

【耳食之談】 ěr shí zhī tán　史記六國年表之三:"學者牽於所聞,見秦在帝位日淺,不察其終始,因舉而笑之,不敢道,此與以耳食無異。"後稱輕信的傳聞之言,爲耳食之談,本此。清阮葵生茶餘客話六董仲舒斷獄:"此耳食之談,引經斷獄,當不如是。"

【耳後生風】 ěr hòu shēng fēng　形容驅馳極速,如風從耳旁掠過。梁書曹景宗傳:"景宗謂所親曰:'我昔在鄉里,騎快馬如龍,與年少輩數十騎,拓弓弦作霹靂聲,箭如餓鴟叫,平澤中逐麞,數肋射之,渴飲其血,飢食其肉,甜如甘露漿。覺耳後生風,鼻頭出火,此樂使人忘死,不知老之將至。'"

【耳根清淨】 ěr gēn qīng jìng　形容無雜事干擾。宋樓鑰攻媿集十二適齋挂冠次韻詩:"耳根贏得長清淨,理亂從今不用知。"元曲選李行道包待制智賺灰闌記一:"張海棠也,自從嫁了員外,好耳根清淨也呵。"

【耳提面命】 ěr tí miàn mìng　詩大雅抑:"匪面命之,言提其耳。"疏:"我又非但對面命語之,我又親提撕其耳,庶其志而不忘。"提撕面命,形容教誨懇切。清李漁笠翁劇論結構:"嘗怪天地間有一種文字,即有一種文字之法脈準繩,載之於書者,不異耳提面命,獨於填制製曲之事,非但略而未詳,亦且置之不道。"亦作"面命耳提"。宋劉克莊後村集五三擬撰科詔回奏:

"幸以翰墨小技,待罪視草,詞意有未穩處,仰荷明主親灑奎畫,不啻面命耳提。"

【耳熟能詳】　ěr shú néng xiáng　因經常聽說而熟悉。宋歐陽修文忠集二五瀧岡阡表:"其平居教他子弟,常用此語,吾耳熟焉,故能詳也。"

【耳濡目染】　ěr rú mù rǎn　經常聽到看到,無形中受到影響。濡,浸濕。染,沾染。宋朱熹朱文公集二四與汪尚書書:"耳濡目染,以陷溺其良心而不自知。"亦作"自擩耳染"。見該條。

【耳聰目明】　ěr cōng mù míng　視聽靈敏。清李汝珍鏡花緣九:"(唐敖)道:'此時服了朱草,只覺耳聰目明。'"

【耳鬢廝磨】　ěr bìn sī mó　兩人之耳與鬢髮互相接觸。比喻親密。紅樓夢七二:"偺們從小兒耳鬢廝磨,你不曾拿我當外人待,我也不敢急慢了你。"

【耳聞不如目見】　ěr wén bù rú mù jiàn　聽說不如目見之真切。漢劉向說苑政理:"夫耳聞之不如目見之,目見之不如足踐之,足踐之不如手辨之。"魏書崔浩傳:"耳聞不如目見,吾曹目見,何可共辨!"亦作"耳聞不如目覩"。資治通鑑二一〇唐睿宗景雲二年:"自古失道破國亡家者,口說不如身逢,耳聞不如目覩。"後多作"耳聞目睹"。

【耳聞不如目覩】　ěr wén bù rú mù dǔ　見"耳聞不如目見"。

【聊以卒歲】　liáo yǐ zú suì　姑且逍遙自在地度過歲月。左傳襄二一年:"人謂叔向曰:'子離於罪,其爲不知乎?'叔向曰:'與其死亡若何?詩曰:優哉游哉,聊以卒歲。知也。'"注:"言君子優游於衰世,所以辟害卒其壽,是亦知也。"今謂勉強度過一年,形容生活艱難。

【聊復爾耳】　liáo fù ěr ěr　姑且如此。爾,如此。耳,而已。世說新語任誕:"阮仲容(咸)步兵居道南,諸阮居道北;北阮皆富,南阮貧。七月七日,北阮盛曬衣,皆紗羅錦綺。仲容以竿挂大布犢鼻褌於中庭。人或怪之,答曰:'未能免俗,聊復爾耳。'"亦作"聊復爾爾"。宋辛棄疾稼軒詞二永遇樂檢校停雲新種杉松戲作:"夢覺東窗,聊復爾爾,起欲題書簡。"

【聊復爾爾】　liáo fù ěr ěr　見"聊復爾耳"。

【聖子神孫】　shèng zǐ shén sūn　古時稱頌天子的子孫。唐韓愈昌黎集三十平淮西碑:"天以唐克肖其德,聖子神孫,繼繼承承,於千萬年,敬戒不怠。"

【聚沙成塔】　jù shā chéng tǎ　妙法蓮華經一方便品:"乃至童子戲,聚沙爲佛塔。"本指兒童遊戲。後比喻積少成多。

【聚蚊成雷】　jù wén chéng léi　漢書五三中山靖王勝傳對:"夫衆煦漂山,聚蝱成靁,朋黨執虎,十夫橈椎,是以文王拘於羑里,孔子阨於陳蔡,此乃烝庶之成風,增積之生害也。"注:"蝱,古蚊字。靁,古雷字。言衆蚊飛聲有若雷也。"比喻積小可以成大。唐劉知幾史通敘事:"夫聚蚊成雷,羣輕折軸,況於章句不節,言詞莫限,載之兼兩,曷足道哉?"

【聚精會神】　jù jīng huì shén　漢書六四下王襃傳聖主得賢臣頌:"故世平主聖,俊艾將自至,若堯舜禹湯文武之君,獲稷契皋陶伊尹呂望,明明在朝,穆穆列布,聚精會神,相得益章。"此言君臣遇合,集思廣益。後多指專心致志。宋袁甫蒙齋集五右史直前奏事第二劄子:"惟願陛下與二三大臣,日夜聚精會神,……必使志慮專於大政,規模急於遠圖。"

【聞一知十】　wén yī zhī shí　形容聰明,善於類推。論語公冶長:"賜也何敢望回,回也聞一以知十,賜也聞一以知二。"賜,子貢;回,顏淵;皆孔子弟子。漢童子逢盛碑:"心開意審,聞一知十。"(隸釋十)

【聞所不聞】　wén suǒ bù wén　聽到從未聽到過的事。形容極爲新奇。史記九七陸賈傳:"(尉他)曰:越中無足與語,至生來,令我日聞所不聞。"漢揚雄法言淵騫:"七十子之於仲尼也,日聞所不聞,見所不見。"亦作"聞所未聞"。文苑英華八九六唐權德輿工部尚書鮑防碑:"言或有犯,投之不疑焉,曰:'使我聞所未聞,聖朝之瑞也。'"

【聞所未聞】　wén suǒ wèi wén　見"聞所不聞"。

【聞風而逃】　wén fēng ér táo　聽到一點

消息,馬上逃跑。李寶嘉官場現形記十二：
"只要望見土匪的影子,早已聞風而逃。"

【聞雷失箸】　wén léi shī zhù　三國志蜀
先主傳："曹公從容謂先主曰：'今天下英
雄,惟使君與操耳。本初(袁紹)之徒,不足
數也。'先主方食,失匕箸。"注引(晉常璩)
華陽國志："于時正當雷震,備因謂操曰：
'聖人云：迅雷風烈必變,良有以也。一震
之威,乃可至於此也!'"後多以喻假借他
事掩飾自己的真實感情。

【聞聲相思】　wén shēng xiōng sī　指對
有聲望之人欽仰思慕。鬼谷子上內揵："君
臣上下之事,有遠而親,近而疏,就之不
用,去之反求,日進前而不御,遙聞聲而相
思。"

【聞雞起舞】　wén jī qǐ wǔ　晉書祖逖
傳："與司空劉琨俱爲司州主簿,情好綢
繆,共被同寢。中夜聞荒雞鳴,蹴琨覺曰：
'此非惡聲也。'因起舞。"後以聞雞起舞比
喻志士應及時奮發。元張昱可閒老人集四
看劍亭爲曹將軍賦詩："聞雞起舞非今日,
對酒開看憶往年。"

【聞名不如見面】　wén míng bù rú jiàn
miàn　指耳聞不及目睹的真切。北史房愛
親妻崔氏傳："吾聞閒名不如見面,小人未
見禮教,何足責哉!"

【聲色俱厲】　shēng sè jù lì　形容説話的
聲調和臉色都很嚴厲。晉書明帝紀："(王
敦)大會百官而問溫嶠曰：'皇太子以何德
稱?'聲色俱厲。"新五代史王圍傳："故時
使臣出四方,皆自戶部給券,(安)重誨奏
請自內出,圍以故事爭之,不能得,遂與重
誨辨於帝前,圍聲色俱厲。"

【聲如洪鍾】　shēng rú hóng zhōng　聲音
洪亮有如鐘鳴。鍾,通"鐘"。明馮夢龍清蔡
元放東周列國志七二："子胥目如閃電,聲
如洪鍾。"

【聲東擊西】　shēng dōng jī xī　通典一
五三兵六："聲言擊東,其實擊西。"指戰鬥
中設計造成對方錯覺,而突襲其所不備之
處。宋張綱華陽集十五乞修戰船劄子："況
虜情難測,左實右僞,聲東擊西。"水滸十
八："只好聲東擊西。等那廝們亂攛,便好
下手。"

【聲振林木】　shēng zhèn lín mù　聲音震

動林木。形音悠揚響亮之至。多指樂音。列
子湯問："撫節悲歌,聲振林木,響遏行
雲。"清吳敬梓儒林外史五五："荆元席地
坐下。于老者也坐在旁邊。荆元慢慢的和
了弦,彈起來,鏗鏗鏘鏘,聲振林木,那些
鳥雀聞之,都棲息枝間竊聽。"

【聲振寰宇】　shēng zhèn huán yǔ　指聲
望影響極大。南史梁本紀論："(高祖)介胄
仁義,折衝尊俎,聲振寰宇,澤流遐裔,干
戈載戢,凡數十年,濟濟焉,洋洋焉,魏晉
以來,未有若斯之盛也。"

【聲淚俱下】　shēng lèi jù xià　邊訴説邊
哭泣。形容極端悲慟或悲憤。晉書王廙傳
附王彬："因勃然數(王)敦曰：'兄抗旌犯
順,殺戮忠良,謀圖不軌,禍及門戶。'音辭
慷慨,聲淚俱下。"亦作"聲淚俱發"。金石
萃編一〇八唐裴度李晟碑："每一言一誓,
聲淚俱發。"

【聲淚俱發】　shēng lèi jù fā　見"聲淚俱
下"。

【聲勢浩大】　shēng shì hào dà　聲威壯
偉,氣勢雄強。吳趼人二十年目睹之怪現
狀十六："其實他們空着沒有一點事,也不
見得怎麼爲患地方,不過聲勢浩大罷了。"

【聳壑昂霄】　sǒng hè áng xiāo　直立山
谷,高入雲霄。比喻出人頭地。新唐書九六
房玄齡傳："吏部侍郎高孝基名知人,謂裴
矩曰：'僕觀人多矣,未有如此郎者,當爲
國器,但恨不見其聳壑昂霄云。'"金元好
間遺山集二三劉景玄墓銘："及吾未老,當
見汝聳壑昂霄時耳。"

【聽天由命】　tīng tiān yóu mìng　見"聽
天任命"。

【聽天任命】　tīng tiān rèn mìng　舊時
謂聽任天意和命運的安排。孔叢子七鴞
賦："聽天任命,慎厥所修。"亦作"聽天由
命"。明沈自晉望湖亭傳奇二："這箇也只
要在其人,説不得聽天由命。"清劉鶚老殘
遊記續集二："死活存亡,聽天由命去罷。"

【聽而不聞】　tīng ér bù wén　似在傾聽,
實如未聞。形容漠不關心。禮記大學："心
不在焉,視而不見,聽而不聞,食而不知其
味。"清李汝珍鏡花緣九十："就只再芳姐
姐一心只想學課,只怕是聽而不聞。"

聿　部

【肆無忌憚】sì wú jì dàn　毫無顧忌，任意妄爲。肆，放肆。忌，顧忌。憚，害怕。宋朱熹朱文公集三七與王龜齡書：“遣君後親之論交作，肆行無所忌憚。”元史二〇五盧世榮傳：“世榮居中書數月，恃委任之專，肆無忌憚，視丞相猶虛位也。”

肉　部

【肉山脯林】ròu shān fǔ lín　傳説夏桀奢侈荒淫，以肉爲山，以脯爲林。晉皇甫謐帝王世紀：“（桀）以人架車，肉山脯林，以酒爲池，使可運舟，一鼓而牛飲者三千人。”

【肉眼愚眉】ròu yǎn yú méi　比喻見識淺陋。元曲選高文秀黑旋風雙獻功三：“則他這肉眼愚眉，把一個黑旋風爹爹敢來也認不得。”又王子一劉晨阮肇誤入桃源三：“怎將斷腸詩句贈別離？分明是漏泄與肉眼愚眉。”亦作“愚眉肉眼”。又馬致遠呂洞賓三醉岳陽樓二：“空聽的駭浪驚濤，洗不淨愚眉肉眼。”

【肝腦塗地】gān nǎo tú dì　形容戰亂中死亡慘滲。史記九九劉敬傳：“婁敬曰：‘陛下取天下與周室異。……大戰七十，小戰四十，使天下之民肝腦塗地，父子暴骨中野，不可勝數。’”亦形容竭忠盡力，不惜一死。漢劉向説苑復恩：“常願肝腦塗地，用頸血湔敵久矣。臣乃夜絶緤者也。”漢書五四蘇建傳附蘇武：“武曰：‘武父子亡功德，皆爲陛下所成就，位列將，爵通侯，兄弟親近，常願肝腦塗地。’”

【肝膽胡越】gān dǎn hú yuè　比喻關係由密切變爲疏遠。淮南子俶真：“六合之內，一舉而千萬里。是故自其異者視之，肝膽胡越；自其同者視之，萬物一圈也。”注：“肝膽喻近，胡越喻遠。”

【肝膽相照】gān dǎn xiāng zhào　比喻朋友間真誠相待。宋胡太初晝簾緒論僚寀：“今始至之日，必延見僚寀，歷述弊端，惻愊無華，肝膽相照。”文天祥文山集六與陳察院文龍書：“所恃知己肝膽相照，臨書不憚傾倒。”

【肚裏淚下】dù lǐ lèi xià　眼淚往肚裏流。形容説不出的愁苦。宋葉紹翁四朝聞見錄：“憲聖（吳皇后）再拜對曰：‘大姐姐遠處北方，臣妾缺於定省，每遇天日清美，侍上宴集，纔一思之，肚裏淚下。’”（説郛三）

【肯堂肯構】kěn táng kěn gòu　書大誥：“若考作室，既底法，厥子乃弗肯堂，矧肯構？”傳：“以作室喻治政也，父已致法，子乃不肯爲堂基，況肯構立屋乎！”後因以肯堂肯構比喻子承父業。

【肥馬輕裘】féi mǎ qīng qiú　形容服御華麗，生活豪奢。論語雍也：“（公西）赤之適齊也，乘肥馬，衣輕裘。”唐白居易長慶集六七閒適：“肥馬輕裘還粗有，龍歌薄酒亦相隨。”元曲選石子章秦脩然竹塢聽琴二：“我這粗衣淡飯貧休笑，你那裏肥馬輕裘富莫誇。”

【胡打海摔】 hú dǎ hǎi shuāi　比喻隨便摔打，並不嬌氣。紅樓夢七：“比不得咱們家的孩子，胡打海摔慣了的。”

【胡言亂語】 hú yán luàn yǔ　毫無根據地隨意亂說。元曲選缺名朱太守風雪漁樵記二：“你則管哩便胡言亂語，將我廝花白。”

【胡作非爲】 hú zuò fēi wéi　毫無顧忌地任意做壞事。清李汝珍鏡花緣十二：“或誆好吃懶做，或誆胡作非爲。”

【胡枝扯葉】 hú zhī chě yè　東拉西扯，非常離奇。清吳敬梓儒林外史五四：“聘娘道：‘我不知怎的，心裏慌慌的，合着眼做出許多胡枝扯葉的夢，清天白日的還有些害怕！’”

【胡思亂量】 hú sī luàn liáng　見“胡思亂想”。

【胡思亂想】 hú sī luàn xiǎng　無益之思。亦作“胡思亂量”。宋朱熹朱文公集五十潘文叔一：“切宜便就脚下一切掃去，而於日用之間，稍立程課，著實下工夫，不要如此胡思亂量過却日子也。”又王明清揮麈錄後錄十一：“秦（檜）曰：‘足下今作何官？’（魏）道弼曰：‘備員禮部侍郎。’秦復曰：‘且管了了銓曹職事，不須胡思亂量。’”朱子語類一一三朱子：“操存只是教你收斂，教那心莫胡思亂想，幾曾捉定有一箇物事在裏？”

【背山起樓】 bèi shān qǐ lóu　在山背後建造樓房。比喻煞風景。舊題唐李義山雜纂謂花下曬裩、背山起樓、燒琴煮鶴、對花啜茶、松下喝道等爲殺風景。（説郛五）

【背井離鄉】 bèi jǐng lí xiāng　遠離故鄉。背，離開。井，古制八家爲一井，引申爲鄉里，人口聚居地。元曲選馬致遠破幽夢孤雁漢宮秋三：“假若俺高皇差你個梅香背井離鄉，臥雪眠霜。”亦作“離鄉背井”。見該條。

【背本趨末】 bèi běn qū mò　背離基本的、重要的部分，追求細微末節。我國古代常以農業爲本，工商爲末。漢書二四食貨志上：“時民近戰國，皆背本趨末。”又賈誼說積貯：“古之治天下，至纖至悉，故其畜積足恃。今背本而趨末，食者甚衆，是天下之大殘也。”

【背城借一】 bèi chéng jiè yī　與敵人作最後決戰。左傳成二年：“請收合餘燼，背城借一。”注：“欲於城下，復借一戰。”宋蘇軾分類東坡詩十七景純復以二篇……仍次其韻詩：“背城借一吾何敢，慎莫尊前替戾岡。”

【能言巧辯】 néng yán qiǎo biàn　善於言辭，長於辯論。元曲選缺名漢高皇濯足氣英布一：“他領著四十萬精兵，屯於九江。怡纔靈壁之戰，項王遣使徵布會，布與龍且有隙，稱病不赴，若得能言巧辯之士，說他歸降，縱項王馳還，我有韓信拒之於前，彭越邀之於後，大王親帥英布，直攻其中，破項王必矣。”

【能者多勞】 néng zhě duō láo　能幹的人多辛苦。莊子列御寇：“巧者勞而知者憂，無能者無所求，飽食而遨遊。”莊子原意在避勞，欲人無爲。後用爲贊譽的話。李寶嘉官場現形記五七：“官廳子上，有些同寅見了面，都恭維他‘能者多勞’。”

【能屈能伸】 néng qū néng shēn　指人的行止，能適應現實，隨時進退。宋邵雍伊川擊壤集七代書寄前洛陽簿陸剛叔秘校詩：“知行知止唯賢者，能屈能伸是丈夫。”

【能說會道】 néng shuō huì dào　善於講話。亦作“能說慣道”。紅樓夢七四：“別的還罷了，太太不知，頭一個是寶玉屋裏的晴雯那丫頭，仗着他的模樣兒比別人標致些，又長了一張巧嘴，天天打扮的象個西施樣子，能說慣道，抓尖要強。”清文康兒女英雄傳二五：“倒有個能說會道的舅母呢，今日偏又不在這裏。”

【能說慣道】 néng shuō guàn dào　見“能說會道”。

【胼手胝足】 pián shǒu zhī zú　手掌脚底生厚繭。形容辛勞。明區大用區太史詩集九贈憲府王公治水歌：“胼手胝足不言瘁，烈風淫雨有時休。”亦作“手足胼胝”。見該條。

【脂膏不潤】 zhī gāo bù rùn　人油脂之

中，不被沾污。東觀漢記十五孔奮："而姑
臧稱爲富邑通貨，故羌市四合，每居縣者，
不盈數月，輒致豐積。奮在姑臧四年，財物
不增。……或嘲奮曰：'直脂膏中，亦不能
自潤。'"後以"脂膏不潤"比喻爲官清廉自
守，不貪財物。北魏元顥墓誌："脂膏不潤，
貪泉必酌。"（漢魏南北朝墓誌集釋圖版一
八四）亦作"脂膏莫潤"。清王昶金石萃編
三八隋趙芬碑："清白自守，脂膏莫潤。"

【脂膏莫潤】　zhī gāo mò rùn　見"脂膏
不潤"。

【胸中甲兵】　xiōng zhōng jiǎ bīng　比喻
胸中富有才略。魏書崔浩傳："又召新降高
車渠帥數百人，賜酒食於前。世祖指浩以
示之，曰：'汝曹視此人，尪纖懦弱，手不能
彎弓持矛，其胸中所懷，乃踰於甲兵。'"三
國演義三三："天生郭奉孝，豪傑冠羣英，
腹內藏經史，胸中隱甲兵。"

【胸有成竹】　xiōng yǒu chéng zhú　比喻
臨事有固定的見解。宋蘇軾經進東坡文集
四九篔簹谷偃竹記："故畫竹必先得成竹
於胸中，執筆熟視，乃見其所欲畫者，急起
從之。"宋晁補之雞肋集八贈文潛甥楊克
一學文與可畫竹求詩："與可畫竹時，胸中
有成竹。"

【胸無城府】　xiōng wú chéng fǔ　指襟懷
坦蕩，示人以誠。城府，比喻自祕之深心。
宋史傅堯俞傳："堯俞厚重言寡，遇人不設
城府，人自不忍欺。"

【胸無宿物】　xiōng wú sù wù　心中沒有
過夜的事。指胸懷坦蕩，沒有成見。世說新
語賞譽下："簡文目庾赤玉（統）省率治除。
謝仁祖（尚）云：'庾赤玉胸中無宿物。'"清
蒲松齡聊齋志異狐夢："畢爲人坦直，胸無
宿物，徵泄之。"

【胸無點墨】　xiōng wú diǎn mò　形容不
通文字或缺少知識。清百一居士壺天錄
上："花影參差月影寒，慚愧胸無半點墨。"

【脅肩低眉】　xié jiān dī méi　縮斂肩膀，
低着眉眼。形容低三下四的樣子。抱朴子
逸民："雖器不益於旦夕之用，才不周於立
朝之俊，不亦愈於脅肩低眉，諂媚權右，
……棄德行學問之本，赴雷同比周之末
也。"

【脅肩累足】　xié jiān lěi zú　縮斂肩膀，

小步走路。形容恐懼的樣子。史記一〇六
吳王濞傳："吳王身有內病，不能朝請二十
餘年，嘗患見疑，無以自白，今脅肩累足，
猶懼不見釋。"

【脅肩諂笑】　xié jiān chǎn xiào　縮斂肩
膀，假裝笑臉。形容阿諛諂媚。孟子滕文公
下："曾子曰'脅肩諂笑，病於夏畦。'"明凌
濛初初刻拍案驚奇二二："那些人讓他是
個現任刺史，脅肩諂笑，隨他怠慢。"

【脣亡齒寒】　chún wáng chǐ hán　脣缺
則齒外露。比喻利害相關。左傳僖五年：
"晉侯復假道於虞以伐虢。宮之奇諫曰：
虢，虞之表也。虢亡，虞必從之。……諺所
謂'輔車相依，脣亡齒寒'者，其虞虢之謂
也。"亦作"脣竭齒寒"、"脣揭齒寒"。莊子
胠篋："故曰脣竭則齒寒。"戰國策韓二：
"脣揭者其齒寒。"脣揭，謂反舉其脣以向
上。

【脣揭齒寒】　chún jiē chǐ hán　見"脣亡
齒寒"。

【脣焦口燥】　chún jiāo kǒu zào　見"口
燥脣乾"。

【脣竭齒寒】　chún jié chǐ hán　見"脣亡
齒寒"。

【脣槍舌劍】　chún qiāng shé jiàn　脣如
槍舌似劍。形容能説會道，言辭鋒利。元明
雜劇元高文秀保成公徑赴澠池會一："憑
着我脣槍舌劍定江山，見如今河清海晏，
黎庶寬安。"亦作"舌劍脣槍"。見該條。

【脣齒相依】　chún chǐ xiāng yī　如脣齒
互相依存，不可分離。三國志魏鮑勛傳：
"王師屢征而未有所克者。蓋以吳蜀脣齒
相依，憑阻山水，有難拔之勢故也。"

【脫口成章】　tuō kǒu chéng zhāng　指
出口成文。形容才思敏捷，言談典雅。宋蘇
軾東坡集前集三五黄州再祭文與可文：
"脫口成章，粲莫可耘。"

【脫口而出】　tuō kǒu ér chū　隨口説出。
李寶嘉文明小史八："還有他親手注過的
大學，親手點過的康熙字典，雖然不至于
通部滾瓜爛熟，大約一部之中，至少亦有
一半看熟在肚裏，不然怎麽能够脫口而出
呢？"

【脫胎換骨】　tuō tāi huàn gǔ　道教謂經

過修煉，可脱去凡胎換聖胎，脱去俗骨換仙骨。後借指徹底變化、改造。明盧象昇盧忠肅公書牘答陸筍修方伯：“此佛既未脱胎換骨，尚在人世間，又未能投體捨身，依然活在地獄，其苦可名狀乎？”

【脱殼金蟬】　tuō qiào jīn chán　見“金蟬脱殼”。

【脱穎而出】　tuō yǐng ér chū　比喻有才能的人終于會顯露出來。史記七六平原君傳：“平原君曰：‘夫賢士之處世也，譬若錐之處囊中，其末立見。……毛遂曰：臣乃今日請處囊中耳。使遂蚤得處囊中，乃穎脱而出，非特其末見而已。’”穎，錐芒。

【脚忙手亂】　jiǎo máng shǒu luàn　形容遇事慌張，不知如何是好。朱子語類十四大學一：“若是不先知道這道理，到臨事時，便脚忙手亂，豈能慮而有得？”亦作“手忙脚亂”。見該條。

【脚踏實地】　jiǎo tà shí dì　做事穩健切實。續傳燈錄五曹山雄禪師：“僧云：‘學人還有安身立命處也無？’師曰‘脚踏實地。’”宋邵伯溫聞見前錄十八：“公(司馬光)嘗問康節(邵雍)曰：‘某何如人？’曰：‘君實脚踏實地人也。’公深以爲知言。”君實，司馬光字。

【腰金衣紫】　yāo jīn yì zǐ　見“腰金拖紫”。

【腰金拖紫】　yāo jīn tuō zǐ　金，金印；紫，紫綬。秦漢爲丞相的服制，魏晉後光禄大夫亦授金印紫綬。指官位高。唐白居易長慶集十六哭從弟詩：“一片綠衫消不得，腰金拖紫是何人？”亦作“腰金衣紫”。明淩濛初初刻拍案驚奇二二：“何不在此處用了些？博得個腰金衣紫，也是人生一世，草生一秋。”

【腰鼓兄弟】　yāo gǔ xiōng dì　腰鼓兩頭粗而腰細小。比喻在兄弟行中成就相形見絀。南齊書沈沖傳：“沖與兄淡淵名譽有優劣，世號爲‘腰鼓兄弟’。”

【腸肥腦滿】　cháng féi nǎo mǎn　體胖頭大。形容生活優裕而不用心思，不明事理。北齊書琅玡王儼傳：“(斛律光)執其手，強引以前，請帝曰‘琅玡王年少，腸肥腦滿，輕爲舉措，長大自不復然，願寬其

罪。’”亦作“腦滿腸肥”。見該條。

【腹心之疾】　fù xīn zhī jí　比喻要害處存有禍患。國語吳：“越之在吳也，猶人之有腹心之疾也。”史記六八商君傳：“秦之與魏，譬若人之有腹心疾，非魏并秦，秦即并魏。”亦作“腹心之患”。明許仲琳封神演義十八：“陛下只知行樂歡娛，歌舞宴賞，作一己之樂，致萬姓之愁，臣恐陛下不能享此樂，而先有腹心之患矣。”

【腹心之患】　fù xīn zhī huàn　見“腹心之疾”。

【腹中鱗甲】　fù zhōng lín jiǎ　比喻内心凶惡。三國志蜀陳震傳諸葛亮與蔣琬書：“孝起前臨至吳，爲吾說正方腹中有鱗甲，鄉黨以爲不可近。吾以爲鱗甲者，但不當犯之耳，不圖復有蘇張之事。”孝起，震字；正方，李嚴字。

【腹背受敵】　fù bèi shòu dí　遭到前後夾攻。魏書崔浩傳：“(劉)裕西入函谷，則進退路窮，腹背受敵；北上岸則姚軍必不出關助我。”

【腦後插筆】　nǎo hòu chā bǐ　比喻好打官司。全唐詩八七七江右四郡諺：“筠袁贛吉，腦後插筆。”注：“言好訟也。”

【腦滿腸肥】　nǎo mǎn cháng féi　形容生活舒適而無所用心。清納蘭性德納蘭詞四念奴驕宿漢兒邨：“便是腦滿腸肥，尚難消受，此荒煙落照。”亦作“腸肥腦滿”。見該條。

【膏火自煎】　gāo huǒ zì jiān　比喻因有才能而遭禍害。莊子人間世：“山木自寇也，膏火自煎也。”文選晉阮籍詠懷詩之一：“膏火自煎熬，多財爲患害。”

【膏脣拭舌】　gào chún shì shé　潤滑嘴脣，拭淨舌頭。形容張口欲動的樣子。膏，滋潤。後漢書七八呂強傳上疏陳事：“羣邪項領，膏脣拭舌，競欲咀嚼，造作飛條。”注：“膏脣拭舌，謂欲讒毁故也。”

【膏粱年少】　gāo liáng nián shào　指富貴人家的子弟。膏粱，精細的食物，借指富貴人家。南齊書王僧虔傳：“建武初，(王)寂欲獻中興頌，兄志謂之曰：‘汝膏粱年少，何患不達，不鎮之以靜，將恐貽譏。’寂乃止。”

【膝行肘步】　xī xíng zhǒu bù　匍匐前行。形容極其畏服。唐王勃王子安集四山亭思友人序："雖陸平原（機）曹子建（植）足可以車載斗量；謝靈運潘安仁（岳）足可以膝行肘步；思飛情逸，風雲坐宅於筆端；興洽神清，日月自安於調下云爾。"

【膝癢搔背】　xī yǎng sāo bèi　膝部發癢，而搔背部。比喻行事不當，言不中肯。漢桓寬鹽鐵論利議："不知趨舍之宜，時世之變，議論無所依，如膝癢而搔背。"

【膠車逢雨】　jiāo chē féng yǔ　指用膠黏合的車，遇雨則解。漢焦延壽易林九遽之益："膠車駕東，與雨相逢，五棻解墮。"亦比喻和解。漢桓寬鹽鐵論大論："大夫曰：'諾！膠車脩逢雨，請與諸生解。'"清張敦仁考證："脩，當作候。解，謂和解。"

【膠柱鼓瑟】　jiāo zhù gǔ sè　鼓瑟者轉動絃柱，以調節音之高低，用膠黏住其柱，則音無從調節。比喻拘泥固執而不知變通。史記八一趙奢傳："趙王因以（趙）括爲將代廉頗。藺相如曰：'王以名使括，若膠柱而鼓瑟耳。括徒能讀父書傳，不知合變也。'"亦作"膠柱調瑟"。淮南子齊俗："今握一君之法籍，以非傳代之俗，譬由膠柱而調瑟也。"漢揚雄揚子法言先知："或曰：以往聖人之法治將來，譬猶膠柱而調瑟，有諸？"

【膠柱調瑟】　jiāo zhù tiáo sè　見"膠柱鼓瑟"。

【膠膠擾擾】　jiāo jiāo rǎo rǎo　動亂不安的樣子。莊子天道："堯曰：'膠膠擾擾乎？子，天之合也。我，人之合也。'"亦作"擾擾膠膠"。宋詩選唐庚眉山詩鈔謝人送酒："細思擾擾膠膠事，政生奇奇怪怪文。"

【膾炙人口】　kuài zhì rén kǒu　膾和炙皆爲人所喜食。比喻詩文優美，爲衆人所稱讚。五代蜀王定保唐摭言十："李濤，長沙人也，篇詠甚著，如'水聲長在耳，山色不離門'……皆膾炙人口。"宋洪邁容齋隨筆十五連昌詞："元微之（稹）白樂天（居易）在唐元和長慶間齊名。其賦詠天寶時事，連昌宮詞長恨歌皆膾炙人口，使讀者之情性蕩搖，如身生其時，親見其事。"

【膽大心小】　dǎn dà xīn xiǎo　形容勇於任事而又縝密謹慎。唐劉肅大唐新語十隱逸："孫思邈對盧照鄰曰：'智欲圓而行欲方，膽欲大而心欲小。'"按：淮南子主術："心欲小而志欲大，智欲員而行欲方，能欲多而事欲鮮。"思邈語本此。後多作"膽大心細"。

【膽大如斗】　dǎn dà rú dǒu　形容膽量極大，無所畏懼。亦作"膽如斗大"。三國志蜀姜維傳"維妻子皆伏誅"南朝宋裴松之注："世語曰：'維死時見剖，膽如斗大。'"古今雜劇元關漢卿關大王獨赴單刀會二："有一箇趙子龍膽大如斗。"後謂膽大爲"斗膽"，本此。

【膽大妄爲】　dǎn dà wàng wéi　指毫無顧忌地做壞事。清曾樸孽海花十："這種人要在敵國，是早已明正典刑，哪裏容得他們如此膽大妄爲呢。"

【膽大於身】　dǎn dà yú shēn　形容膽量極大，無所顧忌。舊唐書八七李昭德傳丘愔上疏："臣觀其膽，乃大於身，鼻息所衝，上拂雲漢。"

【膽如斗大】　dǎn rú dǒu dà　見"膽大如斗"。

【膽若鼷鼠】　dǎn ruò xī shǔ　形容膽量極小。鼷鼠，鼠類最小的一種。魏書元慶和傳："爲蕭衍將所攻，舉城降之。衍以爲北道總督、魏王。至項城，朝廷出師討之，望風退走。衍責之曰：'言何百舌，膽若鼷鼠。'遂徙合浦。"後多作"膽小如鼠"。

【膽戰心驚】　dǎn zhàn xīn jīng　形容極其恐懼。元曲選鄭德輝㑳梅香騙翰林風月三："見他時膽戰心驚，把似你無人處休眠思夢想。"雍熙樂府十九滿庭芳西廂十詠："聽瑤琴宵奔夜行，燒夜香膽戰心驚。"西遊記十三："伯欽道：'長老休走，坐在此間。風響處，是個山貓來了。等我拿他家去管待你。'三藏見說，又膽戰心驚，不敢舉步。"亦作"心驚膽戰"。見該條。

臣 部

【臣心如水】 chén xīn rú shuǐ 形容廉潔奉公，清白如水。漢書七七鄭崇傳：“(趙昌)因奏崇與宗族通，疑有姦，請治。上責崇曰：‘君門如市人，何以欲禁切主上？’崇對曰：‘臣門如市，臣心如水，願得考覆。’”金元好問遺山集十一過希顏故居詩之二：“臣門如市心如水，世俗論量恐未公。”元曹伯啟漢泉樂府水調歌頭用崔子由韻詞：“盡道權門炙手，自是臣心如水，犯露肯相過。”

【卧不安枕】 wò bù ān zhěn 見“卧不安席”。

【卧不安席】 wò bù ān xí 不能安睡。形容心有憂慮。戰國策楚一：“寡人卧不安席，食不甘味，心搖搖如懸旌，而無所終薄。”亦作“卧不安枕”。明馮夢龍清蔡元放東周列國志六：“寡人聞之，卧不安枕。”

【卧苫枕塊】 wò shān zhěn kuài 古時居父母之喪，身卧草席，頭枕土塊。宋史四五九徐積傳：“母亡，水漿不入口者七日，悲慟嘔血。廬墓三年，卧苫枕塊。”亦作“寢苫枕塊”、“寢苫枕草”。見各該條。

【卧薪嘗膽】 wò xīn cháng dǎn 春秋時越王勾踐戰敗，爲吳所執，既放還，欲報吳讎，苦身焦思，置膽於坐，飲食嘗之，欲以不忘會稽敗辱之恥。見史記勾踐世家、吳越春秋勾踐歸國外傳。卧薪事不知所出。後通用爲刻苦自勵，不敢安逸，憤發圖強之意。宋蘇軾東坡集續集九擬孫權答曹操書：“僕受遣以來，卧薪嘗膽。”宋劉克莊後村集二五春夜溫故六言詩之十七：“圖霸卧薪嘗膽，爲農拾穗行歌。”亦作“坐薪嘗膽”。見該條。

【卧榻豈容鼾睡】 wò tà qǐ róng hān shuì 宋開寶八年，宋軍進圍金陵，南唐主李煜遣徐鉉入朝請緩兵。宋太祖謂曰：“不須多言，江南有何罪，但天下一家，卧榻之側，豈可許他人鼾睡？”參閱宋楊億談苑。(類説五三)後比喻不容他人侵犯自己的利益。

【臨去秋波】 lín qù qiū bō 將去時回眸一看。秋波，指清澈的眼光。元王實甫西廂記一本一折：“怎當他臨去秋波那一轉。”

【臨陣脱逃】 lín zhèn tuō táo 比喻在緊要關頭退縮躲避。清黄宗羲南雷集子劉子行狀下：“軍法，臨陣脱逃者，斬。”

【臨陣磨槍】 lín zhèn mó qiāng 比喻事到臨頭，纔作準備。紅樓夢七十：“王夫人便道：‘臨陣磨槍，也不中用！有這會子着急，天天寫寫念念，有多少完不了的？’”

【臨深履薄】 lín shēn lǚ bó 面臨深淵，脚踏薄冰。比喻小心戒懼。詩小雅小旻：“如臨深淵，如履薄冰。”後漢書四八楊終傳戒馬廖書：“今君位地尊重，海内所望，豈可不臨深履薄，以爲至戒！”

【臨崖勒馬】 lín yá lè mǎ 比喻將到危險境地而能自悟止步。古今雜劇元鄭德輝鍾離春智勇定齊三：“這廝不識咱運機，將人來緊追襲，呀，你如今船到江心補漏遲，抵多少臨崖勒馬纔收騎。”亦作“懸崖勒馬”。見該條。

【臨渴掘井】 lín kě jué jǐng 比喻事到臨頭纔想辦法，不能濟事。素問四氣調神大論：“夫病已成而後藥之，亂已成而後治之，譬猶渴而穿井，鬥而鑄錐，不亦晚乎。”明許仲琳封神演義三五：“一着空虛百着空，臨渴掘井，悔之何及。”

【臨淵羡魚】 lín yuān xiàn yú 比喻只空想而無行動，無濟於事。漢書五六董仲舒傳賢良對策：“古人有言曰：‘臨淵羡魚，不如﹝退﹞而結網。’”

【臨機應變】 lín jī yìng biàn 憑藉機智

應付變化莫測之事。南史梁宣武王懿傳附蕭明:"吾自臨機制變,勿多言。"宋史四五四蕭資傳:"資性和厚,臨機應變,輯穆將士,總攝細務。"亦作"隨機應變"。見該條。

【臨難不懼】 lín nàn bù jù　遇到危難,毫不害怕。鄧析子無厚:"死生自命,貧富自時,怨夭折者,不知命也;怨貧賤者,不知時也。故臨難不懼。"後多作"臨危不懼"。

自　　部

【自不量力】 zì bù liàng lì　自視較高,忽略實力。清李汝珍鏡花緣八七:"你教管家去回他,就說我們殿試都是僥幸名列上等,并非真才實學,何敢自不量力,妄自談文。"

【自以爲是】 zì yǐ wéi shì　自認爲正確。孟子盡心下:"萬子曰:'一鄉皆稱原人焉,無所往而不爲原人,孔子以爲德之賊,何哉?'曰:'……自以爲是,而不可與入堯舜之道,故曰德之賊也。'"清李汝珍鏡花緣八四:"世人往往自以爲是,自誇其能。"

【自立門戶】 zì lì mén hù　自成派別、體系。明李夢陽空同全集六三再與何氏書:"夫文與字一也。今人摹臨古帖,即太似不嫌,及曰能書,何獨至於文而欲自立門戶耶?"今亦指單獨成立家庭。

【自由自在】 zì yóu zì zài　任性逍遙,毫無拘束。宋悟明聯燈會要十六清遠禪師:"各自堂中吃茶,自由自在。"

【自出心裁】 zì chū xīn cái　自出新意,不事蹈襲。紅樓夢八四:"前年我在任上時,還出過惟士爲能這個題目。那些童生都讀過前人這篇,不能自出心裁,每多抄襲。"

【自出機杼】 zì chū jī zhù　比喻詩文的立意構思能自出心裁,獨創新意。機杼,織布機的梭子,用以持緯紡織。魏書祖瑩傳:"瑩以文學見重,常語人云:'文章須自出機杼,成一家風骨,何能共人同生活也。'"

【自生自滅】 zì shēng zì miè　自然地發生或生長,又自然地消失或死亡。形容任其自然。唐白居易長慶集六八山中五絕句嶺上雲詩:"自生自滅成何事,能逐東風作雨無。"

【自成一家】 zì chéng yī jiā　具有獨到造詣,形成流派。清葉燮原詩內篇下一:"大凡人無才,則心思不出;無膽,則筆墨畏縮;無識,則不能取舍;無力,則不能自成一家。"

【自有肺腸】 zì yǒu fèi cháng　指人對事抱有和別人截然不同的看法。含貶義。肺腸,比喻心思。詩大雅桑柔:"自有肺腸,俾民卒狂。"箋:"自有肺腸,行其心中之所欲,乃使民盡迷惑也。"亦作"別具肺腸"。見該條。

【自言自語】 zì yán zì yǔ　不能抑制心意,自己與自己說話。元曲選缺名桃花女破法嫁周公四:"你這般鬼促促的,在這裏自言自語,莫不要出城去砍那桃樹麼?"

【自投羅網】 zì tóu luó wǎng　比喻自取滅亡。三國魏曹植野田黄雀行詩:"不見籬間雀,見鷂自投羅。"清李汝珍鏡花緣六八:"此時家難未靖,荊棘叢生,一經還鄉,存亡莫保,臣稍知利害,豈肯自投羅網。"

【自告奮勇】 zì gào fèn yǒng　自請承擔,顯示勇氣。李寶嘉官場現形記五三:"這饒守原本只有這一個兒子,因爲上頭提倡遊學,所以他自告奮勇,情願自備資斧,叫兒子出洋。"

【自我作古】 zì wǒ zuò gǔ　見"自我作故"。

【自我作故】 zì wǒ zuò gù　不拘泥於前

例,由我創始。故,成例。國語魯上:"哀姜至,公使大夫宗婦覿,用幣。宗人夏父展曰:'非故也。'公曰:'君作故。'"唐劉知幾史通稱謂:"唯魏收遠不師古,近非因俗,自我作故,無所憲章。"亦作"自我作古"。唐大詔令集七三垂拱四年親享明堂制:"時既沿革,莫或相遵;自我作古,用適於時。"清平步青霞外攟屑五宗袞:"康樂(謝靈運)稱太傅(謝安)爲宗袞,子建(曹植)稱孟德(曹操)爲家王,皆自我作古。"

【自作自受】 zì zuò zì shòu 自作錯事,自己承受不良的後果。景德傳燈錄十五大同禪師:"諸人變現千般,終是汝生解自擔帶將來,自作自受,遮裏無可與汝。'水滸二:"太公道:'這個不妨,若是打折了手脚,也是他自作自受。'"

【自知之明】 zì zhī zhī míng 了解自己一切的清醒頭腦。老子三三:"知人者智,自知者明。"明李贄初潭集十兄弟下:"周嵩起,長跪而泣曰:'不如阿母言,伯仁爲人志大而才短,名重而識闇,好乘人之敝,此非自全之道;嵩性狼抗,亦不容於世。唯阿奴碌碌,當在阿母目下耳。'真自知之明,知兄之明也。"

【自始至終】 zì shǐ zhì zhōng 謂事有首尾,前後一貫。宋孫光憲北夢瑣言二十:"先皇帝與汴軍校戰,自始至終,馬數纔萬,今有鐵馬三萬五千,不能使九州混一,是吾養卒練士將帥之不至也。"

【自相矛盾】 zì xiāng máo dùn 比喻言行不一或互相抵觸。唐劉知幾史通雜說上諸漢史之一:"觀孟堅(班固)紀、志所言,前後自相矛盾者矣。"宋王觀國學林七言行:"聖賢言行,要當顧踐,毋使自相矛盾。"

【自相魚肉】 zì xiāng yú ròu 比喻自相殘殺。晉書劉元海載記:"今司馬氏父子兄弟自相魚肉,此天厭晉德,授之於我。"

【自相殘害】 zì xiāng cán hài 見"自相殘殺"。

【自相殘殺】 zì xiāng cán shā 自己人互相殺害。亦作"自相殘害"。晉書石季龍下:"季龍十三子,五人爲冉閔所殺,八人自相殘害,混至此又死。"吳趼人痛史三:"他成日間叫我們自相殘殺,要我們自家

人都互相殺盡了,好叫他那些騷韃子來占據我們的好土地。"

【自怨自艾】 zì yuàn zì yì 懊悔自己的錯誤,並加改正。怨,怨恨。艾,割草,比喻改正錯誤。孟子萬章上:"太甲悔過,自怨自艾,於桐處仁遷義。"後多僅作悔恨之義。明馮夢龍醒世恆言十七:"過遷漸漸自怨自艾,懊悔不迭。"

【自食其力】 zì shí qí lì 憑藉自己的能力養活自己。清顏光敏顏氏家藏四白處士夢鼎:"千里內外,或館功幕,引以一席,……懇仰憑高之呼,得荷筆爲役,自食其力,以餘給家,自此借以讀書,尚可鞭策末路耳。"

【自食其言】 zì shí qí yán 說話不算數。明馮夢龍醒世恆言二:"我若今日復出應詔,是自食其言了。"

【自高自大】 zì gāo zì dà 自命不凡,輕視別人。北齊顏之推顏氏家訓勉學:"見人讀數十卷書,便自高大,凌忽長者,輕慢同列。"

【自強不息】 zì qiáng bù xī 不斷努力,永不停止。易乾象:"天行健,君子以自強不息。"後漢書五九張衡傳思玄賦:"勔自強而不息兮,蹈玉階之嶢崢。"初學記一王隱晉書:"陶侃少長勤整,自強不息。常語人曰:'大禹聖人,乃惜寸陰;至於凡俗,當惜分陰。'"

【自崖而反】 zì yá ér fǎn 莊子山木:"君其涉於江而浮於海,望之而不見其崖,愈往而不知其所窮,送君者皆自崖而反,君自此遠矣!"唐成玄英疏:"送君行邁,至於道德之鄉,民反真自守素分。崖,分也。"本指超然獨立,遠不可攀。後常用爲送行之辭。反,通"返",回。

【自詒伊戚】 zì yí yī qī 自招憂患。詒,遺留。伊,此。戚,憂愁。詩小雅小明:"心之憂矣,自詒伊戚。"又邶風雄雉:"我之懷矣,自詒伊阻。"阻,"戚"的借字。

【自欺欺人】 zì qī qī rén 用自己不相信的話騙人,既欺人,也自欺。法苑珠林九三妄語引證引佛說須賴經:"佛言夫妄言者爲自欺身,亦欺他人。"朱子語類十八大學五:"因說自欺欺人曰:欺人亦是自欺,此又是自欺之甚者。"清劉鶚老殘遊記九:

"宋儒要説好德不好色，非自欺而何？自欺
欺人，不誠極矣。"

【自圓其説】 zì yuán qí shuō　使自己的
説法圓通可信。李寶嘉官場現形記五五：
"（史其祥）躊躇了好半天，只得仰承憲意，
自圓其説道：'職道的話，原是一時愚昧之
談，作不得准的。'"

【自慚形穢】 zì cán xíng huì　世説新語
容止："珠玉在側，覺我形穢。"本指儀容舉
止，相形見絀。後遇與人相比，自愧不如，
常謙稱自慚形穢。清蒲松齡聊齋志異褚遂
良："某自慚形穢，又慮茅屋竈煤，玷染華
裳。"亦作"自覺形穢"。清吳敬梓儒林外史
三十："小弟因多了幾歲年紀，在他面前自
覺形穢，所以不敢痴心想着相與他。"

【自輕自賤】 zì qīng zì jiàn　妄自菲薄，
缺乏自信力。明馮夢龍古今小説二："依我
説不如只往前門硬 挺着身子進去，怕不是
他親女婿趕你出來。又且他家差老園公請
你，有憑有據，須不是你自輕自賤，他有好
意，自然相請。"

【自鳴得意】 zì míng dé yì　自己覺得非
常得意。鳴，表示。清蒲松齡聊齋志異江
城："姊妹相逢無他語，惟各以閫威自鳴得
意。"

【自暴自棄】 zì bào zì qì　孟子離婁上：
"自暴者，不可與有言也；自棄者，不可與
有爲也。言非禮義，謂之自暴也；吾身不能
居仁由義，謂之自棄也。"謂自己的言行背
棄仁義道德，以致不可收拾。後用以泛指
自甘落後，不求上進。宋朱熹近思錄二爲
學："懈意一生，便是自暴自棄。"宋文天祥
文山集十何晞程名説："苟有六尺之軀，皆
道之體，不可以其不可能而遂自暴自棄
也。"

【自鄶以下】 zì kuài yǐ xià　春秋吳季
札觀樂於魯，對各諸侯國的樂歌皆有論
贊，惟"自鄶以下，以其微也，無譏焉"。鄶
國以下諸國，國小政狹，季札置而不論。見
左傳襄二九年。後因用"自鄶以下"或"自
鄶無譏"比喻不值一談。宋張孝祥于湖集
三三醜奴兒詞之六："無雙誰似黃郎子，自
鄶無譏，月滿星稀。"清詩別裁二六徐夔移
居贈永天詩："自鄶以下皆無譏，兒子紛紛
鄙紈綺。"

【自鄶無譏】 zì kuài wú jī　見"自鄶以
下"。

【自覺形穢】 zì jué xíng huì　見"自慚
形穢"。

至　　部

【至再至三】 zhì zài zhì sān　屢次，多
次。書多方："我惟時其教告之，我惟時其
戰要囚之，至于再，至于三，乃有不用我降
爾命，我乃其大罰殛之。"後漢書光武紀建
武元年："秀猶固辭，至于再，至于三。"

【至死不悟】 zhì sǐ bù wù　到死都不覺
悟。指愚昧之極。唐柳宗元柳先生集十九
臨江之麋："麋出門外，見外犬在道甚衆，
走欲與爲戲，外犬見而喜且怒，共殺食之，
狼藉道上，麋至死不悟。"

【至死不變】 zhì sǐ bù biàn　到死都不

改變。指始終堅持。禮中庸："國無道，至死
不變，強哉矯。"

【至矣盡矣】 zhì yǐ jìn yǐ　指到無以復
加的程度。莊子庚桑楚："古之人，其知有
所至矣。惡乎至，有以爲未始有物者，至
盡矣，弗可以加矣。"

【至高無上】 zhì gāo wú shàng　指最
高。淮南子繆稱："道，至高無上，至深無
下，平乎準，直乎繩，圓乎規，方乎矩。"

【臺閣生風】 tái gé shēng fēng　指大臣
中形成的嚴肅的風氣。晉書傅玄傳："捧白

簡,整簪帶,踈踴不痢,坐而待旦。於是貴
游儼伏,臺閣生風。"宋王定保唐摭言十一
怨怒任華與庾中丞書:"中丞閣下,公久在
西掖,聲華滿路,一作遷拜中書,臺閣生
風,甚善,甚善。"

【臻臻至至】 zhēn zhēn zhì zhì 形容殷
勤周到。水滸三三:"花榮夫妻幾口兒,朝
暮臻臻至至,獻酒供食,伏侍宋江。"

臼　　部

【鳥烏虎帝】 xì wū hǔ dì 比喻文字形
近,傳寫錯誤。猶"魯魚亥豕"。宋陸佃埤雅
釋鳥鵲:"魯九寫而爲烏,虎三寫而爲帝,
言書之轉易如此。"

【與人爲善】 yǔ rén wéi shàn 謂助人相
與爲善。孟子公孫丑上:"取諸人以爲善,
是與人爲善者也;故君子莫大乎與人爲
善。"宋程頤伊川文集三論禮部看詳狀:
"夫與人爲善,君子所樂;亂國之聘,夫子
亦往。"後也指幫助別人進步。

【與古爲徒】 yǔ gǔ wéi tú 指援引史事,
諷喻今人。徒,同類。莊子人間世:"成而上
比者,與古爲徒。其言雖教,讁之實也。古
之有也,非吾有也。若然者,雖直不爲病,
是之謂與古爲徒。"後借以比喻同古人作
朋友。

【與民同樂】 yǔ mín tóng lè 和百姓共
享安樂。指古時王者的治世理想。孟子梁
惠王下:"'吾王庶幾無疾病與,何以能田
獵也?'此無他,與民同樂也。今王與百姓
同樂,則王矣。"

【與世偃仰】 yǔ shì yǎn yǎng 隨俗浮
沈。荀子非相:"與時遷徙,與世偃仰。"

【與虎謀皮】 yǔ hǔ móu pí 見"與狐謀
皮"。

【與狐謀皮】 yǔ hú móu pí 太平御覽二
〇八符子:"周人有愛裘而好珍羞,欲爲千
金之裘,而與狐謀其皮;欲具少牢之珍,而
與羊謀其羞。言未卒,狐相率逃於重丘之
下,羊相呼藏於深林之中。"比喻與所謀求
的對方利害根本對立,事必不成。後多作
"與虎謀皮"。

【與衆不同】 yǔ zhòng bù tóng 和大家
不一樣。清李汝珍鏡花緣八二:"這是今日
令中第一個古人,必須出類拔萃,與衆不
同,纔覺有趣。"

【與人方便,自己方便】 yǔ rén fāng
biàn, zì jǐ fāng biàn 謂樂於助人者,亦
得人助。元施惠幽閨記二六皇華悲遇:"自
古道:與人方便,自己方便。"紅樓夢六:
"俗話説的好:與人方便,自己方便。不過
用我一句話,又費不着我甚麼事。"

【與君一面話,勝讀十年書】 yǔ jūn yī
miàn huà, shèng dú shí nián shū 形容
與別人一次交談,得益極多。二程全書二
二上伊川先生(程頤)語八上:"古人有言
曰:共君一夜話,勝讀十年書。"朱子語類
一一七朱子十四:"載之簡牘,縱説得甚分
明,那似當面議論,一言半句,便有通達
處,所謂共君一面話,勝讀十年書,若説到
透徹處,何止十年功。"

【興亡繼絕】 xīng wáng jì jué 見"興滅
繼絕。"

【興利除害】 xīng lì chú hài 振興好事,
除掉壞事。管子君臣下:"爲民興利除害,
正民之德。"亦作"興利除弊"。宋王安石臨
川集七三答司馬諫議書:"擧先王之政,以
興利除弊,不爲生事。"

【興利除弊】 xīng lì chú bì 見"興利除
害"。

【興事動衆】 xīng shì dòng zhòng 見
"興師動衆"。

【興風作浪】 xīng fēng zuò làng 古雜
劇明佚名二郎神鎖齊天大聖雜劇二:"閒

知此妖魔有昇霄入地之變化，興風作浪之雄威。"亦以喻藉機生事，挑起是非。明陳與郊靈寶刀府主平反："有一虞侯陸謙，常與小人來往，慣會興風作浪，簸是揚非。"

【興高采烈】　xìng gāo cǎi liè　南朝梁劉勰文心雕龍六體性："叔夜儁俠，故興高而采烈。"叔夜，稽康字。原指文章旨趣高超，富於辭采。現多指興致高昂、情緒熱烈。

【興致勃勃】　xìng zhì bó bó　興趣很濃，情緒高漲。清李汝珍鏡花緣五六："到了郡考，衆人以爲緇氏必不肯去，誰知他還是興致勃勃道：'以天朝之大，豈無看文巨眼？'"

【興師問罪】　xīng shī wèn zuì　宋沈括夢溪筆談二五："元昊乃改元，制衣冠禮樂，下令國中，悉用蕃書、胡禮，自稱大夏。朝廷興師問罪……復奉表稱藩，朝廷因赦之，許其自新，元昊乃更稱兀卒曩霄。"原指發兵懲罰。後亦用以表示衆人共同指責之意。

【興師動衆】　xīng shī dòng zhòng　亦作"興事動衆"。吳子勵士："發號布令，而民樂聞；興師動衆，而民樂戰；交兵接刃，而民安死；此三者，人之所恃也。"漢書翟方進傳附翟義引王莽大誥："反虜故東郡太守翟義擅興師動衆。"此指發兵。呂氏春秋制樂："今故興事動衆，以增國城，是重吾罪也。"此指舉事。

【興復不淺】　xìng fù bù qiǎn　晉殷浩王胡之等，夜登武昌南樓談詠，俄而庾太尉(亮)率左右十許人步來，殷王等欲走避，庾徐云："諸君少住，老子於此處，興復不淺。"因據胡牀，與諸人詠謔。見世説新語容止。後言興致高昂，多用此語。

【興滅繼絕】　xīng miè jì jué　指復興衰敗滅亡之諸侯國和貴族世家。論語堯曰："興滅國，繼絕世，舉逸民。"疏："諸侯之國，爲人非理滅之者，復興立之；賢者當世祀，爲人非理絕之者，則求其子孫使復繼之。"史記三王世家莊青翟等奏："陛下奉承天統，明開聖緒，尊賢顯功，興滅繼絕。"亦作"興亡繼絕"。唐劉知幾史通模擬："齊桓行霸，興亡繼絕。"後亦指使滅亡之事物重新興起。

【舉一反三】　jǔ yī fǎn sān　論語述而："舉一隅不以三隅反，則不復也。"言物有四隅，舉其一隅，不能推知其他三隅，則不必再予教導。隅，方面，角落；反，類推。後因以舉一反三形容善於類推，能由此而識彼。北堂書鈔九八蔡邕別傳："邕與李則遊學鄙土，時在弱冠，始共讀左氏傳，通敏兼人，舉一反三。"唐劉知幾史通斷限："舉一反三，豈宜若是，膠柱調瑟，不亦謬歟！"

【舉一廢百】　jǔ yī fèi bǎi　孟子盡心上："所惡執一者，爲其賊道也，舉一而廢百也。"言只執一點而不能變通，遂以一知而廢百。後亦用爲處事偏狹、因小失大之意。

【舉目無親】　jǔ mù wú qīn　孤身一人，沒有依託。太平廣記四八六薛調無雙傳："(牛仙客)謂(塞)鴻曰：'四海至廣，舉目無親戚，未知託身之所。'"

【舉足輕重】　jǔ zú qīng zhòng　一舉足就影響兩邊的分量輕重。比喻所處地位重要，一舉一動都關係全局。後漢書二三竇融傳："方今益州有公孫子陽(述)，天水有隗將軍(囂)，蜀漢相攻，權在將軍，舉足左右，便有輕重。"

【舉例發凡】　jǔ lì fā fán　晉杜預作春秋序謂古人之修史，"其發凡以言例，皆經國之常制、周公之垂法、史書之舊章。"後稱編書之闡釋體例，概述要旨爲"舉例發凡"，本此。南朝梁劉勰文心雕龍史傳："按春秋經傳，舉例發凡。"

【舉案齊眉】　jǔ àn qí méi　後漢書一一三梁鴻傳："遂至吳，依大家皋伯通，居廡下，爲人賃舂。每歸，妻爲具食，不敢於鴻前仰視，舉案齊眉。"案，即椀、盌；或謂指盛食品的托盤。清郝懿行以爲指坑上的案几。後用以形容夫妻相敬有禮。元曲選缺名孟德耀舉案齊眉四："這的是舉案齊眉有下稍，你道我不改初時操，我從來貧不憂愁富不驕。"清吳敬梓儒林外史十："次日，蘧公孫上廳謝親，設席飲酒。席終，歸到新房裏，重新擺酒，夫妻舉案齊眉。"

【舉棋不定】　jǔ qí bù dìng　左傳襄二五年："弈者舉棋不定，不勝其耦。"耦，下圍棋的對方。後用以比喻作事拿不定主意，猶豫不決。唐劉肅大唐新語酷忍："(太子)承乾既廢，立高宗爲太子，又欲立(吳王)

恪。長孫無忌諫曰：'晉王仁厚，守文之良主也。且舉棋不定，前哲所戒，儲位至重，豈宜數易？'"晉王，高宗爲太子時封號。

【舉鼎絕臏】　jǔ dǐng jué bìn　史記秦紀："武王元年，……武王有力好戲，力士任鄙烏獲孟説皆至大官。王與孟説舉鼎，絕臏。"正義："絕，斷也；臏，脛骨也。"後因以舉鼎絕臏比喻力小不勝重任。

【舉賢任能】　jǔ xián rèn néng　薦舉賢才，委任能者。三國演義二九："若舉江東之衆，決機于兩陣之間，與天下爭衡，卿不如我；舉賢任能，使各盡力以保江東，我不如卿。"

舌　部

【舌敝耳聾】　shé bì ěr lóng　形容辯論紛繁，言者爲之舌破，聽者爲之耳聾。戰國策秦一："舌敝耳聾，不見成功；行義約信，天下不親。"

【舌撟不下】　shé jiǎo bù xià　形容驚訝的神態。撟，翹起。莊子秋水："公孫龍口呿而不合，舌舉而不下。"史記一〇五扁鵲傳："中庶子聞扁鵲言，目眩然而不瞋，舌撟然而不下。"

【舌劍脣槍】　shé jiàn chún qiāng　形容言辭鋒利、能説會道。古今雜劇元缺名運機謀隨何賺英布一："此人這一去，憑着他舌劍脣槍，機謀見識，必然説的英布歸漢也。"又降桑椹蔡順奉母一："平日之間別無甚買賣，全憑着舌劍脣槍，説嘴兒哄人的錢使。"亦作"脣槍舌劍"。見該條。

【舍己芸人】　shě jǐ yún rén　比喻不自修而外務。孟子盡心下："君子之守，修其身而天下平。人病舍其田而芸（耘）人之田；所求於人者重，而所以自任者輕。"

【舍己從人】　shě jǐ cóng rén　放棄己見，服從公論。舍，放棄。書大禹謨："稽於衆，舍己從人。"疏："考於衆言，觀其是非。舍己之非，從人之是。"孟子公孫丑上："大舜有大焉，善與人同；舍己從人，樂取於人以爲善。"

【舍本事末】　shě běn shì mò　放棄根本，追求末節。呂氏春秋上農："民舍本事末則不令，不令則不可以守，不可以

戰。"亦作"舍本逐末"、"棄本逐末"。漢書食貨志下："棄本逐末，耕者不能半，奸邪不可禁。"後魏賈思勰齊民要術序："舍本逐末，賢哲所非。"

【舍本逐末】　shě běn zhú mò　見"舍本事末"。

【舍生取義】　shě shēng qǔ yì　謂輕生重義，爲正義而不惜犧牲。孟子告子上："生，亦我所欲也；義，亦我所欲也；二者不可得兼，舍生而取義者也。"晉書梁孝王肜傳蔡克議："肜位爲宰相，責深任重，……而臨大節，無不可奪之志；當危事，不能舍生取義。"亦作"舍生取誼"。文選漢班孟堅（固）幽通賦："舍生取誼，以道用兮。"

【舍生取誼】　shě shēng qǔ yì　見"舍生取義"。

【舍死忘生】　shě sǐ wàng shēng　不顧性命，不怕犧牲。西遊記二："近來被一妖魔在此欺虐，強要占我們水簾洞府，是我等舍死忘生，與他爭鬪。"後多作"舍生忘死"。

【舍我其誰】　shě wǒ qí shuí　謂自視極高，自任極重。孟子公孫丑下："如欲平治天下，當今之世，舍我其誰也？"舍，亦作"捨"。金史海陵紀："他日，海陵與（唐括）辯語及廢立事，……辯曰：'公豈有意邪？'海陵曰：苟不得已，捨我其誰！'"

【舍近求遠】　shě jìn qiú yuǎn　忽略切近，而謀及高遠。謂所想不切實際，所求不

合實際。亦作"舍近謀遠"。後漢書十八臧宮傳詔報："舍近謀遠者，勞而無功；舍遠謀近者，逸而有終。"紅樓夢七六："可見咱們天天是舍近求遠。現在這樣詩人在此，却天天去紙上談兵。"

【舍近謀遠】 shě jìn móu yuǎn　見"舍近求遠"。

【舍短取長】 shě duǎn qǔ cháng　去其短處取其長處。後漢書六三李固傳附李燮："所交皆舍短取長，好成人之美。"

【舐糠及米】 shì kāng jí mǐ　比喻自外及內，逐漸蠶食。史記一〇六吳王濞傳："里語有之，'舐糠及米'。"索隱："言舐糠盡則至食米"。

【舐犢情深】 shì dú qíng shēn　比喻父母喜愛子女。清文康兒女英雄傳三十："自從上年受了那場顛險，幸得反逆爲順，自免而安，安老夫妻暮年守着個獨子，未免舐犢情深，加了幾分憐愛。"

舛　部

【舜日堯年】 shùn rì yáo nián　比喻理想中的太平盛世。舜、堯：古代傳說中的聖君。樂府詩集五六南明梁沈約四時白紵歌春白紵："佩服瑤草駐容色，舜日堯年懽無極。"

【舞文巧法】 wǔ wén qiǎo fǎ　見"舞文弄法"。

【舞文弄法】 wǔ wén nòng fǎ　利用法令條文爲奸作弊。史記一二九貨殖傳："吏士舞文弄法，刻章僞書。"亦作"舞文巧法"。漢王充論衡程材："長大成吏，舞文巧法，徇私爲己，勉赴權利。"

【舞榭歌臺】 wǔ xiè gē tái　指娛樂熱鬧場所。宋辛棄疾稼軒詞永遇樂京口北固亭懷古："舞榭歌臺，風流總被雨打風吹去。"

舟　部

【舟中敵國】 zhōu zhōng dí guó　同船者皆成敵人。形容衆叛親離，已無相與。史記六五吳起傳："(魏)武侯浮西河而下，中流，顧謂起曰：'美哉乎山川之固，此魏國之寶也！'起對曰：'……在德不在險。若君不修德，舟中之人盡爲敵國也。'"唐陸贄陸宣公集十一論關中事宜狀："是知立國之安危在勢，任事之濟否在人，勢苟安則異類同心也；勢苟危則舟中敵國也。"

【航海梯山】 háng hǎi tī shān　渡海登山。指跋涉山川。廣弘明集二十梁簡文帝(蕭綱)大法頌序："金鱗鐵面，貢碧砮之賝；航海梯山，奉白環之使。"宋黃庭堅豫章集十和中玉使君晚秋開天寧節道場詩："釣溪築野收多士，航海梯山各一家。"亦作"梯山航海"。見該條。

艮　部

【良工心苦】 liáng gōng xīn kǔ　形容精於技藝的人苦心經營。唐杜甫杜工部草堂詩箋八題李尊師松樹障子歌：“已知仙客意相親，更覺良工心獨苦。”

【良玉不彫】 liáng yù bù diāo　見“良玉不琢”。

【良玉不琢】 liáng yù bù zhuó　美玉不待雕刻而自有紋理。比喻不需修飾。漢書五六董仲舒傳策對：“臣聞良玉不琢，資質潤美。然則常玉不琢，不成文章；君子不學，不成其德。”亦作“良玉不彫”。漢揚雄法言寡見：“或曰：良玉不彫，美言不文，何謂也？曰：玉不彫，璵璠不作器；言不文，典謨不作經。”

【良辰美景】 liáng chén měi jǐng　美好的時光，宜人的景色。文選南朝宋謝靈運擬魏太子鄴中集詩序：“天下良辰美景，賞心樂事，四者難并，今昆弟友朋、二三諸彥，共盡之矣。”梁書劉遵傳晉安王與劉孝儀令：“良辰美景，清風月夜，鷁舟乍動，朱鷺徐鳴。”

【良金美玉】 liáng jīn měi yù　比喻美好的事物。新唐書二〇一王勃傳：“開元中（張）說與徐堅論近世文章，說曰：李嶠、崔融、薛稷、宋之問之文，如良金美玉，無施不可。”亦作“良金璞玉”。唐徐夤釣磯文集二避世金馬門賦：“豈異嚴霜降處，難傷夫翠竹青竿；烈火焚時，不損其良金璞玉。”亦用以比喻人的品德高尚。宋史黃洽傳：“上曰：‘卿如良金美玉，渾厚無瑕。’”

【良金璞玉】 liáng jīn pú yù　見“良金美玉”。

【良藥苦口】 liáng yào kǔ kǒu　好藥味苦。比喻直言刺耳，但有益處。韓非子外儲說左上：“夫良藥苦於口，而智者勸而飲之，知其入而已己疾也。”三國志吳孫奮傳：“夫良藥苦口，惟疾者能甘之。忠言逆耳，惟達者能受之。”

色　部

【色衰愛弛】 sè shuāi ài chí　指女子因容顏衰減而失寵。史記八五呂不韋傳：“不韋因其姊說（華陽）夫人曰：‘以色事人者，色衰而愛弛。……不以繁華時樹本，即色衰愛弛後，雖欲開一言，尚可得乎？’”明李贄初潭集三賢夫：“夫以色事人者，色衰而愛弛，愛弛則恩絕。”

【色授魂與】 sè shòu hún yǔ　史記一一七司馬相如傳上林賦：“長眉連娟，微睇縣藐，色授魂與，心愉於側。”索隱：“張揖曰：彼色來授我，我魂往與接也。”形容睹貌動情，心馳神往。清蒲松齡聊齋志異嬌娜：“時一談宴，則色授魂與，尤勝于顛倒衣裳矣。”

【色厲內荏】 sè lì nèi rěn　外貌矜嚴，內心怯懦。厲，凶猛。荏，軟弱。論語陽貨：

"色厲而內荏,譬諸小人,其猶穿窬之盜也與!"漢王充論衡非韓:"奸人外善內惡,色厲內荏,作爲操止,象類賢行,以取升進。"

艸　部

【芒刺在背】máng cì zài bèi　細刺扎在背上。比喻惶恐不安。漢書六八霍光傳:"宣帝始立,謁見高廟,大將軍光從驂乘,上內嚴憚之,若有芒刺在背。……故俗傳曰:威震主者不畜,霍氏之禍,萌於驂乘。"北史王晞傳:"晞(語高演)曰:'朝廷比者疏遠親戚,寧思骨血之重。殿下倉卒所行,非復人臣之事。芒刺在背,交戟入頸,上下相疑,何由可久?'"

【芒䩾僈楛】huǎng rèn màn kǔ　暗昧怠慢。荀子富國:"其禮義之節奏也,芒䩾僈楛,是辱國已。"注:"芒,昧也,或讀爲荒,言不習執也。䩾,柔也,亦怠惰之義。僈與慢同。楛,不堅固也。"

【芝艾俱焚】zhī ài jù fén　比喻美惡不分,同遭夷滅。三國志魏公孫度傳注引魏略:"若苗穢害田,隨風烈火,芝艾俱焚,安能自別乎?"

【芝草無根】zhī cǎo wú gē　比喻人的成就,無所憑藉,出於自己的努力。三國吳虞翻與弟書:"揚雄之才,非出孔氏之門,芝草無根,醴泉無源。"唐段成式西陽雜組續集四貶誤:"予太和初從事浙西贊皇公(李德裕)幕中,嘗因與曲宴,中夜公語及國朝詞人優劣,云世人言'靈芝無根,醴泉無源',張曲江(九齡)著詞也。蓋取虞翻與弟求婚書,徒以芝草爲靈芝耳。予後得虞翻集,果如公言。"

【芝焚蕙歎】zhī fén huì tàn　比喻同類相感,事有關聯。文選晉陸士衡(機)歎逝賦:"信松茂而柏悅,嗟芝焚而蕙歎。"北周庾信庾子山集十二思舊銘序:"麟亡星落,月死珠傷。瓶罄罍恥,芝焚蕙歎。"

【芝蘭之室】zhī lán zhī shì　比喻美好的環境。孔子家語六本:"與善人居,如入芝蘭之室,久而不聞其香,即與之化矣。"

【芝蘭玉樹】zhī lán yù shù　比喻有才幹的優秀子弟。世說新語言語:"謝太傅(安)問諸子姪:'子弟亦何預人事,而正欲使其佳?'諸人莫有言者。車騎(謝玄)答曰:'譬如芝蘭玉樹,欲使其生於階庭耳。'"

【芳蘭竟體】fāng lán jìng tǐ　遍體芳香。比喻高雅絕俗的儀態。南史謝弘微傳附謝覽:"意氣閒雅,視瞻聰明,(齊)武帝目送良久,謂徐勉曰:'覺此生芳蘭竟體,想謝莊政當如此。'"莊,覽祖。

【芙蓉出水】fú róng chū shuǐ　荷花剛露水面。比喻清新秀麗。芙蓉,荷花。南朝梁鍾嶸詩品中宋光祿大夫顏延之:"湯惠休曰:謝(靈運)詩如芙蓉出水,顏如錯采鏤金。"亦作"出水芙蓉"。見該條。

【芥子納須彌】jiè zǐ nà xū mí　佛家語。比喻諸相皆非真實,巨細可以相容。維摩經不思議品:"若菩薩住是解脫者,以須彌之高廣,內芥子中,無所增減,須彌山王本相如故。"宋劉過龍川集八投誠齋詩之六:"達人胸次原無翳,芥子須彌我獨知。"

【花天酒地】huā tiān jiǔ dì　形容吃喝嫖賭,荒淫無度。李寶嘉官場現形記二七:"到京之後,又復花天酒地,任意招搖,串通市儈黃某,到處鑽營,卑鄙無恥。"

【花好月圓】huā hǎo yuè yuán　唐宋諸賢絕妙詞選七宋晁次膺(端禮)行香子別恨詞:"莫思身外,且鬥尊前,願花長好,人長健,月常圓。"後常以花好月圓作祝人幸福美滿之詞。亦作"月圓花好"。見該條。

【花言巧語】huā yán qiǎo yǔ　指虛假而動聽的話。宋朱子語類二十論語三:"據某所見,巧言即今所謂花言巧語,如今世舉子弄筆端,做文字者便是。"元曲選馬致遠邯鄲道省悟黃粱夢二:"是你唇門敗戶先自歪,做的來漏壅搭菜,把花言巧語枉鋪排。"水滸三四:"秦明道:'你兀自不下馬受縛,更待何時,劃地花言巧語,扇惑軍心。'"亦作"巧語花言"。見該條。

【花枝招展】huā zhī zhāo zhǎn 形容婦女打扮得十分艷麗。明蘭陵笑笑生金瓶梅四五:"(吳)銀兒連忙花枝招颭,繡帶飄飄,插燭也是〔似〕與李瓶兒磕了四個頭。"颭,也作"展"。紅樓夢三九:"劉老老進去,只見滿屋里珠圍翠繞,花枝招展的,並不知都係何人。"

【花花太歲】huā huā tài suì 形容橫行霸道的紈袴子弟。古雜劇元關漢卿望江亭中秋切鱠旦三:"花花太歲為第一,浪子喪門世無對,街下下民聞我怕,只我是勢力圿行楊衙內。"

【花花世界】huā huā shì jiè 猶言繁華世界。華嚴經:"佛土生五色蓮,一花一世界,一葉一如來。"俗語指熱鬧繁華之人世間為花花世界,本此。清顏光敏顏氏家藏尺牘三李太守鴻霑:"獨是散曹末品,當此人情世家上下交困之時,於花花世界中,猶然冷落以歸,此固人所不信,即弟亦初不自信耳。"

【花明柳暗】huā míng liǔ àn 見"柳暗花明"。

【花紅柳綠】huā hóng liǔ lǜ 形容春光美好,景物喧妍。明蘭陵笑笑生金瓶梅八九:"只見那郊原野曠,景物芳菲,花紅柳綠,仕女遊人不斷頭的走的。"亦作"柳綠花紅"。見該條。

【花容月貌】huā róng yuè mào 形容女子美貌。明馮夢龍醒世恆言十四:"那范二郎因去遊賞,見佳人才如蟻。行到了茶坊裏來,看見一個女孩兒,方年二九,生得花容月貌。"

【花朝月夕】huā zhāo yuè xī 比喻良辰美景。舊唐書一八一羅弘信傳附羅威:"每花朝月夕,與賓佐賦咏,甚有情致。"亦指農曆二月十五與八月十五。明田汝成西湖遊覽志餘二十熙朝樂事:"二月十五日為花朝節,蓋花朝月夕,世俗恆言二、八兩

月為春、秋之中,故以二月半為花朝,八月半為月夕也。"亦作"花朝月夜"。文苑英華八四三隋陳子良隋新城郡東曹掾蕭平仲誄:"花朝月夜,置酒題篇。"

【花朝月夜】huā zhāo yuè yè 見"花朝月夕"。

【花街柳陌】huā jiē liǔ mò 見"柳巷花街"。

【花街柳巷】huā jiē liǔ xiàng 妓院的代稱。明馮夢龍醒世恆言十五:"姓赫名應祥,字大卿,為人風流俊美,落拓不羈,專好的是聲色二事。遇着花街柳巷,舞榭歌臺,便戀留不捨,就當做家裏一般,把老大一個家業,也弄去了十之三四。"

【花團錦簇】huā tuán jǐn cù 見"花攢錦簇"。

【花藜胡哨】huā lí hú shào 清吳敬梓儒林外史二九:"見滿桌堆着都是選的刻本文章,紅筆對的樣,花藜胡哨的。杜慎卿看了,放在一邊。"形容彩色紛披,點竄雜亂。亦指服飾色彩鮮艷。含貶義。

【花攢錦簇】huā cuán jǐn cù 形容色彩繽紛、鮮艷華麗的景象。元明雜劇明缺名衆神聖慶賀元宵節二:"喜鷰山高接雲衢,蓋的來花攢錦簇。"古今雜劇元缺名趙匡義智娶符金錠四:"酒泛瓊瑤,樂動簫韶,玳筵排錦簇花攢,端的是堪畫堪描。"亦作"花團錦簇"。儒林外史三:"自古道:'人逢喜事精神爽',那七篇文字,做的花團錦簇一般。"

【若敖鬼餒】ruò áo guǐ něi 左傳宣四年:"及(子文)將死,聚其族曰:'椒也知政,乃速行矣,無及於難。'且泣曰:'鬼猶求食,若敖氏之鬼,不其餒而!'"椒,子文弟子良子越椒,其後椒叛,楚王遂滅若敖氏。後因以"若敖鬼餒"或"若敖氏之鬼"比喻絕了後代,無人祭祀。清龔自珍定盦文集補己亥雜詩之一四四:"賴是木支調護力,若敖不餒怙深恩。"

【若隱若現】ruò yǐn ruò xiàn 似有如無,模糊不清。清蒲松齡聊齋志異珠兒:"忽一小兒,俓傋入室,曰:'阿翁行何疾?'極力不能得追。'視其體貌,當得七八歲。李驚,方將詰問,則見其若隱若現,恍惚如煙霧,宛轉間,已登榻坐。"

【若要人莫知，除非己不爲】ruò yào rén mò zhī, chú fēi jǐ bù wéi　文選漢枚乘上書諫吳王：「欲人勿聞，莫若勿言；欲人勿知，莫若勿爲。」謂行事即有人知，惟勿做可免。清西周生醒世姻緣八十：「從來說道，若要人莫知，除非己不爲。狄希陳從周雖是極力的支調，怎能瞞得住人？」亦作「若要不知，除非莫爲」。三國演義五四：「國太曰：『若要不知，除非莫爲。』滿城百姓那一個不知，你倒瞞我！」

【苦心孤詣】kǔ xīn gū yì　文選晉陸士衡（機）贈馮文羆詩：「分索古所悲，志士多苦心。」晉書郗鑒傳附郗超：「其任心獨詣，皆此類也。」後用苦心孤詣指費盡心思，刻苦鑽研，獲得獨有的成就。清顏光敏顏氏家藏尺牘姓氏考王九齡：「既入史館，猶手不釋卷，故其詩深沈遒鍊，是從苦心孤詣得來。」

【苦中作樂】kǔ zhōng zuò lè　在困苦中強作歡娛。大寶積經：「心如吞鉤，苦中作樂想故。」宋陳造江湖長翁文集四同陳宰黃簿遊covid盤山詩自注：「宰云：『吾輩可謂忙裏偷閑，苦中作樂』，以八字爲韻。」

【苦盡甘來】kǔ jìn gān lái　結束艱難的日子而轉入佳境。甘，甜。元曲選鄭德輝醉思鄉王粲登樓二：「今日見荊王呵，便是我苦盡甘來。」

【苦海無邊，回頭是岸】kǔ hǎi wú biān, huí tóu shì àn　原爲佛家語。謂塵世有如苦海，需勤修始得登彼岸。元曲選缺名月明和尚度柳翠一：「世俗人沒來由，爭長競短，你死我活。有呵喫些個，有呵穿些個。苦海無邊，回頭是岸。」後比喻罪惡雖大，如能悔改，就有出路。

【苗而不秀】miáo ér bù xiù　論語子罕：「苗而不秀者，有矣夫！秀而不實者，有矣夫！」爲孔子痛惜顏淵早死的話。後用「苗而不秀」比喻人未成長而早夭。世說新語賞譽下：「（王）戎子萬子，有大成之風，苗而不秀。」萬子，王綏小字，綏死年十九歲。唐白居易長慶集二三祭小弟文：「況爾之生，生也不夭，苗而不秀，九歲夭焉。」

【苦眼鋪眉】shān yǎn pū méi　形容裝模作樣。古今雜劇元戴善夫陶學士醉寫風光好二：「想昨日在坐上那兒勢況，苦眼鋪眉盡都是謊。」亦作「鋪眉苦眼」。又四：「我則道你是鋪眉苦眼真君子，你最是昧己瞞心潑小兒。」

【苟全性命】gǒu quán xìng mìng　姑且保存性命。苟，苟且。三國志蜀諸葛亮傳出師表：「臣本布衣，躬耕於南陽，苟全性命於亂世，不求聞達於諸侯。」宋陳亮龍川文集十八：「並建豪英，獲際不冤之世；苟全性命，頗思當痛之時。雖以自憐，敢不知幸！」

【苟合取容】gǒu hé qǔ róng　苟且迎合時勢以求容身。史記九七朱建傳：「行不苟合，義不取容。」漢書六二司馬遷傳報任安書：「四者無一遂，苟合取容，無所短長之效，可見於此矣。」亦作「苟媚取容」。晉書王戎傳：「以王政將圯，苟媚取容，屬愍懷太子之廢，竟無一言匡諫。」

【苟延危喘】gǒu yán wēi chuán　見「苟延殘喘」。

【苟延殘喘】gǒu yán cán chuǎn　比喻勉強維持生存。京本通俗小說拗相公：「老漢幸年高，得以苟延殘喘。」亦作「苟延危喘」。宋宋祁景文集五十答友人書：「苟延危喘，未遡幽懷。」

【苟媚取容】gǒu mèi qǔ róng　見「苟合取容」。

【荆南杞梓】jīng nán qǐ zǐ　杞和梓，樹木之佳者。比喻優秀人才。南史庾域傳：「少沈靜，有名鄉曲。梁文帝爲郢州，辟爲主簿，歎美其才，曰：『荆南杞梓，其在斯乎！』」

【荆釵布裙】jīng chāi bù qún　以荆枝當髻釵，用粗布製衣裙。形容貧家婦女儉樸的裝束。後漢梁鴻孟光夫婦，避世隱居，孟光常荆釵布裙，食則舉案齊眉。見晉皇甫謐列女傳。宋書孝武文穆王皇后傳江斆讓婚表：「如臣素流，家貧業寡，年近將冠，皆已有室，荆釵布君，足得成禮。」唐李商隱李義山文集五重祭外舅司徒公文：「紵衣縞帶，雅詖或比于僑吳；荆釵布裙，高義每符于梁孟。」亦作「荆釵布襦」。唐劉禹錫劉夢得文集十一傷往賦：「我觀于途，裨販之夫，同荷均掔，荆釵布襦。」

【荆釵布襦】jīng chāi bù rú　見「荆釵布

裙”。

【荆棘銅駝】jīng jí tóng tuó 晉書索靖傳：“靖有先識遠量，知天下將亂，指洛陽宮門銅駝，嘆曰：‘會見汝在荆棘中耳！’”後用以形容變亂造成的殘破景象。宋陸游劍南詩稿六三醉題：“只愁又踏關河路，荆棘銅駝使我悲。”亦作“銅駝荆棘”。見該條。

【草木皆兵】cǎo mù jiē bīng 東晉前秦苻堅在淝水戰敗，堅與弟融登壽春城而望晉師，見部陣齊整，將士精銳，又北望八公山上草木，皆類人形，顧謂融曰：“此亦勁敵也，何謂少乎？”見晉書苻堅載記下。資治通鑑一〇五晉紀二七孝武帝太元八年作“又望八公山上草木皆以爲晉兵”。後以草木皆兵比喻張惶恐懼，疑神疑鬼。吳趼人二十年目睹之怪現狀五九：“這一天大家都是驚疑不定，草木皆兵。”

【草草了事】cǎo cǎo liǎo shì 形容辦事馬虎，毫不認真。紅樓夢一一〇：“雖說僧經道懺，弔祭供飯，絡繹不絕，終是銀錢吝嗇，誰肯踴躍，不過草草了事。”

【草間求活】cǎo jiān qiú huó 形容避匿偷生。草間，草野之中。宋書武帝紀上：“今兵士雖少，自足一戰。若事克濟，則臣與君同休，苟厄運必至，我當以死衞社稷，橫尸廟門，遂其由來以身許國之志，不能遠竄於草間求活也！”晉書周顗傳：“護軍長史郝嘏等勸顗避（王）敦，顗曰：‘吾備位大臣，朝廷喪敗，寧可復草間求活，外投胡越邪！’”

【草菅人命】cǎo jiān rèn mìng 漢書四八賈誼傳陳政事疏：“其視殺人若艾草菅然。”艾，通“刈”，割除；菅，茅草。後稱輕視人命，隨意誅戮爲草菅人命，本此。

【草薙禽獮】cǎo tì qín xiǎn 比喻不加區別，盡行誅戮，無所顧惜。薙，除草。獮，殺戮。唐韓愈昌黎集二一送鄭尚書序：“至紛不可治，乃草薙而禽獮之，盡根株痛斷乃止。”

【茹毛飲血】rú máo yǐn xuè 連毛帶血地生食鳥獸。指太古之時不知熟食。茹，吃。禮禮運：“昔者先王，……未有火化，食草木之實，鳥獸之肉，飲其血，茹其毛。”漢班固白虎通號：“古之時，……飢即求食，飽即棄餘，茹毛飲血而衣皮葦（韋）。”

【茹古涵今】rú gǔ hán jīn 形容博學多聞，通曉古今。唐皇甫湜皇甫持正文集六韓文公墓銘：“茹古涵今，無有端涯。”

【茲事體大】zī shì tǐ dà 此事關係十分重大。茲，此。文選漢班孟堅（固）典引：“茲事體大而允，寤寐次於聖心，瞻前顧後，豈蔑清廟憚勅天命也。”宋趙雄韓蘄王碑：“臣雄以爲聖主褒崇大臣，茲事體大。”（金石萃編一五〇）

【莫須有】mò xū yǒu 未定之詞。猶言或許有、大概有。宋李心傳建炎以來繫年要錄一四三紹興十一年：“初，獄之成也，太傅醴泉觀使韓世忠不能平，以問（秦）檜，檜曰：‘飛子雲與張憲書雖不明，其事體莫須有。’世忠怫然曰：‘相公，莫須有三字何以服天下乎？’”後謂以不實之詞誣陷他人爲莫須有，本此。

【莫名其妙】mò míng qí miào 難言其中奧妙。多指其事常令人費解。莫，不。名，說出。吳趼人二十年目睹之怪現狀十五：“我實在是莫名其妙，我從那裏得着這麼一個門生，連我也不知道。”亦作“莫明其妙”。李寶嘉官場現形記十：“魏翩仞莫明其妙，陶子堯却不免心上一呆。”

【莫明其妙】mò míng qí miào 見“莫名其妙”。

【莫逆之交】mò nì zhī jiāo 莊子大宗師：“四人相視而笑，莫逆於心，遂相與爲友。”謂彼此情投意合，非常友好。莫逆，不違背，融洽。北史眭夸傳：“少與崔浩爲莫逆之交。”

【莫測高深】mò cè gāo shēn 漢書九十嚴延年傳：“吏民莫能測其意深淺，戰栗不敢犯禁。”本指執法之意難知。後來形容不易推測，多用此語。

【萍水相逢】píng shuǐ xiāng féng 比喻素不相識的人偶然相遇。萍，浮萍。唐王勃王子安集五秋日登洪府滕王閣餞別序：“關山難越，誰悲失路之人；萍水相逢，盡是他鄉之客。”清吳敬梓儒林外史十五：“（馬二先生）說道：‘快不要如此。我和你萍水相逢，斯文骨肉。這拆字到晚也有限了，長兄何不收了，同我下處談談？’”

【萍蹤浪跡】píng zōng làng jī 比喻行蹤

不定。如浮萍隨水，波浪起伏。紅樓夢六六：“倘或不來時，他是萍蹤浪跡，知道幾年纔來，豈不白就擱了大事？”又：“只是我信不過二弟，你是萍蹤浪跡，倘然去了不來，豈不誤了人家一輩子的大事？”

【菩薩低眉】pú sà dī méi　形容慈祥善良的樣子。太平廣記一七四俊辯：“隋吏部侍郎薛道衡嘗遊鍾山開善寺，謂小僧曰：‘金剛爲何努目？菩薩爲何低眉？’小僧答曰：‘金剛努目，所以降伏四魔；菩薩低眉，所以慈悲六道。’”

【華而不實】huá ér bù shí　有名無實，言過其實。左傳文五年：“且華而不實，怨之所聚也。”國語晉五：“陽子（處父）華而不實，主言而無謀，是以難及其身。”亦指文體浮華而無內容。南史梁簡文帝紀論：“然文豔用寡，華而不實，體窮淫麗，義罕疏通。”

【華亭鶴唳】huá tíng hè lì　世說新語尤悔：“陸平原（機）河橋敗，爲盧志所讒，被誅。臨刑嘆曰：‘欲聞華亭鶴唳，可復得乎！’”機於吳亡入洛以前，與弟雲常遊於華亭墅中。後常以華亭鶴唳爲遇害者死前感慨生平之詞。北周庾信庾子山集一哀江南賦序：“釣臺移柳，非玉關之可望；華亭鶴唳，豈河橋之可聞？”

【華封三祝】huà fēng sān zhù　華封人祝帝堯長壽、富有和多男。後人因以華封三祝祝人多福、多壽、多男子。莊子天地：“堯觀乎華，華封人曰：‘嘻！聖人，請祝聖人，使聖人壽！……使聖人富！……使聖人多男子！’”

【華屋山丘】huá wū shān qiū　指人壽有限，富貴者亦終於死亡。文選三國魏曹子建（植）箜篌引：“盛時不可再，百年忽我遭。生在華屋處，零落歸山丘。”

【著手成春】zhuó shǒu chéng chūn　唐司空圖詩品自然：“俯拾即是，不取諸鄰，俱道適往，著手成春。”本用以形容作詩品格，要自然清新；今用以譽醫生醫術精良，謂一著手即能使人病愈，如草木回春。

【著作等身】zhù zuò děng shēn　宋史賈黃中傳：“黃中幼聰悟，方五歲，玭每旦令正立，展書卷比之，謂之等身書，課其誦讀。”後亦指著述極多，書與人齊高。清陳

齎經籍跋文許洪喬跋：“微君著作等身，皆有實際，不爲空綺之辭。”

【著書立說】zhù shū lì shuō　從事著述，創立觀點。紅樓夢一一五：“便是著書立說，無非言忠孝，自有一番立德立言的事業，方不枉生在聖明之時，也不致負了父親師長養育教誨之恩。”

【菲言厚行】fēi yán hòu xíng　指少說多做。文選晉左太沖（思）魏都賦：“湣吉日，陟中壇，即帝位，改正朔，易服色，……顯仁翌明，藏用玄默，菲言厚行，陶化染學，讎校篆籀，篇章畢覿。”注：“馬融論語注曰：‘菲，薄也。’論語曰：‘君子薄於言而厚於行。’”

【落花流水】luò huā liú shuǐ　形容殘春景象。唐李羣玉詩集中奉和張舍人送秦鍊師歸岑公山：“蘭浦蒼蒼春欲暮，落花流水思離襟。”亦比喻事物衰敗或七零八落不成局面。五代前蜀釋貫休禪月集二一偶作因懷山中道侶詩：“是是非非竟不真，落花流水送青春。”西遊記六三：“八戒道：‘這廝銳氣挫了！被我那一路鈀打進去時，打得落花流水，魂飛魄散！’”亦作“流水落花”。見該條。

【落穽下石】luò jǐng xià shí　見人落入井中，反向井中投石。比喻乘人之危，加以陷害。唐韓愈昌黎集三二柳子厚墓誌銘：“一旦臨小利害，僅如毛髮比，反眼若不相識；落陷穽，不一引手救，反擠之，又下石焉者，皆是也。”今多作“落井下石”。

【落湯螃蟹】luò tāng páng xiè　比喻手忙腳亂。湯，熱水。景德傳燈錄十九韶州文偃禪師：“忽然有一日眼光落地，到來前頭將什麼抵擬，莫一似落湯螃蟹，手腳忙亂。”

【落雁沈魚】luò yàn chén yú　形容女子貌美。古今雜劇元王實甫四丞相歌舞麗春堂三：“我這裏回頭猛然覷姝，可知道落雁沈魚。”亦作“沈魚落雁”。見該條。

【落落穆穆】luò luò mù mù　疏淡端莊貌。世說新語賞譽上：“王平子（澄）目太尉（王衍）：‘阿兄形似道，而神鋒太儁。’太尉答曰：‘誠不如卿落落穆穆。’”

【落葉歸根】luò yè guī gēn　枯葉掉在樹

根。比喻客居外地者，終還本鄉本土。明王世貞鳴鳳記三八：「落葉歸根，豐城劍回。」亦作「葉落歸根」。見該條。

【葉公好龍】shè gōng hào lóng　漢劉向新序五雜事：「葉公子高好龍，鉤以寫龍，鑿以寫龍，屋室雕文以寫龍。於是天龍聞而下之，窺頭於牖，施尾於堂。葉公見之，棄而還走，失其魂魄，五色無主。是葉公非好龍也，好夫似龍而非龍者也。」後以喻表面上的愛好而不是真的愛好。後漢書五二崔駰傳：「（肅宗）謂竇憲曰：『……公愛班固而忽崔駰，此葉公之好龍也。試請見之。』」明王世貞弇州山人四部稿一二八與魏允中：「葉公好龍，畏其真者，世眼皆智，併以廢之，足下之不遇，固知其所也。」

【葉落知秋】yè luò zhī qiū　從一片落葉，便知秋季將臨。比喻見微知著，預測發展。宋普濟五燈會元二十天童咸傑禪師：「動絃別曲，葉落知秋。舉一明三，目機銖兩。」亦作「一葉知秋」。見該條。

【葉落歸根】yè luò guī gēn　樹葉飄落樹根。形容返回本源。也比喻事物有一定的歸宿。景德傳燈錄五慧能大師：「衆曰：『師從此去，早晚却迴？』師曰：『葉落歸根，來時無口。』」宋普薔淳熙稿十七白髮詩之二：「葉落歸根莫護悲，春風解發次年枝。」清西周生醒世姻緣九二：「你往後把那家去的話高高的收起，再別要提。你住的三間房就是你的葉落歸根的去處。」亦作「落葉歸根」。見該條。

【葬玉埋香】zàng yù mái xiāng　指埋葬美女。宋周越法書苑：「玉谿編事：王蜀時，秦州節度使王承儉築城，獲瓦棺，中有石刻，曰『隋開皇二年渭州刺史張崇妻王氏銘』，有云『深深葬玉，鬱鬱埋香』之語。」

【葬身魚腹】zàng shēn yú fù　楚辭屈原漁父：「寧赴湘流，葬於江魚之腹中，安能以皓皓之白而蒙世俗之塵埃乎！」後多以「葬身魚腹」形容人淹死於水中。

【萬人空巷】wàn rén kōng xiàng　形容羣衆參與活動盛況。空巷，街道中空無一人。宋蘇軾分類東坡詩十一八月十七日復登望海樓……之四：「賴有明朝看潮在，萬人空巷鬭新粧。」吳趼人二十年目睹之怪現狀七八：「此時路旁看的，幾於萬人空巷，

大馬路雖寬，卻也幾乎有人滿之患。」

【萬口一辭】wàn kǒu yī cí　衆人說法一致。唐孫樵集五武皇遺劍錄：「羣疑膠牢，萬口一辭。」辭，亦作「詞」。宋樓鑰攻媿集二送趙子直貳卿帥出山詩：「所以名愈尊，萬口同一詞。」亦作「衆口一詞」。見該條。

【萬戶千門】wàn hù qiān mén　見「千門萬戶」。

【萬不失一】wàn bù shī yī　形容絕對穩妥。失，失誤。史記九二淮陰侯傳：「貴賤在於骨法，憂喜在於容色，成敗在於決斷，以此參之，萬不失一。」文選西漢枚叔（乘）七發：「孔老覽觀，孟子持籌而算之，萬不失一。」

【萬水千山】wàn shuǐ qiān shān　形容道路遙遠多險阻。唐賈島長江集二送耿處士詩：「萬水千山路，孤舟幾月程。」五代貫休禪月集二十陳情獻蜀皇帝詩：「一缾一鉢垂垂老，萬水千山得得來。」亦作「千山萬水」。見該條。

【萬古流芳】wàn gǔ liú fāng　美名世代流傳。芳，美名。元曲選紀君祥趙氏孤兒大報讐二：「老宰輔，你若存的趙氏孤兒，當名標青史，萬古流芳。」

【萬世一時】wàn shì yī shí　極其難得的機會。史記一○六吳王濞傳：「彗星出，蝗蟲數起，此萬世一時，而愁勞聖人之所以起也。」三國志吳朱桓傳：「便可乘勝長驅，進取壽春，割有淮南，以規許洛，此萬世一時，不可失也。」

【萬世師表】wàn shì shī biǎo　在道德學問上永遠值得學習的榜樣。師表，表率。舊題晉葛洪神仙傳：「老子豈非乾坤所定，萬世之師表哉！故莊周之徒，莫不以老子爲宗也。」清聖祖（玄燁）題孔子廟大成殿額，用此四字。

【萬死一生】wàn sǐ yī shēng　言生命、處境極其危險。文選漢司馬子長（遷）報任少卿書：「夫人臣出萬死不顧一生之計，赴國家之難，斯以奇矣。今舉事一不當，而全軀保妻子之臣，隨而媒孽其短，僕誠私心痛之！」元方回桐江續集二一用前韻酬孟君復詩：「邂逅十洲三島客，崎嶇萬死一生身。」

【萬劫不復】wàn jié bù fù　萬世得不到恢

復。萬劫，即萬世。佛家認爲世界一成一毀爲一劫。大藏經二四梵網經菩薩戒序：“水滴雖微，漸盈大器；刹那造罪，殃墮無間；一失人身，萬劫不復。”

【萬里長征】wàn lǐ cháng zhēng　形容路程的遙遠。征，遠行。全唐詩一四三王昌齡出塞詩之一：“秦時明月漢時關，萬里長征人未還。但使龍城飛將在，不教胡馬度陰山。”

【萬里長城】wàn lǐ cháng chéng　秦始皇統一六國，以戰國時諸侯國原有長城爲基礎修築，因地形起臨洮，東達遼東，稱萬里長城。至明代又以秦長城爲基礎，修築居庸關等處長城，西起嘉峪關，東達鴨綠江，全長一萬二千七百餘里。其中自嘉峪關至山海關，至今大部仍然保存完好，即今長城。後亦用以比喻最可依賴的人或事物。宋書檀道濟傳：“初，道濟見收，脫幘投地曰：‘乃復壞汝萬里之長城！’”唐李白李太白詩二七餞李副使藏用移軍廣陵序：“我制使李公勇冠三軍，衆無一旅，……一掃瓦解，洗清全吳，可謂萬里長城。”今亦多指軍隊。

【萬事大吉】wàn shì dà jí　形容諸事圓滿順利。舊時常作爲歲初祝頌之語。吉，順利。續傳燈錄十一祖鏡法英禪師：“拈拄杖曰：歲朝把筆，萬事大吉，急急如律令。”

【萬馬奔騰】wàn mǎ bēn téng　比喻聲勢浩大，氣勢雄壯。明凌濛初初刻拍案驚奇二二：“須臾之間，天昏地黑，風雨大作。但見：封姨逞勢，巽二施威。空中如萬馬奔騰，樹杪似千軍擁沓。”

【萬馬齊喑】wàn mǎ qí yīn　比喻時局不佳，氣氛沉悶。喑，通“瘖”，啞。清龔自珍定盦文集補雜詩之一二五：“九州生氣恃風雷，萬馬齊瘖究可哀，我勸天公重抖擻，不拘一格降人材。”

【萬衆一心】wàn zhòng yī xīn　後漢書七一朱儁傳：“萬人一心，猶不可當，況十萬乎！”後多作“萬衆一心”，用以形容團結無間。

【萬紫千紅】wàn zǐ qiān hóng　形容百花盛開。宋朱熹朱文公集二春日詩：“等閒識得東風面，萬紫千紅總是春。”朝野新聲太平樂府六元馬致遠賞花時弄花香滿衣曲：

“萬紫千紅妖弄色，嬌態難禁風力擺。”後亦用以比喻繁榮興旺的景象。

【萬無一失】wàn wú yī shī　千穩萬妥之意。失，差錯。前漢書平話：“今晚出兵二十萬，我王萬無一失。”古今雜劇元白仁甫裴少俊牆頭馬上一：“年當弱冠，未曾娶妻，不親酒色，如今差他出去公幹，萬無一失。”

【萬象森羅】wàn xiàng sēn luó　見“森羅萬象”。

【萬萬千千】wàn wàn qiān qiān　形容數量極多。漢王充論衡自然：“天地安得萬萬千千手，並爲萬萬千千物乎？”

【萬壽無疆】wàn shòu wú jiāng　永遠生存。祝頌長壽之辭。詩小雅南山有臺：“樂只君子，萬壽無疆。”唐人尚兼用於上下。文苑英華八七八唐馮宿魏府狄梁公祠堂碑：“立公儀形，薦此馨香。于以祝之，萬壽無疆。”後世作爲祝頌皇帝之詞。

【萬籤插架】wàn qiān chā jià　形容藏書極多。唐韓愈昌黎集七送諸葛覺往隨州讀書詩：“鄴侯家多書，插架三萬軸，一一懸牙籤，新若手未觸。”宋陸游劍南詩稿二一寄題徐載叔秀才東莊：“萬籤插架號東莊，多稼連雲亦何有。”

【萬變不離其宗】wàn biàn bù lí qí zōng　荀子儒效：“千舉萬變，其道一也。”莊子天下：“聖有所生，王有所成，皆原於一。不離於宗，謂之天人；不離於精，謂之神人……”莊、荀皆主張道歸於一。後以形式多方、宗旨不易爲“萬變不離其宗”，本此。

【萬事俱備，只欠東風】wàn shì jù bèi, zhǐ qiàn dōng fēng　三國演義四九：“孔明索紙筆，屏退左右，密書十六字曰：‘欲破曹公，宜用火攻；萬事俱備，只欠東風。’”俗稱事俱齊備，惟缺一着，多用此語。

【萬般皆下品，惟有讀書高】wàn bān jiē xià pǐn, wéi yǒu dú shū gāo　宣揚讀書仕宦，以爲最上，而輕視其他，爲舊時封建士大夫看法。元曲選鄭廷玉宋上皇御斷金鳳釵二：“天子重英豪，文章教爾曹，萬般皆下品，惟有讀書高。”

【兼葭玉樹】jiān jiā yù shù　比喻兩人對比，美惡不相稱，世說新語容止：“魏明帝使后弟毛曾與夏侯玄共坐，時人謂兼葭倚玉樹。」

【兼葭伊人】 jiān jiā yī rén　詩秦風兼葭：「兼葭蒼蒼，白露爲霜。所謂伊人，在水一方。」本指在水邊而懸念故人，後以「兼葭伊人」泛指慕念異地友人。尺牘新鈔一曾異撰與卓珂月書：「某自十數年前，則知海內有珂月卓子，欣賞奇文，每作兼葭伊人之思，輒欲奏記自通。」

【蓋世英雄】 gài shì yīng xióng　超越一世人物的英雄。明李開先林沖寶劍記上一四：「既在囹圄，休説平生豪氣；久居淹禁，總消蓋世英雄。」

【蓋棺定論】 gài guān dìng lùn　見「蓋棺論定」。

【蓋棺論定】 gài guān lùn dìng　謂人死後，一生是非功過始有公平的結論。宋李曾伯可齋續藁卷十挽史魯公詩：「蓋棺公論近，不泯是人心。」清趙翼甌北詩鈔七言律六客有談故相事者漫記：「蓋棺論定無翻案，當軸權移有轉輪。」亦作「蓋棺定論」。明張煌言張蒼水集三甲辰九月獄中感懷詩：「莫道古人多玉碎，蓋棺定論未嫌遲。」

【蒸沙成飯】 zhēng shā chéng fàn　把沙石蒸成飯。比喻事不可能。楞嚴經六：「是故阿難若不斷淫，修禪定者，如蒸沙石，欲其成飯，經百千劫，祇名熱沙。何以故？此非飯，本沙石成故。」

【蓬戶甕牖】 péng hù wèng yǒu　蓬門甕窗。指貧家。禮儒行：「蓽門圭窬，蓬戶甕牖。」韓詩外傳一：「原憲居魯，環堵之室，茨以蒿萊，蓬戶甕牖，桷桑而無樞。」

【蓬蓽生輝】 péng bì shēng huī　見「蓬蓽增輝。」

【蓬蓽增輝】 péng bì zēng huī　使寒家增加光彩。多於貴客來臨，或得人餽贈書畫陳設時，用爲謙謝之辭。蓬蓽，蓬草、荊竹所編之門，指貧寒之家。宋王之道桐山集十四和富公權宗丞詩：「門外傳來一軸詩，爛然蓬蓽增光輝。」明蘭陵笑笑生金瓶梅三一：「杯茗相邀，得蒙光降，頓使蓬蓽增輝，幸再寬坐片時，以畢餘興。」亦作「蓬蓽生輝」。明王世貞鳴鳳記二：「得兄光顧，蓬蓽生輝，先去打掃草堂迎候。」

【蓬頭垢面】 péng tóu gòu miàn　形容不事修飾。魏書封軌傳：「君子整其衣冠，尊其瞻視，何必蓬頭垢面，然後爲賢。」北齊顏之推顏氏家訓風操：「梁世被繫劾者，……子則草屩麤衣，蓬頭垢面，周章道路，要候執事。」

【蓬頭歷齒】 péng tóu lì chǐ　髮亂齒疏。形容老態。蓬，散亂。歷，稀疏。文選戰國楚宋玉登徒子好色賦：「其妻蓬頭攣耳，齞脣歷齒。」北周庾信庾子山集一竹杖賦：「噫！子老矣，鶴髮雞皮，蓬頭歷齒。」

【蓬生麻中，不扶而直】 péng shēng má zhōng, bù fú ér zhí　比喻人受環境影響的重要。荀子勸學：「蓬生麻中，不扶而直；白沙在涅，與之俱黑。」又見大戴禮曾子制言上。

【蓴羹鱸膾】 chún gēng lú kuài　蓴羹，蓴菜湯。鱸膾，燒鱸魚塊。晉書張翰傳：「齊王冏辟爲大司馬東曹掾，……因見秋風起，乃思吳中菰菜、蓴羹、鱸魚膾，曰：『人生貴得適志，何能羈宦數千里以要名爵乎！』遂命駕而歸。」後人常用爲辭官歸鄉的典故。宋辛棄疾稼軒詞沁園春帶湖新居將成：「意倦須還，身閒貴早，豈爲蓴羹鱸膾哉。」省作「蓴鱸」。宋蘇舜卿蘇學士集十答韓持國（維）書：「渚茶野釀，足以銷憂；蓴鱸稻蟹，足以適口。」

【蕩氣回腸】 dàng qì huí cháng　纏綿悱惻。常用以形容聲樂或文章感人之深。樂府詩集三九魏文帝（曹丕）大牆上蒿行：「女娥長歌，聲協宮商，感心動耳，蕩氣回腸。」亦作「迴腸蕩氣」。見該條。

【蔽月羞花】 bì yuè xiū huā　使花月含羞隱蔽。誇張美女容態之動人。文選三國魏曹子建（植）洛神賦：「髣髴兮若輕雲之蔽月，飄颻兮若流風之迴雪。」又宋文同丹淵集二秦王卷衣：「美人却扇坐，羞落庭下花。」亦作「閉月羞花」。見該條。

【薄物細故】 bó wù xì gù　指細小的事情。薄，微小。故，事故。史記一一〇匈奴傳漢文帝後二年遺匈奴書：「朕追念前事，薄物細故，謀臣計失，皆不足以離兄弟之驩。」

【薪桂米珠】 xīn guì mǐ zhū　柴價貴如桂枝，米價貴如珍珠。宋蘇軾分類東坡詩十九次韻鄭介夫："一落泥塗迹愈深,尺薪如桂米如金。"後來以薪桂米珠比喻物價昂貴。清蒲松齡聊齋志異司文郎:"都中薪桂米珠,勿憂資斧。"亦作"米珠薪桂。"見該條。

【薪盡火傳】xīn jìn huǒ chuán　莊子養生主:"指窮於爲薪,而火傳也,不知其盡也。"指,爲"脂"的假字。言脂膏有窮而火傳延無盡。本爲比喻人的形體有盡,而精神不滅。後來也比喻學問技藝世代相傳。清吳敬梓儒林外史五四:"只因這一番,有分教:風流雲散,賢豪才色總成空;薪盡火傳,工匠市廛都有韻。"

【薏苢明珠】yì yǐ míng zhū　薏苢,草名,果仁可食。後漢書二四馬援傳:"初,援在交阯,嘗餌薏苢實,用能輕身省慾,以勝瘴氣。南方薏苢實大,援欲以爲種,軍還,載之一車……及卒後,有上書譖之者,以爲前所載還,皆明珠文犀。"後指因涉嫌而被誣謗。新唐書一○一蕭鄴傳:"南海多瓠紙,(父)倣敕諸子繕補殘書。鄴諫曰:'州距京師且萬里,書成不可露齎,心貯以囊笥,貪者伺望,得無薏苢嫌乎?'"清朱彝尊曝書亭集二十酬洪昇詩:"梧桐夜雨詞淒絕,薏苢明珠謗偶然。"

【蕭規曹隨】xiāo guī cáo suí　漢劉邦建漢王朝,蕭何爲相國,定律令制度,何死,曹參繼爲相國,舉事無所變更。百姓作歌曰:"蕭何爲法,顜若畫一;曹參代之,守而勿失。"見史記曹相國世家。漢書八七下揚雄傳解嘲:"夫蕭規曹隨,留侯(張良)畫策,陳平出奇,功若泰山,嚮若阺隤。"後以蕭規曹隨指按前人成規辦事。宋李心傳建炎以來繫年要錄一二二紹興八年九月:"經久之制,不可輕議,古者利不百不變法,卿等宜以蕭規曹隨爲心,何憂不治。"

【蕭敷艾榮】xiāo fū ài róng　比喻委曲求全而飛黃騰達。蕭艾,惡草。世說新語言語:"毛伯成(玄)既負其才氣,常稱寧爲蘭摧玉折,不作蕭敷艾榮。"

【藍田出玉】lán tián chū yù　見"藍田生玉"。

【藍田生玉】lán tián shēng yù　古藍田出產美玉。用以比喻父生佳子。三國志吳諸葛恪傳注引江表傳:"恪少有才名,發藻岐

嶷,辨論應機,莫與爲對。(孫)權見而奇之,謂(其父)瑾曰:'藍田生玉,真不虛也。'"亦作"藍田出玉"。宋書謝莊傳:"年七歲,能屬文,通論語。及長,詔令美容儀,太祖見而異之,謂尚書僕射殷景仁、領軍將軍劉湛曰:'藍田出玉,豈虛也哉。'"

【藏形匿影】cáng xíng nì yǐng　指深沉莫測,不露形跡,讓人不知。鄧析子無厚:"君者,藏形匿影,羣下無私;掩目塞耳,萬民恐震。"

【藏垢納汙】cáng gòu nà wū　左傳宣十五年:"川澤納汙,山藪藏疾,瑾瑜匿瑕,國君含垢,天之道也。"後來稱容納壞人壞事爲藏垢納汙。垢、汙,贓物。野叟曝言二:"和光和尚在未澹然席上,聽了文素臣痛罵松庵,便道:'俺們僧家,與你們儒家一樣藏垢納汙。'"

【藏怒宿怨】cáng nù sù yuàn　孟子萬章上:"仁人之於弟也,不藏怒焉,不宿怨焉,親愛之而已矣。"後以"藏怒宿怨"指怨恨未消,積蓄胸中。

【藏頭亢腦】cáng tóu kàng nǎo　遮遮蓋蓋,遊移其詞。朱子語類六六易二:"若聖人有甚麼說話,要與人說,便分明說了,若不與人說,便不說,不應恁地千般百樣藏頭亢腦,無形無影,教後人自去多方推測。"亢,亦作"亢"。又一○五朱子二:"因言伯恭(呂祖謙)大事記式藏頭亢腦,如搏謎相似。又解題之類亦太多。"

【藏頭露尾】cáng tóu lù wěi　形容躲躲閃閃,而不能全部遮蓋。元曲選楊顯之桃花女破法嫁周公二:"勸周公莫便生嗔,將酒禮強勒成親。不爭我藏頭露尾,可甚的知恩報恩。"又缺名兩軍師隔江鬥智二:"那一個掌親的怎知道弄假成真,那一個說親的蚤做了藏頭露尾。"明蘭陵笑笑生金瓶梅二:"藏頭露尾,瘋撮淑女害相思;送暖偷寒,調弄嫦娥偷漢子。"

【藏器待時】cáng qì dài shí　易繫辭下:"君子藏器於身,待時而動。"器,器具。引申爲才能。比喻懷才以等待施展的時機。抱朴子時難:"盡往而不反者,所以功在身後,而藏器俟時者,所以百無一遇。"明李贄續焚書與焦弱侯:"李如真四月二十六日到黃安,知兄已到家,藏器待時,最喜最

喜。"

【藕斷絲連】ǒu duàn sī lián　比喻情意未絕。唐孟郊東野集三去婦詩:"妾心藕中絲,雖斷猶牽連。"連,亦作"聯"。宋黃機竹齋詩餘滿庭芳次仁和韻時欲之官永興詞:"人道彬陽無雁,奈情鍾藕斷絲聯。"

【藝高人膽大】yì gāo rén dǎn dà　指人有真實本領,始能勇往無畏。明戚繼光練兵實紀八練營陣:"便學一日有一日受用,學一件有一件助膽,所謂藝高人膽大也。"

【藥店飛龍】yào diàn fēi lóng　南朝宋有讀曲歌,相傳民間爲彭城王劉義康所作。樂府詩集四六讀曲歌三十五:"自從別郎後,臥宿頭不舉,飛龍落藥店,骨出只爲汝。"義康爲宋武帝(劉裕)第四子。裕死,長子義符立,爲徐羨之傅亮等所殺,迎立裕第三子義隆(文帝),以義康錄尚書事輔政。爲帝所忌,元嘉二十二年廢爲庶人,二十八年被殺。後因以藥店龍爲失意幽死。唐李商隱李義山詩集四垂柳:"舊作琴臺鳳,今爲藥店龍。"

【藥籠中物】yào lóng zhōng wù　藥店中的藥材。比喻預先儲備的人材。唐元行沖勸狄仁傑留意儲備人材,自請備藥物之末。仁傑笑而謂人曰:"此吾藥籠中物,何可一日無也!"見舊唐書一〇二元行沖傳。宋李曾伯可齋雜藁十一謝京西漕請舉書:"給餽餉,鎮關中,自是斯世金城之重;求文武,致幕府,將時爲時藥籠之需。"

【蘇海韓潮】sū hǎi hán cháo　唐韓愈、宋蘇軾兩家古文皆具雄渾豪邁風格,故以海潮爲喻。謂文章波瀾壯闊,縱橫自如。清孔尚任桃花扇聽稗:"蚤歲清詞,吐出班香宋豔;中年浩氣,流成蘇海韓潮。"

【蘭心蕙性】lán xīn huì xìng　蘭草與蕙蘭,花開香氣清澹。常以喻婦女幽靜高雅的品格。太平樂府七元馬致遠青杏子姻緣曲:"標格江梅清秀,腰肢宮柳輕柔,宜止蘭心蕙性。"

【蘭艾難分】lán ài nán fēn　比喻善惡難辨,良莠不分。蘭,芳草。艾,臭草。宋書沈攸之傳:"彼土士民,罹毒日久,逃竄無路,常所憫然。今復相逼,起接鋒刃,交戰之日,蘭艾難分。"

【蘭艾同焚】lán ài tóng fén　比喻美惡、賢愚或貴賤同歸於盡。蘭,香草;艾,臭草。晉書孔坦傳與石聰書:"蘭艾同焚,賢愚所歎。哀矜勿喜,我后之仁。"梁書武帝紀上:"若使前途大事不捷,故自蘭艾同焚;若功業克建,威響四海,號令天下,誰敢不從!"

【蘭因絮果】lán yīn xù guǒ　蘭因,謂美好的前因;絮果,以飛絮飄泊的後果,喻離散的結局。後常用"蘭因絮果"比喻男女的始合終離,結局不好。虞初新志缺名小青傳:"蘭因絮果,現業誰深。"清龔自珍定盦別集輯無著詞選醜奴兒令:"蘭因絮果從頭問,吟也淒迷,掐也淒迷,夢向樓心燈火歸。"

【蘭摧玉折】lán cuī yù zhé　世說新語言語:"毛伯成(玄)既負其才氣,常稱寧爲蘭摧玉折,不作蕭敷艾榮。"意爲寧肯潔身自好而死,不願做鼯鼬之人而備享榮華富貴。後多用以比喻人之早亡。亦作"玉折蘭摧"。明王世貞弇州山人四部稿四一哭醉石山人朱察卿詩之一:"歲逢單閼日逢斜,玉折蘭摧重可嗟。"

【蘭薰桂馥】lán xūn guì fù　謂德澤長留。薰、馥,香味。唐駱賓王集六上齊州張司馬啟:"常山王之玉潤金聲,博望侯之蘭薰桂馥。"後多用以稱人後嗣昌盛。

虍　部

【虎口逃生】hǔ kǒu táo shēng　比喻逃脫極危險的境地而幸存下來。元曲選缺名砂擔滴水浮漚記一:"我如今在虎口逃生,急騰騰,再不消停。"亦作"虎口餘生"。清李汝珍鏡花緣四七："況我本是虎口餘生，諸事久已看破。"

【虎口餘生】hǔ kǒu yú shēng 見"虎口逃生"。

【虎穴龍潭】hǔ xué lóng tán 虎龍藏身之所。比喻極凶險的地方。水滸四一："感謝衆位豪傑不避凶險，來虎穴龍潭，力救殘生。"亦作"虎窟龍潭"。元王實甫西廂記二本二折："大踏步直殺出虎窟龍潭。"

【虎皮羊質】hǔ pí yáng zhì 見"羊質虎皮"。

【虎尾春冰】hǔ wěi chūn bīng 踩虎尾，履春冰。比喻極其危危。書君牙："心之憂危，若蹈虎尾，涉于春冰。"傳："虎尾畏噬，春冰畏陷，危懼之甚。"亦作"春冰虎尾"。宋孫光憲北夢瑣言二十因事納諫："延光等深言邪蒿春冰虎尾之戒，欲驚悟上意也。"

【虎背熊腰】hǔ bèi xióng yāo 見"虎體熊腰"。

【虎視眈眈】hǔ shì dān dān 如虎之凶狠瞪目，視近而志遠。易頤："顛頤吉，虎視眈眈，其欲逐逐，无咎。"後凡形容貪得無厭，將伺機掠奪，多用此語。紅樓夢四五："你看這裏這些人，因見老太太多疼了寶玉和鳳姐姐兩個，他們尚虎視眈眈，背地裏言三語四的，何況於我？"

【虎窟龍潭】hǔ kū lóng tán 見"虎穴龍潭"。

【虎飽鴟咽】hǔ bǎo chī yān 如虎之殘暴，鴟之貪得。比喻貪官汙吏凶狠無魘。漢桓寬鹽鐵論褒賢："當世譽譽，非患儒之難廉，患在位者之虎飽鴟〔鴟〕咽，於求寶無所了遺耳。"

【虎踞龍盤】hǔ jù lóng pán 如虎蹲龍繞。形容地勢雄壯險要。常指帝都。北周庾信庾子山集一哀江南賦："昔之虎踞龍盤，加以黃旗紫氣，莫不隨狐兔而窟穴，與風塵而殄瘁。"盤，亦作"蟠"。唐劉知幾史通書志："京邑翼翼，四方是則。千門萬戶，兆庶仰其威神；虎踞龍蟠，帝王表其尊極。"西遊記九三："虎踞龍蟠形勢高，鳳樓麟閣彩光搖。"亦作"龍蟠虎踞"。見該條。

【虎踞龍蟠】hǔ jù lóng pán 見"虎踞龍盤"。

【虎頭蛇尾】hǔ tóu shé wěi 比喻僞善，言行不相應。元曲選康進之梁山泊李逵員荊二："則爲你兩頭白麵搬興廢，轉背言詞說是非，這廝敢狗行狼心，虎頭蛇尾！"亦用以比喻前緊後鬆，有始無終。水滸一〇三："光陰荏苒，過了百餘日，却是宣和元年的仲春了。官府挨捕的事已是虎頭蛇尾的事，前緊後慢。"

【虎嘯風生】hǔ xiào fēng shēng 比喻豪傑奮發有爲。北史張定和傳論："虎嘯風生，龍騰雲起，英賢奮發，亦各因時。"

【虎體熊腰】hǔ tǐ xióng yāo 形容人之魁梧強壯。三國演義二："儁離十里下寨，方欲攻打，忽見正東一彪人馬到來。爲首一將，生得廣額闊面，虎體熊腰；吳郡富春人也，姓孫，名堅，字文臺，乃孫武子之後。亦作"虎背熊腰"。清李汝珍鏡花緣九五："只見裏面有兩個少年大漢迎了出來，一個面如重棗，一個臉似黃金；都是虎背熊腰，相貌非凡。"

【處心積慮】chǔ xīn jī lù 指蓄意已久。穀梁傳隱元年："何甚乎鄭伯？甚鄭伯之處心積慮，成於殺也。"唐柳宗元柳先生集八故銀青光祿大夫……開國伯柳公（渾）行狀："故處心積慮，博塞之道，表于朝端；弼違釋回，朴忠之誠，沃于帝念。"

【虛生浪死】xū shēng làng sǐ 苟且偷生，死無價值。舊唐書七六越王貞傳："夫爲臣子，若救國家則爲忠，不救則爲逆。諸王必須以匡救爲急，不可虛生浪死，取笑於後代。"續傳燈錄二一慈雲彥龍禪師："若未會，須是扣己而參，直要真實，不信口掠虛，徒自虛生浪死。"

【虛有其表】xū yǒu qí biǎo 外表雖佳，才能不稱。唐鄭處晦明皇雜錄："帝（玄宗）命蘇頲爲相，命蕭嵩草制，不工。……上曰：'虛有其表'。"舊五代史周安叔千傳："叔千鄙野而無文，當時謂之安沒字，言若碑碣之無篆籀，但虛有其表耳。"

【虛往實歸】xū wǎng shí guī 指未學而往，學成而歸。莊子德充符："虛而往，實而歸。"釋文："請益則虛心而往，得理則實腹而歸。又解未學無德，亦爲虛往也。"後指虛心向學。魏書逸士傳史臣曰："眭夸輩忘懷纓冕，畢志丘園，或隱不違親，貞不絕俗，或不教而勸，虛往實歸。」

【虛張聲勢】xū zhāng shēng shì　裝出盛大的威勢。唐韓愈昌黎集四十論淮西事宜狀：「淄青、恆冀兩道，與蔡州氣類略同，今聞討伐(吳)元濟，人情必有救助之意，然皆闇弱，自保無暇，虛張聲勢，則必有之。」元曲選缺名玉清庵錯送鴛鴦被四：「這廝倚恃錢財，虛張聲勢，硬保強媒，把咱凌逼。」

【虛堂懸鏡】xū táng xuán jìng　比喻存心公正，自能明察是非。宋史三八七陳良翰傳：「知溫州瑞安縣。……聽訟咸得其情。或問何術，良翰曰：『無術，第公此心，如虛堂懸鏡耳。』」

【虛無縹緲】xū wú piāo miǎo　虛幻渺茫，似有如無。唐白居易長慶集十二長恨歌：「忽聞海上有仙山，山在虛無縹緲間。」

宋劉過龍洲詞水龍吟：「三山海上，虛無縹緲。」

【虛與委蛇】xū yǔ wēi yí　莊子應帝王：「鄉吾示之以未始出吾宗，吾與之虛而委蛇，不知其誰何。」晉郭象注：「無心而隨物化。」釋文：「委蛇，至順之貌。」後因稱假意敷衍應酬爲虛與委蛇。委蛇，敷衍。

【虛應故事】xū yìng gù shì　照例應付，敷衍了事。故事，例行之事。清孔尚任桃花扇沉江：「俺是太常寺一個老贊禮，只因太平門外，哭奠先帝之日，那些文武百官，虛應故事，我老漢動了一番氣惱。」

【號令如山】hào lìng rú shān　形容命令不可動搖。宋史三六五岳飛傳：「賊黨黃佐曰：『岳節使號令如山，若與之敵，萬無生理，不如往降。』」

虫　部

【蚑行喘息】qí xíng chuǎn xī　指蟲類徐行而前，張口舒氣的樣子。蚑行，蟲類爬行。文選漢王子淵(褒)洞簫賦：「是以蟋蟀蚸蠖，蚑行喘息。」形容蟲類受音樂感動的形態。

【蚑行蟯動】qí xíng náo dòng　指蟲類爬行蠕動。淮南子脩務：「蚑行蟯動之蟲，喜而合，怒而鬥。」亦作「蚑行蠕動」。晉書成公綏傳天地賦：「蚑行蠕動，方聚類分；鱗殊族判，羽毛異羣。」

【蚑行蠕動】qí xíng rú dòng　見「蚑行蟯動」。

【蛇心佛口】shé xīn fó kǒu　形容僞善的人心腸狠毒而說話慈祥。明王玉峰焚香記構禍：「他欺人也索神不祐，王魁你惡狠狠蛇心佛口，我便到黃泉，也須把你這歹魂兒勾定，與我倒斷了前番呪。」

【蛇影杯弓】shé yǐng bēi gōng　見「杯弓

蛇影」。

【蛇無頭不行】shé wú tóu bù xíng　比喻辦事要有人領先。元曲選缺名謝金吾詐拆清風府楔子：「若得殺了楊景一箇，雖有二十四箇指揮使，所謂蛇無頭而不行。」水滸三五：「自古道：『蛇無頭而不行』。若無仁兄去時，他那裏如何肯收留我們？」

【蛟龍得水】jiāo lóng dé shuǐ　管子形勢：「蛟龍，水蟲之神者也。乘於水，則神立；失於水，則神廢。……故曰：蛟龍得水，而神可立也。」後以「蛟龍得水」比喻人有施展才能的機會。魏書楊大眼傳：「遂用爲軍主。大眼顧謂同僚曰：『吾之今日，所謂蛟龍得水之秋，自此一舉終不復與諸君齊列矣。』」

【蛟龍得雲雨】jiāo lóng dé yún yǔ　猶蛟龍得水。三國志吳周瑜傳上疏：「劉備以梟雄之姿，而有關羽張飛熊虎之將，必非久屈爲人用者。……今猥割土地以資業之，

聚此三人，俱在疆場，恐蛟龍得雲雨，終非
池中物也。」

【蛛絲馬跡】zhū sī mǎ jī　蜘蛛之引絲，
馬蹄之留跡。比喻隱約可尋的線索，依稀
可辨的迹象。清吳玉搢別雅王家賁序：「大
開通、同、轉、假之門，泛濫浩博，幾疑天下
無字不可通用，而實則珠絲馬跡，原原本
本，具在古書。」

【蜆飛蠕動】xuān fēi rú dòng　指能飛行、
蠕動的小蟲。鬼谷子揣：「故觀蜆飛蠕動，
無不有利害。」注：「蜆飛蠕動，微蟲耳，亦
猶懷利害之心。」漢焦延壽易林五觀之乾：
「蜆飛蠕動，各有所配。」

【蜂屯蟻雜】fēng tún yǐ zá　似蜂蟻之聚
居在一起。形容紛紜雜亂。唐韓愈昌黎集
二一送鄭尚書序：「撞搪呼號，以相和應；
蜂屯蟻雜，不可爬梳。」

【蜂媒蝶使】fēng méi dié shǐ　蜂蝶傳播
花粉。比喻撮合男女婚事之人。宋周邦彥
片玉詞上六醜詞：「多情是誰追惜，但蜂媒
蝶使，時叩窗隔。」明張善夫月中花：「花街
柳市，戀着蜂媒蝶使，多應在謝樓秦館。」

【蜂擁而至】fēng yōng ér zhì　形容很多
人一齊擁至。清李汝珍鏡花緣二六：「個個
頭戴浩然巾，手執器械，蜂擁而至。」

【蜀犬吠日】shǔ quǎn fèi rì　唐柳宗元柳
先生集三四答韋中立論師道書：「屈子賦
曰：『邑犬羣吠，吠所怪也。』僕往聞庸蜀之
南恆雨少日，日出則犬吠。」後以「蜀犬吠
日」比喻少見多怪。吠，狗叫。

【蜻蜓點水】qīng tíng diǎn shuǐ　蜻蜓飛
行水面，尾部觸水即起。唐杜甫杜工部草
堂詩箋十二曲江之二：「穿花蛺蝶深深見，
點水蜻蜓款款飛。」宋晏殊珠玉詞漁家傲：
「嫩綠堪裁紅欲綻，蜻蜓點水魚遊畔。」後
以喻治學不深入，淺嘗輒止。

【蜩螗沸羹】tiáo táng fèi gēng　蟬鳴、羹
沸之聲。形容聲音喧鬧嘈雜。蜩，蟬的總
稱。螗，蟬的一種，叫聲清亮。詩大雅蕩：
「如蜩如螗，如沸如羹。」集傳：「蜩螗大蟬
也，如蟬鳴如沸羹，皆亂意也。」唐元稹長
慶集一春蟬詩：「風松不成韻，蜩螗沸如
羹。」

【蜚英騰茂】fēi yīng téng mào　史記一
一七司馬相如傳封禪文：「蜚英聲，騰茂

實。」索隱：「胡廣曰：『飛揚英華之聲，騰馳
茂盛之實也。』」後因以蜚英騰茂作稱人聲
名事業日盛的頌語。蜚，通「飛」。

【蝶粉蜂黃】dié fěn fēng huáng　指宮女
妝飾。唐李商隱李義山詩集五酬崔八早梅
有贈兼示之作：「何處拂胸資蝶粉，幾時塗
額藉蜂黃。」宋周邦彥片玉詞下滿江紅：
「臨寶鑑綠雲撩亂，未惟粧束，蝶粉蜂黃都
褪了。」一說蝶粉蜂黃喻人之貞節。宋羅大
經鶴林玉露十四：「道藏經云：『蝶交則粉
退，蜂交則黃退。』周美成詞云『蝶粉蜂黃
渾退了』正用此也。而說者以爲宮粧，且以
退爲褪，誤矣。」

【蝦兵蟹將】xiā bīng xiè jiàng　神話傳
說中龍王的部下。比喻爪牙或幫凶之人。
明馮夢龍警世通言四十：「乃率領黿帥蝦
兵蟹將，統領黨類，一齊奔出潮頭。」

【蝦荒蟹亂】xiā huāng xiè luàn　指蝦蟹
成災，稻穀蕩盡。舊時傳爲戰爭的預兆。宋
傅肱蟹譜下兵證：「吳俗有蝦荒蟹亂之語，
蓋取其披堅執銳，歲或暴至，則鄉人用之
爲兵證也。」元高德基平江紀事：「大德丁
未，吳中蟹厄如蝗，平田皆滿，稻穀蕩盡。
吳諺有蝦荒蟹亂之說，正謂此也。」

【蝟結蟻聚】wèi jié yǐ jù　比喻人多而結
聚在一起。文選南朝梁任彥昇（昉）奏彈曹
景宗：「寔由郢州刺史臣景宗，受命致討，
不時言邁，故使蝟結蟻聚，水草有依……
遂使孤城窮守，力屈凶威。」

【蝃處褌中】shī chǔ kūn zhōng　比喻見
識狹隘。晉書阮籍傳大人先生傳：「獨不見
羣蝃之處褌中，逃乎深縫，匿乎壞絮，自以
爲吉宅也。行不敢離縫際，動不敢出褌襠，
自以爲得繩墨也。然炎丘火流，焦邑滅都，
羣蝃處於褌中而不能出也。君子之處域
內，何異夫蝃之處褌中乎！」

【融會貫通】róng huì guàn tōng　融合各
說，領會其實質，從而得到全面透徹的理
解。朱子語類二七論語九：「曾子偶未見
得，但見一個事是一個理，不曾融會貫
通。」宋史四二七道學傳一：「仁宗明道初
年，程顥及弟頤寔生，及長，受業周氏（敦
頤），已乃擴大其所聞，表章大學、中庸二
篇，與語、孟並行，於是上自帝王傳心之
奧，下至初學入德之門，融會貫通，無復餘

蘊。”

【融融洩洩】róng róng yì yì　和樂而輕鬆的樣子。左傳隱元年：“公入而賦：‘大隧之中，其樂也融融。’姜出而賦：‘大隧之外，其樂也洩洩。’”疏：“融融，和樂。洩洩，舒散。皆是樂之狀。”後因以融融洩洩形容家庭之樂。

【螳臂當車】táng bì dāng chē　比喻不自量力。當，阻擋。莊子人間世：“汝不知夫螳蜋乎？怒其臂以當車轍，不知其不勝任也。”韓詩外傳八：“齊莊公出獵，有螳蜋舉足將搏〔搏〕其輪。問其御：‘此何蟲也？’御曰：‘此是螳蜋也。其爲蟲知進而不知退，不量力而輕就敵。’”明缺名四賢記解綬：“勸恩臺桩聾作啞，休得要螳臂當車。”清顏光敏顏氏家藏尺牘三桑参議開運：“弟迂拙散材，濫竽珂里，正愧螳臂當車，所幸指南有藉，辱承腆貺，俾弟益增惶悚。”

【蟬衫麟帶】chán shān lín dài　薄紗製的衣服，有文采的衣帶。形容華麗的服裝。唐溫庭筠集一舞衣曲：“蟬衫麟帶壓愁香，偷得鶯簧鎖金縷。”元詩選陳孚玉堂藁春日游江鄉園（一作小城南吟）：“蟬衫麟帶誰家子，笑騎白馬穿花來。”

【蟬腹龜腸】chán fù guī cháng　指腸微腹小。比喻貧寒，忍受飢餓。南齊書王僧虔傳檀珪書：“九流繩平，自不宜獨苦一物，蟬腹龜腸，爲日已久。”

【蟲沙猿鶴】chóng shā yuán hè　藝文類聚九十抱朴子：“周穆王南征，一朝盡化，君子爲猿爲鶴，小人爲蟲爲沙。”舊時因以蟲沙猿鶴借指戰死的將士或因戰亂而死的人。唐韓愈昌黎集四送區弘南歸詩：“穆昔南征軍不歸，蟲沙猿鶴伏以飛。”亦作“猿鶴蟲沙”。見該條。

【蟲臂鼠肝】chóng bì shǔ gān　比喻微小卑賤之物。莊子大宗師：“以汝爲鼠肝乎？以汝爲蟲臂乎？”釋文：“向（秀）云：委棄土壤而已。王（叔之）云：取微蔑至賤。”意謂人死後化爲蟲臂鼠肝等卑微之物。唐白居易長慶集六八老病相仍以詩自解：“蟲臂鼠肝猶不怕，雞膚鶴髮復何傷。”宋陸游劍南詩稿三三書病：“昏昏但思向壁臥，蟲臂鼠肝寧暇恤。”亦作“鼠肝蟲臂”。見該條。

【蠅頭小楷】yíng tóu xiǎo kǎi　形容字體極小的楷書。宋劉克莊後村集一一〇閱古堂詩刻：“頃見范公（仲淹）所書伯夷頌，今又見自書閱古堂詩，以一代元老大臣而作蠅頭小楷，端謹如此。”元丁鶴年集一雨窗宴坐與表兄論作詩寫字之法詩：“蠅頭小楷寫烏絲，字字鍾王盡可師。”明王世貞弇州山人四部稿一三八畫扇卷：“右扇卷甲之六，皆徵仲畫也。凡二十面，前一面乃癸丑送余者，時年八十四矣，尚能作蠅頭小楷。”

【蠅頭細書】yíng tóu xì shū　指小字的書本。南史齊衡陽元王道度傳附蕭鈞：“鈞常手自細書寫五經，部爲一卷，置于巾箱中，以備遺忘。侍讀賀玠問曰：‘殿下家自有墳素，復何須蠅頭細書，別藏巾箱中？’答曰：‘巾箱中有五經，於檢閱既易，且一更手寫，則永不忘。’”宋陸游劍南詩稿三八書感：“豈知鶴髮殘年叟，猶讀蠅頭細字書。”

【蠅頭微利】yíng tóu wēi lì　指微薄的小利。宋蘇軾滿庭芳詞：“蝸角虛名，蠅頭微利。”明馮夢龍古今小説一：“當初夫妻何等恩愛，只爲我貪着蠅頭微利，撇他少年守寡，弄出這場醜來，如今悔之何及！”

【蠅頭蝸角】yíng tóu wō jiǎo　形容極其細小。多指功利而言。宋侯寘滿江紅詞：“夢裏略無軒冕念，眼前豈是江湖窄。拚蠅頭蝸角去來休，休姑息。”元姬翼雲山集三春從天上來詞之四：“被目前虛幻，空攪擾、枷鎖攣攣。更何堪。向蠅頭蝸角，苦苦貪婪。”

【蠅營狗苟】yíng yíng gǒu gǒu　如蒼蠅到處鑽營，狗之苟且偷生。比喻追求名利，不顧廉恥。唐韓愈昌黎集三六送窮文：“朝悔其行，暮已復然，蠅營狗苟，驅去復還。”元曹伯啟八聲甘州詞：“又滯此、蠅營狗苟，料山英、也笑趁墟人。”

【蠅糞點玉】yíng fèn diǎn yù　蠅糞能使白玉沾有汙點。比喻完美的事物受到敗壞。唐陳子昂陳伯玉集二宴胡楚真禁所詩：“青蠅一相點，白璧遂成冤。”宋陸佃埤雅十釋蟲：“青蠅糞尤能敗物，雖玉猶不免，所謂蠅糞點玉是也。”

【蠉飛蠕動】huān fēi rú dòng　指昆蟲飛翔和爬行的樣子。淮南子原道：“跂行喙息,蝡飛蠉動,待而後生。"蝡,同"蠕"。越絕書吳人內傳:"天生萬物以養天下,蝡飛蠕動,各得其性。"

【蟾宮折桂】 chán gōng zhé guì 比喻科舉應試得中。蟾宮,月宮。元曲選鄭德輝醉思鄉王粲登樓二:"自古道,寒窗書劍十年苦,指望蟾宮折桂枝。"紅樓夢九:"彼時黛玉在窗下對鏡理妝,聽寶玉說上學去,因笑道:'好!這一去,可是要蟾宮折桂了!'"

【蟹匡蟬緌】 xiè kuāng chán ruí 比喻名是實非。禮檀弓下:"成人有其兄死而不爲衰者,聞子皋將爲成宰,遂爲衰。成人曰:'蠶則緌而蟹有匡,范則冠而蟬有緌,兄則死而子皋爲之衰。'"言蟹背有匡,非爲蠶設;蟬口有緌,非爲蜂設。以譬成人兄死以畏於子皋,爲兄制服,服是子皋爲之,非兄施。宋蘇軾東坡志林二:"蔡延慶所生母亡,不爲服久矣。聞李定不服所生母,爲臺所彈,乃乞追服,乃知蟹匡蟬緌,不獨成人之弟也。"亦作"蠶緌蟹匡"。見該條。

【蠭目豺聲】 fēng mù chái shēng 目如蜂眼突露,聲似豺狼。形容人的凶悍。蠭,蜂的本字。左傳文元年:"初,楚子將以商臣爲大子,訪諸令尹子上,子上曰:'君之齒未也,……且是人也,蠭目而豺聲,忍人也,不可立也。'"

【蠶頭鷰尾】 cán tóu yàn wěi 形容書法起筆凝重,結筆輕疾。宣和書譜三顏真卿:

"惟其忠貫白日,識高天下,故精神見於翰墨之表者,特立而兼括。……後之俗學,乃求其形似之末,以謂蠶頭燕尾,僅乃得之;曾不知以錐畫沙之妙,其心通而性得者,非可以糟粕議之也。"宋米芾海岳名言:"又真蹟皆無蠶頭鷰尾之筆,與郭知運爭坐位帖,有篆籀氣,顏(真卿)傑思也。"

【蠶緌蟹匡】 cán jī xiè kuāng 禮檀弓下:"成人有其兄死而不爲衰者,聞子皋將爲成宰,遂爲衰。成人曰:'蠶則緌而蟹有匡,范則冠而蟬有緌,兄則死而子皋爲之衰。'注:'言其衰之不爲兄死,如蟹有匡,蟬有緌,不爲蠶之緌、范之冠也。范,蜂也。'"後以蠶緌蟹匡比喻名實不符。亦作"蟹匡蟬緌"。見該條。

【蠻烟瘴雨】 mán yān zhàng yǔ 指南方荒遠之地的烟雨。瘴,瘴氣。用以形容烟霧瀰漫。宋劉克莊後村集一二七宴新帥劉侍郎:"教條陳明,鼓角讙亮,龍戶馬人之相慶,蠻烟瘴雨之一空。"元詩選癸之辛下張翥厓門懷古詩:"野草開花春寂寞,蠻烟瘴雨畫模糊。"

【蠻雲蜑雨】 mán yún dàn yǔ 古詩文中多形容邊遠少數民族地區開發以前的荒涼景象。蠻,古時對南方少數民族的泛稱。蜑,古代南方民族之一。宋劉克莊後村集二六挽趙潼克勤禮部詩:"定應去判芙蓉館,不墮蠻雲蜑雨中。"

血　　部

【血流成河】 xuè liú chéng hé 形容殺人之多。水滸一○九:"那邊破解無窮,這裏轉變莫測。須臾血流成河,頃刻屍如山積。"

【血流漂杵】 xuè liú piāo chǔ 血流成河,使木杵漂浮。形容殺人之多。杵,舂米或捶物的木棒。書武成:"前徒倒戈,攻於後以北,血流漂杵。"傳:"血流漂舂杵,甚之言。"孟子盡心下:"以至仁伐至不仁,而何其血之流杵也。"明許仲琳封神演義一:"若崩厥角齊稽首,血流漂杵脂如泉。"

【血淚盈襟】 xuè lèi yíng jīn 淚水沾滿衣襟。形容悲痛之極。唐白居易長慶集六一唐故虢州刺史贈禮部尚書崔公墓誌銘:"遂置笏伏陛,極言是非,血淚盈襟,詞竟不屈。"

行 部

【行尸走肉】xíng shī zǒu ròu 猶言活僵屍。比喻徒具形骸，缺乏生活理想的人。舊題晉王嘉拾遺記六："(任末)臨終誡曰：'夫人好學，雖死猶存；不學者，雖存，謂之行尸走肉耳。'"

【行若狗彘】xíng ruò gǒu zhì 比喻行爲鄙賤像豬狗一樣。彘，豬。墨子耕柱："傷矣哉！言則稱於湯文，行則譬於狗豨。"漢賈誼新書二階級："故此一豫讓也，反君事讎，行若狗彘，已而折節致忠，行出乎烈士，人主使然也。"

【行將就木】xíng jiāng jiù mù 左傳僖二三年："(重耳)將適齊，謂季隗曰：'待我二十五年不來而後嫁。'對曰：'我二十五年矣，又如是而嫁，則就木焉。'"後以"行將就木"比喻人老將死。木，棺材。吳趼人痛史二五："老夫行將就木，只求晚年殘喘。"

【行雲流水】xíng yún liú shuǐ 比喻純任自然，毫無拘束。如飄浮之雲，流動之水。宋蘇軾東坡集續集十一與謝民師推官書："所示書教及詩賦雜文，觀之熟矣，大約如行雲流水，初無定質，但常行於所當行，常止於不可不止。"明鄭真滎陽外史集三六讀王厚齋披垣類藁："方除目填委，他舍人閣筆不下，公獨從容授之，若行雲流水，悠然泛然而莫知其紀極者。"亦作"流水行雲"。宋洪咨夔平齋詞壽章君舉："流水行雲才思，光風霽月精神。"

【行不得也哥哥】xíng bù dé yě gē gē 鷓鴣鳴聲的擬意。比喻人事、世路等艱難。本草綱目四八禽二鷓鴣："鷓鴣性畏霜露，早晚稀出。夜棲以木葉蔽身。多對啼，今俗謂其鳴曰行不得也哥哥。"

【行百里者半九十】xíng bǎi lǐ zhě bàn jiǔ shí 行百里路程，已經走了九十里，纔能算走了一半。比喻做事愈接近完成愈困難。戰國策秦五："詩云：'行百里者半於九十。'此言末路之難。"注："逸詩言之百里者，已行九十里，適爲行百里之半耳。"書旅獒"功虧一簣"唐孔穎達疏："古語云：'行百里者半於九十。'言末路之艱難也。"北史韓麒麟等傳論："李彪生自微族，見擢明世，輜軒驟指，聲駭江南，執筆立言，遂爲良史。逮於直繩在手，厲氣明目，持堅無衂，末路蹉跎。行百里者半於九十，彪之謂也。"

【行不更名，坐不改姓】xíng bù gēng míng, zuò bù gǎi xìng 古戲劇小說中江湖上人物通報姓名時習用，含有坦率大膽、無所顧忌之意。古今雜劇元李文蔚同樂院燕青博魚四："我行不更名，坐不改姓，則我是浪子燕青也。"水滸二七："武松道：'我行不更名，坐不改姓，都頭武松的便是！'"

【銜玉求售】xuàn yù qiú shòu 自誇其玉，以求人買。比喻自炫才能，以求錄用。論語子罕："子貢曰：'有美玉於斯，韞匵而藏諸？求善賈而沽諸？'子曰：'沽之哉！沽之哉！我待賈者也。'"宋朱熹集注引晉范甯注："士之待禮，猶玉之待買也。若伊尹之耕於野，伯夷太公之居於海濱，世無成湯文王則終焉而已，必不枉道以從人，銜玉而求售也。"明馮夢龍醒世恆言十一："今日慕小妹之才，雖然銜玉求售，又怕損了自己的名譽，不肯隨伍逐隊，尋消問息。"

【銜玉賈石】xuàn yù gǔ shí 以石當玉出售，指以僞貨欺人。比喻弄虛作假。賈，賣。漢揚雄法言問道："銜玉而賈石者，其狙詐乎！"

【街談巷説】jiē tán xiàng shuō 見"街談巷議"。

【街談巷語】jiē tán xiàng yǔ　見“街談巷議”。

【街談巷議】jiē tán xiàng yì　大街小巷中的羣衆談説議論。形容議論紛紛。文選漢張平子（衡）西京賦：“若其五縣遊麗辯論之士，街談巷議，彈射臧否，剖析毫釐，擘肌分理。”亦作“街談巷語”或“街談巷説”。漢書藝文志：“小説家者流，蓋出於稗官，街談巷語，道聽塗説者之所造也。”三國志魏陳思王植傳注引典略：“夫街談巷説，必有可采，……匹夫之思，未易輕棄也。”

【衝州撞府】chōng zhōu zhuàng fǔ　見“沖州撞府”。

【衝鋒陷陣】chōng fēng xiàn zhèn　衝擊敵人陣地。形容作戰勇往直前。北齊書崔暹傳：“高祖（高歡）握暹手而勞之，曰：‘……衝鋒陷陣，大有其人，當官正色，今始見之。’”

【衡石量書】héng dàn liáng shū　用衡器稱取表、奏。形容文書（簡牘）極多。史記秦始皇紀：“天下之事無大小皆決於上，上至以衡石量書，日夜有呈，不中呈不得休息。”正義：“衡，秤衡也。言表牋奏請，秤取一石，日夜有程期，不滿不休息。”一石，一百二十斤。

【衡陽雁斷】héng yáng yàn duàn　衡陽有回雁峯，相傳雁至此峯不過，因以衡陽雁斷比喻音信阻隔。元高則誠琵琶記官邸憂思：“湘浦魚沈，衡陽雁斷，音書要寄無方便。”

衣　部

【衣冠掃地】yī guān sǎo dì　指士大夫不顧名節，喪盡廉恥。舊五代史唐薛廷珪等傳史臣曰：“自唐祚橫流，衣冠掃地，苟無端士，孰恢素風。”

【衣冠盛事】yī guān shèng shì　指封建仕宦世家一門之内榮華富貴之事。宋歐陽修文忠集外制集一供備庫副使王道卿……制：“近至于唐將相之後，能以勳名自繼其家者亦衆，秉筆者記之，號稱衣冠盛事。”

【衣冠梟獍】yī guān xiāo jìng　穿衣戴帽的禽獸。比喻忘恩負義，行同禽獸的壞人。傳説梟爲吃母的惡鳥，獍爲吃父的惡獸。宋孫光憲北夢瑣言十七：“（蘇）楷人才寢陋，兼無行止，……河朔士人目蘇楷爲衣冠梟獍。”

【衣冠楚楚】yī guān chǔ chǔ　詩曹風蜉蝣：“蜉蝣之羽，衣裳楚楚。”後以“衣冠楚楚”形容穿戴整潔、鮮明。吳趼人二十年目睹之怪現狀十六：“恰好看見一家門首有人送客出來，那送客的只穿了一件斗紋布灰布袍子，并沒有穿馬褂，那客人倒是衣冠楚楚的。”亦作“衣冠齊楚”。清吳敬梓儒林外史三：“周學道坐在堂上，見那些童生紛紛進來：也有小的，也有老的，儀表端正的，獐頭鼠目的，衣冠齊楚的，襤褸破爛的。”

【衣冠禽獸】yī guān qín shòu　罵人之詞。謂品德惡劣，行如穿衣戴帽的禽獸。明陳汝元金蓮記構釁：“哭哭啼啼假慈悲，善瞞老鼠；耽耽逐逐借聲勢，巧勝妖狐。人人罵我做衣冠禽獸，箇箇識我是文物穿窬。”清李汝珍鏡花緣四三：“既是不孝，所謂衣冠禽獸，要那才女又有何用？”

【衣冠齊楚】yī guān qí chǔ　見“衣冠楚楚”。

【衣食不周】yī shí bù zhōu　缺衣少食，生活窘迫。明馮夢龍古今小説二七：“我今衣食不周，無力婚娶，何不俯就他家，一舉兩得？也顧不得恥笑."

【衣食父母】yī shí fù mǔ 指供給衣食之人。古今雜劇元關漢卿感天動地竇娥冤三："張千：'相公，他是告狀的，怎生跪着他？'丑：'你不知道，但來告狀的，就是我衣食父母.'"

【衣食稅租】yī shí shuì zū 指居官食祿，依靠租稅。漢書諸侯王表："武(帝)有衡山淮南之謀，作左官之律，設附益之法，諸侯惟得衣食稅租，不與政事."亦作"衣租食稅"。紅樓夢七三："多少男人衣租食稅，及至事到臨頭，尚且如此."

【衣香鬢影】yī xiāng bìn yǐng 本指婦女。多形容婦女的服飾華麗。北周庾信庾子山集一春賦："池中水影懸勝鏡，屋裏衣香不如花."唐李賀歌詩編一詠懷之一："彈琴看文君，春風吹鬢影."清陳忱水滸後傳九："那紅樓畫閣，卷上珠簾，二八嬋娟，倚欄而望，衣香鬢影，掩映霏微."後來亦借指婦女出遊之盛曰衣香鬢影。

【衣租食稅】yī zū shí shuì 見"衣食稅租"。

【衣裳之會】yī shāng zhī huì 指國與國間以禮和好的會合。與兵車之會相對而言。穀梁傳莊二七年："衣裳之會十有一，未嘗有歃血之盟也，信厚也；兵車之會四，未嘗有大戰也，愛民也."

【衣褐懷寶】yì hè huái bǎo 外穿布衣，內藏珍寶。比喻有才能的貧士聲名未顯。衣，穿。褐，粗布衣服。史記一二六滑稽列傳褚少孫補："東郭先生久待詔公車，貧困飢寒，衣敝，履不完。……及其拜為二千石，……榮華道路，立名當世。此所謂衣褐懷寶者也."

【衣錦晝遊】yì jǐn zhòu yóu 見"衣繡晝行"。

【衣錦還鄉】yì jǐn huán xiāng 着錦衣回鄉里。指富貴歸故鄉，衒耀鄉里。梁書柳慶遠傳："四年，出為……雍州刺史，高祖(梁武帝)餞於新亭，謂曰：'卿衣錦還鄉，朕無西顧之憂矣.'"南史劉之遴傳："武帝謂曰：'卿母年德并高，故令卿衣錦還鄉，盡榮養之理.'"

【衣繡夜行】yì xiù yè xíng 夜間穿錦繡之服出行。比喻榮顯而未為衆人所知。史記項羽紀："項王見秦宮室皆以燒殘破，又以心懷思東歸，曰：'富貴不歸故鄉，如衣繡夜行，誰知之者!'"

【衣繡晝行】yì xiù zhòu xíng 比喻在本鄉做官，或富貴歸故鄉，誇耀鄉里。晝，白天。三國志魏張既傳："魏國既建，為尚書，出為雍州刺史。太祖(曹操)謂既曰：'還君本州，可謂衣繡晝行矣.'"亦作"衣錦晝遊"。舊唐書八三張士貴傳："虢州盧氏人也。……從平東都，授虢州刺史，高祖謂之曰：'欲卿衣錦晝遊耳.'"

【表裏山河】biǎo lǐ shān hé 外有大河，內有高山。形容以山河為屏障，自守無虞。左傳僖二八年："子犯曰：'戰也。戰而捷，必得諸侯；若其不捷，表裏山河，必無害也.'"注："晉國外河而內山."

【表裏如一】biǎo lǐ rú yī 內外如一，言行一致。宋蘇轍欒城集後集二一書孫朴學士手寫華嚴經："至其中心純白，表裏如一，平生無貪於物，則世之人未必盡知之."朱子語類十六大學三："誠意只是表裏如一，若外面白，裏面黑，便非誠意."

【表壯不如裏壯】biǎo zhuàng bù rú lǐ zhuàng 家好不如妻好。形容妻子善能持家，可為內助。古今雜劇元羅貫中宋太祖龍虎風雲會三："卿道是糟糠妻美不下堂，朕須認貧賤交不可忘，常言道表壯不如裏壯，妻賢夫免災殃."水滸二四："我哥哥為人質樸，全靠嫂嫂做主看觑他。常言道：'表壯不如裏壯'。嫂嫂把得家定，我哥哥煩惱做什麼？"

【袪衣請業】qū yī qǐng yè 撩衣親往受業。表示虛心請教的意思。袪，撩起。韓詩外傳三："孟嘗君請學於閔子，使車往迎閔子。閔子曰：'禮有來學，無往教……'於是孟嘗君曰：'敬聞命矣.'明日袪衣請受業."

【被毛戴角】pī máo dài jiǎo 指有角的走獸。被，通"披"。法苑珠林十六道畜生："或復被毛戴角，抱翠啣珠，噚巨鋒芒，爪牙長利.'亦以為罵人之詞。

【被底鴛鴦】bèi dǐ yuān yāng 比喻夫婦恩愛。唐玄宗與楊貴妃避暑遊興慶池，宮嬪憑欄爭看雌雄二鸂鶒戲於水中，帝曰：

「爾輩愛水中鸂鷘,爭如我被底鴛鴦!」見<u>五代</u>後周王仁裕開元天寶遺事下。

【被堅執銳】pī jiān zhí ruì 披堅甲,執利兵。鬥投身戰鬥。史記蕭相國世家:「<u>高祖</u>以蕭何功最盛,封爲<u>酇侯</u>,所食邑多。功臣皆曰:『臣等身被堅執銳,多者百餘戰,少者數十合,攻城略地,大小各有差。今蕭何未嘗有汗馬之勞,徒持文墨議論,不戰,顧反居臣等上,何也?』」亦作「披堅執銳」。見該條。

【被褐懷玉】pī hè huái yù 穿粗布衣而懷美玉。比喻人有美德,深藏不露。被,通「披」,穿。老子:「知我者希,則我者貴,是以聖人被褐懷玉。」亦以比喻貧寒而懷有真才實學的人。三國志魏武帝紀<u>漢</u>建安十五年令:「今天下得無有被褐懷玉而釣于<u>渭濱</u>者乎?又得無盜嫂受金而未遇無知者乎?二三子其佐我明揚仄陋,唯才是舉,吾得而用之。」

【被髮文身】pī fà wén shēn 散髮不束,身上刺紋。古代東方某些少數民族的風俗。被,通「披」。被髮,散髮。文身,身上刺有花紋。禮王制:「東方曰夷,被髮文身,有不火食者矣。」

【被髮左衽】pī fà zuǒ rèn 披散着頭髮,衣服的前襟開在左邊。指古代中原以外的少數民族的裝束。亦喻被異民族統治。論語憲問:「子曰:『微管仲,吾其被髮左衽矣。』」文選<u>晉</u>潘安仁(岳)西征賦:「或被髮左衽,奮迅泥滓。」

【被髮纓冠】pī fà yīng guān 來不及束髮,只結上冠纓。形容救急的迫切。孟子離婁下:「今有同室之人鬥者,救之;雖被髮纓冠而救之,可也。」

【袒裼裸裎】tǎn xī luǒ chéng 指赤身露體。形容對人無禮貌。袒裼,露臂。裸裎,露體。孟子公孫丑上:「爾爲爾,我爲我,雖袒裼裸裎於我側,爾焉能浼我哉!」宋陳亮龍川集十五送叔祖主筠州高安簿序:「蓋昔者<u>伯夷</u>羞與鄉人處,而柳下惠至不以袒裼裸裎爲浼,事固有大異不然者,各從其心之所安也。」

【袖手旁觀】xiù shǒu páng guān 縮手袖中,在旁觀看。唐韓愈昌黎集二三祭柳子厚文:「不善爲斲,血指汗顏,巧匠旁觀,縮

手袖間。」後形容置身事外不加干預爲袖手旁觀。宋蘇軾東坡集奏議十四朝辭赴定州論事狀:「弈棋者勝負之形雖國工有所不盡,而袖手旁觀者常盡之。」劉克莊後村集五十賀宋總領除農少啟:「有同舟共濟之心,無袖手旁觀之意,薦紳稱說,旒扆歎嘉。」

【袍笏登場】páo hù dēng chǎng 指新官上任。以戲場喻官場,含有嘲諷的意思。袍,官服。笏,臣下朝見君王時所持的手板。清趙翼甌北詩鈔絕句一數月內頻送南雷述庵淑齋諸人赴京補官戲作詩:「袍笏登場也等閒,惹他動色到柴關。」

【裂冠毀冕】liè guān huǐ miǎn 左傳昭九年:「王使詹桓伯辭於晉,曰:『……我在伯父,猶衣服之有冠冕,木水之有本原,民人之有謀主也。伯父若裂冠毀冕,拔本塞原,專弃謀主,雖戎狄,其何有余一人。』」周爲列國宗主,晉國背棄王室,猶如自毀冠冕。亦比喻絕意仕進。後漢書八三逸民傳序:「漢室中微,王莽篡位,士之蘊藉義憤甚矣。是時裂冠毀冕,相攜持而去之者,蓋不可勝數。」

【裏應外合】lǐ yìng wài hé 外面進攻和裏面接應相配合。水滸五九:「華州城郭廣闊,濠溝深遠,急切難打,只除非裏應外合,方可取得。」

【裒多益寡】póu duō yì guǎ 削減多者以補充不足者。裒,減少。益,補充。易謙:「君子以裒多益寡,稱物平施。」注:「多者用謙以爲裒,少者用謙以爲益,隨物而與,施不失平也。」宋范仲淹范文正公集別集天道益謙賦:「是故君子法而爲政,敦稱物平施之心;聖人象以養民,行裒多益寡之道。」

【補天浴日】bǔ tiān yù rì 古代神話女媧補天,羲和浴日。補天事見淮南子覽冥,浴日事見山海經大荒南經。後以比喻力挽危局,功勳巨大。宋史三六○趙鼎傳上疏:「頃張浚出使川陝,國勢百倍於今。浚有補天浴日之功,陛下有礪山帶河之誓,君臣相信,古今無二。」

【補苴罅漏】bǔ jū xià lòu 補好裂縫,堵塞漏洞。比喻彌補事物的缺陷之處。補苴,補綴。罅,裂縫。唐韓愈昌黎集十二進學

解：「補苴罅漏，張皇幽眇。」

【補偏救弊】bǔ piān jiù bì 漢書五六董仲舒傳：「先王之道必有偏而不起之處，故政有眊而不行，舉其偏者以補其弊而已矣。」後以補偏救弊指糾正偏差與弊端。

【補闕燈檠】bǔ quē dēng qíng 對懼內者的諷語。燈檠，燈架。宋陶穀清異錄女行：「吳儒李大壯，畏服小君，萬一不遵號令，則叱令正坐，爲縮匜醤，中安燈盤，然燈火。大壯屏氣定體，如枯木土偶。人謂目之曰補闕燈檠。」

【裙屐少年】qún jī shào nián 形容修飾華美而無實學的少年。裙，下裳。屐，木底鞋。裙、屐，六朝貴族子弟的衣着。魏書邢巒傳上表：「蕭淵藻是裙屐少年，未洽治務。」

【裘敝金盡】qiú bì jīn jìn 戰國齊蘇秦入秦，以連橫之説説秦王，書十上而説不行。黑貂之裘敝，黃金百斤盡，資用乏絕，大困而歸。見戰國策秦一。後以裘敝金盡比喻生活窮困。裘，皮衣。敝，破。

【褒如充耳】yòu rú chōng ěr 詩邶風旄丘：「叔兮伯兮，褒如充耳。」傳：「褒，盛服也。充耳，盛飾也。大夫褒然有尊盛之服而不能稱也。」箋：「充耳，塞耳。言衞之諸臣顏色褒然，如見塞耳，無聞知也。」傳箋不同，後人多從鄭箋，用作塞耳不聞之意。

【褒然舉首】yòu rán jǔ shǒu 指人的才德出衆，超出同輩。褒然，出衆的樣子。首，第一。漢書五六董仲舒傳漢武帝策賢良制：「今子大夫褒然爲舉首，朕甚嘉之。子大夫其精心致思，朕垂聽而問焉。」注引張晏：「褒，進也，爲舉賢良之首也。」

【褒衣博帶】bāo yī bó dài 寬衣大帶。指古代儒生的服式。褒衣，寬大之衣。淮南子氾論：「古者有鍪而綣領而王天下者矣，……豈必褒衣博帶，句襟委章甫哉？」漢書七一儁不疑傳：「不疑冠進賢冠，帶櫑具劍，佩環玦，褒衣博帶，盛服至門上謁。」注：「褒，大裾也。言着褒大之衣，廣博之帶也。」

西 部

【西子捧心】xī zǐ pěng xīn 舊時用以形容女子的病態美。也作「西施捧心」。莊子天運：「故西施病心而矉（顰）其里，其里之醜人見而美之，歸亦捧心而矉其里。其里之富人見之，堅閉門而不出，貧人見之，挈妻子而去之走。」五代晉李瀚蒙求上：「西施捧心，孫壽折腰。」後謂西施捧心，愈見增妍，東施效顰，更形其醜，本此。

【西河之痛】xī hé zhī tòng 史記六七仲尼弟子傳：「孔子既沒，子夏居西河教授，爲魏文侯師。其子死，哭之失明。」後因謂喪子之痛曰西河之痛。

【西施捧心】xī shī pěng xīn 見「西子捧心」。

【要言不煩】yào yán bù fán 説話簡明扼要。要，簡要。煩，煩瑣。三國志魏管輅傳「常譚者見不譚」注引管輅別傳：「輅爲何晏所請……時鄧颺與晏共坐，颺言：『君見謂善易，而語初不及易中辭義，何故也？』輅尋聲答之曰：『夫善易者不論易也。』晏含笑而讚之：『可謂要言不煩也。』」

【覆水難收】fù shuǐ nán shōu 倒在地上的水難以收回。比喻事已成定局，無法挽回。後漢書六九何進傳：「國家之事亦何容易？覆水不可收。宜深思之。」後多用來比喻夫婦離婚之難以復合。唐李白李太白詩四妾薄命：「雨落不上天，水覆難再收。君情與妾意，各自東西流。」

【覆雨翻雲】fù yǔ fān yún 喻反覆無常。宋吳文英夢窗甲稿鳳池吟詞：「覆雨翻雲，

忽變清明。紫垣敕使下星辰。"亦作"翻雲
覆雨"。見該條。

【覆巢之下無完卵】fù cháo zhī xià wú
wán luǎn　鳥巢傾覆,其卵皆破。比喻滅門
之禍,無一幸免。世説新語言語:"孔融被

收,⋯⋯謂使者曰:'冀罪止於身,二兒可
得全不?'兒徐進曰:'大人,豈見覆巢之下
復有完卵乎?'尋亦收至。"亦用來比喻整
體覆滅,局部亦不能幸存。漢陸賈新語輔
政:"秦以刑罰爲巢,故有覆巢破卵之患。"

見　　部

【見仁見知】jiàn rén jiàn zhì　易繫辭上:
"一陰一陽之謂道,⋯⋯仁者見之謂之仁,
知者見之謂之知。"周易集解十三引侯果:
"仁者見道,謂道有仁;知者見道,謂道有
知也。"後稱對事物的看法各異爲見仁見
知。

【見多識廣】jiàn duō shí guǎng　見聞廣
博,知識豐富。明馮夢龍古今小説一:"婆
子道:'還是大家寶眷,見多識廣,比男子
漢眼力,到勝十倍。'"清李汝珍鏡花緣五
五:"向來九公見多識廣,秘方最多,此事
必須請教九公,或者他有妙藥,也未可
知。"

【見危授命】jiàn wēi shòu mìng　指在危
難關頭,不惜犧牲生命。授命,獻出生命。
論語憲問:"見利思義,見危授命,久要不
忘平生之言,亦可以爲成人矣。"

【見利忘義】jiàn lì wàng yì　只顧私利,
不要道義。漢書四一樊噲等傳贊:"當孝文
時,天下以酈寄爲賣友。夫賣友者,謂見利
而忘義也。三國演義三:"帳前一人出曰:
'主公勿憂。某與呂布同鄉,知其勇而無
謀,見利忘義。'"

【見利思義】jiàn lì sī yì　看見利益,不要
忘掉道義。思,想。論語憲問:"見利思義,
見危授命,久要不忘平生之言,亦可以爲
成人矣。"

【見怪不怪】jiàn guài bù guài　指遇到怪
異現象而不受驚擾,不以爲怪。續傳燈錄
十八齊添禪師:"纛召大衆曰:見怪不怪,
其怪自壞。"明李素甫元宵鬧四:"員外不

要聽他,自古見怪不怪,其禍自解,何須算
命?"

【見兔顧犬】jiàn tù gù quǎn　比喻及時設
法補救,爲時不晚。戰國策楚四:"臣聞鄙
語曰:見兔而顧犬,未爲晚也;亡羊而補
牢,未爲遲也。"

【見神見鬼】jiàn shén jiàn guǐ　形容多
疑,無中生有。續傳燈錄三十智策禪師:
"及造門,典牛獨指師曰:'甚處見神見鬼
來?'"水滸三九:"叵耐那廝見神見鬼,白
日把鳥廟門關上。"

【見財起意】jiàn cái qǐ yì　看見他人錢
財而起歹意。元曲選缺名硃砂擔滴水浮漚
記四:"剛道個一聲兒惡人迴避,早激的他
惡狠狠關是非,那裏也見財起意。"清平山
堂話本戒指兒記:"那尼姑見財起意。"

【見笑大方】jiàn xiào dà fāng　謂知識淺
陋,爲有道者譏笑。大方,原指懂道的人。
現用以指學識廣博之人。莊子秋水:"吾非
至於子之門則殆矣,吾長見笑於大方之
家。"疏:"方,猶道也。"今多用爲謙辭。亦
作"貽笑大方"。見該條。

【見異思遷】jiàn yì sī qiān　國語齊:"士
之子恆爲士,農之子恆爲農,少而習焉,其
心安焉,不見異物而遷焉。"又見管子小
匡。後以"見異思遷"形容人無定見,意志
不堅定。遷,變動。

【見景生情】jiàn jǐng shēng qíng　看見
眼前景況,產生情意,或抒發感想。元曲選
缺名瘓李岳詩酒翫江亭三:"這廝便見景
生情信口謅,兀的可不笑破人口。"又鄭月

蓮秋夜雲窗夢三："臨風對月，見景生情。"

【見義勇爲】jiàn yì yǒng wéi　見正義之事勇於去做。語本論語爲政："見義不爲，無勇也。"尺牘新鈔三陳宏緒上督師閣部書："閣下前次之申救，何其見義勇爲，而後此之寂寂，何其與初懷悖謬，而甘蒙不白於天下乎？"明馮夢龍清蔡元放東周列國志十四："見義勇爲真漢子，莫將成敗論英雄。"

【見微知著】jiàn wēi zhī zhù　從事物的細微徵兆，認識其實質和發展。意林一范子："計然者，葵丘濮上人，姓辛，名文子。……少而明學陰陽，見微而知著。"宋劉克莊後村集一一八賀謝司諫啟："竊以君子之論，常見微而知著；天下之理，有必至而固然。"

【見賢思齊】jiàn xián sī qí　見到賢人而思追步，與之並進。論語里仁："見賢思齊焉，見不賢而內自省也。"元曲選關漢卿錢大尹智寵謝天香四："都因他一曲定風波，則爲他和曲填詞，移宮換羽，使老夫見賢思齊，同噴作喜。"

【見機而作】jiàn jī ér zuò　察覺事物的細微變化，立即采取措施。北史司馬休之等傳論："及魏安之至城下，旬日而智力俱竭，委金湯而不守，舉庸蜀而來王。若乃見機而作，誠有之矣；守節沒齒，則未可爲。"七國春秋平話："吾奉王命，特來問罪，將軍豈不見機而作？"

【見機行事】jiàn jī xíng shì　據時機情況而隨宜行動。含靈活處理的意思。紅樓夢九八："李紈道：'你去見機行事，得回再回方好。'"

【見錢眼開】jiàn qián yǎn kāi　看見錢財就睜大眼睛。形容私心極強，十分貪財。清孔尚任桃花扇二拒媒："淨：'令堂回家，不要見錢眼開。'旦：'媽媽疼奴，亦不肯相強的。'"

【見獵心喜】jiàn liè xīn xǐ　二程全書遺書七："明道（程顥）先生年十六七時，好田獵。十二年，暮歸，在田野見田獵者，不覺有喜心。"比喻舊習難忘，見其所好便躍躍欲試。清慵訥居士咫聞錄一武生："故覩鵪者過，雖見獵心喜，亦不復入其場矣。"

【視民如傷】shì mín rú shāng　形容對百姓體恤深切，不使敬擾。孟子離婁下："文王視民如傷，望道而未之見。"疏："言文王常有恤民之心，故視下民常若有所傷而不敢以橫役而擾動之也。"左傳哀元年："臣聞國之興也，視民如傷，是其福也；其亡也，以民爲土芥，是其禍也。"

【視死如歸】shì sǐ rú guī　把死看作回家一樣。形容不怕死。管子小匡："平原廣牧，車不結轍，士不旋踵，鼓之而三軍之士視死如歸，臣不如王子城父。"史記七九蔡澤傳："是故君子以義死難，視死如歸；生而辱不如死而榮。"

【視同兒戲】shì tóng ér xì　比喻極爲輕視，毫不認真。明凌濛初初刻拍案驚奇十一："爲官做吏的人，千萬不可草菅人命，視同兒戲。"

【視如寇讎】shì rú kòu chóu　看作讎敵。孟子離婁下："君之視臣如土芥，則臣視君如寇讎。"

【視如敝屣】shì rú bì xǐ　孟子盡心上："舜視棄天下猶棄敝蹝也。"後以視如敝屣比喻極爲輕視。敝屣，破鞋。蹝，同"屣"，鞋之無跟者。

【規行矩步】guī xíng jǔ bù　指行步端正。含有謹守禮法之意。規、矩，圓規和角尺，引伸爲準則、法度。文選晉陸士衡（機）長安有狹邪行："規行無曠迹，矩步豈逮人。"晉書潘尼傳釋奠頌："二學儒官搢紳先生之徒，垂纓佩玉規行矩步者，皆端委而陪於堂下，以待執事之命。"亦比喻墨守成規，無所作爲。晉書張載傳榷論："今士循常習故，規行矩步，積階級，累閥閱，碌碌然以取世資。"

【規矩準繩】guī jǔ zhǔn shéng　規、矩、準、繩爲畫圓、畫方形、測水平、打直線的工具。比喻一定的法度、規則、標準。孟子離婁上："聖人既竭目力焉，繼之以規矩準繩，以爲方圓平直，不可勝用也。"亦作"規矩繩墨"。史記六五孫子傳："婦人左右前後跪起，皆中規矩繩墨，無敢出聲。"

【規矩繩墨】guī jǔ shéng mò　見"規矩準繩"。

【覩物思人】dǔ wù sī rén　看見眼前的遺物而思念故人。紅樓夢四四："這王十朋也不通的很，不管在那裏祭一祭罷了，必定跑到江邊上來做什麼！俗語說：'覩物思人'，天下的水總歸一源，不拘那裏的水舀一碗，看着哭去，也就盡情了。"

【覩著知微】dǔ zhù zhī wēi 由明顯的外表推知隱微的内情。覩，同"睹"，看。著，明顯。微，細小。文選三國魏王仲宣（粲）贈文叔良詩："探情以華，覩著知微。"注："越絕書：子胥曰：聖人見微知著，覩始知已。"

【覩貌獻餐】dǔ mào xiàn cān 文選晉潘安仁（岳）西征賦："長傲賓於柏谷，妻覩貌而獻餐。"注引漢武帝故事："帝即位，爲微行。嘗至柏谷，夜投亭長宿，亭長不納，乃宿逆旅。逆旅翁要少年十餘人，皆持弓矢刀劍，令主人嫗出遇客。婦謂其翁曰：'吾觀此丈夫非常人也；且有備，不可圖也。'天寒，嫗酌酒，多與其夫，夫醉，嫗自縛其夫，諸少年皆走，嫗出謝客，殺雞作食。平旦，上去還宮，乃召逆旅夫妻見之，賜嫗金千斤，擢其夫爲羽林郎。"後因以覩貌獻餐爲帝王微行之典。餐，亦作"飱"。唐文粹七八李德裕丹扆防微箴："柏谷微行，豺豕塞路，覩貌獻飱，斯可戒懼。"

【親如手足】qīn rú shǒu zú 親如兄弟。手足，比喻兄弟。元曲選孟漢卿張孔目智勘魔合羅四："想兄弟情親如手足，怎下的生心將兄命虧？"亦作"情同手足"。見該條。

【親痛讐快】qīn tòng chóu kuài 後漢書三三朱浮傳與彭寵書："定海内者無私讐，勿以前事自誤，願留意顧老母幼弟。凡舉事無爲親厚者所痛，而爲見讐者所快。"指人的舉動錯誤，使親者爲之痛惜，而讐者引爲快事。

【觀者如堵】guān zhě rú dǔ 觀看的人如同牆壁。形容圍觀者極多。禮射義："孔子射於矍相之圃，蓋觀者如堵牆。"宋孟元老東京夢華録六元旦朝會："伴射得捷，京師市井兒遮路爭獻口號，觀者如堵。"

【觀往知來】guān wǎng zhī lái 觀察過去，推知未來。列子説符："是故聖人見出以知入，觀往以知來，此其所以先知之理也。"

【觀過知人】guān guò zhī rén 見"觀過知仁"。

【觀過知仁】guān guò zhī rén 論語里仁："人之過也，各於其黨，觀過，斯知仁矣。"人的個性不同，所犯過失亦各有其類；觀其過，可以知其仁與不仁。北齊書郎基傳："基性清慎，無所營求，……唯頗令寫書。潘子義曾遺之書曰：'在官寫書，亦是風流罪過。'基答曰：'觀過知仁，斯亦可矣。'"亦作"觀過知人"。後漢書六四吳祐傳："祐曰：掾以親故，受污穢之名，所謂'觀過斯知人矣'。"

【觀海難爲水】guān hǎi nán wéi shuǐ 比喻所見既大，則其小者不足觀。孟子盡心上："孔子登東山而小魯，登泰山而小天下，故觀於海者難爲水，遊於聖人之門者難爲言。"

角　　部

【解甲投戈】jiě jiǎ tóu gē 脱下戰服，放下武器。指不再打仗。文選漢楊子雲（雄）解嘲："叔孫通起於柂鼓之間，解甲投戈，遂作君臣之儀，得也。"

【解衣推食】jiě yī tuī shí 贈人衣食。形容關切別人生活。史記九二淮陰侯傳："漢王授我上將軍印，予我數萬衆，解衣衣我，推食食我，言聽計用，故吾得以至於此。"陳書荀朗傳："時京師大饑，百姓皆於江外就食，朗更招致部曲，解衣推食，以相賑瞻，衆至數萬。"

【解衣般礴】jiě yī pán bó 形容神閒意定，不拘形迹的樣子。般礴，箕踞，伸開兩腿而坐，極其隨便。莊子田子方："宋元君將畫圖，衆史皆至，……有一史後至者，儃儃然不趨，受揖不立，因之舍。公使人覘之,則解衣般礴,羸。君曰:'可矣,是真畫者也。'"

【解絃更張】jiě xián gēng zhāng 琴瑟之音不和時,解下琴絃,重行調整。比喻變更法度或計策。漢書五六董仲舒傳舉賢良對策:"竊譬之琴瑟不調,甚者必解而更張之,乃可鼓也。爲政而不行,甚者必變而更化之,乃可理也。"宋范成大石湖集八古風上湯丞相詩之一:"知音顧之笑,解絃爲更張。"

【解鈴繫鈴】jiě líng xì líng 本佛教禪宗語。比喻誰作的事有了問題,仍須由誰去解決。明瞿汝稷指月錄二三法燈:"金陵清涼泰欽法燈禪師在衆日,性豪逸,不事事,衆易之。法眼獨契重,眼一日間衆:'虎項金鈴,是誰解得?'衆無對。師適至,眼舉前語問,師曰:'繫者解得。'"紅樓夢九十:"心病終須心藥治,解鈴還是繫鈴人。"

言 部

【言人人殊】yán rén rén shū 各人所説,俱不相同。史記五四曹相國世家:"參盡召長老諸生,間所以安集百姓,如齊故俗,諸儒以百數,言人人殊,參未知所定。"

【言之成理】yán zhī chéng lǐ 所論合乎道理,能自圓其説。荀子非十二子:"縱情性,安恣睢,禽獸行,不足以合文通治。然而其持之有故,其言之成理,足以欺惑愚衆。"

【言文刻深】yán wén kè shēn 言語文字,務求苛細。史記曹相國世家:"吏之言文刻深,欲務聲名者,輒斥去之,日夜飲醇酒。"

【言方行圓】yán fāng xíng yuán 形容心口不一,言行異致。漢王符潛夫論八交際:"嗚呼哀哉,凡今之人,言方行圓,口正心邪,行與言謬,心與口違。"

【言不及義】yán bù jí yì 指説話不涉及正理。論語衛靈公:"羣居終日,言不及義,好行小慧,難矣哉!"吳趼人二十年目睹之怪現狀一○四:"兩個年輕小子,天天在一起,沒有一個老成人在旁邊,他兩個便無話不談,真所謂'言不及義',那裏有好事情串出來。"

【言不盡意】yán bù jìn yì 易繫辭上:"書不盡言,言不盡意,然則聖人之意其不見乎?"謂言語未能表達全部意思。後多作書信結尾套語,表示情意未盡。

【言必有中】yán bì yǒu zhòng 發言必能中肯。論語先進:"夫人不言,言必有中。"

【言而有信】yán ér yǒu xìn 説到做到,講究誠信。論語學而:"與朋友交,言而有信。"元曲選戴善夫陶學士醉寫風光好三:"學士怎肯似那等窮酸餓醋?得一個及第成名,却又早負德辜恩?則要你言而有信,休擔閣了少年人。"

【言而無信】yán ér wú xìn 説話不守信用。穀梁傳僖二二年:"言之所以爲言者,信也。言而不信,何以爲言?"西遊記六一:"老孫若不與你,恐人説我言而無信。你將扇子回山,再休生事。看你得了人身,饒你去罷!"

【言行相詭】yán xíng xiāng guǐ 言行不一,互相違背。呂氏春秋淫辭:"凡言者,以諭心也。言心相離,而上無以參之,則下多所言非所行也,所行非所言也。言行相詭,不祥莫大焉。"

【言近指遠】yán jìn zhǐ yuǎn 語言淺近而含意深遠。指,意旨。孟子盡心下:"言近而指遠者,善言也。"

【言若懸河】yán ruò xuán hé 見"口如懸河"。

【言爲心聲】yán wéi xīn shēng 言語爲表達心意的聲音。漢揚雄法言問神:"故言,心聲也。書,心畫也。聲畫形,君子小人見矣。"李寶嘉官場現形記五九:"'言爲心聲’，這句話是一點不差的。大世兄的詩好雖好，然而總帶着牢騷，這便是屢試不第的樣子。”

【言過其實】yán guò qí shí　言語浮誇，超過實際。三國志蜀馬良傳：“先主臨薨謂亮曰：‘馬謖言過其實，不可大用，君其察之！’”文選晉皇甫士安(謐)三都賦序：“及宋玉之徒，淫文放發，言過于實。”吳趼人二十年目睹之怪現狀七：“我不能不將他們那旗人的歷史對你講明，你好知道我不是言過其實，你好知道他們各人要擺各人的架子。”

【言提其耳】yán tí qí ěr　拉着耳朵告訴。形容叮囑再三。詩大雅抑：“匪面命之，言提其耳。”北魏賈思勰齊民要術序：“故丁寧周至，言提其耳，每事指斥，不尚浮辭。”

【言猶在耳】yán yóu zài ěr　説過的話似還在耳邊。左傳文七年：“穆嬴日抱太子以啼于朝曰：‘……今君雖終，言猶在耳，而弃之，若何？’”三國志蜀諸葛亮傳臣(陳)壽言：“至今梁、益之民，咨述亮者，言猶在耳。”

【言語道斷】yán yǔ dào duàn　原爲佛家語。指意義深妙，非言語所能表達。維摩詰所説經見阿閦佛品：“不來不去，不出不入，一切言語道斷。”

【言談林藪】yán tán lín sǒu　比喩善於言談的人。林藪，很多人聚集的地方。世説新語賞譽上：“裴僕射(頠)，時人謂爲言談之林藪。”注：“惠帝起居注曰：頠理甚淵博，贍於論難。”

【言歸于好】yán guī yú hǎo　指重新和好。言，助詞，無義。左傳僖九年：“凡我同盟之人，既盟之後，言歸于好。”又見孟子告子下。

【言歸正傳】yán guī zhèng zhuàn　指把説話的内容回到正題上來。李寶嘉官場現形記十五：“衆者民亦不住的稱頌青天大老爺，方才言歸正傳，問兩個秀才道：‘你二位身入黌門，是懂得皇上家法度的。今番來到這裏，一定拿到了真凶實犯，非但替你們鄉鄰伸冤，還可本縣出出這口氣。’”

【言聽計從】yán tīng jì cóng　謂對人非常信任。魏書崔浩傳史臣曰：“(崔浩)政事籌策，時莫之二，……屬太宗爲政之秋，值世祖經營之日，言聽計從，寧廓區夏。遇既隆也。勤亦茂哉！”

【言語妙天下】yán yǔ miào tiān xià　言語精妙，冠於天下。漢書六四下買捐之傳：“君房下筆，言語妙天下，使君房爲尚書令，勝五鹿充宗遠甚。”君房，捐之字。

【言必信，行必果】yán bì xìn, xíng bì guǒ　言必實踐，行必果斷。論語子路：“言必信，行必果，硜硜然，小人哉！”

【言者無罪，聞者足戒】yán zhě wú zuì, wén zhě zú jiè　詩周南關雎序：“上以風化下，下以風刺上，主文而譎諫，言之者無罪，聞之者足以戒，故曰風。”謂説者無罪，聽者值得引爲警戒。唐白居易白香山集二八與元九書：“言者無罪，聞者足戒。言者聞者，莫不兩盡其心焉。”

【計不旋踵】jì bù xuán kuǐ　指計謀實施之神速。踵，半步，相當於現在的一步。新唐書一〇三孫伏伽傳上書：“陛下舉晉陽，天下響應，計不旋踵，大業以成。”

【計出萬全】jì chū wàn quán　計謀周密，萬無一失。漢書四九晁錯傳：“帝王之道，出於萬全。”清劉鶚老殘游記十六：“不過這種事情，其勢已迫，不能計出萬全的。”

【託之空言】tuō zhī kōng yán　指無實事爲證的議論。漢趙岐孟子題辭：“仲尼有云：我欲託之空言，不如載之行事之深切著明也。”孔子語出緯書，又見董仲舒春秋繁露俞序、史記一三〇太史公自序。

【設身處地】shè shēn chǔ dì　設想自身處於其境。明盧象昇盧忠肅公書牘與少司成吳葵庵書之二：“而中外在事諸老，終是痛癢隔膚，誰是設身處地者，某亦惟以盡瘁是期，不貝朝廷足矣。”

【詠月嘲風】yǒng yuè cháo fēng　唐白居易長慶集六五將歸先寄舍弟詩：“詠月嘲風先要減，登山臨水亦宜稀。”風月，指景色，常作爲詩人歌詠的題材。因泛稱借用自然景物寫詩爲詠月嘲風。

【訶佛罵祖】hē fó mà zǔ　五燈會元十七青原下四世德山宣鑒禪師：“再入相見，……至晚，問首座今日新到在否？座曰：當時背卻法堂,著草鞋出去也。山曰:此子已後向孤峯頂上盤結草庵,呵佛罵祖去在。"禪宗語錄中用語,比喻解縛去執,即可超過前人。亦作"呵佛罵祖"。見該條。

【詔書掛壁】 zhào shū guà bì　形容地方官實握大權,往往不顧朝廷詔令,使之成爲一紙空文。初學記二四東漢崔寔正論:"今典州郡者,自違詔書,縱意出入,故里語曰:'州郡詔,如霹靂,得詔書,但掛壁。'"

【詩中有畫】 shī zhōng yǒu huà　指詩中描寫的景物有如畫圖。形容意境幽美。宋蘇軾東坡題跋五書摩詰藍田煙雨圖:"味摩詰之詩,詩中有畫;觀摩詰之畫,畫中有詩。"摩詰,唐王維字。

【詩腸鼓吹】 shī cháng gǔ chuī　激發作詩的情思。唐馮贄雲仙雜記二:"戴顒春日攜雙柑斗酒,人問何之,曰:'往聽黃鸝聲,此俗耳鍼砭,詩腸鼓吹,汝知之乎?'"指黃鸝的鳴聲可激發人的詩思。

【詰屈聱牙】 jié qū áo yá　見"佶屈聱牙"。

【誠心誠意】 chéng xīn chéng yì　心意真誠,實實在在。紅樓夢六:"只因他丈夫昔年爭買田地一事,多得狗兒他父親之力,今見劉老老如此,心中難卻其意;二則也要顯弄自己的體面。便笑說:'老老你放心。大遠的誠心誠意來了,豈有個不叫你見個真佛兒去的呢?'"

【誠惶誠恐】 chéng huáng chéng kǒng　漢魏羣臣上書,有章、奏、駁議之名,表前不用套式,逐稱臣某言,末言"誠惶誠恐、死罪死罪"。以示誠敬畏懼。文選三國魏曹子建(植)上責躬應詔詩表:"謹拜表並獻詩二篇,辭旨淺末,不足采覽,貴露下情,冒顏以聞。臣植誠惶誠恐,頓首頓首,死罪死罪。"後多用以形容非常害怕、小心。參閱後漢書四四胡廣傳注引漢雜事。

【誇多鬭靡】 kuā duō dòu mí　誇耀自己學識多,詞藻美。唐韓愈昌黎集二十送陳秀才彤序:"讀書以爲學,纘言以爲文,非以誇多而鬭靡也。"

【誅心之論】 zhū xīn zhī lùn　懲罰,責備其用心之議論。如春秋宣二年,晉趙穿殺靈公。太史以趙盾爲執政,不去出境,歸不

討賊,雖無弑君之事,不免有弑君之心,乃書曰"趙盾弑君",以示於朝。後世謂之誅心之論。今於不論行迹,而追求其動機之好壞爲誅心之論,本此。

【詢事考言】 xún shì kǎo yán　查詢考驗其言行。書舜典:"詢事考言,乃言底可績。"疏:"我考汝言,汝所爲之事,皆副汝所謀,致可以立功。"宋史三五五賈易傳上書:"欲官人皆任其責,則莫若詢事考言,循名責實。"

【詭計多端】 guǐ jì duō duān　狡詐的計謀 多種多樣。三國演義一一七:"(諸葛)緒曰:'維詭計多端,詐取雍州;緒恐雍州有失,引兵去救,維乘機走脫,緒因趕至關下,不想又爲所敗。'"

【詭銜竊轡】 guǐ xián qiè pèi　指馬吐出口中的鐵勒,掙脫頭上的籠頭,以擺脫羈絆。比喻束縛愈甚,則求解脫之心愈切。莊子馬蹄:"夫加之以衡扼,齊之以月題,而馬知介倪、闉扼、鷙曼、詭銜竊轡。"

【說長道短】 shuō cháng dào duǎn　文選漢崔子玉(瑗)座右銘:"無道人之短,無說己之長。"本指勿抑人、揚己意。後以說長道短,指隨意評論,含有信口雌黃,多事生非的意思。古今雜劇元缺名魯智深喜賞黃花峪:"打這廝將無作有,說長道短,膽大心麤。"又明缺名徐伯株貧富興衰記三:"這牛鼻子大膽,怎生在跟前,說長道短的?"

【說短論長】 shuō duǎn lùn cháng　猶"說長道短"。草堂詩餘後下宋蘇軾滿庭芳警悟詞:"思量能幾許,憂愁風雨,一半相妨。又何須抵死,說短論長。"孤本元明雜劇元缺名關雲長獨行千里四:"他那裏說短論長,數黑論黃,斷不了村沙莽撞,你心中自忖量。"

【認奴作郎】 rèn nú zuò láng　形容舉動糊塗,不明事體。五燈會元四香嚴義端禪師:"僧禮拜,師曰:'禮拜一任禮拜,不得認奴作郎。'"

【認賊爲子】 rèn zéi wéi zǐ　佛家禪宗比喻以妄見爲真覺。楞嚴經一:"佛告阿難,此是前塵,虛妄相想,惑汝真性,由汝無始,至於今生,認賊爲子,失汝元常,故受輪轉。"亦泛指顛倒是非,混淆黑白。宋朱

熹朱文公集三六答陳同甫："今不講此而遽欲大其目，平其心，以斷千古之是非，宜其指鐵爲金，認賊爲子，而不自知其非也。"

【誨人不倦】huì rén bù juàn　耐心教導別人，不嫌疲倦。論語述而："子曰：'默而識之，學而不厭，誨人不倦，何有於我哉？'"

【誨盜誨淫】huì dào huì yín　易繫辭上："慢藏誨盜，冶容誨淫。"疏："若慢藏財物，守掌不謹，則教誨於盜者，使來取此物。女子妖冶其容，身不精慤，是教誨淫者，使來淫己也。"本謂招引盜賊、淫徒，皆屬咎由自取。現多指引誘人犯盜竊奸淫之罪。

【談天說地】tán tiān shuō dì　指漫無邊際地閒聊。明馮夢龍醒世恆言七："錢青見那先生學問平常，故意譚天說地，講古論今，驚得先生一字俱無，連稱道：'奇才，奇才！'譚，同"談"。

【談何容易】tán hé róng yì　謂談說論議並非易事。多指向君王進言。漢書六五東方朔傳："吳王曰：'可以談矣，寡人將竦意而覽焉。'（非有）先生曰：'於戲！可乎哉？可乎哉？談何容易！'何容，猶言"豈可"。本謂談論豈可輕易。漢桓寬鹽鐵論鹽鐵箴石："賈生有言曰：'懇言則辭淺而不入，深言則逆耳而失指，故曰談何容易。'"今以"容易"連讀，謂言之則易，行之則難，與原義異。

【談言微中】tán yán wēi zhòng　言談委婉而切中事理。史記一二六滑稽傳："談言微中，亦可以解紛。"清吳敬梓儒林外史十："尊公說出何景明的一段話，真乃：'談言微中，名士風流。'"

【談空說有】tán kōng shuō yǒu　佛教有"空宗"和"有宗"。二宗各執其一辭以相爭辯。宋蘇軾分類東坡詩十六寄吳德仁兼簡陳季常："龍丘居士亦可憐，談空說有夜不眠。"後來泛指閒談聊天。宋張擴東窗集二大年復用前韻賦詩見贈亦次韻答之詩："世間癡兒浪搖吻，談空說有天一隅。"

【談虎色變】tán hǔ sè biàn　比喻談及可怕之事即畏懼變色。宋朱熹輯二程語錄十一："向親見一人曾爲虎所傷。言及虎，神色便變。傍有數人，見他說虎，非不知虎之猛可畏，然不如他說了有畏懼之色。"元王

炎午吾汶藁四祭御史蕭方厓："談虎色變，公亦流涕。"

【談笑封侯】tán xiào fēng hóu　唐杜甫杜工部草堂詩箋三二復愁之七："閭閻聽小子，談笑覓封侯。"後常用以形容博取功名極爲容易。

【談笑風生】tán xiào fēng shēng　形容興高采烈，談鋒極健。宋辛棄疾念奴嬌贈夏成玉詞："遐想後日蛾眉，兩山橫黛，談笑風生頰。握手論文情極處，冰玉一時清潔。"

【請自隗始】qǐng zì wěi shǐ　戰國時，燕昭王卑身厚幣以招賢，以求報齊雪恥，謀於郭隗。隗曰："王必欲致士，先從隗始，況賢於隗者，豈遠千里哉！"於是昭王乃爲郭隗改築宮室，奉以爲師。四方之士，爭赴燕國，樂毅自魏往，鄒衍自齊往，劇辛自趙往，燕因以富強。事見戰國策燕一、史記燕召公世家。後常作爲自我推薦之詞。唐韓愈昌黎集十七與于襄陽書："古人有言，請自隗始，愈今者惟朝夕芻米僕賃之資是急，不過費閣下一朝之享而足也。"

【請君入甕】qǐng jūn rù wèng　唐武后時，或告周興與丘神勣通謀，武后命來俊臣審理。俊臣與興方推事對食，問興曰："囚多不承，當爲何法？"興曰："此甚易耳！取大甕，以炭四周炙之，令囚入中，何事不承！"俊臣即索大甕，起謂興曰："有內狀推老兄，請兄入此甕。"興惶恐叩頭伏罪。見唐張鷟朝野僉載（太平廣記一二一）、新唐書二〇九周興傳。後比喻以其人之道，還治其人之身爲請君入甕。

【諸子百家】zhū zǐ bǎi jiā　先秦至漢初各種學派的總稱。史記八四賈誼傳："廷尉乃言賈生年少，頗通諸子百家之書。"按漢書藝文志著錄諸子百八十九家。舉其成數稱百家。

【諸如此類】zhū rú cǐ lèi　像這一類的許多事物。晉書劉頌傳："如河汴將合，沈萊苟善，則役不可息。諸如此類，亦不得已。"

【諸惡莫作】zhū è mò zuò　大般涅槃經十四梵行品第八之一："諸惡莫作，諸善奉行，自淨其意，是諸佛教。"原爲佛家勸人

行善之語。舊時佛寺常于壁間書"諸惡莫作、諸善奉行",即出於此。

【論功行賞】lùn gōng xíng shǎng　按功勞的大小給予獎賞。三國志魏明帝紀:"辛巳,立皇子詢為清河王。吳將諸葛瑾、張霸等寇襄陽,撫軍大將軍司馬宣王討破之,斬霸,征東大將軍曹休又破其別將於尋陽。論功行賞各有差。"

【論黃數黑】lùn huáng shǔ hēi　指背後談論別人的是非曲直。古今雜劇元鄭德輝醉思鄉王粲登樓一:"可着我怎挂眼,只待要論黃數黑在筆硯間。"元曲選楊文奎翠鄉兒女團圓一:"你入門來便鬧起,有甚的論黃數黑。"

【調三窩四】tiáo sān wō sì　見"調三斡四"。

【調三斡四】tiáo sān wò sì　挑撥、播弄是非。元曲選缺名風雨像生貨郎旦四:"尋這等閒公事,他正是節外生枝,調三斡四,只教你大渾家吐不的嚥不的這一個心頭刺。"亦作"調三窩四"。紅樓夢六三:"晴雯笑道:你如今也學壞了,專會調三窩四。"

【調兵遣將】diào bīng qiǎn jiàng　調動兵力,派遣將領。水滸六七:"因是宋公明生發背瘡,在寨中又調兵遣將,多忙少閒,不曾見得,朱貴權且教他在村中賣酒。"

【調虎離山】diào hǔ lí shān　比喻把對方從有利地勢調開。西遊記五三:"我是個調虎離山計,哄你出來爭戰。"亦作"弔虎離山"。清西周生醒世姻緣五:"兩個還不道是晁大舍用了弔虎離山計,只疑道是轉了背,錦衣衛差人來了,正在衙裏亂哄,也未可知。"

【調和鼎鼐】tiáo hé dǐng nài　調和眾味於鼎鼐之中。比喻大臣治國,日理萬機。多指宰相而言。元曲選缺名錦雲堂暗定連環計二:"司徒,你怎生立一人之下,坐萬人之上,調和鼎鼐,變理陰陽。但能使呂布生心,董卓不足慮矣。"

【調脂弄粉】tiáo zhī nòng fěn　指婦女整容打扮。古今詩話:"徐仲雅李九皋俱善詩,徐詩富豔,李多用事。李謂徐曰:'公詩如美女善調脂弄粉。'徐曰:'公詩乃䃜冥器者,乃堁疊死人耳。'"

【調嘴弄舌】tiáo zuǐ nòng shé　要嘴皮。

形容搬弄是非。清平山堂話本快嘴李翠蓮:"這早晚,東方將亮了,還不梳妝完,尚兀子調嘴弄舌!"亦作"調嘴調舌"。明蘭陵笑笑生金瓶梅四八:"怪短命!誰和你那等調嘴調舌的?"

【調嘴調舌】tiáo zuǐ tiáo shé　見"調嘴弄舌"。

【諱疾忌醫】huì jí jì yī　本作"護疾忌醫"。比喻諱短以避人規勸。濂洛關閩書一宋周子(濂溪)通書過:"仲由(子路)喜聞過,令名無窮焉。今人有過,不喜人規,如護疾而忌醫,寧滅其身而無悟也,噫!"後來多作"諱疾忌醫",比喻有過而不願人知。

【諱莫如深】huì mò rú shēn　穀梁傳莊三二年:"公子慶父如齊。"此奔也,其曰'如',何也? 諱莫如深,深則隱。苟有所見,莫如深也。疏:"謂爲國隱諱,莫如事之最深,深者則隱。深謂君弒、賊奔之深重。以其深重,則爲之隱諱。"後多指將事情盡力隱瞞,不使人知。

【諷一勸百】fěng yī quàn bǎi　史記一一七司馬相如傳:"揚雄以爲靡麗之賦,勸百風一,猶馳騁鄭衛之聲,曲終而奏雅,不已虧乎!"後作"諷一勸百",謂以一事諷諫,引起對許多事情的勸戒作用。南朝梁劉勰文心雕龍三雜文:"自桓麟七說以下,左思七諷以上,枝附影從,十有餘家。……雖始之以淫侈,而終之以居正。然諷一勸百,勢不自反。"

【謙謙君子】qiān qiān jūn zǐ　指謙虛謹慎嚴於律己的人。易謙:"初六,謙謙。君子用涉大川,吉。"象:"謙謙君子,卑以自牧也。"

【講若畫一】gòu ruò huà yī　和協整齊如一。講,通"構",構成。漢書三九曹參傳:"參爲相國三年薨,……百姓歌之曰:'蕭何爲法,講若畫一,曹參代之,守而勿失。'"注:"講,和也。畫一,言整齊也。"史記曹相國世家作"顜若畫一"。

【講信脩睦】jiǎng xìn xiū mù　講究信用,謀求和好親善。禮禮運:"大道之行也,天下爲公,選賢與能,講信脩睦。"

【謹小慎微】jǐn xiǎo shèn wēi　見"敬小慎微"。

【謹毛失貌】jǐn máo shī mào　喻顧小而失大。淮南子說林："畫者謹毛而失貌,射者儀小而遺大。"注:"謹悉微毛,留意於小,則失其大貌。"

【謹言慎行】jǐn yán shèn xíng　謹慎小心,言行不苟。禮緇衣:"君子道人以言而禁人以行,故言必慮其所終,而行必稽其所敝,則民謹於言而慎於行。"

【謾天謾地】mán tiān mán dì　漫無邊際。比喻欺上瞞下。謾,欺騙。謾,也作"漫"。元劉一清錢塘遺事十:"賈相(似道)當國,陳藏一作雪詞譏之,詞曰:沒巴沒鼻,雲時間做出漫天漫地,不論高低並上下,平白都教一例。"明田汝成西湖游覽志餘五引作"謾天謾地"。

【識時務者為俊傑】shí shí wù zhě wéi jùn jié　三國志蜀諸葛亮傳注引襄陽記:"劉備訪世事於司馬德操(徽)。德操曰:'儒生俗士,豈識時務?識時務者在乎俊傑。'"後演為"識時務者為俊傑",指能看清形勢,認識時代潮流者方為英雄豪傑。

【證龜成鱉】zhèng guī chéng biē　形容為眾口所惑,顛倒黑白。宋蘇軾東坡志林三賈氏五不可:"晉武帝欲為太子娶婦。衛瓘曰:'賈氏有五不可:青黑短妬而無子。'竟為羣臣所譽娶之,竟以亡晉。婦人黑白差惡,人人知之,而愛其子欲為娶婦,且使多子者,人人同也。然至其惑於眾口,則顛倒錯繆如此。俚語曰:'證龜成鱉',此未足怪也。以此觀之,當云'證龜成蛇',小人之移人也,使龜蛇易位。"

【譁眾取寵】huá zhòng qǔ chǒng　以浮誇的言行博取眾人的尊敬。譁,喧嘩。漢書藝文志儒家:"然惑者既失精微,而辟者又隨時抑揚,違離道本,苟以譁眾取寵。"

【讀書三到】dú shū sān dào　指讀書要心到、眼到、口到,纔能有所得。宋朱熹訓學齋規讀書寫文字四:"余嘗謂讀書有三到,謂:心到、眼到、口到。……三到之中,心到最緊。心既到矣,眼口豈不到乎?"

【讀書種子】dú shū zhǒng zǐ　比喻累代讀書之人,如種子相傳,衍生不息。宋羅大經鶴林玉露十一:"周益公(必大)云:'漢二獻皆好書,而其傳國皆最遠,士大夫家,其可使讀書種子衰息乎?'"明史一四一方孝孺傳:"先是成祖發北平,姚廣孝以孝孺為託,曰:'城下之日,彼必不降,幸勿殺之。殺孝孺,天下讀書種子絕矣!'"

【變化無常】biàn huà wú cháng　變化極多,並無常規。莊子天下:"芴(忽)漠無形,變化無常。"

【變幻莫測】biàn huàn mò cè　變化多端,難以推測。明許仲琳封神演義四四:"王天君曰:'吾紅水陣內奪壬癸之精,藏天乙之妙,變幻莫測。'"

【變本加厲】biàn běn jiā lì　指事物變得比原來更加嚴重。文選南朝梁昭明太子(蕭統)序:"增冰為積水所成,積水曾微增冰之凜,何哉?蓋踵其事而增華,變其本而加厲。"

【讓棗推梨】ràng zǎo tuī lí　比喻兄弟友愛。南史梁武陵王紀傳元帝與紀書:"友于兄弟,分形共氣,兄肥弟瘦,無復相代之期;讓棗推梨,長罷歡愉之日。"讓棗,出王泰讓棗典故;推梨出孔融讓梨典故。見南史王泰傳及後漢書孔融傳。

【讓禮一寸】ràng lǐ yī cùn　比喻以禮相讓,事雖微而報答必大。藝文類聚二一魏武(曹操)令:"讓禮一寸,得禮一尺。"

豆　　部

【豆分瓜剖】dòu fēn guā pōu　見"豆剖瓜分"。

【豆重榆瞑】dòu zhòng yú míng　指物各有性。謂食豆類與榆葉,俱於人體有不宜之處。文選三國魏嵇叔夜（康）養生論：「且豆令人重，榆令人瞑。」唐張銑注：「豆，謂大豆也。言食大豆則身重，食榆則多睡也。瞑，睡也。」亦作「榆瞑豆重」。唐李商隱李義山文集三爲柳珪謝京兆公啟之一：「木朽石頑，雕鏤莫就；榆瞑豆重，性分難移。」

【豆剖瓜分】dòu pōu guā fēn　比喻國土分裂，破碎支離。晉書地理志上總叙：「時逢稽侵，道接陵夷，平王東遷，星離豆剖，當塗取寓，瓜分鼎立。」亦作「豆分瓜剖」。宋史二九三王禹偁傳上疏：「自五季亂離，各據城壘，豆分瓜剖，七十餘年。」亦作「瓜剖豆分」。見該條。

【豈有此理】qǐ yǒu cǐ lǐ　難道有這樣的道理？唐張彥遠法書要錄十右軍書記：「知足下以界內有此事，便欲去縣，豈有此理。此縣弊久，因足下始有次第耳，必無此理，便當息意。」本指事不當然，或對不合理的事表示憤慨。南齊書虞悰傳：「鬱林（王）廢，悰竊歎曰：『王（晏）徐（孝嗣）遂縛袴廢天子，天下豈有此理邪！』」

【豎起脊梁】shù qǐ jí liáng　比喻振作精神，擔當大事。續傳燈錄二二普鑒佛慈善師：「不如屏盡塵緣，豎起脊梁骨，著些精彩，究教七穿八六、百了千當，向水邊林下，長養聖胎，亦不枉受人天供養。」宋陳亮龍川集二十又癸卯秋與朱元晦（熹）書：「伯恭欽夫敏妙固未易及，然正大之體，挺特之氣，豎起脊梁，當時輕重有無，獨於門下歸心而已。」

【豐上銳下】fēng shàng ruì xià　形容額寬而頤頰瘦削。遼史太祖紀上：「（耶律德光）身長九尺，豐上銳下，目光射人。」

【豐功偉績】fēng gōng wěi jī　偉大的功勞。元朱晞顏瓢泉吟稿一題金絲管所藏王宰臨本長江萬里圖詩：「豐功偉績想餘風，霸略雄圖見遺趾。」

【豐衣足食】fēng yī zú shí　衣食充足。唐釋齊己白蓮集九病中勉送小師往清涼山禮大聖詩：「豐衣足食處莫住，聖迹靈踪好遍尋。」五代王定保唐摭言十五賢僕夫：「李敬者，本夏侯譙公之傭也。公久厄塞名場，敬寒苦備歷。或爲其類所引曰：『當今北面官人……你何不從之？而孜孜事一窮措大，有何長進！縱不然，堂頭官人豐衣足食，所往無不克。』」

【豐亨豫大】fēng hēng yù dà　形容富足隆盛的太平安樂景象。豐、豫，二卦名。豐，富饒。豫，安樂。易豐：「豐亨，王假之。」又序卦：「有大而能謙，必豫。」朱子語類七三易九：「宣（和）政（和）間，有以奢侈爲言者，小人卻云當豐亨豫大之時，須是恁地侈泰方得，所以一面放肆，如何得不亂。」宋史四七二蔡京傳：「時承平既久，帑庾盈溢，京倡爲豐、亨、豫、大之説，視官爵財物如糞土。」

【豐取刻與】fēng qǔ kè yǔ　多取少給。形容貪吝。荀子君道：「上好貪利，則臣下百吏乘是而後豐取刻與，以無度取於民。」

【豐筋多力】fēng jīn duō lì　形容書法筆力矯健。唐張彥遠法書要錄一晉衞夫人筆陣圖：「多力豐筋者聖，無力無筋者病。」宣和書譜四唐韻上下：「（鍾）繇於是時不溺流俗，傑然追古爲一家法，而議者謂其豐筋多力，有雲遊雨驟之勢。」

豕　部

【豕交獸畜】shǐ jiāo shòu xù　如與豬打交道，像對禽獸那樣畜養。比喻不以禮待人。孟子盡心上：「食而弗愛，豕交之也；愛而不敬，獸畜之也。」

【豚蹄穰田】tún tí ráng tián　以豬蹄敬神祈求豐年。比喻與人者少而望厚報。史記一二六淳于髡傳："今者臣從東方來，見道旁有禳田者，操一豚蹄，酒一盂，祝曰：'甌窶滿篝，汙邪滿車，五穀蕃熟，穰穰滿家。'臣見其所持者狹而所欲者奢，故笑之。"

【象箸玉杯】xiàng zhù yù bēi　象牙筷子，犀玉杯子。形容生活十分奢侈。韓非子喻老："昔者紂爲象箸而箕子怖。以爲象箸必不加於土鉶，必將犀玉之杯。象箸玉杯必不羹菽藿，則必旄象豹胎。旄象豹胎必不衣短褐而食於茅屋之下，則錦衣九重，廣室高臺。"

【象齒焚身】xiàng chǐ fén shēn　象因爲有牙，爲人所利，而遭捕殺。比喻人以多財而招禍。左傳襄二四年："象有齒以焚其身，賄也。"疏："服虔曰：焚讀曰僨。僨，僵也。爲生齒牙僵仆其身。"

【豪竹哀絲】háo zhú āi sī　指管絃樂。唐杜甫杜工部詩史補遺八醉爲馬墜諸公攜酒相看："酒肉如山又一時，初筵哀絲動豪竹。"注："哀絲，謂絲聲哀也；豪竹，謂大管也。"宋陸游劍南詩稿三東津："打魚斫膾修故事，豪竹哀絲奉歡樂。"

【豬突豨勇】zhū tū xī yǒng　西漢末王莽軍隊名。形容像豬一樣猛衝，一往無前。豨，豬。漢書食貨志下："匈奴侵寇甚，（王）莽大募天下囚徒入奴，名曰豬突豨勇。"注引服虔："豬性觸突人，故取以喻。"

【豫署空紙】yù shǔ kōng zhǐ　北周蘇綽常以天下爲己任，博求賢俊。太祖（宇文泰）亦推心委任，或出遊，常預署空紙以授綽，若須有處分，則隨事施行，及還，啟知而已。預，同"豫"。見周書蘇綽傳。

豸　部

【豺狼成性】chái láng chéng xìng　比喻爲人生性凶狠有如豺狼。唐駱賓王集十代李敬業以武后臨朝移諸郡縣檄："加以虺蜴爲心，豺狼成性。"

【豺狼當道】chái láng dāng dào　比喻壞人當權。漢順帝漢安元年選遣八使，巡行郡邑，侍御史張綱年少，官次最微。七人皆受命之部，綱獨埋輪於雒陽都亭，曰："豺狼當道，安問狐狸！"豺狼，謂擅國政之大將軍梁冀及冀弟河南尹不疑。見東觀漢紀二十張綱。三國志魏杜襲傳："方今豺狼當道，而狐狸是先，人將謂殿下避彊攻弱。"

【豹死留皮】bào sǐ liú pí　比喻留美名於後世。新五代史王彥章傳："彥章武人不知書，常爲俚語謂人曰：'豹死留皮，人死留名。'"元詩選郝經陵川集題汶陽王太師彥章廟："千年豹死留皮在，破冢風雲繞鐵鎗。"

【貂裘換酒】diāo qiú huàn jiǔ　貂裘爲貴者之服，以之易酒，形容富貴者或名士的風流放誕。舊題漢劉歆西京雜記二記司馬相如與卓文君還成都，以所著鷫霜裘向市人貰酒。又晉阮孚嘗以金貂換酒，爲有司所糾彈，見晉書本傳。

【貌合心離】mào hé xīn lí　外表親密而內懷二心。舊題漢黃石公素書遵義："貌合心離者孤，親讒遠忠者亡。"抱朴子勤求："口親心疏，貌親行離。"今多作"貌合神離"。

【貌合神離】mào hé shén lí　見"貌合心離"。

【貓鼠同眠】māo shǔ tóng mián　新唐書五行志一："龍朔元年十一月，洛州貓鼠同處，鼠隱伏，象盜竊，貓職捕嚙，而反與鼠同，象司盜者廢職容姦。"言爪牙失職，暱近宵小。後比喻上下狼狽爲奸，彼此容隱，爲貓鼠同眠。

貝　部

【貝聯珠貫】bèi lián zhū guàn　如貝之相連，珠之貫串。形容整齊美好。宋司馬光溫國文正公集二華星篇："貝聯珠貫拱北辰，三五縱橫此何夕。"

【貝石赴河】fù shí fù hé　背石投河。比喻必死之決心。荀子不苟："故懷貝石而赴河，是行之難爲者也。"注："申徒狄恨道不行，發憤而貝石自沉於河。"亦作"貝石赴淵"。漢劉向説苑説叢："故君子慎言出已，貝石赴淵，行之難也。"

【貝石赴淵】fù shí fù yuān　見"貝石赴河"。

【貝重致遠】fù zhòng zhì yuǎn　背貝重物，以達遠方。比喻能肩貝重大責任。三國蜀龐士元(統)至吳，見陸勣、顧劭、全琮曰："陸子可謂駑馬有逸足之力，顧子可謂駑牛能貝重致遠也。"見三國志蜀龐統傳、世説新語品藻。

【貝荊請罪】fù jīng qǐng zuì　背貝荊條向人請罪。戰國趙藺相如以功爲上卿，位在老將廉頗之上。頗欲於衆前辱相如。相如以國家爲重，再三退避。廉頗聞之，肉袒貝荊，因賓客至藺相如門謝罪。見史記八一廉頗藺相如傳。後因以貝荊請罪爲向人道歉認錯之典。宋朱熹朱文公集五八答葉味道書："子靜(陸九淵)終不謂然，而其後子壽(陸九齡)遂服，以書來謝，至有貝荊請罪之語。"

【貝薪救火】fù xīn jiù huǒ　背柴草救火。比喻想消滅災害，反而使災害擴大。韓非子有度："其國亂弱矣，又皆釋國法而私其外，則是貝薪而救火也，亂弱甚矣。"三國志吳吳主傳"以從兄瑜代翊"注引吳錄："先生衡命，將以神補先王之教，整齊風俗，而輕脱威儀，猶貝薪救火，無乃更崇其熾乎！"亦作"抱薪救火。"見該條。

【貝類反倫】fù lèi fǎn lún　比喻自絕於同類。列子仲尼："其貝類反倫，不可勝言也。"注："貝猶背也；類，同也。"宋陸佃埤雅釋蟲蟪蛄："山海經有獸，以其尾飛；有鳥，以其鬚飛。則覆載之間，貝類反倫，何所不有，可勝言哉！"

【貪人敗類】tān rén bài lèi　指貪贓枉法的人敗壞善道。詩大雅桑柔："貪人敗類，聽言則對，誦言如醉。"傳："類，善也。"

【貪小失大】tān xiǎo shī dà　因貪圖小利而損失重大。呂氏春秋權勳："達子又帥其餘卒，……使人請於齊王(湣王)。齊王怒曰：'若殘豎子之類，惡能給若金？'與燕人戰，大敗。……燕人逐北入國，相與爭金於美唐甚多。此貪於小利以失大利者也。"

【貪生怕死】tān shēng pà sǐ　指人不講氣節，不辨是非，一味貪戀生存，害怕死亡。亦作"貪生畏死"。漢書四七文三王傳："今立自知賊殺中郎曹將，冬月迫促，貪生畏死，即詐僵仆陽病，徼幸得踰於須臾。"元曲選李壽卿説鱄諸伍員吹簫三："元來你這般貪生怕死無仁義。"

【貪生畏死】tān shēng wèi sǐ　見"貪生怕死"。

【貪多務得】tān duō wù dé　指讀書求多，渴望獲得知識。唐韓愈昌黎集十二進學解："記事者必提其要，纂言者必鈎其玄，貪多務得，細大不捐。"

【貪官污吏】tān guān wū lì　貪贓枉法的官吏。元曲選缺名玉清庵錯送鴛鴦被四："着老夫仍爲河南府尹，敕賜勢劍金牌，一應貪官污吏，准許先斬後聞。"

【貪婪無饜】tān lán wú yàn　貪心極重，永不滿足。左傳昭二八年："貪婪無饜，忿類無期。"後多作"貪得無饜"。

【貪得無饜】tān dé wú yàn　見"貪婪無

饜"。

【貧賤之交】pín jiàn zhī jiāo 貧困時結交的朋友。南史劉悛傳："後從駕登蔣山，上數嘆曰：'貧賤之交不可忘，糟糠之妻不下堂。'"

【貧賤驕人】pín jiàn jiāo rén 謂身雖貧困而不屈身於富貴之人。史記魏世家："子擊逢文侯之師田子方於朝歌，引車避，下謁。田子方不爲禮。子擊因問曰：'富貴者驕人乎？且貧賤者驕人乎？'子方曰：'亦貧賤者驕人耳。'"

【貧嘴賤舌】pín zuǐ jiàn shé 形容話多而刻薄，使人討厭。紅樓夢二五："你們都不是好人！再不跟着好人學，只跟着鳳丫頭學的貧嘴賤舌的。"

【貧無立錐之地】pín wú lì zhuī zhī dì 形容極端貧困，無處容身。漢書食貨志上："至秦則不然，用商鞅之法，改帝王之制，除井田，民得賣買，富者田連仟伯，貧者亡（無）立錐之地。"

【貽笑大方】yí xiào dà fāng 爲博雅內行的人所譏笑。宋韓拙山水純全集四："且古人以務學而開其性，今人以天性而耻于學，此所以去古逾遠，貽笑于大方之家也。"（說郛四二）元劉將孫養吾齋集十一須溪先生集序："迺皇慶壬子泉江文集刻本成，遠徵爲序。嗚呼！如之何使孺子僭妄重貽笑於大方也。"亦作"見笑大方"。見該條。

【貽臭萬年】yí chòu wàn nián 指惡名難泯，永受後人唾罵。貽，遺留。明詩別裁八王世貞將軍行："寄語二心臣，貽臭空萬年。"亦作"遺臭萬載"。見該條。

【貴人多忘】guì rén duō wàng 指人之位高事煩，又趨奉者多，故易忘。五代王定保唐摭言二恚恨："君之此恩，頂上相戴，儻也貴人多忘，國士難期，使僕一朝出其不意，與君並肩臺閣，側眼相視，今始悔而謝僕，僕安能有色於君乎！"本以表示怨望，後亦用以嘲諷人善忘事。元曲選孟漢卿張孔目智勘魔合羅三："這些事務你早不記想，早難道貴人多忘？張千呵，且教他暫時停待莫慌張。"

【貴耳賤目】guì ěr jiàn mù 指重視傳聞，輕視眼見的實事。文選漢張平子（衡）東京賦："若客所謂未學膚受，貴耳而賤目者也。"北齊顏之推顏氏家訓慕賢："世人多蔽，貴耳賤目。"

【買菜求益】mǎi cài qiú yì 比喻斤斤計較。益，添。東漢司徒侯霸，遣侯子道奉書嚴光。子道求報書，光口授之，嫌少，請更增足。光曰："買菜乎？求益也。"見晉皇甫謐高士傳下嚴光。今俗語指計較多寡曰買菜求添，本此。

【買櫝還珠】mǎi dú huán zhū 買下木匣，退還珍珠。比喻去取不當。韓非子外儲左上："楚人有賣其珠於鄭者，爲木蘭之櫃，薰以桂椒，綴以珠玉，飾以玫瑰，輯以羽翠；鄭人買其櫝而還其珠。"元詩選張養浩雲莊類藁讀詩有感自和詩之一："久知好瑟吹竽拙，每笑還珠買櫝非。"

【資怨助禍】zī yuàn zhù huò 援助讎敵，助長禍患。史記八六荆軻傳："鞠武曰：'夫行危欲求安，造禍而求福，計淺而怨深，連結一人之後交，不顧國家之大害，此所謂資怨而助禍矣。'"

【資深望重】zī shēn wàng zhòng 資格老而聲望高。宋蘇軾經進東坡文集事略二八答試館職人啟："國家求賢之道，必於閑眼無事之時；賢者報國之功，乃在緩急有爲之際。……非獨使之業廣而材成，抑將待其資深而望重。"

【賊不空手】zéi bù kōng shǒu 比喻一定要有所得。宋朱熹朱文公集四十答何叔京書之四："夫孔明之出祁山，三郡響應，……拔衆而歸，蓋所以全之，非賊人諱空手之謂也。"

【賊去關門】zéi qù guān mén 比喻事後張皇。景德傳燈錄二一法瑙宗一禪師："僧曰：'若不遇於師，幾成走作。'師曰：'賊去後關門。'"

【賓至如歸】bīn zhì rú guī 主人招待周到，雖客居而有在家之感。形容待人熱情。左傳襄三一年："賓至如歸，無寧菑患；不畏寇盜，而亦不患燥濕。"

【賣官鬻爵】mài guān yù jué 出賣官爵。宋書鄧琬傳："琬性鄙闇，貪吝過甚，財貨酒食，皆身自量校。至是父子並賣官鬻爵，使婢僕出市道販賣，酤歌博弈，日夜不休。"三國演義二:"鈞大驚,隨入朝見帝曰:'昔黃巾造反,其原皆由十常侍賣官鬻爵,非親不用,非讎不誅,以致天下大亂。'"

【賣劍買牛】mài jiàn mǎi niú 指放下武器,改業歸農。漢書八九龔遂傳:"遂見齊俗奢侈,好末技,不田作,乃躬率以儉約,勸民務農桑。……民有帶持刀劍者,使賣劍買牛,賣刀買犢。"宋蘇軾分類東坡詩十八次韻曹九章見贈:"賣劍買牛真欲老,得錢沽酒更無疑。"

【賞一勸百】shǎng yī quàn bǎi 獎賞一人以勉勵大家。隋王通文中子九立命:"賞一以勸百,罰一以懲衆。"

【賞心樂事】shǎng xīn lè shì 指心情歡暢和快樂如意之事。文選南朝宋謝靈運擬魏太子鄴中集詩八首序:"天下良辰、美景、賞心、樂事,四者難并。"元曲選武漢臣李素蘭風月玉壺春一:"琴童云:'相公,時

遇春天清明節令,你看這郊外人稠物穰,都是賞心樂事,真個好熱鬧也。'"明湯顯祖牡丹亭驚夢:"良辰美景奈何天,賞心樂事誰家院。"

【賞罰分明】shǎng fá fēn míng 見"賞罰嚴明"。

【賞罰嚴明】shǎng fá yán míng 賞罰得當,公正清楚。漢王符潛夫論實貢:"賞罰嚴明,治之材也。"亦作"賞罰分明"。漢書七六張敞傳:"敞爲人敏疾,賞罰分明,見惡輒取,時時越法縱舍,有足大者。"

【賸水殘山】shèng shuǐ cán shān 見"剩水殘山"。

【贈芍采蘭】zèng sháo cǎi lán 比喻男女相愛,通情贈物。清紀昀閱微草堂筆記十:"若夫贈芍采蘭,偶然越禮,人情物理,大抵不殊,固可比例而知耳。"亦作"采蘭贈藥"、"采蘭贈芍"。見"采蘭贈藥"。

赤　　部

【赤子之心】chì zǐ zhī xīn 純潔如嬰兒之心。孟子離婁下:"大人者,不失其赤子之心者也。"

【赤口白舌】chì kǒu bái shé 由口舌惹來的是非。宋吳泳鶴林集二贈星翁郭若水詩:"片文隻字不經世,赤口白舌空招尤。"宋時杭州風俗,五月端午以生硃於午時書"五月五日天中節,赤口白舌盡消除"之句。或以青羅作赤口白舌帖子與艾人並懸門楣,祈求消除口舌之災。見宋吳自牧夢粱錄三五月、元周密武林舊事三端午。

【赤口毒舌】chì kǒu dú shé 用狠毒的語言罵人。唐盧仝玉川子集一月蝕詩:"烏爲居停主人不覺察,貪向何人家,行赤口毒舌。"

【赤心報國】chì xīn bào guó 竭盡忠心,爲國效勞。唐劉長卿劉隨州集十疲兵篇:

"赤心報國無片賞,白首還家有幾人?"

【赤手空拳】chì shǒu kōng quán 空無所有。赤手,空手。孤本元明雜劇元白仁甫董秀英花月東牆記楔子:"我如今赤手空拳百事無,父喪家貧不似初,囊篋不如初。"又秦簡夫陶母剪髮待賓一:"嗜如今少米無柴,赤手空拳。"形容身上無錢。

【赤舌燒城】chì shé shāo chéng 太玄經一干:"次八赤舌燒城,吐水於瓶;測曰:'赤舌吐水,君子以解祟也。'"本爲筮卜者禳解災禍之語,後比喻讒言爲害極大。唐陸龜蒙甫里集三雜諷詩之四:"赤舌可燒城,讒邪易爲伍。"

【赤車駟馬】chì chē sì mǎ 指古代達官貴人乘坐的四馬車。晉常璩華陽國志三蜀志蜀郡州治:"司馬相如初入長安,題市門曰:'不乘赤車駟馬,不過汝下也。'"

【赤壁鏖兵】chì bì áo bīng　赤壁，在湖北蒲圻，漢末周瑜等曾破曹操於此。後以赤壁鏖兵爲經激戰取勝之典。元曲選缺名兩軍師隔江鬪智一："某使曹仁守南郡，時耐劉備那廝，暗地奪取荆州，想他赤壁鏖兵，全仗我東吳力氣，平白地他倒得了荆襄九郡。"三國演義四七："赤壁鏖兵用火攻，運籌決策盡皆同。"

【赤縣神州】chì xiàn shén zhōu　中國的別稱，也簡稱爲"赤縣"或"神州"。史記孟子傳附騶衍："中國名曰赤縣神州。赤縣神州内自有九州，禹之序九州是也，不得爲州數。中國外如赤縣神州者九，乃所謂九州也。"

【赤膽忠心】chì dǎn zhōng xīn　比喻竭盡忠誠。明許仲琳封神演義五二絕龍嶺聞仲歸天："臣空有赤膽忠心，無能回其萬一。"亦作"忠心赤膽"。見該條。

【赤繩繫足】chì shéng jì zú　唐人小說記有司婚姻之神，凡遇有緣男女，即以赤繩繫兩人之足，最後必成夫婦。後因稱締成婚姻爲赤繩繫足。明馮夢龍警世通言二："若論到夫婦，雖説是紅綫纏腰，赤繩繫足，到底是剜肉粘膚，可離可合。"

走　部

【走投無路】zǒu tóu wú lù　形容困窘之極，一籌莫展。元曲選楊顯之臨江驛瀟湘秋夜雨三："淋的我走投無路，知他這沙門島是何處鄧都？"

【走花溜水】zǒu huā liū shuǐ　形容吹牛、説大話。西遊記七四："你莫像纔來的那個和尚走花溜水的胡纏。"

【走馬看花】zǒu mǎ kàn huā　唐孟郊孟東野集三登科後詩："春風得意馬蹄疾，一日看盡長安花。"宋劉過龍洲集六同郭殿帥游鳳山寺探桃李詩："走馬看花生怕晚，果然桃李一山開。"本以形容登科後得意愉快的心情，引申指遊賞之樂。亦指草草地觀察事物，不能仔細深入。明畢魏三報恩囑託："場中看文，如走馬看花。"

【赴火蹈刃】fù huǒ dǎo rèn　比喻不避艱險。淮南子泰族："墨子服役者百八十人，皆可使赴火蹈刃，死不還踵，化之所致也。"

【赴湯蹈火】fù tāng dǎo huǒ　比喻不怕艱難，奮不顧身。湯，滾水。漢書四九晁錯傳上書："故能使其衆蒙矢石，赴湯火，視死如生。"三國志魏劉表傳："知(韓)嵩無他意乃止"注引傅子："今策命委質，唯將軍所命，雖赴湯蹈火，死無辭也。"

【起死回生】qǐ sǐ huí shēng　治好垂死之人，使死者復生。極言醫道之精。明凌濛初刻拍案驚奇十一："忽有人傳説本縣有個小兒科姓徐，有起死回生手段。"

【起承轉合】qǐ chéng zhuǎn hé　指詩文結構的一般順序。元范梈詩法："作詩有四法：起要平直，承要春容，轉要變化，合要淵永。"清王應奎柳南隨筆一宋人論文："馮已蒼(舒)批才調集，頗斤斤於起承轉合之法。何義門(焯)謂若著四字在胸中，便看不得大歷以前詩。"

【越俎代庖】yuè zǔ dài páo　莊子逍遙遊："庖人雖不治庖，尸祝不越樽俎而代之矣。"晉郭象注："庖人尸祝，各安其所司。"謂人有專職，即他人不能盡責，亦不必超越己職而代作。宋王安石臨川集八十上郎侍郎啟之一："追惟舊聞，不越俎以代庖；蓋言有守，未操刀而使割。"曹彥約昌谷集集十一上宰執臺諫劄子："漢陽者前日之小壘，今日之地利措置，經畫當有正官，越俎代庖，其名不正。"

【越鳧楚乙】yuè fú chǔ yǐ　南史顧歡傳：

"張融作門律云：道之與佛，逗極無二，吾見道士與道人戰儒墨，道人與道士辨是非。昔有鴻飛天首，積遠難亮，越人以爲鳧，楚人以爲乙（燕子）。人自楚、越，鴻常一耳。"飛鴻在天，而或以爲鳧（野鴨），或以爲乙（燕），所見各異而皆誤。後以越鳧楚乙比喻觀察雖異，判斷皆誤。

【超凡入聖】chāo fán rù shèng　超越平常，進入聖域。凡，普通人。景德傳燈錄十八神晏國師："定祛邪行歸真見，必得超凡入聖鄉。"後多指修養達到登峯造極的境界。朱子語類八學二："而今緊要，且看聖人是如何，常人是如何，自家因甚便不似聖人？因甚便只是常人？就此理會得透，自可超凡入聖。"

【超前絕後】chāo qián jué hòu　形容造詣極高，超絕古今，無人能比。法書要錄八張懷瓘書斷中："杜氏（度）傑有骨力……張芝喜而學焉，轉精其巧，可謂草聖，超前絕後，獨步無雙。"亦作"光前絕後"。見該條。

【超軼絕塵】chāo yì jué chén　駿馬飛馳，出羣超衆，不着塵埃。比喻出類拔萃。莊子徐无鬼："天下馬有成材，若卹若失，若喪其一，若是者超軼絕塵，不知其所。"

亦作"奔逸絕塵"。莊子田子方："夫子奔逸絕塵，而回瞠若乎後矣。"

【超超玄箸】chāo chāo xuán zhù　指議論高妙，不著形迹。世說新語言語："王（衍）曰：'……我與王安豐（戎）說延陵子房亦超超玄箸。'"

【超塵出俗】chāo chén chū sú　瀟洒超脫，遠出塵俗之外。明馮夢龍清蔡元放東周列國志四七："孟明登太華山，至明星岩下，果見一人羽冠鶴氅，玉貌丹脣，飄飄然有超塵出俗之姿。"

【趨炎附勢】qū yán fù shì　依附權勢。趨，奔走。炎，熱。指權勢。宋李覯直講李先生文集外集二名公手書蕭注："注鄙人，然而有志於聖賢之術，心銘足下之道，故發此書以聞，非今之趨炎附勢輩，聞足下有大名而沽相知之幸，足下其以爲是非。"亦作"趨炎附熱"。宋史二九九李垂傳："我若昔謁丁崖州（謂），則隆興初已爲翰林學士矣。今已老大，見大臣不公，常欲面折之，焉能趨炎附熱，看人眉睫，以冀推輓乎！"

【趨炎附熱】qū yán fù rè　見"趨炎附勢"。

足　　部

【足蹈手舞】zú dǎo shǒu wǔ　手脚亂舞。形容極其興奮。文苑英華八一唐梁涉長竿賦："聞之者鳧趨雀躍，見之者足蹈手舞，非測日之表可儔，非凌雲之梯足數。"亦作"手舞足蹈"。見該條。

【趾高氣揚】zhǐ gāo qì yáng　形容驕傲自大，得意忘形的樣子。左傳桓十三年："楚屈瑕伐羅，鬬伯比送之。還，謂其御曰：'莫敖（屈瑕字）必敗，舉趾高，心不固矣。'"戰國策齊三："今何舉足之高，志之揚也？"清孔尚任桃花扇設朝："舊黃扉，新

丞相，喜一旦趾高氣揚（一本作足高氣揚），廿四考中書模樣。"

【距諫飾非】jù jiàn shì fēi　見"拒諫飾非"。

【跋前躓後】bá qián zhì hòu　比喻進退兩難。跋，踩。躓，跌倒。詩豳風狼跋："狼跋其胡，載疐其尾。"傳："跋，躐。疐，跲也。老狼有胡，進則躐其胡，退則跲其尾，進退有難。"疐，三家詩作"躓"。唐韓愈昌黎集十二進學解："然而公不見信於人，私不見助於友，跋前躓後，動輒得咎。"

【跖狗吠堯】zhí gǒu fèi yáo 比喻各爲其主。戰國策齊六:"貂勃曰:跖之狗吠堯,非貴跖而賤堯也,狗固吠非其主也。"史記九二淮陰侯傳:"(蒯通)對曰:跖之狗吠堯,堯非不仁,狗固吠非其主也。"今用作嫉忌賢才之意。

【跛鼈千里】bǒ biē qiān lǐ 跛足之鼈,能行千里。比喻持之以恆,終能有成。荀子修身:"故蹞步而不休,跛鼈千里;累土而不輟,丘山崇成。"唐劉禹錫劉夢得集十一何卜賦:"絡首縻足兮,驥不能逾跬。前無所阻兮,跛鼈千里。"

【路不拾遺】lù bù shí yí 途有遺物,人不私取。比喻政治修明,社會安定。漢賈誼新書七先醒:"富民恒一,路不拾遺,國無獄訟。"亦作"道不拾遺"。見該條。

【路見不平,拔刀相助】lù jiàn bù píng, bá dāo xiāng zhù 形容鋤強扶弱,見義勇爲。元曲選張國賓相國寺公孫合汗衫四:"幸得彼處上司,道我是個路見不平,拔刀相助的義士,屢次着我捕盜。"又馬致遠西華山陳摶高卧一:"路見不平,拔刀相助。"

【路遙知馬力,日久見人心】lù yáo zhī mǎ lì, rì jiǔ jiàn rén xīn 見"路遙知馬力,事久見人心"。

【路遙知馬力,事久見人心】lù yáo zhī mǎ lì, shì jiǔ jiàn rén xīn 須涉遠途,始知馬力的強弱;須經長期的實際考驗,始能識別人心的善惡好歹。事林廣記前集九下結交警語:"路遙知馬力,事久見人心。"亦作"日久見人心"。元曲選缺名爭報恩三虎下山一:"則願得姐姐長命富貴,若有些兒好歹,我少不得報答姐姐之恩,可不道路遙知馬力,日久見人心。"

【跳丸日月】tiào wán rì yuè 見"日月跳丸"。

【跳天撅地】tiào tiān juē dì 見"刁天決地"。

【跼天蹐地】jú tiān jí dì 曲身彎腰,小步行路。形容處境窘迫,行動戒懼之極。後漢書四九仲長統傳昌言理亂:"當君子困賤之時,跼高天,蹐厚地,猶恐有鎮厭之禍也。"三國志吳步騭傳上疏:"伏聞諸典校擿抉細微,吹毛求瑕,重案深誣,輒欲陷人以成威福,……是以使民跼天蹐地,誰不戰慄。"亦作"蹐地跼天"。唐白居易長慶集四四爲宰相讓官表:"寵擢非次,憂惶失圖,蹐地跼天,不知所措。"

【踞爐炭上】jù lú tàn shàng 坐在爐子的炭火上。比喻置人於不堪忍受的境地。晉書宣帝紀:"(孫)權遣使乞降,上表稱臣,陳說天命。魏武帝(曹操)曰:'此兒欲踞吾著爐炭上邪!'"

【踔絕之能】chuō jué zhī néng 指高超的才能。踔絕,超越尋常。漢書八一孔光傳:"尚書以久次轉遷,非有踔絕之能,不相踰越。"

【踔厲風發】chuō lì fēng fā 指精神煥發,議論高邁,如風之續至,層出不窮。唐韓愈昌黎集三二柳子厚墓誌銘:"議論證據今古,出入經史百子,踔厲風發,率常屈其座人。"

【踏破鐵鞋無覓處,得來全不費功夫】tà pò tiě xié wú mì chù, dé lái quán bù fèi gōng fū 形容平日有心求之而不得,一朝忽無意而得之。古今雜劇元馬致遠呂洞賓三醉岳陽樓四:"由你到大處告去只揀愛的做,踏破鐵鞋無覓處,筭來全不費工夫,干喫了半半碗腌臢吐。"古今雜劇元張國賓相國寺公孫汗衫記四:"踏盡鐵鞋無覓處,得其全不費工夫,我那裏不尋,那裏不覓!"

【踵決肘見】zhǒng jué zhǒu xiàn 鞋跟破敝,衣裂露肘。形容貧困之極。莊子讓王:"曾子居衛,……捉衿而肘見,納屨而踵決。"

【踵事增華】zhǒng shì zēng huá 繼續前人的成就,並加增飾,使有所提高。南朝梁昭明太子(蕭統)文選序:"蓋踵其事而增華,變其本而加厲,物既有之,文亦宜然。"

【蹇人上天】jiǎn rén shàng tiān 蹇人,跛子。後漢書五行志一:"王莽末,天水童謠曰:'出吳門,望緹羣。見一蹇人,言欲上天;令天可上,地上安得民!'"後因以蹇人上天指不可能實現的事情。梁書武帝紀上:"始安(王蕭遙光)欲爲趙倫,形迹已見,蹇人上天,信無此理。且性甚猜狹,徒取亂機。"趙倫,指晉惠帝時趙王司馬倫。

【蹐地跼天】jí dì jú tiān 見"跼天蹐地"。

【蹈常習故】dǎo cháng xí gù 指墨守陳

規,沿習常例。宋蘇軾東坡集應詔七伊尹論:"後之君子,蹈常而習故,惝惝焉懼不免於天下。"亦作"蹈常襲故"。清黃宗羲南雷文案撰杖集張心友詩序:"即唐之詩亦非無蹈常襲故充其膚廓而神理蔑如者。"

【蹈常襲故】dǎo cháng xí gù 見"蹈常習故"。

【蹈節死義】dǎo jié sǐ yì 守節殉義,堅貞不屈。晉書元帝紀:"帝慨然流涕曰:'孤,罪人也,惟有蹈節死義,以雪天下之恥,庶贖鈇鉞之誅。'"

【蹊田奪牛】xī tián duó niú 指乘人有過錯,罪輕罰重,從中謀利。左傳宣十一年:"'牽牛以蹊人之田,而奪之牛。'牽牛以蹊者,信有罪矣;而奪之牛,罰已重矣。"宋葉夢得石林燕語十:"歐陽文忠(脩)時爲翰林學士,因疏包孝肅(拯)攻二人,以爲不可而己取之,不無蹊田奪牛之意。"

【躡手躡脚】niè shǒu niè jiǎo 形容小心輕步行走的樣子。紅樓夢五四:"麝月道:'他們都睡了不成? 咱們悄悄進去嚇他們一跳。'於是大家躡手躡脚,潛踪進鏡壁去一看。"

【躡屩檐簦】niè juē dàn dēng 見"躡蹻檐簦"。

【躡蹻檐簦】niè juē dàn dēng 指遠行。蹻,草鞋;簦,長柄雨笠。皆遠行用具。史記七六虞卿傳:"虞卿者,游說之士也。躡蹻檐簦,說趙孝成王。"亦作"躡屩檐簦"。史記七九范雎傳:"夫虞卿躡屩檐簦,一見趙王,賜白璧一雙,黃金百鎰。"

身　　　部

【身不由己】shēn bù yóu jǐ 不由自己作主。三國演義七四:"關公曰:'汝怎敢抗吾?'禁曰:'上命差遣,身不由己。望君侯憐憫,誓以死報。'"

【身先士卒】shēn xiān shì zú 作戰時將領衝在士兵之前。三國志吳孫輔傳:"(孫)策西襲盧江太守劉勳,輔隨從,身先士卒,有功。"三國演義七二:"彰曰:'披堅執銳,臨難不顧,身先士卒。'"現多用以比喻領導帶頭。

【身名俱泰】shēn míng jù tài 名譽地位都安穩,生活舒適。世說新語汰侈:"士當令身名俱泰,何至以甕牖語人。"

【身家性命】shēn jiā xìng mìng 自己和全家老小的生命財產。清吳敬梓儒林外史二五:"自古道:'公門裏好修行。'你們伏侍太老爺,凡事不可壞了太老爺清名,也要各人保着自己的身家性命。"

【身強力壯】shēn qiáng lì zhuàng 身體健壯,力氣很大。水滸十四:"(晁蓋)最愛刺鎗使棒;亦自身強力壯,不要妻室,終日只是打熬筋骨。"

【身經百戰】shēn jīng bǎi zhàn 指久臨戰陣,富有經驗。全唐詩二四八郎士元塞下曲:"寶刀塞下兒,身經百戰曾百勝。"

【身輕言微】shēn qīng yán wēi 身分卑下的人,言論主張不被人所重視。後漢書七六孟嘗傳:"同郡楊喬上書薦嘗曰:'臣前後七表,言故合浦太守孟嘗,而身輕言微,終不蒙察。'"亦作"人微言輕"。見該條。

【身體力行】shēn tǐ lì xíng 淮南子氾論有"故聖人以身體之"語,禮中庸有"力行近乎仁"語,後人因以身體力行指親身體驗,努力實踐。明章懋楓山集三答東陽徐子仁書:"但不能身體力行,則雖有所見,亦無所用。"

車　部

【車水馬龍】chē shuǐ mǎ lóng　形容車馬衆多，來往不絕，極其熱鬧。後漢書明德馬皇后紀：“前過濯龍門上，見外家問起居者，車如流水，馬如游龍。”宋司馬光溫國文正司馬公集十四次韻和復古春日五絕句詩之二：“車如流水馬如龍，花市相逢咽不通。”吳趼人二十年目睹之怪現狀一：“花天酒地，鬧個不休，車水馬龍，日無暇晷。”

【車在馬前】chē zài mǎ qián　比喻初學者必從易到難，由粗到精。禮學記：“始駕馬者反之，車在馬前。”疏：“大馬本駕在車前，今將馬子繫隨車後而行，故云‘反之，車在馬前’。……繫駒於後，使……慣習而後駕之，不復驚也。言學者亦須先教小事操縵之屬，然後乃示其業。”

【車攻馬同】chē gōng mǎ tóng　車輛堅固，馬匹整齊。詩小雅車攻：“我車既攻，我馬既同。”傳：“攻，堅；同，齊也。”後漢書六十上馬融傳廣成頌：“車攻馬同，教達戎通。”

【車馬駢闐】chē mǎ pián tián　形容車馬多，場面熱鬧。元曲選外編缺名鯁直張千替殺妻一：“綺羅交錯，車馬駢闐。”

【車殆馬煩】chē dài mǎ fán　指征途勞苦。殆，通“怠”，疲乏。文選三國魏曹子建（植）洛神賦：“日既西傾，車殆馬煩。”南朝宋鮑照鮑氏集三代白紵舞之一：“車殆馬煩客忘歸，蘭膏明燭承夜暉。”

【車笠之交】chē lì zhī jiāo　晉周處風土記：“越俗性率朴，初與人交有禮，封土壇，祭以雞犬，祝曰：‘卿雖乘車我戴笠，後日相逢下車揖。我步行，君乘馬，他日相逢君當下。’”（五朝小説本）乘車策馬，指富貴；戴笠步行，言貧賤。俗稱不因貴賤而改變之好友爲“車笠之交”、“車笠之盟”，本此。

【車載斗量】chē zài dǒu liáng　用車裝，用斗量。形容數量多。三國志吳吳主傳“遣都尉趙咨使魏”注引吳書：“（趙咨）使魏，魏文帝善之。嘲咨，……又曰：‘吳如大夫者幾人？’咨曰：‘聰明特達者八九十人。如臣之比，車載斗量，不可勝數。’”唐張鷟朝野僉載四：“則天革命，舉人不試皆與官，起家至御史評事拾遺補闕者不可勝數。張鷟謂謠曰：補闕連車載，拾遺平斗量。”清吳敬梓儒林外史四六：“今恰好表兄在家，就是小兒有幸了。舉人、進士，我和表兄兩家，車載斗量，也不是甚麼出奇東西。”

【軍法從事】jūn fǎ cóng shì　按軍法處斷。三國志魏曹爽傳司馬懿奏：“臣輒啟主者及黃門令罷爽羲訓吏兵，以侯就第，不得逗留以稽車駕。敢有稽留，便以軍法從事。”

【軒然大波】xuān rán dà bō　高高涌起的波濤。唐韓愈昌黎集二岳陽樓別竇司直詩：“軒然大波起，宇宙隘而妨。”後比喻大的糾紛或風潮。

【載舟覆舟】zài zhōu fù zhōu　孔子家語五儀：“夫君者舟也，庶人者水也，水所以載舟，亦所以覆舟。”民猶水，可載船也可覆船。後以載舟覆舟比喻民心向背的重要。亦作“水可載舟，亦可覆舟”。見該條。

【載酒問字】zài jiǔ wèn zì　漢書八七下揚雄傳贊：“家素貧，耆酒，人希至其門，時有好事者載酒肴從游學。”又：“劉棻嘗從雄學作奇字。”後比喻慕名登門求教。

【輕而易舉】qīng ér yì jǔ　形容辦事容易，不費力氣。詩大雅烝民：“人亦有言，德輶如毛，民鮮克舉也。”注：“言人皆言德甚輕而易舉，然人莫能舉也。”

【輕車熟路】qīng chē shú lù　駕輕車，走熟路。比喻辦事順利，不費力氣。唐韓愈昌黎集二一送石處士序："若駟馬駕輕車就熟路，而王良造父爲之先後也。"宋辛棄疾稼軒詞一賀新郎和徐斯遠下第謝諸公載酒相訪："逸氣軒眉宇，似王良輕車熟路，驊騮欲舞。"亦作"熟路輕轍"。見該條。

【輕車簡從】 qīng chē jiǎn cóng　出行時少帶行裝和僕從。清劉鶚老殘游記八："他就向縣裏要了車，輕車簡從的向平陰進發。"

【輕於鴻毛】 qīng yú hóng máo　比喻毫無意義，太不值得。文選漢司馬遷報任少卿書："人固有一死，或重於太（泰）山，或輕於鴻毛。"

【輕財好施】 qīng cái hào shī　指人慷慨好義，不以錢財爲重，喜歡施舍。三國志吳朱據傳："黃龍元年，（孫）權遷都建業，微據尚公主，拜左將軍，封雲陽侯。謙虛接士，輕財好施，祿賜雖豐而常不足用。"唐李白李太白文二六上安州裴長史書："曩昔東遊維揚，不逾一年，散金三十餘萬，有落魄公子，悉皆濟之，此則是白之輕財好施也。"

【輕描淡寫】 qīng miáo dàn xiě　着筆輕，用墨淡。原指作畫撰文。亦以比喻避重就輕，草草帶過。吳趼人二十年目睹之怪現狀四八："臯臺見他說得這等輕描淡寫，更是着急。"

【輕裘緩帶】 qīng qiú huǎn dài　穿輕暖的皮衣，束寬鬆的衣帶。形容雍容閑適的風度。晉書羊祜傳："在軍常輕裘緩帶，身不被甲。鈴閣之下，侍衛者不過十數人，而頗以畋漁廢政。"宋王安石臨川集二一次韻酬子玉同年詩："塞垣高壘深溝地，幕府輕裘緩帶時。"

【輕諾寡信】 qīng nuò guǎ xìn　輕易允諾，很少守信。老子："夫輕諾必寡信，多易必多難。"清蒲松齡聊齋志異鳳仙："大姑寄語官人：好事豈能猝合？適與之言，反遭訴厲；但緩時日以待之，吾家非輕諾寡信者。"

【輕舉妄動】 qīng jǔ wàng dòng　不經周密考慮，草率採取行動。宋李心傳建炎以來繫年要錄三七建炎四年趙鼎與劉光世書："固不可輕舉妄動，重貽朝廷之憂；亦安忍坐視不救，滋長賊勢，留無窮之患。"

三國演義一〇六："卜者占之曰：'有形不成，有口無聲，國家亡滅，故現其形。'——有此三者，皆不祥之兆也。主公宜避凶就吉，不可輕舉妄動。"

【輕薄少年】 qīng bó shào nián　指輕浮放蕩的青年。漢書九十尹賞傳："雜擧長安中輕薄少年惡子，無市籍商販作務，而鮮衣凶服被鎧扞持刀兵者，悉籍記之，得數百人。"

【輕塵棲弱草】 qīng chén qī ruò cǎo　微塵依附在弱草上。比喻人生渺小短暫。元郝經續後漢書列女傳曹文叔妻："人生世間，如輕塵棲弱草爾，何至自苦迺爾？"

【輸肝瀝膽】 shū gān lì dǎn　指暢叙衷曲，十分真誠。宋司馬光溫國文正司馬公集四七辭門下侍郎第二劄子："臣區區之心，惟望先帝察其何故辭貴就賤，一賜召對，訪以新法，於民間果爲利害，臣得輸肝瀝膽，極竭以聞，退就鼎鑊，死且不朽。"

【轂擊肩摩】 gǔ jī jiān mó　車轂相擊，人肩相摩。形容車馬行人擁擠。轂，指車。戰國策齊一："臨淄之途，車轂擊，人肩摩。"宋蘇過斜川集二題岑氏遠心亭詩："紛紛朝市我無與，轂擊肩摩同一軌。"

【轉危爲安】 zhuǎn wēi wéi ān　變危險爲平安。續資治通鑑一七一宋理宗淳祐四年："劉漢弼密奏曰：'自古未有一日無宰相之朝，今虛相位已三月，願奮發英斷，拔去陰邪，庶可轉危爲安。'"

【轉敗爲功】 zhuǎn bài wéi gōng　變失敗爲成功。史記六二管仲傳："其爲政也，善因禍而爲福，轉敗而爲功。"又六九蘇秦傳蘇代遺燕昭王書："智者擧事，因禍爲福，轉敗爲功。"

【轉悲爲喜】 zhuǎn bēi wéi xǐ　變悲哀爲喜悦。清李汝珍鏡花緣五九："良箴聽了，不覺轉悲爲喜，再三道謝。"

【轉禍爲福】 zhuǎn huò wéi fú　變禍難爲吉利。史記六九蘇秦傳："臣聞古之善制事者，轉禍爲福，因敗爲功。"又八九張耳陳餘傳："君急遣臣見武信君，可轉禍爲福。"

【轉彎抹角】 zhuǎn wān mò jiǎo　原指行路曲折。亦以比喻説話不直截了當。元曲選秦簡夫東堂老勸破家子弟一："轉灣抹角，可早來到李家門首。"灣，通"彎"。

辛　部

【辭不獲命】cí bù huò mìng　推辭不得允許。辭，推辭。獲命，許可。莊子天地：“將閭葂見季徹曰：‘魯君謂葂也，曰：請受教。辭不獲命，既已告矣，未知中否，請嘗薦之。’”

【辯圃學林】biàn pǔ xué lín　指文人學士聚集的地方。藝文類聚四九南朝梁王僧孺太常敬子任府君傳：“辭人才子，辯圃學林，莫不含毫咀思，爭高競敏。”

辵　部

【迅雷不及掩耳】xùn léi bù jí yǎn ěr　疾雷忽至，不及掩耳。比喻事起突然，不及防備。迅，快。晉書石勒載記上：“速鑿北壘爲突門二十餘道，候賊列守未定，出其不意，直衝（段）末柸帳，敵必震惶，計不及設，所謂迅雷不及掩耳。”

【迎刃而解】yíng rèn ér jiě　比喻事情容易解決。晉書杜預傳：“昔樂毅藉濟西一戰以并強齊，今兵威已振，譬如破竹，數節之後，皆迎刃而解，無復著手處也。”朱子語類十學四：“文字大節目，痛理會三五處，後當迎刃而解。”

【迎來送往】yíng lái sòng wǎng　見“送往迎來”。

【近水惜水】jìn shuǐ xī shuǐ　珍惜用水之意。比喻不要因易得而浪費。宋林洪山家清事泉源：“引泉之甘者貯之以缸。……又須愛護用之，諺云‘近水惜水’，此實修福之事云。”

【近水樓臺】jìn shuǐ lóu tái　比喻因近便而獲利益。宋俞文豹清夜錄：“范文正公（仲淹）鎮錢塘，兵官皆被薦，獨巡檢蘇麟不見錄，乃獻詩云：‘近水樓臺先得月，向陽花木易爲春。’公即薦之。”

【近在咫尺】jìn zài zhǐ chǐ　形容距離很近。宋蘇軾經進東坡文集事略二六杭州謝表：“凜然威光，近在咫尺。”

【近在眉睫】jìn zài méi jié　比喻相距極近。列子仲尼：“雖遠在八荒之外，近在眉睫之內，來干我者，我必知之。”後來亦指事情迫切。

【近悅遠來】jìn yuè yuǎn lái　見“近說遠來”。

【近說遠來】jìn yuè yuǎn lái　論語子路：“葉公問政，子曰：‘近者說，遠者來。’”說，通“悅”。言近居之民，以政治清明而歡悅，遠者之民聞風而附。後因以“近悅遠來”指清明之政。唐白居易長慶集三八除李爽簡西川節度使制：“專奉詔條，削去弊政，……近悅遠來，歸如流水。”

【近朱者赤，近墨者黑】jìn zhū zhě chì，jìn mò zhě hēi　靠近朱砂的變紅，靠近墨的變黑。比喻人因環境影響而變化。北堂書鈔六五晉傅玄少傅箴：“夫金木無常，方員應形,亦有隱括,習與性成,故近朱者赤,近墨者黑。"

【返老還童】fǎn lǎo huán tóng　原指道家所謂却老術。後多用以形容年老者煥發青春。雲笈七籤六十諸家氣法:"日服千嚥,不足爲老,返老還童,漸從此矣。"西遊記十七:"返老還童容易得,超凡入聖路非遙。"

【述而不作】shù ér bù zuò　闡述前人成說而不自立新義。論語述而:"述而不作,信而好古,竊比我於老彭。"

【送抱推襟】sòng bào tuī jīn　見"推襟送抱"。

【送往迎來】sòng wǎng yíng lái　送去者,迎來者。莊子山木:"萃乎芒乎,其送往而迎來。"禮中庸:"送往迎來,嘉善而矜不能,所以柔遠人也。"本爲泛指之辭,後來多指人事應酬。亦作"迎來送往"。宋楊萬里誠齋集二九過鴛鴦湖詩:"紅旗青蓋鳴鉦處,都是迎來送往人。"

【送往事居】sòng wǎng shì jū　安葬死者,奉事活者。左傳僖九年:"送往事居,耦俱無猜,貞也。"宋陳亮龍川集二三祭朱壽之文:"少不失父,老不哭子,送往事居,後先更迭,以終於無憾,此固國家大順之極,而亦所以從一人自遂之私。"

【送故迎新】sòng gù yíng xīn　送別舊的,迎接新的。漢書八六王嘉傳:"吏或居官數月而退,送故迎新,交錯道路。"宋徐鉉徐公文集二除夜詩:"寒燈耿耿漏遲遲,送故迎新了不欺。"亦作"送舊迎新"。見該條。

【送暖偷寒】sòng nuǎn tōu hán　指對人關心體貼。元王實甫西廂記三本二折:"直待我挂着拷幫閒鑽懶,縫合唇送暖偷寒。"亦作"偷寒送暖"。見該條。

【送舊迎新】sòng jiù yíng xīn　猶"送故迎新"。五燈會元二十石霜宗鑒禪師:"上堂曰:'送舊年,迎新歲,動用不離光影內。'"宋楊萬里誠齋集四十宿城外張氏莊早起入城詩:"送舊迎新也辛苦,一番辛苦兩年閒。"見該條。

【逆取順守】nì qǔ shùn shǒu　以武力奪取天下,遵循常理來治理天下。史記九七陸賈傳:"陸生曰:'居馬上得之,寧可以馬上治之乎?且湯武逆取而以順守之,文武并用,長久之術也。'"後漢書七四下袁紹傳劉表與袁譚書:"昔三王五伯,下及戰國,君臣相弒,父子相殺,……皆所謂逆取順守,而徼富強於一世也。"三國演義六十:"且'兼弱攻昧'、'逆取順守',湯武之道也。"

【逆來順受】nì lái shùn shòu　對外來的干擾或無禮,采取順從、忍受的態度。吳趼人二十年目睹之怪現狀九三:"從前受了主人的罵,無非逆來順受。"

【迷塗知反】mí tú zhī fǎn　迷失了道路知道回來。比喻知錯能改。三國志魏袁術傳陳珪答術書:"若迷而知反,尚可以免,吾備舊知,故陳至情。"文選南朝梁丘希範(遲)與陳伯之書:"夫迷塗知反,往哲是與;不遠而復,先典攸高。"

【迷離撲朔】mí lí pū shuò　見"撲朔迷離"。

【退有後言】tuì yǒu hòu yán　當面順從,背後有異議。書益稷:"予違汝弼,汝無面從,退有後言。"

【退思補過】tuì sī bǔ guò　自我反省,彌補過失。左傳宣十二年:"進思盡忠,退思補過。"

【退避三舍】tuì bì sān shè　舍,古時行軍以三十里爲一舍。春秋晉公子重耳亡命過楚國,楚成王待之以禮,問若得返國,將何以報楚。重耳答曰:"若以君之靈,得反晉國,晉、楚治兵,遇於中原,其辟君三舍。"師行三十里爲舍。後晉楚城濮之戰,晉師果退三舍,以避楚軍。見左傳僖二三年、二八年。後用退避三舍比喻退讓。有自愧不如之意。清吳敬梓儒林外史十:"兩公子將此書略翻了幾頁,稱贊道:'賢姪少年如此大才,我等俱要退避三舍矣。'"

【迴光返照】huí guāng fǎn zhào　太陽將落時反射的光。比喻沒落以前的景象。景德傳燈錄二六義能禪師:"師曰:方便呼爲佛,迴光返照,看身心是何物。"亦比喻病人臨死前的短暫清醒。紅樓夢一一〇:"賈母又瞧了一瞧寶釵,嘆了一口氣,只見臉上發紅。賈政知是迴光返照,即忙進上參湯。"亦作"回光返照"。見該條。

【迴黃轉綠】huí huáng zhuǎn lǜ　指時序變遷，由秋冬草木黃落，以至春日重臨。比喻世事多變。明趙撝謙學範引休洗紅歌：“迴黃轉綠無定期，世事返復君所知”。亦作“回黃轉綠”。見該條。

【迴腸傷氣】huí cháng shāng qì　形容樂音感人之深。文選戰國楚宋玉高唐賦：“感心動耳，迴腸傷氣”。注：“言諸聲能迴轉人腸，傷斷人氣”。

【迴腸蕩氣】huí cháng dàng qì　形容詩文情思，纏綿悱惻，耐人尋味。清龔自珍龔定盦集餘集下夜坐詩：“功高拜將成仙外，才盡迴腸蕩氣中”。亦作“蕩氣回腸”。見該條。

【逃之夭夭】táo zhī yāo yāo　詩周南桃夭有“桃之夭夭”句，後以“桃”、“逃”諧音，借作逃亡不知所往之意。吳趼人二十年目睹之怪現狀七八：“等各人走過之後，他才不慌不忙的收拾了許多金珠物件，和那位督辦大人坐了輪船，逃之夭夭的到天津去了”。亦作“桃之夭夭”。見該條。

【追亡逐北】zhuī wáng zhú běi　追擊敗逃之敵。史記八二田單傳：“燕軍擾亂奔走，齊人追亡逐北，所過城邑皆畔燕而歸田單”。亦作“追奔逐北”。文選漢李少卿（陵）答蘇武書：“策疲乏之兵，當新羈之馬；然猶斬將搴旗，追奔逐北”。三國志魏田疇傳：“單于身自臨陣，太祖與交戰，遂大斬獲，追奔逐北，到柳城，軍還入塞”。

【追奔逐北】zhuī bēn zhú běi　見“追亡逐北”。

【追思咎過】zhuī sī jiù guò　追想以往的過錯。唐柳宗元柳先生集三三與楊誨之疏解車義第二書：“蚤夜惶惶，追思咎過”。

【追風逐電】zhuī fēng zhú diàn　喻迅疾。多指馬的奔馳。北齊劉晝劉子知人：“故孔〔丘〕方謹之相馬也，雖未追風逐電，絕塵滅影，而迅足之勢，固已見矣”。宋朱熹朱文公集八二跋米元章帖：“米老（芾）書如天馬脫銜，追風逐電，雖不可以馳驅之節，要自不妨痛快”。

【追風躡景】zhuī fēng niè yǐng　比喻馬行迅疾。景，通“影”。引申指突飛猛進。晉葛洪抱朴子內篇序：“洪體乏超逸之才，偶好無爲之業，假令奮翅則能凌厲玄霄，騁足則能追風躡景”。

【連中三元】lián zhòng sān yuán　指科舉考試中，接連在鄉試、會試、殿試考中第一名。即解元、會元、狀元。明馮夢龍警世通言十八：“論他的志氣，便像馮京商輅連中三元也，只算他便袋裏東西，真個是足躡風雲，氣冲牛斗”。

【連篇累牘】lián piān lěi dú　形容文詞冗長。隋書李諤傳上書：“連篇累牘，不出月露之形；積案盈箱，唯是風雲之狀”。宋嚴羽滄浪詩話詩注：“學詩有三節：其初不識好惡，連篇累牘，肆筆而成；既識羞愧，始生畏縮，成之極難；及其透徹，則七縱八橫，信手拈來，頭頭是道矣”。亦作“累牘連篇”。見該條。

【連類比物】lián lèi bǐ wù　聯系相類的事物，進行比較。韓非子難言：“多言繁稱，連類比物，則見以爲虛而無用”。亦作“比物連類”。見該條。

【連鑣並軫】lián biāo bìng zhěn　猶並駕齊驅。清沈德潛明詩別裁集序：“洪武之初，劉伯溫（基）之高格，並以高季迪（啟）、袁景文（凱）諸人，各逞才情，連鑣並軫”。

【逐浪隨波】zhú làng suí bō　見“隨波逐浪”。

【通力合作】tōng lì hé zuò　論語顏淵“盍徹乎”宋朱熹注：“周制，一夫受田百畝，而與同溝共井之人通力合作，計畝均收”。謂不分田界，共同耕作經營。今泛稱共同努力合作一事爲“通力合作”。

【通今博古】tōng jīn bó gǔ　通曉古今的學問。紅樓夢三十：“寶玉便笑道：姐姐通今博古，色色都知道，怎麼連這一齣戲的名兒也不知道，就說了這麼一套”。明馮夢龍清蔡元放東周列國志九：“兼且通今博古，出口成文，因此號爲文姜”。亦作“博古通今”。見該條。

【通功易事】tōng gōng yì shì　謂人各有業，互通有無。孟子滕文公下：“子不通功易事，以羨補不足，則農有餘粟，女有餘布；子如通之，則梓匠輪輿皆得食於子”。

【通同一氣】tōng tóng yī qì　相互串通。紅樓夢一一一：“箱櫃東西不少，如今一空，偷的時候自然不小了，那些上夜的人管做什麼的？況且打死的賊是周瑞的乾兒子，必是他們通同一氣的！」

【通邑大都】tōng yì dà dū　見「通都大邑」。

【通都大邑】tōng dū dà yì　泛指四通八達的大城市。漢書六二司馬遷傳報任安書：「僕誠已著此書，藏之名山，傳之其人通邑大都，則僕償前辱之責，雖萬被戮，豈不悔哉！」後多作「通都大邑」。唐韓愈昌黎集十二守戒：「今之通都大邑，介於屈強之間而不知爲之備，噫亦惑矣！」

【逍遙自在】xiāo yáo zì zài　無拘無束，自由自在。五燈會元十八性空妙普庵主：「建炎初，徐明叛，道經烏鎮，肆殺戮，民多逃亡。師獨荷策而往，賊怒，欲斬之；爲文自祭。有云：‘四十二臘，逍遙自在；逢人則喜，見佛不拜。’賊駭異釋之。」紅樓夢四二：「平兒聽說，照樣傳給婆子們，便逍遙自在的到園子裏來。」

【造言生事】zào yán shēng shì　造謠生事。孟子萬章上「好事者爲之也」宋朱熹集注：「好事，謂喜造言生事之人也。」

【造微入妙】zào wēi rù miào　達到深微精妙的境界。宋呂本中紫微雜說：「且如漢魏以來，士大夫多以字畫爲事，西晉以後尤盛。故積累推激，至王右軍（羲之）然後造微入妙。」

【逢人説項】féng rén shuō xiàng　唐項斯始未聞名，因以詩作謁楊敬之，楊甚愛之，贈詩云：「幾度見詩詩盡好，及觀標格過于詩。平生不解藏人善，到處逢人説項斯。」未幾，詩達長安，斯明年擢上第。參閱唐李綽尚書故實、宋錢易南部新書甲。後謂到處讚揚別人好處或替人講情爲「逢人説項」。清徐枋居易堂集三與王生書：「若足下貿貿然逢人説項，是愛我者害我，譽我者毀我也。」

【逢凶化吉】féng xiōng huà jí　將遇到的凶險轉化爲吉祥。水滸四二：「豪傑交遊滿天下，逢凶化吉天生成。」

【逢場作戲】féng chǎng zuò xì　景德傳燈錄六道一禪師：「鄧隱峯辭師，師云：‘什麼處去？’對云：‘石頭去。’師云：‘石頭路滑。’對云：‘竿木隨身，逢場作戲。’便去。」續傳燈錄十二靈巖志願禪師：「遇知音而隨佛事，在山野而別構清規，亦可竿木隨身，逢場作戲。」本謂江湖藝人於所止擇空場，用隨帶竿木，蒙巾幔成臺，當衆演奏。禪宗語錄中多指悟道在心，不拘時地。後謂隨事應景，偶一爲之，爲逢場作戲。宋蘇軾分類東坡詩十二六觀堂老人草書：「云如死灰實不枯，逢場作戲三昧俱。」明汪廷訥投桃記秋懷：「你爲甚不逢場作戲，對景開懷，幸員鶯求友。」

【逢人且説三分話】féng rén qiě shuō sān fēn huà　舊時謂爲人處世不可過於率直。事林廣記前集下結交警語：「逢人且説三分話，未可全拋一片心。」亦作「逢人只説三分話」。見該條。

【逢人只説三分話】féng rén zhǐ shuō sān fēn huà　舊時謂爲人處世不可過於率直。朱子語類二一論語三：「如今俗語云‘逢人只説三分話’，只此便是不忠。」亦作「逢人且説三分話」。見該條。

【進寸退尺】jìn cùn tuì chǐ　喻所得者少而所失者多。老子：「用兵有言，吾不敢爲主而爲客，不敢進寸而退尺。」唐韓愈昌黎集十五上兵部李侍郎書：「薄命不幸，動遭讒謗，進寸退尺，卒無所成。」元詩選癸之丙王振鵬題金明池圖：「因憐世上奔競者，進寸退尺何其癡。」

【進退失據】jìn tuì shī jù　前進、後退皆失去依據、憑藉。後漢書八二樊英傳上：「而子始以不訾之身，怒萬乘之主；及其享受爵祿，又不聞匡救之術，進退無所據矣。」宋陳亮龍川集九謝安比王導論：「（桓）溫一心以爲有鴻鵠將至，故氣不足以決之，而進退失據。」

【進退兩難】jìn tuì liǎng nán　形容處境困難。三國演義六三：「孔明曰：‘既主公在涪關進退兩難之際，亮不得不去。’」

【進退維谷】jìn tuì wéi gǔ　進退兩難。谷，喻困境。詩大雅桑柔：「人亦有言，進退維谷。」傳：「谷，窮也。」宋司馬光溫國文正公集十七辭修注第五狀：「臣之情亦極矣，臣之辭亦彈矣，雖欲重復稱引，無以復加，而朝廷以臣微賤，終不之聽，臣晝夜憂悸，無以自存，俯仰三思，進退維谷。」

【進旅退旅】jìn lǚ tuì lǚ　共進共退，整齊割一之意。禮樂記:"今夫古樂,進旅退旅。"注:"旅,猶俱也。俱進俱退,言其齊一也。"亦作"旅進旅退"。見該條。

【遊山玩水】yóu shān wán shuǐ 出行賞覽自然風景。宋朱熹朱文公集二六與陳師中書:"素聞月二十七日受代,即日出城,遊山玩水。"明俞汝楫禮部志稿二四學校學規萬曆三年:"亦不許招邀詩酒朋友,遊山玩水,致啟倖門,妨廢公務。"亦作"遊山翫水"。元尹志平葆光集中鳳棲梧述懷詞:"老也休休人事遠,遊山翫水隨緣轉。"

【遊山翫水】yóu shān wán shuǐ 見"遊山玩水"。

【遊刃有餘】yóu rèn yǒu yú 遊,亦作"游"。莊子養生主:"彼節者有間,而刀刃者無厚;以無厚入有間,恢恢乎其於遊刃必有餘地矣。"言庖丁善於解牛,雖在骨節之間,而刀刃遊行有餘地。後多比喻才力優良,善於治事。宋黃庭堅山谷外集九次韻寄上七兄詩:"誰言遊刃有餘地,自信無功可補天。"明張居正張文忠集書牘一答御史顧公曰唯:"惟公端亮之節,冠於臺表,比者一二注措,尤協輿情。太阿發硎,虛以運之,遊刃有餘地矣。"

【遊手好閒】yóu shǒu hào xián 遊蕩懶散,不務正業。元曲選(蕭德祥)楊氏女殺狗勸夫楔子:"我行你個遊手好閒,不務生理的弟子孩兒。"閒,亦作"閑"。五代史平話梁:"各自少年不肯學習經書,專事遊手好閑。"明蘭陵笑笑生金瓶梅一:"(謝希大)自幼父母雙亡,遊手好閒,把前程丟了。"

【遊必有方】yóu bì yǒu fāng 謂出遊必告知去處。論語里仁:"父母在,不遠遊,遊必有方。"

【遊魂撞屍】yóu hún zhuàng shī 猶行屍走肉。喻徒具形骸而無所用心的庸人。明蘭陵笑笑生金瓶梅一:"你也別要說起這干人,那一箇是那有良心的行貨,無過每日來勾使的遊魂撞屍。"

【遊談無根】yóu tán wú gēn 猶無稽之談。遊談,虛浮不實的言談。宋蘇軾經進東坡文集事略五三李君山房記:"近歲市人轉相摹刻諸子百家之書,日傳萬紙。學者之於書多且易致如此,其文詞學術,當倍蓰於昔人,而後生科舉之士,皆束書不觀,遊談無根,此又何也?"

【遊戲三昧】yóu xì sān mèi 三昧,佛教語。即排除一切雜念,使心神平靜。亦指事物之訣竅、奧妙。後稱以遊戲的態度對待一切,叫"遊戲三昧"。景德傳燈錄八普願禪師:"精練玄義,得大寂之室,頓然忘筌,得遊戲三昧。"清文康兒女英雄傳十八:"只因她一生所遭不偶,拂亂流離,一團苦志酸心,便釀成了這等一個遁跡空山,遊戲三昧的樣子。"

【遊騎無歸】yóu jì wú guī 比喻遠離根本,不得歸宿。明黃宗羲明儒學案十二論學書:"文公分致知格物爲先知,誠意正心爲後行,故有遊騎無歸之慮。"文公,指朱熹。

【運斤成風】yùn jīn chéng fēng 言技藝入神。莊子徐无鬼:"郢人堊慢其鼻端,若蠅翼,使匠石斲之,匠石運斤成風,聽而斲之,盡堊而鼻不傷。"清王應奎柳南隨筆二芷崖贈妓詩:"蕭中素字芷崖,松郡木工也。善爲詩,所著有釋柯集。贈妓二首,雖游戲弄筆,而有運斤成風之妙。"

【運籌帷幄】yùn chóu wéi wò 在軍帳謀畫戰事。漢書高帝紀下五年:"夫運籌帷幄之中,決勝千里之外,吾不如子房(張良)。"史記高祖紀幄作"帳"。後以之泛指策劃機要。明許仲琳封神演義五六:"妙算神機說子牙,運籌帷幄更無差。"

【運籌畫策】yùn chóu huà cè 策畫謀略。史通言語:"逮漢魏已降,周隋而往,世皆尚文,時無專對。運籌畫策,自具於章表;獻可替否,總歸於筆札。"

【道不拾遺】dào bù shí yí 路有遺物,無人拾取。謂法治嚴峻,社會安定。戰國策秦一:"商君治秦,法令至行,……期年之後,道不拾遺,民不妄取,兵革大強,諸侯畏懼。"史記六八商君傳:"道不拾遺,山無盜賊,家給人足。"亦作"路不拾遺"。見該條。

【道路以目】dào lù yǐ mù 形容國人懾於暴政,敢怒而不敢言。國語周上:"厲王虐,國人謗王,召公告王曰:'民不堪命矣。'王怒,得衛巫,使監謗者,以告,則殺之。國人莫敢言,道路以目。"南史梁邵陵王綸傳:

"遨遊市里,雜於廝隸,嘗間賣觚者曰:'刺史如何?'對者言其驃虐。綸怒,令吞觚以死。自是百姓惶駭,道路以目。"資治通鑑一五〇梁普通六年注:"道路相逢者但以目相視而不敢言。"

【道遠任重】dào yuǎn rèn zhòng 見"任重道遠"。

【道貌岸然】dào mào àn rán 形容神態嚴肅(含貶義)。吳趼人二十年目睹之怪現狀一〇四:"因看見端甫道貌岸然,不敢造次。"亦作"岸然道貌"。清蒲松齡聊齋志異成仙:"又八九年,成忽自至,黃巾氅服,岸然道貌。"

【道聽途說】dào tīng tú shuō 見"道聽塗說"。

【道聽塗說】dào tīng tú shuō 無根據的傳說。論語陽貨:"道聽而塗說,德之棄也。"漢書藝文志:"小說家者流,蓋出於稗官,街談巷語,道聽塗說者之所造也。"亦作"道聽途說"。唐柳宗元柳河東集三一與劉禹錫論周易九六書:"今二子尚未能讀韓氏注、孔氏正義,是見其道聽塗說者,又何能知所謂易者哉。"清李汝珍鏡花緣五三:"妹子道聽途說,不知是否?尚求指示。"

【道三不着兩】tào sān bù zhuó liǎng 謂說話顛三倒四,不着邊際。清吳敬梓儒林外史十六:"你哥又沒中用,說了幾句道三不着兩的話。我着了這口氣,回來就病倒了。"又:"老爹而今有些害發了,說的話道三不着兩的。"

【道高一尺,魔高一丈】dào gāo yī chǐ, mó gāo yī zhàng 佛家語。道,道行;魔,魔障。告誡修行者警惕外界的誘惑。後比喻一物勝過一物,或一方勝過另一方。西遊記五十:"道高一尺魔高丈,性亂情昏錯認家。可恨法身無坐位,當時行動念頭差。"

【遐邇一體】xiá ěr yī tǐ 遠近一體。史記一一七司馬相如傳難蜀父老:"遐邇一體,中外提福,不亦康乎?"

【遇人不淑】yù rén bù shū 所嫁之人不善。詩王風中谷有蓷:"有女仳離,條其歗矣;條其歗矣,遇人之不淑矣。"

【遇事生風】yù shì shēng fēng 借故生事。漢書趙廣漢傳:"所居好用世吏子孫新進年少者,專厲彊壯蓬氣,見事風生,無所回避。"注:"風生,言其速疾不可當也。"宋樓鑰攻媿集四送周君可宰會稽詩:"遇事勿生風,三思庶能安。"亦作"遇事風生"。宋劉克莊後村集一一八江東憲謝鄭小保:"遇事風生,非復少年之材健;養親日短,終祈造物之哀憐。"

【遇事風生】yù shì fēng shēng 見"遇事生風"。

【遏惡揚善】è è yáng shàn 禁止姦惡,舉揚善良。易大有:"君子以遏惡揚善,順天休命。"

【過化存神】guò huà cún shén 孟子盡心上:"夫君子所過者化,所存者神。"論語學而"夫子之求之也,其諸異乎人之求之與"宋朱熹集注:"聖人過化存神之妙,未易窺測。"言聖人具盛德,所經之處,人人無不被感化;心所存主之處,神妙莫測。

【過目不忘】guò mù bù wàng 一經閱覽即長記不忘。極言記憶力強。晉書符融載記:"融聰辯明慧,下筆成章,……耳聞則誦,過目不忘。"

【過目成誦】guò mù chéng sòng 看過一遍就能背誦。極言記憶力之強。宋史四四四劉恕傳:"恕少穎悟,書過目即成誦。"紅樓夢二三:"你說你會過目成誦,難道我就不能一目十行麼?"

【過河拆橋】guò hé chāi qiáo 謂事成之前借助於人,事成以後即置之不理。元史一四二徹里帖木兒傳:"治書侍御史普化誚(許)有壬曰:'參政可謂過河拆橋者矣。'"紅樓夢二一:"平兒咬牙道:'沒良心的,過了河兒就拆橋,明兒還想我替你撒謊呢!'"

【過眼雲煙】guò yǎn yún yān 比喻很快就消失的事物。明凌濛初二刻拍案驚奇十九:"盡道是用不盡的金銀,享不完的福祿了。誰知過眼雲煙,容易消歇。"清洪亮吉北江詩話六:"蓋勝地園林,亦如名人書畫,過眼雲煙,未有百年不易主者。"亦作"煙雲過眼"、"雲煙過眼"。見各該條。

【過猶不及】guò yóu bù jí 事情做得過頭,即如做得不夠,皆為不合。論語先進:"子貢問師(子張)與商(子夏)也孰賢,子曰：'師也過，商也不及。'曰：'然則師愈與？'子曰：'過猶不及。'"荀子王霸："既能治近，又務治遠；既能治明，又務見幽；既能當一，又務正百；是過者也，過猶不及也。"清李汝珍鏡花緣十四："多九公道：據老夫看來，這是'過猶不及'。大約兩耳過長，反覺沒用。"

【遁迹銷聲】dùn jì xiāo shēng　韜晦聲名形迹。指隱居不出。舊唐書八八韋嗣立傳上疏："若任用無才，則有才之路塞，賢人君子所以遁迹銷聲，常懷歎恨者也。"

【遠交近攻】yuǎn jiāo jìn gōng　交好遠邦，攻伐近國。戰國策秦三范睢説秦王："王不如遠交而近攻，得寸則王之寸，得尺亦王之尺也。今舍此而遠攻，不亦繆乎？"明馮夢龍清蔡元放東周列國志九七："爲大王計，莫此遠交而近攻。遠交以離人之歡，近攻以廣我之地。"

【遠走高飛】yuǎn zǒu gāo fēi　指擺脱困境，逃避遠方。西遊記六五："(妖王)出營高叫：'孫行者！好男子不可遠走高飛！快向前與我交戰三合！'清文康兒女英雄傳十四："誰想他遭了這樣大事，哀也不舉，靈也不守，孝也不穿，打算停靈七天，就在這山中埋葬，葬後他便要遠走高飛。"亦作"高飛遠走"。見該條。

【遠井不救近渴】yuǎn jǐng bù jiù jìn kě　猶遠水不救近火。宋莊季裕雞肋編中："諺有'巧婦做不得沒麪餺飥'與'遠井不救近渴'之語，陳無己用以爲詩云：'巧手莫爲無麪餅，誰能救渴需遠井。'遂不知爲俗語。"亦作"遠水不救近火"。見該條。

【遠水不救近火】yuǎn shuǐ bù jiù jìn huǒ　喻緩不濟急。韓非子説林上："失火而取水于海，海水雖多，火必不滅矣，遠水不救近火也。"周書赫連達傳："及(賀拔)岳爲侯莫陳悦所害，軍中大擾。……諸將或欲南追賀拔勝，或云東告朝廷。達又曰：'此皆遠水不救近火，何足道哉。'"宋王之道相山集二十申三省樞密利害劄子："設若有驚〔警〕，求援於德安，往來計六百里；求援於應城，往來計七百餘里，不知統兵者亦嘗思及此乎！俗諺所謂遠水不救近火，此言雖小，可以喻大。"亦作"遠井不救近渴"。見該條。

【遠聞不如近見】yuǎn wén bù rú jìn jiàn　謂傳聞不如親見確實可靠。漢王充論衡案書："遠不如近，聞不如見。"

【遠親不如近鄰】yuǎn qīn bù rú jìn lín　喻遠不濟急，近乃可恃。古今雜劇元秦簡夫東堂老勸破家子弟四："豈不聞道遠親呵不如近鄰，我可便説的話言忠信。"清西周生醒世姻緣八十："狄周把劉振白拉到汊人的所在，合他説道：'遠親不如近鄰，你倒凡百事肯遮庇，倒出頭的説話？'"

【遠來和尚好看經】yuǎn lái hé shàng hǎo kàn jīng　比喻外來之人比本地人更受重視。元曲選張國賓相國寺公孫合汗衫三："近寺人家不重僧，遠來和尚好看經。"西遊記七二："常言道：'遠來的和尚好看經。'妹妹們！不可怠慢，快辦齋來。"今多作"遠來和尚好唸經"。

【遭家不造】zāo jiā bù zào　詩周頌閔予小子："閔予小子，遭家不造，嬛嬛在疚。"箋："造，猶成也。……遭武王崩，家道未成，嬛嬛然孤特在憂病之中。"本爲成王除喪朝廟感傷之辭，後常以指家中遭遇不幸。

【遵養時晦】zūn yǎng shí huì　詩周頌酌："於鑠王師，遵養時晦。"箋："於美乎文王之用師，率殷之叛國以事紂，養是闇昧之君，以老其惡。"後亦用作身處亂世、退隱待時之意。舊五代史唐李琪傳："琪雖博學多才，拙於遵養時晦，知時不可爲，然猶多岐取進，動而見排，由己不能鎮靜也。"

【遷蘭變鮑】qiān lán biàn bào　喻潛移默化。南史恩倖傳論："探求恩色，習覩威顏，遷蘭變鮑，久而彌信。"按：孔子家語六本："與善人居，如入芝蘭之室，久而不聞其香，即與之化矣；與不善人居，如入鮑魚之肆，久而不聞其臭，亦與之化矣。""遷蘭變鮑"語本此。

【遺大投艱】yí dà tóu jiān　賦予重大艱難之任。書大誥："予造天役，遺大投艱於朕身。"

【遺臭萬世】yí chòu wàn shì　見"遺臭萬載"。

【遺臭萬年】yí chòu wàn nián　見"遺臭萬載"。

【遺臭萬載】yí chòu wàn zǎi　惡名永傳後世。世説新語尤悔：“(桓溫)既而屈起坐曰：‘既不能流芳後世，亦不足復遺臭萬載邪！’”亦作“遺臭萬世”、“遺臭萬年”。宋史三八一范如圭傳遺秦檜書：“公不喪心病狂，奈何爲此，必遺臭萬世矣！”三國演義九：“將軍若助董卓，乃反臣也。載之史筆，遺臭萬年。”又作“貽秀萬年”。見該條。

【遺簪墜屨】yí zān zhuì jù　韓詩外傳九：“婦人曰：‘鄉者刈蓍薪亡吾蓍簪，吾是以哀也。’弟子曰：‘刈蓍薪而亡蓍簪，有何悲焉？’婦人曰：‘非傷亡簪也，蓋不忘故也。’”漢賈誼新書七諭誠：“楚軍敗，昭王走而屨決，背而行，失之；行三十步，復旋取屨。及至於隋，左右問曰：‘王何曾惜一踦屨乎？’昭王曰：‘楚國雖貧，豈愛一踦屨哉？惡與偕出弗與偕反也。’”後人合兩事爲遺簪墜屨，喻視物而起懷舊之情。北史韋孝寬傳附韋敻：“孝寬爲延州總管，敻至州，與孝寬相見。將還，孝寬以所乘馬及轡勒與敻。敻以其華飾，心不欲之，笑謂寬曰：‘昔人不棄遺簪墜屨者，惡與之同出，而不與同歸。吾之操行，雖不逮前烈，然捨舊錄新，亦非吾志也。’”唐羅隱甲乙集一

得宣州竇尚書書因投寄詩之二：“遺簪墜履應留念，門客如今只下僚。”

【避坑落井】bì kēng luò jǐng　喻避去一害而一害又生。晉書褚裒傳：“今宜共戮力以備賊，幸無外難，而内自相擊，是避坑落井也。”亦作“避穽入坑”。易林五觀之益：“避穽入坑，憂患日生。”

【避穽入坑】bì jǐng rù kēng　見“避坑落井”。

【避重就輕】bì zhòng jiù qīng　喻畏難圖易，推卸責任。唐六典七工部尚書：“少府監匠一萬九千八百五十人，將作監匠一萬五千人，散出諸州，皆取材力強壯，技能工巧者，不得隱巧補拙，避重就輕。”大明律附例四：“凡軍民驛竈壟卜工樂諸色人戶，並以籍爲定，若詐冒脱免，避重就輕者，杖八十。”

【避實就虛】bì shí jiù xū　見“避實擊虛”。

【避實擊虛】bì shí jī xū　作戰之法，當避敵之堅實而攻其虛弱。孫子虛實：“兵之形，避實而擊虛。”亦作“避實就虛”。淮南子要略：“避實就虛，若驅羣羊，此所以言兵也。”

邑　　部

【邪魔外道】xié mó wài dào　佛書以妄見爲邪魔，佛教以外的教派爲外道。指妨害正道的邪説和行爲。引申指各色鬼怪。藥師經下：“又信世間邪魔外道，妖孽之師妄説禍福，便生恐動，心不自正。”古今雜劇元宮大用死生交范張雞黍二：“此事真假未辨，敢是其麼邪魔外道向你討祭祀來麼？”

【邯鄲學步】hán dān xué bù　見“學步邯鄲”。

【郊寒島瘦】jiāo hán dǎo shòu　唐孟郊賈島之詩，清峭瘦硬，好作苦語，故有此

稱。宋蘇軾東坡集三五祭柳子玉文：“元輕白俗，郊寒島瘦。”亦作“島瘦郊寒”。朱熹朱文公集四次韻謝劉仲行惠筍詩之二：“君詩高處古無師，島瘦郊寒詎足差。”

【郢書燕説】yǐng shū yān shuō　韓非子外儲説左上：“郢人有遺燕相國書者，夜書，火不明，因謂持燭者曰：‘舉燭。’而誤書‘舉燭’。舉燭，非書意也。燕相受書而説之曰：‘舉燭者，尚明也，尚明也者，舉賢而任之’。燕相白王，王大説。國以治，治則治矣，非書意也。今世學者，多似此類。”後因以“郢書燕説”比喻以訛傳誤。明楊慎升庵

詩話："子美詩句(汝與東山李白好),正因其自號而稱之耳,流俗不知而妄改。近世作大明一統志,遂以李白入山東人物類,而引杜詩爲證,近於郢書燕說矣。"清紀昀閱微草堂筆記四灤陽消夏錄四:"即康節(邵雍)最通數學,亦僅以奇偶方圓揣摩影響,實非從推步而知。故持論彌高,彌不免郢書燕說。"

【鄉壁虛造】xiāng bì xū zào　憑空杜撰。

鄉,面向。說文解字叙:"而世人大共非訾,以爲好奇者也,故詭更正文,鄉壁虛造不可知之書,變亂常行,以耀於世。"清段玉裁注:"此謂世人不信壁中書爲古文,非毀之,謂好奇者改易正字,向孔氏之壁,憑空造此不可知之書,指爲古文。"後多作"向壁虛構"。

【鄰國爲壑】lín guó wéi hè　見"以鄰爲壑"。

酉　部

【酒池肉林】jiǔ chí ròu lín　形容窮奢極欲。史記殷紀:"(帝紂)以酒爲池,縣肉爲林,使男女倮相逐其間,爲長夜之飲。"亦用以形容酒肉之多。史記一二三大宛傳:"(武帝)行賞賜,酒池肉林,令外國客徧觀各倉庫府藏之積,見漢之廣大。"

【酒有別腸】jiǔ yǒu bié cháng　五代閩主王曦嘗曲宴羣臣,皆醉去,獨周維岳在座。曦問:"維岳身甚小,何飲酒之多?"左右曰:"酒有別腸,不必長大。"見清吳任臣十國春秋九二閩景宗紀。宋詩鈔戴復古石屏詩鈔飲中:"腹有別腸能貯酒,天生左手慣持螯。"

【酒肉朋友】jiǔ ròu péng yǒu　指吃喝玩樂的朋友。明凌濛初二刻拍案驚奇二四:"終日只是三街兩市,和着酒肉朋友串哄,非賭即嫖,整個月不回家來。"

【酒色財氣】jiǔ sè cái qì　嗜酒,好色,貪財,逞氣。以此爲人生四戒。後漢楊秉自言,平生有三不惑,指酒色財而言。宋金時又加氣合爲四。元缺名東南紀聞一記有韓翁謂韓大倫曰,須禁酒色財氣。又李曾伯可齋雜槀二六有和清湘蔣省幹酒色財氣詩。金王喆重陽全真集十二西江月四畫詞:"堪歎酒色財氣,塵寰彼此長迷。"古今雜劇元馬致遠馬丹陽三度任風子一:"誠恐此人戀着酒色財氣,人我是非,迷着仙道。"

【酒甕飯囊】jiǔ wèng fàn náng　見"酒囊飯袋"。

【酒食地獄】jiǔ shí dì yù　謂酒食頻繁,疲於應接,其苦如處地獄。宋朱彧萍洲可談三:"東坡倅杭,不勝杯酌,諸公欽其才望,朝夕聚首,疲於應接,乃號杭倅爲酒食地獄。"

【酒食徵逐】jiǔ shí zhēng zhú　指朋友間宴飲交往頻繁。唐韓愈昌黎集三二柳子厚墓誌銘:"今夫平居里巷相慕悅,酒食游戲相徵逐。"

【酒酣耳熱】jiǔ hān ěr rè　形容酒興正濃。漢書六六楊敞傳附楊惲:"奴婢歌者數人,酒後耳熱,仰天拊缶而呼烏烏。"文選三國魏文帝(曹丕)與吳質書:"每至觴酌流行,絲竹並奏,酒酣耳熱,仰而賦詩,當此之時,忽然不自知樂也。"唐杜甫杜工部草堂詩箋三六醉歌行贈公安顏少府請顧八題壁:"酒酣耳熱忘頭白,感君意氣無所惜。"

【酒醉飯飽】jiǔ zuì fàn bǎo　形容飲食完全得到滿足。明凌濛初初刻拍案驚奇三:"衆人把主人要留他們過宿頑耍的話說了,那未冠的說道:'好,好,不妨。只是酒醉飯飽,不要貪睡,員了主人殷勤之心。'"

【酒囊飯袋】jiǔ náng fàn dài　諷刺無用

之人。漢王充論衡別通:"今則不然,飽食快飲,慮深求臥,腹為飯坑,腸為酒囊,閉闒暗塞,無所好欲,與三百倮蟲何以異?"宋陶岳荆湘近事:"馬氏奢僭,諸院王子,僕從烜赫,文武之道,未嘗留意,時謂之酒囊飯袋。"(類説二二)亦作"酒瓮飯囊"。抱朴子彈禰:"(禰)衡游許下,……呼孔融為大兒,楊脩為小兒,苟彧強可與語,過此以往,皆木梗泥偶,似人而無人氣,皆酒瓮飯囊耳。"

【酒逢知己千杯少】jiǔ féng zhī jǐ qiān bēi shǎo 形容情意融洽,飲酒酣暢。元明雜劇缺名劉關張桃園三結義三:"將來,我再飲一杯。正是酒逢知己千杯少也。"亦作"酒逢知己千鍾少"。元高則誠琵琶記幾言諫父:"自古道:酒逢知己千鍾少,話不投機半句多。"

【酒逢知己千鍾少】jiǔ féng zhī jǐ qiān zhōng shǎo 見"酒逢知己千杯少"。

【酌金饌玉】zhuó jīn zhuàn yù 見"炊金饌玉"。

【醉生夢死】zuì shēng mèng sǐ 謂生活頽廢,如醉如夢。濂洛關閩書十二君子:"伊川(程頤)曰:'……邪誕妖異之説起,塗生民之耳目,溺天下於汙濁,雖高才明智,膠於見聞,醉生夢死,不自覺也。"宋陽枋字溪集三與趙明遠書:"人生世間,光景

無多,而汩没利名,蔽固纏縛,自少至老,只在大黑暗中啾啾雜雜,未嘗見一點光明,所謂醉生夢死,意何謂耶?"明蘭陵笑笑生金瓶梅一:"你休説他,那裏曉得什麽,如在醉生夢死一般。"

【醉酒飽德】zuì jiǔ bǎo dé 詩大雅既醉:"既醉以酒,既飽以德。"詩序:"既醉,太平也。醉酒飽德,人有士君子之行焉。"後用為酬謝主人宴飲之辭。唐缺名靈應傳:"妾以寓止郊園,綿歷多祀,醉酒飽德,蒙惠誠深。"(太平廣記四九二)

【醉翁之意不在酒】zuì wēng zhī yì bù zài jiǔ 宋歐陽修文忠集三九醉翁亭記:"太守與客來飲于此,飲少輒醉,而年又高,故自號曰醉翁也。醉翁之意不在酒,在乎山水之間也。"後常以醉翁之意不在酒指藉此圖彼,真意別有所在。元劉因靜修集五飲仲誠椰瓢詩:"醉翁之意不在酒,宛如琴意非絲桐。"

【醍醐灌頂】tí hú guàn dǐng 醍醐,酥酪上凝聚的油。佛家以醍醐灌人之頂,喻輸人人以智慧,使人頭腦清醒。全唐詩二六五顧況行路難之二:"君不見少年頭上如雲髮,少壯如雲老如雪。豈知灌頂有醍醐,能使清涼頭不熱。"西遊記三一:"那沙僧一聞孫悟空三個字,便好似醍醐灌頂,甘露滋心。"

釆　　部

【采薪之憂】cǎi xīn zhī yōu 自稱有病之婉辭。孟子公孫丑下:"孟仲子對曰:昔者有王命,有采薪之憂,不能造朝。"宋朱熹集注:"采薪之憂,言病不能采薪,謙辭也。"亦作"採薪之憂"。元王實甫西廂記二本二折:"奈何至河中府普救寺,忽值採薪之憂,不及迎造。"

【采蘭贈藥】cǎi lán zèng yào 喻男女相愛,互贈禮品。詩鄭風溱洧:"士與女,方秉蕑兮,……維士與女,伊其相謔,贈之以勺

藥。"傳:"蕑,蘭也;勺藥,香草。"亦作"采蘭贈芍"。清吳敬梓儒林外史三四:"怪道前日老哥同老嫂在桃園大樂!這就是你彈琴飲酒,采蘭贈芍的風流了。"或作"贈芍采蘭"。見該條。

【釋回增美】shì huí zēng měi 謂去邪辟而增益美性。禮禮器:"禮,釋回,增美質;措則正,施則行。"注:"釋,猶去也;回,邪辟也。質,猶性也。"

里　　部

【重金兼紫】chóng jīn jiān zǐ　印綬重疊。謂多高官。後漢書七八呂強傳上疏：“而陛下不悟，妄授芳土，開國承家，小人是用，又并及家人，重金兼紫，相繼爲藩輔。”注：“金印紫綬。重、兼，言累積也。”

【重規襲矩】chóng guī xí jù　合乎規矩法度。漢王符潛夫論思賢：“是故雖相去百世，縣年一紀，限隔九州，殊俗千里，然其亡徵敗迹，若重規襲矩，稽節合符。”亦作“重規疊矩”、“重規累矩”。宋書禮志一魏明帝詔：“諸若此者，皆以正歲斗建爲節，此曆數之序，乃上與先聖合符同契、重規疊矩者也。”藝文類聚九五晉王廙白兔賦序：“昔周旦翼成，越裳重譯而獻白雉，……今我王臣濟皇維，而有白兔之應，可謂重規累矩，不忝先聖也。”

【重熙累洽】chóng xī lěi qià　累世昇平昌盛。文選漢班孟堅（固）東都賦：“至於永平之際，重熙而累洽。”唐張銑注：“熙，光明也。洽，合也。言光武既明而明帝繼之，故曰重熙累洽也。”宋李心傳建炎以來繫年要錄九元年九月宗澤表：“粵自運啓炎宋，卜都大梁，宅中而包三萬里之幅員，創業以貽二百年之基緒，重熙累洽，端拱垂衣。”

【野人獻日】yě rén xiàn rì　喻微薄的貢獻。列子楊朱：“昔者宋國有田夫，常衣緼黂，僅以過冬，暨春東作，自曝於日，不知天下之有廣廈、隩室、緜纊、狐狢。顧謂其妻曰：負日之暄，人莫知者，以獻吾君，將有重賞。”

【野草閒花】yě cǎo xián huā　野生的花草。宋張侃拙軒集三家園詩：“當年迂叟圃初成，野草閒花不記名。”元詩選癸之辛下張偉厓門懷古詩：“野草閒花春寂寞，蠻煙瘴雨畫模糊。”亦以喻妓女或受人侮辱的女子。草堂詩餘三宋胡浩然元宵：“休迷戀，野草閒花，鳳簫人在金谷。”

【野鶴孤雲】yě hè gū yún　喻清高自在之人。宋王千秋審齋詞臨江仙：“野鶴孤雲元自在，剛論隱豹冥鴻，此身今在幻人宮。”元劉因靜修集八自適詩：“清霜烈日從渠畏，野鶴孤雲覺自閒。”亦作“閒雲孤鶴”、“閒雲野鶴”。見“閒雲孤鶴”。

【野火燒不盡，春風吹又生】yě huǒ shāo bù jìn，chūn fēng chuī yòu shēng　比喻革命火種永無消滅。唐白居易長慶集十三賦得古原草送別詩：“離離原上草，一歲一枯榮，野火燒不盡，春風吹又生。”

【量入爲出】liàng rù wéi chū　根據收入計劃支出。禮王制：“以三十年之通，制國用，量入以爲出。”疏：“量其今年入之多少，以爲來年出用之數。”三國志魏衛覬傳上疏：“當今之務，宜君臣上下，並用籌策，計較府庫，量入爲出。”唐白居易長慶集二贈友詩：“量入以爲出，上足下亦安。”

【量力而行】liàng lì ér xíng　衡量力之所及去做。左傳隱十一年：“度德而處之，量力而行之。”易乾象“君子以自強不息”唐孔穎達疏：“言君子之人，用此卦象，自彊勉力，不有止息，……但位尊者，象卦之義多也；位卑者，象卦之義少也。但須量力而行，各法其卦也。”

【量才稱職】liàng cái chèn zhí　根據人的才能授予相當職務。魏書郭祚傳：“尋正吏部，……當時每招怨讟，然所拔用者，皆量才稱職，時又以此歸之。”

【量能授官】liàng néng shòu guān　猶量才使用。荀子君道：“論德而定次，量能而授官，皆使人載其事而各得其所宜。”後漢書八十上黃香傳上疏：“臣聞量能授官者，則職無廢事；因勞施爵，則賢愚得宜。”亦作"量能授器"。文選晉陸士衡(機)辯亡論下："推誠信士,不恤人之我欺;量能授器,不患權之我逼。"

【量能授器】liàng néng shòu qì 見"量能授官"。

【量腹而食】liàng fù ér shí 謂自加節制。淮南子俶真："夫聖人量腹而食,度形而衣,節於己而已,貪污之心,奚由生哉?"

金　部

【金口木舌】jīn kǒu mù shé 論語八佾:"天將以夫子爲木鐸。"木鐸以金爲鈴,以木爲舌,搖振則出聲。故稱木鐸爲金口木舌。古代施政教時振木鐸以引衆注意。借喻爲宣揚教化之人。漢揚雄法言學行:"天之道不在仲尼乎? 仲尼駕説者也。不在兹儒乎? 如將復駕其所説,則莫若使諸儒金口而木舌。"南朝梁何遜何水部集七召儒學:"方領圓冠,金口木舌,談章句之遠旨,構紛綸之雅説。"

【金戈鐵馬】jīn gē tiě mǎ 指戰爭。舊五代史李襲吉傳爲李克用與朱溫書:"豈謂運由奇特,謗起奸邪,毒手尊拳,交相於暮夜;金戈鐵馬,蹂踐於明時。"宋辛棄疾稼軒詞五永遇樂京口北固亭懷古:"想當年,金戈鐵馬,氣吞萬里如虎。"元詩選薩都剌天錫雁門集登歌風臺:"淮陰少年韓將軍,金戈鐵馬立戰勳。"亦作"鐵馬金戈"。元明雜劇元高文秀保成公徑赴澠池會楔子:"少年爲將領雄兵,鐵馬金戈定兩京。"

【金友玉昆】jīn yǒu yù kūn 謂學業德行齊名之兄弟。三國魏崔鴻十六國春秋前凉録:"辛攀,字懷遠,隴西狄道人也。父全,晉尚書郎。兄鑒曠、寶迅,皆以才識著名。秦雍爲之諺曰:三龍一門,金友玉昆。"亦作"玉昆金友"、"金崑玉友"。南史王或傳附銓:"銓雖學業不及弟錫,而孝行齊焉。時人以爲銓、錫二王,可謂玉昆金友。"宋費樞廉吏傳下孔顗傳論:"王惠清修而鑒好聚歛,劉瑀高尚而孝綽贓墨,南朝士論,且深惜之。金崑玉友,並秀一門,誠不可得也。"

【金玉之言】jīn yù zhī yán 見"金玉良言"。

【金玉良言】jīn yù liáng yán 比喻珍貴的教誨或告誡。李寶嘉官場現形記十一:"老哥哥教導的話,句句是金玉良言。"亦作"金玉之言"。元王實甫西廂記四本三折:"小姐金玉之言,小生一一銘之肺腑。"

【金玉滿堂】jīn yù mǎn táng 富有金玉,極言財富之多。老子:"金玉滿堂,莫之能守;富貴而驕,自遺其咎。"後引申稱譽才學富實。世説新語賞譽下:"王長史(濛)謂林公(支遁,道林):'真長(劉惔)可謂金玉滿堂。'林公曰:'金玉滿堂,復何爲簡選?'王曰:'非爲簡選,直致言處自寡耳。'"

【金石爲開】jīn shí wéi kāi 形容至誠足以動物。漢劉向新序雜事四:"昔者,楚熊渠子夜行,見寢石,以爲伏虎;關弓射之,滅矢飲羽。下視,知石也,却復射之,矢摧無迹。熊渠子見其誠心,而金石爲之開,況人心乎?"舊題漢劉歆西京雜記五:"至誠則金石爲開。"明凌濛初初刻拍案驚奇九:"精誠所至,金石爲開。貞心不寐,死後重諧。"

【金石絲竹】jīn shí sī zhú 泛指各種樂器,亦形容各種樂音。禮樂記:"樂者,德之華也。金石絲竹,樂之器也。"唐韓愈昌黎集十九送孟東野序:"樂也者,鬱於中而泄於外者也。擇其善鳴者而假之鳴。金石絲竹,匏土革木,八者,物之善鳴者也。"

【金字招牌】jīn zì zhāo pái 舊時店鋪爲眩耀資金雄厚而以金箔貼字的招牌,作爲商店標誌。後比喻可以眩耀於人的名義或稱號。曾樸孽海花二五："珏齋卻只出使了一次朝鮮。"總算一帆風順，文武全才的金字招牌，還高高掛着。"

【金印紫綬】jīn yìn zǐ shòu 金印，以金爲印；紫綬，繫於印柄的紫色絲帶。秦漢魏晉時，丞相、將軍等位在二品以上者用之。三品則用銀印青綬，再次者則用銅印墨綬。

【金印繫肘】jīn yìn jì zhǒu 世說新語尤悔："王大將軍（敦）起事，丞相（王導）兄弟詣闕謝。周侯（顗）深憂諸王，始入，甚有憂色。丞相呼周侯曰：'百口委卿！'周直過不應。即入，苦相存救。⋯⋯及出，諸王故在門，周曰：'今年殺諸賊奴，當取金印如斗大繫肘。'"猶言樹立非常之功業，位高而爵尊。

【金吾不禁】jīn wú bù jìn 金吾，漢置官名。掌管京城戒備，巡徼傳呼，禁人夜行。惟正月十五夜及其前後各一日敕許金吾開放夜禁。遂謂元宵節徹夜遊樂曰金吾不禁。三國演義六九："至正月十五夜，天色晴霽，星月交輝，六街三市，競放花燈。真個金吾不禁，玉漏無催。"

【金谷酒數】jīn gǔ jiǔ shù 晉石崇金谷詩序謂有別廬在洛陽金谷澗中，與友人往澗中晝夜遊宴，遂各賦詩，以敘中懷，或不能者罰酒三斗。見世說新語品藻"謝公云金谷中蘇紹最勝"注引。後遂稱宴樂中罰酒三杯曰金谷酒數。唐李白李太白詩二七春夜宴從弟桃花園序："如詩不成，罰依金谷酒數。"

【金泥玉檢】jīn ní yù jiǎn 古封禪所用書函，封以金泥而署以玉檢。漢書武帝紀元鼎六年"上還，登封泰山"注引孟康："王者功成治定，告成功於天。封，崇也，助天之高也。刻石紀號，有金策石函金泥玉檢之封焉。"

【金枝玉葉】jīn zhī yù yè 皇族子孫的貴稱。樂府詩集十一唐享太廟樂章蕭做懿宗舞："金枝繁茂，玉葉延長。"宋樓鑰攻媿集六代求子紹上魏邸壽詩："皇家基業天與隆，金枝玉葉磐石宗。"三國演義十三："張飛聽了，瞋目大叫曰：'我哥哥是金枝玉葉，你是何等人，敢稱我哥哥爲賢弟？'"

【金迷紙醉】jīn mí zhǐ zuì 謂金彩奪目迷人。比喻驕奢淫逸的享樂生活。宋陶穀清異錄居室金迷紙醉："癰醫孟斧，昭宗時，常以方藥入侍。唐末，竄居蜀中。以其熟於宮禁，故治居宅法度奇雅。有一小室，窗牖煥明，器皆金飾，紙光瑩白，金彩奪目。所親見之，歸語人曰：此室暫憩，令人金迷紙醉。"李寶嘉官場現形記七："真正是翠繞珠圍，金迷紙醉，説不盡溫柔景象，旖旎風光。"亦作"紙醉金迷"。見該條。

【金城湯池】jīn chéng tāng chí 喻防守堅固不可摧破之城邑。漢書四五蒯通傳："（范陽令）先下君，而君不利之，則邊地之城⋯⋯必將嬰城固守，皆爲金城湯池，不可攻也。"注："金以喻堅，湯喻沸熱不可近。"

【金相玉潤】jīn xiàng yù rùn 見"金相玉質"。

【金相玉質】jīn xiàng yù zhì 形容事物質美，有如精雕細琢金玉。詩大雅棫樸："追琢其章，金玉其相。"傳："相，質也。"楚辭漢王逸離騷叙："所謂金相玉質，百歲無匹，名器罔極，永不刊滅者也。"亦作"金質玉相"、"玉質金相"。藝文類聚二九別上晉張華祖道趙王應詔詩："於顯穆親，時維我王，稟姿自然，金質玉相。"文選南朝梁劉孝標（峻）辨命論："昔之玉質金相，英髦秀達，皆擯斥於當年，韞奇才而莫用。"或作"金相玉潤"。晉書文苑傳序："信乃金相玉潤，埒美前修，垂裕末葉。"

【金屋貯嬌】jīn wū zhù jiāo 見"金屋藏嬌"。

【金屋藏嬌】jīn wū cáng jiāo 藝文類聚十六漢武故事："初武帝爲太子時，長公主欲以女配帝，時帝尚小。長公主指女問帝曰：'欲得阿嬌好不？'帝曰：'若得阿嬌，以金屋貯之。'主大喜，乃以配帝，是曰陳皇后。阿嬌，后字也。"舊以指納妾。亦作"金屋貯嬌"。藝文類聚三二梁費昶長門怨詩："金屋貯嬌時，不言君不入。"

【金科玉度】jīn kē yù dù 見"金科玉律"。

【金科玉律】jīn kē yù lǜ 完美重要的法令。文苑英華八四三唐陳子良平城縣正陳子幹誄："爰參選部，乃任平城，金科是執，玉律逾明。"後泛指完美不可移易的章程、規則。尺牘新鈔十二周圻與濟叔論印章書:"惟以秦漢爲師,非以秦漢爲金科玉律也。"亦作"金科玉度"。元劉將孫養吾齋集十曾御史文集序:"胡澹庵奇博如彝款鼎識,周益公典裁如金科玉度,楊誠齋清峭如冰雪松柏。"或作"金科玉條"。見該條。

【金科玉條】jīn kē yù tiáo　完美重要的法令。文選漢揚子雲(雄)劇秦美新:"懿律嘉量,金科玉條。"注:"金科玉條,謂法令也。言金玉,貴之也。"唐律疏議二七雜律下不應得爲:"雜犯輕罪,觸類弘多,金科玉條,包羅難盡。"亦作"金科玉律"、"金科玉度"。見"金科玉律"。

【金風玉露】jīn fēng yù lù　泛指秋天景物。唐李商隱李義山詩集五辛未七夕:"由來碧落銀河畔,可要金風玉露時。"

【金翅擘海】jīn chì bò hǎi　法苑珠林十:"若卵生金翅鳥,飛下海中,以翅搏水,水即兩披。"後以"金翅擘海"喻文辭氣魄的雄偉。宋嚴羽滄浪詩話詩評:"李杜數公如金翅擘海,香象渡河,下視郊島輩,直蟲吟草間耳。"金元好問遺山集十四論詩之二:"不信驪珠不難得,試看金翅擘滄溟。"滄溟即海。

【金馬玉堂】jīn mǎ yù táng　謂漢代金馬門和玉堂殿。文選漢揚子雲(雄)解嘲:"歷金門上玉堂有日矣,曾不能畫一奇,出一策。"唐呂延濟注:"金門,天子門也;玉堂,天子殿也。"舊喻因才學優異而富貴顯達。宋李昭玘樂靜集十六回謝馬狀元:"陽春白雪之音,一時寡和;金馬玉堂之步,指日可期。"後亦以金馬玉堂稱翰林院。宋歐陽修文忠集一三一會老堂致語:"金馬玉堂三學士,清風明月兩閒人。"亦作"玉堂金馬"。元曲選吳昌齡花間四友東坡夢一:"喜君家平步上青雲。好,好。不枉了玉堂金馬之風韻。"

【金剛努目】jīn gāng nǔ mù　太平廣記一七四薛道衡引談藪:"隋吏部侍郎薛道衡,嘗遊鍾山開善寺,謂小僧曰:'金剛何爲努目?菩薩何爲低眉?'小僧答曰:'金剛努目,所以降伏四魔。菩薩低眉,所以慈悲六道。'"努,亦作"怒"。常以形容威猛可畏之面目。

【金針度人】jīn zhēn dù rén　金元好問元遺山集十四論詩之三:"鴛鴦繡了從教看,莫把金針度與人。"後稱授人某種技術的訣竅爲"金針度人"。

【金烏玉兔】jīn wū yù tù　指日、月。傳說日中有三足烏,月中有白兔,故稱。全唐詩五六五韓琮春愁:"金烏長飛玉兔走,青鬢長青古無有。"

【金崑玉友】jīn kūn yù yǒu　見"金友玉崑"。

【金釵十二】jīn chāi shí èr　唐白居易長慶集六七酬思黯戲贈同用狂字詩:"鍾乳三千兩,金釵十二行。"自注:"思黯自誇前後服鍾乳三千兩甚得力,而歌舞之姣頗多。"思黯,牛僧孺字。後人謂姬妾衆多,每用金釵十二之語,蓋本白詩。宋蘇轍欒城集十過ей國鎮夜飲詩:"漫傳鉛鼎八百歲,未比金釵十二行。"

【金童玉女】jīn tóng yù nǚ　道家謂供仙人役使的童男童女。全唐詩七六徐彥伯幸白鹿觀應制:"金童擎紫驁,玉女獻青蓮。"宋郭若虛圖畫見聞誌一論婦人形相:"歷觀古名士畫金童玉女及神僊星官,中有婦人形相者,貌雖端嚴,神必清古。"後泛指男女兒童。

【金貂換酒】jīn diāo huàn jiǔ　晉阮孚爲散騎常侍,終日酗飲,常以所服金貂換酒,爲有司所彈。見晉書阮孚傳。唐賀知章以所佩金龜換酒,類此。舊嘗以此爲表示名士耽酒,曠達傲世的典故。

【金鼓齊鳴】jīn gǔ qí míng　形容作戰時軍旅聲勢盛大。水滸六十:"走不到百十步,只見四下裏金鼓齊鳴,喊聲震地,一望都是火把。"

【金碧輝煌】jīn bì huī huáng　元詩選丁集黃溍日損齋藥上都公院:"舉頭見觚稜,金碧何巍煌。"後以"金碧輝煌"形容彩色照人眼目。明許仲琳封神演義十二:"朝聖殿中絳紗衣,金霞燦爛;彤廷階下芙蓉冠,金碧輝煌。"紅樓夢二六:"(賈芸)連忙進入房內,擡頭一看,只見金碧輝煌,文章閃爍。"

【金榜題名】jīn bǎng tí míng　指殿試登第。金榜,科舉時代殿試揭曉的黃榜。五代王定保唐摭言三:"何扶,太和九年及第,明年捷三篇,因以一絕寄舊同年曰:'金榜題名墨上新,今年依舊去年春。花間每被紅椿間：何事重來只一人？’”明洪楩清平山堂話本陳巡檢梅嶺失妻記：“旬日之間，金榜題名，已登三甲進士。”

【金甌無缺】jīn ōu wú quē　比喻國土完整。金甌，金製的盛酒之器。借喻疆土。南史朱異傳：“我國家猶若金甌，無一傷缺。”明徐宏祖徐霞客遊記黔遊日記：“但各州之地，俱半錯衛屯，半淪苗孽，似非當時金甌無缺矣。”

【金漿玉醴】jīn jiāng yù lǐ　道家仙藥名。習用爲珍餌之稱。金漿，亦作金液；玉醴，亦作玉津、玉液。抱朴子金丹：“朱草，……刻之汁流如血，以玉及八石金銀投其中，立便可丸如泥，久則成水。以金投之，名爲金漿，以玉投之，名爲玉醴，服之皆長生。”北堂書鈔一四八酒引晉傅玄七謨：“金漿玉醴，雲沸淵亭。”亦作“玉醴金漿”。南朝梁陶弘景真誥二：“玉醴金漿，交梨火棗，此則騰飛之藥，不比於金丹也。”

【金質玉相】jīn zhì yù xiàng　見“金相玉質”。

【金龜換酒】jīn guī huàn jiǔ　金龜，唐代三品以上官員之佩飾。亦指古人所佩雜玩之類。金龜換酒，形容人豁達不羈，縱酒爲樂。唐李白李太白詩二三對酒憶賀監詩序：“太子賓客賀公，於長安紫極宮一見余，呼余爲‘謫仙人’，因解金龜，換酒爲樂。”

【金聲玉振】jīn shēng yù zhèn　孟子萬章下：“孔子之謂集大成。集大成也者，金聲而玉振之也。金聲也者，始條理也；玉振之也者，終條理也。始條理者，智之事也；終條理者，聖之事也。”謂孔子之德，猶作樂先撞鐘，以發衆聲，樂將止，擊以收衆音。後以喻聲名洋溢廣布。文選南齊王仲寶（儉）褚淵碑文：“是以仁經義緯，敦穆於閨庭；金聲玉振，寥亮於區寓。”亦作“金聲玉耀”。唐柳宗元柳河東集三一與友人論爲文書：“而爲文之士，亦多漁獵前作，戕賊文史，抉其意，抽其華，置齒牙間，遇事蠭起，金聲玉耀，誑聾瞽之人，徼一時之聲，雖終淪棄，而其奪朱亂雅，爲害已甚。”

【金聲玉耀】jīn shēng yù yào　見“金聲玉振”。

【金題玉躞】jīn tí yù xiè　隋唐人珍藏書帖皆金題玉躞。指極精美的書畫的裝璜。金題，金飾的題簽；玉躞，以象牙或玉石製成的卷軸心。宋米芾書史：“嗟爾方來眼須洗，玉躞金題半歸米。”二家宮詞宋徽宗宮詞：“金題玉躞燦星光，御札紛紛雜質黃。”

【金蟬脫殼】jīn chán tuō qiào　以僞裝惑敵，借以脫身。元惠施幽閨記七文武同盟：“曾記得兵書上有箇金蟬脫殼之計。”紅樓夢二七：“如今便趕着躲了，料也躲不及，少不得要使個金蟬脫殼的法子。”亦作“脫殼金蟬”。元明雜劇元鄭德輝虎牢關三戰呂布二：“我殺敗了孫堅，走人這密林中，他用脫殼金蟬計，脫下了他的衣袍鎧甲走了也。”古今雜劇元缺名關雲長千里獨行：“罷，罷，我做箇脫殼金蟬計，我將這衣甲頭盔放在這河邊，若曹兵來見了呵，則道我跳在這河里也。我不問那里尋兄弟張飛去也。”

【金雞獨立】jīn jī dú lì　一足兀立的姿勢。常指武術的一種解數或某種技藝的一種身段。明田汝成西湖游覽志餘二十：“觀中有雀竿之戲，……有鷂子翻身、金雞獨立、鍾馗抹額、玉兔搗藥之類。”清吳炡手臂錄附峨嵋槍法有金雞獨立一勢。

【金齏玉膾】jīn jī yù kuài　吳中以魚作膾，菰菜爲羹，魚白若玉，菜黃如金，因稱金齏玉膾。指極精美的食品。隋杜寶大業拾遺記：“（大業）六年，吳郡獻松江鱸魚乾膾，鱸魚肉白如雪，不腥，所謂金齏玉膾，東南之佳味也。”（太平御覽九三七）宋蘇軾蘇文忠詩合注十三和蔣夔寄茶：“金齏玉膾飯炊雪，海螯江柱初脫泉。”

【金玉其外，敗絮其中】jīn yù qí wài，bài xù qí zhōng　比喻虛有其表，而内裏腐壞。多指外表好而本質壞的人或事。明劉基誠意伯集七賣柑者言：“觀其坐高堂，騎大馬，醉醲醴而飫肥鮮者，孰不巍巍乎可畏，赫赫乎可象也？又何往而不金玉其外，敗絮其中也哉？”

【針鋒相對】zhēn fēng xiāng duì　比喻雙方的思想言行等尖銳對立。曾樸孽海花二六：“彩雲聽着唐卿的話來得厲害，句句和自己的話針鋒相對，暗忖只有答應了再説。”

【釜底抽薪】fǔ dǐ chōu xīn　文苑英華六

五〇北魏魏收爲侯景叛移梁朝文有"若抽薪止沸,剪草除根"語,謂事當從根本上解決。後言釜底抽薪,本此。明俞汝楫禮部志稿四九奏疏戚元佐議處宗潘疏:"諺云:揚湯止沸,不如釜底抽薪。"清李汝珍鏡花緣九五:"(驚風)如因熱起,則清其熱;因寒起,則去其寒;因風起,則疎其風;因痰起,則化其痰;因食起,則消其食。如此用藥,不須治驚,其驚自愈,這叫做釜底抽薪。"

【鉤天廣樂】jūn tiān guǎng yuè　指天上之音樂。鉤天,上帝所居;廣樂,廣大之樂。史記一〇五扁鵲傳:"(趙)簡子寤,語諸大夫曰:'我之帝所甚樂,與百神游於鉤天,廣樂九奏萬舞,不類三代之樂,其聲動心。'"文選漢張平子(衡)西京賦:"昔者大帝説秦繆公而覲之,饗以鉤天廣樂,帝有醉焉。"

【鉗口吞舌】qián kǒu tūn shé　見"鉗口結舌"。

【鉗口結舌】qián kǒu jié shé　謂閉口不言。漢王符潛夫論賢難:"此智士所以鉗口結舌,括囊共默而已者也。"文選晉陸士衡(機)謝平原內史表:"畏逼天威,即罪惟謹,鉗口結舌,不敢上訴所天。"亦作"鉗口吞舌"。文選南朝梁江文通(淹)詣建平王上書:"若使下官事非其虛,罪得其實,亦當鉗口吞舌,伏匕首以殂身。"

【horn肝劌腎】shù gān guì shèn　極言用心之苦。明宋濂宋學士集四九詩人徐方舟墓銘:"宋有高師魯、滕元秀,世號爲睦州詩派。方舟悉取而諷咏之,horn肝劌腎,期超邁之乃已。"

【鉛刀一割】qiān dāo yī gē　後漢書四七班超傳上疏:"昔魏絳列國大夫,尚能和輯諸戎,況臣奉大漢之盛,而無鉛刀一割之用乎?"自謙才能雖薄弱如鈍刀,但盡其所能,未嘗不可一用。唐吳兢貞觀政要五公平十六:"小人非無小善,君子非無小過。君子小過,蓋白玉之無瑕;小人不善,乃鉛刀之一割。"

【鉤心鬥角】gōu xīn dòu jiǎo　唐杜牧樊川集一阿房宮賦:"廊腰縵迴,簷牙高啄。各抱地勢,鉤心鬥角。"心,宮室中心;角,簷角。原指宮室結構之參差錯落,後以喻人之各用心機,互相傾軋。

【鉤爪鋸牙】gōu zhǎo jù yá　爪如鉤戟,牙如刀鋸。形容獸類兇猛悍屬之狀。文選晉左太沖(思)吳都賦:"鉤爪鋸牙,自成鋒穎。"唐白居易長慶集四杜陵叟詩:"虐人害物即豺狼,何必鉤爪鋸牙食人肉。"

【鉤玄提要】gōu xuán tí yào　謂探索精微,提舉要義。唐韓愈昌黎集十二進學解:"先生口不絕吟於六藝之文,手不停披於百家之編。記事者必提其要,纂言者必鉤其玄。"元趙德四書箋義李槃序:"南昌鐵峯趙君博學多聞,授徒之暇,遂蒐輯經傳子史百家之書作爲箋義,鉤玄提要,本末具備。"

【鉤深致遠】gōu shēn zhì yuǎn　物在深處,能鉤取之;物在遠方,能招致之。易繫辭上:"探賾索隱,鉤深致遠,以定天下之吉凶,成天下之亹亹者,莫大乎蓍龜。"後以"鉤深致遠"指人才力的開展或治學的廣博精深。漢書七十陳湯傳耿育上書訟湯:"(甘)延壽湯爲聖漢揚鉤深致遠之威,雪國家累年之恥,……豈有比哉!"三國志魏邴原傳注引原別傳:"鄭君(玄)學覽古今,博聞彊識,鉤深致遠,誠學者之師模也。"

【鉤章棘句】gōu zhāng jí jù　㊀謂作文之艱苦。唐韓愈昌黎集二九貞曜先生墓誌:"及其爲詩,劌目horn心,刃迎縷解,鉤章棘句,掏擢胃腎,神施鬼設,間見層出。"宋劉克莊後村集一一一徐總管雨山堂詩:"他人嘔心撚鬚,鉤章棘句,營度甚苦,而侯得手應心,易易如此。"㊁謂文辭之艱澀。宋史選舉志一:"嘉祐二年,覲試舉人……時進士益相習爲奇僻,鉤章棘句,寖失渾淳。歐陽修知貢舉,痛裁抑之。"宋釋惠洪石門文字禪二三洪州大寧寬和尚語錄序:"巖頭說法,指人甚要而語不煩,亦何嘗鉤章棘句,險設詐隱,務爲玄妙耶?"

【鉤輈格磔】gōu zhōu gé zhé　鷓鴣鳴聲。唐李羣玉詩集中九子坡聞鷓鴣:"正穿屈曲崎嶇路,更聽鉤輈格磔聲。"亦以之形容怪異的方言。

【銀河倒瀉】yín hé dào xiè　形容暴雨時的情景。明馮夢龍警世通言十四:"你道事有湊巧,物有故然,就那嶺上,雲生東北,霧長西南,下一陣大雨。果然是銀河倒瀉,滄海盆傾,好陣大雨!"

【銀樣鑞槍頭】yín yàng là qiāng tóu　外表如銀的錫鑞槍頭。中看不中用之意。元王實甫西廂記四本二折:"我棄了部署不收,你元來苗而不秀。呸!你是個銀樣鑞槍頭。"紅樓夢二三:"說的林黛玉撲嗤的一聲笑了。一面揉着眼,一面笑道:'一般嚇的這個調兒,還只管明說。呸!原來也是個銀樣鑞鎗頭。'"鎗,通"槍"。

【銅山鐵壁】tóng shān tiě bì　喻立身氣節堅毅不阿。亦以形容堅固的防禦物。宋史四二四李伯玉傳:"趙汝騰嘗薦八士,各有品目,於伯玉'銅山鐵壁'。立朝風節,大較似之。"元曲選尚仲賢洞庭湖柳毅傳書二:"則教你心如鐵石也怕恐,便有那銅山鐵壁都沒用。"

【銅琶鐵板】tóng pá tiě bǎn　相傳宋蘇軾嘗問歌者曰:"吾詞比柳(永)詞何如?"對曰:柳郎中詞,只好十七八女孩兒執紅牙拍板,唱"楊柳外曉風殘月",學士詞須關西大漢抱銅琵琶,執鐵綽板,唱"大江東去"。見宋俞文豹吹劍續錄(說郛二四)、清徐釚詞苑叢談三品藻一。後因謂文詞豪爽激越爲銅琶鐵板。吳趼人二十年目睹之怪現狀四九:"銅琶鐵板聲聲恨,剩馥殘膏字字哀。"

【銅駝荊棘】tóng tuó jīng jí　西晉索靖有遠識,至洛陽見朝政不綱,知天下將亂,因指宮門銅駝曰:"會見汝在荊棘中耳!"後因以"銅駝荊棘"指變亂後殘破景象。金元好問遺山集八寄欽止李兄詩:"銅駝荊棘千年後,金馬衣冠一夢中。"元詩選宋无子虛翠寒集公子家:"不信銅駝荊棘裏,百年前是五侯家。"亦作"荊棘銅駝"。見該條。

【銅頭鐵額】tóng tóu tiě é　形容人強悍勇猛。舊題南朝梁任昉述異記上:"軒轅之初立也,有蚩尤氏兄弟七十二人,銅頭鐵額,食鐵石,軒轅誅之於涿鹿之野。"唐司空圖司空表聖文集十雲臺三官堂:"使人面狗心,不殘賢而害善;銅頭鐵額,自剖角而摧牙。"明馮夢龍清蔡元放東周列國志四七:"力舉千斤,銅頭鐵額,瓦礫不能傷害。"

【銅牆鐵壁】tóng qiáng tiě bì　喻防守堅固。元曲選缺名謝金吾詐拆清風府楔子:"隨他銅牆鐵壁,也不怕不拆倒了他的。"水滸四八:"宋江自引了前部人馬轉過獨龍岡後面來看祝家莊時,後面都是銅牆鐵壁,把得嚴整。"

【銅斗兒家私】tóng dǒu ér jiā sī　喻殷實的家財。元曲選張國寶羅李郎大鬧相國寺二:"我合道處再不道,任憑他把銅斗兒家私使盡了。"亦作"銅斗兒家活"。元曲選鄭廷玉布袋和尚忍字記四:"誰想這脫空禪客僧瞞過,乾丟了銅斗兒家活。"又作"銅斗兒家緣"。元曲選關漢卿感天動地竇娥冤一:"閑閑的銅斗兒家緣百事有,想着俺公公置就,怎忍教張驢兒情受。"

【銅斗兒家活】tóng dǒu ér jiā huó　見"銅斗兒家私"。

【銅斗兒家緣】tóng dǒu ér jiā yuán　見"銅斗兒家私"。

【銅山西崩,洛鐘東應】tóng shān xī bēng, luò zhōng dōng yìng　比喻同類相感,相互影響。世說新語文學:"銅山西崩,靈鐘東應。"注引東方朔傳:"孝武皇帝時,未央宮前殿鐘無故自鳴,三日三夜不止。詔問太史待詔王朔,朔言恐有兵氣。更問東方朔,朔曰:'臣聞銅者山之子,山者銅之母,以陰陽氣類言之,子母相感,山恐崩弛者,故鐘先鳴。'……居三日,南郡太守上書言,山崩延袤二十餘里。"清紀昀閱微草堂筆記十三:"此義易明,銅山西崩,洛鐘東應,不以遠而阻也。"

【銖兩悉稱】zhū liǎng xī chēng　指雙方份量,對稱不相上下。清王應奎柳南隨筆二:"律詩對偶,固須銖兩悉稱,然必看了上句,使人想不出下句,方見變化不測。杜律所以獨有千古,職是故也。"

【銖積寸累】zhū jī cùn lěi　一點一滴地積累。宋蘇軾東坡集續集十褝靴銘:"寒女之絲,銖積寸累。"濂洛關閩書十四朱熹:"爲學不可以不讀書,而讀書之法,又當熟讀沉思,反覆涵泳,銖積寸累,久自見功,不惟理明,心亦自定。"宋劉克莊後村集六四知臨江軍俞挨除湖南提刑制:"爾宰南昌,有絃歌之愛,牧清江,承鋒鏑之餘,乃能左支右吾,銖積寸累,變荆棘瓦礫爲官府市區,甫暮而郡復舊觀。"

【銘心鏤骨】míng xīn lòu gǔ　見“銘肌鏤骨”。

【銘肌鏤骨】míng jī lòu gǔ　形容感受深切，有如刻諸肌骨。北齊顏之推顏氏家訓序致：“追思平昔之指，銘肌鏤骨，非徒古書之誡經目過耳也，故留此。”亦作“銘心鏤骨”。唐柳宗元柳先生集三八謝除柳州刺史表：“違離十年，一見宮闕，親覲朝命，牧人遠方，漸輕不宥之辜，特奉分憂之寄，銘心鏤骨，無報上天。”宋司馬光溫國文正公集五一辭位第二劄子：“禮遇過優，委任至重，臣非木石，豈不知荷戴大恩，銘心鏤骨，願竭駑蹇，少報萬分。”或作“鏤骨銘肌”。見該條。

【銜尾相隨】xián wěi xiāng suí　形容前後銜接，跟隨行進。漢書九四匈奴傳下：“輜重自隨，則輕銳者少，不得疾行，虜徐遁逃，勢不能及，幸而逢虜，又纍輜重，如遇險阻，銜尾相隨。”注：“銜，馬銜也。尾，馬尾也。言前後單行，不得並驅。”

【銜華佩實】xián huá pèi shí　喻文質兼備。南朝梁劉勰文心雕龍一徵聖：“然則聖文之雅麗，固銜華而佩實者也。”亦形容草木開花結果。藝文類聚八一南朝梁沈約愍衰草賦：“昔日兮春風，銜華兮佩實。”

【銜膽棲冰】xián dǎn qī bīng　口含苦膽，身處寒冰。比喻刻苦自勵。晉書劉元海載記即漢王令：“但以大恥未雪，社稷無主，銜膽虜冰，勉從衆議。”又姚興載記：“（胡）威流涕見興曰：‘臣州奉國五年，王威不接，銜膽棲冰，孤城獨守者，仰恃陛下威靈，俯杖良牧惠化。’”

【鋪眉苦眼】pū méi shān yǎn　假正經，裝模作樣。元明雜劇元關漢卿山神廟裴度還帶一：“難禁那等朽木材，一箇箇，鋪眉苦眼粧些像態。”元曲選戴善夫陶學士醉寫風光好四：“我則道你是鋪眉苦眼真君子，你最是昧己瞞心潑小兒。”亦作“鋪眉蒙眼”、“苦眼鋪眉”。見各該條。

【鋪眉蒙眼】pū méi méng yǎn　猶裝模作樣。清吳敬梓儒林外史二八：“當家的老和尚出來見，……鋪眉蒙眼的走了出來，打箇問訊，請諸位坐下，問了姓名、地方。”亦作“鋪眉苦眼”、“苦眼鋪眉”。見各該條。

【鋪張揚厲】pū zhāng yáng lì　敷陳其事而宣揚之。亦形容過分鋪張，講究排場。唐韓愈昌黎集三九潮州刺史謝上表：“鋪張對天之閎休，揚厲無前之偉蹟。”宋王明清揮麈錄前錄四自跋：“先人於是輯國朝史迻焉，直欲追倣遷固，鋪張揚厲爲無窮之觀。”遷、固，漢司馬遷、班固。吳趼人二十年目睹之怪現狀二一：“其實是一箇白面書生，幹得了甚麼事！你看他一到任時，便鋪張揚厲的，要辦這箇，辦那箇，幾時見有一件事辦成了功呢？”

【鋪錦列繡】pū jǐn liè xiù　喻華麗。南史顏延之傳：“延之嘗問鮑照己與靈運優劣，照曰：‘謝五言如初發芙蓉，自然可愛。君詩若鋪錦列繡，亦雕繢滿眼。’”

【銷聲匿迹】xiāo shēng nì jì　隱匿形迹。明張鈇何大復先生遺集序：“夫豐城之劍，鮫宮之珠，……或上薄星辰，或折流洪濤，銷聲匿迹中自有不可磨滅者存。”李寶嘉官場現形記二九：“從此這時彼仁賽如撥雲霧而見青天，在京城裏面着實有點聲光，不像從前的銷聲匿迹了。”亦作“銷聲斂迹”。宋孫光憲北夢瑣言十一：“銷聲斂迹，惟恐人知。”

【銷聲斂迹】xiāo shēng liǎn jì　見“銷聲匿迹”。

【鋒發韻流】fēng fā yùn liú　落筆成文。形容鋒鋩發露而文辭諧暢。南朝梁劉勰文心雕龍六體性：“安仁（潘岳）輕敏，故鋒發而韻流。”

【錯彩鏤金】cuò cǎi lòu jīn　謂雕飾工麗。南朝梁鍾嶸詩品中：“湯惠休曰：‘謝（靈運）詩如芙蓉出水，顏（延之）如錯彩鏤金。’”

【錯認顏標】cuò rèn yán biāo　唐時鄭薰主文，誤謂顏標乃魯公（顏真卿）之後。時徐方未寧，志在激勸忠烈，即以標爲狀元。後始悟其非。有無名子作詩嘲之，曰：“主司頭腦太冬烘，錯認顏標作魯公。”見五代王定保唐摭言八誤放。後以“錯認顏標”爲動機雖佳，而粗疏不合實際之意。

【錢可使鬼】qián kě shǐ guǐ　極言金錢作用之大，可以支配一切。晉書魯褒傳錢神論：“諺曰：‘錢無耳，可使鬼。’凡今之人，惟錢而已。”太平御覽八三六引杜恕禮論：

"可以使鬼者錢也。"亦作"錢可通神"。見該條。

【錢可通神】qián kě tōng shén　猶錢可使鬼。唐張固幽閑鼓吹:"相國張延賞將判度支,知有一大獄,頗有冤濫,每甚扼腕。及判使,即召獄吏嚴誡之,且曰:'此獄已久,旬日須了。'明旦視事,案上有一小帖子曰:'錢三萬貫。'乞不問此獄。公大怒,更促之。明日帖子復來曰:'錢五萬貫。'公益怒,命兩日須畢。明日復見帖子曰:'錢十萬貫。'公曰:'錢至十萬,可通神矣,無不可回之事,吾懼及禍,不得不止。'"水滸九:"林冲嘆口氣道:'有錢可以通神,此語不差。端的有這般的苦處!'"亦作"錢可使鬼"。見該條。

【錐刀之末】zhuī dāo zhī mò　見"錐刀之利"。

【錐刀之利】zhuī dāo zhī lì　比喻微小的利益。亦喻微小之事。後漢書輿服志上:"爭錐刀之利,殺人若刈草然。其宗祀亦旋夷滅。"亦作"錐刀之末"。左傳昭六年:"錐刀之末,將盡爭之。"

【錐處囊中】zhuī chǔ náng zhōng　錐在囊中,鋒銳易露,比喻才智不會長久被埋沒。史記七六平原君傳:"夫賢士之處世也,譬若錐之處囊中,其末立見。"

【錦上添花】jǐn shàng tiān huā　喻美上加美。宋王安石臨川集二二即事詩:"嘉招欲覆盃中淥,麗唱仍添錦上花。"水滸十九:"今日山寨,天幸得衆多豪傑到此,相扶相助,似錦上添花,旱苗得雨。"亦作"錦上鋪花"。碧巖錄三:"垂示云:'建法幢,立宗旨,錦上鋪花,脫籠頭,卸角馱,太平時節,或若辨得格外句,舉一明三,其或未然,依舊伏聽處分。'"

【錦上鋪花】jǐn shàng pū huā　見"錦上添花"。

【錦心繡口】jǐn xīn xiù kǒu　狀構思之巧與措詞之麗。唐柳宗元柳先生集十八乞巧文:"駢四儷六,錦心繡口。"古今雜劇明誠齋呂洞賓花月神仙會二:"深謝四位伶官,逢場作戲,果然是錦心綉口,弄月嘲風。"亦作"錦心繡腸"。宋劉克莊後村集一二四答林中書:"托錦心繡腸之作,爲禿眉黃髮之榮。"明馮夢龍警世通言十七:"聞知異

鄉公子如此形狀,必是箇浪蕩之徒,便有錦心繡腸,誰人信他,誰人請他?"

【錦心繡腸】jǐn xīn xiù cháng　見"錦心繡口"。

【錦片前程】jǐn piàn qián chéng　形容前途光明。元王實甫西廂記一本三折:"恁時節風流知賞慶,錦片也似前程,美滿恩情,喒兩箇畫堂春自生。"

【錦衣玉食】jǐn yī yù shí　華美的衣食。魏書常景傳述贊:"夫如是故綺閣金門,可安其宅;錦衣玉食,可頤其形。"唐劉餗隋唐嘉話上:"(楊)素功臣豪侈,後房婦女,錦衣玉食千人。"亦以喻尊貴。宋史四四四李廌傳:"鄉舉試吏部,(蘇)軾典貢舉,遺之,賦詩以自責。……軾與范祖禹謀曰:'廌雕在山林,其文有錦衣玉食氣,棄奇寶於路隅,昔人所歎,我曹得無意哉!'"亦作"玉食錦衣"。魏書韓麒麟傳陳時務表:"貴富之家,童妾袨服;工商之族,玉食錦衣。"

【錦瑟華年】jǐn sè huá nián　喻青春時代。唐李商隱李義山詩集五錦瑟:"錦瑟無端五十絃,一絃一柱思華年。"元張雨貞居詞木蘭花慢和黃一峰閱箏詞:"莫負金樽浩月,難留錦瑟華年。"

【錦繡江山】jǐn xiù jiāng shān　形容祖國江山無限美好。元曲選白仁甫唐明皇秋夜梧桐雨二:"統精兵直指潼關,料唐家無計遮攔,單要搶貴妃一箇,非專爲錦繡江山。"

【錦囊妙計】jǐn náng miào jì　比喻能解決疑難的妙策。三國演義五四:"汝保主公入吳,當領此三箇錦囊。囊中有三條妙計,依此而行。"清文康兒女英雄傳二六:"她的那點聰明,本不在何玉鳳姑娘以下,況又受了公婆的許多錦囊妙計,……"

【鍊石補天】liàn shí bǔ tiān　古代傳說。淮南子覽冥:"往古之時,四極廢,九州裂。天不兼覆,地不周載……於是女媧鍊五色石以補蒼天,斷鼇足以立四極。"注:"女媧陰帝佐虙戲治者也。三皇時,天不足西北,故補之。"唐李賀歌詩編一李憑箜篌引:"女媧煉石補天處,石破天驚逗秋雨。"煉,同"鍊"。

【鍼鋒相投】zhēn fēng xiāng tóu　景德傳燈錄二五德韶國師:"夫一切問答,如鍼鋒

相投，無纖毫參差相，事無不通，理無不備。"意謂雙方對話。貫穿融洽。

【鍾靈毓秀】zhōng líng yù xiù　舊指美好的自然環境產生傑出的人才。紅樓夢三六："不想我生不幸，亦且瓊閨繡閣中亦染此風，真真有負天地鍾靈毓秀之德了！"

【鏡花水月】jìng huā shuǐ yuè　鏡中花，水中月，喻虛幻不可捉摸。清顏光敏顏氏家藏尺牘四顏氏堯揆："功名之事，原如鏡花水月，但中有難清之件，不知如何得了。"李汝珍鏡花緣一："百花仙子道：'仙姑所見固是，小仙看來，即使所載竟是巾幗，設或無緣，不能一見，豈非鏡花水月，終虛所望麼？'亦作"水月鏡花"。明謝榛四溟詩話一："詩有可解不可解，若水月鏡花，勿泥其迹可也。"

【鏟跡銷聲】chǎn jì xiāo shēng　謂隱居。晉書儒林傳史臣曰："文博之漱流枕石，鏟跡銷聲，……斯並通儒之高尚者也。"文博，董景道字。後謂隱匿無聞爲"銷聲匿迹"。

【鏤月裁雲】lòu yuè cái yún　喻工巧。全唐詩三五李義府堂堂詞之一："鏤月成歌扇，裁雲作舞衣。"宋李覯直講李先生文集三六和慎使君出城見梅花詩："化工呈巧畢尋寄，鏤月裁雲費刃芒。"

【鏤玉裁冰】lòu yù cái bīng　比喻雕琢精巧。稼軒詞西江月和趙晉臣敷文賦秋水瀑泉詞："鏤玉裁冰著句，高山流水知音。"

【鏤冰雕朽】lòu bīng diāo xiǔ　形容事不可成，徒勞無功。抱朴子神仙："夫苦心約己，以行無益之事；鏤冰雕朽，終無必成之功。"北齊書儒林傳序："日就月將，無聞爲爾，鏤冰雕朽，迻用無成。"

【鏤金鋪翠】lòu jīn pū cuì　形容華麗奪目。樂府羣玉三元周文質雙調落梅風曲："北高峰離不得三二里，回頭看鏤金鋪翠。"

【鏤骨銘肌】lòu gǔ míng jī　極言感激之深，有如刻諸肌骨。宋陳亮龍川文集十八謝留丞相啟："自頂至踵，橫嘉惠於不貲，鏤骨銘肌，悵餘年之無幾！"亦作"銘肌鏤骨"、"銘心鏤骨"。見"銘肌鏤骨"。

【鐘鳴鼎食】zhōng míng dǐng shí　古代富貴之家，列鼎而食，食時擊鐘奏樂。文選漢張平子（衡）西京賦："若夫翁伯濁質張里之家，擊鍾鼎食，連騎相過，東京公侯，壯何能加。"唐王勃王子安集五滕王閣詩序："閭閻撲地，鐘鳴鼎食之家；舸艦彌津，青雀黃龍之軸。"紅樓夢二："誰知這樣鐘鳴鼎食的人家兒，如今養的子孫，竟一代不如一代。"

【鐘鳴漏盡】zhōng míng lòu jìn　亦作"漏盡鐘鳴"。指深夜。文選南朝宋鮑明遠（照）放歌行注引漢崔元始（寔）政論："永寧詔：鍾鳴漏盡，洛陽城中有不得行者。"宋詩鈔趙抃清獻詩鈔累乞致政詔答未見述懷詩："宵征自有高人笑，漏盡鐘鳴曉未知。"引申喻殘年。三國魏田豫傳："豫書答曰：'年過七十而以居位，譬猶鍾鳴漏盡而夜行不休，是罪人也。'"北史柳彧傳："其人年垂八十，鐘鳴漏盡。"隋馬穉暨妻張氏墓誌："漏盡鐘鳴，箭馳風追。"

【鐵心石腸】tiě xīn shí cháng　見"鐵石心腸"。

【鐵中錚錚】tiě zhōng zhēng zhēng　謂在同類之中比較優異者。後漢書十一劉盆子傳："帝曰：'卿所謂鐵中錚錚，傭中佼佼者也。'"注："說文曰：'錚錚，金也。'鐵之錚錚，言微有剛利也。"光武對徐宣語，言宣爲人明白，在諸人中差強人意。

【鐵石心腸】tiě shí xīn cháng　喻心硬，不爲感情所動。宋張邦基墨莊漫錄三："（晁）無咎嘆曰：人疑宋開府鐵石心腸，及爲梅花賦，清麗殆不類其爲人。"張鎡南湖集九尋梅詩之二："要知愁結吹香晚，鐵石心腸欠我詩。"亦作"鐵心石腸"。宋蘇軾東坡集續集五與李公擇書之二："雖兄之愛吾深，然僕本以鐵心石腸待公。"明王世貞弇州山人四部稿一三二題趙飛燕外傳："太史鐵心石腸，而寄託乃爾，毋亦靖節閒情賦故事耶？"或作"鐵腸石心"。見該條。

【鐵杵磨針】tiě chǔ mó zhēn　傳說唐李白少讀書眉州象耳山，未成棄去。過小溪，逢一老嫗，方磨鐵杵，問之，欲作針。白感其意，因還卒業。明鄭之珍目連救母傳奇四劉氏齋尼："只在自家警省，好似鐵杵磨針，心堅杵有磨針日，莫惜區區歲月深。"今語有"只要功夫深，鐵杵磨作針"。參閱清顧張思土風錄十三鐵孔磨如鍼、俞槌茶香室叢鈔十磨杵作鍼。

【鐵面無私】tiě miàn wú sī　形容公正嚴
明，不徇私情。紅樓夢四五："我們起了一
個詩社，頭一社就不齊全，衆人臉軟，所以
就亂了例了。我想必得你去做個'監察御
史'，鐵面無私才好。"

【鐵案如山】tiě àn rú shān　形容證據確
鑿，不能推翻。明孟稱舜鄭節度殘唐再創：
"一任你口瀾舌翻，轆轆的似風車樣轉，道
不的鐵案如山。"清蒲松齡聊齋志異胭脂：
"鐵案如山，宿遂延頸以待秋決矣。"

【鐵馬金戈】tiě mǎ jīn gē　見"金戈鐵
馬"。

【鐵畫銀鈎】tiě huà yín gōu　狀書法筆姿
的勁挺。元詩選貢師泰玩齋集送國字張教
授："黄鍾大呂徒協和，鐵畫銀鈎護摹錄。"
清文康兒女英雄傳二九："一面看那匾上
的字，只見那縱橫波磔，一筆筆寫的嚴如
鐵畫銀鈎，連那墨氣都像堆起一層層似
的。"

【鐵腸石心】tiě cháng shí xīn　唐皮日休
皮子文藪一桃花賦序："余嘗慕宋廣平
（璟）之爲相，貞姿勁質，剛態毅狀，疑其鐵
腸石心，不解吐婉媚辭。"此謂心性剛毅，
不動感情。舊唐書玄宗紀史臣曰："自天寶
已還，小人道長。如山有朽壞，雖大必虧；
木有蠹蟲，其榮易落。以百口百心之讒諂，
蔽兩目兩耳之聰明，苟非鐵腸石心，安得
不惑！'"此謂見識堅定，不受迷惑。亦作
"鐵心石腸"、"鐵石心腸"。見"鐵石心腸"。

【鐵網珊瑚】tiě wǎng shān hú　以鐵網取
珊瑚，比喻搜求人才或奇珍異寶。新唐書
二二一下拂菻國傳："海中有珊瑚洲，海人
乘大舶，墮鐵網水底。珊瑚初生磐石上，
……鐵發其根，繫網舶上，絞而出之。"唐
李商隱李義山詩集二碧城之三："玉輪顧
兔初生魄，鐵網珊瑚未有枝。"宋梅堯臣宛
陵集十七送韓子文寺丞通判瀛州詩："選
才才且殊，鐵網收珊瑚。"

【鐵樹開花】tiě shù kāi huā　鐵樹無開花
之理，以譬事不能成。碧巖四十則四："垂
示休去歇去，鐵樹開花。"續傳燈錄三一或
庵師體禪師："淳熙己亥八月朔出微疾，
……逮夜半，書偈辭衆曰：'鐵樹開華，雄
雞生卵，七十二年，搖籃繩斷。'"華，同

"花"。

【鑒貌辨色】jiàn mào biàn sè　從人的表
面現象察知其內心所向。景德傳燈錄二守
清禪師："僧曰：'爭知某甲不肯？'師曰：
'鑒貌辨色。'"

【鑄山煮海】zhù shān zhǔ hǎi　史記一〇
六吳王濞傳："吳有豫章郡銅山，濞則招致
天下亡命者益鑄錢，煮海水以爲鹽，以故
無賦，國用富饒。"後因以"鑄山煮海"指開
發水路資源。抱朴子廣譬："四海苟備，雖
室有懸磬之寠，可以無羨乎鑄山而煮海
矣。"宋蘇軾經進文集東坡事略五五錢氏
表忠觀碑："鑄山煮海、象犀珠玉之富，甲
於天下。"

【鑠石流金】shuò shí liú jīn　形容天氣酷
熱，似可熔化金石。淮南子詮言："大熱鑠
石流金，火弗爲益其烈。"水滸二七："正是
六月前後，炎炎火日當天，鑠石流金之際，
只得趁早涼而行。"亦作"流金鑠石"。見該
條。

【鑽火得冰】zuān huǒ dé bīng　喻理所必
無。法苑珠林六九妖惑亂衆："竊聞聲調響
順，形直影端，未見鑽火得冰，種豆得麥。"

【鑽天入地】zuān tiān rù dì　宋龐元英文
昌雜錄四："北京留守王宣徽（拱辰），洛中
園宅尤勝，中堂七間，上起高樓，更爲華
侈。司馬公（光）在陋巷，所居才能庇風雨，
又作地室，常讀書於其中。洛人戲云：王家
鑽天，司馬家入地。喻奢儉之懸殊。

【鑽天打洞】zuān tiān dǎ dòng　比喻利
用各種機會鑽營。曾樸孽海花二二："那邊
漁陽伯與郭掌櫃摩拳擦掌的時候，正這邊
莊稚燕替章鳳孫鑽天打洞的當兒。"

【鑽穴踰牆】zuān xué yú qiáng　孟子滕
文公下："不待父母之命，媒妁之言，鑽穴
隙相窺，踰牆相從，則父母國人皆賤之。"
本指男女暗中相戀。後亦指男女偷情。

【鑽皮出羽】zuān pí chū yǔ　喻極意夸
飾。與"洗垢索瘢"之意對，以喻好惡偏激。
後漢書八十下趙壹傳刺世疾邪賦："所好
則鑽皮出其毛羽，所惡則洗垢求其瘢痕。"
新唐書九七魏徵傳上疏："今之刑賞，或由
喜怒，或出好惡，喜則矜刑於法中，怒則求
罪於律外；好則鑽皮出羽，惡則洗垢索
瘢。"

【鑽冰求酥】zuān bīng qiú sū 喻必不可得。菩薩本緣經下兔品:"譬如鑽冰求酥,是實難得。"

【鑽堅研微】zuān jiān yán wēi 研究事理,深入底細。晉書虞喜傳內史何充薦喜疏:"伏見前賢良虞喜,博聞強識,鑽堅研微,有弗及之勤;處靜味道,無風塵之志。"

【鑿破渾沌】zuò pò hún dùn 莊子應帝王:"南海之帝爲儵,北海之帝爲忽,中央之帝爲渾沌。儵與忽時相與遇於渾沌之地,渾沌待之甚善。儵與忽謀報渾沌之德,曰:'人皆有七竅以視聽食息,此獨無有,嘗試鑿之。'日鑿一竅,七日而渾沌死。"本指違反自然,致成禍害。後用爲開通耳目、增人知識之義。

【鑿楹納書】zuò yíng nà shū 晏子春秋雜下:"晏子病將死,鑿楹納書焉。謂其妻曰:楹語也,子壯而視之。'爲藏守以傳久遠之義。漢劉向説苑反質作"斷楹內書"。

【鑿飲耕食】zuò yǐn gēng shí 晉皇甫謐帝王世紀:"(帝堯時)天下大和,百姓無事,有八十老人,擊壤于道。觀者歎曰:'大哉,帝之德也!'老人曰:'吾日出而作,日入而息,鑿井而飲,耕田而食,帝何力於我哉?'"南齊書王融傳上疏:"臣亦遭逢,生此嘉運,鑿飲耕食,自幸唐年。"

【鑿壁偷光】zuò bì tōu guāng 舊題漢劉歆西京雜記二:"匡衡字稚圭,勤學而無燭,鄰舍有燭而不逮,衡乃穿壁引其光,以書映光而讀之。"後遂以"鑿壁偷光"爲家貧苦讀之典。唐駱賓王集一螢火賦:"匪偷光於鄰壁,寧假輝於陽燧。"文苑英華六三有唐獨孤鉉鑿壁偷光賦。亦作"穿壁引光"。見該條。

長 部

【長生久視】cháng shēng jiǔ shì 謂生命長久。老子:"有國之母,可以長久,是謂深根固柢,長生久視之道。"呂氏春秋重己:"世之人主貴人,無賢不肖,莫不欲長生久視,而日逆其生,欲之何益?"注:"視,活也。"

【長生不老】cháng shēng bù lǎo 生命永存而不衰老。明洪楩清平山堂話本二藍橋記:"嫗遂遣航將妻入玉峰洞中,瓊樓珠室而居之,餌以絳雪瑤英之丹,逍遙自在,超爲上仙。正是:玉室丹書著姓,長生不老人家。"

【長目飛耳】cháng mù fēi ěr 比喻消息靈通。管子九守:"一曰長目,二曰飛耳,三曰樹明,明知千里之外,隱微之中。"亦作"長耳飛目"。隋張壽墓誌:"長耳飛目,且無遺於猾蠹。"

【長江天塹】cháng jiāng tiān qiàn 歷史上南北分裂時期,長江往往成爲天然阻隔,故謂之天塹。南史孔範傳:"隋師將濟江,羣官請爲備防,(施)文慶沮壞之,後主未決。範奏曰:'長江天塹,古來限隔,虜軍豈能飛度?'"形容長江險要。水滸一一〇:"佔據江南八郡,隔着長江天塹,又比淮西差多少來去。"

【長耳飛目】cháng ěr fēi mù 見"長目飛耳"。

【長吁短歎】cháng xū duǎn tàn 不停地唉聲嘆氣。古今雜劇元白仁甫董秀英花月東牆記:"忍不住長吁短歎,難割捨意重情濃。"清吳敬梓儒林外史十一:"當晚養娘走進房來看小姐,只見愁眉淚眼,長吁短歎。養娘道:'小姐你纔恭喜,招贅了這樣好姑爺,有何心事,做出這等模樣?'"

【長治久安】cháng zhì jiǔ ān 漢書四八賈誼傳上疏陳政事:"建久安之勢,成長治之業,以承祖廟。"後言長治久安,本此。亦作"久治長安"。見該條。

【長者家兒】zhǎng zhě jiā ér　權勢家子弟。後漢書二四馬援傳:"謂友人謁者杜愔曰:'吾受厚恩,年迫餘日索,常恐不得死國事。今獲所願,甘心瞑目,但畏長者家兒或在左右,或與從事,殊難得調,介介獨惡是耳。'"

【長枕大被】cháng zhěn dà bèi　北堂書鈔一三四漢蔡邕協初賦:"長枕橫施,大被竟牀。"唐玄宗爲太子時篤於兄弟之情,嘗製長枕大被,與兄弟共處。見舊唐書九五讓皇帝憲傳、宋王讜唐語林一德行。後以"長枕大被"爲兄弟友愛歡聚之典。清佟世思鮓魚序:"家弟偉夫,筮仕恩平,去家七千里,音書間阻,至終歲不得一達,長枕大被,寧復容易乎!"

【長林豐草】cháng lín fēng cǎo　深林草野之所。多指隱者所居之處。三國魏稽康稽中散集二與山巨源絕交書:"又讀莊老,重增其放,故使榮進之心日頹,任實之情轉篤,此由禽鹿,少見馴育,則服從教制,長而見羈,則狂顧頓纓,赴蹈湯火,雖飾以金鑣,饗以嘉肴,逾思長林而志在豐草也。"金史趙質傳:"召之行殿,固辭曰:'臣僻性野逸,志在長林豐草,金鑣玉絡,非所願也。'"清吳敬梓儒林外史八:"所以在風塵勞攘的時候,每懷長林豐草之思,而今卻可賦'遂初'了。"

【長命富貴】cháng mìng fù guì　長壽而貴顯。舊唐書九六姚崇傳戒子孫:"(佛)經云:'求長命得長命,求富貴得富貴。'……比來緣精進得富貴長命者爲誰?"明缺名輯錢譜古文錢:"董逌曰:又有所謂異錢,雖不見于傳記,然制作之近古者,今錄之,如李唐鑄撒帳錢,其文有曰'長命富貴'、'金玉滿堂'。"(説郛八四)元曲選鄭廷玉包龍圖智勘後庭花四:"原來是一根桃符,上面寫着'長命富貴'。"

【長風破浪】cháng fēng pò làng　比喻志趣遠大。不畏艱險,奮勇直前。宋書宗愨傳:"愨年少時,(叔)炳問其志,愨曰:'願乘長風破萬里浪。'"唐李白李太白詩三行路難之一:"長風破浪會有時,直掛雲帆濟滄海。"

【長袖善舞】cháng xiù shàn wǔ　喻事有憑藉則易於成功。韓非子五蠹:"鄙諺曰:'長袖善舞,多錢善買。'此言多資之易爲工也。"亦以之形容有財勢者善於鑽營。

【長惡不悛】cháng è bù quān　死心作惡,不肯悔改。左傳隱六年:"君子曰:'善不可失,惡不可長,其陳桓公之謂乎? 長惡不悛,從自及也,雖欲救之,其將能乎?'"

【長歌當哭】cháng gē dàng kū　多指以詩文抒發胸中的悲憤。紅樓夢八七:"感懷觸緒,聊賦四章,匪曰無故呻吟,亦長歌當哭之意耳。"

【長慮卻顧】cháng lǜ què gù　見"長慮顧後"。

【長慮顧後】cháng lǜ gù hòu　瞻前顧後作長遠的考慮。荀子榮辱:"彼固天下之大慮也,將爲天下生民之屬,長慮顧後而保萬世也。"亦作"長慮卻顧"。宋史四〇七張慮傳上疏:"凡祖宗長慮卻顧,所以銷惡運、遏亂原、兢兢相與守之者,皆變於目前利便快意之謀矣。"

【長篇大論】cháng piān dà lùn　指冗長的文章或議論。清李汝珍鏡花緣八九:"玉芝道:'詩上所敘闈臣姐姐事迹,長篇大論,倒像替他題了一箇小照。'"紅樓夢七九:"黛玉道:'原稿在那裏? 倒要細細的看看,長篇大論,不知説的是甚麼?'"

【長篇累牘】cháng piān lěi dú　指篇幅冗長,内容繁多。清吳敬梓儒林外史五一:"本府親自看過,長篇累牘,後面還有你的名姓圖書。"

【長齋繡佛】cháng zhāi xiù fó　指信佛修行。唐杜甫杜工部草堂詩箋二飲中八僊歌:"蘇晉長齋繡佛前,醉中往往愛逃禪。"

【長繩繫日】cháng shéng xì rì　比喻欲使時光留住。五代王定保唐摭言十:"長繩繫日未是愚,有翁臨鏡捋白鬚,饑魂吊骨吟吉書。"

【長安居大不易】cháng ān jū dà bù yì　比喻城市物價高昂,不易安居。唐白居易未冠,以文謁顧況,況睹姓名,熟視曰:"長安米貴,居大不易。"乃披卷讀其芳草詩,至"野火燒不盡,春風吹又生",嘆曰:"吾謂斯文遂絕,今復得子矣! 前言戲之耳。"見宋尤袤全唐詩話二白居易。清宣鼎夜雨秋燈錄記李三三逸事:"惟是長安居大不易,乃知囊內錢空,如覺舊遊如夢。"

【長江後浪推前浪】cháng jiāng hòu làng tuī qián làng 言世界生息不已,如江水之前後相接。宋劉斧青瑣高議前集七孫氏記:"我聞古人之詩曰:長江後浪推前浪,浮世新人換舊人。"永樂大典戲文張協狀元:"長江後浪推前浪,一替新人趕舊人。"亦作"長江後浪催前浪"。古今雜劇明王子一劉晨阮肇悞入天台二:"水呵,抵多少長江後浪催前浪。"或作"後浪催前浪"。見該條。

【長江後浪催前浪】cháng jiāng hòu làng cuī qián làng 見"長江後浪推前浪"。

浪"。

【長他人銳氣,滅自己威風】zhǎng tā rén ruì qì, miè zì jǐ wēi fēng 謂言行懦弱,一味怯敵而自無信心。三國演義一一一:"(姜)維屬聲曰:'吾何懼彼哉!公等休長他人銳氣,滅自己威風!吾意已決,必先取隴西。'"亦作"長他人之志氣,滅自己之威風"。西遊記三三:"眾怪上前道:'大王,怎麼長他人之志氣,滅自己之威風!你誇誰哩?'"

【長他人之志氣,滅自己之威風】zhǎng tā rén zhī zhì qì, miè zì jǐ zhī wēi fēng 見"長他人銳氣,滅自己威風"。

門　　部

【門不停賓】mén bù tíng bīn 賓至即納。形容熱情待客。北齊顏之推顏氏家訓風操:"昔者周公一沐三握髮,一飯三吐餐,以接白屋之士,一日所見,七十餘人。晉文公以沐辭豎頭須,致有圖反之誚。門不停賓,古所貴也。"晉書王渾傳:"渾撫循羈旅,虛懷綏納,座無空席,門不停賓。"

【門可羅雀】mén kě luó què 門庭冷落,來客稀少,至能張羅捕雀。史記一二〇汲鄭傳太史公曰:"始翟公爲廷尉,賓客闐門;及廢,門外可設雀羅。"梁書到溉傳:"性又不好交游,……及臥疾家園,門可羅雀。"

【門生故吏】mén shēng gù lì 舊指學生和老部下。後漢書七四上袁紹傳:"(伍)瓊等陰爲紹說(董)卓曰:'袁氏樹恩四世,門生故吏徧於天下,若收豪傑以聚徒眾,英雄因之而起,則山東非公之有也。不如赦之,拜一郡守,紹喜於免罪,必無患矣。'"清吳敬梓儒林外史三十:"尊府是一門三鼎甲,四代六尚書,門生故吏,天下都散滿了。"

【門到戶說】mén dào hù shuō 深入民間,使家家周知。晉書庾亮傳讓中書監疏:"雖陛下二相,明其愚款,朝士百僚,頗識其情,天下之人安可門到戶說使皆坦然耶!"文選南朝梁任彥昇(昉)齊竟陵文宣王行狀:"舊惟淮海,今則神牧,編戶殷阜,萌俗繁滋,不言之化,若門到戶說矣。"亦作"家見戶說"、"家到戶說"。見"家見戶說"。

【門庭若市】mén tíng ruò shì 喻出入門庭者眾多。戰國策齊一:"令初下,羣臣進諫,門庭若市。"

【門無雜賓】mén wú zá bīn 謂交友不苟。三國志吳劉繇傳"繇長子基"注引吳書:"諸弟敬憚,事之猶父,不妄交游,門無雜賓。"南史謝弘微傳:"(謝)譓不妄交接,門無雜賓,有時猶醉,嘗曰:入吾室者,但有清風;對吾飲者,惟當明月。"

【門當戶對】mén dāng hù duì 指門第相當。元曲選缺名兩軍師隔江鬥智一:"你把俺成婚作配何人氏,也則要,門當戶對該如此,哥哥許了甚的人家來?"明陸采明珠記七卻婚:"止有一女,名曰無雙,年紀長成,不曾許嫁。我意欲招一佳婿在門,只沒有一個門當戶對的。」

【門牆桃李】　mén qiáng táo lǐ　稱呼他人的學生。門牆，稱師門。桃李，喻所栽培的門生或所薦之士。清紀昀閱微草堂筆記二二：「天下文章同軌轍，門牆桃李半公卿。」

【閉口捕舌】　bì kǒu bǔ shé　形容極易為之。晉書張玄靚傳：「西平田旋要酒泉太守馬基背（張）瓘應（衛）綝，旋謂基曰：『綝擊其東，我等絕其西，不六旬天下可定，斯閉口捕舌也。』」

【閉月羞花】　bì yuè xiū huā　形容女子容貌之美。古今雜劇元秦簡夫東堂老勸破家子弟一：「你抽身見趌了，傲攀蟾折桂手，你敬閉月羞花貌。」雍熙樂府十八普天樂初見曲：「俏冤家，天生下，沈魚落雁，閉月羞花。」亦作「羞花閉月」、「蔽月羞花」。見各該條。

【閉門却掃】　bì mén què sǎo　謂屏居不與世交接。文選晉潘安仁（岳）寡婦賦「靜閭門以窮居兮」注引三國魏丁儀妻寡婦賦：「靜閉門以却掃，塊孤獨以窮居。」宋黃庭堅豫章集七戲簡朱公武劉邦直田子平詩之三：「為親未葬走人門，閉門却掃不足論。」亦作「閉關却掃」。文選南朝梁江文通（淹）恨賦：「閉關却掃，塞門不仕。」或作「杜門却掃」。見該條。

【閉門思過】　bì mén sī guò　有過失自作反省。亦作「閉閣思過」、「閉門思愆」。漢書韓延壽傳：「民有昆弟相與訟田自言，延壽大傷之，……是日移病不聽事，因入臥傳舍，閉閣思過，一縣莫知所為。」三國志蜀來敏傳注引諸葛亮集：「自謂能少敦厲薄俗，帥之以義，今既不能，表退斂使閉門思愆。」宋徐鉉徐公文集三亞孔舍人不賫深知猥貽佳作三篇清絕不敢輕酬因為長歌……詩：「閉門思過謝來客，知恩省分寬離憂。」

【閉門思愆】　bì mén sī qiān　見「閉門思過」。

【閉門造車】　bì mén zào jū　古語有「閉門造車，出門合轍」，原意謂凡按規格在家造車即可合轍。宋朱熹中庸或問三：「古語所謂『閉門造車，出門合轍』，蓋言其法之

同。」續傳燈錄二七端裕禪師：「一法不墮緣塵，萬法本無窒礙，……直饒恁麼，猶是閉門造車，未是出門合轍。」後僅用「閉門造車」一句，轉為指脫離實際，憑主觀想像處事。

【閉門塞竇】　bì mén sè dòu　極言其防衛之嚴。宋史四三四蔡元定傳：「若有禍患，亦非閉門塞竇所能避也。」

【閉閣思過】　bì gé sī guò　見「閉門思過」。

【閉關却掃】　bì guān què sǎo　見「閉門却掃」。

【閉門屋裏坐，禍從天上來】　bì mén wū lǐ zuò, huò cóng tiān shàng lái　比喻災禍無端而來。元明雜劇元鄭廷玉宋上皇御斷金鳳釵三：「兀的是誰人撇下把銀匙筯，誰拿了鳳頭釵，俺正是閉門屋裏坐，禍從天上來。」亦作「閉門家裏坐，禍從天上來」。明洪楩清平山堂話本雨窗集錯認屍：「正是閉門屋裏坐，端使禍從天上來。」

【閉門家裏坐，禍從天上來】　bì mén jiā lǐ zuò, huò cóng tiān shàng lái　見「閉門屋裏坐，禍從天上來」。

【開山祖師】　kāi shān zǔ shī　原稱寺院之第一代住持為開山祖師。亦泛指一宗一派之創始人為開山祖師。宋劉克莊後村集一七四詩話：「歐公詩如昌黎，不當以詩論。本朝詩惟宛陵為開山祖師。」

【開心見誠】　kāi xīn jiàn chéng　形容真心實意誠懇待人。後漢書馬援傳：「前到朝廷，上引見數十，……且開心見誠，無所隱伏，闊達多大節，略與高帝同。」後多作「開誠相見」。

【開天闢地】　kāi tiān pì dì　古代神話傳說謂盤古氏為開天闢地首出創世之人。後常比喻為有史以來。文選漢揚子雲（雄）劇秦美新：「配五帝，冠三王，開闢以來，未之聞也。」八瓊室金石補正四九唐澧州司馬魏體元墓誌：「報夫開天闢地，有人倫焉。」亦作「天開地闢」。宋陸游劍南詩稿十六聞虜政喪亂掃蕩有期喜成口號：「天開地闢逢千載，雷動風行逢九州。」

【開宗明義】　kāi zōng míng yì　原為孝經第一章篇名。後多比喻說話寫文章，一開始即說明主旨。孝經：「開宗明義章第

一。"宋邢昺疏:"開,張也;宗,本也;明,顯也,義,理也。"

【開卷有益】 kāi juàn yǒu yì 宋太宗於太平興國年間命李昉等編纂類書太平御覽一千卷,收集野史編纂太平廣記五百卷,類選前代文章爲文苑英華一千卷。太宗喜讀書,每日閱御覽三卷,因事有闕,暇日追補之。嘗曰:"開卷有益,朕不以爲勞也。"見宋王闢之澠水燕談錄六文儒。張邦基墨莊漫錄四:"予因此始知黃姑乃河鼓也,爲牽牛之別名,昔人云開卷有益,信然。"

【開門見山】 kāi mén jiàn shān 喻說理叙事開端即入本題。宋嚴羽滄浪詩話詩評:"太白發句,謂之開門見山。"清李漁閒情偶寄:"予謂詞曲中開場一折,即古文之冒頭,時文之破題,務使開門見山,不當借帽覆頂,即將本傳中立言大意,包括成文。"

【開門揖盜】 kāi mén yī dào 喻接納壞人,自取其禍。三國志吳主傳:"(孫)策長史張昭謂權曰:'……況今姦宄競逐,豺狼滿道,乃欲哀親戚,顧禮制,是猶開門而揖盜,未可以爲仁也。'"梁書敬帝紀魏徵曰:"見利而動,愎諫違卜,開門揖盜,棄好即讎。"指梁武帝違衆議而納北朝叛將侯景。

【開物成務】 kāi wù chéng wù 揭露事物真象,使人事各得其宜。易繫辭上:"夫易,開物成務,冒天下之道,如斯而已者也。"注:"言易通萬物之志,成天下之務,其道可以覆冒天下也。"宋李燾續資治通鑑長編二建隆二年范質奏:"宰相者以舉賢爲本質,以掩善爲不忠,所以上佐一人,開物成務。"

【開柙出虎】 kāi xiá chū hǔ 比喻縱容壞人。柙,關獸的木籠。論語季氏:"虎兕出於柙,龜玉毀於櫝中,是誰之過與?"

【開雲見日】 kāi yún jiàn rì 喻廓清蒙蔽。後漢書七四上袁紹傳:"初天子遣太僕趙岐和解關東,使各罷兵。(公孫)瓚因以書辭紹曰:'趙太僕以周、邵之德,銜命來征,宣揚朝恩,以示和睦,曠若開雲見日,何喜如之!'"亦作"披雲見日"、"披雲覩日"。見"披雲見日"。

【開源節流】 kāi yuán jié liú 荀子富國:"故田野縣鄙者,財之本也;垣窌倉廩者,財之末也;百姓時和、事業得叙者,貨之源也;等賦府庫者,貨之流也。故明主必謹養其和,節其流,開其源,而時斟酌焉。潢然使天下必有餘,而上不憂不足。"節流,謂賦斂要有節制;開源,謂發展生產。今謂開闢財源、節約開支爲開源節流。

【開誠布公】 kāi chéng bù gōng 坦白無私。推誠相見。三國志蜀諸葛亮傳評:"諸葛亮之爲相國也,…… 開誠心,布公道。盡忠益時者,雖讎必賞,犯法怠慢者,雖親必罰;服罪輸情者,雖重必釋;游辭巧飾者,雖輕必戮。"宋許月卿先天集一次韻陳肇芳竿贈李相士詩:"集思廣益真宰相,開誠布公肝膽傾。"陽枋字溪集一上宣諭余樵隱書:"恭聞明公將旨諭蜀,開誠布公,人心感悦,懽聲如雷。"

【開霧覩天】 kāi wù dǔ tiān 使人豁然開朗。三國魏徐幹中論審大臣:"文王之識也,灼然若披雲而見日,霍然若開霧而觀天。"北周宇文逌庾子山集序:"夜不離閣,無愧於黃香;開霧覩天,有同於樂廣。"

【開門七件事】 kāi mén qī jiàn shì 比喻日常生活的必需開支。七件事,指柴、米、油、鹽、醬、醋、茶。宋吳自牧夢粱錄十六鰲鋪:"蓋人家每日不可闕者,柴、米、油、鹽、醬、醋、茶。"元曲選武漢臣李素蘭風月玉壺春一:"早晨起來七件事,柴、米、油、鹽、醬、醋、茶。"

【開弓不放箭】 kāi gōng bù fàng jiàn 比喻故意作出將要行動的姿態。清吳敬梓儒林外史十三:"尋了箇老練的差人商議,告訴他如此這般事,還是竟弄破了好,還是開弓不放箭,大家弄幾箇錢有益?"

【閑言剩語】 xián yán shèng yǔ 與正事無關的多餘的話。元明雜劇元朱凱劉玄德醉走黃鶴樓一:"(劉封云)老趙,你閑言剩語的,父親你休聽他,你赴宴走一遭,料着不妨。"

【閑邪存誠】 xián xié cún chéng 存誠心以杜止邪惡。易乾文言:"閑邪存其誠。"疏:"言防閑邪惡,當自存其誠實也。"

【閎中肆外】 hóng zhōng sì wài 謂作文者蘊蓄宏富而用筆豪放。唐韓愈昌黎集

十二進學解："先生之於文，可謂閎其中而
肆其外矣。"宋衛宗武秋聲集五柳月潤吟
秋後藥序："李（白）杜（甫）以天授之才，閎
中肆外，窮幽極渺。"

【閎言崇議】 hóng yán chóng yì　謂高
明卓越的言論。漢書八十下揚雄傳下解
難："若夫閎言崇議，幽微之塗，蓋難於覽
者同也。"

【閒不容息】 jiàn bù róng xī　喻時閒短
促。史記八九張耳陳餘傳："將軍毋失時，
時閒不容息。"淮南子原道："時之反側，閒
不容息。先之則太過，後之則不逮。"注：
"言時反側之閒不容氣息，促之甚也。"

【閒不容髮】 jiàn bù róng fà　相距極
微，中無一髮之閒隙。大戴禮曾子天圓：
"律居陰而治陽，厤居陽而治陰，律厤迭相
治，其閒不容髮。"亦比喻形勢危迫。文選
漢枚叔（乘）上書諫吳王："係絕於天，不可
復結；墜入深淵，難以復出，其出不出，閒
不容髮。"

【閒雲孤鶴】 xián yún gū hè　比喻來去
自由，無所羈絆。五代釋貫休嘗以詩投吳

越王錢鏐，中有"一劍霜寒十四州"之句。
鏐諭改爲"四十州"，乃得相見。休曰："州
亦難添，詩亦難改。然閒雲孤鶴，何天而不
可飛！"遂入蜀。見宋阮閱詩話總龜三十引
古今詩話。後亦作"閒雲野鶴"、"野鶴孤
雲"。見各該條。

【閒雲野鶴】 xián yún yiě hè　喻無所羈
絆，自由自在。明張居正張文忠公集書牘
十與棘卿劉小魯言止荆山勝事："即便得
歸，亦不過芒鞋竹杖，與閒雲野鶴，徜徉于
煙霞水石間，何至買山結廬，爲深公所笑
耶？"清文康兒女英雄傳二十："那姑娘穿
了這一身縞素出來，越發顯得如閒雲野鶴
一般，有箇飄然出世光景。"亦作"閒雲孤
鶴"、"野鶴孤雲"。見各該條。

【闊步高談】 kuò bù gāo tán　謂言行自
由，不受約束。三國志魏文帝紀"號曰皇
覽"注引魏書丕太宗論："欲使曩時累息之
民得闊步高談，無危懼之心。"

【關山迢遞】 guān shān tiáo dì　形容
路途遙遠。明王世貞鳴鳳記八："無限別
情，不勝悽愴，關山迢遞，後會難期。"

阜　　部

【防患未然】 fáng huàn wèi rán　於事
物出現不良迹象之前，即加以防範。李寶
嘉官場現形記五六："古語說得好：'君子
防患未然。'我現在就打的是這箇主意。"

【防意如城】 fáng yì rú chéng　謂防私
慾之萌，有如守城防敵。唐道世諸經要集
九擇交懲過引維摩經："防意如城，守口如
瓶。"

【防微杜漸】 fáng wēi dù jiàn　於事物
出現不良迹象之初，即加以制限，不使擴
大發展。宋書吳喜傳明帝（劉彧）與劉勔等
詔："且欲防微杜漸，憂在未萌，不欲方幅
露其罪惡，明當嚴詔切之，令自爲其所。"
左傳隱公"繼室以聲子生隱公"唐孔穎達
疏："禮所以別嫌明疑，防微杜漸。"亦作

"杜漸防萌"、"杜漸防微"。見"杜漸防萌"。

【阮囊羞澀】 ruǎn náng xiū sè　晉阮孚
持一皂囊，遊會稽。客問囊中何物，曰：但
有一錢守囊，恐其羞澀。後人自謂身無錢
財曰"阮囊羞澀"，本此。見宋陰時夫韻府
羣玉十陽韻。

【阪上走丸】 bǎn shàng zǒu wán　謂形
勢便易。漢書四五蒯通傳："爲君計者，莫
若以黃屋朱輪迎范陽令，使馳騖於燕趙之
郊，則邊城皆將相告曰：'范陽令先下而身
富貴'，必相率而降，猶如阪上走丸也。"
注："言乘勢便易。"

【附贅縣疣】 fù zhuì xuán yóu　喻多餘
無用之物。縣，即"懸"。莊子駢拇："附贅縣
疣，出乎形哉而侈於性。"南朝梁劉勰文心

雕龍七鎔裁："駢拇枝指，由侈於性；附贅縣肬，實侈於形。一意兩出，義之駢枝也；同辭重句，文之肬贅也。"肬，同"疣"。

【附驥攀鴻】 fù jì pān hóng 文選漢王子淵(褒)四子講德論："夫蚊蝱終日經營，不能越階序，附驥尾則涉千里，攀鴻翮則翔四海。"後多用爲謙辭，喻依附他人以成名。

【降心相從】 jiàng xīn xiāng cóng 抑己以從人。左傳隱十一年："唯我鄭國之有請謁焉，如舊昏媾，其能降以相從也。"注："降，降心也。"又僖二八年："天禍衛國，君臣不協，以及此憂也。今天誘其衷，使皆降心以相從也。"

【降志辱身】 jiàng zhì rǔ shēn 謂貶抑志氣，辱沒身分。論語微子："謂柳下惠少連，降志辱身矣！言中倫，行中慮，其斯而已矣。"戰國策韓二："聶政曰：'臣所以降志辱身居市井屠者，幸以養老母，老母在前，政身未敢以許人也。'"漢王充論衡定賢："以清節自守，不降志辱身爲賢乎？是則避世離俗，長沮桀溺之類也。"

【降貴紆尊】 jiàng guì yū zūn 指地位高者降低身分附就。南朝梁簡文帝昭明太子集序："降貴紆尊，躬刊手掇。"亦作"紆尊降貴"。清文康兒女英雄傳四十："禮制所在，也不便於和他兩箇紆尊降貴，只含笑拱了拱手，說了句路上辛苦。"

【降龍伏虎】 xiáng lóng fú hǔ 使龍虎降伏。佛教道教俱有以法力制服龍虎的故事。比喻戰勝邪惡勢力或重大困難。唐太宗賜孫真人頌："降龍伏虎，拯衰救危。"(金石萃編四七)明許仲琳封神演義八三："降龍伏虎似平常，斬將封爲斗木豸。"亦作"伏虎降龍"。元曲選馬致遠馬丹陽三度任風子二："學師父伏虎降龍，跨鸞乘鳳。"

【除狼得虎】 chú láng dé hǔ 喻去一害而一害又來。金史陳規傳上言："況縣令之弊，無甚于今，……近雖遣官廉察，治其姦濫，易其疲軟，然代者亦非選擇，所謂除狼得虎也。"

【除暴安良】 chú bào ān liáng 鏟除強暴，安撫善良之人。清李汝珍鏡花緣六十："俺聞劍客行爲莫不至公無私，倘心存偏袒，未有不遭惡報。至除暴安良，尤爲切要。"李寶嘉官場現形記十五："此番帶兵剿辦土匪，原爲除暴安良起見。"

【除舊布新】 chú jiù bù xīn 清除舊者，安設新者。左傳昭十七年："彗所以除舊布新也。"彗爲掃帚，本指掃除塵土。引申爲革除更新。晉書杜軫傳："時鄧艾至成都，軫白太守曰：'今大軍來征，必除舊布新，明府宜避之，此全福之道也。'"

【陳陳相因】 chén chén xiāng yīn 謂陳穀逐年增積。史記平準書："太倉之粟，陳陳相因，充溢露積於外，至腐敗不可食。"後用以比喻因陳襲舊，而無創新。宋楊萬里誠齋集八二眉山任公小醜集序："詩文孤峭而有風稜，雄健而有英骨，忠慨而有毅氣……非近世陳陳相因、累累隨行之作也。"

【陸海潘江】 lù hǎi pān jiāng 南朝梁鍾嶸詩品上："陸(機)才如海，潘(岳)才如江。"後以"陸海潘江"稱文才淵博之人。宋梅堯臣宛陵集五二謝永叔答述舊之作和禹玉詩："天下才名罕有雙，今逢陸海與潘江。"

【陸讋水慄】 lù zhé shuǐ lì 形容四方畏懼。後漢書四十下班彪傳附班固東都賦："殊方別區，界絕而不鄰，自孝武所不能征，孝宣所不能臣，莫不陸讋水慄，奔走而來賓。"

【陰差陽錯】 yīn chā yáng cuò 見"陰錯陽差"。

【陰錯陽差】 yīn cuò yáng chā 本舊時陰陽家術語。後用以比喻由於偶然的因素而造成了差錯。宋釋曇瑩珞琭子賦註下："人之一身，陰錯陽差，則非正也。"亦作"陰差陽錯"。曾樸孽海花三四："這回革命的事幾乎成功。真是談督的官運亨通，陰差陽錯裏倒被他糊里糊塗的撲滅了。"

【陶犬瓦雞】 táo quǎn wǎ jī 喻無用之物。南朝梁元帝(蕭繹)金樓子立言下："陶犬無守夜之警，瓦雞無司晨之益。"

【陶情適性】 táo qíng shì xìng 令心情愉悅。紅樓夢一二〇："不過遊戲筆墨，陶情適性而已。"

【階前萬里】 jiē qián wàn lǐ 謂萬里如在階前，雖遠猶近。資治通鑑二四九唐大中十二年：「建州刺史于延陵入辭，上曰：『建州去京師幾何？』對曰：『八千里。』上曰：『卿到彼爲政善惡，朕皆知之，勿謂其遠！此階前則萬里也，卿知之乎？』」

【隋珠暗投】 suí zhū àn tóu　見「明珠闇投」。

【陽奉陰違】 yáng fèng yīn wéi　表面順從而暗中違反。明臣奏議三九范景文輯大尸行召募疏：「如有日與胥徒比而陽奉陰違、名去實存者，斷以白簡隨其後。」清王筠菉友戹說上春圖先生書：「夫子此舉，本是刻書，而從事諸人，遽欲定書，又不敢顯背夫子之言，乃成陽奉陰違之舉。」

【陽春白雪】 yáng chūn bái xuě　原指戰國時楚國的一種高雅的歌曲。文選戰國楚宋玉對楚王問：「客有歌於郢中者，其始曰下里巴人，國中屬而和者數千人；……其爲陽春白雪，國中屬而和者不過數十人。」後以之比喻高深的文學藝術作品。西遊記六四：「長老聽了，贊歎不已道：『真是陽春白雪，浩氣沖霄。』」

【陽春有腳】 yáng chūn yǒu jiǎo　喻給人帶來溫暖。五代後周王仁裕開元天寶遺事下有腳陽春：「宋璟愛民恤物，朝野歸美。時人咸謂璟爲『有腳陽春』，言所至之處如陽春煦物也。」宋楊萬里誠齋集三七送吉守趙山父移廣東提刑詩：「陽春有腳來江城，銀漢乘槎移使星。」

【隔靴抓癢】 gé xuē zhuā yǎng　見「隔靴搔癢」。

【隔靴爬癢】 gé xuē pá yǎng　見「隔靴搔癢」。

【隔靴搔癢】 gé xuē sāo yǎng　喻言行寫作不切實際，不得要領。景德傳燈錄二二契穩法寶大師：「師曰：『辨得未？』僧曰：『怎麼即識性無根去也。』師曰：『隔靴搔癢。』」宋嚴羽滄浪詩話詩法：「下字貴響，造語貴圓，意貴透徹，不可隔靴搔癢。」亦作「隔靴抓癢」、「隔靴爬癢」。續傳燈錄十二：「若也揚眉瞬目，又是鬼弄精魂，更或拈拂敲床，大似隔靴抓癢。」宋朱熹朱子語類五性理二聖人：「聖人只是識得性。百家紛紛，只是不識性；揚子(雄)鶻鶻突突，荀子又所謂隔靴爬癢。」

【隔牆有耳】 gé qiáng yǒu ěr　言機密事須加意保密，以防洩漏。宋路振九國志二吳崔太初傳：「太初不喜儒生，多疑好察，每通衢交會之所，牆必置耳。常謂人曰：『還聞牆有耳否？』又曰：『非耳耳，乃吾也。』」古今雜劇元鄭庭玉包龍圖智勘後庭花一：「外旦：『便有誰知道？』末：『豈不聞隔牆還有耳，窗外豈無人。』」水滸十六：「常言道：『隔牆須有耳，窗外豈無人』，只可你知我知。」

【隨心所欲】 suí xīn suǒ yù　依箇人心願而爲所欲爲。論語爲政：「七十而從心所欲，不踰距。」紅樓夢九：「寶玉終是箇不能安分守理的人，一味的隨心所欲，因此發了癖性。」

【隨行逐隊】 suí háng zhú duì　指跟隨衆人一齊行動。清西周生醒世姻緣六：「每日也隨行逐隊的，一般戴了儒巾，穿了舉人的圓領，繫了尺把長天青縧子，粉底兒靴，夾在隊裏，升堂畫卯。」

【隨波逐流】 suí bō zhú liú　隨波浪順流而下。喻言行沒有定見。史記八四屈原傳：「舉世混濁，何不隨其流而揚其波？」抱朴子審舉：「而凡夫淺識，不辯邪正，謂守道者爲陸沈，以履經者爲知變，俗之隨風而動，逐波而流者，安能復身於德行，苦思於學問哉？」宋孫奕履齋示兒編五鄉原：「所謂鄉原，即推原人之情意，隨波逐流，佞僞馳騁，苟合求媚于世。」亦作「隨波同流」。唐權德輿權載之文集三九送襄陽盧判官赴本使序：「至有趣世狗物，隨波同流，茫茫九有，公是大喪。」

【隨波逐浪】 suí bō zhú làng　隨波浪起伏上下。喻生活顛沛流離，不由自主。唐白居易長慶集六四浪淘沙詞之六：「隨波逐浪到天涯，遷客生還有幾家。」亦作「隨風逐浪」、「逐浪隨波」。見「隨風逐浪」。

【隨風逐浪】 suí fēng zhú làng　喻漂泊生活，不由自主。唐司空圖司空表聖詩集四戊午三月晦之一：「隨風逐浪劇蓬萍，圓首何曾解最靈。」全唐詩六八四吳融商人：「隨風逐浪年年別，却笑如期八月槎。」亦作「逐浪隨波」。永樂大典戲文宦門子弟錯立身：「似這般失業，似這般逐浪隨波，忍冷虓饑。」或作「隨波逐浪」。見該條。

【隨風倒柁】 suí fēng dǎo duò　㊀喻相

機行事。宋陸游劍南詩稿七四醉歌：「相風使帆第一籌，隨風倒柂更何憂。」元明雜劇缺名若耶溪漁樵閒話四：「有那等貪淫酷暴，隨風倒舵，順水推船，不得民心，四海聞其污名。」亦作「隨風轉舵」。見該條。㈡喻沒有一定方向。古今雜劇元缺名隨何賺風魔徹三：「則落你好似披麻救火，酾徹也不似那般人隨風倒舵。」明馮夢龍警世通言二一：「趙公是箇隨風倒舵沒主意的老兒。」

【隨風轉舵】 suí fēng zhuǎn duò　水滸九八：「眼見得城池不濟事了，各人自思隨風轉舵。」亦作「隨風倒柂」。見該條。

【隨珠和璧】 suí zhū hé bì　隨侯之珠、和氏之璧。比喻珍貴之物。淮南子覽冥：「譬如隋侯之珠，和氏之璧，得之者富，失之者貧。」漢書五一鄒陽傳獄中上書：「故無因而至前，雖出隨珠和璧，秖結怨而不見德。」

【隨珠彈雀】 suí zhū tán què　喻處事輕重失當。莊子讓王：「今且有人於此，以隨侯之珠，彈千仞之雀，世必笑之。是何也？則其所用者重，而所要者輕也，夫生豈特隨侯之重哉？」藝文類聚三五東漢張安超譏青衣賦：「隋珠彈雀，堂溪刈葵，駑駘啄鼠，何異於鴟。」明馮夢龍清蔡元放東周列國志一：「犬彘何須辱劍鋩？隋珠彈雀總堪傷。」亦作「明珠彈雀」。見該條。

【隨時制宜】 suí shí zhì yí　根據當時情況，採取適當措施。晉書周崎傳：「州將使求援於外，本無定指，隨時制宜耳。」

【隨寓而安】 suí yù ér ān　見「隨遇而安」。

【隨遇而安】 suí yù ér ān　謂處於各種環境，皆能自安。宋呂頤浩忠穆集六與姚廷輝書：「衣食之分，各有厚薄，隨所遇而安可也。」清尹會一健餘尺牘四示嘉銓書：「保重弱軀，開擴心地，隨遇而安，足慰懸懸矣。」亦作「隨寓而安」。朱子語錄一○一程子門人：「胡文定公（寅）云：世間事如浮雲流水，不足留情，隨所寓而安也。」清劉獻廷廣陽雜記三：「隨寓而安，斯真隱矣。」

【隨鄉入鄉】 suí xiāng rù xiāng　猶入鄉隨俗。宋范成大石湖集十二秋雨快晴靜勝堂席上詩：「天涯節物遮愁眼，且復隨鄉便入鄉。」紅樓夢四一：「寶玉笑道：『隨鄉入鄉』，到了你這裏，自然把這金珠玉寶一概貶爲俗器了。」

【隨機應變】 suí jī yìng biàn　見機行事。舊唐書八三郭孝恪傳進策：「請固武牢，屯軍氾水，隨機應變，則易爲克珍。」宋羅大經鶴林玉露乙編六臨事之智：「大凡臨事無大小，皆貴乎智。智者何？隨機應變，足以弭患濟事者是也。」李寶嘉官場現形記四五：「我們做官，總要隨機應變，能屈能伸，才不會吃虧。」亦作「臨機應變」。見該條。

【隨踵而至】 suí zhǒng ér zhì　形容來者很多，接連不斷。戰國策齊三：「子來，寡人聞之，千里而一士，是比肩而立，百世而一聖，若隨踵而至也。今子一朝而見七士，則士不易衆乎？」

【隨聲附合】 suí shēng fù hé　形容盲從，毫無主見。明許仲琳封神演義十一：「崇侯虎不過隨聲附合，實非本心。」

【隱姓埋名】 yǐn xìng mái míng　隱埋真實姓名。元曲選張壽卿謝金蓮詩酒紅梨花四：「他不是別人，則他便是謝金蓮，着他隱姓埋名，假說做王同知的女兒。」

【隱若敵國】 yǐn ruò dí guó　多用於欽賞人才繫國家之重者。漢書九二劇孟傳：「劇孟以俠顯。吳楚反時，……天下騷動，大將軍得之若一敵國云。」後漢書十八吳漢傳：「帝時遣人觀大司馬何爲，還言方脩戰攻之具。乃歎曰：『吳公差彊人意，隱若一敵國矣！』」注：「隱，威重之貌。言其威重若敵國。」北齊顏之推顏氏家訓慕賢：「張延儁之爲晉州行臺左丞，匡維主將，鎮撫疆場，儲積器用，愛活黎民，隱若敵國矣。」

【隱約其辭】 yǐn yuē qí cí　形容言辭隱晦，不易爲人理解。清平步青霞外捃屑四：「使白太夫人，謂欲禮佛行也者，迎抵會城卒歲，無功爲親者諱，故隱約其辭不盡之。」

【隱惡揚善】 yǐn è yáng shàn　隱匿其惡，褒揚其善。禮中庸：「舜好問而好察邇言，隱惡而揚善。」京本通俗小說碾玉觀音下：「況且崔寧一路買酒買食，奉承得他好，因去時，就隱惡而揚善了。」

隹　部

【隻輪不反】 zhī lún bù fǎn　謂大敗。猶言全軍覆沒。反，同“返”。公羊傳僖三三年：“然而晉人與姜戎要之殽而擊之，（秦師）匹馬隻輪無反者。”明馮夢龍清蔡元放東周列國志八六：“今日不是某誇口自薦，若用某爲將，必使齊兵隻輪不返。”

【隻雞斗酒】 zhī jī dǒu jiǔ　古人弔祭亡友，攜雞酒至墓前爲禮。後多用爲追悼亡友之辭。元曲選宮大用死生交范張雞黍楔子：“既然肯來赴約呵，您兄弟隻雞斗酒，等待我的哥哥也。”亦作“斗酒隻雞”。見該條。

【隻雞絮酒】 zhī jī xù jiǔ　亦作“炙雞絮酒”。後漢書五三徐穉傳：“穉嘗爲太尉黃瓊所辟，不就。及瓊卒歸葬，穉乃負糧徒步到江夏赴之，設雞酒薄祭，哭畢而去，不告姓名。”注：“謝承（後漢）書曰：‘穉諸公所辟雖不就，有死喪負笈赴弔。常於家豫炙雞一隻，以一兩綿絮漬酒中暴乾以裹雞，徑到所起冢塋外，以水漬緜使有酒氣，斗米飯，白茅爲藉，以雞置前，醊酒畢，留謁則去，不見喪主。’喻祭品雖薄而情意甚深。後人弔祭之文多引用此語。

【雀兒腸肚】 què ér cháng dù　喻氣量褊小。宋陳師道後山談叢四：“王師既平蜀，詔昶赴闕。曹武肅王（彬）密奏曰：‘孟昶王蜀三十年，而蜀道千餘里，請擒孟氏而赦其臣以防變。’太祖批其後曰：‘你好雀兒腸肚。’”

【雀屏中選】 què píng zhòng xuǎn　舊唐書高祖竇皇后傳：“（竇毅）謂長公主曰：‘此女才貌如此，不可妄以許人，當爲求賢夫。’乃於門屏畫二孔雀，諸公子有求婚者，輒與兩箭射之，潛約中目者許之。前後數十輩莫能中。高祖（李淵）後至，兩發各中一目。毅大悅，遂歸于我帝。”後以之喻當選爲婿。

【雅人深致】 yǎ rén shēn zhì　言風雅之人，意致深遠。世説新語文學：“謝公（安）因子弟集聚，問：‘毛詩何句最佳?’遏（謝玄）稱曰：‘昔我往矣，楊柳依依。今我來思，雨雪霏霏。’公曰：‘訏謨定命，遠猷辰告’，謂此句偏有雅人深致。”按晉書王凝之妻謝氏（道韞）傳記，謝安稱有雅人深致者，爲道韞所舉“吉甫作誦，穆如清風”（大雅烝民）。清紀昀閱微草堂筆記七：“雅人深致，使見者意消；與罵座灌夫，自别是一流人物。”

【雅俗共賞】 yǎ sú gòng shǎng　形容詩文深入淺出，能爲不同水平之人所接受。紅樓夢六二：“射覆從古有的，如今失了傳，這是後纂的，比一切的令都難。不如毁了，另拈一個雅俗共賞的。”

【雄材大略】 xióng cái dà lüè　非凡的才能和謀略。漢書武帝紀贊：“如武帝之雄材大略，不改文景之恭儉以濟斯民，雖詩書所稱，何有加焉。”三國演義八三：“此人名雖儒生，實有雄才大略，以臣論之，不在周郎之下。”

【雄姿英發】 xióng zī yīng fā　形容威武雄壯，才華外露。宋蘇軾東坡詞念奴嬌赤壁懷古：“遙想公瑾當年，小喬初嫁了，雄姿英發。羽扇綸巾談笑間，強虜灰飛煙滅。”

【雄飛雌伏】 xióng fēi cí fú　謂人宜奮發猛進而不能退藏無爲。後漢書二七趙典傳：“（兄子）溫字子柔，初爲京兆丞，歎曰：‘大丈夫當雄飛，安能雌伏!’遂棄官去。”

【雄雞斷尾】 xióng jī duàn wěi　左傳昭二二年：“賓孟適郊，見雄雞自斷其尾；問之侍者，曰：‘自憚其犧也。’”注：“畏其爲犧牲，奉宗廟，故自殘毁。”後以喻憂讒畏譏，自行殘毀。宋蘇軾分類東坡詩十三僧爽白雞："斷尾雄雞本畏烹，年來聽法伴修行。"

【雁逝魚沉】　yàn shì yú chén　猶言音訊斷絕。雁魚皆爲書札之代稱。舊五代史唐李襲吉傳代李克用與朱溫書："山高水闊，難追二國之歡；雁逝魚沉，久絕八行之賜。"

【雁過拔毛】　yàn guò bá máo　比喻趁機撈取好處。清文康兒女英雄傳三一："話雖如此，他既沒那雁過拔毛的本事，就該悄悄兒走，怎麼好好兒的把人家拆了個稀爛？"

【雁塔題名】　yàn tǎ tí míng　唐神龍以後，新進士有題名雁塔之舉。唐韋絢嘉話錄謂進士張莒偶題名於此，後遂爲故事。宋錢易南部新書又以爲始自韋肇。題名塔中石上者，新進士外亦有士庶僧道。參閱五代南漢王定保唐摭言三慈恩寺題名遊賞賦詠雜記、宋戴埴鼠璞雁塔題名、高似孫緯略五雁塔。後因用爲考中進士之代稱。元曲選鄭德輝㑲梅香騙翰林風月三："你若是鳳墀得志，雁塔題名，可早來呵！"

【雁影分飛】　yàn yǐng fēn fēi　舊時比喻分離。清蒲松齡聊齋志異馬介甫："甚而雁影分飛，涕空沾於荊樹；鶯膠再覓，變遂起於蘆花。"

【集苑集枯】　jí yuàn jí kū　晉獻公寵驪姬，人多向驪姬子奚齊，惟大夫里克仍向太子申生。驪姬欲立奚齊而難里克，乃使優施具特羊之饗往說。飲酒中，優施作歌以諷："暇豫之吾吾，不如鳥烏，人皆集於苑，己獨集於枯！"里克笑曰："何謂苑？何謂枯？"優施曰："其母爲夫人，其子爲君，可不謂苑乎？其母既死，其子又謗，可不謂枯乎？枯且又傷。"見國語晉二。苑，通"菀"，茂木貌。後因以喻境遇不同，志趣各異。

【集思廣益】　jí sī guǎng yì　集中衆人的智慧，廣泛採納各種有利國家的意見。三國志蜀董和傳："(諸葛)亮後爲丞相，教與羣下曰：'夫參署者，集衆思，廣忠益也。'"宋許月卿先天集一次韻陳肇芳竿贈李相士詩："集思廣益真宰相，開誠布公肝膽傾。"

【集腋成裘】　jí yè chéng qiú　慎子內篇："廟廊之材，非一木之枝；狐白之裘，非一狐之腋；治亂安危、存亡榮辱之施，非一人之力也。"狐，一本作"粹"，腋，一本作"皮"。"集腋成裘"本此。喻積少而成多，合衆力以成一事。清文康兒女英雄傳三："如今弄多少是多少，也只好是集腋成裘了。"

【雍容雅步】　yōng róng yǎ bù　儀態溫文，步履從容。魏書世祖紀上詔："古之君子，養志衡門，德成業就，才及世使。或雍容雅步，三命而後至；或棲棲遑遑，負鼎而自達。"

【雍容閒雅】　yōng róng xián yǎ　形容態度從容，舉止高雅。史記一一七司馬相如傳："相如之臨邛，從車騎，雍容閒雅甚都。"亦作"雍容爾雅"。清吳敬梓儒林外史十二："當下牛布衣吟詩，張鐵臂擊劍，陳和甫打鬨説笑，伴着兩公子的雍容爾雅，蘧公孫的俊俏風流，楊執中古貌古心，權勿用怪模怪樣，真乃一時勝會。"

【雍容爾雅】　yōng róng ěr yǎ　見"雍容閒雅"。

【雕文刻鏤】　diāo wén kè lòu　雕刻彩飾。六韜文韜上賢："爲雕文刻鏤，技巧華飾，而傷農事，王者必禁之。"漢陸賈新語一："民棄本趨末，技巧橫出，用意各殊，則加雕文刻鏤，傅致膠漆，丹青玄黃琦瑋之色，以窮耳目之好，極工匠之巧。"

【雕玉雙聯】　diāo yù shuāng lián　形容屬對精巧妥適。唐白居易長慶集十七江樓夜吟元九律詩成三十韻："寸截金爲句，雙雕玉作聯。"後稱撰詩鐘屬對工巧爲雕玉雙聯，本此。

【雕冰畫脂】　diāo bīng huà zhī　在冰上雕刻，在凝脂上繪畫。喻徒勞無功。明胡應麟甲乙剩言卵燈："余嘗於燈市見一燈，皆以卵殼爲之，爲燈，爲蓋，爲帶，爲墜，凡計數千百枚，每殼必開四門，每門必有横桃窗櫺，金碧輝耀，可謂巧絕，然脆薄無用，不異雕冰畫脂耳。"

【雕肝琢腎】　diāo gān zhuó shèn　喻窮思苦索推敲文詞。唐韓愈昌黎集四贈崔立之評事詩："勸君韜養待徵招，不用雕琢愁肝腎。"宋歐陽修文忠集六答聖俞莫飲酒詩："朝吟搔頭暮蹙眉，雕肝琢腎閒退之。"亦作"彫肝琢腎"。宋趙鼎臣竹隱畸七集三蔡興兵曹謝曾秀才見賀梅花詩復此韻爲謝詩："彫肝琢腎神何苦，故食眼亂心愁絕。"

【雕梁畫棟】diāo liáng huà dòng 形容房屋建築富麗堂皇。元曲選缺名青錢奴買冤家債主三："這的是雕梁畫棟聖祠堂。"紅樓夢三："正面五間上房，皆是雕梁畫棟，兩邊穿山遊廊廂房，掛着各色鸚鵡畫眉等雀鳥。"亦作"畫棟雕梁"。西遊記十七："入門裏，往前又進，至於三層門裏，都是些畫棟雕梁，明窗彩戶。"

【雕章繢句】diāo zhāng huì jù 精心修飾文章字句。宋王洋東牟集二又謝丁執中寄黃龍菜詩："金餅玉筋固華麗，雕章繢句真瑰奇。"亦作"雕章鏤句"。見該條。

【雕龍繡虎】diāo lóng xiù hǔ 喻寫作文字豪放雄健。明王世貞弇州山人四部稿一三二桑民懌："桑民懌（悅）才名噪一時，幾有雕龍繡虎之稱，此卷爲盛秋官書者，尤多生平得意語。"

【雕闌玉砌】diāo lán yù qì 形容富麗堂皇的建築物。南唐後主李煜虞美人詞："雕闌玉砌應猶在，只是朱顏改。"亦作"玉砌雕闌"。清蒲松齡聊齋志異白于玉："見簷外清水白沙，涓涓流溢；玉砌雕闌，殆疑桂闕。"

【雕牆峻宇】diāo qiáng jùn yǔ 指有彩繪裝飾的高大的屋宇。北史隋紀下煬帝詔："今所營構，務從節儉，無令雕牆峻宇，復起于當今。"元張昱張光弼詩集六漢未央宮檳題硯："雕牆峻宇幾浮雲，金石雖堅亦鮮存。"

【雕蟲小技】diāo chóng xiǎo jì 對僅工辭賦者的貶稱。比喻微不足道的技能。亦作文士自謙之辭。隋書李德林傳："至如經國大體，是賈生、晁錯之儔；雕蟲小技，殆相如、子雲之輩。"唐李白李太白文二六與韓荊州書："至於制作，積成卷軸，則欲塵穢視聽，恐雕蟲小技，不合大人。"

【雕蟲篆刻】diāo chóng zhuàn kè 漢揚雄法言吾子："或問：'吾子少而好賦？'曰：'然，童子雕蟲篆刻。'俄而曰：'壯夫不爲也。'"按西漢學童習秦書八體，蟲書、刻符爲其中兩體，纖巧難工。故以指作辭賦之雕章琢句，亦喻小技、末道。宋蘇軾經進東坡文集事略四六答謝民師書："此正所謂雕蟲篆刻者，其太玄、法言皆是類也，而獨悔於賦，何哉？"

【雞尸牛從】jī shī niú cóng 見"雞口牛後"。

【雞口牛後】jī kǒu niú hòu 喻寧小而尊，勝於大而卑。戰國策韓一："臣聞鄙語曰：'寧爲雞口，無爲牛後。'"又見史記六九蘇秦傳。正義："雞口雖小，猶進食，牛後雖大，乃出糞也。"北齊顏之推顏氏家訓書證引後漢延篤戰國策音義，謂當作"雞尸"、"牛從"，"尸"訓雞中之主；"從"訓牛子"。

【雞犬不留】jī quǎn bù liú 形容斬盡殺絕。吳趼人痛史六："常州城內雞犬不留，知常州府事家鉉翁不知去向。"

【雞犬不寧】jī quǎn bù níng 形容騷擾嚴重。曾樸孽海花二六："可是不放她出去，她又鬧得你天翻地覆，雞犬不寧，真叫我爲難。"

【雞犬不驚】jī quǎn bù jīng 形容紀律嚴明。亦形容平安無事。明許仲琳封神演義二八："文王與子牙放炮起兵。一路上父老相迎，雞犬不驚。"

【雞犬皆仙】jī quǎn jiē xiān 漢王充論衡道虛："淮南王學道，招會天下有道之人，……並會淮南，奇方異術莫不爭出。王遂得道，舉家升天，畜產皆仙，犬吠於天上，雞鳴於雲中。"後以喻一人得官，親友亦隨之得勢。或作"一人得道，雞犬升天"。

【雞皮鶴髮】jī pí hè fà 形容老人膚貌如雞皮，髮白如鶴羽。唐詩紀事二九梁鍠詠木老人："刻木牽絲作老翁，雞皮鶴髮與真同。"亦作"鶴髮雞皮"、"雞膚鶴髮"。北周庾信庾子山集一竹杖賦："噫！子老矣，鶴髮雞皮，蓬頭歷齒。"唐白居易長慶集六八老病相仍以詩自解詩："蟲臂鼠肝猶不怪，雞膚鶴髮復何傷。"

【雞骨支床】jī gǔ zhī chuáng 形容極其消瘦。世說新語德行："王戎和嶠同時遭大喪，俱以孝稱；王雞骨支床，和哭泣備禮。"清蒲松齡聊齋志異寄生："積數日，雞骨支床，較前尤甚。"

【雞鳴狗吠】 jī míng gǒu fèi　形容聚居人口稠密。孟子公孫丑上：“雞鳴狗吠相聞而達乎四境。”三國志魏王朗傳：“使封畺之内，雞鳴狗吠，達於四境，蒸庶欣欣，喜遇升平。”

【雞鳴狗盜】 jī míng gǒu dào　戰國時，齊孟嘗君好客，之秦，秦王留之不使歸。客有能爲狗盜者，盜千金之狐白裘，以獻秦王幸姬，王從幸姬之請，遣孟嘗君歸。旋悔而追之。時孟嘗君已至關，關法：雞鳴而出客。客有能爲雞鳴者，一鳴而羣雞盡鳴，遂得出關。見史記七五孟嘗君傳。後以稱有卑微技能者。亦形容詭秘不正大光明的行爲。漢書九二游俠傳：“繇是列國公子，魏有信陵，趙有平原，齊有孟嘗，楚有春申，皆藉王公之勢，競爲游俠，雞鳴狗盜，無不賓禮。”亦作“狗盜雞鳴”。清文康兒女英雄傳十七：“報仇的這椿事，是椿光明磊落、見得天地鬼神的事，何須這等狗盜雞鳴，遮遮掩掩。”

【雞膚鶴髮】 jī fū hè fà　見“雞皮鶴髮”。

【雞聲鵝鬥】 jī shēng é dòu　比喻吵鬧不和。紅樓夢二一：“從今咱們两個撂開手，省的雞聲鵝鬥，叫别人笑話。”

【雞蟲得失】 jī chóng dé shī　唐杜甫杜工部詩史補遺六縛雞行：“小奴縛雞向市賣，雞被縛急相喧爭。家中厭雞食蟲蟻，不知雞賣還遭烹。蟲雞於人何厚薄，吾叱奴人解其縛。雞蟲得失無了時，注目寒江倚山閣。”本謂事物有得即有失，難以盡如人願。後以喻細微之得失。宋周紫芝竹坡詞二漁家傲：“遇坎乘流隨分了，雞蟲得失能多少。”

【雞鶩爭食】 jī wù zhēng shí　喻與羣小爭祿。楚辭屈原卜居：“寧與黄鵠比翼乎，將與雞鶩爭食乎？”

【雞犬之聲相聞，老死不相往來】 jī quǎn zhī shēng xiāng wén, lǎo sǐ bù xiāng wǎng lái　形容彼此之間不通音間。老子：“鄰國相望，雞犬之聲相聞，民至老死不相往來。”

【雙豆塞聰】 shuāng dòu sè cōng　謂耳被蒙蔽，一無所聞。全唐詩六三六聶夷中雜興：“兩葉能蔽目，雙豆能塞聰。”

【雙柑斗酒】 shuāng gān dǒu jiǔ　唐馮贄雲仙雜記二俗耳鍼砭詩腸鼓吹：“戴顒春攜雙柑斗酒，人間何之，曰：‘往聽黄鸝聲，此俗耳鍼砭，詩腸鼓吹，汝知之乎？’”柑，爲橘之屬。本指春遊所備酒食，後借指遊春。明鄧志謨古事苑一時令：“清明改榆火之煙，恰周天運，雙柑斗酒，雅稱遊春。”

【雙飛雙宿】 shuāng fēi shuāng sù　喻夫婦或情侶形影不離。元詩選癸之己下鄭昕白頭公：“枝上雙老白頭，雙飛雙宿意綢繆。”亦作“雙宿雙飛”。見該條。

【雙宿雙飛】 shuāng sù shuāng fēi　喻夫婦或情侶同居同行。才調集二缺名雜詩：“不如池上鴛鴦鳥，雙宿雙飛過一生。”金元好問遺山集十一鴛鴦扇頭詩：“雙宿雙飛百自由，人間無物比風流。”亦作“雙飛雙宿”。見該條。

【雙管齊下】 shuāng guǎn qí xià　宋郭若虛圖畫見聞誌五張璪：“唐張璪員外畫山水松石，名重於世，尤於畫松，特出意象，能手握雙管，一時齊下，一爲生枝，一爲枯幹，勢凌風雨，氣傲烟霞。”後喻二事同時進行爲“雙管齊下”。

【雙瞳剪水】 shuāng tóng jiǎn shuǐ　形容眼珠的清澈明亮。唐李賀歌詩編一唐兒歌：“骨重神寒天廟器，一雙瞳人剪秋水。”後謂美女之眼爲秋波、秋水，亦此意。

【離心離德】 lí xīn lí dé　用心行德不一。指不一條心。書泰誓中：“受有億兆夷人，離心離德。予有亂臣十人，同心同德。”受，商紂名。明許仲琳封神演義十七：“黎民離心離德，禍生不測。”

【離鄉背井】 lí xiāng bèi jǐng　遠離家鄉到外地。古今雜劇元戴善夫陶學士醉寫風光好四：“我爲你離鄉背井，拋家失業，來覓男兒，到把我不揪不采，不相不識，相間相思！”元明雜劇元白仁甫董秀英風月東牆記二：“他是箇離鄉背井飄零客，我便是孤枕獨眠董秀英。”亦作“背井離鄉”。見該條。

【離羣索居】 lí qún suǒ jū　謂離朋友而獨居。禮檀弓上：“子夏投其杖而拜曰：‘吾過矣，吾過矣！吾離羣而索居亦已久矣。’”隋書經籍志一：“自孔子没而微言絶，七十

子喪而大義乖,學者離羣索居,各爲異
說。"

【離經畔道】 lí jīng pàn dào　違反儒家
尊奉的經典和教旨。古今雜劇元費唐臣蘇
子瞻風雪貶黃州一:"今有翰林學士蘇軾,
章句腐儒,驟登清要,志大言浮,離經畔
道,論新法而短毀時相,託吟詠而謗訕朝
廷,實有無君之罪,難道欺上之誅。"明俞
汝楫禮部志稿四九范謙責成正文體疏:
"乃今取士猶故也,而式則漸滅無餘矣,離
經畔道,左祖於清虛,竊諸子家爲笑柄
矣。"

【離鸞別鳳】 lí luán bié fèng　喻夫妻離
散。唐李賀歌詩編一湘妃:"離鸞別鳳煙梧
中,巫雲蜀雨遙相通。"

【難分難解】 nán fēn nán jiě　見"難解
難分"。

【難兄難弟】 nán xiōng nán dè　謂兄
弟皆佳,難分高下。世說新語德行:"陳元
方(紀)子長文(羣)有英才,與季方(諶)子
孝先(忠),各論其父功德,爭之不能決。咨
於太丘(寔),太丘曰:'元方難爲兄,季方
難爲弟。'"宋許月卿先天集贈黃藻詩:"難

兄難弟誇京邑,莫負當年夢惠連。"後亦指
彼此同樣惡劣,或同處於類似的困難境
地。此意則"難"讀 nàn。

【難言之隱】 nán yán zhī yǐn　指難以
出口之事或緣由。吳趼人二十年目睹之怪
現狀七七:"我近來閱歷又多了幾年,見事
也多了幾件,總覺得無論何等人家,他那
家庭之中,總有許多難言之隱的。"

【難能可貴】 nán néng kě guì　形容極
爲難得,極其可貴。宋蘇軾經進東坡文集
事略七:"子路之勇,子貢之辯,冉有之智,
此三者,皆天下之所謂難能而可貴者也。"

【難解難分】 nán jiě nán fēn　指雙方
爭鬭或爭執相持不下,難以分開。亦指彼
此關係異常親密。明許仲琳封神演義六
九:"一員將使五股托天叉;一員將使八楞
熟銅鎚;一員將使五爪爛銀抓;三將大戰,
殺得難解難分。"紅樓夢五:"至次日,便柔
情繾綣,軟語溫存,與可卿難解難分。"亦
作"難分難解"。紅樓夢一一七:"正在難分
難解,王夫人寶釵急忙趕來。見是這樣形
景,王夫人便哭着喝道:'寶玉,你又瘋
了!'"

雨　部

【雨淋日炙】 yǔ lín rì zhì　形容長途奔
波之苦。唐韓愈昌黎集五石鼓歌:"雨淋日
炙野火燎,鬼物守護煩撝呵。"

【雨散雲飛】 yǔ sàn yún fēi　比喻離散。
唐溫庭筠集四送崔郎中赴幕詩:"心遊目
送三千里,雨散雲飛二十年。"

【雨順風調】 yǔ shùn fēng tiáo　見"風
調雨順"。

【雨絲風片】 yǔ sī fēng piàn　狀春日之
微風細雨。明湯顯祖牡丹亭驚夢:"朝飛暮
卷,雲霞翠軒,雨絲風片,煙波畫船。"清王
士禛漁洋山人精華錄五秦淮雜詩之一:

"十日雨絲風片裏,濃春煙景似殘秋。"

【雨跡雲蹤】 yǔ jì yún zōng　形容往昔
之事。明湯顯祖牡丹亭尋夢:"依稀想像人
兒見。那來時荏苒,去也遷延。非遠,那雨
跡雲蹤繞一轉,敢依花傍柳還重現。"

【雨過天青】 yǔ guò tiān qīng　喻青
色,如雨後晴空的蔚藍澄徹。五代後周世
宗(柴榮)時所燒瓷器青如天,明如鏡,薄
如紙,聲如磬。相傳當時請瓷器式,世宗批
其狀曰:'雨過天青雲破處,者般顏色做將
來。'參閱清梁同書古窯器考柴窯。紅樓
夢四十:"那箇軟煙羅只有四樣顏色:一樣
雨過天青,一樣秋香色,一樣松綠的,一樣

就是銀紅的。"

【雪上加霜】　xuě shàng jiā shuāng　景德傳燈錄八大陽和尚："伊(禪師)退步而立，師云：'汝只解瞻前，不解顧後。'伊云：'雪上更加霜。'師云：'彼此無俗宜。'"元曲選缺名須買大夫誶范叔二："淚電子腮邊落，血冬凌滿脊梁；凍剝剝雪上加霜。"後以爲禍患疊至之喻。

【雪中送炭】　xuě zhōng sòng tàn　宋范成大石湖集三二大雪送炭與芥隱詩："不是雪中須送炭，聊裝風景要詩來。"常用以喻濟人之急。明王世貞鳴鳳記驛裏相逢："哇！你小人勢利，但知錦上添花，我砥柱中流，偏喜雪中送炭。"

【雪泥鴻爪】　xuě ní hóng zhǎo　比喻往事遺留的痕迹。宋蘇軾分類東坡詩十六和子由澠池懷舊："人生到處知何似，應似飛鴻踏雪泥。泥上偶然留指爪，鴻飛那復計東西？"亦作"雪鴻指爪"。明王世貞弇州山人四部稿一二九題參軍東游稿後："幽憂抱疾，塊守蝸廬，雪鴻指爪，託之夢寐。"

【雪夜訪戴】　xuě yè fǎng dài　晉王徽之(子猷)居山陰，夜雪初霽，月色清朗，忽憶戴逵(安道)。戴時在剡，即便夜乘小船詣之，經宿方至，造門不前而返。人問其故，王曰："吾本乘興而行，興盡而返，何必見戴？"見世說新語任誕、晉書王徽之傳。

【雪虐風饕】　xuě nüè fēng tāo　形容冬日酷寒景象。唐韓愈昌黎集二二祭河南張員外文："歲弊寒凶，雪虐風饕。"

【雪案螢窗】　xuě àn yíng chuāng　形容讀書刻苦。猶"囊螢映雪"。元明雜劇缺名十探子大鬧延安府一："若不是雪案螢窗將黃卷讀，怎能彀烏靴象簡紫朝服。"

【雪窖冰天】　xuě jiào bīng tiān　形容嚴寒之景象或指嚴寒之地區。宋史三七三朱弁傳："其後，(王)倫復歸，又以弁奉送徽宗大行之文爲獻，其辭有曰：'歎馬角之未生，魂消雪窖；攀龍髯而莫逮，淚洒冰天。'"是時弁以兩宮通問使被金拘禁於雲中。亦作"冰天雪窖"。見該條。

【雪鴻指爪】　xuě hóng zhǐ zhǎo　見"雪泥鴻爪"。

【雲中白鶴】　yún zhōng bái hè　喻人志行高潔。三國志魏邴原傳"太祖征吳，原從行，卒"注引原別傳："邴君所謂雲中白鶴，非鶉鷃之網所能羅矣。"南史劉懷珍傳附劉訏："族祖孝標與書稱之曰：'訏超超越俗，如半天朱霞。歊矯矯出塵，如雲中白鶴。'"

【雲屯霧集】　yún tún wù jí　見"雲合霧集"。

【雲合霧集】　yún hé wù jí　喻羣聚。史記九二淮陰侯傳："天下初發難也，俊雄豪傑，建號壹呼，天下之士，雲合霧集，魚鱗雜遝，熛至風起。"三國志蜀郤正傳釋譏："雲合霧集，風激電飛。"亦作"雲屯霧集"。水滸六六："這北京大名府是河北頭一箇大郡，衝要去處。卻有諸路買賣，雲屯霧集，只聽放燈，都來趕趁。"

【雲行雨施】　yún xíng yǔ shī　雲氣流行，雨澤施布，滋潤萬物。比喻廣施恩澤，普及萬方。易乾："雲行雨施，品物流形。"疏："此二句釋亨之德也。言乾能用天之德，使雲氣流行，雨澤施布。故品類之物流布成形，各得亨通，無所壅蔽。"又："雲行雨施，天下平也。"疏："言天下普得其利。"莊子天道："天德出而寧，日月照而四時行，若晝夜之有經，雲行而雨施矣。"

【雲泥異路】　yún ní yì lù　喻地位懸殊。宋陳亮龍川集二一與辛又安殿撰書："亮空閑沒可做時，每念臨安相聚之適，而一朝遽如許。雲泥異路又如許。"

【雲起龍驤】　yún qǐ lóng xiāng　舊喻英豪乘時而起。漢書一〇〇下敘傳："雲起龍襄，化爲侯王。"襄，通"驤"。

【雲集霧散】　yún jí wù sàn　喻人生聚散無定。文選漢班孟堅(固)西都賦："朝發河海，夕宿江漢，沉浮往來，雲集霧散。"

【雲煙過眼】　yún yān guò yǎn　喻景物易逝。宋詩鈔戴復古石屏詩鈔再賦惜別呈李實夫運使："雲煙過眼時時變，草樹驚秋夜夜疏。"亦作"過眼雲煙"、"煙雲過眼"。見各該條。

【雲蒸霞蔚】　yún zhēng xiá wèi　見"雲興霞蔚"。

【雲龍風虎】　yún lóng fēng hǔ　見"雲從龍，風從虎"。

【雲興霞蔚】　yún xīng xiá wèi　世說新

語言語:"顧長康(愷之)從會稽還,人問山川之美,顧云:'千巖呈秀,萬壑爭流,草木蒙籠其上,若雲興霞蔚。'"喻景物絢爛綷麗。後亦作"雲蒸霞蔚"。清嚴光敏顔氏家藏尺牘一馮溥書:"且海內人文,雲蒸霞蔚,鱗集京師,直千古盛事。"此以喻人才之盛。

【雲譎波詭】 yún jué bō guǐ ㊀漢書八七上揚雄傳甘泉賦:"於是大夏雲譎波詭,摧嶉而成觀。"注引孟康:"言夏屋變巧,乃爲雲氣水波相譎詭也。"喻房屋構造之千態萬狀。㊁喻文筆如雲波之變幻多致。南朝梁劉勰文心雕龍六體性:"然才有庸儁,氣有剛柔,學有淺深,習有雅鄭,並情性所爍,陶染所凝。是以筆區雲譎,文苑波詭者矣。"

【雲從龍,風從虎】 yún cóng lóng, fēng cóng hǔ 易乾:"雲從龍,風從虎。"謂龍起生雲,虎嘯生風,同類事物相感應。舊時用以喻聖主賢臣之遇合。亦作"風虎雲龍"。見該條。

【雷動風行】 léi dòng fēng xíng 喻推行政令嚴格迅速。猶言"雷厲風行"。唐白居易慶集四六策林二人之窮由君之奢欲:"雷動風行,日引月長,上益其侈,下成其私。"宋陳亮龍川文集一戊申再上孝宗皇帝書:"陛下即位之初,喜怒哀樂,是非好惡,皦然如日月之在天,雷動風行,天下方如草之偃。"亦作"雷厲風行"、"雷厲風飛"。見各該條。

【雷厲風行】 léi lì fēng xíng 形容政令的推行嚴格迅速。宋葉衡後樂集十一論朝議大夫彭紱……乞賜鐫斥狀:"臣恭惟陛下奮發英斷,雷厲風行,元惡巨姦,一朝屏竄,兵民欣快,中外聲聞,宗社幸甚。"明凌濛初二刻拍案驚奇二六:"且說李御史到了福建,巡歷地方,袪蠹除姦,雷厲風行,且是做得利害。"亦作"雷動風行"、"雷厲風飛"。見各該條。

【雷厲風飛】 léi lì fēng fēi 喻推行政令嚴格迅速。唐韓愈昌黎集三九潮州刺史謝上表:"陛下即位以來,……關機闓開,雷厲風飛。"亦作"雷動風行"、"雷厲風行"。見各該條。

【雷霆萬鈞】 léi tíng wàn jūn 比喻威力極大,不可抗拒。漢書五一賈山傳至言:"雷霆之所擊,無不摧折者;萬鈞之所壓,無不糜滅者。今人主之威非特雷霆也;勢重非特萬鈞也。"

【雷轟電掣】 léi hōng diàn chè 雷鳴電閃,形容氣勢壯盛迅疾。宋陸游劍南詩稿四七七月十八日夜枕上作:"電掣光如晝,雷轟意未平。"元詩選李祁雲陽集藤溪釣叟歌:"有時欲寫蒼龍姿,雷轟電掣風雨馳。"

【雷轟薦福碑】 léi hōng jiàn fú bēi 喻命途多舛。元張可久小山樂府賣花聲客況:"十年落魄江濱客,幾度雷轟薦福碑,男兒未遇氣傷懷。"明凌濛初初刻拍案驚奇三五:"偏生這等時運,正是:時來風送滕王閣,運退雷轟薦福碑。"參見"薦福碑"。

【雷聲大,雨點小】 léi shēng dà, yǔ diǎn xiǎo 喻聲勢大,實際行動小,猶虛張聲勢。景德傳燈錄二八文益禪師:"問:'從上宗來,如何履踐?'師曰:'雷聲甚大,雨點全無。'"金瓶梅二十:"賊沒廉恥的貨,頭裏那等雷聲大、雨點小,打哩亂哩,及到其間,也不怎麼的。"

【電光石火】 diàn guāng shí huǒ 佛家語。喻生之短暫,瞬息即逝。宋惟白集建中靖國續燈錄九覺海禪師:"神機迅發,覿面相呈,電光歇趂,石火莫停。"元姬翼雲山集三恣逍遙詞之三:"昨日嬰孩,今朝老大,百年間電光石火。"

【震主之威】 zhèn zhǔ zhī wēi 謂威勢甚盛,使君主畏忌。史記九二淮陰侯傳蒯通說韓信:"夫勢在人臣之位而有震主之威,名高天下,竊爲足下危之。"晉書傅咸傳與汝南王(司馬)亮書:"楊駿有震主之威,委任親戚,此天下所以喧譁,今之處重,宜反此失。"

【霑體塗足】 zhān tǐ tú zú 謂霑濕而足染泥。形容農田勞動的辛苦。國語齊:"霑體塗足,暴其髮膚,盡其四支之敏,以從事於田野。"注:"霑,濡也。"晉書潘岳傳安身論:"沾體塗足,耕而後食。"

【霧裏看花】 wù lǐ kàn huā 原謂老眼模糊,亦比喻看事情不真切。唐杜甫杜工部詩三小寒食舟中作："春水船如天上坐，老年花似霧中看。"宋趙蕃淳熙稿十三早到超果寺詩："霧裏看花喜未昏，竹園啼鳥愛頻言。"

【霧鬢風鬟】 wù bìn fēng huán　形容婦女髮髻鬆散。宋蘇軾分類東坡詩十二題毛女真："霧鬢風鬟木葉衣，山川良是昔人非。"侯寘嫩窟詞蝶戀花："獨立無言，霧鬢風鬟亂。"亦泛指婦女髮之盛美。宋范成大石湖集十七新作景亭程詠之提刑賦詩次其韻詩之二："花邊霧鬢風鬟滿，酒畔雲衣月扇香。"亦作"霧鬢雲鬟"。見該條。

【霧鬢雲鬟】 wù bìn yún huán　泛指婦女髮美。元曲選白仁甫裴少俊牆頭馬上一："你看他霧鬢雲鬟，冰肌玉骨，花開娟臉，星轉雙眸。只疑洞府神仙，非是人間豔冶。"亦作"霧鬢風鬟"。見該條。

【露才揚己】 lù cái yáng jǐ　表露才能，顯示自己。楚辭漢王逸離騷叙："今若屈原，膺忠貞之質，體清潔之性，直若砥矢，言若丹青，……而班固謂之露才揚己，競于群小之中。"參見宋洪興祖楚辭補注一引班孟堅離騷序。唐張鷟朝野僉載四："時有沈全交者，傲誕自縱，露才揚己。"

【露水夫妻】 lù shuǐ fū qī　非正式或不能公開的男女關係。金瓶梅九九："(愛姐)

説道：'奴與他雖是露水夫妻，他與奴説山盟，合海誓，情深意厚，實指望和他同諧到老。'"

【露尾藏頭】 lù wěi cáng tóu　謂遮掩不住。明許自昌水滸記傳奇野合："這掩耳偷鈴堪笑，早露尾藏頭空巧。"亦作"藏頭露尾"。見該條。

【露往霜來】 lù wǎng shuāng lái　喻歲月遷移，時光流逝。文選晉左太沖(思)吳都賦："露往霜來，日月其除。"唐呂延濟注："露，秋也。霜，冬也。除，去也。言秋往冬來，日月將去。"

【露鈔雪纂】 lù chāo xuě zuǎn　勤于收集鈔錄，晝夜寒暑不停。元黃溍金華黃先生集四題李氏白石山房詩："露鈔雪纂久愈富，何啻鄴侯三萬軸？"

【露膽披肝】 lù dǎn pī gān　比喻以真誠相見，毫無保留。文苑英華一四一唐李遠蟬蛻賦："擘肌分理，有謝於昔時；露膽披肝，請從於今日。"

【霽月光風】 jì yuè guāng fēng　比喻人之胸懷和易坦率。宋劉克莊後村集六三劉應龍監察御史制："爾仁而有勇，和而不流，接物見霽月光風，持身則嚴霜烈日。"亦作"光風霽月"。見該條。

青　部

【青天白日】 qīng tiān bái rì　㊀晴朗的天空。唐李白李太白詩三上留田行詩："田氏倉卒骨肉分，青天白日摧紫荊。"韓愈昌黎集十七與崔群書："鳳凰芝草，賢愚皆以為美瑞；青天白日，奴隸亦知其清明。"㊁喻清明，明白。宋朱熹朱文公集答魏元履書："武侯(諸葛亮)即名義俱正，無所隱匿，其為漢復讐之志，如青天白日，人人得而知之。"

【青天霹靂】 qīng tiān pī lì　平地起雷。續傳燈錄二八宗振首座："我有一機，直下示伊，青天霹靂，電捲星馳。"宋陸游劍南詩稿八四四日夜雞未鳴起作："正如久蟄龍，青天飛霹靂。"比喻突然發生之事。元謝應芳龜巢詞補遺沁園春寄崑山友人並自述之二："遭幾番驚怕，青天霹靂；滿懷愁悶，蒼海汪洋。"

【青出於藍】 qīng chū yú lán　藍，藍草，染青色之草。荀子勸學："青，取之於藍，而青於藍。冰，水為之，而寒於水。"北齊劉晝劉子崇學："青出於藍而勝於藍,染使然也。"多用以喻弟子勝過老師。唐張彥遠歷代名畫記二叙師資傳授南北時代："各有師資,遞相倣效。或自開戶牖,或未及門牆,或青出於藍,或冰寒於水。"亦用以喻後人勝過前人。白居易長慶集二一賦賦:"賦者,古詩之流也。始草創於荀宋,漸恢張於賈馬。冰生乎水,初變本於典墳,青出於藍,復增華於風雅。"

【青紅皁白】 qīng hōng zào bái 喻是非、情由。古今雜劇缺名梁山七虎鬧銅臺三:"也不管他青紅皁白,左右!且拏一面大柳來,把他枷着送在牢中再做計較。"明徐渭徐文長三集十六與季子微書:"不見者忽已三載,親舊漸凋落,事變百出,似布帛在染匠事,青紅皁白,反掌而更。"紅樓夢三四:"寶釵忙勸道:'媽媽和哥哥且別叫喊,消消停停的,就有個青紅皁白了。'"

【青梅竹馬】 qīng méi zhú mǎ 唐李白李太白詩四長干行:"郎騎竹馬來,遶牀弄青梅,同居長干里,兩小無嫌猜。"指小兒女嬉戲天真爛熳的情狀。

【青雲干呂】 qīng yún gān lǚ 指慶雲翔集。舊謂吉祥之兆。舊題漢東方朔十洲記:"臣國去此三十萬里。國有常占。東風入律,百旬不休,青雲干呂,連月不散者,當知中國時有好道之君。"廣弘明集二十南朝梁簡文帝大法頌序:"川嶽呈祥,風煙效社。青雲干呂,黃氣出翼。"

【青雲直上】 qīng yún zhí shàng 喻仕途得意,連登高位。文選南朝齊孔德璋(稚珪)北山移文:"度白雪以方絜,干青雲而直上。"唐劉禹錫劉夢得集外集八寄毗陵楊給事之二:"青雲直上無多地,卻要斜飛取勢迴。"

【青黃不交】 qīng huáng bù jiāo 見"青黃不接"。

【青黃不接】 qīng huáng bù jiē 謂舊穀已盡,新穀未熟之時。喻暫時之匱乏。亦作"青黃不交"、"青黃未接"。宋歐陽修文忠集一一四言青苗第二劄子:"若夏料錢於春中俵散,猶是青黃不相接之時。"蘇軾東坡集奏議集十四乞將損弱米貸與人戶令賑濟佃客狀:"今來已是春深,正當春夏青黃不交之際,可以發脫得上件陳米斛斗,公私俱便。"宋劉克莊後村集四十用洪君疇韻送徐仲晦起鄉郡詩之二:"青黃未接宜開廩,紅腐無多謾唱籌。"

【青黃未接】 qīng huáng wèi jiē 見"青黃不接"。

【青燈黃卷】 qīng dēng huáng juàn 喻攻讀辛勤。黃卷,指書籍。古時用黃蘗染紙,以防蠹蝕,故稱。元詩選葉顒樵雲獨唱集冬景十絶書舍寒燈:"青燈黃卷伴更長,花落銀釭午夜香。"元劉敏中中庵樂府木蘭花慢壽大智先生詞:"應笑青燈黃卷,卻成玉帶金魚。"

【青錢萬選】 qīng qián wàn xuǎn 喻文才超衆,如青銅錢,萬選萬中。新唐書一六一張薦傳:"員外郎員半千數爲公卿稱'(張)鷟文辭猶青銅錢,萬選萬中',時號鷟青錢學士。"宋文鑑二四晏殊假中示判官張寺丞王校勘詩:"遊梁賦客多風味,莫惜青錢萬選才。"

【青藜學士】 qīng lí xué shì 喻博學之士。舊題晉王嘉拾遺記六後漢:"劉向於成帝之末校書天祿閣,專精覃思。夜有老人着黃衣,植青藜杖,登閣而進。見向暗中獨坐誦書,老父乃吹杖端煙燃,因以見向,説開闢已前。向因受五行洪範之文。"宋劉克莊後村集六八徐復除秘書少監制:"爾昔爲青藜學士,今爲白頭老監,豈非館閣之嘉話,朝廷之盛舉乎!"

【青蠅弔客】 qīng yíng diào kè 三國志吳虞翻傳"又爲老子論語國語訓注,皆傳於世"注引翻別傳:"翻放棄南方,云:'自恨疏節,骨體不媚,犯上獲罪。當長沒海隅,生無可與語,死以青蠅爲弔客。使天下一人知己者,足以不恨。'"謂身後蕭條,無人祭弔,唯有青蠅來集而已。唐劉禹錫劉夢得集十遙傷丘中丞詩:"何人爲弔客?唯是有青蠅。"

【青春不再來】 qīng chūn bù zài lái 勸人珍惜少時光陰之語。全唐詩六〇六林寬少年行:"白日莫空過,青春不再來。"

非　部

【非人所爲】 fēi rén suǒ wéi　謂越禮或殘酷之事，非人所應爲。漢高祖呂后，在高祖死後，斷戚夫人手足，去眼，煇耳，飲以瘖藥，使居廁中，召孝惠帝觀之，帝大哭，曰：“此非人所爲。臣爲太后子，終不能治天下。”見史記呂太后紀。

【非日非月】 fēi rì fēi yuè　荀子賦：“爰有大物，非絲非帛，文理成章。非日非月，爲天下明。”大物，指禮；禮非日月，而與日月同功。後引申爲頌揚顯貴之詞。南朝陳徐陵徐孝穆集五梁貞陽侯與王太尉僧辯書：“非日非月，蒼生仰其照臨；如雲如雨，天下蒙其恩蔭。”

【非池中物】 fēi chí zhōng wù　比喻有大志之人，如蛟龍之不能困處池中。三國志吳周瑜傳上疏：“今猥割土地以資業之，聚此三人，俱在疆場，恐蛟龍得雲雨，終非池中物也。”三人，指劉備與關羽、張飛。

【非夷非惠】 fēi yí fēi huì　南史漁父傳：“乃歌曰：竹竿籊籊，河水漪漪，相忘爲樂，貪餌吞鉤。非夷非惠，聊以忘憂。”夷惠謂伯夷與柳下惠。伯夷非其君不仕，柳下惠三罷其官而不去，漁父謂己非夷非惠，處乎兩者之間，表其隱逸不仕之志。

【非同小可】 fēi tóng xiǎo kě　猶言事關重大，不可輕視。古今雜劇元白仁甫裴少俊牆頭馬上一：“慚愧！這一場喜事，非同小可，只等的天晚，卻來赴約也。”水滸四三：“這兩個小虎且不打緊，那兩個大虎非同小可。”

【非同兒戲】 fēi tóng ér xì　謂事關重要，不能視如兒戲。紅樓夢九四：“麝月等都正色道：這是那裏的話，頑是頑，笑是笑，這個事非同兒戲，你可別混說。”

【非我族類】 fēi wǒ zú lèi　非我同族一類之人。春秋魯成公欲求成于楚而叛晉，季文子以爲不可，曰：“史佚之志有之曰：‘非我族類，其心必異’。楚雖大，非吾族也，其肯字我乎？”公乃止。見左傳成四年。後以“非我族類”泛指不能同心合意之人。

【非常異義】 fēi cháng yì yì　猶言違背經文的常義。公羊傳序：“傳春秋者非一，本據亂而作，其中多非常異義可怪之論，說者疑惑，至有倍經任意，反傳違戾者。”疏：“非常異義者，即莊四年齊襄復九世之讎而滅紀僖〔元〕年，實與齊桓專封是也。此即是非常之異義。言異於文武時，何者？若其常義，則諸侯不得擅滅，諸侯不得專封，故曰：非常異義也。”

【非異人任】 fēi yì rén rèn　謂責任不在別人，而在自己。左傳襄二年：“鄭成公疾，子駟請息肩於晉。公曰：‘楚君以鄭故，親集矢於其目，非異人任，寡人也。’”注：“言楚子任此患，不爲他人，蓋在己也。”後謂自己不能卸責，曰非異人任。

【非意相干】 fēi yì xiāng gān　無故尋釁。文選梁任彥昇（昉）齊竟陵文宣王行狀：“人有不及，内恕諸己；非意相干，每爲理屈。”注：“晉中興書曰：衛玠常以人有不及，可以情恕；非意相干，可以理遣。”唐段成式酉陽雜俎前集二壺史：“將午，當有匠餅者員囊而至，囊中有錢二千餘，而必非意相干也。可閉關，戒妻孥勿輕應對，及午必極罵，須盡家臨水避之。”

【非愚則誣】 fēi yú zé wū　莊子秋水：“然且語而不舍，非愚則誣也。”韓非子顯學：“故明據先王，必定堯舜者，非愚則誣也。”謂若非愚昧，即爲誣罔，猶言其說決無可以成立之理。

【非親非故】 fēi qīn fēi gù　不是親友，亦非故舊。指並無任何關係。全唐詩五五五馬戴寄賈島：“風悲漢苑秋，雨滴秦城暮。佩玉與鏕金，非親亦非故。"

【非錢不行】 fēi qián bù xíng 譏刺貪官之語。唐張鷟朝野僉載一："鄭惜為吏部侍郎掌選，贓污狼藉，引銓，有選人繫百錢於靴帶上，惜問其故，答曰：'當今之選，非錢不行。'惜默而不言。"

【非驢非馬】 fēi lú fēi mǎ 漢書九六下龜兹傳："（龜兹王）後數來朝賀，樂漢衣服制度，歸其國，治宮室，作徼道周衛，出入傳呼，撞鐘鼓，如漢家儀。外國胡人皆曰：'驢非驢，馬非馬，若龜兹王，所謂羸也。'"羸，俗作騾。後稱事之不倫不類者為非驢非馬。宋詩鈔孫覿鴻慶集鈔讀類說詩之一："龜兹堪一笑，非馬亦非驢。"

【靡衣婾食】 mǐ yī tōu shí 着華麗之衣，苟且而食。漢書三四韓信傳："今足下……名聞海內，威震諸侯，衆庶莫不輟作息惰，靡衣婾食，傾耳以待命者，然而衆勞卒罷，其實難用也。"注："靡，輕麗也。婾，與偷字同。偷，苟且也。言為靡麗之衣苟且而食，恐懼之甚，不為久計也。"史記九二淮陰侯傳作"褕衣甘食"。

【靡顏膩理】 mǐ yán nì lǐ 容貌妍麗，肌理細膩。楚辭戰國楚宋玉招魂："靡顏膩理，遺視矊些。"文選南朝梁劉孝標（峻）辨命論："夫靡顏膩理，哆噳顑頷，形之異也。"

【靡靡之音】 mí mí zhī yīn 柔弱的樂音。史記殷紀："（紂）使師涓作新淫聲，北里之舞。靡靡之樂。"後因稱頹廢淫蕩的樂曲為靡靡之音。

面　　部

【面不改色】 miàn bù gǎi sè 面色如常，並無改變。元曲選秦簡夫宜秋山趙禮讓肥第二折："我這虎頭寨上，但凡拿住的人呵，見了俺，喪膽亡魂，今朝拿住這廝，面不改色。"三國演義八十一："（秦）宓面不改色，回顧先主而笑曰：臣死無恨，但可惜新創之業，又將顛覆耳。"此皆形容鎮定自若。三國演義八十三："先主見張飛首級在匣中面不改色，放聲大哭。"此謂面容如生。

【面目可憎】 miàn mù kě zēng 相貌令人厭惡。唐韓愈昌黎集三六送窮文："凡所以使吾面目可憎，語言無味者，皆子之志也。"

【面似靴皮】 miàn sì xuē pí 謂面多縐紋。宋歐陽修歸田錄二："京師諸司庫務，皆由三司舉官監當，而權貴之家子弟親戚，因緣請託，不可勝數，……（田元均）每溫顏強笑以遣之。嘗謂人曰：'作三司使數年，強笑多矣，直笑得面似靴皮。'"

【面似蓮花】 miàn sì lián huā 唐武后時張昌宗以姿貌見寵倖，昌宗行六。侍郎楊再思諛之曰："人言六郎面似蓮花；再思以為蓮花似六郎，非六郎似蓮花也。"

【面如冠玉】 miàn rú guān yù 面如飾冠之美玉，形容貌美，多指男子。南史六二鮑泉傳梁元帝與泉書："面如冠玉，還疑木偶；鬚若蝟毛，徒勞繞喙。"

【面折廷爭】 miàn zhé tíng zhēng 謂犯顏直諫。史記呂太后紀："陳平、絳侯曰：'於今面折廷爭，臣不如君；夫全社稷，定劉氏之後，君亦不如臣。'王陵無以應之。"又一一二平津侯主父傳："（公孫弘）每朝會議，開陳其端，令人主自擇，不肯面折庭爭。"

【面命耳提】 miàn mìng ěr tí 猶"耳提面命"。宋劉克莊後村集五三擬撰種詔回奏："幸以翰墨小技，待罪視草，詞意有未穩處，仰荷明主親灑奎畫，不啻面命耳提。"

【面面相覷】　miàn miàn xiāng qù　相
視無言。形容緊張驚懼、束手無策之狀。續
傳燈錄六海鵬禪師：「僧問：如何是大疑底
人？師曰：畢鉢巖中面面相覷。」三國演義
二十三：「王子服等四人面面相覷，如作針
氈。」亦作「面面廝覷」。水滸三一：「兩個人
進樓中，見三個屍首橫在血泊裏，驚得面
面廝覷，做聲不得。」

【面面廝覷】　miàn miàn sī qù　見「面
面相覷」。

【面從後言】　miàn cóng hòu yán　當面
阿諛順從，背後則有誹謗之言。書益稷：
「予違汝弼，汝無面從，退有後言。」史記夏
紀作：「女無面諛，退而謗予。」

【面牆而立】　miàn qiáng ér lì　面對牆
壁站立，目無所見。比喻人如不學，則固陋
無知。書周官：「不學牆面，莅事惟煩。」論
語陽貨：「子謂伯魚曰：『女爲周南、召南矣
乎？人而不爲周南、召南，其猶正牆面而立
也與？」晉書涼武昭王李玄盛傳手令誡諸
子：「古今成敗，不可不知，退朝之暇，念觀
典籍，面牆而立，不成人也。」

【覥然人面】　tiǎn rán rén miàn　謂具
有人之外貌。用于貶義。國語越下：「(范蠡
曰)余雖覥然而人面哉，吾猶禽獸也，又安
知是諓諓者乎？」注：「覥，面目之貌。」

革　　部

【革故鼎新】　gé gù dǐng xīn　易序卦：
「困乎上者必反下，故受之以井。井道不可
不革，故受之以革。革物者莫若鼎，故受之
以鼎。」又雜卦：「革，去故也；鼎，取新也。」
後遂稱除舊立新爲革故鼎新。文苑英華八
八四唐張說梁國公姚崇神道碑：「夫以革
故鼎新，大來小往，得喪而不形於色，進退
而不失其正者，鮮矣。」

【革面悛心】　gé miàn quān xīn　易革：
「君子豹變，小人革面。」注：「小人樂成，則
變面以順上也。」革面，謂不能化其心，但
變其容貌神色而已。後以革面悛心指改過
自新。唐劉禹錫劉夢得文集十五代謝赴行
營表：「以忠義感脅從之伍，以含弘安反側
之心，革面悛心，期乎不日。」

【革舊從新】　gé jiù cóng xīn　謂去舊
章從新制。魏書食貨志太和十年詔：「今革
舊從新，爲里黨之法，在所牧守，宜以喻
民，使知去煩即簡之要。」

【鞠躬盡瘁】　jū gōng jìn cuì　爲國事而
竭盡心力。三國志蜀諸葛亮傳注引張儼默
記引亮出師表：「凡事如是，難可逆見，臣
鞠躬盡力，死而後已，至於成敗利鈍，非臣
之明所能逆覩也。」鞠躬盡力，後之版本多
作「鞠躬盡瘁」。

【鞭長莫及】　biān cháng mò jí　左傳宣
十五年：「宋人使樂嬰齊告急于晉，晉侯欲
救之。伯宗曰：『不可。古人有言曰：雖鞭之
長，不及馬腹。天方授楚，未可與爭。』」注：
「言非所擊。」本謂馬腹非鞭擊之處。後用
以比喻力所不及。宋書徐爰傳：「羽林鞭
長，太倉遙阻，救援之日，勢不相及。」

【鞭辟向裏】　biān pì xiàng lǐ　見「鞭辟
近裏」。

【鞭辟近裏】　biān pì jìn lǐ　鞭辟猶言
警策，近裏猶言貼身。宋儒治學，指正心而
不外務，深入精微。宋朱熹輯二程語錄八：
「學只要鞭辟近裏，著己而已，故切問而近
思，則仁在其中矣。」亦作「鞭辟向裏」。朱
子語類四五論語二七：「至之問學，要鞭辟
近裏。鞭辟如何？曰：此是洛中語，一處說
作鞭約。大抵是要鞭督向裏去，今人皆不
是鞭督向裏，心都向外。」明王守仁陽明全
書六寄鄒謙之書：「隨處體認天理之說，大
約未嘗不是，只是根究下落，即未免捕風
捉影，縱鞭辟向裏，亦與聖門致良知之功，

尚隔一塵。"後形容文章透徹深刻常用此語。

【鞭麟笞鳳】 biān lín chī fèng 見"鞭鸞笞鳳"。

【鞭鸞笞鳳】 biān luán chī fèng 謂仙人鞭策鸞鳳乘之以行。唐韓愈昌黎集七奉酬盧給事雲夫四兄曲江荷花……詩:"上界真人足官府,豈如散仙鞭笞鸞鳳終日相追陪。"亦作"鞭麟笞鳳"。元詩選李孝光五峰集送陳君禮之婺女兼寄徐仲禮:"陳公子,我之故人柏臺史,三年不得書一紙,鞭麟笞鳳作官府。"

韋 部

【韋編三絕】 wéi biān sān jué 古時無紙,以竹簡寫書,用皮繩編綴,故曰韋編。韋,熟皮。史記孔子世家:"讀易,韋編三絕,曰:假我數年,若是我於易則彬彬矣。"韋編三次斷絕,謂翻閱極勤。後因以此語爲讀書精勤之喻。

【韓潮蘇海】 hán cháo sū hǎi 比喻文章波瀾壯濶。韓,韓愈;蘇,蘇軾。清俞樾茶香室叢鈔八:"國朝蕭墨經史管窺引李耆卿文章精義云:'韓如海,柳如泉,歐如瀾,蘇如潮',然則今人稱韓潮蘇海,誤矣。"

【韜聲匿迹】 tāo shēng nì jì 隱匿聲名形迹,不爲人所見聞。文選孔德璋(稚圭)北山移文"昔聞投簪逸海岸"注引晉摯虞徵士胡昭贊:"投簪卷帶,韜聲匿迹。"

音 部

【響遏行雲】 xiǎng è xíng yún 謂歌曲美妙而嘹亮,聲傳久遠,能遏止行雲。列子湯問:"(秦青)撫節悲歌,聲振林木,響遏行雲。"

頁 部

【頂天立地】 dǐng tiān lì dì 頭頂天,腳立地。形容氣概豪邁,光明磊落。元曲選缺名凍蘇秦衣錦還鄉三:"男子漢頂天立地,幾曾受這般恥辱來。"水滸三十:"武松是個頂天立地的好漢，不做這般的事。”

【項背相望】　xiàng bèi xiāng wàng　後漢書六一左雄傳上疏：“監司項背相望，與同疾疢，見非不舉，聞惡不察。”注：“項背相望，謂前後相顧也。背，音輩。”後也用作連續不斷的意思。宋史四四六傅察傳：“主上仁聖，與大國講好，信使往來，項背相望，未有失德。”

【項莊舞劍，意在沛公】　xiàng zhuāng wǔ jiàn, yì zài pèi gōng　秦末，項羽宴劉邦（時爲沛公）于鴻門，范增使項莊舞劍，欲乘隙刺殺邦，張良謂樊噲曰：“今者項莊拔劍舞，其意常在沛公也。”見史記項羽紀。後來用“項莊舞劍，意在沛公”表示暗中另有所圖。

【順天應人】　shùn tiān yìng rén　順應天心，適合民願。易革：“天地革而四時成，湯武革命，順乎天而應乎人，革之時大矣哉！”湯，商湯；武，周武王。後言改朝換代之征伐，多用此語。

【順水行舟】　shùn shuǐ xíng zhōu　見“順水推FJJⅡ船”。

【順水推船】　shùn shuǐ tuī chuán　比喻看形勢行事，既合時機，又不費力。元曲選關漢卿感天動地竇娥冤三：“爲善的受貧窮更命短，造惡的享富貴又壽延，天地也做得個怕硬欺軟，卻元來也這般順水推船。亦作“順水行舟”。紅樓夢四：“此薛蟠即賈府之親，老爺何不順水行舟，做箇人情，將此案了結。”後多作“順水推舟”。

【順手牽羊】　shùn shǒu qiān yáng　比喻因遇到便利條件附帶取來。用於貶義。1.順便，比喻動作不費力氣。古今雜劇關漢卿尉運恭單鞭奪槊二：“我也不聽他說，被我把右手帶住他馬，左手揪着他眼札毛，順手牽羊一般拈了他來了。”西遊記十六：“罷，罷，罷，與他箇順手牽羊，將計就計，教他住不成罷。”2.比喻伺便行竊。清顧張思土風錄十二順手牽羊：“伺便竊取曰順手牽羊。按曲禮‘效羊者右牽之’。俗呼右手爲順手，取順便之意。”

【順風而呼】　shùn fēng ér hū　比喻憑藉有利條件做事。荀子勸學：“登高而招，臂非加長也，而見者遠；順風而呼，聲非加急也，而聞者彰。”

【順我者昌，逆我者亡】　shùn wǒ zhě chāng, nì wǒ zhě wáng　莊子盜跖盜跖謂孔丘曰：“丘來前，若所言順吾意則生，逆吾心則死。”史記太史公自序：“夫陰陽四時、八位、十二度、二十四節，各有教令，順之者昌，逆之者不死則亡。”後言“順我者昌，逆我者亡”，語本莊子、史記，用以表示惟我獨尊，他人只能順從的驕橫狂妄口氣。

【須彌芥子】　xū mí jiè zǐ　佛教謂納至大之須彌山於至小的芥子之內，比喻不可思議。維摩詰經中不思議品：“諸佛菩薩，有解脫名不可思議，若菩薩住是解脫者，以須彌之高廣，內芥子中，無所增減，須彌山王本相如故。而四天王切利諸天，不覺不知之所入；唯應度者，乃見須彌入芥子中，是名住不思議解脫法門。”

【頑石點頭】　wán shí diǎn tóu　晉缺名蓮社高賢傳道生法師：“入虎丘山，聚石爲徒，講涅槃經，至闡提處，則說有佛性，且曰：‘如我所說，契佛心否？’羣石皆爲點頭。”後因用以形容說理明白透徹，能使不易感化的人信服。續傳燈錄十六圓璣禪師：“雙眉本來自橫，鼻孔本來自直，直饒說得天花亂墜，頑石點頭，算來爭虛不如少實。”

【頑廉懦立】　wán lián nuò lì　孟子萬章下：“故聞伯夷之風者，頑夫廉，懦夫有立志。”注：“後世聞其風者，頑貪之夫更思廉潔，懦弱之人更思有立義之志也。”後常以“頑廉懦立”指志節之士對改造社會風氣的模範作用。

【預搔待痒】　yù sāo dài yǎng　比喻不着邊際的預備。景德傳燈錄二二洪忍禪師：“僧曰：‘忽遇恁麼人時如何？’師曰：‘不可預搔而待痒。’”

【頭上安頭】　tóu shàng ān tóu　景德傳燈錄十六元安禪師：“十二月一日告衆曰：吾非明後也，今有一事問汝等，若道遮箇是，即頭上安頭；若道遮箇不是，即斬頭求活。”後來用以比喻事之繁瑣重複。宋黃庭堅豫章集十五拙軒頌：“弄巧成拙，爲蛇畫足，何況頭上安頭，屋下蓋屋。”

【頭足異處】　tóu zú yì chù　指被殺。史

記一一八淮南王安傳：「吳王至富貴也，舉事不當，身死丹徒，頭足異處，子孫無遺類。」

【頭疼腦熱】 tóu téng nǎo rè 感冒不適，泛指平常的小病。紅樓夢五一：「我那里就害瘟病了，生怕招了人！我離了這裏，看你們這一輩子都別頭疼腦熱的！」

【頭破血流】 tóu pò xuè liú 形容被打或慘敗的狼狽相。西遊記四四：「行者連問三聲，就怒將起來，把耳朵裏鐵棒取出……照道士臉上一刮，可憐就打得頭破血流身倒地，皮開頸折腦漿傾。」

【頭痛炙頭】 tóu tòng zhì tóu 朱子語類一一四訓門人：「今學者亦多來求病根，某向他說頭痛炙頭，腳痛炙腳，病在這上，只治這上便了，更別求甚病根也。」亦作「頭痛治頭」。明張居正張文忠集書牘九與張心齋計不許東虜款貢：「語曰：『頭痛治頭，足痛治足。』今虜禍方中於遼，遼以一鎮當全虜之勢，病在足之時矣。不急治之，且將爲一身憂。」後作「頭痛醫頭」。比喻遇事只顧支節，無徹底解決之法。

【頭童齒豁】 tóu tóng chǐ huō 頭禿齒落，謂人之衰老。唐韓愈昌黎集十二進學解：「冬暖而兒號寒，年豐而妻啼飢，頭童齒豁，竟死何裨？」亦作「齒豁頭童」。宋陸游劍南詩稿二三寅歲之一：「荷戈常記壯遊時，齒豁頭童不自知。」又三五望永阜陵：「寧知齒豁頭童後，更遇天崩地陷時。」

【頭會箕賦】 tóu huì jī fù 見「頭會箕斂」。

【頭會箕斂】 tóu huì jī liǎn 按人頭收穀，用箕收取之。謂賦稅之苛重。史記張耳陳餘傳：「秦爲亂政虐刑以殘賊天下，……頭會箕斂，以供軍費，財匱力盡，民不聊生。」亦作「頭會箕賦」。淮南子氾論：「頭會箕賦，輸於少府。」注：「頭會，隨民口數，人責其稅；箕賦，似箕然，斂民財多取意也。」

【頭頭是道】 tóu tóu shì dào 形容人說話做事有條有理，絲毫不亂。宋胡仔苕溪漁隱叢話前集二三杜牧之引詩眼：「老杜櫻桃詩云……此詩如禪家所謂信手拈來，頭頭是道者，直書目前所見，平易委曲，得人心所同然，但他人艱難不能發耳。」嚴羽滄浪詩話詩法：「學詩有三節：其

初不識好惡，連篇累牘，肆筆而成。既識羞愧，始生畏縮，成之極難。及其透徹，則七縱八橫，信手拈來，頭頭是道矣。」

【頭醋不釅徹底薄】 tóu cù bù yàn chè dǐ bó 猶「頭醋不酸，二醋不釅」。水滸五十一：「白秀英笑道：『頭醋不釅徹底薄』，官人坐當其位，可出箇標首。」

【頭醋不酸，二醋不釅】 tóu cù bù suān, èr cù bù yàn 比喻初時不佳，以後更次。元曲選缺名漢高皇濯足氣英布二：「常言道：頭醋不酸，二醋不釅（釅），嗱還待他箇甚的？」

【頭上打一下，腳底板響】 tóu shàng dǎ yī xià, jiǎo dǐ bǎn xiǎng 形容伶俐曉事，一點即透。明蘭陵笑笑生金瓶梅十三：「西門慶是頭上打一下，腳底板響的人，積年風月中走，甚麼事兒不知道。」

【頤神養性】 yí shén yǎng xìng 見「頤養精神」。

【頤指氣使】 yí zhǐ qì shǐ 用面頰表情和口鼻出氣示意，使人奔走於前。指有權勢者氣燄之盛。本作「目指氣使」。漢書七二頁禹傳又上言：「家富勢足，目指氣使。」注：「動目以指物，出氣以使人。」唐元稹長慶集五十追封李遜母崔氏博陵郡太君制：「今遜等有地千里，有祿萬鍾，頤指氣使，無不隨順。」舊五代史李振傳：「唐自昭宗遷都之後，王室微弱，朝廷班行，備員而已。振皆頤指氣使，旁若無人，朋附者非次獎升，私惡者沈棄。」

【頤精養神】 yí jīng yǎng shén 見「頤養精神」。

【頤養精神】 yí yǎng jīng shén 保育元氣。後漢書六十上馬融傳廣成頌：「夫樂而不荒，憂而不困，先王所以平和府藏，頤養精神，致之無疆。」又作「頤精養神」、「頤神養性」。晉書鄭沖傳詔：「公宜頤精養神，保御太和，以究遐福。」舊唐書五行志中書侍郎岑文本言時政得失：「頤神養性，省畋游之娛；去奢從儉，減工役之費。」

【頰上添毫】 jiá shàng tiān háo 世說新語巧藝：「顧長康（愷之）畫裴叔則（楷），頰上益三毛。人問其故，顧曰：裴楷儁朗有識具，正此是其識具。看畫者尋之，定覺益三毛有如有神明，殊勝未安時。」後因以頰

上添毫喻文章之潤飾得神。

【顏苦孔卓】　yán kǔ kǒng zhuó　漢揚雄法言學行：「顏不孔，雖得天下，不足以爲樂。然亦有苦乎？曰：顏苦孔之卓之至也。」意爲顏回苦於孔子的卓然不可及。

【顚倒衣裳】　diān dǎo yī shāng　詩齊風東方未明：「東方未明，顚倒衣裳。」箋：「絜壺氏失漏刻之節，東方未明而以爲明，故羣臣促遽，顚倒衣裳。」後以喻姬妾專寵，貴賤顚倒。後漢書皇后紀序：「爰逮戰國，風憲逾薄，適情任欲，顚倒衣裳。」

【顚倒是非】　diān dǎo shì fēi　以是爲非，以非爲是。唐韓愈昌黎集二十四施先生墓銘：「古聖人言，其旨密微，箋注紛羅，顚倒是非。」

【顚撲不破】　diān pū bù pò　傾跌敲打都不能破損。喻道理完全正確，無法駁倒、推翻。朱子語類五二性理：「伊川（程頤）‘性即理也’，橫渠（張載）‘心統性情’，二句顚撲不破。」亦作「擨撲不破」。見該條。

【顚鸞倒鳳】　diān luán dǎo fèng　㊀喻世事顚倒。金元好問遺山樂府促拍醜奴兒詞：「朝鏡惜蹉跎，一年年來日無多，無情六合乾坤裏，顚鸞倒鳳，撐霆裂月，直被消磨。」㊁喻男女交歡。亦作「倒鳳顚鸞」。元王實甫西廂記二本三折：「小生得到臥房內，和小姐解帶脫衣，顚鸞倒鳳。」又四本二折：「你綉幃裏效綢繆，倒鳳顚鸞百事有。」

【顧小失大】　gù xiǎo shī dà　昧於小利而有損於長遠利益。韓非子十過：「顧小利則大利之殘也。」漢焦延壽易林二賁之蒙：「顧小失大，福逃牆外。」

【顧此失彼】　gù cǐ shī bǐ　考慮不周，兩者不能兼顧。清黃六鴻福惠全書七錢穀

比限說：「錢糧輸納，必有定限，……限有定而百姓聞時辦銀，逢限上納，無顧此失彼之虞。」

【顧名思義】　gù míng sī yì　見到名稱而思及其含義。三國魏王昶名其兄子曰默，字處靜；曰沈，字處道；名其子曰渾，字玄沖；曰深，字道沖。並作書戒之曰：「欲使汝曹立身行己，遵儒者之教，履道家之言，故以玄默沖虛爲名，欲使汝曹顧名思義，不敢違越也。」見三國志魏王昶傳。世說新語排調：「桓南郡（玄）與道曜講老子，王侍中（禎之）爲主簿，在坐。桓曰：‘王主簿可顧名思義。’」注：「老子明道，禎之字思道，故曰顧名思義。」

【顧影自憐】　gù yǐng zì lián　形容孤獨失意，自我安慰。文選晉陸士衡（機）赴洛道中作詩之一：「佇立望故鄉，顧影悽憐。」初學記二七南朝梁張率綉賦：「若乃邯鄲之女，宛洛少年，顧影自媚，窺鏡自憐。」元文類三安熙擬古詩之六：「舉頭見明月，顧影徒自憐。」尺牘新鈔三陳宏緒與周櫟園書：「古文一道，作之難而知之又難。丁敬禮（廙）致嘆於後世之知其美惡，較不如其自知之深，曹子建（植）詫爲名談。敬禮文不傳於世，誠未辨其美惡何如，然其唏噓嗚咽，顧影自憐，要必有酣適於衷而形之舞蹈者，豈遂無片語隻字之可重，而後世竟寂寂無聞！」

【顯處視月】　xiǎn chù shì yuè　比喻治學泛覽而不精。世說新語文學：「支道林（遁）聞之，曰：‘聖賢固所忘言，自中人以還，北人看書如顯處視月，南人學問，如牖中窺日。’」注：「然則學廣則難周，難周則識闇，故如顯處視月。學寡則易覈，易覈則智明，故如牖中窺日也。」

風　部

【風中之燭】　fēng zhōng zhī zhú　見「風燭殘年」。

【風月常新】　fēng yuè cháng xīn　指情愛長久如新。唐張泌妝樓記印臂：「開元

初,宮人被遣御者,曰印選。以綢繆記印于
臂上,文曰:'風月常新'。印畢,漬以桂紅
膏,則水洗色不退。又見馮贄雲仙雜記五
引史諱錄。

【風月無邊】　fēng yuè wú biān　見"無
邊風月"。

【風行草偃】　fēng xíng cǎo yǎn　風吹
草倒。喻德教化民,民皆從之。書君陳:"爾
惟風,下民惟草"漢孔安國傳:"民從上教
而變,猶草應風而偃。"論語顏淵:"君子之
德風,小人之德草,草上之風必偃。"三國
志吳張紘傳"少府孔融等皆與親善"注引
吳書:"平定三郡,風行草偃,加以忠敬款
誠,乃心王室。"亦作"風行草靡"。南齊書
高帝紀上:"麾旆所臨,風行草靡。"

【風行草靡】　fēng xíng cǎo mǐ　見"風
行草偃"。

【風吹雨打】　fēng chuī yǔ dǎ　唐杜甫
杜工部詩史補遺一三絕句之一:"不如醉
裏風吹盡,可忍醒時雨打稀。"全唐詩六八
九陸希聲李徑詩:"一徑穠芳萬蕊攢,風吹
雨打未摧殘。"本指花木風雨摧殘,亦以
喻人之受迫害,經磨鍊。

【風吹草動】　fēng chuī cǎo dòng　喻
細小的動蕩。敦煌伍子胥變文:"偷踪竊
道,飲氣吞聲,風吹草動,即便藏形。"宋朱
熹編上蔡先生(謝良佐)語錄上:"若信不
及,風吹草動,便生恐懼驚喜。"水滸二四:
"倘有些風吹草動,武二眼裏認的是嫂嫂,
拳頭卻不認的是嫂嫂。"

【風雨同舟】　fēng yǔ tóng zhōu　孫子
九地:"夫吳人與越人相惡也,當其同舟而
濟,遇風,其相救也,如左右手。"後因以
"風雨同舟"喻患難相共。

【風雨如晦】　fēng yǔ rú huì　詩鄭風風
雨:"風雨如晦,鷄鳴不已。"本謂風雨交
加,白晝昏暗。後亦以喻社會黑暗,前途多
艱。

【風雨無阻】　fēng yǔ wú zǔ　謂照常進
行,不受天氣影響。紅樓夢三十七:"寶釵
說道:一月只要兩次就彀了,擬定日期,風
雨無阻。"

【風雨飄搖】　fēng yǔ piāo yáo　喻動蕩
不安。原作"風雨漂搖"。詩豳風鴟鴞:"風
雨所漂搖,予維音曉曉。"宋范成大石湖集

三三送文處厚歸蜀類試詩:"死生契闊心
如鐵,風雨飄搖鬢欲絲。"

【風花雪月】　fēng huā xuě yuè　㊀指四
時景色。宋邵雍伊川擊壤集序:"雖死生榮
辱,轉戰于前,曾未入于胸中,則何異四時
風花雪月一過乎眼也。"又二和人放懷詩:
"況當水竹雲山地,忍負風花雪月期。"㊁
喻男女風情。金王喆重陽全真集十二西江
月四景詞:"堪歎風花雪月,世間愛戀偏
酬。"元曲選喬孟符李太白匹配金錢記三:
"本是些風花雪月,都做了笞杖徒流。"水
滸二:"每日三瓦兩舍,風花雪月。"

【風虎雲龍】　fēng hǔ yún lóng　易乾:
"雲從龍,風從虎,聖人作而萬物覩。"後以
"風虎雲龍"指明君賢臣的意氣相投。宋王
安石臨川集三七浪淘沙令詞:"湯武偶相
逢,風虎雲龍,興王祇在笑談中。"亦作"雲
龍風虎"。見該條。

【風流人物】　fēng liú rén wù　指有文
采和功業的出色人物。宋蘇軾東坡詞念奴
嬌赤壁懷古:"大江東去,浪淘盡千古風流
人物。故壘西邊,人道是三國周郎赤壁。"

【風流才子】　fēng liú cái zǐ　指放逸不
羈而才學出眾之人。太平廣記四八八唐元
稹鶯鶯傳楊巨源崔娘詩:"風流才子多春
思,腸斷蕭娘一紙書。"明唐寅工書畫,能
詩文,有印章曰"江南第一風流才子"。

【風流雲散】　fēng liú yún sàn　如風雲
之流動散開。比喻離散、飄零或消失。文選
三國魏王仲宣(粲)贈蔡子篤詩:"風流雲
散,一別如雨。"宋陳亮龍川集水龍吟春恨
詞:"金釵鬪草,青絲勒馬,風流雲散。"

【風流罪過】　fēng liú zuì guò　㊀因風
雅之事而獲致過錯。北齊書郎基傳:"基性
清慎,無所營求……唯頗令寫書。潘子義
曾遺之書曰:'在官寫書,亦是風流罪
過。'"㊁風情方面的過失。宋黃庭堅山谷
詞滿庭芳:"又須得尊前席上成雙。些子風
流罪過,都說與明月空牀。"

【風流藪澤】　fēng liú sǒu zé　謂風流韻
事薈萃之所。五代後周王仁裕開元天寶遺
事上:"長安有平康坊,妓女所居之地。京
都俠少,萃集于此。兼每年新進士以紅牋
名紙,遊謁其中,時人謂此坊爲風流藪
澤。"

【風起雲蒸】　fēng qǐ yún zhēng　喻發展迅猛。史記一三○太史公自序："諸侯作難，風起雲蒸。"也作"風興雲蒸"。後漢書二八下馮衍傳自論："風興雲蒸，一龍一蛇；與道翺翔，與時變化，夫豈守一節哉？"今作"風起雲涌"。

【風馬不接】　fēng mǎ bù jiē　不相干，兩者之間無關係。宋書王弘之傳："時琅邪殷仲文還姑孰，祖送傾朝。(桓)謙要弘之同行，答曰：'凡祖離送別，必在有情，下官與殷風馬不接，無緣扈從。'"

【風清弊絕】　fēng qīng bì jué　政風清，弊端絕。宋周敦頤周濂溪集八拙賦："天下拙，刑政徹，上安下順，風清弊絕。"亦作"弊絕風清"。見該條。

【風捲殘雲】　fēng juǎn cán yún　喻來勢迅猛，頃刻消滅。多指吃喝而言。水滸四十三："這夥男女那裏討得冷熱，好喫不好喫，酒肉到口，只顧喫。正如這風捲殘雲，落花流水，一齊上來，搶着喫了。"清吳敬梓儒林外史二："隨即每桌擺上八九個碗，乃是豬頭肉、公雞、鯉魚、肚肺肝腸之類，叫一聲'請'，一齊舉箸，卻如風捲殘雲一般，早去了一半。"

【風雲際會】　fēng yún jì huì　遭逢時會。元耶律楚材湛然居士集九次雲卿見贈詩："風雲際會千年少，天地恩私四海均。"

【風馳電掣】　fēng chí diàn chè　形容迅速。三國魏嵇康嵇中散集一兄秀才公穆入軍贈詩："風馳電逝，躡景追飛。"文苑英華三三四唐王顒懷素上人草書歌："忽作風馳如電掣，更點飛花兼散雪。"

【風調雨順】　fēng tiáo yǔ shùn　謂風雨適時，宜於萬物生長。古以爲太平景象。傳說周武王伐紂，五方神來受事，各以其職命之。既而克殷，風調雨順。見舊唐書禮儀志一引六韜。唐吳兢貞政要九議征伐："貞觀以來二十有餘載，風調雨順，年登歲稔，人無水旱之弊，國無飢饉之災。"亦作"雨順風調"。宋蘇軾分類東坡詩十荔支歎："雨順風調百穀登，民不饑寒爲上瑞。"參見"國泰民安"。

【風餐露宿】　fēng cān lù sù　形容行旅艱苦。宋蘇軾東坡集續集一游山呈通判承議寫寄參寥師詩："遇勝即倘佯，風餐兼露宿。"范成大石湖集二五元日："飢飯困眠全體懶，風餐露宿半生癡。"

【風燭殘年】　fēng zhú cán nián　蠟燭當風易滅，比喻人之老年所餘歲月無多，接近死亡。樂府詩集四一古辭怨詩行："百年未幾時，奄若風吹燭。"亦作"風中之燭"。明凌濛初初刻拍案驚奇三十三："孩兒行路勞苦，不須如此。我兩口兒年紀老了，真是風中之燭。"

【風聲鶴唳】　fēng shēng hè lì　前秦苻堅率衆侵晉，晉謝玄等擊敗之，堅衆奔潰，自相蹈藉，投水死者不可勝計，肥水爲之不流。餘衆棄甲宵遁，聞風聲鶴唳，皆以爲晉師已至。草行露宿，重以飢凍，死者十七八。見晉書謝玄傳及苻堅載記下。後以"風聲鶴唳"喻自相驚擾。

【風檣陣馬】　fēng qiáng zhèn mǎ　乘風之船，破陣之馬。喻氣勢雄猛，行動迅疾。唐杜牧樊川集十李賀集序："風檣陣馬，不足爲其勇也。"

【風簷寸晷】　fēng yán cùn guǐ　唐錢起錢考功集一送張少府詩："寸晷如三歲，離心在萬里。"宋文天祥文山集十四正氣歌："風簷展書讀，古道照顏色。"按風簷，謂不蔽風雨之場屋；寸晷，言很短的時間。常用爲舉場應試之意。明周暉金陵瑣事四嘉靖末南場剩事："張公見解元鄭維誠中庸墨卷，破題用兩句成語冠場，迺批云：'我以半月精神思之不得，此子于風簷寸晷中得之，殆神助哉！'"

【風鬟雨鬢】　fēng huán yǔ bìn　形容婦女髮髻散亂。唐李朝威柳毅傳："昨下第，閒驅涇水右涘，見大王愛女牧羊于野，風鬟雨鬢，所不忍視。"(太平廣記四一九)亦作"風鬟霧鬢"。宋李清照漱玉詞永遇樂："如今憔悴，風鬟霧鬢，怕見夜間出去。"霧，一本作"霜"。謂髮不整而鬢已白。

【風鬟霧鬢】　fēng huán wù bìn　見"風鬟雨鬢"。

【風馬牛不相及】　fēng mǎ niú bù xiāng jí　左傳僖公四年："春，齊侯以諸侯之師侵蔡，蔡潰，遂伐楚。楚子使與師言曰：'君處北海，寡人處南海，唯是風馬牛不相及也，不虞君之涉吾地也，何故？'"風，放逸，走失；及，到，至。謂齊楚相隔遼遠，即馬牛走失，亦不能互入境內；本不相干，不虞何以見伐。服虔注云：「牝牡相誘，謂之風。」後因以「風馬牛不相及」，喻彼此互不相干，毫無關涉。參閱清劉文淇春秋左氏傳舊注疏證。

【飄茵落溷】　piāo yīn luò hùn　梁書范縝傳：「（竟陵王）子良問曰：『君不信因果，世間何得有富貴？何得有貧賤？』縝答曰：

「人之生譬如一樹花，同發一枝，俱開一蒂，隨風而墮，自有拂簾幌墜於茵席之上，自有關籬牆落於糞溷之側。墜茵席者，殿下是也；落糞溷者，下官是也。貴賤雖復殊途，因果竟在何處！』子良不能屈。」後以喻窮達出於偶然，並非命中注定。

【飆舉電至】　biāo jǔ diàn zhì　形容來勢疾速。漢桓寬鹽鐵論世務：「匈奴貪狼，因時而動，乘可而發，飆舉電至。」

飛　部

【飛文染翰】　fēi wén rǎn hàn　謂撰寫文章。舊五代史唐盧程傳：「（張）承業叱之曰：『公稱文士，即合飛文染翰，以濟霸國，胥命草辭，自稱短拙，及留職務，又以爲辭，公所能者何也？』」

【飛沙走石】　fēi shā zǒu shí　見「飛砂轉石」。

【飛災橫禍】　fēi zāi hèng huò　忽然而來，出於意外的災禍。紅樓夢九十：「（薛蝌）又思自己年紀可也不小了，家中又碰見這樣飛災橫禍，不知何日了局。」

【飛砂轉石】　fēi shā zhuǎn shí　形容風力迅猛。三國志吳陸凱傳附陸胤：「蒼梧、南海，歲有暴風瘴氣之害，風則折木，飛砂轉石，氣則霧鬱，飛鳥不經。」亦作「飛沙走石」。郭氏玄中記樹精：「秦始皇時，終南山有梓樹，大數百圍，蔭宮中，始皇惡之，興兵伐之，天輒大風雨，飛沙走石，人皆疾走。」太平御覽六八〇引玄中記作「飛沙石」。

【飛針走線】　fēi zhēn zǒu xiàn　形容縫紉迅速，針線有如飛走。水滸四一：「這人姓侯名健，祖居洪都人氏，做得第一手裁縫，端的是飛針走線。」明馮夢龍醒世恆言三：「到十二歲，琴棋書畫，無所不通。若提起女工一事，飛針走線，出人意表。」

【飛芻輓粟】　fēi chú wǎn sù　謂用車船疾運糧草。輓，爲「挽」之本字。漢書六四上主父偃傳：「又使天下飛芻輓粟，起於黃、腄、琅邪負海之郡，轉輸北河，率三十鍾而致一石。」注：「運載芻粟，令其疾至，故曰飛芻也。輓謂引車船也。」宋蘇軾東坡集二六鳳翔到任謝執政啟：「編木栰竹，東下河渭；飛芻輓粟，西赴邊陲。」

【飛鳥依人】　fēi niǎo yī rén　比喻依戀親近。舊唐書六五長孫無忌傳太宗評褚遂良：「褚遂良學問稍長，性亦堅正，既寫忠誠，甚親附於朕，譬如飛鳥依人，自加憐愛。」

【飛黃騰達】　fēi huáng téng dá　見「飛黃騰踏」。

【飛黃騰踏】　fēi huáng téng tà　神馬飛馳。飛黃，神馬名。唐韓愈昌黎集六符讀書城南：「飛黃騰踏去，不能顧蟾蜍。」後作「飛黃騰達」，以喻人驟然得志，官位升遷之快。明馮夢龍警世通言十七：「里中那些富家兒郎，一來爲他是黌門的貴公子，二來道他經解之才，早晚飛黃騰達，無不爭先奉承。」

【飛揚跋扈】　fēi yáng bá hù　恣意縱橫，不循軌度。北史齊高祖紀武定四年：「神武（高歡）謂世子曰：『……（侯）景專制河南十四年矣，常有飛揚跋扈志，顧我能養，豈爲汝駕御也。』」此指驕狂蠻橫，一意孤行，不聽號令。唐杜甫杜工部草堂詩箋五贈李白："痛飲狂歌空度日，飛揚跋扈爲誰雄？"此指使才任氣，豪放不羈。後多用爲自作威福，目中無人之意。

【飛短流長】　fēi duǎn liú cháng　說長道短，造謠中傷。清蒲松齡聊齋志異封三娘："妾來當須祕密，造言生事者，飛短流長，所不堪受。"

【飛蛾投火】　fēi é tóu huǒ　見"飛蛾赴火"。

【飛蛾赴火】　fēi é fù huǒ　喻自取滅亡。梁書到漑傳："（高祖）因賜漑連珠曰：'……如飛蛾之赴火，豈焚身之可吝。'"亦作"飛蛾撲火"、"飛蛾投火"。元曲選楊顯之臨江驛瀟湘秋夜雨二："他今自來投到，豈不是飛蛾撲火，自討死吃的。"明蘭陵笑笑生金瓶梅十七："不然進入他家，如飛蛾投火一般，坑你上不上，下不下，那時悔之晚矣。"

【飛蛾撲火】　fēi é pū huǒ　見"飛蛾赴火"。

【飛蒼走黃】　fēi cāng zǒu huáng　指遊獵。蒼，蒼鷹；黃，黃犬，出獵隨攜的動物。晉葛洪抱朴子金丹："但共逍遙遨遊以盡年月，其所營也，非榮則利，或飛蒼走黃於中原，或留連盃觴以羹沸。"

【飛蓬隨風】　fēi péng suí fēng　飛揚之蓬草，隨風飄轉。比喻居無定所，人無定見，因時勢而轉移。後漢書明帝紀永平七年詔："昔廬門失守，闕雎刺世；飛蓬隨風，微子所歎。"

【飛熊入夢】　fēi xióng rù mèng　傳說周文王夢飛熊而遇呂尚（太公望）。舊喻爲帝王得賢臣之徵兆。史記齊太公世家："西伯（周文王）將出獵，卜之，曰：'所獲非龍非影（一本作"螭"），非虎非羆，所獲霸王之輔。'於是周西伯獵，果遇太公於渭之陽。"宋書符瑞志上、後漢書五二崔駰傳達旨"或以漁父見兆於元龜"注引史記作"非熊非羆"。後人訛非"飛"，以卜獵爲"占夢"。遂有飛熊入夢的傳說。唐胡曾詠史詩一渭濱："岸草青青渭水流，子牙曾此獨垂鉤。當時未入非熊兆，幾向斜陽歎白頭。"注："姜子牙即呂望也，隱迹於渭濱垂鉤。周文王因夜夢見獵得一熊，王出，果於渭濱遇逢。文王子牙以車載而同歸，拜爲太公，後用謀伐殷也。"參閱明張存紳雅俗稽言二六太公世家。

【飛聲騰實】　fēi shēng téng shí　謂名實俱優。北史周宗室傳論："其茂親則有魯衛、梁楚，其疏屬則有凡蔣、荆燕，咸能飛聲騰實，不減於百代之後。"

【飛蠅垂珠】　fēi yíng chuí zhū　羣蠅與懸珠在眼內幌動。喻眼前黑花。唐白居易長慶集二八與元九書："既壯而膚革不豐盈，未老而齒髮早衰白，瞥瞥然如飛蠅垂珠在眸子中也，動以萬數，蓋以苦學力文所致。"

【飛簷走壁】　fēi yán zǒu bì　在房簷、牆壁上行走如飛，形容行動迅疾，武藝高強。簷同"檐"。水滸八四："卻說時遷，他是個飛簷走壁的人，跳牆越城，如登平地。"

【飛鷹走犬】　fēi yīng zǒu quǎn　見"飛鷹走狗"。

【飛鷹走狗】　fēi yīng zǒu gǒu　指遊獵。後漢書七五袁術傳："少以俠氣聞，數與諸公子飛鷹走狗，後頗折節。"亦作"飛鷹走犬"。元曲選李直夫便宜行事虎頭牌一："我如今欲待去消愁悶，則除是飛鷹走犬，逐逝追奔。"

食　部

【食不下咽】　shí bù xià yàn　謂悲愁不思進食。唐韓愈昌黎集十三張中丞傳後敘："（南）霽雲慷慨語曰：'雲來時，睢陽之人，不食月餘日矣，雲雖欲獨食，義不忍，雖食且不下咽。’”

【食不甘味】　shí bù gān wèi　　進食而不知其味之甘美。謂心緒不佳影響食欲。戰國策秦三：“秦王以爲不然，以告蒙傲曰：‘今也，寡人一城圍，食不甘味，臥不便席。今應侯亡地而言不憂，此其情也？’”

【食不重味】　shí bù chóng wèi　　猶“食不兼味”。韓非子外儲說左下：“孟獻伯相魯，堂下生藿藜，門外長荊棘，食不二味，坐不重席。”史記吳太伯世家：“子胥諫曰：‘越王句踐食不重味，衣不重采，弔死問疾，且欲有所用其衆。’”

【食不兼味】　shí bù jiān wèi　　進食不用兩種肴饌。謂示人以儉樸。漢韓嬰韓詩外傳八：“五穀不升謂之大侵，大侵之禮，君食不兼味……”

【食少事煩】　shí shǎo shì fán　　食少而事煩重。謂身體不能長期支持。晉書宣帝紀青龍二年：“先是，（諸葛）亮使至，帝問曰：‘諸葛公起居如何，食可幾米？’對曰：‘三四升。’次問政事。曰：‘二十罰已上皆自省覽。’帝既而告人曰：‘諸葛孔明其能久乎？’竟如其言。”三國演義一〇三：“（司馬）懿顧謂諸將曰：‘孔明食少事煩，其能久乎？’”煩，通“繁”。孔明，諸葛亮字。

【食日萬錢】　shí rì wàn qián　　每日飲食，浪費萬錢。言奢侈無度。晉書何曾傳：“然性奢豪，務在華侈……食日萬錢，猶曰無下箸處。”亦作“日食萬錢”。見該條。

【食毛踐土】　shí máo jiàn tǔ　　左傳昭七年：“封略之內何非君土？食土之毛，誰非君臣？”毛，指土地生長的穀物；土，指居住之地。謂食住均出於國家。後因以“食毛踐土”爲對君上感恩戴德之辭。

【食玉炊桂】　shí yù chuī guì　　以玉爲食，用桂爲薪。比喻物價昂貴。戰國策楚三：“楚國之食貴於玉，薪貴於桂，謁者難得見如鬼，王難得見如天帝。今令臣食玉炊桂，因鬼見帝。”

【食古不化】　shí gǔ bù huà　　學古人，讀古書，而不善運用，如食物之不消化。清陳撰玉几山房畫外錄下惲向題自作畫册：“定欲爲古人而食古不化，畫虎不成，刻舟求劍之類也。”

【食肉寢皮】　shí ròu qǐn pí　　春秋晉伐齊，晉州綽射中齊將殖綽，俘殖綽及郭最。後州綽避禍奔齊，齊莊公向其稱殖綽、郭最雄勇。州綽曰：“然二子（殖綽、郭最）者，譬於禽獸，臣食其肉而寢處其皮矣。”見左傳襄二一年。後以“食肉寢皮”喻將士殺敵致勝，除惡務盡。於有深仇者表示極度痛恨，亦多用此語。唐杜牧樊川集一雪中書懷詩：“臣實有長策，彼可徐鞭笞，如蒙一召議，食肉寢其皮。”宋李彌遜筠溪集四楊政換給大夫恭州團練副使制：“食肉寢皮，志每存於去惡；履腸涉血，勇屢見於先登。”

【食言而肥】　shí yán ér féi　　春秋時魯哀公以“三桓”（魯大夫孟孫、叔孫、季孫，皆魯桓公之後，故稱）屢次食言，藉惡郭重體肥以激之曰：“是食言多矣，能無肥乎！”見左傳哀二五年。食言，失信，不踐諾言。後以“食言而肥”譏人之不講信用。

【食味方丈】　shí wèi fāng zhàng　　見“食前方丈”。

【食前方丈】　shí qián fāng zhàng　　食時肴饌列前者至方一丈。極言其奢。孟子盡心下：“食前方丈，侍妾數百人。”韓詩外傳九：“食方丈於前，所甘不過一肉之味。”亦作“食味方丈”。晏子春秋問下：“昔吾先君桓公善飲酒窮樂，食味方丈。”

【食租衣稅】　shí zū yī shuì　　靠人民所納租稅生活。史記平準書：“縣官當食租衣稅而已。”

【食不厭精，膾不厭細】　shí bù yàn jīng, kuài bù yàn xì　　論語鄉黨：“齊必變食，居必遷坐，食不厭精，膾不厭細。”齊，猶“齋”。本謂祭祀之前，改其常饌，糧食精春，魚肉細切，皆力求其精。後泛用爲講究飲食之意。

【飢不擇食】　jī bù zé shí　　餓時不選擇食物。喻急不暇擇。五燈會元五丹霞天然禪師：“訪龐居士，至門首相見，師乃曰：‘居士在否？’曰：‘飢不擇食’”飢，也作“饑”。水滸三：“自古有幾般：饑不擇食，寒不擇衣，慌不擇路，貧不擇妻。”

【飢附飽颺】　jī fù bǎo yáng　　後燕慕容垂以避禍投前秦苻堅，權翼諫堅曰：“且垂猶鷹也，飢則附人，飽便高颺，遇風塵之會，必有陵霄之志。"本以鷹爲喻，謂其飢時即附人求食，飽則高飛遠去。見晉書慕容垂載記。後因以飢附飽颺，言人之因時而變，只圖私利，不講道義。

【飢餐渴飲】 jī cān kě yǐn 謂日常起居所必需。五燈會元十六地藏守恩禪師："住世四十九年，說得天花亂墜，爭似飢餐渴飲，展腳堂中打睡。"

【飲水知源】 yǐn shuǐ zhī yuán 北周庾信庾子山集七徵調曲："落其實者思其樹，飲其流者懷其源。"後人取其意，以"飲水知源"指不忘本。宋宗禮大鑒禪師殿記："飲水知源，自覺自悟，師豈遠哉！"（八瓊室金石補正一二一）明張居正張文忠集書牘三十答上師相徐存齋："凡正今日之所蒙被，孰匪師翁教育所及，飲水知源，敢忘所自。"

【飲水思源】 yǐn shuǐ sī yuán 比喻不忘根本。北周庾信庾子山集七徵調曲："落其實者思其樹，飲其流者懷其源。"

【飲冰食蘗】 yǐn bīng shí bò 亦作"飲水食蘗"。蘗，亦作"檗"。即黃蘗，味苦，入藥。多誤作"藥"，音niè。形容心境不寧，生活艱苦。唐白居易長慶集八三年爲刺史詩之二："三年爲刺史，飲水復食蘗。"宋王邁臞軒集十四歲晚偶題詩："飲冰食蘗坐窮閻，旋覺星星上鬢鬟。"

【飲灰洗胃】 yǐn huī xǐ wèi 喻悔恨既往，欲改過自新。晉書石季龍載記下："吾欲以純灰三斛洗吾腹，腹穢惡，故生凶子。兒年二十餘，便欲殺公。"南史荀伯玉傳："若某某自新，必吞刀刮腸，飲灰洗胃。"

【飲恨吞聲】 yǐn hèn tūn shēng 形容忍受痛苦，不敢表露。文選南朝梁江文通（淹）恨賦："自古皆有死，莫不飲恨而吞聲。"亦作"飲氣吞聲"。宋朱熹朱文公集七十讀兩陳諫議遺墨："顧以姦賊蒙蔽，禁網嚴密，是以飲氣吞聲，莫敢指議。"

【飲食男女】 yǐn shí nán nǚ 指人之食色欲望。禮禮運："飲食男女，人之大欲存焉；死亡貧苦，人之大惡存焉。"

【飲馬投錢】 yǐn mǎ tóu qián 漢趙岐三輔決錄："安陵清者有項仲山，飲馬渭水，每投三錢。"又應劭風俗通義三載太原郝子廉每行飲水，即投錢一錢於井中。後因以"飲馬投錢"喻人廉潔不苟。

【飲氣吞聲】 yǐn qì tūn shēng 見"飲恨吞聲"。

【飲鴆止渴】 yǐn zhèn zhǐ kě 飲毒酒解渴。鴆，鳥名，羽有劇毒，浸酒飲人，立死。喻不顧後患而用有害辦法解決眼前困難。後漢書四八霍諝傳："豈有觸冒死禍，以解細微？譬猶療飢於附子，止渴於酖毒，未入腸胃，已絕咽喉，豈可爲哉！"酖，同"鴆"。抱朴子嘉遯："咀漏脯以充飢，酣鴆酒以止渴。"

【飲醇自醉】 yǐn chún zì zuì 三國志吳周瑜傳："惟與程普不睦"注引江表傳："普頗以年長，數陵侮瑜。瑜折節容下，終不與校。普後自敬服而親重之，乃告人曰：'與周公瑾交，若飲醇醪，不覺自醉。'"公瑾，瑜字。謂以寬厚待人，令人心服。後用爲對溫雅忠厚友人的讚頌之辭。

【飲酒不醉，甚于活埋】 yǐn jiǔ bù zuì, shèn yú huó mái 爲嗜酒者解嘲之俗語。按晉書劉伶傳謂伶嘗攜一壺酒，使人荷鍤隨之，曰："死便埋我。"清翟灝云鄙諺"飲酒不醉，甚于活埋"，乃借其言而反之。見通俗編二七。

【飯坑酒囊】 fàn kēng jiǔ náng 罵人只知吃喝而無所作爲。漢王充論衡別通："曾又不知人生裏五常之性，好道樂學，故辨於物。今則不然，飽食快飲，慮深求臥，腹爲飯坑，腸爲酒囊，是則物也。"

【飯糗茹草】 fàn qiǔ rú cǎo 吃乾糧粗食，謂生活艱苦。孟子盡心下："舜之飯糗茹草也，若將終身焉。"

【飯囊酒甕】 fàn náng jiǔ wèng 諷喻庸碌無能之人。抱朴子彈禰："苟或強可與語，過此以往，皆木梗泥偶，似人而無人氣，皆飲甕飯囊耳。"甕，同"甕"。北齊顏之推顏氏家訓誡兵："今世士大夫但不讀書，即今武夫兒，乃飯囊酒甕也。"

【飾非文過】 shì fēi wén guò 見"文過飾非"。

【飾非拒諫】 shì fēi jù jiàn 見"拒諫飾非"。

【飾非遂過】 shì fēi suì guò 知非而加掩飾，以成其過。呂氏春秋審應："公子食我之辯,適足以飾非遂過。"

【飽以老拳】　bǎo yǐ lǎo quán　用拳頭痛打。東晉時後趙石勒,初與李陽鄰居,歲常爭麻池,迭相毆擊。及勒稱趙王,召陽至,與之酣謔,引陽臂笑曰:"孤往日厭卿老拳,卿亦飽孤毒手。"見晉書石勒載記下。

【飽食煖衣】　bǎo shí nuǎn yī　衣食充足。孟子滕文公上:"飽食煖衣,逸居而無教,則近於禽獸。"

【飽經霜雪】　bǎo jīng shuāng xuě　指多歷艱苦,經磨鍊。清孔尚任桃花扇孤吟:"雞皮瘦損,看飽經霜雪,絲鬢如銀。"

【飽食終日,無所用心】　bǎo shí zhōng rì, wú suǒ yòng xīn　整天只知吃喝,不用心思,無所事事。論語陽貨:"子曰:飽食終日。無所用心,難矣哉!"

【養生送死】　yǎng shēng sòng sǐ　生時奉養,死後殯葬。指子女對父母的孝道。孟子離婁下:"養生者不足以當大事,惟送死可以當大事。"禮禮運:"大順者,所以養生送死,事鬼神之常也。"

【養虎遺患】　yǎng hǔ yí huàn　比喻放縱敵人,不及時除害,造留禍患。史記項羽紀:"漢欲西歸,張良、陳平說曰:漢有天下大半而諸侯皆附之。楚兵罷食盡,此天亡楚之時也,不如因其機而遂取之。今釋弗擊,此所謂'養虎自遺患'也。"

【養虎噬人】　yàng hǔ shì rén　三國時呂布因陳登求爲徐州牧,不得,布怒。登喻之曰:"登見曹公言:待將軍譬如養虎,當飽其肉,不飽則將噬人。"曹公,曹操。見三國志魏呂布傳。後以喻人之只圖私利,不滿,即將爲患。

【養家活口】　yǎng jiā huó kǒu　維持生計,養活一家大小。紅樓夢九九:"李十兒說道:'那些書吏衙役,都是化了錢,買著糧道的衙門來想發財,俱要養家活口。'"

【養寇藩身】　yǎng kòu fān shēn　縱容敵寇,不加攻剿,而藉以擁兵自重。新唐書一三六李光弼傳附張伯儀:"既請益,博士李吉甫議以中興三十年而兵未戢者,將帥養寇藩身也。"

【養尊處優】　yǎng zūn chǔ yōu　處于高貴地位,安享優裕生活。宋蘇洵嘉祐集十上韓樞密書:"天子者養尊而處優,樹恩而收名,與天下爲喜樂者也。"清王夫之讀通鑑論四和帝:"三公爲宮閫妒爭之吠犬而廉恥掃地,固其人之不肖,抑漢以論道之職,爲養尊處優之餘食贅形,休戚不相共而無以勸之也。"

【養精蓄銳】　yǎng jīng xù ruì　休養精神,蓄積銳氣。多指用兵而言。三國演義三四:"荀彧曰:大軍方北征而回,未可復動,且待半年,養精蓄銳,劉表、孫權可一鼓而下也。"

【養癰遺患】　yǎng yōng jí huàn　謂患癰疽,畏痛不割,終成大害。癰,毒瘡,多生頸項。後漢書二八下馮衍傳"老資逐之,遂培壞於時"注引衍與婦弟任武達書:"養癰長疽,自生禍殃。"後比喻人之姑息誤事曰養癰遺患。

【養兵千日,用兵一時】　yǎng bīng qiān rì, yòng bīng yī shí　指訓練士兵,須長久堅持;備一旦有事,用以作戰。南史陳暄傳暄與兄子秀書:"故江諮議有言:酒猶兵也,兵可千日而不用,不可一日而不備。酒可千日而不飲,不可一飲而不醉。"兵,亦作"軍"。元曲選馬致遠破幽夢孤雁漢宮秋二:"我養軍千日,用軍一時,空有滿朝文武,那一個與我退的番兵,都是些畏刀避箭的。"

【養兒防老,積穀防飢】　yǎng ér fáng lǎo, jī gǔ fáng jī　宋元俗語。謂有備無患。宋劉克莊後村集四四老志詩之一:"皆云養子將防老,豈若嬰嬰未識爺。"古今雜劇缺名認金梳孤兒尋母:"兒也,可不道養子防老,積穀防飢,擡舉的你成人長大,剗的說這等言語那!"宋陳元覯事林廣記九下治家警悟作"養兒防老,積穀防飢"。

【養軍千日,用軍一時】　yǎng jūn qiān rì, yòng jūn yī shí　見"養兵千日,用兵一時"。

【餘音繞梁】　yú yīn rào.liáng　歌聲餘韻,似繞屋梁迴旋不絕。形容歌聲美妙。列子湯問:"昔韓娥東之齊,匱糧,過雍門,鬻歌假食。既去,而餘音繞梁櫃,三日不絕。"晉張華博物志五作"餘響繞梁"。

【餘勇可賈】　yú yǒng kě gǔ　勇力有餘,尚可一用。左傳成二年:"欲勇者賈余餘勇。”注：“買，買也。言己勇有餘，欲賣之。”隋書宇文慶傳：“後從武帝攻河陰，先登攀堞，與賊短兵接戰。……帝勞之曰：‘卿之餘勇可以賈人也。’”左傳例謂欲勇者買余餘勇，隋書例謂餘勇可以賣與人。

【餘霞成綺】　yú xiá chéng qǐ　文選南齊謝玄暉（朓）晚登三山還望京邑詩：“餘霞散成綺，澄江靜如練。”後來評論文章有不盡之意，多用此語。

【餓虎吞羊】　è hǔ tūn yáng　比喻撲取之凶猛。明洪楩清平山堂話本五戒禪師私紅蓮記：“一個初侵女色，由（猶）如餓虎吞羊；一個乍遇男兒，好似渴龍得水”。

【餓莩遍野】　è piǎo biàn yě　餓死之人，到處皆是。多指災荒、暴政所造成之慘象。孟子梁惠王上：“狗彘食人食，而不知檢，塗有餓莩，而不知發。”又：“庖有肥肉，廄有肥馬；民有饑色，野有餓莩；此率獸而食人也。”三國演義十三：“是歲大荒，百姓皆食棗菜，餓莩遍野。”

【餓死事小，失節事大】　è sǐ shì xiǎo，shī jié shì dà　封建禮教，岐視婦女，夫死不許再嫁，再嫁者稱爲失節。宋道學家倡之於前，明清限制益嚴，爲束縛婦女精神枷鎖之一。二程全書二二下伊川先生（程頤）語八下：“又問：或有孤孀貧窮無託者可再嫁否？曰：只是後世怕寒餓死，故有是說，然餓死事極小，失節事極大。”

首　部

【首尾相應】　shǒu wěi xiāng yìng　指作戰時隊伍之前後配合，互相呼應。孫子九地：“故善用兵譬如率然。率然者，常山之蛇也。擊其首則尾至，擊其尾則首至，擊其中則首尾俱至。亦以喻作品之結構緊密，前後聯聯。宋洪邁容齋隨筆五筆卷十絕句詩不貫穿：“永嘉士人薛韶喜論詩，嘗立一說云：老杜近體律詩，精深妥帖，雖多至百韻，亦首尾相應，如常山之蛇，無閒斷齟齬處。”

【首身分離】　shǒu shēn fēn lí　指被殺戮。戰國策秦四：“社稷壞，宗廟隳，剖腹折頤，首身分離，暴骨草澤。”

【首屈一指】　shǒu qū yī zhǐ　第一。扳手指計數，首挽大拇指，表示第一，或居首位。清顏光敏顏氏家藏尺牘二施侍讀閏章：“僕自金陵讀賤刻，已私目以爲健手，頃阮亭先生（王士禛）比鄰接巷，輒爲首屈一指。”

【首施兩端】　shǒu shī liǎng duān　見“首鼠兩端”。

【首鼠兩端】　shǒu shǔ liǎng duān　遲疑不定。史記一○七武安侯傳：“（田蚡）怒曰：與長孺共一老禿翁，何爲首鼠兩端？”集解引漢書音義：“首鼠，一前一卻也。”長孺，韓安國字。宋陸佃埤雅釋蟲：“舊說鼠性疑，出穴多不果，故持兩端謂之首鼠兩端。”亦作“首施兩端”。後漢書十六鄧訓傳：“先是小月氏胡分居塞內，勝兵者二三千騎，皆勇健富彊，每與羌戰，常以少制多。雖首施兩端，漢亦時收其用。”

香 部

【香火因緣】 xiāng huǒ yīn yuán 古人盟誓多設香火告神。佛家因稱彼此契合爲香火因緣，言似前生已結盟好，故在今生中得以逾分相愛。北齊書陸法和傳："欲襲襄陽而入武關，梁元帝使止之。法和曰：'法和是求佛之人，尚不希釋梵天王坐處，豈規王位？但於空王佛所與主上有香火因緣，見主上應有報至，故救援耳。'"亦泛指同奉佛教的親切關係。唐白居易長慶集六四喜照密閑寶上人見過詩："臭帑世界終須出，香火因緣久願同。"省作"香火緣"。全唐詩一三五綦毋潛澄公房："世界蓮花藏，行人香火緣。"

【香車寶馬】 xiāng chē bǎo mǎ 裝飾華美的車馬。唐王維王右丞集六同比部楊員外十五夜遊有懷靜者季詩："香車寶馬共喧闐，箇裏多情俠少年。"元華幼武黃楊集滿庭芳元宵和元覃見寄詞："縶山聲，香車寶馬，騰踏九重天。"

【香花供養】 xiāng huā gòng yǎng 以香、花供佛，表示虔誠恭敬。花，也作"華"。金剛經："在在處處若有此經，一切世間天人阿修羅所應供養，……以諸華香而散其處。"法苑珠林五三舍利感福："是時天色澄明，氣和風靜，寶輿、旛幢、香華、音樂種種供養，彌徧街衢。"後泛指盡禮相待。清蒲松齡聊齋志異鍾生："某誠不足稱好述，然家門幸不辱寞，倘得再生，香花供養有日耳。"

【香消玉減】 xiāng xiāo yù jiǎn 比喻美女之消瘦。元曲選賈仲名蕭淑蘭情寄菩薩蠻二："則爲他粉悴胭憔，端的是香消也那玉減。"明馮夢龍醒世恒言十三："（韓玉翹）漸漸香消玉減，柳顰花困，太醫院診脈，喫下藥去，如水澆石一般。"

【香象渡河】 xiāng xiàng dù hé 涅槃經："如彼駛河，能漂香象。"以喻佛菩薩證道之深。後用以喻文字的透徹精闢。宋嚴羽滄浪詩話詩評："李杜數公如金鳷擘海，香象渡河，下視（孟）郊（賈）島輩，直蟲吟草間耳。"

馬 部

【馬工枚速】 mǎ gōng méi sù 指漢司馬相如枚皋，二人爲文，一工一速。漢書五一枚乘傳附枚皋："爲文疾，受詔輒成，故所賦者多。司馬相如善爲文而遲，故所作少而善於皋。"梁書張率傳："率又爲待詔賦奏之，甚見稱賞。手敕答曰：'省賦殊佳。相如工而不敏，枚皋速而不工，卿可謂兼二子於金馬矣。'"後以"馬工枚速"言人之才具相異，爲文遲速不同，各有所長。亦作"馬遲枚速"。

【馬不停蹄】 mǎ bù tíng tí 形容進行不停或緊張忙亂。元曲選王實甫四丞相高會麗春堂二："這都是托賴着大人的虎勢，贏的他急難措手，打的他馬不停蹄。"

【馬耳東風】 mǎ ěr dōng fēng 喻言不入耳，或互不相干。唐李白李太白詩十九答王十二寒夜獨酌有懷："世人聞此皆掉頭，有如東風射馬耳。"宋蘇軾分類東坡詩

十八和何長官六言次韻:"青山自是絕色,
無人誰與爲容?說向市朝公子,何殊馬耳
東風!"亦作"馬耳風"。宋陸游劍南詩稿一
衰病:"仕宦蟻窠夢,功名馬耳風。"又作
"東風射馬耳"。見該條。

【馬仰人翻】　mǎ yǎng rén fān　形容戰
敗狼狽或忙亂緊張的狀態。明許仲琳封神
演義十四:"哪吒力大無窮,三五合把李靖
殺得馬仰人翻,力盡筋輸,汗流脊背。"紅
樓夢十六:"更可笑那府裏蓉兒媳婦死了,
珍大哥再三在太太跟前跪著討情,只要請
我幫他幾日。我是再四推辭,太太做情允
了,只得從命,依舊被我鬧了個馬仰人翻,
更不成個體統。"

【馬空冀北】　mǎ kōng jì běi　唐韓愈昌
黎集二一送溫處士赴河陽軍序:"伯樂一
過冀北之野,而馬羣遂空。"伯樂善相馬,
一過冀北,其良馬遂被選盡。因以喻執政
者之善於用人,舉無遺才。

【馬到成功】　mǎ dào chéng gōng　戰馬
所至,立即成功。元曲選鄭廷玉楚昭公疏
者下船一:"教場中點就四十萬雄兵,……
管取馬到成功,奏凱回來也。"又張國賓薛
仁貴榮歸故里楔子:"憑着您孩兒學成武
藝,智勇雙全,若在兩陣之間,怕不馬到成
功?"後泛指迅速即可取得勝利。

【馬往犬報】　mǎ wǎng quǎn bào　謂互
相投贈,厚往薄來。管子大匡:"諸侯之禮,
令齊以豹皮往,小侯以鹿皮報,齊以馬往,
小侯以犬報。"

【馬首是瞻】　mǎ shǒu shì zhān　作戰時
看主將馬頭所向以統一進退。左傳襄十四
年:"雞鳴而駕,塞井夷竈,唯余馬首是
瞻。"注:"言進退從己。"後泛指樂於追隨
別人。清龔自珍定盦遺著與吳虹生書:"趙
伯厚云:吾兄欲約弟及渠作西郊之遊,
……此遊作何期會,作何章程,顧惟命是
聽,惟馬首是瞻,勝于在家窮愁也。"

【馬革裹屍】　mǎ gé guǒ shī　以馬皮包
裹屍體。謂戰死沙場。後漢書二四馬援傳:
"(援曰)男兒要當死於邊野,以馬革裹屍
還葬耳,何能臥牀上在兒女子手中邪?"宋
蘇軾蘇文忠詩合注四三贈李兕彥威秀才:
"誓將馬革裹屍還,肯學班超苦兒女!"

【馬疲人倦】　mǎ pí rén juàn　吳子治

兵:"若進止不度,飲食不適,馬疲人倦而
不解舍,所以不任其上令。上令既廢,以居
則亂,以戰則敗。"指行軍時人馬疲倦,不
利於戰鬥。

【馬齒徒增】　mǎ chǐ tú zēng　穀梁傳僖
二年:"荀息牽馬操璧而前曰:璧則猶是
也,而馬齒加長矣。"因馬之牙齒隨年齡而
增換,故亦以喻人之年齡增長,用"馬齒徒
增"表虛度年華,無所成就之意,爲自謙之
辭。徒增,空增,白白增益。北周庾信庾子
山集三謹贈司寇淮南公詩:"猶憐馬齒進,
應念節旄稀。"

【駟之過隙】　sì zhī guò xì　喻光陰飛
逝。禮三年問:"三年之喪,二十五月而畢,
若駟之過隙。"

【駟不及舌】　sì bù jí shé　言已出口,駟
馬難追。謂出言當慎重。論語顏淵:"子貢
曰:'惜乎!夫子之説君子也,駟不及舌。'"
參見"一言既出,駟馬難追"。

【駟馬高車】　sì mǎ gāo chē　貴官所乘
的駟馬高嵩車。太平御覽七三晉常璩華陽
國志:"升遷橋在成都縣北十里,即司馬相
如題橋柱曰:'不乘駟馬高車,不過此
橋。'"

【駕輕就熟】　jià qīng jiù shú　唐韓愈
昌黎集二一送石處士序:"與之語道理,辨
古今事當否,論人高下,事後當成敗,若河
決下流而東注,若駟馬駕輕車,就熟路而
王良造父爲之先後也。"後以"駕輕就熟"
喻辦事熟練而省力。

【駑馬十駕】　nú mǎ shí jià　駑馬,能力
低下之馬;十駕,駕車走十天。駑馬十駕,
比喻奮勉從事,勤能補拙。荀子修身:"夫
驥一日而千里,駑馬十駕則亦及之矣。"

【駑馬戀棧豆】　nú mǎ liàn zhàn dòu　
喻庸人目光淺短,顧惜眼前小利。棧豆,馬
櫪中的豆料。三國志魏曹真傳附曹爽:"爽
必不能用範計"注引干寶晉書:"桓範出赴
爽,宣王(司馬懿)謂蔣濟曰:'智囊往矣。'
濟曰:'範則智矣,駑馬戀棧豆,爽必不能
用也。'"宋黃庭堅山谷外集三次韻寄李六
弟濟南郡城橋亭之詩:"駑馬戀棧豆,豈能
辭縶縛。"

【駢四儷六】　pián sì lì liù　駢體文多用
偶句,講求對仗,以四言六言相間成文,或

謂之駢四儷六。唐柳宗元柳先生集十八乞巧文:“駢四儷六,錦心繡口。”宋趙鼎臣竹隱畸士集十一謝宏詞啟:“且比事屬辭,乃典章之故實;而駢四儷六,亦翰墨之彌文。”

【駢肩累迹】 pián jiān lěi jì 肩膀相並,腳印重疊。形容人多擁擠。宋歐陽修文忠集四十相州晝錦堂記:“一旦高車駟馬,旗旄導前而騎卒擁後,夾道之人相與駢肩累迹,瞻望咨嗟。”

【駢拇枝指】 pián mǔ zhī zhǐ 莊子駢拇:“駢拇枝指,出乎性哉,而侈於德;附贅縣疣,出乎形哉,而侈於性。”唐成玄英疏:“駢,合也,大也,謂足大拇指與第二指相連合爲一指也。枝指者,謂手大拇指傍枝生一指成六指也。”釋文:“三蒼云:‘枝指,手有六指也。’崔(譔)云:‘音歧,謂指有歧也。’”因以“駢拇枝指”喻多餘無用之物。

【騃女癡男】 ái nǚ chī nán 指天真無知,迷於情愛的少女少男。騃,愚,呆。宋徐鉉徐文公集一新月賦:“乃有騃女癡男,朱顏稚齒,欣春物之駘蕩,登春臺之靡迆。”

【騏驥一毛】 qí jì yī máo 喻珍品的極小部分。宋黃伯思東觀餘論上記石經與今文不同:“又論語每篇各記章數,……此石刻在洛陽,本在洛宮前御史臺中,年久摧散。洛人好事者時時得之,若騏驥一毛,虬龍片甲。”

【騎牛覓牛】 qí niú mì niú 見“騎驢覓驢”。

【騎者善墮】 qí zhě shàn duò 善騎馬之人易於墮落馬下。比喻溺於所好者多以致禍。漢袁康越絕書越絕外傳記吳王占夢:“夫好船者溺,好騎者墮,君子各以所好爲禍。”

【騎虎難下】 qí hǔ nán xià 太平御覽四六二南朝宋何法盛晉中興書:“蘇峻反,溫嶠推陶侃爲盟主,侃欲西歸,嶠說侃曰:……今日之事,義無旋踵,騎虎之勢,可得下乎?”後以“騎虎難下”喻迫於事勢,欲罷不能。

【騎驢覓驢】 qí lú mì lú 喻忘其本有而到處尋求。景德傳燈錄二一白龍院道希禪師:“問:‘如何是正真道?’師曰:‘騎驢覓驢。’”又二八神會大師:“本無今有有何物,本有今無無何物,誦經不見有無義,真似騎驢更覓驢。”亦作“騎牛覓牛”。景德傳燈錄九福州大安禪師:“師即造百丈,禮而問曰:‘學人欲求識佛,何者即是?’百丈曰:‘大似騎牛覓牛。’”

【騎鶴上揚州】 qí hè shàng yáng zhōu 形容一種妄想。南朝梁殷芸殷芸小說:“有客相從,各言所志:或願爲揚州刺史,或願多貲財,或願騎鶴上昇。其一人曰:‘腰纏十萬貫,騎鶴上揚州。’欲兼三者。”宋劉過龍洲詞沁園春送人赴營道宰:“心期處、算世間真有,騎鶴揚州。”

【騷人墨客】 sāo rén mò kè 謂風雅之士。宣和畫譜十二宋迪:“性嗜畫,好作山水,或因覽物得意,或因寫物創意,而運思高妙,如騷人墨客登高臨賦。”

【騰雲駕霧】 téng yún jià wù 乘雲霧飛行天空。舊指神仙的道術。西遊記十七:“話說孫行者一觔斗跳將起去,諕得那觀音院大小和尚並頭陀、幸童、道人等一個個朝天禮拜道:爺爺呀!原來是騰雲駕霧的神聖下界,怪道火不能傷!”

【騰蛟起鳳】 téng jiāo qǐ fèng 騰躍蛟龍,飛舞鳳凰。比喻才華煥發。唐王勃王子安集五滕王閣序:“騰蛟起鳳,孟學士之詞宗;紫電清霜,王將軍之武庫。”

【驕兵必敗】 jiāo bīng bì bài 驕傲輕敵之軍隊必將潰敗。漢書魏相傳上書:“恃國家之大,矜民人之衆,欲見威於敵者,謂之驕兵,兵驕者滅。”

【驕奢淫泆】 jiāo shē yín yì 驕橫奢侈,荒淫放肆。左傳隱三年:“臣聞愛子,教之以義方,弗納于邪。驕奢淫泆,所自邪也。”泆,也作“佚”。太平廣記六三集仙傳驪山姥:“一名黃帝天機之書,非奇人不可妄傳。九竅四肢不具,慳貪愚痴,驕奢淫佚者,必不可使聞之。”泆,今作“逸”。

【驕傲自滿】 jiāo ào zì mǎn 輕視別人,自高自大。宋王明清揮麈錄後錄八:“(徐師川)既登宥密,頗驕傲自滿。朱藏一、趙元鎮並居中書,師川蔑視之。”

【驚弓之鳥】 jīng gōng zhī niǎo 戰國策楚四:“有間,鴈從東方來,更羸以虛發而下之。魏王曰:‘然則射可至此乎?’……

對曰：'其飛徐而鳴悲。飛徐者，故瘡痛也；鳴悲者，久失羣也。故瘡未息而驚心未至也，聞弦音引而高飛，故瘡隕也。'"後因以"驚弓之鳥"比喻受過驚嚇，略有動靜就害怕的人。晉書王鑒傳上疏："顓武之衆易動，驚弓之鳥難安。"亦作"驚弦之鳥"。穀梁傳成二年秋七月"去國五十里"唐楊士勛疏："敗軍之將不可以語勇，驚弦之鳥不可以應弓。"

【驚心動魄】　jīng xīn dòng pò　感受極深，震動神魂。舊題晉王嘉拾遺記三周靈王："越又有美女二人，一名夷光，一名修明，以貢于吳。……竊視者莫不動心驚魄，謂之神人。"南朝梁鍾嶸詩品上："古詩，其體源出於國風，陸機所擬十四首，文溫以麗，意悲而遠，驚心動魄，可謂幾乎一字千金。"後多用以形容極其驚險緊張。

【驚天動地】　jīng tiān dòng dì　形容聲勢極大。唐白居易長慶集十七李白墓："可憐荒壟窮泉骨，曾有驚天動地文。"宋林亦之綱山集二黃司業挽辭："只應傲雪凌雲氣，合得驚天動地名。"

【驚弦之鳥】　jīng xián zhī niǎo　見"驚弓之鳥"。

【驚蛇入草】　jīng shé rù cǎo　喻矯健迅捷的筆勢。唐韋續書訣墨藪："鍾繇弟子宋翼，每畫一波三折筆，……作一放筆，如驚蛇入草。"(說郛七三)宣和書譜十九釋亞栖論書顏云："觀其自謂，吾書不大不小，得其中道，若飛鳥出林，驚蛇入草，則果顛也耶？"或簡稱"驚蛇"。宋陸游劍南詩稿五一午晴試筆："明窗攬筆聊揮洒，颯颯驚蛇又數行。"

【驚魂未定】　jīng hún wèi dìng　受驚之後，餘悸猶存，心神未定。宋蘇軾經進東坡文集事略二五謝量移汝州表："雖蒙恩貸，有愧平生；隻影自憐，命寄江湖之上；驚魂未定，夢遊縲絏之中。"

【驢生戟角】　lú shēng jǐ jiǎo　比喻不可能有的事。元曲選關漢卿杜蕊娘智賞金線池一："無錢的可要親近，則除是驢生戟角甕生根。"又作"驢生笋角"。元曲選缺名凍蘇秦衣錦還鄉二："做哥的纔入門便嗔便罵。做嫂嫂的又道是，你發跡，甕生根驢生笋角。"

【驢生笋角】　lú shēng jǐ jiǎo　見"驢生戟角"。

【驢脣馬嘴】　lú chún mǎ zuǐ　驢脣與馬嘴，不能相對，以喻胡扯，瞎說。景德傳燈錄十九文偃禪師："若是一般掠虛漢，食人涎唾，記得一堆一擔骨董，到處逞驢脣馬嘴。"

【驢鳴犬吠】　lú míng quǎn fèi　形容詩文拙劣。唐張鷟朝野僉載六："南人間(庚)信曰：'北方文士何如？'信曰：'唯有韓陵山一片石堪共語，薛道衡盧思道少解把筆，自餘驢鳴犬吠，聒耳而已。'"

【驢頭不對馬嘴】　lú tóu bù duì mǎ zuǐ　比喻答非所問或事實出入很大。清吳敬梓儒林外史五二："陳正公聽了這些話，驢頭不對馬嘴，急了一身的臭汗。"

【驥服鹽車】　jì fú yán chē　戰國策楚四："汗明曰：君亦聞驥乎？夫驥之齒至矣，服鹽車而上大行，蹄申膝折，尾湛胕潰，漉汁灑地，白汗交流，中阪遷延，負轅不能上。伯樂遭之，下車攀而哭之，解紵衣以冪之。驥於是俛而噴，仰而鳴，聲達於天，若出金石聲者，何也？彼見伯樂之知己也。"服，駕御。後以"驥服鹽車"喻埋沒賢才。楚辭漢賈誼弔屈原文："騰駕罷牛驂蹇驢兮，驥垂兩耳服鹽車兮。"

骨　部

【骨肉未寒】　gǔ ròu wèi hán　指人死不久。水滸六十："宋江道：晁天王臨死時囑咐，'如有人捉得史文恭者，便立爲梁山泊主。'此話衆頭領皆知，今骨肉未寒，豈可忘了？"

【骨肉至親】　gǔ ròu zhī qīn　指有骨血關係之至近親屬。如父母兄弟子女等。漢書六三武五子傳戾太子據：壼關三老茂上書："昔者虞舜，孝之至也，而不中於瞽叟；孝己被謗，伯奇放流；骨肉至親，父子相疑。何者？積毀之所生也。"晉書后妃傳上左貴嬪離思賦："亂曰：骨肉至親，化爲他人，永長辭兮。"

【骨肉相殘】　gǔ ròu xiāng cán　比喻至親之彼此殺害。世說新語政事："陳仲弓（寔）爲太丘長，有劫賊殺財主，主者捕之。未至發所，道聞民有在草不起子者，回車往治之。主簿曰：'賊大，宜先按討。'仲弓曰：'盜殺財主，何如骨肉相殘？'"

【骨肉離散】　gǔ ròu lí sàn　比喻至近親屬的分離散處，不能相聚一方。詩唐風杕杜："杕杜，刺時也。君不能親其宗族，骨肉離散，獨居而無兄弟，將爲沃所并爾。"

【骨鯁之臣】　gǔ gěng zhī chén　有風骨的剛直忠正之臣。史記專諸傳："方今吳外困於楚，而內空無骨鯁之臣，是無如我何。"

【骨騰肉飛】　gǔ téng ròu fēi　㊀雄健踊躍之貌。漢趙曄吳越春秋闔閭內傳："慶忌之勇，世所聞也。筋骨果勁，萬人莫當，走

追奔獸，手接飛鳥，骨騰肉飛，拊膝數百里。"㊁猶言神魂飄蕩。隋書地理志中："齊郡舊曰濟南，其俗好教飾子女淫哇之音，能使骨騰肉飛，傾詭人目。"

【髀裏肉生】　bì lǐ ròu shēng　三國志蜀先主傳"（劉）表疑其心，陰禦之"注引九州春秋："（劉備）嘗於表坐起至廁，見髀裏肉生，慨然流涕。還坐，表怪問備，備曰：'吾常身不離鞍，髀肉皆消。今不復騎，髀裏肉生。日月若馳，老將至矣，而功業不建，是以悲耳！'"髀，大腿。後常以"髀肉復生"爲自慨久處安逸，壯志漸消，不能有所作爲之辭。

【體大思精】　tǐ dà sī jīng　規模宏大，思慮精密。宋書范曄傳後漢書序："自古體大而思精，未有此也，恐他人不能盡之，多貴古賤今，所以稱情狂言耳。"

【體國經野】　tǐ guó jīng yě　營建國中的宮城門途，如身之有四體；管理郊野的丘甸溝洫，如機之有經緯。周禮天官序官："惟王建國，辨方正位，體國經野，設官分職，以爲民極。"後泛指治理國家。

【體無完膚】　tǐ wú wán fū　身上皮膚無一處完好。唐段成式酉陽雜組前集八黥："自頸已下，遍刺白居易舍人詩……凡刻三十餘處，首體無完膚。"新五代史郭崇韜傳："即下（罷）貫獄，獄吏榜掠，體無完膚。"

高　部

【高下在心】　gāo xià zài xīn　謂度時制宜。左傳宣十五年："天方授楚，未可與爭。雖晉之彊，能違天乎？諺曰：'高下在心。'"引申爲隨心所欲。後漢書六九何進傳："今將軍總皇威，握兵要，龍驤虎步，高下在心，此猶鼓洪爐燎毛髮耳。"

【高下其手】　gāo xià qí shǒu　猶上下其手，謂營私舞弊。宋王闢之澠水燕談錄

五官制："太祖慮其任私，高下其手，乃置司寇參軍。"

【高山流水】　gāo shān liú shuǐ　列子湯問："伯牙善鼓琴，鍾子期善聽。伯牙鼓琴，志在高山。鍾子期曰：'善哉，峨峨兮若泰山。'志在流水，鍾子期曰：'善哉，洋洋兮若江河。'"後多用此爲知音難遇之典，或喻樂曲高妙。金董解元西廂四："不是秦箏

合衆聽，高山流水少知音。"亦作"流水高山"。元曲選石子章秦俏然竹塢聽琴一："金鑪焚寶烟，瑤琴鳴素絃，無非是流水高山調，和那堆風積雪篇。"

【高山景行】　gāo shān jǐng xíng　詩小雅車舝："高山仰止，景行行止。"傳："景，大也。"箋："景，明也。……古人有高德者則慕仰之，有明行者則而行之。"後因以"高山景行"喻指高尚的德行。文選三國魏文帝(曹丕)與鍾大理書："高山景行，私所仰慕。"

【高文典册】　gāo wén diǎn cè　指詔令制誥等。舊題漢劉歆西京雜記三："揚子雲(雄)曰：軍旅之際，戎馬之間，飛書馳檄，用枚皋。廊廟之下，朝廷之中，高文典册，用(司馬)相如。"

【高牙大纛】　gāo yá dà dào　大將的牙旗。亦泛指居高位者的儀仗。宋歐陽修文忠集四十相州晝錦堂記："然則高牙大纛，不足爲公榮；桓圭袞冕，不足爲公貴。"古今雜劇元關漢卿溫太真玉鏡臺一："出則高牙大纛，入則峻宇高牆。"

【高材疾足】　gāo cái jí zú　高明的才智、迅捷的行動。史記九二淮陰侯傳："秦失其鹿，天下共逐之。於是高材疾足者先得焉。"

【高步雲衢】　gāo bù yún qú　比喻身居高位，官堪貴顯。雲衢，雲間大道。晉書郤詵傳論："郤詵等並輻價州里，奐然應召，對揚天問，高步雲衢，求之前哲，亦足稱矣。"後亦指科舉登第。

【高足弟子】　gāo zú dì zǐ　高才的弟子。對別人門徒的敬稱。世說新語文學："鄭玄在馬融門下，三年不得相見，高足弟子傳授而已。"後漢書三五鄭玄傳作"高業弟子"。

【高位厚祿】　gāo wèi hòu lù　高貴的官職、優厚的俸祿。漢書五六董仲舒傳賢良對策之三："身寵而載高位，家溫而食厚祿。"亦作"高官厚祿"。孔叢子公儀："令徒以高官厚祿鉤餌君子，無信用之意。"

【高官厚祿】　gāo guān hòu lù　見"高位厚祿"。

【高枕無憂】　gāo zhěn wú yōu　謂安然而卧，無所顧慮。戰國策魏一："爲大王計

莫如事秦。事秦，則楚韓必不敢動。無楚韓之患，則大王高枕而卧，國必無憂矣。"舊五代史高季興傳："且遊獵旬日不迴，中外之情其何以堪，吾高枕無憂矣。"

【高門待封】　gāo mén dài fēng　高大門間，以待封贈。文選南朝梁劉孝標(峻)辯命論："且于公高門以待封，嚴母掃墓以望喪，此君子所以自彊不息也。"

【高門容駟】　gāo mén róng sì　漢于公間門壞，父老方共治之。于公謂曰："少高大門間，令容駟馬高蓋車。我治獄多陰德，未嘗有所冤，子孫必有興者。"至其子定國爲丞相，其孫永爲御史大夫，封侯傳世。見漢書七一于定國傳。後常用爲終必顯達之典。

【高朋滿座】　gāo péng mǎn zuò　賓客衆多，坐席皆滿。唐王勃王子安集五滕王閣詩序："十旬休暇，勝友如雲。千里逢迎，高朋滿座。"

【高城深池】　gāo chéng shēn chí　高大之城垣、水深之護城河。指防禦工事強固。史記禮書："故堅革利兵不足以爲勝，高城深池不足以爲固，嚴令繁刑不足以爲威。"

【高飛遠走】　gāo fēi yuǎn zǒu　謂走往遠方。後漢書二五卓茂傳："凡人之生，羣居雜處，故有經紀禮義以相交接。汝獨不欲修之，寧能高飛遠走，不在人間邪？"古今雜劇缺名漁樵閑話："事臨危，高飛遠走亦難逃。"亦作"遠走高飛"。見該條。

【高屋建瓴】　gāo wū jiàn líng　喻居高臨下，勢不可阻。史記高祖紀六年："秦，形勝之國，……地埶便利，其以下兵於諸侯，譬猶居高屋之上建瓴水也。"建，傾倒，集韻訓覆。瓴，盛水瓶。或以瓴爲：1.瓦溝；2.屋檐瀉水的溝槽。參閱宋戴侗六書故、漢書高帝紀下"譬猶居高屋之上建瓴水也"清王先謙補注。

【高高在上】　gāo gāo zài shàng　詩周頌敬之："天維顯思，命不易哉。無曰高高在上，陟降厥士，日監在茲。"箋："無謂天高又高在上，遠人而不畏也。"三國志魏楊阜傳："陛下……高高在上，實監后德。"本謂所處極高。後多用爲自居領導不能接近羣衆之意。

【高情遠致】　gāo qíng yuǎn zhì　超逸

的情致。世說新語品藻：“支道林(遁)問孫興公(綽)：‘君何如許掾(詢)？’孫曰：‘高情遠致，弟子蚤已服膺；一吟一詠，許將北面。’”亦見晉書孫綽傳。

【高視闊步】 gāo shì kuò bù 謂神氣傲慢或氣概不凡。隋書盧思道傳勞生論：“向之求官買職，晚謁晨趨……俄而抵掌揚眉，高視闊步。”宋宗翰墨志：“(米芾)惟于行草，誠入能品。……然善效其法者，不過得外貌，高視闊步，氣韻軒昂；殊未究其中本六朝妙處，醞釀風骨，自然超逸也。”(說郛六九)

【高唱入雲】 gāo chàng rù yún 舊題漢劉歆西京雜記一：“高帝戚夫人……善爲翹袖折腰之舞，歌出塞、入塞、望歸之曲，侍婦數百皆習之，後宮齊首高唱，聲入雲霄。”本指歌聲之嘹亮高亢，後亦以喻吟詠之格調昂揚，聲情激越。

【高曾規矩】 gāo zēng guī jǔ 祖先的成法。後漢書四十上班固傳西都賦：“商修族世之所鬻，工用高曾之規矩。”

【高陽公子】 gāo yáng gōng zǐ 即高陽酒徒。元曲選康進之梁山泊李逵負荊一：“高陽公子休空過，不比尋常賣酒家。”

【高陽酒徒】 gāo yáng jiǔ tú 沛公(劉邦)引兵過陳留，高陽儒生酈食其求見。使者入通，沛公曰：“爲我謝之，言我方以天下爲事，未暇見儒人也。”使者出以告。酈生瞋目案劍叱使者曰：“走！復入言沛公，吾高陽酒徒也，非儒人也。”遂延入。終受重用。見史記九七酈生傳補。唐李白李太白詩三梁甫吟：“君不見高陽酒徒起草中，長揖山東隆準公。”後常用爲嗜酒狂放之人的典故。

【高掌遠蹠】 gāo zhǎng yuǎn zhí 文選漢張平子(衡)西京賦：“綴以二華，巨靈贔屭，高掌遠蹠，以流河曲。”按神話傳說，太華少華本爲一山，因其擋住河水，河神巨靈用手擘開其上方，用腳踹開其下方，中分爲二，於是河水不再繞道。參閱三國吳薛綜注、晉干寶搜神記十三。後常用爲領先倡導、草創開闢之喻。

【高義薄雲】 gāo yì bó yún 宋書謝靈運傳論：“周室既衰，風流彌著，屈平、宋玉；導清源於前；賈誼、相如，振芳塵於後，英辭潤金石，高義薄雲天。”本指文辭陳義甚高，內容不凡。後多以指人講義氣，重道德。

【高睨大談】 gāo nì dà tán 高談闊論，神態傲兀。後漢書五九張衡傳應間：“方將師天老而友地典，與之乎高睨而大談。”注：“睨，視也。高視大談，言不同流俗。”

【高談雄辯】 gāo tán xióng biàn 暢達盡情的談話、長於說理的議論。指能說會道，議論縱橫。北周庾信庾子山集三預麟趾殿校書和劉儀同詩：“高譚變白馬，雄辯塞飛狐。”唐杜甫九家集注杜詩二飲中八仙歌：“焦遂五斗方卓然，高談雄辯驚四筵。”

【高談闊論】 gāo tán kuò lùn 見地高超、方面寬廣的議論。金董解元西廂一：“高談闊論曉今古，一箇是一方長老，是一代名儒，俗談沒半句。”元耶律楚材湛然集十對雪鼓琴詩：“慷慨樽前一絕倒，高談闊論誇雄豪。”

【高壁深壘】 gāo bì shēn lěi 見“高壘深溝”。

【高爵豐祿】 gāo jué fēng lù 猶高官厚祿。荀子議兵：“是高爵豐祿之所加也，榮孰大焉？”也作“高爵重祿”。韓非子說疑：“大者不難卑身尊位以下之，小者高爵重祿以利之。”

【高擡貴手】 gāo tái guì shǒu 祈求別人寬恕或通融的敬辭。多見於舊小說戲曲。元曲選范子安陳季卿誤上竹葉舟四：“弟子愚眉肉眼，怎知道真仙下降，只望高擡貴手，與我拂除塵俗者。”水滸二：“不想誤觸犯了官人，望乞恕罪，高擡貴手。”

【高壘深溝】 gāo lěi shēn gōu 高築壁壘，深挖壕溝。亦泛指加強防禦。孫子虛實：“故我欲戰，敵雖高壘深溝，不得不與我戰者，攻其所必救也。”亦作“高壁深壘”。三國志魏陳泰傳：“王經當高壁深壘，挫其銳氣。”亦作“深溝高壘”。見該條。

髟　部

【髮短心長】 fà duǎn xīn cháng　喻年老而智謀深遠。左傳昭三年：“齊侯田於莒，盧蒲嫳見，泣且請曰：‘余髮如此種種，余奚能爲。’……（公）欲復之，子雅不可，曰：‘彼其髮短而心甚長，其或寢處我矣。’”

【鬚髯如戟】 xū rán rú jǐ　指外貌雄偉。南史褚彥回傳：“公主謂曰：‘君鬚髯如戟，何無丈夫意？’”彥回，褚淵字，唐人以李淵（高祖）諱，故稱字不稱名。

【鬢亂釵斜】 bìn luàn chāi xié　婦女妝飾不整貌。宋王安石臨川集二七題畫扇詩：“青冥風露非人世，鬢亂釵斜特地寒。”

鬥　部

【鬪而鑄錐】 dòu ér zhù zhuī　比喻事到臨頭，纔想辦法。素問四氣調神大論：“夫病已成而後藥之，亂已成而後治之，譬猶渴而穿井，鬪而鑄錐，不亦晚乎？”

【鬪雞走犬】 dòu jī zǒu quǎn　指以嬉戲馳逐爲事。戰國策齊一：“臨淄甚富而實，其民無不吹竽鼓瑟，擊筑彈琴，鬪雞走犬，六博蹋踘者。”亦作“鬪雞走狗”。史記一〇一袁盎傳：“袁盎病免居家，與閭里浮沈，相隨行，鬪雞走狗。”

【鬪雞走狗】 dòu jī zǒu gǒu　見“鬪雞走犬”。

鬯　部

【鬱鬱不樂】 yù yù bù lè　苦悶鬱積，心情不歡。太平廣記四八七唐蔣防霍小玉傳：“後月餘，就禮於盧氏，傷情感物，鬱鬱不樂。”

【鬱鬱蔥蔥】 yù yù cōng cōng　茂密繁盛貌。漢王充論衡吉驗：“王莽時，謁者蘇伯阿能望氣，……及光武到河北，與伯阿見，問曰：‘卿前過春陵，何用知其氣佳也？’伯阿對曰：‘見其鬱鬱蔥蔥耳。’”又見後漢書光武紀下。

鬼　部

【鬼出神入】　guǐ chū shén rù　見"神出鬼沒"。

【鬼出電入】　guǐ chū diàn rù　形容變幻神速。淮南子原道："鬼出電入，龍興鸞集。"注："鬼出，言無蹤迹也；電入，言其疾也。"

【鬼使神差】　guǐ shǐ shén chāi　鬼神派遣、驅使。指被不可知的力量所支配，形容不由自主。古今雜劇元鄭庭玉宋上皇御斷金鳳釵三："這一場鬼使神差，替別人濕肉伴乾柴，沒人情官棒方難捱。"

【鬼哭神號】　guǐ kū shén háo　形容哭聲凄厲，悲慘恐怖的景象。清李玉一捧雪十五代戮："看雲寒日慘，鬼哭神號。"亦作"鬼哭神愁"。明陳汝言金連記二九釋憤："手指一揮，兩班裡鳥驚魚駭；眉頭半鎖，滿朝中鬼哭神愁。"

【鬼哭神愁】　guǐ kū shén chóu　見"鬼哭神號"。

【鬼鬼祟祟】　guǐ guǐ suì suì　動作詭祕，言行背人。紅樓夢十："他因仗着寶玉同他相好，就目中無人。既是這樣，就應行些正經事，也沒的說。他素日又和寶玉鬼鬼祟祟的，只當人多是瞎子，看不見。"

【鬼設神使】　guǐ shè shén shǐ　猶言天造地設，非人力所能就。宋陳亮龍川集十七念奴嬌登多景樓詞："鬼設神施，渾認作、天限南疆北界。"

【魑魅魍魎】　chī mèi wǎng liǎng　魑，山神；魅，怪物；魍魎，水神。亦作"螭魅罔兩"。引申指各種各樣的壞人。三國志吳諸葛恪傳薛綜移文："藜蓧稂莠，化爲善草，魑魅魍魎，更成虎士。"

魚　部

【魚目似珠】　yú mù sì zhū　魚目似珠而非珠，以假亂真之意。文選南朝梁任彥昇（昉）到大司馬記室牋"惟此魚目"注引韓詩外傳："白骨類象，魚目似珠。"亦作"魚目混珍"。唐李白李太白詩七鳴皋歌送岑徵君："蝘蜓嘲龍，魚目混珍。"

【魚目混珍】　yú mù hùn zhēn　見"魚目似珠"。

【魚米之鄉】　yú mǐ zhī xiāng　指水土腴美、物產豐盛、多出魚米的富庶之區。水滸三八："戴宗笑道：兄長，你不見滿江都是漁船，此間正是魚米之鄉，如何沒有鮮魚？"

【魚貫而進】　yú guàn ér jìn　如游魚之依次連貫而進。三國志魏鄧艾傳："艾以氈自裹，推轉而下；將士皆攀木緣崖，魚貫而進。"

【魚魚雅雅】　yú yú yǎ yǎ　整齊貌。雅，通"鴉"。魚行成貫，鴉飛成陣，故有此語。唐韓愈昌黎集一元和聖德詩："天兵四羅，旂常婀娜,駕龍十二,魚魚雅雅。"參閱**明楊慎升庵詩話**一魚魚雅雅。

【魚游沸鼎】 yú yóu fèi dǐng　見"魚游釜中"。

【魚游釜中】 yú yóu fǔ zhōng　比喻危亡在即。後漢書五六張皓傳附張綱:"遂復相聚偷生,若魚游釜中,喘息須臾間耳。"亦作"魚游沸鼎"。文選南朝梁丘希範(遲)與陳伯之書:"而將軍魚游於沸鼎之中,鷰巢於飛幕之上,不亦惑乎!"

【魚傳尺素】 yú chuán chǐ sù　指傳遞書信。玉臺新詠集一漢蔡邕飲馬長城窟行:"客從遠方來,遺我雙鯉魚,呼兒烹鯉魚,中有尺素書。"素,生絹。古人寫文章或書信,用長一尺左右的絹帛,稱爲尺素。此指書信。宋秦觀淮海詞踏莎行郴州旅舍:"驛寄梅花,魚傳尺素,砌成此恨無重數。"

【魚網鴻離】 yú wǎng hóng lí　詩邶風新臺:"魚網之設,鴻則離之。"箋:"設魚網者,宜得魚,鴻乃鳥也,反離焉。"離,通"罹",遭受之意。後以喻人受無妄之災。清蒲松齡聊齋志異胭脂:"越牆入人家,止期張有冠而李借;奪兵遺繡履,遂教魚脫網而鴻離。"

【魚質龍文】 yú zhì lóng wén　謂虛有其表。與"羊質虎皮"同義。抱朴子吳失:"夫魚質龍文,似是而非,遭水而喜,見獺即悲。"

【魚龍混雜】 yú lóng hùn zá　唐羅隱甲乙集四西塞山詩:"波闊魚龍應混雜,壁危猿狖正奸頑。"後以喻品質不一的人混雜在一起。元詩選三集方行東軒集送賈彥臨訓導霍兵:"天近君門嚴虎豹,地寬人海混魚龍。"

【魚龍漫衍】 yú lóng màn yǎn　漢書西域傳贊:"作巴俞都盧、海中碭極、漫衍魚龍、角抵之戲以觀視之。"注:"漫衍者,即張衡西京賦所云'巨獸百尋,是爲漫延'者也。魚龍者,爲舍利之獸,先戲於庭極,畢乃入殿前激水,化成比目魚,跳躍漱水,作霧障日,畢,化成黃龍八丈,出水敖戲於庭,炫燿日光。西京賦云'海鱗變而成龍',即爲此色也。"本指戲術之變幻。後亦以喻雜彩紛呈,變化多方。

【魚爛土崩】 yú làn tǔ bēng　喻因內亂而覆滅。前漢紀孝惠帝紀:"百姓一亂,則魚爛土崩莫之匡救。"唐駱賓王集九又破設蒙儉露布:"自辰踰午,魚爛土崩。"

【魯魚亥豕】 lǔ yú hài shǐ　誤以"魚"爲"魯",以"亥"爲"豕"。指文字形近而傳寫訛誤。呂氏春秋察傳:"子夏之晉,過衛,有讀史記者曰:'晉師三豕涉河'。子夏曰:'非也,是己亥也,夫己與三相近,豕與亥相似。'至于晉而問之,則曰晉師己亥涉河也。"清章學誠校讎通義一:"因取歷朝著錄,略其魯魚亥豕之細,而特以部次條別,疏通倫類,考其得失之故,而爲之校讎。"參見"魯魚"、"亥豕"。

【魯魚帝虎】 lǔ yú dì hǔ　指錯字。抱朴子遐覽:"故諺曰,書三寫,魚成魯,虛成虎。"唐馬總意林四引虛作"帝"。

【魯陽撝戈】 lǔ yáng huī gē　淮南子覽冥:"魯陽公與韓搆難,戰酣,日暮,援戈而撝之,日爲之反三舍。"後用作人力勝天之喻。

【魯殿靈光】 lǔ diàn líng guāng　靈光,宮殿名。漢景帝子魯恭王餘所建。故址在山東曲阜縣。漢中葉屢經戰亂,宮殿多毀,而靈光巋然獨存。見文選漢王文考(延壽)魯靈光殿賦序。後因稱碩果僅存之人或事物爲魯殿靈光、魯靈光。宋李曾伯可齋續藁後十挽尤端明詩之一:"典型周大雅,人物魯靈光。"陸游渭南文集二八跋蘭亭樂毅論并趙岐王帖:"今周器漢札雖不可復見,而修禊序、樂毅論如魯靈光巋然獨存。"

【鮮衣凶服】 xiān yī xiōng fú　鮮衣,華美的衣服;凶服,便於格鬥的裝束。漢書九十尹賞傳:"雜舉長安中輕薄少年惡子,無市籍商販作務,而鮮衣凶服被鎧扞持刀兵者,悉籍記之。"參閱清周壽昌漢書注校補五十。

【鮮車怒馬】 xiān chē nù mǎ　言服飾豪奢。後漢書四一第五倫傳:"蜀地肥饒,人吏富實,掾史家資多至千萬,皆鮮車怒馬,以財貨自達。"注:"怒馬,謂馬之肥壯,其氣憤怒也。"

【鰥寡孤獨】 guān guǎ gū dú　無依無靠的老弱人。孟子梁惠王下:"老而無妻曰鰥,老而無夫曰寡,老而無子曰獨,幼而無父曰孤,此四者,天下之窮民而無告者。」漢書八九黃霸傳:「鰥寡孤獨有死無以葬者,鄉部書言,霸具爲區處。」

【鱗次櫛比】 lín cì zhì bǐ　按順序排列。如魚鱗之相次、櫛齒之排比。明陳貞慧秋園雜佩蘭:「杖挑藤束,筐筥登市,纍纍不絕,每歲正二月之交,自長橋以至大街,鱗次櫛比,春光皆馥也。」

【鱗集仰流】 lín jí yǎng liú　如魚羣迎向上流,喻人心歸向。史記一一七司馬相如傳難蜀父老:「二方之君,鱗集仰流,願得受號者以億計。」漢書司馬相如傳注:「若魚鱗之相次而仰向承流也。」

【鱗雜米鹽】 lín zá mǐ yán　見「凌雜米鹽」。

鳥　　部

【鳥面鵠形】 niǎo miàn hú xíng　喻因飢困而瘦削不堪。資治通鑑一六三梁大寶元年:「時江南連年旱蝗,江、揚尤甚,百姓流亡,相與入山谷江湖,采草根木葉菱芡而食之,所在皆盡,死者蔽野。富室無食,皆鳥面鵠形。」

【鳥革翬飛】 niǎo gé huī fēi　喻宮室莊嚴華麗。詩小雅斯干:「如鳥斯革,如翬斯飛。」革,翼;翬,五采雉。言飛檐凌空,如鳥之張翼;丹青奇麗,如雉之振采。

【鳥集鱗萃】 niǎo jí lín cuì　形容衆集於一處。文選漢張平子(衡)西京賦:「瓌貨方至,鳥集鱗萃。」三國吳薛綜注:「奇寶有如鳥之集、鱗之萃也。」

【鳥盡弓藏】 niǎo jìn gōng cáng　鳥盡則弓無所用。喻功成而功臣被害。史記四一越王句踐世家范蠡遺大夫種書曰:「蜚鳥盡,良弓藏;狡兔死,走狗烹。」又九二淮陰侯傳:「狡兔死,良狗亨;高鳥盡,良弓藏;敵國破,謀臣亡。」宋劉克莊後村集四六讀韓信馬援傳:「病厭鳶飛鼓譟,晚悲鳥盡弓藏。」

【鳩形鵠面】 jiū xíng hú miàn　鳩形,謂腹部低陷,胸骨突起。鵠面,謂兩顴瘦削。形容久飢枯瘦之狀。清黃景仁兩當軒集十一尹六丈爲我作雲峰閣圖歌以爲贈詩:「弄君筆頭隨意之丹青,使我鳩形鵠面生光瑩。」參見「鳥面鵠形」。

【鳩佔鵲巢】 jiū zhàn què cháo　詩召南鵲巢:「維鵲有巢,維鳩居之。」謂鳩性拙,不善營巢,而居鵲所築之巢。後遂以鳩佔鵲巢指強佔他人家室。

【鳩集鳳池】 jiū jí fèng chí　喻以凡才而居高位。唐王及善才行庸猥,風神鈍濁,爲內史時,人號爲鳩集鳳池。見唐張鷟朝野僉載四。

【鳧趨雀躍】 fú qū què yuè　形容歡欣鼓舞。文苑英華八一唐梁涉長竿賦:「聞之者鳧趨雀躍,見之者足蹈手舞,非測日之表可儔,非凌雲之梯足數。」

【鳶飛魚躍】 yuān fēi yú yuè　謂萬物各得其所。詩大雅旱麓:「鳶飛戾天,魚躍于淵。」疏:「其上則鳶鳥得飛至於天以遊翔,其下則魚皆跳躍於淵中而喜樂,是道被飛潛,萬物得所,化之明察故也。」

【鳴琴而治】 míng qín ér zhì　呂氏春秋察賢:「宓子賤治單父,彈鳴琴,身不下堂而單父治。巫馬期以星出,以星入,日夜不居,以身親之而單父亦治。巫馬期問其故於宓子,宓子曰:『我之謂任人,子之謂任力。任力者故勞,任人者故逸。』」又見漢劉向說苑政理。舊亦用爲稱頌地方官政簡刑輕之辭。

【鳴鼓而攻】 míng gǔ ér gōng　謂公開聲討。論語先進:「季氏富於周公,而求也爲之聚斂而附益之。子曰:『非吾徒也,小

子鳴鼓而攻之可也。'」注:「鄭(玄)曰:小
子,門人也。鳴鼓,聲其罪以責之。」

【鳳毛麟角】 fèng máo lín jiǎo 鳳凰之
毛,麒麟之角。比喩少見難得的人才或事
物。南齊謝超宗,乃謝靈運孫,宋時爲新安
王母殷淑儀作誄,爲孝武帝所賞,曰:「超
宗殊有鳳毛,恐靈運復出。」見南齊書謝超
宗傳。北史文苑傳序:「及明皇御曆,文雅
大盛,學者如牛毛,成者如麟角。」明何良
俊四友齋叢說二三文:「康對山(海)之文,
天下慕向之如鳳毛麟角,後刻一集出,殊
不愜人意。」

【鳳生鳳兒】 fèng shēng fèng ér 明瞿
汝稷指月錄六南陽慧忠國師:「龍生龍子,
鳳生鳳兒。」後以喩不凡者之子孫亦恆不
凡。

【鳳泊鸞飄】 fèng bó luán piāo 比喩人
不如意,飄泊無定所。清黃景仁兩當軒集
十一失題詩:「神清骨冷何由俗,鳳泊鸞飄
信可哀。」龔自珍定盦文集補己亥雜詩之
二五五:「鳳泊鸞飄別有愁,二生花萼夢蘇
州。」

【鳳凰于飛】 fèng huáng yú fēi 凰,本
作「皇」。詩大雅卷阿:「鳳皇于飛,翽翽其
羽。」傳:「雄曰鳳,雌曰皇。」左傳莊二二
年:「初,懿氏卜妻敬仲。其妻占之曰:吉,
是謂鳳皇于飛,和鳴鏘鏘。」注:「雄雌俱
飛,相和而鳴鏘鏘然,猶敬仲夫妻相隨適
齊,有聲譽。」後以喩夫妻和諧。

【鳳凰在笯】 fèng huáng zài nú 鳳凰
在鳥籠中。比喩賢才被屈,難致其用。楚辭
屈原九章懷沙:「變白以爲黑兮,倒上以爲
下。鳳凰在笯兮,雞鶩翔舞。」

【鳳凰來儀】 fàng huáng lái yí 鳳凰獻
舞,容儀可觀。書益稷:「簫韶九成,鳳皇來
儀。」傳:「備樂九奏而致鳳皇,則餘鳥獸不
待九而率舞。」後以鳳凰來儀爲瑞應,指有
吉祥徵兆。樂府詩集三六三國魏文帝(曹
丕)秋胡行:「堯任舜禹,當復何爲?百獸率
舞,鳳皇來儀。」一說:舜作簫韶,其形制法
鳳凰之容儀。見漢應劭風俗通聲音簫。參
閱清孫星衍尚書今古文注疏二。

【鳳凰銜書】 fèng huáng xián shū 謂
帝王受命的瑞應。藝文類聚九九春秋元命

苞:「火離爲鳳皇,銜書遊文王之都,故武
王受鳳書之紀。」亦指帝王使者送達詔書。
漢焦延壽易林三泰之益:「鳳凰銜書,賜我
玄珪,封爲晉侯。」

【鳳翥龍蟠】 fèng zhù lóng pán 喩漢
字筆法的回旋多姿。晉書王羲之傳論:「觀
其點曳之工,裁成之妙,煙霏露結,狀若斷
而還連;鳳翥龍蟠,勢如斜而反直。」

【鳳翥鸞迴】 fèng zhù luán huí 喩筆勢
飛舞多姿。唐會要三五書法:「龍朔二年四
月,上自爲書與遼東諸將……(許)圉師見
而驚喜,私謂朝官曰:'圉師見古迹多矣。
……今見聖迹,兼絕二王,鳳翥鸞迴,實古
今聖書。'」

【鳳鳴朝陽】 fèng míng zhāo yáng 詩
大雅卷阿:「鳳皇鳴矣,于彼高岡。梧桐生
矣,于彼朝陽。」後因以鳳鳴朝陽喩賢才遇
時而起或希世之瑞。世說新語賞譽上:「張
華見褚陶,語陸平原(機)曰:'君兄弟龍躍
雲津,顧彥先(榮)鳳鳴朝陽,謂東南之寶
已盡,不意復見褚生。'」新唐書一○五韓
瑗傳:「自瑗與遂良相繼死,內外以言爲諱
將二十年。帝造奉天宮,御史李善感始上
疏極言。時人喜之,謂爲鳳鳴朝陽。」

【鳳靡鸞吪】 fèng mǐ luán é 禽經:「鳳
靡鸞吪,百鳥瘞之。」晉張華注:「鳳死曰
靡,鸞死曰吪。」後用爲哀輓之辭。

【鴉雀不聞】 yā què bù wén 形容寂
靜,一點聲響都沒有。紅樓夢六:「劉老老
聽見說奶奶下來了,又聽得那遠說擺飯,
漸漸的人纔散出去,半日鴉雀不聞。」

【鴉巢生鳳】 yā cháo shēng fèng 比喩
劣中出優。五燈會元三二琅邪覺禪師法
嗣:「僧問:如何是異類?端曰:鴉巢生
鳳。」元曲選楊文奎翠紅鄉兒女兩團圓四:
「我覷了這女艷姿。如此般蠢坌身子,矗槮
腰肢,卻生的這般俊秀的孩兒。敢則是鴉
窩裏出鳳凰,糞堆上產靈芝?」

【鴨行鵝步】 yā xíng é bù 見「鵝行鴨
步」。

【鴨步鵝行】 yā bù é xíng 形容步履蹣
跚。元曲選秦簡夫東堂老勸破家子弟二:
「我覷不的你悄寬也那褶下,肚疊胸高,鴨
步鵝行。」

【鴟目虎吻】 chī mù hǔ wěn 狠戾貌。

漢書九九中王莽傳：“莽所謂鴟目虎吻豺
狼之聲者也，故能食人，亦當爲人所食。”

【鴟視狼顧】　chī shì láng gù　若鴟狼視
物，形容狠而貪。晉書劉聰載記：“石勒鴟
視趙魏，曹嶷狼顧東齊。”舊五代史王建
傳：“或謂（陳）敬瑄曰：‘建，今之劇賊，鴟
視狼顧，專謀人國邑，儻其即至，公以何等
處？’”

【鴻飛冥冥】　hóng fēi míng míng　漢揚
雄法言問明：“治則見，亂則隱。鴻飛冥冥，
弋人何篡焉？”注：“君子潛神重玄之域，世
網不能制禦之。”鴻飛入於遠空，距遠形
微，矰繳不及，因以喻脫禍遠害。

【鴻毳沈舟】　hóng cuì chén zhōu　謂積
輕可以致重。北齊劉晝劉子愼隙：“鴻毳性
輕，積之沈舟；魯縞質薄，疊之折軸。以毳
縞之輕微，能敗舟車者，積多之所致也。”

【鴻鵠之志】　hóng hú zhī zhì　比喻有遠
大理想的人之志向。史記陳涉世家：“陳涉
太息曰：嗟乎！燕雀安知鴻鵠之志哉！”

【鵠面鳥形】　hú miàn niǎo xíng　形容
飢疲瘦削之狀。元王惲秋澗集九人奏行：
“扶羸載瘠總南逋，鵠面鳥形猶努力。”

【鵝行鴨步】　é xíng yā bù　形容步履蹣
跚。全唐詩八六九石抱忠始平謌詩：“一羣
縣尉驢驢驟，數箇參軍鵝鴨行。”水滸傳三
一：“衆人見轎夫走得快，便說道：‘你兩個
閒常在鎭上擡轎時，只是鵝行鴨步，如今
卻怎地這等走的快？’”亦作“鴨行鵝步”。
古今雜劇元秦簡夫東堂老勸破家子弟二：
“我覷不的褙寬也那褙下，則他那肚疊胸
高，鴨步鵝行。”

【鵝籠書生】　é lóng shū shēng　梁吳均
續齊諧記載陽羨許彥負鵝籠行路，遇一書
生以脚痛求寄籠中，與雙鵝並坐。至一樹
下，書生出，從口中吐出器具肴饌，與彥共
飲，并吐一女子共坐。書生醉臥，女子吐一
男子。女子臥，男子復吐一女子共酌。書生
欲覺，女子又吐錦帳遮掩書生，即入內共
眠。男子另吐一女子酌戲。後次第各呑所
吐。書生以銅盤一贈彥而去。情節乃據舊
雜譬喩經改頭換面而成。又見晉荀氏靈鬼
志，後人遂用爲幻中生幻，變化無常之典。

【鶉衣百結】　chún yī bǎi jié　鶉，鵪鶉，
其尾禿。弊衣襤褸，如鶉尾之似補綴而成，

故曰鶉衣百結。荀子大略：“子夏貧，衣若
縣鶉。”縣，同“懸”，連結補綴。宋趙蕃章泉
稿一大雪詩：“鶉衣百結不蔽膝，戀戀誰憐
范叔貧？”劉克莊後村集四七歲除即事詩
之二：“門外呵寒客，鶉衣百結懸。”

【鶉居鷇飲】　chún jū kòu yǐn　指自給自
足的原始生活。莊子天地“夫聖人鶉居而
鷇食”，後漢書四九王充等傳論“人乘鷇
飲”注引莊子作“鶉居而鷇飲”，注：“言鶉
鳥無常居，鷇飲不假物，並淳朴時也。”隋
書薛道衡傳高祖文皇帝頌：“至於人穴登
巢，鶉居鷇飲，不殊於羽族，取類於毛羣，
亦何貴於人靈，何用於心識？”

【鵲笑鳩舞】　què xiào jiū wǔ　漢焦延
壽易林六噬嗑之離：“鵲笑鳩舞，來遺我
酒；大喜在後，授吾龜紐。”後用爲喜慶之
辭。

【鵲巢知風】　què cháo zhī fēng　淮南
子繆稱：“鵲巢知風之所起。”注：“歲多風
則鵲作巢卑。”又人間：“夫鵲先識歲之多
風也，去高木而巢扶枝。大人過之則探鷇，
嬰兒過之則挑其卵，知備遠難而忘近患。”
言明於遠而昧於近。

【鵲巢鳩占】　què cháo jiū zhàn　亦作鵲
巢鳩居。比喻占據他人的居處或產業。詩
召南鵲巢：“維鵲有巢，維鳩居之。”傳：“屍
鳩不自爲巢，居鵲之成巢。”漢焦延壽易林
一豫之晉：“鵲巢柳樹，鳩奪其處。”

【鶯吟燕舞】　yīng yín yàn wǔ　鶯囀燕
飛，有如歌舞。形容春日生機勃發，風物移
人。宋姜夔白石道人歌曲二杏花天影：“金
陵路，鶯吟燕舞，算潮水知人最苦。”

【鶯啼燕語】　yīng tí yàn yǔ　嬌鳥和鳴，
形容春光大好。全唐詩二五〇皇甫冉春
思：“鶯啼燕語報新年，馬邑龍堆路幾千。”

【鶯儔燕侶】　yīng chóu yàn lǚ　比喻妻
子或情侶。以鶯燕指女子，舊時多用之。元
曲選關漢卿包待制智斬魯齋郎三：“休道
是東君去了花無主，你自有鶯儔燕侶。”

【鶯鶯燕燕】　yīng yīng yàn yàn　猶鶯
燕。以喻春光物候。唐杜牧樊川集四馬人
題贈詩：“綠樹鶯鶯語，平江燕燕飛。”宋朱
淑真斷腸詞謁金門：“好是風和日暖，輸與
鶯鶯燕燕。”

【鶴立雞羣】　hè lì jī qún　喻人之才德或儀表卓然出衆。世説新語容止：「有人語王戎曰：嵇延祖（紹）卓卓如野鶴之在雞羣。」紹，嵇康子。明畢萬三報恩嗔髦：「方才此老何等得意，……他道是鶴立雞羣，我道是鴉隨鷺陣。」

【鶴長鳧短】　hè cháng fú duǎn　莊子駢拇：「鳧脛雖短，續之則憂；鶴脛雖長，斷之則悲。」謂鶴長鳧短，宜順其自然，不可損益。後用爲各有短長，不可強求一律之意。金元好問遺山集九示懷祖詩：「狗盜雞鳴皆有用，鶴長鳧短果何如？」宋周紫芝竹坡詞三浪淘沙己未除夜：「紅炮一燈垂，應笑人衰，鶴長鳧短怨他誰。」

【鶴髮童顏】　hè fà tóng yán　髮白如鶴羽，面容紅潤如兒童。形容年老健康之狀。金元好問遺山先生新樂府五念奴嬌：「幕天席地，瑞臘香濃歌弗沸。白紵衣輕，鶴髮童顏照座明。」

【鶴髮雞皮】　hè fà jī pí　見「雞皮鶴髮」。

【鶴鳴九皋，聲聞于野】　hè míng jiǔ gāo, shēng wén yú yě　詩小雅鶴鳴：「鶴鳴于九皋，聲聞于野。」漢鄭玄箋謂九皋指深澤，鶴在其中鳴而聲聞于野，喻賢者雖隱居，人咸知之。後言隱士賢名昭著，多用此語。文選晉潘安仁（岳）爲賈謐作贈陸機詩：「鶴鳴九皋，猶載厥聲，況乃海隅，播名上京。」

【鶻入鴉羣】　gǔ rù yā qún　鶻爲猛禽，其入鴉羣，自易搏擊。比喻所當無敵。北史齊宗室傳：「上洛王思宗弟思好……本名思孝，天保五年討蠕蠕，文宣悦其驍勇，謂曰：『爾擊賊如鶻入鴉羣，宜思好事。』故改名焉。」全唐詩二四三韓翃寄哥舒僕射：「左盤右射紅塵中，鶻入鴉羣有誰敵？」

【鶻崙吞棗】　hú lún tūn zǎo　食棗不嚼即咽，不加辨味。譬喻對事不深思體會。同囫圇吞棗。宋朱熹朱文公集三九答許順之書：「今動不動便先説箇本末精粗無二致，正是鶻崙吞棗。」亦作「囫圇吞棗」。見該條。

【鷂子翻身】　yào zǐ fān shēn　武術、雜技的身段。謂身體懸空翻轉，輕捷如鷂之旋飛。明田汝成西湖遊覽志餘二十熙朝樂

事：「三月三日，俗傳爲北極佑聖真君生辰。……是日，觀中有雀竿之戲，其法，樹長竿於庭，高可三丈，一人攀緣而上，舞蹈其顚，盤旋上下，有鷂子翻身、金雞獨立、鍾馗抹額、玉兔搗藥之類。」

【鷗鷺忘機】　ōu lù wàng jī　北齊劉晝劉子黃帝：「海上之人有好漚鳥者，每旦之海上，從漚鳥游。漚鳥之至者，百住而不止。其父曰：吾聞漚鳥皆從汝游，汝取來，吾玩之。明日之海上，漚鳥舞而不下也。」後以指隱居自樂，不以世事爲懷。宋陸游渭南文集四九烏夜啼四：「鏡湖西畔秋千頃，鷗鷺共忘機。」

【鷸蚌相持】　yù bàng xiāng chí　戰國策燕二：「趙且伐燕，蘇代爲燕謂惠王曰：今者臣來，過易水，蚌方出曝，而鷸啄其肉，蚌合而拑其喙。鷸曰：『今日不雨，明日不雨，即有死蚌。』蚌亦謂鷸曰：『今日不出，明日不出，即有死鷸。』兩者不肯相舍，漁者得而並禽之。今趙且伐燕，燕趙久相支，以弊大衆，臣恐強秦之爲漁父也。」後因以喻雙方爭持不下而使第三者得利。元曲選缺名漢高皇濯足氣英布二：「權待他鷸蚌相持俱斃日，也等咱漁人含笑再中興。」明馮夢龍古今小説十：「大尹判幾條封皮，將一罈金子封了，放在自己轎前，落得受用。……這正叫做『鷸蚌相持，漁人得利』。」

【鷹視狼步】　yīng shì láng bù　形容人之外貌狠戾。漢趙曄吳越春秋句踐伐吳外傳范蠡遺文種書：「夫越王爲人，長頸鳥啄，鷹視狼步，可以共患難，而不可共處樂。」

【鷹揚虎視】　yīng yáng hǔ shì　鷹飛虎視。形容瞻視非常，所見廣遠。詩大雅大明：「維師尚父，時維鷹揚。」易頤卦：「顚頤吉，虎視眈眈，其欲逐逐，無咎。」文選三國魏應休璉（璩）與侍郎曹長思書：「王肅以宿德顯授，何曾以後進見拔，皆鷹揚虎視，有萬里之望。」

【鷹瞵鶚視】　yīng lín è shì　本指鷙鳥目光銳利。以喻勇士之威猛。文選晉左太沖（思）吳都賦：「鷹瞵鶚視，趮趯班輝若離若合者，相與騰躍乎莽罿之野。」

【鷹擊毛摯】　yīng jī máo zhì　鷹展翅撲

擊飛鳥。比喻爲政酷烈。史記一二二義縱傳：“是時趙禹張湯以深刻爲九卿矣，然其治尚寬，輔法而行，而縱以鷹擊毛摯爲治。”集解：“徐廣曰：鷟鳥將擊必張羽毛也。”

【鸚鵡學語】 yīng wǔ xué yǔ　景德傳燈錄二八藥山惟儼和尚：“有行者問：‘有人問佛答佛，問法答法，喚作一字法門，不知是否?’師曰：‘如鸚鵡學人語話，自話不得，由無智慧故。’”後以“鸚鵡學語”比喻人云亦云，別無新意。亦作“鸚鵡學舌”。

【鷟翔鳳集】 luán xiáng fèng jí　喻人才會集。藝文類聚二六晉傅咸申懷賦：“穆穆清禁，濟濟羣英。鷟翔鳳集，羽儀上京。”

【鷟翔鳳翥】 luán xiáng fèng zhù　喻書法筆勢如鷟鳳飛舉。唐韓愈昌黎集五石鼓歌：“鷟翔鳳翥衆仙下，珊瑚碧樹交枝柯。”

【鷟飄鳳泊】 luán piāo fèng bó　㈠比喻書法筆勢之妙。唐韓愈昌黎集三峋嶁山詩：“科斗拳身薤倒披，鷟飄鳳泊孥虎螭。”宋楊萬里誠齋集二十正月十二遊東坡白鶴峰故居詩：“獨遺無邪四個字，鷟飄鳳泊蟠銀鉤。”㈡比喻人之離散。清龔自珍定盦文集補懷人館詞金縷曲：“我又南行矣。笑今年鷟飄鳳泊，情懷何似？縱使文章驚海內，紙上蒼生而已。”

鹵　部

【鹵莽滅裂】 lǔ mǎng miè liè　莊子則陽：“君爲政焉勿鹵莽，治民焉勿滅裂。昔予爲禾，耕而鹵莽之，則其實亦鹵莽而報予；芸而滅裂之，其實亦滅裂而報予。”注：“鹵莽滅裂，輕脫末略，不盡其分。”釋文：“司馬（彪）云：鹵莽，猶鹵粗也。謂淺耕稀種也。滅裂，斷其草也。”後指輕率敗事。宋朱熹朱文公集十三辛丑延和奏劄三：“其有鹵莽滅裂徒爲煩擾去處，將來本司覺察得知，具名聞奏。”

【鹽香風色】 yán xiāng fēng sè　鹽本無香，風本無色。佛家以喻法本無有。成實論二：“世間事中，兔角、龜毛、蛇足、鹽香、風色等，是名無。”

鹿　部

【鹿死誰手】 lù sǐ shuí shǒu　鹿，喻帝位。喻共爭帝位，未知誰屬。晉書石勒載記下：“勒笑曰：‘……朕若逢高皇，當北面而事之，與韓彭競鞭而爭先耳。脫遇光武，當並驅於中原，未知鹿死誰手。’”按漢書四五蒯通傳“且秦失其鹿，天下共逐之”注：“張晏曰：以鹿喻帝位。”後也泛指在競賽中勝利誰屬。金趙秉文滏水文集十九答麻知幾書：“使足下一第後，試制策，試宏詞，當與（李）欽叔並馳爭先，未知鹿死誰手，豈可成敗論事者哉!”

【鹿死不擇音】 lù sǐ bù zé yīn　左傳文十七年：“古人有言曰：‘畏死畏尾，身有餘幾。’又曰：‘鹿死不擇音。’”注：“音，所休蔭之處。古字聲同皆相假借。”音，讀“蔭”。喻人至絕境，將無所不止，不暇選擇。

【麈頭鼠目】 zhāng tóu shǔ mù　舊時相術家稱頭削骨露者爲麈頭，眼凹睛圓者爲鼠目，均以爲寒賤庸劣之相。舊唐書一二六李揆傳：“初，揆秉政，侍中苗晉卿累薦元載爲重官。揆自恃門望，以載地寒，意甚輕易，不納，而謂晉卿曰：‘龍章鳳姿之士不見用，麈頭鼠目之子乃求官。’”麈，同“獐”。宋陸游劍南詩稿五夢入禪林有老宿方升座或云通悟禪師也：“塵埃車馬何憧憧，獐頭鼠目厭妄庸。”

【麈麇馬鹿】 zhāng jūn mǎ lù　喻驚惶失措。明田汝成西湖遊覽志餘二五委巷叢談：“(杭州)言人舉止倉皇者，曰麈麇馬鹿。蓋四物善駭，見人則跳趯自竄，故以爲喻。”

【麟子鳳雛】 lín zǐ fèng chú　喻貴族子孫。漢焦延壽易林二比之屯：“麟子鳳雛，生長家國。”也作“鳳雛麟子”。唐李咸用披沙集一輕薄怨詩：“鳳雛麟子皆至交，春風相逐垂楊橋。”

【麟角鳳毛】 lín jiǎo fèng máo　見“麟角鳳觜”。

【麟角鳳距】 lín jiǎo fèng jù　喻珍貴而不合實用之物。抱朴子自叙：“晚又學七尺杖術，可以入白刃，取大戟，然亦是不急之末學，知之譬如麟角鳳距，何必用之。”

【麟角鳳觜】 lín jiǎo fèng zuǐ　傳說西海中鳳麟洲，仙家煮麟角鳳喙爲膠，可以續斷弦折劍。見舊題漢東方朔海內十洲記。觜，通“嘴”，指鳥喙。後以麟角鳳觜喻希見之物。唐杜甫杜工部草堂詩箋十六病後遇王倚飲贈歌：“麟角鳳觜世莫識，煎膠續絃奇自見。”亦作“麟角鳳毛”。元王逢梧溪集四上奉寄兀顏子忠廉使詩：“君侯索是骨鯁臣，麟角鳳毛爲世珍。”

【麟鳳一毛】 lín fèng yī máo　比喻珍貴希見之物。唐張彥遠法書要錄四唐袞懷瓘書議：“麟鳳一毛，龜龍片甲，亦無所不錄。”

【麤心浮氣】 cū xīn fú qì　不細心，不沉着。宋陸九淵象山集二六祭呂伯恭文：“追惟曩昔，麤心浮氣，徒致多辰，豈足酬義。”麤，麤俗字，通作“粗”。清吳敬梓儒林外史三：“(周)學道變了臉道：‘……看你這樣務名而不務實，那正務自然荒廢，都是些粗心浮氣的説話，看不得了。’”

【麤枝大葉】 cū zhī dà yè　喻不細致認真。宋朱熹朱子語類七八尚書一：“書序恐不是孔安國做，漢文麤枝大葉，今書序細膩，只是六朝時文字。”又：“漢人文字也不喚做好，卻是麤枝大葉，書序細弱，只是魏晉人文字。”

【麤服亂頭】 cū fú luàn tóu　謂不修飾儀容。世説新語容止：“裴令公(楷)有儁容儀，脱冠冕，麤服亂頭皆好，時人以爲玉人。”明王世貞弇州山人四部稿一三二題祝希哲小簡：“書極潦草，中有結法，時時得佳字，豈晉人所謂裴叔則麤服亂頭亦自好耶？”此指不做作，顯見自然本色。

麥　部

【麥秀兩岐】 mài xiù liǎng qí　一麥雙穗。亦表示豐年。亦作“麥穗兩岐”。漢班固東觀漢記十五張堪：“爲漁陽太守，有惠政，開治稻田八千餘頃，教民種作，百姓殷富。童謡歌曰：‘桑無附枝，麥秀兩岐，張君爲政，樂不可支。’”宋史五行志二：“乾興元年五月，南劍州麥一本五穗，縣州麥秀兩岐。”

【麥秀黍離】 mài xiù shǔ lí　傳説箕子朝周，過殷故墟，感宮室毀壞，生禾黍，心傷之，因作麥秀之詩歌之，曰：“麥秀漸漸兮，禾黍油油兮，彼狡童兮，不與我好兮。”見史記宋微子世家。詩王風有黍離篇，序謂西周亡後，周大夫過故宗廟宮室，盡爲禾黍，彷徨不忍去，乃作此詩。後以"麥秀黍離"爲表示亡國之痛的典故。文選晉陸士衡（機）辯亡論下："夫然，故能保其社稷而固其土宇，麥秀無悲殷之思，黍離無愍周之感矣。"又向子期（秀）思舊賦："瞻曠野之蕭條兮，息余駕乎城隅……歎黍離之愍周兮，悲麥秀于殷墟。"

【麥飯豆羹】 mài fàn dòu gēng 指農家的粗菜飯。急就篇二："餅餌麥飯甘豆羹。"唐顏師古注："麥飯，磨麥合皮而炊之也；

甘豆羹以淘米泔和小豆煮之也；一曰以小豆爲羹，不以醯酢，其味純甘，故曰甘豆羹也。麥飯豆羹皆野人農夫之食耳。後漢劉秀（光武帝）聞王郎起，自薊東南馳至饒陽無蔞亭，天寒衆飢，馮異上豆粥。至南宮，異復進麥飯菟肩。見後漢書十七馮異傳。後以麥飯豆羹爲艱苦時進食之典，本此。

【麥穗兩岐】 mài·suì liǎng qí 見"麥秀兩岐"。

黃　　部

【黃口小兒】 huáng kǒu xiǎo ér 指幼兒，孺子。淮南子氾論："古之伐國，不殺黃口，不獲二毛，於古爲義，於今爲笑。"樂府詩集三七古辭東南行："共餔糜，上用滄浪天故，下爲用此黃口小兒。"

【黃公酒壚】 huáng gōng jiǔ lú 晉王戎曾與嵇康、阮籍酣飲於黃公酒壚。嵇阮既亡，戎再過此店，爲之傷感。後人遂用爲傷逝憶舊之詞。見世說新語傷逝。宋林逋林和靖集二秋日湖西晚歸舟中書事詩："水痕秋落蟹螯肥，閒過黃公酒舍歸。"黃庭堅山谷外集十寄陳適用詩："相期黃公壚，不異秦人炙。"

【黃卷青燈】 huáng juàn qīng dēng 喻書生攻讀生活。宋陸游劍南詩稿九客愁："蒼顏白髮入衰境，黃卷青燈空苦心。"中州樂府金完顏璹沁園春詞："壯歲耽書，黃卷青燈，留連寸陰。"

【黃花晚節】 huáng huā wǎn jié 黃花，謂菊花；晚節，謂傲霜而開。喻老而彌堅。宋胡仔苕溪漁隱叢話前集二七韓魏公引韓琦詩："不羞老圃秋容淡，且看黃花晚節香。"元詩選張伯淳養蒙先生集次韻完顏經歷："從教蒼狗浮雲過，留得黃花晚節香。"

【黃金鑄像】 huáng jīn zhù xiàng 春秋時，越既破吳，范蠡遂泛舟五湖，莫知所終。句踐以黃金鑄像而朝禮之。見國語越語、吳越春秋勾踐伐吳外傳。

【黃袍加身】 huáng páo jiā shēn 謂受擁戴而爲天子。黃袍，皇帝之服。五代周時，趙匡胤率軍師次陳橋，諸將以黃袍加其身，遂登帝位。建隆二年太祖謂歸德節度使石守信、義成節度使王審琦等曰："一旦以黃袍加汝之身，汝雖欲不爲，其可得乎？"因罷諸人軍職。見宋李燾續資治通鑑長編二建隆二年。

【黃雀伺蟬】 huáng què sì chán 喻欲得眼前之利而不顧後患。漢劉向說苑正諫："園中有樹，其上有蟬。蟬高居悲鳴飲露，不知螳螂在其後也。螳螂委身曲附欲取蟬，而不知黃雀在其傍也。黃雀延頸欲啄螳螂，而不知彈丸在其下也。"藝文類聚七七梁元帝荆州放生亭碑："譬如黃雀伺蟬，不知隨彈應至；青鸇逐兔，詎識杠鼎方前。"

【黃雀銜環】 huáng què xián huán 神話傳說黃雀報恩故事。漢楊寶年九歲，至華陰山，見一黃雀爲鴟梟所搏墜地。寶取歸，置巾箱中，飼以黃花。百餘日，毛羽成，乃飛去。其夜有黃衣童子向寶曰：吾西王母使者，蒙君拯救，實感仁恩。今贈白環四枚，令君子孫潔白，位登三公，一如此環。見南朝梁吳均續齊諧記。

【黃童白叟】　huáng tóng bái sǒu　黃口小兒與白髮老人。唐韓愈昌黎集一元和聖德詩:"卿士庶人,黃童白叟,踴躍歡呀,失喜噎歐。"

【黃粱一夢】　huáng liáng yī mèng　相傳盧生於邯鄲客舍中遇道者呂翁。生自歎窮困,翁乃授之枕,使入夢。生夢中歷盡富貴榮華。及醒,主人炊黃粱飯尚未熟。見文苑英華八三三唐沈既濟枕中記。後因以黃粱一夢喻富貴終歸虛幻或欲望破滅。宋郭印雲溪集十上鄭漕詩:"榮華路上黃粱夢,英俊叢中白髮翁。"元曲選范子安陳季卿誤上竹葉舟一:"我姓呂名岩,字洞賓,道號純陽子是也。因應舉不第,道經邯鄲,得遇正陽子師父點化。黃粱一夢,遂成仙道。"

【黃楊厄閏】　huáng yáng è rùn　舊說黃楊木遇閏年不長。因以黃楊厄閏喻人境遇困頓。宋蘇軾分類東坡詩二監洞霄宮俞康直郎中所居四詠退圃:"園中草木春無數,只有黃楊厄閏年。"自注:"俗說黃楊歲長一寸,遇閏退三寸。"又馮時行縉雲文集二和史濟川見贈詩:"向來共厄黃楊閏,別後相逢白髮年。"

【黃絹幼婦】　huáng juàn yòu fù　爲"絕妙"二字的隱語。世說新語捷悟:"魏武嘗過曹娥碑下,楊修從碑背上見題"黃絹幼婦外孫齏臼"八字。……修曰:黃絹,色絲也,於字爲絕;幼婦,少女也,於字爲妙;外孫,女子也,於字爲好;齏臼,受辛也,於字爲辭。所謂絕妙好辭也。"劉孝標注引異苑謂禰衡事。

【黃旗紫蓋】　huáng qí zǐ gài　古時迷信謂帝王應運而生的氣象。三國志吳孫皓傳"東觀令華覈等固爭,乃還"注引江表傳:"初丹楊刁玄使蜀,得司馬徽與劉廙論運命曆數事,玄詐增其文以誑國人曰:黃旗紫蓋見於東南,終有天下者,荊揚之君乎。"宋書符瑞志上:"漢世術士言,黃旗紫蓋見於斗牛之間,江東有天子氣。"亦作"紫蓋黃旗"。見該條。

【黃綿襖子】　huáng mián ǎo zǐ　指冬天的太陽。宋羅大經鶴林玉露一:"何斯舉(簡)云:壬寅正月,雨雪連旬,忽爾開霽。閭里翁媼相呼賀曰:黃綿襖子出矣。因作歌以紀之。"又見元周密齊東野語四曝日。省作"黃襖"。清王夫之薑齋文集二劉庶僩五十初度即同唐須竹詩:"但祝義和留萬轉,長被黃襖到三竿。"

【黃髮垂髫】　huáng fà chuí tiáo　指老人和兒童。老人髮白,白久則黃,因以黃髮爲高壽之相,亦指老人。古時兒童不束髮,頭髮下垂。髫,兒童下垂之髮。因稱童年或兒童爲垂髫。晉陶潛陶淵明集五桃花源記:"其中往來種作,男女衣着,悉如外人,黃髮垂髫,并怡然自樂。"

【黃鐘毀棄】　huáng zhōng huǐ qì　比喻賢才被棄,不得任用。楚辭屈原卜居:"黃鐘毀棄,瓦釜雷鳴,讒人高張,賢士無名。"舊注謂黃鐘,樂器,喻禮樂之士;瓦釜,喻庸下之人;雷鳴,爲驚衆之意。

【黃泥塘中洗彈子】　huáng ní táng zhōng xǐ dàn zǐ　宋時俗諺。喻拖泥帶水,難見光明。宋陳亮龍川集二十又癸卯通書(朱元晦):"震之九四,有所謂震遂泥者,處羣陰之中,雖有所震動,如俗諺所謂黃泥塘中洗彈子耳。豈有拖泥帶水,便能使其道光明乎?"

黍　部

【黍離麥秀】　shǔ lí mài xiù　見"麥秀黍離"。

【黎丘丈人】　lí qiū zhàng rén　古代寓言:黎丘有鬼,喜效人子弟之狀以惑人。一丈人醉遇此鬼效其子之狀於途,歸而詰其子,其子辯無其事。他日路遇其真子,誤爲

鬼,拔劍而殺之。見呂氏春秋疑似。喻假象
不可不辨,疑似之迹不可不察。

【黏皮帶骨】 nián pí dài gǔ 比喻拖沓。
宋黃庭堅山谷題跋八鍾離跋尾:"此來更
自知所作韻俗,下筆不瀏灑,如禪家'黏皮
帶骨'語。"明李東陽麓堂詩話:"唐人不言
詩法,詩法多出宋,⋯⋯其高者失之捕風
捉影,而卑者坐於黏皮帶骨,至於江西詩
派極矣。"

黑 部

【黑白分明】 hēi bái fēn míng 比喻是
非嚴明,處事公正。漢董仲舒春秋繁露六
保位權:"黑白分明,然後民知所去就。"亦
作"白黑分明"。漢書八三薛宣傳:"宣數言
政事便宜,舉奏部刺史郡國二千石,所貶
退稱進,白黑分明,繇是知名。"

【黔突暖席】 qián tū nuǎn xí 淮南子
脩務:"孔子無黔突,墨子無暖席。"注:"黔
言其突竈不至於黑,坐席不至於溫,歷行
諸國,汲汲於行道也。"暖,亦作"煖"。

【黔驢之技】 qián lǘ zhī jì 古黔地無
驢,有人載一驢至,放置山下。虎見其龐然
大物,懼不敢近。久之,稍近漸狎,驢怒而
踢之,虎喜曰:"技只此耳!"虎直前搏殺
驢,盡食其肉而去。見唐柳宗元柳先生集
十九三戒黔之驢。後因以喻技能拙劣,虛
有其表。宋李曾伯可齋雜藁十二代襄閫回
陳總領賀轉官:"秉鉞專征,實愧嚴尤之三
策;賜書增秩,已膺甘茂之十官。雖長蛇之
勢若粗雄,而黔驢之技已盡展。"

【點石成金】 diǎn shí chéng jīn 道家
有煉丹之術,謂丹成,可以點鐵石使成黃
金。用以喻修改文字,使生色而發異采。唐
貫休禪月集四擬君子有所思詩之二:"安
得龍猛筆,點石為黃金。"宋胡仔苕溪漁隱
叢話後集九孟浩然:"詩句以一字為工,自
然穎異不凡,如靈丹一粒,點石成金也。"

參見"點鐵成金"。

【點紙畫字】 diǎn zhǐ huà zì 元時於文
書或狀子上畫押的方式。既立書狀,只在
紙的正面作點為記,再於背面畫字,以作
憑信。亦稱"正點背畫"。元曲選李直夫便
宜行事虎頭牌三:"經歷云:'老完顏,着你
點紙畫字哩!'老千戶云:'經歷,我那裏省
得點紙畫字?'"事林廣記前集十家禮:"諸
婚娶兩家,並用點紙畫字,寫立合同文約,
明白具載往回聘禮。"

【點鐵成金】 diǎn tiě chéng jīn 古代煉
丹術,丹成可使點鐵石成黃金。景德傳燈
錄十八靈照禪師:"靈丹一粒,點鐵成金。
至理一言,點凡成聖。"後以喻修改文章,
化腐朽為神奇。宋黃庭堅豫章集十九答洪
駒父書:"古人能為文章者,真能陶冶萬
物,雖取古人之陳言入於翰墨,如靈丹一
粒,點鐵成金也。"反之則為"點金成鐵"。
清紐樹玉校刻說文繫傳跋:"顧(廣圻)本
為後人以解字本塗改,往往有點金成鐵之
慨。"

【黨同伐異】 dǎng tóng fá yì 與見解
同者相結以攻擊異己者。後漢書六七黨錮
傳序:"自武帝以來,崇尚儒學,懷經協術,
所在霧會,至有石渠分爭之論,黨同伐異
之說,守文之徒盛於時矣。"

黽　　部

【黿鳴鼈應】 yuán míng biē yìng　喻聲氣相通，互相感應。後漢書五九張衡傳應閒：“故樊噲披帷，入見高祖；高祖踞洗，以對酈生。當此之會，乃黿鳴而鼈應也。故能同心戮力，勤恤人隱，奄受區夏，遂定地位。”注：“焦贛易林曰：黿鳴岐野，鼈應於泉也。”

鼎　　部

【鼎鐺有耳】 dǐng chēng yǒu ěr　宋邵伯溫聞見前錄一：“御史中丞雷德驤劾奏（趙）普强占市人第宅，聚斂財賄。上（宋太祖）怒，叱之曰，‘鼎鐺尚有耳，汝不聞趙普吾之社稷臣乎？’”意謂鼎鐺器物，猶有兩耳，而雷德驤卻若無耳不聞，敢劾大臣。續資治通鑑長編九開寶元年載德驤爲屯田員外郎判大理寺。

鼓　　部

【鼓旗相當】 gǔ qí xiāng dāng　見“旗鼓相當”。

鼠　　部

【鼠牙雀角】 shǔ yá què jiǎo　詩召南行露：“誰謂雀無角，何以穿我屋？”又：“誰謂鼠無牙，何以穿我墉？"後因用"鼠牙雀角"比喻爭訟。

【鼠肝蟲臂】 shǔ gān chóng bì　比喻微末卑賤。莊子大宗師："偉哉造化，又將奚以汝爲？將奚以汝適？以汝爲鼠肝乎？以汝爲蟲臂乎？"宋陸游劍南詩稿三成都歲莫始微寒小酌遣興："鼠肝蟲臂元無擇，遇酒猶能罄一歡。"亦作"蟲臂鼠肝"。見該條。

【鼠腹蝸腸】 shǔ fù wō cháng　比喻狹小的氣量。西遊記七六："大聖啊！只説你是個寬洪海量之仙，誰知是個鼠腹蝸腸之輩。"亦作"鼠腹雞腸"。明蘭陵笑笑生金瓶梅三一："不是説這賊三寸貨強盜，那鼠腹雞腸的心兒，只好有三寸大一般。"今俗語多作"鼠肚雞腸"。

【鼠腹雞腸】 shǔ fù jī cháng　見"鼠腹蝸腸"。

【鼠竊狗偷】 shǔ qiè gǒu tōu　見"鼠竊狗盜"。

【鼠竊狗盜】 shǔ qiè gǒu dào　喻指小竊小盜。史記九九叔孫通傳："此特羣盜鼠竊狗盜耳，何足置之齒牙間。"亦作"鼠竊狗偷"。舊唐書五六蕭銑傳論："自隋朝維絕，宇縣瓜分，小則鼠竊狗偷，大則鯨吞虎據。"

【鼠口不出象牙】 shǔ kǒu bù chū xiàng yá　比喻卑鄙庸陋之人，説不出好話。抱朴子清鑒："卉茂者，土必沃；魚大者，水必廣。虎尾不附狸身，象牙不出鼠口。"今俗語多作"狗嘴何能吐象牙"。

鼻　部

【鼻息如雷】 bí xī rú léi　形容鼾聲甚大。唐韓愈昌黎集二一石鼎聯句詩序："道士倚牆睡，鼻息如雷鳴。"宋沈括夢溪筆談九人事一："車駕欲幸澶淵，中外之論不一，獨寇忠愍（準）贊成上意。乘輿方渡河，寇騎充斥至于城下，人情惻惻。上使人微覘準所爲，而準方酣寢於中書，鼻息如雷。"

齊　部

【齊大非耦】 qí dà fēi ǒu　左傳桓六年："齊侯欲以文姜妻鄭大子忽，大子忽辭。人間其故。大子曰：'人各有耦，齊大，非吾耦也。'"漢劉向説苑權謀作"偶"。舊時因以齊大非耦指男女締婚門第不相當。

【齊東野語】 qí dōng yě yǔ　齊國東鄙野人之語。孟子萬章上："此非君子之言，齊東野人之語也。"後稱不足信之言爲"齊東野語"。

【齊烟九點】 qí yān jiǔ diǎn　唐李賀歌詩編一夢天："遙望齊州九點烟，一泓海水杯中瀉。"齊州，指中國九州，言居最高之處，九州不過點烟杯水，一覽而入望。金元好問遺山集三范寬秦川圖詩："西山盤盤天與連，九點盡得齊川烟。"

齒 部

【齒亡舌存】 chǐ wáng shé cún 言物之剛者易亡,折而柔者常得存。喻以柔爲貴。漢劉向説苑敬慎:“常摐有疾,老子往問焉。……(常摐)張其口而示老子曰:‘吾舌存乎?’老子曰:‘然。’‘吾齒存乎?’老子曰:‘亡。’常摐曰:‘子知之乎?’老子曰:‘夫舌之存也,豈非以其柔耶?齒之亡也,豈非以其剛耶?’”

【齒牙餘論】 chǐ yá yú lùn 謂口頭隨意褒美之辭。南史謝朓傳:“朓好奬人才。會稽孔顗粗有才筆,未爲時知,孔珪嘗令草讓表以示朓。朓嗟吟良久,……謂珪曰:‘士子聲名未立,應共奬成,無惜齒牙餘論。’”

【齒白唇紅】 chǐ bái chún hóng 形容年少貌美。水滸二十:“這張文遠卻是宋江的同房押司,那廝喚作小張三,生得眉清目秀,齒白唇紅。”

【齒危髮秀】 chǐ wēi fà xiù 謂年高眉秀。文選南朝梁任彥昇(昉)王文憲集序:“至若齒危髮秀之老,含經味道之生。”注:“鄭玄禮記注曰:危,高也。然齒危謂高年也。髮秀猶秀眉也。”

【齒若編貝】 chǐ ruò biān bèi 牙齒如排列整齊的貝殼,光亮潔白。漢書六五東方朔傳:“臣朔年二十二,長九尺三寸,目若懸珠,齒若編貝……”

【齒豁頭童】 chǐ huō tóu tóng 見“頭童齒豁”。

龍 部

【龍山落帽】 lóng shān luò mào 晉孟嘉爲征西大將軍桓溫參軍。九月九日溫遊龍山,賓僚咸集,皆戎服。有風吹嘉帽落,初不覺。溫令孫盛作文以嘲之,嘉即時以答,四坐嗟服。見世説新語識鑒“武昌孟嘉”注引孟嘉別傳。宋辛棄疾稼軒詞念奴嬌重九席上:“龍山何處?記當年高會,重陽佳節。誰與老兵共一笑,落帽參軍華髮。”老兵,指桓溫。後以“龍山落帽”爲嘉賓宴集、談笑風生之典。

【龍生九子】 lóng shēng jiǔ zǐ 俗謂龍生九子,不成龍,各有所好之説。其名目一曰蒲牢,好鳴,爲鐘上鈕鼻;二曰囚牛,好音,爲胡琴頭刻獸;三曰睚眦,好殺,爲刀劍上吞口;四曰嘲風,好險,爲殿閣走獸;五曰狻猊,好坐,爲佛座騎獸;六曰霸下,好負重,爲碑碣石跌;七曰狴犴,好訟,爲獄尸首鎮壓;八曰贔屓,好文,爲碑兩旁蜿蜒;九曰蚩吻,好吞,爲殿脊獸頭。又説:一曰憲章,好囚,二曰饕餮,好水;三曰蟋蜴,好腥;四曰蟋蛇,好風雨;五曰螭虎,好文;六曰金猊,好烟;七曰椒圖,好閉口;八曰蚊多,號立險;九曰鰲魚,好呑火。見明楊慎升庵外集九五。後以“龍生九子”爲品類不齊、志趣各異之喻。參閱明陸容椒園雜記二、沈德符萬曆野獲編七龍子、謝肇淛五雜組九物部一。

【龍行虎步】 lóng xíng hǔ bù 喻帝王儀態威武。宋書武帝紀上：「或説（桓）玄曰：『劉裕龍行虎步，視瞻不凡，恐必不爲人下，宜蚤爲其所。』」

【龍肝豹胎】 lóng gān bào tāi 指珍饈美味。晉書潘尼傳乘輿箴：「糟丘酒池，象箸玉杯，厥肴伊何？龍肝豹胎。」

【龍肝鳳髓】 lóng gān fèng suǐ 猶「龍肝豹胎」。三國演義三六：「玄德曰：備聞公將去，如失左右手，雖龍肝鳳髓，亦不甘味。」

【龍吟虎嘯】 lóng yín hǔ xiào 龍虎吟嘯。易乾文言「雲從龍，風從虎」唐孔穎達疏：「龍吟則景雲出，……虎嘯則谷風生。」後因以「龍吟虎嘯」形容人吟嘯聲音高亮。文選漢張平子（衡）歸田賦：「爾乃龍吟方澤，虎嘯山丘。」注：「言己從容吟嘯，類乎龍虎。」宋黃庭堅山谷詩注外集十七送昌上座歸成都詩：「昭覺堂中有道人，龍吟嘯隨風雲。」

【龍爭虎鬬】 lóng zhēng hǔ dòu 比喻激烈戰爭或比武競技。文選漢班孟堅（固）答賓戲：「於是七雄虩鬬，分裂諸夏，龍戰虎爭。」元曲選馬致遠破幽夢孤雁漢宮秋二：「文武每，我不信你敢差排呂太后，枉以後龍爭虎鬬，都是俺鸞交鳳友。」

【龍飛鳳舞】 lóng fēi fèng wǔ 形容山川形勝或筆姿之壯偉奔放。宋蘇軾經進東坡文集事略五五錢氏表忠觀碑銘：「天目之山，苕水出焉，龍飛鳳舞，萃于臨安。」

【龍馬精神】 lóng mǎ jīng shén 如傳説中龍馬之神駿。多以稱讚老年人之精神健旺。全唐詩五九〇李郢上裴晉公詩：「四朝憂國鬢如絲，龍馬精神海鶴姿。」

【龍章鳳姿】 lóng zhāng fèng zī 龍鳳的文采、姿態。㊀形容神采非凡。世説新語容止「嵇康長七尺八寸」注引康別傳：「康長七尺八寸，偉容色，土木形骸，不自飾厲，而龍章鳳姿，天質自然。」宋蘇軾分類東坡詩三張安道樂全堂：「我公天與英雄表，龍章鳳姿照魚鳥。」㊁舊謂出身高貴。新唐書一五〇李揆傳：「苗晉卿數薦元

載，揆輕載地寒，謂晉卿曰：『龍章鳳姿士不見用，麞頭鼠目子乃求官邪？』」

【龍蛇飛動】 lóng shé fēi dòng 形容書法之瀟洒蒼勁。宋蘇軾東坡詞西江月平山堂：「三過平山堂下，半生彈指聲中，十年不見老仙翁，壁上龍蛇飛動。」

【龍跳虎臥】 lóng tiào hǔ wò 喻書法遒勁，筆勢奔放。唐張彥遠法書要錄二南朝梁袁昂古今書評：「蕭思話書，走墨連綿，字勢屈强，若龍跳天門，虎臥鳳閣。」太平御覽七四八引作「龍跳淵明，虎臥鳳闕」。

【龍潭虎窟】 lóng tán hǔ kū 形容十分凶險的地方。元曲選缺名昊天塔孟良盜骨三：「不甫能撞開了天關地戶，跳出這龍潭虎窟。」水滸五八：「你便是……火首金剛，難脱龍潭虎窟。」俗多言「龍潭虎穴」。

【龍盤鳳逸】 lóng pán fèng yì 比喻才能非常而未爲知。唐李白李太白集二六與韓荊州書：「一登龍門，則聲譽十倍，所以龍盤鳳逸之士，皆欲收名定價於君侯。」

【龍頭蛇尾】 lóng tóu shé wěi 喻事物始盛終衰，或有始無終。景德傳燈錄十二景通禪師：「僧提起坐具，師云：龍頭蛇尾。」朱子語類一三〇自熙寧至靖康用人：「東坡（蘇軾）天資高明，其議論文詞，自有人不到處。……如作歐公文集序，先説得許多天來底大，怎地好了，到結束處，卻只如此，蓋不止龍頭蛇尾矣。」清翟灝謂俗云「虎頭蛇尾」，惟見康進之曲。據其義，則當以龍爲是。見通俗編二九龍頭蛇尾。

【龍戰虎爭】 lóng zhàn hǔ zhēng 見「龍爭虎鬬」。

【龍蟠虎踞】 lóng pán hǔ jù 形容地形雄壯險要。相傳漢末劉備使諸葛亮至金陵，謂孫權曰：「秣陵地形，鍾山龍蟠，石城虎踞，此帝王之宅。」蟠或作「盤」。見晉張勃吳錄（太平御覽一五六）、景定建康志十七山阜。唐李白李太白詩八永王東巡歌之四：「龍盤虎踞帝王州，帝子金陵訪古丘。」亦作「虎踞龍盤」。見該條。

【龍躍鳳鳴】 lóng yuè fèng míng 比喻舉止不凡，才華過人。世説新語賞譽：「張華見褚陶，語陸平原曰：『君兄弟龍躍雲

津,顧彦先鳳鳴朝陽,謂東南之寶已盡,不意復見褚生。'陸曰:'公未覩不鳴不躍者耳。'"

【龍驤虎步】 lóng xiāng hǔ bù 形容人昂首闊步氣勢威武。龍驤,龍馬高揚其首。三國志魏陳琳傳:"琳諫(何)進曰:'……今將軍總皇威,握兵要,龍驤虎步,高下在心;以此行事,無異于鼓洪爐以燎毛髮。'"晉嵇康嵇中散集三卜疑集:"將如毛公藺生之龍驤虎步,慕爲壯士乎?"

【龍驤虎視】 lóng xiāng hǔ shì 謂志氣高遠,顧盼自雄。文選漢潘元茂(勗)册魏公九錫文:"君龍驤虎視,旁眺八維。挬討逆節,折衝四海。"唐歐陽詹歐陽行周集三送張驃騎邠寧行營:"寶馬雕弓金僕姑,龍驤虎視出皇都。"

【龍頭屬老成】 lóng tóu shǔ lǎo chéng 宋梁顥及第謝恩詩有"也知年少登科好,爭奈龍頭屬老成"之句。見清翟灝通俗編五龍頭屬老成引遯齋閒覽。後稱年長者獲科舉考試第一,多用此語。

【龍生龍,鳳生鳳】 lóng shēng lóng, fèng shēng fèng 比喻物各有類,世代相承,難於變更。漢王充論衡講瑞:"或曰鳳皇、騏驎,生有種類,若龜龍有種類矣,龜故生龜,龍故生龍,形色小大,不異於前者也。"清翟灝謂傳燈錄有"龍生龍子,鳳生鳳兒"語。見通俗編二十九龍生龍鳳生鳳。俗言人之門第、家長對子孫之影響,多用此語。

【龍居淺水遭蝦戲,虎落平陽被犬欺】 lóng jū qiǎn shuǐ zāo xiā xì, hǔ luò píng yáng bèi quǎn qī 語見清梁同書直語補證引俗諺。龍居大海,虎處山林,始能逞其威勢,失所憑依,遂爲蝦犬所欺。比喻權貴失勢,見凌於小人。

【龐眉白髮】 páng méi bái fà 見"龐眉皓首"。

【龐眉皓首】 páng méi hào shǒu 花白的眉髮。年老貌。龐,也作"厖"、"尨"。唐杜甫杜工部草堂詩箋八戲爲韋偃雙松圖歌:"松根胡僧憩寂寞,龐眉皓首無住著。"亦作"龐眉白髮"。明馮夢龍醒世恆言十八:"到巳牌時分,偶然走至外邊,忽見一個老兒龐眉白髮,年約六十已外……"

龜　　部

【龜文鳥跡】 guī wén niǎo jì 指古象形文字。唐張彦遠法書要錄七張懷瓘書斷:"頡首四目,通於神明,仰觀奎星圓曲之勢,俯察龜文鳥跡之象,博采衆美,合而爲字,是曰古文。"

【龜毛兔角】 guī máo tù jiǎo 喻有其名而無其實。楞嚴經一:"世間虛空,水陸飛行,諸所物象,名爲一切,汝不著者,爲在爲無,無則同於龜毛兔角,云何不著?"宋蘇轍欒城集十二答孔平仲之二:"龜毛兔角號空虛,既被無收豈是無,自有真無遍諸有,燈光何礙也嫌渠。"

【龜齡鶴算】 guī líng hè suàn 喻人之長壽。文選晉郭景純(璞)遊仙詩:"借問蜉蝣輩,寧知龜鶴年。"宋侯寘嬾窟詞水調歌頭爲鄭子禮提刑壽:"坐享龜齡鶴算,穩佩金魚玉帶,常近赭黃袍。"

索引

四角號碼索引

0		0021₇		0033₂		袞	416	0433₁	
		盧	170	烹	305	裹	416	熟	310
		0022₃		0033₆		褒	417	0460₀	
		齊	512	意	196	襃	417	計	422
0010₄		0022₇		0040₀		0080₀		0461₄	
主	29	席	166	文	238	六	61	謹	425
童	362	庸	170	0040₃		0090₄		0462₇	
0010₈		方	242	率	322	棄	272	誇	423
立	362	旁	243	0040₄		0121₁		0464₁	
0011₄		育	387	妄	132	龍	513	詩	423
瘞	334	高	496	0040₆		0124₇		0465₄	
0012₇		鷹	505	章	362	敲	237	譁	426
病	332	0023₁		0040₈		0128₆		0465₆	
疴	333	應	200	交	35	顏	483	諱	425
痛	333	0023₂		0041₄		0162₀		0466₀	
0013₄		豪	428	離	471	訶	422	諸	424
疾	333	0023₇		0044₁		0242₂		0466₁	
0014₄		庚	169	辯	438	彰	177	詰	423
瘻	334	廉	170	0050₃		0260₀		0468₆	
0014₆		0024₆		牽	317	剖	73	讀	426
瘴	334	摩	507	0060₁		0261₄		0562₇	
0014₇		0024₇		盲	344	託	422	請	424
疲	333	夜	120	言	421	0261₈		0564₇	
0018₁		度	169	0063₂		證	426	講	425
癡	334	廢	170	讓	426	0280₀		0569₀	
0021₁		0025₂		0071₀		刻	70	誅	423
廑	478	摩	230	亡	35	0292₁		0612₇	
麃	506	0026₁		0071₄		新	241	竭	363
蠱	507	磨	352	雍	469	0363₂		0664₇	
龐	515	0028₆		0071₇		詠	422	護	426
0021₃		廣	170	甕	327	0365₀		0691₀	
充	55	0033₀		0073₂		誠	423	親	420
0021₄		亦	35	哀	102	識	426	0710₄	
塵	117	0033₁		玄	322	0391₄		望	261
		忘	186	衣	414	就	156	0742₇	

郊	445
鶉	504
0761₀	
諷	425
0761₂	
詭	423
0762₀	
詢	423
調	425
0763₂	
認	423
0764₇	
設	422
0766₂	
詔	423
0788₂	
敷	277
0823₂	
旅	244
0823₃	
於	243
0824₀	
放	234
0828₁	
旋	244
旗	244
0861₆	
說	423
0862₇	
論	425
0863₇	
謙	425
0865₇	
誨	424
0925₉	

麟 507	爾 313	醉 447	研 351	1413_1	聊 382
0968_9	雨 427	1071_6	1166_3	聽 383	1712_7
談 424	霧 474	電 474	礄 353	1422_7	弱 173
1	1023_0	1071_7	1168_6	殤 282	瑯 325
	下 19	瓦 326	碩 352	1426_0	1713_6
1000_0	1023_2	黿 511	1171_1	豬 428	盍 410
一 1	豕 427	1073_1	琵 324	1461_7	1714_0
1010_0	震 474	雲 473	1210_8	磕 352	取 90
二 32	1024_7	1090_0	登 334	1464_7	1714_7
工 162	夏 119	不 20	1213_4	破 351	瑕 325
1010_1	疊 200	1111_0	璞 325	1468_1	瓊 325
三 16	覆 417	北 77	1220_0	礎 353	1717_2
正 279	1033_1	1111_1	刔 69	1519_0	瑤 325
1010_3	惡 195	玩 323	引 172	珠 323	1720_2
玉 322	1040_0	非 477	1223_0	1519_4	予 31
1010_4	干 167	1111_4	水 287	臻 393	1720_7
至 392	耳 381	班 323	1224_7	1523_0	了 31
1010_7	1040_4	1111_7	發 335	1523_6	弓 172
五 33	要 417	琥 325	1240_1	殃 281	1722_0
亞 34	1040_9	1112_7	延 171	1529_0	刀 68
孟 340	平 167	巧 162	1241_0	殊 281	弸 176
盂 341	1041_0	1113_6	孔 137	1610_4	1722_7
1010_8	无 244	蜇 410	1241_3	聖 382	務 75
豆 426	1043_0	1118_6	飛 486	1611_0	鶩 505
1011_3	天 124	項 481	1242_2	現 324	1723_2
疏 332	1044_1	頭 481	形 177	1611_3	承 212
1016_1	弄 171	1120_7	1243_0	瑰 325	聚 382
露 474	1044_7	琴 324	孤 138	1611_4	豫 428
1016_4	再 63	1121_6	1249_3	理 324	1733_2
露 475	1050_3	彊 176	孫 139	1613_2	忍 187
1017_7	戛 204	1122_7	1264_0	環 325	1734_6
雪 473	1050_6	背 385	砥 352	1625_6	尋 152
1020_0	更 256	1123_2	1273_2	彈 176	1740_7
丁 15	1060_0	張 174	裂 416	殫 282	子 137
1021_0	百 338	1128_6	1315_0	1661_0	1740_8
兀 55	石 351	頂 480	戲 204	靦 479	翠 378
1021_1	西 417	預 481	1323_6	1661_3	1742_7
元 55	面 478	頑 481	強 175	魂 352	勇 75
1021_2	1060_3	1133_1	1325_0	1668_1	1750_1
死 280	雷 474	悲 196	戮 205	醒 447	羣 378
1022_3	1060_9	1142_7	1325_3	1710_7	1752_7
霽 475	否 98	孺 140	殘 282	盈 341	帬 173
1022_7	1062_0	1162_7	1412_7	1712_0	1760_2
兩 59	可 93	礦 353	功 74	刁 68	習 378
	1064_8	1164_0	勁 75		1762_0

司	93	依	47	2090_1		2125_3		片	314	2272_1	
酌	447	2024_0		乘	30	歲	280	2210_0		斷	241
1768_2		俯	49	2090_4		2126_0		剝	73	2277_0	
歌	278	2024_1		禾	356	個	52	2210_8		山	159
1771_7		辭	438	采	447	2128_1		豈	427	凶	66
己	165	2024_7		集	469	徙	178	豐	427	2277_2	
1790_4		愛	198	2090_7		2128_6		2213_6		出	66
柔	270	2025_2		秉	356	傾	53	蠻	412	2290_0	
1791_0		舜	396	2108_6		價	54	2220_0		利	70
飄	486	2026_1		順	481	須	481	俐	49	剩	73
1813_7		信	48	2110_0		2133_1		倒	50	2290_1	
玲	323	2033_1		上	20	熊	310	劇	73	崇	161
1814_0		焦	309	止	278	2140_6		2221_0		2290_4	
攻	234	2033_9		2110_4		卓	85	亂	31	巢	162
敢	236	悉	193	街	413	2143_5		2221_4		樂	275
1822_7		2040_0		衝	414	衡	414	任	45	2291_4	
矜	349	千	80	2110_9		2160_0		2222_1		種	358
1844_0		2040_4		衘	455	鹵	506	鼎	511	2292_2	
孜	138	委	135	2111_0		2160_2		2223_4		彩	177
1874_0		2040_7		此	279	皆	339	嶽	161	2293_2	
改	234	受	91	2116_0		2171_0		2224_0		崧	161
1918_6		季	139	黏	510	比	284	低	46	2293_7	
璥	325	隻	468	2120_1		2172_7		2224_1		穩	359
		雙	471	步	279	師	166	岸	161	2294_0	
2		2041_4		2121_0		2173_2		2224_7		祇	357
		雞	470	仁	40	衙	413	後	178	紙	368
2010_4		2041_7		2121_1		2177_2		變	426	2294_7	
垂	115	航	396	能	385	齒	513	2224_8		稱	358
重	448	2043_0		2121_4		2190_3		巖	161	緩	372
2013_2		夭	130	偃	51	紫	369	2226_4		2299_3	
黍	509	2050_0		2121_6		2190_4		循	181	絲	371
2021_2		手	206	僵	54	柴	271	2227_0		2300_0	
魃	500	2050_7		2121_7		2191_0		仙	43	卜	87
2021_7		爭	312	虎	407	紅	367	2229_3		2302_7	
秃	356	2060_3		虛	408	2191_1		係	49	牖	314
2021_8		吞	98	2122_1		經	371	2232_7		2320_0	
位	45	2060_4		行	413	2194_0		鸞	506	外	119
2022_1		看	346	2122_7		紆	367	2251_0		2320_2	
停	51	舌	395	肯	384	2194_6		牝	316	參	89
2022_7		2060_9		2124_1		緶	371	2260_0		2321_0	
傍	53	香	492	處	408	2194_9		刮	71	允	55
備	53	2071_4		2124_6		秤	357	2264_0		2323_4	
爲	312	毛	285	便	49	2200_0		舐	396	伏	44
秀	356	2073_1		2124_7		川	161	2271_0		俟	49
2023_2		丢	30	優	54	2202_7		崑	161	獻	321

2324₂		2454₁		粵	366	2713₂		2730₃		2780₀	
傳	53	特	317	2621₀		黎	509	冬	64	久	29
2325₀		2460₁		貌	428	2713₆		2732₇		2780₆	
伐	44	告	100	2621₃		蟹	412	烏	305	負	429
伜	48	2467₀		鬼	500	2720₀		鳥	502	2780₉	
2333₃		甜	327	2622₁		夕	119	2733₁		炙	304
然	309	2492₁		鼻	512	2720₇		怨	189	2790₄	
2355₀		綺	372	2623₂		多	119	2733₆		榮	274
我	204	2492₇		假	52	2721₂		魚	500	2791₇	
2396₁		納	368	泉	293	偤	48	2733₇		絕	370
縮	373	緗	371	2624₀		危	87	急	189	繩	374
2399₁		2495₆		倖	51	2721₆		2740₀		2792₀	
綜	372	緯	372	2624₁		俛	49	身	435	約	367
2412₇		2496₁		得	179	2721₇		2741₃		綱	372
動	75	結	369	2626₀		鼂	502	兔	57	稠	358
2420₀		2500₀		倡	51	2722₀		2744₀		網	372
付	43	牛	315	2629₄		仰	44	舟	396	2792₂	
射	151	2503₀		保	49	向	98	2748₁		繆	373
豺	428	失	130	2633₀		豹	428	疑	332	2792₇	
2421₀		2510₀		息	192	2722₂		2750₂		移	357
壯	118	生	328	2633₂		修	49	犛	317	2793₂	
2421₁		2520₀		鰈	501	2722₇		2752₀		綠	372
佐	45	仗	43	2640₀		鄉	446	物	316	緣	373
先	56	2520₆		卑	85	2723₂		2752₇		2793₃	
2421₄		使	48	阜	339	槳	302	鵝	504	終	368
佳	47	2522₇		2643₀		象	428	2760₀		2793₄	
2422₁		佛	45	吳	98	2723₄		名	96	縫	373
倚	50	2529₀		2690₀		侯	49	2760₁		2820₀	
2423₁		侏	48	和	102	2724₀		響	480	似	44
德	181	2590₀		2691₄		將	151	2760₃		2821₁	
2424₇		朱	265	程	358	2724₇		魯	501	作	45
彼	178	2590₄		2693₀		假	52	2760₄		2822₁	
2426₀		桀	271	總	373	殷	282	各	97	偷	52
貓	428	2592₇		2694₁		2725₂		2762₀		2822₇	
2426₁		繡	374	釋	447	解	420	的	339	傷	54
佶	48	2598₆		2694₇		2725₇		翻	379	2823₇	
借	50	積	358	稷	358	伊	44	2762₇		伶	45
牆	314	2600₀		2710₀		2726₂		鴿	504	2824₀	
2429₀		白	336	血	412	貂	428	2771₂		微	181
休	43	自	390	2710₇		2728₁		包	77	做	51
牀	313	2610₄		盤	342	俱	51	2771₇		徹	181
2440₀		皇	339	2711₇		2729₂		色	397	2825₁	
升	84	2620₀		龜	515	你	45	2772₇		祥	178
2451₀		伯	46	2712₇		2729₄		島	161	2825₃	
牡	316	2620₇		歸	280	條	271	鵠	505	儀	54

2826₈		3012₇		3050₂		3112₀		3230₆		3414₇	
俗	49	滴	301	寧	228	河	292	遁	444	凌	65
2828₁		3013₂		牢	316	3114₀		3260₀		波	293
從	180	滾	301	3051₆		汗	290	割	73	3416₀	
2833₄		濠	303	窺	362	汙	290	3290₄		沽	292
悠	193	3020₁		3060₁		3116₀		業	274	3416₁	
懲	201	寧	147	害	144	沾	293	3300₀		浩	296
2835₁		3021₁		3060₆		酒	446	心	182	3418₁	
鮮	501	完	142	宮	146	3116₁		3313₂		洪	294
2840₁		寵	149	富	147	潛	302	浪	296	3419₀	
聲	383	3021₃		3060₈		3119₆		3314₁		沐	291
2854₀		寬	149	容	146	源	300	滓	300	3421₀	
牧	316	3022₇		3062₁		3126₆		3314₂		社	353
2870₀		宵	145	寄	146	福	354	溥	300	3423₁	
以	40	寡	147	3071₁		3128₆		3315₀		祛	415
2874₀		扇	206	它	140	顧	483	減	299	3424₇	
收	233	房	206	3071₇		3130₁		減	300	被	415
2892₇		窮	360	鼠	362	遷	444	3315₃		3430₃	
紛	368	3023₂		3073₂		3130₃		淺	299	遠	444
2896₆		家	144	良	397	逐	440	3316₀		3430₆	
繪	374	3024₁		3077₂		3130₄		冶	65	造	441
2898₁		穿	360	密	146	返	439	3322₇		3440₄	
縱	373	3024₇		3077₇		3200₀		補	416	婆	136
2933₈		寢	148	官	143	州	161	3330₉		3510₆	
愁	199	3027₇		3080₁		3210₀		述	439	沖	291
?935₉		戶	206	塞	434	淵	300	3390₄		3512₇	
鱗	502	3030₁		3080₂		3212₁		梁	271	沸	293
2998₀		進	441	穴	359	漸	301	3400₀		清	299
秋	356	3030₃		3080₆		3213₀		斗	240	3513₀	
		寒	146	寅	146	冰	64	3410₀		決	291
3		3030₄		實	148	3213₃		對	153	3516₀	
		避	445	賓	430	添	299	3411₁		油	293
3010₁		3030₇		3090₁		3214₁		洗	294	3520₆	
空	359	之	29	察	148	涎	296	澆	302	神	353
3010₄		3032₇		3090₄		3214₇		3411₂		3521₈	
塞	116	寫	149	宋	142	浮	296	沈	291	禮	355
室	143	3034₂		3092₇		濮	303	3412₇		3526₀	
3011₃		守	141	竊	362	3216₄		滿	301	袖	416
流	295	3040₁		3094₇		活	295	滯	301	3530₀	
3011₄		宰	143	寂	146	3220₀		3413₂		連	440
淮	299	3040₄		3111₀		剄	73	漆	302	3530₆	
3011₇		安	141	江	290	3230₁		3413₈		遭	444
沆	291	宴	146	3111₁		逃	440	浹	296	3530₈	
3012₃		3040₇		沅	291	3230₂		3414₀		遺	444
濟	303	字	137	瀝	303	近	438	汝	291	3611₇	

溫	300	湄	299	冥	64	4003₀		志	187	木	264

字	頁	字	頁	字	頁	編號/字	頁	字	頁	字	頁
溫	300	湄	299	冥	64	4003₀		志	187	木	264
3612₇		3718₁		3780₆		大	121	赤	431	4090₈	
渴	300	凝	65	資	430	太	129			來	47
濁	303	3718₂		3812₇		4008₉		奪	131	4091₄	
3613₃		漱	301	渝	299	灰	304	4040₀		椎	273
濕	303	3719₄		3813₇		4010₀		女	132	4092₇	
3614₇		滌	302	冷	65	土	112	4040₇		槁	274
漫	302	深	298	3814₀		士	118	幸	169	4093₁	
3619₄		3721₂		激	303	4010₄		4040₇		樵	276
澡	303	袍	416	3814₇		臺	392	李	266	4099₄	
3621₀		3721₄		游	299	4010₇		4042₇		森	272
祖	416	冠	63	3815₁		壺	118	夯	130	4108₆	
視	419	3722₀		洋	294	直	344	妨	135	煩	482
3630₀		初	70	3815₇		4010₈		4044₄		4121₄	
迴	439	3722₇		海	297	壹	118	奔	131	狂	318
3630₂		禍	354	3816₇		4011₄		姦	136	4122₇	
遏	443	3723₂		滄	300	堆	116	4050₆		獢	321
遇	443	冢	63	3825₁		4020₀		韋	480	4144₀	
3710₇		3726₇		祥	354	才	208	4051₄		奸	132
盜	341	裙	417	3830₃		4020₇		難	472	妍	135
3710₉		3730₁		送	439	麥	507	4060₀		4154₆	
鑿	459	迅	438	3830₄		4021₀		古	92	鞭	479
3711₁		3730₂		遊	442	堯	116	4060₁		4188₆	
泥	293	通	440	遵	444	4021₄		吉	93	顛	483
3712₀		迎	438	3830₆		在	113	奮	131	4191₀	
洞	294	過	443	道	442	帷	166	4060₅		枇	269
3712₇		3730₃		3830₇		4021₆		喜	106	4191₄	
滑	300	退	439	逆	439	克	57	4062₁		枉	268
漏	302	3730₄		3918₉		4022₇		奇	131	4192₇	
鴻	504	逢	441	淡	299	內	59	4064₁		朽	265
3713₄		運	442	3930₂		南	85	壽	118	4194₇	
渙	300	遐	443	逍	441	布	165	4071₀		板	269
3713₆		3730₇		3930₉		有	258	七	15	4196₁	
漁	302	追	440	迷	439	肉	384	4071₄		梧	271
鼇	412	3740₁				脅	386	雄	468	4199₀	
3714₇		罕	374	**4**		4024₆		4073₁		杯	269
汲	290	3741₃				獐	320	去	89	4199₁	
沒	291	冤	64	4000₀		4024₇		4073₂		標	274
3715₆		3750₆		十	78	存	138	喪	106	4223₀	
渾	299	軍	436	4001₁		皮	340	4080₁		狐	319
3716₁		3760₈		左	164	4024₈		真	346	4240₀	
沿	293	咨	102	4001₇		狡	319	走	432	荊	400
3716₄		3772₀		九	30	4030₀		4080₆		4241₃	
洛	295	朗	261	4002₇		寸	149	賣	430	姚	136
3717₂		3780₀		力	74	4033₁		4090₀		4242₇	

嬌	137	4385₀		4423₈		嬉	137	楚	273	駕	493

嬌	137	4385₀		4423₈		嬉	137	楚	273	駕	493
4243₄		戴	205	狹	320	4450₂		4480₆		4633₀	
妖	135	4395₃		4424₈		攀	232	黃	508	想	197
4257₇		棧	272	蔽	405	4450₄		4480₉		4640₀	
韜	480	4410₀		4425₃		華	402	焚	306	如	133
4282₁		封	150	藏	406	4450₆		4490₀		4644₀	
斯	241	4410₇		4430₄		革	479	材	266	婢	136
4291₃		蓋	405	蓬	405	4452₇		樹	275	4661₀	
桃	270	藍	406	4430₇		勒	75	4490₄		覷	419
4292₁		4411₁		芝	398	4453₀		某	272	4690₀	
析	269	菲	402	4433₁		芙	398	葉	403	相	345
4292₂		4411₂		熱	311	4460₀		藥	407	4690₃	
彬	177	地	113	燕	311	者	381	4491₀		絮	369
4295₃		4412₇		蒸	405	苗	400	杜	266	4692₇	
機	276	勤	76	4433₂		4460₁		4491₂		枵	270
4301₀		蕩	405	憨	201	萁	352	枕	268	楊	274
尤	156	4414₂		4433₆		苦	400	4491₄		4702₇	
4301₂		薄	405	惹	198	菩	402	桂	270	鳩	502
尨	156	鼓	511	煮	310	4460₃		4491₇		4718₂	
4303₀		4414₇		蕙	406	暮	254	楂	274	坎	114
犬	318	4414₉		4433₈		4460₄		4492₁		4720₇	
4304₂		萍	401	恭	192	若	399	薪	405	弩	173
博	86	4416₄		4434₃		苦	400	4492₇		4721₂	
4313₂		落	402	蕈	405	著	402	藕	407	翹	378
求	289	4418₁		4439₄		4462₇		4493₄		4722₀	
4315₀		填	117	蘇	407	苟	400	模	274	狗	318
城	115	4420₇		4440₆		4471₀		4496₀		猢	320
4323₂		夢	120	草	401	枯	296			4722₇	
狼	320	4421₄		4440₇		4471₁		4498₁		鶴	505
4325₀		花	398	孝	138	甚	327	棋	272	4728₂	
截	204	4422₇		4441₇		老	379	4498₆		歡	278
4332₇		勒	76	執	116	4471₇		橫	276	4732₇	
鳶	502	帶	166	4442₇		世	27	4593₂		鷙	493
4341₄		幫	167	勢	76	4472₂		棣	273	4733₄	
姹	136	幕	167	萬	403	鬱	499	4595₃		怒	190
4343₂		蘭	373	4443₀		4472₇		棒	272	4740₁	
嫁	136	芳	398	莫	401	劫	75	4599₆		聲	383
4355₀		蕭	406	4444₁		4473₁		棟	272	4741₀	
載	436	蘭	407	葬	403	藝	407	4600₀		飆	486
4373₂		4422₈		4445₆		4473₂		加	74	4742₀	
裘	417	芥	398	韓	480	茲	401	4621₀		朝	262
4380₀		4423₂		4446₀		4477₀		觀	420	4742₇	
赴	432	猿	320	姑	135	甘	327	4622₇		努	75
4380₅		4423₇		茹	401	4480₁		獨	320	婦	136
越	432	兼	404	4446₅		其	62	4632₇		4744₀	

奴	132	驚	494	掊	222	5090₆		撲	231	5400₀	
姍	135	**4841₇**		掂	223	束	265	5204₇		抖	210
4744₇		乾	31	5010₆		柬	266	援	228	拊	217
報	116	**4844₀**		畫	330	5101₀		撥	230	**5401₂**	
好	132	教	236	5010₇		批	210	播	231	抛	214
4750₂		**4864₀**		益	341	5101₁		5206₉		**5401₄**	
挲	218	故	235	盡	341	排	224	抽	216	挂	219
4752₀		敬	237	5013₂		輕	436	5207₂		**5401₆**	
鞠	479	**4892₁**		泰	292	5101₂		5207₇		掩	223
4754₇		榆	274	5013₆		扼	210	插	228	**5402₁**	
轂	437	**4892₇**		蟲	411	5101₄		5209₄		掎	223
4762₀		梯	271	5014₈		捱	223	採	225	**5403₈**	
胡	385	橵	276	蛟	409	握	226	5233₂		挾	221
4762₇		**4895₇**		5022₇		5101₇		愁	200	**5404₁**	
鵲	504	梅	271	青	475	拒	213	5260₂		持	218
4772₇		**4942₀**		5023₀		5102₀		暫	254	**5404₇**	
邯	445	妙	135	本	264	打	208	5290₀		披	214
4777₂				5033₃		5103₂		刺	71	**5406₀**	
馨	374	**5**		惠	195	振	221	5300₀		描	228
4780₁				5033₆		5104₀		掛	223	**5406₁**	
起	432	5000₆		忠	187	軒	436	5301₁		措	223
4780₂		中	28	患	193	5104₁		控	222	**5408₁**	
趣	433	史	93	5034₄		攝	233	5301₆		拱	219
4780₆		曳	256	專	151	5104₆		揎	226	**5414₇**	
超	433	車	436	5040₄		掉	225	5301₇		蚑	409
4782₀		5000₇		妻	135	5104₇		挖	218	**5419₄**	
期	262	事	32	5050₃		扳	212	5302₇		蝶	410
4788₂		5001₄		奉	130	5106₀		捕	221	**5500₀**	
欺	277	拄	213	5050₇		拈	216	5303₄		井	32
4791₄		推	225	毒	284	5106₁		挨	222	**5503₀**	
極	273	撞	230	5060₁		指	219	5304₂		扶	210
4791₇		5001₇		書	257	5108₆		搏	228	抉	211
杞	266	抗	210	5060₃		攜	233	5304₄		**5504₃**	
4792₀		5001₈		春	250	5201₄		按	218	搏	230
柳	270	拉	212	5073₂		摧	230	5304₇		轉	437
4792₇		5002₃		表	415	5202₁		拔	213	**5505₃**	
橘	276	擠	232	5080₆		折	211	5310₇		捧	223
4793₂		5002₇		貴	430	斬	240	盛	341	**5506₀**	
根	270	摘	230	5090₀		5202₇		5311₁		抽	216
4794₇		5003₀		未	264	橋	231	蛇	409	**5508₁**	
殺	282	夫	129	末	264	5203₀		5320₀		捷	223
毅	358	扶	210	5090₃		抓	212	威	103	**5509₀**	
4814₀		5003₂		素	367	5203₁		威	136	抹	213
救	236	擿	232	5090₄		拆	217	感	197	**5509₆**	
4832₇		5006₁		秦	357	5203₄		成	203	揀	226

5512₇		扭	211	5743₀		6004₈		愚	198	6090₆	
靖	410	5701₆		契	131	咬	103	6040₀		景	253
5519₀		攬	233	5790₃		晬	348	早	248	6091₄	
蛛	410	5701₇		繫	373	6006₁		田	329	羅	375
5560₀		把	211	5801₂		暗	106	6040₄		6101₂	
曲	256	5702₀		拖	217	暗	254	晏	252	啞	100
5560₃		抑	211	5801₆		6008₂		6042₇		6101₇	
替	257	捫	224	攬	233	咳	103	另	93	啞	104
5590₀		5702₇		5801₇		6008₆		男	329	嘘	108
耕	381	掃	224	搤	228	曠	255	6043₀		6102₂	
5600₀		擲	232	5802₁		6010₀		因	110	呵	100
扣	210	5703₄		輸	437		245	6050₆		6102₇	
5601₀		換	228	5802₇		6010₁		圉	112	嘴	108
規	419	5703₆		擒	231	目	342	6060₀		眄	346
5601₄		播	228	5803₂		6010₄		回	111	6104₀	
捏	221	5704₇		捻	225	墨	117	6060₄		旰	248
5602₇		投	211	5804₀		星	252	圖	112	6111₀	
捐	221	掇	224	撒	230	量	448	暑	254	趾	433
揚	227	搜	228	5806₁		6010₇		6062₀		6111₇	
5604₁		搬	229	拾	220	疊	332	罰	375	距	433
擇	231	5705₆		5806₄		置	374	6066₀		6114₁	
5604₇		揮	226	捨	225	6011₁		品	103	躍	435
撮	231	5706₁		5810₁		罪	375	6073₁		6114₆	
5608₁		擔	232	整	238	6012₇		疊	255	蹄	434
捉	221	5706₂		5824₄		蜀	410	6073₂		6116₀	
提	226	招	215	氂	136	6013₂		畏	329	跕	434
5608₆		5707₂		5844₀		暴	254	圍	112	6121₇	
損	229	掘	224	數	237	6015₃		6080₀		號	409
5609₄		搖	229	5901₂		國	112	只	93	6136₀	
操	231	5707₇		捲	223	6021₀		囚	110	點	510
5612₇		掐	225	5904₁		兄	55	貝	429	6138₆	
蜎	410	5708₂		撐	231	四	109	6080₁		顯	483
蜴	410	掀	226	5911₄		見	418	是	251	6201₄	
5613₂		5709₄		螳	411	6021₁		異	330	唾	105
蝦	411	探	222			罷	375	足	433	6204₆	
5615₆		5711₇		**6**		6022₇		6080₆		嚼	108
蟬	411	蠅	411			囫	112	圓	112	6204₉	
5701₂		5712₀		6000₀		6023₂		買	430	呼	101
抱	217	蜩	410	口	92	晨	253	6088₂		6207₂	
5701₃		5714₇		6001₄		6033₀		眾	347	咄	100
攙	233	蝦	410	唯	105	思	188	6090₃		6211₃	
5701₄		5715₄		睢	348	恩	192	累	368	跳	434
握	226	蜂	410	6002₇		6033₁		纍	374	6211₄	
擺	232	5716₁		哼	103	黑	510	6090₄		躍	434
5701₅		蛉	412	啼	106	6033₂		困	111	6212₇	

踳 434
6213_4
蹊 435
6216_3
踏 434
6217_7
蹈 434
6233_9
懸 202
6240_0
別 69
6280_0
則 73
6292_2
影 178
6301_0
吮 99
6303_4
吠 98
唉 104
6306_1
瞎 348
6314_7
跋 433
6355_0
戰 205
6363_4
獸 321
6385_0
賊 430
6386_0
貽 430
6401_0
叱 93
吐 94
6402_7
瞞 348
6404_1
時 252
6406_5
嘻 108
6408_1
嗔 107
瞋 348
6409_6
嘹 108
瞭 349
6414_7
跛 434
6502_7
嘯 108
6503_0
映 252
6508_6
嘖 107
6509_0
味 100
昧 251
6606_0
唱 104
6606_4
曙 255
6624_8
嚴 108
6650_6
單 106
6666_3
器 108
6701_6
晚 253
6702_0
啣 103
嘲 108
明 248
6702_7
鳴 107
鳴 502
6703_2
喙 107
眼 347
6703_4
喫 107
6704_7
吸 99
啜 104
眠 347
6706_1
瞻 349
6706_2
昭 252
6708_2
吹 99
6712_2
野 448
6712_7
踴 434
郢 445
6716_4
路 434
踞 434
6742_7
鸚 506
6752_7
鴨 503
6801_7
吃 96
6801_8
噬 108
6802_7
吟 99
6804_0
嗷 107
6832_7
黔 510
6884_0
敗 236
6886_6
贈 431
6902_0
眇 346
6902_7
嘮 107

7

7010_3
璧 325
7021_4
雅 468
雕 469
7022_7
劈 73
防 464
7050_2
擘 232
7113_6
蠶 412
7121_1
阮 464
7121_2
厖 88
7121_4
壓 117
雁 469
7122_7
厲 89
脣 386
隔 466
7123_2
豚 427
7123_4
厭 89
7124_0
牙 315
肝 384
7124_4
腰 387
7124_7
厚 88
反 90
阪 464
7126_1
厝 88
脂 385
7126_2
階 465
7129_6
原 88
7131_7
驢 495
7132_7
馬 492
7138_1
驥 495
7171_1
匹 78
匪 78
7171_4
旣 244
7171_6
匣 77
7171_7
巨 163
臣 389
7173_2
長 459
7178_6
頤 482
7212_1
斲 241
7220_0
刖 69
7222_1
所 206
7222_2
彤 177
7223_0
瓜 326
7223_7
隱 467
7226_2
腦 387
7228_6
鬚 499
7232_7
驕 494
7244_7
髮 499
7260_4
昏 250
7280_1
兵 62
7280_6
鬢 499
7333_4
駭 494
7370_0
卧 389
7410_4
墮 117
7412_7
助 75
7420_0
附 464
7421_0
肚 384
7421_4
陸 465
7422_7
隋 466
7423_2
膝 388
隨 466
7432_1
騎 494
7433_0
慰 200
7438_1
騏 494
7521_8
體 496
7529_6
陳 465
7570_7
肆 384
7622_7
腸 387
陽 466
7624_0
髀 496
7630_0
馴 493
7680_8
咫 103
7710_0
且 28
7710_4
堅 116
7710_8
豎 427
7712_1
鬪 499
7714_7
毀 283
7716_4
闊 464
7721_0
凡 66
夙 120
風 483

鳳	503	7726₆		民	285	人	35	禽	355	甄	327
7721₁		層	158	7777₂		入	58	8043₀		8171₇	
屁	157	7726₇		關	464	八	60	美	376	瓴	374
7721₂		眉	345	7777₇		8010₄		8044₁		8174₇	
屍	158	7727₀		門	461	全	59	竏	169	飯	489
7721₄		尸	156	7780₁		8010₇		8050₀		8211₄	
尾	157	7727₂		具	62	並	28	年	168	鍾	457
屋	158	屈	158	與	393	8010₉		8050₁		8219₄	
7721₇		7728₂		興	393	金	449	羊	376	鑠	458
肥	384	欣	277	7780₇		釜	452	8050₂		8230₀	
7722₀		7732₇		尺	157	8011₄		拿	220	剒	73
同	94	烏	393	7780₉		錐	456	8050₇		8242₇	
周	102	7733₁		爨	312	鏈	456	每	284	矯	350
月	257	熙	310	7790₄		鐘	457	8055₃		8244₄	
朋	261	7733₆		桑	271	8011₆		義	377	矮	350
用	329	騷	494	閑	463	鏡	457	8060₁		8254₀	
胸	386	7740₁		7810₄		8012₇		合	96	甁	377
腳	387	閏	382	墜	117	裛	378	普	253	8260₀	
陶	465	7740₇		7810₇		8020₇		首	491	創	73
7722₂		學	140	鹽	506	今	40	8060₄		8280₀	
膠	388	7743₂		7810₉		8021₁		舍	395	劍	73
7722₇		閡	463	鑒	458	差	164	8060₅		8312₇	
屬	159	7744₀		7821₆		8021₅		善	105	鋪	455
邪	445	丹	29	脫	386	羞	377	8060₆		8315₀	
閼	464	7744₁		7823₁		8022₁		曾	257	鍼	456
骨	495	開	462	陰	465	前	71	8060₇		鐵	457
鴉	503	7750₃		7824₁		8022₇		含	99	8315₃	
鶴	505	舉	394	胼	385	分	68	8062₇		錢	455
7723₂		7760₂		7824₇		8025₁		命	101	8319₄	
尿	157	留	330	腹	387	舞	396	8071₇		鈇	453
7724₄		7760₇		7826₆		8030₇		乞	31	8375₀	
屨	159	閒	104	膽	388	令	43	8073₂		餓	491
7724₇		7771₇		7829₄		8033₁		公	61	8410₀	
履	159	巴	165	除	465	無	306	食	487	針	452
服	261	鼠	511	7834₁		8033₂		養	490	8414₁	
閉	462	7772₀		聯	493	念	188	8080₆		鑄	458
7725₃		印	87	7876₆		8033₇		貪	429	8416₁	
犀	317	印	87	臨	389	兼	62	貧	430	錯	455
7725₄		卵	88	7922₇		8034₆		8091₇		8417₀	
降	465	卽	88	勝	75	尊	152	氣	286	鉗	453
7726₁		卿	88	騰	494	8040₄		8141₇		8418₆	
膽	388	7772₇		7928₆		姜	135	瓶	326	鑽	458
7726₄		鷗	503	臢	431	8040₇		8141₈		8490₀	
居	158	鸝	505	**8**		孳	139	短	350	斜	240
屠	158	7774₇		8000₀		8042₇		8161₇		8514₄	

鏤 457	8821_1	銷 455	賞 431	9404_1	9708_6
8519_0	籠 365	**9**	9083_1	恃 191	慎 199
銖 454	8822_0		燋 311	9404_7	9721_4
8519_6	竹 363	9000_0	9090_4	悖 193	耀 379
鍊 456	8823_4	小 154	米 365	9406_0	9722_7
8612_7	笨 364	9001_0	9091_4	怙 188	鄰 446
錦 456	8840_1	忙 186	粧 366	9406_1	9781_2
8640_0	竿 363	9001_4	9101_4	惜 194	炮 305
知 349	8841_4	惟 195	慨 197	9408_1	9782_0
8660_0	籬 365	9003_2	9104_6	慎 199	灼 304
智 253	8843_0	慷 199	悼 195	9408_9	9783_4
8712_0	笑 363	懷 201	9181_4	恢 191	焕 310
鈞 453	8844_7	9010_4	煙 309	9410_4	9788_2
鉤 453	箸 364	堂 116	9181_7	篁 117	炊 304
銅 454	8850_4	9020_0	爐 312	9502_7	9791_0
8713_2	箪 364	少 155	9182_7	情 194	粗 366
銀 453	8850_6	9021_1	炳 305	9503_0	9801_6
8715_4	箄 365	光 55	9196_0	快 187	悅 192
鋒 455	8853_7	9021_4	粘 366	9592_7	9805_7
8716_0	羚 377	雀 468	9206_2	精 366	悔 193
銘 455	8871_1	9033_1	惱 197	9600_0	9822_7
8716_1	筐 364	黨 510	9206_4	怕 188	幣 167
鉛 453	8872_7	9043_0	恬 191	9601_4	9824_0
8762_0	節 364	尖 155	9220_0	悃 193	敝 236
卻 88	飾 489	9050_0	削 72.	9604_7	9844_4
8768_2	8874_1	半 84	9284_7	慢 199	弊 172
欲 277	餅 374	9050_2	煖 310	9680_0	9892_7
8771_0	8877_7	拳 218	9302_2	烟 305	粉 365
飢 488	管 364	9060_1	慘 199	9682_7	9905_9
8771_2	8879_4	嘗 107	9306_0	燭 312	憐 200
飽 490	餘 490	9060_6	怡 188	9683_2	9932_7
8778_2	8880_1	當 331	9309_4	煨 310	鶯 504
飲 489	箕 364	9071_2	休 188	9702_0	9942_7
8810_4	8890_3	卷 88	9383_3	恫 191	勞 75
坐 114	繁 373	9080_0	燃 311	9703_2	9990_4
笙 364	8890_4	火 304	9402_7	恨 191	榮 274
8810_8	築 364	9080_6	慟 199		
笮 364	8912_7				

漢語拼音索引

A

āi
哀 102
唉 104
挨 222
捱 223

ái
騃 494

ǎi
矮 350

ài
愛 198

ān
安 141

àn
岸 161
按 218
暗 254

áng
卬 87
盎 341

B

bā
八 60
巴 165

bá
拔 213
跋 433

bǎ
把 211

bái
白 336

bǎi
百 338

bài
敗 236

bān
搬 229
班 323

bǎn
板 269
阪 464

bàn
半 84

bāng
幫 167

bàng
傍 53
棒 272

bāo
包 77
褒 417

bǎo
保 49
飽 490

bào
報 116
抱 217
暴 254
豹 428

bēi
卑 85
悲 196
杯 269
盃 341

běi
北 77

bèi
悖 193
背 385

bèi
被 415
貝 429

bēn
奔 131

běn
本 264

bèn
夯 130
笨 364

bí
鼻 512

bǐ
俾 51
彼 178
比 284

bì
婢 136
幣 167
弊 172
敝 236
璧 325
篳 364
蔽 405
避 445
閉 462
髀 496

biān
鞭 479

biàn
便 49
扁 210
變 426
辯 438

biāo
標 274
飆 486

biǎo
表 415

bié
別 69

bīn
彬 177
賓 430

bìn
鬢 499

bīng
兵 62
冰 64

bǐng
炳 305
秉 356

bìng
並 28
并 169
病 332

bō
剝 73
撥 230
波 293

bó
伯 46
博 86
搏 228
薄 405

bǒ
播 231
跛 434

bò
擘 232

bǔ
卜 87
捕 221
補 416

bù
不 20
布 165
步 279

C

cái
才 208
材 266

cǎi
彩 177
採 225
采 447

cán
慚 200
殘 282
蠶 412

cǎn
慘 199

cāng
滄 300

cáng
藏 406

cāo
操 231

cǎo
草 401

céng
層 158
曾 257

chā
差 164

插 228

chá
察 148

chà
姹 136

chāi
拆 217

chái
柴 271
豺 428

chān
攙 233

chán
蟬 411
蟾 412

chǎn
鏟 457

cháng
嘗 107
腸 387
長 459
　 460

chàng
倡 51
唱 104

chāo
超 433

cháo
嘲 108
巢 162
朝 263

chē
車 436

chè
徹 181

chēn
嗔 107
瞋 348

chén
塵 117
晨 253
沈 291
臣 389
陳 465

chèn
稱 358

chēng
撐 231
秤 357
稱 358

chéng
乘 30
城 115
懲 201
成 203
承 212
程 358
誠 423

chī
吃 96
喫 107
癡 334
締 371
魑 500
鴟 503

chí
持 218

chǐ
尺 157
齒 513

chì
叱 93

赤 431

chōng
充 55
沖 291
衝 414

chóng
崇 161
蟲 411
重 448

chǒng
寵 149

chōu
抽 216

chóu
愁 199
稠 358

chū
出 66
初 70

chú
除 465

chǔ
楚 273
礎 353
處 408

chù
怵 188

chuān
川 161
穿 360

chuāng
創 73

chuáng
牀 313

chuàng
創 73

chuī
吹 99
炊 304

chuí
垂 115

chūn
春 250

chún
脣 386
蓴 405

鶉 504

chuō
踔 434

chuò
啜 104

cí
辭 438

cǐ
此 279

cì
刺 71

cōng
從 180

cóng
從 180
181

cū
粗 366
麤 507

cuàn
爨 312
竄 362

cuī
摧 230

cuì
翠 378

cún
存 138

cùn
寸 149

cuō
撮 231

cuò
厝 88
措 223
錯 455

D

dǎ
打 208

dà
大 121

dài
帶 166
戴 205

dān
丹 29
單 106
擔 232
殫 282
簞 365

dǎn
膽 388

dàn
啖 107
彈 176
淡 299

dāng
當 331

dǎng
黨 510

dàng
蕩 405

dāo
刀 68

dǎo
倒 50
51
島 161
蹈 434

dào
倒 50
51
悼 195
盗 341
道 442

dé
得 179
德 181

dēng
登 334

dī
低 46
滴 301
羝 377

dí
滌 302
的 339

dǐ
砥 352

dì
地 113
棣 273

diān
掂 216
踮 223
攧 233
顛 483

diǎn
點 510

diàn
電 474

diāo
刁 68
彫 177
貂 428
雕 469

diào
弔 173
掉 225
調 425

dié
疊 332
蝶 410

dīng
丁 15

dǐng
頂 480
鼎 511

diū
丟 30

dōng
冬 64
東 266

dòng
動 75
恫 191
棟 272
洞 294

dǒu
抖 210
斗 240

dòu
豆 426
鬭 499

dú
毒 284

獨 320
讀 426

dǔ
覩 419

dù
度 169
杜 266
肚 384

duǎn
短 350

duàn
斷 241

duī
堆 116

duì
對 153

dùn
遁 444

duǒ
咄 100
多 119
掇 224

duó
奪 131
度 169

duò
墮 117
惰 117

E

é
鵝 504

è
惡 195
扼 210
搤 228
遏 443
餓 491

ēn
恩 192

ěr
爾 313
耳 381

èr
二 32

F

fā
發 335

fá
伐 44
罰 375

fà
髮 499

fān
翻 379

fán
凡 66
繁 373

fǎn
反 90
返 439

fàn
飯 489

fāng
方 242
芳 398

fáng
妨 135
房 206
防 464

fàng
放 234

fēi
蜚 410
非 477
飛 486

féi
肥 384

fěi
匪 78
菲 402

fèi
吠 98
廢 170
沸 293

fēn
分 68
紛 368

fén
焚 306

fěn
粉 365

fèn
奮 131

fēng
封 150
蜂 410
蠭 412
豐 427
鋒 455
風 483

féng
縫 373
逢 441

fěng
諷 425

fèng
奉 130
鳳 503

fó
佛 45

fǒu
瓿 374

fū
夫 129

fú
伏 44
扶 210
服 261
浮 296
福 354
芙 398
鳧 502

fǔ
俯 49
俛 49
拊 217
釜 452

fù
付 43
傅 53
婦 136
富 147
腹 387
拊 217

覆 417
員 429
赴 432
附 464

G

gǎi
改 234
gài
戤 204
蓋 405
gān
乾 31
干 167
甘 327
竿 363
肝 384
gǎn
感 197
敢 236
gàn
旰 248
gāng
綱 372
gāo
膏 387
高 496
gǎo
槁 274
gē
割 73
歌 278
gé
隔 466
革 479
gè
各 97
gēn
根 270
gēng
庚 169
更 256
耕 381
gěng
綆 371

gèng
更 257
gōng
公 61
功 74
宮 146
工 162
弓 172
恭 192
攻 234
gǒng
拱 219
gōu
篝 364
鉤 453
gǒu
狗 318
苟 400
gòu
講 425
gū
姑 135
孤 138
沽 292
gǔ
古 92
漏 299
滑 300
榖 358
縠 437
骨 495
鶻 505
鼓 511
gù
故 235
顧 483
告 100
guā
刮 71
瓜 326
guǎ
寡 147
guà
挂 219
掛 223
guān

冠 63
官 143
觀 420
關 464
鰥 501
guǎn
管 364
guàn
冠 63
慣 199
guāng
光 55
guǎng
廣 170
guī
歸 280
瑰 325
規 419
龜 515
guǐ
佹 48
詭 423
鬼 500
guì
劌 73
桂 270
貴 430
gǔn
滾 301
guó
國 112
guò
過 443

H

hǎi
海 297
hài
害 144
hán
含 99
寒 146
邯 445
韓 480
hǎn
罕 374
hàn
汗 290
háng
航 396
hàng
沆 291
háo
濠 303
豪 428
hǎo
好 132
好 133
hào
好 132
好 133
浩 296
號 409
hē
呵 100
訶 422
hé
合 96
和 102
河 292
禾 356
hè
鶴 505
hēi
黑 510
hèn
恨 191
hēng
哼 103
héng
橫 276
衡 414
hóng
洪 294
紅 367
閎 463
鴻 504
hóu
侯 49
hòu
厚 88

後 178
hū
呼 101
hú
囫 112
壺 118
狐 319
猢 320
胡 385
鵠 504
鶻 505
hǔ
琥 325
虎 407
hù
怙 188
戶 206
huā
花 398
huá
華 402
譁 426
huà
畫 330
華 402
huái
懷 201
淮 299
huān
歡 278
huán
環 325
蠉 411
huǎn
緩 372
huàn
患 193
換 228
渙 300
焕 310
huáng
皇 339
黃 508
huǎng
芒 398
huī

恢 191
揮 226
灰 304
睢 348
huí
回 111
迴 439
huǐ
悔 193
毀 283
huì
喙 107
惠 195
繪 374
誨 424
諱 425
hūn
昏 250
hún
渾 299
huó
活 295
huǒ
火 304
huò
禍 354

J

jī
喞 103
機 276
激 303
箕 364
雞 470
飢 488
jí
即 88
吉 93
急 189
極 273
汲 290
疾 333
蹐 434
集 469

jǐ
己 165
掎 223
擠 232
jì
季 139
寄 146
寂 146
旣 244
濟 303
稷 358
計 422
霽 475
驥 495
jiā
佳 47
加 74
家 144
浹 296
jiá
戛 204
頰 482
jiǎ
假 52
jià
價 54
嫁 136
駕 493
jiān
兼 62
堅 116
奸 132
姦 136
尖 155
蒹 404
jiǎn
揀 226
減 299
蕳 373
翦 378
蹇 434
jiàn
劍 73
漸 301
見 418
鑒 458

聞 464	結 369	舉 394	可 93	**L**	禮 355	留 330
jiāng	詰 423	**jù**	渴 300		裏 416	**liǔ**
僵 54	**jiě**	俱 51	**kè**	**lā**	**lì**	柳 270
姜 135	解 420	具 62	克 57	拉 212	俐 49	**liù**
將 151	**jiè**	屨 159	刻 70	**lái**	利 70	六 61
152	借 50	巨 163	**kěn**	來 47	力 74	**lóng**
江 290	芥 398	拒 213	肯 384	**lán**	屬 89	籠 365
漿 302	**jīn**	聚 382	**kōng**	藍 406	瀝 303	龍 513
jiǎng	今 40	距 433	空 359	蘭 407	礪 353	**lǒng**
講 425	矜 349	踞 434	**kǒng**	**lǎn**	立 362	籠 365
jiàng	金 449	**juān**	孔 137	攬 233	**lián**	**lòu**
將 151	**jǐn**	捐 221	**kòng**	**láng**	廉 170	漏 302
152	謹 425	**juǎn**	控 222	狼 320	憐 200	鏤 457
降 465	錦 456	卷 88	**kǒu**	瑯 325	連 440	**lú**
jiāo	**jìn**	捲 223	口 92	**lǎng**	**liàn**	盧 170
交 35	盡 341	**jué**	**kòu**	朗 261	鍊 456	爐 312
嬌 137	近 438	嚼 108	扣 210	**làng**	**liáng**	**lǔ**
教 236	進 441	抉 211	**kū**	浪 296	梁 271	魯 501
澆 302	**jīng**	掘 224	枯 269	**lāo**	良 397	鹵 506
焦 309	精 366	決 291	**kǔ**	嘮 107	**liǎng**	**lù**
憔 311	經 371	絕 370	苦 400	**láo**	兩 59	戮 205
膠 388	荊 400	**jūn**	**kuā**	勞 75	**liàng**	路 434
蛟 409	驚 494	軍 436	誇 423	牢 316	量 448	陸 465
郊 445	**jǐng**	鈞 453	**kuài**	**lǎo**	**liáo**	露 475
驕 495	井 32		快 187	老 379	嘹 108	鹿 506
jiǎo	景 253	**K**	膾 388	**lè**	聊 382	**luán**
撟 231	**jìng**		**kuān**	勒 75	**liǎo**	鸞 506
攪 233	勁 75	**kāi**	寬 149	樂 275	了 31	**luǎn**
狡 319	敬 237	開 462	**kuāng**	**léi**	瞭 349	卵 88
矯 350	鏡 457	**kǎi**	筐 364	雷 474	**liè**	**luàn**
腳 387	**jiū**	慨 197	**kuáng**	**lěi**	裂 416	亂 31
膠 388	鳩 502	**kài**	狂 318	礧 353	**lín**	**lún**
jiào	**jiǔ**	咳 103	**kuàng**	累 368	臨 389	淪 299
教 236	久 29	欬 277	曠 255	纍 374	鄰 446	**lùn**
jiē	九 30	**kǎn**	**kuī**	**lěng**	鱗 502	論 425
皆 339	酒 446	坎 114	窺 362	冷 65	麟 507	**luó**
街 413	**jiù**	**kàn**	**kuǐ**	**lí**	**líng**	羅 375
階 465	就 156	看 346	磈 352	嫠 136	伶 45	**luò**
jié	救 236	**kāng**	**kūn**	犁 317	凌 65	洛 295
佶 48	**jū**	慷 199	崑 161	籬 365	玲 323	落 402
劫 75	居 158	**kàng**	**kǔn**	離 471	羚 377	**lǘ**
截 204	鞠 479	抗 210	悃 193	黎 509	**lìng**	驢 495
捷 223	**jú**	**kē**	**kùn**	**lǐ**	令 43	**lǚ**
桀 271	橘 276	榼 274	困 111	李 266	另 93	履 159
竭 363	踘 434	磕 352	**kuò**	理 324	**liú**	旅 244
節 364	**jǔ**	瞌	闊 464		流 295	**lǜ**

第一欄

綠 372

M

mǎ
馬 492

mǎi
買 430

mài
賣 430
麥 507

mán
瞞 348
蠻 412
饅 426

mǎn
滿 301

màn
慢 199
漫 302

máng
厖 88
尨 156
忙 186
盲 344
芒 398

māo
貓 428

máo
毛 285

mào
貌 428

méi
梅 271
沒 292
眉 345

měi
每 284
美 376

mèi
味 251

mén
悶 224
門 461

mèng
夢 120

第二欄

mí
獼 321
迷 439
麛 478

mǐ
米 365
靡 478

mì
密 146

mián
眠 347

miǎn
偭 52
眄 346

miàn
面 478

miáo
描 228
苗 400

miǎo
眇 346

miào
妙 135

miè
滅 300

mín
民 285

míng
冥 64
名 96
明 248
銘 455
鳴 502

mìng
命 101

miù
繆 373

mó
摩 230
模 274
磨 352

mǒ
抹 213
末 264

mò
墨 117
末 264

第三欄

沒 291
　 292
莫 401

móu
侔 48

mǔ
牡 316

mù
幕 167
暮 254
木 264
沐 291
牧 316
目 342

N

ná
拏 218
拿 220

nà
納 368

nán
南 85
男 329
難 472

nǎo
惱 197
腦 387

nèi
內 59

néng
能 385

ní
泥 293

nǐ
你 45

nì
逆 439

niān
拈 216

nián
年 168
粘 366
黏 510

第四欄

捻 225

niàn
念 188

niǎo
鳥 502

niào
尿 157

niē
捏 221

niè
躡 435

níng
凝 65

nìng
寧 147

niú
牛 315

niǔ
扭 211

nòng
弄 171

nú
奴 132
駑 493

nǔ
努 75
弩 173

nù
怒 190

nuǎn
煖 310

nǚ
女 132

O

ōu
鷗 505

ǒu
藕 407

P

pà
怕 188

pái
排 224

第五欄

pān
扳 212
攀 232

pán
槃 274
盤 342

páng
傍 53
旁 243
龐 515

pāo
抛 214

páo
袍 416

pào
炮 305

pēng
烹 305

péng
弸 176
朋 261
蓬 405

pěng
奉 131
捧 223

pī
劈 73
批 210
披 214
被 415
　 416

pí
枇 269
琶 324
疲 333
皮 340
羆 375

pǐ
匹 78
否 98

pì
屁 157

pián
胼 385
骈 493

piàn

第六欄

片 314

piāo
飄 486

pín
貧 430

pǐn
品 103

pìn
牝 316

píng
平 167
瓶 326
餅 374
萍 401

pō
潑 303

pó
婆 136

pò
破 351

pōu
剖 73

póu
裒 416

pǒu
掊 222

pū
撲 231
鋪 455

pú
璞 325
菩 402

pǔ
普 253
溥 300

Q

第七欄

qí
奇 131
旗 244
棋 272
某 272
基 352
蚑 409
騏 494
騎 494
齊 512

qǐ
乞 31
杞 266
綺 372
豈 427
起 432

qì
器 108
契 131
棄 272
氣 286

qiā
掐 225

qiān
千 80
搴 228
牽 317
謙 425
遷 444
鉛 453

qián
前 71
潛 302
鉗 453
錢 455
黔 510

qiǎn
淺 299

qiáng
強 175
　 176
疆 176
牆 314

qiǎng
強 175

qiāo
敲 237

其 62

qiáo
樵 276
翹 378

qiǎo
巧 162

qiě
且 28

qiè
竊 362

qīn
親 420

qín
勤 76
憨 201
擒 231
琴 324
禽 355
秦 357

qǐn
寢 148

qīng
傾 53
卿 88
清 299
蜻 410
輕 436
青 475

qíng
情 194

qǐng
請 424

qìng
磬 374

qióng
瓊 325
窮 360

qiū
秋 356

qiú
囚 110
求 289
裘 417

qū
屈 158
曲 256
祛 415

趣 433

qǔ
取 90
曲 256

qù
去 89

quán
全 59
拳 218
泉 293

quǎn
犬 318

quàn
勸 76

què
卻 88
雀 468
鵲 504

qún
羣 378
裙 417

R

rán
然 309
燃 311

ràng
讓 426

rě
惹 198

rè
熱 311

rén
人 35
仁 40

rěn
忍 187

rèn
任 45
認 423

rì
日 245

róng
容 146
榮 274

融 410

róu
柔 270

ròu
肉 384

rú
如 133
孺 140
茹 401

rǔ
汝 291

rù
入 58

ruǎn
阮 464

ruò
弱 173
若 399

S

sā
撒 230

sài
塞 116

sān
三 16
參 89

sāng
桑 271

sàng
喪 106

sāo
搔 228
騷 494

sǎo
掃 224

sè
色 397

sēn
森 272

shā
殺 282

shān
姍 135
山 159

扇 206
苫 400

shàn
善 105

shāng
傷 54

shǎng
賞 431

shàng
上 20

shǎo
少 155

shào
少 155

shé
舌 395
蛇 409

shě
捨 225
舍 395

shè
射 151
攝 233
社 353
葉 403
設 422

shēn
參 89
深 298
身 435

shén
神 353

shèn
慎 199
甚 329

shēng
勝 75
升 84
生 328
笙 364
聲 383

shéng
繩 374

shèng
剩 73
勝 76

盛 341
聖 382
膳 431

shī
失 130
尸 156
屍 158
師 166
濕 303
盍 410
詩 423

shí
十 78
實 148
拾 220
時 252
石 351
識 426
食 487

shǐ
使 48
史 93
豕 427

shì
世 27
事 32
勢 76
噬 108
士 118
室 143
恃 191
是 251
筮 364
舐 396
視 419
釋 447
飾 489

shōu
收 233

shǒu
守 140
手 206
首 491

shòu
受 91
壽 118

獸 321

shū
書 257
殊 281
疏 332
輸 437

shú
熟 310

shǔ
數 237
238
暑 254
曙 255
蜀 410
黍 509
鼠 511

shù
束 265
樹 275
漱 301
豎 427
述 439
鉥 453

shuài
率 322

shuāng
雙 471

shuǐ
水 287

shǔn
吮 99

shùn
舜 396
順 481

shuō
說 423

shuò
數 238
碩 352
鑠 458

sī
司 93
思 188
斯 241
絲 371

sǐ

死 280

sì
似 44
俟 49
四 109
肆 384
駟 493

sōng
鬆 161

sǒng
聳 383

sòng
宋 142
送 439

sōu
搜 228

sū
蘇 407

sú
俗 49

sù
夙 120
素 367

suí
隋 466
隨 466

suì
歲 280
晬 348

sūn
孫 139

sǔn
損 229

suō
縮 373

suǒ
所 206
瑣 325

T

tà
踏 434

tái
臺 392

tài

大 123
太 129
泰 292
tān
貪 429
tán
彈 176
曇 255
談 424
tǎn
袒 416
tàn
探 222
táng
堂 116
螳 411
tāo
韜 480
táo
桃 270
逃 440
陶 465
tè
特 317
téng
騰 494
tī
梯 271
tí
啼 106
提 226
醍 447
tǐ
體 496
tì
擿 232
替 257
殢 282
tiān
天 124
添 299
tián
填 117
恬 191
甜 327
田 329

靦 479
tiáo
條 271
蜩 410
調 425
tiào
跳 434
tiě
鐵 457
tīng
聽 383
tíng
停 51
tǒng
痌 333
通 440
tóng
同 94
童 362
銅 454
tòng
慟 199
痛 333
tōu
偷 52
tóu
投 211
頭 481
tū
禿 356
tú
圖 112
屠 158
tǔ
土 112
tù
兔 57
tuī
推 225
tuì
退 439
tūn
吞 98
tún
豚 427

拖 217
脫 386
託 422
tuó
它 140
tuǒ
唾 105

W

wā
挖 218
汙 290
wǎ
瓦 326
wài
外 119
wān
剜 73
wán
刓 69
完 142
玩 323
頑 481
wǎn
晚 253
wàn
萬 403
wáng
亡 35
wǎng
枉 268
網 372
wàng
妄 132
忘 186
望 261
wēi
危 87
威 136
微 181
煨 310
wéi
唯 105
圍 112

帷 166
惟 195
爲 312
313
韋 480
wěi
委 135
尾 157
痿 334
緯 372
wèi
位 45
偎 52
味 100
慰 200
未 264
爲 312
313
畏 329
蝟 410
wēn
溫 300
wén
文 238
聞 382
wěn
穩 359
wèn
問 104
wèng
甕 327
wǒ
我 204
wò
握 226
臥 389
wū
嗚 107
屋 158
烏 305
wú
吳 98
无 244
梧 271
無 306
wǔ

五 33
舞 396
wù
兀 55
務 75
惡 195
物 316
霧 474

X

xī
吸 99
嘻 108
夕 119
嬉 137
息 192
悉 193
惜 194
析 269
熙 310
犀 317
膝 388
西 417
蹊 435
xí
席 166
習 378
xǐ
喜 106
徙 178
洗 294
xì
係 49
繫 373
舄 393
xiā
瞎 348
蝦 410
xiá
匣 77
狹 320
瑕 325
遐 443
xià
下 19

夏 119
xiān
仙 43
先 56
掀 226
鮮 501
xián
咸 103
涎 296
銜 455
閑 463
閒 464
xiǎn
顯 483
xiàn
獻 321
現 324
xiāng
相 345
鄉 446
香 492
xiáng
祥 354
降 465
xiǎng
想 197
響 480
xiàng
向 98
相 345
象 428
鄉 446
項 481
xiāo
宵 145
枵 270
蕭 406
逍 441
銷 455
xiǎo
小 154
xiào
嘯 108
孝 138
笑 363
xié

挾 221
斜 240
脅 386
邪 445
xiè
寫 149
蟹 412
xīn
心 182
新 241
欣 277
薪 405
xìn
信 48
xīng
惺 197
星 252
興 393
394
xíng
形 177
行 413
xìng
幸 169
興 394
xiōng
兄 55
凶 66
胸 386
xióng
熊 310
雄 468
xiū
休 43
修 49
羞 377
xiǔ
朽 265
xiù
秀 356
繡 374
袖 416
xū
噓 108
虛 408
須 481

鬚 499	煙 309	要 417	yǐn	紆 367	月 257	沾 293
xù	**yán**	鷂 505	引 172	**yú**	粵 366	瞻 349
絮 369	嚴 108	**yě**	隱 467	予 31	越 432	霑 474
xuān	妍 135	冶 65	飲 489	愚 198	**yún**	**zhǎn**
揎 226	巖 161	野 448	**yǐn**	於 243	雲 473	斬 240
蜎 410	延 171	**yè**	印 87	榆 274	**yǔn**	**zhàn**
軒 436	沿 293	夜 120	**yīng**	漁 302	允 55	戰 205
xuán	研 351	曳 256	應 200	盂 340	**yùn**	棧 272
懸 202	言 421	業 274	鶯 504	餘 490	運 442	**zhāng**
旋 244	顏 483	葉 403	鷹 505	魚 500		張 174
玄 322	鹽 506	**yī**	鸚 506	**yǔ**		175
xuàn	**yǎn**	一 1	**yíng**	與 393	**Z**	彰 177
衒 413	偃 51	伊 44	盈 341	雨 472		獐 320
xuē	掩 223	依 47	蠅 411	**yù**	**zā**	章 362
削 72	眼 347	壹 118	迎 438	欲 277	咂 100	麞 507
xué	**yàn**	衣 414	**yǐng**	玉 322	**zǎi**	**zhǎng**
學 140	宴 146	**yí**	影 178	豫 428	宰 143	長 460
穴 359	晏 252	儀 54	郢 445	遇 443	**zài**	461
xuě	燕 311	怡 188	**yìng**	預 481	再 63	**zhàng**
雪 473	雁 469	疑 332	應 200	鬱 499	在 113	仗 43
xuè	**yāng**	移 357	201	鸜 505	載 436	張 175
血 412	殃 281	貽 430	映 252	**yuān**	**zàn**	瘴 334
xún	**yáng**	遺 444	**yōng**	冤 64	暫 254	**zhāo**
尋 152	佯 178	頤 482	傭 53	淵 300	**zàng**	招 215
循 181	揚 227	**yǐ**	庸 170	鳶 502	葬 403	昭 252
詢 423	楊 274	以 40	雍 469	**yuán**	**zāo**	朝 262
xùn	洋 294	倚 50	**yǒng**	元 55	遭 444	263
迅 438	羊 376	**yì**	勇 75	原 88	**zǎo**	**zhào**
	陽 466	亦 35	詠 422	圓 112	早 248	詔 423
Y	**yǎng**	意 196	**yòng**	圜 112	澡 303	**zhé**
	仰 44	抑 211	用 329	援 228	**zào**	折 211
yā	養 490	異 330	**yōu**	沅 291	阜 339	**zhě**
厭 89	**yāo**	瘞 334	優 54	源 300	造 441	者 381
壓 117	夭 130	義 377	悠 193	猿 320	**zé**	**zhēn**
鴉 503	妖 135	薏 406	憂 200	緣 373	則 73	真 346
鴨 503	腰 387	藝 407	**yóu**	黿 511	噴 107	臻 393
yá	**yáo**	衣 415	尤 156	**yuǎn**	擇 231	針 452
牙 315	堯 116	**yīn**	油 293	遠 444	**zéi**	鍼 456
yǎ	姚 136	暗 106	游 299	**yuàn**	賊 430	**zhěn**
啞 104	搖 229	因 110	遊 442	怨 189	**zēng**	枕 268
雅 468	瑤 325	殷 282	**yǒu**	**yuē**	曾 257	**zhèn**
yà	**yǎo**	陰 465	有 258	約 367	**zèng**	振 221
亞 34	咬 103	**yín**	牖 314	**yuè**	甑 327	枕 268
揠 226	**yào**	吟 99	**yòu**	刖 69	贈 431	震 474
yān	耀 379	寅 146	褎 417	嶽 161	**zhāi**	**zhēng**
烟 305	藥 407	銀 453	**yū**	悅 192	摘 230	爭 312
					zhān	

蒸	405	止	278	**zhǒng**		竹	363	**zhuàng**		咨	102	足	433

字	頁	字	頁	字	頁	字	頁	字	頁	字	頁	字	頁
蒸	405	止	278	zhǒng		竹	363	zhuàng		咨	102	足	433
zhěng		祇	357	冢	63	逐	440	壯	118	孜	138	zuān	
整	238	紙	368	腫	434	zhǔ		撞	230	孳	139	鑽	458
zhèng		趾	433	zhòng		主	29	zhuī		茲	401	zuǐ	
正	279	zhì		衆	347	屬	159	椎	273	資	430	嘴	108
證	426	志	186	種	358	拄	213	追	440	zǐ		zuì	
zhī		擲	232	zhōu		煮	310	錐	456	子	137	罪	375
之	29	摭	232	周	102	zhù		zhuì		滓	300	醉	447
知	349	智	253	州	161	助	75	墜	117	紫	369	zūn	
	350	櫛	276	舟	396	築	364	zhuō		zì		尊	152
脂	385	滯	301	zhū		著	402	拙	216	字	137	遵	444
芝	398	炙	304	侏	48	鑄	458	捉	221	自	390	zǔn	
隻	468	知	349	朱	265	zhuā		zhuó		zōng		撙	73
zhí		置	374	珠	323	抓	212	卓	85	綜	372	zuǒ	
執	116	至	392	蛛	410	zhuān		擢	232	zǒng		佐	45
直	344	zhōng		誅	423	專	151	斲	241	總	373	左	163
跖	434	中	28	諸	424	搏	230	濁	303	zòng		zuò	
zhǐ		忠	187	豬	428	zhuǎn		灼	304	縱	373	作	45
只	93	終	368	銖	454	轉	437	著	402	zǒu		做	51
咫	103	鐘	457	zhú		zhuāng		酌	447	走	432	坐	114
指	219	鍾	457	燭	312	樁	366	zī		zú		鑿	459

成語熟語詞典／劉葉秋，苑育新，許振生編，--
臺灣初版. --臺北市：臺灣商務，1992[民
81]
　面　；　公分
含索引
ISBN 957-05-0503-6（精裝）.

1. 中國語言 - 成語，熟語 - 字典，辭典

802.35　　　　　　　　　　　84007576

成語熟語詞典

定價新臺幣 420 元

編　　　者　劉葉秋　苑育新　許振生

出　版　者
印　刷　所　臺灣商務印書館股份有限公司
　　　　　　臺北市 10036 重慶南路 1 段 37 號
　　　　　　電話：(02)23116118 ・ 23115538
　　　　　　傳眞：(02)23710274 ・ 23701091
　　　　　　讀者服務專線：0800-056196
　　　　　　E-mail：cptw@ms12.hinet.net
　　　　　　郵政劃撥：0000165 － 1 號
　　　　　　出版事業
　　　　　　登 記 證：局版北市業字第 993 號

・ 1992 年 1 月北平初版
・ 1992 年 7 月臺灣初版第一次印刷
・ 2002 年 1 月臺灣初版第三次印刷
本書經授權本館在臺灣地區出版發行

ISBN 957-05-0503-6（精裝）　　　　　a 50000031

ISBN 957-05-0503-6 (802)

50000031

全　　　精裝　　NT$　　420